·世界文学名著名译典藏·

全译插图本

悲惨世界 下

〔法〕维克多·雨果◎著　李玉民◎译

LES MISÉRABLES

长江出版传媒｜长江文艺出版社

图书在版编目（ＣＩＰ）数据

悲惨世界：全二册 / （法）维克多·雨果著；李玉民译. -- 武汉 ：长江文艺出版社， 2018.5
（世界文学名著名译典藏）
ISBN 978-7-5702-0245-4

Ⅰ. ①悲… Ⅱ. ①维… ②李… Ⅲ. ①长篇小说－法国－近代 Ⅳ. ①I565.44

中国版本图书馆 CIP 数据核字(2018)第 031580 号

责任编辑：秦文苑　　陈　聪　　　　　责任校对：陈　琪
封面设计：格林图书　　　　　　　　　责任印制：邱　莉　　胡丽平

出版：长江出版传媒　长江文艺出版社

地址：武汉市雄楚大街 268 号　　　　邮编：430070
发行：长江文艺出版社
电话：027—87679360
http://www.cjlap.com
印刷：中印南方印刷有限公司

开本：880 毫米×1230 毫米　　1/32　　　印张：40.625　　插页 8 页
版次：2018 年 5 月第 1 版　　　　2018 年 5 月第 1 次印刷
字数：1264 千字

定价：88.00 元（全二册）

第八卷　坏穷人

一　马吕斯寻觅一个戴帽子姑娘，却遇到一个戴鸭舌帽的男子

夏季和秋季相继过去，冬天来临了。无论白先生还是那姑娘，都没有再步入卢森堡公园。马吕斯心中只有一个念头：再见到那张温柔可爱的脸蛋儿。他一直寻找，到处寻找，却一无所获。曾几何时，马吕斯还是个满怀激情的梦想者，是个果断、热情而坚定的男子汉，是个头脑构筑一个个未来、大胆向命运的挑战者，是个富有种种雄图、方略、豪情、理想和志愿的有为青年，而现在却成了一条丧家之犬。他极度悲伤，眼前一片黑暗。完了。工作觉得心烦，散步觉得疲惫，独自一人又觉得无聊；曾几何时，广阔的自然还五彩缤纷，充满各种形体、光亮和声音，充满启迪和教育、远景和前途，而现在却向他展示一片空虚，仿佛这一切全都消逝了。

他还一直在思考，舍此也干不了别的事，但是思考中已无乐趣可言了。而思考不断低声向他提出的种种建议，他每次都黯然回答：有什么用呢？

他百般责备自己。为什么我要跟随她呢？当时只要看见她，我就满心欢喜啦！她不时瞧我一眼，难道这不已经很可观了吗？看她那神气是爱我。这不已经足够了吗？我还要怎么样呢？到此为止，不会再有什么。我也太荒唐了。是我的过错，等等，诸如此类的想法。他的心事丝毫没向库费拉克吐露，这是天性使然；可是，库费拉克猜得八九不离十，这也是天性使然。起初，他祝贺马吕斯有了意中人，同时

也诧为奇事，后来见马吕斯十分忧伤，就终于对他说："我看你这家伙简直是个蠢货。嘿，到郊外茅庐去走走吧。"

9月有一天，马吕斯见风和日丽，便打起了精神，让库费拉克、博须埃和格朗太尔拖到索镇舞会，期望也许能在那里找见那姑娘，真是白日做梦！自不待言，他没有见到他寻找的人。"怪事，凡是丢失的女人，都能在这儿找到啊。"格朗太尔独自咕哝道。马吕斯丢下朋友，离开舞会，步行回家去，他孤单一人，又疲倦又焦躁不安，在夜色中眼睛模糊而忧伤，身旁驶过一辆车，满载着从舞会归来的欢乐歌唱的人们，他让这喧嚣和尘土弄得头晕目眩，实在心灰意冷，只好吸着路边核桃树的刺鼻气味来清醒头脑。

他的生活又恢复旧观，越来越孤独、迷惘而沮丧，完全沉浸在内心的惶惑中，在自己的痛苦中来回徘徊，如同落入陷阱的狼，怀着一片痴情，到处搜寻那不见踪影的姑娘。

还有一次，他遇见一个人，立即产生异样的感觉。当时，他走在残废军人院大道旁边的小街上，迎面碰见一个头戴鸭舌帽、一身工人打扮的男子。马吕斯惊叹那帽下露出的几缕白发美得出奇，又注意打量那人，只见他步履迟缓，仿佛忧心忡忡，沉浸在冥思苦索中，说来也怪，他似乎认出那是白先生，同样的头发、同样的身影，只是多了一顶鸭舌帽，走路的姿势也一样，只是显得更加忧伤。可是，为什么换上这身工人装束呢？这是什么意思呢？这种乔装打扮意味什么呢？马吕斯十分诧异，等他缓过神儿来，头一个举动就是跟上去，说不定他终于能抓住他寻觅的踪迹呢？总之，应当靠近再瞧瞧那人，解开这个谜。然而，他这个念头来得太迟，那人已经不见了。马吕斯走进一条横巷，未能找见那人。这次相遇，在他脑海里萦绕了数日才消失。他心中暗道："说到底，那人很可能只是外表相像罢了。"

二 发现

马吕斯一直住在戈尔博老屋，对谁也不留意。

当时那座破房子的住户，也的确只有他和容德雷特一家；他为那家人付了一次房租，但无论同那父亲，同那母亲，还是同那两个女儿，他都没有讲过话。其他房客不是搬走就是死了，或是因拖欠房租而被赶出去。

那年冬季的一天下午，太阳露了一下面，那是 2 月 2 日，正是古老的圣烛节，而不讲信义的太阳，却预报了六周的寒冷天气，并引发马蒂厄·朗斯堡①的灵感，使他写出堪称古典名句的两句诗：

大晴或小晴，

老熊回山洞。

那天，马吕斯从自己的洞里出来。夜幕降临，正是去吃晚饭的时候，唉！还得吃饭，胸怀多少理想激情的人，也有这种弱点啊！

他刚跨出门槛，就听见扫地的布贡妈讲出这段令人难忘的独白："现在，有什么东西便宜？全那么贵。世上只有痛苦便宜；这世上的痛苦，真是一钱不值！"

马吕斯沿着大街，缓步朝城关走去，以便拐上圣雅克街。他低着头，边走边想心事。

在夜雾中，他突然感到被人撞了一下，扭头一看，却是两个衣裙褴褛的年轻姑娘，一个瘦长，一个稍矮，两人气喘吁吁，神色慌张，飞快跑过去，就好像要逃命似的。刚才她们迎面跑来，没有看见他，交叉而过时撞了他一下。在暮色中，马吕斯看见她们脸色苍白，披头散发，戴着破烂不堪的软帽，穿着破成布条的裙子，光着脚。她们边跑边说话。那个高的低声说道：

"冲子②来了，差点儿把我铐住！"

另一个说："我一看见他们，就蹽了，蹽啊，蹽啊！"

马吕斯从这种凶恶的黑话中听出，宪兵或市警差一点抓住那两个女孩，两个女孩还是逃脱了。

她们钻到他身后路旁的树木下面，那白色的身影，在黑暗中还依稀可见，过了一会儿才消失。

马吕斯站住望了片刻。

他正要继续往前走，忽见脚下有个灰色的小包，便俯身拾了起来，看似一个信封，里面好像还有纸。

---

① 马蒂厄·朗斯堡：17 世纪比利时列日城司铎。

② 冲子：黑话中指警察。

"唔，"他自言自语，"大概是那两个不幸的女孩失落的！"

他掉头往回走，连声呼唤，但没有找见她们，心想她们已经走远，便揣进兜里，前去吃晚饭。

他走到穆夫塔尔街的一条小径上，看见一口儿童棺木，蒙着黑色殓布，架在三把椅子上，由一支蜡烛照亮。暮色中的两个女孩重又浮现在他的脑海。他想道："可怜的母亲！还有比看见自己的孩子死去更伤心的事，那就是看着他们活受罪。"

继而，这些令他触景伤情的影子，都离开他的头脑里，他重又沉浸在习惯的思虑中，重又想到在卢森堡公园的芳树下，那露天沐浴阳光的爱情和幸福的六个月。

"我的生活变得多么黯淡忧伤！"他心中暗道，"我的眼前总有年轻姑娘出现。不过，从前全是天使，现在全是女鬼。"

三　四面人①

晚上，他脱衣裳要睡觉时，手触到他在路上拾起放进衣兜里的小纸袋。他早已置于脑后，这时想道，应当打开看看，也许里边有那两个女孩的住址，如果真是她们的东西，不管是谁的，找到线索就好归还给失主。

他打开信封。信封并没有封住，里面装有四封信，也都没有封上。

每封信上都有姓名地址。

四封信都散发一股烟草的辛辣气味。

第一封信的姓名地址写着，"夫人收，德格吕贝雷侯爵夫人，议会对面广场第……号"。

马吕斯心想，信上很可能查到他要找的线索，况且有信没有封，看一看似无不妥。

信的内容如下：

侯爵夫人：

悲天恫（悯）人之心是更加紧密团结社会的美德。移动您的基督教徒的感情和慈悲的目光，看一看这个不辛（幸）的西斑

---

① 　原文为拉丁文。

（班）牙人吧。他忠实于正桶（统）的神圣事业，现（献）出自己的鲜血和全部钱财，以便悍（捍）卫这一事业，结果自己糟（遭）难，如今落到一贫（贫）如洗的地步。夫人是令人敬佩的人，无移（疑）能给予救挤（济），以使一个骗（遍）体怜（鳞）伤、受教育有荣誉的军人，在及（极）度困苦中保全生在（存）。侯爵夫人，事先就似（仰）仗您满怀的人道，以及您对如此不辛（幸）的国家发生的兴趣。他们的祈祷不会图（徒）劳，而他们的敢（感）机（激）之情永远保留美好的回意（忆）。

夫人，请接受在下的敬意，有此荣辛（幸）的堂·阿尔瓦雷兹，西斑（班）（牙）泡（炮）兵上尉，到法国避难的保王党人，正为祖国奈（奔）波，又因缺少经挤（济）来原（源）而奈（奔）波无法继续。

信上虽署了名，却根本没写地址，马吕斯希望能从第二封信上找到。第二封信姓名地址为"夫人收，德·蒙维尔内白（伯）爵夫人，珠宝街九号"。

马吕斯念道：

白（伯）爵夫人：

写信人是一个不辛（幸）的母亲，有六个孩子，最小的才八个月。自从上次分免（娩）以来，我就一直生病，又被丈夫扔（抛）弃有五个月了，毫无经挤（济）来原（源），进入及（极）度贪（贫）困境地。

满怀深深敬意，并一心指望白（伯）爵夫人，有此荣辛（幸）的

妇人巴利扎尔

马吕斯再看第三封，还是求告信。信中写道：

巴布尔若先生，选举人，针织品批发商，圣德尼街和马蹄铁街拐角。

我贸然给您写信，请求您同睛（情），给予针（珍）贵的照

顾,关心一个刚给法兰西剧院送了剧本的一个文人。那个剧本是历史提(题)材,故事发生在帝国时期的奥维涅。自(至)于风格,我认为是自然的、简练的,可能有点特色。还有四个地方的几个唱段。滑机(稽)、严肃、出人意料,再加上人物性格多样性,再加上点梁(染)全剧的浪慢(漫)主义色彩,而整个剧晴(情)又神密(秘)地进展,曲折跌当(宕),几经突变才结束。

我的主要目的,就是要满足逐渐机(激)发本世纪人的种种裕(欲)望,也就是说"时毛(髦)风上(尚)"。这是一种认(任)性古怪的风信旗,几乎总随着新刮的风变化。

尽管有这么多优点,我还是有理由担心,那些享有特权作者又疾(嫉)妒又自私,让剧院拒决(绝)采用我的剧本,因为我深知人总要让初出道者吃尽受挫的苦头。

巴布尔若先生,您是文学坐(作)家的贤明的保护人,我久闻大名,因此大胆派我女儿去向您沉(陈)述在这炎(严)冬时节,我们机(饥)寒交迫的苦状。我之所以请求您接受我把这个剧本和今后写的剧本全敬现(献)给您,就是要向您证明我多么渴望有辛(幸)得到您的屁(庇)护并用您的大名为我坐(作)品增光。如不见气(弃),多少赏我一点,我就立刻着手写一部湿(诗)剧,以表示我的敢(感)机(激)。这部湿(诗)剧,我要尽量写得完美,先成(呈)送给您,然后再编入那部历史剧的开头并般(搬)上舞台。

向巴布尔若先生和夫人志(致)以最深切的敬意。

尚弗洛,文学家

又及:哪怕只给四十苏。

请原谅派小女前去,我不能亲玲(聆)教悔(诲),唉!

说来原因真可怜,衣关(冠)难以见人……

最后,马吕斯又打开第四封信。姓名地址为:"高台阶圣雅克教堂的行善先生"。内容有如下几行文字:

善人:

您若肯劳动大架(驾),陪小女来一趟,就会看到贪(贫)困的灾难场面，我也可以向您出示我的证书。

您看到这些文字，康（慷）概（慨）的灵魂一定会动侧（恻）隐之心，因为，真正的哲学家总会产生强烈的冲动。

富有同晴（情）心的人，您会承认，人到了机（饥）寒交迫不甚（堪）忍受的地步，为了得到点救挤（济），要让当局同意实在是痛苦的事，就好像我们贪（贫）困等救挤（济）的时候，连啼机（饥）号寒和饿死的自由都没有了。命运对一些人残哭（酷）无晴（情）；而对另一些人却无比康（慷）概（慨），爱护备自（至）。

我等待大架（驾）位（莅）临，或者您的捐曾（赠），如果您肯行好的话，那么我请您赏面子，真正高上（尚）的人，接受我的敬意，怀此敬意有辛（幸）做您的

十分卑微并

十分恭顺的仆人

P. 法邦杜　戏剧艺术家

马吕斯看完四封信，还是不甚了了。

首先，没有一个署名人留下地址。

其次，这些信仿佛出自堂·阿尔瓦雷兹、妇人巴利扎尔、诗人尚弗洛、戏剧艺术家法邦杜这四个不同人之手，然而奇怪的是笔体一模一样。

如果说四封信不是一个人写的，那又怎么解释呢？

此外，还有一点表明这样猜测很贴近，全是同样粗糙发黄的信纸，全是同样的烟草味；尽管写信人明显力求变换笔调，但是同样的错别字却堂而皇之地反复出现，文学家尚弗洛和西班牙上尉，都同样未能避免。

费心猜测这一小小谜团徒劳无益。这东西如果不是拾来的，倒真像是一场捉弄人的把戏。马吕斯太忧伤，即使一个偶然的玩笑也无心凑趣，无心参加仿佛马路要同他玩的游戏。这四封信就好像在嘲笑他，同他捉迷藏。

况且，毫无迹象表明，这些信属于马吕斯在大路上碰见的那两个姑娘。总之，这显然是毫无价值的废纸。

马吕斯又把信装回信封里，整个儿扔到角落里，便上床睡觉了。

约莫早晨七点钟，他刚起床用过早饭，正要开始工作，忽听有人轻轻敲他的房门。

他一无所有，从不锁门取下钥匙，只有少数几次有急活儿才例外。而且，他即使出去，也往往把钥匙留在门上。"有人会偷您东西的。"布贡妈常说。"偷什么？"马吕斯回答。还真言中了，有一天，一双旧靴子被偷走，让布贡妈好不得意。

又敲了一下门，很轻，还像头一次那样。

"请进。"马吕斯说道。

房门打开了。

"有什么事儿，布贡妈？"马吕斯问道，但他眼睛并没有离开桌上的书稿。

回答的却不是布贡妈的声音："对不起，先生……"

那声音低沉、微弱、硬塞而嘶哑，是个老头子喝烧酒烈酒过量的破嗓子。

马吕斯急忙回过头去，却看见一个少女。

四　贫穷一朵玫瑰花

一个非常年轻的姑娘，半打开房门站住。陋室的天窗正对着房门，惨淡的天光透进来，照到姑娘的脸上，只见她面色苍白，身子羸弱枯瘦，只穿着一件单衣和一条裙子，赤条条的躯体在里边冻得瑟瑟发抖。一根绳子当作腰带，另一根绳子就当发带；尖突的双肩从衬衣顶出来，肌肤白里透黄，好似淋巴液色，锁骨积了泥垢，双手通红，嘴半张开，黯然无色，里边牙齿不全，两眼无神，又大胆又猥贱，整个形象是个先天不足的少女，而那眼神却像个堕落的老妇人；五十岁和十五岁相混淆，这种人集软弱和可怕于一身，叫人见了不落泪就会不寒而栗。

马吕斯站起来，神情愕然，打量眼前这个人，觉得她酷似穿越他梦境的那个身影。

这个姑娘生来并不丑，却落到这种丑样，叫人见了格外痛心。她幼年时期，模样儿一定还很美。青春的光彩尚在抗拒因堕落和贫困而未老先衰的丑态。残存的美，在这十六岁的脸上奄奄一息，犹如冬天早晨的白日，就要在狰狞的云雾中消失。

这张脸并不完全陌生，马吕斯恍惚记得在什么地方见过。

"有什么事吗，小姐？"他问道。

姑娘的声音像醉鬼苦役犯："这是给您的一封信，马吕斯先生。"

她叫出马吕斯的名字，那就无疑是找他来的；然而，这姑娘是谁？她怎么知道他的名字呢？

她未等主人发话就走进来，毫不迟疑，走进来又扫视整个房间和凌乱的床铺，那泰然自若的神态看着真叫人难受。她光着脚，裙子有大洞，露出长腿和瘦膝盖。她瑟瑟发抖。

她真的拿着一封信，递给马吕斯。

马吕斯拆信封，注意到用来封口的面包糊又宽又厚，还是湿的，信不可能从很远的地方送来。他念道：

> 可爱的邻居，年轻人！
> 我知道您为我做的好事，半年前替我付了一季度房钱。年轻人，我为您祝福。我大女儿会告诉您，进（近）两天来，我们四口人，连一快（块）面包也没有，我老半（伴）有病了。如果说我在思想上毫不决（绝）望，也是因为我相信可以指望您康（慷）概（慨）之心，您看到这种沉（陈）述，一定会有人道之举，并渴望保护我，大肚（度）布失（施）给我一点点恩会（惠）。
> 我向您致以人类的恩人应得的祟（崇）高的敬意。
>
> 　　　　　　　　　　　　　　　　　　　　　容德雷特
>
> 又及：我女儿等待您的分（吩）付（咐），亲爱的马吕斯先生。

从昨晚起，马吕斯就陷入迷魂阵里，看了这封信，如同地窖里有了烛光，顿时全明白了。

这封信和另外四封信是同一出处：笔迹一样，风格一样，错别字一样，信纸一样，连烟草味儿也一样。

五封信，五个故事，五个名字，五种署名，却只有一个署名者。西班牙上尉堂·阿尔瓦雷斯、不幸的母亲巴利扎尔、诗剧作家尚弗洛、老戏剧家法邦杜，四个人全叫容德雷特，假如容德雷特本人真叫容德雷特的话。

马吕斯住进这栋破房子有好长一段时间了，我们说过，他极少有机会看见，乃至瞥见他那寥寥无几的邻居。他心不在焉，目光也随神思而转移。应当说，在走廊里或楼梯上，他不止一次同容德雷特家人擦肩而过；但在他眼里，那不过是些人影，他根本不注意，因而昨天晚上在大马路撞见容德雷特家姑娘，却没有认出来，那显然是她们姐儿俩，而这一个刚才进屋来，他在厌恶和怜悯中，也只是恍惚记得在什么地方见过。

现在，他一目了然了，明白他这邻居容德雷特生活艰难，就靠投机取巧，利用行善人的施舍谋生，搞来地址，用假名字给他认为有怜悯心的富人写信，让女儿冒险送去；须知这个当父亲的到了穷途末路，不惜拿女儿冒险，当做赌注，跟命运进行一场赌博。马吕斯还明白一点，从昨天傍晚她们气喘吁吁，仓皇逃窜的情景，从她们讲的黑话来判断，这两个不幸的女孩还可能干些见不得人的勾当；她们堕落到如此地步，全是这一切造成的，她们在人类的现实社会中，既不是孩子，也不是少女，也不是成年妇女，而是贫穷制造出来的又淫荡又纯洁的怪物。

可悲的生灵，无名无姓，无年龄，无性别，也无善恶之分了，走出童年，在这世上就丧失一切，既无自由，无贞操，也无责任。这灵魂，昨天才吐放，今天就枯萎，宛如失落街头的鲜花，沾满了污泥，只等车轮碾碎。

这工夫，马吕斯以惊奇而痛苦的目光注视她，而姑娘则像幽灵一样肆无忌惮，在破屋里走来走去，毫不顾及难以蔽体的衣裙，有时，她那未扣好的破衬衫几乎滑落到腰上。她搬动椅子，弄乱放在五斗柜上的盥洗用具，还摸摸马吕斯的衣服，各个角落都搜索遍了。

"嘿！"她说道，"您还有镜子呢！"

她旁若无人，哼唱闹剧中的唱段、轻佻的小曲，那沙哑的喉音实在惨不忍闻。然而，这种毫无顾忌的行为，却透出一种说不出来的窘迫、不安和屈辱的意味。无耻即可耻。

看着她在屋里乱冲乱闯，或者说打转转，就好像见了阳光惊飞或折了翅膀的小鸟，这场面比什么都惨不忍睹。但是这又能让人感到，如果换一种命运，受了教育，那么，这个少女欢快活泼的举动，倒会给人以温柔可爱的印象。在动物中间，生而为白鸽，绝不会变成白尾海雕。这种情况只有在人类中间才会发生。

马吕斯这样想着，由着她做去。

姑娘走到桌前，说道："嘿！这些书！"

她那黯淡的眼睛亮了一下，又说道："我呀，我识字。"

她的声调表达出能炫耀点什么的那种高兴劲儿，任何人听了都不会无动于衷。

她急忙抓起在桌子上摊开的一本书，相当流利地念道：

"……博端将军接到命令，要他率所部旅的五营人马，攻占位于滑铁卢平原正中的乌戈蒙古堡……"

她停下来，说道："啊！滑铁卢！这我知道。当年在那里打过仗。我父亲参加了。当时我父亲在军队服役。我们一家人不含糊，全是波拿巴派，真的！滑铁卢，就是打英国人。"

她放下书，又拿起笔，嚷道："我也会写字！"

她蘸了墨水，转身对马吕斯说道：

"您想看一看吗？喏，我来写几个字给您瞧瞧。"

她未等马吕斯回答，就在桌子中央的一张白纸上写了："冲子来了。"

写罢掷下笔，说道："没有错别字。您可以瞧一瞧，我和妹妹，我们受过教育。我们从前可不是这个样子，天生并不是……"

她话说半截住了口，无神的眸子盯着马吕斯，继而又哈哈大笑，说了一声："算啦！"那声调包含了极度恬不知耻所压抑的极度惶恐。

接着，她又开始用欢快的曲调哼唱这段歌词：

> 我饿呀，爸爸。
>
> 没有吃的。
>
> 我冷呀，妈妈。
>
> 没有穿的。
>
> 哆嗦吧，
>
> 小洛洛！
>
> 啼哭吧，
>
> 小雅克！

她刚唱完这一段，又马上嚷道：

"马吕斯先生，您有时去看戏吗？我呀，就常去。我有个小弟弟，他同艺术家交上朋友，时常给我门票。老实说，我不喜欢侧面的条凳座。坐在那儿别扭，不舒服，有时还很挤。那些人身上的味儿也真难闻。"

接着，她一副怪样子，端详马吕斯，对他说：

"马吕斯先生，您知道自己长得很美吗？"

两人同时想到一点上，姑娘微笑起来，马吕斯脸却刷地红了。

她凑上来，一只手搭到马吕斯的肩上。

"您没有注意我，可我认识您，马吕斯先生。我在这儿楼梯上遇见您，还有几回，我到奥斯特利茨那边溜达，看见您走进一个叫马伯夫老爹的家里。您头发乱糟糟的，这样倒是很好看。"

她的声音有意发得十分轻柔，结果只是变得十分轻微，有些字从喉头到嘴唇的路上丢失了。如同在一个缺音的琴键上弹奏。

马吕斯微微往后退一下，以冷淡而严肃的口气说："小姐，我这儿有一小袋东西，想必是您的，请允许我交还给您。"

说着，他把装有四封信的纸袋递给姑娘。

姑娘拍手嚷道："我们到处找啊！"

她一把抓过纸袋，边打开边说：

"上帝的上帝！我和妹妹好找啊！哪儿知道让您捡去啦！是在马路上捡的吧？大概是在马路上吧？要知道，我们是跑的时候丢掉的。是我妹妹那死丫头干的蠢事。我们回到家里才发现不见了。我们不想挨打，打也没用，一点儿没用，绝对没用，所以我们回家就说，信全送到了，人家对我们说：'滚蛋！'这些可怜的信，原来在这儿！您怎么看出来是我们的呢？哦，对啦！是看字体！这么说，昨天傍晚，我们跑过时撞到的是您呀。这也不奇怪。没有看见。我还对妹妹说呢：是位先生吧？我妹妹说：'我想是位先生！'"

这工夫，她打开了一封寄给"高台阶圣雅克教堂的行善先生"的求告信。

"咦！"她说道，"这封是给去做弥撒的那个老头儿。对了，正是时候，我给他送去，也许他能给我们点儿钱吃饭。"

她又笑起来，补充道："我们今天要是能吃上饭，您知道算什么吗？就算我们前天的午饭、前天的晚饭，也算昨天的午饭、昨天的晚饭，都留在今天上午一顿吃了。哼！少废话！狗东西，你们还不满意那就饿死！"

马吕斯听了这话，才想起不幸的姑娘来他这儿寻求什么。

他摸摸坎肩兜，什么也没有摸到。

那姑娘还讲个没完，就好像忘了马吕斯在跟前。

"有时，我晚上出去；有时干脆不回家。搬到这儿来之前，那年冬天，我们就躲在桥洞下面。大家紧紧挤在一块，免得冻僵。我小妹妹冻得直哭。水，多么凄凉！我想到投水淹死，可心里嘀咕：不行，那太凉了。我一个人随便乱跑，有时就在沟里睡觉。您知道吗？半夜里，我走在大马路上，看见树木像刀叉，看见漆黑的房子那么高大，就像圣母院的钟楼，在我的想象中，那白墙就是河流，我心里嘀咕：咦！那儿也是水。星星好似彩灯，仿佛冒烟，要被风吹灭，我都看呆了，耳边好像有许多马呼呼喘气；尽管大半夜了，我还听见手摇风琴的声音和纺纱机的声响，是不是我怎么知道？我以为有人向我投石子，我弄不清怎么回事，赶紧逃跑，什么东西都旋转，什么东西都旋转。人没有吃东西，就是这种鬼样子。"

她失态地注视马吕斯。

马吕斯搜索所有衣兜，挖掘好一阵，终于凑了五法郎十六苏，眼下这是他的全部财富。"够今天吃晚饭的就行了，"他心想，"明天再说明天的。"于是，他留下十六苏，将五法郎给那姑娘。

她一把抓起钱币，说道："嘿，出太阳啦！"

这太阳好像能融化并在她头脑里引起雪崩，她讲出一连串黑话："五个法郎！亮晶晶的！大头币！在这破洞里！可真邪门！您是个好娃子。我可以把我这老跳掏给您。宝贝儿真棒呀！够两天吃喝的啦！吃肉的穆升啦！吃烩大马尔啦！可劲儿吃啦！穷得好舒服呀！"

她将衬衫拉上肩头，朝马吕斯深施一礼，又亲热地打了个手势，边说边朝门口走去："您好，先生。说什么没关系。我得去见老人家了。"

她经过五斗柜，发现上面有一块在灰尘里发霉的干面包，就扑过去，抓起来边啃边说："挺好吃嘛！真硬！要把我的牙硌坏啦！"

说着，她出去了。

五 天赐的窥视孔

五年来，马吕斯一直生活在贫穷、清苦乃至困境中，现在才发觉他根本不了解真正的贫困。真正的贫困，刚才他见到了，就是刚刚从他眼前走过的那个鬼魂，只见识过男人的贫困，其实还不算什么，应当见识一下女人的贫困；只见识过女人的贫困也不算什么，应当见识一下孩子的贫困。

一个男人到了穷途末路，那就真的一点办法也没有了。他周围那些没有自卫能力的人，也就跟着遭殃！工作、薪金、面包、炉火、勇气、善良，一下子全没有了。外面的阳光仿佛熄灭了，内心精神之光也熄灭；在一片黑暗中，男人遇到处于软弱境地的妇女儿童，便凶暴地逼迫他们去干卑鄙的勾当。

这样，什么伤天害理的事都干得出来。围住绝望的壁板又薄又脆，每一面都对着邪恶和犯罪。

健康、青春、荣誉、初长成的肉体圣洁的顾忌、心灵、童贞、廉耻、灵魂的这层护膜，全遭受这种摸索出路的行为所控制和残害，而这种摸索碰到污秽便安于其状。父母、儿女、兄弟、姊妹、男子、妇女、少女，全都聚合混杂，不分性别、亲缘、年龄，也不分卑污和纯洁，几乎像矿物结构层。他们挤作一团，蜷缩在一种命运的破巢里，面面相觑，陷入悲苦凄惶之中。那些不幸的人啊！他们脸色多么惨白！他们多么冷啊！他们好像住在离太阳比我们远的一个星球上。

在马吕斯看来，这姑娘就是从阴间派来的。

她向他宣示了黑暗世界整个丑恶的一面。

马吕斯几乎自责，不该想入非非，陷入儿女情长，结果时至今日，连邻居都没有瞧一眼。为他们付房租，只是一种机械的举动，人人都做得到，而他马吕斯，本应做得更好。怎么！他同这些贫苦无告的人，仅有一墙之隔，他们被排斥在世人之外，在黑夜中摸索着生活，他同他们摩肩擦背，可以说是他们所接触的人类链条的最后一环，他听见他们在身边过活，更确切地说苟延残喘，而他却视若未见！隔着墙壁，每日每时他都听见他们走动，来来往往，说话，而他却闻若未闻！他们话语中有呻吟之声，而他却听也不听！他的神思飞往别处，飞向梦想，飞向不可能有的光芒，飞向虚无缥缈的爱情，飞向痴心妄想的情恋；然而有些人，他在耶稣–基督那里论称的兄弟，他在民众间的同胞兄弟，就在他身边奄奄一息！就要白白死去！他甚至也有份儿，造成他们的苦难，加剧了他们的苦难。因为，假如他们换个别的邻居，换一个少些幻想多些关心的邻居，一个好善乐施的普通人，那么显然，他们的穷困就会受到注意，他们苦难的迹象就会被发现，也许他们早就得到救济，脱离困境了。毫无疑问，看上去他们非常无耻，非常下作，非常龌龊，甚至令人憎恶，不过，他们是为数不多摔倒而未完全堕落的人；况且，不幸的人和无耻之徒到了某一点，就混淆起来，只用一个词，一个命里注定的词来称呼：丑类；这究竟是谁的过错呢？再说，跌落得越深，慈悲不是应当更大吗？

马吕斯跟所有真正诚实的人一样，碰到情况往往自我教育，责己过严，这次他一边教训自己，一边注视同容德雷特一家的隔壁墙，就好像他那充满怜悯的目光能透过墙壁，去温暖那些穷苦的人。间壁墙很薄，是钉的板条抹了灰泥，正如前所说，对面说话和每人的声音都听得一清二楚，只有像马吕斯这样驰心旁骛的人，才一直没有觉察。间壁墙无论容德雷特一边还是马吕斯一边，都没有糊纸，光秃秃看得见粗糙的墙面。马吕斯几乎下意识地察看间壁墙；梦想有时跟思想一样，也能察看，观察，审视。他猛地站起来，刚刚注意到墙上方，靠近天棚有个三角形洞眼，是三个板条构成的空隙，塞空的灰泥已经剥落。登上五斗柜，对着洞就能看见容德雷特的破屋。仁慈的心也好奇，而且应当好奇。这是现成的窥视洞。为了救助而偷看不幸是允许的。马吕斯心想："瞧瞧这家人的情况，究竟到了什么地步。"

他登上五斗柜，眼睛凑到小洞口，往里观瞧。

六　人兽窟

城市如森林，也有最凶恶最可怕的东西藏匿的洞穴；只不过城市里隐藏的东西凶残、邪恶而短小，也就是说丑恶；森林中隐藏的东西凶残、野性而伟壮，也就是说美观。同为巢穴，但是兽穴胜过人穴，岩洞优于破屋。

马吕斯见到的是一间陋室。

马吕斯贫穷，他的房间也四壁萧然，但是他人穷志不穷，室陋也洁净。然而，此刻他所目睹的破屋恶俗不堪、臭气熏天，又黑暗又肮脏。全部家具只有一把草垫椅子和一张破桌，几个破瓶烂罐，两个屋角各有一张无法描述的破床；全部光线来自挂满蜘蛛网的四块方玻璃天窗，透过来的光线恰好把人脸照成鬼面。墙壁像害了麻风病，百孔千疮，好似因恶疾破了相的一张脸，上面潮湿渗出黄脓水，还有木炭画的粗俗猥亵的图形。

马吕斯住的房间还是砖铺地面，尽管有些残破；可是，隔壁这屋既没有铺砖，也没有镶地板，人走上面直接踩在原来的灰泥地面，踏得黑乎乎的。地面高低不平，满是永驻的尘土，只有从一个角度看还是处女地，就是从未接触过扫帚；满地都是旧鞋、烂拖鞋和破布片，仿佛撒的满天星斗。屋里还有个壁炉，因而年租多要四十法郎。壁炉上应有尽有：一个炒勺、一个火锅、几块截断的木板、钉子上挂的布片、一只鸟笼、灰烬，甚至还有一点火。两块焦柴在炉膛里凄惨地冒着烟。

这屋显得格外恶俗，还有一个缘故，就是间量很大，有不少凸凹之角，有不少黑洞、斜顶、海湾和地岬。因而构成许多幽深难测的骇人角落，里边可能蜷缩着拳头大的蜘蛛、脚掌宽的鼠妇，说不准还躲藏着妖人怪物。

两张破床，一张靠门，一张靠窗，但是都有一头顶着壁炉，并且正对着马吕斯。

临近马吕斯窥视洞的一个角落，墙上挂着镶在黑木框中的一幅彩色版画，下方写着"梦境"两个大字。画上一名女子和一个孩子在睡觉，孩子枕在女子的膝上，云中一只鹰衔着一个花冠，那女子在睡梦中用手将花冠从孩子头上推开；远处拿破仑罩着光轮，背靠着一根带黄顶的蓝色大圆柱，柱上刻着这样几行字：

　　马伦戈

　　奥斯特利茨

　　耶拿

　　瓦格拉姆

　　埃洛特

画框下方，一个长方形的大木牌就地斜靠在墙上，好似反放的一幅画，或是反面涂坏了的画布框，抑或从墙上摘下来的一面穿衣镜，丢在那里准备再挂上去。

马吕斯望见桌上放着鹅毛管笔、墨水和纸张，旁边坐着一个六十来岁的男子，身材矮小精瘦，脸色苍白，眼神惶恐，样子狡猾、凶狠而惴惴不安，是个面目可憎的无赖。

拉瓦特尔[①]若能端详这张脸，就会看出秃鹫和检察官的混合相：猛禽和讼棍相互丑化，相互补充，讼棍让猛禽丑恶，猛禽使讼棍可怕。

那人满脸灰白长胡须，上身穿一件女衬衫，露出毛茸茸的胸脯和竖着寒毛的赤臂，下身穿一条沾满泥垢的长裤，脚上穿一双靴子，脚趾全探出来了。

他嘴上叼着一根烟斗，正吸着烟。破家里没有面包了，但是还有烟叶。

他正在写什么，也许在写马吕斯看过的那一类信。

只见桌子一角放着不成套的一本旧书，好像一本小说，是从前租书铺的那种十二开的旧版本，淡红色封面，印着大字体书名：

上帝、国王、荣誉和贵妇
杜克雷-杜米尼尔著

1814 年。

那人边写边高谈阔论，马吕斯听他说道：

"哼！世上就是没有平等，死了也一样！瞧瞧拉雪兹神父公墓吧！大人物，那些阔佬，全葬在上头，槐树夹护的镶石路；马车一直能驶上去。小人物，那些穷光蛋，可怜虫，没说的！全埋在下边，那里烂泥浆没到膝盖，就埋在泥坑里，埋在湿土里，埋在那里好快点烂掉！要去那里扫墓，就非得陷进土里不可。"

说到这里，他住了口，在桌上猛击一拳，咬牙切齿地补充一句："哼！这世界，我恨不能一口吃掉！"

一个胖女人在壁炉边，半坐在自己的赤脚上，看样子有四十岁，

---

① 拉瓦特尔（1741—1801）：瑞士哲学家，诗人，神学家，"相面术"的创始人。

也可能上百岁了。

她上身也穿一件衬衫，下身穿一条针织裙子，好几处补了旧呢布，还扎着一条粗布围裙，将裙子遮住大半。她虽然蜷缩成一团，仍看得出她身高马大，跟她丈夫一比，简直就是个巨人。她那头发黄不黄，红不红，已然花白，难看极了，她那扁平指甲的油污发亮的大手不时抬起来拢一拢。

她身边也有一本书摊在地上，同另一本版面同样大小，也许是同一部小说的一册。

马吕斯瞥见一张破床上坐着一个瘦长的小姑娘，她几乎光着身子，脸色惨白，双脚垂下去，那样子既不听说话，也不看东西，不像活人。

想必她就是刚才到他屋来的那个姑娘的妹妹。

她好像有十一二岁，但是仔细瞧一瞧，就能看出准有十五岁。她正是昨晚在大马路上说"我就蹽啊！蹽啊！蹽啊"的那个女孩。

她属于那种病态的女孩，长期停滞发育，然后突然猛长起来。人类植物的这种可悲状况，正是贫困造成的。这些生灵既没有童年，也没有少年。到了十五岁还像十二岁，刚过十六岁又像二十岁了。今天是少女，明天就成了少妇，就好像她们跨越年龄，要快些结束一生。

此刻，这人还是个孩子模样儿。

再者，这家庭没有任何劳作的迹象，没有织机，没有纺车，连一件工具也没有。在一个角落倒有几件废铁，难说是不是工具。整个景象，正是绝望之后坐以待毙的那种死气沉沉。

马吕斯观望半晌，这屋里比墓穴还要阴森可怖，因为让人感到有人的灵魂在晃悠，有生命在悸动。

陋室、地穴、深坑，这是一些穷苦人在社会建筑匍匐的最底层，但还不是墓穴，而是墓室的前室；世间，富人往往将最富丽堂皇的东西陈列在候见厅，而与之毗邻的阴间，死亡似乎把最破烂不堪的东西摆在前室。

那男人住了口，那女人不说话，那姑娘似乎连气儿都不喘，只听鹅毛管笔划纸的唰唰声响。

那男人不停地写，嘴里也不停地咕哝："混蛋！混蛋！全是混蛋！"

所罗门感喟①的这种变体，却引起那女人的叹息，她说道：

---

① 所罗门的原话是："虚荣，虚荣，全是虚荣！"

"小朋友，消消气儿，别气坏了身子，宝贝儿。给那些人写信，你这人也太好了，老头子。"

人受穷就像挨冻一样，身子紧紧靠在一起，但是心却远离了。从整个表面看来，这个女人以仅有的爱心，一定爱过这个男人，然而，全家在巨大苦难的重压下，不免天天相互责备，因此，她心中的那点感情很可能熄灭，只剩下死灰了。不过，亲昵的称呼还往往延续。如叫他"心肝儿、小朋友、老头子"等等，只是动动口，却不动心了。

那男的又写开了。

七　战略战术

马吕斯胸口实在憋闷，正要从临时瞭望台下来，他的注意力忽被一声响动吸引过去，便留在原地未动。

刚才，破屋的房门猛然打开。

大女儿出现在门口。

她穿一双男人的大鞋，满是泥点，都溅到冻红的脚脖子上，身上披一件破烂不堪的旧斗篷；一小时前马吕斯没看见她披斗篷，也许是她要引起更大的怜悯，进屋时放在门外，出去时重又披上。这回她气喘吁吁，走进来随身带上房门，站住缓了口气，这才又得意又欢喜地嚷道："他来啦！"

父亲扭过眼珠，老婆扭过脑袋，小姑娘一动未动。

"谁？"父亲问道。

"那位先生啊！"

"那个慈善家吗？"

"对。"

"圣雅克教堂的那个？"

"对。"

"那个老头儿？"

"对。"

"他要来啦？"

"紧跟在我后边。"

"你有把握吗？"

"有把握。"

"是真的吗，他来啦？"

"他乘马车来的。"

"乘马车。他是银行家呀！"

父亲站起身。

"你怎么就有把握呢？他若是乘马车来，你怎么先到了呢？至少，家里地址你对他说准了吧？有没有说明白在走廊尽头右手最后一扇门？但愿他别认错门！你是教堂里找见他的吗？他看了我写的信吗？他对你说了些什么？"

"得，得，得！"女儿说，"看你这么急，老人家，问话像连珠炮！情况是这样：我走进教堂，看见他坐在老地方，就冲他施了个礼，把信交给他。他看完信，就问我：'孩子，你家住在哪里？'我回答说：'先生，我带您去。'他又对我说：'不必，把你家地址告诉我。我女儿要去买东西，我叫一辆车，会跟你同时到你家的。'我就把地址告诉他了。他一听我说这栋房子，好像有点吃惊，犹豫了一下，才说：'行吧，我去一趟。'做完弥撒，我看见他父女俩走出教堂，登上马车。我跟他说得一清二楚，是走廊尽头右手最后一个门。"

"你怎么就知道他会来呢？"

"刚才我看见那辆车到了小银行街，因此，我就急忙跑回来。"

"你怎么知道是同一辆马车呢？"

"因为我注意看了车牌号了嘛！"

"多少号？"

"四百四十。"

"很好，你是个聪明姑娘。"

女儿理直气壮地看着她父亲，指了指她脚上穿的鞋子！

"一个聪明的姑娘，可能是这样。不过我说，我再也不穿这双鞋了，不愿意穿了，首先考虑身体，其次是清洁。这双破鞋，底子总出水，一路咕唧咕唧，比什么都叫人恼火。我宁肯打赤脚。"

"你说得对。"父亲答道，他和蔼的口气，同他女儿的粗暴声调形成鲜明对照，"不过，打赤脚，不会让你进教堂。穷人得穿着鞋。……去拜访慈悲的上帝，总不能打赤脚吧。"他尖刻地补充一句，又回到惦念的事情上，"这么说你有把握，肯定他能来啦？"

"他在我脚后就跟来了。"她答道。

那男人挺起胸，脸上简直容光焕发。

"老婆呀！"他嚷道，"你听见了。慈善家来了。快把火灭掉。"

母亲愣住了，一动不动。

父亲像耍把戏的一样敏捷，从壁炉上一把抓起破水罐，往焦柴上泼水。

接着，又对大女儿说："还有你！把椅垫的草掏出来！"

女儿根本不明白什么意思。

父亲抓起椅子，一脚踹漏椅座，连腿都进去了。

他一边往外拔腿，一边问女儿："天儿冷吗？"

"很冷。下雪了。"

父亲转过身去，对着坐在靠窗的床上的小女儿，像打雷一般吼道："快点！下床，懒蛋！一点事你也不干！敲碎一块玻璃！"

小姑娘哆哆嗦嗦跳下床。

"敲碎一块玻璃！"他重复道。

孩子吓呆了。

"听见我的话了吗？"父亲又说一遍，"跟你说敲碎一块玻璃！"

孩子惊恐万状，只好服从，她踮起脚，对准玻璃就是一拳。玻璃碎了，哗啦掉下来。

"很好！"父亲说道。

他神态严肃，说话生硬，目光迅速扫遍了破屋的每个角落。

他那神气，俨然一位将军，要开战时作最后布置。

母亲一直没开口，这时终于站起来，问道：

"宝贝儿，你要干什么呀？"

她的声音又缓慢又低沉，说出来的话仿佛凝固了似的。

"你上床躺下。"男人说道。

那口气不容置辩，老婆子只好顺从，大坨子沉甸甸地倒在一张破床上。

这时，一个角落里传来抽噎声。

"怎么啦？"父亲大嗓门问道。

丫头蜷缩在角落里，她没有从黑地里出来，只是伸出血淋淋的拳头。她打碎玻璃时划破了，就来到母亲床边偷偷哭泣。

这回，做娘的又坐起来，嚷道：

"瞧见了吧！你干的蠢事！你叫她砸玻璃，手都伤啦！"

"好极啦！"男人说，"早就料到了。"

"什么？好极啦？"女人重复道。

"住口！"父亲反驳道，"我取消言论自由。"

接着，他从自己穿的女人衬衫上撕下一条，当作绷带，迅速给小丫头流血的手腕缠上。

缠好之后，他又满意地瞧了瞧撕破的衬衫，说道：

"这衬衫也行了。现在全像样了。"

一阵寒风从破玻璃窗吹进来，带进户外的烟雾，好似白絮一般扩散，仿佛由无形的手指撕开。透过破玻璃窗能望见外面正下雪。昨天圣烛节的太阳预示的寒冷果然降临。

父亲扫视一下周围，仿佛要确认他什么也没有忽略。他拿起一把旧铲子，用炉灰将浇湿的焦柴完全盖上。

然后，他直起腰，靠到壁炉上，说道：

"现在，我们可以接待那位慈善家了。"

八 光明照进陋室

大丫头走过来，把手放在父亲的手上，说道："摸摸我冻得冰凉。"

"嗳！"父亲回答，"我比你这手还要凉得多。"

母亲激烈地嚷道：

"你呀，无论什么，总比别人强！就连遭的罪也一样。"

"住口！"男人说道。

母亲见盯着她的目光很凶，就不再吭声了。

陋室寂静了一会儿。大女儿满不在乎的样子，正从斗篷下摆往下抠泥巴，小女儿还在哭泣；母亲双手搂住小女儿的头，连连亲吻，同时低声对她说："我的小宝贝，求求你，没事儿，别哭了，要惹你爸爸发火的。"

"不！"父亲嚷道，"正相反！哭吧！哭吧！哭哭好哇。"

接着，他又对大丫头说："这通折腾，怎么，他还不到！万一他不来呢？我浇灭炉火，蹬穿了椅子，撕了衬衫，打碎了玻璃，就白折腾啦！"

"还白伤了小妹呢！"母亲咕哝道。

"你们知道吗?"父亲又说道,"这破房子鬼地方,冷得都能冻死狗!那人万一不来呢?噢!对了!他是让人恭候啊!他心里说:好吧!他们会等我的!他们待在那儿就是为了这事!——哼!我恨透了那些阔佬,恨不能把他们一个个全掐死,我心里才痛快,才满意!那些所谓的善人,装作特别虔诚,去做弥撒,迷信耍嘴皮子的狗教士,迷信那些装神弄鬼的家伙,还自以为高我们一等,前来侮辱我们,说是给我们送衣服来,说得好听!还不是一钱不值的破烂,还送什么面包!这帮恶棍!我要的不是这些东西,而是要钱!哼!要钱!没门儿!他们说什么我们拿了钱就去喝酒,我们是酒鬼,是懒汉!可是他们呢?究竟是什么东西,从前是干什么的呢?是盗贼!不偷不盗他们发不了财!哼!就像揪住台布四角那样,把整个社会往空中一抛,全都摔个稀巴烂,有这种可能,但至少人人都成了穷光蛋,这样也算划得来!——真的,你那行善的牛嘴巴先生,他究竟干什么呢?到底来不来?那畜生也许把地址忘啦!我敢打赌,那老牲口……"

这时,有人轻轻敲了一下门;这个人急忙冲过去,将门打开,连连深鞠躬,万分敬仰地满脸堆笑,高声说道:

"请进,先生!我的尊敬的恩人,以及这位可爱的小姐,光临寒舍,屈尊请进。"

破屋门口出现一个年迈的男人和一个年轻姑娘。

马吕斯没有离开他窥视的位置,此刻他的感受难以言传。

那是"她"呀。

爱过的人都知道,这简单的一个"她"字,包含多少光辉灿烂的意思。

的确是她。马吕斯眼里立时浮起亮晶晶的水雾,看不太清楚,勉强辨出那是久违的意中人,是照耀他六个月的那颗星,是那对明眸、那个额头、那张嘴,是走了便留下黑夜的那张消失的俏脸。幻象隐没之后又重现啦!

她重现在这昏暗中,在这陋室里,在这畸形丑恶的破屋里,在这不是人待的地方!

马吕斯止不住浑身颤抖。怎么!是她!心怦怦狂跳,害得他眼睛发花,感到眼泪就要涌出来了。怎么!寻找了这么久,终于又见到她的面!他仿佛又招回了迷魂。

她的容颜依旧,只是脸色略显苍白,清秀的脸蛋镶嵌在一顶紫色帽子里，腰身则掩藏在黑缎斗篷中，只见长袍下方露出穿着紧帮缎靴的一双纤足。

她仍由白先生陪伴。

她往屋里走了几步，将一个挺大的包裹放到桌上。

容德雷特家大姑娘退到门后，以阴沉的目光注视这顶丝绒帽、这件缎斗篷，以及这张可爱幸福的脸。

九　容德雷特几乎挤出眼泪

这破屋十分昏暗，从外面乍一走进来，就会以为下到地窖。两位新客看不清周围模糊的形体，脚步难免有点迟疑，而住在这里的人，眼睛早已习惯昏暗，看得清清楚楚，自然就仔细打量他们。

白先生眼神和善而忧郁，走到男当家的容德雷特跟前，说道：

"先生，这包里装了几件日常穿的衣服，是新的，还有袜子和毛毯，请您收下。"

"我们天使般的恩人，对我们关心备至，"容德雷特说着一躬到地，他又趁着两位客人观察这破烂不堪的家居，急忙俯过身去，悄声对他大女儿补充道：

"嗯？刚才我怎么说的？破衣裳！不给钱。他们全是一路货色！对了，给这个老笨蛋的信签的什么名？"

"法邦杜。"女儿回答。

"戏剧艺术家，对！"

容德雷特问得真及时，恰好这时，白先生转身对他说话，那神情好像在回想对方的名字：

"看来……先生，你们的生活状况真令人同情……先生……"

"法邦杜。"容德雷特急忙应道。

"法邦杜先生，对，正是，我想起来了。"

"戏剧艺术家，先生，还颇有成就。"

说到这里，容德雷特认为，抓住这个"慈善家"的时机显然到了，于是他操起集市上耍把戏的那种大言不惭，以及大道旁行乞的那种苦苦哀求的混合腔调，提高嗓门说道：

"是塔尔马的弟子，先生！我是塔尔马的弟子！从前，我也有过走运的时候。唉！现在却倒运啦。您瞧瞧，我的恩人，没有面包，没有火。两个可怜的丫头没有火！只有一张椅子也坐穿啦！坏了一块窗玻璃！正赶上这种天气！我的妻子病了，卧床不起！"

"可怜的女人！"白先生叹道。

"我的孩子也受了伤！"容德雷特补充道。

那孩子见来了外人，便分了心，停止哭泣，端详起那位"小姐。"

"你倒是哭啊！嚎啊！"容德雷特低声道。

他说着，就掐了一把她那只受伤的手，这一系列动作显出扒手的本领。

小姑娘疼得哭号起来。

那个光彩照人的姑娘，即马吕斯私心里称为他的"玉秀儿"，急忙走上前去，说道："可爱的孩子真可怜！"

"您瞧，美丽的小姐，"容德雷特继续说道，"她的腕子还流血呢！为了每天挣六苏钱，她在机器下面干活，结果出了事故。再这样干下去，说不定胳膊要给切掉！"

"真的吗？"老先生惊慌地问道。

小姑娘信以为真，哭得越发厉害了。

"唉！对呀，我的恩人！"那父亲回答。

这阵工夫，容德雷特注视"慈善家"，神情有点异常，他一边说话，一边仔细打量对方，就好像在搜索记忆。他趁来客关切地询问伤了手的小姑娘的时机，突然走到床前，对他那样子颓丧迟钝的老婆，低声快速地说了一句："留心看那个男的！"

随即他又转向白先生，接着诉苦：

"您瞧，先生！我只穿一件衬衫，还是我妻子的！全撕烂啦！又到了隆冬季节。我没有衣服，连门都出不去。但凡有点衣服穿，我就会去拜访马尔斯小姐，她认识我，也非常喜欢我。她不是一直住在夫人塔街吗？我们曾经一同到外省演过戏，您知道吗，先生？她获得桂冠，也有我的一份儿功劳。赛丽曼娜①会来救助我的，先生！艾耳密尔也会向贝利塞尔②施舍的。可是不然，什么也没有！家里一个铜子也没有！

---

① 赛丽曼娜：莫里哀《厌世者》剧中女主角，以此泛指演主角的女演员。

② 艾耳密尔：莫里哀《伪君子》剧中的角色，男主人公奥尔贡的续弦，此处泛指富有同情心的女人。贝利塞尔（500—565）：东罗马帝国名将，屡建战功，为皇帝所妒，流落为乞丐。

我妻子病了，一个铜子也没有！我女儿受了伤，很危险，一个铜子也没有！我妻子呼吸困难，有时气闷，是年纪关系，神经系统也有毛病。她需要救护，我女儿也一样！可是，请大夫！可是，去抓药！怎么付钱呢？连一文钱也没有！先生，对着一个大钱，我情愿下跪！艺术贬低到什么地步呀！我的迷人的小姐，还有您，我的慷慨的保护人，你们体现美德和慈善，给那座教堂带去芬芳，你们知道吗，我可怜的女儿也去祈祷；天天看见你们？……因为，先生，我培养女儿信教，不愿意让她们去演戏。噢！女孩子呀，让我看着她们失足！我呀，可不是开玩笑！我总向她们灌输荣誉、道德、操行这些观念！问问她们就明白了。人要走正路。她们有父亲，而不是那种苦命的女孩，早早就没了家，结果就嫁给了大众；没名没姓的姑娘，又成为'众人'太太。当然啦！法邦杜家绝没有这种事！我要教育她们懂得廉耻，正经做人，要文雅，要信奉上帝！活见鬼！……然而，先生，我尊贵的先生，您知道明天会出现什么情况吗？明天，是2月4日，是要命的日子，是房东给我的最后期限，如果今晚我交不上房钱，那么明天，我大女儿、我本人、我这发烧的妻子、受伤的小女儿，我们四个人就要从这里给赶出去，赶到大街上，赶到大马路上，冒着雨雪，没有避身的地方。情况就是这样，先生。我欠了四个季度，整整一年的房租！也就是说六十法郎。"

容德雷特说谎。四个季度房租只有四十法郎，而且，他也不可能欠上四个季度。马吕斯替他付了两个季度，这事过去还不到半年。

白先生从兜里掏出五法郎，放到桌上。

容德雷特抓住这个空隙，又对着大女儿的耳朵咕哝一句：

"无赖！他给这五法郎让我干什么呢？还不够赔我的椅子和玻璃钱呢！一定得把本钱捞回来！"

这时，白先生脱下套在蓝色礼服上面的棕色大衣，搭在椅背上。

"法邦杜先生，"他说道，"我身上只有这五法郎了；不过，我把女儿送回家，今天傍晚再来一趟；今晚您一定得付房租，对不对？"

容德雷特的脸豁然开朗，现出一种奇特的表情。他忙不迭地回答："对，我尊敬的先生。八点钟，我就得去见房东。"

"我六点钟到这儿，给您带来六十法郎。"

"真是我的大恩人！"容德雷特无比激动地高声说道。

紧接着，他又悄声补充一句："老婆，仔细看看他！"

白先生挽上那美丽姑娘的手臂，朝房门走去，说道："今晚见，朋友们。"

"六点钟吧？"容德雷特问道。

"六点整。"

这时，放在椅背上的大衣引起容德雷特大女儿的注意。

"先生，"她说道，"您忘了穿大衣了。"

容德雷特狠狠瞪女儿一眼，同时狠命地耸了耸肩。

白先生转过身，微笑着回答："我没有忘，是留下的。"

"啊，我的保护人，"容德雷特说道，"我的崇高恩人，我真是感激涕零！请允许我一直送您上车。"

"您若是出去，"白先生又说道，"就把这件大衣穿上吧。天气确实冷得很。"

容德雷特不等人说第二次，急忙穿上棕色大衣。

他们三人一道出去，容德雷特给两位客人带路。

十　包车每小时两法郎

这一场景的始末，马吕斯全看在眼里，而实际上却又什么也没有看见，眼睛只顾盯住那姑娘，也可以说他那颗心，从姑娘一走进破屋，就将她抓住并整个儿裹起来。在姑娘停留的这一段时间，他完全陶醉了，感官知觉停顿，整个灵魂扑在一点上。他瞻仰的不是那个姑娘，而是披缎斗篷戴丝绒帽的一团光辉。就是天狼星进入这屋子，也不会令他如此目眩神摇。

当时，姑娘打开包裹，摊开衣服和毛毯，又和蔼地询问那母亲的病情，怜爱地询问那小姑娘的伤势，那一举一动他全窥见，那一言一语他也凝神聆听。他熟悉她的眼睛、额头，她的容貌、身材和举止，但是还不了解她的声音。有一回在卢森堡公园，他隐约捕捉到她讲的几句话，可又不十分真切。如能听见她的声音，心灵上如能留下一点这种音乐，就是减寿十年他也在所不惜。然而，她的话语，完全淹没在容德雷特的诉苦和怪叫声中了，真叫马吕斯又欣喜又恼火。他贪婪地看着姑娘，不敢想象在这破烂不堪的房子里，在这帮恶俗不堪的人中间，他所见到的真是这个天仙一样的姑娘。

　　等姑娘离去，他只有一个念头，要紧紧跟踪，直到弄清她的住址才放手，至少在如此巧遇之后，绝不能再失去她。他跳下五斗柜，戴上帽子，伸手拉门闩，正要出门，忽一转念，又停下来。走廊很长，楼梯极陡，容德雷特话又多，白先生恐怕还没有上车；万一在走廊里，或在楼梯上，或在车门口，白先生回过头来，瞧见他马吕斯住在这所房子里，那会警觉起来，设法再次摆脱他，那么事情就又搞糟了。怎么办呢？稍等片刻？可是在这工夫，马车可能走了。马吕斯一时左右为难，最后心一横，冒险走出房间。

　　走廊里阒无一人。他跑到楼梯，也不见人影，于是跑下楼，来到大街，刚好望见一辆马车在小银行家街拐弯，驶回巴黎市区。

　　马吕斯朝那个方向追过去，到了大马路的拐角，又望见那辆马车沿着穆夫塔尔街下坡路疾驶，已经跑得很远了，根本追不上。怎么办？跟在马车后边跑？那不行，况且，从车上肯定能看见有人拼命追赶，那老头儿会认出他来。只有一个办法，登上旁边这辆车去追赶另一辆。这样非常稳妥，既有效又无危险。

　　马吕斯向车夫招手停车，冲他喊道：“按钟点包车！”

　　马吕斯没有打领带。穿的是少纽扣的旧工作服，衬衣大襟打褶处还撕破一条。

　　车夫停下车，挤了挤眼睛，向马吕斯伸出左手，轻轻搓着大拇指和食指。

　　“什么意思？”马吕斯问道。

　　“先付钱。”车夫说道。

　　“多少钱？”他又问道。

　　“四十苏。”

　　马吕斯这才想起他身上只有十六苏。

　　“我回来再付。”

　　车夫不屑回答，吹起《拉帕利斯》小调，并且冲马抽了一鞭。

　　马吕斯愣愣地望着马车驶远。只差二十四苏，他就丧失了欢乐、幸福和爱情！他重又跌进黑夜中！刚见光明，重又变成盲人！他冥思苦索，老实说，他万分后悔，那五法郎，早上真不该送给那个穷丫头。有那五法郎，他就能得救，就能再生，就能走出迷惘和黑暗，摆脱孤独和忧伤，结束单身汉的生活；可是，那条美丽的金线在他眼前飘动，未待他重新结上他那命运的黑线，就再次断了。他痛不欲生，回到陋室。

按说他应该想到，白先生答应傍晚还来一趟，这回只要准备好跟踪就是了；然而，当时他看出神了，几乎没有听见那句话。

马吕斯正要上楼，忽见容德雷特在大马路的另一头：他身上裹着那位"慈善家"的大衣，沿着戈伯兰城关街那堵人迹罕至的墙根，正同一个面目不善的人交谈；那种人可以称作"城关盗贼"，面目可疑，言语晦涩，一副存心不良的样子，往往白天睡觉，这就意味黑夜行动。

那两个人冒着鹅毛飞雪，站在那里谈话；那样一伙人，城区警察见了准会注意，而马吕斯却不大留心。

不过，他再怎么黯然神伤，也还是不禁想到，同容德雷特说话的那个城关盗贼，好像一个叫邦灼的人；那人外号叫春生儿，又叫比格纳伊，有一回库费拉克指着那人让他瞧，说那家伙相当危险，夜间常在这一带出没。这个人的名字，在上一卷见过。这个有春生儿和比格纳伊两个绰号的邦灼，后来屡次犯罪，作恶多端，成为名闻遐迩的歹徒。如今，他在盗匪圈子里已成为传奇人物，大约在前朝末期创立新派。傍晚天要黑下来的时候，在强力监狱的狮子沟里，犯人三五成群，低声交谈，往往谈论他。监狱有一条排粪便阴沟，从巡逻道下面通到外边，1843年那起越狱大案，大白天三十名犯人逃走，就是从粪沟出去的；盖粪沟的石板上面能看到"邦灼"的名字，那是有一次他企图越狱时，大胆刻在墙上的。1832年，他还没有正式出道，就有警察密切注视了。

十一　穷苦为痛苦效劳

马吕斯缓步登上老屋的楼梯，正要回到自己的独居室，忽见容德雷特家大姑娘从走廊跟过来。在他眼里，那姑娘十分讨厌，正是她拿走了他的五法郎，再向她讨还已为时太晚，要租的轻便马车走了，要追的那辆轿车早已驶远。况且，她也不会还钱。至于刚才来的那两人的地址，问她也没用，显然她不知道，因为签署法邦杜的那封信上写的是："高台阶圣雅克教堂行善先生收。"

马吕斯走进屋，回手关门。

门却关不上，他回头一看，只见有一只手顶住半开的房门。

"怎么回事？"他问道，"是谁呀？"

正是容德雷特家大姑娘。

"是您？"马吕斯几乎气势汹汹，又问道，"您总缠着！要干什么？"

她似乎若有所思，未予回答。早上那副泰然自若的神态不见了，她站在走廊的暗地里，并不进屋，马吕斯只能从门缝瞧见她。

"啊，怎么不回答？"马吕斯说道，"您要干什么？"

姑娘冲他抬起无神的目光，眼里仿佛隐隐闪现一点光芒，她说道："马吕斯先生，看您伤心的样子，有什么心事吧？"

"我！"马吕斯重复道。

"对，是您。"

"我没什么。"

"不对！"

"是没什么。"

"跟您说不对！"

"让我安静点吧！"

马吕斯又要把门推上，可她仍然顶住。

"喏，"姑娘说道，"您不该这样。您虽然不是有钱人，但今天早上非常和善；现在，您还是和善点儿吧。您给了我吃饭的钱，现在告诉我您有什么事。您这样伤心，这一眼就能看出来。我不愿意看您伤心。怎么做就好了呢？我能帮上忙吗？要我干什么就说吧。我并不问您的秘密，您也不必告诉我，总之，我可能帮上忙。我完全可以帮帮您，既然我能帮父亲干事。送个信啦，去到什么人家啦，挨门打听啦，找谁的住址啦，跟踪哪个人啦，这些事我全能干。怎么样，有什么事尽可告诉我，我把话传给那人家。有时候让人捎个话，他们就知道了，事情也就全解决了。您就吩咐吧。"

这时，马吕斯灵机一动，有了个主意。一个人觉得要掉下去的时候，抓住哪根树枝还有挑拣吗？

他往前凑了凑，对容德雷特家姑娘说："你听着……"

姑娘眼里闪现喜悦的光芒，打断他的话。

"哦！这就对了，您和我说话，就称'你'吧！这样我更喜欢。"

"好吧，"马吕斯接着说，"是你把那位老先生父女带到这儿的……"

"对。"

"你知道他们的住址吗？"

"不知道。"

"替我找到。"

容德雷特姑娘的眼神，刚才由黯淡转为喜悦，现在又由喜悦转为阴沉。

"您就想知道这个？"她问道。

"对。"

"您认识他们吗？"

"不认识。"

"这就是说，"她急忙接口说，"您不认识她，但是想要认识。"

将"他们"改为"她"，这其中有一种说不出来的苦涩，意味深长。

"到底行不行？"马吕斯问道。

"替您找到那位漂亮小姐的住址吗？"

"漂亮小姐"这种说法，又有令马吕斯不自在的意味。他又说道："怎么说都无所谓！父亲和女儿的住址。有什么，他们的住址嘛！"

姑娘定睛看着他。

"您拿什么回报我呢？"

"你要干什么都行！"

"我要什么都行吗？"

"对。"

"我准能给您搞到住址。"

她垂下头，继而突然一下将门拉上。

马吕斯又独自一人了。

他仰身倒在椅子上，头和双肘则放在床沿儿上，沉浸到纷乱的思绪中，头晕目眩，什么也抓不住。从今天早晨起所发生的种种情况，那位天使突然出现，又突然消失，这个姑娘刚才对他说的话，无限失望中又漂浮一线希望之光，这一切乱纷纷充斥他的头脑。

他正自胡思乱想，突然又猛醒过来。

他听见容德雷特那凶狠的大嗓门讲了一句话，对他具有极特殊的利害关系："跟你说，没错儿，我认出他了。"

容德雷特讲的是谁？他认出谁啦？认出白先生吗？他的"玉秀儿"的父亲？怎么！难道容德雷特认识他？难道就这样突如其来，情况就要全部明了，免得他马吕斯稀里糊涂过一辈子吗？难道他终于要知道他爱的人是谁，那姑娘是谁，她父亲是谁吗？遮掩他们的极度浓厚的阴影，已经到了清朗起来的时候啦？幕布就要撕开了吗？天啊！

他急不可待，不是爬上，而是纵身跳上五斗柜，又回到隔墙窥视的小洞的位置。

他又看见容德雷特的破家。

十二　白先生那五法郎的用场

那家里的样子毫无变化，只是那母女三人分光了包里的东西，穿上了袜子和毛线衣，将两条毛毯扔到两张床上。

容德雷特呼吸还急促，显然刚刚从户外归来。两个女儿坐在靠壁炉的地上，姐姐在给妹妹包扎手。那女人好像瘫在挨壁炉的破床上，满脸惊诧的神色。容德雷特在破屋里大步走来走去，两眼神色异常。

在丈夫面前，那女人仿佛惊呆了，有点胆怯，试探着说道：

"怎么，真的吗？你有把握吗？"

"有把握！那是八年前的事儿啦！不过我认出他啦！哈！我认出他啦！我一眼就认出他来！怎么，你就没有看出来？"

"没有。"

"我不是跟你说了嘛：注意瞧瞧！还是那个头，还是那张脸，没怎么见老，有些人就是不老，不知道他们是怎么搞的，说话还是那嗓音。只有一点，他穿得好些罢啦！哼！老家伙，神秘的鬼东西，好了，我抓住你啦！"

他停下脚步，对两个女儿说："你们两个，给我滚开！——真怪了，你就没有看出来。"

两个女儿挺听话，赶忙站起来。

做母亲的讷讷地说："她的手不是受伤了吗？"

"冷空气对她有好处，"容德雷特说道，"走吧。"

显而易见，这个人在家里说一不二。两个女儿出去了。

就在她们出门的时候，父亲一把拉住大丫头的胳膊，以特别的声调说道："你们准五点钟回这儿。两个都回来。我要用你们。"

马吕斯更加注意了。

屋里只剩下容德雷特和他老婆了，他又开始走起来，转了两三圈没有吭声，接着花了几分钟，往裤腰里掖他那件女人衬衫的下摆。

他猛地转向他女人，叉起双臂，高声说道：

"有件事儿要我告诉你吗？那小姐……"

"哦，怎么！"他女人接口说，"那小姐？"

马吕斯确信，他们说的准是她。他心急火燎，侧耳细听，全部精力都集中到耳朵上。

然而，容德雷特却俯下身，低声对他女人说了几句话，最后直起腰，才高声说道："就是她！"

"那东西？"女人说。

"是那东西！"丈夫说。

那母亲一句"那东西"的意味，任何语言都难以表达。其中有惊讶、气恼、仇恨、愤怒，混杂而成为一种恶狠狠的声调。丈夫在她耳边说了点什么，无疑说出了名字，那肥胖女人就从昏昏沉沉的状态中醒来，从丑相变为凶相了。

"不可能！"她嚷道，"我女儿打着赤脚，连一件衣裙都穿不上，我一想到这一点，怎么！她又是披缎斗篷，又是戴丝绒帽，又是穿缎子靴，行头齐全！要置办得两百多法郎！简直像个贵妇人！不可能，你看错啦！先从长相说，那一个是丑八怪，而这一个却不赖！长得真不赖！不可能是她！"

"跟你说准是她。你就等着瞧吧。"

如此坚信不疑，容德雷特婆娘一听，就仰起那张又红又黄的大宽脸，注视天花板，那神态丑极了；此刻在马吕斯看来，她比她丈夫还吓人，那是虎视眈眈的一头母猪。

"什么！"她又嚷道，"那个讨厌的漂亮小姐，用可怜的样子看着我的丫头，她竟然是那个小叫花子！哼！我真想一鞋跟将她的肠子给踹出来！"

她跳下床，只见她头发蓬乱，鼻孔鼓张，嘴半咧开，握紧的两个拳头抛到身后，这样站了一会儿，又一仰倒在破床上了。那男的走来走去，根本不注意他女人。

沉默了一阵之后，容德雷特又走到他女人跟前站住，像刚才那样叉起胳膊。

"还要我告诉你一件事吗?"

"什么事?"女人问道。

他低声干脆地回答:"我发了一笔财。"

婆娘凝视他,那眼神分明表示:跟我说话的这个人难道疯啦?

他继续说道:

"天打五雷轰!在这个'有火会饿死——有面包也会冻死的教区里,我当教民的时间已经够长的啦!穷日子也过够啦!我活受罪,别人也受罪!不开玩笑了,我不再觉得这有趣了,游戏玩够了,老天爷呀!别再捉弄人了,永恒的天父!吃饭我要吃个够,喝酒我要喝个痛快!足吃足睡!什么也不干!嘿,也该轮到我享享福!在一命呜呼之前,我要尝尝百万富翁的滋味!"

他在破屋里兜了一圈,又补充一句:"跟别人一样。"

"你想说什么呀?"他老婆问道。

他摇头晃脑,挤挤眼睛,提高嗓门,像街头卖艺人要表演似的:"我想说什么?听好!"

"嘘!"容德雷特婆娘咕哝道,"别嚷嚷!要是那种事儿,就不能让人听见!"

"嗳!谁听见?那个邻居?刚才我看见他出去了。再说了,那个大傻瓜,他听得见吗?话又说回来,告诉你,我眼见他出去的。"

不过,容德雷特出于本能,还是放低了声音,然而马吕斯尚能听得见,他听清了整个谈话,还多亏一个有利的情况,就是马路上积雪减轻了过往车辆的声响。

马吕斯听到这样的对话:

"听清楚了。逮住他了,那个阔佬!就等于逮住了。这事板上钉钉了,全都安排妥当。我见了几个人。今晚六点钟他会来,送那六十法郎,老混蛋!我瞧见了,我那六十法郎、房东、2月4号的日期,我是怎么给你们诌出来的!这可不是一个季度!傻不傻!这样,他六点钟就到。那时候,邻居正好去吃晚饭,布贡妈也正好进城去洗杯盘。这房子里没人了。邻居十二点之前从不回来。两个丫头放风。你也可以下手帮我们。他会就范的。"

"他要是不就范呢?"女人问道。

容德雷特险恶地劈了一下手，说道："那就打发他。"

说着，他哈哈大笑。

这是马吕斯头一回看见他笑，那笑声冷森森而平稳，叫人不寒而栗。

容德雷特打开壁炉旁边的壁橱，取出一顶旧鸭舌帽，用衣袖擦了擦，便扣在头上。

"现在，我出去一趟，"他说道，"我还要见几个人。几个好把式。等着瞧吧，这事准能得手。我尽快赶回来。这是一桩好买卖。你看好家。"

说罢，他把两个拳头插进裤兜里。站着想了一会儿，又大声说道："你知道吗，也亏了他没认出我来！他若是认出我，就不会再来，就会从我们手中溜掉！是我这胡子救了我！我这浪漫派的山羊胡子！我这漂亮的浪漫派小山羊胡子！"

他又笑起来。

他走到窗前。雪下个不停，涂掉了天空的灰色。

"什么鬼天气！"他说道。

说着，他拎起大衣。

"这大衣太肥了。不过没关系。"他又补充说，"那老混蛋，把大衣留给我，还真干了一件大好事！没它我出不了门，这桩买卖也就做不成！鬼使神差，天下的事也真怪！"说罢，他将帽舌拉到眼皮上，出门去了。

他出去没走几步，房门忽又开了，门缝里又探进来他那猛兽般狡狯的身影。

"忘了件事，"他说道，"你准备一炉子煤。"

接着，他把"慈善家"给他的五法郎，扔到女人的围裙里。

"一炉子煤？"婆娘问道。

"对。"

"买几斗煤？"

"两满斗。"

"那得三十苏。剩下的钱还够我买东西做晚饭。"

"见鬼，那不行。"

"干吗不行？"

"这钱不能花。"

"干吗不能花?"

"我还要买东西。"

"买什么?"

"买点东西!"

"要花多少钱?"

"这附近有五金店吗?"

"穆夫塔尔街上有。"

"哦,对了,就在同另一条街的拐角,那店铺我有印象。"

"你买东西要花多少钱,总可以告诉我吧?"

"五十苏到三法郎。"

"给晚饭剩下的可就不多了。"

"今天谈不上吃饭。还有更好的事要干。"

"也将就了,我的宝贝。"

他婆娘说完这话,容德雷特又带上房门,这回,马吕斯听见他的脚步声越来越远,先穿过老屋走廊,又快速下楼。

这时,圣梅达尔教堂正打一点钟。

十三 在僻静地方单独相对,想必他们不会念"天父"①

马吕斯尽管总好沉思默想,但是正如我们指出的,他的性格既坚强又刚毅。独自思索的习惯,发展了他的同情心和怜悯心,与此同时,也许消磨了他好动肝火的性情,却毫未减损他那见义勇为的气概。他既有婆罗门教徒的善心,又有法官的严厉。他不忍伤害一只蛤蟆,但是能踏死一条毒蛇。而他现在窥视的,正是一个毒蛇洞,眼前正是一个魔窟。

"这帮无赖,应当踏上一只脚。"他心中暗道。

他期望弄清的谜团,非但一个也没有解开,也许神秘层反而加厚了;他并没有进一步了解卢森堡公园邂逅的那个美丽的女孩,以及他称作白先生的那个男人,只知道容德雷特认识他们。他听到的话十分晦涩,只能听出一件事,就是这里正在设置陷阱,设置一个隐秘而凶

---

① 原文为拉丁文。

险的陷阱，他们父女二人面临巨大危险，也许她能免遭于难，但她父亲要遭毒手，一定要搭救他们，挫败容德雷特一家人的阴谋诡计，扯断这些蜘蛛结的网。

他又观察一会儿，只见容德雷特婆娘从角落里拖出一个旧铁炉子，又在废铁堆里翻找什么。

马吕斯轻手轻脚，从五斗柜下来，尽量不弄出一点声响。

他看出策划的这场阴谋，心中不免惶恐，对容德雷特一家人深恶痛绝，但是想到在这样事情上，也许他能为他所爱的人帮上忙，又不禁感到一阵喜悦。

然而，怎么办呢？给两个受到威胁的人通风报信吗？但是到哪儿去找他们呢？他不知道他们的住址。他们在他眼前重现了片刻，随即又沉入巴黎的汪洋大海里。傍晚六点在门口守候，等白先生一到就告诉他有埋伏吗？可是，容德雷特及其同伙一定会发现他，这地方僻静无人，他们比他健壮，有办法抓住他，或者把他赶走，那么他要救的人也就性命难保。一点的钟声刚刚敲过，他们六点钟下手，马吕斯还有五个小时。

只有一个办法。

他穿上还看得过去的衣服，往脖颈上结了一条领巾，又戴上帽子，悄悄溜出去，毫无响动，就好像赤脚走在青苔上。

他出了楼门，便走上小银行家街。

这条街中段路边有一道矮墙，有几处人能跨越，墙里是一片空地。马吕斯心中有事，走得很慢，踏着雪地也没有什么声音；忽然，他听见身边有人谈话，便扭头瞧瞧，寂静的街道不见一个人影，现在又是大白天，然而，他却清清楚楚听见了人语。

于是，他想到探头瞧瞧墙里面。

果然有两个人，靠墙坐在雪中，低声交谈。

那两张面孔他从未见过：一个汉子满脸胡须，身穿罩衣，头戴希腊式圆帽；另一个汉子衣衫褴褛，没戴帽子，长头发里落了雪花。

马吕斯再往里探探，在他们的头上方能听见谈话。

长发汉子用臂肘捅捅对方，说道："跟咪老板干，不可能失手。"

"你这么看？"络腮胡子说道。

长发汉子又说："每人得五百法郎的一张票子，就是触霉头，大不了五年，六年，顶多十年！"

另一个颇为迟疑，手伸进希腊帽子搔头发，答道：

"这件事倒实实在在，碰到这种事总不会背过身去。"

"跟你说嘛，这事失不了手，"长发汉子又说道，"老家伙的两轮车会套上牲口的。"

接着，他们又谈起昨晚他们在娱乐剧院看的音乐剧。

马吕斯继续往前走。

他觉得那两个人好奇怪，躲在墙后，蜷缩在雪地里，讲些莫名其妙的话，恐怕跟容德雷特的罪恶计划不无关系。也许就是"那桩买卖"。

他走向圣马尔索城郊区，一碰到店铺就打听哪有警察派出所。

人家告诉他在蓬图瓦街十四号。

马吕斯赶往那条街。

他经过一家面包铺时，买了两苏面包吃，估计晚饭吃不上了。

他边走边感谢上天，心想他那五法郎，早上如不给容德雷特家姑娘，他就能乘车跟踪白先生，因而无从了解这一切，也就无从阻止容德雷特的阴谋，白先生必然遇害，他女儿也难幸免。

十四　警察给律师两个"拳头"

马吕斯来到蓬图瓦街十四号，上了二楼，请求见派出所所长。

"所长先生不在，"一个办事员回答，"有位探长代替他工作。您要跟探长谈谈吗？有急事吗？"

"有急事。"马吕斯说道。

于是，办事员将他带进所长办公室。一道铁栅里面，有个身材高大的人靠炉子站着，他身穿三叠领的大外套，双手提着外套的下摆。那人方脸盘，嘴唇薄而坚毅，花白颊髯浓密而凶悍，那目光能搜遍人的衣兜，可以说，那目光只能搜索，不能洞彻。

那人凶恶可怕的样子，并不怎么逊于容德雷特；有时见到恶狗，几乎跟遇见狼一样，叫人心惊胆战。

"您有什么事？"他对马吕斯说，连句先生也不称。

"所长先生吗？"

"他不在，我替他办公。"

"我要谈一件很机密的事。"

"那就谈吧。"

"非常紧急。"

"那就快点谈。"

这人又冷静又生硬，叫人见了又害怕又放心。他能让人产生畏惧和信赖。马吕斯向他叙述了这个意外事件，说有个男子，他只见过面而不相识，当晚要遭毒手，而他本人，马吕斯·彭迈西，身为律师，就住在那魔窟的隔壁，隔墙听到了全部阴谋；设置陷阱的主谋，是个叫容德雷特的家伙，他有同谋，大概是城关的盗贼，其中有个叫邦灼的，外号春生儿，又叫比格纳伊；容德雷特的女儿在外面放风；根本无法通知那个生命受到威胁的人，因为连他的姓名都不知道；总之，这起图财害命的案要在当晚六点钟下手，那济贫院大道最僻静的地点，在五十一五十二号那栋房子里。

探长听到这个门牌号，便抬起头，冷冷地说："就在那栋房子走廊的最里端喽？"

"正是。"马吕斯说道，他又问一句，"您熟悉那栋房子？"

探长沉默了片刻，接着，他把靴子后跟举到炉口烤火，答道："有点印象。"

他继续从牙缝里咕哝，主要不是对马吕斯，而是对他自己的领带说话："那里面恐怕有咪老板的行迹。"

马吕斯听了这话很惊讶，说道："咪老板，我的确听他们提过这个名字。"

于是，他向探长讲述了在小银行家街墙后的雪地里，那个长发汉子和那个络腮胡子的话。

探长咕哝道："那长发一定是勃吕戎，那络腮胡子一定是半文钱，外号二十亿。"

他又垂下眼帘思考："至于那老东西，我也能猜出个大概。哎呀，我这外套烤煳了。这该死的炉子，火总是太旺。五十一五十二号，从前是戈尔博的房子。"

接着，他又注视马吕斯。

"您只见过络腮胡子和长头发吗？"

"还见过邦灼。"

"您没看见一个花花公子模样的小魔头，在那儿转悠吗？"

"没有。"

"也没看见一个又高又壮，跟动物园大象似的大块头吗？"

"没有。"

"也没看见像过去红辫子小丑那样一个滑头吗？"

"没有。"

"至于第四个，谁也见不到，就连他的打手、伙计和爪牙也见不到。您没有发现他，倒不足为怪。"

"没见到。那些家伙是干什么的？"马吕斯问道。

探长则答道："不过，现在还不是他们活动的时候。"

他默然片刻，才接着说道："五十一—五十二号，那房子我了解。我们藏到里面，没法躲过那些艺术家的眼睛。一有情况，他们就停止演戏。他们谦虚到极点，见了观众就不自在！这样不成，这样不成。我要听他们歌唱，让他们跳舞。"

一段独白之后，他又转过身，定睛凝视马吕斯，问道："您害怕吗？"

"怕什么？"马吕斯问道。

"怕那些人吗？"

"也超不过怕您！"马吕斯生硬地回了一句，因为他开始注意到，这名警探还没有称过他一声先生呢。

这时，警探更加目不转睛地盯住马吕斯，以训导式的庄严口气又说道："听您这话，像个有胆量的人，也像个诚实人。勇气不畏罪恶，而诚实也不畏官家。"

马吕斯接口说道："是啊，那么您打算怎么办呢？"

探长仅仅这样回答："那栋房子的住户都有万能钥匙，夜间回家开门用。您也应当有一把。"

"有一把。"马吕斯说道。

"带在身上吗？"

"带在身上。"

"交给我吧。"探长说道。

马吕斯从坎肩兜里掏出钥匙，交给探长，又叮嘱一句：

"您若是相信我的话，就多带几个人手去。"

探长瞥了马吕斯一眼，那神色，就像伏尔泰瞧一个向他建议一处韵脚的外省学士院院士；他两只大手一下子插进外套特大号的兜里，掏出两支人称"拳头"的小钢枪，递给马吕斯，急促而干脆地说道：

"拿着这个，您回家去，就藏在房间里，要让人以为您出去了。枪都上了子弹，每支上两颗。您要注意观察。您对我说过，墙上有个洞。等那些人到了，就让他们多少行动一下。您判断等了一定火候，应当制止了，就开一枪。不能过早。接下来的事情由我管。朝空中开一枪，对着天花板，对着什么地方都行。千万注意不能过早。要等到他们开始行动之后，您是律师，明白为什么要这样。"

马吕斯接过两支手枪，塞进外衣旁边的兜里。

"这样鼓鼓囊囊，太明显了，"探长说道，"还是放在坎肩兜里吧。"

马吕斯将手枪分别藏在坎肩的两个兜里。

"现在，"探长接着说道，"谁都不能再耽误一分钟了。几点钟啦？两点半。他们预定七点钟动手吗？"

"六点钟。"马吕斯说道。

"还有时间，"探长又说道，"不过，时间刚好。我对您说的话，一句也不要忘了。砰！开一枪。"

"放心吧。"马吕斯答道。

马吕斯抓住门闩正要出去，探长又冲他嚷道："还有，事发之前，您要是需要我，亲自来还是派个人来，说一声要找沙威探长就行了。"

十五　容德雷特采购

过了一会儿，将近三点钟，库费拉克由博须埃陪同，偶然经过穆夫塔尔街。大雪满天，下得更紧了。博须埃正在对库费拉克说："瞧着这一团团雪降落，真像漫天飞舞的白蝴蝶……"博须埃忽然望见马吕斯样子古怪，顺着这条街朝城关走去。

"咦！马吕斯！"博须埃嚷道。

"我看见了，"库费拉克说道，"不要叫他。"

"为什么？"

"他忙着呢。"

"忙什么？"

"他那副神态你没看见吗？"

“什么神态?”

“他那样子就像跟踪什么人。”

“那倒是。”博须埃说道。

“瞧他那双眼睛!”库费拉克又说道。

“见鬼,他跟踪谁呢?”

“跟踪哪个花花—帽子—咪咪—小妞儿吧!他恋爱呢。”

“可是,”博须埃指出,“这街上,我没有看见什么咪咪,什么小妞儿,也没看见什么花花帽子。一个女人也没有。”

库费拉克望了望,又嚷道:“他跟踪一个男人!”

那确是个男人,头戴鸭舌帽,走在马吕斯前边二十来步远,虽然背向,却能看出他那花白胡须。

那人穿一件过分肥大的崭新大衣、一条沾满泥点而破烂不堪的长裤。

博须埃哈哈大笑。

“那是个什么人?”

“那个吗?”库费拉克接口说,“是个诗人吧。诗人就爱穿兔皮贩子卖的旧裤、法兰西元老院元老的大礼服。”

“瞧瞧马吕斯去哪儿,”博须埃说道,“瞧瞧那人去哪儿,跟踪他们,好吗?”

“博须埃呀!”库费拉克高声说,“莫城的鹰!你真是天下第一糊涂蛋。跟踪一个跟踪另一个男人的男人!”

他们掉头往回走。

刚才,马吕斯确实看见容德雷特经过穆夫塔尔街,于是盯梢窥伺。容德雷特只顾往前走,没料到被人盯上了。

马吕斯望见他离开穆夫塔尔街,走进优雅街一栋极其破烂的房子,停留有一刻钟,又回到穆夫塔尔街,走进当年在皮埃尔-龙巴尔街拐角开设的五金店,几分钟后从店铺里出来,拿着一把白木柄的冷錾,并藏掖在大衣里,走到小尚蒂伊街往左拐,急匆匆走上小银行家街。天色渐渐黑下来,雪停了一会儿又下起来了。小银行家街一向僻静无人,马吕斯就躲在拐角,没有往前跟踪,幸而如此,否则就坏事了;因为,容德雷特走到刚才马吕斯听到长头发和络腮胡子谈话的墙根,忽然回头张望,看看是否有人跟踪,确定身后无人,这才跨过墙头不见了。

墙里那片荒地通向一家旧出租车行的后院，那个业主名声不好，已经破产，但是车库里还有几辆破车。

马吕斯忽然想到，趁容德雷特不在，最好赶紧回家；再说，时间也不早了，每天傍晚，布贡妈都进城去洗杯盘，黄昏时分走时，照习惯总锁上楼门。马吕斯已将钥匙交给了警探，因此要赶快回去。

夜幕降临，暮色几乎弥合，唯独寥廓的天边还有太阳照亮的一点，那便是月亮。

红红的月亮，从妇女救济院的矮圆顶后面升起。

马吕斯大步流星赶回五十—五十二号，到达时楼门还开着。他踮起脚上楼，顺着走廊墙根溜回房间。大家还记得，走廊两侧的破屋当时全空着，没有租出去；布贡妈通常总让房门敞着。马吕斯经过一扇房门时，仿佛看见空屋里待着不动的人头，让透进天窗的残照余光映得隐隐发白。马吕斯怕被人瞧见，不便细察，悄无声息回到房间，没有让人发现。回来得正是时候，不大工夫，他就听见布贡妈离开，并锁上楼门。

十六　又听见套用 1832 年英国流行曲调的一首歌

马吕斯坐到床上，现在约莫五点半，再有半小时他们就动手了。他听见自己脉管怦怦直跳，就像黑暗中听见怀表的滴答声响，联想到此刻，两种行动正分头并进：罪恶从一个方向逼近，法律则从另一个方向赶来。他并不害怕，但是一想即将发生的事情，就难免不寒而栗。正如遭受意外事件突袭的人那样，他经历这一整天，仿佛做了一场梦，而且为了证实自己不在梦魇中，他需要感受一下兜里两支钢枪的凉意。

雪不下了，月亮穿破暮霭，越来越明亮，那清光同雪色相辉映，给房间增添一种黄昏的景象。

容德雷特那巢穴里有亮光，从那墙洞射过来，马吕斯看那红光就像血色。

那样的红光，实际上不可能由一支蜡烛发出来。况且，容德雷特家里毫无动静，没人走动，也没人说话，连点声息都没有，一片冷寂沉静，若是没有那亮光，真像同坟墓为邻。

他轻轻脱掉靴子，推到床底下。

过了几分钟，马吕斯听见下面楼门开启的声响，接着，沉重的脚步急速上楼，穿过走廊，隔壁破屋当啷一声拉起门闩，是容德雷特回来了。

立即响起好几个人的声音，原来全家人全在破窝，不过当家的不在，都一声不吭，如同老狼出去时的一窝狼崽子。

"是我。"容德雷特说。

"晚上好，老爸！"两个女儿尖叫。

"怎么样？"妈妈问道。

"爸爸一切顺利，"容德雷特答道，"可是，我的脚要冻僵了。好，就这样，你换了花衣服。这样也好让人家放心。"

"全准备好了，说走就走。"

"我教你的话，一句也没忘吧？你全能照办吗？"

"你就放心吧。"

"要知道……"容德雷特说道，但是话未说完。

马吕斯听见一件重东西撂在桌上，大概是买的那把冷錾。

"唉，你们吃了点东西吗？"容德雷特又问道。

"吃了，"那母亲答道，"有三个大土豆，加点盐吃了。就这炉火烤熟的。"

"好，"容德雷特又说道，"明天，我带你们下馆子，要整只鸭子和配菜。你们可以像查理十世那样大吃大喝。一切顺利！"

接着，他压低点声音补充道："捕鼠笼子打开了。猫儿全到了。"

他再压低点声音说道："把这放进炉火里。"

马吕斯听见用火钳或铁器捅煤块的声响。容德雷特继续说：

"房门折页涂上油了吧？别让门出声音。"

"涂上了。"那母亲回答。

"几点钟啦？"

"快六点了。圣梅达尔教堂已经敲过半点的钟声。"

"见鬼！"容德雷特说道，"两个小丫头该去放风了。你们俩过来，听我说。"

接着一阵耳语之声。

容德雷特又提高嗓门："布贡妈走了吗？"

"走了。"那母亲回答。

"你有把握隔壁没人吗？"

"他一整天没回来，你也清楚这是他吃晚饭的时间。"

"你有把握？"

"有把握。"

"不管怎么说，到他屋看看他在不在，总没什么坏处。"容德雷特又说道。"大丫头，拿着蜡烛，过去瞧瞧。"

马吕斯赶紧趴下，手膝并用，悄悄爬到床下。

他刚蜷缩在床底下，就看见门缝里射进光亮。

"爸爸，"一个声音喊道，"他出去了。"

他听出是那大姑娘的声音。

"你进屋了吗？"父亲问道。

"没有，"女儿回答，"这不钥匙在门上，他肯定出去了。"

父亲喊道："还是进去瞧瞧。"

房门推开了，马吕斯看见容德雷特大姑娘端着蜡烛走进来。她还是早晨那模样，不过烛光一照显得更吓人了。

她径直朝床铺走来，马吕斯惶恐之状难以描摹；其实，床旁边墙上挂了一面镜子，她是奔镜子去的。她踮起脚，对着镜子顾盼。隔壁房间传来翻破铜烂铁的声响。

她用手掌抚平自己的乱发，冲着镜子微笑，同时用那阴森可怕的破嗓门哼唱：

> 我们的情爱，持续整一周，
> 幸福的时刻，该有多短暂！
> 相爱八昼夜，人生欲何求！
> 情恋的时间，应当到永远！
> 应当到永远！应当到永远！

这工夫，马吕斯抖得厉害，他觉得那姑娘不可能听不到他的喘息声。

她走向窗口，朝外张望，同时拿出她那疯疯癫癫的样子高声说话。

"巴黎穿上白衣衫，该有多丑啊！"她说道。

她回到镜子前，又忸怩作态，从正面，再从两个侧面，接连自我欣赏。

"怎么样！"父亲喊道，"你在那儿干什么呢？"

"我在看床下，桌椅下边，"她一边回答，一边继续拢头发，"哪儿都没人。"

"笨丫头！"父亲吼道，"还不快回来！别在那儿磨蹭了。"

"这就回去！这就回去！"她说道，"在这破家里，干什么都没时间！"

她又哼唱：

> 你就离开我，要去建功业，
> 可怜我的心，随你走天涯。

她对着镜子又最后望了一眼，这才出去，随手带上房门。

过了一会儿，马吕斯听见走廊里两个姑娘赤脚的声响，以及容德雷特冲她们的喊叫：

"千万留心！一个在城关那边，一个守在小银行家街拐角。紧紧盯住这个楼门，一眼也不要放松，发现一点点情况，就赶紧跑回来！三步并作两步！你们带上一把进楼门的钥匙。"

大女儿咕哝道："光着脚，站在雪地里放哨！"

"明天，你们就有闪光缎子靴穿啦！"父亲说道。

她们走下楼梯，几秒钟之后，下边的楼门咣的一声关上，这表明她们出去了。

现在，这栋房子里只剩下马吕斯和容德雷特夫妇了；也许还有那几个神秘人物，刚才在昏暗中，马吕斯瞥见他们躲在一间空屋的门后。

十七 马吕斯那五法郎的用场

马吕斯认为到了重新观察的时候，便凭着年轻人的敏捷，一眨眼跳上观望台，凑近墙壁的小洞。

他往里张望。

容德雷特家中景象异常，马吕斯这才看清刚才引起他注意的奇特的亮光。一个生了铜锈的烛台上点着一支蜡烛，然而照亮整个破屋的并不是烛光，而是炉火的反光。一个相当大的铁皮炉子，正是容德雷特婆娘早上准备的那个，挪到壁炉里，满炉煤火烧得正旺，铁皮全红了，蓝色火焰在欢跳，看得见容德雷特在皮埃尔-龙巴尔街买来的那把钢錾，深插在烈火中烧红的形状。还看见靠门的角落有两堆东西，好像一堆铁器和一堆绳子，仿佛有用场特意放在那儿的。一个根本不了解这场阴谋的人，看到这种情景，思想会飘浮于非常凶险和非常简单的两种念头之间。这个巢穴让炉火一照，像个地狱口，更像个铁匠炉，然而，容德雷特映着那火光，样子三分像铁匠，七分倒像魔鬼。

炉火温度极高，桌子上那支蜡烛烤化半边，结果呈斜面燃烧。

壁炉上放一盏有遮光罩的旧铜灯，配得上变成卡尔图什的第欧根尼。

铁炉放在壁炉膛里，挨着几根将熄的焦柴，煤烟从壁炉烟囱冒出去，并没有散出气味。

月亮有清辉，从四块窗玻璃射进红光闪耀的破屋，即使在这要行动的时刻，马吕斯头脑里也还是充满诗情，联想到这情景好似天空来参与大地的梦魇。

冷风从打碎玻璃的窗口吹进来，既驱散了煤烟味，也掩饰了火炉。

读者若是还记得前面介绍戈尔博老屋的情况，就会明白容德雷特选择这个巢穴作案，是再合适不过了。这个房间位于最孤立房子的最里端，又地处巴黎最偏僻的大街。即或还未有过绑票的案例，这里也会发明出来。

这栋房子往里延长很深，因此，这巢穴由许多空房间同大道隔开，而唯一的窗户又对着有围墙和栅栏的大片空场。

容德雷特已点着烟斗，坐在草垫破了的椅子上吸烟。他老婆低声跟他说话。

若不是马吕斯，而换了库费拉克，也就是，换了在生活中随时随地都能发现笑料的人，一看到容德雷特婆娘那副打扮，肯定要哈哈大笑。她头上戴着那顶插羽翎的帽子，颇像查理十世祝圣大典上武士的军帽，身上穿的那条针织裙子上边，又扎了一条格子花呢的特大围巾，脚下穿的那双男鞋，正是早上她女儿不屑穿的那双。就是这身穿戴引出容德雷特一句称赞："好！你换了衣服！做得对，这样也好让人家放心！"

至于容德雷特，他没有脱下白先生给他的那件过分肥大的新大衣，还保持新大衣和破裤子所形成的鲜明对照，也正是在库费拉克眼中所谓诗人的典型。

突然，容德雷特提高嗓门儿：

"对啦！我想起来了。这样天气，他会乘车来的。你点上灯笼，提到楼下去，守在门后。一听到停车声，你就立刻开门，给他照亮上楼，穿过走廊；等他一进这屋，你再赶紧下楼，付了车钱，将出租马车打发走。"

"拿什么付车钱？"那婆娘反问道。

容德雷特搜索裤兜，掏出五法郎给她。

"这是哪儿来的？"她高声问道。

容德雷特神气十足地回答："就是今儿早上邻居给的那个银币。"

他又补充道："知道吗？这儿需要两张椅子。"

"干什么？"

"坐呀。"

"成啊！我把隔壁的给你搬过来。"容德雷特婆娘平静地说道。

马吕斯听了这话，脊背一阵冒凉气。那婆娘动作很快，打开破家的门，就冲到走廊。

马吕斯纵有天大的本事，也来不及跳下五斗柜，钻进床底下躲起来。

"拿着蜡烛！"容德雷特嚷道。

"不用，"她说道，"拿着还碍事，我要搬两张椅子呢，有月亮光就行了。"

马吕斯听见容德雷特婆娘那只笨重的手，在黑暗中摸索找他的钥匙。房门打开了。他惊呆了，定在原地。

容德雷特婆娘走进来。

天窗射进一束月光，夹在两大片黑影之间。马吕斯背靠的墙壁正巧笼罩着一片黑影，因而他隐没在里边了。

容德雷特婆娘抬起眼睛，却没有看见马吕斯，她操起马吕斯仅有的两把椅子走了，随手重重地带上房门。

她回到破家："两把椅子拿来了。"

"给你灯笼，"她丈夫说道，"快点儿下去。"

她急忙照办，屋里只剩下容德雷特了。

容德雷特将两把椅子摆到桌子两侧，又翻了翻炉火中的钢錾，搬一道旧屏风来，放到壁炉前遮住火炉，然后又走到放了一堆绳子的角落，弯下腰仿佛察看什么。马吕斯这才看清刚才以为的一堆烂绳子，原来是一条结得很好的软梯，有一根根木横掌儿和两个搭钩。

这副软梯和几件地道的大头铁棒的大家伙，胡乱放在门后的废铁堆上，今天早晨还没有见到，显然是在下午马吕斯外出时，搬进容德雷特这里的。

"那是铁匠用的家什。"马吕斯想道。

马吕斯在这方面若是稍微多点见识，就会看出他认作的铁匠家什中，有些是撬锁开门的工具，还有些砍杀的工具；这两类凶器，盗贼分别称为"小兄弟"和"收割器"。

壁炉、桌子和那两把椅子，正对着马吕斯。火炉遮住了，照亮屋子的就只有蜡烛了；桌上或壁炉上一点点破瓶烂罐，都映出巨大的影子。一个豁嘴水罐的影子就占了半面墙壁。屋里的平静气氛却有一种难以名状的险恶，令人感到即将发生骇人听闻的事情。

容德雷特又回到原座，烟斗熄灭他也不管，这是他专心想事的重大标志。在烛光中，他那张脸凶狠狡猾的棱角显得十分突出，紧皱着眉头，右手掌猛地张开，就好像他心中暗自盘算，最后拿定主意。他这样反复盘算中，有一回忽然拉开桌子的抽屉，取出藏在里边的一把长长的厨刀，在手指甲上试了试锋刃，然后又放回去，关上抽屉。

马吕斯这边也一把抓住放在坎肩右兜里的手枪，抽出来将子弹推上膛。

子弹上膛发出一个清脆的声响。

容德雷特惊抖一下，从椅子上欠起身。

"谁呀？"他喊道。

马吕斯屏住呼吸。容德雷特侧耳听了片刻，继而笑起来，说道："我怎么糊涂啦！是隔壁墙进裂的声音。"

马吕斯仍握着手枪。

十八　马吕斯的两把椅子相对摆着

忽然，远处传来令人惆怅的钟声，震动了窗玻璃。圣梅达尔教堂敲起六点钟。

容德雷特点头数着钟点，等第六响一敲过，他就用手指掐灭烛芯。

然后，他开始在屋里踱步，走几步，听听走廊的动静，又走几步，又听听，嘴里咕哝道，"但愿他来！"继而，他回到坐椅。

他刚坐下，房门就打开了。

容德雷特婆娘推开门，但是还停留在走廊里，提灯一个洞透出的光亮，从下面照出她脸上做出的狰狞媚态。

"请进，先生。"她说道。

"请进，我的恩人。"容德雷特急忙起身重复道。

白先生出现在门口。

他神态安详，格外显得令人敬重。

他把四枚路易金币搁在桌上。

"法邦杜先生，"他说道，"这钱您先用来付房费和应急，下一步再说。"

"上帝保佑您，我的慷慨的恩人！"容德雷特说着，急忙凑近他老婆："把出租马车打发走！"

她趁着丈夫一再点头哈腰，给白先生让座的工夫，就赶紧溜掉，不大工夫又回来，对着丈夫的耳朵悄悄说：

"行了。"

从早晨起，雪就未停，积了很厚，没人听见马车来去的声响。

这时，白先生已经落座。

容德雷特则占了白先生对面的那张椅子。

现在，要想对即将发生的场面有个概念，读者就必须想象一个严寒的夜晚，妇女救济院那一带偏僻的地方覆盖了雪，在月光下一片惨白，好似巨幅的殓尸布，路灯点点红光，映照着凄凉的大道和黝黑的长排榆树，方圆一公里大概也没有一个行人，戈尔博老屋更是岑寂、黑暗而可怖到了极点，而在这老屋里，在这僻静的地方，在这昏黑的环境中，只有容德雷特这间大屋子点着蜡烛，这间破屋里有两个男人坐在桌子两边，白先生神态安详，容德雷特满脸堆笑而面目可憎，他的老婆那条母狼则待在角落里，而马吕斯则隐身在隔壁墙后，站着不动，手里握着枪；眼睛注视隔壁房间，不漏掉一句话，也不漏掉一点举动。

马吕斯毫不畏惧，只感到一种强烈的憎恶。他紧握手枪柄，就像吃了定心丸。"这个坏蛋，我随时都可以阻止他。"他心中暗道。

他也感到，警察就埋伏在附近，只等一发信号就动手。

此外，他还希望，容德雷特和白先生的这场冲突，能透露出点情况，有助于他了解他所感兴趣的一切。

十九　心系暗处

白先生刚坐下，目光便移向那两张空了的破床。

"那可怜的小姑娘受了伤，现在怎么样啦？"他问道。

"不好，"容德雷特又伤心又感激地笑了笑，回答，"很不好，尊敬的先生。她姐姐带她上淤泥街医院包扎去了。她们过一会儿就回来，您能见到。"

白先生瞧了瞧身穿奇装异服的容德雷特女人，只见她站在他和房门之间，仿佛守住出口，摆出一副威胁的、近乎要搏斗的架势，紧紧盯着他，于是又问道："看样子，法邦杜太太身体好多啦？"

"她就剩下最后一口气了，"容德雷特答道，"可是，有什么办法呢，先生？这个女人呀，干起事来不要命！她哪儿是个女人，简直是头公牛。"

容德雷特婆娘受到称赞深为感动，像妖魔受到爱抚一样怪叫道："你对我总是好得过头，容德雷特先生！"

"容德雷特！"白先生说道，"我还以为您叫法邦杜呢！"

"法邦杜，又称容德雷特，"丈夫急忙接口说，"艺术家的别号！"

同时，他朝老婆耸了一下肩膀，但是没让白先生瞧见，接着又拿出夸张而动听的声调，继续说道：

"哦！没的说，这个可怜的人和我，我们总是非常和睦！我们若是没有这种情分，还剩下什么呢！我可敬的先生，我们太不幸啦！人家有胳膊有腿儿的，就是没活儿干！人家有勇气，就是没有工作！我不知道政府如何解决这个问题，但是讲老实话，先生，我不是雅各宾派，先生，也不是民主派，我不想攻击政府，不过，假如我是大臣，我以最神圣的东西发誓，局面肯定不一样。喏，比方说，我本想让两个女儿去学糊纸盒的手艺。您会对我说：什么！学手艺？对呀！一门手艺！一门简单的手艺！挣口面包吃！沦落到什么地步，我的恩人！跟我们从前的状况比较，降低到什么层次啦！唉！当年我们兴旺的时期，什么也没有留下来！只剩下一样东西，是一幅油画，我特别珍视，但又不得不割舍，人总得活下去！还是这句话，人总得活下去！"

容德雷特显然语无伦次，但毫未损减他那面目的审慎而精明的表情。在他东拉西扯的时候，马吕斯抬起目光，忽然发现屋子里端有个人，是他没有见过的。那汉子刚进来，而且开门极轻，谁也没有听见响动；他穿着紫色针织旧坎肩，又破又脏，每一条皱褶都张着口，下身穿一条肥大的棉绒裤，脚下穿一双垫木屐的鞋套，没有穿衬衣，脖颈裸露，两条赤臂纹了图案，满脸抹了黑灰。他又着手臂，坐在靠近的那张床上一声不响，正好在容德雷特婆娘身后，因而仅仅隐约可见。

直觉具有磁性，往往能警告视觉，白先生几乎跟马吕斯同时扭过头去，不禁惊抖一下，这没有逃过容德雷特的眼睛。

"哦！我明白！"容德雷特一副殷勤姿态，边结纽扣边说，"您是瞧您这大衣吧？我穿着挺合身！真的，我穿着挺合身！"

"那人是谁？"白先生问道。

"他吗？"容德雷特答道，"是个邻居，不要管他。"

那邻居样子很怪。不过，圣马尔索城郊区有不少化工厂，许多工人的面孔都可能熏黑。况且，白先生整个人儿都体现出一种憨厚而无畏的信赖。他又说道：

"对不起，刚才您对我说什么来着，法邦杜先生？"

"刚才我对您说，先生，我亲爱的保护人，"容德雷特接着说道，同时双肘撑在桌上，用蟒蛇似的温和而凝注的眼睛盯住白先生，"刚才我对您说，我有一幅画要出手。"

房门轻微响了一下，又进来一个汉子，坐到容德雷特婆娘身后的床上。他跟头一个人一样，也赤裸着手臂，脸上涂了墨或者抹了烟灰。

那人虽是溜进屋，却没法避开白先生的目光。

"您不必理睬，"容德雷特说道，"他们都是这里的房客。刚才说，我还剩下一幅画，一幅珍贵的画……就是这个，先生，您瞧瞧。"

他起身走过去，把我们提过的戳在墙根的那个画板翻个面，仍戳在那里。烛光多少照见一点儿，那确实像一幅油画。但是，有容德雷特在中间挡着，马吕斯根本看不清楚，只隐约望见那粗劣的画面：一个主要人物色彩刺眼，类似集市上兜售的画或屏风上的绘画。

"这是什么呀？"白先生问道。

容德雷特赞叹道：

"这是大师的绘画，一件价值极高的作品，我的恩人！我就像对待两个女儿一样珍视它，它能唤起我许多往事！但是，我跟您说过了，说过就不改口，我的命太苦了，不能不把它卖掉！"

也许是偶然，也许是开始戒惧了，白先生看着看着画，目光又移向屋子另一端。现在已经有四条汉子了，三人坐在床上，一个立在门框旁边，四个全都赤臂，一动不动，全都抹成了黑脸。坐在床上的三人中，有一个合目靠着墙，好像睡着了。那是个老家伙，白发耷拉在黑脸上，形象十分可怕。另外两个显得年轻，一个胡子拉碴，一个长头发。谁都没有穿鞋，不是穿鞋套，就是光着脚。

容德雷特注意到，白先生目不转睛，看着那些人。

"他们是朋友，是邻居。"他说道，"他们的脸那么黑，是因为整天在煤堆里干活。他们是通烟囱的，您不必管他们，我的恩人，还是买我的画吧。可怜可怜吧，我这么穷苦。我不会向您卖高价。您估一估，多少钱？"

"嗳！"白先生说道，他直视容德雷特的眼睛，好像进入戒备状态的人，"这是客栈的招牌呀，也就值三法郎。"

容德雷特和气地答道：

"钱包您带了吧？我只要一千银币。"

白先生站起来，背靠墙壁，目光迅速扫视整个房间，左侧靠窗户一边有容德雷特，右侧靠门一边有容德雷特婆娘和那条汉子。那四人没有动弹，甚至就像没有看见他；容德雷特又诉起苦来，那眼神极为迷惘，那声调极为凄惨，白先生简直以为，眼前这个人只不过是穷得发了疯。

"亲爱的恩人，如果您不买我的画，那么我就没路了，只好跳河自杀。"容德雷特说道，"我早就想让两个女儿学糊半精致的纸盒，就是逢年过节的那种礼盒。想想那么容易啊！要有设备，先得在屋子里端放一张桌案，要带一块挡板，免得玻璃东西掉到地上；还得有个特制的炉子，一个里面有三格的钵子，好装三种黏度不同的糨糊，分别用来糊木面、纸面和绸面；此外，还得有一把裁纸板刀、一个校正的模子、一把钉铁皮的锤子，还有刷子，还要什么鬼玩意儿，我怎么知道？摆这么一大摊子，只为每天挣四苏钱！还得干十四个钟点！每个盒子在女工手里要经过十三道工序！把纸弄湿，又不准弄上脏点！还得用热糨糊,不能冷掉! 跟您说,真是鬼差使! 每天挣四苏,让人怎么活呀?"

容德雷特这样唠叨,眼睛并不看白先生。白先生定睛看着他,而他的眼睛却盯着房门。马吕斯一颗心悬着,目光来回注视他二人。白先生仿佛在考虑:难道这是个白痴吗?容德雷特则变换声调,有气无力地哀求,重复两三遍:"我只好投河自杀了,有一天,在奥斯特利茨桥附近,我朝水里走下三个台阶!"

他那黯淡的眼神突然亮起来,射出凶光,这矮个子男人挺起胸膛,变得气势汹汹,朝白先生逼进一步,雷鸣般的声音冲他喊道:

"这些全不着边! 您认出我来了吗?"

二十　陷阱

破屋的门猛地打开,出现三条汉子。他们身穿粗布蓝罩衫,脸戴黑纸面具:头一个精瘦,手操一根包铁皮的长木棒;第二个彪形大汉,手握斧柄中间,倒提一把屠牛斧;第三个膀阔腰圆,不像头一个那么瘦,也不像第二个那么高大,手中攥一把大钥匙,不知是从哪个监狱偷来的。

看来,容德雷特就等着这几个人,他同拿木棒的那个瘦子迅速地对了几句话。

"全准备好啦?"容德雷特问道。

"好啦。"那瘦子回答。

"怎么不见蒙巴纳斯?"

"小伙子停在那儿,跟你闺女聊天呢。"

"哪一个?"

"大闺女。"

"楼下有出租马车吗?"

"有。"

"那辆车套好牲口了吗?"

"套好了。"

"两匹好马?"

"棒极了。"

"是在我指定的地点等着吗?"

"对。"

"很好。"容德雷特说道。

白先生面无血色，显然他明白自己落到什么境地，便注意整个屋里的动静，头在脖颈上缓缓扭动，注视他周围的一颗颗脑袋，那神情又专注又诧异，但并无畏惧之色。他把桌子当作临时防御工事；这人，刚才还是一副和善老人的样子，却赫然变成一个威武斗士，粗大有力的拳头放在椅背上，那姿势着实令人胆战心惊。

这老人面临巨大危险，仍然如此坚定而勇敢，仿佛天性如此：勇敢和善良一样，都是那么自然而然的。我们爱一个女子，绝不会把她父亲视为路人；同样，马吕斯也为这个尚未结识的人感到骄傲。

容德雷特称为"通烟囱的"那三个赤臂汉子，也都从废铁堆里操起家伙：一个拿了一把大剪刀，另一个拣了一根铁杠杆，第三个挑了一把大锤；他们全都一声不吭，挡住出门的路。那老家伙仍坐在床上，只略睁一下眼睛。容德雷特婆娘坐在他旁边。

马吕斯心想，再过几秒钟，就该是他干预的时候了，他举起右手，枪口指向靠走廊一侧的天棚，随时准备开火。

容德雷特同那个拿包铁皮棒子的人对完话，又转向白先生，伴随他那低沉、克制而又可怕的笑声，重复问道："您认不出我了吗？"

白先生面对面瞧着他。答道："不认识了。"

于是，容德雷特一直走到桌子前，俯身凑到蜡烛上面，又起双臂，那棱角突出的凶狠的下巴，伸向白先生那张平静的脸，尽量逼近，但没有吓退白先生，他就保持猛兽要捕食的这种姿势，吼道：

"我不叫法邦杜，也不叫容德雷特，我叫德纳第！就是蒙菲郿的那客栈老板！听清楚了吧！德纳第！现在，您认出我了吧？"

白先生额头掠过一丝难以捕捉的红晕，他的声音既不发抖，也没有提高，仍像平时那样沉着地回答："还是认不出来。"

马吕斯没有听见这句回答。此刻，谁若是瞧见，就会发现他在黑暗中那么惊愕、怔忡而震悚。当容德雷特说"我叫德纳第"的时候，马吕斯浑身抖起来，只觉一阵心寒，仿佛利剑刺进去，他赶紧靠在墙上，准备开枪打信号的右臂也缓缓放下，当容德雷特重复"听清楚了吧？德纳第！"的时候，马吕斯手指一软，手枪险些失落。容德雷特揭示自己的身份，并没有触动白先生，却大大震动了马吕斯。德纳第这个姓名，白先生似乎不认识，马吕斯却认识。让我们回想一下，这名字对他究竟意味着什么！这名字，写在他父亲的遗嘱里，更铭刻在他的心上！这名字，他铭刻在思想深处，记忆深处，在这神圣的遗嘱中："一个名叫德纳第的人救了我的命。吾儿若遇见他，望尽力报答。"我们记得，这名字是他灵魂的一个敬仰，同他父亲的名字并列受他崇拜。怎么！这人就是德纳第，这人就是他久寻不见的蒙菲郿那个客栈老板！现在终于找到了，怎么会是这样！他父亲的救命恩人竟然是个强盗！马吕斯渴望效命的这个人，竟然是个魔鬼！彭迈西上校的这个搭救者正在行凶，虽然马吕斯还看不清楚是什么方式，但是很像要谋财害命。天主啊，要害谁的命呀！真是劫数啊！命运的嘲弄多么惨苦啊！父亲在棺木里命令他全力报答德纳第，而且四年来，他也一心想偿清父亲的这笔债，讵料，他正要协助法律逮捕一个行凶的强盗时，命运却向他大喝一声：这是德纳第！在滑铁卢的英勇战场上，人家把他父亲从枪林弹雨中救出来，他终于能够报答了，却报答人家一个断头台！他曾许下心愿，一旦找见那个德纳第，他一定要跪拜，而现在果然找到了，却要把人家交给刽子手！父亲对他说："要救助德纳第！"而他却要毁掉德纳第，以这种行为来回答那至爱神圣的声音！这个人冒着生命危险，把他父亲从死亡中抢出来，他马吕斯却告发父亲托付给他的人，让父亲从坟墓里观赏将这人押赴圣雅克广场受刑！多少年来，他心中牢记父亲写下的遗愿，现在却背道而驰，这该有多么荒唐可笑啊！然而，从另一方面说，目睹发生一场命案而不加以制止！什么，坐视不管有人受害，让凶手逍遥法外！对这样一个歹徒，难道还能一味知恩图报吗？马吕斯四年来的全部念头，仿佛被这意外的打击彻底搅乱了。他浑身战栗，全取决于他了。眼前这些气势汹汹的人，却不知道全控制在他手里，他一开枪，白先生就会得救，德纳第就完蛋了；如不开枪，白先生就要遭殃，而德纳第，谁知道呢？也许会逃之夭夭。抛弃这一个，还是让另一个倒下？左右为难，都要受良心的责备。怎么办呢？何去何从呢？背弃刻骨铭心的记忆，背弃从内心深处许下的诺言，背弃最神圣的职责，背弃最为珍视的遗书！违背父亲的遗嘱，还是纵容犯罪？两难之间，他仿佛听见这边他的"玉秀儿"为她父亲恳求他，那边上校则叮嘱他照顾德纳第。他感到自己要发疯了，两条腿发软，站立不稳。眼前的事态直转急下，根本不容他仔细斟酌。这真像一场旋风，他自以为处于主动，却身不由己裹卷而去，眼看就要昏倒了。

这工夫，德纳第——此后我们不再用别的名字称呼他了——在桌子前走来走去，神态失常，得意到了疯狂的程度。

他一把操起烛台，啪地往壁炉上一撂，用力极猛，烛芯差点震灭，蜡油也溅到墙上。

随即一转身，面目狰狞，冲白先生狂叫：

"火烧的！烟熏的！千刀万剐！扒皮抽筋！"

接着，他又走起来，同时大肆发泄，如雷吼道：

"哼！我总算找到你了，慈善家先生！穿破衣烂衫的百万富翁！送布娃娃的好先生！老傻瓜！哼？你认不出我来啦！怎么，八年前，1823年圣诞节那天晚上，不就是你到蒙菲郿，到我的客栈吗？不就是你从我家带走芳汀的孩子云雀的吗？不就是你穿一件黄外套？不是吗？手里还拎一大包破烂衣裳，就像今天早晨一样到我家来！你说说，老婆子！看来，他有这口瘾，到别人家去，总带着装满毛线袜子的包裹！老慈善家，算啦！难道你是开衣帽袜店的吗，百万富翁先生？你这圣徒，专门把店底货送给穷人！真会耍把戏！哼！你认不出我啦？好吧，我却认出你，我呀，一见你这牛鼻子伸进这里，我当即就认出你来。哼！这回瞧瞧吧，就这样随便闯进别人家里，不是什么好事，借口那是客栈，穿着破衣烂衫，装出一副穷相，好像让人给一个铜子钱也是好的，瞒骗人家，再摆出慷慨的派头，把人家饭碗夺走，还在树林子里威胁人，赖着这笔账，等人家破落了，才送来一件太肥的大衣、两条医院病床用的破毯子，老无赖，拐骗儿童的老贼！"

他停下来，一时仿佛自言自语，火气也消了，就好像罗讷河水流进地洞里；继而，他又像要高声讲完他低声自语的事情，一拳击在桌子上，嚷道："还摆出一副老好人的样子！"

他指着白先生，又说道：

"当然喽，从前你耍了我！你是我这全部苦难的根源。你花了一千五百法郎，把在我那儿的一个女孩带走；她肯定是有钱人家的孩子，当时已经给我挣来不少钱，本来我可以靠她过一辈子；那姑娘本来可以把我开店赔的钱全捞回来。在我那可恶的大车店里，别人大吃大喝，我却像个傻瓜，把全部家当吃进去了！哼！但愿他们在我店里喝的全是毒药！算了，没关系！说说看，当初你把云雀带走，一定觉得我很可笑吧！那时在树林子里，你拿一根短木棍，可以逞凶。现在一报还一报，王牌攥在我手里啦！你完蛋了，我的老儿！哈，今天该我笑了，真的，我要开怀大笑！这回他可落入圈套啦！我跟你说，我是演戏的，我叫法邦杜，曾经跟马尔斯小姐、穆什小姐同台演出，我说明天2月4日，房东要收我房租，你却一点也没有看出来，是1月8日，而不是2月4日到一个季度！愚蠢透顶！给我送来这可怜巴巴的四枚金币！恶棍！心肠真狠，连一百法郎都不肯凑足！我那一阵恭维，还真把他给迷惑住了！叫我好不开心。我心里想：傻瓜蛋！嘿，这回让我逮住了。今天早晨，我舔你的爪子，今天晚上，我就要啃你的心！"

德纳第住了口，他气喘吁吁，那狭小的胸膛呼哧呼哧像拉风箱。他的眼神充满了下流的喜悦，表现出怯懦而凶残的小人终于能击败自己所畏惧的人，终于能凌辱自己所恭维的人了，那是侏儒站到巨人头顶的喜悦，也是豺狗遇到一头病得不能自卫，但还有口气儿能感知疼痛的公牛，开始撕咬时的喜悦。

白先生没有打断他的话，等他住了口才对他说："我不明白您要说什么。您认错人了，我是个很穷的人，根本不是什么百万富翁。我不认识您。您把我当成另外一个人了。"

"哼！胡扯！"德纳第嘶哑的嗓子嚷道。"这场玩笑你还要开下去！老兄，你还垂死挣扎！嗯！你想不起来啦？你看不出我是谁！"

"对不起，先生，"白先生回答，那礼貌的口吻在此刻显得既有力又特别，"我看出您是个强盗。"

众所周知，丑类也有触怒的地方，魔怪也有怕痒的部位，听到"强盗"这个字眼，德纳第婆娘腾地跳下床；德纳第也一把抓住椅子，好像要把它弄个稀巴烂。"别动，你！"他冲老婆喊道，然后又转向白先生：

"强盗！对，我知道，富有的先生们，你们就这样称呼我们！嘿！不错，我破了产，躲藏起来，没有面包，身上连一个铜子也没有，我是个强盗！我一连三天没吃饭了，我是个强盗！哼！你们那些人，脚上穿得暖暖的，穿萨哥斯基制造的薄底皮鞋，像大主教那样穿着棉大衣，你们住在有门房的楼房的二楼，你们吃块菰，1月份吃四十法郎一把的芦笋，吃豌豆，总之你们肥吃肥喝，而你们要想知道天气冷不冷，还得看报上登的舍瓦利埃①工程师的寒暑表记录。我们呀！我们本身就是寒暑表！我们就用不着跑到河滨路的钟楼脚下，看看冷了多少度；我们觉得出身上的血液凝结了，冰块钻进心里，于是我们说：这世界没有上帝！现在，你来到我们的洞穴，对，来到我们的洞穴，管我们叫强盗！好吧，我们要吃掉你！好吧，我们这些穷小子，要把你吞下去！百万富翁先生！告诉你一个情况：当初我是有经营的人，也有执照，也是选民，也是个绅士，我！可你呢，很可能就不是！”

德纳第说到这里，朝守住门口的那几个跨了一步，颤抖着补充一句：“一想到他跑到这儿来，竟敢像对待补鞋匠的那种口气跟我讲话！”

随即他又转向白先生，倍加狂暴地说：

“慈善家先生！你还应当了解这一点：我不是个形迹可疑的人，我！我不是个没名没姓、拐人家小孩的人！我是个法兰西老军人，本应该荣获勋章！我呀，参加了滑铁卢战役！在战斗中，我还救了一个叫什么伯爵的将军！他倒是向我报了名字，但那鬼声音太微弱，我没有听清楚，只听见‘美谢’。谢不谢没关系，我宁愿知道他的姓名，好能找到他。你看见的这幅画，是大卫在布鲁克塞尔②画的，你知道画的是谁吗？画的是我。大卫打算让这一功绩流芳百世，我背这个将军，穿过枪林弹雨。事情的经过就是这样。那个将军，按说什么也没有为我做，他也不比别的将军强什么！可是，我照样冒着生命危险救了他一命，我口袋里装满了这类证件。我是滑铁卢的一个士兵，上帝他祖宗的！我好心把情况全告诉你了，现在就把这事了结，我要钱，要很多钱，要一大笔钱，不给钱，就要你的命，我以天雷发誓！”

马吕斯焦虑的情绪稍能控制住了，他侧耳细听，心中最后一点疑云消散了：此人确是遗嘱所说的那个德纳第。听他谴责父亲忘恩负义，马吕斯不禁浑身颤抖，真觉得责无旁贷，应当承认人家言之有理。他越发首鼠两端，不知如何是好了。再说，有一种像罪恶一样可憎、像真情一样揪心的东西，体现在德纳第的每句话里，体现在他那声调、手势和使字字迸出火花的眼神里，体现在那种火暴性子一吐为快的喷

①　舍瓦利埃：巴黎钟表河滨路的光学技师，著有《论玻璃物理仪器的艺术和技师》。
②　即布鲁塞尔。

发中，体现在那种大吹大擂和卑鄙下流、高傲和渺小、狂怒和愚妄的混杂中，体现在真怨恨和假感情的糅合里，体现在一个恶人品尝肆虐快感的那种粗鄙中、一颗丑恶灵魂的那种无耻暴露中，体现在全部痛苦和全部仇恨交织的竞相宣泄中。

读者已然猜出，他要卖给白先生的那幅所谓名作，大卫的绘画，只不过是他那车马店的招牌，我们还记得是他自己画的，也是他在蒙菲郿破产后唯一保留下来的残物。

这时，德纳第不再遮挡马吕斯的视线，马吕斯可以仔细观赏那涂抹的东西，还真看出画的是战场，背景硝烟弥漫，画上一个男人背着另一个男人。那二人正是德纳第和彭迈西，救命恩人中士和被救者上校。一时间，马吕斯仿佛喝醉了，觉得他父亲在画上活了，那不再是蒙菲郿客栈的招牌，而是复活的场面，一座坟墓裂开，一个幽灵从墓穴里站起来。马吕斯听见太阳穴上脉搏的跳动，耳畔回响着滑铁卢的炮声，他父亲满身鲜血，模模糊糊画在这凶险的画板上；令他胆战心寒，那丑陋的身影仿佛定睛凝视他。

德纳第缓过气来，那双血红的眼睛又盯住白先生，低声而干脆地对他说："在我们把你灌醉之前，你有什么要说的吗？"

白先生沉默不语。在这寂静中，走廊里响起一个破锣嗓子，开了这样一句瘆人的玩笑话："要劈木头，看我的！"

是那个手持屠牛斧的汉子在寻开心。

话音未落，门口出现一张黑不溜秋、毛发竖起的大宽脸，笑口咧得吓人，露出满嘴獠牙。

这正是手持着牛斧那汉子的嘴脸。

"你干吗拿下假面具？"德纳第怒气冲冲地对他嚷道。

"笑起来痛快。"那人回答。

有一阵工夫，白先生似乎密切注视德纳第的一举一动，而德纳第却被自己的狂怒弄得头晕目眩，在那巢穴里走来走去，觉得稳操胜券：房门有人把守，他们有家伙，逮住一个手无寸铁的人，而且九个对付一个，假如德纳第婆娘也算一个人的话。德纳第转身呵斥手持大斧的人，正好背对着白先生。

白先生抓住这个时机，一脚踢开椅子，又一拳推开桌子，身形敏捷得出奇，不待德纳第转身，一个箭步就蹿到窗口，打开窗户，跳上窗台，跨到窗外，只用一秒钟的工夫；半截身子已经出去了，却又被六只有力的大手揪住，硬把他拖回破屋里。扑上去抓住他的人，是那三个"通烟囱的"。德纳第婆娘也同时上去揪住他的头发。

其他强盗听到蹿动声，纷纷从走廊跑来。那个坐在破床上仿佛喝醉酒的老家伙，也跳下床，手持养路工用的铁锤赶到。

烛光正好照见一个"通烟囱的"，那张脸虽然抹黑了，马吕斯还是认出他是邦灼，外号春生儿，又叫比格纳伊；那人拿着铁棒两端安铅球的双头锤，举在白先生的头顶。

这场景马吕斯不忍看下去，他心中暗道："父亲啊，宽恕我吧！"同时他的手指摸向手枪扳机，正要开枪时，忽听德纳第又喊了一声："不要伤着他！"

受害者这种绝望的挣扎，非但没有激怒德纳第，反而令他平静下来。他身上有两个人，一个凶残，一个精明。直到这一刻，面对束手就擒的猎物，他得意忘形，是凶残的人得了逞；而他看到受害者要拼死一搏，身上那个精明人又出来占了上风。

"不要伤着他！"他重复道。可他却没有想到，这话的头一个效果，就是制止了欲发的一枪，喝住了马吕斯。马吕斯觉得，紧急情况已过，出现新局面，再观望一下也未尝不可；况且谁知道呢？也许会出现转机，把他从两难境地解脱出来，不必眼睁睁看着"玉秀儿"的父亲遇害，也不必毁掉上校的救命恩人。

这时，展开了一场恶斗。白先生当胸一拳，把那老家伙送到屋子中央打滚，随即又反手两掌，将另外两个袭击者打倒在地，两个膝头各按住一个，像石磨盘一般，压得两个坏蛋喘不上气来；然而，其余四个家伙抓住这令人生畏的老人臂膀和脖颈，把他压在两个倒地的"通烟囱的"身上。这样一来，白先生既制人又为人所制，把人压在身下，而身上又被人死死压住，使尽全身力气也摆脱不掉，完全让一帮可怕的强盗给糊住了，就像一头野猪被一群狂吠的猎犬糊住一样。

他们终于把他拖到靠窗户的那张床上，掀翻了按住。德纳第婆娘揪住他的头发不放。

"你呀，别掺和了，"德纳第说道，"你的围巾要撕破了。"

德纳第婆娘服从了，嘴里还咕哝两句，就像母狼服从公狼一样。

"你们几个，搜搜他的身。"德纳第又说道。

白先生似乎放弃反抗。众人上下搜他全身，只搜出一条手绢、一个仅装六法郎的皮钱袋。

德纳第将那条手绢揣进自己兜里。

"什么！没有钱包吗？"他问道。

"连怀表也没有。"一个"通烟囱的"答道。

"也没什么关系，"那个戴面具手拿大钥匙的人，用腹部发音咕哝道，"这是个老滑头！"

德纳第走到门后角落，拿起一盘绳子，扔给他们。

"把他捆到床脚上。"他说道。继而，他瞧见挨了白先生一拳躺在屋中间不动的老家伙，又问道："布拉驴儿死了怎么的？"

"死倒没死，他喝醉了。"比格纳伊回答。

"把他扫到角落去。"德纳第又说道。

两个"通烟囱的"用脚把醉鬼踢到废铁堆边上。

"巴伯，干吗带这么多人手来？"德纳第低声问手持木棒的汉子，"没必要。"

"有什么办法呢？"手持木棒的汉子回答，"他们都要入伙。现在是淡季，没什么生意。"

白先生刚才被掀倒在床上，现在任他们摆布。那是医院用的破木床，四条粗腿几乎没有怎么加工；强盗们让他站在地上，把他牢牢捆在离窗口最远、靠壁炉最近的床腿上。

等最后一个结打好，德纳第搬来一把椅子，几乎面对着白先生坐下。转瞬间，德纳第变了个人，那副面孔由气势汹汹转为温和狡猾，刚才还唾沫横飞、近乎野兽的那张嘴上，忽然浮现办公室人员那种礼貌的微笑，马吕斯简直认不出了，他注视这种令人不安的幻变，心中骇然，那种感觉就像目睹一只猛虎摇身一变而为律师。

"先生……"德纳第开口了。

他摆了摆手，将几个揪住白先生的强盗挥退。

"你们站远点儿，让我跟这位先生谈谈。"

众人退向门口。他接着说道：

"先生，您错打主意了，不该跳窗户，那会摔断腿的。现在，您若是允许的话，咱们就心平气和地聊聊。首先我要告诉您，我注意到一个情况，就是您一声也没有叫喊。"

德纳第说得对，情况的确如此，只是马吕斯心慌意乱，没有看出来。白先生仅仅说了几句话，并未提高嗓门，甚至在窗口同六名强盗搏斗时，他也一声不吭，实在怪得很。

德纳第继续说道：

"上帝呀！您本来可以喊一两嗓子'捉贼呀'，我认为没有什么不妥！在这种情况下，就是喊：'抓凶手啊！'在我看来，也绝不是无理取闹。谁落到信不过的一帮人当中，都要叫喊一阵，这是非常自然的事儿。您若是喊起来，不会有人制止，甚至不会把您的嘴堵上。让我来告诉您为什么吧。这间屋非常隔音，它只有这一点好处，但好处终归是好处。这是个地窖，哪怕丢一颗炸弹，离这里最近的巡警也会以为是醉鬼打鼾。在这里，大炮也只是噗的一下，打雷也不过嘭的一声。这住房很实用。总而言之，您没有叫喊，这样很好，令我敬佩；我也要告诉您，我从中得出的结论：亲爱的先生，您一叫喊，会喊来谁呢？喊来警察。跟随警察而来的呢？是司法。而您没有喊，可见您跟我一样，也不想看到司法警察前来。可见，这一点我早有觉察，您要隐藏什么，这对您挺重要。就我们而言也同样重要。因此，咱们能够谈得拢。"

德纳第嘴上这么说，眼睛则紧紧盯住白先生，眸子里仿佛射出两支利箭，要穿透他这俘虏的意识。再者，他使用的语言，也涂了一层险诈放肆的色彩，但很有分寸，几乎字斟句酌，让人感到这坏蛋刚才还是一副强盗的嘴脸，现在完全像个"受过教育要当神父的人"了。

这个被擒获的人保持沉默，有生命危险也不喊叫，采取了一种谨慎的态度，抵制本能的反应，我们应当指出，马吕斯一注意到这种情景，就感到不对头，又惊讶又难以接受。这个由库费拉克抛给绰号的白先生，是个严肃而奇特的人，本来就藏匿在厚厚的神秘中，又经德纳第指出这一确凿的事实，在马吕斯看来，他就更加神秘莫测了。然而，不管他是什么人，现在他被绳索绑缚，又陷于刽子手的重围，可以说半截身子陷入坑中，每时每刻都往下沉，但是面对德纳第咆哮也好，和颜悦色也罢，他始终毫不动容，在这种时刻，那张面孔还神情忧郁，仪态非凡，不能不令马吕斯暗中赞叹。

显而易见，这样一颗灵魂不会恐惧，也不知惊慌失措为何物。这种人善于驾驭出乎意料的绝境。形势再怎么危急，灾难再怎么不可避免，他也绝不像要淹死的人那样，在水下睁开惶恐万状的眼睛。

德纳第这回毫不做作，起身走向壁炉，挪开挡板，把它立在一旁的破床边上，显示一铁炉子旺火，而被绑缚的人也能清清楚楚地看到，火中有一根钢錾烧到白热化，周围散布点点小红星。

然后，德纳第又回到白先生对面坐下。

"我接着讲。"他说道，"咱们能谈得拢。和和气气把这事解决了。刚才我不该发火，一时犯糊涂，未免过分，说了过头的话。例如，因为您是百万富翁，我就说向您要钱，要许多钱，要大笔钱。这样讲不合情理。我的上帝，您有钱也不行，还有负担呢，哪个人没有负担呢？我并不想把您搞得倾家荡产。说到底，我不是个贪得无厌的人，也不是那种得势不让人而显得可笑的人。喏，我让一让，从我这方面做出点牺牲。我只要二十万法郎。"

白先生还是一声不吭。德纳第继续说道：

"您瞧，我这酒里掺了不少水了。我不了解您的财产状况，但是我知道您不在乎钱，况且，像您这样一位慈善家，拿出二十万法郎，给一个境况不好的户主，是完全可以的。不用说，您也是个通情达理的人，总不会认为我像今天这样劳神，组织晚上这件事，而且这些先生会一致同意安排得很好，费了这么大劲，您总不会认为是要向您讨点小钱，好去德奴瓦耶店，喝喝十五法郎一瓶的红葡萄酒，吃吃小牛肉吧。二十万法郎，值这个数。这点小意思，只要从您口袋里掏出来，我向您保证完事儿，您不必担心谁碰您一根毫毛。您会对我说：可是，我身上没带二十万法郎啊。唔！我可不是没有分寸的人。我没有要求这样，只要求您一件事：劳驾照我说的写下来就成了。"

说到这里，德纳第顿了顿，朝小火炉抛了个笑脸，一字字加重语气说道："先告诉您，我不能允许您说不会写字。"

宗教裁判所大法官见了他那笑脸，也要艳羡不已。

德纳第把桌子推到白先生跟前，又拉开抽屉，拿出一个墨水瓶、一支笔和一张纸，让抽屉半敞着，露出一把雪亮的长尖刀。

他将纸放到白先生面前，说道："写吧。"

被捆住的人终于开口了："这么捆着，您叫我怎么写呀？"

"不错，对不起！"德纳第说道，"您说得太对了。"

他随即转向比格纳伊："给先生的右胳膊松绑。"

邦灼，外号春生儿，又叫比格纳伊，执行了德纳第的命令。等捆住的人右臂解开之后，德纳第便拿起笔，蘸了墨水递给他，说道：

"仔细看清楚了，先生，您由我们掌握，由我们支配，完全由我们支配，任何人力都不能把您从这里救走，要是逼得我们采取极端的行动，造成不愉快，那我们的确非常遗憾。我不知道您的姓名，也不知道您的住址；不过我要事先告诉您，派去送您这封信的人不回来，绝不会给您松绑。现在，请写吧。"

"写什么？"被绑的人问道。

"我说您写。"

白先生拿起笔。

德纳第开始口授："我的女儿……"

被缚的人浑身一抖，抬眼看看德纳第。

"写上'我亲爱的女儿'吧。"德纳第说道。白先生照写了。德纳第继续口授："你马上来一趟……"

他停下来，问道："平时您是以'你'称呼她的，对吧？"

"谁？"白先生问道。

"还用问！"德纳第说道，"那小姑娘，云雀呀。"

白先生毫不动容，答道："我不明白您的意思。"

"您就往下写吧。"德纳第说着，又继续口授："你马上来一趟，缺你不可。送这便函的人，是我派去接你的。我等着你。放心来吧。"

白先生写完，德纳第又说道："哦！划掉'放心来吧'这句话可能让人猜想事情不简单，还可能产生戒心。"

白先生便划掉这四个字。

"现在，请签名吧！"德纳第接着说。

被缚的人放下笔，问道："这信是送给谁的？"

"您完全清楚，"德纳第答道，"送给小姑娘的。刚才不是跟您说了嘛。"

显然，德纳第故意不讲出那姑娘的名字，他只说'云雀'，只说'小姑娘'，就是不提名字。这是机灵人的谨慎，在同谋面前保守秘密；一讲出名字，就等于把"整桩买卖"交给他们，告诉他们不该了解的事情。

他又说道："签字吧。您叫什么名？"

"玉尔班·法伯尔。"被缚人答道。

德纳第像猫一样，一伸爪子，从兜里掏出刚才从白先生身上搜来的手绢，寻找标志，凑近烛光。

"是 U. F. 正对。玉尔班·法伯尔。好吧，签上 U. F. 吧。"

被缚人签了名。

"折信得用两只手，还是由我代劳吧。"

德纳第折好信，又说道：

"写上地址。法伯尔小姐，您家的地址。我知道您的家离这儿不远，在高台阶圣雅克教堂那一带，既然您每天都去那里做弥撒，但我不清楚在哪条街。看来您明白自己的处境，在名字上没有说谎，想必也不会说个假地址。还是您自己写上吧。"

被缚人想了一下，才拿起笔来写道：

"圣多米尼克—唐斐街十七号，玉尔班·法伯尔先生寓所，法伯尔小姐收。"

德纳第好像急不可待，一把抓过那封信，喊了一声："老婆子！"

德纳第婆娘赶紧跑来。

"给你信。你知道该怎么办。楼下有马车，快去快回。"

他又转向手持大斧的人："你呢，既然取下了面罩，那就陪老板娘去一趟。你上去站在车后面。车停在哪儿你知道吗？"

"知道。"那人回答。

他将大斧放在一个角落，便跟德纳第婆娘往外走。

等他们出去，德纳第又从门缝儿探出头，冲走廊喊道：

"千万别把信丢啦！别忘了，你身上带着二十万法郎！"

德纳第婆娘的沙哑声音回答："放心吧，我把信放进肚子里了。"

还未过一分钟，便传来鞭声，而且声音渐弱，很快就听不见了。

"很好！"德纳第咕哝道，"他们走得好快，照这样赶路，只要三刻钟，老板娘就能返回。"

他搬一把椅子，挨壁炉坐下，叉起胳膊，朝铁炉子伸出两只带泥的靴子。

"我脚冷了。"他说道。

这破屋里只剩下德纳第和被缚人，以及五名强盗。这几个人脸上戴着面具，或者抹了黑胶，装扮成煤炭工、黑人或者鬼怪，借以吓人，然而他们那种样子，又迟钝又没精神。让人感到他们做案犯罪就像干活计，不紧不慢，既不气愤也不怜悯，只是有点无聊。他们挤在一个角落里，一声不吭，好似一群没开化的人。德纳第在烤脚。被缚者重又陷入沉默。这间破屋刚才喧哗鼓噪，沸反盈天，现在忽然平静凄清了。

烛芯结了个大烛花，炉火也暗淡了，昏光难以照亮空荡荡的破屋子，墙壁和天花板上映出那些魔头鬼脑的怪影。

没有一点响动，唯闻熟睡的那老醉鬼平和的呼吸。

马吕斯等待着，这里发生的一切，无不加剧他的焦灼心情。这个谜团更加解不开了。那个"小姑娘"，德纳第还称为"云雀"，究竟是谁呢？难道是他的"玉秀儿"吗？被缚的人听到"云雀"这称呼，似乎毫不动容，而是极其自然地回答一句：我不明白您的意思。另一方面，U.F. 这两个字母有了解释，是玉尔班·法伯尔的简写，"玉秀儿"不叫玉秀儿了。只有这一点，马吕斯看得最清楚了。他观察俯瞰整个场面，受到极大的迷惑，钉在原地不动，仿佛看到眼前的恶行，精神一时极度沮丧，几乎失去了思考和行动的能力，根本集中不起来思想，茫然失措，只是立在那里等待，企盼发生点情况，无论发生点什么情况都好。

"不管怎样，"他心中暗道，"如果云雀就是她，反正德纳第那老婆子一会儿就会把她带来，我马上就能弄清楚；到那时候，如果有必要，我献出鲜血和生命，也一定要把她救出去！什么也阻挡不了我。"

就这样约莫过了半小时，德纳第仿佛沉浸在晦暗的思索中。被缚者一动不动。然而，有好一阵工夫，马吕斯似乎断断续续听见轻微的窸窣声，是从被缚者那边传来的。

突然，德纳第呵斥被缚者：

"法伯尔先生，听着，干脆现在就向您挑明了吧。"

这句话好像开场白，接着要澄清事情了。马吕斯倾耳细听。德纳第继续说道：

"我老婆快回来了，您不要着急。我想，云雀真的是您的女儿，您把她留在身边，我也认为是极其自然的。不过，听我说两句。我老婆带着您的亲笔信，一定能找到她。我早就告诉老婆换上衣裳，这您也看到了，好让您家小姐不难跟她走。她们二人登上出租马车，那后边有我的伙计。在城关外不远处，还停一辆套两匹好马的双轮小马车。您家小姐乘车到了那儿，就下车，同我那伙计上小马车，我老婆回到这儿，对我们说一声：办好了。至于您家小姐，不会有人伤害她的，双轮马车把她带到地方，就让她安安稳稳待在那儿；等您一把区区二十万法郎交到我手，我们就把她还给您。您要是让人抓我，我那伙计就会动那云雀一手指头。情况就是这样。"

被缚者一句话也不讲。德纳第停了一下，又继续说道：

"您瞧，就是这么简单。您不想出事，就不会有事。我都交代给您，事先说明白，好让您心中有数。"

他住口了，但被缚者仍不打破沉默，德纳第接着说道：

"等我老婆一回来，跟我说一声：云雀上路了，我们就放了您，您可以随便回家睡觉。您瞧，我们并没有恶意。"

马吕斯脑海中掠过一幕幕可怖的景象。什么！那位姑娘，他们要劫走，而不是带到这儿来？这些魔鬼中有一个要把她劫持到阴暗的角落？何处？……万一就是她呢！显而易见，那肯定是她！马吕斯感到心停止跳动了。怎么办呢？开枪示警吗？将所有这些恶棍绳之以法吗？可是，拿板斧那个悍匪挟持那姑娘，还照样逍遥法外。马吕斯想到德纳第讲的这句话，觉出其血腥意味："您要是让人抓我。我那伙计就会动那云雀一手指头。"

马吕斯感到，现在阻止他行动的，不仅是上校的遗嘱，还有他的恋情，以及他的意中人所面临的危险。

这样险恶的形势已经持续了一个多小时，而且变幻莫测。但是，马吕斯仍有勇气，做出种种撕肝裂胆的推测，绞尽脑汁，也看不到一线希望。他脑海中的喧腾同这魔窟的死寂，恰成鲜明的对比。

在这寂静中，忽听楼门开闭的声响。

被缚者在绳索中动了一下。

"老板娘回来了！"德纳第说道。

他的话音未落，德纳第婆娘果然冲进屋，她气喘如牛，满脸涨红，两眼冒火，用两只肥大的手掌同时拍着大腿根，嚷道："假地址！"

她带去的那个强盗也跟着进来，过去又操起板斧。

"假地址？"德纳第重复道。

她又说道："一个人也没有！圣多米尼克街十七号，根本就没有玉尔班·法伯尔先生！人家不知道他是谁。"

她停了一下，缓了口气，才又说道：

"德纳第先生！这老家伙让你白等啦！你心肠太好了，知道吧！要是换了我，我先就把他那张嘴撕成四瓣！他要是再逞凶，我就活活把他煮熟！他必须讲出来，说他女儿在哪儿，那猴子在哪儿！换了我，就这么干啦！怪不得有人说，男人比女人蠢呢！一个人影也没有！十七号！那是一道通车的大门！圣多米尼克街，根本没有法伯尔先生这个人！赶这趟快车，给车夫小费，还有全部花销！我问了门房夫妇，那女的倒长得又结实又漂亮，他都不认识这个人！"

马吕斯长出一口气，她，"玉秀儿"或"云雀"，不知该怎么称呼的姑娘，还是脱险了。

就在他老婆气急败坏，大喊大叫的时候，德纳第坐到桌子上，摇荡着右腿，一副粗野的沉思神态望着火炉，半晌没有讲一句话。

终于，他慢悠悠地，声调特别恶毒地对被缚者说："给个假地址？你想得到什么？"

"争取时间！"被缚者声音洪亮地嚷道。

同时，他抖开已然割断的绳索，唯有一条腿还绑在床脚腿上了。

那七人还未省过神儿来扑上去阻挡，他已经俯过身去，手伸向壁炉中的火炉，接着又直起身；这下子，德纳第和他女人，以及那七名歹徒，全都吓得退向破屋里边，惊愕地望着他，只见他几乎挣脱，将一根烧红而凶光逼人的钢錾举在头顶，那姿势好不吓人。

后来法院调查戈尔博老屋谋财害命案，就记录了警察进入现场之后，在床上发现半片经过特殊加工的大铜钱。那是一种精巧的奇物，是在苦役监狱黑暗中，耐心磨制出来的，为了在黑暗中使用，不过是越狱的工具。那种奇异的艺术品，又丑恶又精致，放到珠宝店里，犹如黑话隐语纳入诗歌。在苦役监狱中有邦伏努托·塞利尼①之辈，同样，文坛上也有维庸②一类人。狱中不幸的囚犯渴望自由，便千方百计，用木柄小刀或旧砍刀，有时根本没有工具，把一枚大铜钱锯成两个薄片，将中间挖空，但毫不损坏币面的花纹，两片钱币的边沿又刻

---

① 邦伏努托·塞利尼（1500—1571）：意大利雕塑家，金银首饰匠。

② 维庸（1431—1463）：法国流浪汉诗人，好同贩夫窃贼混于酒肆。

上螺纹，可以随意旋纽扣合和开启，成为一个小盒，小盒里藏一条怀表的弹簧，而弹簧加了工，能锯断铁链环和铁条。别人以为这个不幸者不过拥有一个大铜钱；其实不然，他拥有自由。事发后警察检查现场，在那巢穴靠窗的破床下，找到两片这样的大铜钱。他们还发现一根蓝钢小锯条，能藏在铜钱里面。估计当时情况是这样：那帮歹徒搜身时，受害者暗中将身上的大铜钱握在手中；后来，他的右手松了绑，就乘机拧开铜钱，取出锯条，割断绑缚的绳索，正是这个缘故，才有窸窣的声响和不易觉察的动作，引起马吕斯的注意。

当时，被缚者怕暴露，不敢弯腰，也就没有割断左腿上的绳索。

几个强盗起初惊慌失措，现在又镇定下来。

"放心吧。"比格纳伊对德纳第说，"他有一条腿还绑着呢，跑不掉。我敢打保票，那蹄子是我给绑上的。"

这时，被缚者朗声说道：

"你们都是穷苦人，其实我的命也一样，保不保不吃劲。你们以为一动硬的，就能逼我说话，就能逼我写我不愿意写，说我不愿意说的话……"

他撸起左衣袖，补充一句："你们瞧。"

说着，他伸出左手臂，右手握着木柄，将灼热的钢錾压到赤臂的肉上。

只听肉烙得吱吱响，破屋里登时弥漫刑拷室的气味。马吕斯唬得魂飞魄散，站立不稳，歹徒们也都不寒而栗，只见红錾嵌进肉中，而那怪老头儿若无其事，一副凛然的神态，脸上的肌肉仅仅微微抽搐，那双并不噙恨的秀目，紧紧盯住德纳第，痛苦完全化入威严肃穆的神色中了。

在天生伟大而崇高的人身上，肉体和感官因疼痛而产生的反应，往往促使灵魂显露在眉宇间，如同士兵哗变迫使军官出面一样。

"你们这些可怜虫，"他说道，"我不怕你们，你们也不必怕我。"

他随即将钢錾从伤口拔出来，挥臂抛出敞着的窗口；那烧红而骇人的工具翻了几个筋斗，消失在夜色中，远远落在雪地上熄火了。

被缚者又说道："你们随便怎么处置我吧。"

他放弃了武器。

"抓住他！"德纳第嚷道。

两名强盗按住他的肩膀，戴面具并用腹声说话的那个人，冲到他面前，等他动一动，就用大钥匙敲碎他的脑壳。

这时，马吕斯听见在他下方墙根窃窃私语，但因靠隔壁墙太近而看不见，只听他们说道："只有一个办法了。"

"把他劈两半！"

"就这么干。"

是那对夫妇在商量。

德纳第缓步走向桌子，拉开抽屉，取出尖刀。

马吕斯攥紧了手枪圆柄，为难到了极点。两种声音在他头脑里萦绕了一小时，一个吩咐他遵从父亲的遗嘱，另一个呼吁他救那被缚的人。两个声音争斗不休，将他置于极度苦恼的境地。他一直隐隐抱着一线希望，能找到两全其美的办法，却没有出现一点可能性。然而，现在千钧一发，观望已经超过极限，德纳第手持尖刀在考虑，离被缚者只有几步远。

马吕斯六神无主，眼睛四面扫扫，这种机械动作是人在绝望时的最后一招。

他突然一抖。

圆月的一束亮光，正好射在他脚下旁边的桌子上，似乎照见一张纸，上面有德纳第家大姑娘早晨写的几个大字：冲子来啦！

马吕斯心头一亮，有主意了，这正是他要寻找的办法，解决一直折磨他的这个难题：既姑息凶手，又搭救受害者。他跪到五斗柜上，伸手臂抓起那张纸，又从夹壁墙上轻轻剥下一个小灰泥块，裹在纸里，从墙洞投到隔壁破屋中央。

真玄啊。德纳第已经克服了最后的恐惧或顾虑，正朝那被缚者走去。

"什么东西掉下来啦！"德纳第婆娘嚷道。

"是什么？"她丈夫问道。

那女人冲过去，拾起纸包的灰泥块。

她回头将纸包交给丈夫。

"是从哪儿来的？"德纳第问道。

"见鬼！"他女人说，"你说能从哪进来呢？是从窗口飞来的。"

"从我眼前飞过。"比格纳伊附和道。

德纳第急忙把纸打开，凑到烛光下。

"这是爱波妮的字。见鬼啦！"

他打了个手势，老婆赶忙过去，他指着纸上写的那行字给老婆看，又低声补充道：

"快！准备软梯！把肥肉留在老鼠笼子里，咱们快溜吧！"

"不割了这家伙的脖子啦？"德纳第婆娘问道。

"来不及了。"

"从哪儿溜？"比格纳伊也问道。

"走窗户，"德纳第答道，"既然爱波妮从窗口丢进这石块，这就表明房子那面没人围着。"

戴面具并用腹音说话的那个人，把大钥匙往上一扔，朝空中举起双臂，一句话不讲，双手迅速合拢三下。这好比向海员发出起航的信号。按住被缚者的那两个歹徒，也都放开手；眨眼间，软梯就从窗口放下去，由两个铁钩牢牢卡在窗台上。

被缚者并不注意周围发生的情况，他仿佛在遐想或祈祷。

软梯一固定，德纳第就嚷道："走！老板娘！"

他立刻冲向窗口。

他刚要跨上去，比格纳伊就一把狠狠揪住他的衣领。

"别急，嗳，老滑头！让我们先走！"

"让我们先走！"那帮强盗吼道。

"你们要小孩子脾气，"德纳第说道，"我们这是耽误工夫，冤家对头跟上来了。"

"好吧，"一个强盗说，"咱们抽签，看谁头一个下。"

德纳第呵斥道："你们疯啦！神经出毛病啦！真是一帮蠢货！白耽误工夫，对不对？抽签，对不对？猜手指头！抽草茎！写上我们的名字！放进帽子里！……"

"要用我的帽子吗？"有人在门口喊道。

众人回头看去：沙威来了。

他手拿帽子，微笑着举过去。

二十一　还应先捉受害人

夜幕降临时，沙威已布置好了人手，他本人则守在大马路另一边，躲在戈尔博老屋对面戈伯兰城关街的树后。他一上来就"敞开口袋"，要把在巢穴外围放风的两个姑娘兜进去。但是仅仅捉住阿兹玛。爱波妮不在岗位上，溜号了，因而没有被他擒住。随后，沙威便埋伏下来，侧耳等待约定的信号。他看到那辆出租马车往返行驶，心中七上八下，实在耐不住性子，"算定那儿有个巢穴，是一笔大买卖"，也认出进去的一些歹徒的面孔，终于决定不等枪声就上楼去。

我们还记得，他拿着马吕斯那把万能钥匙。

正在节骨眼儿上，他赶到了。

匪徒们惊慌失措，又纷纷抓起要逃跑时丢在各个角落的凶器。不到一秒钟的工夫，七条汉子聚在一起，摆出抗拒的架势，一个手持屠牛斧，一个手举大钥匙，另一个手握铅头棍，其余的则操起钢凿、铁钳和锤子，德纳第还握着那把尖刀，张牙舞爪十分吓人。德纳第婆娘在窗口脚下，就顺势搬起平时给女儿当凳子坐的一大块铺路石。

沙威又戴上帽子，朝屋里跨了两步，又起胳膊，剑不出鞘，手杖也夹在腋下。

"不许动！"他说道，"你们不要跳窗户，还是从房门出去，这样危险小些。你们七个，我们十五个。咱们别像大老粗那样动手，大家客气一点儿吧。"

比格纳伊抽出藏在罩衫里的手枪，塞进德纳第手里，对着他耳朵说："他是沙威。我不敢朝这个人开枪。你敢吗？"

"当然敢啦！"德纳第答道。

"那就开枪吧。"

德纳第接过手枪，对准沙威。

沙威只离三步远，定睛注视他，仅仅说了一句：

"算了，别开枪！你打不中。"

德纳第扣动扳机，一枪打飞了。

"我有言在先啊！"沙威说道。

比格纳伊将铅头棍丢在沙威脚下。

"你是魔鬼的皇帝！我投降。"

"你们呢？"沙威问其他匪徒。

他们答道："我们也投降。"

沙威又平静地说道："对了，这样才好，我不是说了嘛，大家要客气点儿。"

"我只要求一件事，"比格纳伊又说道，"关在那里的时候，要给我烟叶抽。"

"同意。"沙威应道。

他回头冲身后喊道："现在，你们进来吧。"

一小队人，持剑的宪兵和拿着警棍大头棒的警察，听到沙威招呼，就一拥而入。他们将匪徒绑起来。烛光昏暗，这一大群拥进魔窟，黑压压一片。

"把他们全铐上！"沙威喊道。

"你们上来试试！"有人吼道，那不是男人的声音，但也不能说是女人的声音。

德纳第婆娘退守到窗口一角，这一吼声正是她发出来的。

宪兵警察纷纷后退。

她还戴着帽子，但已甩掉围巾；丈夫蜷缩在她身后，几乎让脱落的围巾盖住；她用身体护住丈夫，双手将铺路石举过头顶，猛力一晃，赛似要抛掷山石的女巨人。

"小心！"她喊道。

众人退向走廊。破屋中间空出一大块地方。德纳第婆娘朝束手就擒的一帮强盗瞥了一眼，用沙哑的喉音骂了一句："胆小鬼！"

沙威笑容可掬，走到空地，而德纳第婆娘两个眼珠子则瞪着那地方。

"别上来，滚开，"她嚷道，"要不我就砸扁了你！"

"好一个榴弹大兵！"沙威说道，"老大妈，你像男人一样长胡子，我也跟女人一样有利爪。"

他继续往前走。

德纳第婆娘头发披散，气势汹汹，叉开两条腿，身子往后一仰用尽全力将路石朝沙威的头抛去。沙威一弯腰，大石块从头顶飞过，撞到对面墙上，撞下一大块墙皮，又弹回来，从一个角落滚到另一个角落，幸而这破屋人几乎躲空，最后滚到沙威脚前不动了。

这工夫，沙威已赶到德纳第夫妇面前，两只大手掌一只抓住那妇人的肩膀，另一只按住那丈夫的脑袋。

"铐起来！"他喊道。

　　警察又蜂拥进来，转瞬间就执行完沙威的命令。

　　德纳第婆娘气力耗尽，望望自己和丈夫的手全铐住了，便一屁股坐到地上，号啕大哭，嘴里还嚷着："我那两个闺女啊！"

　　"全看起来了。"沙威说道。

　　这时，警察看见在门后酣睡的醉鬼，就上前用力摇他。他醒来，结结巴巴问道："完事了吗，容德雷特？"

　　"完事了。"沙威答道。

　　六名双手铐起的歹徒站开，他们还保持鬼怪的模样：三个抹黑脸，三个戴面具。

　　"戴着面具吧。"沙威说道。

　　接着，他以弗雷德里克二世在波茨坦阅兵的目光，检阅一遍，对三个"通烟囱的"说："你好，比格纳伊。你好，勃吕戎。你好，二十亿。"

　　继而又转向三个戴面具的人，他对刚才手持屠牛斧的汉子说："你好，海口。"

　　又对刚才拿铅头棍的人说："你好，巴伯。"

　　又对用腹音说话的人说："嘿，囚底。"

　　这时，他发现了受害者；自从警察进来之后，让歹徒绑起来的那个人总低着头，一句话也没有讲。

　　"给这位先生松绑！"沙威说道，"谁也不准出去。"

　　说罢，他傲然端坐到桌子前，桌上已有烛光和写字用品，他就从兜里掏出一张公文纸，开始写报告。

　　他写完头几行套话之后，抬起眼睛，说道：

　　"把这些先生刚才捆绑的那位先生带上来。"

　　警察四下张望。

　　"怎么，"沙威问道，"他人哪？"

　　歹徒们抓到的人，那位白先生，玉尔班·法伯尔先生，玉秀儿或者云雀的父亲，人忽然不见了。

　　房门有人把守，但是窗口没人注意。受害者一见给自己松了绑，沙威正在写报告，屋里烛光昏暗，人员拥挤，喧闹混乱，一时没人盯着他，他就趁机跳窗逃走了。

　　一名警察跑到窗口察看，外面不见人影。

那副软梯还在轻微晃动。

"见鬼!"沙威咕哝道,"跑掉的也许是个大家伙!"

二十二　在第三卷啼叫的孩子①

在救济院大道那栋老屋出了上述事件,次日,有个男孩,仿佛从奥斯特利茨桥那边过来,顺着大道右侧的平行便道,朝枫丹白露城关走去。天色已黑,那孩子面无血色,骨瘦如柴,身上衣裳破成烂布条,二月里还穿一条布单裤,但他却声嘶力竭地唱歌。

他走到小银行家街的拐角,撞到借路灯光弯腰翻垃圾堆的一个老太婆,就边后退边嚷道:

"咦!我还以为是老大个儿,老大个儿的一条狗呢!"

他重复"老大个儿"的那种挖苦刻薄的声调,只有用大号黑字体才能表达出几分:老大个儿,老大个儿一条狗!

老太婆直起腰,火冒三丈。

"该死的小鬼!"她骂道,"我要不是弯着腰,看我不找准地方给你一脚。"

可是,那孩子已经走开。

"哎呀呀!哎呀呀!"他说道,"还别说,刚才我也许没有看错。"

老太婆气急败坏,完全直起腰,那张青灰脸正好迎着发红的路灯光,只见布满棱角和皱纹,沟壑纵横,眼角的鱼尾纹连到嘴角。她整个身子隐没在黑暗中,只露出一个脑袋,真好像在黑夜中一道光切下来的衰老形象的面具。那孩子打量她,说道:"夫人,这样的绝色不合我的眼光。"

他继续赶路,重又放声歌唱:

> 国王"尥蹶子",
> 有兴去打猎,
> 要去猎乌鸦……

---

① 本书初版每部有两卷。此处的第三卷,即第二部《珂赛特》中的第三卷《蒙菲郿的用水问题》。

刚唱三句，歌声就中断了，他到了五十一—五十二号门前，一看楼门紧闭，便用脚踹，踹得又响又凶，但是那猛劲儿发自他那双大人鞋，而非来自他那两只孩子脚。

他在小银行家街拐角撞见的那个老太婆，这工夫，在后面追上来，她连声喊叫，双手拼命地挥舞。

"干什么？干什么？上帝救世主啊！要砸破门啦！要砸破房子啦！"

小孩子照旧踹门。

老太婆扯破嗓子喊叫。

"如今，就是这样照料房子的吗？"

老太婆戛然住口。她认出了那孩子。

"怎么！是你这个小魔头！"

"咦，是老人家呀！"孩子说，"你好，布贡老妈妈。我来瞧瞧我那两位老人家。"

老太婆做了个鬼脸，表情十分复杂，是借助衰朽和丑陋所即兴表示的仇恨，非常精彩，可惜让黑暗给埋没了，她答道：

"一个人也没了，小牛犊子。"

"哦！"孩子又说，"我老爸在哪儿？"

"在强力监狱。"

"咦！那我老娘呢？"

"在圣拉扎尔监狱。"

"嗬！那我两个姐姐呢？"

"在玛德洛奈特监狱。"

那孩子搔搔耳根，瞧了瞧布贡妈，说了一声："噢！"

他旋即掉头走了，门前台阶上只剩老太婆一人；过了一会儿，只听他那年少清亮的歌声，从在冬夜寒风中抖瑟的黝黑榆树下传来：

> 国王"灶蹶子"，
> 有兴去打猎，
> 要去猎乌鸦，
> 踩着高跷子。
> 要从胯下钻，
> 两苏买路钱。

第四部　普吕梅街牧歌和
圣德尼街史诗

Part Four

第一卷　几页历史

一　善始

　　紧接着七月革命的 1831 和 1832 这两年，是历史上最特殊也最惊人的一个时期。这两年好似两座高山，耸立在前前后后那数年之间，显示革命的高峻，悬崖峭壁赫然可见。各种体制、狂热信仰和理论风云变幻，文明基础的社会民众、利害相关并依存的牢固群体、法兰西古老结构的旧貌，在这期间随时忽现忽隐。这类显现和隐没，都被称为抗拒和运动。不过，时而也能看见真理闪光，看见人类灵魂的这颗太阳放射光芒。

　　这个令人瞩目的阶段相当短，过去已有一段时间，现在我们再回顾反思，就能抓住主要脉络了。

　　我们试论之。

　　王朝复辟时期是个过渡阶段，难于下定义，其间有疲惫、怨艾、物议、沉睡、喧扰，这仅仅表明一个伟大民族赶完一段路程。这类阶段非常独特，往往让那些想从中渔利的政客上当。开头，整个民族只有一种要求：休憩；大家只有一种渴望：安定；大家只有一种野心：当小百姓；换句话说，就是过安稳日子。大事件、大机遇、大冒险、大人物，谢天谢地，这些见得多了，已经烦透了。人们宁愿舍弃恺撒，而要普吕西亚斯①，宁愿舍弃拿破仑，而要伊夫托国王②。"那个小国王多好啊！"从天亮就赶路，艰难跋涉了一整天，一直走到天黑：头一程跟随米拉博，第二程跟随罗伯斯庇尔，第三程跟随波拿巴，人人疲惫不堪，都想要一张床。

献身精神已疲软，英雄主义已衰老，野心餍足壮志已酬，富贵荣华已到手，那么还寻求、索求、恳求、乞求什么呢？一个安乐窝。这东西得到了，拥有了安定、宁静和闲适，也就心满意足了。然而，与此同时，有些事实又冒出头，也开始敲门，要求得到公认。这些事实从革命和战争中产生出来，是活生生的存在，有权在社会上定位，而且在社会上安顿下来了；但这些事实通常是中士和先行官的角色，只为各种原则准备住处。

于是，政治哲学家们面前就出现这种情况：

疲惫的人们要求休息，同时，既成事实也要求得到保证。保证之对于事实，正如休息之对于人民，可以说是一码事。

这是英国在护国公③之后，对斯图亚特王朝的要求，这也是法国在帝国之后，对波旁王朝的要求。

这种保证是时代的需要，非同意不可。这种保证，表面上由王公们"赐予"，而其实，乃是事物的力量所给予的。这一条富有教益的深刻真理，斯图亚特王室在 1660 年浑然不觉，而波旁王室在 1814 年甚至一无所见。

拿破仑垮台时，返回法国的那个命定的家族，不幸天真到极点，竟认为是他们家族赐予的，而且可以收回所赐予的东西；还认为波旁王室拥有神圣的权利，而法兰西则一无所有；路易十八宪章中让出的政治权利，不过是那神圣权利的一根枝权，由波旁家族折下来，恩赐给人民，直到有朝一日，国王心血来潮就夺回去。按说，波旁王室在赠予时既感不快，就应当意识到这并不是它的赠予。

到了 19 世纪，波旁王室便一副怄气相了，每逢全民族兴高采烈，

---

① 普吕西亚斯：俾提尼亚国王，公元前 1183 年，他要把兵败来投奔他的汉尼拔引渡给罗马人，汉尼拔被逼自杀。

② 伊夫托国王：法国童话中的滑稽人物。

③ 护国公：英国 17 世纪共和国时期执政者克伦威尔的称号。

它就怒形于色。我们在这里用一个粗俗的字眼儿，即通俗而实在的字眼儿，它总呱嗒着脸。人民早就看出来了。

它自以为强大，只因帝国像舞台上一个布景，从它面前给搬走了，殊不知它本身也是那样给搬来的。它没有看到，它也握在搬开拿破仑的那只手掌里。

它是过去的东西，也就自认为有根基，其实不然；它是过去的一部分，而整个过去是法兰西。法国社会的根须绝没有深入波旁家族里，而是长在民族当中。这些看不见而又生机勃勃的根须，绝不构成一个家族的权利，而构成一国人民的历史。这些根须四处伸延，唯独不到王座下面。

对法兰西而言，波旁家族只是它历史上的血腥突出的节疤，已不是它命运的主要因素和它政治的必要基础了。人们可以抛开波旁家族，而且抛开了二十二年，持续的问题已经解决，波旁家族却没有意识到这一点；他们在热月九日还想象路易十七当政，在马伦戈大捷那天还想象路易十八在统治，怎么可能意识到这一点呢？有史以来，王公们还从来没有如此无视事实，无视事实所包含并颁布的那部分神圣权威。所谓国王权利的这种下界的妄念，还从来没有如此否认上天的权利。

天大的谬误，导致这个家族又伸手取回 1814 年"赐予"的保证，取回他们所称之为的让步。实在可悲！他们所说的他们的让步，正是我们赢得的成果；他们所谓的我们的侵占，也正是我们的权利。

复辟王朝自以为战胜了波拿巴，在全国有根基，也就是说自认为力量强大，根深蒂固，觉得时机一到，就突然打定主意，孤注一掷了。一天早晨，它挺立在法兰西面前，提高嗓门，否认集体的名分和个人的名分，否认人民的主权和公民的自由。换句话说，它否认了人民之所以为人民，公民之所以为公民的本原。

这就是七月敕令的臭名昭著法案的实质。

复辟王朝垮了。

它垮得合情合理。然而应当指出，它并不是绝对敌视一切形式的进步。但是，重大事件发生的时候，它却袖手旁观。

王朝复辟时期，全国习惯了心平气和地讨论，这是共和时期所缺乏的；全国也习惯了在和平中求强盛，这也是帝国所缺乏的。自由而强盛的法兰西，成为鼓舞欧洲各国人民的景象。在罗伯斯庇尔统治时期，革命有了发言权；在波拿巴统治时期，大炮有了发言权；在路易十八和查理十世统治时期，就轮到才智发言了。大风止息，火炬重又燃起；只见宁静的顶峰上，闪烁着思想的纯洁之光。那美妙的景象，又有益又迷人。这十五年间可以看到，在法律面前人人平等，信仰自由，言论自由，新闻自由，任人唯贤等，这些对思想家已十分陈旧、而对政治家却极为新鲜的伟大原则，在和平环境并在公开场合发挥作用了。这种局面一直延续到 1830 年。波旁家族不过是文明的一个工具，在上天的手中折断了。

波旁家族下台时气度恢宏，但不是他们，而是人民表现出来的。他们离开宝座时神态严肃，但已丧失威望了。他们步入黑夜，并不是那种隆重的引退，而能给历史留下巨大的伤怀，既不像查理一世那样保持幽灵般平静，也不像拿破仑那样发出雄鹰般长啸。他们离开了，仅此而已。他们放下王冠，也没有保住光环。他们神气十足，却毫无威仪。在一定程度上，他们违背了遭逢厄运时所应有的庄严。查理十世在去瑟堡的途中，命人将一张圆桌改成方桌，看来，他特别关心别坏了礼仪，而不在乎要倾覆的君主制。这种萎缩退化，足令热爱他们本人的那些效忠者伤心，也足令赞赏他们家族的严肃者伤心。人民，却是值得钦佩的。忽然一天早晨，国民遭到王室叛乱的武装袭击，但国民感到无比强大，并没有动怒。他们自卫，而且有节制，让事物各归其位，将政府置于法律的轨道，将波旁家族置于流放的路上，可惜呀！到此就止步了。他们把老王路易十世从遮蔽过路易十四的华盖下拉出来，却轻轻地放在地上。他们触到王族成员的躯体小心翼翼，心中唯有悲凄。当年，在街垒巷战那日①之后，纪尧姆·德·维尔说："那些惯于博得大人物欢心的人，那些像从一根树枝跳到另一树枝的鸟儿，从厄运跳到旺运的人，要显示胆量，反对处于逆境中的君王，是非常容易的事；然而在我看来，君王的命运，尤其遭难的君王的命运，始终应当受到敬重。"忆起这番话并在全世界面前付诸实践的，似乎不是一个人，也不是几个人，而是法兰西，整个法兰西，胜利了并陶醉

---

① 1588 年 5 月 12 日，巴黎下层市民起义，筑街垒巷战。纪尧姆·德·维尔是政治活动家，在事件后发表演说，1589 年，波旁家族的亨利四世登上王位。

在胜利中的法兰西。

波旁家族带走了尊敬而不是惋惜。正如刚才讲的，他们的不幸大于他们本身。他们在地平线上消失了。

七月革命伊始，在全世界敌友就分明了。有些人欢欣鼓舞，前来投奔，另一些人则转过身去，这要由各自的天性而定。在这一拂晓的最初时刻，欧洲的君主又惊诧又伤了自尊心，好似猫头鹰闭上眼睛；等再睁开便射出凶光了。惊惧可以理解，气恼也有情可原。这场奇异的革命只引起轻微的震动，连视为敌人并使其流血的那份光荣，都没有给予战败的王朝。专制政府总希望自由力量自我谤毁，认为七月革命不该来势那么猛，进行得又那么温和。况且，也没有发生任何企图破坏这场革命的事件。最不满的人、最恼火的人、最害怕的人，最后也都欢迎这场革命。我们不管有多大私心和怨恨，在这场事变中也能感到有个合作者在人之上效力，不能不油然而生一种神秘的敬意。

七月革命是人权击垮事实的胜利。这真是光辉灿烂的事物。

人权击垮事实。正因为如此，1830 年革命放射光芒，也正因为如此，革命显示了宽容。获胜的人权，根本不需要使用暴力。

人权，就是正义和真理。

人权的特性，就是永葆美好和纯洁。既成事实，如果极少包含或者根本不包含人权，那么即使表面上最为需要，即使最为当代人所接受，随着时间的延伸，也必定要变成畸形的、丑恶的，甚至怪诞的。要想一下子就验证，既成事实能达到何等丑恶的程度，只需隔着几世纪，看一看马基雅弗利就够了。马基雅弗利绝不是个凶神恶煞，不是魔鬼，也不是无耻下流的作家，他仅仅是个事实而已。不仅仅是意大利的事实，还是欧洲的事实，16 世纪的事实。他似乎十分可憎，以 19 世纪的道德观念来看的确如此。

人权和事实的这种斗争，从人类社会之初延续至今。结束决斗，让纯洁思想和人类实际相融合，以和平方式让人权和事实相互渗透，这就是贤哲的工作。

二　不善终

然而，贤哲的工作是一回事，机灵者的工作是另一回事。

1830 年革命很快就止步了。

革命一旦搁浅，机灵者就来拆毁沉船。

在 19 世纪，机灵者自封为政治家；结果用来用去，政治家一词就多少染上点行话的色彩。的确不应忘记，哪里只讲机灵，哪里必行小器。机灵者，庸人之所谓也。

同样，政治家，有时也是民贼之所谓。

照机灵者的说法，像七月革命那样的革命，是割断的动脉管，必须赶紧接上。人权，如要求过高，就会引起社会动荡。因此，人权一经确认，就应当巩固国家。自由一有保障，就应当为政权着想。

事情到这里，贤哲还没有同机灵者分家，但是开始有了警觉。政权，就算这样吧。然而先得明确，政权是什么呢？其次要明确，政权从何而来？

机灵者似乎没有听见低声的异议，还继续他们的勾当。

这些政客善于给自己的图谋戴上必要性的面具，他们声称一场革命之后，如果是在君主制国度里，人民最迫切的需要，就是找到一支王族。据他们说，这样，人民革命之后生活就能安定，也就是说，有时间包扎伤口和修缮房舍。王朝保存了脚手架，庇护了野战医院的医务人员。

然而，找到一支王族并非总是易事。

必要时，任何一个有才能的人，抑或任何一个有钱财的人，都可以当国王。头一种情况如波拿巴，后一种情况如伊图尔维德。①

不过，并非任何一个家族都可以成为王族，必须是年代悠久的世族才行，而几个世纪的皱纹不是一日之工。

如果站在"政治家"的观点上看问题，当然不管其对错与否，那么一切革命之后，从中产生出来的国王应当具备哪些品质呢？他可以是而且最好是革命派，不管是亲身参加还是插手革命，不管是给革命抹黑还是增光，也不管使用的是大斧还是利剑。

一个王族应当具备哪些品质呢？它应当是全国性的，也就是说，对革命不即不离，不采取行动，仅接受思想。它应由过去构成，有历史渊源，也就由未来构成，有一副讨人喜欢的面孔。

_____

① 伊图尔维德：墨西哥将军，1821 年称帝，1823 年被赶下台，次年被枪毙。

这一切说明了为什么早期革命只要找到一个人，克伦威尔或者拿破仑就行了，而后来的革命则非要寻求一个家族不可，勃兰斯维克家族或者奥尔良家族。

这类王族类似印度的无花果树，那种树枝条垂到地面就能扎根，长出幼树。每一支都能变成一支王族。唯一的条件就是俯向人民。

这就是机灵者的理论。

伟大的艺术也正在于此：给胜利多少配上一点灾难的声响，以便让获利的人世心有余悸，每走一步都散布点畏惧情绪，拉长过渡时期的弧度，直到进步稳慢下来，淡化曙光的色彩，揭露并削减热情的激烈度，削掉棱角和尖爪，往胜利中絮棉花，给人权穿上暖和舒服的衣裳，给高大的人民套上法兰绒装，赶紧扶持他们睡下，规定精力过旺的人节食，给大汉安排初愈病人的饮食，将事件纳入权宜之计的轨道，请那些渴望远大理想的人喝些甜酒加药茶，采取种种措施防止扩大战果，给革命安上遮光罩。

这种理论，1688 年在英国实施过，1830 年又采用了。

1830 年那场革命，到半山腰停止。半拉子进步，近似之人权。然而，逻辑可不管什么差不多，绝似太阳无视蜡烛。

是谁让历次革命停在半山腰呢？资产阶级。

为什么呢？

因为资产阶级就是得到满足的利益。昨天挨饿，今天吃饱，明天餍足。

1814 年拿破仑之后的现象，到 1830 年查理十世下台之后又重演了。

其实，不该把资产阶级当成一个阶级。所谓资产阶级，无非是民众之间得到满足的那部分人。所谓资产者，就是现在有时间闲坐的人。一张椅子并不是一个社会等级。

然而，急于要坐下，人类的步伐就可能停下。这往往是资产阶级的过错。

不能因为共同犯了一个错误，就可以成为一个阶级。利己主义，也不是用以划分出来的一个社会阶层。

再说，即使对待利己主义，也应当公正；人民中间称为资产阶级的那部分，经历了 1830 年的震荡之后，所渴望的状态，既不是掺杂冷

漠和懒惰，并包含一点惭愧的那种委顿，也不是进入梦乡暂忘现实的
那种休眠，而是立定。

立定这个字眼有双重意思，既奇特又颇为矛盾：部队行进，也就
是运动；停歇下来，也就是休息。

立定，就是休整队伍，就是武装警惕着的休息，就是布置岗哨而
又处于戒备状态的既成事实。立定意味昨天的战斗和明天的战斗。

这是 1830 年和 1848 年的间隙。

我们这里所说的战斗，也可以叫作进步。

因此，无论资产阶级还是政治活动家，都需要有一个人出来喊这
个口令：立定。一个"应时而生"的人。一个具有双重性的人，既代
表革命，又代表稳定，换言之，能明显地协调过去和未来，从而巩固
现在的一个人。

这个人是"现成"的，他叫路易-菲力浦·德·奥尔良。

二百二十一人将路易-菲力浦抬上王位。拉法耶特主持了加冕典
礼，称他是"最好的共和国"。巴黎市政厅取代了兰斯大教堂①。

半王位替代全王位，这就是"1830 年的业绩"。

等机灵者大功一告成，他们这种解决方式的大弊病也就显露出来。
这一切，是在排除绝对人权的情况下完成的。绝对人权高喊一声："我
抗议！"接着，事情真可怕，人权又回到黑暗中。

三　路易-菲力浦

革命有威猛的胳臂和幸运的手；革命打得狠，选得好。即使不彻
底，即使串种而不纯了，像 1830 年革命那样降到次等革命的地位，革
命也几乎无一例外，总有上天的保佑，能保持足够的清醒，而不至于
成为不速之客。革命一时黯然失色，但绝不会退位。

当然，我们也不要过分吹嘘。革命同样会出错，而且出过严重
错误。

话题还是回到 1830 年吧，1830 年虽然偏离，但还是幸运的。那场
革命突然中止，随后建立起所谓秩序，在那机构中，国王超过王位，
胜任有余。路易-菲力浦是个不可多得的人。

---

① 法国国王大多在兰斯城大教堂举行加冕典礼。

他父子二人，一个备受指责，一个备受尊敬，当然，历史会向他父亲提供减轻罪责的情节，而他则有全部私德和好几种公德。路易-菲力浦关注自己的健康、自己的前程、自己的形象、自己的事业；他了解一分钟的价值，有时却认不清一年的价值；他为人审慎、安详、平和、宽容，是好好先生，也是好好王爷，跟妻子同房，王府中专有仆人引导有产者参观他们夫妇的卧榻，在当年长房炫耀淫靡生活之后，这样展示正经的私生活就变得有益了；他会欧洲各种语言，尤为难能可贵的是，他懂得并会讲各种利益的话；他是"中产阶级"的杰出代表，而且超越这个阶级，至少比这个阶级伟大；他珍视自己的血统，但又极为明智，特别倚重自身价值，即使在血统问题上，他也表现得十分特别，自称奥尔良系，而非波旁系，他还仅仅是尊贵的殿下的时候，就俨然以正统大王爷自居，一旦成为国王陛下，他反而像个厚道的市民，在大庭广众说话啰里啰嗦，在亲随密友中间说话却简洁明了；他有吝啬的名声，但未经证实，其实，他既节俭，又为豪兴或职责而轻易挥霍；他有文学修养，但对文学没有多大兴趣；他有贵族气派，却没有骑士精神；他朴实、沉静，又很坚强，受到家人和族人的爱戴；他的言谈特别吸引人；他是个憬悟的政治家，内心冷漠，遵从眼前利益，事必躬亲，既不报恩也不结怨，用平庸琐事无情地消磨高才俊杰。善于利用议会的多数，批驳在王座下面神秘而一致的隐隐怨声；他感情外露，外露有时则失慎，但是失慎中又蕴含绝妙的灵巧；他点子多，脸变得快，脸谱也多，常借欧洲恫吓法国，又借法国恫吓欧洲；毫无疑问，他爱国，但他更爱家；他视治理重于威权，视威权重于尊严，这种倾向有糟糕的一面：凡事务求成功，有时就不择手段，也不绝对摈斥卑劣行径，但也有顶用的一面：避免政治激烈冲突，国家分裂和社会灾难；他还特别细致、准确、警惕、关注、精明，而且不知疲倦，有时自相矛盾，自己违令负约；他在安科纳①大胆地反对奥地利，在西

---

① 1832 年，法国派一支远征部队，到意大利的安科纳抗击奥地利。

班牙顽强对抗英国，还炮轰安特卫普①，赔偿普里查德②，充满信念高唱马赛曲；他从不沮丧，从不疲倦，喜欢美好和理想、大胆的豪迈，喜欢乌托邦、幻想，也爱愤怒、虚荣和恐惧，具有坚忍不拔的全部个人素质，在瓦尔密当将军，在热马普又当士兵，八次险遭毒手，脸上笑容常驻，勇敢赛似榴弹兵，胆量比得上思想家，仅仅担心欧洲可能发生动荡，绝不在政治上大冒风险，随时准备牺牲生命，但绝不放弃自己的事业；常把自己的意志化为影响，以便让人服从一个聪明人，而不是服从国王；善于观察，却不善于预测；不大注意才智，却有知人之明，也就是说见到人才下结论；感觉敏锐洞彻，明智务实，能言善辩，记忆力惊人，不断汲取这种记忆，他唯独这一点像恺撒、亚历山大和拿破仑；了解事实、详情、日期、人名地名，却无视趋势、热情、民众的各种才能、内心的憧憬、灵魂隐藏不露的悸动，总之，无视可以称作意识潜流的一切；为表层所接受，但与底层的法兰西不甚融洽，能巧妙机变，但管理有余而统治不足，委任自己当内阁总理，擅长利用现实的小东西阻挡思想的潮流，往文明、秩序和组织方面的真正创新才能中，掺杂莫名其妙的讲求程序和吹毛求疵的精神；一个王朝的创始人兼代理人，某点像查理大帝，某点又像公证人，总之，形象高大而特殊，为王不顾法兰西的不安而能确立政权，不顾欧洲的嫉妒而能求强盛，因此，路易-菲力浦将划入末世纪杰出人物之列，而且，他若是稍微喜爱点菜名，若是对实用和伟大一视同仁，那就可能跻身历史上最著名的统治者之列。

　　路易-菲力浦年轻时很英俊，老来仍然风度翩翩，虽不能说总得到全国人的称许，但总能受到大多数人的赞赏。他就是讨人喜欢，有这种天赋：魅力。威仪，他倒是缺乏，身为国王而不戴王冠，人已老迈却无白发。他保持旧朝的举止，却有新朝的习惯，是贵族和资产阶级的杂种，正合乎1830年，代表过渡政权；他保留了法语的古代发音和书法，拿来为现代思想服务；他喜爱波兰和匈牙利，但是他写成"波

① 1832年，法军赶走拒绝将安特卫普交还比利时的荷兰军。
② 普里查德（1796—1883）：英国传教士，在法国支持新教反对法国，1844年被法国当局逮捕。同年，在英国政府抗议下，法国政府赔偿普里查德25000法郎。

· 714 ·

利人"，说成"匈牙兰人"。他像查理十世那样，穿一身国民警卫队军装；又像拿破仑那样，佩带一条荣誉团勋章绶带。

他很少去礼拜堂，根本不去打猎，也从不光顾歌剧院，绝不受神职人员、养狗官和舞女的腐蚀，因此在资产阶级中深孚众望。他根本没有扈从，出门腋下就夹把雨伞；在相当长的一段时间里，那把雨伞就是他的光环。他懂点泥瓦匠活儿，也懂点园艺，还懂点医道，给一个从马上摔下来的马夫放血。路易-菲力浦身上总带着一把手术刀，正如亨利三世总带着匕首那样。保王派常常讥讽这个可笑的国王；而他却是头一个以放血方式治病的人。

历史对路易-菲力浦的问罪，要扣除一部分。指控王国，指控政府，指控国王，这三笔账各有一个总数。民主权利被剥夺，发展进步退居第二位，上街抗议遭粗暴弹压，起义被武装镇压下去，暴乱也以武力平息，特朗斯诺南街事件①，军事委员会问题，真正的国家为合法国家所吞没，政府同三十万特权人物均摊盈亏，这些算在王国的账上；拒绝比利时，强行征服阿尔及利亚，跟英国人征服印度一样，手段野蛮的程度大于文明的程度，对阿布德-埃勒-卡迪尔失信②，收买德茨③，赔偿普里查德，这些算在政府的账上；偏重于家庭式而不是国家式的政治，这要算在国王的账上。

可见这样一算细账，国王的责任就减轻了。

他的大错则是，代表法国时太谦虚了。

这个错误是怎么铸成的呢？

不妨谈一谈。

路易-菲力浦身为国王，还摆脱不了当父亲的形象。一个家族通过孵化而成为一个王朝，总是前怕狼后怕虎，不敢轻举妄动，因而处处过分畏怯，这就惹恼了既有7月14日的民权传统，又有奥斯特利茨军事传统的人民。

---

① 1834年4月14日，巴黎居民在特朗斯诺南街起义，遭政府军屠杀。

② 阿布德-埃勒-卡迪尔（1808—1883）：阿拉伯酋长，曾抗击法国征服阿尔及利亚的殖民军，1848年被迫投降，押往法国囚禁，1852年退隐到大马士革。

③ 1832年，西蒙·德茨为10万法郎赏金，将贝里公爵夫人出卖给政府。

不过，若是抛开应当首先履行的公职不谈，路易-菲力浦对家庭一往情深，那家庭也受之无愧。他那家人很出色，德才兼备。他的一个女儿，玛丽·德·奥尔良，将族名打进艺术家圈子里，正如查理·德·奥尔良将族名捧上诗坛一样。她将自己的灵魂雕成一尊大理石像，由她命名为贞德。路易-菲力浦的儿子，有两个赢得梅特涅这样一句颇具煽动性的恭维话：

"这是两个不可多得的青年，也是两个得不到的王子。"

这就是路易-菲力浦的真实情况，毫不减损也毫不夸大。

充当平等君王，本身就载负复辟王朝和革命之间的矛盾，具有身为革命者令人不安，而身为统治者又变得令人心安的这种因素，因此在 1830 年，路易-菲力浦适逢其时；人和时势从来没有像这样一拍即合，彼此交融，浑然一体，路易-菲力浦，这是 1830 年造出的人物。此外还有一个条件，王座非他莫属，就是流亡。当年他被放逐，一贫如洗，四处流浪，要靠自己的劳动过活。法国这个拥有最富饶采邑的王公，在瑞士要卖掉老马好填饱肚子。在赖谢瑙，他给人上数学课，而他妹妹阿黛拉伊德则刺绣和缝纫。一位国王的这种经历，特别鼓舞资产阶级。他亲手拆毁圣米歇尔山最后那个铁笼子；那是路易十一下令造的，路易十五还使用过。他是迪穆里埃的伙伴，是拉法耶特的朋友；他参加过雅各宾俱乐部；米拉博拍过他的肩膀，丹东叫过他：年轻人！1793 年时他二十四岁，叫德·沙特尔先生，曾坐在国民公会一个幽暗的小隔间里，目睹审判那个让人十分恰当地称为"可怜的暴君"的路易十六。革命盲目的远见，要在国王身上摧毁君主制，也将国王随同君主制一并摧毁，几乎没有注意处于思想狂暴辗压中的那个人，风暴席卷审判庭全场，公众愤怒质问，卡佩无言以对，这个国王的头无比惊愕，剧烈摇晃，眼看要被这阴风吹掉，而在这场灾难中，无论判决者和被判决者，所有人都相对清白，这些情况，路易-菲力浦见到了，他观望了这些惊心动魄的场景，看到几个世纪押到国民公会的案前受审，看到从路易十六身后，从这个替罪羊身后的黑暗中，挺立起骇人的被告：君主政体，因而，他灵魂中始终保存一种敬畏情绪，敬畏几乎跟天道一样不问是谁的那种人民的普遍裁决。

革命在他心上留下的痕迹是不可思议的，他的记忆仿佛是那伟大年代每分钟的活的标记。有一个见证人是无可怀疑的，有一天，他当着那人的面，仅凭记忆纠正了制宪议会以 A 字母开头的名单。

路易-菲力浦是明如白昼的国王。他统治时期，有新闻自由、集会自由、信仰和言论自由。九月的法律①是宽松的。他虽然知道阳光对特权的侵蚀力，还是将王座放在阳光之下。他这种诚实态度，历史会有公论。

如同所有退出舞台的历史人物，路易-菲力浦今天也接受人类良心的审判。他的案子还仅仅是一审。

历史以令人肃然起敬的自由声调说话的时刻，对他来说还未到来；时候未到，还不能对这位国王宣布最后判决；严厉而出色的历史学家路易·勃朗，近来就缓和了他最初的判词；路易-菲力浦是由所谓二百二十一和一千八百三十这两个半拉子选出来的，也就是由半拉子议会和半拉子革命选出来的；不管怎样，从哲学所应处的高度来看，我们今天评价他，必须根据绝对民主的原则有所保留，正如读者在上文所见的那样；从绝对的度看，首先是人权，其次是民权，除此而外，任何权利都是僭越；不过，有了这些保留之后，我们今天所能讲的，总括起来说，不管从哪方面观察，不管从他本人还是从人类善良的角度看，拿旧历史的老话来说，路易-菲力浦都将是历代最好的一个君王。

有什么可指责他的呢？无非是王位。去掉国王这一名号，路易-菲力浦就只是个人，而他这个人是好的，有时好得令人赞叹。就是在最严重的忧虑困扰中，同大陆的整个外交使团斗争了一天之后，晚上回到房间，疲惫不堪，又十分困倦，他做什么呢？他往往拿起一份卷宗，连夜复查一桩刑事案件，认为同欧洲抗衡固然重要，但是从刽子手那里夺回一条人命更重要。他常常固执己见，同司法大臣争辩，同检察长争夺断头台前每寸地盘，而且叫他们"这些法律的长舌头"。有时桌案上堆满了卷宗，他总一一审阅，如果丢弃那些被判决的可怜人，他会深感不安。有一天，他对上面刚提到的那个见证人说："昨天夜晚，我赢得了七颗头。"在他统治的头几年，死刑几乎废除了，而重新建起的断头台，是针对国王的一种暴力。河滩法场随同王族长房消失了，资产阶级的河滩法场又建起来，称为圣雅克城关法场；"务实的人"感到需要一个大致合法的断头台，这是资产阶级阵营中，代表狭隘派的

---

① 1836 年 9 月颁布的刑事法规。

卡西米尔·佩里埃①对代表自由派的路易-菲力浦的一个胜利。路易-菲力浦亲手注释过贝卡里亚②的著作。在破获菲埃斯齐③的爆炸装置之后，路易-菲力浦高声叹道："这回没伤到我还真遗憾，否则，我就可以赦免那个人了。"还有一次，关于我们时代一个最侠义的人，一个被判决的政治犯④，路易-菲力浦针对内阁的阻力写道："同意赦免，只待我去争取了。"路易-菲力浦跟路易九世一样温和，跟亨利四世一样善良。

在历史中，善良是稀有的珍珠，因而在我们看来，善良的人几乎总要排在伟大的人前面。

路易-菲力浦受到的评价，有的很严厉，有的也许很生硬，而一个认识这位国王，如今已成为游魂的人⑤，来到历史面前为他作证，也是很自然的事情。

显而易见，这一证词无论怎样，首先是无私的；已亡人写的墓志铭自应坦率；一个亡魂可以安慰另一个亡魂；同在冥府，便有权称颂；不必害怕有人指着流亡中的两座坟墓说：这个吹捧了那个。

四 基础下的裂缝

路易-菲力浦统治初期，险恶的乌云阵阵笼罩，而本书叙述的故事即将钻进那样一片乌云的时候，就不能含混，必须表明对这位国王的看法。

路易-菲力浦登上王位，既没有使用暴力，也没有直接争取，而是革命的一种转折的结果，显然同革命的真正目的大相径庭，但是在这中间，他身为奥尔良公爵，的确没有任何主动的行为。他生为王公，也自认为是选定的国王。他绝没有给自己加上这一称号，绝不是攫取，

---

① 卡西米尔·佩里埃（1777—1832）：法国银行家，政治家，1831 年任内阁总理。

② 贝卡里亚（1738—1794）：意大利经济学家，刑法学家。

③ 菲埃斯齐（1790—1836）：科西嘉阴谋分子，1835 年企图暗杀路易-菲力浦未遂。

④ 巴贝斯（1809—1870）：法国政治家，激进共和党人，1839 年被判处死刑，赦免后又屡次被捕并囚禁，后来流亡国外。

⑤ 作者自谓，其时雨果流亡国外，自比游魂和已亡人。

是别人授予他的，他就接受了，而且确信，当然错误地确信，授予符合权利，接受也符合义务。因此，他柄国出于诚意，我们也由衷地说，路易-菲力浦善意柄国，民主派抨击也出于善意，社会斗争所产生的种种惊骇，既不能怪罪国王，也不能怪罪民主派。原则的冲突犹如物质的冲突。海洋保卫水，狂风保卫空气，国王保卫王国，民主保卫人民；君主制这个相对的东西，要抵御共和制这个绝对的东西；社会在这种冲突中流血，不过，今天社会所受的痛苦，日后将转化为社会安定；不管怎样，在这里绝不应谴责那些相斗的人；两派中显然有一派错了；人权并不像罗得岛的巨人①那样横跨两岸，一只脚踏在共和一方，一只脚踏在君主制一方；其实，人权不能分割，必须整个儿站在一边；不过，那些错了的人，错了也不失真诚；盲人看不见不是罪过，正如旺岱人那种行为不算土匪一样。因此，这种剧烈的冲突，只能归咎于事物的必然性。不管这些风暴多么猛烈，人卷入其中并无责任。

结束这一论述吧。

1830 年的政府立即碰到艰难的生活。它昨天刚刚诞生，今天就要战斗。

七月的国家机器还刚刚安装，尚不牢固，就已经感到四处蠢蠢欲动了。

阻力第二天出现了，也许昨天就已生成。

敌意逐月增长，暗斗化为明争。

前面说过，七月革命，外国各君王不接受，法国内部又有不同的理解。

上帝的意志是鲜明的，但通过事件向人宣示，就是神秘语言写成的天书。人们当场解释，未免草率、失真，充满错误、纰漏和反义。极少人能懂得神的语言。最聪明的人、最冷静的人、最深邃的人，能慢慢地辨读；可是，等他们拿出诠释来，事情早成定局，广场上已经有二十几种解释了。每种解释产生一个党，每种反义产生一个派别；而且，每个党都认为掌握了唯一正确的阐述，每个派别也都认为拥有真理。

---

① 公元前 280 年，希腊罗得岛上竖起一尊巨大的太阳神像，脚踏港湾两岸，后毁于大地震。

政权本身，也往往是一个派别。

在革命洪流中，有人逆水游泳，那是旧党派。

旧党自恃奉天承运，把住继承权不放，认为革命既然是由反抗的权利产生出来的，那么人们就有权反抗革命。大谬不然。须知在革命中，反抗者不是人民，而是国王。革命恰恰是反抗的反面。任何革命只要正常完成，本身就包含了合法性；革命，有时会被假革命者玷污，尽管玷污，也要坚持到底，尽管沾了鲜血，也要生存下去。革命不是偶然现象，而是应时而生的。一场革命就是由伪归真。有革命，因为革命乃必有。

正统的旧党从错误的论证出发，不遗余力地猛烈攻击革命。谬误是绝好的炮弹，能灵巧地打击革命的要害，打击它的铠甲的薄弱处，打击它不合逻辑的地方；正统派恰恰抓住王位问题攻击这场革命。他们冲革命吼道："革命，要这国王干什么？"派别是瞎子，却能瞄准。

共和派也同样发出这种吼声。但是从他们嘴里喊出来就合逻辑了。在正统派那边表现为盲目，在民主派这边就表现为明见了。1830 年令民众破产。民主派义愤填膺，要责问它这一点。

七月政权，处于过去和未来两面夹击，只好苦苦经营；它仅仅体现这一短暂时刻，后有几百年的君主制，前有千秋万代的人权。

此外，1830 年既然不复为革命，而变成君主制，那么在对外，就不得不同欧洲步伐一致。局面尤为复杂的是，还要保持和平。逆方向寻求和睦，往往比进行一场战争还要糜费。这种暗斗总要忍气吞声，又总忿忿不平，由此产生出来全副武装的和平，无异于饮鸩止渴，连文明都怀疑起自身了。七月王朝套进欧洲各国内阁的车辕里，只能徒然地蹦跳，而梅特涅很想用皮带将它捆住。七月王朝，在法国受进步的推动，在欧洲又推动君主国那些缓慢的爬行动物：一方面被拖着，一方面又拖着后面的。

这期间，国内贫穷、无产阶级、工资、教育、刑罚、卖淫、妇女的命运、财富、苦难、生产、消费、分配、交换、货币、信贷、资本的权利、劳工的权利，所有这些问题，在社会上层出不穷，险象环生。

除了名副其实的政党，还显出一种动向：哲学的沸腾，同民主的沸腾相呼应。精英同民众一样，都感到惶惑不安，虽然表现形式不同，但是同样强烈。

　　一些思想家在思考，而人民大众这片土壤，经过革命洪流的冲击，在下面还莫名其妙地狂震乱颤。思考者有的单干，有的聚为门户，几乎结社，冷静而深入地探讨社会问题，而地表下面的人却不为所动，静静地挖掘坑道，推进到一座火山的深层，不大在乎隐隐欲发的震动和依稀可辨的烈焰。

　　在这动荡的时期，这种相对平静，也不失为壮观的景象。

　　下层人将各种权利问题留给政党，只是一心解决幸福问题。

　　人的福利，才是他们要从社会中提取的东西。

　　他们把物质问题，把农业、工业、商业等问题，提高到宗教那样神圣的地位。文明的形成，上帝的意志少，人为的成分多，各种利益根据一条活跃的法则，相互聚拢，凝结并混杂，从而形成一种真正坚硬的岩石；须知这条法则，早由政治上的地质学家——那些经济学家精心研究过了。

　　这些人组成团体，取了各种名称，但可以总称为社会主义者，他们力图凿穿这岩石，让人类幸福的泉水喷射出来。

　　他们的工程包容一切，从断头台问题直到战争问题。在法兰西革命所宣告的人权上，他们又增添了妇女的权利和儿童的权利。

　　由于种种原因，我们在这里，还不能从理论上深入探讨社会主义提出的问题，这也不足为怪。我们只限于指出这些问题。

　　社会主义者向自己提出的全部问题，抛开宇观幻象、梦想和神秘主义，可以概括为两个主要问题：

　　第一个问题：

　　生产财富。

　　第二个问题：

　　分配财富。

　　第一个问题包含劳动问题。

　　第二个问题包含工资问题。

　　第一个问题涉及劳力的使用。

　　第二个问题涉及福利的分配。

　　合理使用劳力，国家才有权力。

　　合理分配福利，个人才有幸福。

　　所谓合理分配，并不是平均分配，而是公平分配。首要的平等，是公平合理。

外有国家权力，内有个人幸福，两者结合便出现社会繁荣。

社会繁荣就意味人幸福，公民自由，国家强大。

这两个问题，英国解决了头一个，创造了财富，令人赞叹，然而分配不当。这种解决办法只完成一个方面，就必然导致两个极端：极富和极穷。少数人享受应有尽有，其他人，即人民受穷，一无所有。特权、例外、垄断、封建制正是从劳动中产生出来的。国家权力建立在个人穷困上，国家强大扎根于个人痛苦中，这种形势既虚假又危险。强大，但是结构很糟，全是物质因素，毫无精神因素。

共产主义和土地法旨在解决第二个问题。大谬不然。那种分配扼杀生产。均等平分便消除竞争。从而也消除劳动。这是屠夫式先分后宰的分配办法。因此，这种所谓的解决方式是行不通的。扼杀财富不等于分配财富。

这两个问题要解决得好，必须一同解决；解决方式要合二而一。

两个问题如果只解决头一个，你就会成为威尼斯，你就会成为英格兰。你会像威尼斯那样徒具人为的强盛，或者像英格兰那样徒具物质的强盛；你将是为富不仁。你要像威尼斯夭亡那样死于非命，或者像英格兰垮台那样毁于破产。大众会袖手旁观，任由你毙命和垮掉，因为，只图私利的东西，不能代表人类一种美德或一种思想的东西，要垮掉要毙命，大众一概不予理睬。

自不待言，这里用威尼斯、英格兰等字眼，不是指人民，而是指社会结构，不是指民族，而是指附在民族上面的寡头政治集团。那些民族，始终赢得我们的敬意和好感。人民的威尼斯必将复活，贵族的英格兰必将垮台，然而，作为民族的英格兰，则是永生的。申明了这一点，我们继续往下谈。

解决上述两个问题，鼓励富人，保护穷人，消灭贫穷，制止强者不公正地剥削弱者，刹住半路上的人对到达者邪恶的嫉妒，以手足之情精确地调准劳动工资，根据儿童的成长实行免费义务教育，让成年人具有科学基础，使用手臂的同时发展智力，要成为强大的人民，同时又是幸福人的家庭，财产所有制要民主化，不是废除，而是普及，让每个公民毫无例外都成为有产者，这比人们想象的要容易，总之，要善于生产财富，也要善于分配财富；那样一来，你们就兼有物质上的伟大和精神上的伟大，就不愧称为法兰西。

这就是在走入迷途的宗派之外，宗派之上的社会主义所讲的；这就是社会主义在实际中探索，在思想上规划的。

令人赞叹的努力！神圣的尝试！

然而，路易-菲力浦忧虑的事情太多了，例如，这些学说、这些理论、这些阻力，作为政治家有时也格外需要重视哲学家，有些事情看似明显而又模糊混乱，要制定新政策，既顺着旧社会，又不太违反革命思想，要应付必须用拉法耶特来保护波利尼亚克①的局面，对暴乱中透出的进步要有预感，既考虑议会又考虑街头，平衡他周围力量的竞争，还有他对革命的信念，也许是一种说不清的顺应，隐隐接受一种最高的权利，同时又绝不背离自己的血统，保持家庭观念，真诚地尊敬民众，表明自己的诚实和善良，这一切萦绕于心，路易-菲力浦未免苦恼，他再怎么坚强，再怎么勇气十足，也深感做国王之难，简直不胜其负。

他感到脚下要分崩离析，但又绝不会土崩瓦解，因为法兰西比已往更加法兰西了。

天边布满大块大块乌云，奇异的阴影越逼越近，渐渐遮住人、物和思想，那是各种愤怒和各种派系的阴影。一切被匆忙遏制的东西，又都蠢蠢欲动，开始活跃了。这种诡辩和真理混杂的空气令人窒息，这诚实人的良心有时不得不喘息一下。社会惶惶不安，人心浮动，好似暴风雨前的树叶。电压极强，有时不知什么人一个闪光，突然显现一下，继而又一片昏黑。隆隆的闷雷声不时传来，可以判断出乌云中饱蓄了雷电。

七月革命刚过去二十个月，1832 年伊始，形势便一触即发。人民生活在水深火热之中，劳动者没有面包，最后一个孔代亲王命赴黄泉②，布鲁塞尔驱逐了拿骚家族③，就像巴黎赶走了波旁家族一样，比

---

① 波利尼亚克（1780—1847）：法国政治家，1829 年任查理十世的内阁总理。他在 1830 年 7 月 25 日签发的法令，导致了七月革命，革命后被判处终身监禁，1836 年被赦。

② 孔代是波旁家族的支系，1830 年，最后一个孔代亲王被吊死在郊野。

③ 拿骚家族：12 世纪前，在拿骚附近建立领地的家族，其孙曾为德意志王、荷兰国王等，为显赫家族。

利时要奉一位法兰西王公为君主，最终还是交给了一位英格兰王公，尼古拉统治的俄罗斯恨之入骨，我们身后还站着两个南方魔鬼：西班牙的费迪南德①和葡萄牙的米盖尔，意大利发生地震，梅特涅将手伸向博洛尼亚②，法兰西在安科纳粗暴对待奥地利，北方传来将波兰钉入棺木的特别瘆人的钉子声，整个欧洲怒目窥视法兰西，靠不住的盟友英格兰随时准备推波助澜，趁火打劫，贵族院拿贝卡里亚作挡箭牌，拒绝向法律交出四颗人头，百合花图案从御辇上刮掉了，十字架也从圣母院强行取走，拉法耶特③收缩了，拉斐特破产了，邦雅曼·贡斯当④饿死了，卡西米尔·佩里埃⑤累死了；王国的思想都市和劳动都市双双害病，一个害了政治病，一个害了社会病；巴黎发生内战，里昂发生奴役战；两座城市都像熔炉，冒出同样的火光；百姓额头上显现火山爆发前的紫光；南部狂热，西部混乱，德·贝里公爵夫人⑥去了旺岱地区，阴谋、谋反、起义、霍乱，这一切又给汹汹的思潮增添了纷纷的事变。

五 历史经历而又无视的事实

将近 4 月底，整个局势恶化了。发酵转为沸腾。从 1830 年起，零星发生过局部小暴动，迅速弹压，但压而复起，这是暗流大汇合的信号，酝酿社会大乱。一场可能爆发的革命，虽然轮廓还不清晰，但已隐约可见了。法兰西注视巴黎，巴黎注视圣安托万区。

圣安托万区底火很旺，就要沸腾起来了。

夏龙街上那些酒馆的气氛，可以说又严肃又激荡，尽管联用这两

---

① 费迪南德七世（1784—1833）：西班牙国王（1808—1833 年在位）。

② 博洛尼亚和安科纳都是意大利的地区。

③ 拉法耶特（1757—1834）：1830 年为国民卫队司令，倒向革命，成为七月王朝的创始人之一，但很快同路易-菲力浦分道扬镳。

④ 邦雅曼·贡斯当（1767—1830）：法国政治家、作家。

⑤ 卡西米尔·佩里埃（1777—1832）：法国银行家、政治家。1831 年任内阁总理，镇压了巴黎和里昂人民起义，帮助比利时驱逐拿骚，出兵安科纳阻击奥地利远征军。

⑥ 德·贝里公爵夫人（1798—1870）：1832 年在旺岱鼓动起事反对路易-菲力浦未遂。

个词形容酒馆显得有些怪。

在那些酒馆里，政府根本不在话下，大家公开讨论"究竟是大干一场还是老实待着的问题"。在店铺后间，有人组织工人宣誓："一听见警报的喊声，立刻上街投入战斗，不管有多少敌人。"宣誓完了，坐在酒店角落的一个男人"嗓门洪亮"，说道："你理解啦！你宣誓啦！"有时还上二楼，到一个房门紧关的房间，那里有近似秘密组织的场景，让新加入的人明誓："要像对待家长那样效力。"这是套话。

在楼下餐厅，大家阅读"颠覆性"小册子。"他们抨击政府"，当时一份密报上这样说。

在那里常能听见这样的话："我不知道头儿的名字。我们这些人，只能提前两小时知道行动的日期。"一名工人说："我们有三百人，每人就算出十苏钱，也能凑一百五十法郎，用来制造子弹火药。"另一名工人说："我不要求半年，两个月也不要，两周之内，我们就能跟政府分庭抗礼了。有两万五千人，就可以跟政府较量较量了。"还有一名工人说："我觉都不睡了，要连夜赶制子弹。"有时，一些"衣着漂亮的绅士打扮"的人走来，"装腔作势"，摆出一副"指挥"的样子，同"最重要的人物"握握手，随即又走掉，逗留从来不超过十分钟。大家低声交谈，说出来的话意味深长："密谋万事俱备，这回盼到头了。"引用当时一个在场的人原话说："那里所有人议论纷纷，全都这么讲。"群情激昂到了极点，甚至有一天，一名工人冲满店的顾客嚷道："我们没有武器！"他的一个同伙回答："士兵那里有啊！"这话颇为滑稽，无意中模仿了波拿巴告意大利军团书。还有一份报告补充说明："他们更秘密的事情，就不在那里传递了。"旁人听了他们说的话，还不大明白话里隐藏着什么。

那些聚会往往是定期的。有些聚会从不超过八个到十个人，而且总是原来那几个。另外一些集会随便参加，大厅里人太多，不得不站着；来的人有些是出于满腔激情和狂热，有些是上班路过。革命时期，酒馆里有些爱国妇女，她们拥抱新来参加会的人。

还有一些生动的事例。一个人进了一家酒馆，喝完酒说了一句："酒家，欠多少账，革命会付的。"

在夏龙街对面一家酒馆，大家还推选革命委员，鸭舌帽就当投票箱。

有些工人去科特街一位剑术师家聚会，那位剑术师收徒传艺，厅里陈列各式各样武器：木剑、棍棒、花剑。有一天，他们脱下套子试花剑，后来有个工人提起："我们是二十五人，但他们把我看成笨蛋，指望不上。"那个笨蛋，就是后来的喀尼赛。

随便酝酿的事情，不知怎的渐渐传得神乎其神。一个打扫门口的女人对另一个女人说："他们早就拼命赶制枪弹。"大街能看见告各省革命卫队书。有一份呼吁书上签名是："酒商，布尔托。"

有一天，在勒努瓦市场一家酒店门前，一个留络腮胡子的汉子登上街角石，操着意大利口音，宣读一份似乎由秘密权力发布的奇特文告。一群群人围住他，给他鼓掌。有人搜集记录了最激动人心的片段："我们的学说受阻，我们的公告被撕毁，我们张贴公告的人受监视，被投进监狱……""棉布市场的混乱现象，将好多中间派推到我们这边。""……创造人民的未来，还要在我们这默默无闻的行列中进行。""态度要明确：行动还是反动，革命还是反革命。要知道，在我们这个时代，再也不相信有什么无为状态或停滞状态。拥护还是反对人民，问题就在这里。没有别的问题了。""……等到有一天，我们不再合乎你们的要求，那就把我击垮，不过，在那之前，还是帮助我们向前进。"这些话，全是在光天化日之下讲的。

还有一些事例更为大胆，唯其太胆大，反而引起民众的戒心，1832年4月4日，一个行人登上圣玛格丽特街的街角石，嚷道："我是巴贝夫主义者！"然而，民众从巴贝夫的字眼中嗅出吉斯凯①的气味。

那人讲了一大通，其中有这么一段：

"打倒私有制！左派反对这一点，又卑鄙又口是心非。他们要表现自己正确的时候，就宣扬革命。他们怕被打倒的时候，就自称是民主派；不想战斗的时候，又摇身一变为保王派。共和主义者是带羽毛的动物。你们要当心共和派，劳动者公民。"

"闭嘴，密探公民！"一名工人喝道。

这一声喝断了那人的演讲。

还发生一些颇为神秘的情况。

傍黑的时候，在运河附近，一名工人同"一个穿戴讲究的人"相

---

① 吉斯凯：1831年至1836年任警察局长。

遇。那人问："你去哪儿，公民？""先生，"工人回答，"我没有这份儿荣幸认识您。""可我认识你，"那人又说，"不要怕，我是委员会委员。有人怀疑你靠不住。你也知道，你要是走漏消息，别人就会盯住你。"说罢，他同工人握了握手，分开时说了一句："很快我们就会再见面。"

警察不仅在酒馆，而且在街上偷听，搜集一些奇特的对话：

"你快点儿让人吸收进去吧。"一名纺织工对木器工说。

"为什么？"

"要开火啦！"

两个衣衫褴褛的行人，讲了这样几句明显富有雅克团①意味的精彩话：

"谁统治我们？"

"菲力浦先生。"

"不对，是资产阶级。"

这里使用"雅克团意味"的字眼，谁若是认为含有贬义，那就错了。雅克，当时是穷人。而饿肚子的人是有权利行动的。

还有一回，有两个人走过，只听一个对另一个人说："我们有一个巧妙的进攻计划。"

宝座城关圆盘道的一个土坑里，蹲着四个人密谋，有人只听见这么一句："要想方设法，再也不让他在巴黎散步了。"

"他"，谁呀？这费解的话杀气腾腾。

城郊街区常说的"主要头头"避开这类聚会。据说，他们常在圣厄斯塔什角附近一家酒馆相聚，商讨问题。一个叫欧格的人，是蒙德图尔街缝纫互助社社长，他似乎是主要联络员，来往于那些头头和圣安托万区之间。然而，那些头头却总是非常隐蔽，后来一个被告在元老院受审时，没有任何确凿的事实，能驳倒这句回答的特别傲慢的口气：

"你们的首领是谁？"

"首领，一个我也不认识，一个我也认不出来。"

这些还不过是听似明白、实则模糊的片言只语，也有些空泛之论、道听途说。此外，还有一些蛛丝马迹。

---

① 雅克团：1358 年法国农民大起义。

一名木工在勒伊街建房工地周围钉木栅栏时，拾到撕毁信件的一个残片，只见上面写有这样几行字：

　　　　……委员会应立即采取措施，阻止派别组织从各分部招募成员。……

还有附言：

　　　　我们获悉，城郊鱼市街乙五号有个武器商人，庭院里存放五六千件武器，而我们分部却手无寸铁。

在相隔几步远的地方，那木工又拾到一张纸片，看了更为惊奇，便给同伴们看；那也是撕毁的纸片，上面的文字更是意味深长，这种奇特的材料有历史价值，不妨原样复制出来：

Q	C	D	E	这个名单熟记心中，然后撕毁。接纳人员，一旦接受了他们传达指示，也应照此处理。 　　兄弟般地敬礼 　　　　L. 　　　u og afe

拾到这张秘密表格的人，后来才弄清那四个大写字母的含义：Q 为五人队长，C 为百人队长，D 为十人队长，E 为侦察队；u og afe 这些字母则表示日期，为 1832 年 4 月 15 日。每个大写字母的下面，都登记了姓名及其特殊的说明。例如，Q. 巴纳雷尔。步枪八支，子弹八十三发。人可靠。——C. 布比埃尔。手枪一支，子弹四十发。——D. 罗莱。花剑一把、手枪一支、火药一斤。——E. 泰西埃。战刀一把、子弹盒一个。准时。——特雷尔。步枪八支，勇敢，等等。

那个木工在同一工地还拾到第三张纸，纸上用铅笔十分清楚地列出这样奇妙的单子：

　　　　团结。勃朗夏尔。干树。六。

巴拉。苏瓦兹。伯爵厅。

柯丘斯科。欧伯里屠夫？

J. J. R.。

加伊乌斯·格拉库斯。

审核权。杜峰。富尔。

吉伦特党垮台。德尔巴克。莫布埃。

华盛顿。潘松。手枪一支、子弹八十六发。

马赛曲。

人民主权。米歇尔。干岗普瓦。战刀。

奥什。

马尔索。柏拉图。干树。

华沙。梯利，《人民报》报贩。

　　保存这张单子的那个老实的市民，本来知道其中的含义。这似乎是人权社第四区各分部的总单，标明分部头儿的姓名和住址。所有这些湮没了的事实，如今完全成为历史了，不妨公布出来。要说明一点，人权社成立的日期，似乎在发现这张单子之后。也许这只是一份草稿。

　　当然，在那些道听途说之后，在发现那些字迹之后，有些行迹也开始显露出来了。

　　在波班库尔街一家旧货店里，从五斗柜的抽屉里搜出七张灰色纸，都同样叠成四折，下面压着同样灰纸裁成的二十六张四方块，并卷成子弹壳的形状；另外还有一张卡片，上面写着：

硝石	十二两。
硫黄	二两。
炭	二两五。
水	二两。

　　调查报告还指出，抽屉散发刺鼻的火药味。

　　一名瓦工下工回家，将一个小包遗失在奥斯特利茨桥旁边的长椅上，小包让人捡到送交警卫所，打开一看，里面有拉奥杰尔署名的两份印刷的对话录、一首《工人们，组织起来》的歌曲，还有一个装满子弹的白铁盒。

一名工人让一起喝酒的伙伴摸摸他身上有多热，那伙伴就摸到他外套里别着一把手枪。

拉雪兹神父公墓和宝座城关之间那条大道，有一段最为僻静无人，一群孩子就在那路边沟里嬉戏，在一堆刨花和垃圾下面发现一个口袋，只见里面装着一个子弹模子、一个做子弹壳的木芯棒、一只还剩有猎枪火药末的木碗，以及一口小生铁锅，锅里明显有化铅水的痕迹。

凌晨五点钟，几名警察突然冲进一个叫帕尔东的人家里，碰见他站在床边，手里拿着几个正在做的子弹壳；那人后来参加了梅里街垒国民卫队，在1834年4月起义中牺牲了。

工人快休息的时候，看见皮克普斯城关和夏朗东城关之间有两个人，到门前有暹罗游戏柱的一家酒馆附近，在两堵墙中间的巡逻小道上碰头。其中一个从罩衣里面掏出一支手枪，要交给另外一个人，在过手的当儿他发现，胸口的汗气将火药弄潮了，就试了试打火，又往药池里添了点火药。然后，那两人就分手了。

一个叫加莱的人，常夸口他家有七百发子弹和二十四粒火石；后来在四月事件中，他在博堡街丧命。

有一天，政府得到情报，城郊区刚刚分发了武器和二十万发子弹。过了一周又分发了三万发子弹。值得注意的是，警察未能破获，连一发子弹也没有搜出来。一封被截获的信上说："日子不远了，八万爱国者四小时之内就全拿起武器。"

酝酿起事的活动全部公开，几乎可以说平静地进行。即将举事，却当着政府的面，从容不迫地酝酿一场风暴。这场危机虽然潜行待发，但已显露征兆，可以说无奇不有。市民坦然地问工人准备的情况。有人就这样问："暴动怎么样啦？"那口气就像说："尊夫人怎么样？"

莫罗街一个家具店老板问道："喂，你们什么时候进攻啊？"

另一家店铺老板说道：

"很快就要进攻了。这情况我知道。一个月前，你们还是一万五千人，现在就有两万人。"他献出自己的步枪，一位邻居有支小手枪，本想卖七法郎，也献出去了。

总之，革命情绪高涨，无论巴黎还是全法国，没有一处例外。大动脉处处跳动。正如人体炎症生成薄膜那样，秘密组织的网开始向全国各地伸延。从又公开又秘密的人民之友社产生出来的人权社，在它一份议事日程上注明这样日期："共和四十年雨月"。人权社不顾重罪法庭勒令解散的判决，仍继续活动，并给各分部起了意味深长的名称，诸如：

长矛。

警钟。

警炮。

弗里吉亚帽。

1月21日①。

穷鬼。

流浪汉。

前进。

罗伯斯庇尔。

水平仪。

没问题②。

人权社又产生行动社，那是激进分子，脱离出来跑到前面去。还有一些社团极力从大型母社团中拉人。那些成员抱怨让人四下拉扯。例如，高卢社和市镇组织委员会。又如，争取新闻自由会、争取个人自由会、争取人民教育会、反对间接税会。还工人平等社，内部分成平等派、共产派、改革派等各派。还有巴士底军，是一种按军事编制的队伍，四人由下士率领，十人由中士率领，二十人由少尉率领，四十人由中尉率领；内部相识的从来不超过五个人。这是一种谨慎和大胆相结合的创造，似乎带有威尼斯才华的特色。为首的中央委员会有两条手臂：行动社和巴士底军。正统派有一个团体，名为忠心骑士团，在共和派这些组织之间活动，后来被揭穿而驱逐了。

巴黎社团在各大城市建立了分部。里昂、南特、里尔和马赛，都

① 1793年1月21日，法国国王路易十六判处死刑。

② 《没问题》是法国1789年革命时期的一首歌曲。

有人权社、烧炭党、自由人会。艾克斯有一个革命社团，名叫库古尔德会，前面我们已经提过。

在巴黎城郊，马尔索区闹腾的程度，不亚于圣安托万区，而学校激动的程度，也不亚于城郊各区。圣雅三特街的一家咖啡馆、马图兰-圣雅克街的七球台酒店，是大学生们的联络地点。ABC 朋友会跟昂热城的互助社，以及艾克斯城的库克尔德会结盟；前边我们见过，朋友会的人常在穆赞咖啡馆聚会；这些年轻人也时常去蒙德图尔街附近，在一家名叫科林斯的酒家相聚。那类聚会秘密进行，另一些聚会却尽量公开；从后来一次审讯记录的片段，也可以判断出他们多么大胆："那次会议在哪里举行的？""在和平街。""在谁家里？""在大街上。""几个分部参加？""只有一个分部。""哪一个？""手工分部。""谁是头儿？""我。""你太年轻了，一个人作不出向政府进攻的决定，你接受哪儿的指令？""中央委员会。"

军队和民众一样内部挖空了，贝尔福、吕内维尔和埃皮纳勒等地后来发生的运动，都证明了这一点。人们对五十二团、五团、八团、三十八团和第二十轻骑团特别寄予希望。在勃艮第地区和南方城市中，都植了"自由树"，即给旗杆戴上一顶革命红帽。

形势就是这样。

一开始我们就说过，圣安托万区民众的情绪，比其他任何区都更激烈，也使这种形势更为敏感和紧张。这是病痛症结所在。

这个老区居民稠密得像个蚂蚁窝，勤劳、勇敢而愤怒又像一窝蜂，在躁动中等待和盼望一次大动荡。一片扰攘嚣嚣，但是没有停止劳作。这种又活跃又沉郁的面貌，什么言语也无法描摹。这个区阁楼的屋顶下，隐藏多少辛酸和苦难，同时也掩盖多少火热而罕见的聪明才智。苦难和聪明才智达到极点，两极一旦相遇，情况就尤为危险。

圣安托万区骚动还有别的原因，与政治大动荡相关的商业危机、实业倒闭、罢工、失业等，都要在这里产生反响。革命时期，穷困同时为因果。穷困的打击往往返回自身。这些百姓，身上满是高傲的品德，潜伏的热力能达到最高点，随时准备拿起武器，他们愤怒，深沉，仿佛装满了炸药，只待落下一点火星儿，就会突然爆炸。每逢星星之火让事变之风吹遂，飘浮在天边，人们就不由得想到圣安托万区，这个充满苦难和思潮的火药库，想到是什么鬼使神差，将它置于巴黎的大门口。

圣安托万区那些酒馆，前面已经多次描述过，在历史上相当有名。在动荡的岁月，人们去那里不仅畅饮，更要畅谈。那里流动着预见的精神和未来的气息，既激荡人心，又提高人的胆识。圣安托万区的酒馆，好似阿文蒂诺山上的酒家：那些酒家建在女巫洞穴上面，与灵气暗暗相通，那里的餐桌几乎全是三条腿，人们饮用恩尼乌斯①所称的预言女巫酒。

圣安托万区是一座积蓄民众的水库，革命的震动造成裂缝，民众的主权便流出来。这种主权可能为害，也像任何主权那样会出错；然而，它即使偏离正道，仍不失其伟大，可以喻为独眼巨神安根斯②。

在1793年，从圣安托万区时而开出野蛮的军团，时而开出英雄的部队，这要视当时的思潮是好是坏，当日是狂热还是热忱而定。

用"野蛮"一词，这里说明一下。在破天荒的革命大混乱的日子里，这些人毛发倒竖，衣衫褴褛，扬起铁锤，高举长矛，一个个凶相毕露，呐喊着冲向魂飞魄散的老巴黎，他们要干什么呢？他们要结束压迫，结束暴政，结束战争，他们要求男人有工作，儿童受教育，妇女有社会温暖，要求自由、平等、博爱，要求人人有面包，人人有思想，要建成人间天堂，要进步；他们忍无可忍，怒不可遏，半裸着身子，手持棍棒，大吼大叫，要争取的就是这种神圣、美好而甜蜜的东西：进步。不错，他们是野蛮人，然而却是文明的野蛮人。

他们怒气冲天宣布人权，不惜引起惊抖和恐怖，也要逼使人类登上天堂。他们貌似蛮人，实则是人类的救星。他们戴着黑夜的面具要求光明。

我们承认，这些人看样子又粗野又凶恶，然而是为了争取善而粗野凶恶的；比起这些人来，还有另一类人，他们总是笑容满面，浑身锦衣绣服，金饰彩绶，珠光宝气，脚穿丝织袜，头插白羽毛，戴着黄手套，皮鞋油光锃亮，手臂支在大理石壁炉旁的丝绒罩桌子上，温文尔雅地坚持维护和保存过去的东西：中世纪、神权、宗教狂热、愚昧、

---

①　恩尼乌斯（公元前239—前169）：拉丁文诗人。
②　安根斯：出自维吉尔的长诗《伊尼德》，原意为"巨大的"，形容可怕的魔怪，即指独眼巨神波吕斐摩斯。

奴隶制、死刑、战争，他们慢声细语而又彬彬有礼地颂扬战刀、火刑柴堆和断头台。至于我们，在这些文明的野蛮人和野蛮的文明人之间，假如一定要做出选择的话，那么我们宁愿选择野蛮人。

不过，谢天谢地，还有别种选择的可能性。无论向前还是向后，都不必从陡壁跳下去。既不要专制主义，也不要恐怖主义。我们需要的是缓坡的进步。

上帝提供了。缓缓的坡路，这就是上帝的全部政策。

六　安灼拉及其副手

临近这个时期，安灼拉为了应付可能发生的事变，暗中开始清理队伍了。

全体成员在穆赞咖啡馆秘密聚会。

安灼拉发言，用了一些玄妙的，但有深意的隐喻。他说道：

"现在应当摸清局势如何，什么人靠得住。若是需要战士，就必须培养。拥有打击力量。有备无患。行人在路上碰见牛，总比碰不见牛挨牛顶的机会多。因此，我们给牛群点点数，总共有多少？这事不能留待明天去做。革命者任何时候都要争分夺秒；进步，绝不能拖时间。我们要应付意外情况，到时候免得措手不及。现在就必须检查一下，看看我们缝制的活计是否结实。这件事，今天就必须摸底。库费拉克，你去瞧瞧综合工科学院的学生。现在是他们的假日。今天星期三，弗伊，对不对？你去瞧瞧冰库那儿的人，公白飞已经答应去皮克普斯。那里有好大一股可动员的力量。巴奥雷去察看吊刑台。普鲁维尔，那些泥瓦匠情绪有点冷了；你去格雷奈勒-圣奥诺雷街，把那里共济会支部的情况带回来。若李，你到杜普伊特朗医院去一趟，摸摸医学校的动态。博须埃到法院转转，同那些见习生聊聊。我呢，负责库古尔德。"

"全安排妥当。"库费拉克说道。

"不妥。"

"还有什么事？"

"一件非常重要的事。"

"什么事？"公白飞问道。

"曼恩城关。"安灼拉答道。

安灼拉停了一下，仿佛凝思，然后又说道：

"曼恩城关那里，大理石匠、油漆匠、雕刻场的粗坯工，是个热情很高的大家庭，但往往忽冷忽热。不知道他们近来怎么了，心思转到别的事情上，好像心灰意冷，在骨牌桌上消磨时间。赶紧去同他们谈谈，口气要坚决。他们常常在里什弗店聚会，从中午到一点在那儿能见到他们。必须给那堆火灰吹吹风。这件事，我本来打算让马吕斯去干，他那人还是不错的，就是魂不守舍，也不来了。我得有个人去曼恩城关，可眼下派不出了。"

"还有我呢？"格朗太尔说道，"有我在呀。"

"你呀？"

"我呀。"

"就你，去教导共和党人！就你，以原理的名义去温暖冷却的心！"

"有何不可？"

"你还能干点正事吗？"

"这点儿雄心，模模糊糊我还有吧。"格朗太尔答道。

"你一点信仰也没有。"

"我信仰你呀。"

"格朗太尔，你能帮我个忙吗？"

"干什么都行，给你擦皮鞋也干。"

"那好，别掺和我们的事，去喝你的苦艾酒吧。"

"你真没良心，安灼拉。"

"你这个人，能适合派往曼恩城关！你能胜任！"

"我能到砂岩街，穿过圣米歇尔广场，从亲王街斜插过去，取道伏吉拉尔街，过了加尔默罗会修院，拐进阿萨街，到寻午街，把军事法庭抛在后面，大步走过老瓦窑街，踏上大道，沿着曼恩大道，再过城关，就走进里什弗店。这一趟路我能胜任。我的鞋也能胜任。"

"里什弗店那里的同志，你多少还熟悉吧？"

"不太熟。我们只是你我相称罢了。"

"你打算跟他们谈什么呢？"

"这还用问，跟他们谈罗伯斯庇尔，谈丹东，谈主义原则。"

"就你！"

"就我呀。真的，对我也太不公道了。我一旦动手，那可不得了。

我读过《普吕多姆》①。我了解《社会契约》，还能背出共和二年这部宪法。'公民自由终止，便是另一个公民自由的起始。'怎么，你把我当成蛮人啦？我的抽屉里还有一张旧国家证券呢。人权、人民主权，活见鬼！我甚至带点儿埃贝尔派②的色彩。我手里拿着表，讲上六个钟头，能说得天花乱坠。"

"正经点儿。"安灼拉说道。

"都把我说急了。"格朗太尔答道。

安灼拉斟酌了几秒钟，像做出决定那样打了个手势。

"格朗太尔，"他郑重其事地说，"我同意让你试一试。你到曼恩城关走一趟吧。"

格朗太尔就住在穆赞咖啡馆旁边，是带家具的出租房。他出去五分钟就回来了，回家换上了罗伯斯庇尔式坎肩。

"红色。"他走进来，眼睛盯着安灼拉说道。

接着，他一只有力的手掌，一下将猩红坎肩的两个角按在胸上。

他走上前，对着安灼拉的耳朵说："放心吧。"

他毅然决然，帽子往头上一扣就走了。

过了一刻钟，穆赞咖啡馆后间人就走空了。ABC 朋友会分头去执行任务。安灼拉将库古尔德留给自己，最后一个离开。

艾克斯的库古尔德会在巴黎的成员，常在伊西平原一处废弃的采石场聚会；巴黎那一边有不少那类废弃的采石场。

安灼拉前往那个聚会地点，边走边回顾整个形势。事态显然很严重。那些事件，潜伏期的社会病所呈现的症状，笨重地移动，稍有并发症就会受阻而紊乱。这就是纷纷崩溃和纷纷再生的现象。安灼拉展望未来，隐约看见黑幕脚下拱起一点微光。谁说得准呢？时机也许临近。人民要重获权利，多么美好的景象！革命要再度庄严地掌握法兰西，并向世界宣布？看明天的吧！安灼拉越想越高兴。炉火旺起来。就在这种时刻，他的几个朋友带着火药分赴巴黎各处，算来有公白飞透辟的哲学雄辩、弗伊世界主义的热忱、库费拉克的激情、巴奥雷的

---

① 法国作家、漫画家亨利·莫尼埃（1799—1877）塑造的庸俗小市民的典型。

② 埃贝尔派：法国 1789 年革命雅各宾派的左翼。

欢笑、若望·普鲁维尔的忧郁、若李的才能、博须埃的嘲讽，这一切，在他头脑里构成一种电火花，能在各处同时点燃大火。全体出动。大家努力，肯定会有成效。情况很好。他不免又想起格朗太尔，心中暗道："对了，经过曼恩城关也不怎么绕脚，何不往里什弗店走一趟呢？去看看格朗太尔在干什么，事情办得如何。"

伏吉拉尔钟楼敲一点钟时，安灼拉到达里什弗烟店，推门进去，又起双臂，让两个门扇反弹到他肩上，他扫视烟雾笼罩的挤满餐桌和人的大厅。

烟雾中响起一个人的声音，又突然被另一个人的声音打断。那是格朗太尔同他的对手交锋。

格朗太尔和另一张面孔同桌，面对面坐着；圣安娜大理石面桌上有麸皮面包渣儿和骨牌，格朗太尔敲着大理石桌面，安灼拉听到如下对话：

"双六。"

"四点。"

"猪！我全光了。"

"你死了。两点。"

"六点。"

"三点。"

"老幺。"

"该我出牌。"

"四点。"

"难办。"

"该你了。"

"我出了个大错。"

"你还不赖。"

"十五点。"

"再加七点。"

"这样我就二十二点了。（若有所思）二十二点！"

"这双六出乎你意料。一开头我若是就打这张牌，这一局就完全不同。"

"还是两点。"

"老幺。"

"老幺！那好，五点。"

"光了。"

"刚才是你出的牌，对吧?"

"对。"

"白点。"

"他运气真好！嘿！你还有一次机会！（沉思半晌）两点。"

"老幺。"

"五点不成，老幺也不成。你麻烦了。"

"赢了。"

"活见鬼!"

第二卷 爱波妮

一 云雀场

马吕斯将那次图财害命的线索告诉沙威，并目击了出乎意料的结局，可是等沙威一离开破屋，将俘获的罪犯押上三辆马车，他也从老屋溜走了。当时刚到晚上九点钟，马吕斯去找库费拉克。库费拉克已不是拉丁区坚定的居民了，鉴于"政治原因"，他早就搬到玻璃厂街，那是当时容易发生暴动的一个街区。马吕斯对库费拉克说："我到你这儿来过夜。"库费拉克将床上两条褥垫抽出一条，铺到地上，说道："就睡在这儿吧。"

第二天一大早，刚七点钟，马吕斯就返回老屋，向布贡妈付了房钱，雇来一辆手推车，将他的书籍、床、桌子、五斗柜和两把椅子全装上车，没有留下新住址就离去，等沙威上午再来向马吕斯了解昨晚的情况，就只见到布贡妈，只得到她一声回答："搬走啦！"

布贡妈深信，马吕斯跟昨晚抓住的那些强盗有点牵连，她去找本街的那些看门女人，嚷道："谁料得到呢？一个小伙子，看上去还像个大姑娘呢！"

马吕斯匆匆搬走，有两个原因。首先，他在那里看到了为恶的穷人，也许比为富不仁还可憎的一种社会丑恶。看到这种无比可恨、无比凶残的丑恶在他眼前展示全过程，因此，现在他十分憎恶那老屋。其次，他不想卷入任何诉讼里，否则就很可能被迫出庭作证，不利于德纳第。

　　沙威没有记住这个年轻人的姓名，认为他怕事避开了，抑或在那些人作案时，他根本没有回家。不过，沙威还是设法寻找，但终未找到。

　　一个月过去，接着又过了一个月。马吕斯一直住在库费拉克那里。他从常去法院接待室的一名见习律师那里得知，德纳第关进了监狱。每星期一，马吕斯都去强力监狱管理处，托人将五法郎转交给德纳第。

　　马吕斯没钱了，每次都向库费拉克借五法郎。有生以来，他这是头一回向人借钱，这定期的五法郎，对出钱的库费拉克和收钱的德纳第双方都是个谜。库费拉克常琢磨："这钱是给谁的呢？"德纳第也常纳闷："这钱是谁给的呢？"

　　而马吕斯则十分伤心。眼前重又一片黑暗，什么也看不见了；他的生活重又陷入这片迷雾中，只好摸索彷徨。不久前，他所爱的那位年轻姑娘、约莫是她父亲的那位老人，在这世上他唯一关心并寄予希望的两个陌生人，从黑暗中倏忽再现一下，而且近在眼前，他正以为要抓住他们的时候，一阵风又将两个身影吹走了。甚至这次惊心动魄的冲突，也没有迸发出一点能照亮真情实况的火星。根本无法推测。连他原以为知道的名字，现在也不知道了。可以肯定她不叫玉秀儿，云雀也只是个绰号。又该怎么看那位老人呢？难道他真的躲避警察吗？马吕斯脑海里又浮现他在残废军人院附近碰见的白发工人，现在想来，那工人和白先生可能就是一个人。难道他乔装打扮吗？这人，既有大义凛然的一面，又有暧昧可疑的一面。为什么他不呼救呢？为什么他逃跑了呢？他究竟是不是那姑娘的父亲？说到底，他真的是德纳第以为认出的那个人吗？德纳第有可能认错了。这么多疑问找不到答案。然而这一切，却丝毫无损于卢森堡公园那姑娘天使般的魅力。真是柔肠百转，马吕斯心中一片痴情，眼前却一片黑暗。他被一股力量推着，牵拉，却又无法移动。除了爱情，一切都化为泡影；即使爱情，对他来说也丧失了能激发本能反应和灵悟的动力。爱情这种火焰，通常能燃烧我们的心，多少照亮我们的眼睛，往外射出一点有益的光芒。可是，就连痴情这种暗中的导引，马吕斯也听不见了。他从来没有这样盘算过；我去那儿看看怎么样？我这么试试怎么样？他不能再称为玉秀儿的那个姑娘，显然还住在什么地方，但是毫无线索，马吕斯不知往哪儿去寻找。现在，他的全部生活可以概括为一句话：在茫茫迷雾中完全无所适从。重新找见她，他始终这么渴望，却不抱这种希望了。

更糟的是，贫困又来了。这股寒气，他感到逼近了，从身后袭来。他沉浸在忧思苦恼中，长时间中断工作，而中断工作比什么都危险：丧失一种习惯。习惯，丧失容易恢复难。

一定程度的幻想有益处，如同适量的麻醉剂，能够抑制活动中的神志兴奋乃至过度兴奋，让头脑产生一种轻柔舒爽的雾气，用以抹平纯理念的过于分明的轮廓，填补各处的空隙和裂缝，将各个部分弥合起来，抹掉思想的棱角。然而，幻想过分就要沉溺。脑力工作者，让整个脑子沉溺于幻想就糟啦！他认为沉下去还容易浮上来，心想归根结底，这两者是一码事。大错特错！

思想是智慧的活动，幻想是欲念的活动。用幻想取代思想，无异于将毒物当成食物。

我们记得，马吕斯就是从这一点开始的，爱情一产生便狂热，将他推入没有目标又无底的幻想中。现在他出门，只为了去胡思乱想。滋生懒惰。喧闹而停滞的深渊。工作减少，需求则增加。这是一条规律。人处于梦想的状态，自然无所顾忌而又怠惰，精神松弛，就承受不了紧张的生活。这种生活方式好坏参半，萎靡不振固然有害，慷慨大度却有益于健康。不过，穷人徒然慷慨而高尚，如不劳动就注定完蛋。生活来源枯竭，而需求却涌现。

这是灾难的斜坡，最诚实最坚定的人，也像最邪恶最软弱的人一样滑下去，一直跌进两个深坑中的一个：自杀或者犯罪。

一个人经常出门去胡思乱想，总有一天出门要去投水。

想入非非，就会步艾斯库斯和利勃拉①的后尘。

马吕斯眼睛盯着那个望不见的姑娘，顺着这斜坡慢慢滑下去。我们这样描述，看似怪异，实则千真万确。思念一个不在眼前的人，就会在内心一片漆黑中点燃光亮；那人越无踪影，就越放射光芒；黝黯而绝望的灵魂，能望见那天边的亮光：内心夜空的明星。她，就是马

① 艾斯库斯和利勃拉：巴黎的两个青年诗人。1831年，艾斯库斯18岁，就创作两部诗剧并演出成功。1832年，两个朋友合作写出剧本《雷蒙》，演出失败就自杀了。

吕斯的全部念头，心中再也没有别的事情。他隐约感到那身旧装无法穿了，那身新装也变成旧装，衬衣破烂了，帽子破烂了，靴子也破烂了，这就是说他的生命全破烂了，他心中暗道："死之前哪管再见她一面也好啊！"

他只留下一个甜美的念头，就是她爱过他，她那眼神告诉他了，她不知道他的姓名，却了解他的心，而现在，她在那地方，不管那地方多么神秘，也许她还爱他呢。说不准她在思念他，正如他思念她一样吧？每颗爱恋的心都会经历无法解释的时刻，本来只有理由痛苦，却隐隐感到一种喜悦的战栗；马吕斯有几次逢这种时刻，就不禁想道："是她的思念传到我这里！"接着他又补充一句，"我的思念也许同样传到她那里。"

这种幻想，过后他虽然摇头，却终于有一束时而类似希望的光芒，射进他的灵魂。他不时提笔，尤其在最令思念者惆怅的夜晚，在只做这种用途的白纸簿上，写下他头脑里灌满的爱情最纯洁、最浮泛、最理想的幻梦。他称这是"给她写信"。

不要以为他理智混乱了。恰恰相反。他固然丧失了工作的能力，不能朝一个确定目标坚定地前进，但是他比以往更清醒，判断更准确了。现在，马吕斯则以冷静而实际，又很奇特的目光，观察眼前发生的事情，观察最不关痛痒的事件和人；无论什么他都能给予中肯的评价，显出一个诚实而天真的人虽然消沉却又无私的态度。他的判断，几乎弃绝希望，便能够高瞻远瞩。

他处于这种精神状态，任何事都逃不过他的眼睛，什么也骗不过他；每时每刻，他都洞见人生、人类和命运的底蕴。一个人由上帝赋予一颗充满爱情又饱受苦难的灵魂，即使在忧心如焚中，也还是快乐的呀！谁没有凭借这两种光照观察过世事和人心，谁就没有看到一点真实的东西，也就一无所知。

爱恋而痛苦的灵魂，总达到崇高的境界。

话又说回来，一天天过去，却没有发现一点点新情况，他只是觉得余下要他穿越的黑暗空间日益缩小，分明望见了那无底深渊的边缘。

"什么！"他心中常常念叨，"难道在那之前，我就不能再见她一面！"

行人沿着圣雅克街上坡，从城关旁边过去，再往左拐，走一段老内马路，便到健康街，往前便是冰库，离戈伯兰小溪不远，就会看到一片空场，那是巴黎又长又单调的环城大道内，唯一能吸引雷斯达尔①坐下来的地方。

那地方不知怎的逸出清新的生趣，一片青草地上拉了几根绳子，迎风晾着破衣烂衫，菜农的一座古老房舍，建于路易十三时代，大屋顶上怪模怪样钻出几个顶楼窗，木栅栏已经残破，白杨树之间有个小水塘，几个女人，欢声笑语；远处望得见先贤祠、聋哑院的树木、恩惠谷医院那黝黑低矮、怪诞有趣的出色建筑，更远处则是圣母院钟楼肃穆的方顶。

正因为那地方值得一看，才没有人前往。每隔一刻钟，难得有一辆小车或一辆大板车经过。

马吕斯独自漫步，有一次信步走到那里的小水塘附近。那天，千载难逢，大道上有一个行人。那地方有几分野趣，马吕斯见了不禁怦然心动，便问那行人：“这地方叫什么名字？”

那行人回答：“叫云雀场。”

接着，他又补充一句：“就是在这里，于尔巴克杀害了伊弗里的牧羊女。”

然而，一听到“云雀”这两个字，马吕斯就再什么也听不见了。有时一句话，就足以使梦幻状态突然凝固；整个神思，蓦地聚结在一个念头的周围，再也感受不到别种事物了。云雀这个名称，在马吕斯忧伤的内心深处，早已取代了玉秀儿。“嘿，”他自言自语，处于痴迷状态就好讲这种没头没脑的话，“这是她的场地。我一定能在这里找到她的住所。”

这个念头很荒唐，但是无法抗拒。

此后，他天天去云雀场。

二　监狱孵化中的罪恶胚胎

沙威在戈尔博老屋仿佛大获全胜，其实不然。

首先，这也是沙威主要忧虑的一点，他没有俘获那个被俘的人。那个潜逃的受害者比凶手更可疑：那个人物，既然被匪徒视为肥肉，

---

① 雷斯达尔（1628 或 1629—1682）：荷兰风景画家。

很可能也是当局的好猎物。

其次，蒙巴纳斯也逃脱了沙威的手掌。

还得另找机会抓住那个"花花公子小魔头"。当时，蒙巴纳斯遇见在大道旁树下放风的爱波妮，就把她带走了，他还是愿意跟姑娘充当情侣，不想去跟那老爸充当好汉。算他走运，仍逍遥法外。至于爱波妮，沙威派人把她"逮捕归案"。爱波妮被关进玛德洛奈特监狱，同阿兹玛会合了。

还有，从戈尔博老屋押往强力监狱的途中抓住的要犯之一囚底不见了。大家弄不清是怎么回事，警察和宪兵都莫名其妙。他化成一股气，从手铐里滑出来，从车缝间流走了。马车确实有裂缝，让他逃脱了，谁也无法解释，只知道抵达监狱时，囚底不见了。这里边有魔法或者警察手脚。囚底能像雪团融化在水中一样，融化在黑夜中了吗？这其中有没有警察暗中配合呢？这人是不是有双重秘密身份，既属于混乱又属于秩序呢？难道他是犯法和执法两个圈子共有的中心点吗？这只狮身人面兽是不是前爪插在罪恶中，后爪立在政权上呢？沙威绝不容忍这种手段，他看到这种勾结会怒发冲冠；殊不知在他的队伍里，还有些警探，虽是他的下属，也许比他更了解警察局的秘密，而囚底这种恶棍，很可能成为得力的警探。运用变脸术同黑暗势力保持密切关系，匪徒一方得利，警方也受益。这些无赖，有的就是阴阳脸。不管怎么说，囚底逃掉，再也没有抓回来。对此沙威虽然诧异，但是更为恼火。

至于马吕斯，"那个傻小子律师很可能怕事"，沙威没放在心上，连他的姓名都忘了。况且，一个律师算什么，随时都能找到。不过，那小子真的是律师吗？

此案已开始预审了。

预审法官想得到点口风，认为有必要将咪老板匪帮的人留下一个，不投入监狱。留下的人是勃吕戎，小银行家街的那个长发。他们将他放在查理大帝庭院，而监视他的人都睁大了眼睛。

勃吕戎这个名字也是强力监狱的一个纪念。监狱所谓新楼那个丑恶不堪的院子，管理处称为圣贝尔纳院，盗贼们则叫作狮子院，院子有一道锈了的旧铁门，通向已改为牢房的原强力公爵府礼拜堂，门左侧耸立一堵与屋顶齐高的垣墙，布满麻麻癫癫的斑痕，十二年前还能见到一个堡垒图形，是用铁钉粗糙刻在墙石上，下方有这样的签字：

勃吕戎，1811。

1811 年那个勃吕戎，是 1832 年这个勃吕戎的父亲。

这个勃吕戎，在戈尔博老屋作案中仅露了一面，他是个十分狡猾、十分机灵的小伙子，但是样子却又痴呆呆、可怜巴巴的。预审法官正是看他痴呆的样子，才放了他，认为把他关进大牢，还不如放在查理大帝院里。

这些盗匪并不因为落入法网就停止活动，他们绝不会为了这点小麻烦就收敛。犯罪坐牢，并不妨碍再行犯罪。艺术家有一幅画挂在展厅，还照样在画室里创作一幅新作品。

勃吕戎仿佛让大牢吓傻了，有时看见他在查理大帝院里，像个白痴一样站在小卖部窗口旁边，眼睛盯着那块肮脏的价目牌，从第一项："大蒜，六十二生丁"，直看到最后一项："雪茄，五生丁"。再不然，他就浑身发抖，牙齿打战，说他发了高烧，问病房里那二十八张病床是否有空位。

1832 年 2 月下半月，人们突然发现，勃吕戎这个整天迷迷糊糊的人，居然通过狱中几个杂役办了三件事，不是以他的名义，而是以他三个伙伴的名义，总共花了他五十苏；这样巨大的开销引起监狱警卫队长的注意。

经过调查，并核对张贴在囚犯会见室中的办事计费表，终于弄清五十苏分为三笔委托送信费：一封信送至先贤祠，十苏；一封信送至恩惠谷，十五苏；还有一封送至格雷奈勒城关，二十五苏，在计费表上数额最高。须知先贤祠、恩惠谷和格雷奈勒城关，正是三个城关恶徒住的地方：一个叫克吕铜钱，外号怪罗，一个叫光荣汉，是个刑满释放的苦役犯，另一个叫煞车杠；这次事件，就把警察的目光引到他们身上。据估计，这三个人参加了咪老板的匪帮，而两个匪首，巴伯和海口刚刚落网。勃吕戎的信件并不按地址送交，而是交给在街上等候的人，从而可以猜测信中可能秘密联络，阴谋准备作案。警方还掌握一些别的线索，于是逮捕了这三个匪徒，以为这样就挫败了勃吕戎的任何诡计。

采取了这些措施之后，大约过了一周，有天夜晚，一名巡夜的看守检查新楼的楼下牢房；当时有一种办法，能查明看守是否严格执勤，就是每小时都要往钉在牢门的箱里投个执勤牌；这个看守正要投牌的时候，从勃吕戎号子的窥视孔，忽然看见他坐在床上，正借着壁灯光写什么。看守冲进去，但是没能搜出他写的东西，便罚他关了一个月黑牢。警方也没有进一步查明情况。

不过，有一个情况确切无疑：次日，一个"驿站车夫"从查理大帝院抛过六层大楼，落到另一边的狮子坑。

囚犯所说的"驿站车夫"，就是巧妙揉的一个面包团，送到"爱尔兰"，也就是说越过监狱的房顶，从一个院落抛到另一个院落。照词源学解释：越过英格兰，从一块陆地到另一块陆地，到达"爱尔兰"。面包团落到另一个院子里，拾到的人就掰开，发现裹在里面的字条，是给这个院里某个囚犯的。拾到的人若是个囚犯，就会送到地方；若是个看守，或是暗中被收买的囚犯，即狱中所说的绵羊，黑牢里所说的狐狸，就会把字条送交管理处，转给警察局。

这一次，"驿站车夫"到达了目的地，尽管收件人正"隔离"关押。那收件人不是别人，正是巴伯，咪老板的四巨头之一。

"驿站车夫"裹着一个纸卷，上面只有两行字：

"巴伯。普吕梅街有一笔买卖。对着花园的一道铁栅门。"

这就是那天夜晚勃吕戎写的东西。

尽管要通过男女搜查人员的一道道关，巴伯还是设法将字条从强力监狱传到妇女监狱，交给关在那里的一个"相好"的手里。那姑娘又把字条转给她认识的一个女人。那女人叫玛侬，受到警察的密切注意，但还没有被逮捕。玛侬这个名字读者见过，她跟德纳第一家人有关系，等以后再说明；她去探望爱波妮，就能在硝石库妇女监狱和玛德洛内特监狱起桥梁作用。

恰好在这时候，在预审德纳第的案子中，由于缺乏足够的证据，他的两个女儿爱波妮和阿兹玛就放出来了。

爱波妮出狱时，玛侬就守候在玛德洛奈特监狱门外，把勃吕戎写给巴伯的字条交给她，派她去"侦察"那桩买卖。

爱波妮前往普吕梅街，找到铁栅门和花园，观察那栋房子，守望窥伺了几天，这才去钟孔街，交给玛侬一块饼干，玛侬又把饼干送到硝石库监狱，转给巴伯的相好。在监狱的暗号中，一块饼干就意味："毫无办法"。

因此，事情不过一周，巴伯和勃吕戎，一个去接受"审讯"，一个受"审讯"回来，在巡逻道上相遇，勃吕戎问了一句："普街，怎么样？"巴伯回答："饼干。"

勃吕戎在强力监狱里孕育的罪胎，就这样流产了。

然而，这次流产却产生后果，但与勃吕戎的计划已毫不相干。后面我们会看到。

常常有这种情况：我们以为结一条线，却连上了另一条线。

三　马伯夫老头儿见了鬼

马吕斯再也不拜访任何人，只是时而见见马伯夫老头儿。

马吕斯从凄惨的阶梯缓步走下去，马伯夫先生那边也同样往下走；这种凄惨的阶梯可以称作地窖台阶，通向不见天日的地方，在那里能听见头上幸福者的脚步声。

《科特雷地区植物志》根本卖不出去了。奥斯特利茨的那座小园子阳光不足，试种靛青也毫无成绩，马伯夫先生在那里只能栽些爱阴暗潮湿的稀有植物。他并不气馁，又在植物园弄到一角光照好的园地，"自费"试种靛青。为此，他将《植物志》的铜版全送进当铺。他把早餐也缩减为两个鸡蛋，一个给他年迈的女佣人吃，他已有十五个月没付工钱了。时常他一天就吃这一顿饭。他再也没有那种稚气的笑声，而是整天愁眉苦脸，也不接待朋友了。好在马吕斯也不想去。马伯夫先生去植物园，这一老一少有时在济贫院大道上相遇。他们彼此并不说话，只是凄苦地点点头。这情景真叫人心酸：穷困能一时让人疏远。往日朋友，如今形同路人。

书商鲁瓦约尔已经故去。现在，马伯夫先生只认他的书籍、园子和靛青，这是体现他的幸福、乐趣和希望的三种形式。有这些，他就能活下去。他心里常常这样想："等我做成蓝色染料球，我就有钱了，要把铜版从当铺里赎回来，还要敲起大鼓，在报上登广告，大吹大擂，大肆推销我的《植物志》，还有，我要买一本彼得·德·梅丁的《航海艺术》，我知道哪儿能买到带木刻插图的1559年版本。"他心中这样盼望，白天侍弄靛青园，傍晚回家浇自己的园子，然后看书。马伯夫先生这时年近八旬了。

一天傍晚，他见了鬼。

那天，他回到家里，天色还大亮。女佣人普卢塔克大妈身体违和，病倒在床。晚饭他只啃了一根还挂点肉的骨头，吃了从厨房桌子上找到的一片面包，便到园子里，坐在当长凳的一条横放的界石上。

按照老式果园的布局，长凳旁边有一个大立柜，隔条和木板已经残破，底层为兔子窝，上层是果子架。窝里没有兔子，架上却还有几个苹果，这是仅余的过冬食物。

马伯夫先生戴着眼镜，翻阅两本书。这两本书令他入迷，而且令他心神不宁，这后一点，对他这样年纪的人来说尤为严重。他天生怯懦，在一定程度上接受了迷信思想。他这两本书，一本是德朗克尔会长的名著：《论魔鬼的幻变》①，另一本《关于沃维尔的鬼怪和比埃夫尔的精灵》②，是穆托尔·德·拉吕博迪耶的四开本。他这园子从前是精灵出没的地方，因而他对第二本书更感兴趣。暮色开始将景物上面照白，下面染黑。马伯夫老头儿一边看书，目光一边越过手中的书本，端详他的花草，其中一株鲜艳的杜鹃花尤其是他的安慰，然而，一连干旱了四天，风吹日晒，没下一滴雨，枝头垂下，花蕾蔫了，叶子也脱落，都需要浇水了，尤其那株杜鹃花，样子十分可怜。马伯夫老头儿这种人，认为草木也有灵魂。老人在靛青园干了一整天，累得筋疲力尽，但他还是站起来，把书放在石凳上，伛偻着腰，脚步踉踉跄跄，一直走到井边，伸手抓住铁链，可是想把它从挂钩摘下来的气力都不够了。他只好转过身，惶恐不安地举目望望满天星斗。

夜晚静穆的气氛，用一种莫名的阴森而永恒的快乐，来压抑人的痛苦。看来，这一夜又要跟白天一样干燥。

"满天星星！"老人想道，"不见一丝云彩！不会下一滴雨！"

他的头仰了一会儿，又垂到胸前。

继而，他又抬起头，望着夜空，喃喃说道：

"下点儿露水吧！可怜可怜吧！"

---

① 1612 年在巴黎出版，全称为《恶天使和魔鬼幻变图》。

② 据传，中世纪时期，巴黎沃维尔公馆闹鬼，故有俗谚"去见沃维尔魔鬼去吧"。比埃夫尔也是巴黎的街区名。

他又试了试，想把井链摘下来，可是徒然。

这时，他忽然听见一个声音说：

"马伯夫老爹，要我替您浇园子好吗？"

话音未落，就传来野兽钻篱笆的声响，老人看见一个姑娘模样的人，瘦高挑儿，立到他面前，大胆地注视他。这身形倒三分像人，七分像黄昏显形的精灵。

我们说过，马伯夫老头儿胆儿特别小，动不动就吓得心惊肉跳，这次还未容他回答一个字，那精灵就一把摘下井索，放下吊桶，又提上来，将喷壶灌满，那动作在昏暗中显得突兀而怪异；老人看见那精灵赤着双脚，穿一条破裙子，在花坛之间奔忙，向周围散发生命。水喷到叶子上的声响，让马伯夫老人的灵魂充满欢欣。他仿佛感到，杜鹃花现在幸福了。

第一桶浇完，那姑娘又提第二桶，然后又是第三桶，整个园子她都浇遍了。

她在小径上来来往往，身影黑黝黝的，撕成条的破披肩，随着两条瘦骨嶙峋的长胳臂飘动，看上去不知为什么，真有点像一只蝙蝠。

等她浇完园子，马伯夫老人热泪盈眶，走上前去，将手掌放到她额头上，说道：

"上帝保佑您，您这样爱惜花儿，真是个天使。"

"不，"她回答，"我是魔鬼，其实，是什么我都不在乎。"

老人没等她回答，也没听见她回答，高声说道：

"真可惜，我这么不幸，这么穷，一点也帮助不了您。"

"您能帮上忙。"她说道。

"帮什么忙？"

"告诉我马吕斯先生住在哪儿。"

老人根本没听懂。

"哪个马吕斯先生？"

他抬起无神的眼睛，仿佛追索消逝的事情。

"一个年轻人，早先常来这儿。"

这工夫，马吕斯先生搜索了记忆，大声说道：

"哦！对……我明白您的意思了。等一等！马吕斯先生……瞧我，马吕斯·彭迈西男爵呀！他住在……不如说他已不住在……哎呀，我不记得了。"

他边说边弯下腰，去扶一扶一根杜鹃花枝，接着又说道：

"对了，现在我想起来了。他常常经过那条大道，朝冰库那个方向走去。落须街。云雀场。到那里去找吧，不难遇见他。"

等马伯夫先生又直起腰，人已经没了，那姑娘无影无踪。

他着实有点儿怕。

"老实说，"他想道，"如果园子没有浇水，我真会以为见了鬼。"

一小时之后，他躺在床上，脑海又浮现刚才的情景，在要入睡的时刻，神思蒙蒙眬眬，好似寓言中化为鱼好渡海的那只鸟，也渐渐化为梦好穿越睡眠，他含混地自言自语：

"真的，这情景，特别像拉吕博迪耶讲述的精灵的故事。也许是个精灵吧？"

四 马吕斯见了鬼

一个"鬼"拜访了马伯夫老爹之后，过了几天，在一天早晨——是个星期一，是马吕斯向库费拉克借五法郎，给德纳第送去的日子，——马吕斯将五法郎揣进兜里，送交监狱管理处之前，先去"散散步"，希望回来好有精神头儿干点儿事。况且，他每次都是这么期望。他一起床，就面对一本书和一张纸坐下，要草草翻译几段；这段时间，他的工作就是将德国人的一场著名的论战，甘斯和萨维尼①的争论译成法文；他看看萨维尼，又看看甘斯，读了四行，试着写上一行，可是写不出来，总看见他和那张纸之间有一颗星，于是他离开座位，说道："出去走走，回来就有精神了。"

他去了云雀场。

到了那里，在他眼前那颗星越发明亮，而萨维尼和甘斯越发模糊了。

他回到住处，想重新捡起工作，可是根本办不到，头脑里的思路全断了，一条也连不起来，于是他又说："明天我不出去了，出去会妨碍我工作。"——然而，他还是天天出门。

他住在库费拉克的家，不如说住在云雀场；真正的住址是这样：

---

① 爱德华·甘斯和弗雷德里克-查理·德·萨维尼：德国法学家。

健康路，过了落须街第七棵树。

这天早晨，他离开第七棵树，走到戈伯兰溪边，坐在栏杆上。一束快活的阳光，透过欣欣向荣的树叶射下来。

他在思念"她"，而思念又转为自责；他沉痛地想道，自己渐渐被灵魂麻痹症——懒惰所控制，渐渐走进这黑夜，甚至连阳光都看不见了。

他的内心活动已极度削弱，连自怨自艾的气力都没有了，往外发泄模糊的意念，甚至形不成自言自语；然而，通过这种艰难的发泄，通过这种忧伤的凝神专注，他还是感受到了外界，听见戈伯兰溪两岸洗衣妇的捣衣声，从他身后，从他下边传来，还听见头上榆树枝头鸟雀叽叽喳喳的鸣唱。一边是自由的声音，是无忧无虑和长了翅膀的自得其乐的声音；另一边是劳作的声音。这两种快乐的声音，令他遐想，几乎令他深长思之。

他正在冥思苦索，忽然听见一个熟悉的声音说："嘿！他在这儿呢！"

他抬眼望去，认出是德纳第家大姑娘爱波妮，一天早晨闯进他屋的那个可怜女孩。事情也怪，她越穷困越漂亮了，这是同时迈出的两步，好像她根本不可能做到。她实现了双重的进步，既走向光明又走向苦难，她赤着双脚，衣不蔽体，还是那天毅然闯进他屋里的那副样子，只不过这身破衣烂衫多穿了两个月，破洞更大，布片更脏了。还是那副嘶哑的嗓音，还是那个因风吹日晒而黧黑多皱纹的额头，还是那种放任、迷惘而闪忽不定的目光。经历了这次牢狱生活，她那饱受苦难的面容上，又添了一种难以描摹的凄惶哀婉的神情。

她头发沾了麦秸和草屑，倒不是像莪菲丽娅那样，受哈姆雷疯症的传染而发疯，而是因为在哪个马厩的草堆上睡过觉。

尽管如此，她还是美丽的。啊！青春，你是多么灿烂的明星！

这时，她来到马吕斯跟前站住，苍白的脸上浮现一点喜色，还恍惚浮现一点笑意。

她停了半晌，仿佛说不出话来。

"这回可找见您啦！"她终于说道，"马伯夫老头说得对，就在这条大道上！真叫我好找啊！您哪儿知道啊！您知道吗？我给关押了。十五天呀！他们把我放啦！因为在我身上找不出什么毛病，况且，我还不到判断事物的年龄。还差两个月。噢！您让我好找啊！有六个星期了。您不住在那儿了吧？"

"不了。"马吕斯回答。

"哦！我明白了。就因为那件事。那样胡闹是够烦人的。您搬走了。咦！您干吗戴这样旧帽子呀？像您这样的青年，应当穿上漂亮的衣服。您知道吗，马吕斯先生？马伯夫老爹管您叫马吕斯什么男爵。您不会是什么男爵吧。男爵，都是那些老家伙，喜欢去卢森堡公园，待在宫殿前边，阳光最好的地方，还看一苏一份的《日报》。有一回我去送信，就到了这样一个男爵家。他有上百岁了。告诉我，您现在住在哪儿？"

马吕斯沉默不答。

"唉！"她继续说道，"您衬衣破了个洞，我得给您补上。"

她神色渐渐黯然了，又说道：

"看您这样子，见到我不高兴吧？"

马吕斯仍然沉默；她也不说了，停了一会儿，又大声说道：

"哼，我要是愿意，准能叫您高兴起来！"

"什么？"马吕斯问道，"您这话是什么意思？"

"哦！您原先跟我说话，可是称'你'！"她又说道。

"好吧，你这话是什么意思？"

她咬住嘴唇，仿佛内心在斗争，还犹豫不决。最后，她好像拿定了主意：

"算了，反正都一样。您一副伤心的样子，我要让您高兴起来。您得答应我，一定要笑一笑。我要看见您笑起来，听见您说：真好，棒极了。可怜的马吕斯先生！您知道呀！您原先答应过我，我要什么您都给……"

"对！你倒是说呀！"

她白了马吕斯一眼，对他说："我有了地址。"

马吕斯脸唰地白了，他周身的血液全涌入心房。

"什么地址？"

"您要我找的那个地址呀！"

她好像十分勉强，又补充一句：

"那个……地址，您完全清楚啦？"

"是，清楚！"马吕斯结结巴巴地说。

"那位小姐的！"

说出这个词，她深深叹了一口气。

马吕斯从他坐的栏杆上跳下来，狠命抓住她的手：

"哈！太好啦！带我去吧！告诉我！随你向我要什么都行！在什么地方？"

"跟我去吧。"她回答，"我弄不清是什么街，门牌多少号；完全在另一边，不过，那房子我认识，我这就带您去。"

她把手抽回来，又说了一句："嗬！瞧您这高兴的样子！"

她说话的声调，能令一个旁观者伤心，却丝毫没有触动如醉如痴的马吕斯。

马吕斯的额头掠过一片云影，他抓住爱波妮的手臂。

"向我发个誓！"

"发誓?"她说道，"这是什么意思，咦！您要我发誓?"

她咯咯笑起来。

"关于你父亲！答应我，爱波妮，向我发誓，你不把这地址告诉你父亲！"

她朝他转过脸，一副惊愕的神情，问道：

"爱波妮！您怎么知道我叫爱波妮?"

"答应我的要求！"

然而，她好像没听见他的话似的：

"这样真好！您叫了我一声爱波妮！"

马吕斯同时抓住她两条胳膊：

"倒是回答我的话呀，看在上天份儿上！注意听我对你说的话，向我发誓，不把你知道的那个地址告诉你父亲！"

"我父亲吗?"她说道，"哦，对了，我父亲！您就放心吧，他关在大牢里呢。再说，我才不管我父亲呢！"

"你还是没有答应我！"马吕斯大声说。

"您倒是放开我呀！"她说着咯咯大笑，"瞧您这么用劲摇晃我！好吧！好吧！我答应您！我向您发誓！这算什么呢？我不把那地址告诉我父亲。好啦！满意吗？这样行吗？"

"也不告诉任何人?"马吕斯说道。

“也不告诉任何人。”

“现在，带我去吧。”马吕斯又说道。

“马上走？”

“马上走。”

“走吧。——嗨！瞧他多高兴啊！”她说道。

走了几步，她又停下来：

“您跟得太近了，马吕斯先生。让我在前边走，您就这样跟着，别太显眼。不要让人看出您这样一个体面的青年，跟我这样一个女人一道走。”

任何语言都无法表述，这女孩嘴里说出的“女人”的全部涵义。

她走了十来步，又站住了，等马吕斯跟上来，就冲身边说话，但是并不把脸转向他：“对了，您还记得答应过我什么事吧？”

马吕斯伸手摸兜，他在这世上仅有的财富，就是要给德纳第的五法郎，现在掏出来，放到爱波妮手上。

她张开手指，让钱币落到地上，神色怏怏地看着他，说道：“我不要您的钱。”

第三卷　普吕梅街的宅院

一　幽室

在 18 世纪中叶，巴黎高等法院一位戴法帽的院长，私下养了个情妇，要知道，那时大贵族炫耀自己的情妇，而资产阶级则金屋藏娇，因此，他在圣日耳曼城郊区所谓的"斗兽场"附近，僻静的布洛梅街，即今天的普吕梅街①，建了一座"小宅院"。

那是一座两层小楼：楼下两间厅室，楼上两间卧室；此外，楼下有厨房，楼上有起居室，顶层还有阁楼。小楼面对花园，临街隔一道铁栅大门。园子面积约一阿尔旁②。这就是过路人所能望见的整个宅院；可是，小楼后身还有一个小院落，院子里端又有两间带地窖的平房，以备不时之需，可以藏匿一个孩子和一名乳母。房后有一扇伪装的暗门，连着一个狭长的露天通道，地面铺了石板，弯弯曲曲，夹在两堵高墙中间，隐蔽得极为巧妙，在各家园子菜地之间拐弯抹角地穿行，由两边的藩篱遮护，伸延足有一公里，通到另一道同样的暗门，出去便是巴比伦街僻静的尾端，几乎到另一个街区了。

院长先生就是从这道暗门进去，哪怕监视并跟踪的人发现，院长先生形迹诡秘，天天去什么地方，也绝想不到去巴比伦街，就是去布

---

① 现在称乌迪诺街，位于巴黎七区。
② 旧时土地面积单位，1 阿尔旁约合 20 至 50 公亩。

洛梅街。这个精明的法官通过巧妙的办法收购土地，才能营建这条秘密通道，因建在私地上而无人查问。后来，他将通道两侧的园地分成小块抛售，而两侧园地的主人哪儿会想到，他们的花园和果园之间有两堵墙，夹着长长一条斗折蛇行的石板通道。唯有飞鸟能望见这一奇观。18 世纪的黄莺和山雀叽叽喳喳，大概没少议论这位院长先生。

石砌小楼是按照芒萨尔①风格建造的，而内装修的护壁和陈设，则是华托②的格调，内里为洛可可式的华丽，外观为古典建筑风格，有三道花篱围护，显得又矜持，又风雅，又庄重，恰恰符合法官的艳遇。

小楼和通道，十五六年前还有，如今已不复存在。1793 年，有个锅炉厂主买下这栋房子，准备拆毁，但未能如期付款，就被国家宣告破产，结果这座房子反而拆毁了厂主。从那以后，这座宅院一直没住人，也就渐渐毁坏了。楼内仍保留那套老家具，终年出售或招租，每年经过普吕梅街的那十来个人，从 1810 年以来，就看见庭院铁栅门上，挂着一块字迹模糊的发黄广告牌。

到了复辟王朝末年，那些过路人忽然发现牌子不见了，楼上的窗板甚至打开了。小楼确实有人住进去。窗上拉着小窗帘，表明楼里有个女人。

1829 年 10 月份，一个上了年纪的男子出面交涉，原封不动地租下小楼，当然也包括后院的平房和通向巴比伦街的小道。他又雇人将通道两端的两扇暗门修好。我们说过，楼内陈设大致还是那位院长的原套家具，新房客只是雇人稍微修理一下，零星添点缺少的东西，庭院重新铺好路石，室内重新铺好方砖，楼梯修好阶级，地板镶补木板条，窗户也上好玻璃，这样修缮好了，他才悄无声息，带着一个年轻姑娘和一名老保姆进住，不像迁入新居，倒像是溜进去的。邻居并没有饶舌，因为根本就没有邻居。

这个敛声屏息的房客就是冉阿让，年轻姑娘就是珂赛特。保姆是个老处女，名叫都圣，是冉阿让从济贫院和苦难中救出来的，年纪又老，又是外地人，说话又口吃，正是这三点长处，才促使冉阿让收留了她。他以割风先生这姓名，吃年息者的身份租下宅院。看了上文的

---

① 弗朗索瓦·芒萨尔（1598—1666）：法国建筑师。

② 华托（1684—1721）：法国画家。

叙述，想必读者认出了冉阿让，不会落在德纳第的后边。

冉阿让为何要离开小皮克普斯修院呢？究竟出了什么事呢？

什么事也没有出。

我们记得，冉阿让在修院里生活很幸福，甚至幸福过分，良心反而不安起来。他每天见到珂赛特，感到内心里产生父爱，并且日益增长，他一心扑在这孩子身上，心想这孩子属于他，谁也休想把她夺走，这样生活会无限期进行下去，在修院这种环境中，每天耳濡目染，她一定会出家当修女，这里就是他们二人的整个天地，他在这里衰老，孩子在这里长大，随后也要衰老，而他就在这里死去，总而言之，令人神往的希望，绝不可能分离。这事儿他反复思索，忽然又困惑起来。他扪心自问，审视这种幸福是否完全属于他个人，是否也有被他这个老人拐带来的孩子的一份儿，这其中是否一点也没有窃取的意味呢？他常常思忖，这孩子放弃人生之前，也有权认识人生，如果以使她免遭人间的风雨为由，也不同她商量，就先行斩断她和一切欢乐的联系，利用她蒙昧无知和孤苦伶仃，就引导她萌发献身修道的志向，那就违反人的天性，也欺骗上帝。况且，谁敢说不会有那么一天，她恍然大悟，后悔当了修女，就要转而怨恨他呢？最后这个念头，基本上也出于私心，虽然不如其他念头光明正大，但是却令他寝食不安。于是，他决定离开修院。

他一做出这个决定，就伤心地承认非如此不可。要说碍难，却没有什么。他在这四堵墙里住了五年，已然销声匿迹，足以消除或驱散忧惧的因素。他可以放心回到人间了。他也老了，完全变了样，现在，谁还能认他来呢？即使往最坏处想，也只是他本身有危险，总不能因为他被判过刑，送进苦役犯监狱，他就有权把珂赛特关在修院。况且，在职责面前，危险又算什么呢？归根结底，他尽可以谨慎从事，处处当心，这样做毫无阻碍。

至于珂赛特的教育，也差不多完成，可以结业了。

一旦下了决心，他就等待时机了，不久时机来临，老割风去世。

冉阿让请求院长接见，说明他哥哥临死留下一小笔遗产，今后他不用干活就能过日子了，打算辞掉修院的差使，并把女儿带走；不过，珂赛特没有发愿，免费接受教育也不公道，因此，他恳请院长俯允，他向修院捐赠五千法郎，作为珂赛特在修院五年的赔偿。

就这样，冉阿让离开了永敬会修院。

他离开修院时，那只小提箱夹在自己腋下，不交给任何搬运工，钥匙也总放在自己身上。箱子里逸出一股香料味，引起珂赛特的极大兴趣。

现在就交代清楚，此后，这只箱子他再也不放手，总搁在自己房间里。每次搬家，这是他要携带的头一件，有时是唯一的一件东西。珂赛特拿这当笑谈，称这箱子为"形影不离的朋友"，还说："真叫我嫉妒。"

冉阿让虽然回到自由的空气中，但内心还惴惴不安。

他发现了普吕梅街那座宅院，便到那里蜷伏，此后也用于尔梯姆·割风这个名字。

与此同时，他在巴黎还另外租了两处房子，免得总待在同一街区惹人注意，稍有一点情况就可以换个地方，不至于像那天夜晚那样措手不及，只是奇迹般逃脱了沙威的追捕。那两套公寓房相当简陋，外观也很破旧，位于两个相隔很远的街区，一处在西街，一处在武人街。

他不时带着珂赛特，或去西街，或去武人街，住上一个月或一个半月，只让都圣看家。在公寓小住时，他请门房干些杂事，自称靠年息生活，住在郊区，在市区有个落脚点。这位品德高尚的人为了逃避警察，在巴黎有三处住所。

二　冉阿让加入国民卫队

确切地说，他还是住在普吕梅街，生活作了如下安排：

珂赛特跟保姆住在小楼，她占油漆护壁的大卧室，使用有漆金线角的起居室、当年院长用的有地毯和壁毯并配有大圆椅的客厅，她还拥有花园。冉阿让给珂赛特的卧室安的大床，配有带天盖的三色旧锦缎幔帐，铺的古老而美丽的波斯地毯，是从圣保罗无花果树街戈歇大妈的铺子买来的。不过，为了冲淡这种精美的古董所造成的肃穆气氛，他又配置了适于少女的各种各样明快秀美的小用具：多宝桶、书橱和金边书籍、文具、吸墨纸、镶嵌螺钿的案台、镀金的针线银盒、日本瓷的梳妆台。楼上垂挂的长窗帘，三色深红花锦，跟床帷幔一样；楼下则挂着毛织窗帘，整个冬季，珂赛特的小楼上下都生了火。而他呢，则住在后院的一个下房里，只有一张铺草垫的帆布床、一张白木桌、两把草垫椅子、一个陶瓷水罐，以及放在木板上的几本旧书，他那只宝贝箱子放在墙角，屋里从来不生火。他跟珂赛特一起吃饭，餐桌上专门给她摆一块黑面包。当初都圣一进家门，他就对她说过："家里的主人是小姐。""那么，您呢，先……先生？"都圣十分诧异，反问道。"我嘛，比主人高多了，我是父亲。"

珂赛特在修院学会了持家，她管理为数不多的花销。每天，冉阿让都挽着珂赛特的手臂，带她去散步，带她到卢森堡公园，走在游人罕至的小径上。每逢礼拜天，他们都去做弥撒，而且总去高台阶圣雅克教堂，只因为那儿离家很远。教堂坐落在一个贫困街区，他就大量施舍，在教堂里总被穷苦人围住，因此，德纳第在信中称他为："高台阶圣雅克教堂的行善先生"。他爱带珂赛特去探望穷人和病人。普吕梅街这座宅院没有生人进去过。都圣采购食物，冉阿让亲自去附近大道旁一个水龙头打水。木柴和葡萄酒存放在半地下室里，这个半地下室，靠近巴比伦街那道门，壁面镶嵌了石块贝壳，是当年院长先生当石窟用的；因为在游戏场和精神病院那个时代，没有石窟就谈不上爱情。

在巴比伦街那道独扇大门上，挂着一个储钱罐式的信报箱；不过，普吕梅街这座小楼的三个居民既没有收到过报纸，也没有收到过信件；这个箱子，从前是艳情的媒介，是一位风流法官的知己，现在全部用途，只收收催税单和卫队的通知书了。要知道，割风先生，年金收入者，参加了国民卫队。1831年那次人口普查网眼很密，也没有漏掉他。市府调查人员一直深入到小皮克普斯修院，而冉阿让从那穿不透的神圣云雾中出来，在区政府看来就是值得尊敬的人，当然有资格派班站岗。

每年总有那么三四次，冉阿让穿上军装去站岗，而且，他打心眼儿里愿意，对他来说，这是一种正当的乔装打扮，既能跻身于大众之间，又能独来独往。冉阿让刚满六十岁，这是法定的免役年龄，可是他的外貌还像个五十以内的人；再说，他无意躲避那位上士，也不想同路洛博伯爵较劲。他没有公民身份，隐瞒自己的姓名、自己的真实身份、自己的年龄，什么都隐瞒了；不过，正如我们说的，他是个诚心服役的国民卫队队员。他的全部志向，就是像一个普通纳税人。这个人心中的理想是天使，身外的表率是资产者。

有个细节应当指出。冉阿让带珂赛特出门的时候，他的衣着打扮，如我们所见，有几分像旧军官。可是，他单独外出的时候，通常要等天黑之后，他总是一身工人打扮，换上短外套和长裤，低低地戴着一顶鸭舌帽，把脸遮起来。这究竟是谨慎，还是自卑呢？两者兼备。珂赛特早已习惯了自己命运神秘的一面，也就不大注意父亲的奇特行为。至于都圣，她对冉阿让敬若神明，觉得他做什么都是正当的。卖肉的老板见过冉阿让，有一天他对都圣说："他是个怪人。"都圣回答说："他是个圣人。"

无论冉阿让、珂赛特还是都圣，出来进去只走巴比伦街那道门。除非隔着花园的栅门看到他们，否则很难猜到他们住在普吕梅街。

那道铁栅门始终关着。冉阿让有意抛荒，不管理花园，以免引人注目。

然而，他这样想也许错了。

三　叶茂枝繁①

这座园子荒废了半个多世纪，变得非同一般，别有一番美妙的景象。四十年前，打这条街经过的人，常常驻足观赏，却想不到葱翠深深所掩藏的秘密。两根霉绿的柱子中间，立着一道上了锁的古老铁栅门，铁条已扭曲，摇摇晃晃，门楣上的阿拉伯装饰图案也已模糊不清；当年漫步遐想的人走到门前，不止一个从铁柱之间向里张望，神思贸然深入进去探幽。

花园一角有一张石椅、两三尊青苔被覆的雕像，还有几个葡萄架，年深日久钉子脱落了，倾颓在墙上腐烂；整个园子已不辨路径，也没有草坪，到处长满了绊脚草。园艺离开，大自然回来。杂草闯入这块可怜的园地，纷纷争奇斗艳。桂竹香花会，色彩绚烂。园中万物繁盛，神圣的勃勃生机毫无阻难，欣欣向荣如在家园。树梢俯下来接近荆棘，荆棘往上拔节去够树枝，藤蔓攀缘上去，枝条垂下来，匍匐在地上的去会见在空中开放的，而迎风招展的则俯就在青苔间爬行的；树干、枝桠、叶子、纤维、花簇草丛、蜷须、嫩枝、荆棘，全都穿插纠缠，结织错乱；这块三百尺见方的园地，在造物主满意的目光下，植物深情地紧紧抱在一起，庆祝完成了它们神秘的友爱，并象征人类的友爱。

---

① 原文为拉丁文。

这花园不复为花园，赫然成了一片榛莽之地，可以说，难以穿越如丛林，密密麻麻如城市，瑟瑟抖动如鸟巢，幽邃阴暗如教堂，独立孤寂如坟茔，生趣盎然如众生。

到了花开季节，这一大片榛莽，在铁栅门里和四面围墙之间，无拘无束，进入发情期，暗中普遍奋发蕃息，在阳光下激动，几乎像一只野兽，嗅到了天地间求爱的气息，感到4月的汁液在脉管里升腾，于是扬起头来，迎风抖动浓密纷披的绿发，向湿润的地面、剥蚀的雕像、楼前颓毁的台阶，乃至僻静街道的路石，撒下繁星般鲜花、珍珠般露珠，撒下繁丰、美丽、生命、喜悦、芬芳。中午，千百只白蝴蝶躲进园中，在绿荫丛间漫舞飞旋，宛如有了生命的夏雪，那景象真是神仙境界。在那里，在绿荫快活的幽暗中，一群天真的声音，向灵魂软语倾诉，而啾啾鸟语遗漏，则由嗡嗡虫声弥补。夜晚，园中飘逸出梦幻似的水蒸气，笼罩全园，仿佛覆盖了雾气织成的殓布，覆盖了清绝静谧的惆怅；忍冬和牵牛花各处飘香，令人醉倒，好似无比醇美的毒酒；你能听见旋木雀和鹡鸰在枝叶下入睡时最后几声呼唤，你能感到鸟雀和树木那种神圣的亲密无间；白天，鸟的翅膀娱悦树叶，夜晚，树叶保护鸟的翅膀。

到了冬天，荆丛变黑了，湿漉漉的，枝条横斜散乱，临风抖瑟，那栋小楼也就隐约可见了。现在满目所见，已不是枝头的繁花、花间的清露，而是在由黄叶铺成的又冷又厚的地毯上，鼻涕虫留下的长长银带。不过，无论什么景象，也无论春夏秋冬哪个季节，这块小小的园地总透出伤感、沉思、孤寂、悠闲，总不见人影，而唯有上帝；那道锈迹斑斑的老铁栅门，仿佛在说：这园子是我的。

尽管这一带周围全是巴黎的铺石马路，尽管瓦雷纳街古雅豪华的府邸仅隔两步路，残废军人院的圆顶近在咫尺，众议院也相去不远，尽管勃艮第街和圣多米尼克街车水马龙，炫耀排场，黄色、褐色、白色、红色公共马车，也在下一个十字路口往来如梭，可是，僻静冷清仍然盘踞在普吕梅街；旧时的房主早已故去，又经历一场革命，豪门世家衰微破败，人去楼空，遗忘、抛弃并闲置达四十年之久，这足以使这块风流宝地重又长满了蕨草、毒鱼草、毒芹、蓍草，毛地黄、长茅草，以及叶子硕大浅绿、茎秆凸凹生纹的高大植物，还有蜥蜴、金龟子等警觉快速的昆虫；这也足以使一种难以描摹的蛮荒的物景，从深深的地下破土而出，在四堵墙里再现壮观的气象；足以使大自然，——一贯打乱人为的狗苟蝇营，既可附在蝼蚁身上也可附在鹰身上，随意全面扩展的大自然，——终于在巴黎一个鄙陋的小园里焕发神采，既犷悍又壮伟，俨然在新大陆的原始森林。

　　信然，什么都不是渺小的；善于深入大自然探幽的人，全明白这一点。虽然在确定前因还是在限定后果方面，哲学根本得不到完满的解决，但是鉴于各种分解的力量总要复归一统，沉思者仍不免陷入无止境的冥想。一切都为一个整体运行。

　　代数可以运用于云层，日光有利于玫瑰，哪个思想家也不敢断言，山楂的芳香对星体毫无益处。谁又能计算出一个分子的行程呢？我们怎么能知道星体不是陨落的砂粒形成的呢？谁又能够了解无限大和无限小相反相成，始因在物体的深渊中回响，以及宇宙形成时的大崩溃呢？一条小虫也不容忽视，小即大，大即小；在必然性中，一切都处于平衡状态；对思维来说，真是骇人的幻象。在生物和物体之间，有奇异的关系；在这永不穷尽的整体中，从太阳到蚜虫，谁也不能藐视谁，彼此都相互依存；阳光不会糊里糊涂将地上的芳香带上碧空，夜色也将星体的精华散发给睡眠中的花朵。飞鸟的爪子无不系着无限世界的绳索。万物化育，会因为一颗流星的出现、乳燕的破壳而变得复杂，并同样导引一条蚯蚓的出生和苏格拉底的问世。望远镜丧失效力之处，显微镜则开始起作用。哪一种视野最广呢？选择吧。一个霉点就是一束鲜花；一片星云就是一个星体的蚁穴。精神的东西和实体的现象同样错综复杂，甚至有过之而无不及。元素和法则彼此混杂，交融、结合，相益相长，结果产生同样光明的物质世界和精神世界。现象永远返归自身。在天体广泛的交汇中，宇宙生命呈未知数量，往来如梭，将一切卷入各种气息的无形神秘中，并且利用一切，连一次睡眠的一场梦也不放过，在这里播下一个微小动物，又在那里粉碎一个星球，摇摇晃晃，斗折蛇行，将光化为力，将思想化为元素，到处扩散又无形无影，分解一切，独有"我"这个几何点例外；还将一切引回到原子灵魂，让一切在上帝身上焕发异彩，还将一切活动，从最高级到最低级，交织在一种炫目的机制的昏蒙中，将一只昆虫的飞行系于地球的运转上，将彗星在天宇的运行纳入，谁知道呢？哪怕是由于自然法则的同一性吧，纳入纤毛虫在一滴中的旋转。精神构成的机体。

无比巨大的齿轮传动系统，其最初动力是小蝇，而最末的齿轮是黄道。

四　换了铁栅门

这园子，当初建成放荡秘事的掩避所，后来似乎改变，适于用来庇护纯洁的秘事了。庭园中，摇篮、草坪、花棚、石窟，都已不复存在，唯见一片葱茏，枝蔓扶疏纷披，好似各处垂下的帷幔。帕福斯①重又恢复伊甸园。但不知是什么悔恨净化了这处幽居。这个卖花女，现在向灵魂献花了。这座风流园，从前名声很坏，现在又回到处子贞洁的状态。一位法院院长由一名园丁当帮手，后来一个家伙自认为接过拉姆瓦尼翁②的衣钵，而另一个家伙也自认为是勒诺特尔③的继承人，他们都整理这园子，剪枝，扭曲，修饰，打扮，只为博得美人的欢心；可是，大自然又把它夺回来，满园撒下绿荫花影，布置成爱的圣地。

这座幽园里，也有一颗准备好的心，只待爱前来相见。这里有一座寺庙，由绿树、青草、苔藓、鸟的叹息、缠绵的幽暗、摇曳的树枝建造而成；这里也有一颗灵魂，由柔情、信念、纯真、希望、憧憬和幻想构筑而成。

珂赛特离开修院时，几乎还是个孩子；她才十四岁过一点儿，正处于"青春期"；我们说过，除了那双眼睛，她那模样不仅算不上美，反而有点丑，倒不是说五官不端正，只是显得笨拙，瘦弱，既不大方，又毛手毛脚，总之是个大女孩儿。

她的教育已然完成，也就是说，接受了宗教，尤其是虔诚的教育；还学了"历史"，即修院里这样称呼的东西，地理、语法、分词、法兰西国王，学一点儿音乐，学画一个鼻子等，其余的一无所知，这样既是可爱之处，又包含一种危险。一个少女的心灵，不能让它蒙昧无知，否则以后会产生过分突然而强烈的幻景，如同久在黑屋子里那样。它应当逐渐地、谨慎地接触光亮，先接触现实生活的反光，而不是直接刺眼的光芒。有益的朦胧之光，肃穆而优美，能消除幼稚的恐惧，并

---

①　帕福斯：位于塞浦路斯，维纳斯之城。

②　吉约姆·德·拉姆瓦尼翁（1617—1677）：法国司法官，曾任巴黎高等法院首席院长。

③　勒诺特尔（1613—1700）：法国园林设计画家和建筑师。

防止失足跌跤。唯有慈母的本能，包容处女时的回忆和婚后的经验那种卓绝的直觉，才知道如何并用什么发出这种朦胧之光。什么也取代不了这种本能。要培育一个少女的心灵，世间所有修女加起来，也抵不上一位母亲。

珂赛特长这么大没有母亲，只有许许多多的嬷嬷。

至于冉阿让，他心里充满无限慈爱、无限关怀，但他毕竟是个根本不懂的老人。

要让一个女性做好迎接人生的思想准备，这是一种教育事业，是一种严肃的事情，需要多少真知灼见，来同所谓的天真，那种莫大的愚昧做斗争啊！

让一名少女酝酿痴情的地方，莫过于修道院。修院把人思想引向未知世界。一颗心退守封闭，无法扩展，便向内挖掘，不能开放，便往深进取。从而产生种种幻象、种种臆想、种种推测，从而构思离奇的故事，盼望冒险奇遇，这些光怪陆离的营造，这些在内心深处黑暗中建起的海市蜃楼，全是隐秘的幽居，一旦铁栅门打开，狂热的情欲就会进驻。修院是一种压制，要压服人心，就必须终生保持压力。

珂赛特离开修院，搬到普吕梅街，再也找不到比这适意，也更危险的住所了。这是孤寂的继续，又是自由的起始；一座幽闭的园子，却有茂盛鲜美、醉人心魄的自然景物；依然是在修院中的那些梦想，却能瞥见青年男子的身影；虽有一道铁栅门，却又临街。

然而，再重复一遍，她初到这里，还是个孩子。冉阿让将这座荒园交给她，说道："你在这里愿干什么就干什么。"珂赛特非常开心，她拨开所有草丛，翻动所有石块，要找"虫子"；她喜欢这园子，眼下因为能在脚下杂草中找见昆虫，以后就要因为举头能从树枝间望见星光了。

此外，她一心爱她父亲，就是说爱冉阿让；她出于天真的子女亲情，把老人当作一个可心而又可爱的伴侣。我们还记得，马德兰先生看书很多，冉阿让则继续阅读，结果也就善于言谈；他是个谦虚而实在的聪明人，通过自学提高了文化素养，蕴蓄了丰富的知识，说话头头是道。他还保留了几分粗鲁，足以中和他的厚道；他这个人看似粗犷，内心却很善良。在卢森堡公园里，爷儿俩促膝交谈，他总能从阅读的书籍和苦难经历中汲取知识，向她娓娓讲解各种各样问题。珂赛特一边倾听，一边游目四望。

这个淳朴的人能满足珂赛特的思想，正如这座荒园能满足她的嬉戏。她追够了蝴蝶，气喘吁吁跑到他跟前，说道："噢！再也跑不动啦！"这时，他便亲一亲她的额头。

珂赛特爱戴这位老人，总如影随形跟在身后。冉阿让在哪里，哪里就给人舒服之感。他既不住在小楼，也不待在园子里，因此，珂赛特虽有开满鲜花的园子，却更爱去那铺石地面的后院，她虽有镶了壁毯、摆着软垫圆椅的大客厅，却更爱去那间只有两张草垫椅的小屋。有时，冉阿让被他纠缠得好不惬意，就笑呵呵地嗔怪道："还不回你自己屋去！让我一个人清静一会儿！"

女儿也耍起娇来，憨态十分可爱，反而柔声责怪父亲：

"爸，我在您这儿冻得要死，屋里为什么不铺块地毯，安个火炉呀？"

"亲爱的孩子，多少人比我强多了，头上连一块瓦都没有呢。"

"那么，我屋里为什么生火，什么也不缺呀？"

"因为你是女的，还是个孩子。"

"嗳！男的就该挨冻受苦吗？"

"有些男人就该这样。"

"好吧，那我就总来这儿，就叫您非生起火不可。"

珂赛特还问他：

"爸，为什么您吃这样差劲的面包？"

"不为什么，孩子。"

"那好，您吃我也吃。"

这样，为了不让珂赛特吃黑面包，冉阿让也吃白面包了。

珂赛特只是模模糊糊记得一点童年生活。她早晚都为她不认识的母亲祈祷。在记忆中，德纳第夫妇好似梦里见到的两张狰狞面孔。她还能想起"有一天夜晚"，她去树林里打水。她以为那地方离巴黎很远。她恍惚从前生活在地洞里，是冉阿让把她从洞里拉出去的。童年在她的印象中，是她身边爬满蜈蚣、蜘蛛和蛇的时期。她不大明白怎么会是冉阿让的女儿，他又怎么会是她父亲，晚上入睡之前，她就想这事，想象是她母亲的灵魂附在这老人身上，来跟她待在一起的。

在他坐着的时候，珂赛特常把脸贴在他那白发上，悄悄掉下一滴眼泪，心中暗道：这男人，也许就是我母亲吧！

还有一点，说起来尽管很怪：珂赛特是在修院长大的姑娘，什么也不懂，而在童贞时期，也绝难理解母性，结果就想象她几乎等于没有母亲。那位母亲，她连名字都不知道，每次她问起她母亲叫什么，冉阿让总是默不作声。她若是再问一遍，他就笑而不答。有一次，她非要追问到底不可，逼得没法儿，那微笑就终于化作一滴泪水。

冉阿让守口如瓶，用夜幕将芳汀罩住了。

在珂赛特小时候，冉阿让总爱跟她谈她母亲；现在长成大姑娘，就不能那样做了，他觉得再难张口了。是顾忌珂赛特吗？还是顾忌芳汀呢？他产生一种宗教式的敬畏，不敢让这阴魂进入珂赛特的头脑，不敢让这死者作为第三者进入他们的命运。在他心目中，这幽灵越是神圣，就越显得可怕，他一想起芳汀，就感到压抑得只能缄口。他仿佛看见黑暗中有什么东西，像是一根按在嘴唇上的手指。芳汀身上的整个廉耻心，在她生前负气而去，难道在她死后又回到她身上，悲愤地守护死者的安宁，警惕地守护她的坟墓吗？冉阿让不知不觉中，是不是受到这种压力呢？我们相信鬼魂，因此不会拒绝这种神秘的解释。这就是为什么，即使在珂赛特面前，也不能提芳汀这名字。

有一天，珂赛特对他说：

"爸，昨晚我做梦，看见我母亲了。她有两只大翅膀。我母亲生前，应当达到圣女的品级了。"

"通过殉难达到的。"冉阿让回答。

珂赛特同他一道出门时，总爱偎依着他的胳臂，又自豪又幸福，感到心满意足。冉阿让看出这温情的种种表示，仅仅对他一个人，十分可心，就感到自己的思想融入幸福之中了。可怜的人沉浸在天使般的快乐中，乐得浑身颤抖；能这样度过一生，他喜不自胜，心想他所受的苦难，不配得到如此美好的幸福；因此，他由衷地感谢上帝，感谢上帝让他这个微不足道的人，得到这个天真孩子的热爱。

五 玫瑰发现自己是武器

有一天，珂赛特偶然照照镜子，诧异了一声："咦！"她几乎觉得模样挺美，心里顿时产生一种特别的烦恼。直到现在，她根本就没想过自己的脸蛋儿。她照镜子也不瞧自己。况且，她常听人说她长得丑；

只有冉阿让轻声说：不对！不对！不管怎样，珂赛特一直认为自己长得丑，丑就丑吧，小时候也不在乎，她就带着这种念头长大。不料现在，镜子也像冉阿让那样，突然对她说：不对！她这一夜没睡着觉。"我长得美又怎么样呢？"她心中暗道，"真滑稽，我也会长得美！"于是，想起她伙伴中长得好看的，在修院里就引人注意，不禁思忖道："怎么！难道我也像某某小姐那样！"

次日，她又照镜子，这回可不是偶然举动，但是怀疑起来："我犯傻啦？"她说道，"不，我长得丑。"其实很简单，她没睡好觉，眼睛有了黑圈，脸色也苍白了。前一天，她认为自己美，也没有怎么兴高采烈，可是不这样看了，倒有点伤心。她不再照镜子，一连两个多星期，她竭力背对着镜子梳头。

晚上吃过饭之后，她多半在客厅里做绒绣，或者做点从修院学来的针线活，冉阿让在一旁看书。有一次，她从活计上偶尔抬起眼睛，发现父亲看她的那种不安神色，不禁大吃一惊。

另一次，她在街上走，分明听见后面说的话，但没有看见说话的人："这女人好漂亮，可惜穿得差劲。"她心中暗道："嗳！不是说我。我穿得像样，长得不好。"

还有一天，她在园子里，听见可怜的都圣大妈说："先生，小姐越长越漂亮，您注意到了吗？"珂赛特没听见父亲回答什么，但是，都圣的话好像震动了她，她当即逃出花园，上楼回房间，跑向三个月没照面的镜子，惊叫了一声。她自己都感到光艳照人。

她又美丽又清秀，不能不同意都圣和镜子的看法。她的身段成型了，肌肤白净，头发光润，蓝眼珠里燃起从未有过的神采。一时间，她对自己的美貌深信不疑了，如同太阳放射的耀眼光芒；而且，别人也注意到了，都圣说了出来，街上那个行人显然也是指她而言，这一点再也无可怀疑了。她又下楼回到园子里，俨然以王后自居。听鸟儿歌唱，虽然时值冬令，她望着金灿灿的天空、树木之间的阳光、荆丛里的花朵，不禁心花怒放，心情说不出来有多欢畅。

然而，冉阿让那边，却抓心搔肝，心情说不出来有多沉重。

事出有因，一段时间以来，他怀着恐惧的心理，注视珂赛特可爱的脸蛋儿上，这种美貌日益焕发夺目的光彩。这曙光，在所有人看来都明媚可喜，在他看来却凄惨可悲。

　　珂赛特觉察之前，容貌早就变美了。这出乎意料的阳光缓缓升起，逐渐被覆这少女的全身；殊不知从第一天起，这道阳光就刺痛了冉阿让忧郁的眼睛。他感到这是幸福中的一种变化。生活太幸福了，他一动也不敢动，生怕打乱了什么。这人一生饱受苦难，创巨痛深，至今还涔涔流血，从前几乎堕落成恶人，现在几乎变为圣徒，他在苦役犯牢中拖曳锁链之后，现在又拖曳着无名耻辱的无形但沉重的锁链；对这个人，法律并没有松懈，随时可能抓住他，把他从他德行的黑暗中拉出来，重新投到公开羞辱的光天化日之下；这个人接受一切，原谅一切，宽恕一切，祝福一切，善待一切，而他向老天，向世人，向法律，向社会，向大自然，向世界，只要求一件事：让珂赛特爱他！

　　让珂赛特继续爱他！上帝不要阻止这孩子的心向他，留在他身边！得到珂赛特的爱，他就会感到治愈、康复、平静、满足，得到报偿，胜似做国王。得到珂赛特的爱，他就觉得很好！此外别无他求。假如有人问他：你还要更好吗？他一定回答：不要。假如上帝问他：你要上天堂吗？他一定回答：得不偿失！

　　凡有可能触及这种现状，即使擦擦表面的东西，他就心惊胆战，以为另一种东西冒头了。他始终不大了解一个女人的美貌是怎么回事，但他通过本能知道那非常可怕。

　　这女孩天真而又令人生畏的额头，就在他身边，就在他眼前，越来越焕发光彩夺目的美，而他却蜷缩在自己的丑陋、年迈、烦恼、抵触和颓丧的深处，瞪着惊恐的眼睛注视。

　　他心中暗道："她多美啊！而我呢，会变成什么样子？"

　　这正是他的爱和母爱之间的差异。他见了便惶恐不安的东西，母亲见了会心中欢喜。

　　初期征兆不久就显现出来。

　　"毫无疑问，我长得美！"从她这样自言自语的第二天起，珂赛特就留心打扮了。她想起街上行人的那句话："漂亮，可惜穿得差劲。"这话好似神风，从她身边吹过，虽然消失得无影无踪，却已在她心上播下要占据女人一生的两颗种子之一，即爱俏。另一颗则是爱情。

　　对自己的美貌一旦有了信心，女性的整个灵魂就会焕发出异彩。珂赛特厌恶了粗呢衣裙，戴绒帽也觉得丢人了。父亲从来没有拒绝过她任何要求。她也一下子就掌握了选择帽子、衣裙、短斗篷、皮靴、袖套、合适布料、适当颜色等一整套学问，也正是这套学问将巴黎女人变成极为迷人，极为深奥，又极为危险的尤物。"勾魂女人"这个词，就是为巴黎女人造出来的。

还不到一个月，小珂赛特虽然隐居在巴比伦街，却不但跻身巴黎最漂亮的女人之列，这已实属不易，而且进入巴黎"穿得最好"的女人之列，这尤为难得了。她真希望再碰见"当初那个行人"，看他还有什么可说的，也"好教训教训他！"事实上，她仪容修美，无处不曼妙迷人；就连是热拉尔帽店还是埃尔博帽店的帽子，她都分辨得清清楚楚。

冉阿让惶恐不安地注视这种千娇百媚。他感到自己只配在地上爬行，顶多立起来走路，可是，他却眼看珂赛特长出翅膀了。

不过，一个女人只要稍微瞧一瞧珂赛特的装束，就会看出她没有母亲。一些小规矩，一些特殊习惯，珂赛特就没有遵照。母亲若在跟前，就会告诉她，一个女孩子不能穿锦缎。

珂赛特穿上黑花缎衣裙，披上黑花缎披肩，戴上白皱呢帽子，头一天出门，上前挽住冉阿让的胳臂，真是兴高采烈，神采飞扬。"爸，"她问道，"我这么打扮，您觉得怎么样？"冉阿让答道："真美！"但声调却像眼红的人那样酸溜溜的。他们还像往常一样散步，回到家里，他又问珂赛特：

"你不想再穿那件衣裙，再戴那顶帽子了吗？你知道我指的什么。"

这话是在珂赛特房间讲的。珂赛特转向挂她那身寄读学生服的衣橱。

"这身怪衣裳！"她答道，"爸，您怎么想得出来？哦！当然不了，这样难看的东西，我绝不再穿了。这玩意儿扣在头上，我就成了疯狗太太了。"

冉阿让长叹一声。

从这时候起，他注意到珂赛特总张罗出门了；而从前，她总要待在家里，总说："爸，我同您在这儿更开心。"是该出去，如果不显示，那么长一张漂亮脸蛋，有一身高雅的打扮又有什么用呢？

他还发现，珂赛特也不再那么喜欢后院了。现在，她爱待在花园里，还有兴致在铁栅门那儿走来走去。冉阿让怕见人，就不踏进花园，像狗一样待在后院。

珂赛特一意识到自己漂亮，便丧失了那种浑然不觉的美妙情态，因为，美丽再由天真增色，就美不胜收了；一位天真少女光彩照人，手里拿着钥匙走向天堂还不知道，这比什么都更可爱。不过，她丧失的天真情态，又从深沉的柔媚补回来。她整个人儿洋溢着青春、纯洁和貌美的欢乐，又流露出一种令人销魂的忧郁。

隔了六个月，正是到这个阶段，马吕斯又在卢森堡公园遇见她了。

六　开战

珂赛特也像马吕斯那样，幽独自守，但是心里一团火，一触即发了。命运总是那么从容不迫，神秘莫测而又无法抗拒，现在将两个人慢慢拉近，这两个人都满负激情的暴风雨雷电而倦惫，这两颗灵魂都负载着爱情，如同两块乌云负载着雷电，只需一道目光，就像乌云中一道闪电，便会接触而扭结在一起。

爱情小说中把目光写得太滥，结果没有分量了，现在不大敢说两个人一见钟情了。然而，人就是这样，也仅仅是这样相爱的。此外就是此外，是随后发生的事儿。两颗灵魂交换这种闪光时，给予对方的强烈震撼，比什么都真实可信。

正是在这种时刻，珂赛特有了这种能让马吕斯神魂颠倒的目光，自己却不知道，马吕斯同样没有意识到，自己也有了能让珂赛特神魂颠倒的目光。

他给她造成同样的烦恼和同样的欣慰。

珂赛特早就看见他了，并且端详他，不过，姑娘观察人总像若不经意。还在马吕斯觉得珂赛特是个丑姑娘的时候，珂赛特就觉得马吕斯好看了。但是，那个青年根本不注意她，因此在她眼里也就无所谓了。

然而，她心里总不免琢磨，认为他头发美，眼睛美，牙齿美，听他跟同学谈话，觉得他声音也美妙，如果真要挑毛病的话，那么他走路的姿势不好看，但是有自己的风致，一点也不显得蠢笨，他整个人儿体现出高尚、温柔、朴实和自豪，看样子贫寒，但举止不俗。

到了这一天，二人的目光相遇，终于用目语，突然相互传递了模糊而难以言传的最初感觉，但是，珂赛特并没有一下就明白，回到西街住宅还若有所思；当时冉阿让正按照习惯来西街住六个星期。次日醒来，珂赛特又想起这事儿，想到那个陌生的青年多久以来，态度一直冷漠，视若未见。现在似乎注意她了，但是，这种注意丝毫也没有给她带来愉快，心里甚至有点恼火，怪那个英俊青年瞧不起人，于是内心蠢蠢欲动，要较量一番，觉得终于有机会报复了，从而感到一种还未脱孩子气的欣喜。

她知道自己美，就感到有了一件武器，尽管这种意识还不十分明晰。女人玩弄自己的美貌，正如孩子舞刀弄枪。迟早要伤了自己。

我们还记得，马吕斯迟迟疑疑，躲躲闪闪，战战兢兢，总坐在长椅上，不肯靠近。珂赛特对此又气又恼，有一天她对冉阿让说："爸，咱们往那边走走吧。"她见马吕斯不过来，自己就干脆过去。碰到这种情况，每个女人都像穆罕默德那样。① 说来也怪，真正爱情的最初征兆，小伙子往往变得胆怯，而姑娘则往往显得大胆。这令人惊诧，其实道理非常简单：两性相互接近时，采纳对方的品格了。

那天，珂赛特一个秋波，就让马吕斯发狂，而马吕斯一瞥，也令珂赛特发抖。马吕斯满怀信心走了，而珂赛特心里却七上八下。从那天起，他们俩就相爱了。

珂赛特首先产生的感觉，就是一阵惶惑而深沉的忧伤。她觉得自己的灵魂一天天变黑，连自己都辨认不出了。少女灵魂的洁白，是由冷淡和喜悦构成的，跟雪一样，一照见它的太阳——爱情，就融化了。

珂赛特还不知道爱情是什么。她从来没有听人按照世俗的意义讲这个词。在修院采用的世俗音乐教材里，"爱情"一词用"鼓声"或"大兵"代替。这就成了谜语，锻炼那些大姑娘的想象力，例如，"啊！鼓声多么惬意！"或者："怜悯不是大兵！"不过，珂赛特离开修院时年龄尚小，还没有怎么关心"鼓声"。因此，她现在感受到的东西却叫不上名称。难道不晓得病名就不害那种病了吗？

她爱而不懂，也就爱得更加炽热。她不知道这是好事还是坏事，有益还是有害，必要还是致命，长久还是短暂，允许还是禁止；她在爱，仅此而已。假如有人对她说："您睡不着觉吗？这样可不准啊！您吃不下饭？这样可不好啊！您感到胸闷心跳吗？这样可不成啊！您望见绿荫小道那端出现一个穿黑衣服的人，脸就红一阵白一阵吗？这

———————

① 穆罕默德不能把一座山唤来，就朝山走去。

样可丢人啊!"她听了会感到奇怪,莫名其妙,很可能要这样回答:"这样一件事,我无能为力,又根本不懂,怎么能怪到我头上呢?"

呈现在她面前的爱,又恰好最适合她的心态。那是一种远距离的崇拜、一种默默的仰慕、一个陌生人的神化。那是青春对青春的幻象,是化为传奇又止于梦乡的夜晚之梦,是久盼而终于有了血肉之躯的幽灵,但是还没有名称;没有过错,没有污点,没有要求,也没有缺陷;总之,是一个遥远的、停留在理想中的情人,一种有了形体的幻想。珂赛特还半没在修院弥漫出来的迷雾中,在这发蒙时期,任何更具体、更切近的接触,准会把她吓跑。女孩的各种担心和修女的各种担心,在她身上交织起来。她受修院精神熏陶了五年,这种精神还从她周身慢慢往外释放,使她周围一切都颤抖不已。在这种情况下,她所需要的不是情人,甚至不是恋人,而是一种幻象。她开始崇拜马吕斯,只是把他当作迷人的、光灿的、不能获取的东西。

极度天真总是邻近极度卖俏,珂赛特向他微笑,心里却十分坦然。

每天她都焦急等待去散步的时刻,在那里见到马吕斯,便感到一种说不出来的欣悦;她对冉阿让这样说,就以为坦率地表达了自己的全部思想:"卢森堡这座公园多美妙啊!"

马吕斯和珂赛特彼此还茫然无知。他们不交谈,不打招呼,只是相望,如同遥隔千万里的星辰,在相望中生存。

珂赛特就这样逐渐成长,长成一个美丽多情的女人,她意识到自己的美貌,却不明了自己的爱情。由于天真,她尤其喜欢卖俏。

七 你愁我更愁

任何情况都有本能反应。古老而永恒的大自然母亲暗暗警告冉阿让,让他注意马吕斯的出现。冉阿让在内心最深处惊悸。他什么也看不见,什么也不了解,可是,他却顽固地注意观察他黑暗的周围,就好像感到一方面有什么东西在形成,另一方面又有什么东西在瓦解。由于慈悲上帝的深奥法则,马吕斯同样得到大自然母亲的警示,要尽量避开"父亲"。尽管如此,冉阿让有几次还是看见他了。马吕斯小心起来鬼鬼祟祟,大胆起来又笨手笨脚。他不再像从前那样走近,而是坐在远处出神;手中倒是捧着一本书,假装阅读,但他装样子给谁看呢?从前,他来公园穿一身旧衣裳,现在却天天换上新衣服,他烫没烫发也很难说，眼神显得很古怪，还戴上了手套；总而言之，冉阿让从内心深处讨厌这个年轻人。

珂赛特却讳莫如深。她摸不准自己的心事，但明确感到这事非同小可，必须隐瞒起来。

珂赛特喜欢打扮了，那个陌生青年也改了习惯穿起新衣服，同时发生这两种情况，使冉阿让很不痛快。也许这是巧合，没错儿，肯定是巧合，但凶多吉少。

他从不开口向珂赛特提起那陌生青年，然而有一天，他实在憋不住了，隐约怀着绝望的心情，忽然要探一探自己不幸的深度，就对她说："瞧那个青年，一脸书呆子相！"

如果在一年前，珂赛特还是个无动于衷的小姑娘，就会这样回答："不嘛，他很讨人喜欢。"如果十年之后，她心里怀着马吕斯的爱，又会这样回答："书呆子相，真没法儿看！让您说对啦！"可是，她在现实生活和感情的支配下，表情十分平静，仅仅说了一句："就是那个青年！"

就好像她头一次举目看他。

"我真蠢！"冉阿让想道，"她还没有注意到那人，我却指给她看了。"

呵，老人的单纯！孩子的深沉！

这又是一条法则：少年初识痛苦和忧愁的滋味，初恋中同初遇的障碍进行激烈的斗争，姑娘就绝不上当，而小伙子则有当必上。冉阿让暗中向马吕斯开战了，而马吕斯蠢到了家，毫无觉察，表现出他这年龄热恋的特点。冉阿让给他设下许多陷阱：改时间，换坐椅，遗落手帕，单独来卢森堡公园；马吕斯低着脑袋，钻进了所有圈套。冉阿让在他路上立了一块块问号牌，他都天真地回答：是的。而这期间，珂赛特表面上无忧无虑，泰然自若，掩饰得密不透风，致使冉阿让得出这样的结论：那傻瓜热恋珂赛特是单相思，珂赛特根本就不知道有他那么个人。

尽管如此，冉阿让的心还是痛苦而震颤。珂赛特爱的时刻随时会到来。开头不全是无动于衷吗？

珂赛特只失误了一次，把他吓得够呛。他们在长椅上坐了三小时，他起身要走，珂赛特却说了一句："已经该走啦！"

　　冉阿让没有中止去卢森堡公园散步，他不想有任何异样的举动，尤其怕促使珂赛特醒悟。一对恋人享受这无比温馨的时刻，珂赛特向马吕斯送去微笑，马吕斯则心醉神迷，在这世界已眼无余物，现在只有心上人那张神采飞扬的脸，而冉阿让却眼睛冒火，狠狠盯着马吕斯。他早以为自己再也不会产生恶念了，然而他看着马吕斯在那里，就觉得自己又恢复野蛮和凶残，感到昔日积满怒火的心灵重又张开，要向那青年喷出旧恨宿怨。他心上恍若又形成一座座陌生的火山口。

　　什么！那个人，就在这儿！他来干什么？他来这儿转悠，东闻闻西嗅嗅，又察看，又试探！他分明在说：哼，有何不可呢？打着鬼主意，到他冉阿让的生活周围转悠，到他的幸福周围转悠，妄想夺走！

　　冉阿让心中还想道："对，准是这样！他来寻找什么？来寻乐子！他要干什么呢？要风流一下！风流一下！那么我呢？什么！我起初是最穷困的人，后来又成为最不幸的人，跪着生活六十年，受尽了人间的痛苦，没有青春人就老了，一辈子没有家庭，没有亲人，没有朋友，没有妻子，没有儿女，鲜血洒在所有石头上，所有荆棘上，所有路碑上，所有墙壁上，别人对我凶狠，我还要温顺，别人对我凶残，我还要和善，我不顾一切，要改邪归正，当个好人，我痛悔自己做的恶，也宽恕别人对我做的恶，我终于得到好报，终于熬到头，快要达到目的，得到我渴望的东西了，是啊，这很好，我付出了代价，终于得到了，可是，这一切又要飞走，这一切又要消失，我要失去珂赛特，我要失去我的生命、我的快乐、我的灵魂，就因为一个大傻瓜一时高兴，跑到卢森堡公园来游荡！"

　　转念至此，他的眸子充满异样的凶光。这情景，已不再是一个男人怒视一个男人，不再是一个仇敌怒视一个仇敌，而是一条看家狗怒视一个盗贼。

　　后来发生的事，我们已然知道。马吕斯没头没脑，继续乱闯，有一天尾随珂赛特到西街，还有一天向门房打听。门房又把话告诉了冉阿让，并且问他："先生，一个好奇的小伙子打听您，他是干什么的？"第二天，冉阿让就狠狠瞪了马吕斯一眼，马吕斯总算看到了。一周之后，冉阿让便搬了家，暗暗发誓再也不跨进卢森堡公园一步，再也不去西街了。他回到普吕梅街。

　　珂赛特没有发一声怨言，什么也没有说，什么也没有问，也根本没想了解为什么；她已经到了心事怕人猜破，怕流露出来的人生阶段。对于这类隐秘，冉阿让毫无体验，而这正是唯一美妙的，他唯一没感受过的隐秘；因此，他根本不理解珂赛特沉默的重大涵义，仅仅注意到她变得忧伤了，而他也变得郁闷了。双方较量，却都没有经验。

有一回，他试探一下。问珂赛特：

"去卢森堡公园走走好吗？"

珂赛特苍白的脸顿时开朗了。

他们去了公园。这已经是三个月之后的事了。马吕斯已不去那里。马吕斯不在公园。

次日。冉阿让又问珂赛特："去卢森堡公园走走好吗？"

她忧伤而温顺地回答："不想去了。"

冉阿让见她这么忧伤不免诧异，见她这么温顺又不免伤心。

这小脑袋瓜究竟怎么了，小小年龄就这么令人难以捉摸？脑袋瓜里究竟在想什么呢？珂赛特的灵魂究竟出了什么事？冉阿让有时不睡觉，就坐在破床旁边，双手捧着头，整夜整夜地冥思苦索：珂赛特的头脑究竟产生了什么念头？他竭力想珂赛特可能想的东西。

噢！在这种时刻，他以多么痛苦的目光，回顾那修院，那贞洁的高峰，那天使的仙境，那高不可攀的美德冰山！他怀着多么痛惜的心情，出神地观赏那修院的园子，那满园人所不知的鲜花、与世隔绝的处女，全部芳香和所有灵魂，都径直飞上天空！他多么迷恋那永远关闭的伊甸园，而他却自愿离开，昏头昏脑地滑下来！他多么后悔克己为人，糊涂透顶，竟然把珂赛特带入尘世，做出自我牺牲的可怜英雄，反为自己的慷慨精神所误，进退维谷！他反反复复地想："我干的是什么事？"

不过，这一切没有向珂赛特透露半分。既没有发脾气，也没有变得严厉，始终保持那张安详和善的面孔。而且，冉阿让的态度，显得格外温和，格外慈祥了。如果有什么东西能令人猜出少了几分快乐，那就是他多了几分宽厚。

而珂赛特却整天无精打采。当初能见到马吕斯，她就满心欢喜，现在见不到面，就黯然神伤，尤其是说不准究竟怎么回事。当时，冉阿让一反往常，不带她去散步了，女性的本能从心底向她暗示，不要显得过分看重卢森堡公园的散步，如果装作无所谓，那么父亲还会带她去。然而，一天天过去，几周、几个月过去了。冉阿让默默接受了珂赛特的默许。她后悔了，但悔之已晚。她重新回到卢森堡公园那天，马吕斯不在了。马吕斯已经消失；全完了，怎么办呢？还能再找见他吗？她感到一阵阵揪心，而且日甚一日，无法排遣；再也不管是冬还是夏，是晴还是雨，不管鸟儿是否鸣唱，是大丽花还是雏菊的开花季节，卢森堡公园是否比土伊勒里公园更宜人，洗衣工送回的衣服床单浆得太板还是不够，都圣"采购"的食品好不好；她从早到晚心灰意懒，怔怔地出神，只注意一个念头，目光失神而又专注，就好像夜里凝视一个鬼魂忽然隐没的黑洞洞的地方。

不过，她除了苍白的面容，同样也没有让冉阿让看出什么，在他面前仍保持一副甜甜的笑脸。

然而，这张苍白的面孔就足以让冉阿让操透了心。有时他问珂赛特："你怎么啦？"

她回答说："没什么。"

双方沉默了片刻，她猜出他心里同样愁苦，就问道：

"您呢，爸，您有什么不高兴的事儿吗？"

"我吗？没什么。"他答道。

这两个人多少年来相依为命，彼此倾注了全部爱心，情深意长令人感佩，可是现在，虽然还厮守在一起，却各怀苦衷，都因对方而愁肠百结，双方相互隐忍不谈，毫无怨艾，还总是强颜欢笑。

八 锁链

他们二人最苦恼的还是冉阿让。青年人，即使伤心，自身总还有几个亮点。

有时候，冉阿让忧闷到了极点，就变得幼稚起来。这正是痛苦的特点，能让成年人重现童稚的一面。他不由自主，总感到珂赛特要从他身边逃走。他很想搏斗，留住她，用身外闪光的东西振奋起她的精神。刚才说过，这种想法很幼稚，同时也是老糊涂，但是正因为带着孩子气，他通过这种念头比较准确地认识到，花边饰物对少女想象力的影响。有一回，他看见一位全副武装的将军，巴黎卫戍司令库塔尔伯爵，骑马从街上走过，他羡慕那个服饰金光闪闪的人，心想那身军装真是无可挑剔，自己若是能穿上该有多神气，珂赛特准会看花了眼，他再和珂赛特挽着胳臂，一同从土伊勒里宫铁栅门前经过，接受卫兵举枪致敬，这样一来，珂赛特也就会满足，不想把目光移向那些青年男子了。

思想本来就很凄苦了，不料又受到一次震撼。

他们过着孤寂的生活，自从搬到普吕梅街之后，就养成一种习惯，时常出去游玩看日出，这种恬然自乐，恰恰适合刚刚进入人生和行将离开人生的人。

一大早起来散步，对于爱独来独往的人来说，不但等于夜间散步，还有大自然的野趣。街道空荡荡的，鸟雀鸣唱。珂赛特本来就是一只小鸟，愿意早早起来。头一天就准备好清晨的郊游。冉阿让提议，珂赛特接受。好像合谋干什么事情，天不亮就动身，每一次珂赛特都兴致勃勃。这种无伤大雅的古怪行为，最投青年人的口味。

我们知道，冉阿让爱去人迹罕至的地方、偏僻的角落、被遗忘的场所。巴黎城关一带有些贫瘠的田地，几乎同市区犬牙交错，那里夏天长着瘦弱的麦子，秋收之后，空荡荡不像收割完，而像剃光一样。冉阿让喜欢光顾那种地方，珂赛特也一点不觉得无聊。他爱其僻静，而她则求得自由。一到那里，她又变成小姑娘，可以乱跑，几乎可以随便玩耍，她还摘掉帽子，放到冉阿让的双膝上，跑去采野花。她看着花上的蝴蝶，但并不去捉：随着爱情会产生宽厚怜惜之心；这姑娘心中有个抖瑟而脆弱的理想，就怜惜起蝴蝶的翅膀。她用虞美人编成花冠，戴到头上，阳光透进去映得火红，就好像她那粉红鲜艳的脸蛋儿上顶着一盆炭火。

即使生活变得愁苦之后，他们仍然保留清晨散步的习惯。

且说 1831 年 10 月的一天早晨，他们受到秋高气爽的天气诱惑，又出门游玩了，天蒙蒙亮就走到曼恩城关附近。刚刚拂晓，还没有曙光满天，是美妙的迷蒙时刻。泛白的深邃天空还有几颗星辰，大地一片漆黑，而天空一片白，野草微微抖瑟，在晨曦中无处不在神秘地震颤。一只云雀仿佛飞到星际之间，凌虚歌唱，那小生命对无限的颂歌，似乎使广宇宁静下来。在东方，惠恩谷黝黑的巨大身影，由铜色的天边衬出；耀眼的金星从那圆顶后面升起，就像从一座黑黢黢的建筑物中逃逸出来的灵魂。

一切都平和静谧，街道上没有一个行人；两侧小道上隐约有几个赶去上班的工人。

冉阿让坐在侧道工地门口堆放的房架上，脸朝大道，背对着曙光，把要升起的太阳置于脑后，完全沉浸在冥思中；这种冥想集中全部神思，相当于四堵墙，连目光都给围住了。有些凝思可以说是垂直的：一直深入到底之后，需要一定时间才能返回地面。当时，冉阿让就是陷入这样的冥思苦索中。他想到珂赛特，想到如果没有什么插到他们中间，就可能享有的幸福，想到她用以充实的生活的这种光明，他的灵魂赖以呼吸的光明。他在这种沉思中几乎感到幸福。珂赛特站在他身边，望着渐渐呈现玫瑰色的云霞。

珂赛特突然高声说道，"爸，那边好像有人来了。"冉阿让举目张望。

珂赛特没有看错。

大家知道，这条街道通向曼恩老城关，是塞夫尔街的延续部分，由内环马路垂直切断。就从这条街道和内环路的拐角，也就是分岔的地方，传来这种时刻很难解释的声响，而且出现一团模模糊糊的东西，说不出是什么形状，刚从内环路拐进这条街道。

那东西越来越大，仿佛有秩序地移动，浑身长满了刺，微微颤抖，看似一辆大车，但是看不清车上装着什么。有马匹、车轮、喊叫和鞭响。那东西虽然还隐没在黑暗中，轮廓却逐渐分明了。果然是一辆大车，刚从内环马路拐进这条街道，朝着离冉阿让不远的城关驶来。随后第二辆，而且一模一样，接着第三辆，第四辆，总共七辆大车，陆续拐进这条街，马头接车尾，连成一长串。车上人影攒动，点点闪光在晨曦中依稀可见，好像出了鞘的战刀，还传来哗啦哗啦的声响，仿佛牵动锁链，那长列向前行进，声响渐渐大起来，真是触目惊心，恍若从魔窟中钻出来的。

那长列越来越近，形状也清晰了，从树后出来，像鬼魂一样青灰色，继而渐渐发白，天色也越来越亮，照见那一大群人不人、鬼不鬼的东西，只见身影上面的脑袋变成一张张死尸的面孔。实际情况如下：

街道上一溜儿七辆车向前行驶。头六辆构造奇特，好像运酒桶的长车，是两个车轮上安了长梯，梯杆的前端便是辕木。每辆车，说得准确些，每道长梯，由排成一长串的四匹马拉着。长梯上拖着人，也排成奇特的长串。晨光熹微，只能猜出是人，还看不真切。每辆车上有二十四名，每边各十二名，背靠背，脸对着行人，双腿悬空耷拉着。那些人就是这样赶路；他们背后有哗啦哗啦响的东西，那是铁锁链，脖子上有闪亮的东西，那是枷锁。枷锁每人各有一个，锁链则是共有的。因此，二十四人若是下车行走，就不得不一致行动，那情景就像一条大蜈蚣，以锁链为脊椎在地上爬行。每辆车前后各站着一个挎枪的人，脚踏着锁链的一端。枷锁是方形的。第七辆是安了车栏的大货车，但是没有篷，有四个轮子，套着六匹马，车上装了一大堆颠得直响的熟铁锅、生铁锅、铁炉子和锁链，乱东西堆里还躺着几个人，全捆绑着，看样子是病号。那辆车虽有栅栏，却支离破碎，好像是老式囚车。

车队行驶在马路中间，两侧各有两行恶俗不堪的押解卫队，头戴高筒三角帽，好似督政府时期的士兵，帽子满是污痕破洞，肮脏极了，全身是花子装：残废军人的制服和掘墓工的长裤，半灰半蓝，几乎破成布条，还戴着红肩章，挎着黄背带，配备砍菜刀、步枪和木棍，真像一帮随军仆役。这些打手，似乎兼有乞丐的卑劣和刽子手的专横。那个队长模样的人，手里挥着长马鞭。所有这些细节，在熹微的晨光中本来模模糊糊，随着天色渐亮才越来越清晰。车队的前头和末尾，有一些骑马的宪兵，他们手握马刀，神情冷峻。

这支队伍拉得很长，第一辆车驶到城关，最后一辆才刚从内环路拐过来。

不知从哪儿来了一大群人，转瞬间蜂拥而至，挤在街道两侧看热闹，这是巴黎常有的事。附近街巷里人声相呼，此起彼伏，菜农跑来看热闹，木鞋嗒嗒响成一片。

堆在车上的那些人任凭颠簸，全都一声不吭，在清晨的寒气中脸色灰白。他们穿着粗布裤，光脚穿着木鞋。至于衣裳帽子之类，无不穷凑合，有啥算啥，五花八门，又怪诞又丑陋，再也没有比这种烂布片的百衲衣更凄惨的了。透了顶的破毡帽、油污的鸭舌帽、不成样子的毛绒帽，同短褂和臂肘磨穿的黑礼服搭配；还有一些戴着女帽或柳条筐；衣不蔽体，露出毛乎乎的胸脯、文身的图案：爱神庙、火焰心、丘比特等，还露出疮疤和红斑。有两三个人将草绳系在车的横木上，在下面兜住脚，就像踩着马蹬一样。他们中间有一个人，拿着一块黑石头似的东西送进嘴去啃，那就是他们吃的面包。那一双双眼睛枯涩无神，或者放射凶光。押解队一路骂骂咧咧，囚犯们则敛声屏息；时而听见棍棒打在肩胛或脑袋上的声响；他们当中有几人打呵欠；一个个破衣烂衫，双脚垂在半空，肩膀不停摇晃，脑袋相撞，锁链哗哗响，眼里冒着怒火，手握成拳头或者像死人那样张开不动；车队后面尾随一帮哄笑的儿童。

不管怎么说，这支车队惨不忍睹。显然，到明天，或者过一小时，就可能下一场暴雨，紧接着一场又一场，他们这些破衣烂衫就会淋透，衣服一湿就再也干不了，身子一冻僵就再也暖和不过来，湿漉漉的粗布裤会粘在骨头上，木鞋里也会灌满水，鞭子抽下来，也阻止不了他们牙齿打战，他们的脖颈仍要戴着枷锁，双脚仍要垂在半空。这些人被锁住，在秋天凄冷的乌云下，像树木石头一样，任凭风吹雨打，任凭狂飙袭击，谁目睹这情景都要不寒而栗。

棍棒击打，即使躺在第七辆车上的病号也不能幸免；他们手脚捆住动弹不得，丢在那里，就像装满苦难的麻袋包。

太阳突然出来，从东天射出万道光芒，就好像把这些粗野人的头烧着了。舌头又能活动了。顿时爆发一阵嬉笑怒骂和歌声，如同熊熊燃起大火。一大片平射的阳光将整个队列截成两半，照亮了头和上身，而把脚和车轮留在黑暗中。每张脸上又出现了思想活动；这一时刻实在可怖：一群魔鬼原形毕露，一群恶鬼赤条条现形。即使在阳光下，这帮人也阴惨惨的。有几个情绪很快活，嘴上叼着鹅毛管，将一条条蛆吹向围观的人，特别瞄准妇女；在朝霞中，阴影部分更黑，这些凄惨的形貌也就更加鲜明；他们无一不被深重的苦难压成了畸形，而且怪异到极点，就好像将日光变成电闪。打头那辆车上的人扯着嗓门，以粗野欢快的声调，拼命唱起德索吉埃的《贞女》，当时一首非常出名的集成曲；树木都为之凄然抖瑟，而站在路边小道上的有产者一脸呆相，都津津有味地听这种鬼哭狼嚎的淫歌秽曲。

这乱哄哄的队列呈现所有苦难，那里有各种野兽的面孔：老人、青少年、秃脑壳、花白胡子、狰狞的怪样、含怒的隐忍相、咧开大嘴的笑脸、疯癫的狂态、戴着鸭舌帽的猪拱脸、鬓角垂着螺旋形鬈发的女儿脸、尤为可怕的娃娃脸、仅余一口气的骷髅头。头一辆车上有个黑人，可能当过奴隶，那样子比得上锁链。降到最底层，这些人的额头都打上了耻辱的烙印；屈辱到了这种地步，在最深层全都发生最深刻的变化；变为呆痴的愚昧无知，就等于化为绝望的聪明睿智。这些人被视为渣滓中的精华，不可能再筛选了。这个龌龊的队列，无论哪个军官押解，显然都不会把他们分成三六九等。这些人全拴在一起，排列混杂，也许没有按照字母顺序，胡乱装上车的。不过，丑恶的东西聚在一起，总要产生一种合力；不管多少不幸的人，加起来就有一个总和；每条长链都出现一颗共同的灵魂，每一车人都有一个共同的面貌。有一车人爱唱，旁边那车人爱叫嚷，第三辆车人向人乞讨，还有一车人全咬牙切齿，另一车人威胁行人，还有一车人诅咒上帝，而最后一车则死寂如坟墓。但丁见了，会以为七层地狱在行进。

这是从判刑走向行刑，队列阴森可怕，尤为凄惨的是，他们没有坐《启示录》所说的电光大战车，而是坐着游行示众的囚车。

押解的士兵中，有一个手持尖端带钩的木棍，不时挥舞威胁这一堆堆人类的残渣余孽。围观的人群里有个老太婆，指着让一个五岁的男孩看，对他说："小坏蛋，看你还学不学好！"

歌声和咒骂声越来越大，那个押解队长模样的人啪地打了一声响鞭，这信号一发出，一阵猛烈的棍棒，也不问青红皂白，兜头盖脑朝这七车人打下去，噼里啪啦跟下冰雹似的；许多人怒吼狂叫；那些像逐臭苍蝇的野孩子，就更加兴高采烈。

冉阿让的眼睛变得可怖了，那已不是眼珠儿，而是在某些不幸者身上代替眸子的深邃玻璃，仿佛视而不见现实，却映现恐怖和灾难的强烈反光。他看到的不是眼前的景象，而是一种幻象。他想站起来，跑开，逃掉，却一步也迈不动。有时，我们会被眼前的东西吓住，动弹不得，他就是一时愣住，定在原地，好似木雕泥塑一般，心中有说不出的惶恐，弄不清这惨绝人寰的迫害究竟意味什么，这追逐他的乱舞的群魔是从哪儿来的。他猛地抬手按住额头，这是人恍然忆起往事的习惯动作，他想起这里的确是必经之路，要走通往枫丹白露的大路可能惊动王驾，照例得绕这段弯路，而三十五年前，他也是经过了这道城关。

珂赛特也同样惊恐，但情况有所不同。她不理解是怎么回事儿，一时不敢出大气，只觉得眼前的景象不可能是真的，她终于大声问道："爸！那车上装的是什么呀？"

冉阿让答道："苦役犯。"

"他们去哪儿？"

"去苦役场。"

这工夫，一百多根棍棒打得越发起劲，还杂以刀背的砍击，形成鞭抽棍打的风暴；苦役犯全俯首了，酷刑压服的一种丑恶场面，他们全住了声，但那眼神却像锁住的恶狼。珂赛特浑身颤抖，又问道："爸，他们还算人吗？"

"有时还算吧。"这不幸的人答道。

那一批押解的犯人，天亮之前就从比塞特出发，走勒芒大道，以便避开国王去游玩的枫丹白露。这样一改道，可怕的旅程就要多走三四天；不过，为了不让国王看到这一惨景，多走几天路也不算什么。

冉阿让回到家里，情绪十分沮丧，遇到这种事是沉重打击，留下的印象类似巨大的震撼。

冉阿让带珂赛特回巴比伦街，一路上根本没有注意她又问起刚才看到的情景，也许他精神过于颓丧，无心旁顾，听不见她说的话，也无从回答。不过到了晚上，珂赛特离开他要去睡觉，嘴里嘀咕的话让他听见了："我在生活的道路上，若是遇到那样一个人，哪怕近前看一眼，我也觉得自己非吓死不可！"

幸好，在那凄惨一天的次日，正赶上国家庆典，记不清是什么节目了，巴黎组织庆祝活动：演武场上阅兵，塞纳河上比武，香榭丽舍大街上唱大戏，星形广场上放焰火，处处悬灯结彩，冉阿让狠了狠心，打破自己的习惯，带着珂赛特去开开心，以此冲淡前一天给她留下的印象，用全巴黎欢乐热闹的场面，抹掉在她眼前发生的那一幕惨剧。用阅兵仪式点缀这次节庆，街上自然有许多戎装的军人来来往往；冉阿让也换上他那套国民警卫队制服，但心里隐约总有一种避难的感觉，总的来说，这次游逛似乎达到了目的。珂赛特投父亲所好，这已是她的行为准绳，况且她看什么场景都新鲜，因而欣然同意出去看热闹，显示青年人随意轻松的情致，而且面对所谓公共节日的那种俗而又俗的欢乐，也没有嗤之以鼻，结果冉阿让真以为一举成功，消除了那可怕幻视的痕迹。

过了几天，在一个阳光明媚的早晨，他们二人都在对着花园的台阶上，这又是一次破例：冉阿让违反了自定的规则，珂赛特则打破了因忧伤而爱待在屋里的习惯。珂赛特穿着浴衣站在那里，少女裹着晨衣好似云霞拥着太阳，一副美妙的情态，头沐浴在阳光里，因睡了好觉而面色红润，接受老人怜爱的温柔目光。她在一片一片揪一朵雏菊的花瓣，但她不知道这迷人的口诀："我爱你，爱一点儿，热恋……"然而谁能教给她呢？她出于本能，天真地揉搓这朵花，并没有意识到揪一朵雏菊的花瓣，就是剥露一颗心。如果有第四位美惠女神，名为"忧伤仙女"，并微微含笑，那么她就是这仙女的模样儿。冉阿让呆呆望着这朵花上的小手指，一时心醉神迷，在这少女的光艳中将一切置之脑后。一只红喉雀在旁边的荆丛中啁啾。片片白云欢快地掠过天空，就好像自由放飞了似的。珂赛特还在聚精会神地扯花瓣，仿佛想什么事儿，不过想的一定是美事儿。忽然，她以天鹅似的优美姿态，慢悠悠地转过头来，对冉阿让说："爸，苦役场是怎么回事儿呀？"

第四卷　人助也许是天助

一　外伤内愈

他们的生活就这样日益黯淡下来。

只剩下一种消遣方式，也就是从前一种幸福的事儿：给挨饿的人送面包，给受冻的人送衣服。珂赛特常陪冉阿让去访贫问苦，从中能找回一点儿他们往日的情感交流。有时，一天下来很有成绩，帮助了不少穷人，温饱了不少小孩，到了晚上，珂赛特的情绪就快活一些。正是在这一时期，他们走访了容德雷特的那间破屋。

走访的次日早晨，冉阿让来到小楼，还和往常一样平静，可是左臂膀却有一大块创伤，红肿得厉害，相当严重，像是烧伤，他随便解释了一句。这次受伤，他发烧长达一个月，不再出门，也不肯请医生，有时珂赛特催得急了，他就说："找个狗大夫来吧。"

珂赛特早晚给他包扎，神态那么超凡，能为他尽力而流露莫大的欣慰，冉阿让深有所感，觉得自己的担心和惶恐烟消云散，往日的快乐又全部回到心头，他凝望着珂赛特，常说道："嘿！伤得好啊！嘿！疼得好啊！"

珂赛特见父亲病了，就抛弃小楼，又爱待在小屋和后院了，几乎每天守在冉阿让身边，给他念他挑选的书，主要是游记。冉阿让恢复了生趣，他的幸福重又焕发异彩；什么卢森堡公园、那个在周围转悠的陌生青年、珂赛特变得冷淡的态度，这些乌云全从他心头消散。他有时就想："那一切，全是我想象出来的。我真是个老疯子！"

他感到无比幸福，就连在容德雷特的破屋，意外遭遇德纳第那样险事，也可以说从他身上滑过去了。他逃脱了，而且甩掉了跟踪，余下的事儿，就无所谓啦！他再想起来，只觉得那帮歹徒可怜，心想他们关进大牢，此后再也不能为非作歹，不过那家人陷入绝境，未免太悲惨了。

至于在曼恩城关那惨不忍睹的一幕，珂赛特再也没有提起。

在修院时，珂赛特上过圣梅蒂德嬷嬷的音乐课，她天生一副黄莺似的好嗓子，富有感情。到了晚上，在这受伤的老人小屋里，她有时就唱起忧伤的歌曲，大大娱悦了冉阿让。

春天来临，每年到这个季节，园中景色十分迷人，冉阿让就对珂赛特说："你总不去园子了，我要你去走走。"珂赛特回答："听您的就是了，爸。"

她顺从父亲的意思，又恢复到园中散步的习惯，但多半独自一人，我们指出过其中的缘故：冉阿让几乎从不去花园，大概是怕铁栅门外有人瞧见。

冉阿让的创伤，倒为他消愁解闷了。

珂赛特见父亲痛苦减轻，创伤渐渐平复，似乎有了喜色，她的心情也就欢畅了，但自己并没有注意到，因为这种心境来得十分舒缓而自然。继而进入3月份，白天逐渐延长，冬季离去，而且总带走我们的一部分感伤；接着便到4月，这是夏季的黎明，像每天拂晓一样清爽，像每个童年一样欢快，有时也像初生婴儿一样啼哭。在这一月里，大自然将明媚的春光，从天空，从云彩，从树木，从草地，从鲜花传入人心。

珂赛特还太年轻，不能不让同她相仿的4月的喜悦沁入心脾。不知不觉中，连她自己都没意识到，她头脑中的黑影消失了。忧伤的心灵在春天也敞亮，正如地窖在正午也明亮一样。珂赛特也如此，已经不那么忧郁了。这是实际情况，但她没有觉察出来。每天吃过早饭，将近十点钟，她挽着父亲受伤的手臂，拉他到台阶前的花园里，在阳光下走一刻钟，这工夫她动不动就咯咯笑起来，显得非常快活，而自己却丝毫也不觉得。

冉阿让见她脸色又变得红润鲜艳，心中也喜不自胜。

"嘿！伤得好哇！"他低声重复道。

他甚至感激德纳第夫妇。

伤治好之后，他又恢复夜间独自散步的习惯。

独自到巴黎无人居住的地段散步，如果以为不会碰到意外，那就想错了。

二 普卢塔克大妈自有说法

一天晚上，小伽弗洛什没有吃东西，他还记得昨天晚饭就没有吃，总这样下去可受不了，就决定去找顿夜宵，便到妇女救济院那一带，在人迹罕至的地方转悠；在那里会有意外收获：没有人的地方往往能找到东西。他一直走到几户人家聚居点，好像是奥斯特利茨村。

他来这儿游荡过，有一次就注意到有一座老园子，只有一个老头和一个老太婆出没，园中那棵苹果树还说得过去；苹果树旁边有个关不严实的鲜果箱，从里边也许能掏出个苹果来。一个苹果，就是一顿晚餐；一个苹果，就能救人一命。害了亚当的东西，也许能救了伽弗洛什。园子隔着一道篱笆便是小街，街没有铺路石，两边杂草丛生。

伽弗洛什朝园子走去，找到小街，认出那棵苹果树，看到那个鲜果箱，察看了一下篱笆：一道篱笆，抬腿就能跨过去。天色黑下来，小街连只猫都不见，正是好时候。伽弗洛什刚要起跳，猛地又停下。园中有人说话。伽弗洛什从篱笆缝儿往里窥视。

那边的篱笆脚下，离他两步远，恰好在他打算跨过豁口的着地点，平放着当凳子坐的一块条石，园中的那个老头儿坐在上边，对面站着那个老太婆。老太婆絮絮叨叨。伽弗洛什也不管那一套，偷听起他们的谈话。

"马伯夫先生！"老太婆说道。

"马伯夫！"伽弗洛什想道，"这名字好滑稽。"[①]

被呼唤的老头儿一动不动。老太婆又叫了一声：

"马伯夫先生！"

老头儿眼睛没有离地，终于决定应声：

"什么事儿，普卢塔克大妈？"

---

① 马伯夫的法语发音类似"我的牛"。

"普卢塔克大妈！"伽弗洛什想道，"又一个滑稽的名字①。"

普卢塔克大妈又说下去，老头儿却勉强答话。

"房东不高兴了。"

"为什么？"

"欠了人家三个季度房租。"

"再过三个月，就欠四个季度了。"

"他说要把您赶到街上睡。"

"走就走。"

"果品店老板娘也要付账，她不肯再赊给木柴了。今年冬天您拿什么取暖？我们一点木柴都没有了。"

"有太阳呢。"

"肉店老板也不肯赊账，不愿卖给肉了。"

"不卖正好。吃肉我消化不良。太腻了。"

"那吃什么呢？"

"吃面包。"

"面包铺老板也要清账，他说不拿现钱不卖面包。"

"好吧。"

"那您吃什么？"

"我们这棵树上还有苹果。"

"可是，先生，没有钱，往下没法儿活呀。"

"我没钱。"

老太婆走了，老头儿独自留下，他开始考虑。伽弗洛什也考虑起来。天几乎全黑了。

伽弗洛什考虑的头一个结果，就是蹲在篱笆脚下，不想跨过去了。绿篱脚下枝条稀薄一点儿。

"咦，"伽弗洛什心中惊叹道，"一个小窝！"于是他蜷缩进去，后背几乎靠到马伯夫老爹的石凳。他听到那八旬老人的呼吸。

就这样，他想用睡觉代替晚餐。

猫儿睡觉，只闭一只眼。伽弗洛什一边打盹儿，一边窥伺。

暮晚天空的白光照白了大地，在两排幽暗的荆棘之间，小街呈现

---

① 普卢塔克（约50—125）：原是古希腊作家，这里借用。

出一条灰白线。

忽然，在灰白带上出现两个身影，一前一后，相隔不远。

"来了两个人。"伽弗洛什咕哝道。

头一个身影像个老市民，弓背低头沉思，衣着十分简朴，因上年纪而步履缓慢，披着星光夜游。

第二个是细高挑儿，身子挺拔，正按前边那个人调整自己的步伐，有意放慢速度，但能让人感到他的动作灵活敏捷。不知为什么，这个身影显得凶险而令人不安，他整个仪表正是当时所谓的时髦青年：帽子是好式样，紧身燕尾服剪裁得体，大概是上等料子的。他的头高扬，既健壮又高雅；那顶帽子下面，少年的一张苍白侧脸，在暮色中隐约可见。那侧脸嘴上叼着一朵玫瑰。第二个身影伽弗洛什熟识，那就是蒙巴纳斯。

关于另外那个人，伽弗洛什只看出是个老头儿，此外一无所知。

伽弗洛什立即注意观察。

这两个行人，显然有一个要对另一个图谋不轨。伽弗洛什处于有利位置，便于观察事态的发展。这个小窝恰好成了掩蔽体。

蒙巴纳斯在这样时刻，到这种地方打猎，那是非常危险的。伽弗洛什这个流浪儿感到心生怜悯，暗暗为那老人叫苦。

怎么办？插手吗？一个弱小去救助一个老弱！那只能让蒙巴纳斯笑掉大牙！伽弗洛什明明知道，那个十八岁的强盗特别凶残，那一老、这一小，两口就会让他吞掉。

伽弗洛什这边心里还在合计，那边已经开始凶猛的袭击。那是猛虎袭击野驴，蜘蛛袭击苍蝇。蒙巴纳斯一下吐掉那朵玫瑰，扑向老人，揪住他的衣领，狠狠掐住他的脖子。伽弗洛什差点儿喊出声来。过了一会儿，一个就把另一个压在下面，用坚如石头的膝盖顶住胸口，下面那个拼命挣扎，但是已经气短力竭。不过，情况完全不像伽弗洛什预料的那样。被打倒在地的，是蒙巴纳斯；压在上面的，是那个老头儿。

这一场面，就发生在离伽弗洛什几步远的地方。

老人受袭击，立刻还击，而还击之猛烈，转瞬间，攻击者和被攻击者就调换了位置。

"好一个勇猛的老将！"伽弗洛什心中赞道。

　　他不由得鼓起掌来，但是掌声单弱，传不到相搏的两个人那里：二人气喘吁吁，正全力拼搏，听不见周围的动静了。

　　那场面戛然静止了。蒙巴纳斯不再挣扎。伽弗洛什不免嘀咕一句：

　　"他死了吧？"

　　那老人一句话未讲，一声也未喊，他直起身来，伽弗洛什听他对蒙巴纳斯说：

　　"起来。"

　　蒙巴纳斯爬了起来，但仍被老人揪住，他又羞又恼，那狼狈样子，恰似被绵羊咬住的一条狼。

　　伽弗洛什瞪大眼睛，竖起耳朵，尽量用听力加强视力，他觉得开心极了。

　　作为旁观者，他的担心得到了报偿，能捕捉住他们的对话；而这场对话借助于黑暗，具有一种难以形容的悲剧腔调。老人盘问，蒙巴纳斯回答：

　　"你多大年龄？"

　　"十九岁。"

　　"你有力气，身体又好，为什么不干活呢？"

　　"我觉得无聊。"

　　"你是干什么营生的？"

　　"游手好闲。"

　　"说话正经点儿。能帮你什么忙吗？你想做什么？"

　　"做强盗。"

　　二人沉默片刻。老人仿佛在沉思，他一动不动，但是没有放开蒙巴纳斯。

　　那年轻的歹徒又健壮又敏捷，像一只被捕兽器夹住的野兽，不时乱蹦几下。这时，他猛然一挣，来个勾脚，双手拼命扭动想挣脱。老人全然不觉，只用一只手抓住他的两个手腕，就像掌握了一种绝对力量那样毫不在意。

　　老人凝思了片刻，眼睛又盯住蒙巴纳斯，在这昏天黑地，他声调和蔼，语重心长地规劝一番，字字都传入伽弗洛什的耳中：

　　"我的孩子，你因为懒惰，就进入了最辛苦劳累的生涯。唉！你说你游手好闲！那还是准备劳动吧。有一种可怕的机器，你见过吗？那叫轧机。要特别当心，那可是个险恶的东西，它只要咬住你的衣襟儿，你整个人就会搅进去。那种机器，就叫无所事事。止步吧，趁现在还来得及，赶紧逃开！要不然，就完蛋了，不用多久，你就会给搅进齿轮里，一旦卷进去，就没救了。那就要把你累个死，懒骨头！再也没有停歇的时候。苦役的无情铁手死死抓住你。还是自谋生路，找一份活儿干，履行一种职责，你不愿意！像别人那样，你觉得无聊！那好吧！你就要成为另外一种样子。劳动是法则。谁厌烦推开劳动，谁就要受劳动的刑罚。你不愿意当工人，那就得当奴隶。劳动从这一端放开你，只为了从另一端抓住你；你不肯当它的朋友，那就要当它的黑奴。哼！你不愿意要老实人的疲劳，那就得下地狱去流汗。在别人唱歌的地方，你只能哀号哭泣。你在底层远远望见别人劳动，就觉得他们是在休息。耕地的人、收割的人、水手、铁匠，都在光明里，在你看来就像天堂中快乐的人。铁砧放射多美妙的光芒！扶犁、捆麦子，又是多么快乐。船在风中自由行驶，该有多么痛快！而你，懒家伙，你就刨吧，拖吧，滚吧，行进吧！戴上你的笼头，你成了地狱里拉重载的牲口！哼！什么也不干，这就是你的目的。好吧！你就要每一周，每一天，每一小时都累得精疲力竭。你搬起什么东西都要战战兢兢。熬过的每一分钟，都会让你的筋骨咯咯作响，对别人轻如羽毛的东西，对你就要重如岩石。最简单的事情，就要变得比登天还难。你周围的生活将变成恶魔。走一步路，喘一口气，无不变成沉重的劳动。你就觉得自己的肺承受百斤重负。走这边还是走那边，也要变成极难解决的问题。任何人想出去，推一下门就行了，跨出门槛就到了户外。而你呢，若想出去，你就得在墙壁凿开洞。要想上街，大家都怎么办呢？走下楼梯就行了；而你，还得撕开床单，一段一段拧成绳子，再从窗口下去，你抓住绳子吊在深渊上面，还要在黑夜里，趁着狂风暴雨，飞沙走石的天气，万一那根绳子太短，你就只有一个办法下去，松手往下掉，盲目掉进深渊，究竟有多深，究竟掉在什么上面？反正掉在下面，掉在未知的东西上。要不然，你从烟囱爬出去，冒着烧死的危险，或者从排粪沟爬出去，冒着淹死的危险。我还要告诉你，挖出的洞必须掩盖起来，洞口的石头，每天不知有多少回取下再安上，挖出的灰土要藏在草垫里。门上有一道锁，市民兜里有锁匠给打的钥匙。可是你呢，若想通过，就不得不造出一件惊人的杰作；你得弄一个大铜钱，剖成两个薄片，用什么工具呢？你自己发明去吧，这是你的事儿。然后，你将两片的里面挖空，要小心别损坏表面，再把周边刻出螺纹，两片合起来能严丝合缝，就跟盒底盒盖一样。上下两片拧紧，谁也看不出来。你虽然受监视，但是看守会以为是枚大铜钱，而对你来说却是个小盒。盒里装什么呢？装一小段钢条。怀表的一段发条，你已经在上面凿了许多齿，成为一把小钢锯，有别针那么长，藏在铜钱里，可以用来锯断锁舌、门插销、挂锁的梁、你窗上的铁条、你脚上的锁链。这件杰作完成了，这件奇物造出来了，在艺术、技巧、灵活、耐心方面显示这么多奇迹，可是一旦让人发现是你干的，你会得到什么报酬呢？关进地牢。这就是前途。懒惰，追求享乐，多么凶险的悬崖峭壁！无所事事，就是要自讨苦吃，你知道吗？依赖社会物质，游手好闲地生活！做个无用的人，也就是有害的人！那只能把人直接引到悲惨的绝境。要当寄生虫，就要遭大难！就要成为蛆。哼！你不喜欢干活！哼！你只有一个念头：吃好，喝好，睡好。到那时你只能喝凉水，吃黑面包，睡木板，手脚还要戴上锁链，让你夜晚皮肉感到冰凉！你要挣断锁链，要逃跑，那很好。可是，你得在荆棘丛中爬行，像森林野人一样吃草，最后还要被抓回去。那样一来，就要把你投进地牢关几年，用铁链拴在墙上，你得摸黑找水罐喝水，啃一块连狗都不吃的恶心的黑面包，吃那种虫蛀的蚕豆，你变成地窖里的甲虫！唉！可怜你自己吧，不幸的孩子，小小年纪，断奶还不到二十年，母亲一定还活着！我劝你，听听我的话。你要穿优质黑呢子衣服，穿薄底皮鞋，要烫头发，给鬈发涂上香喷喷的发蜡，要讨女人喜欢，要英俊漂亮。可是到那时，你就得剃成光头，戴红囚帽，穿木鞋。这会儿你要戴戒指，到那时你脖子上得戴枷锁。你若是瞧一眼女人，就得挨一棒子。你二十岁进去，五十岁才能出来。你进去时非常年轻，面色红润，皮肤细嫩，眼睛炯炯有神，牙齿雪白，一头少年的美发；可是出来的时候，人垮了，背驼了，皮肤皱了，牙齿掉了，头发白了，样子难看极了！唉！我可怜的孩子，你走错了路，懒惰给你出了坏主意；最艰苦的劳动，就是抢劫。相信我，不要干当懒汉那种苦差事。成为一个坏蛋，并不怎么舒服，还不如做诚实人那么自在。现在你走吧，想一想我对你说的这番话。对了，刚才你要我什么东西？我的钱袋，给你吧。"

老人放开蒙巴纳斯，将钱袋放在他手上。蒙巴纳斯托在手上掂了掂，然后像偷来似的，以机械的动作，小心翼翼地揣进燕尾服的后兜。

老人说完这番话，又做完这件事，便转过身去，继续悠然地散步。

"老傻瓜！"蒙巴纳斯咕哝一声。

那老人是谁？想必读者已经猜到。

蒙巴纳斯怔怔地望着他消失在暮色中。他这一呆望又倒霉了。

老人那边走远，伽弗洛什这边却凑近了。

伽弗洛什往旁边瞧了一眼，看清马伯夫仍坐在石凳上，大概睡着了，他就从荆丛窝里钻出来，沿着黑地朝愣着不动的蒙巴纳斯背后爬去，爬到身边，蒙巴纳斯没有看到，也没有听见；于是，流浪儿伸手，悄悄探进那优质黑呢礼服的后兜，抓住钱袋，抽回手来，又爬开了，像游蛇一样溜进黑暗中。蒙巴纳斯毫无理由警惕周围，而且有生以来，这是他头一回思考问题，也就一点也没有发觉。伽弗洛什回到马伯夫老爹旁边，从篱笆上边把钱袋扔过去，撒腿跑掉了。

钱袋落到马伯夫老爹脚下，把他惊醒了。他俯下身拾起钱袋，一时莫名其妙，便打开看看。那钱袋分为两格，一边有点零钱，另一边有六枚拿破仑金币。

马伯夫先生大吃一惊，赶紧送给老保姆。

"这是天上掉下来的。"普卢塔克大妈说道。

第五卷　结局不像开端

一　荒园和兵营相结合

四五个月前，珂赛特还心痛欲碎，黯然神伤，不知不觉中，她的心情平静下来了。大自然、春天、青春，对父亲的爱、鸟儿和鲜花的喜悦，不知把什么类似遗忘的情绪，一天一天，一点一点，一滴一滴，注入这颗贞洁而年少的灵魂。在这颗灵魂中，火完全熄灭了吗？还是仅仅覆上一层灰烬呢？反正她几乎没有忧心如焚的感觉了，这也是实际情况。

一天，她忽然想起马吕斯，自言自语道："怪啦！我不再想他了。"

就在那个星期，她发现一名英俊的枪骑兵军官从园子铁栅门前走过，只见那人蜂腰身段，军装十分标致，头戴漆布军帽，手臂下一把战刀，脸蛋像姑娘，胡须上了蜡油，再看那金黄色头发、金鱼眼睛、圆圆的脸，那副样子又庸俗，又放肆，又漂亮，正是马吕斯的反面形象。他嘴里还叼根雪茄烟。珂赛特心想：那军官一定是驻扎在巴比伦街部队的。

次日，她又望见那军官经过，并留心注意时间。

从那时起，她几乎天天看他经过，难道这是偶然的吗？

那军官的伙伴也发现，在那难看的老式铁栅门里，"管理不佳"的花园中，有一个漂亮妞儿，每当英俊的中尉经过时，几乎总待在那地方。那名中尉，读者并不陌生，他就是特奥杜勒·吉诺曼。

"嘿!"他们对他说,"那儿有个小妞儿,向你飞眼呢,瞧瞧啊。"

"凡是看我的姑娘,都让我瞧瞧,我有那个工夫吗?"枪骑兵军官回答。

正是在这种时候,马吕斯心灰意冷,走到死亡的边缘,嘴上反复念叨:"死之前哪管再见她一面也好啊!"他的意愿若是实现,他若是看见在这种时刻,珂赛特正瞄准一个枪骑兵,那他就会哑口无言,痛苦而死。

这是谁的过错呢?谁也没有错。

马吕斯这种性情,陷入苦恼就不能自拔,而珂赛特沉下去却能浮上来。

再说,珂赛特正经历一段危险时期,即女性耽于梦想而易失足的阶段;在这种时候,一个孤寂的少女的心,好似葡萄藤的卷须,不管遇到的是大理石柱头,还是酒馆的木柱,都同样会攀附。这一稍纵即逝的严重时刻,对任何没有双亲的孤女,无论其贫富,都是具有决定性的关头,因为富有并不能防止错误的选择。错误的结合往往发生在社会上层,而真正的错误结合是灵魂的错误结合。多少默默无闻的青年,出身微贱,没有名望,也没有财产,却是大理石柱头,能支撑一座伟大感情和伟大思想的庙宇;反之,一个上流社会的男人,踌躇满志,腰缠万贯,穿的靴子油光锃亮,说的话光滑流利,然而,如果不看他外表,而看他内心,即他给妻子保留什么,那就不难看出他不过是个蠢物,心里装满卑污狂妄的淫欲邪念,是酒馆的一根木柱。

珂赛特灵魂里有了什么呢?有平静下来或入睡的痴情;处于漂浮状态的爱;表面清澈明亮,在一定深度就混浊,到深处就变得幽暗了。那英俊军官的形象映现在表面。深处有没有一种记忆呢?——幽底呢?——也许吧。珂赛特并不知道。

这期间,突然出了一件怪事。

二 珂赛特的恐惧

4月份的前半个月,冉阿让出了一趟门。我们知道,每隔很长一段时间,他就要旅行,离家一两天,顶多三天。他去哪里呢?任何人,甚至连珂赛特也不知道。不过有一次他出门,珂赛特乘出租马车一直送到一条死巷口,看见角上的牌子:小板巷。他在那里下车,让马车把珂赛特送回巴比伦街。冉阿让这种短期旅行，往往安排在家里缺钱的时候。

晚上，珂赛特独自一人待在客厅。为了解解闷，她揭开管风琴盖，边弹边唱，弹唱的是《厄里安特》① 中《迷失在森林中的猎人》，这也许是整个音乐中最美的乐段。她弹唱完了，就坐在那儿想心事。

忽然，她仿佛听见园子里有脚步声。

不会是她父亲，父亲出门了；也不会是都圣，都圣睡下了。已是晚上十点钟。

她走过去，耳朵贴到客厅关好的窗板倾听。

仿佛是男人的脚步，但是走路极轻。

她急忙上楼回卧室，打开窗板上的小气窗，张望花园。正值望月，园里明如白昼。

花园没有人影。

她打开窗户。园中寂静无声，街上也同往常一样阒无一人。

珂赛特心想自己听错了，原以为听见脚步声，那只是韦伯那段阴森怪异的合唱曲所引起的幻觉。那乐曲向人的思想展示幽邃可怕的意境，犹如骇人的密林震撼视觉，仿佛听见猎人在苍茫的暮色中不安地徘徊，踏得枯枝咯咯作响。

她不再想这事儿了。

况且，珂赛特天生就不大知道害怕，她的脉管中流淌着光脚闯荡的吉卜赛女人的血液。不要忘记，她是云雀，而不是白鸽。她的秉性粗犷而勇敢。

第二天，没有那么晚，天刚黑下来，她在园中散步，心里正胡思乱想，仿佛又间歇听见昨晚那种声响，就像离她不远的树下幽暗中有人走动，不过她想，两根摇曳的树枝相摩擦，比什么都像草丛里的脚步声，于是不再注意了。况且，她什么也没有看到。

她从"荆丛"里走出来，再穿过一小块绿草坪，就能回到楼前台阶。月亮从她身后升起，在她走出树丛时，将她的身影投射在面前的草地上。

珂赛特恐怖地站住。

---

① 《厄里安特》：卡斯蒂尔-布拉兹的歌剧，韦伯作曲，创作于1831年。

在她影子旁边的草地上，月光又清晰地投下一个特别瘆人、特别可怖的影子，一个戴圆帽的影子。

好像是个男人的影子；那人在珂赛特身后几步远，站在树丛边上。

她一时说不出话，叫不出也喊不出来，动不了也回不过头去。

终于，她鼓起全部勇气，毅然决然转过身去。

一个人也没有。

她再瞧瞧地上，那影子也消失了。

她又回到树丛，壮着胆子搜寻每个角落，一直到铁栅门，但什么也没有找到。

她真感到脊背冒凉气。难道又是错觉？什么！连续两天？一次错觉，也就罢了，还会产生两次错觉？令人不安的是，那肯定不是鬼影。鬼魂一般不戴圆帽。

次日，冉阿让回来了。珂赛特向他讲了她以为听到和看到的，本以为父亲会耸耸肩膀，让她放心，会对她说：你真是个小疯丫头！

不料，冉阿让却忧虑起来。

"难说没有什么事儿。"他说道。

他找了个借口走开，到园子去了。珂赛特望见他仔细检查铁栅门。

珂赛特半夜醒来，这回没错儿，她听得清清楚楚，窗下台阶附近有人走动。她跑过去，打开小气窗，果然看见园中有个人，手持一根粗木棒。她正要喊叫，又瞧见月光照亮那人的侧影，原来是她父亲。

她又睡下，思忖道：他确实很担心啊！

冉阿让一夜待在园中，随后又连守了两夜。珂赛特从小气窗看见他。

第三天夜晚，月亮由圆到缺，升起的时间也迟了，约莫半夜一点钟，珂赛特忽听有人哈哈大笑，又听见父亲喊她的声音："珂赛特！"

她跳下床，穿上便袍，去打开窗户。

她父亲站在下边的草坪上。

"我把你叫醒，是要让你放心，"他说道，"瞧，这就是你说的戴圆帽的影子。"

他指着月光投射在草坪上的影子让她看，那确实像戴圆帽之人的鬼影，却是邻居屋顶一个戴帽子的铁皮烟囱的投影。

珂赛特也笑起来，所有不祥的推测不攻自破，次日她同父亲吃早饭时，还当笑话说起闹鬼的园子，受到铁烟囱影子的惊吓。

冉阿让的心情又完全平静下来。至于珂赛特，她也不大注意，那铁烟囱是否在她看到或以为看到的影子的方位，月亮是否在天空的同一点上。她心中也丝毫没有产生疑问，那铁烟囱怎么那样古怪，还怕被当场捉到，一有人瞧它的影子，就赶紧缩回去了，因为那天晚上，珂赛特转身的工夫，那影子就消失了，对此她觉得很有把握。珂赛特完全放心了：这种解释很圆满，说什么傍晚或半夜园子里有人走动，这完全是她的臆想。

然而又过了几天，又发生了一件怪事。

三 都圣添枝加叶

那园子临街铁栅门旁边，有一条石凳，由一道绿篱挡住好奇者的视线；不过，过路的人要从栏杆和绿篱缝儿伸进手臂，还真能摸到石凳。

还是这个4月份的一天傍晚，冉阿让出去了；日落之后，珂赛特坐在石凳上。树木间清风习习，珂赛特在想心事，一种无名的忧伤逐渐袭上心头，暮晚的愁绪无以排遣，谁知道呢？也许是这种时刻半开的坟墓一种神秘力量引起的吧。

芳汀也许就在这昏暗中。

珂赛特起身，绕园子漫步，踏着缀满露水的青草，仿佛梦游人，忧伤地自言自语："真的，这个时辰在园子里走，非得穿木鞋不可。容易感冒。"

她又回到石凳。

她正要坐下，忽然发现座位上放了一个大石块，明明刚才是没有的。

珂赛特凝视这块石头，一时莫名其妙。她猛然想到，石头不会自己跳上石凳，是有人放上的，刚才肯定有一条胳膊从铁柱之间探进来。一产生这个念头，她就害怕了，这回可真怕了。无可怀疑，石块就摆在面前；她没有碰，赶紧逃开，也不敢回头看一眼，一直逃回房间，立刻关上台阶上面的窗板和落地窗，插上闩，上了锁。

她问都圣："我父亲回来了吗？"

"还没有，小姐。"

（都圣口吃，我们已经指出，就不再赘述了。请允许我们不再强调这一点，我们讨厌将人的一种缺陷录成乐谱。）

再阿让是个爱沉思和夜游的人，往往深夜才回家。

"都圣，"珂赛特又说道，"晚上您可要仔细关好窗板，至少园子那边插好，将小铁栓插进铁环里，关严实了，好吗？"

"好！放心吧，小姐。"

都圣不会马虎，珂赛特完全清楚这一点，但她还是忍不住补充一句："这地方太偏僻了！"

"这话不错，"都圣说道，"在这要是遇害，恐怕连哼一声都来不及！而且，先生还不住在楼里，不过，您一点儿也不要害怕，小姐，我把窗户关好，就像堡垒一样。只住两个女人！真叫人提心吊胆！您能想象出来吗？半夜里，看见几个男人闯进您房间，对您说：不许出声！他们上前割您脖子。死倒不怕，死就死呗，谁都清楚反正得死，可是，感到那些男人碰您，那太可恶了。还有，他们那些刀子，肯定割起来也不痛快！上帝啊！"

"别说啦，"珂赛特说道，"门窗全关好！"

珂赛特让都圣即兴的惨剧台词吓破了胆，也许又想起上星期见鬼的事，因此她都不敢对保姆说："您倒是去瞧瞧有人放到石凳上的石头！"就怕再一打开对着园子的那扇楼门，会让"那些男人"闯进来。她让都圣仔细关严所有门窗，让她把整个小楼，从地窖到阁楼全检查一遍；她回到卧室，插好房门，又瞧了瞧床底下，这才上床，还是睡不安稳。一整夜，她都看见那块石头像座大山，到处是"洞穴"。

次日太阳升起，——日出的特点，就是令我们对夜晚的种种恐惧哑然失笑，失笑的程度又往往同有过的恐惧成正比，——太阳升起，珂赛特也醒来，一场虚惊，仿佛做了一场噩梦，心中想道："我想到哪儿去啦？又像上周那样，半夜三更，以为听见园子里有脚步声！又像上次那样，看到的是铁烟囱的投影！现在，我快要变成胆小鬼了吧？"阳光从窗板缝儿射进来将花缎窗帘映成紫红色，她完全放下心来，那些胡思乱想，就连那块石头，都从她脑海里烟消云散。

"石凳上不会有石块，正如园里没有戴圆帽的男人一样；石块和别的东西，全是我梦见的。"

她穿好衣裳，下楼来到花园，跑到石凳跟前，不禁出了一身冷汗。

石块还在那儿。

这不过是一瞬间的反应。夜晚的恐惧，到白天就变成好奇心了。

"怕什么！"她说道，"瞧瞧看。"

石块相当大，她搬起来，看见下面有样东西，好像是一封信。

那是个白纸信封，珂赛特拿起来一看，正面没有写姓名地址，背面也没有火漆封印。信封虽然敞着口，却不是空的，里面露出几张纸。

珂赛特伸进手去掏。她感到的已不是恐惧，也不是好奇，而是有些惶惑了。

珂赛特从信封里抽出一小沓纸，每页标了号，写了几行字，她心想，字迹很娟秀。

珂赛特找了半天，不见一个名字，也没有署名。是写给谁的呢？大概是寄给她的，既然有一只手将信放到她坐过的凳子上。是谁写来的呢？她受到极大的诱惑，无法抗拒，几页信纸在手里发抖，想移开目光，望望天空，望望街道，又望望沐浴在阳光中的刺槐、邻家房顶上飞旋的鸽子，继而，目光又蓦地垂到手书上，心想应当看看信中写了什么。

信的内容如下——

四　石头下面一颗心

将宇宙缩小到唯一的人，将唯一的人扩展到上帝，这便是爱。爱，就是天使向星辰膜拜。

灵魂若为爱而忧伤，该是何等忧伤！

不见那独自就填满世界的人，该是何等空虚！啊！心爱的人变为上帝，该是何等真实！不难理解上帝也会嫉妒，假如万物之父不是显然为灵魂而创造出世界，为爱而创造出灵魂。

只要远远望见紫飘带绉纱白帽下粲然一笑，就足以让灵魂进入梦幻的宫殿。

上帝在万物的后面，万物掩蔽上帝。事物是黑色的，人也不透明。爱一个人，就是使其透明。

某些思想就是祈祷。有时，不管身体姿势如何，灵魂却在下跪。

相爱而分离的人，能凭借千百种虚幻而真实的事物相见。有人阻止他们见面，也不准相互写信；但是，他们能找到无数神秘的办法互通音讯。他们互送鸟儿的鸣唱、鲜花的芳香、孩子的欢笑、太阳的光芒、清风的叹息、星辰的闪光，互送天地万物。有何不可呢？上帝创造出来的东西全是为爱服务的。爱有足够能量委托大自然传递信息。

春天啊，你就是我给她写的一封信。

未来还主要属于心灵而不是思想。爱，是唯一能占据并充满永恒的东西。只有永不枯竭，才能满足无限。

爱，具有灵魂的特质。两者本质相同。同灵魂一样，爱也是神的火花，同灵魂一样，爱也不可腐蚀，不能分割，不会干涸。爱，是我们身上的火点，永生永世，无穷无尽，任何东西也不能熄灭，任何东西也不能局限。我们感到它一直燃到骨髓，看见它的光芒直达天际。

爱哟！崇拜！两情相悦，两心相契，两副目光相渗透！幸福哟，你会到我这儿来，对吧！二人并肩在僻静无人的地方散步！幸福灿烂的日子！有时我梦见，时间脱离天使的生活，来到凡尘度过人的命运。

上帝若给相爱的人增添幸福，别无他法，只能给他们无穷无尽的岁月。爱的一生之后，便是爱的永生，这的确是一种增长；不过，若想从此生开始，就要从强度上增加爱给予灵魂的那种难以描摹的幸福，这是不可能的，甚至上帝也办不到。上帝，是上天的饱和；爱，是人的饱和。

你仰望一颗星，有两种动机，因为星既明亮，又参悟不透。

你身边有一种更柔和的光辉和一种更大的神秘：女人。

无论是谁，我们全有可供呼吸的东西；如果缺少，就像缺少空气一样，我们就会窒息，从而死去。因缺少爱而死，尤为惨烈。灵魂的窒息症！

爱一旦将两个人融合为一个天使般的神圣体，他们便找到生活的真谛，他们便成了同一命运的两端，同一神灵的两翼。爱吧，翱翔吧！

一个光彩照人的女子，从你面前走过，从那一天起，你就完了，你就爱了。你别无选择，只有一件事好做：集中神思想她，结果驱使她也想你。

爱开始做的事，只能由上帝去完成。

真正的爱，能为丢失一只手套而伤心，或为找回一只手帕而欢喜；爱要把忠诚和希望寄托于永生永世。爱既由无限大、又由无限小构成。

你若是石头，就做磁石吧；你若是草木，就做含羞草吧；你若是人，就做痴情人吧。

什么也不能满足爱。有了幸福，又想乐园；有了乐园，又想天堂。

你哟，不管你爱谁，这一切都在爱中。你要善于在爱中找到。爱有上天所有：凝望，爱有上天所无：情欢。

"她还会来卢森堡公园吗？""不会来了，先生。""她是在这座教堂做弥撒，对吧？""现在她不来了。""她一直住在这楼房里吗？""她搬走了。""她搬哪儿去住了呢？""她没有讲。"

不知道自己灵魂的居所，多么惨苦啊！

爱有稚气的一面；其他狂热的感情有渺小的一面。可耻啊，把人变得渺小的情感！光荣啊，把人变成孩子的情感！

这是件怪事，你知道吗？我处于黑夜中。因为一个人走了，带走了天空。

噢！并排躺在同一个墓穴里，手拉着手，在黑暗中，不时相互轻轻抚摩一下手指，这就足以维持我的永生。

你因为爱而痛苦，还要加倍爱吧。因爱而死，就是为爱而生。

爱吧。在幽幽的星光中，这种折磨伴随着脱胎换骨。垂死中的心醉神迷。

鸟雀欢乐啊！因为鸟雀有窝有歌。

爱就是呼吸天堂的圣洁空气。

深邃的心灵啊、明智的思想啊，接受上帝所创造的生命吧。这是长久的考验，是为未知的命运所做的不可理喻的准备。这种命运，真正的命运，人从跨进坟墓的第一步就开始了。于是，他眼前会出现某种东西，他开始分辨出恒定。恒定，想一想这个词。活着的人能望见无限；而恒定，只有死者才看得见。大限之前，还是爱并忍受痛苦吧，还是希望并憧憬吧。不幸啊！只爱躯壳、形体、表象的人，唉！死亡，会把这一切夺走！尽心尽意爱灵魂吧，将来你还能再见到。

我在街上遇见一个非常穷苦的青年。他在爱，他的帽子破旧，衣服破损，臂肘磨出洞；水能透进他的鞋底，但星光也射进他的灵魂。

被人爱，这是多么重大的事情！爱人，是多么更为重大的事情！心充满激情而变得英勇无畏。这颗心除了纯洁什么也不容纳了，除了高尚和伟大什么也不依赖了。邪恶之念再也不能在这颗心上萌发，正如冰山上不能长荨麻。高尚而宁静的灵魂，超脱了凡俗的情欲和冲动，俯瞰人间的乌云和黑影、疯狂和谎言、仇恨和虚荣、狗苟蝇营，高踞青天之上，只能感到来自命运深层的撼动，就像山峰感知地震一样。

如果没有人在爱，太阳就会熄灭。

五　珂赛特看信之后

珂赛特读着信，渐渐进入梦想，看到手稿最后一行，她抬起眼睛，恰是那位英俊的军官从铁栅门前经过的时刻，她望见他那得意扬扬的样子，觉得俗不可耐。

她重又品味这手稿。字体非常秀美，珂赛特心想，出自同一个人的手笔，但墨迹不同，有地方很浓，有地方浅淡，好像墨水瓶里掺了水，可见写的日期不一样。这是有感而发，记下一声声感叹，没有筛选；纷乱无序，也没有目标，是随笔式的。珂赛特从来没有看过这类文字。这份手稿并不晦涩，她大多看明白了，给她的印象好似门微启的一座圣殿。这神妙的文字，每一句都放射耀眼的光芒，使她的心沐浴在奇异的光辉里。从前受的教育，总是向她谈论灵魂，但从来没有提过爱，近乎只讲炽炭而绝口不提火焰。这十五页手稿娓娓讲述全部爱、痛苦、命运、生命、永恒、初始和终了，一下子全向她揭示出来。仿佛有一只手猛地张开，朝她抛来一大把阳光。从这数行文字中，她感觉到一种深挚、火热、豪迈而善良的性情、一种巨大的痛苦和巨大的希望、一颗缠绵悱恻的心、一种心醉神迷的憧憬。这手稿是什么呢？是一封信。信上却没有地址，没有收信人姓名，没有日期，没有署名，情词恳切而又无所希冀，是由句句真话组成的谜语，是由天使传递给贞女看的情书，是定在世外的幽会，是孤魂写给野鬼的爱语。仿佛是一个衰惫已极的男人，从容地要到死亡中避难，给远方的女子寄去命运的奥秘、生命的钥匙、爱情。这是脚踏进坟墓里，手指高举在天空上写出来的。这一行行落在纸上，可以称作点点滴滴的灵魂。

现在要问，这手书来自何人？是出自谁的手笔？

珂赛特毫不犹豫。只有那一个人。

是他。

她心中豁然开朗。当初的情景，全又浮现在眼前。她感到一阵前所未有的喜悦和一种深深的焦虑。是他！是他写给她的！他来啦！是他的手臂从铁栅中间探进来！就在她把他渐渐遗忘的时候，他又找到她啦！不过，难道她真把他忘了吗？没有！绝没有忘！她一时昏了头，才这么以为。她始终爱他。始终仰慕他。在一段时间，这心中的火覆盖了一层灰，但她看得很清楚，是往深处蔓延，现在又燃烧起来，将她团团围住了。这份手书好似一点火星，从另一颗心灵落入她的心灵，于是她感到又要燃起熊熊大火。手稿一字一句拨动她的心弦。"正是啊！"她说道，"这一切我多么熟悉呀！这一切，我都从他眼中阅读过。"

她第三遍看完手书的时候，特奥杜勒中尉又从铁栅门前经过，踏着铺石街道，弄得马刺啪啪响。珂赛特不得不抬头望一眼，只觉得他俗气、愚蠢、笨拙、无用，还自命不凡，不知进退，放肆无礼，而且面目可憎。那军官认为应当冲她笑一笑。可是她却扭过头去，心中又羞愧又恼怒，真想抓起什么东西朝他头上砸过去。

她逃回房间，关起门来，要反复阅读手书，好能背下来，以便仔细思考。她看完了，又吻了吻，将手稿塞进胸衣里。

这下子完了，珂赛特重又坠入深挚而纯洁的爱情中。伊甸园的深渊又洞开了。

一整天，她都处于陶醉状态，思绪纷乱如麻，考虑不了什么问题，也猜测不了什么情况，只是在颤抖中期望，期望什么呢？她不敢向自己许诺什么，也不敢拒绝什么。她的脸色一阵阵发白，身体一阵阵战栗，有时恍若步入幻境，心中提出疑问："这是真的吗？"于是摸摸衣裙里边的心爱的手稿，并紧紧按在胸口，感到纸角刺着肌肤，眼神流溢出前所未有的喜悦的光彩，不禁想道："对呀！正是他！这是他给我送来的！"在这种时刻，再阿让若是见到她这种快乐神情，一定会不寒而栗。

珂赛特心想，把他还给我，这是天意，是天使相助。

爱情的美化哟！奇思异想哟！所谓天意，所谓天使相助，不过是那个面包团，由一名盗匪从查理大帝院子抛过强力监狱的房顶，扔给狮子坑的另一名盗匪。

六　老人往往走得好

黄昏时分，冉阿让出门了。珂赛特开始梳妆打扮，她把头发梳成最合自身的式样，又换上一件衣裙。这件衣裙的领口多裁了一剪子，能露出颈窝，照姑娘的说法"有点不正经"；其实根本谈不上正经不正经，只不过比原先更漂亮了。她这样打扮起来，却不知道为什么。

她要出门吗？不是。

她要接待客人吗？也不是。

天黑下来，她下楼到园子里。都圣正在厨房干活，而厨房对着后院。

她从树下走过去，有些枝杈很低，不时要用手拨开。

她来到石凳跟前。

那块石头仍在原地。

她坐下来，将又白又嫩的手放到石头上，仿佛要爱抚并感谢它。

忽然，她有一种难以名状的感觉，虽然看不见，却能觉出背后站着一个人。

她转过头去，随即站起来。

正是他。

他光着头，脸色显得苍白，人消瘦了。几乎分辨不出他的衣裳是黑的。暮色中，他那俊美的额头映得发青，眼睛蒙上黑影。他身披无比柔和的雾纱，真有点儿像夜间出没的亡魂。他的脸上残留白昼熄灭的余晖和魂魄临走的一念。

他那形象尚未成鬼，但已非人了。

他的帽子扔在几步远的杂草中。

珂赛特站立不稳，但是没有叫一声，只觉得受他吸引，便缓缓后退。而他却一动不动。她看不见他的眼睛，却能感到那目光，感到包围过来的难以名状的忧伤情绪。

珂赛特往后退，碰到一棵树，赶紧靠住，否则就要瘫倒了。

这时，她听见他的声音，这种声音，她确实从来没有听到过，是窃窃私语，比树叶微颤的声响大不了多少：

"请原谅我来这儿。我的心难受极了，再像这样活不下去，就来到这里。我放在凳子这儿的东西，您看了吧？您认出我一点儿了吧？不要怕我。您还记得您望我一眼的那天吗？已有很久了，那是在卢森堡公园里，在角斗士雕像附近。还记得您从我面前走过的那天吗？那是 6 月 16 日和 7 月 2 日。过去快有一年了。有很长时间我见不到您的面了。我问过公园出租椅子的那个老妇人，她说也见不到您了。当时您住在西街的一栋新楼里，是临街四楼上，您瞧我知道吧？我呀，跟随您来着。我能有什么办法呢？后来，您又消失了。有一回，我在奥德翁剧院柱廊下看报，忽然瞧见您走过，赶紧追上去，一看不对，是一个跟您戴同样帽子的人。夜晚我到这儿来，别害怕。谁也没有看见我。我走近您的窗户观望。我的脚步很轻，不让您听见，您听见也许会害怕。有一天晚上，我站在您身后，等您回过头来，我就逃走了。还有一次，我听见您唱歌，心里高兴极了。我隔着窗板听见您唱歌，对您有什么妨碍吗？对您一点儿妨碍也没有。没有吧，对不对？要知道，您是我的天使，让我来看您来吧。我觉得自己快要死了。您哪儿知道啊！我呀，多么崇拜您！请原谅，我跟您说话，却不知所云，也许我惹您生气了，我惹您生气了吗？"

"噢！母亲啊！"珂赛特说道。

她说着身子一软，仿佛要死去。

他急忙上前搀扶，见她身子瘫软下去，就干脆抱住，搂得紧紧的，却没有意识到自己在做什么。他抱住她，自己身子却摇摇晃晃，头脑也晕晕乎乎；一道道闪光从他睫毛之间射出，而意念全都化为乌有；仿佛自己要完成一项宗教仪式，反而犯了亵渎神灵之罪。不过，他胸口感到这美妙女郎的形体，心中没有一点欲念。他爱到了心醉神迷的程度。

珂赛特抓住他一只手，把它按在她的心口窝儿上。他感到放在里面的那沓纸，便结结巴巴地说："看来您爱我啦？"

她回答的声音极低，好似一股清风，几乎听不见：

"别问啦！你明明知道！"

她羞红的脸，赶紧埋在这个得意而陶醉的青年怀里。

他身子一沉，坐到石凳上，她挨着坐下。二人再也不说话了。天上的星斗开始闪闪发光。他们的嘴唇是如何相遇的呢？鸟雀如何鸣唱起来，冰雪如何融化了，玫瑰如何开放了，五月如何呈现万紫千红的景象，曙光又如何在萧瑟的丘岗上黝黯树木后边泛白的呢？

一吻，一切都迎刃而解。

两个人都浑身战栗，他们明亮的眼睛在昏暗中对视。夜凉，石凳冷，泥土潮湿，青草也湿漉漉的，他们都浑然不觉，只顾四目相对，心中千言万语。他们早已手拉着手，同样浑然不觉。

珂赛特没有问他，连想都没有想问他是从哪儿进来的，是怎么闯进这园子里的，她觉得他到这儿来是极其自然的事情！

马吕斯的膝盖不时触碰到珂赛特的膝盖，两个人都颤抖了一下。

隔一会儿，珂赛特就讷讷说一句话。她的灵魂在唇边颤动，宛如花朵上的一滴露珠。

他们慢慢交谈起来。体现心满意足的沉默过后，又开始倾吐衷肠了。头上的夜空静谧而灿烂。这两个像精魂一样纯洁的人，现在畅所欲言，彼此谈了美梦、陶醉、思念、幻想，以及心慌意乱，谈了他们如何遥相渴慕，如何遥相祝愿，见不到面之后又如何痛不欲生。他们推心置腹，亲密无间到了无以复加的理想程度，各自将内心最隐蔽最秘密的东西，也都和盘托出。他们怀着在幻想中所具有的天真的信念，相互讲述爱情、青春和几分孩子气使他们产生的种种念头。这两颗心彼此倾注交流，仅过了一小时，小伙子就有了姑娘的灵魂，姑娘也有了小伙子的灵魂。他们彼此渗透，彼此诱惑，彼此迷恋了。

他们倾诉完了，全都讲出来了，她就把头偎在他的肩头，问他一句："您叫什么名字呀？"

"我叫马吕斯。"他回答，"您呢？"

"我叫珂赛特。"

第六卷　小伽弗洛什

一　风的恶作剧

从 1823 年起，蒙菲郿客栈渐渐败落，虽未跌进破产的深渊，却陷入一笔笔小额债务的泥坑里。在这期间，德纳第夫妇又添了两个孩子，全是男孩。这样，总共有五个了，三男两女，未免太多了。

两个晚生的还很小的时候，德纳第婆娘就把他们抛弃了，心里觉得特别松快。

用"抛弃"这个字眼很恰当。这个女人天性残缺，不过，这种现象也并非只此一例。德纳第婆娘同德·拉莫特-乌当库尔元帅夫人①一样，做母亲只限于爱自己的女儿。她的母爱在女儿身上竭尽了，而她对人类仇恨则从儿子身上开始。冲儿子那一面，她的狠毒是陡直的，她的心在此处形成一道阴森的绝壁。正如我们所见，她讨厌大小子；她也憎恶另外两个儿子。为什么呢？不为什么。最可怕的缘由和最无可争辩的回答，就是："不为什么"。

"我可不想养活一大窝孩子。"这个母亲如是说。

德纳第夫妇如何甩掉两个小儿子，甚至从中捞点好处，现在来解释一下。

---

① 德·拉莫特-乌当库尔元帅夫人（1623—1709），法兰西儿童会总管，有三个女儿，均为公爵夫人。

　　在前几页中，我们提过一个叫马侬的姑娘，她从吉诺曼老头那里争得了两个孩子的抚养费。当时她住在切莱斯廷河滨路小麝香老街拐角：那条街已竭尽全力，要将自己的臭名声变成香气。① 大家还记得三十五年前，塞纳河沿岸街区流行白喉，医学界还利用那次机会，大规模试剑明矾喷雾剂的疗效；后来，那种疗法由更为有效的外用碘酒所取代。就在那场传染病流行期间，马侬姑娘两个男孩年龄很小，早晨一个傍晚一个，一天当中就全死了。这是一次沉重打击。两个孩子是母亲的宝贝，他们代表每月八十法郎的收益。那八十法郎按时领取，由吉诺曼先生的年息代理人，住在西西里王街的退休公证人巴尔日先生付给。两个孩子一死，抚养费也就随之埋葬了。马侬姑娘得赶紧想法子。她所在的邪恶的黑社会中，大家什么都知道，但又相互保密，而且相互援助。马侬姑娘急需两个孩子，德纳第婆娘恰好有两个。都是男孩，年龄又一样。这一边好交代，那一边也好安置。两个小德纳第就成了两个小马侬。马侬姑娘从切莱斯廷河滨路搬到钟孔街。在巴黎，一个人从一条街迁到另一条街，身份也就改变了。

　　民政部门没有接到任何申报，也无从干预，冒名顶替便一举成功。只有德纳第提出要求，出借孩子每月收十法郎费用，马侬姑娘接受了，并按期付钱。自不待言，吉诺曼先生继续尽抚养义务，每半年来看看孩子，没有觉察出有什么变化。"先生，他们长得多么像您!"马侬每次都这么说。

　　德纳第也不难更名改姓，他趁此机会摇身一变，成了容德雷特。关于他两个女儿和小伽弗洛什，几乎没有工夫注意还有两个小弟弟。人穷困到了一定程度，相互就十分冷漠，视同游魂野鬼，就连自己最亲近的人，也往往成了朦胧的影子，在生活模糊的背景中难以分辨，容易同无形的东西混淆起来。

　　德纳第婆娘原本就想永远抛弃两个小儿子，可是交付给马侬姑娘的当天晚上，她忽然顾虑起来，或者故意装样子。她对丈夫说："这么干，可就是遗弃孩子呀!"德纳第却大言不惭，用这种话打消她的顾虑："让-雅克·卢梭干得更绝!"做母亲的人从顾虑转为不安，她说道："警察若是来找麻烦怎么办? 德纳第先生，你说说看，我们这么

_____

① 那条街原名为"暗娼街"，作者故而调侃。

干，能允许吗?"德纳第则回答:"干什么都允许。谁看这事儿，都会觉得跟天空一样明朗。再说了，对这种身无分文的孩子，谁也没有兴趣上前关心一下。"

马侬姑娘是犯罪集团中的漂亮妞儿，很爱打扮，家中的陈设既矫饰又寒酸，跟她合居的一个法籍英国姑娘，是一个非常高明的女贼，和一些富贵人家来往，颇有口碑，同图书馆勋章和马尔斯小姐的钻石首饰失窃，有极为密切的关系，后来在刑事罪犯档案中相当有名。大家都叫她"密斯姐儿"。

两个孩子落到马侬姑娘手中，却一点也不委屈。他们有八十法郎的保举，就像任何可供盘剥的东西一样，自然受到照顾，穿得一点儿不坏，吃得也一点儿不糟，几乎被当成"小先生"一样待敬，跟假母亲比跟真母亲过的日子好多了。马侬姑娘也总摆出贵妇的派头，在孩子面前不讲黑话。

他们就这样过了几年。德纳第还真有预见性。有一天，马侬姑娘来付十法郎的月钱，他就对她说:"当'父亲的'应当给他们点教育。"

两个可怜的孩子，甚至受到厄运的保护，一直得到温饱，不料猛不丁给抛进人生，不得不自谋生路了。

像在容德雷特贼窝那样大批逮捕歹徒，必然导致一连串搜捕和拘留。这是一场名副其实的灾难，降临到秘密生活在公共社会下面的丑恶的反社会;犹如一场狂风骇浪，冲垮了这个黑暗世界的许多地方。德纳第的灾难，也殃及了马侬姑娘。

关于普吕梅街的那张字条，由马侬姑娘交给爱波妮不久，有一天，钟孔街突然来了一帮警察，抓走了马侬姑娘和密斯姐儿，整栋楼里形迹可疑的人也都一网打尽。当时，两个小男孩正在后院玩耍，根本没有看到这场洗劫;到了要回家的时候，他们才发现家门封了，整栋楼房都空了。对面铺子的一个补鞋匠招呼他们，将"他们母亲"留下的一张字条交给他们。纸上有个地址:"西西里王街八号，年息代理人巴尔日先生"。补鞋匠对他们说:"你们不住在这儿了。去那儿吧。路很近。左边的第一条街就是。拿着这张字条，问问路就行了。"

两个孩子手里拿着引路的字条，大的牵着小的走了。天气很冷，小手冻僵了，字条也抓不紧，走到钟孔街拐角的时候，让一阵风给吹跑了，天又黑下来，没法儿找到了。

他们就这样流落到街头。

二　小伽弗洛什借了拿破仑大帝的光

巴黎春天常刮起凛厉的寒风，吹在人身上不完全是寒冷，而是冰冻。这种寒风能给晴朗的天气陡增凄冷的气氛，恰如从不严实的门窗缝里吹进暖室的冷空气。冬季那扇阴森的门仿佛还半开着，一阵阵风吹进来。19世纪欧洲第一场大规模流行病，就是在1832年春天爆发的：那年春寒料峭，凛凛寒风格外刺骨；那扇门比冬季半开的门还要寒冷，简直就是一道墓门。人们感到那种寒风挟着霍乱的气息。

从气象学角度看，这种寒风还有一种特点，就是丝毫也不排除强电压。这个季节常起大风暴，伴随着疾雷闪电。

一天晚上，这种寒风吹得更起劲，仿佛又回到了1月份，有钱的人重又穿上大衣；而小伽弗洛什还穿着那身破布片，立在一家理发店门前出神，冻得愉快地打着哆嗦。他当作围巾围在脖子上的，是不知从哪儿弄来的一条女式羊毛披肩。小伽弗洛什那副样子，好像在由衷地欣赏橱窗里的一个蜡人新娘，看那新娘敞胸露怀，头戴橘花冠，在两盏灯之间旋转，向行人投来微笑，而其实，小家伙眼睛瞄着店铺，看看能不能顺手牵羊，从柜台"摸走"一块香皂，好拿到郊区理发店那里卖一苏钱。他时常靠一块香皂吃顿饭。这种活计他挺拿手，说是"给理发师刮胡子"。

他眼睛一边欣赏新娘，一边瞟着那块香皂，嘴里还一边咕哝："星期二……不是星期二……是星期二吗？……也许是星期二……对，就是星期二。"

谁也没有弄明白过，这种自言自语究竟是什么意思。

这种自言自语，也许偶然涉及他最后那顿饭的日期，那就意味着三天没吃饭了，因为这天已是星期五。

店里有一炉旺火，暖烘烘的，理发师正给一名顾客刮脸，他不时瞥过一眼，瞧瞧那个敌手，那个冻得发抖、双手插兜、心里显然在打鬼主意的没脸皮的野孩子。

伽弗洛什正端详新娘、橱窗和温德索香皂的时候，忽然来了两个穿戴相当整齐的孩子，他们一高一低，比他个头儿还矮，看样子一个有七岁，一个有五岁，胆怯地拧动门把手，走进店铺，不知道问什么事儿，也许是请求施舍，说话哼哼唧唧的，不像祈求倒像呻吟。他们两个同时开口，话又讲不清楚，小的抽抽搭搭语不成句，大的又冻得牙齿咯咯打战，理发师转过身，满脸怒气，右手还举着剃刀，左手推着大的，用膝盖顶着小的，将两个孩子赶到街上，关上店门，恨道：

"闲着没事儿，来把人家屋子都倒腾冷啦！"

那两个孩子一边哭一边往前走。这时，天上吹来一片乌云，淅淅沥沥下起雨来。

小伽弗洛什追上去，招呼他们说："你们怎么啦，小鬼？"

"我们没有地方睡觉。"大的回答。

"就为这个？"伽弗洛什说道，"这可不得了。这也值得哭鼻子吗？两个都是傻瓜怎么的！"

伽弗洛什一副略带嘲笑的高傲态度，以怜惜的权威口吻，柔和爱护的声调说："小娃娃，跟我来。"

"是，先生。"大的说道。

于是，两个孩子跟他走了，就像跟随大主教似的。他们不再哭了。

伽弗洛什领着他们，沿圣安托马街朝巴士底广场方向走去。

伽弗洛什边走边回头，狠狠瞪那家理发店一眼。

"那条老鲭鱼①，简直没长人心，"他咕哝道，"他是个美国佬。"

伽弗洛什打头，他们三人鱼贯而行；一个姑娘见了咯咯大笑起来，未免对这一伙人失敬了。

"你好，公共马车姐儿。"伽弗洛什回敬她一句。

过了一会儿，他又想起那个理发师，改口说道：

"那畜生我叫错了，他不是鲭鱼，而是一条蛇。理发匠，等着吧，我去找个锁匠师傅，给你的尾巴安上一个铃铛。"

他跟那个理发师怄气，见什么都发火。他跨过一条水沟时，碰见一个长了胡须的看门婆，看她拖着扫把那样子，直够资格上布罗肯峰②去会浮士德，于是，他就吆喝一句："夫人，您这是骑马出门啊？"

话音刚落，他又一脚踏下去，将泥水溅到一个过路人的亮皮靴上。

---

① 理发师绰号"鲭鱼"。

② 布罗肯峰：德国哈茨山最高峰，相传每年 4 月 30 日至 5 月 1 日的夜晚，巫婆在那峰上聚会。歌德在《浮士德》中有描述。

"小坏蛋！"那过路人十分恼火，嚷了一声。

伽弗洛什鼻子从围巾里抬起来，问道："先生要告状吗？"

"告你！"过路人说。

"衙门关门，我不接案子了。"伽弗洛什答道。

然而，他沿着这条大街继续往前走，瞧见一个大门洞下有个十三四岁的女叫花子，浑身冻僵了。衣裙太短，双膝都露在外面。小女孩开始长大，腿不该露出来。年岁增长往往这样捉弄人，恰恰到了赤裸显得不雅观的时候，裙子变短了。

"可怜的姑娘！"伽弗洛什说，"恐怕连条裤衩都没得穿。接着，先围上这个吧。"

他说着，将暖乎乎围在脖子上的羊毛围巾解下来，扔到女叫花子冻紫了的瘦肩头上；这样，围巾又变回去，成了披肩。

女孩怔忡地望着他，接受披肩却未吭一声，人穷苦到了一定份儿上，往往麻木迟钝了，受苦不再呻吟，受惠也不再道谢了。

这样一来：

"嗯……"伽弗洛什发出声来，抖得比圣马尔丹更厉害：圣马尔丹①至少还留下半件大衣。

他这一"嗯"，阵雨越发恼火，下得更凶了。这种天太坏，还惩罚善行。

"真可恶！"伽弗洛什嚷道，"这是什么意思？雨又下起来啦！仁慈的上帝呀，再这样下去，我可要回娘胎里了。"

他又往前走。

"左右都一样，"他说着，望了一眼蜷缩在披肩下面的女叫花子，"她那身大衣还不赖呢。"

他抬头望了望乌云，嚷了一声："没辙啦！"

两个孩子亦步亦趋跟在他身后。

他们经过安了密实铁丝网的橱窗，显见是面包铺，因为面包和金子一样，要用铁栏保护起来，伽弗洛什转过身：

"对了，小娃娃，晚饭吃了吗？"

---

① 圣马尔丹（约315—397）：图尔主教。据传他将大衣分一半给一个穷人。

"先生，"大的回答，"早饭之后，到现在没吃东西了。"

"你们没有父亲，也没有母亲怎么的？"伽弗洛什郑重其事地又问道。

"先生不要乱说，我们有爸爸妈妈，只是我们不知道他们住在哪儿。"

"有时候，知道还不如不知道。"伽弗洛什说道，表明他很有头脑。

"我们走了有两个钟头了，"大的接着说，"我们找过好多墙角旮旯儿，可是什么东西也没有找到。"

"我知道，"伽弗洛什又说，"全让狗给吃光了。"

他沉默了一会儿，又说道：

"嘿！我们把自身的作者丢了。我们都不知道把他们怎么着了。这样不应该呀，孩子们。把老一辈人给弄丢了，这也太糊涂了。哎呀。对啦！总得吃点儿什么呀。"

此外，他再也没有向他们提什么问题。无家可归，这再明白不过了。

两个孩子中那个大点儿的变得也快，几乎又完全恢复童年那种无忧无虑，他惊叹道：

"说起来真怪。妈妈还说过，到了圣枝主日那天，她带我们去拿祝福过的黄杨枝呢。"

"神经。"伽弗洛什应了一声。

"妈妈是位夫人，"大的又说，"跟密斯姐儿住在一起。"

"好家伙。"伽弗洛什又应了一声。

这工夫他站住了，搜索身上破衣烂衫的每个角落，摸了好半天。

他终于抬起头，那神情本来只想表示满意，而实际却得意扬扬了。

"放心吧，娃娃，这不有了，够三个人吃晚饭了。"

说着，他从一个兜里掏出一苏硬币。

他没容两个孩子惊得目瞪口呆，就推着他们进了面包铺，将一苏钱往柜台上一放，喊道："伙计！五生丁面包。"

面包师傅本人就是店铺老板，他拿起一个面包和一把刀。

"切成三块，伙计！"伽弗洛什又说道，接着又郑重其事地补充一句："我们是三个人。"

面包师打量完三个吃晚饭的人，便操起一个黑面包；伽弗洛什见此情景，就把一根手指深深插进鼻孔里，猛然吸气，仿佛指尖有一小撮弗雷德里克大帝的鼻烟，冲面包师的脸气愤地嚷了一句："克斯克啥？"

伽弗洛什冲面包师嚷的这句话，我们读者中如果有人以为是俄语或波兰语，甚或以为约维斯人和博托库多人①在荒江隔岸相呼的蛮声，我们就应当指出，这是他们（我们的读者）每天讲的一句话，即："这是个什么？"面包师完全听懂了，他回答说："怎么！这是面包呀，极好的二等面包。"

"您是说粗拉通②吧，"伽弗洛什镇定而轻蔑地反驳道。"要白面包，伙计！要细拉通！我请客。"

面包师不禁微微一笑，他一边切白面包，一切以怜悯的目光打量他们，这又冒犯了伽弗洛什。

"喂，小伙计！"他说道，"您干吗呀，这样丈量我们？"

其实，他们三个叠起来，也不到一丈高。

面包师切好面包，收了钱，伽弗洛什就对两个孩子说："磨吧。"

两个小男孩都愣住了，瞪眼看他。

伽弗洛什笑起来："哦！真的，还听不懂，人还太嫩了点儿！"

他又改口说："吃吧。"

他说着，递给他们每人一块面包。

他又想到，这个大点儿的似乎更有资格同他交谈，值得另眼看待，应当多吃点儿，于是他克服犹豫的心理，拣了最大的一块面包递给他，又补充一句："这个，塞进你的枪筒里。"

他把最小的一块留给自己。

包括伽弗洛什在内，几个可怜的孩子真饿极了，大口大口咬面包；他们既已付了钱，再待在面包铺里就显得碍事，得不到面包师的好脸色了。

"咱们回街上去。"伽弗洛什说道。

他们又朝巴士底广场方向走去。

他们不时碰到有灯光的店铺，那个小的每次都停下，拿起用绳子

---

① 约维斯人和博托库多人：美洲印第安人部族。

② 黑面包。——雨果注

套在颈上的铅表，瞧瞧钟点。

"真是个小活宝。"伽弗洛什说道。

接着，他若有所思，又喃喃说道：

"不管怎么说，我若是有孩子，准比这照看得好多了。"

他们吃完面包，正走到阴惨的芭蕾舞街的拐角，能望见小街尽头强力监狱那道低矮吓人的边门。

"嘿，是你呀，伽弗洛什？"一个人说。

"哦，是你呀，蒙巴纳斯？"伽弗洛什应道。

招呼这个流浪儿的是个男人，戴了一副蓝色夹鼻眼镜，伽弗洛什一眼就认出来，正是化了装的蒙巴纳斯。

"好家伙，"伽弗洛什继续说，"你披了一身麻籽酱色的皮，又像大夫一样戴着蓝眼镜，老实说，真够派头呀！"

"嘘，别这么嚷嚷！"蒙巴纳斯说道。

他急忙将伽弗洛什拖出店铺的亮地儿。

两个小孩手拉着手，不由自主地跟在后面。

他们走进通车的黑乎乎的拱顶门洞里，人看不见，雨浇不着了。

"你知道我要去哪儿吗？"蒙巴纳斯问道。

"去不愿登修道院①。"伽弗洛什说。

"耍贫嘴！"

蒙巴纳斯接着说道："我要去会巴伯。"

"哦！"伽弗洛什说，"那女郎叫巴伯。"

蒙巴纳斯压低声音："不是女的，是男的。"

"唔！巴伯呀！"

"对，是巴伯。"

"他不是给关起来了吗？"

"他又打开了。"蒙巴纳斯答道。

他简要地对这流浪儿讲了事情的经过：当天上午，巴伯被押往附属监狱的路上，经过"预审走廊"，本应向右拐，他却溜向左边跑掉了。

伽弗洛什十分赞赏这个机灵劲儿。

———

① 断头台。——雨果注

"真是老滑头！"他赞道。

蒙巴纳斯讲巴伯如何越狱，又补充了几个细节，最后来了一句："唔！还有好戏看呢。"

伽弗洛什一边听，一边抓住蒙巴纳斯拿着的手杖，下意识地抽出上半截，只见露出匕首的利刃。

"嗬！"他说着，赶紧插回去，"你还带着便衣警察。"

蒙巴纳斯眨了眨眼睛。

"哎呀！"伽弗洛什又说道，"你要跟冲子交手啊？"

"难说，"蒙巴纳斯满不在乎地回答，"身上带根别针总没坏处。"

伽弗洛什又追问一句："今儿晚，你到底要干什么呀？"

蒙巴纳斯又拨动低音弦，含混答道："干点事儿。"

他突然改变话题："对啦！"

"怎么啦？"

"几天前发生的一件怪事儿。想想看，我遇到一个有钱的主儿，他赏给我一顿教诲和他的钱袋。我把钱袋放进兜里；过了一会儿，我摸摸衣兜，什么也没有了。"

"只剩下教诲了。"伽弗洛什接口说道。

"你呢，"蒙巴纳斯又说，"你这是去哪儿？"

伽弗洛什指着受他保护的两个孩子，说道：

"我带孩子去睡觉。"

"睡觉，睡哪儿？"

"睡我家里。"

"你家在哪儿？"

"在我家里。"

"你有住处啦？"

"对，有住处了。"

"住在哪儿？"

"大象肚子里。"伽弗洛什答道。

蒙巴纳斯天生不爱大惊小怪，这回也不免惊叹：

"大象肚子里！"

"对呀，没错儿，大象肚子里！"伽弗洛什又说道，"克克啥啊？"

这又是一句谁也不这么写，但人人都这么讲的话，意思就是：这有什么啊？

流浪儿深刻的指责又把蒙巴纳斯拉回到平静的常理上。他对伽弗洛什的住处，似乎有了更好的体认。

"可不是嘛！"他说道，"对，大象……住在那里舒服吗？"

"很舒服，"伽弗洛什答道，"在那里，真的，顶呱呱，不像在桥洞下，没有穿堂风。"

"你怎么进去呢？"

"就那么进去。"

"有洞口啊？"蒙巴纳斯问道。

"还用问！这可不能说出去啊。是在前腿中间。那些拷壳①没看到。"

"你要爬上去喽？不错，我明白了。"

"一搭手的工夫，克利，克拉，行了，人影也不见了。"

伽弗洛什停了一下，又补充一句：

"这两个娃娃，我得弄一个梯子。"

蒙巴纳斯笑起来：

"见鬼，你是从哪儿弄来的小崽子？"

伽弗洛什随口答道：

"两个小宝宝，是一个理发师赠送给我的。"

这时，蒙巴纳斯有了心事。

"刚才，你不费劲儿就认出我来。"他咕哝道。

他从兜里掏出两件小东西，是裹了棉花的两根鹅翎管，往每个鼻孔塞了一根，鼻子就完全变样了。

"你模样变了，"伽弗洛什说道，"不那么丑了，这玩意儿应当总放在里边。"

蒙巴纳斯是个美少年，可是伽弗洛什就爱嘲笑。"别开玩笑，"蒙巴纳斯问道，"现在你觉得我怎么样？"

说话的声音也完全变了。转瞬之间，蒙巴纳斯变得叫人认不出了。

"嘿！给我们演一场木偶戏吧！"伽弗洛什嚷道。

那两个小孩只顾用手指掏鼻孔，一直没有注意听他们说什么，现

---

① 密探，警察。——雨果注

在一听说木偶戏，就赶忙凑上来，看着蒙巴纳斯那样子，脸上开始流露出喜悦和赞赏的神色。

可惜蒙巴纳斯这会儿心事重重。

他将手掌按在伽弗洛什的肩上，一字一句加重语气对他说：

"听我说，孩子，假如我在广场上，带着我的道格、我的达格和我的地格，假如你们递给我十个苏钱，我倒不会拒绝耍个把场，但现在不是过狂欢节。"

这句怪诞的话，对这个流浪儿产生奇特的效果。他急忙转身，两只明亮的小眼睛凝神搜索周围，发现只离几步远的地方，有一名警察的背影。伽弗洛什"哎呀"一声刚出口，又立刻憋回去，他摇了摇蒙巴纳斯的手，说道：

"好吧，晚安，我带着小乖乖去见我的大象。万一哪天夜晚你用得着我，就到那儿去找。我住在一二楼中间的夹层，没有门房，你找伽弗洛什先生就行了。"

"好吧。"蒙巴纳斯说道。

他们分了手，蒙巴纳斯朝河滩广场走去，伽弗洛什则前往巴士底广场。伽弗洛什和大小兄弟俩，一个拉着一个；五岁的小弟几次回头，望那走远的"木偶"。

蒙巴纳斯发现警察，用黑话通知伽弗洛什，也并没有什么奇妙的，只是运用"狄格"的半谐音，变法儿重复五六遍。"狄格"这两个音不是孤立地发出来，而是巧妙地嵌在一句话里，要表示："当心，不能随便说话。"此外，蒙巴纳斯这句话还有一种文学美，超出伽弗洛什的理解："我的道格、我的达格和我的地格"，在神庙街区一带的黑话中意味"我的狗、我的刀和我的女人"；须知在莫里哀创作和卡洛绘画的那个伟大世纪，小丑和红尾巴①圈子里常讲这种话。

在巴士底广场东南角，靠近沿古狱堡护城壕挖掘的运河码头，曾有一个奇特的建筑物，二十年前还能见到，如今已从巴黎人的记忆中消失，但是值得在那里留下一点痕迹，因为那是"科学院院士、埃及远征军总司令"的构想。

虽说只是一个模型，我们还是称作建筑物。作为拿破仑一个意念

---

① 指小丑。小丑戴的假发尾上系着红缎带。

的巨大遗体，这个模型本身就是个庞然大物。连续经过两三场狂暴，它越来越远离我们，变成历史的遗迹，一反当初临时性构筑的形象，具有某种说不出来的永久性了。那头大象有四丈来高，木架和灰泥结构，背上驮着一座塔，好似一座房舍，当年由泥瓦匠刷成绿色，现在已由天空、风雨和时间涂成黑色了。广场那一角空旷萧飒，而那巨兽宽额、长鼻、巨牙、高塔、宽大的臀部、圆柱似的四条腿，身影映在星光闪烁的夜空，的确惊魂动魄。一般人不知道那意味着什么。那是民众力量的一种象征。黝黯、神秘而壮伟。不知那是什么具有神力的有形魂体，耸立在巴士底广场无形幽灵的旁边。

极少有外来人参观这一建筑，行人也不望一眼。它渐渐倾夷，一年四季都有灰泥从腹部剥落，伤痕累累，不堪入目。文雅行话中所谓"市政大员"，从1814年起就把它遗忘了。它始终待在那个角落，病恹恹的，摇摇欲坠，四周圈的木栅栏也已朽烂，随时受到醉醺醺的车夫的糟蹋。它的腹部龟裂，尾巴上支出一根木条，腿之间杂草丛生；由于大城市地面总在不知不觉中逐渐升高，而它周围广场的地势，三十年来也高出许多，它就好像陷入凹地中，地基下沉了似的。它那样子恶俗不堪，受人轻蔑和厌恶，但是又卓然独立，有产者觉得丑陋，思想者看着忧伤。它近乎要清除掉的一堆垃圾，又类似要被斩首的一位君王。

前面说过，夜晚景象就变了。夜晚是一切黝黯东西的真正归宿。夜幕一降临，那头老象就焕然一新；在黑暗的一片静穆中，它换上一副沉稳而凶猛的神态。它属于过去，因此属于黑夜；夜色同它的魁伟相得益彰。

这座建筑粗陋、矮壮、笨重、凶猛、冷峻，形体几乎怪异，然而确实庄严，凛凛然有几分雄伟和狂野，如今已不复存在，好让一个烟囱高耸的巨型火炉①君临清平世界，取代阴森森的九塔楼堡垒，与资产阶级取代封建制度颇为类似。用一个火炉来象征锅炉容涵力量的时代，是极其自然的事情。这个时代行将过去，也已开始过去了；人们开始明白，如果说锅炉能产生能量，那能量也只能是在头脑中产生出来的；

---

① 路易-菲力浦政府为纪念七月革命，在巴士底广场上建起圆形铜柱，高50米，柱顶有自由女神像。

换言之，带动世界前进的，不是火车头，而是思想。把火车头套在思想的列车上，固然很好，但是不要将马当作骑手。

扯回话题，不管怎么说，在巴士底广场上，用灰泥建造大象的建筑师，成功地表现了伟大，而建造火炉烟囱的建筑师，却用青铜塑造出渺小。

这个火炉烟囱还起了个响亮的名字，叫作七月圆柱，这是流了产的一场革命的拙劣纪念碑，直到 1832 年，非常遗憾还被覆着巨大的构架，围着一大圈木板栅栏，彻底孤立了那头大象。

流浪儿带领两个娃娃，正是走向由远处一盏路灯微光照见的这个广场角落。

请允许我们在此打断一下，提醒一句，我们讲述的完全是事实，二十年前，轻罪法庭根据禁止流浪和破坏公共建筑的法令，就抓到并判处一个睡在巴士底广场大象里的儿童。

交代了这一史实，我们继续往下谈。

到了大象跟前，伽弗洛什看出无限大对无限小产生的影响，就说道："小乖乖！不要怕。"

说着，他从一处豁口儿跳进大象的栅栏里，又扶着两个孩子跨进去。两个孩子有点儿害怕，跟着伽弗洛什一声不响，完全信赖这个衣衫破烂的小保护人，只因他给他们面包吃，又答应给他们住处。

有一条梯子靠着木栅栏倒放在地上，那是附近工地的工人白天用的。伽弗洛什以罕见的力量搬起梯子，竖到大象的一条前腿上。只见梯子顶端正好靠近巨兽肚子的一个黑洞。

伽弗洛什指着梯子和洞口，对两个客人说："爬上去，进去吧。"

两个小男孩恐惧地面面相觑。

"你们害怕呀，小乖乖！"伽弗洛什高声说。

随即他又补充一句："你们瞧我的。"

他不屑用梯子，双手抱住粗糙的象腿，眨眼间爬到破洞口，好似游蛇钻了进去；不大工夫，两个孩子隐约望见黑洞口探出他的头，仿佛一个白里透青的形体。

"喂，"他喊道，"小家伙，倒是爬上来呀！上来一看就知道，这儿有多舒服！"他又对着那个大的说："上来，你！我拉你一把。"

两个孩子用肩头相互推着，流浪儿又是吓唬又是劝勉，再说，雨也下得很大。大的冒险往上爬。小的见哥哥爬上去，独自一个留在巨兽的大腿之间，想哭又不敢哭。

大的摇摇晃晃，一磴一磴往上攀登。伽弗洛什一路给他鼓劲儿，像武术教练教徒弟，或老骡夫赶骡子那样吆喝："别怕！"

"就这样！"

"接着上！"

"脚放在那儿！"

"把手给我！"

"大胆点儿！"

等他能够得着了，就猛地一把抓住，拉着胳臂，一使劲将孩子拉上去。

"真棒！"他说道。

那孩子钻进豁儿口。

"现在，等我一下，"伽弗洛什说道，"请坐吧，先生。"

他像先头钻进去那样，又从洞口钻出来，顺着象腿溜下去，跟猕猴一样轻捷，等双腿一着草地，就拦腰抱起那五岁的孩子，送到梯子正中，跟在后面往上爬，一边喊那个大的：

"我往上推，你往上拉他。"

转瞬间，小家伙让人又推又拉，又送又拖，上了梯子，还没弄清怎么回事，就给塞进洞里，随后伽弗洛什也跟进来，又一脚将梯子踢翻在草地上，拍起巴掌嚷道：

"我们到啦！拉法耶特将军万岁！"

他欢呼完了，又补充一句：

"小家伙，你们到我家了。"

伽弗洛什的确到家了。

无用东西的意外用途啊！庞大事物的慈悲啊！巨人的善良啊！这个巨大的建筑原是拿破仑皇帝一念的产物，现在成了一个流浪儿的栖身之所。巨人收养并庇护一个孩童。盛装打扮的有产者，经过巴士底广场，瞪着金鱼眼睛，轻蔑地打量那头大象，往往抛出一句："那东西有什么用？"它就用来让一个无父无母、无衣无食又无家的小孩，免遭寒风冷雨、霜雪冰雹的袭击，使他避免睡在泥地里而发烧，避免睡在雪地里而冻死。它就用来收容社会所抛弃的无辜。它就用来减轻公众的错误。这就是敞开的洞穴，接纳处处吃闭门羹的人。这头老象惨不忍睹，摇摇欲坠，被人抛弃、判决和遗忘了，还被虫豸侵害，遍体鳞伤，满身尽是疮痍霉斑，好似一个巨人乞丐，立在十字街头，徒然祈求行人抛来和善的目光，可是它却反而可怜另一个乞丐，可怜这个脚下无鞋，头上无房顶的穷小子。巴士底广场大象就有这种用场。拿破仑的这一构想，为人类所鄙弃，却为上帝所拾取。原本只想建成显赫辉煌的东西，却变为令人肃然起敬的东西了。要实现皇帝的构想，就得使用斑岩、青铜、铁和金子、大理石；要实现上帝的意图，用老式办法，将木板、木条和灰泥拼凑起来就足够了。皇帝产生一个天才的梦想，建造一头无比巨大、无比神奇的大象，高扬着鼻子，全身披挂，驮着宝塔，四周围着活跃欢快的喷泉，要用这样一头大象来象征人民；上帝却把它变成更伟大的东西，给一个儿童栖身。

伽弗洛什出入的那个豁口儿，前面说过，隐蔽在象肚子下，从外面几乎看不见，而且极窄，只有猫儿和小孩能勉强通过。

"先要嘱咐门房，就说我们不在家。"伽弗洛什说道。

他就像熟悉自己的房间的人那样，胸有成竹，钻进黑暗中取来一块木板，堵上了洞口。

伽弗洛什又钻进黑暗中。两个孩子听见火柴插进磷瓶中吱啦的响声，当时还没有化学火柴，代表那个时代进步的是福马德打火机①。

突然出现光亮，晃得他们直眨眼。伽弗洛什点着一根火绳；这种浸了松脂的火绳叫作地窖老鼠，点起来亮小烟多，只能隐隐约约照见大象里面。

伽弗洛什的两位客人瞧瞧四周，他们的感觉有点像装进海德堡大酒桶里的一个人，说得更准确点儿，好似《圣经》所说吞进鲸鱼肚里的约纳斯。眼前赫然出现一副巨大骨骼，将他们包围起来。上面一条褐色大梁很长，每隔一段距离，就连下来两根弓形粗木肋条，这就构成了脊柱和肋骨；石膏流成钟乳石状，犹如内脏垂悬在那里；巨大的蜘蛛网从一端拉到另一端，成为挂满灰尘的横膈膜。只见各个角落一团团黑乎乎的东西，仿佛是活物，仓皇地窜来窜去。

从大象后背腔落到腹部的灰泥填平了凹面，走在上边就像铺了

---

①　福马德发明的打火机，里面装硫酸，拿化学火柴往里蘸。

地板。

那个小的靠着哥哥，悄声说道："这么黑呀。"

这话把伽弗洛什惹火了。两个孩子神情沮丧，必须振作一下。

"你们胡说些什么呀？"他嚷道，"要开玩笑吗？要摆出什么都看不上眼的架子吗？非得住土伊勒里宫不成吗？说说看，难道你们是傻瓜蛋？我可先告诉你们，别把我算在傻瓜堆里。难道你们是哪个大老爷的孩子吗？"

在惶恐不安的情绪中，粗鲁一点儿有好处，能稳住局面，两个孩子又向伽弗洛什靠拢了。

伽弗洛什受到如此信赖，像当父亲似的心软了，口气由"严厉转为和蔼"，对那个小的说：

"小傻瓜，"他用爱抚的声调加重这句骂人话的语气，"外面才黑呢。外面下雨，这里不下雨；外面冷得很，这里一点风也没有；外面人很多，这里一个外人没有；外面连一点月光也不见，我这儿有蜡烛，他妈的！"

两个孩子再看这房子，就不那么恐惧了，不过，伽弗洛什也不容他们仔细观赏。

"快。"他说了一声。

紧接着，他就推着他们，走向我们非常高兴能称作内室的地方。

那里摆着他的床铺。

伽弗洛什的床铺应有尽有，也就是有床垫、被子，以及拉着帷幔的凹室。

床垫是草席，被子是一条大幅灰色粗羊毛毯，很温和，有七八成新。凹室的情况如下：

三根长木杆稳稳插在地上灰渣里，即插在大象的肚皮上，前边两根，后边一根，顶端用绳子捆在一起，成为三角支架；上面罩了一面黄铜丝网，和铁丝巧妙地扎牢，这就把三角架包得严严实实，周围贴地面的网边，又用大石块压住，什么也钻不进去了。这个网罩，不过是动物园里蒙鸟栏的一块铜丝网，伽弗洛什的床铺也就像放在鸟笼子里。整个网架类似爱斯基摩人的帐篷。

正是这网罩弃当帷幔。

伽弗洛什搬开压在前面的几块石头，掀开两片重叠的纱网，说道：

"小家伙，爬进去吧。"

他小心翼翼地把两位客人送进笼子里，自己也跟着爬进去，再合上幔帐，搬回石头压严实了。

他们三人躺在草席上。

他们尽管都很矮，可是在凹室里谁也站不直身子。伽弗洛什始终拿着那根火绳。

"现在睡吧！"他说道，"我要熄灭蜡烛了。"

"先生，"那个大的指着铜纱网罩，问伽弗洛什，"这是什么东西呀？"

"这个嘛，"伽弗洛什一本正经地答道，"这是防耗子的。睡吧！"

不过，他觉得应当多说几句，指点指点这两个黄口小儿，又说道：

"这是植物园里的东西，是给野兽用的。满满一库房。只要翻过一道墙，爬进一扇窗户，再从下面钻进一道门，那就要多少有多少。"

他边说边给那个小的裹上一角毯子，那小的喃喃说道：

"唔！真好！真暖和！"

伽弗洛什满意地凝视毯子。

"这也是从植物园弄来的，"他说，"我是从猴子那里拿来的。"

他又指了指身下手工精细的厚厚草席，又对大的说道：

"这玩意儿，原先是给长颈鹿用的。"

他停了一下，接着说道：

"这些东西，野兽全有，让我给抄来了，也没有惹它们发火。我对它们说：这可是大象要用。"

他又停了一下，才接着说道：

"翻过墙头，根本不理睬政府的规定。就是这样。"

两个孩子又敬畏又愕然，望着这个无所畏惧而又足智多谋的人，他同他们一样流浪，一样孤苦伶仃，一样枯瘦羸弱，但是虽然穷苦，却显得无所不能，仿佛是超人，他像老江湖那样满脸怪相，又总挂着极天真极可爱的笑容。

"先生，"那个大的怯生生地问道，"您就不怕警察吗？"

伽弗洛什只是这么回答一句：

"娃子！我们不说警察，而说冲子。"

那个小的瞪着眼睛，但是一声不吭。他躺在草席边上，他哥在中间，伽弗洛什像母亲那样，给他掖好被子，又拿一团破布垫在头部的草席底下，给他当枕头，然后才扭头对大的说：

"怎么样？这里舒服得很吧！"

"是啊！"大的答道，眼睛注视伽弗洛什，那表情真像得救的天使。两个可怜的孩子全身湿透，身子现在才开始暖和了。

"对了，"伽弗洛什又问道，"刚才你们干吗哭鼻子？"

他指指小的，对大的说：

"这么大点儿的娃娃，我没什么说的；可是，像你这么大了，还哭鼻子，也太傻了，就像个小牛犊子。"

"嗳，"那孩子说，"那会儿，我们没住所了，不知道去哪儿。"

"小家伙！"伽弗洛什又说道，"我们不讲住所，而是讲'飘来'。"

"再说，我们也害怕，黑夜里只有我们两个人。"

"我们也不讲黑夜，而是讲'锁哥儿'。"

"谢谢，先生。"那孩子说道。

"听我说，"伽弗洛什接着说道，"往后，不要动不动就这样哭哭咧咧的。我会照顾你们。你会明白该有多开心。夏天，我们和萝卜，我的一个伙伴，一起去水库，去码头洗澡，到奥斯特利茨桥旁边，我们光屁股在驳船上跑，逗那些洗衣服的娘儿们发火。她们怒冲冲，大喊大叫，瞧她们那才好笑呢！我们还要去看骨骼人。他还活着，在香榭丽舍。那个教民，瘦得皮包骨头。还有，我要带你们去看戏，带你们去见弗雷德里克-勒迈特尔。我能弄到门票，我认识不少演员，有一回我还上场演出了。我们全是这么高的小鬼，在大布下面跑来跑去，就像海上波浪。我可以吸收你们加入我的剧院。我们还要去看野人。那些野人不是真的。他们穿着肉色的紧身衣、一动就起皱纹，胳膊肘也能看出白线缝的缝儿。看完野人，我们再去歌剧院，跟捧场队一起进去。歌剧院那儿的捧场队组织得特别好。我不会跟大街上捧场的人混在一起。想想看，在歌剧院，有些人肯给二十苏，不过，那是些傻瓜蛋，都管他们叫洗碗布……还有，我们去看处决人。我让你们瞧瞧那个刽子手，桑松先生，住在沼泽街，他家门上有一个信箱。嘿！那个开心呀，痛快极啦！"

这时，一滴蜡油掉在伽弗洛什的手指上，使他回到现实生活中。

"见鬼！"他说道，"这捻儿烧得真快，注意啦！我的照亮钱，每月不能超过一苏。躺到床上，就应当睡觉，我们可没有时间看什么保罗·德·柯克①先生的小说。再说，灯光会从大门缝儿透出去，冲子一眼就能发现。"

"还有呢，"那个大的胆怯地指出，唯独他还敢搭腔，跟伽弗洛什交谈，"火星儿可能掉到草席上，小心别把房子给烧了。"

"我们不说烧房子，"伽弗洛什指出，"而是说'火折碎矿机'。"

外面风雨更紧了，在滚滚雷声之间，能听见暴雨击打巨兽后背的声响。

"大雨呀，冲吧！"伽弗洛什说道，"瓶子满了，水从房子的大腿淌下去，让我听着特别开心。冬天是个笨蛋，白往外甩货，白费那个劲儿，浇不湿我们了，让它赌气去吧，这个送水老倌！"

伽弗洛什以19世纪哲人的态度，接受雷雨的全部后果，他提到雷电的话音未落，只见强光刺眼的闪电从裂缝透进象肚子里，紧接咔嚓一声，打了个响雷，吓得两个孩子惊叫一声，猛地坐起来，差点儿撞开网罩；可是，伽弗洛什脸上了无惧色，转向他们，借着雷声大笑起来。

"镇静，孩子们。别把屋子撞翻了。不错，这雷打得真漂亮！不是眨眨眼睛的那种雷电。真棒呀，仁慈的上帝！他妈的！跟杂剧院差不多啦！"

说罢，他把网罩整理好，轻轻地把两个孩子推到床头，再按他们的膝盖，让他们身子躺直，又高声说道：

"既然仁慈的上帝点亮了他的蜡烛，我这支就可以吹灭了。孩子嘛，就应当睡觉，我的小伙子呀。不睡觉就太不像话了。这样你就会'先令走廊'了，或者按照上流社会的说法，就是口臭。快把被子盖严实了，我可要熄灯了。好了吗？"

"好了，"大的喃喃说道，"我这儿很舒服，脑袋就好像枕着鸭绒枕头。"

"我们不讲脑袋，而讲圆木头。"伽弗洛什高声纠正。

两个孩子紧紧靠在一起，伽弗洛什最后让他们睡在草席上，把毯子一直拉到他们耳边，又第三次用圣事语言命令道："睡吧。"

---

① 保罗·德·柯克（1794—1871）：法国多产小说家。

同时，他吹灭了火绳。

光亮刚熄灭，罩住三个孩子睡觉的纱网就出奇地震动起来，是无数窸窣的摩擦发出的金属声音，仿佛爪子在抓，牙齿在咬铜丝，同时伴随各种轻微尖叫声。

五岁那孩子听见头上一片喧扰，吓得魂不附体，就用胳膊肘捅他哥哥，可是，他哥哥已经按伽弗洛什的指令睡了。小孩吓得实在受不了，才胆敢叫伽弗洛什，但是屏住呼吸，声音很小："先生？"

"嗯？"伽弗洛什刚闭上眼睛，答应一声。

"这是什么声响？"

"是耗子。"伽弗洛什回答。

他抬起的头又放回草席上。

大象的躯壳区确实繁衍了成千上万的老鼠，正是先头我们提到的黑乎乎的斑点，有光亮的时候，它们还老实一点儿，烛光一熄，这黑洞便是它们的城池了，它们闻到了杰出的童话家贝洛所说的"鲜嫩肉味"，便蜂拥扑向伽弗洛什的帐篷，一直爬到顶上，嗑这铜丝网，势必要穿透这新型的玩意儿。

然而，那小的睡不着。

"先生！"他又叫道。

"嗯！"伽弗洛什应了一声。

"耗子是什么东西？"

"就是小老鼠。"

听了这种解释，孩子稍许放点心。他在生活中见过小白鼠，并没有害怕。可是，他又提高嗓门叫道："先生！"

"嗯！"伽弗洛什又应了一声。

"您怎么没养猫呢？"

"养过一只，"伽弗洛什回答，"我抱来一只，可是让它们给吃了。"

这第二个解释又破坏了第一个解释的效果，那小孩浑身又发抖了。他和伽弗洛什又进入第四轮对话："先生！"

"嗯？"

"是谁给吃掉了呀？"

"猫啊。"

"是谁把猫给吃了呀？"

"耗子。"

"小老鼠吗？"

"对，耗子。"

小孩惊讶不已，小老鼠居然把猫吃了，他又问道：

"先生，那些小老鼠，会把我们吃掉吗？"

"当然啦！"伽弗洛什答道。

孩子恐惧到了极点。不过，伽弗洛什又补充说道：

"别怕！它们进不来。有我在这儿呢！喏，抓住我的手，别吱声了，睡吧。"

说话的同时，伽弗洛什在那哥哥身上抓住那孩子的手。孩子把他的手紧紧搂在怀里，心中感到踏实多了。勇气和力量也能像这样神秘地传递。耗子被他们说话的声音吓跑，周围又静下来；过了几分钟，它们再回来闹翻天也不妨事，三个孩子酣然入睡，什么也听不见了。

夜晚的时辰流逝。空旷的巴士底广场一片昏黑，寒风冷雨一阵阵袭来，巡逻队各处察看门户、便道、园地、暗角，寻找夜间活动的流浪汉，他们悄声从大象跟前走过去；而这怪兽却屹立不动，在黑暗中睁着眼睛，一副沉思的神态，仿佛行了善事而心满意足，庇护进入梦乡的三个可怜孩子，免遭风雨和人的袭击。

为了弄清随后发生的事情，这里要提醒一句，在那个时期，巴士底守卫队设在广场的另一头，因此，大象附近有什么情况，那边岗哨既望不见，也听不到。

就在拂晓前的时刻，有个人从圣安托万街走出来，穿过广场，又沿着七月纪念柱大围栅走去，溜进大象围栏里，一直到大象肚子下面。假如这时有光亮照在那人身上，从他那浑身湿透的样子，我们不难看出他淋了一夜雨。他走到大象下面，便发出一种怪异的呼叫；这种呼叫不属于任何人类语言，唯独鹦鹉才可能仿效。他连续叫了两遍，下面不过是近似的文字记录：

"叽里叽叽呜呜！"

喊第二遍的时候，一个清亮欢快的少年声音，从大象肚子里答应："来啦。"

几乎同时，堵洞的那块木板移开了，一个孩子抱着象腿滑下来，轻捷地在那汉子身边着地。下来的正是伽弗洛什，那汉子正是蒙巴纳斯。

至于"叽里叽叽呜"的叫声,一定表示这孩子先头所说的:"你找伽弗洛什先生就行了。"

伽弗洛什听见喊声,立刻惊醒,掀开一角网罩,从他"凹室"爬出来,再把网罩仔细合上,然后打开洞口,滑了下来。

在夜色中,那人和孩子相互默认之后,蒙巴纳斯只说了一句话:"我们需要你,去帮我们一把。"

流浪儿也不问什么事。

"走吧。"他说道。

二人又沿蒙巴纳斯来的原路走向圣安托万街,步履匆匆,正遇见赶早市的一长串运菜车,他们左拐右拐从中间穿过去。

菜农都蜷缩在车上的蔬菜堆里,半睡半醒,又由于大雨滂沱,他们的大罩衣连眼睛都遮住了,连看也没有看一眼两个奇怪的行人。

三 越狱的波折

同一天晚上,强力监狱里发生了这种情况:

巴伯、勃吕戎、海口商量好越狱;德纳第虽然关在单人囚室,但也参与其谋。巴伯当天就办完自己分内的事;通过蒙巴纳斯向伽弗洛什的叙述,读者已然了解了这一点。

蒙巴纳斯则是他们的外援。

勃吕戎受惩罚,禁闭了一个月,他利用这段时间做了两件事:一是编好了一根绳子,二是考虑成熟一个计划。从前监狱惩罚囚犯,就是把他们单独关起来,那种严酷的地方叫"地牢",由四堵石墙构成,上面石顶棚,下面石板地,放一张帆布床,只有一扇小铁窗通气,却安了两道铁门;普遍认为地牢太残酷,现在改为禁闭室,有一道铁门、一扇铁窗、一张帆布床、石板地、石屋顶、四堵石墙,快到中午能透进一点阳光。禁闭室不叫地牢了,但有一点不便之处,就是让本来应当干活的人去动脑筋。

勃吕戎动了脑筋,带了一根绳子出了禁闭室。查理大帝庭院公认他是个非常危险的人物,于是把他送进新楼牢房。他到新楼发现的第一样东西是海口,第二样东西是一根钉子。海口意味着犯罪,钉子意味着自由。

关于勃吕戎其人，应当有个完整印象了。他看上去弱不禁风，一副沉思忧郁的神态，是个彬彬有礼、聪明而狡黠的年轻人，那眼神温柔，而笑容却残忍。眼神是他意志的窗口，微笑则是他本性的流露。他最先研习的技艺就是上房顶，运用所谓的"处理牛百叶"之法，大大发展了掀掉铅皮房盖和流水槽的技巧。

当时越狱是个有利时机，那一阵，屋面工正给监狱一部分房顶翻新青石瓦。这样，圣贝纳尔庭院，同查理大帝庭院和圣路易庭院，就不再完全隔绝了。房顶上有不少木架和梯子，换句话说，有了通往自由的桥梁和楼梯。

新楼是整个监狱的薄弱点，到处都是裂纹，破旧到了无以复加的程度，墙壁被硝酸严重腐蚀，囚室棚顶不得不加了一层保护板，因为拱顶时有石块脱落，砸着在床上睡觉的囚犯。监狱管理处错就错在，新楼已然破旧不堪，还关那些最好闹事的囚犯，照监狱的语言说，关那些"重罪犯人"。

新楼上下有四层囚室，还有一个叫作气爽楼的阁楼、一个大烟囱。大烟囱可能通当年强力公爵的厨房，从底层建起，好似一根扁平的立柱，纵穿上边四层，将每层囚室分隔为二，并且从房顶冒出去。

海口和勃吕戎分在同一囚室。为谨慎起见，把他们俩安排在二楼。他们的床头恰巧抵着壁炉的烟囱。

德纳第又恰巧在他们的头顶，关在那间叫作气爽楼的阁楼里。

行人走过消防队营房，沿圣卡德琳园地街①走到浴池的大门前站住，就能望见摆满盆栽花木的院子，院子里端有一个带两翼的白色小圆亭，镶着绿色窗板，富有让−雅克田园梦幻的情调。还不过十年前，那阁亭背靠着一堵高高耸立的黑墙；那光秃秃难看的高墙，正是强力监狱的围墙巡逻道。

圆亭背后那道围墙，好似贝尔干身后的弥尔顿②。

尽管那道围墙很高，但是从外面仍能望见更黑的房顶越过墙头，那便是新楼的房顶。上面四扇铁窗清晰可见，那便是气爽楼的窗户。

---

① 如今的德·塞维尼街。

② 阿尔诺·贝尔干（1747—1791）：法国诗人。约翰·弥尔顿（1608—1674）：英国诗人。

一根烟囱从楼顶冒出来，那便是贯穿几层楼囚室的烟囱。

气爽楼建在新楼的房顶，是一大间顶楼，安了三道铁栅门，还有包了铁皮并用大铆钉铆住的重木门。从北面进去，左首便是那四扇铁窗，石首对着铁窗，有四个方形大铁笼，由狭窄的过道隔开。铁笼下半截是齐胸高的砌墙，上半截粗铁条直连屋顶。

从2月3日夜间起，德纳第就单独关在一个铁笼里。后来始终未能查明，他同谁勾结，如何弄到一瓶麻醉药酒。据说由德吕发明的那种药酒，因"迷魂"匪帮使用而出名了。

好多监狱都有吃里爬外、半官半匪的狱吏，他们协助囚犯越狱，又向警方报告假情况，既邀功又捞油水。

就在小伽弗洛什收留两个流浪儿的那天夜晚，勃吕戎和海口已得知，巴伯在那天上午逃走，要同蒙巴纳斯在大街上接应，他们就悄悄起床，用勃吕戎拾到的铁钉挖通靠床头的烟囱，让灰渣落在勃吕戎的床上，以免人听见动静。这工夫，雷电交加，雨骤风狂，监狱中的门扇户枢震得噼啪山响，真是天助。惊醒的囚犯也都佯装重新入睡，任凭海口和勃吕戎干去。勃吕戎灵活，海口有力气。狱卒就睡在同牢房隔一道铁栅门的寝室里，还未等他听见一点声响，两个悍匪就打穿侧壁，从烟囱里爬上去，捅开烟囱口的铁丝网，来到房顶。风雨越发猛烈，房顶很滑。

"这是抽筋儿多好的锁哥儿呀！"① 勃吕戎说道。

他们和巡逻墙道之间，横隔一道六尺宽、八十尺深的鸿沟。他们往沟底望去，只见一个岗哨的枪支在黑暗中闪光。他们将勃吕戎在地牢里编的绳子，一头拴在烟囱口上刚被他们折弯的铁条上，另一头从巡逻墙道上面抛过去，抓住绳子一跃越过鸿沟，双手抓住围墙边，先后滑落到连着浴池房的一个小屋顶，再抽回绳子，跳到地上，穿过浴池房大院，推开门房上的小窗，伸进手去拉一下门绳，便打开大门，来到街上了。

他们在黑暗中，手里拿着铁钉，脑袋装着一个计划，从起床到越狱，还不到三刻钟。

不大工夫，他们便会合了在附近游荡的巴伯和蒙巴纳斯。

---

① "这是越狱的多好夜晚呀！"——雨果注

他们那根绳子抽回时拉断了，还留一段拴在楼顶烟囱口上。他们手掌皮几乎全磨掉了，除此之外再也没有受伤。

这天夜晚，德纳第没有睡，他已得到通知，但是通过什么方式，狱吏却未能查明。

将近凌晨一点钟，夜一片漆黑，他从铁笼对面的天窗望出去，狂风暴雨打击楼顶，忽见闪过两个人影，其中一个在窗口还略微停了一下，但只是一眨眼的工夫。那是勃吕戎。德纳第认出他来，当即就明白了。这就足够了。

德纳第被指控为黑夜行凶杀人的强盗，受到监视囚禁。铁笼前总有一名值勤士兵，荷枪实弹走来走去，每两小时换一班。气爽楼里照明，只有一盏壁灯。囚犯脚腕儿还锁着五十斤重的一对铁球。每天下午四点钟，一名狱卒带两条獒犬，还按当时的办法来到囚笼，在他床前放下两斤重的面包、一罐凉水、一满碗漂着几粒蚕豆的清汤，然后检查脚镣，再敲敲囚笼的铁条。到夜晚，此人带着獒犬还要来视察两次。

德纳第曾得到允许，给他留下一根铁钎子，一头插着他的面包，一头插进墙缝里，说是"要防耗子给吃了"。既然有人时刻监视他，那么留下铁钎子就没有什么不妥。后来大家才想起，当时有个狱卒就说过："给他留根木扦子恐怕更好些。"

凌晨两点钟换班，一名新兵换走了一名老兵。过了一会儿，那个狱吏带狗来巡视，觉得那个"丘八"太嫩，又"土星土气"，除此并没有什么异常情况，也就离去。过了两小时，到了凌晨四点钟，来换班的人发现那个新兵倒在德纳第的铁笼旁边，像石头一样睡得死死的，而德纳第却不知去向，方砖地上丢着他那折断的脚镣。囚笼的顶端有个破洞，上面屋顶也有个破洞。他的一块床板撬掉，不翼而飞，再也没有找到，想必被他带走了。在牢房里还找到半瓶迷魂药酒，那士兵被药酒麻醉，他的刺刀也不见了。

发现这种情况的时候，大家都以为德纳第已经逃之夭夭；殊不知他逃出新楼，还处于非常危险的境地，越狱远没有得逞。

德纳第到了新楼的房顶，发现勃吕戎拴在烟囱顶罩上的那半段绳子，可惜太短，他不能像勃吕戎和海口那样，越过巡逻墙道逃出去。

从芭蕾舞街拐进西西里王街，几乎立刻就能看到右首有一块肮脏不堪的洼地。18 世纪那里有一栋楼房，现在只残留一堵后墙，有四层楼高，立在其他楼房之间，确是破楼的危墙。那道残垣断壁不难辨识，上面有两扇大方窗户，如今还能望见；中间靠右山墙那一扇，上面有一条虫蛀了的方木横梁。从前，透过那些窗口能望见一道阴森森的高墙，那正是强力监狱的一段巡逻墙道。

那楼房拆毁之后，临街留下一块空地，只有半边围着木栅栏。栅栏由五根石柱扶撑，木板已朽烂，中间开了一道门，几年前还只插了一根木门闩。栅栏里紧靠危墙脚，隐蔽着一间小木棚。

凌晨三点过后不久，德纳第就是到了那围墙顶上。

他是如何到了那上面呢？谁也不理解，也无法解释。看来，闪电对他既有妨碍，又有帮助。也许他利用铺瓦工的那些梯子和木架，从一个房顶到另一个房顶，从一道围墙到另一道围墙，从一个院落到另一个院落，大概从查理大帝院楼房到圣路易院楼房，再到巡逻墙道，从那里移到西西里王街那道断壁上的吧？然而，这样一条路线，中间有几处不可能连起来。也许他用床板搭成桥，从气爽楼到巡逻道墙头，再沿墙头绕着强力监狱爬行，直到那断壁上的吧？然而，强力监狱巡逻道边墙筑有雉堞，而且起伏不平。邻近消防队营房那一段低下去，到浴池房的那一段又高起来，一路有几处还被建筑物隔断，靠拉姆瓦尼翁府邸那一段和对着石路街那一段，高度就不一样，处处可遇陡坡和直角；况且，那些岗哨也会看到逃犯的黑影，因此，德纳第走这条路线，几乎同样说不通。这两种逃跑的方式都不可能。德纳第极度渴望自由，也就情急智生，将深渊化为浅沟，铁栅化为柳篱，双腿残疾化为运动健将，足痛风患者化为飞鸟，迟钝化为本能，本能化为智慧，智慧化为天才，他是否灵机一动，发明了第三种方法呢？这事儿一直是个谜。

越狱的奇迹，不可能都弄得清楚。再重复一遍，一个人要逃脱绝境，就有灵感。在越狱的神秘闪念中，往往有星光和闪电；奋力求生和振翅向崇高，都同样令人惊讶；人们谈起一个越狱的匪徒，就会说："他怎么翻过那个屋顶的呢？"同样，人们谈到了高乃依，也会说："他怎么想出'让他死亡吧'这句妙语呢？"

不管怎么说，德纳第逃到那里，照孩子们形象的说法，伏在那堵危墙的"刃儿"上，他大汗淋漓，浑身被雨浇透，手掌擦破了皮，臂肘流血，双膝也磨破了，已然筋疲力尽，同铺石街面还隔着四层楼高的峭壁。

他身上带的那根绳子太短了。

他面如死灰，气力耗尽，满怀的希望也破灭了，只好在那里等待，眼下还有夜色掩蔽，可是心想很快就要天亮，就要听到附近圣保罗教堂报四点的钟声，监狱里换岗的人就要发现那哨兵在酣睡，屋顶捅了个大窟窿，德纳第转念至此，不禁惊恐万状，再借着昏暗的灯光往下瞧，高度骇人，更是吓得魂不附体，那湿漉漉黑乎乎的铺石街道，既渴望又可怕，既意味自由，又意味着送命。

他心中嘀咕，那三个同谋越狱是否成功，是否在等他，会不会来搭救他。他倾听周围的动静。自从他到了那上面，除了过去一个巡逻队，街上就再也没见一个行人。从蒙特伊、夏罗讷、万森和贝尔西来赶早市的菜农菜贩，几乎全走圣安托万街。

报四时的钟声响了。德纳第胆战心寒。不大工夫，监狱里就乱了套，发现有囚犯越狱所必然爆发的惊慌失措的喧闹，牢门开开关关响成一片，铁栅门吱咯尖叫，看守乱作一团，狱卒嘶哑的嗓门呼唤，枪托撞击庭院的石板地，嘈杂的声响一直传到他的耳畔。灯火在牢房铁窗上下移动，一支火把在新楼房顶奔跑，隔壁消防队员也调来了，火光映照他们的头盔冒雨在房顶来来往往。与此同时，德纳第又望见巴士底广场那个方向，阴惨惨的天边开始泛白了。

而他呢，趴在十寸宽的高墙上，背后浇着大雨，身下左右两侧都是深渊，动弹不得，害怕头一晕就可能摔下去，又恐惧肯定要被抓回去，他的神思就像钟锤，在两个念头之间摆来摆去，掉下去就没命，待在这儿就要被逮住。

街道还一片漆黑，德纳第正自万分惶恐，忽然看见一个人从石路街过来，溜着墙根儿，走到德纳第悬空的下边空地站住。随后跟上来一个人，走路同样十分小心，接着又来第三个、第四个。四个人会齐之后，其中一个拉开栅栏门闩，一齐走进有木棚的栏圈里，正巧停在德纳第的下方。他们选择这块空地来谈话，显然是要避开行人和几步之外强力盗狱边门岗哨的耳目。应当交代一句，这时哨兵正躲在岗亭里避雨。德纳第看不清他们的面孔，但侧耳细听，这个自知要完蛋的可怜家伙，在绝望中特别注意他们的谈话。

那些人讲的是黑话，德纳第听了，眼前仿佛闪现一线希望。

第一个人声音很低，但是清楚地说道：

"躁吧。咱们在这里个化什么妆？"①

第二个回答道：

"老天哭得连鬼火都要浇灭了。再说，色狼要过来。那边有个老憨儿在卖呆儿。咱们别在这里卡让人给打包了。"②

"这里个"和"这里卡"，是"这儿"的两种说法，前一种是城关一带黑话，后一种是神庙街一带黑话，这对于德纳第来说，等于两道光亮。听"这里个"，他认出城关一带的飞贼勃吕戎；听"这里卡"，他认出巴伯：巴伯什么行当都干过，曾在神庙一带卖过旧货。

17世纪的古老黑话，只有神庙街区还有人讲讲，甚至可以说，唯独巴伯还能讲得地道。他要是没讲"这里卡"，德纳第也绝认不出来，因为他完全改变了声调。

这时，第三个人接口道：

"急什么，再等一等。怎么能断定他不需要我们呢？"

这句话是正常的法语，德纳第听出是蒙巴纳斯讲的：此人高雅之处，就是能听懂各种黑话，而他却不讲任何一种。

第四个人没有开口，但是那宽阔的双肩却将他暴露了，德纳第一眼就看出那是海口。

勃吕戎始终压低声音，但是有几分激烈地反驳道：

"你跟我们胡勒什么？地毯商很可能没有抽好筋。这行道他不懂，怎么的！扯鼻涕虫，割安扒肤，好改编一条麻筋，给重门订脚手洞。接连法票，改编豆荚，割硬家伙，特麻筋吊到外面去，隐身，变脸，必须抽一点儿！老家伙干不来，他不懂这一套！"③

巴伯始终像蒲拉叶和卡尔图什那样，讲一口规范的古典黑话，而

---

① "我们走吧。我们待在这儿干什么呀？"——雨果注

② "这雨下得能把鬼火给浇灭。再说，警察要过来，那边有个士兵在站岗，我们别在这里让人给抓住。"——雨果注

③ "你跟我们说什么呀？那客栈老板很可能没有逃出来。他不懂行，怎么的！撕开衬衣，裁床单，好编一条绳子，把牢门打穿洞，制作假证件，配制假钥匙，砸断脚镣，拴牢绳子吊到外面，要躲藏，化装，必须有个机灵劲儿！那老家伙干不了，他不会干！"——雨果注

勃吕戎则大胆突破创新，使用一种色彩鲜明的新奇黑话，两者的差异，就好像拉辛的语言同安德烈·舍尼埃的语言相比。巴伯补充道：

"你诸格地毯商在楼梯就炒了栗子。非得有点道行不可。他还是小把戏。他让人套上笼头了，上了老警的当，甚至上了套乡亲的小探的当。竖起配搭儿，蒙巴纳斯，学校里哗哗的罗筛，你听见了吧？那些枝条你也看见了。算了，他跌了跤。要拉二十条缰绳才能了事。我并不塌，我可不是塌夫，这谁都鸽派。现在只能晒太阳，要不就得受人摆弄了。别埋怨了，跟我们格走吧，一道去抿一瓶老窖。"①

"朋友有难，总不能丢下不管。"蒙巴纳斯咕哝道。

"我跟你吹他病啦！"勃吕戎又说道，"敲这个点儿的时候，那个地毯商不值一根钉子了！咱们也毫无办法。还是开溜吧。我觉得随时会来个冲子，一把抓住我。"②

蒙巴纳斯只是有气无力地坚持了。事实上，这些匪徒相互绝不抛弃，他们四人怀着这种忠实的态度，不顾任何危险，在强力监狱周围转悠了一整夜，期望看见德纳第从一处墙头出现。然而，这个夜晚变得实在太美好了，大雨滂沱，把街道浇得空无一人，他们也透心儿凉，成了落汤鸡，衣裳湿透，鞋底洞穿，而且，监狱里闹腾起来，叫人惶恐不安，时间一分一秒过去，又撞到一伙伙巡逻队，希望渐渐消逝，恐惧却渐渐返回，这种种情况，都迫使他们撤退。蒙巴纳斯也许多少算点儿德纳第的女婿，连他也退让了。再过一会儿，他们就全走掉了。德纳第趴在墙头气喘吁吁，就像美狄斯号船海难者站在木排上那样，望着一条船渐渐消失在天际。

他不敢呼叫，叫声让人听见就全完了，在危急关头，他眼睛一亮，

---

① "你那个客栈老板也许让人当场抓住了。非得有点机灵劲儿不可。他还是个小学徒。也许他上了警察的当，甚至上了一个冒充同伙的密探的当。听听，蒙巴纳斯，监狱一片喊声，你听见了吧？那些烛光你也看见了。算了，他又被抓住了！坐二十年牢才能把他放出来。我并不怕，我可不是胆小鬼，这谁都知道。现在什么忙也帮不上了，要不走，就得让人牵着鼻子走。别生气，跟我们走吧，一道去喝一瓶酒吧。"——雨果注

② "我跟你说他又给逮住了。到了这种时候，那个客栈老板一钱不值了。我们也毫无办法。还是离开吧。我觉得随时会来个警察，一把抓住我。"——雨果注

有了个主意，也是最后一招儿了；他从衣兜里掏出勃吕戎拴在新楼烟囱上的那截绳子，投到栅栏里边。

绳子正巧落到他们跟前。

"一个寡妇①。"巴伯说道。

"是我的麻筋②。"勃吕戎也说道。

"客栈老板在上面呢。"蒙巴纳斯接口道。

他们抬头望去，而德纳第也把脑袋探出来一点儿。

"快！"蒙巴纳斯说道，"另一截子还在你身上吗，勃吕戎？"

"还在。"

"将两截绳子接起来抛上去，他拴在墙上，还够长，能下来。"

德纳第冒险提高嗓门说："我冻僵了。"

"会给你暖和过来的。"

"我动不了。"

"你顺着滑下来，有我们接住。"

"我两手都木了。"

"把绳子绑在墙上总归行吧。"

"不行。"

"我们得有个人上去。"蒙巴纳斯说道。

"四层楼高！"勃吕戎来了一句。

从前木棚里生火炉，有一根灰泥烟囱，贴着那堵墙砌上去，接近德纳第所在的墙头，烟囱灰泥早已脱落，还看得出痕迹，管道满是裂纹开缝，里面相当狭窄。

"可以从那里上去。"蒙巴纳斯说。

"钻那烟筒？"巴伯高声说，"一架管风琴③！没门儿！需要一个米瓮④。"

"需要一个馍母⑤。"勃吕戎说道。

---

① 一条绳子（神庙区黑话）。——雨果注
② 我的绳子（城关黑话）。——雨果注
③ 一个汉子。——雨果注
④ 一个孩子（神庙区黑话）。——雨果注
⑤ 一个孩子（城关黑话）。——雨果注

"到哪儿去找个小孩？"海口接口道。

"等一等，"蒙巴纳斯说，"我有办法。"

他轻轻把栅栏门推开一条缝儿，看清街上没有行人，就悄悄出去，回手带上门，撒腿朝巴士底广场方向跑去。

七八分钟过去了，对德纳第来说真像过了八千个世纪，巴伯、勃吕戎和海口都紧咬牙关；栅栏终于又打开了，蒙巴纳斯气喘吁吁，带着伽弗洛什进来了。雨还下个不停，街上阒无一人。

小伽弗洛什走进栅栏，从容地打量这几个匪徒的面孔，雨水从他头发往下淌。海口先同他打招呼。

"娃娃，你是条汉子吗？"

伽弗洛什耸了耸肩膀，答道：

"像俺自格这样一个馍母，就是一架管风琴，像你们札伊这些管风琴，就全是馍母。"①

"这米瓮真会耍痰盂！"② 巴伯高声说道。

"庞丹的馍母，可不是肥兰丝装扮起来的。"③ 勃吕戎附和道。

"你们找我什么事儿？"伽弗洛什问道。

蒙巴纳斯答道："从这烟筒里爬上去。"

"带着这个寡妇。"巴伯说道。

"将这麻筋拴在上边。"勃吕戎接口说。

"拴在攀登骑上。"④ 巴伯跟着说。

"拴在风挡木上。"⑤ 勃吕戎补充道。

"还有呢？"伽弗洛什问道。

"就这些。"海口回答。

流浪儿瞧了瞧绳子、烟囱、墙壁和窗户，嘴唇噗噗噗发出难以言传的轻蔑声响，分明表示："就这点事儿！"

"那上边有个人，要你救下来。"蒙巴纳斯又说道。

---

① "像我这样一个孩子，就是条汉子，像你们这些汉子，就全是孩子。"——雨果注

② "这孩子嘴皮子真厉害！"——雨果注

③ "巴黎的孩子不是湿草编的。"——雨果注

④ "拴在墙头。"——雨果注

⑤ "拴在窗户横木上。"——雨果注

"行吗?"勃吕戎问道。

"傻瓜!"孩子回了一句,就好像他从未听到这种问题;他随即脱掉鞋子。

海口抓住伽弗洛什,一只胳膊就把他举到木棚顶上,再把勃吕戎趁蒙巴纳斯去找人时结好的绳子递上去。孩子脚下虫蛀的棚顶板弯下去,他一步步走向那烟囱,而烟囱挨棚顶处有一个大豁口儿,钻进去很容易。这工夫,德纳第看见了救星,又有了生路,脑袋便探出墙头,初现的曙光照见他那汗水淋漓的额头、灰白色的颧颊、细长野蛮的鼻子、挓挲散乱的花白胡子;伽弗洛什正要钻进豁儿往上爬,抬头望了望,一眼便认出他来:

"咦!"他诧异道,"是我那老爸!……嗳!管他是谁呢。"

他用牙齿咬住绳子,毅然决然地开始攀登。

他爬到顶,便骑在老墙头上,将绳子牢牢系在窗户上面横木上。

过了一会儿,德纳第便回到街面。

他双脚一沾铺石路面,一感到自己脱离了危险,疲惫之意就顿消,浑身也不再麻木颤抖了;他所经历的凶险,刚一脱身,就烟消云散了;他那怪异而残忍的整个聪智一苏醒,一站立起来,得到自由,就准备进取了。此人开口头句话就是:

"现在,我们要去吃谁呢?"

这个极为透明的字眼无需解释,同时意味凶杀、谋害和抢劫。"吃",真正的词义是"吞噬"。

"咱们聚拢点儿,"勃吕戎说道,"三两句话就解决问题,然后就立即分手。普吕梅街好像有一桩好买卖,那条街冷冷清清,孤零零一栋房子,花园有一道朽了的古老铁栅门,孤孤单单住着女人。"

"好哇!为何不干一把呢?"德纳第问道。

"你那仙女①爱波妮,已经到现场看过。"巴伯回答。

"她给马侬送去一块饼干,"海口补充说,"那儿没有什么可改装的了②。"

---

① 你女儿。——雨果注
② 那儿没有什么搞头。——雨果注

"仙女可不落夫①，"德纳第说道，"然而，还是应当瞧瞧去。"

"对，对，应当瞧瞧去。"勃吕戎附和道。

这工夫，几个大人似乎谁也不注意伽弗洛什了。伽弗洛什靠坐在栅栏的一根支撑石柱上，看着他们谈话，等了一会儿，也许等他父亲朝他回过身来，继而，他又穿上鞋子，说道：

"事儿完了吧？你们这些大人，你们的事儿解决了，用不着我了吧？那我就走了，还得去叫我那两个娃娃起来呢。"

说罢，他就走了。

五条汉子也鱼贯走出木栅栏。

伽弗洛什拐进芭蕾舞街不见了，这时，巴伯把德纳第拉到一旁，问道："你注意看那个孩子了吗？"

"哪个孩子？"

"就是爬上墙头、给你送绳子的那个孩子。"

"没怎么留意。"

"对了，我也说不好，那好像是你儿子。"

"嗳！你这么认为？"德纳第说道。

说罢，他也走了。

---

① 女儿可不傻。——雨果注

第七卷　黑话

一　源

Pigritia① 是一个可怕的词。

这个词孕育出一个世界——la pègre② 意为"盗窃"，和一个地狱——la Pegrenne 意为"饥饿"。

因此，懒惰是母亲。

她有一个儿子，叫盗窃，有一个女儿，叫饥饿。

此刻我们谈到哪儿啦？谈到黑话了。

黑话是什么？既是民族又是方言，是人民和语言这两方面的盗窃。

这个悲惨而沉重的故事的叙述者，三十四年前，在同一主旨写的另一本书中③，曾描述过一个讲黑话的强盗，当时引起一片哗然！——"怎么！干什么！黑话多么丑恶呀！这种话是囚犯讲的，是在苦役牢中，监狱里，社会上最卑劣的人讲的！"如此等等，不一而足。

我们始终不理解这类异议。

后来，两位笔力遒劲的小说家，巴尔扎克和欧仁·苏，一个是人心的深刻观察者，一个是人民的大无畏的朋友，他们也像 1828 年《一

---

① 原文为拉丁文，意为"懒惰"。
② 盗贼的总称。
③ 《一名死囚的末日》。——雨果注

个死囚的末日》的作者那样，在各自的作品中让盗匪自然讲话，这又引起同样的指责。那些人重复道："这些作家，使用令人作呕的土话，究竟要干什么呢？黑话太丑恶啦！黑话叫人毛骨悚然！"

谁否认呢？毫无疑问。

要检查一个伤口，要探测一个深渊或一个社会，从什么时候起，又有谁说过，下去太深，探到底是错误的呢？我们倒始终认为，追本穷源往往是一种勇敢的行为，至少也是一种朴实而有益之举，同尽职尽责一样值得称许。不彻底探索，不彻底研究，半途而废，为什么呢？停顿是探测的特点，而不是探测者的作风。

自不待言，深入社会秩序的底层，深入实土结束而污泥开始的地方搜寻，进入那稠糊糊的浊流中探索，捕捉那流着烂泥汤的恶俗不堪的话语，捕捉那字字像暗角阴沟的虫豸一节节难看的躯体那样、脓血模糊的词汇，抓出来，活生生抛在阳光下的大街上，这既不是一件吸引人的任务，也不是一件容易的任务。在思想的光照下，这样观看赤裸裸的黑话闹腾攒动，比什么景象都更凄惨。那确实像从污水坑捞出的一只夜间活动的怪物，仿佛一团活了的可怕荆棘在抖瑟、蠕动、摇晃，要奔回暗处，气势汹汹看着周围。这个词像一只利爪，那个词像一只流血的瞎眼，某句话又像蟹夹一般开合。这一些赖以生存的，正是在无序中组合的那些事物的丑恶生命力。

现在我们要问，从何时起，丑恶的事物排除了研究呢？从何时起，疾病驱逐医生呢？一名自然科学家，拒绝研究毒蛇、蝙蝠、蝎子、蜈蚣、蜘蛛，见着就扔回黑暗中去，并且说："哼！太丑啦！"能想象有这种自然科学家吗？思想家不理睬黑话，犹如一名外科医生不治脓疮或肿瘤；又好比一位语文学家不肯研究语言的一种实况，一位哲学家不肯探究人类的一种实况。因为，必须告诉不明真相的人，黑话既是一种文学现象，又是一个社会产物。确切地说，黑话是什么呢？黑话是穷苦的语言。

说到这里，有人会打断我们，会推而广之，虽然这样做有时要冲淡这种事实；他们会对我们说，各行各业，一切职业，等级社会中的各个阶层、智力的各种表现形式，几乎一无例外，都有各自的行话，也就是黑话。商人说："蒙佩利埃备用；马赛优质。"证券经纪人说："延期交割，溢价，本月底。"赌博的人说："全不理睬，黑桃重开。"

诺曼底岛屿的执达吏说："在扣押财产放弃人的不动产期间，接收地产者不得要求收获成果。"通俗笑剧作家说："观众把熊给逗了①。"喜剧演员说："我砸锅了。"哲学家说："现象三重性。"猎人说："雾哇西阿来，雾哇西逃走。"骨相家说："性和善，性好斗，性诡秘。"步兵说："我的单簧管②。"骑兵说："我的小火鸡③。"剑术师说："三式，四式，后撤。"排字工人说："说说巴条。"所有这些人，排字工人、剑术师、骑兵、步兵、骨相家、猎人、哲学家、喜剧演员、通俗笑剧作家、执达吏、赌客、证券经纪人、商人，全都讲黑话。画家说："我的艺徒。"公证人说："我的跑腿的④。"理发师说："我的伙计。"鞋商说："我的呢压夫⑤"，等等，他们也在讲黑话。严格来说，如果非要这样的话，表示左右的不同说法，如海员所说的"左舷"和"右舷"，舞台布景工所说的"庭院侧"和"花园侧"，教堂执事所说的"圣徒侧"和"福音侧"，全是黑话。从前有女才子的黑话，如今有矫揉造作的女郎的黑话。郎布耶府邸靠近奇迹宫⑥。公爵夫人之间有黑话，例如，复辟王朝时期，一位非常高贵非常美丽的夫人，在一封情书中写了这样一句话："您在这些泼天中，能找出诸多说明我放纵的理由。"外交数字和密码也是黑话：教廷掌玺大臣称罗马为二十六号，称使臣为grkztnt-gzyal，称德·莫代讷公爵为 abfx-ustgmogrkzumXI，讲的是黑话。中世纪医生称胡萝卜、小红萝卜和白萝卜，就说："卡夫他没药、卜夫萝吃努末、匍匐他木丝、龙卡托利苦末、安琪萝鲁末、后末膏鲁末"，这些讲的也是黑话。糖厂老板说："细条糖、大头糖、透明糖、巴掌糖、清糖、蜜糖、小圆糖、大众糖、焦糖、块糖"，这位诚实的厂主讲的是黑话。二十年前，文学批评界就有一派人这样说："半个莎士比亚是文字游戏。"讲的是黑话。如果德·蒙莫朗西先生不懂诗和雕塑，那么诗人和艺术家就会称他为"一个市侩"，讲的也是黑话。古典派的学士院院士称鲜花"福罗拉"，称果为"波莫那"，称海为"尼普顿"，

---

① 观众给剧本喝了倒彩。——雨果注

② 我的步枪。

③ 我的马。

④ 公证事务所的年轻送信员。

⑤ 我的鞋匠。

⑥ 巴黎丐帮的老巢。

称爱情为"烈火"，称美貌为"诱惑"，称马为"坐骑"，称白色或三色帽徽为"柏洛娜的玫瑰"①，称三角帽为"马尔斯的三角"，这些古典派的院士讲的全是黑话。代数、医学、植物学，各自都有黑话。航船上所使用的语言，若望、巴尔、杜凯斯纳、苏夫朗和杜佩雷讲过的那种极其完整、极其生动的出色语言，伴随着帆索的呼啸、传声筒的喊叫、拢岸钩斧的撞击，伴随着船身的摇摆、狂风的怒吼、大炮的轰鸣，那完全是英勇而响亮的黑话，比起鬼蜮的粗野黑话来，则有雄狮和豺狼之别。

这些毋庸置疑。然而，不管怎么说，这样理解黑话是推而广之，不是人人都能接受的。至于我们，还要保留这个词明确、限定、确指的旧有涵义，把黑话限定在黑话的范围里。真正的黑话，纯粹的黑话，假如可以搭配这两个修饰语，从远古以来就自成一个王国的黑话，我们再重复一遍，无非是苦难的语言，无非是丑恶、疑惑、阴险、奸诈、歹毒、残忍、晦涩、卑劣、深奥而致命的语言。堕落和苦难到了极端，就会起而反抗，挺而抗争，从总体反对美满的事物和统治的权利。这种斗争十分残酷，时而诡诈，时而猛烈，既阴险又凶残，既用邪恶的毒针骚扰，又用犯罪的重棒打击社会秩序。为了这种斗争的需要，苦难就创造了黑话这种战斗的语言。

人类说过的任何一种语言，即组成文明或使之繁丰的一种因素，无论其好坏，哪怕濒临湮灭，已然残缺不全，只要它浮在遗忘的深渊之上，存留下去，那就是扩展了观察社会的资料，就是为文明本身效力。普劳图斯有意无意中效过力，让两名迦太基士兵讲腓尼基语；莫里哀也效过力，让他剧中的许多人物讲东方语言和各种方言。说到这里，有人又要提出异议：腓尼基语，妙极啦！东方语，也好哇！甚至方言，也还说得过去！这些总归是某些民族或某些省份的语言。然而，黑话呢？有什么必要保留黑话呢？有什么必要让黑话"存留下去"呢？

对此，我们只回答一句话。一个民族或一个省份使用的语言，固然值得重视，但是还有更值得重视和研究的东西，那就是受苦受难的人所讲的语言。

---

① 在罗马神话中，福罗拉是花神，波莫那是果树女神，尼昔顿为海神。柏洛娜为女战神。

　　举例来说，这种语言在法国就讲了四百多年，讲这种语言的不止一个穷苦阶层，而是整个穷苦阶层，人类之中可能有的整个穷苦阶层。

　　况且，我们还要强调指出，研究社会的畸形和残疾，揭示出来加以治疗，这种工作根本不容选择。比起记述重大事件的历史学家，记述风俗和思想观念的历史学家所负的使命同样严肃。前者浮在文明的表层，描写王位之争、王子的诞生、国王的婚姻、战事、议会、名人、阳光下的革命，描写整个表象。后者却深入内部，深入底层，描写受苦受难并翘首以待的劳动人民、饱受折磨的妇女、奄奄待毙的儿童、人与人的暗斗、隐秘的暴行、成见、约定俗成的不公道、法律在地下的反响、心灵的秘密演变、民众的细微惊悸、饿殍、赤足者、裸臂者、无依无靠的人、孤儿、不幸者和卑贱者，描写所有在黑暗中游荡的孤魂野鬼。这样的历史学家要满怀同情心，抱着严肃的态度，一直下到密不透风的暗道密穴，以兄弟和法官的身份，去接近那些流血的人和行凶的人，那些哭泣的人和诅咒的人，那些挨饿的人和大口吞噬的人，那些逆来顺受的人和胡作非为的人，总之，去接近乱哄哄在那里爬行的所有人。记述心灵的这些历史学家，难道不如记述外部事件的历史学家责任重大吗？但丁所要表述的事情，难道比马基雅弗利少吗？文明的底层，难道因为太深太幽暗，就不如表层重要吗？不了解山洞，能很好认识高山吗？

　　顺便指出，从上面几句话能推断出两类历史学家，而这种截然划分，在我们思想上并不存在。研究明显可见的、有目共睹的人民大众生活的历史学家，如果不在一定程度上，也谙熟他们深藏隐秘的生活，就不算一个优秀的历史学家；同样，内在事物的历史学家，如果在需要的时候不能成为表象事物的历史学家，也不能算一个优秀的历史学家。习俗和思想观念的历史，渗透到大事件的历史中，反之亦然。这两类不同的事实此呼彼应，始终相互关联，还经常互为因果。上天在一个国家表面上划出的所有线条，在深层无不有对应的平行线，虽然暗淡却很分明；反之，深层的任何动荡，也必然引起表面的波动。真正的历史既然涉及一切，那么真正的历史学家也要关注一切。

　　人不只是一个中心的圆圈，而是有两个中心的椭圆形。一个中心点是事实，另一个中心点是思想。

　　黑话无非是语言要干坏事时的化妆室。语言在这化妆室里戴上语词的假面具，穿上隐喻的破衣烂衫。

这样，语言就变得面目可憎了。

人们几乎辨认不出来了。难道这真是法兰西语言，人类的伟大语言吗？它要粉墨登场，陪同罪行排练台词，而且在罪恶剧目中适于扮演各种角色。它再也不正常走路，而是要一瘸一拐的，架着奇迹官的拐杖，架着那随时变成大头棒的拐杖，自称丐帮。所有魑魅魍魉都是它的服装员，把它打扮成奇形怪状；它时而爬行，时而挺立起来，具有蛇的这样两种姿态。作伪者把它装成斜眼，下毒者给它染上铜绿，放火者给它抹上黑灰，杀人犯给它涂上胭脂，从此它就能扮演各种角色了。

诚实这边的人站在社会门口，就能听见外面人的对话，能分辨出一些问话和答话，捕捉到刺耳的叽咕声而不懂，听来颇似人声，但近乎嗥叫而不像说话。这就是黑话。词语全都扭曲变形，有一种说不出来的声调，仿佛是怪兽发出来的，让人以为听见九头蛇怪在说话。

这是黑暗中不可理解的鬼声，吱吱聒噪，沙沙作响，给扑朔迷离的暮色添上谜一般的色彩。在苦难中，天昏地暗；在罪恶中，更是昏天黑地，两种昏黑相混杂，便构成黑话。氛围昏暗，行为昏暗，语声昏暗。穷苦人的正午，迷雾茫茫，饱含阴雨、黑夜、饥饿、邪恶、谎言、不公、赤裸、窒息和严冬，而可怖的癞蛤蟆语言，在这片迷雾中往来蹦跳和爬行，吐着唾沫，疯狂地躁动。

要同情受惩罚的人。唉！我们本身又是什么人呢？此刻我同你们说话；你们听我说话，而我是什么人，你们又是什么人呢？我们从何而来？谁能肯定我们出世之前什么也没有干过呢？地球同监狱也不是毫无相似之处。谁能说人就不是天庭的累犯呢？

仔细观察一下人生吧。人生这种状况，让人感到处处受惩罚。

你是人们所说的一个幸福者吗？好吧，然而，你天天都要犯愁，每天都有大忧伤或小烦恼。昨天，你为一个亲人的健康发抖，今天为自己的健康担心，明天又要为钱财忧虑，后天可能遭人诽谤，大后天又可能得知一位朋友的不幸消息；往后的日子，不是什么物品打破了，就是丢失了，寻一点快乐，不是良心不安，就是身子受损，继而，还会出现公事进展的问题，且不说内心的种种苦恼。如此等等，不一而足。一片乌云散去，又形成一片乌云。一百天当中，难得有一天能充满欢乐和阳光。而你还属于少数幸福的人！至于其他人，头顶就总压着漫漫长夜。

善于思索的人，很少用幸福者和不幸者这种说法。尘世显然是另一世界的门厅，这里没有幸福的人。

真正划分人类，应为光明人和黑暗人。

减少黑暗人的数量，增加光明人的数量，这就是目的。这也就是为什么我们要呼吁：教育！科学！学识字，就是点亮灯光；读出一个音节，就迸发一点火星。

不过，光明并不一定意味快乐。人在光明中仍会痛苦；光过分强烈会烧灼。火焰与翅膀为敌。翅膀燃烧还不停飞翔，那是神奇的事情。

你一旦明了事理，有了爱心，还会有痛苦。曙光在一片泪水中出现。哪怕仅仅为黑暗人，光明人也要泫然泪下。

二　根

黑话是黑暗人的语言。

思想往往从最幽深之处开始涌动，而面对倍遭蹂躏、又总顽抗的谜一般的方言，社会哲学不得不极为沉痛地思考。这种方言明显受了刑罚，每个音节都留下了烙印。通常语言的词语在这里一出现，就仿佛让刽子手的红烙铁烫得皱缩了；有些好像还在冒烟。有的句子给你的感觉，酷似一名盗匪突然脱光衣服而露出有百合花烙印的肩膀。思想几乎拒绝用这种罪犯词语来表述。这里面运用的隐喻极为厚颜无耻，让人觉得是上过刑枷的。

然而，尽管如此，也正因为如此，这种奇特的语言也像锈铜币和金奖章那样，有权在人称文学的这个公正的巨大收藏柜里，占据一格的位置。这黑话，不管你认同与否，自有它的句法和诗意。这也是一种语言。一些词语呈现畸形，固然能让人认出是经过了芒德兰①的咀嚼，但是一些借代所放射的光彩也能让人感到维庸讲过这种语言。

这行十分美妙的名句：

---

① 芒德兰（1724—1755）：法国有名的匪首。

往年积雪今安在？①

就是一句黑话诗。Antan 来自 ante annuin，是图讷地方黑话的一个词，原意为"去年"，引申意思为"往年"。就在三十五年前，1827 年那次押解大批犯人的时期，在比赛特监狱的一间牢房里，还能看见判处去服苦役的图讷王用钉子刻在墙上的名言：Les dabs d'antan trimaient siempre pour la pierre du Co ësre。这句话的意思是："从前，国王无不前往接受加冕。"在这一王者的思想里，加冕，就是服苦役。

Décarade 这个词，表示重载车辆开始奔驰的意思，据说是来源于维庸，两者倒也相配。这个气势磅礴的拟声词，让马的四只铁蹄迸出火花，也概括地表达了拉封丹的这行杰出的诗句：

六匹骏马拉着一辆旅行车。

从纯文学角度看，也很少有比黑话的研究课题更加妙趣横生了。这是语言中自成一套的语言，是一种瘿瘤，一种生出赘疣的不良嫁接，是一种寄生植物，根须扎在高卢老树干中，而狰狞的枝叶爬满法语的整整一面。这可以说是黑话的初识的面目，即通俗面目。然而，对于以研究语言为己任，像地质学家研究地球那样的人来说，黑话的确像一片冲积层，往下挖掘，就能在黑话中发现古老的法兰西民众语言，再往下又会发现普罗旺斯语、西班牙语、意大利语、东方语，即沿地中海各港口的语言，罗曼语的三个分支：法兰西罗曼语、意大利罗曼语、罗曼罗曼语，再往下会发现拉丁语，最后则有巴斯克语和克尔特语。深邃而奇特的结构。所有受苦受难的人共同营造的地下建筑。每一个受诅咒的种类都投放自己的一层，每一种苦难都丢下自己的一块石头，每颗心都添上自己的砂石。无数邪恶、卑鄙或愤怒的灵魂度过了人生并永远寂灭，但又几乎全部留下来，凭借一个怪词儿的形式隐约可见。

要谈谈西班牙语吗？西班牙语中也麇集大量的古老哥特语黑话。例如，风箱一词 boffette，来源于 bofeton；而窗户一词，先为 vantane，

---

① 法国诗人维庸（1431—1489）的诗《遗憾》中的名句。

后为 vanterne，则来源于 vantana；猫一词 gat，来源于 gato；油一词 acite，来源于 aceyte。要谈谈意大利语吗？例如，剑一词 spade，来源于 spada；船一词 carrel 来源于 caravella。要谈谈英语吗？例如，主教一词 bichot，来源于 bishop；间谍一词 raille，来源于 rascal，ras-calion 意为 浑蛋；盒子一词 pilche，则来源于 pilcher，意为鞘或套子。要谈谈德语 吗？例如，侍者一词 caleur，来源于 kellner；主人一词 hers，来源于 herzog（公爵）。要谈谈拉丁语吗？例如，打破一词 frangir，来源于 frangere；偷盗一词 affurer，来源于 fur；链子一词 cadéne，来源于 catena。有一个词表现出强大的力量和神秘的权威，出现在欧洲大陆的 各种语言中，就是 magnus 这个词，苏格兰语用来构成 mac① 一词，意 为族长，如 Mac-Farlane、Mac-Callum more，即大 Farlane、大 Callum-more。黑话用来构成 meck，后来又演变为 meg，即上帝。要谈谈巴斯克 语吗？例如，鬼一词 gahisto，来源于 gaïlztoa，意为坏的；晚安一词 sor-gabon，来源于 gabon，意为晚上好。要谈谈克尔特语吗？例如，blavin 手帕一词，来源于 blavet，意为喷泉；女人一词 mēnese（贬义），来源 于 meinec，意为满身宝石；溪流一词 barant，来源于 baranton，意为泉 水；锁匠一词 goffeur，来源于 goff，意为铁匠；死神一词 guédouze，来 源于 guenn-du，意为白和黑。还要谈谈历史吗？黑话称埃居钱币为 maltaises，是回忆在马耳他服苦役的桨帆船上流通的钱币。

上述种种，是黑话的语言学方面的来源，此外还有更为自然的根 源，可以说直接来自人的意识。

首先是直接造词，这是语言的一种神秘现象。用来描述事物的词，不知怎么又为什么有那种形象。这是人类任何言语的原始基础，不妨 称为花岗岩。黑话中充斥这类词：这类词不拘材料直接构成，不知从 哪儿又是由谁造出来的，没有词源，没有类语，也没有派生词，孤零 零的，野腔粗调，有时丑陋不堪，却有一种特殊的表现力和生命力。例如，刽子手，Te taule；森林，le sabri；恐惧，逃跑，taf；仆人，le larbin；将军，省长，部长，pharos；魔鬼，le rabouin。既掩饰又表露，再也没有什么比这类词更奇特的了。有些词，例如 le rabouin，又粗俗 又可怕，真像魔怪做的一个鬼脸。

---

① 应当指出在克尔特语中，mac 意味儿子。——雨果注

其次是隐喻。一种语言既要全部表达又要全部遮掩，其特点就是大量运用修辞。隐喻就是一种谜语，是阴谋逞凶的盗匪、企图越狱的囚犯的掩避所。黑话比任何方言都更富于隐喻。Dévisser le coco①，扭断脖子；tortiller②，吃；êtregerbé③，受审判；un rat④，一个偷面包贼；illansquine，下雨，这是非常形象的古老修辞，多少带有当年的烙印，将斜雨长线比作倾斜林立的雇佣兵的长矛，一个词就包容了"下刀子"这一通俗借代法语句。有时，黑话从初期进入第二阶段，有些词也从原始野蛮状态转化为隐喻的意义。魔鬼不再是 le rabouin，而变成 le boulanger⑤，即往烤炉里送东西的人。这样更精妙一些，但气势减弱了，颇似高乃依之后的拉辛，埃斯库罗斯之后的欧里庇得斯。黑话中有些语句，体现两个时期的特点，兼有野蛮性和隐喻性，就类似魔术幻影。——Les sorgueurs vont solliciter des gails à la lune（贼黑夜将去盗马）。这就像鬼影在头脑里飘过，不知所见是什么东西。

第三是权宜之计。黑话凭借语言生存，便随意利用，信手拈来，必要时干脆简单粗暴地加以歪曲。这样改变形体的常用词来杂纯黑话词，有时就构成一些生动鲜明的短语，让人感到是上述直接创造和隐喻这两种因素的混杂：——Le cab jaspine, je marronne que la roulotte de Pantin trime dans le sabri；狗汪汪叫，我猜想巴黎的驿车通过树林。——Le danb est sinve, la dabuge est merloussiere, la féeest bative；老板愚蠢，老板狡猾，姑娘漂亮。为了迷惑视听，最常用的办法，黑话不加选择，给所有词加上 aille，orgue，inergue，或者 uche 这样难听的词尾。例如，Vousiergue trouvaille bonorgue ce gigotmuche? 您觉得这羊腿可口吗？这句话是匪首卡尔图什对监狱边门的看守讲的。问他对帮助越狱的好处费是否满意。添加 may 这样词尾，则是近年来的事情。

黑话是腐蚀性的方言，自身也就很快腐蚀。此外，黑话总是极力掩饰，一旦觉得让人识破，就立刻改头换面。它一接触阳光就死亡，

---

① 本意为"拧下椰子"。

② 本意为"扭来绞去"。

③ 本意为"像（麦、稻）一样捆起来"。

④ 本意为"耗子"。

⑤ 本意为"面包师"。

同植物恰恰相反。因此，黑话一直不断地破败并重新组合，这种变化既隐秘又迅捷，从未停止过。它十年所走的路，比正常语言十个世纪所走的路还长。就这样，larton① 变成 lartif；gail② 变成 gaye；fertanche③ 变成 fertille；momignard④ 变成 momacque；siques⑤ 变成 frusques；chique⑥ 变成⑦ égrugeoir；colabre 变成 colas。魔鬼，起初为 gahistro，继而为 rabouin，后来又变成 boulanger；教士起初为 ratichon，继而变为 sanglier⑧；匕首起初为 vingt-deux（二十二），继而为 surin（野生苹果幼树），后来又变成 lingre；警察起初为 railles，继而为 roussins（战马），后变为 rousses（棕发女人），再变为 marchands de lacet（卖鞋带的小贩），又变为 coqueurs，接着又变为 cognes（冲子）；刽子手起初为 taule，继而为 Charlot，再变为 atigeur，又变为 bec-quil-laard。在 17 世纪，斗殴是 se donner du tabac（互敬鼻烟），到 19 世纪则成为 se chiquer lagueule（互敬口嚼烟），在这两种极端之间，还有过二十来种变异的说法。在拉斯奈尔听来，卡尔图什讲的是希伯来语，这种语言的所有词语，跟讲这些词语的人一样，总是无休无止地逃避。

　　然而，由于变来变去，古老的黑话不时会再现，翻旧成新了。黑话有保存自己的据点。神庙街区保存了 17 世纪的黑话；比赛特还是监狱的时期，保存了图讷黑话，在这种黑话里，还能听到古代图讷人讲话用的字尾：anche。Boyanches-tu?（你喝吗?）il croyanche（他相信）。尽管如此，永无休止的变动仍是一条法则。

　　一位哲学家如能固定一段时间，观察这种不断消失的语言，就会陷入痛苦而有益的深思。再也没有任何研究比这更富有教益了，黑话中每个隐喻、每个词源，无不蕴涵一堂课。那些人交谈，"打"表示"假装"，说他"打"病；他们的力量在于狡诈。

――――――――

　① 面包。——雨果注

　② 马。——雨果注

　③ 麦秸。——雨果注

　④ 小孩。

　⑤ 破烂衣服。——雨果注

　⑥ 教堂。——雨果注

　⑦ 脖子。——雨果注

　⑧ 野猪。

在他们看来，人的概念和黑暗的概念分不开。Sorgue 表示黑夜，orgue 表示人。人是夜的派生词。

他们早已习惯把社会视为屠戮他们的一种氛围，残害他们的一种力量。他们谈论自己的自由，就像别人谈论自己的健康。一个被捕的人是一个"病人"，一个判了刑的人是一个"死人"。

囚犯埋葬在四堵石壁中，最怕的莫过于那种冷冰冰的贞洁，他们称地牢为 castus①。在那种阴森可怕的地方，外界生活总是以最欢乐的面目出现。囚犯拖着脚镣，也许你以为他在想别人用脚走路吧？不对，他在想别人用脚跳舞；因此，他一锯断脚镣，头一个念头就是，现在他能跳舞了，而他管小钢锯叫"小酒店舞厅"。一个"名称"便是一个"中心"，两者深深地同化了。强盗有两颗脑袋：一颗脑袋思索，终生引导他行动，另一颗脑袋长在肩上，为赴刑那天准备的；唆使他犯罪的那颗脑袋，他称作"索邦神学院"，为他抵罪的那颗脑袋，他称作"圆木头"。一个人身上只剩下破衣衫，心中只剩下恶念，从物质和精神两方面，都已堕落到"无赖"一词的双重含义，他也就到了犯罪的边缘；他成了一把锋利的刀，而且有双刃儿：穷困和凶恶；因此，黑话中不讲"一个无赖"，而是一个 reguise②。苦役牢是什么呢？是地狱，是炼狱的火坑。苦役犯则叫作"柴捆"。最后，歹徒给监狱起了什么名字呢？叫"学府"。一整套惩罚可以从这个词里产生出来。

盗贼也有炮灰，即可以窃取的物质：你、我、任何人都行；le pantre。（Pan，所有人。）

苦役犯大部分歌曲，在特殊词汇中称为 lirlonfa 的那种叠歌，要知道是从哪儿唱起来的吗？请听我讲讲下面的情况。

巴黎夏特莱堡有一个长长的大地牢。地牢紧挨着塞纳河，比水面低八尺，既没有窗户，也没有通风孔，唯一的通口就是门，人能进去，空气却进不去。上面是石砌的拱顶。地下有六寸深的稀泥；地面当初铺了石板，但是让水浸糟了，处处龟裂。离地面八尺高有一根粗大的长梁，纵贯整个地牢。横梁每隔一段距离，就垂下一根三尺长的铁链，吊着一副刑枷。判了刑的苦役犯在押往土伦之前，就关在这座地牢里。

---

① 拉丁语，意为"贞洁"。
② 谐音"重新磨锋利的"。

囚犯被堆到横梁下面，黑暗中每人都在摇摆着等待他的铁链铁枷。铁链是垂下的胳膊，铁枷是张开的手掌，掐住这些不幸者的脖子。刑枷一铆住，就把他们丢在那里。铁链太短，他们无法躺下睡觉。他们一动不动，待在地牢里，待在这黑夜中，几乎被吊在横梁上，要用尽全身力气才够得着面包和水罐，头上压着石拱顶，下面稀泥没到半截腿，粪便就顺着双腿流下去，累得浑身散了架，要休息一下，就得屈膝沉胯，双手抓住铁链，只能站着睡觉，又时时被刑枷卡醒，而有的人再也醒不过来了。要吃东西，就得用脚跟将丢在烂泥中的面包够过来，顺着大腿推送到手中。他们在这种状态中要等待多久呢？一个月，两个月，有时可能半年，有一个甚至待了一年。这里是苦役桨帆船的门厅。偷猎王家一只野兔，就要给投进来。他们在这坟墓地狱中干什么呢？在坟墓中所能干的，就是等死，在地狱中所能干的，就是唱歌。须知凡是绝境就必有歌声。在马耳他海域上，有桨帆船驶来，总是先闻歌声后听到桨声。那个可怜的偷猎者苏尔万桑，就在夏特莱堡地牢里关押过，他说："当时是曲调帮我撑下来。"诗歌无用，曲调又有什么用呢？几乎所有黑话歌曲，都是在这地牢里产生的。蒙戈梅里桨帆船上那忧伤的叠歌：Timaloumisaine timoulamison，就来自巴黎夏特莱堡的地牢。这些歌多半悲切凄惨，只有几支欢快的，也有一首温柔的：

> 这里卡伊是舞台，
> 小射箭手上台来①。

你枉费心机，消灭不了永存人心的爱。

在这行为隐秘的世界里，人人都保守秘密。秘密，这是所有人的东西。对这些受苦受难的人来说。秘密就是一致，是用来团结的基础。泄露秘密无异于从这个凶恶的共同体每个成员身上夺走一点东西。用黑话有力的表达，"告发"说成"吃那块儿"。就好像告发者夺取共有的一点东西据为己有，吃了每人身上一块肉。

挨耳光是什么滋味呢？通俗的隐喻回答说："看见六十六支烛光。"而黑话则说道：Chandelle, camoufle。这样，日常用语就把 camouflet 当

---

① 小射箭手，指丘比特。——雨果注

做耳光 soufflet 的同义词。也正是这样，黑话借助隐喻这条无法估量的轨道，自下而上渗透，由岩洞上升到学士院；普拉耶就说："我点着我的 camoufle（蜡烛）"；伏尔泰也写下："朗勒维勒·拉·博迈勒该挨一百个 camouflets（耳光）。"

发掘黑话，步步会有发现。深入探究这种奇特的方言，就会步步走向正常社会和受诅咒社会的神秘交点。

黑话，就是变成苦役犯的语言。

人的思维要素竟然被压制到那么低下，竟然让命数的黑暗暴力拖到那里捆住，竟然让莫名的绳索系在那深渊里，这确实令人骇怪。

苦难的人们可怜的思想啊！

唉！难道谁也不肯来拯救这黑暗中人的灵魂吗？它的命运，难道就是永远在黑暗中等待吗？等待神灵、解放者、骑着飞马和鹰马的天神、鼓翅从天而降身披朝霞的斗士、代表未来的光彩炫目的骑士吗？它向理想之光呼救，难道永远徒劳吗？难道它永远打入黑暗的深渊中吗？在深渊中，惶怖地听见恶魔逼过来，隐约望见那魔头张牙舞爪，口吐白沫，鼓胀的环纹躯体在浊水中游动，越逼越近吗？

难道它就注定待在那里，没有一线光明，也没有一线希望，隐约嗅到魔怪气势汹汹地逼近，只能坐以待毙？就像凄惨的安德洛墨达①那样，洁白的身子赤裸在黑暗中，心惊胆战，头发蓬乱，双臂拼命地挣扎，永远锁在幽冥的岩石上！

三 哭的黑话和笑的黑话

看来整个黑话，无论是四百年前还是今天的黑话，都渗透了晦涩的象征精神，那些词时而神态忧郁，时而面目狰狞。从中我们能感到，当年那些乞丐在奇迹宫打纸牌时愤怒而忧伤的情绪。纸牌是他们独创的，有几副保存至今。例如那张梅花八画了一棵大树，有八大片梅花瓣叶，树脚下，三只野兔抬着叉了一个猎人的铁叉在火堆上烧烤，树

---

① 安德洛墨达：希腊神话中埃塞俄比亚公主，因她母亲夸她比海中仙女还美，触怒仙女，她们请海神波塞冬发洪水淹没全国，提出只有把她献祭给海怪，灾难才能解除。她父母只好把她绑在海边岩石上，碰巧珀耳修斯经过，杀死了要吞噬她的海怪。

后还有一堆火，上面吊着一口热气腾腾的锅里露出狗头。纸牌画上火烧走私者和伪币制造者，这种报复方式比什么都更阴森可怕。在黑话王国里，思想无论采取什么不同形式，即使唱歌，即使嘲笑，即使威胁，也无不具有这种无可奈何的颓丧特点。所有歌曲都低声下气，悲悲切切，往往催人泪下，其中有些曲调收集保存下来了。强人匪类称为"可怜的强人匪类"，总像要躲藏的野兔，要逃窜的老鼠，要惊飞的鸟儿。刚要抱怨，便又克制住，转为叹息；我们就听到这样一句哀吟："我真不明白，人类的父亲，上帝，怎么能这样折磨他的子孙，怎么能听他们呼号而不痛苦呢？"① 穷苦人每当有工夫思考，在法律面前总矮半截，在社会面前也总心虚气短，总是五体投地哀求，转而乞怜，让人感到他自知理亏。

约莫 18 世纪中叶，情况就变了。牢狱的歌曲，盗匪唱的老调，可以说摆出一种放肆而欢快的姿态。拉黑夫拉曲，取代了哀怨的摩吕雷曲。18 世纪那些桨帆船歌曲、苦役场和监狱歌曲，几乎都有一种类似的疯狂喜悦。听到这样尖厉跳跃的叠歌，就好像闪着磷光，是由吹木笛的鬼火扔在森林里的：

> 密尔拉把臂，苏尔拉把抱，
> 　　密尔力查洞，乐蹦乐摆特，
> 苏尔拉把臂，密尔拉把抱，
> 　　密尔力查洞，乐蹦又乐抱。

在地窖或密林里掐死人的时候，就要唱这种歌。

症状严重。这些悲苦阶级的古老忧伤，到了 18 世纪就消解了。他们开始笑了，开始嘲笑上帝和国王。举路易十五来说，他们把这位法兰西国王叫"庞丹侯爵"②。他们几乎快活起来。一道微光从这些悲惨的人中间透出来，就好像他们良心上没有重负了。生活在黑暗中的这些凄苦的氏族，不仅在行动上有视死如归的胆量，而且在精神上也有了无所顾忌的胆量。这表明他们丧失了罪恶感，感觉从一些思想家和

---

① 原文为黑话，雨果有注释，现将雨果原注的译文移入正文。
② 相当于"巴黎公墓侯爵"。庞丹为巴黎公墓。

空想家那里，得到某种说不清的不自觉的支持。这也表明偷盗和抢劫的行径进入某些学说和诡辩术的论题，略减一点儿本身的丑恶，却给那些诡辩术和学说增加不少丑恶。这还表明，这种情绪如果得不到排遣，那么不久就会猛烈爆发出来。

稍停一下。我们在此指控谁呢？18世纪吗？它的哲学吗？18世纪的事业是健康的，也是好的。以狄德罗为首的百科全书派、以杜尔哥为首的重农学派、以伏尔泰为首的哲学家，以及从卢梭为首的空想主义者，组成了四支神圣大军。人类长足走向光明，应当归功于他们。他们是人类走向进步的四个主要目标的四路先锋：狄德罗趋向美，杜尔哥趋向功利，伏尔泰趋向真理，卢梭趋向正义。然而，这些哲学家的旁边和下面，还有诡辩派，那是混杂在香花中的毒草，原始林中的毒芹。一方面，刽子手在法院的主楼梯上，焚毁那个世纪宣扬解放的伟大书籍，另一方面，今天被遗忘的一些作家得到国王的特许，发表莫名其妙的作品，具有特殊的破坏性，供穷苦人如饥似渴地阅读。说来也怪，这类作品有些还受一位王爷的保护，收藏在"秘密图书馆"里。这些情况深奥隐晦，又鲜为人知，在浮面上是看不到的。一件事实的危险性，往往就在于鲜为人知，鲜为人知，是因为发生在地下暗处。所有这些作家，在民众之间挖掘最有害地道的一个，也许要算雷斯蒂夫·德·拉勃列东①。

这种作用波及全欧洲，在德国所造成的危害，比其他任何地方都更严重。在德国，由席勒在他的名剧《海盗》中概括的那个时期，偷盗和抢劫的行为充当起抗议的角色，反对财产和劳动，并且吸收某些最简单的、似是而非的思想，用这些表面正确实则荒谬的思想包装起来，几乎不露痕迹，取一个抽象的名称，进入理论范畴，以这种方式在厚道的劳苦大众之中广为流传，甚至瞒过不慎配制这种混合剂的化学家，甚至瞒过接受这种东西的民众。这种情况每次发生都很严重。苦难孕育愤怒。富贵阶级盲目乐观，高枕无忧，总之闭上眼睛，而穷苦阶级却接触在角落里梦想的忧伤或险恶的意识，点燃仇恨的火把，开始审视社会。仇恨一开始审视，那确实可怕！

---

① 雷斯蒂夫·德·拉勃列东（1734—1806）：法国作家，著有《尼古拉先生》和《狡诈的农民》。

如果时逢多事之秋，就要发生从前所谓的雅克团那样的大动乱，比起这种大动乱，纯政治性的动荡不过是儿戏，那已不是受压迫者反对压迫者的斗争，而是困穷反对殷富的暴动。那样就会同归于尽。

雅克团是民众的大地震。

将近 18 世纪末年，这种危险在欧洲也许迫在眉睫，却被法国革命这一惊天动地的义举阻断了。

法国革命无非是用利剑武装起来的理想，它挺立猛然一击，既关闭了恶门又打开了善门。

法国革命排除了问题，宣布了真理，驱散了疫气，净化了世纪，给人民加冕了。

可以说，法国革命再次创造了人类，赋予人类以第二颗灵魂，即人权。

19 世纪继承并利用其成果，到了今天，我们刚才指出的那种社会灾难，根本不会发生了。只有瞎子才会惊呼大难临头！只有傻子才会惶惶不可终日，革命是预防雅克团的疫苗。

幸而爆发这场革命，社会状况才有所改观。我们的血液里清除了封建君主制的病毒，我们的肌体也排掉了中世纪。当今时代，再也不会天下汹汹，糜沸蚁动了，再也听不到脚下滚滚的暗流，再也见不到文明表层突起鼹鼠地道的踪迹，再也见不到地面龟裂，岩穴顶端洞开，突然探出妖魔鬼怪的脑袋。

革命观就是一种道德观。人权感一经发扬，就能发扬义务感。全民的法律，就是自由；根据罗伯斯庇尔令人叹服的定义：自由止于他人自由的起始。自从 1789 年以来，全体人民以崇高化的个体成长壮大。穷人无不因为有了人权而有了理智；快要饿死的人也怀有对法兰西的忠诚；公民的尊严是内心的盔甲；谁有自由，谁就审慎；谁有选举权，谁就是统治者。由此而产生拒腐蚀性，因此而窒息利欲贪心，面对诱惑，人的眼睛就要英勇地垂下去。革命的净化作用成效极佳，例如 7 月 14 日，例如 8 月 10 日，一朝解放，就再也没有贱民了。陡然感悟而变得伟大的群众，第一声呼喊就是：处死盗贼！进步是体面者，理想和绝对真理不容鸡鸣狗盗的勾当。1848 年，运载土伊勒里官财宝的那些货车，是由什么人押送的呢？是由圣安托万城郊区那些捡破烂儿的人押送的。破烂却给财宝当警卫。那些衣衫褴褛的人，有了品德就焕发光彩。货车上的箱子有些没有关严，有的甚至半敞着口，在许多金光耀眼的珠宝匣中间，有那顶古老的法兰西王冠，王冠镶满钻石，额头那颗代表王权和摄政的红宝石价值三千万。他们赤着脚，守卫着那顶王冠。

可见，再也不会有雅克团了。我为那些机灵人深表遗憾，往昔的恐惧也就是最后一次起点作用，此后就退出政治舞台了。吓人的红发鬼的大弹簧断了，现在已经众所周知，吓人的玩意儿再也吓唬不了人了。鸟儿同稻草人已经混熟，稻草人上的鸟粪生了虫子，市民都当作笑谈。

四　两种责任：关注和期望

这样说来，社会危险完全消除了吗？当然没有，但绝不会再发生雅克团暴动了。这一方面，社会可以放心，血液不会冲上头脑而发怒；不过，社会必须调整呼吸。不必担心中风，但是肺痨还未治愈。社会肺痨就是贫穷。

慢性病侵害和急症突发，同样致人以死命。

我们要不厌其烦地反复强调，首先要想到一贫如洗的劳苦大众，减轻他们的痛苦，给他们空气和光明，爱护他们，为他们扩大光明灿烂的视野，通过各种各样的形式向他们大量提供受教育的机会，为他们树立劳动的典范，绝不提供游手好闲的榜样，减轻个人的重负，以便加强他们对总目标的认识，限制穷困而不限制财富，创造人民共同活动的广阔天地，像布里亚柔斯①那样，一百只手伸向四面八方，救助弱者和饥寒交迫的人，发挥集体力量来履行这一重大责任，即为所有的劳动手臂开设工厂，为各种天分的人开办学校，为各种聪明才智设立实验室，还要增加工资，减轻刑罚，保持收支平衡，换句话说，要调整福利和劳动之间，温饱和需求之间的比重，总而言之，要开动社会机器，为受苦和无知的人发更多的光，提供更多的福利，但愿富有同情心的人不要忘记，这是人类博爱的首要义务，但愿自私自利的人也了解，这是政治上的第一需要。

还应指出，这一切不过是开端，真正的问题在于：劳动不作为一

---

① 布里亚柔斯：希腊神话中的百手巨人，是天神和地神的儿子。

种权利，也就不可能成为一条法则。

这里不是探讨这个问题的地方，我们就不详谈了。

如果说大自然称作天意，那么社会就应当称作先见之明。

提高才智和精神，同改善物质生活一样，都是不可或缺的。知识是人生旅途的食粮，思想是第一需要，真理是养料，如同小麦。一个人的理性，如果缺乏科学和智慧的营养，就会消瘦下去。精神跟肠胃一样，不吃东西实在可怜。濒临饿死的躯体惨不忍睹，如果说还有更加惨不忍睹的事，那就是要死于见不到光明的灵魂。

进步的总趋势是解决问题。有朝一日，人们会诧为奇事。既然人类往高处走，那么处于深层的人将走出苦难的区域，也是极其自然的。仅仅由于整体水平提高，贫穷就消灭了。

这种妥善的解决办法，有人若怀疑那就错了。

诚然，过去的势力，至今还很强大，还要卷土重来。一具僵尸焕发青春，确实令人吃惊。它向前挺进，俨然一个胜利者；这具僵尸是个征服者，它率领迷信军团，挥舞专制主义利剑，高举愚昧无知大旗；开到这里；近来，它打了十次胜仗。它气势汹汹，向前挺进，它狂笑着，来到我们门口。至于我们，不要气馁。干脆卖掉汉尼拔扎营的营地。

我们有信念，还怕什么呢？

江河不会倒流，同样，思想也不能倒退。

不想争取未来的人们，可要好好考虑一下。他们不要进步，判决的绝不是未来，而是他们自身。他们染上暗疾，给自己接种了"过去"这个疫苗。只有一种办法可以拒绝明天，那就是呜呼哀哉。

然而，任何死亡都不好，躯体的死亡尽量推迟，灵魂永远也不要死，这才是我们的愿望。

不错，谜底终将揭示，斯芬克司终将开口，问题终将解决。不错，人民，由18世纪粗制出来，将由19世纪加工完成。对此白痴才会怀疑！普天下的温饱生活，在将来，不久的将来就会成为现实，这是天经地义的事情。

众志成城，共同推动人类的各种事物，在一定时间内，全部推向合乎逻辑的状态，即达到平衡，达到公正。一种天地合成的力量产生于人类，并统治着人类；这种力量最能创造奇迹，无论起伏跌宕的剧情，还是美妙的结局，它都能轻而易举地安排。它借助于来自人世的科学和来自上天的事变，从容面对庸人感到无法解决的各种问题所呈现的矛盾，既善于比较各种思想而找出解决问题的方法，又善于比较各种事态而得到教益；这种进步的神秘力量，可以令人期望一切，甚至有一天，能让东方和西方在幽深的墓穴中相逢，能让伊斯兰教国家君主和波拿巴在大金字塔里对话。

然而目前，在思想的滚滚洪流中，不要止步，不要游移，也不要停歇。社会哲学主要还是国泰民安的科学，其目的和追求的效果，就是通过研究对立面而消弭愤怒。它在研究，探索，分析，然后重新组合。它以削减的办法解决问题，消除全部仇恨。

一个社会在降临到人民头上的风暴中崩溃，这种情况屡见不鲜；历史上多少人民和国家遭到灭顶之灾；习俗、法律、宗教，一日之间，就被骤然袭来的飓风吹得无影无踪。印度、迦勒底、波斯、亚述、埃及等文明，都一个接着一个消失了。为什么？我们不得而知。这些灾难是怎么引起的呢？我们并不了解。当年，那些社会有可能保住吗？是它们自身的过错吗？它们是不是陷入邪恶中不能自拔，结果自取灭亡呢？一个国家和一个种族暴亡，自杀的因素占多大比重呢？种种疑问都没有答案。阴影遮盖了这些覆灭的文明。它们既然沉下去，就化作水了，再也没有什么可说的了。回顾以往，实在惊心动魄：那一艘艘船，诸如巴比伦、尼尼微、塔尔苏斯、底比斯、罗马，经不住黑暗张开巨口吹出的恶风，沉没到人称为过去的大海中，沉没到世纪岁月的滔天骇浪之下。然而，那里黑暗，这里却光明。我们不知道古文明所患的病症，但是了解现代文明的残疾。我们有权让它处处见到阳光，欣赏它的美丽，也暴露它的丑恶。它哪里有病痛，我们就诊断，病症一旦诊断清楚，研究病因就好对症下药了。我们的文明是二十个世纪的成果，它既鬼模怪样，又超群绝伦，值得救治，肯定能救治好。减轻它的病痛，就相当不错，启发它就更好了。现代社会哲学全部研究，都应当集中到这个目标上。如今，思想家一项重大职责，就是给文明诊断。

我们再强调一遍，这种诊断起鼓舞作用；我们也正是强调这种鼓舞，来结束一个悲惨故事的这几页严肃的插入语。我们可以感到，社会必死无疑，而人类却不会灭亡。譬如地球，虽有火山喷发的那种伤口，虽有硫气喷射的那种癣疥，也绝不会死掉。疾病要不了人民的命。

话虽如此，谁诊断社会都会不时地摇头。最坚强的人、最温柔的人、最讲逻辑的人，也有气馁的时候。

未来真能到来吗？眼前一片可怖的黑暗的时候，人似乎总要产生这样的疑问。自私者和穷苦人面面相觑，那情景实在可悲。自私者那方面有种种偏见，受发财致富的教育而蒙昧无知，贪婪的胃口越来越大，沉迷于荣华富贵而浑浑噩噩，有的害怕受苦竟到了憎恶受苦人的地步，不择手段地满足自己欲望，自我膨胀到极点而闭塞了灵魂；而贫苦人这方面，看着别人享乐，又垂涎，又眼红，又仇视，人身上的兽性蠢蠢欲动以求满足，心中迷雾弥漫，充满忧伤、需求、命数，不洁而单纯的无知。

还要继续仰望天空吗？清晰可辨的那个光点，是不是趋于熄灭的一个星体呢？理想，在深邃的天穹，孤零零的幽微缥缈，闪闪发光，但周围如山堆积狰狞的黑影，望去情势十分凶险，然而并不比乌云口中的一颗星处境更危险。

第八卷　销魂和忧伤

一　充满阳光

读者已经明白，爱波妮受马侬的派遣，去普吕梅街，透过铁栅门认出住在那里的姑娘，首先转移那些匪徒的目标，再把马吕斯带去；马吕斯神魂颠倒，在铁栅门前张望几天之后，就像铁块受磁石吸引一样，这个恋人也被心上人所住的石楼吸引过去，终于钻进珂赛特的园子，恰似罗密欧进入朱丽叶的园子。当年，罗密欧要翻越一道围墙才能进去，而马吕斯却省劲多了，铁栅门年久锈坏，铁条松动摇晃，就跟老年人牙齿一样，他一用力就拉开一根，瘦长的身子很容易挤进去了。

这条街没有行人，况且，马吕斯直到夜晚才钻进园子，不可能被人瞧见。

两颗灵魂一吻订了婚，从那幸福而神圣的时刻起，马吕斯便每晚必到。珂赛特经历生活的这一阶段，如果爱上了一个轻率行事的浪荡男人，也就肯定失足了，须知雅量高致的女子容易委身，而珂赛特正属于这种天性。女子宽宏大量的一种表现，就是退让顺随。爱到绝对高度时，就不知怎的多了一层超凡入圣的色彩，盲目地保持贞操。然而，心灵高尚的人啊，你们要冒多大危险啊！你奉献的是一颗心，而别人索取的往往是肉体。你的心留下来，而你干看着它在暗地战栗。爱情绝无第三种结果：不是福就是祸。人的整个命运就是这样非此即彼。任何方面的命数都不像爱情这样，最严酷地遵循这种非福即祸的规律。爱情，不是生就是死；既是摇篮，也是棺木。同一种感情，在人心中可以说是，也可以说否。上帝创造的万物中，唯有人心最能施放光明，可惜！也最能制造黑夜。

上帝保佑，珂赛特所遇到的，是一种福佑的爱。

1832 年整个 5 月份，在这野趣盎然的小园子里，在这日益芬芳繁茂的荆丛，每天夜晚，总有两个人在黑暗中彼此发光照亮；他们无比贞洁，又无比天真，心中洋溢天大的幸福，简直飘飘欲仙，他们显得那么清纯，那么笃厚，满面春风，陶醉在情爱之中。珂赛特看马吕斯仿佛戴了一顶王冠，而马吕斯看珂赛特就像罩在光环里。他们相互抚摩，四目相对，手拉着手，偎依在一起，然而，他们中间有一段距离没有超越，并不是多么遵守，而是不知道有这样一段距离。马吕斯感到有一道屏障，即珂赛特的贞洁；珂赛特也感到有所依赖，即马吕斯的忠诚。头一吻也是最后一吻。从那以后，马吕斯只限于用嘴唇抚抚珂赛特的手、她的围巾或发卷。在他看来，珂赛特是一股香气，而不是一个女子。他只是呼吸她这香气，她无所拒绝，他也别无所求。珂赛特喜不自胜，马吕斯也心满意足。他们处于销魂的状态，这种状态可以称为迷魂，两颗灵魂相互迷惑。这是两个童贞在理想中永世不忘的初次拥抱。两只天鹅在少女峰上相逢。

在这相爱的时刻，陶醉显示巨大威力，欲念也就绝对缄默了，马吕斯，纯洁高尚的马吕斯，就是去找一个青楼女子，也绝不肯把珂赛特的长裙撩到脚腕上边。有一回在月光下，珂赛特弯腰去拾地上一个什么东西，领口裂开一点儿，露出颈窝，马吕斯就立刻移开目光。

这二人之间发生了什么事呢？什么事也没有。他们倾心相恋。

夜晚他们在一起的时候，这园子就成了生机盎然的圣地，周围鲜花怒放，送给他们阵阵芳香；他们也敞开灵魂，流溢到花间。草木情意浓浓，汁液饱满而生机勃勃，围着这两个谈情说爱的天真人儿，也不免醉意醺醺，微微战栗。

他们讲什么话呢？不过是些气息。仅此而已。但是这种气息就足令整个这片景物激动不已。这种谈话好似轻烟薄雾，让枝叶下的风吹散，如果是在书本上读到，很难理解这话语的巨大魔力。从这对恋人的窃窃私语中，如果去掉像竖琴伴奏一样发自心灵的韵律，那就只剩下一团模糊的阴影了。你会怪道：什么！不过如此！不错，就是一些孩子话，说了又说，无来由的欢笑，就是一些废话、傻话，但又是人间最崇高最深刻的东西！是唯一值得讲一讲，也值得听一听的东西！

这种傻里傻气的话，这种平淡无奇的话，谁从来没有听过，也从来没有说过，那必是个蠢货和恶人。

珂赛特对马吕斯说："你知道吗？……"

（他俩满怀超凡脱俗的童贞，在谈话中，谁也说不清不知怎的又你我相称了。）

"你知道吗？我叫欧福拉吉。"

"欧福拉吉？不对，你叫珂赛特。"

"噢！珂赛特这名字好难听，是我小时候别人随便给起的。其实，我的真名叫欧福拉吉。欧福拉吉这名字，你不喜欢吗？"

"怎么不喜欢……可是，珂赛特并不难听？"

"你觉得比欧福拉吉好吗？"

"嗯……对。"

"那我也更喜欢珂赛特。真的，珂赛特，挺美的。你就叫我珂赛特吧。"

这种对话再伴随她那粲然的笑容，真比得上天国林苑的牧歌。

还有一次，她定睛看着他，高声说道：

"先生，你生得美，长得漂亮，人又聪明，一点儿也不笨，你的学问比我高多了，然而，要说'我爱你'这句话，我可敢跟你比一比！"

马吕斯正神游太空，真以为听到一颗星唱的情歌。

再譬如，他咳嗽了一声，她就轻轻拍他一下，说道：

"请不要咳嗽，先生。没有我的同意，在我这里不准咳嗽。咳嗽非常不好，还叫我担心。我希望你身体健康，因为你身体若是不好，首先我就非常痛苦。你叫我怎么办呢？"

此语只应天上有。

有一次，马吕斯对珂赛特说：

"想想看，有一段时间，我还以为你叫玉秀儿呢。"

他俩为这事儿笑了一个晚上。

在另一次交谈中，他忽然高声说：

"哈！有一天，在卢森堡公园，我真想把一个残废老兵的脑袋砸烂！"

不过，他又戛然住口，没有说下去。要说就得向珂赛特提起吊袜带，这是他绝难启齿的。这涉及一个陌生的领域：肉体，而这个无比痴情的天真恋人，一涉及这个问题，就怀着一种神圣的畏惧而退却了。

马吕斯想象同珂赛特一起生活就是这样，没有别的事情，每天晚上来到普吕梅街，移开法院院长那扇铁栅门上一根成人之美的旧铁条，并排坐在这张石凳上，透过枝叶仰望入夜闪烁的星空，自己膝部的裤子褶纹跟珂赛特肥大的衣裙同居，抚摩她拇指的指甲，跟她说话以你相称，二人轮流闻一朵鲜花，就这样地久天长，永无尽期。在这种时刻，云彩从他们头上飘过。每一阵风吹走天上的云彩，也吹走更多的人世幻梦。

这一贞洁的爱情近乎朴拙，绝不是毫无殷勤献媚的表现。"恭维奉承"自己所爱的女人，是爱抚的最初方式，是五分胆量的试探。奉承，颇似隔着面纱亲吻。欲念藏匿其间，伸出温柔的指尖。为了更好地爱，心在欲念面前退却了。马吕斯的甜言蜜语充满了幻想，可以说是天蓝色的。天上的飞鸟同天使比翼时，可能听见这种话。然而，话里话外也有生活、人情，以及马吕斯的整个务实方面。这是在岩洞里讲的话，是卧室中情话的前奏曲；这是内心柔情的抒发，歌与诗的混淆，斑鸠咕咕声的亲热夸张，热恋崇拜的锦心绣口插成的一束花，吐放沁人心脾的天香，也是唧唧哝哝的两颗心难以描摹的二重唱。

"啊！"马吕斯喃喃说道，"你真美！我都不敢看你了，只能瞻仰。你是一位美惠女神。也不知道我怎么了，只要看见你的衣裙下露出鞋尖儿，我就心慌意乱。再有，你的思想一微微开启，就放射出多少迷人的光芒！你讲道理令人惊奇。有时我觉得你是梦幻里的人。说话呀，我听你说，我赞赏你。珂赛特啊！多么奇特，又多么迷人，我真的如痴如狂了。小姐，你令人爱慕。我观察研究你的脚要用显微镜，观察研究你的灵魂要用望远镜。"

珂赛特听了就答道：

"从今天早晨起到现在，每过一刻，我就多爱你一分。"

这种交谈随意问答，但是总能达到爱情的契合，如同钉住的接骨木小雕像。

珂赛特整个人儿，完全体现了天真、纯朴、透明、洁白、率直、光亮。可以说，珂赛特就是明媚的，给人的感觉如见四月春光，如见拂晨曙色。她眼睛里有晶莹的露珠。珂赛特是曙光凝聚而成的女人形体。

马吕斯崇拜赞赏她，是极其自然的。况且事实上，这个刚从修院磨炼出来的小寄宿生，说起话来确实微妙而有穿透力，无论说什么话，往往又真实又美妙，谈话充满天真幼稚的絮语。她看得准，无论什么事都不会弄错。女子感觉和说话，凭着一颗心温柔的本能，总是万无一失。谁也不如一位女子那样，说话既温柔又深刻。温柔和深刻，这就是整个女性，这就是整个王国。

在这种销魂的时刻，他们随时都会流泪。一只踩死的金龟子、从鸟巢掉下的一片羽毛、折断了的一根山楂树枝，他们见了就要伤心，沉浸到微微的惆怅中，那出神的情态真好像要潸然泪下。爱情极度的症状，就是容易触景伤情，往往控制不住。

所有这些矛盾现象，不过是爱情的闪电游戏，除此而外，他们倒是动不动就哭起来，那种无拘无束的样子十分可爱，有时又那么亲密无间，几乎像两个小男孩。然而，尽管两颗心沉醉在贞洁中，不容忘记的天性却始终存在。天性就在身上，带着它那又粗野又崇高的目的；即使在这种最顾羞耻的厮守中，两颗灵魂再怎么天真无邪，也能让人感到有一种令人赞叹的神秘差异，能区别一对情侣和两个朋友。

他们相互敬若神明。

永恒不变的东西依然存在。两人相爱，相视而笑，相对大哭，还噘起嘴唇，相互做出娇嗔之态，手指相互勾在一起，而且你我相称，这些并不妨碍永恒。两个情人躲进夜晚，躲进暮色中，躲进看不见的地方，同鸟儿相伴，同玫瑰相伴，心意深情倾注在眼神里，在幽暗中彼此吸引迷惑，他们唧唧哝哝，窃窃私语；就在这段时间，巨大摇曳的星体充斥太空。

二　美满幸福醉倒人

他们处于幸福的痴迷状态，恍恍惚惚地生活，甚至没有发觉那个月正在巴黎肆虐的霍乱。他们尽量讲些体己话，但是并没有怎么超越各自的身世。马吕斯对珂赛特说，他是孤儿，名叫马吕斯·彭迈西，当律师，靠给书商写东西生活，父亲是上校，而且是个英雄，而他马吕斯，却同他那位富有的外祖父闹翻了。他也透露一句他是男爵，不过，这话丝毫没有引起珂赛特的反应。马吕斯男爵？她不明白，不知道这个词是什么意思。马吕斯就是马吕斯。珂赛特也告诉马吕斯，她是在小皮克普斯修院培养起来的，同他一样，母亲早已去世，父亲叫割风先生，是个大好人，向穷人大量施舍，而他本人也很穷。自己省吃俭用，却什么也不让她缺着。

说来也怪，自从见到珂赛特之后，马吕斯就生活在一种交响乐中，过去的事情，甚至刚过去的事情，都变得十分模糊而遥远，他听到珂赛特的讲述就心满意足了。他甚至没有想到向她提起，那天晚上在德纳第破屋里发生的凶险，她父亲如何烙伤臂膀，态度如何怪，又如何奇特地逃走。这一切，马吕斯都暂时忘记了，就连早晨做的事，午饭在哪儿吃的，有谁跟他说过话，到晚上就想不起来了；他耳朵里只有情歌，其他思想一概听不见，唯有见到珂赛特的时候，他才存在。他的神思既然在天上，自然也就忘了尘世。非物质快感的重负，压得他们二人终日精神恍惚的。人称为恋人的这些梦游者，就是这样生活的。

唉！所有这些情景，谁没有感受过呢？为什么到了一定时候，要离开那蓝天呢，此后为什么生活还要继续下去呢？

爱几乎替代了思想。爱情特别健忘，忘掉周围的一切。你问问狂热的爱情有什么逻辑吧。宇宙结构中没有完美的几何图形，同样，人心中没有绝对的逻辑联系。在珂赛特和马吕斯看来，世上除了马吕斯和珂赛特，什么也不存在了。他们周围的宇宙已经掉进黑洞里。他们生活在黄金一刻。无论在此之前还是在此之后，什么也没有了。马吕斯几乎没有想珂赛特还有父亲，他头脑里一片耀眼辉光，把什么都抹掉了。这对情侣，究竟谈些什么呢？上文已经看到了，他们谈花，谈燕子，谈落下去的夕阳，谈升起来的月亮，谈所有重要的事情。他们一切都谈了，又什么也没有谈。情侣的一切，就是目空一切。不错，那个父亲、那些事实、那间破屋、那帮匪徒、那场惊险，何必再提呢？就那么肯定这场噩梦确有其事吗？他们两个人，相亲相爱，只有这一点是真的，其余任何事情都不存在。我们一进入天堂，身后的地狱很可能就自然消失了。谁又见过魔鬼呢？真有魔鬼吗？曾经发过抖吗？曾经受过苦吗？全都置之度外了。那上面只有一朵玫瑰色彩云。

他们二人就生活在这种状态，飘然高举，仿佛脱离尘世了；既不在天底，也不在天顶，位于世人和大天使之间，在污泥之上，清虚之下，在云端流连；已经过分高洁，难以在尘世路上行走，但是人情味儿还太浓，难以融入碧空，犹如原子沉落之前的那种悬浮状态；表面上看似超越了命运，不知有昨天、今天、明天这样的常规；又惊又喜，昏昏然，飘飘然；有时轻盈得要逃向无限之中，几乎随时要永远飞逝。

他们俩睁着眼睛，睡在这温柔梦乡中。销魂迷性的酣睡哟，现实已被理想所压服！

不管珂赛特有多么美，马吕斯在她面前有时也闭上眼睛。合目是注视灵魂的最好方法。

马吕斯和珂赛特都没有想过，这样会把他们引向何处；他们自以为到了归宿。要让爱情引向什么地方，这是人的一种奇特的奢望。

三　阴影初现

冉阿让却毫无觉察。

珂赛特不像马吕斯那样迷醉，那样神不守舍，只是显得喜气洋洋，这就足令冉阿让感到幸福了。珂赛特虽有心事，思想总萦念这份恋情，灵魂为马吕斯的形象所占据，但这无损于她那无比纯洁的形象：美丽的额头仍然那么贞洁而开朗。她正在青春妙龄，正是处女孕育爱情、天使怀抱百合花的年龄。因此，冉阿让尽可放心。况且，一对恋人只要默契融洽，就总能一帆风顺，采取所有情侣惯用的一些谨慎的小手段，就能完全蒙蔽有可能惊扰他们爱情的第三者，珂赛特就是这样，在冉阿让面前从不提出异议。他要出去散步吗？好，我的小爸爸。他要待在家里吗？很好。晚上睡觉前这段时间，他要在珂赛特身边度过吗？那她高兴极了。由于一到十点钟他准回去睡觉，每逢这种时候，马吕斯就等到十点之后，在街上听见珂赛特打开台阶上的落地窗门，才进园子里。自不待言，马吕斯白天绝不露面。冉阿让连想都不想世上还有个马吕斯。只有一次，一天早晨，他对珂赛特说："咦！你背上蹭了这么多白灰！"那是因为头天晚上，马吕斯一时冲动，将珂赛特紧紧挤在墙上。

老女仆都圣睡得早，一干完活儿就想睡觉，她跟冉阿让一样蒙在鼓里。

马吕斯从不进屋，他和珂赛特一起的时候，就躲在台阶旁边一个凹角里，免得让街上的行人瞧见或听见。他们坐在那里，眼望着树枝，每分钟相互握手不下二十次，就算是交谈了。在这种时刻，一个人的梦想凝神专注，深深潜入另一个人的梦想中，就是三十步远落下一个霹雳，也不会惊动他们。

清澈透明的纯洁。完全洁白的时辰，几乎全都一模一样。这种爱情就是百合花瓣和白鸽羽毛的收集品。

他们和街道之间隔着整个一座园子。马吕斯每次进出，总要细心将铁栅门那根铁条安好，看不出一点移动的痕迹。

他通常待到将近午夜十二点才离开，回到库费拉克的住所。库费拉克对巴奥雷说：

"你信不信？现在，马吕斯要到凌晨一点钟才回来！"

巴奥雷则回答：

"有什么办法呢？就是一名修士，也总要干点儿荒唐事嘛。"

有时，库费拉克又起手臂，正色对马吕斯说：

"小伙子，您可够能折腾的！"

库费拉克是个讲求实际的人，看不惯无形的天堂在马吕斯身上的反光，也看不惯这种从未见过的热恋，他有点不耐烦了，不时规劝几句，要把马吕斯拉回到现实中。

一天早晨，他又这样告诫马吕斯：

"亲爱的，瞧你现在这副样子，真像置身在月亮上，那可是梦想的王国，虚幻的国度，肥皂泡京城啊。说说看，要乖一点儿，她叫什么名字？"

然而，根本无法"撬开"马吕斯的口。就是拔出他的全部指甲，也逼不出"珂赛特"这神圣名字的一个字来。爱情跟拂晓一样明亮，跟坟墓一样沉寂。不过，库费拉克还是看出，马吕斯有所变化：沉默中透过一团喜气。

在这明媚的 5 月间，马吕斯和珂赛特尝到了这种无限的幸福：

争执并以"您"相称，过后只能更加亲热；

花好多时间，详详细细地谈论与他们毫不相干的人，这一点再次表明，在人称爱情的这出美妙歌剧中，脚本是无足轻重的；

马吕斯就是听珂赛特谈衣饰；

珂赛特就是听马吕斯谈政治；

二人促膝倾听马车驶过巴比伦街道；

观赏天上同一颗星辰，或者草丛同一只萤火虫；

相对默默无语，比交谈还要甜美；

等等，等等。

这期间，各种麻烦事儿也悄悄逼近。

一天晚上，马吕斯去赴约会，走在残废军人院大街，他走路总低着头，正要拐进普吕梅街时，忽听有人在身边叫他：

"晚上好，马吕斯先生。"

马吕斯抬起头，认出是爱波妮。

这使他产生一种奇特的感觉。是这姑娘把他引到普吕梅街的，从那天起，他一次也没有想起她，也没有再见到她，已经完全把她置于脑后，对她唯有感激之情。多亏了她才有他今天的幸福，可是碰见她又颇不自在。

有一种误解，认为幸福纯洁的爱情能把人带进完美的境界，其实不然，正如我们看到的，这种爱情只能把人带进遗忘的境界。人进入这种境界，既忘记干坏事，也忘记做好事了。感激之情、责任感、纠缠不休的主要回忆，都烟消云散了。换别种时候，马吕斯对待爱波妮会大不一样。现在，他的心思全放在珂赛特身上，甚至没有明确意识到，这个爱波妮姓德纳第，而这个姓氏写在他父亲的遗嘱中，正是几个月前他还十分感念的。我们如实地描述马吕斯。此刻，他的爱情光辉灿烂，就连他父亲的形象，在他心中也多少淡漠了。

他颇为尴尬地答应："哦！是您吗，爱波妮？"

"您对我为什么又称起'您'啦？我有什么事招惹您了吗？"

"没有。"他答道。

毫无疑问，他对爱波妮毫无不满之处。远非这个缘故。不过他感到，现在他对珂赛特称"你"，对爱波妮就别无他法，只能称"您"了。

爱波妮见他沉默不语，就高声说："您倒是说呀……"

她又戛然住口，仿佛一时语塞，而从前，这姑娘多么随便，多么大胆。她想强颜笑一笑，可是笑不出来，只好又说道：

"怎么的？……"

她随即又住了口，垂下眼睛待了一会儿。

"晚安，马吕斯先生。"她突然说了一句，就匆匆离去。

四 Cab①，英语是滚，黑话是叫

次日是 6 月 3 日，即 1832 年 6 月 3 日，这个日期应当指明，因为这个时期像乌云压城那样，严重的事变垂悬在巴黎的天际。这天傍黑儿，马吕斯沿着头天晚上所走的路线，心中同样喜不自胜；忽见爱波妮从大街旁的树木之间朝他走来。接连两天，未免太过分了。他猛然转身离开大街，改变路线，取道亲王街前往普吕梅街。

可是，爱波妮一直跟到普吕梅街，她还从来没有这样干过。在此之前，她只是在他经过大马路的地方守望，甚至不想上前打个招呼。直到昨天傍晚，她才试图同他讲话。

爱波妮跟在后边，没有让他发觉，看见他拉开铁栅门的一根铁条，钻进园子里。

"咦！"她咕哝道，"他进人家里啦！"

她也走到门口，逐根摇撼门上的铁条，不难找到马吕斯移动的那根。

她凄惶地低声说道："别这样，珂赛特！"

于是，她坐到铁栅门的石基上，仿佛在旁边守卫那根铁条；那正是铁栅门和邻墙相接处，爱波妮完全隐身在那个幽暗的角落里。

普吕梅街一天也只有三两个行人，将近晚上十点钟，一个迟归的老市民步履匆匆，经过这个僻静而声名狼藉的地段，走到铁栅门和围墙构成的角落时，听见一个低哑的声音恨恨说道："说他每晚都来我也不奇怪。"

那行人游目四望，不见有人，又不敢瞧那黑暗的角落，就加快了脚步。

那过路人幸而赶快走开，因为不大工夫，就来了六个人，他们一个跟一个，前后隔一段距离，顺着墙根儿走进普吕梅街，真像一组夜间巡逻队。

打头的走到园子的铁栅门就止步了，等候其余几个人，转瞬间，六个人就会齐了。

---

① 英语词，是驾驶座在后面的双轮马车。

他们开始低声交谈。

"这是 icicaille。"其中一人说道。

"园子里有 cab① 吗？"另一个人问道。

"不知道，没关系，我抬起②一个面团，扔给它磨光③就行了。"

"你有敲玻璃的油灰吗④？"

"有。"

"铁栅门很旧了。"第五个人用腹音说道。

"好极了。"刚才第二个说话的人又说道。"这种门在家伙⑤下，不会筛⑥得那么凶，也不难收割⑦。"

第六个人还未开口，他开始察看铁栅门，就像一小时之前爱波妮所做的那样，逐根抓住铁条，小心地摇撼，到了马吕斯移动过的那根，正要抓住，不料黑暗中突然伸出一只手，击中他的胳臂，他还感到让人当胸猛推了一把，同时听一个嘶哑的声音压低来冲他喝道："有狗。"

与此同时，他看见一个面孔苍白的姑娘站在面前。

事出意外，那人不免一惊，立刻毛发倒竖，丑态毕露；猛兽受惊的样子最为可怕，那副惊恐之态特别吓人。他倒退一步，结结巴巴地说道："哪儿来个怪娘们儿？"

"是您女儿。"

那正是爱波妮同德纳第说话。

爱波妮一出现，其余五人，即因底、海口、巴伯、蒙巴纳斯和勃吕戎，都一齐围上来，他们悄无声息，不慌不忙，一句话也不讲，显示这些夜间行动的人阴鸷而沉稳的特点。

只见他们手持凶器，但不知为何物。海口拿着盗匪称为包头巾的一把弯嘴铁钳。

---

① 狗。——雨果注

② 带来。从西班牙语演变而来。——雨果注

③ 吃。——雨果注

④ 用油灰贴住的办法敲碎窗玻璃，能吸住碎片并防止发出声响。——雨果注

⑤ 锯。——雨果注

⑥ 叫。——雨果注

⑦ 截断。——雨果注

"哦。怎么，你在这儿干什么？你来捣什么乱？疯了吗？"德纳第尽量压低声音吼道，"你干吗跑来碍我们的事儿呢？"

爱波妮笑起来，扑上去搂住他的脖子。

"我的小爸爸，我在这儿就是我在这儿。怎么，现在不准人家坐在石头上啦？倒是你们不该到这里来。你们知道这是块饼干，还来干什么？我早就告诉过马侬了。这儿没什么可干的。嗳，您倒是亲亲我呀，我的小爸爸，好爸爸！多久没有见到您啦！这么说，您出来啦？"

德纳第要挣脱爱波妮的手臂，咕哝道：

"好了，你亲过我了。不错，我出来了，已经不在里边了。现在，走开吧。"

可是，爱波妮还不放手，反而搂得更紧了。

"我的小爸爸，您是怎么出来的？您一定费尽心机，才能从那儿出来。说给我听听呀！还有我妈呢？我妈在哪儿？把我妈的情况告诉我。"

德纳第答道：

"她还好，我不知道。别缠我，跟你说，走开吧。"

"我就是不愿意走开，"爱波妮说道，像惯坏的孩子一样撒娇，"有四个月没见着了，刚刚亲您一下，就要赶我走。"

她又搂住父亲的脖子。

"怎么这样呢，犯什么傻！"巴伯说道。

"快点儿！"海口说，"色狼①可能要来了。"

那个用腹音说话的人念了这两句诗：

> 没到新年先别忙，
> 不要吻爹又吻娘。

爱波妮转向五个匪徒，说道：

"哟，是勃吕戎先生啊。——您好，巴伯先生。您好，因底先生。——怎么，海口先生，您不认得我了吗？您也好吗，蒙巴纳斯？"

"嗳，都认出你啦！"德纳第说道，"你好，晚安，说完就走吧！让

---

① 黑话：警察。

我们安静点儿。"

"这是狐狸活动，而不是母鸡活动的时间。"蒙巴纳斯说道。

"你明明看到，我们在这里格要干事安①。"巴伯也说道。

爱波妮抓住蒙巴纳斯的手。

"当心！"蒙巴纳斯说道，"你别割着手，我拿着一把开单②。"

"我的小蒙巴纳斯，"爱波妮柔声细语地回答，"要信得过人。也许，我是我父亲的女儿吧。巴伯先生，海口先生，本来是派我侦察这桩买卖的。"

显而易见，爱波妮没讲黑话。自从认识马吕斯之后，她就觉得，这种丑恶的语言说不出口了。

她那枯骨一般瘦弱的小手，紧紧握住海口又粗又硬的手指，接着说道：

"您非常清楚，我不是个蠢货。平常，我说什么大家都信。我给你们办了不少事儿。这回，我也调查过了，要知道，你们没必要白白冒这个险。我敢保证，这个住宅里没什么油水可捞。"

"这儿只住着女人。"海口说道。

"没人了，都搬走了。"

"蜡烛可没搬走，绝没搬走！"巴伯说道。

他指给爱波妮看，透过树梢儿，只见一点亮光在小楼的阁楼上移动。那是都圣在夜晚晾衣服床单。

爱波妮最后还要争一下。

"就算没搬走，"她说道，"可是那些人很穷，那破房子里没有钱。"

"见鬼去吧！"德纳第嚷道，"等我们把那房子翻个个儿，把地窖翻上来，阁楼翻下去，我们再告诉你，那里有圆圆、板板，还是钉钉③。"

他推开爱波妮，要冲过去。

"我的好朋友蒙巴纳斯先生，"爱波妮说道，"求求您了，您可是好孩子，不要进去！"

"当心啊，别割破你的指头！"蒙巴纳斯回敬一句。

---

① 在这里要干事。——雨果注

② 刀。——雨果注

③ 法郎、苏，还是里亚（法国古铜币名，合四分之一苏）。——雨果注

德纳第又拿出他惯有的断然的声调：

"滚开，小妖精，别妨碍男人的事儿。"

爱波妮本来又抓住蒙巴纳斯的手，现在放开，又问道：

"你们一定要进那房子里？"

"有那么点儿意思！"用腹音说话的人冷笑着说道。

于是，她背靠到铁栅门，面对六个武装到牙齿、由夜色给挂上鬼脸的强盗，低声而坚决地说：

"可是，我，我不愿意。"

六个强盗全愣住了。这工夫，用腹音说话的人也不冷笑了。爱波妮接着说道：

"朋友们！听我说。不是这么回事儿，现在我说说。首先，你们胆敢闯进这园子，胆敢碰一碰这扇门，我就叫喊，我就砸门，把人都叫醒，叫来巡逻警察，把你们六个全逮住。"

"她干得出来。"德纳第悄声对勃吕戎和用腹音说话的人说道。

爱波妮摇晃脑袋，又补充一句："头一个就逮我父亲。"

德纳第靠上来。

"别靠这么近，老头儿！"她喝道。

德纳第往后退，嘴咕哝道："她到底怎么啦？"接着又骂了一句，"母狗！"

爱波妮狞笑起来。

"随你们怎么说，反正你们不能进去。要知道，我不是狗的女儿，而是狼的女儿。你们六个人，又能把我怎么样呢？你们都是男子汉。哼，我是个女人，算啦，你们吓唬不了我。告诉你们，你们就是不能进这宅院，因为我不愿意。你们一靠近，我就狂叫，跟你们说了，狗，就是我。我才不管你们那一套呢。快走你们的路，你们把我惹烦啦！你们去哪儿都成。就是别到这儿来，我不准许！你们要动刀子，我就抢鞋底，我豁出去了，你们就上吧！"

她朝那伙匪徒逼进一步，样子凶极了，她又哈哈大笑：

"哼，当真！我不怕。今年夏天，我要挨饿，冬天，我要受冻。这些蠢男人，开什么玩笑，以为能吓唬住一个姑娘！怕！怕什么？走呀，怕得要命！就因为你们供养的泼妇，听你们一吼叫就钻到床下去，不就是这码事儿吗？哼，我什么也不怕！"

她定睛注视着德纳第，又说道："连你也不怕！"

她那幽灵似的血红眼睛又扫视几个匪徒：

"我让父亲用刀戳死，明天在普吕梅的铺石马路上，有人给我收尸，还是一年以后，在圣克卢或天鹅洲河段，有人用网捞起的一堆烂瓶和死狗中，发现我的尸体，这对我又有什么区别呢！"

她一阵干咳，不得不住口，那狭小瘦弱的胸膛呼噜呼噜喘着粗气。

继而她又说道："只要我一喊叫，人就来了，噼里啪啦！你们六个人，而我呢，有所有的人。"

德纳第朝她移动一下。

"别靠近！"她大喝一声。

德纳第立刻停下，和颜悦色地对她说：

"没，没有，我不靠近，可你说话也别这么大声呀。我的女儿，你要阻止我们干活吗？我们总得挣口饭吃呀。你对你爸爸就一点交情也不讲啦？"

"我讨厌你。"爱波妮说道。

"我们总得活呀，总得吃饭呀……"

"饿死活该。"

说罢，她又坐到铁栅门的石基上，哼唱起来：

> 我的胳臂胖乎乎，
> 双腿长得人羡慕，
> 可惜岁月已空度①。

她的臂肘撑在膝上，用手抚着下颏儿，满不在乎地摇着一只脚。她的衣裙破了洞，露出干瘦的锁骨。附近的路灯照见她的侧影和姿态，那神情异常坚决，异常惊人。

让一个姑娘给搅了，六名歹徒束手无策，哭丧着脸，走到路灯下的暗影里，一边商量一边耸肩膀，真是又羞又恼。

这工夫，爱波妮神态平静，目光凶狠地盯着他们。

"她一定有什么事儿，"巴伯说，"事出有因。难道她爱上了这里的

---

① 引自贝朗瑞的歌谣：《我的祖母》。

狗啦？就这样落空，实在太可惜。这儿只有两个女人，一个老头儿住在后院；挂的窗帘还真不错。估计那老家伙是个机拿儿①。我认为是一笔好买卖。"

"那好，你们就进去吧，"蒙巴纳斯高声说道，"去干吧，我留下看着这姑娘，她敢动一动……"

他从袖口里抽出刀来，往路灯光下亮了亮。

德纳第一言不发，仿佛要随大流。

勃吕戎有几分权威，我们知道，"买卖是他提供的。"他还没有开口，好像在考虑。大家知道，什么也吓不退他，有一天，只是为了充好汉，他就洗劫了一个警察派出所。此外，他还写诗编歌，这极大地提高了他的威望。

巴伯问他："勃吕戎，你什么也不说？"

勃吕戎依然沉默了一会儿，继而，他以不同的姿势摇晃脑袋，终于决定开口了："是这样：今天早晨，我看见两只麻雀打架；今天晚上，我又撞上一个找茬儿吵架的女人。这是坏兆头。咱们走吧。"

他们离去。

蒙巴纳斯边走边咕哝："大家愿意，我无所谓；我本可以动她一指头。"

巴伯回敬道："我不干。我不跟女人斗。"

他们走到街角又站住，像打哑谜一般低声交谈：

"今晚咱们去哪儿睡觉？"

"庞丹②底下。"

"你带了铁栅门的钥匙吗，德纳第？"

"当然了。"

爱波妮目不转睛，望着他们沿原路走了。她又站起身，顺着墙根和房舍匍匐向前，一直尾随到大马路，看见那六条汉子在那里分手，渐渐隐没，仿佛融化在夜色中了。

---

① 犹太人。——雨果注
② 巴黎。——雨果注

五　夜间之物

匪徒走后，普吕梅街又恢复夜晚平静的景象。

这条街刚才发生的一幕，在森林中并不稀奇。那些参天大树、茂密的灌木林、荆丛、交织错杂的枝条、高高的野草，全都幽幽生存；麇集的野生物，在那里能瞥见无形者的突然显现；在人之下者，在那里透过迷雾，能分辨在人之外者；我们在世所不了解的东西，夜间在那里相见比照。鬣毛倒竖的野兽，感到超自然物接近就会胆战心惊。黑暗中的各种力量相识相知，相互之间达到神秘的平衡。利齿和利爪惧怕捕捉不到的东西。嗜血的兽性、寻觅猎物的饿鬼般食欲、只为果腹而长了利爪牙齿的本能，惴惴不安地窥视并嗅着那幽魂鬼影，只见它穿着抖瑟的衣裙伫立，披着白殓布游荡，形影朦胧，十分可怖，仿佛厉鬼闯到人间。这些纯物质的野蛮粗暴的东西，隐约害怕接触由无边的黑暗凝集而成的未知体。一个黑影挡住去路，猛兽就会突然站住。从坟墓里出来的东西，能让洞穴里出来的东西胆怯和惶怖；残暴者惧怕阴险者；狼碰见吸血女鬼，也要连连后退。

六　马吕斯回到现实，住址给了珂赛特

这个人面母狗守住铁栅门，一个姑娘吓退了六名强盗，而在这工夫，马吕斯则守在珂赛特身边。

这天晚上，星空格外灿烂，格外迷人，树木格外震颤激动，青草芳香格外沁人心脾，睡在枝头的鸟儿的啁啾格外甜美，整个天宇静谧和谐，也格外应和了爱情心声的音乐；马吕斯也格外痴情，格外幸福，格外陶醉，可是，他却发现珂赛特神色忧伤。珂赛特哭过，眼睛还发红。

在这场美梦中，这是第一片乌云。

马吕斯头一句话就问道："你怎么啦？"

珂赛特却回答："没怎么。"

接着，她坐到台阶旁边的长凳上，等马吕斯浑身颤抖着挨她坐下，她才继续说道："今天早晨，我父亲要我做好准备，他说要去办事，我们也许就要走了。"

马吕斯从头到脚一阵战栗。

　　人的生命要完结的时候，死就叫作走；人在刚开始生活的时候，说走，就表明死。

　　六周以来，马吕斯一点一点，缓缓地，逐步地，日益拥有了珂赛特。这种拥有纯属理想的，但又刻骨铭心。我们已经讲过，初恋时，人先取灵魂而后要肉体；到后来，就先要肉体而后取灵魂，有时干脆不顾灵魂了。弗布拉斯①和普吕多姆之流甚至还补充说："因为不存在灵魂"；幸而这种论调是一种亵渎。因此，马吕斯拥有珂赛特，就像精灵那样占有，他用自己的整个灵魂将她裹住，以难以置信的信念，万分小心地抓住她。他拥有她的微笑、她的气息、她的芳香、她那蓝色眸子的幽深光芒，他触摸她手时也拥有她肌肤的温馨，还拥有她脖颈上可爱的斑记、她的全部思想，他俩曾经约定，睡觉时必须梦见对方，而且还真信守诺言。这样，他也拥有珂赛特的每场梦。珂赛特颈后有几根短发，他往往目不转睛地观赏，有时用气儿吹拂，并声称每一根都属于他马吕斯。他也赞赏并喜爱她的穿戴服饰：缎带花结、手套、套袖、短统靴，自认为是这些神圣物品的主人。他常想，他就是她插在头发上那把美丽的玳瑁梳的主子老爷，心里甚至还念叨——这是情欲初动时含含糊糊的嗫嚅——她衣裙上的每条线、袜子上的每个网眼、内衣上的每个皱褶，无一不是属于他的。他待在珂赛特的身边，就感到他是在自己财产的旁边，在自己物品的旁边，在自己的君主和奴隶的旁边。他们二人的灵魂似乎完全交混在一起，若取回来都难以辨认了。"这灵魂是我的。""不对，是我的。""我敢说你弄错了。肯定是我。""嗳，你把我当成你了。"马吕斯成了珂赛特的组成部分，而珂赛特也成了马吕斯的组成部分。马吕斯感到，珂赛特就生活在他身上。拥有珂赛特，占有珂赛特，这对他来说，跟呼吸没有什么分别。他在这种信念中正自陶醉，正自耽于这种闻所未闻的绝对贞洁的占有，耽于这种绝对权力，忽然听到抛来这几个字："我们要走了"，如同听到现实粗暴的声音冲他喊："珂赛特不是你的！"

　　马吕斯惊醒了。我们说过，六周以来，马吕斯脱离了生活；走！这个词又狠狠地把他拉回来。

───────────

　　① 弗布拉斯：卢维·德·库夫雷的小说《弗布拉斯骑士的爱情》中的主人公。

他无言以对。不过，珂赛特觉得他的手冰凉，反过来问他了："你怎么啦？"

他答话的声音极小，珂赛特几乎听不见：

"我不明白你说的话。"

珂赛特又说道：

"今天早晨，我父亲要我收拾日常衣物，准备妥当，他要把他的衣服交给我，好装进箱子里，还说必须出一趟远门儿，不久我们就动身，要给我弄一只大箱子，给他弄一只小的，一周之内全准备好，也许我们要去英国。"

"哎呀，这太可怕啦！"马吕斯大声说道。

此刻在马吕斯的头脑里，任何滥用权力的行为，任何暴力，最大的暴君的任何恶行，布西里斯①、提比略或亨利八世的任何举动，无疑都比不上这件事残忍：割风先生要办事，就带女儿去英国。

他有气无力地问道：

"你什么时候动身？"

"他没有说什么时候。"

"你什么时候回来？"

"他没有说什么时候。"

马吕斯站起身，又冷淡地问道：

"珂赛特，您去吗？"

珂赛特一双秀目转向他，神色惶惶不安，失态地答道：

"去哪儿？"

"英国吧？您去吗？"

"为什么你又用'您'称呼我？"

"我问您去不去？"

"我有什么办法？"她合拢手掌说道。

"这么说您要去啦？"

"如果我父亲要去呢？"

"这么说您要去啦？"

珂赛特没有回答，抓起马吕斯一只手，紧紧握住。

---

① 布西里斯：古埃及传说人物。

"好吧，"马吕斯说，"那我就去别的地方。"

珂赛特没听明白，但是感觉到这句话的含义。她大惊失色，在黑暗中脸顿时惨白。她讷讷问道：

"你这话是什么意思？"

马吕斯看看她，然后慢慢举目仰望天空，答道："没什么。"

他垂下目光时，看见珂赛特冲他微笑。心爱女子的微笑能发光，黑夜里瞧得见。

"我们多傻！马吕斯，我有个主意。"

"什么主意？"

"我们走，你也走啊！回头我告诉你什么地方，你去那里找我呀！"

现在，马吕斯完全清醒了。他又跌回现实中，高声对珂赛特说道：

"同你们一道走？你疯了吗？那得有钱啊，可是我没有。去英国，现在我还欠人家钱呢，不知道多少，欠库费拉克少说十路易金币，那是我一个朋友，你不认识。喏，我有一顶旧帽子，值不上三法郎，这件外衣前边纽扣还掉了，衬衣破烂不堪，袖肘都磨出了洞，靴子底下进水。这六个星期，我不想这个了，也没有对你讲。珂赛特！我是个穷光蛋。你只是在夜间看见我，把你的爱给了我；假如是在白天，你见了我会给一个铜子儿的！去英国！唉！连办护照的费用我都付不起！"

他扑向旁边的一棵树，双臂抱住头，脑门儿顶在树皮上，既感觉不到树干擦破皮肤，也感觉不到血冲击太阳穴怦怦狂跳，立在那里一动不动，犹如一尊绝望的雕像，随时会翻倒在地。

他这样待了许久。坠入这种深渊，很可能永无出头之日。他听见身后一阵伤心的细微的饮泣声，终于转过身去。

是珂赛特在哭泣。

她哭了有两个多小时了，而马吕斯一直在旁边冥思苦索。

马吕斯走到她跟前，跪下来，又慢慢俯下身子，抓住她探出裙摆的脚尖亲吻。

她默默地由他做去。有时，女子就像一位忧郁隐忍的女神，接受爱的膜拜。

"别哭了。"马吕斯劝道。

珂赛特抽泣着说："我可能要走，而你又不能一道去！"

他又问道："你爱我吗？"

她边抽泣边回答，而这句天堂丽语只有透过眼泪才无比美妙："我崇拜你！"

他以无法形容的一种爱抚声调继续说："别哭了。唉，你能为了我不哭吗？"

"你呢，你爱我吗？"她也问道。

他拉起姑娘的手：

"珂赛特，我害怕发誓，也从未向任何人发过誓言。我觉得我父亲就在我身边。好，现在我向你发下最神圣的誓言：如果你走了，我就一死。"

他讲这话的声调忧伤，但十分庄严而沉静，珂赛特听了不寒而栗，感到就像真有一个阴魂经过时带来的寒气。她这样一恐惧，就不再哭了。

"现在，听我说，"马吕斯说道，"明天你不要等我了。"

"为什么？"

"后天再等我吧。"

"噢！为什么呀？"

"到时候就明白了。"

"一整天见不到你！这可不能。"

"我们就舍掉一天吧，也许能换来一辈子呢。"

马吕斯又喃喃自语：

"这个人绝不会改变习惯，天黑才接待客人，绝不破例。"

"你说的哪个人啊？"珂赛特问道。

"问我吗？我什么也没有说。"

"你到底有什么指望呢？"

"等后天再说吧。"

"你一定要这样？"

"对，珂赛特。"

珂赛特用双手抱住他的头，踮起脚好同他齐高，想从他眼神里看出有什么希望。

马吕斯接着说：

"对了，我想，应当把我的住址告诉你，可能出现意外情况，很难说，我住在一个叫库费拉克的朋友那里，在玻璃厂街十六号。"

他摸摸衣兜，掏出一把折叠小刀，用刀尖在石灰墙皮上刻了"玻璃厂街十六号"。

这工夫，珂赛特重又注视他的眼睛。

"告诉我，你有什么想法。马吕斯，你有个想法，告诉我吧。哎！告诉我呀，好让我睡个安稳觉！"

"我的想法，是这样：上帝不可能要拆开我们。后天，你等着我吧。"

"在那之前，我怎么办呢？"珂赛特说道，"你呢，在外面，东奔西走。男人该有多幸福啊！而我呢，独自一个人待在家里。唉！我会多么伤心啊！明天你做什么，说呀？"

"一件事儿，我要去试试。"

"那我就祈求上帝，在这段时间想着你，盼望你成功。既然你不愿意，我就不再问了。你是我的主人。明天晚上，我就唱《欧里安特》曲，这是你爱听的，有一天夜晚你在我的窗板外面听我唱过。不过到后天，你要早点来。晚上九点钟我准时等你，事先可告诉你了。上帝呀！天这么长，真愁死人啦！听明白了吧，九点钟，我准时到园子里。"

"我也准时来。"

两个人虽然没有言明，但是受到同一思想的推动，受到促使情人不断交流的那种电流的牵引，甚至在痛苦时还陶醉在爱情的快感中，相互拥抱在一起，不知不觉嘴唇接触了，眼睛满噙泪水，仰望星空，一时心醉神迷。

马吕斯出去时，街上阒无一人；当时，爱波妮正尾随那伙强盗，一直跟到大马路。

马吕斯头抵树干冥思苦索那工夫，脑海里闪过一个念头；一个念头，唉！连他自己都认为荒唐而不可能。他还是决定贸然走一趟。

七 老年心和青年心开诚相见

这年，吉诺曼外公已满九十一岁。他同大女儿一直住在受难会修女街六号自家的老房。我们还记得，他是个老古董，高龄压不弯，忧伤也折不断，直挺挺地立着等死。

然而近来，他女儿却说：我父亲矮下去了。他不再打女佣的耳光；巴斯克迟迟不来开门时，他用手杖戳楼道，也没有当初那种猛劲儿了。七月革命激起他的怒火，也仅仅持续六个月就消下去了。在《政府公报》上，他看到"韩伯洛-孔代先生，元老院元老"这种搭配，也几乎无动于衷了。其实，这老人已经意志消沉。他从不屈服，从不退让，在天生的体质和精神上都能做到这一点，然而，他感到自己心力开始衰竭了。四年来，他等马吕斯浪子回头，可以说毫不动摇，深信迟早有一天，这个混账小子会来敲门；现在，他黯然神伤的时候，心里甚至念叨，马吕斯再迟迟不来……他无法忍受的并不是死亡，而是恐难再见到马吕斯的这个念头。在此之前，再也见不到马吕斯的这个念头，片刻也没有进入他的头脑，现在却出现在他面前，令他胆战心寒。忘恩负义的孩子轻易离家出走，外公见不到他，对他的爱只能增加，自然而真挚的感情往往如此。在气温降到十度的12月份夜晚，就特别想念太阳。尤其吉诺曼先生作为长辈，不能或者自认为不能向外孙迈出一步。"宁死我也不干。"他说道。他觉得自己一点错也没有，然而，他思念马吕斯，确实像一个行将就木的老人那样，怀着深情的怜悯和无言的绝望。

他的牙齿开始脱落，忧伤的心情又加重了几分。

吉诺曼先生心中却不肯承认，其实他爱哪个情妇，也不如爱马吕斯，想起来他会怒不可遏，又羞愧难当。

他让人在他卧室床头挂了一幅画像，醒来好头一眼就能看到，那是他另一个女儿十八岁时的旧画像，即死了的那个彭迈西夫人。他总看不够，有一天看着画像，随口说了一句：

"我觉得他长得像她。"

"像我妹妹吗？"吉诺曼小姐接口说道，"可不是像嘛。"

老人补充一句："也很像他。"

有一次，他双膝并拢，眼睛微闭，一副颓丧的姿势坐在那里，他女儿大着胆子对他说："父亲，您还总这么怨恨吗？……"

她住了口，没敢说下去。

"怨恨谁？"他问道。

"怨恨可怜的马吕斯吗？"

他抬起苍老的头，枯瘦皱巴的拳头砸在桌子上，狂怒厉声吼道：

"可怜的马吕斯，您说的！那位先生是个怪人，是个无赖，是个爱虚荣、没心肝的小子，是个没灵魂、目中无人的恶棍。"

他随即扭过头去，免得让女儿瞧见他眼里滚动的泪珠。

到了第四天，他缄默了四小时，突然开了口，劈面对他女儿说："我早就荣幸地请求过吉诺曼小姐，永远也不要向我提起他。"

吉诺曼姨妈完全放弃了努力，并做出这样深刻的判断："自从我妹妹干了那件蠢事，父亲就一直不太爱她了；显然他憎恶马吕斯。"

所谓"自从干了那件蠢事"，就是指自从她嫁给了上校。

此外，大家也猜测到了，吉诺曼小姐要让她的宠儿，那个枪骑兵军官顶替马吕斯，这种企图已告失败。顶替者特奥杜勒根本没有得手。吉诺曼先生不接受冒牌货：心中的空位置，绝不让人来滥竽充数。而特奥杜勒本人，虽然嗅到遗产，但是也厌恶讨人欢心的这种苦差事。枪骑兵见老头儿就心烦，老头儿见枪骑兵也看不顺眼。特奥杜勒中尉固然是个快活的家伙，但是好耍贫嘴，为人浮浪、庸俗；他固然是个随和的人，但是交了些狐朋狗友；他有不少情妇，这不错，而且还大谈特谈，这也不错，但是谈得实在糟糕。他的每一个长处，无不同缺陷相抵消。他讲述在巴比伦街兵营周围的各种艳遇，唠唠叨叨，听得吉诺曼先生厌腻极了。而且，特奥杜勒中尉前来探望，有时还穿着军装，戴上三色绶带，这就更糟，让人无法容忍了。吉诺曼先生终于对女儿说："特奥杜勒让我厌烦了。你乐意就接待他。在和平时期，我不大赏识军人。我不知道比起拖战刀的人，我是否更不喜欢挥舞战刀的人。不过，战场上兵刃砍杀声，听起来终究不像战刀鞘拖在街道上的声响那么可怜。况且，挺起胸膛像个勇猛的斗士，腰身又扎得像个小娘们儿，铠甲里面穿件女人紧身衣，这就倍加可笑了。一个男子汉要把握住自己，既不愣充好汉，也不忸怩作态，既不逞强好胜，也不甜言蜜语。把那特奥杜勒留给你自己吧。"

他女儿还白费唇舌，说什么："他毕竟是您的侄孙呀。"殊不知吉诺曼先生做外祖父做到了家，根本做不来叔祖父了。

其实，吉诺曼先生是个聪明人，他作了比较，特奥杜勒所起的作用，只能令他更加痛惜失去马吕斯。

一天晚上，那是6月4日，吉诺曼先生还照样有一炉好火，他已打发女儿到隔壁房间做针线活，独自待在糊了牧羊图壁纸的房间里，双脚搭在壁炉柴架上，身后围着半圈科罗曼德尔制造的九折大屏风，整个人儿深深仰在锦缎面的太师椅中，臂肘支在桌子上，桌上点着两支有绿色灯罩的蜡烛，手里拿着一本书，但并不阅读。他按照自己的方式，穿着奇装异服，酷似加拉①的旧肖像。他若是这样上街，身后准会跟一群人，因此，他女儿总给他罩一件主教式肥袍。他在家中，除了早晚起床和上床，一向不穿睡袍。"穿睡袍显老。"他常这么说。

吉诺曼外公满怀深情和苦涩想念马吕斯，往往苦涩的味儿更重些。他那变得苦涩的深情，到头来总要沸腾，并转化为恼恨。到这一步，他只能死了这条心，接受撕肝裂胆的痛苦。他开始明白了，时至今日，再也没有理由指望了，马吕斯要回来早该回来了，不能再盼了，应当尽量习惯于这种想法：事情无可挽回，到死也不会再见到"那位先生"了。然而，他的整个天性却起而抗争，他那古老的亲情也不肯罢休。"怎么！"他常说，这已成为他痛苦时的口头禅，"他不会回来啦！"说罢，他的秃头就垂到胸前，失神地凝视炉膛里的灰烬，眼神凄迷而忧愤。

他正沉浸在这种幽思中，老仆人巴斯克忽然进来禀报：

"先生能接见马吕斯先生吗？"

老人猛地直起身，脸色灰白，好似受电击而挺起的尸体；周身血液涌入心房，他结结巴巴地问道：

"马吕斯先生贵姓？"

"不知道，"巴斯克见主人那神情深感意外，胆怯地回答，"我没有见到人；是妮科莱特刚告诉我的，她说，有个年轻人求见，您就说是马吕斯先生。"

吉诺曼外公讷讷说了一句："请他进来吧。"

他保持原来的姿势，脑袋微微摇动，眼睛盯住房门。房门重又打开，走进一个年轻人，正是马吕斯。

他衣衫褴褛，幸而烛光让灯罩遮住，昏暗中看不出来，只能分辨他那张平静而严肃，但又异常忧伤的面孔。

吉诺曼外公又惊又喜，一时愣住，半晌只看见一团光亮，就仿佛

---

① 加拉（1749—1833）：处决路易十六时任司法部长。督政府时期（1795—1799），他是衣着奇特的风云人物。因此，雨果说吉诺曼与他相像。

碰见了鬼神。他几乎要昏倒，是透过炫目的光芒才看见马吕斯的。那正是他，正是马吕斯！

终于盼来啦！已经四年啦！这回算抓住他了，可以说一眼就完全把他抓住了。他觉得他英俊、高贵、人品出众，长大了，也成人了，仪态端庄，样子十分可爱。他真想张开手臂，招呼他，起身冲上去，他的五脏六腑都融化在喜悦中，亲热的话语涨满胸膛，要流溢出来；总之，这一片慈爱之心萌发了，已经到了唇边，然而禀性难移，从他嘴里出来的反而是一句狠话。他口气生硬地问道："您到这儿来干什么？"

马吕斯尴尬地答道："先生……"

吉诺曼先生真希望马吕斯投入他的怀抱。他对马吕斯不满，也对他自己不满。他感到自己的态度太生硬，马吕斯的态度太冷淡。这老人感到内心充满了温情和哀怨，而表面又只能显得那么冷酷，这真叫他气恼和难以忍受。苦涩的滋味又上来了。他口气粗暴地打断马吕斯的话：

"您到底为什么还来这儿？"

"到底"这个字眼儿表明："如果您不是来拥抱我的话"。马吕斯望着老外公，只见他脸色苍白，好似大理石雕成。

"先生……"

老人又以严厉的声音说：

"您是来请求我原谅的吗？您已经认识了自己的过错吗？"

他以为这样指点一下，马吕斯这"孩子"就屈服了。马吕斯浑身一抖：这是要求他否认自己的父亲；他垂下眼睛回答：

"不是，先生。"

"既然不是，您又来找我干什么？"老人心如刀绞，义愤填膺，疾言厉色地说道。

马吕斯合拢双手，跨上前一步，声音微弱而颤抖地说：

"先生，可怜可怜我。"

这话触动了吉诺曼先生，如果早点儿说，就能让他心软下来，可惜说得太迟了。老外公立起身，双手扶着手杖，嘴唇没了血色，额头颤动，但是他个头儿高，可以俯视躬身低头的马吕斯。

"可怜您，先生！一个青年，却要一个九十一岁的老头儿可怜！您走进人生，我就要退出去了；您去看戏，去跳舞，去咖啡馆，去打弹子，您有才华，能讨女人喜欢，您是个俊俏的小伙子；而我呢，大夏天对着炉火吐痰；您富有，拥有世间唯一的财富，而我穷苦，拥有老年的全部穷苦、病疾、孤独！您有三十二颗牙齿、一副好肠胃、一双明亮的眼睛，您有力气，有胃口，身体健康，一天喜气洋洋，还有满头浓密的黑发；而我呢，甚至连白发也没了，我的牙齿掉了，腿走不动了，记忆力也丧失了，有三条街名我总弄混：夏洛街、寿姆街和圣克洛德街，我落到这种地步了；您的前途充满灿烂的阳光，而我已经深入黑夜，什么也看不见了；您喜欢追女人，这是自然的，而我在世上没人爱，您却求我可怜！不用说，莫里哀都没想到这一点。律师先生们，你们在法庭上若是开这种玩笑，我就由衷地祝贺你们。你们也太怪了。"

接着，九旬老人又声色俱厉地问道：

"说说看，您找我到底有什么事？"

"先生，"马吕斯说道，"我知道您见到我就不高兴，不过，我来只是求您一件事，说完马上就走。"

"您真是个糊涂虫！"老人说道，"谁说要您走啦？"

这话表明他内心的这句温情话："快请我原谅啊！快来搂住我的脖子啊！"吉诺曼先生感到再过一会儿，马吕斯就要离开他，是他不欢迎的态度令马吕斯气馁，是他冷酷无情把他赶走，他心中想到这一切，痛苦又增添几分，而痛苦随即又化为愤怒，他就更加显得冷酷无情了。他多么希望马吕斯领会他的心意，可是马吕斯又偏偏不理解，这就让老人心头火起。他又说道：

"您让我，让您这外公想念，您离开我家，不知跑到什么地方去，您让您那姨妈多伤心啊！可以想象得出来，您是去过单身汉生活，这就方便多了，当个花花公子，要什么钟点回家都行，可以吃喝玩乐。可是，您连信儿也不给我捎来点儿，欠了债也不让我偿还，您就是要胡闹，当个砸人家玻璃的捣蛋鬼。过了四年，您才回来找我，没别的话，只求我一件事儿！"

用这种粗暴的方式来感化外孙，只能说得马吕斯哑口无言。吉诺曼先生又起胳臂，他做出这种姿势显得特别蛮横，冲马吕斯喝道：

"赶快了结！您来求我什么事，这是您说的吧？到底什么事？什么呀？说吧。”

“先生，”马吕斯说，他那眼神真像要从绝壁掉下去的人，“我来请您允许我结婚。”

吉诺曼先生拉了拉铃，巴斯克应声推开房门。

“让我女儿来一下。”

不大工夫，房门重又打开，吉诺曼小姐出现在门口，但是没有进屋。马吕斯垂着手臂，立在那里一声不吭，一副犯了罪的样子；吉诺曼先生在屋里踱来踱去。他转身对女儿说：

“没事儿，这是马吕斯先生。您向他问声好。先生要结婚。就这事儿，您走吧。”

老人的声音短促而嘶哑，说明他气愤到了极点。姨妈惶恐地看了看马吕斯，仿佛不大认识了，她没有打一个手势，也没有讲一句话，让她父亲一口气吹走，比狂风吹一根麦秸还快。

这时，吉诺曼外公转回去，背靠着壁炉，说道：

“您要结婚！年仅二十一岁！您都安排好啦！就差请求允许啦！只是一个程序。请坐吧，先生。自从我无幸同您见面以来，你们搞了一场革命。雅各宾派占了上风。您一定很得意。您当上男爵的同时，不是也成了共和派吗？这方面您很会调和，用共和给男爵头衔当调料。七月革命您得了勋章吗？卢浮宫那里您也走动走动吧，先生？就离这儿不远，在诺南-狄埃尔街对面的圣安托万街，有一颗圆炮弹嵌入一栋房子的四楼墙上，题铭为：1830年7月28日。您不妨去开开眼，特别长见识。哼！您那帮朋友，他们干的好事！对了，他们在贝里公爵先生的纪念碑原址，不是建了一座喷泉吗①？这么说，您要结婚啦？同谁结婚？问问对方是谁，恐怕不算冒昧吧？”

他住了口，但是不容马吕斯回答，又粗暴地补充一句：“这么说，您有了职业啦？也挣了份财产？您干律师这行挣多少钱呢？”

“一文钱也不挣。”马吕斯坚决而干脆，几乎粗鲁地答道。

“一文钱也不挣？您只靠我给的那一千二百利弗尔生活喽？”

---

① 贝里公爵在歌剧院前黎塞留广场（现在的卢乌瓦广场）被杀，复辟王朝给他立了个赎罪碑，后来拆毁，由维斯孔蒂设计建了喷泉，但那是1844年的事，而非雨果所叙述的时间。

马吕斯缄口不答，吉诺曼先生接着问道：

"唔，我明白了，是因为那姑娘富有吧？"

"她同我一样。"

"怎么！没有嫁妆？"

"没有。"

"有望继承财产喽？"

"我认为不见得。"

"赤条条！那么，她父亲是干什么的？"

"不知道。"

"她怎么称呼？"

"割风小姐。"

"割什么？"

"割风。"

"哎呀呀！"老人说道。

"先生！"马吕斯叫了一声。

吉诺曼先生打断马吕斯的话，但他的口气又像自言自语：

"正是这样，二十一岁，无职无业，每年一千二百利弗尔，彭迈西男爵夫人要去摊儿上买两苏的香芹。"

"先生，"马吕斯又说道，他见最后一线希望要破灭，不禁惊慌失措，"我恳求您！看在上天的份儿上，我合拢手掌祈求您，先生，我跪到您脚下，请允许我娶她吧。"

老人哈哈大笑，透过尖厉而瘆人的笑声，他边咳嗽边说：

"哈！哈！哈！您在心里一定这么念叨：没错儿！我去找那个老古董，找那个老糊涂虫去！真可惜我还不满二十五岁！否则的话，看我怎么抛给他一份措辞恭敬的催告书！看我怎么摆脱他！管他呢，我会对他说：老蠢货，你能见到我，应该乐疯了，我打算结婚，打算娶随便哪个小姐，随便什么先生的女儿，我没有鞋穿，她没有衬衣，没关系，我的事业、前途、青春、我这一生，全投进水中；我情愿脖子上拴个女人，一头扎进苦海里，这是我打定的主意，你必须赞成！而老化石一定赞成。好吧，我的孩子，随你便，把石头系在你脖子上，娶你那个什么吹风，你那个什么砍风……绝不行，先生！绝不行！"

"外公！"

“绝不行!”

听他说“绝不行”的声调,马吕斯明白毫无希望了,他垂着头,身子摇摇晃晃,缓步穿过房间要离去,但是更像要死去的人。吉诺曼先生眼睛盯着他,就在马吕斯打开房门要出去的当儿,他不顾高龄,显出骄横惯了的老人那种急躁,几步跨上去,一把揪住马吕斯的衣领,用劲把他拉回房间,扔到扶手椅上,对他说道:

“这事儿,你跟我聊聊吧!”

这种突变,仅仅是马吕斯脱口而出的“外公”这个称呼引起的。马吕斯目瞪口呆,怔怔地望着老人。吉诺曼先生那张变幻无常的脸,现在完全是一副难以描摹的拙朴和善的神态。严厉的老祖宗变成慈祥的外祖父。

“来吧,聊聊,说说看,把你那风流事儿说给我听听,侃一侃,全讲出来!活见鬼!年轻人简直太傻啦!”

“外公!”马吕斯又叫了一声。

老人那张脸豁然开朗,露出难以形容的喜悦的神采。

“好,这就对啦!叫我外公,回头你就瞧好吧!”

同样还是粗声大气,可是现在却让人感到那么和善,那么温纯,那么坦率,那么慈祥,而马吕斯本已灰心丧气,忽又有了希望,这种转变来得太突然,他一时晕头转向,又激动万分。他坐到桌子旁边,烛光正巧照见他那身破衣烂衫,吉诺曼老头儿诧异地端详。

“好吧,外公。”马吕斯说道。

“怎么这副样子?”吉诺曼先生接口说,“您真的一贫如洗啦?你这身穿戴像个小偷。”

他立刻翻抽屉,掏出一个钱袋,放在桌上:

“喏,这是一百金币,拿去买顶帽子吧。”

“外公,”马吕斯继续说道,“我的好外公,您哪儿知道,我多爱她呀!您想象不出,我同她初次相遇,是在卢森堡公园,她常去那里;起初我没大注意,后来不知怎么回事儿,我就爱上她了。唉!这下子把我弄得好痛苦啊!现在行了,每天见面,我去她家,她父亲还不知道,您想想,他们要启程走了,我们是夜晚在花园里见面,不料,她父亲要带她去英国,于是我心里就合计:我得去见见外公,把事情跟他说说。他们若是真走了,首先我就要发疯,我会死的,我会一病不起，也会投水自尽。无论如何我得娶她，否则我就要发疯。这就是全部事实，原原本本，我想没有什么遗漏。她住在一座花园里，有一道铁栅门，是普吕梅街，靠近残废军人院。"

吉诺曼老头儿坐到马吕斯身边，现在他眉开眼笑，边听边品味马吕斯的声调，同时也深深品味一撮鼻烟，他听到普吕梅街的名字，就停止嗅鼻烟，余下的烟屑撒落在膝上。

"普吕梅街！你是说普吕梅街吗？……让我想想……那附近不是有一座兵营吗？……不错，正是那儿。你表哥特奥杜勒向我提过。就是那个枪骑兵，那个军官。……一个小姑娘，我的好朋友，那是个小姑娘呀！……没错儿，是普吕梅街，从前叫布洛梅街。……现在想起来了。普吕梅街那道铁栅门里的小姑娘，我听说过。在一座花园里。是一个帕梅拉。你的品味不错。据说她生得白白净净的。咱们私下讲，枪骑兵那个傻小子，还有那么点意思追过她呢。我不清楚事情到了什么程度。反正无所谓。再说，也不能相信他的话。他就爱吹牛。马吕斯！你这样一个青年爱上个姑娘，我觉得是件大好事。在你这年龄非常自然。我情愿你恋爱，也别去当雅各宾派。我情愿你爱上一条短裙子，哪怕爱上二十条，也别爱上罗伯斯庇尔先生。平心而论，在不穿短裤的人①中，我一向只爱女人。美丽的姑娘终究是美丽的姑娘，见鬼！这没有什么可说的。至于这个小姑娘，她瞒着爸爸接待你，这也是正常的。我也一样，有过类似的艳遇。不止一次。你知道怎么办吗？不要操之过急，不要闹出事儿来，也不要订婚，去见什么挎绶带的市长先生。表面上傻乎乎的，其实是个聪明的小伙子。头脑保持清醒。世人啊，要一滑而过，不要结婚。来找外公就对了，其实外公是个好好先生，在老抽屉里总有几卷路易；只要对他说一声：外公，是这码事儿。外公就会说：这还不简单。青春要过，老年要折。我有过青春，你也会老。去吧，我的孩子，将来你把这话教给你孙子。这是两百皮斯托尔②，痛快玩去吧，小子！这再好不过！事情就是应当这样进行。决不结婚，但这不碍事，该怎么玩就怎么玩。你明白我的意思吗？"

---

① 法语 sans-culotte 指不穿短外裤的穷人，通常译作"长裤汉"。这里是文字游戏，不穿短外裤者也包括女人，故有这句俏皮话。

② 皮斯托尔：法国古币名，1皮斯托尔相当于10利弗尔。

马吕斯呆若木雕，直摇头，一句话也讲不出来。

老头儿放声大笑，挤了挤老眼，拍他膝盖一下，直视他的眼睛，神情诡秘而又得意扬扬，极温柔地耸着肩膀说道：

"傻小子！让她做你情妇吧。"

马吕斯脸唰地白了。刚才，他根本没有听懂外公讲的那一套。什么布洛梅街、帕梅拉、兵营、枪骑兵，唠唠叨叨，一件件像幻影一般，从马吕斯眼前掠过。珂赛特是百合花，同这些一件也连不上。老人在胡诌八扯。然而一阵胡诌八扯，最后落到一句话，这回马吕斯听明白了，认为这是对珂赛特的极大侮辱。"让她做你情妇吧"，这句话如同一把利剑，刺进这个严肃的青年的心中。

他站起来，从地上拾起自己的帽子，步子沉稳而坚定地走向房门，到了门口转过身，向外公深施一礼，然后扬起头说道：

"五年前，您侮辱了我的父亲；今天，您又侮辱了我爱的女人。我再也不求您什么事了，先生。永别了。"

吉诺曼外公惊呆了，他张开嘴，伸出手臂，想站起来，一句话还未讲出口，房门已经重又关上，马吕斯不见了。

老头儿仿佛遭了雷击，半晌未动弹，既说不出话，也喘不上来气，就好像有个拳头卡住喉咙。终于，他挣扎离开坐椅，这个九十一岁的老人以他最快速度冲向门口，开了门喊道："救命啊！救命啊！"

他女儿闻声赶来，佣人也都来了。他声音嘶哑，又凄怆地说道：

"快追他去！把他追回来！我怎么招惹他啦？他疯啦！他走啦！噢！上帝啊！噢！上帝啊！这次，他再也不会回来啦！"

他跑过去，用颤抖的双手推开临街的窗户，大半个身子探出去，巴斯克和妮科莱特只好从后边拉住，他连声喊叫：

"马吕斯！马吕斯！马吕斯！马吕斯！"

可是，马吕斯听不见了，此刻他拐进圣路易街。

九旬老人神情惶恐不安，连续两三回双手举到太阳穴，踉跄着后退，瘫到一张扶手椅上，没了脉息，没有声音，没了眼泪，只是晃着头，翕动着嘴唇，一副痴呆的样子，眼里和心里全空了，只剩下类似黑夜的黝黯而深邃的东西。

"救命啊！救命啊！"

第九卷　他们去哪里？

一　冉阿让

就在同一天下午，将近四点钟的时候，冉阿让来到演兵场，独自坐在一条最清静的斜坡背面。近来，他不大同珂赛特一道出门，也许这是出于谨慎，或者想静心思考，也许是每人生活中都不知不觉发生的习惯逐渐改变的缘故。他穿一件工装外衣、一条灰色粗布裤，戴一顶遮住面孔的长舌帽。现在，他对珂赛特倒是放心并满意了，一度引起他忧惧和苦恼的情况已然消失；然而，他又产生了另一种性质的疑虑。一天，他在大马路上散步，忽然发现德纳第，幸亏他化了装，没让德纳第认出来；不料此后又多次遇见，现在他可以肯定，德纳第总在这个街区转悠，这就足以令他拿定一个大主意。德纳第一来，这就危机四伏。

此外，巴黎的局势也不平静，政治混乱给隐瞒身世的人带来麻烦：警察变得特别戒忌而多疑，他们追捕佩潘或莫雷①那种人，很可能发现冉阿让这样一个人。

从这几方面考虑，冉阿让都不免忧心忡忡。

---

① 佩潘：圣安托万城郊区店铺老板；莫雷：马具商。二人参加了费耶斯齐在 1835 年暗杀路易－菲力浦的行动，后被捕处决。不过，在 1832 年，雨果叙述的这个时期，他们不可能被警察追捕。

最后，刚发生一件费解的事，他十分诧异，一直悬挂在心，也更加警觉起来。就在这天早晨，全家唯独他起床，珂赛特的窗板还未打开，他在花园里散步，突然发现墙上有一行字，大概是用钉子刻的：

玻璃厂街十六号。

显然是新刻上的，老墙皮早已发黑，而刻出的字是白色的。墙脚一簇荨麻叶上还有新落的细白粉末。很可能是昨天夜晚刻的。是什么意思呢？是个地址吗？是给别人留的暗号吗？是给他发的警告吗？无论怎样，这园子有人闯进来，不知什么人摸进来过。他还记得不久前惊扰这所房子的怪事。他的思想总往这个牛角尖里钻，因此，他怕唬着珂赛特，就绝口不提有人用钉子往墙上刻字的事。

冉阿让反复斟酌权衡之后，决定离开巴黎，甚至离开法国，干脆到英国去。他让珂赛特做个准备，打算一周之内启程。他坐在演兵场的斜坡上，头脑里思绪万千：德纳第、警察、刻在墙上的那行奇特的字、这次远行，而且弄份护照也困难。

他正陷入这种思虑，忽见太阳从背后把刚上坡顶的一个人影子投射过来，正要回头瞧一瞧，又有四折的一张纸落到膝上，就好像是由一只手从他头顶扔下来的。他拾起纸，展开一看，只见上面用粗铅笔写的大字：

快搬家。

冉阿让急忙站起来，土坡上一个人也没有；他四面张望，只见一个人比孩子稍高，又比成年人稍矮，穿一件灰布外衣和一条泥土色灯芯绒裤子，正跨过栏杆，滑进演兵场的护沟里。

冉阿让立刻回家，一直心事重重。

二　马吕斯

马吕斯离开吉诺曼先生的家，心中十分懊丧。他进门时抱着极小的希望，带出来的却是极大的失望。

不过，什么枪骑兵、军官、傻小子、特奥杜勒表哥，在他思想上没有留下一点阴影。丝毫没有。观察过人心初状的人，能够理解他这一点。剧作诗人看到外公突然向外孙透露的情况，就可能追求表面效果，编造出一些复杂情节。然而，戏剧性增加，真实性就受损。在马吕斯这个年龄，根本不相信人会作恶，以后到了一定年龄，才会相信人什么都干得出来。猜疑就像皱纹，青少年时没有。搅乱奥赛罗的心的事，触动不了老实人①。怀疑珂赛特！对马吕斯来说，大量犯罪还容易些，绝不能怀疑珂赛特。

　　他开始在街上游逛，这是排遣苦恼的办法。他能回忆起来的事情一概不想。凌晨两点钟，回到库费拉克的住所，他和衣倒在床上，直到日上三竿，才昏昏沉沉睡过去，但思绪在头脑里仍然穿梭往来。醒来睁眼一看，只见库费拉克、安灼拉、弗伊和公白飞站在屋里，都戴着帽子，正准备上街，显得很匆忙。

　　库费拉克对他说：“给拉马克将军送葬，你去不去？”

　　他仿佛听库费拉克在讲中国话。

　　他们走后不久，他也出门了。他一直留着2月3日那次事件沙威交给他的两只手枪，还上着子弹，这次出门揣在兜里。很难说他带上枪，心里有什么隐秘的打算。

　　他在街上游荡了一整天，却不知身在何处，有时下雨也全然不觉；他进面包铺，花一苏钱买一根小长面包做晚餐，揣进兜里就忘了。他恍惚在塞纳河里洗了个澡，但是毫无印象了。有时，脑壳下面就像生了个火炉。马吕斯又面临这种时刻，他再也不抱什么希望，再也不惧怕什么了；从昨晚起，他就跨出了这一步。他心急火燎等待天黑，只有一个清晰的念头：九点钟同珂赛特见面。现在，他的整个前途就是最后这点欢乐了。此外一片黝黯。他走在最僻静的大马路上，不时恍若听见市区传来奇特的喧嚣，于是从冥想中探出头来，不禁说道：莫不是打起来啦？

　　他按照答应珂赛特的话，在夜幕刚刚降临，九点钟准时到达普吕梅街，一走近铁栅门，就把一切置于脑后。已有四十八小时未同珂赛特见面，现在又要见到她，其他念头一概消失，只有一种闻所未闻的由衷的喜悦了。这几分钟恍若度过几个世纪，总有至高无上而又美不

――――――――

　　①　伏尔泰同名小说中的主人公。

胜收的意味，每逢这种时刻，整个心灵就全投进去了。

马吕斯挪开那根铁条，急忙钻进花园，珂赛特却不在她往常等他的地方。他穿过繁枝密草，走向台阶旁边的凹角，心想："她在那儿等我呢。"那里也不见珂赛特。他举目望望，只见小楼的窗板全关上了。他在园中转了一圈，园子寂无一人。于是，他又回到楼前，因爱情简直发了狂，像醉了一般，又因痛苦和不安而惊慌失措，气急败坏，好似回家时候不当的主人那样，拼命敲窗板，敲了这扇敲那扇，敲了又敲，也不怕看见窗户打开，那个父亲探出阴沉的面孔问他：您要干什么？不过，比起他隐约看到的情景，这根本不算什么。他敲过之后，又高声呼叫珂赛特。"珂赛特！"他喊叫。"珂赛特！"他越喊越凶。可是没人答应。完了。园子里无人，房子里也无人。

马吕斯失望的眼睛盯着这阴森的房子，觉得它跟坟墓一样黝黑和岑寂，而且更加空荡荡的。他看了看石凳，他曾坐在石凳上，在珂赛特身边度过多少美好的时辰。继而，他坐到台阶上，心中充满温情和决心，在思想深处为他的爱祝福，默默说道：既然珂赛特走了，他就只有一死。忽然，他听见有人喊他，喊声好像从街上穿过树木传来："马吕斯先生！"

他站起来，应了一声："唉？"

"马吕斯先生，您在那儿吗？"

"在这儿。"

"马吕斯先生，"那声音又说，"您那些朋友在麻厂街的街垒那儿等您呢。"

马吕斯听那声音并不完全陌生，像是爱波妮那沙哑而粗鲁的声音。马吕斯跑向铁栅门，移开活动的铁条，脑袋钻出去，看见一个人跑开，像个小伙子，很快消失在夜色中。

三　马伯夫先生

冉阿让的钱袋，对马伯夫先生毫无助益。马伯夫先生严于律己近乎稚气，但十分可敬，他决不接受星辰的礼物，也决不允许一颗星能铸造路易金币。他没有猜出，从天上掉下来的东西是来自伽弗洛什。他把钱袋送交本区派出所，当作失物让人认领。那钱袋还真的成了失物。不用说无人去认领，但也根本没有救济马伯夫先生。

就这样，马伯夫先生还继续走下坡路。

靛青的试验栽培，无论在他那奥斯特利茨园子还是植物园，都没有取得成效。上一年，他的女佣的工资还欠着，现在房租又欠了几个季度。《植物志》铜版当了十三个月，就被当铺拍卖，由锅匠买去当料做平底锅了。《植物志》还有不成册的印张，现在铜版没了，也就无法补印配齐了；那些插图和散页，只好当作废纸便宜处理给了旧书贩子。他毕生的著作，至此也就荡然无存了。他靠卖残册的钱生活，发现这点微薄的收入很快就枯竭了，便放弃了园子，任其荒芜了。从前，很久以前，他隔三岔五还能吃上两个鸡蛋和一块牛肉，后来也放弃了，只吃面包和土豆。最后几件家具也卖掉了，接下来，床单、被褥和衣服，凡有双份儿的，以及植物标本和版画，全都变卖了；不过，他还保留最宝贵的藏书，其中有一些珍本，诸如：1560 年版的《圣经历史故事四行诗》①，彼得·德·贝斯著的《圣经名词索引》②，约翰·德·拉艾伊著的《玛格丽特的菊花》，并有赠给纳瓦尔王后的亲笔题词，德·维利埃-奥曼著的《论使臣的任务和尊严》③，1644 年版的《犹太诗选》，一本 1657 年版的提布卢斯④的作品，并印有"威尼斯，马奴丘出版"的著名文字，还有一本 1644 年在里昂印行的拉埃尔特的第欧根尼⑤作品，这个版本收录了 13 世纪梵蒂冈四百一十一号手抄本的著名异文，以及威尼斯三百九十三号和三百九十四号两种手抄本的著名异文，全由亨利·艾蒂安卓有成效地校阅过，书中还收录了用多利安方言写的所有段落，这只有在那不勒斯图书馆 12 世纪的有名手抄本上才能查到。马伯夫先生的房间从不生火，他日落就上床睡觉，以免点蜡烛。他似乎连邻居也没有了，发觉他出门时，人家总避开他。一个孩子受穷，能引起一个当母亲的同情；一个小伙子受穷，能引起一个年轻姑娘的同情；而一个老人受穷，却得不到任何人同情。这是各种穷

---

① 译自意大利文，作者莱翁·德·弗郎西亚。

② 1610—1611 年在巴黎印行。

③ 1603—1604 年在巴黎印行。

④ 提布卢斯（约公元前 50—前 19 或 18）：拉丁文诗人，著有三部《哀歌》。马奴丘家族是 15 世纪和 16 世纪威尼斯的著名印书商。

⑤ 拉埃尔特的第欧根尼：公元 3 世纪希腊作家，他搜集了不少古代佚文。但此处雨果可能弄混版本。

困中最凄凉的境况。然而，马伯夫老爹并没有完全丧失孩子特有的宁静，他注视自己藏书的时候，眼睛就明亮快活起来，一欣赏第欧根尼的孤本，脸上就泛起笑容。他那镶玻璃的书柜，是他必不可少的物品之外保留下来的唯一家具。

一天，普卢塔克大妈对他说："没钱买东西做晚饭了。"

她所说的晚饭，就是一个面包和四五个土豆。

"赊账呢？"马伯夫先生答道。

"您知道人家不肯赊给我。"

于是，马伯夫先生打开书柜，就像一位父亲被迫要交出一个孩子去砍头，不知挑哪个好似的，他一本一本端详全部藏书，久久不决，最后狠心抄出一本，夹在腋下出去了。两小时之后回来，腋下的书不见了，他把三十苏硬币往桌上一放，说道："拿去买东西做晚饭吧。"

从这时候起，普卢塔克大妈看出，老人那张憨厚的脸罩上了阴影，宛如放下的面纱再也不掀起来了。

第二天，第三天，每天都得重演一遍。马伯夫先生带一本书出去，带一枚银币回来，旧书商见他非卖书不可，就只出二十苏收购他当初花二十法郎买的书。有时，卖出又收购是同一个书商。一本接一本，整个书柜就倒腾空了。有时他咕哝道："我可是八十岁的人了。"言下之意，仿佛要说他的时日会在他的藏书之前完结。他越来越忧伤了。不过，他也乐了一次。他带一本罗贝尔·艾蒂安①版的书出门，在马拉凯河滨路卖了三十五苏，又在河滩街花四十苏买了阿尔多②版的书回家。"我还欠五苏呢。"他兴高采烈地对普卢塔克大妈说，这天，他没有吃上饭。

他是园艺学会的成员，有的会员了解他穷苦的境况。会长来看望，表示要把他的情况向农业和贸易大臣谈谈，而且言出必行。"怎么会这样！"大臣提高声音说道，"我认为应该！一位老学者！一位植物学家！一位与世无争的老人！应该帮帮他！"次日，马伯夫先生收到一份大臣邀他吃饭的请柬。他乐得发抖，拿请柬给普卢塔克大妈看，说道："我

---

① 罗贝尔·艾蒂安（1503—1559）：法国人文学家的出版商。

② 阿尔多：威尼斯出版世家马奴丘创始人名字的简称，全称为特奥巴尔多·马奴丘。

们有救啦！"到了日子，他前往大臣府上。他发觉自己破布条似的领带、过分肥大的旧礼服、用鸡蛋清擦亮的皮鞋，叫那些听差见了十分诧异。没人跟他说话，连大臣也没有理睬他。将近晚上十点钟，他还一直等人家跟他说句话，忽听那位大臣夫人，令他敬而远之的一位祖胸露背的美妇问道："那位老先生是什么人啊？"他半夜冒雨徒步回家。他为了乘马车去赴宴，卖掉了一本埃勒泽维尔①版的书。

他已养成习惯，每天晚上睡觉之前，总拿起拉埃尔特的第欧根尼著作看几页。他相当精通希腊文，能品味出他拥有的这个文本的妙处。现在，他再也没有别的乐趣了。就这样又过了几周。有一天，普卢塔克大妈忽然病倒。比没钱买面包更可悲的事，就是没钱抓药。一天傍晚，大夫开了一剂很贵的药。而且病情恶化了，需要找一名看护。马伯夫先生打开书柜，里里空空如也。最后一册书也拿走了，只剩下他那部拉埃尔特的第欧根尼著作。

他把这个孤本夹在腋下出门了，这天是1832年6月4日，他去圣雅克门罗约尔书局的继承人那里，带回来一百法郎。他将一摞五法郎的银币往老佣人的床头柜上一放，一言未发就回自己屋了。

次日天刚亮，他就进园子里，坐到翻在地上的路石上，从绿篱上面可以望见，整整一上午，他坐在那里纹丝不动，额头低垂，眼睛失神地凝视着凋残的花坛。有时下一阵雨，老人似乎全然不觉。到了下午，巴黎市区爆发出异乎寻常的喧嚣，听来好像枪声和人众的呼噪。

马伯夫老爹抬起头，瞧见一个园丁经过，便问道："出什么事啦？"

那园丁背了一把铁锹，以极为平静的口气答道："暴动了。"

"什么！暴动啦？"

"对。两边干起来了。"

"为什么要干起来呢？"

"噢！天晓得！"园丁说道。

"是在哪一带？"马伯夫先生又问道。

"在军火库那边。"

马伯夫老爹回屋戴上帽子，又下意识地要抓本书夹在腋下，却没有找到，便说了一句："哦！对了！"随即懵懵懂懂出门去了。

---

① 埃勒泽维尔：16、17世纪荷兰出版世家，其版本以字体秀美著称。

第十卷 1832年6月5日

一 问题的表象

暴动包含什么呢？什么也没有，又什么都有。有一点点施放的电、猛然喷出的火焰、飘游的一种力、刮过的一阵风。这阵风遇到思考的头脑、幻想的神智、痛苦的灵魂、燃烧的激情、呼号的苦难，都一并席卷而走。

去哪里？

漫无目的。穿越政府，穿越法律，穿越他人的奢华和狂傲。

激怒的信念、挫伤的热忱、激起的义愤、压抑的好斗本能、狂热的青年勇气、侠义的盲目性、好奇心、见异思迁的倾向、期待意外事件的心理，以及爱看新戏报，爱听剧院布景工哨子声的情趣；还有种种无名的恼恨积怨、种种失意、认为命运舛错的虚荣、种种苦恼、想入非非、危机四伏的野心、在崩摧中寻觅出路者；在最底层，还有泥炭，这种能燃烧的污泥，凡此种种，都是暴动的成分。

最伟大的和最渺小的，在一切之外游荡并等待时机的人，居无定所的人，无业游民，街头流浪汉，夜晚睡在人家稀少的地段、只以寒云冷雾为屋顶的人，每天乞讨面包而不肯劳动的人，贫苦无告和身无长物的人，赤臂赤足者，这些都属于暴动。

任何人在心中蠢蠢欲动，要起而反抗国家、生活或命运的某件事，都贴近暴动，一旦出现这种情况，就激动得开始发抖，感到自身被旋风卷起来。

　　暴动是社会大气的一种龙卷风，它是在一定的气温条件下突然形成的，旋转着升腾奔驰，隆隆作响，无论碰到庞大的还是细弱的自然物、坚强的人还是意志薄弱的人、大树干还是小草茎，都要卷起来，一扫而光，摧毁，连根拔起，一齐带走。

　　它卷走的人，它碰到的人，无不遭殃！它会让他们相互撞击而粉身碎骨。

　　不知它把什么特殊的威力传给它抓住的人，让随便什么人充满力量去造时势。它把什么都变成投掷物，把砾石变成炮弹，把脚夫变成将军。

　　如果相信阴谋政治的某些断言，从政权角度来说，发生一点暴动倒是好事。推论是：暴动只要推翻不了政府，就能巩固政权。暴动能考验军队，凝聚资产阶级，拉动警察的肌肉，检视社会构架的坚固程度。这是一种体操锻炼，几乎是一种清洁运动。政权经过暴动，就像人体经过按摩一样，会更加健康。

　　每件事都有一种自诩"通情达理"的理论；费兰特反对阿尔赛斯特①；在真理和谬误之间进行调解；解释，训诫，打折扣还显示点高姿态，因为混杂了谴责和谅解，就自以为十分高明，往往是不折不扣的迂腐之见。标榜不偏不倚的任何政治学派，都是从这里派生的。在冷水和热水之间，还有温水党派。这种学派貌似精深，实则浅薄，只剖析后果，不追究起因，站在半科学的高度，一味斥责广场上的骚乱。据这种学派称："暴动给1830年的事件添乱，削减了几分这一伟大事件的纯洁性。七月革命是民众的一阵好风，刮过之后，天空骤然晴朗。然而，暴动又使天空阴云密布，这场一致拥护的革命本来十分出色，结果在争吵中大为减色了。七月革命同任何急促的进步一样，筋骨多处受了内伤，一经暴动触碰就疼痛难忍了。人们可以说：'噢！这处断裂了。'七月革命之后，人们只感到解放了；暴动之后，人们则感到灾难。"

　　"每逢暴动，店铺就关门，资金就减少，证券交易就萧条，生意就中止，企业就停顿，结果纷纷破产，现金短缺，私人财产受到威胁，国家信贷动摇了，工业生产紊乱，资本紧缩，工资降低，各地人心惶惶，殃及每

---

　　① 莫里哀剧作《愤世者》中的两个人物。阿尔赛斯特爱憎分明，费兰特则极力调和。

一座城市。这样，全国就危机四伏。有人计算过，暴动第一天，法国损耗两千万，第二天四千万，第三天六千万。持续三天的暴动，就损失一亿两千万，也就是说，仅从财政后果来看，就等于一场大灾难，即洪水泛滥，或者吃一次大败仗，一支拥有六十艘战舰的舰队被歼灭。"

"当然，从历史角度而言，暴动自有它的美；论场面宏伟和悲壮，石垒战并不逊于丛林战：一种有森林的灵魂，另一种有城市的心灵；一种有约翰·朱安，另一种有贞德。暴动将巴黎性格的最突出特质：慷慨、忠勇、乐观和豪放，映得通红，显得十分壮观，照见表明勇敢是智慧的一部分的大学生、毫不动摇的国民卫队、店铺商贩的野营、流浪儿的堡垒、藐视死亡的行人。学校和宪兵团相冲突。双方的战士之间，归根结底只有年龄的差异；他们是同一种类，全是坚忍不拔的人，二十岁为理想而牺牲，四十岁则为家庭而死。在内战中，军队总是愁眉不展，以谨慎克制对付英勇果敢。暴动既显示了民众的大无畏精神，也训练了中产阶级的勇气。"

"这固然不错。可是，这一切就值得流血吗？岂止流血，前途也黯淡了，进步受到损害，最善良的人惴惴不安，正直的自由派失望了，外国专制主义看到革命自我伤害便幸灾乐祸，而1830年的战败者又神气起来，说什么：'我们早就有言在先！'还有，巴黎也许扩大了，但是法国肯定缩小了。还有，干脆把话说透，自由变得疯狂，维护秩序的力量则变得野蛮凶残，往往大肆屠杀，虽然战胜了自由，却也染上了不光彩的血污，总而言之，暴动总是祸国殃民。"

那些近乎明智的人士这样讲，而中产阶级，那些近乎民众的人，也乐得吃这颗定心丸。

至于我们，我们要摈弃"暴动"一词：这个词意思太宽泛，使用也太随便。我们要区分一场民众运动和另一场民众运动。且不说一次暴动的耗费是否超过一场战役。首先要问一问：为什么要打仗？这里就提出了战争的问题。战争这种祸患，难道就比暴动这种灾难轻吗？7月14日革命，即使耗费一亿两千万，那又怎么样呢？让菲力浦五世①

---

① 菲力浦五世（1683—1746）：西班牙国王（1700—1746年在位），他是法国国王路易十四的孙子，由路易十世扶持继承西班牙王位，从而引发同英国、奥地利、荷兰等国的战争。

在西班牙登基，法国耗资二十亿。即使代价一样，我们也宁愿用在 7 月 14 日上，况且，我们也排除这些数字：数字貌似论据，其实只是空话。既然是一次暴动，那么我们就剖析暴动本身。上述这套空论式的异议，也只谈及后果，而我们却要追究起因。

我们阐明如下。

二　问题的实质

有暴动，还有起义，这是两种愤怒：一种不当，另一种正当。唯一建立在公正上的民主政体，有时也会发生一小撮人篡权的情况，于是全体起而攻之，要讨回权利，必要时还拿起武器。凡是属于集体主权的问题，全体对部分的战争是起义，部分对全体的进攻是暴乱；要看土伊勒里宫容纳的是国王还是国民公会，才能决定对它的进攻是正义的还是非正义的。同一门瞄准人众的大炮，在 8 月 10 日①是错的，在葡月 14 日②则是对的。表象类似，本质不同；瑞士雇佣军保卫错误的东西，波拿巴则保卫正确的东西。全体在自由和主权的情况下决定的一切，不能由街头暴乱来改变。纯属文明的事物也是如此；民众的本能，昨天清醒，明天又可能混乱。同样的愤怒，反对特雷③就是正当的，反对杜尔哥④就是荒谬的。破坏机器，抢劫仓库，拆毁铁路，捣毁船坞，聚众闹事，不公正地对待进步的人民，学生杀害拉缪⑤，有人用

---

① 1792 年 8 月 10 日，巴黎公社领导的人民武装进攻国王路易十六所在的土伊勒里宫，瑞士雇佣军保卫王宫，向群众开枪。

② 应是共和四年葡月 13 日，即 1795 年 10 月 5 日，保王党人在巴黎暴动，向国民公会所在地土伊勒里宫进攻，拿破仑指挥革命部队粉碎了保王党人的图谋。

③ 特雷：路易十六的财政总监，任期为 1769 年至 1774 年。雨果的观点很明确：特雷维护特权，杜尔哥力求改革。

④ 杜尔哥：路易十六的财政总监，任期为 1774 年至 1776 年。雨果的观点很明确：特雷维护特权，杜尔哥力求改革。

⑤ 拉缪（1515—1572）：人文学者，在圣巴泰勒米发生惨案，即 1572 年 8 月 23—24 日夜间被杀害。

石头将卢梭赶出瑞士①，这些行为就是暴乱。以色列反对摩西，雅典反对福基翁②，罗马反对西庇阿③，巴黎反对巴士底狱，这些都是起义。士兵反对亚历山大，海员反对哥伦布，都是同样的反抗，大逆不道的反抗。为什么呢？因为亚历山大用剑为亚洲所做的事，正是哥伦布用指南针为美洲所做的事；亚历山大同哥伦布一样，发现了一个世界。将一个世界赠送给人类文明，这在多大程度上增加了光明，因此任何抗拒都是犯罪。有时，人民就曲解对自我的忠诚。群众背叛人民。例如，私盐贩子不惜流血长期抗争，为正当利益长期反抗，可是到了关键时候，到了得救的日子，即人民胜利的时刻，他们却投靠王室，转变为朱安党，从反抗王室的起义转为拥护王室的暴动，这岂非咄咄怪事！愚昧无知的可悲杰作！私盐贩子逃脱了王朝的绞刑架，脖领上还套着一段绳索，就戴上白徽章。"打倒盐税局"的口号却生出"国王万岁"的口号。圣巴泰勒米节惨案的杀手、九月惨案的凶手、阿维尼翁惨案的刽子手；杀害科利尼的凶手、杀害德·朗巴勒夫人的凶手、杀害勃吕讷的凶手④；米克莱⑤、绿徽章⑥、辫子兵⑦、热愚帮⑧、袖章骑士⑨，这些全是暴乱。旺岱是天主教的一次大暴乱。

---

① 1765年，卢梭遭石块袭击，但不是把他赶出瑞士，只是把他赶出斜谷。卢梭从斜谷迁往圣彼得岛。

② 福基翁（约公元前402—318）：雅典将军、政治家，因主张和平政策而被处死。

③ 西庇阿：有大西皮阿（公元前235—前183）和西皮阿（公元前185或前184—前129），二人均任过罗马执政官。

④ 列举六条，后三条重申前三条，即在这三个惨案中，各举出一个著名的受害者。

⑤ 米克莱：西班牙匪帮，1808年由拿破仑改编成法军米克莱，用以对付西班牙游击队。

⑥ 绿徽章：保王党集团，戴绿徽章，1794年7月27日热月政变之后和第二次波旁王朝复辟初期，在南方肆虐，实行白色恐怖。

⑦ 辫子兵：原为留发辫的榴弹兵和轻骑兵，1794年热月政变后，发辫成为年轻的保王党的时髦。

⑧ 热愚帮：热月政变后，在法国南方猖獗活动的反革命团体。

⑨ 袖章骑士：1814年，昂古莱姆公爵进入波尔多城，扈从贵族左臂戴绿袖章。雨果给予他们这一讽刺性称呼。

人权行动的声响可以辨识，并不一定总是发自骚乱群众的颤抖；有疯狂的愤怒，有破裂的铜钟；不见得警钟都能发出青铜之音。狂热和无知的骚动，绝非进步的震荡。"起来，"这没错儿，但是要为了成长壮大。指给我看看你要走的方向。只有向前才算起义。任何别种"起来"都不好。凡是猛然倒退就是暴乱，倒退，就是反对人类的一种暴行。起义就是真理的震怒。起义掀起的马路石块，迸发出人权的火花。这些路石只给暴乱留下烂泥。丹东反对路易十六是起义；埃贝尔反对丹东则是暴乱。

由此可见，正如拉法耶特所讲的，在一定条件下，如果说起义可能是最神圣的义务，那么暴动就可能是滔天大罪。

热量的程度也有差异：起义往往是火山，暴动往往是草火。

我们说过，反抗有时出现在政权内部。波利尼亚克是暴乱者；卡米尔·德穆兰是治理者。

有时，起义即起死回生。

一切问题由全民公决，这完全是现代方式；在此之前四千年的历史，充满了人权遭践踏、人民受苦难的事实，每个时期都附有可行的抗议。在专制君主统治时期，没有起义，却有尤维纳利斯①"愤怒"②接替了格拉库斯兄弟③。

在专制君主统治下，有发往赛伊尼的流放者④，也有写《编年史》的人物⑤。

---

① 尤维纳利斯（约60—约120）：拉丁诗人，著有《讽刺诗集》，抨击罗马的腐化风俗。

② 原文为拉丁文，引自尤维纳利斯的一句诗："缺少天赋，愤怒也能作诗。"

③ 格拉库斯兄弟：罗马著名法官，主张土地改革，于公元前133年和前121年先后被大地主势力杀害。

④ 据不可靠的传说，尤维纳利斯被放逐到埃及的赛伊尼，即现称的阿斯旺地区。

⑤ 指塔西陀。参照夏多布里昂《墓外回忆录》中引录的1807年的文章："尼禄徒然如日中天，塔西陀已经在帝国出生了。"塔西陀（约55—120）：拉丁历史学家。

　　且不说帕特莫斯的那个巨大的流放者①，他也同样，以理想世界的名义，强烈抗议现实世界，将幻觉化为一种惊天动地的讽刺，将世界末日的烈焰反光投向罗马-尼尼微、罗马-巴比伦、罗马-塞多姆②。

　　约翰站在岩石上，犹如斯芬克司蹲在基座上；世人可能不理解他：他是犹太人，用的是希伯来文；然而，撰写《编年史》的是拉丁人，说得准确些，他是罗马人。

　　尼禄之流的暴君统治一片黑暗，就应当用同样的色调描绘出来。单凭刻刀雕刻出来，就会显得苍白无力；必须为之上色，将凝练犀利的散文倾入刻痕里。

　　独裁者有助于思想家的思索。受束缚的言论别具一种威力。君主强迫民众缄默的时候，作家就两倍三倍地加强自己的文笔。一种神秘的丰满，从这种缄默中产生出来，在思想中过滤，并凝固成为青铜体。历史上的高压政策，在历史学家身上压制出精确性。某一名作如花岗岩一般坚硬，无非是暴君重压的结果。

　　在暴政统治下，作家被迫缩小范围，从而也就增聚了力量。西塞罗的和谐复合句，在威勒斯案③上勉强够用，用在卡利古拉身上就会显得迟钝了。语句紧缩，就增加了打击力度。塔西陀收缩着手臂思考。

　　一颗伟大心灵的正直，在正义和真理上高度凝结，具有雷霆万钧之力。

　　顺便说一句，要知道在历史上，塔西陀和恺撒并没有同世遇合。天意给塔西陀保留了提比略之类的皇帝。恺撒和塔西陀是相继出世的两位人杰，仿佛避免相遇，这是掌握岁月舞台上下场的主宰的神秘安排。恺撒是伟人，塔西陀也是伟人；上帝不让这两个伟人相互撞击。

----

　　①　指圣约翰。他在希腊的帕特莫斯岛上撰写了《启示录》。

　　②　尼尼微：西亚（今伊拉克境内）古亚述国首都，公元前612年被毁，标志亚述帝国的灭亡。巴比伦（今伊拉克境内）：西亚文明古城。始建于公元前24世纪至前22世纪，公元前323年以后衰落。塞多姆：古城（巴勒斯坦境内），位于死海南岸，公元前19世纪毁于灾难。《启示录》叙述其事，说是上帝的惩罚。

　　③　西塞罗（公元前106—前43）：拉丁政治家和演说家，他将拉丁语的雄辩推上高峰。在西西里人控告总督威勒斯敲诈勒索的案件中，他作为原告律师，指控十分有力，使威勒斯受到应得的惩罚。

伸张正义的审判官若是抨击恺撒，就可能做得过火，有失公正。上帝不愿意如此。非洲和西班牙的伟大战争，消灭奇里乞亚①海盗的行动，将文明带给高卢、布列塔尼和日耳曼的功绩，这一系列的光荣遮蔽了鲁比科内河事件②。这其中显示一种微妙的天公地道，不忍放手让铁面无私的历史学家去评说杰出的侵略者，让塔西陀饶过恺撒，向这位天才提供减轻罪过的情节。

当然，即使由天才的独裁者统治，专制主义依然是专制主义。在杰出的专制者统治下，也有腐化问题；不过，在寡廉鲜耻的专制者统治下，这种精神瘟疫就更加丑恶了。在这些朝代，毫不掩饰无耻的行径；而由塔西陀和尤维纳利斯这类创制典型事例的人，鞭挞这种无可辩驳的卑鄙无耻，对人类则更有裨益。

罗马在维特利乌斯③统治时期，比在苏拉④统治时期感觉还要糟。在克劳狄⑤和多米蒂阿努斯⑥统治时期，卑鄙下流变成畸形，同暴君的丑恶相得益彰。奴隶的卑劣是专制者一手造成的；散发臭气的这些腐烂心灵，正是主子的写照；政权污浊，心胸狭窄，天良平庸，灵魂恶臭；卡拉卡拉⑦朝代如此，康茂德⑧朝代如此，埃拉加巴卢斯⑨朝代也如此；然而在恺撒朝代，罗马元老院中只散发出鹰巢所特有的粪味。

于是，塔西陀和尤维纳利斯这类人出世了，尽管表面看来迟了些；到了昭然若揭的时刻，宣教者才出现。

不过，尤维纳利斯和塔西陀，跟圣经时代的以赛亚和中世纪的但丁一样，都还是个人行为；而暴动和起义，则是群体行为，有时错误，

---

① 奇里乞亚地区位于土耳其南部，濒临地中海。

② 鲁比科内河是意大利和高卢的边界河流。公元前49年1月11日至12日夜间，恺撒未经元老院批准，就率军过河侵入高卢。

③ 维特利乌斯（15—69）：罗马皇帝，69年仅做一年皇帝就被民众杀死。

④ 苏拉（公元前138—前78）：罗马将军，政治家，公元前88年任执政官，至前79年，权力达到顶峰时，突然让位退隐。

⑤ 克劳狄一世（公元前10—公元54）：罗马皇帝（41—54年在位）。

⑥ 多米蒂阿努斯（51—96）：罗马皇帝（81—96年在位）。

⑦ 卡拉卡拉（188—217）：罗马皇帝（211—217年在位）。

⑧ 康茂德（161—192）：罗马皇帝（180—192年在位）。

⑨ 埃拉加巴卢斯（204—222）：罗马皇帝（218—222年在位）。

有时正确。

一般情况下，暴动的缘起是一种物质因素，而起义总是一种精神现象。暴动，就是马萨尼埃洛①，而起义则是斯巴达克思。起义接近头脑，而暴动靠近肠胃。肚子发火了；当然，并不是每次肚子都错了。在饥饿问题上，暴动，例如比藏赛②那次，出发点正确，令人同情也符合正义，但仍旧还是暴动。为什么呢？因为实质有理，而形式错误。虽然有理，但是野蛮凶残；虽然强大，但是胡作非为，如同一头失明的大象横冲直撞，一路留下老人、妇女和儿童的尸体，让安分的百姓和无辜的人死于非命，还不知道为什么。为民求食，目的很好，而滥杀无辜，方式极糟。

凡是拿起武器的抗议行动，即使完全正当，即使像 8 月 10 日那样，像 7 月 14 日那样，起初都难免有些混乱。在正当权利显示出来之前，总是波涛汹涌，泥沙泛起。起义的初期是暴动，正如江河的源头是激流。暴动通常要流入革命这片海洋。然而有时，起义由绝对纯洁的理想白雪构成，俯临精神天际、正义、明智、理性和人权，从高山出发，水如明镜映现蓝天，从岩石倾泻到岩石，流经越远越壮阔，汇集百川，形成气势磅礴的壮观景象，不料忽又注入资产阶级的泥潭，如同莱茵河流入沼泽。

这一切已成过去，未来当是另一番景象。全民公决的高妙之处，就是能从原则上消除暴动，又把投票权给了起义，从而解除了起义的武装。这样，战争就化解了，既没有街垒战，也没有边境战争了，这就是必然的进步。不管今天情况如何，明天就是和平。

而且，起义在什么方面与暴动不同，地道的资产者不大了解这种细微差异。在他们看来，全是叛乱，不折不扣地犯上作乱，是豢养的狗起而反抗，要咬主人，因此必须惩罚，锁起来关进窝里，任其狂吠和嚎叫，直到有一天，狗的脑袋突然大起来，在昏暗中隐约变成了狮子头。

于是，资产者高呼：人民万岁！

---

① 马萨尼埃洛：1647 年那不勒斯起义的首领。

② 比藏赛，位于法国中部的安德尔省；1847 年，因粮食危机而在这里发生了流血事件。

明确了这一点，那么，对历史而言，1832 年 6 月运动，究竟是一场暴动呢？还是一场起义呢？

这是一场起义。

从这可怕事件的场面来看，我们很可能说这是暴动，但仅仅为了指明表面现象，而我们始终区分暴动形式和起义实质。

1832 年这场运动爆发得迅疾，止熄得凄惨，显得极其伟大，就连认为这无非是一场暴动的人，也不能不从尊敬的口气谈论。在他们看来，这相当于 1830 年的余波，说什么激发起来的想象力，一日工夫不可能平静下来。一场革命不可能陡直切断，总要拖一段波动，直至平复状态，譬如，高山逐渐趋缓而接平原。有阿尔卑斯山脉，则必有汝拉山脉；有比利牛斯山脉，则必有阿斯图里亚斯山。

近代史上这场激动人心的危机，巴黎人称为"暴动时期"留在记忆里，在 19 世纪历次暴风雨的时日中，这肯定是最有特色的一段。

最后再讲几句，就进入情节了。

我们要讲述的事情，属于这种富有戏剧性的活生生的现实，但因时间和空间有限，往往被历史学家所忽略。然而，我们却要着重介绍，这恰恰是生活，是人的悸动和震颤。我们似乎讲过，小事情，可以说是大事件的枝叶，逐渐淹没在历史的长河中；而这类小事，在所谓暴动时期数不胜数。司法进行了调查，但是出于另种原因，而不是为了历史，没有全部披露，也许没有查到底。有些特殊情况公布了，已为人所知，但是还有些事情根本无人知晓，还有些事实，经历者不是遗忘，就是故去了，我们要揭示出来。这些壮丽场面的角色，大多数已经下世了；而且事后第二天，他们就沉默了；不过，我们要讲述的情况，可以说都是我们亲眼所见。有些名字变了变，因为历史旨在讲述，而非告发，但我们描绘的是真事。囿于本书的条件，我们只能指明 1832 年 6 月 5 日和 6 日的一个侧面、一段插曲，当然是鲜为人知的。我们掀起黝黯的幕布，力图让读者瞥见这场可怕的社会风波的真相。

三　一次葬礼：再生之机

1832 年春季，霍乱肆虐了三个月，人们的思想变得冰冷，躁动的情绪也平静下来，一片说不出来的死气沉沉，尽管如此，巴黎早就孕育着一场大动荡。我们说过，这座大都市好似一门大炮，既已上好炮弹，只需落下一点火星，炮弹就会发射出去。1832 年 6 月份，这颗火星，就是拉马克将军①之死。

拉马克是个有名望有作为的人物。在帝国时期和王朝复辟时期，他相继表现出两个时期所需要的英勇：战场上的英勇和讲坛上的英勇。当年他在战场上骁勇无敌，后来在讲坛上也才辩无双，让人感到他的谈锋是把利剑。他同前任伏瓦②一样，先是高举令旗，后又高举自由的旗帜，因为能抓住未来的契机而受人民爱戴，又因为效忠过皇帝而受民众爱戴。他同杰拉尔和德鲁埃两位伯爵一样，是拿破仑"心中"③的元帅。1815 年的条约，就仿佛冒犯了他本人，气得他火冒三丈。他同威灵顿不共戴天，这种切齿的仇恨深得民心；而且，十七年来，他几乎不关心发生什么事件，始终威严地保持滑铁卢战役的那副忧伤神态。到了生命的最后一刻，在弥留之际，他还紧紧抱着百日军官们赠给他的那把剑。拿破仑临终的话是："军队"，拉马克临终的话则是："祖国"。

他的死原在意料之中，但是人民怕他死，认为是一大损失，而政府也怕他死，认为是一次危机。他的去世令人悲痛。如同一切悲伤的事，这次悲痛就可能转化为反抗。而且果然出现了这种情况。

确定 6 月 5 日安葬拉马克，在头天夜里和这天早晨，灵车要经过的圣安托万城郊区就呈现一副凶相。这里纵横交错的街巷人声沸腾。大家有什么拿什么，武装过来。有些细木工把刨床的铁夹取下，"好用来砸门"。其中一人弄了一个鞋匠的铁钩，砸掉钩子，磨尖铁柄，做成了一把匕首。另一个人"攻击"心切，一连三天穿着衣服睡觉。一个同行问一个叫龙比埃的木匠："你去哪儿？""真的！我还没有武器呢。""那怎么办？""我去工地拿我的卡钳。""干什么用呢？""不知道。"龙比埃答道。一个叫雅克林的送货员看见工人经过，就招呼一声："喂，

---

① 马克西米连·拉马克（1770—1832）：帝国将军，1815 年百日政变时任巴黎军区司令，1815 年至 1818 年被放逐，1828 年成为自由派议员，直至逝世。

② 伏瓦（1775—1825）：帝国将军，1819 年成为自由派议员。他的葬礼成为民众反对查理十世的抗议示威。

③ 原文为意大利文。杰拉尔和德鲁埃·戴尔龙是由路易-菲力浦任命为元帅的。

过来一下！"他花几苏请人家喝酒，又问道："你有活儿干吗？""没有。""那你就去菲勒皮埃尔家，在蒙特伊城关和夏龙城关之间。到那儿能找着活儿干。"在菲勒皮埃尔家能找到子弹和武器。有些知名的头头在"赶驿站"，就是挨家奔走，召集他们的人员。在王位城关附近的巴泰勒米酒吧，在卡佩勒公馆、小帽子馆，喝酒的人相互攀谈，表情都非常严肃。只听他们说道："你的手枪在哪儿呢？""掖在外衣里面。你的呢？""掖在衬衣里面。"在横街，罗兰作坊前面，焚屋的院子里，还有在贝尼埃工具厂前面，一伙伙人在窃窃私议。可以注意到，一个叫马伏的人最激烈，他在一个车间干活从来超不过一周，准被老板打发走，"因为每天都得跟他争吵"。第二天，马伏在梅尼蒙当街被杀害了。马伏的助手卜雷托，也在斗争中丧命。有人问："你的目的是什么？"他就回答："起义。"一群工人聚集在贝尔西街角，等待一个名叫勒马兰的人，即派到圣马尔index城关的革命委员，他们几乎公开对口令。

且说 6 月 5 日这天，时而下雨，时而出太阳，拉马克将军的出殡队列穿行巴黎，动用了正规的军队仪仗队，并为预防不测而增加了一点兵力。护送灵柩的有两个营官兵，军鼓都披着黑纱，枪口朝下背着枪；还有挎着战刀的一万名国民卫队队员，以及国民卫队的炮队。灵车由一队青年拉着行进，残废军人的军官手持月桂树枝，紧紧跟在后面。随后便是浩浩荡荡的群众队伍，乱纷纷，闹哄哄，一个个神态怪异，有人民之友社成员、法学院和医学院的学生，还有各国的流亡者，打着西班牙、意大利、德国、波兰等国旗帜，还打着横条三色旗，以及五花八门的旗号，孩子们挥动着青树枝。石匠和木匠这时候也罢了工，有些人头戴纸帽，一看便知是印刷工人，他们三三两两，边走边叫喊，几乎每个人都挥舞着棍棒，有几个人还挥舞着战刀，队伍时而混乱，时而成行，没有秩序，但是却万众一心。一伙伙人自行挑选出头头；一个公然别着两把手枪的男子，仿佛在检阅其他人，而队列在他面前都自动闪避。在大马路的横街，只见树上，阳台上，窗口，屋顶上，人头攒动，有男人、妇女和儿童，他们眼里充满不安的神色。武装起来的群众走过，惊恐不安的群众观望。

政府也密切注视，而且手按着剑柄注视着。人们望得见路易十五广场那边，有四队骑兵，军号手在排头，个个挎着装满的弹盒，长短枪子弹上了膛，跨马立鞍，只待一声令下就进发；拉丁区和植物园那边，还有保安警察，布置在每条街上；酒市场那里有一队龙骑兵，第十二轻骑团半数守在河滩广场，半数守在巴士底广场，第六龙骑兵团布置在切莱斯廷河滨路，卢浮宫院内也驻满炮队。其余部队在军营里待命，这还不算巴黎周围布防的各团队。政府心惊胆战，在市内掌握两万四千军队，城郊掌握三万军队，将这些兵力悬在气势汹汹的群众头上。

送葬队伍中流传各种消息。有人谈论正统派的阴谋诡计；有人谈论赖希施泰特公爵①，正当群众指望他重振帝国大业的时刻，上帝却要夺去他的性命。一个没有暴露身份的人物宣布，到了预定时间，两个被争取过来的工头，要向人民打开一个兵工厂的大门。大多数参加者没有戴帽子的额头上，最突出的表情是略显疲惫的激动。群众激动万分，但又正义凛然；当然也能看到队列里混着几张十足歹徒的嘴脸，他们口出秽言：去抢啊！有时搅动沼泽底，水中就升起云状的浑汤；这种现象，对"干练的"警察来说毫不陌生。

送葬队列从灵堂出发，以缓慢而激动的步伐，沿着大马路一直走到巴士底广场。天上不时落一阵雨，但是群众毫不在意。接连发生好几次意外事件：灵柩围着旺多姆纪念柱绕一周时，有人望见费茨-詹姆斯公爵②头戴帽子，站在阳台上，便向他投石块；一只高卢雄鸡③被人从一面民间旗帜上拔下来，扔到泥坑里；在圣马尔丹门，一名宪兵被人用剑刺伤；第十二轻骑团的一名军官高声说道："我是共和派"；综合工艺学院学生冲破禁令④，突然出现，引起一阵阵高呼：综合工艺学院万岁！共和国万岁！这些都是送葬途中的插曲。看热闹的人群气势汹汹，拉成长长的队伍，从圣安托万城郊大街下坡，到巴士底广场同送葬队伍汇合，一时群情激昂，开始沸腾起来了。

只听一个人对另一个人说："瞧见了吧，那个留红山羊胡子的人，

---

① 赖希施泰特公爵（1811—1832）：拿破仑的儿子，拿破仑于1815年第二次退位时，他被议会宣布为拿破仑二世，1818年成为赖希施泰特公爵。他患了肺结核，于1832年7月22日去世，离拉马克将军葬礼仅有几周。

② 费茨-詹姆斯公爵：元老院元老，极端保王党人。

③ 高卢雄鸡是七月王朝的徽章。

④ 有六十余名综合工艺学院的学生冲破禁令，在巴士底附近加入送葬行列。

就是他下令什么时候开枪。"后来在另一次暴动，即格尼赛事件①中，那个红山羊胡子似乎又执行同样任务。

灵车过了巴士底广场，沿着运河走一段，过了小桥，到达奥斯特利茨桥头空场，便停下来了。此刻若是鸟瞰，这一群众场面真像一颗彗星，头在桥头空场，长长的尾巴沿着布尔东河滨路扩展，覆盖巴士底广场，再由大马路一直拖到圣马尔丹门。灵柩围了一圈人。乱哄哄的场面静下来。拉法耶特致悼词，向拉马克告别。这是感人而庄严的时刻，每个人都脱下帽子，每颗心都怦怦跳动。忽然，人群中出现一个黑衣骑马人，手中举着一面红旗，有人说是长矛挑着一顶红帽子。拉法耶特转过头去，艾克塞尔曼②离开送葬队列。

那面红旗掀起一阵风暴，旋即消失。从布尔东大马路到奥斯特利茨桥，人声鼎沸，犹如汹涌的浪涛。两声喊叫异常洪亮："拉马克去先贤祠！拉法耶特去市政厅！"在群众的喝彩声中，一伙青年拉起拉马克的灵车，上了奥斯特利茨桥，另一伙青年将拉法耶特扶上一辆公共马车，牵着沿莫尔朗河滨路驶去。

在围住欢呼拉法耶特的人群中，有人发现一个德国人，就指给大家看；那人叫路德维格·斯尼德尔，参加过1776年战争，在华盛顿麾下在特伦顿打过仗，还在拉法耶特麾下在布兰迪万③打过仗，后来一直活到一百岁。

这时，守在河左岸的保安警察马队动起来，堵住桥头通道，右岸的龙骑兵也开出切莱斯廷，沿着莫尔朗河滨路布列。人群牵着拉法耶特乘坐的马车，拐上河滨路时，忽然发现那些骑兵，就连声喊道："龙骑兵！龙骑兵！"龙骑兵默默地缓步前进，脸色阴沉地等待着，但是手枪还装在皮套里，马刀还插在鞘中，短枪托还由马鞍上的皮套托着。

距小桥有两百步远时，他们勒马停下。拉法耶特乘坐的马车迎头

---

① 格尼赛是圣安托万城郊大街的锯木板工人，1841年暗杀奥尔良公爵和欧马尔公爵未遂。

② 艾克塞尔曼（1775—1852）：法国元帅，帝国骑兵英雄，1832年是巴黎市议会议员。

③ 特伦顿和布兰迪万都是美国地名。这里指这个德国人参加过美国独立战争。

朝他们驶去。龙骑兵队列分开，让过马车又合拢来。这时，龙骑兵和群众遭遇了。妇女们都惊慌逃散。

在这千钧一发之际，发生了什么事？谁也说不清楚。这是两片乌云相交混的阴暗时刻。有人叙述说，听到武器库那边吹起了冲锋号，还有人叙述说，有个孩子用匕首刺了一名龙骑兵。事实上是突然开了三枪：第一枪打死了骑兵上尉绍莱，第二枪打死孔特卡普街上一个正关窗户的聋老太婆，第三枪擦破了一名军官的肩章。有个女人喊了一声："动手太早啦！"形势陡变，只见莫尔朗河滨路对面，一队留在兵营的龙骑兵冲出来，挥动马刀，横扫巴松石街和布尔东大马路。

至此，风暴骤起，势态已成定局了。投掷的石块如雨点一般，枪声大作，许多人冲到河岸下面，跨过如今已填塞的一条小河汊，上了卢维埃岛①的工地。这个现成的巨大堡垒，立即布满了战士，他们有的拔木桩，有的打手枪，霎时间一条街垒就起来了。被赶回的青年拖着灵车，又跑步过了奥斯特利茨桥，向保安警察冲去；骑警赶来，龙骑兵挥舞马刀。人群四处逃散，巴黎四面八方响起战争的喧嚣，人人高喊：拿起武器！众人奔突，跌跌撞撞，逃跑的逃跑，抵抗的抵抗。愤怒煽起暴动，如同火借风势。

四 沸腾的场面历历在目

世上的奇事，莫过于一场暴动的初发。四面八方一齐发难。早有预见吗？不错。早有准备吗？从哪儿爆发的？街道。从哪儿降临的？自天而降。在此处，起义具有密谋性质，在另一处又是自发的。随便一个人把握住群众的潮流，就可以随意引导。乍一开始，大家惊恐万状，又异常兴奋。先是喧闹鼓噪，店铺关门，摆摊的商贩纷纷撤离；继而零星几声枪响，有人逃跑，枪托砸大门咚咚山响，宅院里传出女佣人的笑声和话语："这回可有热闹看啦！"

不过一刻钟的工夫，在巴黎多少地点，几乎同时发生这种情况。

布列塔尼会圣十字街，二十来名留胡子蓄长发的青年，走进一家咖啡馆，不大工夫又出来，打了一面横条三色旗，旗上系条黑纱，三

---

① 卢维埃岛：又称爱情岛，于1843年与右岸连成一片，即如今莫尔朗大街（原莫尔朗河滨路）、运河和亨利四世河滨路之间的地段。

个拿着武器的人领头：一个头持马刀，一个端着手步枪，第三个扛着长矛。

在诺南提埃街，有一个中产阶级模样的人穿戴相当体面，腆着肚子，嗓音洪亮，已经秃了顶，留着黑胡子，髭须硬硬地翘起，他就公然向过路人散发子弹。

在圣彼得-蒙马特街，一伙赤臂的汉子扯着一面黑旗行走，旗上写了几个白字："共和或死亡"。在守斋者街、钟面街、骄山街、芒达街，都出现一伙伙人，挥动旗帜，只见上面写着带数字的"分部"。其中有一面旗帜，红蓝两色之间，夹着一条窄得几乎瞧不出来的白色。

在圣马尔丹大街，一个武器工厂遭抢劫，还有三家武器店被抢：一家在美堡街，第二家在米歇尔伯爵街，第三家在神庙街。群众上千只手，几分钟的工夫，就抢走了二百三十支步枪，几乎全是双响的，还抢走了六十四把马刀、八十三支手枪。为了武装更多的人，就一人拿步枪，卸下刺刀给另一个人。

在河滩广场路对面，一些拿短枪的青年到妇女家中去射击，其中一人还有一支转轮短枪。他们拉门铃，进人家里上子弹。经历这种事的一名妇女叙述说："原先我不知道子弹是什么东西，还是我丈夫告诉我的。"

在圣母升天会老修女街，一帮人冲进一家古玩店，抄走了土耳其弯刀和武器。

一个泥瓦匠被枪打死，尸体就躺在珍珠街头。

继而，右岸、左岸、河滨路、大马路、拉丁区、菜市场街区，一群群人气喘吁吁，有工人、大学生、居民，他们念公告，高喊："拿起武器!"打碎路灯，给拉车的马卸套，翻起铺路的石块，砸开人家的大门，拔下树木，搜索地窖，滚动着推出酒桶，堆起石块、碎石子、家具、木板，造起一道道街垒。

人们强迫有产阶级帮忙。他们闯进住户，要主妇把外出的丈夫的刀枪交出来，并用白垩粉在门扇写上："武器已交出"。有的人拿了刀枪，还在收条上"签了名"，并交代一句："派人明天去市府领取。"街头单独执勤的岗哨、前往市府的国民卫队队员，全被解除了武装。军官的肩章也被扯掉。在圣尼古拉公墓街，一名国民卫队军官，被一群挥舞棍棒和花剑的人追得走投无路，好不容易才躲进一户人家，直到天黑才换了装溜走。

在圣雅克街区，一群群大学生从公寓出来，沿着圣雅散特街上坡去进步咖啡馆，或者沿马图林街下坡去七球台咖啡馆。有些青年在那里，站在门前的石桩上分发武器。有人赶到特朗斯诺南街的工地，抢走材料去建街垒。只有一处居民抵制，在圣阿乌瓦伊街和西蒙-勒弗朗街的拐角，他们动手拆除了街垒。只有一处起义者退却了，他们在神庙街同国民卫队的一个支队交火后，便丢下刚开始构筑的街垒，沿着制绳场街逃跑了。那个支队在街垒里拾得一面红旗、一盒步枪子弹和三百发手枪子弹。国民卫队将红旗撕成条条，挑在他们的刺刀尖上。

我们在这里从容逐个叙述的事件，当年却是在一片喧嚣沸腾声中，在城中各处同时爆发的，犹如一大阵滚雷声中无数道闪电。

不到一小时，仅在菜市场街区，就有二十七道街垒拔地而起。位于中心的那栋五十号楼房，正是雅纳①和一百零六名战友的堡垒，一侧有圣梅里街街垒，另一侧有摩布埃街街垒，从而控制三条街：阿尔西斯街、圣马尔丹街，以及正对面的欧伯里屠户街。两道折尺形的街垒，一道从骄山街折向大丐帮街，另一道从乔弗鲁瓦-朗日万街折向圣阿乌瓦伊街。这还不算巴黎其他二十个区，沼泽区、圣日内维埃芙山的无数街垒；梅尼蒙当街街垒上，有一扇卸下来的大门；在天主医院小桥附近那道街垒，是由卸了套并掀翻的苏格兰大车等构筑的，离警察总署才三百步。

在乡村乐师街街垒那里，有一个穿戴体面的男子在向工人发钱。在格雷内塔街街垒，来了一个骑马的人，他将一卷东西，好像是一卷钱币，交给街垒头领模样的人，说道："喏，拿去花吧，买葡萄酒什么的。"一个没有扎领带的金发青年，从一个街垒到另一个街垒传达口令。另一个青年手提马刀，头戴警察蓝帽，正在分派岗哨。街垒里侧的酒馆和门房，全改为警卫室。此外，暴动的举措，完全符合最高明的军事战术。选择的街道令人赞叹，又狭窄又不平整，曲里拐弯，斗折蛇行；尤其菜市场周围，街巷如网，比一片森林还要错综复杂。在圣阿乌瓦伊街区领导起义的，据说是人民之友社。一个人在蓬索街遇难，从他身上搜出一张巴黎地图。

---

① 雅纳：起义工人，当时指挥圣马尔丹和圣梅里两条街拐角的街垒。

　　暴动的真正领导者，是弥漫空间一种莫名的狂热情绪。这次起义突如其来，一只手筑起街垒，另一只手占领了驻军的几乎全部据点。起义群众就像燃烧的一条火药长蛇，迅速蔓延，不到三小时，在右岸就侵占了武器库、王宫广场区政府、整个沼泽区、波潘库尔兵工厂、加利奥特厂、水塔、菜市场附近的所有街道；在左岸侵占了老军营、圣佩拉古、摩贝尔广场、双磨坊火药库和全部城关。到了傍晚五点钟，他们又控制了巴士底、内衣和床上用品商业区、白外衣商业区；他们的侦察员摸到了胜利广场，威胁到法兰西银行、小神父兵营、驿站旅馆。巴黎三分之一的区域属于暴动。

　　每一处斗争规模都很大：解除军人武装，搜查住宅，火速夺取武器商店，总之，投掷石块开始的战斗，必然用刀枪继续下去。

　　将近傍晚六点钟，鲱鱼巷变为战场。暴动占一端，军队占另一端。双方从一扇铁栅门向另一扇铁栅门射击。一个观察者，梦幻者，即本书的作者，曾靠近火山观看，恰巧落入那条小巷，受到两面火力的夹击，只有间隔店铺的那种鼓起的半圆柱可避子弹，他在那尴尬的境地待了半小时左右。

　　这期间，国民卫队队员听到集合鼓声，都急忙换上制服，拿起武器，宪兵队从区公所出动，步兵团队也出了兵营。在船锚巷对面，一名军鼓手挨了一匕首。另一名军鼓手在圣拉扎尔谷仓街被干掉。在米歇尔伯爵街，接连倒下三名军官。好几名市府卫队士兵，走到伦巴第人街被打伤，又赶紧退回去。

　　在巴塔夫死巷前，国民卫队的一个小分队发现一面红旗，旗上写着"共和革命第 127 号"的字样。这果真是一场革命吗？

　　这次起义将巴黎中心区变成内部错综复杂、迂回曲折的巨大堡垒。

　　那儿就是核心，那儿显然就是问题的症结。其余地方只不过是小冲突。表明那里决定全局，而那里还没有开始战斗。

　　有几团军队士兵情绪不稳，这就给这场危机增添几分令人心惊胆战的晦暗。他们还记得 1830 年 7 月，民众多么热烈欢呼五十三团保持中立。两个久经大战考验的英勇无畏的人，德·洛博元帅和比若将军，一主一副，指挥各部军队。由几营兵力组成的巡逻大队，在国民卫队几个连的护卫下，由一名挎着绶带的警官开路，前往起义地带的街道侦察。起义者这方面，也在十字街头的拐角布置了前哨，还大胆地往街垒外面派遣巡逻队。两边营垒相互审视观望。政府方面，手中掌握军队，但还在犹豫。天快黑了，只听圣梅里教堂开始敲警钟了。当时的国防大臣苏尔元帅，曾经参加过奥斯特利茨战役，他阴沉着脸注视这局面。

这些老水兵只习惯正规布军作战，他们的方法和指导只有战术这一打仗的指南针，现在面对所谓众怒的这种万顷浪涛，就完全不知所措了。革命的风向无法掌握。

郊区的国民卫队匆忙赶来，一片混乱。第十二轻骑兵团一个营从圣德尼快马赶到，第十四团队也从弯道赶来；一门门大炮则从万森炮台拉下来。

土伊勒里宫却一片孤寂。路易-菲力浦处之泰然。

五　巴黎的古怪

我们说过，两年以来，巴黎不止一次见识过起义。在一场暴动期间，一般来说，除了起事的街区，巴黎外观总是平静得出奇。无论出现什么情况，巴黎总能很快适应——无非是一次暴动——巴黎百业繁忙，哪有工夫为这点小事儿分神。唯独这类大都市，才能呈现这种景象。唯独这类巨大的城池，才能同时容下内战和莫名其妙的宁静。每次爆发起义，每当听见军鼓声、集合令和总动员令，店铺老板通常总说一声：

"圣马尔丹街好像又闹起来了。"

或者说："圣安托万城郊那边。"

他还往往漫不经心地补充一句："反正那一带吧。"

过了一阵，又清晰传来密集的枪声，令人肝胆俱裂的凄厉喧扰，店铺老板则说："事情严重啦？咦，事情严重啦？"

再过一会，如果暴动的势头更大，渐渐迫近了，他就慌忙关闭店门，赶紧套上制服，也就是说，确保货物安全，拿生命去冒险。

在十字街头，在通道上，在死巷里，双方对射，争夺街垒，夺取又丢掉，再夺回来；鲜血流淌，房舍的门脸打得弹痕累累，有人在内室也被流弹打死，尸体堵塞街道。然而，离那儿只有几条街，咖啡馆里还传出打弹子的声响。

在那些战火纷飞的街道两步远的地方，看热闹的人有说有笑；剧院还开门，照样演出闹剧。出租马车还揽客行驶；有人进城去赴宴，有时就去正在打仗的街区，1831 年那次，有一处射击停止了一会儿，好让婚礼的队列过去。

1839 年 5 月 12 日那次起义，一个有残疾的小老头在圣马尔丹街上推一辆小车，车上装着盛满饮料的玻璃瓶，用一块三色破旗布盖着，他从街垒走到军队，又从军队走到街垒，不偏不倚，时而向政府，时而向反政府供应一杯杯椰子汁。

简直怪极了，而这正是巴黎暴动的特色，在任何其他国都也见不到。这必须具备两种条件：巴黎的伟大及其欢快。必须是伏尔泰和拿破仑的城市。

然而 1832 年 6 月 5 日这次，刚一动武，这座大都市就感到有什么比它更强大的东西，于是害怕了。只见各处门窗和窗板在大白天都关着，连最偏僻和最"无关"的街区也不例外。勇敢的人拿起武器，胆小鬼就躲起来。只顾去办事而漠不关心的行人不见了。许多街道都空荡荡的，就好像凌晨四点钟。大家传递着引起人心惶惶的情况，传播着凶多吉少的消息，说什么："他们已经占领了银行"；"仅仅在圣梅里修院，就有六百人，以教堂为雉堞固守"；"防线并不牢固"；"阿尔芒·卡雷尔去见克娄泽尔元帅，元帅说：'首先设法争取一团人马'"；"拉法耶特病了，但是他对他们说：'我听你们的吩咐，只要有放一张椅子的地方，追随你们到哪儿都行'"；"千万当心，夜晚有人抢劫巴黎偏僻角落的散居人家"（从这里能看出警察的想象力，那个安娜·拉德克利夫①同政府有一手）；"欧伯里屠户街布置了大炮"；"洛博和比若一同商榷，决定午夜，最迟拂晓，组织四路人马同时向暴动的中心进发，第一路从巴士底出发，第二路从圣马尔丹门出发，第三路从河滩广场出发，第四路从菜市场出发；部队也许撤离巴黎市区，退到演兵场"；"不知道会发生什么情况，但是可以肯定，这次来势凶猛"。——"苏尔元帅还游移不决，大家对此深为忧虑。"——"为什么他不立刻进攻？"——"可以肯定他深谋远虑。那头老狮子，在昏暗中仿佛嗅到了一个怪物。"

---

① 安娜·拉德克利夫（1764—1823）：英国女作家，发表许多描写犯罪的"黑色小说"。

到了晚上，剧院不开门了；巡逻队气势汹汹，在街上走动，盘查行人，逮捕形迹可疑者；刚到九点钟，就抓起来八百多人；警察署监狱爆满，裁判所附属监狱爆满，强力监狱爆满。尤其裁判所附属监狱，在那人称巴黎街道的长长地道里，全铺上了麦秸，躺着一堆堆囚犯，而里昂人拉格朗日①无所畏惧，正向囚犯们演讲。所有人一动弹，打地铺的麦秸哗哗响，就像下一阵暴雨。别处监狱更惨，囚犯相互偎依，就睡在院子里。到处人心惶惶，这种动荡的气氛，在巴黎是少见的。

居民在家里门窗紧闭；做妻子和母亲的都提心吊胆；听到的全是这种话："噢！上帝啊！他还没回家！"远处难得传来车辆行驶的声响。居民站在门口，倾听外面的喧闹、呼喊、乱哄哄的嘈杂声，低沉而难以分辨，他们听见点什么就说："那是马队。"或者："那是弹药车在飞跑。"军号声、鼓声、枪声，而圣梅里教堂的警钟尤为凄厉。人们已有所料，等着打响第一炮。武装人员出现在街头，连声喊道："全回家去！"旋即就不见了。居民都急忙插好门闩，嘴上直嘀咕："这要闹到什么地步呀？"夜幕逐渐降临，暴动的火光映红巴黎的夜空，显得越来越凄惶了。

---

① 夏尔·拉格朗日（1804—1857）：在里昂领导进步社，积极参与组织了1834年的里昂起义，故人称"里昂人"。但雨果在此这样称呼他还为时尚早。

第十一卷　原子同风暴称兄道弟

一　伽弗洛什的诗来源的几点说明　一位学士院院士对此诗的影响

送葬的群众紧跟着灵车，队列长达几条大马路，可以说像潮水似的压向前队，而当人民和军队在军火库前一发生冲突，起义的前队就反弹回来，冲乱群众队列，形成令人惊骇的大退潮。一时间万众动摇，队列瓦解，大家都奔跑起来，向前冲的向前冲，逃散的逃散，有人呐喊进攻，有的面无人色急忙逃窜。覆盖大马路的滔滔河水，转瞬间分流横溢，就像开了闸门似的，同时注入左右二百来条大街小巷。这时，一个衣衫褴褛的男孩，沿着梅尼蒙当街下坡走来，手里举一枝刚在美丽城高地折的金雀花，看见一家旧货店的橱窗里摆一把老式手枪，就扔掉花枝，嚷了一句："老东西大妈，您这玩意儿借给我用用。"

他抓起手枪就跑掉了。

过了两分钟，一群惊恐万状的有产者沿阿姆洛街和下街逃窜，遇见了这个挥着手枪唱歌的孩子：

> 黑夜什么看不见，
> 白天什么都明显。
> 绅士收到匿名信，
> 乱抓头发傻了眼。
> 劝君行事讲点德，

裙子短短帽尖尖。

他正是小伽弗洛什，赶着去参战。

他在大马路上正走着，忽然发现手枪没有扳机。

他用来伴随步伐的这首歌，以及他走路时爱唱的每首歌曲，究竟是谁编的呢？我们不得而知。谁晓得呢？也许是他自编自唱吧。要知道，伽弗洛什熟悉民间流行的各种小调，再加上他随口哼唱的东西；他是小精灵，又是调皮鬼，爱把天籁之音和巴黎之声一锅烩，也爱把鸟儿的演唱和工厂的演唱编成一台戏。他认识几个绘画的学徒，那伙人同他这伙人意气相投。他好像还在印刷厂学艺三个月。有一天，他甚至为一位院士，巴乌尔-洛尔米安先生送过一封信。伽弗洛什是个文学修养的流浪儿。

在那凄风苦雨的夜晚，伽弗洛什替天做好事，安置两个孩子住进大象肚里，却万万没有想到他接待的是自己的亲兄弟。夜晚救助了两个弟弟，凌晨又救助了他父亲，一夜就是这样度过的。天蒙蒙亮的时候，他离开芭蕾舞街，急忙赶回去，又巧妙地从大象肚里拉出那两个孩子，随便弄点儿早饭一起吃了，然后跟他们分手，把他们托付给大街，也就是差不多把他本人拉扯大的这位好妈妈，临走时约他们晚上在老地方见，还向他们做了一篇告别演说："我折断一根手杖，换句话说，我要开溜，或者按照王宫的说法，我告便了。小乖乖，你们再找不见爸爸妈妈，晚上还回这儿来。我包你们有晚饭吃，有地方睡觉。"然而，两个孩子没有回来，也许让警察收容去关进拘留所，或者让跑江湖的给拐走，再不然只是走丢了，迷失在巴黎这个巨大的七巧板中了。当今社会的底层遍布这类失踪。伽弗洛什再也没有见到他们。那天晚上之后，十来周过去了，仍无消息。他不止一次搔着头皮，咕哝道："见鬼，我那两个孩子跑哪儿去啦？"

这回，他手握着枪，走到白菜桥街，发现整条街只有一家店铺开门，而且值得深思的是，那是一家糕点铺。真是天赐良机，在进入未知世界之前，还能吃上一块苹果酱馅饼。伽弗洛什停下脚步，摸摸两侧，掏掏坎肩小兜，又翻翻外套口袋，什么也没有翻出来，连一苏钱也没有，便大叫起来："救命啊！"

最后这块馅饼吃不上，确实叫人难以忍受。

过了两分钟，他来到圣路易街，穿过御花园街时，他还耿耿于怀，吃不着苹果酱馅饼也要找点补偿，就在大白天，痛痛快快地撕了一通剧院海报。

再往前走一点儿，他遇见一帮脑满肠肥、财主模样的人，便耸了耸肩膀，随便吐了一口颇有哲理的苦水：

"这帮吃年息的，养得肥粗老胖！就知道胡吃海塞，脑袋扎进大鱼大肉里。问问他们，钱都花哪儿去了，他们准张口结舌答不上来。他们吃掉了，还说什么！可劲儿往肚子里装。"

二　伽弗洛什向前进

拎着一把没有扳机的手枪，也能招摇过市，简直神气极了，伽弗洛什感到越来越起劲。他高唱《马赛曲》的片段，还断断续续地叫嚷：

"一切顺利。我的左爪子疼得厉害，我让痛风给整惨了，但是，公民们，我很高兴。资产阶级只好硬撑着，我可要打喷嚏，喷给他们几首颠覆歌。密探是什么东西呢？是一群狗。狗杂种！对狗不要失敬。还有，我真希望我这手枪也有个狗子①。朋友们，我从大马路来，大马路烧热了，开锅了，要煮熟什么东西。该撇去锅里浮上的沫子。男子汉，向前进！让肮脏的血浇灌我们的田垅！我要为祖国献出生命，我再也见不到我那小妹头，特—欧—头，到了头，对，到了头！这也无所谓。欢乐万岁！他妈的，我们战斗吧！专制主义让我受够了。"

这时，国民卫队一名枪骑兵从旁边经过，忽然马失前蹄，伽弗洛什就把手枪扔在马路上，上前扶起那人，又搭手揩起那匹马，然后他拾起手枪，继续赶路。

托里尼街一片岑寂。沼泽区这种特有的麻木状态，同周围那一片喧嚣形成鲜明的对照。四个婆娘在一家门口扎堆聊天。苏格兰有巫婆之重唱，巴黎则有长舌妇四重唱；在阿莫伊荒原上，有人对麦克白讲的"你将为王"的这句话，在博杜瓦耶十字路口也要抛给波拿巴②，

---

①　法语中狗和枪的扳机是同一个词。

②　麦克白是莎士比亚同名剧中的主角。这里的波拿巴指拿破仑三世。麦克白出征归国途中遇见三名女巫，她们说他将为王，于是他弑君自立，但大失民心。雨果借古讽今，抨击拿破仑三世。

听来同样阴森可怕，仿佛乌鸦的一声聒噪。

托里尼街这些婆娘只关心自己的事儿。她们当中三个是看门的，一个是背篓子拿钩子拾破烂的。

她们似乎站在人生暮年的四角，即衰老、凋残、败落和凄凉。

拾破烂的女人低声下气。立在风中的这圈人里，拾破烂的恭恭敬敬，看门的则给予照顾。这是因为护墙石角落有多少油水，全取决于看门人往堆上倒垃圾时手头的宽严。扫帚下面也有善德。

这个背篓子拾破烂的女人总是感恩戴德，她对着三个看门婆满脸堆笑，那是何等胁肩谄笑啊！她们闲聊这类事情：

"哦，对了，您那只猫，还一直那么凶吗？"

"上帝啊，提起猫来，您也知道，猫天生就是狗的对头。倒是狗叫苦不迭。"

"人也叫苦不迭。"

"不过，猫身上的跳蚤不往人身上跳。"

"狗倒不碍事，但是危险。记得有一年，狗多得成灾，不得不在报上讨论。那时候，土伊勒里宫里还有大绵羊，拉着罗马王①的小车。您还记得罗马王吧？"

"我呀，我还是喜欢波尔多公爵。"

"我呀，我见过路易十七，我更喜欢路易十七。"

"猪肉太贵了，帕塔贡大妈。"

"唉！别提了，肉铺真可恶，可恶极了，只卖骨头和筋头巴脑的东西。"

捡破烂的便插嘴说：

"各位太太，这生意不好做了。垃圾堆可怜巴巴的。谁也不扔什么东西，全都吃光了。'

"还有比您更穷的呢，瓦古莱姆家的。"

"唔，这话倒也是，"捡破烂的婆子恭敬地答道，"我总还算有个职业。"

话说到这里停顿一下，捡破烂的婆子受人爱炫耀的心理的支配，又说道：

---

① 拿破仑一世得子，便封为罗马王。

"早晨回家，我就检查篓子，经理一阵（大概是说清理）。我屋里一堆一堆东西。我把布头捡到筐里，菜帮果心捡到小桶里，破衣物捡到壁橱里，毛线的东西捡到五斗柜里，废纸捡到窗脚下，能吃的东西就捡到盆里，碎玻璃片捡到壁炉里，破鞋烂袜子捡到门背后，骨头捡出来就放在我床下。"

伽弗洛什站到身后，听完就说了一句：

"几位老太婆，你们谈论政治想干什么？"

四张嘴组成一排炮，一齐向他射击：

"又来一个短命鬼！"

"他那小爪子拿个啥玩意儿？手枪！"

"要干什么，你这小叫花子！"

"这帮小子，不推翻官府，就不会安稳。"

伽弗洛什不屑还击，只用拇指顶起鼻尖，同时张开手掌。

捡破烂的婆子嚷道：

"光脚丫子的小坏蛋！"

刚才替帕塔贡大妈回答的那个老婆子，现在拍起巴掌，气愤地说道：

"要出大乱子啦，没错儿，旁边住一个留山羊胡子的小坏种，每天早晨我看见他从这儿走过，胳膊挎着一个戴粉红帽子的姑娘，今天我又看见他走过去，胳膊却挎着一杆大枪。巴舍婆说，上星期闹了一场革命，是在……在……在……什么鬼地方！唔，在蓬图瓦兹。还有，你们瞧见了，这个浑小子也拿一把手枪！听说，切莱斯廷那儿架满了大炮。仁慈的天主啊，当年，我瞧见那位可怜的王后坐在囚车里过去，那真是大灾大难，现在刚刚过上点安生日子，这帮坏种又变着法儿把这世界搅乱，政府又能怎么样呢？这一闹，烟叶又得涨价。简直太缺德啦！总有一天，我会看见你上断头台，坏蛋，没好下场！"

"你淌鼻涕了，我的老相好，"伽弗洛什说，"擤擤你那鼻筒吧。"

说罢，他扬长而去。

走到铺石街，他又想起那个捡破烂的婆子，便来了一段独白：

"护墙石角落婆子，你不该辱骂革命者。这把手枪，是卫护你的利益，是要让你篓子里有更多好吃的东西。"

忽然，他听见背后有声音，原来看门人帕塔贡婆跟上来，远远地向他挥拳头嚷道：

"你是个十足的小杂种。"

"这话，"伽弗洛什说，"我打心眼里不在乎。"

过了一会儿，他从拉姆瓦尼翁府前经过，又发出这种号召：

"动身去战斗！"

这时，他感到一阵忧伤，用责备的神态注视他的手枪，仿佛尽量感化它。

"我出发了，"他对手枪说，"可是，你却发不出去。"

一条狗可以转移他对枪狗子的注意。一条皮包骨的卷毛小狗从他身边走过。伽弗洛什不禁心生怜悯。

"我可怜的嘟嘟，"他对狗说，"你吞了一个大酒桶吧，要不怎么全身都是桶箍。"

然后，他又朝圣热尔维榆树走去。

三 理发师的正当愤怒

先前，那两个孩子被理发师赶走，才由伽弗洛什收留在大象慈父船的腹腔里。那位可敬的理发师，此刻正给一个帝国时期的老军人刮胡子，边干边聊天；他自然同这位元老谈起这次暴动，接着话题转到拉马克将军，再从拉马克转到皇帝身上。一个理发师和一名老兵的这场谈话，普吕多姆若是在场听见，复述出来，肯定要添枝加叶，并且题为：《剃刀和马刀的对话》。

"先生，"理发师问道，"皇帝骑马的技术怎么样？"

"不好。他不会滚鞍下马，因此，他也从来没有滚下来过。"

"他有不少骏马吧？他一定有不少骏马吧？"

"他授给我十字勋章那天，我注意瞧了他那坐骑。那是一匹善跑的骡马，浑身一抹白，两只耳朵叉得很开，腰身下沉，脑袋细长，有一颗黑星，脖子特别长，膝骨很粗，两肋突出，双肩倾斜，臀部非常健壮，有十五掌尺①多高。"

"好马呀。"理发师赞道。

"是皇帝陛下的坐骑嘛。"

---

① 掌尺：意大利古长度，约合 0.25 米。

理发师感到，听了这句话，应当肃静一会儿才对，于是照此行事，然后又问道：

"皇帝只伤过一次，对吗，先生？"

老兵以过来人的平静而庄严的口吻回答："伤在脚跟，在雷根斯堡。我从未见他的穿戴像那天那么好，好似一枚崭新的铜钱。"

"那么，您老先生呢，您大概经常挂彩吧？"

"我吗？"老兵回答，"嗳！小意思。在马伦戈，我的后颈挨了两刀，在奥斯特利茨，右臂吃了一颗子弹，在耶拿，左屁股也吃了一颗，在弗里斯兰又挨了一刺刀……伤在这儿……在莫斯科，挨了七八下枪尖，也没个准地方，在卢塞恩，让一块弹片崩掉一根手指……唔！还有，在滑铁卢，我这大腿上又挨了一火铳。就这些。"

"嘿，多棒！"理发师以夸张的语调高声说，"死在战场上，该有多棒啊！老实说，依我看，与其病恹恹，又是吃药，贴膏药，打针，看医生，身体一天天垮下去，躺在床上慢慢死去，还不如肚子吃一炮弹！"

"你的胃口还真不小！"老兵说道。

他的话音刚落，只听咔嚓一声巨响，震撼整个店铺，橱窗一块玻璃突然开了花。

理发师面无人色。

"上帝啊！"他嚷道，"说着就来啦！"

"什么呀？"

"一颗炮弹。"

"就是这个。"

老兵说着，拾起一件正在地上滚动的什么东西。原来是一颗石子。

理发师跑向打碎的玻璃，望见伽弗洛什正朝圣约翰市场飞跑。伽弗洛什从理发店门前经过时，心中惦念那两个孩子，就按捺不住，要向理发师问声好，往他的玻璃窗投了一石子。

"您瞧见了！"理发师的脸由白变青，吼道，"为干坏事而干坏事，那个野小子，谁招惹他啦？"

四　孩子惊遇老人

圣约翰市场的哨所已被缴械。一伙人由安灼拉、库费拉克、公白飞和弗伊率领，这时伽弗洛什也加入进来。他们都有点儿武器。巴奥雷和约翰·普鲁维尔也找来，从而扩大了队伍。安灼拉有一支两响猎枪；公白飞有一支注明番号的国民卫队步枪，没有扣好的礼服里还露出别在腰带上的两支手枪；约翰·普鲁维尔有一支老式马枪；巴奥雷有一支卡宾枪；库费拉克挥动一根去了套的手杖剑。弗伊握着一把出了鞘的战刀，走在排头，高喊：“波兰万岁！”

他们没扎领带，没戴帽子，从莫尔朗河滨路赶来，一个个气喘吁吁，浑身让雨淋湿，但是眼睛却放射光芒。伽弗洛什从容地上前搭话：

“我们去哪儿？”

“跟着走吧。”库费拉克说道。

巴奥雷跟在弗伊后边，走路不像走路，而是蹿蹿跳跳，恰如暴动激流中的一条鱼。他穿一件鲜红色坎肩，说出话来横扫一切。一个过路人被他的坎肩吓坏了，惊恐万状地嚷道：

“红党来啦！”

“红党，红党！”巴奥雷反驳说，“资产者，怕得真怪。我就不然，面对一株虞美人绝不发抖，小红帽也绝不会引起我的恐惧。资产者，相信我的话，还是把恐红症留给那些生角的动物吧。”

巴奥雷瞅准墙角上张贴的公告，那是最平和的一张纸，写着在封斋节期间，巴黎大主教恩准他的“羔羊”吃蛋类。

他高声说：

“哼，羔羊，是蠢蛋的文雅称呼。”

他一把将公告从墙上撕下来。这一行为令伽弗洛什佩服。从这时起，伽弗洛什就注意观察他的一举一动了。

“巴奥雷，”安灼拉指出，“你这可不对。不应当理睬那公告，那不是我们的对头。你白白发泄怒火，还是留着点你的储备吧。无论内心的精力还是枪弹的火力，都不要乱消耗。”

“各有各的脾气，安灼拉！”巴奥雷回敬道，“主教那份文告，我看着就刺眼，我要吃鸡蛋，用不着别人允许。你这人，是内热外冷型的，而我呢，我爱玩玩。况且，我也没有耗费什么，倒是鼓起劲头；我撕了那份文告，赫拉克勒斯①！正是要开开胃口。”

---

① 原文为拉丁文，是一句渎神的话，意为“以赫拉克勒斯的名义”。

听了"赫拉克勒斯"这个词，伽弗洛什不禁一愣，他不放过任何机会汲取知识，因而敬佩这个撕公告的人，便向他求教："赫拉克勒斯是什么意思？"

巴奥雷回答：

"这是拉丁语，是指该死的狗东西。"

说到这儿，正好经过一扇窗口，他看见里面站着一个脸色苍白、留黑胡子的小伙子望着他们，大概认出是 ABC 朋友会的人，便冲那人喊道：

"快，子弹！para bellum①。"

"美男子！不错。"伽弗洛什附和道，他现在也懂拉丁语了。

喧闹的群众队列簇拥着他们，有大学生、艺术家、艾克斯的库古尔德社成员、工人、码头工人，各持家伙，有的拿棍棒，有的拿刺刀，还有几个像公白飞那样，腰上别着手枪。这伙行进的人群中，还有一位看样子十分苍老的老人，他手里一样武器也没有，尽管他一副沉思的神态，却紧倒腾脚步，唯恐落伍。伽弗洛什发现了他，就问库费拉克：

"克克是个啥？"

"是个老人。"

那是马伯夫先生。

五　老人

谈谈事情的经过。

就在龙骑兵冲击的时候，安灼拉和他的朋友沿布尔东大马路正走到粮库附近。安灼拉、库费拉克、公白飞和其他许多人，先前沿着巴松石街边走边喊："到街垒去！"走到莱迪吉埃街，他们遇见一位行路的老人。

那老人走路一溜歪斜，仿佛喝醉了酒。此外，尽管雨下了一早晨，而且当时还下得很大，他的帽子却拿在手里。库费拉克认出那是马伯夫先生。他能认出来，是因为马伯夫先生多次送马吕斯到门口。库费

---

①　拉丁文，意为"准备战争"，与法语"美男子"谐音，出自这句格言："要争取和平，就准备战争。"

拉克也了解，这位当过教堂管理员并喜欢藏书的老人一贯爱清静，胆小怕事，现在却见他混在乱哄哄的人群里，离乱冲乱撞的马队只有两步远，几乎就在枪林弹雨当中，冒雨光着头，迎着子弹漫步，这年轻人十分诧异，就上前打招呼。于是，一个二十五岁的起义者，同一位八旬老人进行了这样一场对话。

"马伯夫先生，快回家去吧。"

"为什么?"

"这里要闹起来了。"

"好哇。"

"马刀逢人就劈，见人就开枪啊，马伯夫先生。"

"好哇。"

"还要用炮轰。"

"好哇。你们呢，你们去哪儿啊?"

"我们去把政府扳倒在地。"

"好哇。"

于是，他就跟他们走了。从这以后，他再也没讲一句话，但是他的步子突然变得稳健了，有工人要搀他走，也被他摇头拒绝了。他几乎走在队伍的前排，看动作是向前进，看面孔却像在睡觉。

"好一个怒发冲冠的老头!"大学生们窃窃私议。这队伍里传开了，说他当年是国民公会代表……说这老头当年投票赞成处死国王。

这一大群人又走上玻璃厂街。小伽弗洛什走在前头，他扯着嗓门唱歌，简直就像吹进军号。他唱道:

> 那边月亮露了头，
> 我们何时林中走?
> 夏洛问问夏洛特。
>
> 嘟嘟嘟
> 去夏都。
> 我只有
> 一个上帝一个王，一个小钱一只靴。

清早飞来两只雀，
百里香枝找露喝，
喝了又喝醉如泥。

吱吱吱
去帕西。
我只有
一个上帝一个王，一个小钱一只靴。

可怜两只小狼崽
醉得像那两斑鸠；
洞中老虎笑咧咧。

咚咚咚
去默东。
我只有
一个上帝一个王，一个小钱一只靴。

你发誓来我赌咒。
我们何时林中走？
夏洛问问夏洛特。

当当当
去庞丹。
我只有
一个上帝一个王，一个小钱一只靴。

他们朝圣梅里走去。

六　新战士

队伍时刻在壮大。快到劈柴街那里，一个头发花白的大汉加入行列；库费拉克、安灼拉和公白飞，都注意到他那犷悍而大胆的相貌，但是谁也不认识他。伽弗洛什只顾唱歌，吹口哨，叽里呱啦乱叫，只顾往前冲，用没有扳机的手枪托敲打商店的窗板，也没有注意那汉子。

他们进入玻璃厂街，正巧从库费拉克住所的门前经过。

"正好，"库费拉克说道，"我钱包忘带了，帽子也丢了。"

他随即离开大拨人，三步并成两步跑上楼，回房间取了钱包和一顶旧帽子，又扒开一堆脏衣物，取出藏在里面的一只有大号手提箱那么大的方箱子，正跑步下楼，却被门房叫住了。

"德·库费拉克先生！"

"门房太太，您尊姓大名啊？"库费拉克反唇相讥。

问得门房目瞪口呆。

"这您清楚，我是看门的，叫伏万大妈呀。"

"那好，如果您再叫我德·库费拉克先生，我就叫您德·伏万大妈了。现在您说吧，怎么的？有什么事儿？"

"有个人要同您谈谈。"

"谁？"

"我不认识。"

"在哪儿？"

"在门房里。"

"活见鬼！"库费拉克咕哝一句。

"人家等您回来，可等了一个多钟头了！"看门人又说道。

这时，从门房里走出一个青工模样的人，身材瘦小，脸色发青，有不少雀斑，穿一件破了洞的外套、一条侧面落了补丁的丝绒长裤，不像男人，倒像个扮成男孩的姑娘，说话的声音却相反，一点也没有女人味儿。

"请问，马吕斯先生在吗？"

"不在"

"今晚他能回来吗？"

"我也不清楚。"

库费拉克又补充一句："反正我回不来。"

那年轻人凝视着他，又问道："为什么回不来？"

"就是回不来。"

"您要去哪儿？"

"你问这个干什么？"

"您要我替您背这箱子吗？"

"我要去街垒。"

"您能让我跟您一道去吗？"

"随你便，"库费拉克回答，"大街自由通行，铺路石块也是大家的。"

说罢他就跑开了，等追上他那些朋友，就把箱子交给其中一个人。又过了一刻多钟，他才发现那年轻人果然跟来了。

一大拨人要去哪儿就没准了。我们说过是一阵风吹走的。他们过了圣梅里，不知怎么就到了圣德尼街。

第十二卷 科林斯

一 科林斯创业史

巴黎人如今从菜市场拐进郎布托街，就会看到右首正对着蒙德图尔街的地方，有一家箴匠铺，挂了一个用柳条编的拿破仑大帝模拟像的招牌，上面写道：

拿破仑完全是柳条编的。

过路人恐难想到，不过三十年前，这里曾目击了惨绝人寰的场面。这就是当年的麻厂街，古时写成"麻厂"。这里有一家名叫科林斯的著名酒馆。

大家还记得前面讲过，这里筑起的街垒又被圣梅里街垒遮住，如今更是坠入沉沉黑夜中；我们正是要稍微说明一下麻厂街这道著名的街垒。

让我们讲得清楚些，还是采用叙述滑铁卢战役时用过的简便方法。当年，在菜市场东北角，靠近圣厄斯塔什教堂尖端处，即如今朗布托街的入口，住户的房舍杂乱无章，要有一个比较准确的布局，就不妨设想一个 N 形，上接圣德尼街，下连菜市场，左右两竖是大丐帮街和麻厂街，中间斜线是小丐帮街；蒙德图尔街则斗折蛇行，横穿这三条街道；结果四条街纵横交错，赛似迷宫，就在东起圣德尼街，西至菜市场，北起天鹅街，南至布道修士街这一百平方图瓦兹的地段上，有七个由楼房组成的小岛，仿佛建筑工地上随意乱放的石堆，奇形怪状，大小不一，中间只隔着窄窄的缝儿。

我们说窄缝儿，因为没有更确切的字眼儿来标示这些阴暗、逼窄、曲曲折折的小街。小街两侧的九层楼房破烂不堪，在麻厂街和小丐帮街，甚至用粗木横在中间撑住面对面的楼房。街道狭窄，但流水沟很宽，路面终年潮湿，行人来往只好贴近店铺。店铺像地窖一般昏暗，门旁立着打了铁箍的护墙石，垃圾堆积如山，小道口安有上百年铁栅大门。修建朗布托路时，就将这些一扫而光。

蒙德图尔这名称原意为"我绕弯"，足以描绘出这种街道曲里拐弯的形貌。再远一点，有一条街通入蒙德图尔街，名叫陀螺街，就更为形象了。

行人从圣德尼街走进麻厂街，就会发现街道越走越窄，仿佛钻进狭长的漏斗里。麻厂街很短，走到尽头，只见紧邻菜市场的一排高楼挡住去路，如果不注意发现左右各有一条黑乎乎的小通道，还真以为闯进死胡同。这条通道便是蒙德图尔街，一头连着布道修士街，另一头通天鹅街和小丐帮街。在这条看似死巷的街尾右角，有一幢比周围矮些的楼房，临街好似海上的岬角。

就在这幢仅有三层的楼房里，开了一家三百年的老店，一直红火的著名酒楼，里面充满欢声笑语，老特奥菲勒①写的两句诗指的就在这个地方：

> 情郎痛绝悬梁尽，
> 尸骨摇荡尤骇人。②

这地点不错，酒家就世代传下来。

在马图兰·雷尼埃③时代，这家酒楼名号为"玫瑰花盆"。当时猜

---

① 特奥菲勒·德·维钦（1590—1626）：法国诗人。
② 这两句诗实出于另一位法国诗人圣阿芒（1594—1661）之手。
③ 马图兰·雷尼埃（1573—1613）：法国诗人。

字谜成风，酒楼的招牌便是一根漆成粉红色的柱子①。到了上个世纪，那位杰出的纳图瓦尔②，如今受僵硬画派贬诋的奇想画派大师之一，就多次醉倒在当年雷尼埃痛饮的餐桌上，他还为了感谢酒家，在粉红柱上画了一串科林斯③葡萄。酒家乐不可支，就改成招牌，在葡萄下方写了这样几个金黄大字："科林斯葡萄酒楼"。这便是"科林斯"号的来历。自不待言，酒鬼们喜欢省略，词句省略有如蹒跚的脚步。科林斯渐渐将玫瑰花盆赶下宝座。最后这代店主，叫于什卢老爹，甚至不了解这种渊源，雇人将柱子漆成蓝色了。

柜台设在楼下餐厅，楼上大厅安有球台，一条螺旋形楼梯冲破棚顶通到二楼，餐桌摆了葡萄酒，墙壁烟熏火燎，白天还点着蜡烛，这便是酒楼的概貌。楼下餐厅的地板有个活门，掀起来便是通地窖的阶梯。三楼房间是于什卢一家的卧室，要从二楼一道暗门里登着名为楼梯，实则梯子上去。楼顶还有两间阁楼，是女佣人的窝。厨房同柜台厅堂一样，都在楼下。

于什卢老爹也许天生是个化学家，诚然，他当了厨师；到酒楼来的顾客不仅喝酒，还要吃饭。于什卢发明一道独家风味菜，即肉馅鲤鱼，他称为"大肉鲤鱼"。吃这道菜，要坐在钉了漆布以代替台布的餐桌上，借着羊脂烛或路易十六时代油灯的光亮。有的顾客慕名远道而来。于什卢认为有必要推荐他的"风味"菜，招揽过往行人，一天早上他心血来潮，拿起一支画笔，蘸着黑颜料罐，在墙上写了几个醒目的大字，但他的拼写同他的烹调一样独特：CARPES HO GRAS。

一个冬天的风雨也招揽而来，随意冲掉头一个词尾 S 和第三个词头 G，结果只剩下：CARPE HO RAS。

这样一来，一个菜谱的普通广告，由于天气作美，就变成一种引人深思的劝告。④

---

① 在法语中，玫瑰花盆和粉红色柱子谐音。

② 查理-约瑟夫·纳图瓦尔（1700—1777）：法国画家，画风严谨，并非奇想画派大师。

③ 科林斯：希腊历史名城。

④ 前一种只是拼写错误，而被雨水冲掉两个字母，意思全变，为"抓住时光"，令人想起拉丁诗人贺拉斯的一句话，故说"引人深思"。

于什卢老爹本不会写法文，却居然会拉丁文，从烹调中引出哲理，他本来只想取消封斋节，却一举同贺拉斯并驾齐驱了。尤为令人惊叹的是，这句话也意为：快进酒楼。

如今，这一切已不复存在。从 1847 年起，蒙德图尔迷宫就被剖腹，动了大手术，现在也许消失了。麻厂街和科林斯酒楼，全都埋葬在朗布托大街的路石下面了。

前面讲过，对于库费拉克和他的朋友们来说，科林斯不仅是联络地点，也是聚会地点之一。是格朗太尔发现了科林斯，先是冲着贺拉斯那句话进去的，继而又冲着大肉鲤鱼再次光顾。进酒楼喝酒，吃饭，大叫大嚷，花费不多，有时少付，有时干脆不付钱，但始终受欢迎。于什卢老爹是个大好人。

于什卢这个大好人，如我们所说，是个留着两撇胡的酒店老板，样子很滑稽。他总阴沉着面孔，仿佛要吓唬常客，看见有人进门就嘟嚷，那神态不像接待顾客用餐，倒像寻衅吵架似的。不过，我们还是这个话，顾客始终受欢迎。这个怪人吸引来大量顾客，前来光顾的年轻人就这样想：去听听于什卢老头儿"发牢骚"吧。他当过击剑教练。有时突然大笑，声音爽朗，显然是个厚道人。别看这种一脸苦相，其实却非常滑稽可笑。他巴不得让人害怕，颇像手枪形状的鼻烟盒，响声不过是引起的喷嚏。

他老妻于什卢大妈，是个生了胡须的丑女人。

约莫 1830 年，于什卢老爹死了。大肉鲤鱼的秘法也随即失传。他的遗孀伤心不已，继续营业，但是菜肴大不如前，几乎难以下咽了，酒本来就糟糕，现在就更差了。然而，库费拉克和朋友们还照样去科林斯，博须埃常说："这是念旧。"

于什卢寡妇患气喘症，讲起乡下生活的往事就变声，而奇特的音调就消除了她话语的乏味。她叙事的独特方式，就是给她在乡下的青春记忆增添些佐料。她肯定地说，从前她的一大乐趣，便是听"吱（知）更鸟在三（山）楂林里歌唱"。

楼上的"餐厅"是个长方形大厅，摆满了圆凳、方凳、靠背椅、条凳和餐桌，还摆了一张瘸腿的旧球台。大厅的角落有个方洞，好似航船的舱口，楼下的人要走一条螺旋形楼梯，从这洞口上来。

餐厅只有一扇窄窗户透光，整日点着一盏煤油灯，显得很破烂。

所有四条腿的桌椅，都好像只有三条腿着地。白灰墙壁毫无装饰，只见一首献给于什卢大妈的四行诗：

> 十步貌惊人，两步吓死人。
> 何来一肉瘤，贸然入鼻孔；
> 最怕擤鼻涕，肉瘤抛给您，
> 鼻子垂欲坠，迟早落口中。

这诗是用木炭写在墙上的。

于什卢大妈酷似这一形象，然而从早到晚，她在这四行诗前边来回走动，总是那么泰然自若。两名女佣人，一个叫水手鱼，一个叫烩兔肉，不知道是否还有别的名字，她们给于什卢大妈当帮手，把劣酒罐子搬上餐桌，往饿鬼的陶盘里盛杂碎汤。水手鱼肥胖，身子滚圆，红头发，爱大喊大叫，相貌奇丑无比，超过神话中的任何妖怪，却是于什卢老爹生前宠幸的妃子；不过，女仆照例总立在主妇的身后，她的丑相又不如于什卢大妈了。烩兔肉瘦长，身子娇弱，肌肤呈现淋巴质的白色，黑眼圈，眼皮终日耷拉着，总显得疲惫不堪，可以说害了一种慢性疲劳症；每天她头一个起床，最后一个睡觉，侍候所有人，甚至侍候另一个女仆，但总是不言不语，慢条斯理，脸上挂着疲惫的笑容，就像睡梦中嘴角泛起的那种微笑。

柜台上方安了一面镜子。

进入餐厅之前，只见门上有库费拉克用粉笔写的一行诗：

> 肚大便畅饮，胆大可饱餐。

二　先议为快

我们知道，赖格尔·德·莫住在别处的时候少，住在若李宿舍的时候多。他有个住处，正如鸟儿有一根树枝。两个朋友同吃同住，一起生活，一切都共有，有点不分彼此，就像侍从修士所说的"一对儿"①。6月5日上午，他们去科林斯吃饭。若李正患重伤风，鼻子不通气，开始传染给赖格尔。赖格尔的衣服已经破旧，但若李却衣着齐整。

大约早上九点钟，他们推开科林斯店门。

他们登二楼。

水手鱼和烩兔肉前来招呼客人。

"牡蛎、奶酪和火腿。"赖格尔说道。

他们在餐桌落座。

酒楼空荡荡的，只有他们两个顾客。

烩兔肉认识若李和赖格尔，便往餐桌上放了一瓶葡萄酒。

他们刚吃几只牡蛎，一个脑袋就从楼梯口钻上来，说道："正巧路过这儿，从街上就闻到布里奶酪的香味，我就进来了。"

来人正是格朗太尔。

格朗太尔抄了一张圆凳，凑到餐桌坐下。

烩兔肉看见格朗太尔来了，就往桌上添了两瓶葡萄酒。

这样，一桌就有三人了。

"怎么，这两瓶酒你要全喝下去？"赖格尔问格朗太尔。

格朗太尔答道："人人都有天赋，唯独你天真。两瓶酒从未吓倒过一个男子汉。"

这两个已经吃上了，格朗太尔就先喝酒，一下子就灌下去半瓶。

"你这胃有洞是怎么的？"赖格尔又问道。

"你这胳膊肘上倒有个洞。"格朗太尔回敬。

他干下一杯，又说道：

"哦，对了，悼词大师赖格尔，你这身衣服也太旧了。"

"这正中下怀，"赖格尔答道，"衣服旧了，同我才相安无事，也最合身儿了，一点儿也不妨碍我，随我的身子怎么扭曲，怎么动作，没说的，只因为暖和，我才感到身上穿着衣服。旧衣服跟老朋友是一码事。"

"这话说得对，"若李也插进来，高声说道，"一件旧衣裳，就是一个老盆（朋）友。""尤其是从一个鼻子不通的人嘴里说出来。"格朗

---

① 原文为拉丁文。

太尔说道。

"格朗太尔，"赖格尔问道，"你是从大马路过来的吗？"

"不是。"

"我和若李，刚才看见送葬队列的排头走过去。"

"那场面真叫人禁（惊）奇。"若李说道。

"这条街多平静啊！"赖格尔叹道，"谁能想到，巴黎已经闹得天翻地覆呢？可见，从前这里全是修道院！杜勃勒尔和索瓦尔，还有勒贝夫神甫，都列过名单。从前，附近这一带全是修士，就像一群群蚂蚁，有的穿鞋，有的光脚，有的光头，有的留胡子，黑的、白的、花白胡子，有方济会修士、最小兄弟会修士，嘉布遣会修士、加尔默罗会修士、小奥古斯丁教派修士、大奥古斯丁教派修士、老奥古斯丁教派修士……哎呀呀，到处都是。"

"别谈修士啦，"格朗太尔打断对方的话，"一提起修士，就叫人浑人发痒。"

接着，他又大发感慨：

"呸！我吞下一个坏牡蛎。我的疑心病又犯了。这些牡蛎全臭了，女招待全是丑八怪。我恨人类。刚才我走在黎塞留街上，从那个大型公共图书馆前经过。所谓图书馆，就是一堆牡蛎壳，我一想就恶心。用了多少纸张！用了多少墨汁！乱涂乱画！乌七八糟的东西全写出来！说人是没有羽毛的两足动物，是哪个粗野的家伙说的啦？此外，我还遇见我认识的一个姑娘，长得跟春天一样美，配得上花神的名称，一天高高兴兴，欢欢喜喜，快活得像天使，真不幸啊，只因昨天有个银行家，那个满脸麻坑的丑鬼看上了她！唉！女人窥伺老财，不亚于窥伺花花公子；猫儿既捉老鼠，也捕鸟儿。这个小妞儿，不到两个月前，她还老老实实待在阁楼上，将一个个小铜环缝在胸衣的扣眼上。你们说这叫什么？叫做针线活，她睡在帆布床上，旁边有一盆花，她很满意。现在，她成了银行家太太。这种转变是昨天夜晚发生的。今天早上，我遇见她，这个受害者却兴高采烈。可恶的是，这个坏女人，今天还像昨天那样美丽。她那银行家的丑态，从她脸上看不出来。玫瑰就比女人多这么一点儿，或者少这么一点：看得见毛毛虫给花留的痕迹。噢！这世上没有道德可言；作为爱情象征的爱神木，作为战争象征的桂树，作为和平象征的橄榄树这个蠢材，还有果核险些卡死亚当的苹果树，以及裙钗的祖父无花果树，都可以引来作证。至于法权，你们想了解什么是法权吗？高卢人觊觎克吕斯，罗马则保护克吕斯，并质问高卢人，克吕斯怎么冒犯他们了。布伦努斯①回答：就像阿尔巴怎么冒犯你们，菲登札怎么冒犯你们，埃克人、沃利斯克人、沙宾人又怎么冒犯你们了。只因他们是你们的近邻。克吕斯则是我们的邻邦。我们对待邻邦的态度同你们一样。你们夺取了阿尔巴，我们就占领克吕斯。罗马说：你们休想占领克吕斯。于是布伦努斯就拿下罗马，并且高呼：让战败者遭殃②！这就是法权。哼！在这世界上，有多少猛禽猛兽！有多少鹰隼！有多少鹰隼啊！一想到这情景，我就起一身鸡皮疙瘩！"

他递过去酒杯，让若李给斟满，随即喝下去，说话几乎未间断，没人觉察，连他自己也没有意识到喝了这杯酒：

"攻占罗马的布伦努斯是只雄鹰，占有那个年轻女工的银行老板，也是雄鹰。这种事同那种事一样，都毫无廉耻。可见，什么也不要相信。只有一件事实实在在：喝酒。不管持什么见解，你们都要像圩里镇那样对待瘦公鸡，或者像格拉里镇那样对待肥公鸡，怎么都无所谓，还是喝酒吧。你们向我提起大马路，提起送葬队列，等等。看样子，还要来一场革命是怎么的？慈悲上帝也这样穷对付，着实令我吃惊。事件之间的切槽，要随时上润滑油才行，否则就会卡住，停止运行了。快来一场革命吧。慈悲的上帝双手沾满这种油污，总是黑乎乎的。换了我是上帝，我就简单从事，用不着时时刻刻上紧发条，我会干净利落地引导人类，像打毛线那样，一针一针将事件编织起来，还不弄断线，根本不用采取什么应急措施，也不会做出临时性的安排。你们所说的进步，靠两种动力往前运行：人和事变。不过，可悲的是，有时总难免出现特殊情况。无论对事变还是对人来说，常规部队还不足以解决问题；人当中必出天才，事变当中必出革命。重大变故就构成规律；事物的顺序安排，离不开这种规律；只要看见出现彗星，就会相信老天也需要角色上场表演。上帝往往出乎人意料，突然在苍穹的壁

① 布伦努斯：古代高卢人的首领的名号。据罗马传说，大约在公元前390年，布伦努斯曾率高卢人攻占了罗马。

② 原文为拉丁文。

上张贴一颗流星的广告。多怪异的星啊，拖着巨大的尾巴。恺撒就是出现彗星死的，布鲁图斯刺他一刀，上帝给他一彗星。啪的一声，出现一片北极光，发生一场革命，出来一个伟人；是用特号字体写出的 1793 年、大出风头的拿破仑、在广告牌上居首的 1811 年彗星。嘿！多么美观的蔚蓝色广告牌，闪烁着奇妙的光焰！砰！砰！无比灿烂的景象。无事闲逛的人，举目观望吧。天上的星辰同人间的情事一样，全都杂乱无章。仁慈的上帝，这太过分，但是又不足。这种迫不得已的手段，看上去光彩夺目，其实却可怜得很。朋友们，连天主都穷于应付了。一场革命，又能证明什么呢？只能证明上帝也捉襟见肘了。他搞一次政变，以解决现在和将来衔接的问题，因为他这个上帝，未能把两端接起来。真的，这也证实了我对耶和华的财富的估计，只要看一看上界和下界有多么拮据，天上和人间那么斤斤计较，那么小气，那么吝啬，那么穷困，小鸟儿吃不到一粒粟米，而我也没有十万年金；只要看一看疲惫不堪的人类命运，甚至脖子套了绞索的王公贵族的命运——让人吊死的孔代亲王便是明证；只要看一看冬天的景象——完全是寒风怒吼的一条裂缝；只要看一看山冈上鲜艳的紫红色朝霞中那么多破衣烂衫，看一看那假冒珍珠的露水、假冒琼玉的霜冻；只要看一看分崩离析的人类、七拼八凑的事件，太阳有那么多黑点，月亮有那么多窟窿；只要看一看到处饥寒交迫，我就怀疑上帝并不富有。不错，他大面上还过得去，但是我感到他很窘迫。于是，他就发动一场革命，正如钱柜空了的商人举行一场舞会。不要从外表去判断那些神灵。在金光灿烂的天空下，我看到的是一个贫穷的世界。万物的创造有失败之处。因此，我深为不满。喏，今天是 6 月 5 日，天差不多黑了；从今天早晨起，我就等待白昼到来。白昼没有来，我敢打赌这一整天也不会来了。像一个薪水很低的职员那样不准时。对，全都错了位，相互不配搭，这个古老的世界整个歪歪斜斜，我站在对立面。一切都七扭八歪，宇宙专爱捉弄，就像孩子一样，想要的得不到，不想要的却全有。总之，叫我火冒三丈。此外，赖格尔·德·莫这个秃顶，看着也叫我难受。一想到我和这秃头同龄，就觉得受了奇耻大辱。不过，我只是批评，并不侮辱。世界还是原来的样子。我讲这些并无恶意，良心上过得去。永恒之父，请接受我的崇高敬意。啊！我以奥林匹斯山的所有神仙、天堂的所有天神发誓，我生来不适合当巴黎人，也就是说，不能像羽毛球那样，永远在两把拍子之间弹来弹去，忽而落到闲逛的人群中，忽而落到喧闹的人堆里！我生来适合当个土耳其人，终日观赏东方娇憨的女郎跳美妙而淫荡的埃及舞，如同一个正人君子在做梦，或者适合在博斯地区当个农民，在威尼斯当个由贵妇围着的贵族，或者在德意志当个小王公，将半个步兵交给日耳曼联邦，自己悠闲自在，洗了袜子晾在篱笆上，也就是说晾在国境线上。这才是我生来的命运！对，我说过当土耳其人，绝不改口。我真不明白，一般人怎么那样憎恶土耳其人；穆罕默德有可取之处，应当尊敬这个美女后宫和女奴天堂的创始人！不要侮辱伊斯兰教，这是唯一用鸡窝装饰的宗教！说到这里，我还坚持主张喝酒。尘世是个大蠢物。看来，所有这些傻瓜要动起手来，要打个头破血流，要相互厮杀，其实，在这初夏的牧月，他们本可以挽着女郎去田野，畅快地吸着天大的茶碗里割下的牧草的清香。千真万确，人净干蠢事。刚才，我在一家旧货店看见一盏破灯笼，不禁想道：该给人类照照亮了。对，我又伤心啦！就像让一个牡蛎或一场革命卡住嗓子的感觉！我又沮丧了！噢！这惨不忍睹的旧世界！大家在这世上闹腾，相互倾轧，相互糟蹋，相互屠杀，而且习以为常！"

格朗太尔一阵高谈阔论，接着又一阵高声咳嗽，自作自受。

"提起革命，"若李说道，"看样子，巴（马）吕斯肯定在念（恋）爱。"

"知道爱上谁了吗？"赖格尔问道。

"不什（知）道。"

"不知道？"

"真的不什（知）道！"

"马吕斯的爱情！"格朗太尔提高嗓门儿，"想象得出来。马吕斯是一片雾气，大概找到了一股水汽。马吕斯属于诗人类型。所谓诗人，就是疯子。庙中阿波罗①。马吕斯同他的玛丽，或者玛丽亚，或者玛丽埃特，或者玛丽蓉，肯定组成一对怪情侣。不用瞧我也知道是怎么回事。完全陶醉，连亲吻都忘了。在大地上冰清玉洁，但是在无垠的天

---

① 文字游戏，即"蒂姆布拉乌斯的阿波罗"，那地方有个礼拜堂供奉阿波罗。

空却男欢女爱。他们二人的灵魂有感官。他们要到星云中共眠。"

格朗太尔正在消受他那第二瓶酒,也许还要高谈阔论,忽见楼梯口方洞又冒上来一个人。那是个不到十岁的男孩,穿一身破烂,个子矮小,脸皮黄黄的,嘴巴尖尖的,眼珠子滴溜乱转,头发特别厚,让雨淋透了,那样子却很快活。

那孩子显然不认识这三个人,但是他一上来,便毫不犹豫地问赖格尔·德·莫:"您就是博须埃先生吧?"

"这是我的别号,"赖格尔答道,"你找我有什么事儿?"

"是这样,一个黄头发大个子的人,在大马路上对我说:'你认识于什卢大妈吗?'我回答说:'认识,就是麻厂街那个老头儿的寡妇。'他又对我说:'你去一趟,见到博须埃先生,就转告他:A-B-C。'他这是同您开玩笑,不是吗?他给了我十苏钱。"

"若李,借给我十苏,"赖格尔说,扭头又对格朗太尔说,"格朗太尔,借给我十苏。"

赖格尔一共借了二十苏,全给了男孩。

"谢谢,先生。"小男孩说道。

"你叫什么名字?"赖格尔问道。

"我叫小萝卜,是伽弗洛什的朋友。"

"留在我们这儿吧。"赖格尔说道。

"同我们一起吃点儿饭。"格朗太尔也说道。

那孩子答道:"不成,我编在送葬队列,规定我喊打倒波利尼亚克。"

他一只脚向后拉一大步,表示最高的礼节,就转身离去。

等孩子一走,格朗太尔又大发议论:

"这是地道的流浪儿。流浪儿族中,种类繁多。公证人类型的流浪儿叫小跑腿的,厨师类型的流浪儿叫小砂锅,面包师类型的流浪儿叫烟囱帽,侍从类型的流浪儿叫格鲁姆①,海员类型的流浪儿叫泡沫②,士兵类型的流浪儿叫小军鼓,画家类型的流浪儿叫小艺徒,商人类型

---

① 来自英语,意为小侍从。
② 另一词义为"见习小水手"。

的流浪儿叫小伙计，大臣类型的流浪儿叫莫南①，国王类型的流浪儿叫太子，神仙类型的流浪儿叫小精灵。”

这工夫，赖格尔在思索，喃喃说道：“A-B-C，这就意味：拉马克的葬礼。”

“黄头发的高个子，”格朗太尔指出，“那是安灼拉，他派人来通知你。”

“咱们去不去？”博须埃问道。

“下雨了，”若李说道，“我已经发过誓，宁愿蹈火，也不赴汤。我可不想再感报（冒）了。”

“我就待在这儿，”格朗太尔也说道，“我要午饭，不要棺材。”

“结论：咱们不动窝儿。”赖格尔又说道，“好吧，接着喝酒。再说了，错过送葬，不见得错过暴动。”

“啊！暴动，算我一个。”若李嚷道。

赖格尔搓着双手：“这回，要修理修理 1830 年革命了。那场革命确实叫人民浑身不舒服。”

“依我看，你们的革命也无所谓。”格朗太尔说道，“我并不厌恶现政府，那是套上软布帽的王冠，权杖也安了雨伞。对了，我倒是想，今天这样的天气，路易-菲力浦的王权可以有两种用途，权杖一端对付百姓，撑开雨伞的一端对付老天。”

餐厅昏暗，大片乌云完全遮住了阳光。酒楼里空荡荡的，街上空荡荡的，所有人都去“看热闹”了。

“现在究竟中午还是半夜？”博须埃嚷道，“什么也瞧不见，烩兔肉，拿个亮儿来！”

格朗太尔愁眉苦脸，继续喝酒。

“安灼拉瞧不起我。”他咕哝道，“安灼拉肯定这样说：若李病了，格朗太尔醉了。因此，他派小萝卜来找我博须埃。他若是亲自来找我，我倒会跟着去。算他安灼拉没长眼睛！我不会去给他送葬。”

做出这样决定之后，博须埃、若李和格朗太尔就泡在酒楼，不想动弹了。泡到将近下午两点钟时，他们那张餐桌就摆满了空酒瓶。桌上点着两支蜡烛，一支插在裹了一层绿锈的铜烛台上，一支插在破瓶

---

① 来自西班牙语，意为“青年侍从”。

瓶口上。格朗太尔把若李和博须埃引向杯中物，而博须埃和若李则把格朗太尔拉回到快活中。

至于格朗太尔，从中午起，他就不限于葡萄酒了。葡萄酒是梦幻的平庸的源泉，在那些较真儿的醉汉来说，葡萄酒仅仅受行家赏识。酒醉人之力，可分妖术和神术，而葡萄酒只有神术。格朗太尔贪恋醉乡，是个无所畏惧的酒徒。醉酒的妖魔在他面前张着血盆大口，非但吓不住他，反而吸引他。他丢下葡萄酒瓶，又操起大啤酒杯。大啤酒杯，就是无底洞。他手头没有鸦片，也没有大麻，要让脑子进入朦胧和迷茫的状态，就只好乞灵于由烈酒、黑啤酒和苦艾酒调成的混合酒。这种混合酒劲头十分猛烈，能极度迷醉人的神经，而灵魂也就像铅块一样，沉入啤酒、烈酒和苦艾酒这三种酒气中。这是三重黑暗，天上的蝴蝶也会沉溺其间，在这凝聚为蝙蝠翅薄膜似的迷蒙烟雾中，化出三个无声的疯魔，即梦魇、夜魁和死神，盘旋在沉睡的普绪喀①的头上。

然而，格朗太尔远没有醉到这样可悲的程度，却快乐得像个神仙，博须埃和若李则凑趣助兴，三人频频碰杯。格朗太尔还摇唇鼓舌，大肆发表奇谈怪论。同时手舞足蹈；只见他领带解开，两条腿骑在圆凳上，左拳头神气十足地顶在膝盖上，左胳臂弯成折尺状，举着一满杯酒，冲着肥胖的女佣人水手鱼，庄严地发出命令：

"将殿堂的大门敞开！让所有人都进入法兰西学士院，都有权拥抱于什卢大妈！干杯。"

他转身又冲于什卢大妈嚷道：

"一脉相承的古代女人，请靠近点儿，让我瞻仰你的容貌！"

若李也跟着嚷道：

"水手鱼和烩兔肉，不要塞（再）给格朗太尔上酒了。他吃下去多少钱！今天炒（早）晨，他就大市（肆）挥霍，吞下去两法郎九十五生丁。"

格朗太尔又说道："没有得到我的准许，是谁把天上的星星摘了下来，放在桌子上当蜡烛？"

————————

① 普绪喀：又译普塞克，希腊神话中人的灵魂的化身，以少女形象出现，与爱神厄洛斯相爱并结合。

博须埃也有十分醉了，但还能保持平静。

他坐在窗台上，让雨水从敞着的窗口飘进来，浇湿他的后背，眼睛则注视着他的两个朋友。

突然，他听见背后传来急促的脚步和喧闹声，有人高喊"拿起武器！"他回过身去，望见麻厂街连接的圣德尼街上，过来一大群人：安灼拉拿着一杆步枪，伽弗洛什举着一把手枪，弗伊挥着一把战刀，库费拉克挥着一把剑，普鲁维尔操着一支马枪，公白飞拿着一杆步枪，而巴奥雷则端着一支卡宾枪，后面跟随激昂的人群，也都各执武器。

麻场街不长，也就只有卡宾枪的射程。博须埃双手立刻凑到嘴边，做成扩音筒喊道："库费拉克！喂！库费拉克！"

库费拉克听到喊声，见是博须埃，便拐进麻厂街，走了几步，同时喊了一声："干什么？"正好另一边"你去哪儿"的问声相交错。

"去造街垒。"库费拉克回答。

"那就在这儿吧！这儿位置好！就在这儿造！"

"说得对，赖格尔。"库费拉克说道。

库费拉克一挥手，那伙人就蜂拥闯进麻厂街。

三　夜色逐渐笼罩格朗太尔

这地点的确选得好极了：街口开阔，越往里越窄，形成一条死胡同，科林斯则卡住咽喉，左右两侧的蒙德图尔街极容易堵死，因此，敌方只能从圣德尼街进攻，也就是说，从正面毫无隐蔽的地段进攻。别看博须埃喝醉了，这眼光不亚于饥饿的汉尼拔。

这群人一闯进来，整条街的居民都惊慌失措，行人无不纷纷退避，转眼工夫，街头巷尾，左右两侧的商店、铺子、过道栅门、窗户、百叶窗、阁楼、小大窗板，从楼下一直到楼顶，全都关闭了。一个老太婆吓坏了，把一张床垫绑在两根晾衣竿上，挡在窗口以防流弹，只有酒楼还开着，原因很简单，那伙人已经冲进去了。

"我的天主啊！我的天主啊！"于什卢大妈连声叹气。

博须埃下楼去迎库费拉克。

若李坐到窗口，喊道：

"库费拉克，你应当打把雨伞。你这样要感报（冒）的。"

就在这几分钟的工夫，酒楼前面的铁栅门就有二十来根铁条给拔走，街道也有二十来米长地段的石块给掀起来；伽弗洛什和巴奥雷拦住石灰商昂索的平板马车，将车推翻，将车上运的三桶石灰撒在石块下面；安灼拉掀开地窖的活门，让人将于什卢寡妇的所有空酒桶搬出来支撑石灰桶；弗伊那十根手指善于给精巧的扇骨着色，现在也贴着桶和车子，巧妙地码起两大堆砾石。砾石和其他东西全是临时凑起来，不知道是从哪儿弄来的。铺在酒桶上面的几根立柱，则是从附近一幢房子的门脸拆下来的。等博须埃和库费拉克回来再一看，半条街已经筑起一人多高的壁垒。什么也比不上群众的双手，能用拆除的东西建造起一切。

水手鱼和烩兔肉也加入这一工程的行列。烩兔肉往返搬运瓦砾，她那种疲惫相，也帮助建街垒，递送石块，还像给顾客上酒那样，是一副昏昏欲睡的样子。

两匹白马拉着一辆公共马车驶过街口。

博须埃见了，立刻跨过石堆，跑过去拦住车夫，让旅客全下车，还搀扶"女士"下来，将车夫打发走，便拉着缰绳，连车带马弄了回来。

"公共马车不准经过科林斯。'公众不准靠近科林斯'①。"

片刻之后，那两匹马卸了套，从蒙德图尔街放走了，公共马车推翻在街上，就把路口完全堵死了。

于什卢大妈吓得魂飞魄散，上二楼躲起来。

她眼睛失神，视而不见了，要呼喊又把声音压得极低，惊叫声憋在喉咙里，不敢喊出来。

"这真是世界末日。"她咕哝着。

若李在于什卢大妈又粗又红的脖子皱皮上亲了一口，对格朗太尔说：

"哦，亲爱的，我还一直认为，女人的脖子无比细嫩呢。"

然而此刻，格朗太尔正抵达酒神颂歌的最高境界，他见水手鱼又上二楼来，就拦腰将她抱住，冲着窗户大笑不止。

"水手鱼真丑啊！"他嚷道，"水手鱼的丑相梦里才有！水手鱼就是

---

① 原文为拉丁文。这是文字游戏，在拉丁文中，公共马车也有"公众"的意思，这句话是模仿贺拉斯由希腊文译成拉丁文的一条谚语。

一只怪兽。喏，这就是她出生的秘密：一名哥特人给大教堂塑造流水槽口的魔头像，忽然有一天早上，他像皮格马利翁①那样，爱上了其中最丑恶的一个塑像，祈求爱神赐给它生命，于是就生了水手鱼。公民们，瞧瞧她这样子吧！她的头发跟提香②的情妇一样，是铬酸盐的铅灰色。她是个好姑娘，我敢打保票，她一定能英勇战斗。每个善良的姑娘都蕴涵着一个英雄。就连于什卢大妈，也是个英勇无畏的老太婆，瞧瞧她嘴上的胡须！那是继承她丈夫的。嘿，名副其实的一名巾帼骑兵！她也会英勇作战。她们两个人，就能威震整个巴黎城郊。同志们，我们一定能够推翻政府，没错儿，正像十七烷酸和甲酸之间，还有十五种酸那样确切无疑。其实，这与我毫不相干。先生们，我父亲一直讨厌我，怪我弄不懂数学。我只懂爱情和自由。我是好孩子格朗太尔！我从来就没有过钱，也就没有养成有钱的习惯：因而从来不缺钱；不过，假如我富有了，那么世上就没有穷人啦：这是明摆着的事！哦！假如心肠好的人都有大钱包！那么世上一切会好得多！我时常想象耶稣－基督像罗思柴尔德③那样富有！他会做多少善事！水手鱼，拥抱我呀！您又多情又羞怯！您的脸蛋呼唤姐妹的吻，您的嘴唇呼唤情人的吻！"

"住口，大酒桶！"库费拉克说道。

格朗太尔回敬道：

"我是花花太岁！"

安灼拉端着步枪，扬着他那英俊的面孔，挺立在街垒顶端。要知道，安灼拉那形象颇似斯巴达人和清教徒，他可以同莱奥尼达斯④并肩战死在温泉关，也可以和克伦威尔一起焚烧德罗赫达⑤。

---

① 皮格马利翁：希腊神话中的塞浦路斯王，善雕刻，爱上了自己雕刻的一个少女像。爱神见他感情真挚，就让少女像活了，同他结合。

② 提香（1488 或 1489—1576）：意大利画家。

③ 罗思柴尔德（1743—1812）：德国银行家。

④ 莱奥尼达斯：斯巴达国王（公元前 490—前 480 在位），公元前 480 年他率领三百勇士，坚守温泉关，抗击波斯军队。

⑤ 德罗赫达：爱尔兰港口，在英国资产阶级革命时期，这座城市一度成为保王党抵抗的中心，1649 年，克伦威尔率军攻占，下令焚烧城市并屠杀居民。

"格朗太尔!"安灼拉喊道,"快走开,到别处灌酒去。这是陶醉的地方,而不是迷醉的地方。不要玷污街垒!"

这句怒斥在格朗太尔身上产生了奇效,就好像迎头泼了一盆冷水,一下子将他浇醒了。他挨着窗口坐下来,臂肘撑在桌子上,以难以描摹的和蔼神情望着安灼拉,对他说:

"你知道我信服你。"

"走开。"

"让我在这儿睡一会儿吧。"

"到别处睡去。"安灼拉嚷道。

然而,格朗太尔那双温柔而惶遽的眼睛始终注视他,答道:

"让我在这儿睡吧……一直睡到我死去。"

安灼拉以藐视的目光端详他:

"格朗太尔,你什么也做不来,信仰,思考,意愿,生和死,统统不行。"

格朗太尔声音严肃地回答:

"走着瞧吧。"

他还咕哝几句,但话语不清,脑袋随即重重地倒在桌子上,进入常见的酩酊大醉的第二阶段,他是让安灼拉猛然粗暴地推入这种状态,不一会儿就睡着了。

四 力图安慰于什卢寡妇

巴奥雷看着街垒,狂喜地喊道:

"这条街赤膊上阵啦!真棒啊!"

库费拉克一边拆掉点儿酒楼的东西,一边力图安慰媚居的老板娘。

"于什卢大妈,那天您不是抱怨说,只因烩兔肉在您窗口抖了抖毯子,您就接到违法罚款单吗?"

"是啊,库费拉克我的好先生。噢,天主啊,怎么,您还要把我这张桌子扔到你们的垃圾堆上吗?抖毯子不行,还有一次,一个花盆从阁楼掉到街上,政府就罚了我一百法郎。再往下扔桌子,不是更得挨宰!"

"嗳!于什卢大妈,我们这是为你报仇呢。"

于什卢大妈似乎不大明白,她在这种补偿中能得到什么好处。有个类似的故事：一个阿拉伯女人挨了丈夫一耳光，跑去向她父亲告状，吵着要父亲替她报仇："爸，你对我丈夫应当以牙还牙。"她父亲问道："他扇了你哪半边脸？""左半边。"于是，她父亲给了她右半边脸一巴掌，说道："现在你该满意了。去跟你丈夫说，他打了我女儿，我就打了他老婆。"于什卢大妈所得到的就是这种满足。

雨停了。又添了些生力军。一些工人用罩衫遮着，带来一桶火药、一篮子瓶装的硫酸、两三支狂欢节用的火把、一筐三王节用剩的纸灯笼。三王节是在 5 月 1 日，新近才度过的。这些作战物资，据说来自圣安托万城郊大街，是由一个叫佩潘的食品杂货店老板供应的。麻厂街唯一的路灯、遥对的圣德尼街的那盏路灯，以及蒙德图尔街、天鹅街、布道修士街、大小丐帮街这些邻近街道的路灯，全都砸毁了。

安灼拉、公白飞和库费拉克指挥一切行动。现在，两座街垒同时建造，全背靠科林斯，构成折尺状。大街垒封死麻厂街，小街垒封住靠天鹅街一侧的蒙德图尔街。小街垒很窄，只用酒桶和街道石块造起来的。那里大约有五十名工人，其中三十来人有步枪，他们在来的路上，把一家武器店的枪支一股脑儿借来了。

这支部队五花八门，形形色色，奇特到了极点。有一个人穿着短外套，拿一把马刀和两支手枪；另一个人只穿衬衫，戴一顶圆边帽，侧身吊着一个火药壶；第三个套了用九层灰皮纸做的护胸罩，拿一把马具匠用的大铁锥当武器。有一个人高喊："让我们统统歼灭，一个不留，让我们死在自己的刺刀下！"这样喊的人却没有刺刀。还有一个在礼服外面扎了一副国民卫队的宽皮带和子弹盒，而护盖上有红毛线绣的"治安"两个字。许多步枪上都有部队的番号，有几根长矛。戴帽子的人不多，没有一个人扎领带，大多袒胸露臂。此外，各种年龄、各种相貌的人都有，如脸色苍白的小青年、紫红脸膛的码头工。大家都争先恐后，你帮我助，边干边议论事态的变化：凌晨三点钟援兵就可能赶来，肯定会来一团人马，巴黎全城就可能暴动。这种血腥的话题，讲起来却这样愉快轻松。他们素昧平生，彼此未通名姓，来到一起却亲如兄弟。巨大的危险所显示的壮美，就是能让互不相识的人焕发出友爱精神。

厨房里生起一炉旺火，酒楼里的水罐、匙子和叉子等锡器全搜罗来，放在模子熔化了做子弹。他们边干边喝酒。餐桌上胡乱放着酒瓶封皮、大粒霰弹和玻璃酒杯。于什卢大妈、水手鱼和烩兔肉全都吓得失了态，但表现不同：一个变傻了，一个喘不上来气，还有一个吓醒了；她们待在有球台的餐厅里，撕旧布做绷带，有三名起义者当帮手；那三个人留着长发和胡须，他们用洗衣女工一般的手指，清理并抖开布条。

先前在劈柴街拐角，库费拉克、公白飞和安灼拉加入行列时注意到的那个高个子，现在参加筑小街垒，相当卖力气。至于另外一个青年，就是曾在库费拉克住处等候，并向他打听马吕斯先生的那个青年，大约在推翻公共马车那工夫不知去向了。

伽弗洛什兴高采烈，就像生了翅膀，他主动担起鼓劲打气的任务，不住脚地来回奔忙，上上下下，不住嘴地大喊大叫，妙语连珠。他在这里，就仿佛给所有人带来鼓舞。他有刺激针吗？当然有，就是他的穷苦。他有翅膀吗？当然有，就是他的快乐。伽弗洛什是一股旋风。无处不见他的身影，无处不闻他的声音。他无处不在，充满空间，简直就是激奋的无所不在的神灵，跟随他就不可能有停顿。巨大的街垒感到他就在它臀部上。他妨碍闲逛的人，鼓动懒惰的人，激励疲惫的人，催促沉思的人，让这些人快活起来，让那些人紧张起来，还让另一些人激愤起来，让所有人行动起来，刺激一个大学生，敲打一个工人，这儿一停，那儿一站，旋即又离开，盘旋在热火朝天的劳动场面之上，从这一堆人跳到另一堆人，就像巨大的革命马车上的一只苍蝇，发出嗡嗡的声音，骚扰所有马匹。

永不停歇的活动来自他那瘦小的胳臂，无休无止的喧闹出自他那瘦小的胸腔：

"加油干呀！还要石块！还要大桶！还要东西！哪儿还有？来一筐石灰碴，给我把这个洞堵死。你们这街垒，真够小巧玲珑的。还得往上垒。所有东西全放上去，全投上去，全抛上去。将那幢房子拆了。一座街垒，就是吉布大妈的茶会。嘿，那儿还有扇玻璃门呢。"

工人听了都叫起来。

"一扇玻璃门！小不点儿，要玻璃门顶什么用？"

"你们这些大块头儿！"伽弗洛什反击道，"街垒放一扇玻璃门，那棒极了。它虽然不能防止敌人进攻，但是能妨碍敌人攻占。你们就从来没有爬过有玻璃瓶渣儿的墙头偷苹果吗？街垒上有一扇玻璃门，国民卫队要爬上去，脚上的老茧准会给割破。老天！玻璃可是阴险的家伙。在这方面，同志们，你们的想象力也太不丰富啦！"

此外，他特别恼火自己的手枪没有扳机，逢人就要求："一杆步枪！我要一杆步枪！干吗不给我一杆步枪呢？"

"给你一杆步枪！"公白飞说道。

"嗯！"伽弗洛什回敬道，"有什么不行的？1830年，跟查理十世吵起来那时候，我就有过一杆！"

安灼拉耸了耸肩。

"等大人都有了，再分给孩子。"

伽弗洛什傲慢地转过身，顶他一句：

"如果你比我先死，我就接过你的枪。"

"野小鬼！"安灼拉说道。

"毛头小伙子！"伽弗洛什回敬道。

一个衣冠楚楚的人迷了路，转到这条街口，分散了他们的注意力。

伽弗洛什冲那人喊道：

"年轻人，加入我们的行列吧！怎么，对这古老的祖国，你就不打算出点力吗？"

那个盛装的人赶紧跑掉。

五　准备

当年一些报纸称，麻厂街的街垒有两层楼那么高，"几乎是一座无法攻克的建筑"，这种说法不对，其实平均高度也不过六七尺。这座街垒的造型，旨在向战士提供方便：他们可以隐蔽，也可以从里侧由石块砌起的四级台阶，登上垒脊并控制整个街垒，甚而跨越出去。街垒外侧是由石块和木桶堆起来的，还用木柱和木板别在昂索的那辆平板车和公共马车轮子上，连成一个整体，外观犬牙交错，支棱八翘。离酒楼不远的这座大街垒，一端和楼房的墙之间留了个豁口，仅能容一人通过。公共马车的辕木直竖起来，用绳索绑住，顶上挂了一面红旗，在街垒上空迎风飘扬。

蒙德图尔街那座小街垒，隐在酒楼背后，是望不见的。两座街垒合起来，这条街就成为名副其实的堡垒了。安灼拉和库费拉克认为，经由布道修士街通往菜市场的那段蒙德图尔街，不必再筑街垒，无疑是要留一条与外面的通道，而布道修士街很狭窄，又艰难险阻，不大可能遭受敌人的攻击。

这条自由通道，也许正是弗拉尔①在战略论述中所说的交通一道，如果这条通道和麻厂街的那个豁口忽略不计的话，街垒里面，除了酒楼的突出之外，就呈现一个完全封闭的四边形。大街垒和街尾那排高楼，相距只有二十来步，可以说街垒背靠着那排高楼，而楼内全有住户，但是从上到下门窗紧闭。

整个工程进展顺利，没用一小时就完成了；而在此期间，这一小帮胆大妄为的人没望见一顶皮帽或一把刺刀。倒是有几个资产阶级，在暴动这个时候，还贸然逛到圣德尼街，朝麻厂街望一眼，一见街垒，就加快脚步走开了。

两座街垒业已完成，红旗也挂起来，他们又从酒楼里抬出一张桌子，库费拉克跳上去，打开安灼拉搬来的方箱子。箱子里装满了子弹。大家一见子弹，连最勇敢的人也不禁一抖，全体顿时静下来。

库费拉克面带微笑，开始分发子弹。

每人分到三十发子弹。许多人有火药，用刚铸的弹壳又造了些枪弹。至于那整桶火药，则留作备用，放在酒楼门旁边的一张桌子上。

军队集合的鼓号声响彻巴黎，此伏彼起，结果完全成了一种单调的声响，引不起他们的注意了。那声响时远时近，音调十分凄厉。

他们神态庄严肃穆，全都从容地给步枪和卡宾枪上子弹。安灼拉往街垒外面派了三个岗哨：一个在麻厂街，第二个在布道修士街，第三个到小丐帮街的拐角。

街垒建成了，各就各位，子弹上了膛，哨兵也派出去了，然后，他们就独自待在可怕的街道上，行人不见了，四周楼房静悄悄的，仿佛死了一般，毫无人活动的声响，天色也黑下来，阴影越扩越大，把他们笼罩了，他们在黑暗和寂静中，有一种说不出来的凄惨和可怕，他们与外界隔绝，感到有什么东西逼来，但是他们握紧武器，坚定不移，镇定自若地等待着。

---

① 弗拉尔（1669—1752）：法国军事作家。

六　等待

等待的时候，他们做什么呢？

我们应当谈谈，因为这是史实。

男人这边做子弹，女人那边缠绷带；只见一炉旺火上，一口大锅里准备注入弹头模子的熔锡和熔铅，正冒着青烟；前哨端着枪在街垒上守望，安灼拉聚精会神注视着前哨，而公白飞、库费拉克、约翰·普鲁维尔、弗伊、博须埃、若李、巴奥雷，以及另外几个人，相邀聚在一起，像太平日子里同学聊天那样，离他们筑起的堡垒只有两步远，坐在改为掩蔽所的酒楼的角落里，把装好子弹的枪支靠在椅背上，就在这千钧一发之际，这些意气风发的青年开始朗诵情诗。

什么诗呢？请看下面：

你可记得甜美的生活？
我们正是青春的花朵，
满心里只有一种渴望：
相亲相爱又穿得漂亮。

当时你我二人的年纪，
加在一起也不过四十；
在我们简陋的小家中，
即使冬天也春意融融。

日子多美！马努埃矜持，
帕里斯坐在圣餐宴席，
弗伊撒手雷，而我乱动，
让你胸衣的别针刺痛。

我这无人问津的律师，
带你去普拉多用餐时，
无不赞赏你，你多娇艳，
连玫瑰也扭脸不敢看。

只听他们说：她多漂亮！
满身香气！长发像波浪！
翅膀藏在半短大衣下，
标致小帽像初开的花。

我挽着你柔臂逛街头，
是一对幸福的小两口，
行人以为爱神受迷惑，
将四月妹嫁给五月哥。

躲在小屋生活闭房门，
大吃爱情禁果好销魂；
一件事我还未说出口，
你心先就回答愿接受。

大学城是牧歌好园地，
我能从晚到早崇拜你。
看来情种学习也灵活，
拉丁区却变成爱情国。

莫贝广场啊多芬广场！
我们的陋室里满春光，
你往修长腿上拉长袜，
我见一颗亮星放光华。

攻读柏拉图也无收获，
你拿一朵鲜花送给我，
上天美意我就能领悟，
胜读拉姆奈①等学者书。

———

① 拉姆奈（1782—1854）：法国作家。

你顺从我哟我顺从你，
陋室放金光啊两相依！
见你身穿睡衣来回走，
晨起旧镜映出春容秀！

曙色星夜花丛好时光，
彩带轻纱绫绮怎能忘！
时光美好只因情意浓，
爱到口吐村言更见情！

花园就是一盆郁金香，
你用衬裙当帘挂窗上；
土陶大烟斗我手中拿，
日本瓷碗给你沏的茶。

还有灾难我们哈哈笑！
你丢围巾手笼又烧焦！
一天我们为了用晚餐，
卖掉了珍藏的沙翁①像！

我是乞丐而你好施舍，
我偷吻你鲜艳圆胳膊。
打开但丁大作当桌子，
我们开心大嚼一百栗。

我在那欢乐的破楼中，
第一次吻了你烫嘴唇，
你脸红又散发离开时，
我脸苍白开始信上帝。

---

① 原句直译应为"卖掉了神圣的莎士比亚的宝贵画像"。

记住我们无数的幸福，

还有这些破烂丝绸布！

从这无限忧伤的心中，

多少叹息飞向那苍穹！

此时此地，追寻青春时代的种种往事，几颗晚星初跃，在天空开始闪烁，附近街道寂无一人，笼罩着阴森森的气氛，而险象环生，正是一发千钧，总之，此情此景，约翰·普鲁维尔这个温柔诗人，在暮色中低声吟诵这些诗句，就别有一种凄美的魅力。

这工夫，小街垒那边点亮了一盏彩纸灯笼；大街垒里也燃起一支蜡铸的火炬，上面说过，火炬是从圣安托城郊区弄来的。这类火炬在封斋节前星期二狂欢节上常见，举在满载戴面具的人向库尔蒂勒进发的马车前面。

那支火炬插在三面避风的石块垒起的笼里，光亮集中射在那面红旗上。这样，街道和街垒仍没在黑暗中，唯见那面红旗，仿佛由巨型暗灯照射，蔚为壮观。

火炬光映照鲜红的旗帜，就呈现出一种说不出来的骇人的紫红色。

七 在劈柴街入列的那个汉子

天色完全黑下来，一点情况也没有发生，只听见隐约的喧闹声，以及从远处零零星星传来的枪声。这种间歇时间延长，表明政府在从容调集兵力。这五十人在等待六万人。

安灼拉同所有意志坚强的人一样，临危不惧，只是感到焦急，他去找伽弗洛什。伽弗洛什在楼下大厅里造枪弹。火药撒在桌子上，考虑到安全，两支蜡烛放在桌子上，烛光昏暗，不会射到外面。起义者还特意关照，楼上不点灯。

此刻伽弗洛什心事重重，倒不是因为枪弹。在劈柴街加入队伍的那个汉子刚才走进楼下大厅，拣光线最暗的一张桌子坐下，他弄到的一杆大型步枪夹在两腿之间。伽弗洛什的心思一直放在"好玩"的事情上，甚至没有看到这个汉子。

伽弗洛什见他进来，目光不由得追随那杆枪，心中好不羡慕，等那人坐下，这流浪儿却站起来。在此之前，有人若是监视那人的行动，就会发现他在街垒里和起义者中间，特别注意观察了一切；然而，他走进楼下大厅之后，又陷入沉思冥想，仿佛视而不见周围发生的情况了。这流浪儿凑到跟前，踮着脚围着那思索的人绕来绕去，好像怕把他惊醒似的。伽弗洛什那张稚气的脸，此刻表现又放肆又严肃，又轻率又深沉，又快活又伤心，像老人的脸那样做出各种怪相，依次表示："啊，怎么！……""不可能啊！……""我看花眼啦！……""我是在做梦吧！……""难道他就是？……""嗳，他不是！……""不对，肯定是！……""不对，肯定不是！"如此等等，不一而足。伽弗洛什身子摇来摇去，两只小手插在兜里紧紧握成拳头，像小鸟儿一样扭动着脖子，下嘴唇的精明劲儿全部用在老大一个撇嘴上。他不胜惊愕，又把握不稳，不敢贸然断定，却又深信不疑，简直乐不可支。他那得意的神态，就像太监总管在奴隶市场的一群胖女人中发现一个维纳斯，又像一位鉴赏家在一堆粗劣的画中认出拉斐尔的一幅真迹。他全身都调动起来，用本能去嗅，用智力去分析判断。显而易见，伽弗洛什碰到一件大事。

安灼拉来找他时，他全神贯注，正处于高度紧张的状态。

"你个头儿小，不会让人发现，"安灼拉说道，"你到街垒外面去，溜着房舍的墙根走，几条街都张望张望，回来再跟我说说外边的情况。"

伽弗洛什收起胯骨，挺起身子。

"小个儿还有用场！真够幸运的！我这就去。不过，您信得过小个儿，可要提防大个儿……"伽弗洛什抬起头，压低声音，眼睛瞄着劈柴街的那个汉子，又说道：

"您看见那个大个子了吗？"

"怎么样呢？"

"他是密探。"

"你有把握？"

"有一回，我在御桥石栏外突饰上乘凉，就被他揪着耳朵提上，这事儿还没过半个月。"

安灼拉立刻离开这个流浪儿，小声对正好在旁边的一个酒码头工人说了几句话。那工人走出大厅，旋即又带三个工人回来。这四个彪形大汉若无其事，走到劈柴街那人臂肘撑着的桌子后面，丝毫也没有引起他的注意。他们显然摆好架势要扑向他。

这时，安灼拉走到那人跟前，问道：

"您是什么人？"

突然这一问，那人猛地一抖，他的目光探到安灼拉坦诚眸子的深处，似乎看透了那里的念头，他就微微一笑，那笑容极为傲慢，极为坚定有力，同时凛然答道：

"我明白是怎么回事了……嗯，不错！"

"您是密探？"

"我是公职人员。"

"您怎么称呼？"

"沙威。"

安灼拉递了眼色，还未等沙威回身，那四人就揪住他的衣领，转瞬间就把他按倒在地，捆了起来，搜了全身。

从他身上搜出一张粘在两片玻璃之间的小圆卡片，只见一面印有铜版的法兰西国徽和铭文："监视和警惕"；另一面注明：沙威，警探，五十二岁，并有在任的警察总监吉斯凯先生的签字。

此外，还搜出一只怀表和一个有几枚金币的钱包。怀表和钱包当即还给他了。不过，在他怀表下面的兜里还搜出一个信封，安灼拉从信封里抽出一张纸，展开一看，有警察总监亲笔写的几行字：

"沙威警探一完成政治任务，应立即专门查明塞纳河右岸耶拿桥附近，是否确有歹徒滋事。"

搜查完毕，他们又把沙威拉起来，把他反绑在柱子上。当年酒楼的字号，正是得自于那根著名的柱子。

伽弗洛什从头至尾目睹这一场面，默默点头表示赞许，这时他靠上来，对沙威说：

"小耗子逮住老猫啦。"

这件事干得干净利落，结束之后，酒楼周围的人才发觉。沙威一声也没有叫喊。一见沙威绑到柱子上，库费拉克、博须埃、若李、公白飞，以及分散在两座街垒那里的人，都纷纷跑来了。

沙威背靠柱子，让许多道绳子捆得结结实实，身子动弹不得，他像从不说谎的人那样，神态自若，无所畏惧地昂着头。

"他是个密探。"安灼拉说道。

他又转向沙威：

"这座街垒被攻占之前两分钟，就把您枪毙。"

沙威声调极为急切地答道：

"为什么不立刻动手？"

"我们要节省弹药。"

"那就一刀结果算了。"

"密探，"英俊的安灼拉说道，"我们是审判官，而不是凶手。"

接着，他招呼伽弗洛什。

"说你呐！快去干你的事儿！照我刚才对你说的去干。"

"这就去。"伽弗洛什高声说。

他刚要走，又站住了：

"对了，把他的步枪给我呀！"他又补充一句，"我把这音乐家留给你们，但是我要那单簧管。"

那流浪儿行了个军礼，高高兴兴从大街垒的豁口出去了。

八　关于也许名不副实的勒·卡布克的几个问号

伽弗洛什走后，紧接着又发生一个凶暴的事件，不啻一种骇人的壮举，这里若是略去不谈，那么，我们所描绘的悲壮画卷就不完整，而读者看不到准确真实的凸起部分，也就无法认识革命在痉挛奋力中分娩的社会阵痛的伟大时刻。

大家知道，聚众举事就像滚雪球，形形色色的人都卷进去，他们彼此并不询问各自的来历。安灼拉、公白飞和库费拉克率队沿途吸收的行人中，有一个醉汉模样的野蛮人。他身穿肩头磨破了的搬运工装，说话粗声大气，手舞足蹈，名字或绰号叫勒·卡布克，而自称认识他的人也根本不了解他。他同几个人将一张餐桌搬出酒楼，坐在外面喝得醉醺醺的，或者佯装醉态。这个勒·卡布克一边向同他比试的人劝酒，一边好像若有所思，凝望在街垒里端对着圣德尼街的那幢俯瞰整条街的六层楼，他忽然嚷道：

"伙计们，你们知道吗？应当从那楼里往外射击。如果我们在楼内守住窗口，有人若能从街上前进一步，那才活见鬼呢！"

"对，可是楼门关了。"其中一个喝酒的人说道。

"去敲门！"

"不会给开门的。"

"那就把门砸开！"

勒·卡布克跑到楼门前，拉起大门锤就敲了一下。楼门没有开。他又敲了一下。还是没人应声。敲了第三下。仍然没有一点声响。

"楼里有人吗？"勒·卡布克喊道。

没有一点动静。

于是，他操起一杆步枪，开始用枪托砸门。这扇古老的通道拱形门又窄又矮，全是橡木的，用铁件加固，里侧还包了一层铁片，非常结实，名副其实是一道城堡门。枪托撞击，震动整个楼房，却动摇不了这扇门。

然而，很可能惊动了楼里的居民，只见四楼一扇小方窗终于有了亮光，并且打开，探出一支蜡烛和一个脑袋，那人花白头发，满脸惊愕惶怖，他正是门房。

撞击门的人停下来。

"先生们，"门房问道，"你们有什么事儿？"

"开门！"勒·卡布克说道。

"先生们，不能开。"

"要你开就得开！"

"不成啊，先生们！"

勒·卡克布举起步枪，瞄准门房；不过，他站在下面，周围一片漆黑，门房根本没有看见。

"到底开不开？"

"不行，先生们。"

"你说不行？"

"我说不行，我的好……"

门房这句话还未说完，枪就响了，子弹从他下巴打进去，穿过喉头，从后颈出去。老人一声未吭就倒下了，蜡烛也失落熄灭了，只见窗沿儿上耷拉着一个不动的头和一缕升上屋顶的白烟。

"找死！"勒·卡布克说着，将枪托又重新杵到地上。

他话音刚落，就感到一只手像鹰爪一样，重重地抓住他的肩头，并且听见一个人对他说：

"跪下。"

　　杀人凶手扭过头，看见安灼拉那张苍白冷峻的面孔。安灼拉握着一支手枪。

　　他听见枪声，立刻赶来。

　　他左手揪住勒·卡布克的衣领、工作服、衬衣和背带。

　　"跪下。"他重复说道。

　　这个二十岁的单弱青年，以无比威严的动作，将那膀阔腰圆的脚夫像折芦苇似的压下去，逼使他跪在泥地上。勒·卡布克还企图抗拒，但是他仿佛让一只超人的巨掌抓住了。

　　安灼拉衣领敞着，面色苍白，头发散乱，那张女性的脸，此刻说不出有多像古代的忒弥斯①。他那鼓起的鼻孔、低垂的眼睛，赋予他那铁面无私的希腊型轮廓这种愤怒的表情、这种贞洁的表情，而从古代风尚的角度看，这恰恰符合司法。

　　街垒里的人全跑来了，他们远远地围成一圈，面对即将目睹的场面，每人都感到难置一词。

　　勒·卡布克服软了，不再挣扎，只顾全身发抖了。安灼拉放开他，掏出怀表。

　　"静下心来，"安灼拉说道，"要么祈祷，要么思考。你只有一分钟。"

　　"饶命啊。"凶手咕哝一句，然后低下头，结结巴巴而又含混不清地咒了几句。

　　安灼拉目不转睛地看着表，等一分钟过去，便把表放回坎肩兜里，接着一把揪住勒·卡布克的头发，手枪顶在他的耳朵上；勒·卡布克则怪声号叫，蜷缩在他的双膝前。这些大无畏的人，十分镇定地投入这场极为可怕的冒险，此刻大多都扭过头去。

　　只听一声枪响，凶手前额着地倒在街道上。安灼拉抬起头，自信而严峻的目光扫视周围。

　　继而，他踢了踢尸体，说道：

　　"把这丢到外边去。"

　　那无赖刚死，尸体最后还机械地抽搐。三个汉子抬起尸体，从小街垒上扔到蒙德图尔街上了。

---

　　①　忒弥斯：希腊神话中掌管法律和正义的女神。

安灼拉站在那儿若有所思。谁也不知道是何等壮丽的黑暗扩展开来，慢慢覆盖他那可怕的平静。突然，他亮开嗓子。全场静下来。

"公民们，"安灼拉说道，"那个人干的事儿是凶残的，而我干的事儿则是可怕的。他杀了人，因此我杀了他。我只能这样做，因为起义要有自己的纪律。在这里杀人，比在别处罪过更大；我们受革命的监视，是共和的传教士，要为职责做出牺牲，绝不能给人以话柄来诽谤我们的战斗。因此，我审判并处死了这个人。至于我，这样做是迫不得已，又深恶痛绝，我也审判了自己，过一会儿你们就会看到，我给自己定了什么罪。"

大家听了这话，都不寒而栗。

"我们和你共命运。"公白飞朗声说。

"好吧！"安灼拉又说道，"我再讲几句。我处决那人是服从强迫性，而强迫性正是旧世界的一个恶魔；强迫性也叫作因果报应。然而，进步的法则，就是让恶魔在天使面前消失，因果报应在博爱面前消失。现在说出'爱'字，的确不是时候。无所谓，反正我说出来了，还要颂扬爱。爱，你是未来。死，我利用你，但是我憎恨你。公民们，在未来的时代，既没有黑暗，也没有雷击，既没有凶残的愚昧，也没有血腥的报复了。既然没有了撒旦，除魔大天使也就不存在了。到了未来，彼此再也不会杀戮，大地将阳光灿烂，人类就只有爱心。公民们，那一天必定会到来，到那时候，一切都融洽、和谐、光明、快乐和生机勃勃，那一天一定能来到。我们正是为此才献出生命。"

安灼拉住了口。他那处女般的嘴唇又闭上了，在流过血的地方站了半晌，好似一尊雕像伫立不动。他的眼神凝注，致使周围的人说话也都压低声音。

约翰·普鲁维尔和公白飞在街垒的角上，紧紧握住手靠在一起，怀着深深的同情和赞许，默默地凝视这个既是行刑者又是神父，既像水晶一样明洁、又像岩石一样坚定的青年。

让我们现在就谈谈事后发现的情况。这场风波过后，尸体都运到停尸房，经搜查发现，勒·卡布克身上有个警察证，本书作者在1848年，还掌握一份1832年呈给警察总监的此案专门报告。

还应补充一点，当时有一种说法，很可能有根据，按照警方惯用的奇特手段，勒·卡布克是因底的化名。事实也如此，勒·卡布克一死，就再也没有囚底的消息了。囚底下落不明，无迹可寻，就好像忽然化为乌有了。他的身世黝黑一片，他的下场更是漆黑一团。

且说这件惨案如此迅速地审明，又如此迅速地了结，起义群众还在激动不已的时候，库费拉克在街垒里，又瞧见早晨去他住所打听马吕斯的那个小青年。

这小伙子看样子很闯荡，无所顾忌，他天黑时来投起义队伍。

第十三卷　马吕斯走进黑暗

一　从普吕梅街到圣德尼区

暮色中喊马吕斯去麻厂街街垒的声音，在他听来就像命运的召唤。他正欲一死，机会果然就来了；他正敲墓门，黑暗中就伸出手来递给他钥匙。在绝境的黑暗中出现的这种阴森的出路，很有吸引力，马吕斯立即移开多次容他通过的铁条，出了园子，说了一声：走吧！

马吕斯痛苦到了发疯的程度，头脑里再也没有丝毫明确固定的念头，他在青春和爱情的陶醉中度过两个月之后，再也接受不了任何别的命运；他被绝望的种种妄想所压倒，此刻只有一种渴望：尽快了结。

他开始急匆匆地赶路，恰巧身上有武器，别着沙威的那两支手枪。

马吕斯出了普吕梅街，经过大马路，再穿过残废军人院大广场和大桥，穿过香榭丽舍、路易十五广场，便到了里沃利街。这里商店还开着门，拱廊下点着煤气灯，妇女在店铺里买东西，有人在莱特咖啡馆里吃冰淇淋，在英国糕点店里吃小点心。只有几辆邮车从亲王旅馆和莫里斯旅馆启程，奔驰而去。

马吕斯从德洛姆过道走进圣奥诺雷街。这条街上的店铺都关门了，那些店铺老板在虚掩的门前议论，街上还有来往行人，路灯点亮了，楼上每层窗户都有灯光，还同往常一样。王宫广场上有马队。

马吕斯沿着圣奥诺雷街往前走，离开王宫越远，亮灯光的窗户越稀少，店门紧闭，也没有人在门口聊天了，街道越来越暗，人群反而越来越密集。人群中没人讲话，却传出一种低沉的嗡嗡声。

离枯树池不远有几伙人，黑乎乎的，在来往行人中伫立不动，犹如中流的砥石。

到了普鲁韦尔街口，人流就不往前走了。这里人群如堵，密集紧凑，挤得严严实实，推拥不动，几乎密不透风，那些人都在低声交谈。这里几乎不见黑礼服和圆礼帽了，唯有罩衫、工作服、鸭舌帽、蓬头垢面。这一大片人在夜雾中隐隐浮动，他们窃窃私语如沙沙的风雨声。虽然没人走动，却听见在泥地里踏步的声响。在这厚厚人群的另一边，在滚木街、普鲁韦尔街和圣奥诺雷街的延伸地段，只有一扇窗户有烛光了。眺望那些街道，还能看见一串串灯笼，但是孤零零的，越来越稀少。当年的灯笼，形同吊在绳子上的大红星，投到街面上的影子好似大蜘蛛。那几条街并不是空荡无人，可以清晰看到架在一起的步枪、晃动的刺刀和宿营的部队。哪个好奇的人也没有越过那个界线。到了那儿交通中断，行人止步，军队驻地开始了。

马吕斯是不再抱希望的人，也就勇往直前。既然有人召唤，他就应该前往。他设法穿过人群，穿过部队的营地，避开巡逻队，避开岗哨。他绕了个弯儿，到达贝蒂西街，朝菜市场走去，拐进布尔道奈街，就没有灯笼了。

通过了人群密集的路段，又越过部队的前沿，他只身到了特别瘆人的地点。不见一个行人，不见一名士兵，不见一点灯光，阒无一人。冷清清，一片岑寂，夜色弥漫，让人不由得浑身打冷战。走进一条街，恍若走进地窖。

他继续往前走。

走了几步，有人从身边跑过。是男人？还是女人？有好几个吗？他也说不清楚。

绕来绕去，他钻进一条小街，以为是陶器街，走到中段，撞到了什么东西，伸手摸摸，原来是一辆翻倒的小车，脚下到处是水洼、泥坑、乱石堆，那里有一座未建成便丢弃的街垒。他穿过乱石堆，到了街垒的另一边，靠近墙角石，摸着墙壁往前走，没出多远，眼前恍惚有白色的东西晃动，近前一看，原来是两匹白马。那两匹马，正是早上博须埃从公共马车上卸下来的，在街上游荡了一整天，最后流落到这个地方，疲惫不堪，但又显示了畜生的巨大耐性，弄不懂人的行为，正如人弄不懂上苍的行为一样。

马吕斯将马丢在身后，又踏进一条街，想必是社会契约街，这时忽然一声枪响，不知从哪里射来，子弹穿越黑暗，擦耳呼哨而过，射穿他头上的理发店招牌———一个刮胡子用的铜盘。直到1846年，在社会契约街靠菜市场排柱的拐角，还能看到那个有弹洞的铜盘。

这一枪总还表明有人，此后他再也没有遇见什么。

整个这条路线，就好像在黑暗中走下阶梯。

马吕斯还是照样往前走。

二　巴黎鸟瞰图①

这种时刻，有人若是长了蝙蝠或枭鸟的翅膀，在巴黎上空盘旋，就会看到一片惨淡的景象。

他会看到菜市场这个老街区，就像在巴黎中心挖出的无比巨大的黑洞：这座城中之城，由圣德尼街和圣马尔丹街纵贯，又有无数条纵横交错的小街巷，现在成了起义者的堡垒和阵地。目光投下来好似深渊。这一带由于路灯砸烂，住户门窗也紧闭，就没有了一点光亮，没有一点声息和动静。暴动的无形警察监视各处，维持秩序，也就是维持黑夜。为数不多的人隐没在广阔的黑暗中，每个战士利用黑暗所提供的条件，成倍地增加战斗力，这就是起义必须采取的战术。天黑之后，凡有烛光的窗户都挨了一枪。烛火熄灭了，有时居民也中弹丧命。于是再也没有动静了。住户里只有惶恐、哀伤和惊愕，街上笼罩着一种神圣的恐怖气氛。就连一排排窗户、一层层楼房、犬牙交错的烟囱和屋顶都看不见了，就连泥泞路面的微弱反光都看不见了。从天空俯瞰这一大片黑暗，也许能看见每隔一段距离有点亮光，虽然零零星星，影影绰绰，却映现一些怪异的折曲线条、一些古怪建筑物的侧影，以及类似在废墟上来回飘动的磷光的东西，那正是街垒所在的地方。其余地段则是一片幽暗的湖水，雾气弥漫，显得滞重而凄惨，上面还挺立几个高大的黑影，阴森森的静止不动，那是圣雅克塔、圣梅里教堂，以及另外两三座这类高大的建筑；那些人造的巨灵神，在黑夜里就成了鬼怪。

---

① 《巴黎圣母院》第三卷第二节为《巴黎鸟瞰图》，篇幅长得多。

　　在这冷清清而令人不安的迷宫四周，在巴黎特有的车水马龙尚未完全断绝、还残留几盏路灯的街区，那位在上空盘旋的观察者可能望见战刀和刺刀的金属闪光、炮车的无声滚动，以及分秒都在默默扩大的营队；这便是在暴动的周围慢慢合拢收紧的可怕包围圈。

　　遭受封锁的街区完全成了狰狞的洞穴，那里一切仿佛在沉睡，毫无动静，正如刚刚看到的情景，平时行人可至的一条条街道，仅仅呈现一条条黑影。

　　凶险的黑影，布满陷阱，布满隐秘而可怕的埋伏，要想进去就心惊肉跳，在里面停留更是惶恐不安；要想进去的人，面对等待他们的人瑟瑟发抖，而等待的人，面对即将到来的人也不寒而栗。街道的每个角落都埋伏着看不见的战士；沉沉的黑夜中，隐藏着要把人拖入坟墓的圈套。大局已定。从此以后，除了枪口的火光，休想再看见别的光亮，除了突然来临的死亡，休想再遇见别的什么。死亡从何处来？如何前来？什么时候到来？不得而知，但又确切无疑而不可避免。在这进行较量的特定地方，政府和起义，国民卫队和社团组织，资产阶级和暴动群体，双方都摸索着接近。无论哪一方，都同样有此必要。要么战死，要么成为胜利者，从此只可能有一种结局。局势危殆到极点，黑暗深到极度，就连最胆怯的人都觉得决心已定，最胆大的人也觉得不胜惊骇。

　　再者，双方都同样气冲牛斗，都同样激烈，视死如归。对这一方来说，前进就是死，但是谁也没有想到后退；对另一方来说，留在那里就是死，但是谁也没有想到逃走。

　　不管这一方还是那一方胜利，也不管起义成为一场革命，还是仅仅一次斗殴，反正明天这一切必须了结。政府和那些社团都明白这一点，连最普通的资产者也有同感。因此，在这行将决定一切的街区，一种惶惶不安的思想掺进了无法穿透的黑暗；因此，在这即将发生一场灾难的沉寂四周，焦急的情绪有增无减。这里只听见一种声响，圣梅里教堂的警钟，如临终喘息一样令人心碎，如诅咒一样令人心惊。那口钟绝望狂敲的声音，在黑暗中哀鸣，比什么都更令人胆战心寒。

　　常有这种情景：天象仿佛配合人要做的事情。什么也打乱不了这种一致的悲惨的和谐。星光完全消失。天空层层叠叠，布满大块大块愁惨的乌云。穹隆黑如锅底，罩住这些死寂的街道，好似巨幅裹尸单，盖在一座巨型的坟墓上。

当此之时，在这久经革命风暴冲击的地方，正酝酿一场还仅限于政治的战斗，而青年、秘密社团、学校以主义学说的名义，中产阶级则以利益的名义，正在靠拢要冲撞、较量和厮杀，每个人都在催促和呼唤这场危机的最后决定时刻，当此之时，在这凶险的街区外面和远处，在逐渐消失在幸福繁荣的巴黎辉煌之下的穷困老巴黎，在深不可测的洞窗深处，能听到民众切齿痛恨的隐隐怨声。

可怕而神圣的声音，由猛兽的吼叫和上帝的话语构成，能吓坏弱者，警告智者，既像狮吼来自下界，又像雷鸣来自上苍。

三　边缘

马吕斯走到菜市场。

比起附近那些街道，这里更宁静，更黝黯，更加静止不动，就好像墓穴的冰冷的宁静钻出地面，弥漫在空间。

然而，从圣厄斯塔什教堂方向堵住麻厂街的那排高楼房顶，由一片红光鲜明地映现在黑暗的天空上。那正是科林斯街垒里燃着的那支火炮的反光。马吕斯朝红光走去，一直走到甜菜市场，隐约望见布道修士街黑洞洞的路口。他走了进去。起义的哨兵守在这条街的另一头，没有发现他。他感到他来找的地点近在咫尺，于是踮起脚往前走，到达那小半截蒙德图尔街的拐角；我们记得，这是安灼拉保留与外界的唯一通道。马吕斯走到左侧最后一幢楼房的拐角，探过头去，张望这半截蒙德图尔小街。

他隐没在麻厂街投下的一大片暗影中，望见小街和麻厂街的黑暗拐角靠里一点，街道上有点亮光，看见酒楼一角，以及后面在一道畸形墙壁里眨眼韵一盏灯笼，还看见枪放在膝上蹲着的一伙人。那一些同他相距仅有十图瓦兹。那就是街垒的内部。

小街右侧那些楼房遮挡，他望不见酒楼的其余部分，也望不见大街垒和红旗。

马吕斯只须再跨一步。

这不幸的青年却拣一块墙角石坐下，叉起胳臂，开始想他父亲。

那个彭迈西上校十分英勇，曾是多么自豪的战士，在共和时期守卫了法国的边境，还跟随皇帝到达亚洲的边界，他见过热那亚、亚历山大城、米兰、都灵、马德里、维也纳、德累斯顿、柏林、莫斯科，他在欧洲每一个胜利的战场都洒了鲜血，也就是马吕斯脉管里流淌的血，他一生过着军旅生活，腰扎武装带，肩章的穗子飘在胸前，硝烟熏黑了军徽，头盔将前额压出皱纹，在木棚、军营、露营地、战地医院里打发日子，东征西讨二十年，未老先衰，头发已经斑白，脸上带着刀疤，回到家乡，总是笑容满面，平易近人，又安分，又令人敬佩，像孩子一样纯洁，为法兰西贡献出了一切，没有做过一点损害祖国的事情。

马吕斯又想道，现在又轮到他了，他的时刻终于来到，他要继承父志，也同样英勇顽强，无所畏惧，冲进枪林弹雨，用胸膛去迎刺刀，不怕流血牺牲，扑向敌人，扑向死亡，现在轮到他投入战争，奔赴战场了，然而，他奔赴的战场，却是街道，他要投入的战争，却是内战！

内战在他面前张开大口，犹如无底洞，他就要掉进去。

想到这里，他不禁打了个寒战。

他想起父亲那把剑，竟然让外祖父卖给旧货店，令他痛惜万分。现在他思忖道，那把英勇而贞洁的剑，逃脱他的手，负气隐遁到黑暗中，不失为明智之举；它这样避世隐居，是聪明的表现，预见到未来，预感到暴动，即水沟的战争，街巷的战争，地窖通风口的射击，从背后的偷袭并遭受的袭击；它是从马伦戈和弗里斯兰归来，就不愿意去麻厂街了，它随同那位父亲作战之后，就不愿意跟这个儿子来打仗啦！马吕斯还想道，那把剑此刻若是在这里，当初在父亲临终的榻前，他若是接过来，敢于握在手中，带去投入法国人之间在十字街头的这场战斗，那么毫无疑问，那把剑就会烧灼他的手，就会像天使的剑那样，在他面前化为烈焰！他暗暗庆幸那把剑不在跟前，已不知下落，这样很好，天公地道，他外祖父才真正捍卫了他父亲的荣誉，上校的那把剑给拍卖掉，卖给旧货商，丢进废铁堆里，总比今天用来让祖国流血强得多。

想着想着，他伤心落泪了。

这实在太可怕了。可是怎么办呢？没有珂赛特还活下去，这他办不到。既然珂赛特走了，他只有一死。他不是向她保证过，情愿一死吗？她深知这一点，却还是走了，表明她并不把马吕斯的死活放在心上。而且，她明明知道他的地址，却没有告诉他一声，没有留下一句话，也没有写封信，显然她不爱他啦！现在他何必活着，还活在世上干什么？再说了，已经到了这个地方，怎么，还要后退！已经接近危险，还要逃离！已经前来看了街垒里的情景，还要躲避！战战兢兢地躲避，同时说道：的确，这样我可受不了，我看到了，这就足够了，这是内战，我还是走开！他的朋友们在等待他，也许正需要他，他却丢下不管！他们一小撮人对付一支军队！全都弃置不顾：爱情、友谊、自己的诺言，全都抛开！以爱国为借口掩饰自己的怯懦！绝不能这样做，他父亲的幽灵，如果此刻就在这黑暗中，看见他后退，肯定要用剑背抽打他的腰，怒斥他：向前进，胆小鬼！

他受纷乱思绪的困扰，慢慢低下头去。

猛地他又抬起头来。他的头脑刚刚进行一场大规模的矫正。接近坟墓的人，思想就要膨胀，临死的人，看得更加真切。也许他感到即将投身的行动所产生的幻象，在他看来不再是可悲的，而是高尚的。不知内心起了什么作用，在思想的慧眼前，街垒战忽然变了模样。沉思默想中的所有纷纷扰扰的问号，重又蜂拥而至，但是不再使他心烦意乱了。每个问号他都回答了。

想想看，他父亲为什么要气愤呢？在某种情况下，起义难道不会升华为替天行道吗？他是彭迈西上校的儿子，如果投入眼下的战斗，又怎么会降低人格呢？固然，这里不是蒙米赖，也不是尚波贝尔①，而是另外一回事。现在要捍卫的不是神圣的领土，而是神圣的思想。不错，祖国在呻吟，然而人类却欢呼。况且，祖国真的在呻吟吗？法兰西流血，然而自由却微笑了；而面对自由的笑容，法兰西就忘记伤痛了。如果从更高的角度观察事物，内战又如何解释呢？

内战？这是什么意思？难道还有一种外战吗？人之间的任何战争，不全是手足之间的战争吗？战争只能以其目的定性。既谈不上外战，也谈不上内战，只有正义和非正义之分。只要人类还没有进入大同世界，战争就可能是必要的，至少，急促的未来推动拖延的过去的那种战争是必要的。那种战争有什么可指责的呢？唯有用来扼杀人权、进步、理智、文明和真理的时候，战争才变得可耻，利剑才变成匕首，

---

① 蒙米赖和尚波贝尔：地名，位于法国北部，1814年2月，拿破仑曾在这两地打败普鲁士军。

无论内战还是外战，都是非正义的，统统是犯罪。除了正义这个神圣的尺度，战争的一种形式有什么权利贬斥另一种形式呢？华盛顿的利剑有什么权利否认加米尔·德穆兰①的长矛呢？莱奥尼达斯②抵御外族，提莫莱昂③反抗暴君，哪一个更伟大呢？一个是捍卫者，一个是解放者。能不分青红皂白，一概谴责城市内部的武装之举吗？那么，布鲁图斯、马塞尔④、布兰肯海因的阿诺德⑤、科利尼⑥，不是全可以称为歹徒吗？荆丛战吗？街巷战吗？有何不可呢？这正是昂比奥里克斯⑦、阿特威尔德⑧、马尼克斯⑨、佩拉吉⑩所进行的战争。不过，昂比奥里克斯是为反抗罗马而战，阿特威尔德是为反抗法国而战，马尼克斯是为反抗西班牙而战，佩拉吉娅是为抵抗摩尔人而战。要知道，君主制，就是外族；压迫，就是外族；神权，也是外族。武力侵犯地理疆界，而专制制度则侵犯精神疆界。驱逐暴君或驱逐英国人，这两者都是收复国土。到了一定时候，仅仅抗议就不够了；谈罢哲学，则需行动；思想开路，武力完成；《被缚的普罗米修斯》开场，阿里斯托吉通⑪收场；百科全书照亮灵魂，8 月 10 日激发灵魂。埃斯库罗斯之后，则有色拉西布洛斯⑫；狄德罗之后，则有丹东。人民大众，总有接

---

① 德穆兰（1710—1794）：法国政治家，1789 年法国革命发动者之一。

② 莱奥尼达斯：斯巴达国王（公元前 490—前 480）：保卫温泉关的英雄。

③ 提莫莱昂（约公元前 410—前 336）：参与除掉两个暴君，包括他的兄长，尔后又放弃权力。

④ 艾蒂安·马塞尔（1316—1358）：1355 年任巴黎行政长官，公然对抗太子查理（后来成为查理五世）。

⑤ 阿诺德：可能指争取瑞士独立的英雄温凯里德的阿诺德。

⑥ 科利尼（1519—1572）：新教领袖之一。

⑦ 昂比奥里克斯：高卢人首领。

⑧ 雅克·阿特威尔德（1290—1345）：根特地方长官，率佛兰德人反对佛兰德伯爵。其子菲力甘继承父志，于 1382 年同法军作战丧命。

⑨ 马尼克斯（1538—1598）：领导荷兰反抗西班牙的统治。

⑩ 佩拉吉：公元 8 世纪阿斯图里亚斯（西班牙）国王，曾领导全国抵抗阿拉伯人的入侵。

⑪ 阿里斯托吉通：雅典人，他同哈尔莫狄乌斯合力杀了暴君希帕尔克。

⑫ 色拉西布洛斯：公元前 5 世纪末，他驱逐了斯巴达强加给雅典的三十人寡头，重建民主政体。

受主子支配的一种倾向。乌合之众沉积暮气。一群人凑在一起就容易唯唯诺诺。对待他们，必须推动、鞭策，用解放自身这样的利益去激励，用真理刺痛他们的眼睛，向他们大把大把投去强烈的光。必须用同他们性命攸关的问题敲打他们，用这种电闪雷鸣促使他们猛醒。因此，警钟和战争是必不可少的。必须有伟大的战士挺身而起，以英勇的精神照耀各国人民，摇撼笼罩在神权、武功、威力、信仰狂热、不负责任的政权和专制君主阴影下的可悲人民：浑浑噩噩的众生，只一味欣赏黑暗势力的辉煌所展现的暮色壮景。打倒暴君！这是什么话呀？究竟指谁呢？把路易-菲力浦称为暴君吗？不对，他不见得比路易十六更专制。他们两位都是历史习惯称作好国王的人；然而，原则不容阉割，真理的逻辑是直线条的，其特性恰恰是绝不迁就，绝不退让，任何践踏人的行为都必须扼制；路易十六身上有神权，而路易-菲力浦则有波旁血统；在一定程度上，他们二人都代表了践踏人权的势力，为了全面清除篡夺的权力，就必须打倒他们；势在必行，因为法国一贯是开路先锋。君主一旦在法国倒台，就会在各国纷纷倒台。总之，重树社会真理，将宝座还给自由，将人民还给人民，将主权还给人，将紫金冠重新戴到法兰西的头上，彻底恢复理智和公正，让每人恢复自我，根除一切敌对的苗头，扫荡君主制在通往世界大同的路上设置的障碍，重新让人类掌握人权，请问，还有什么比这更正义的事业呢？还有什么比这更伟大的战争呢？这类战争能创建和平。一座由偏见、特权、迷信、谎言、敲诈、流弊、暴力、罪恶和黑暗构成的巨大堡垒，连同它的仇恨的塔楼，还屹立在这个世界上。必须将它摧毁。必须将这庞然大物夷为平地。在奥斯特利茨打胜仗，意义固然重大，但是攻克巴士底狱，意义则无比深远。

谁都有这种切身体验，即使陷入极为凶险的绝境，灵魂也能保持冷静，从容地思考，这种奇特的性能正表明灵魂复杂而奇妙：既着附肉体又无所不在，往往有这种情形，在悲痛欲绝、激愤无望时，在极度沮丧的悲切自语中，灵魂还能分析事理，探讨问题。思绪纷乱尚有逻辑，在思想的狂风暴雨中，推理的线索飘荡而不中断。这正是马吕斯的精神状态。

马吕斯万念俱灰，横下一条心，但还有点犹豫，总之，面对自己要采取的行动，心中不免悸动，他一边这样思前想后，目光一边在街垒里游荡。起义者一动不动，在那里边低声交谈，这种近乎寂静的氛围，令人感到已进入等待的最后阶段。马吕斯还注意到，在他们上方四楼的一个窗口，有一个观望者或者目击者，那神态特别凝注。那正是勒·卡布克杀害的看门人。仅凭插在石头中的火炬的光亮，从下面望去，只能影影绰绰看见那个脑袋。那张惊骇而灰白的脸静止不动，头发倒竖，两眼圆睁，定睛注视着，嘴张得老大，俯瞰着街道，一副看热闹的姿势，在昏惨惨的光亮中，那形象怪异到了极点。可以说，那是死者在凝望将死的人。那脑袋流出的血长长的一条，好似暗红的线，从四楼窗口一直淌到二楼才凝止。

第十四卷 绝望的壮举

一 旗——第一幕

敌方还没有动静。圣梅里教堂的钟敲过十点了,安灼拉和公白飞拿着卡宾枪,走到大街垒豁口附近坐下。他们没有交谈,只是侧耳细听,竭力辨别极远极微弱的行进的脚步声。

在这阴森的寂静中,忽听一个青年的愉快清亮的声音,仿佛从圣德尼街那边传来的,清晰地唱起古老的民间小调《月光下》,结尾一句的叫声类似鸡鸣:

> 我这鼻子淌眼泪。
> 我的朋友好布若,
> 为劝眼泪别伤悲,
> 把你士兵借给我。
> 蓝色大衣身上披,
> 鸡冠顶上①戴军帽,
> 这不已经到郊区!
> 喔喔啼来咯咯叫!

---

① 高卢雄鸡是七月王朝的国徽。

安灼拉和公白飞握了握手。

"那是伽弗洛什。"安灼拉说道。

"是给我们的警报。"公白飞也说道。

一阵急促的跑步声惊扰了寂静无人的街道，只见一个人比杂耍演员还敏捷，从公共马车身上爬过来，伽弗洛什一下跳进街垒里，上气不接下气地说道：

"我的枪呢？他们来了。"

一阵寒噤像电流传遍了街垒，只听伸手摸找枪支的声响。

"你要我这卡宾枪吗？"安灼拉问流浪儿。

"我要那杆大枪。"伽弗洛什回答。

说着，他操起沙威那支步枪。

两名哨兵撤回来了，几乎同伽弗洛什前后脚回到街垒。一个是设在街道另一头的观察哨，另一个是放在小丐帮街的前哨。放在布道修士街的前哨还留在原地，这表明河桥和菜市场方向没有情况。

在映照红旗的那支火炬的反光中，麻厂街只有几块铺路石隐约可见，就好像在弥漫的烟雾中，对着起义者洞开的一道大黑门。

每人都守住战斗岗位。

安灼拉、公白飞、博须埃、若李、巴奥雷和伽弗洛什都算在内，总共四十三名起义者，全都半跪在大街垒里，头略微探出一点儿，将步枪和卡宾枪的枪管搭在街垒石上，如同守着堡垒的枪眼，一个人敛声屏息，神情专注，随时准备射击。弗伊率领六个人，守在科林斯两层楼的窗口，枪托都抵在肩上。

又过了半晌，就听见从圣勒方向传来人数众多的整齐沉重的脚步声。那脚步声响起初微弱，继而清晰，越来越近，也越来越重响了，一路持续不断，不停也不歇，沉稳得令人心惊胆战。寂静中只听见这声响。听来就像巨大的骑士雕像在行进，又沉静又喧响，然而，这石像的脚步又不知怎的，却倍增而无限扩大，给人的感觉既像千军万马，又像一个幽灵。真让人以为听见可怕的军团雕像走来。脚步越来越近，戛然停止。他们仿佛听见街口人数众多的喘息，可是什么也看不见，只觉得那边厚厚的黑暗中，有无数细如绣花针的金属丝在晃动，但是极难捕捉，好似人合目刚要入睡时，在初起的迷雾中所见的难以描摹的荧光网。那是火炬的光亮隐约照见远处的刺刀和枪筒。

又间歇片刻，就好像双方都在等待。突然，那黑暗深处一声断喝，因看不见人而尤为可怖，仿佛是那黑暗本身在喊话：

"口令！"

同时传来举枪的噼啪撞击声。

安灼拉以高亢的声音回答：

"法兰西革命！"

"开火！"那声音又断喝。

一道闪电，照亮街旁房舍的门脸儿，就好像一座大熔炉的门突然一开，随即又关上似的。

街垒上一片骇人的爆炸声。那面红旗倒了。这阵射击来得十分凶猛密集，将那旗杆，即那辆公共马车的辕木尖头打断了。有些枪弹打在房舍的楣檐上，反弹到街垒里，伤了好几个人。

这第一排枪的射击令人胆战心寒。攻势确实凶猛，足令最有胆量的人心生顾忌。显而易见，他们至少要对付整整一团人马。

"同志们，"公白飞嚷道，"不要浪费弹药。等他们进入这条街，我们再还击！"

"最要紧的，"安灼拉说道，"重新把旗帜竖起来。"

他拾起碰巧掉在他脚前的旗帜。

街垒外面又传来通条插枪管的声响：那部队又上子弹了。

安灼拉接着说道：

"这儿谁有胆量？谁能把这面旗帜再挂到街垒上边？"

无人应声。街垒显然是再次射击的目标，在这种时候上去，无疑是送死。明知去送命，连最勇敢的人也迟疑。就是安灼拉本人也不禁心悸。他重复问道："没人愿去？"

二　旗——第二幕

起义者一到科林斯，就开始建造街垒，没怎么注意马伯夫老爹。然而，马伯夫先生并没有离队，他走进酒楼的楼下厅，就坐到柜台里面了，可以说坐在那里圆寂了，不再看什么，也不再想什么。库费拉克，还有别人，曾三番两次到他跟前，说这里危险，要他避开，而他好像什么也没有听见。没人跟他讲话时，他的嘴唇却蠕动，仿佛回答什么人的话，可是一有人来劝他，他的嘴唇就不动了，眼神也无生意了。街垒遭到攻击之前几小时，他两个拳头抵着双膝，头朝前探，好像俯瞰危崖绝壁，再也没有改变这种静坐的姿势。什么情况也未能把他从这种状态中拉出来，他的神思似乎不在街垒里。等到每人都进入战斗岗位，楼下大厅只剩下他马伯夫、绑在柱子上的沙威，以及手持军刀看守沙威的一名起义战士。攻击一开始，枪声大作，马伯夫的躯体受到震动，好像醒过神儿来，他霍地站起身，穿过大厅，就在安灼拉重复"没人愿去？"这一号召的当儿，只见老人出现在酒楼门口。

起义队伍看见他出现，都不免惊讶，有人喊道："他是投票赞成处死国王的人！他是国民公会代表！他是人民代表！"

也许他并没有听见。

他径直朝安灼拉走去，起义者怀着敬畏的心情，给他闪开一条路，安灼拉也不禁愕然，退了一步。这个八十岁老人，从安灼拉手中夺过红旗，他脑袋不住抖动，脚步却很坚定，沿石级缓慢地登上街垒，场面十分悲壮，周围的人谁也没敢上前阻拦，也没敢上前搀扶，都纷纷冲他喊：脱帽致敬！老人头发斑白，面颊瘦削，宽阔的秃额头爬满皱纹，眼眶凹陷，嘴巴惊愕地张着，老朽的手臂举着红旗，他一级一级攀登，从黑暗里出现，进入火炬的血红的光亮中，那身影越来越高大，令人震惊，大家真以为看见 1793 年的幽灵，手举恐怖的大旗，从地下走出来。

他登上最高一级，这个幽灵挺立在乱石堆上，面对一千二百个看不见的枪口，面对死神，似乎比死神还强大，浑身颤颤巍巍又凛然难犯，在这种时刻，整个街垒在黑暗中，就呈现为一副超自然的高大形象。

这时一片沉寂，只有要发生奇迹的时候，才会出现这种氛围。

在这片寂静中，老人挥动着红旗，高呼：

"革命万岁！共和国万岁！博爱！平等！宁死不屈！"

街垒里的人听到一阵急促细微的声音，好像着急的神父在念一段祷文，很可能是在街道另一头，警官在督促部队。

继而，先头喊"口令"的那个人又厉声喝道：

"躲开！"

马伯夫先生脸色惨白，神态怔忡，失神的眼睛燃着凄惨的火焰，他将红旗举到额上，再次高呼：

"共和国万岁!"

"开火!"那声音命令道。

第二阵齐射好似霰弹,纷纷打在街垒上。

老人双膝一弯,随即又挺起来,旗帜从手中滑落,双臂交叉成十字,身子像一块木板,直挺挺仰倒在街道上。

他身下流出几条血溪,那张灰白忧伤的老脸仿佛凝望天空。

起义者义愤填膺,一时忘记了自卫,都向尸体靠拢,心中又惊愕又崇敬。

"判处国王的人真是好样的!"安灼拉说道。

库费拉克凑到安灼拉的耳边:

"这话只说给你一个人听,我可不想扫大家的兴。要知道,他根本不是投票赞成判处国王的代表。我认识他。他叫马伯夫老爹。我也不知道他今天怎么了。他是个勇敢的老傻瓜。瞧瞧他那脑袋。"

"傻瓜脑袋,布鲁图斯的心。"安灼拉答道。

接着,他高声说道:

"公民们!这是老年人给青年做出的榜样。刚才我们还在迟疑,他却挺身而出!我们后退,他却勇往直前。这就是因年迈而颤抖的人,如何教育因恐惧而颤抖的人。在祖国面前,这老人非常崇高。他活得长久,死得壮烈!现在,让我们把遗体安放好,我们每人要像保卫在世的父亲一样,保卫这位死去的老人。但愿他在我们中间,使街垒坚不可摧!"

这些话激起一阵低沉而有力的共鸣。

安灼拉俯下身,托起老人的头,愤然地吻了吻额头,再把他的手臂掰开,动作很轻,非常小心,就好像怕把它弄疼了似的,又把他的衣裳脱下来,指给大家看衣裳的所有血洞,说道:

"现在,这就是我们的旗帜。"

三 当初伽弗洛什还不如接受安灼拉的卡宾枪

有人将于什卢寡妇的一条黑色长披巾拿来,盖在马伯夫老爹的身上。六人用步枪排成一副担架,将尸体放上去,由众人脱帽陪同,缓步庄严地抬进楼下大厅,安放在一张大桌子上。

这些人全身心投入这件严肃而神圣的事,竟然把危险的处境置于脑后。

遗体从始终泰然的沙威身边抬过时，安灼拉对密探说：

"等一下就轮到你啦！"

这工夫，只有小伽弗洛什没有离开战斗岗位，留在原地守望，他恍惚看见有人偷偷摸近街垒，就突然大喊一声：

"有情况！"

库费拉克、安灼拉、若望·普鲁维尔、公白飞、若李、巴奥雷、博须埃等所有人，闻声便乱哄哄从酒楼冲出来。几乎来不及了，只见黑压压一片刺刀在街垒顶端起伏闪动。身材高大的保安警察，有的跨过那辆公共马车，有的从豁口钻进来，一齐朝那流浪儿逼去；那孩子往后退，却不逃跑。

形势万分危急。这是洪水泛滥的可怕的最初时刻，河水上涨与堤岸齐平，水从堤坝所有缝隙渗出来。刹那之间，街垒就要被攻占。

巴奥雷冲向头一个进来的保安警察，贴身一卡宾枪打死那人，而第二名警察一刺刀又刺死巴奥雷。另一个敌人已将库费拉克打倒在地，只听库费拉克高喊："快救我！"保安警察队中个头儿最高的那人，挺着刺刀逼向伽弗洛什。伽弗洛什两条小胳膊端起沙威那杆特大号枪，坚决地抵在肩上，对准那巨人射击。可是枪没有打响。沙威没有给他的步枪上子弹。那个警察哈哈大笑，朝孩子举起刺刀。

未等刺刀碰到伽弗洛什，那杆步枪就从那大兵手中脱落了：

那名警察脑门儿中了一枪，仰身倒下了。第二颗子弹打中攻击库费拉克的那名警察的胸口，将他撂在街道上。

是马吕斯刚冲进街垒。

四　火药桶

原来，马吕斯一直躲在蒙德图尔街的拐角，浑身颤抖，还犹豫不决，目睹了这场战斗的第一阶段。然而，可以称作深渊的呼唤的那种极度神秘的眩晕，他未能抵制多长时间。面对千钧一发的危难，面对马伯夫先生谜一般的惨死、巴奥雷的遇害、库费拉克的呼救、那孩子受到的威胁，总之，面对亟待援救或为之报仇的朋友们，他的疑虑一扫而光，手握两支枪便冲进混战的圈里，第一枪搭救了伽弗洛什，第二枪解救了库费拉克。

进攻的部队听到枪声，听到遭受打击的保安警察的叫喊，就端着枪，蜂拥登上街垒，现在已经露出大半截身子，有保安警察、正规军、城郊国民卫队的士兵。他们已经覆盖了街垒的三分之二，但是没有跳进包围圈里，仿佛还犹豫不决，怕落入陷阱。他们像窥视狮子洞一样，观望黑乎乎的街垒里面。火炬的光亮只照见他们的刺刀、佩戴羽毛的军帽和不安而愤怒的上半张脸。

马吕斯丢掉两支空手枪，没有武器了，但是他瞧见楼下厅堂门旁的火药桶。

马吕斯正半转过身去看那个方向，一名士兵却端枪瞄准他，正要射击的当儿，忽然一只手伸过去，抓住枪管并堵住枪口。冲过去堵枪口的人，正是那个穿线绒裤子的青年工人。枪响了，子弹打穿那工人的手掌，也许还打中身体，只见人倒下去了，而马吕斯安然无恙。在弥漫的硝烟中，这情景影影绰绰，看不清楚。马吕斯正往楼下厅堂冲去，也没大细看，只是隐约望见对准他的枪口，以及堵住枪口的那只手，并且听到了枪声。不过，在那种时刻，事情瞬息万变，目光不会停留在任何细节上，只模模糊糊地感到自身被推向更黑暗的地方，周围乌云密布。

起义者受到突然袭击，但并不畏惧，他们又聚拢在一起。安灼拉喊道："等一等！不要乱开枪！"的确，在初次交锋的混乱中，很可能打伤自己人。大部分起义者上了二楼和阁楼，在窗口居高临下同进攻的敌人对阵。最坚决的几个人，同安灼拉、库费拉克、若望·普鲁维尔和公白飞一起，排在街尾那排横向的楼房前，毫无屏障，大义凛然，面对着一排排站在街垒上的士兵和卫队员。

厮杀之前从容不迫，完成这一系列部署，显示了一种奇特的严肃和夺人的气势。两方都举枪瞄准待发，而且相距极近，彼此可以问答。就在这一触即发之际，一个高衣领大肩章的军官举起佩剑，高声喝道：

"放下武器！"

"开火！"安灼拉答道。

两边同时枪声大作，硝烟吞没了一切。

在令人窒息的刺鼻浓烟中，伤员和奄奄一息的人在爬行，发出微弱低沉的呻吟。

等到硝烟散去，只见双方的战员稀少了，但是仍留在原地，都默默地重新压子弹。

突然，一个声音雷鸣般吼道：

"你们滚开，要不我就炸掉街垒！"

众人都一齐朝那声音望去。

原来是马吕斯，刚才他冲进楼下厅堂，抱起火药桶，趁着街垒圈里硝烟弥漫，仿佛下了浓雾一般，就沿着街垒一直溜到插火炬的石笼旁边。他拔出火炬，将火药桶放在一摞石块上，往下一压，桶底就穿了，真是易如反掌，俯仰之间，马吕斯就做完了这件事。现在，国民卫队、保安队、军官、士兵，在街垒的另一端挤作一团，全都惊恐地望着马吕斯，只见他站在乱石堆上，手持火炬，照亮那张慷慨激昂而义无反顾的脸庞，只见他垂下火炬的烈焰，伸向乱石堆中清晰可辨的漏底的火药桶，同时发出令人丧胆的这一吼声：

"你们滚开，要不我就炸掉街垒！"

马吕斯继八旬老人之后，也屹立在街垒上，那是继老一代革命之后新一代革命的形象。

"炸掉街垒！"一名军士说，"你也同归于尽！"

马吕斯答道：

"对，同归于尽！"

他说着，就将火炬伸向火药桶。

这工夫，街垒上的人全跑光了。进攻的部队抛下死伤人员，乱哄哄地撤向街道的另一端，重又隐没在夜色中。这是仓皇逃窜的场面。

街垒解围了。

五　若望·普鲁维尔诗的终句

大家都围住马吕斯，库费拉克搂住他的脖子。

"你可来啦！"

"太让人高兴啦！"公白飞说道。

"来得正是时候！"博须埃也说道。

"没有你，我就死定啦！"库费拉克又说道。

"没有您，我也早就给人抓走啦！"伽弗洛什补上一句。

马吕斯问道：

"首领在哪儿？"

"你就是首领。"安灼拉答道。

这一整天，在马吕斯的头脑里像一炉火，现在又化为一场飓风。这场飓风从内心而起，又好像刮到体外，将他席卷而去。他身子飘浮，恍惚离开生活很远很远了。这两个月相爱欢乐的光明日子，却陡然通到这骇人的绝壁。他不知珂赛特的去向，这里筑起街垒，马伯夫先生为共和而牺牲，他自己成了起义者的首领，这一系列事情，对他来说真像一场怪异的噩梦。他不得不极力收拢心思，好回想一下周围的事情是否真实存在。马吕斯还少不更事，想不到最迫近发生的事，往往是认为不可能的事，而始终应当预料的，则往往是出乎意料的情况。他观看自己这场戏，就好像在观赏一出看不懂的戏。

他的神思处于迷离恍惚的状态，都没认出沙威来。沙威一直捆在柱子上，即使在街垒遭受攻打的时候，他的头也没有动一动，只是以殉难者的隐忍和法官的威严态度，看着叛乱者在他周围骚动。而马吕斯甚至没有瞧见他。

这工夫，进攻的官兵没有行动，只听他们在街口来回走动，脚步杂沓，却不见他们再来冒险：他们或许在等待命令，或许在等待增援，然后再冲向这个攻不破的堡垒。起义者又布置了岗哨，几名医科大学生开始包扎伤员。

酒楼的餐桌，除了用来做绷带和子弹的两张，以及停放马伯夫老爹的一张，其余的全搬出去堆街垒了；他们又把于什卢寡妇和两名女佣的床垫搬到楼下，权当桌子，将伤员安放在上面。至于住在科林斯的三位女人，已不知去向。不过后来还是发现，她们躲在地窖里。

大家刚为街垒解围而高兴，忽又为一件事忧心如焚。

起义队伍集合点名时，发现少了一个人。少谁呢？少一个最亲近、最英勇的，若望·普鲁维尔。在伤员中间没有找见，在死者中间也没有找见，显然他被抓走了。

公白飞对安灼拉说：

"我们的朋友落到他们手中，但是我们也抓住他们的人。你还一定要处死这个密探吗？"

"对，"安灼拉答道，"但是他远远抵不上若望·普鲁维尔的命。"

这场对话，就是在楼下厅堂绑沙威的柱子旁边进行的。

"那好，"公白飞又说道，"我就在手杖上系一条手帕，以代表身份

"你们滚开，要不我就炸掉街垒！"

前去，拿他们的人换回我们的人。"

"你听。"安灼拉用手按住公白飞的胳膊，说道。

街口传来一下扣动扳机的声响，很能说明问题。

只听一个男子汉的声音高呼：

"法兰西万岁！未来万岁！"

大家听出正是若望·普鲁维尔的声音。

火光一闪，随即一声枪响。

接着，又复归沉寂。

"他们把他杀害了。"公白飞高声说道。

安灼拉注视沙威，对他说：

"你的朋友刚才把你枪毙了。"

六 生也苦死也苦

这类战争有个独特之处：几乎总是从正面进攻街垒，一般来说，攻方不用迂回战术，或怕遭遇伏击，或怕陷入曲折的街巷。因此，这些起义者全部注意力都集中在大街垒上，显而易见，这方面时刻受到威胁，也必然是再次争夺的焦点。然而，马吕斯却想到了小街垒，并前去巡视。小街垒静寂无人，石堆里只有一盏摇曳的彩灯在守卫。就连蒙德图尔小街、小丐帮街和天鹅街那些岔道，也都静悄悄的。

马吕斯视察完了，正要返回，忽听黑暗中有人喊他名字，但声音很微弱：

"马吕斯先生！"

他惊抖一下，听声音，正是两小时前，在普吕梅街隔着铁栅门叫他的那人。

不过现在听来，那声音只剩下一口气了。

他游目四望，却不见有人。

马吕斯以为听错了，大概是神经产生的错觉，混杂到他周围相冲突的异乎寻常的现实中。他跨了一步，要走出街垒所处的凹角。

"马吕斯先生！"那声音又叫道。

这次听得清清楚楚，无可怀疑了，他瞧了瞧四周，什么也没有看见。

"就在您脚旁边。"那声音又说。

　　马吕斯俯下身，这才发现黑暗中有个形体朝他爬来。向他说话的，正是匍匐在街道上的那个形体。

　　在彩灯光下，只见一件罩衣、一条撕破的粗绒长裤、一双赤脚，以及好似血泊的模模糊糊的东西。马吕斯也隐约看见一张苍白的脸，抬起来对他说：

　　"您认不出我来了吗？"

　　"认不出来。"

　　"爱波妮呀。"

　　马吕斯急忙蹲下去。果然是那不幸的女孩儿。她女扮男装了。

　　"您怎么在这儿呢？您在这儿干什么？"

　　"我要死了。"爱波妮说道。

　　有些话和事件，就是能把人从委顿的状态中唤醒。马吕斯仿佛惊醒似的，嚷道：

　　"你受伤啦！让我来把您抱到楼里去，好给您包扎。伤得重吗？我怎么抱才不会弄疼您呢？您哪个地方疼！救人啊！我的天哪！真不明白，您到这儿来干什么？"

　　他手臂试着插到她身下，好把她搂起来。

　　他搂她起来时碰到她的手。

　　她衰弱地叫了一声。

　　"我把您弄疼啦？"马吕斯问道。

　　"有点儿。"

　　"可是，我刚碰到您的手。"

　　她抬手给马吕斯看。马吕斯看见她手心有个黑洞。

　　"您这手怎么啦？"他问道。

　　"打穿了。"

　　"打穿啦！"

　　"对。"

　　"什么打的？"

　　"子弹。"

　　"怎么打的？"

　　"那会儿，您没看见一杆大枪瞄准您吗？"

　　"看见了，还看见一只手堵住枪口。"

"那就是我的手。"

马吕斯浑身一抖。

"真是胡闹！可怜的孩子！谢天谢地，如果只伤着手，还不要紧。让我把您抱到床上去。有人会给您包扎，一只手打穿了，死不了人。"

爱波妮喃喃说道：

"子弹打穿手，又从我的后背出去。不必把我移走了。让我来告诉您怎样做，会比外科医生给我包扎得更好。您挨着我坐到这块石头上。"

马吕斯照办了。爱波妮的头枕在马吕斯的膝上，眼睛并没有看他，说道：

"哦！真好！这样真舒服！就这样！我的伤不疼了。"

她沉默了片刻，接着费力地转过脸，望着马吕斯。

"您知道吗，马吕斯先生？我让您进那园子，简直捉弄自己，我也太傻了，把那栋房子指给您，可是想来想去，我还是应当明白，像您这样一位青年……"

她戛然住口，心中无疑还有许多伤心话，都略过去了，她凄然一笑，又说道：

"您觉得我长得丑吧，对不对？"

她接着说下去：

"您瞧，您保不住命啦！现在，谁也休想从这街垒出去。是我引您来这儿的，哼！您要死了。我就指望这样。可是，我一瞧见有人瞄准您，就赶紧用手堵住那枪口。简直太怪啦！其实，我是想比您先死一步。我挨了那一枪，就爬到这里，没让人看见，也没让人收走。就在这儿等您，我自言自语：他就不会来吗？噢！您哪儿知道，我疼得好厉害，嘴紧紧咬住罩衣！现在好了。您还记得吗？有一天，我走进您的房间，还照了您的镜子，还有一天，我在大马路上遇见您，旁边还有不少女工。当时，鸟儿叫得多欢啊！事情过去没有多长时间。您给我五法郎，我对您说：我不要您的钱。那枚银币，您至少拾起来了吧？您不是有钱的主儿。当时我没有想到提醒您一声，把钱拾起来。那天太阳多好，一点也不冷。您还记得吗？马吕斯先生？啊！我真幸福！大家都要死了。"

她好像丧失了理智，神态又严肃又令人伤心。她的胸自从撕破的罩衣里袒露出来。她说话时，就用子弹射穿的手捂住胸口上另一个洞，只见洞里不时涌出一股鲜血，犹如拔掉木塞的桶口冒出的葡萄酒。

马吕斯怀着深切的同情，注视着这个不幸的姑娘。

"噢！"她忽然又说道，"又来了。我要憋死啦！"

她抓起罩衫，用嘴狠狠咬着，两条腿在路面上也开始僵硬了。

这时，街垒里响起伽弗洛什那小公鸡嗓音。那孩子登上一张桌子，正往枪里压子弹，同时愉快地唱着当时广泛流行的歌曲：

> 拉法耶特一露面，
> 军警丧胆连声喊：
> 赶紧逃！赶紧逃！赶紧逃！

爱波妮欠身谛听，然后低声说：

"是他。"

随即又转向马吕斯：

"我弟弟在这儿呢。别让他瞧见我。他一瞧见就会责备我。"

"您弟弟？"马吕斯问道，他又想起父亲要他报答德纳第一家人的遗嘱，心中万分痛苦，"谁是您弟弟？"

"那孩子。"

"唱歌的那个？"

"对。"

马吕斯身子动了一下。

"噢！您别走！"她说道，"挨不了多长时间了。"

她几乎坐起来，但是声音很低，因倒气说话断断续续。她的脸尽量靠近马吕斯的脸，表情很怪，又补充说道：

"听我说，我不愿意捉弄您。我兜里有一封给您的信。还是昨天的事儿，人家要我投递，我却把信扣住，不愿意让您收到。可是，等一会我们再相见的时候，也许您要埋怨我。人死了还会见面的，对不对？把您的信拿去吧。"

她那有弹洞的手仿佛感觉不到疼痛了，痉挛地抓住马吕斯的手，拉进她罩衣兜里。马吕斯果然摸到一张纸。

"拿去吧。"她说道。

马吕斯拿了信，爱波妮满意地点了点头。

"现在该酬劳我了，请答应我……"

她住了口。

"答应什么？"马吕斯问道。

"先答应我！"

"我答应。"

"请答应我，等我一死，您就在我脑门儿上吻一下。——我会感觉到的。"

她的头又倒在马吕斯的双膝上，眼皮儿合上了。马吕斯以为，这颗可怜的灵魂已经离去，他见爱波妮一动不动，以为她长眠了，可是突然，她又慢慢睁开眼睛，露出的却是幽眇深邃的死亡之光，对他说话的温柔声调，也仿佛来自彼界了：

"喏，还有，马吕斯先生，我觉得我早就有点爱上您了。"

她又勉颜一笑，便溘然长逝。

七　计程能手伽弗洛什

马吕斯履行诺言，在她淌着冷汗的苍白额头吻了一下。这不是对珂赛特的一次不忠行为，而是怀着温情的怀念，向一颗不幸的灵魂告别。

他从爱波妮的手中拿到信，内心不禁为之震颤，他当即感到事关重大，急不可耐，要拆开看看。人心天生如此，不幸的姑娘刚刚合目，马吕斯就想看信。他把爱波妮轻轻放在地上，便走开了。有一种感觉提醒他，不能在这尸体面前念这封信。

他走进楼下厅堂，凑近一支蜡烛。这是一封小束，折封精细，显然出自女子之手。信封也是女子的娟秀字体，只见地址写道：

"玻璃厂街十六号，库费拉克先生转马吕斯·彭迈西先生收。"

他拆开信，念道：

"我心爱的，唉！我的父亲要同我立刻动身。今天晚上，我们要住到武人街七号。再过一周，我们就去英国。——珂赛特。6月4日。"

他们的爱情纯真到如此程度，马吕斯连珂赛特的笔体都不认得。

事情的经过，几句话就能交代清楚。全是爱波妮一手制造的。经历了6月3日夜晚的事件，她有了个主意，一箭双雕，既挫败她父亲同匪徒抢劫普吕梅街那户人家的计划，又拆散马吕斯和珂赛特。她碰见一个要男扮女装寻开心的青年，就用她的破衣裙换来男装穿上。也是她在演武场向冉阿让提出明确的警告："快搬家"。冉阿让一回到家，果然就对珂赛特说："今天晚上我们就走，同都圣到武人街去。下周，我们就前往伦敦。"事起突然，珂赛特一时惊呆了，就匆忙给马吕斯写了两行字，但是信如何投寄呢？她从来不单独出门，交给都圣吧，又怕她诧为怪事，肯定要拿给割风先生看。珂赛特正在焦虑，隔着铁栅门忽见男装打扮的爱波妮，而近来爱波妮总在那园子附近游荡。珂赛特叫住那"青年工人"，给他五法郎和信件，并对他说："请按照这个地址立刻把信送去。"爱波妮揣起信。第二天6月5日，她去库费拉克住处找马吕斯，但不是为了送信，而是"去瞧瞧"，这种行为，任何嫉妒的情人都能理解。她在那里等待马吕斯，至少等待库费拉克，始终为了瞧一瞧。她听库费拉克说："我们去街垒"，就灵机一动，计上心来。反正也是一死，不如投入街垒的战斗，同时也把马吕斯推进去。她跟随库费拉克，看准要筑街垒的地点，就去普吕梅街等候马吕斯，料定她把信扣住，马吕斯未收到任何通知，必然像每天晚上那样，天一黑就去赴约会，于是，她以马吕斯的朋友的名义，向他发出那声召唤，心想这一定能把他引到街垒那里去。她这种把握，完全基于马吕斯找不见珂赛特而产生的悲观绝望的情绪，也的确没有估计错了。然后，她又回到麻厂街，在街垒的行为，我们刚才也看到了。嫉妒的心就是这样，惨死也高兴，拖着心爱的人同归于尽，心说：谁也别想得到！

马吕斯吻遍了珂赛特的信。看来她还爱他！有一阵工夫，他考虑自己不必再寻死了，继而他又思忖：她走了，她父亲带她去英国，我那外祖父也拒绝这门婚事。这种命运安排丝毫也没改变。马吕斯这种梦幻类型的人，一消沉就走极端，做出悲观绝望的决定。活得太累，无法忍受，还不如一死了之。

于是，他想，还有两个责任要尽到：一是把他的死讯告诉珂赛特，给她寄去诀别信，二是要从即将发生的这场灾难中，救出那可怜的孩子，即爱波妮的弟弟和德纳第的儿子。

他身上带着活页夹子，当初他写下许多对珂赛特爱慕之情的记事本，就曾放在那夹子里。他撕下一张活页，用铅笔在上面写了几行字：

"我们不可能结婚。我向外祖父请求过，他不同意；我没有财产，你也一样。我跑到你家没有找见你，你知道我对你发的誓，我信守。我决意一死。我爱你。等你读这封信的时候，我的灵魂会到你的身边，冲你微笑。"

他没有信封，就只好把那张纸折成四折，写上地址：

武人街七号，割风先生宅，珂赛特·割风小姐收。

信折好之后，他又若有所思，再拿出夹子打开，用同一支铅笔，在第一页上写了几行字：

"我叫马吕斯·彭迈西。请把我的尸体运到我外祖父家：沼泽区受难会修女街六号吉诺曼先生。"

他把活页夹放回外衣兜里，就喊伽弗洛什。那流浪儿听到马吕斯的喊声，赶紧跑来，那神气又快活又殷勤。

"你肯给我办点事儿吗？"

"什么事儿都成，"伽弗洛什答道，"仁慈上帝的上帝！说真的，没有您，我早就让人扔进汤锅里了。"

"这封信你看清楚啦？"

"看清楚了。"

"拿着。立刻离开街垒（伽弗洛什隐隐不安，用手指开始搔耳朵），明天早上，你把信送到这个地址，武人街七号割风先生宅，交给珂赛特·割风小姐。"

英勇的孩子回答：

"行啊，可是，在这段时间，街垒让人家攻占，我却不在场。"

"看样子天亮之前，不会攻打街垒了，明天中午之前，也攻打不下来。"

敌军再次给街垒留下的喘息时间，的确在延长。这类休止在夜战中屡见不鲜，继而总是更加猛烈的进攻。

"那好，"伽弗洛什回答，"明天早晨，我把信送去还不行吗？"

"那就太迟了。等到那时候，街垒很可能被封锁，所有街道也都有人把守，你就出不去了。你马上就走吧。"

伽弗洛什无法反驳，但还站在原地犹豫不决，愁眉苦脸地直搔耳朵。突然，他就像小鸟常有的动作，一下子抓去信。

"好吧。"他说了一声。

他扭头从蒙德图尔小街跑开了。

伽弗洛什有了个主意，才下了决心，但是他又怕马吕斯反对，就没有说出来。

他有了个这样的念头：

"现在刚刚午夜，武人街又不远，我这就把信送去，回来还能赶得上。"

第十五卷　武人街

一　吸墨纸，泄密纸

比起灵魂的骚动，一座城市的痉挛又算什么呢？人心比民心还要深邃。就在这种时候，冉阿让的心卷入惊涛骇浪。往昔的深渊恶谷，全在他面前重新洞开。他和巴黎一样战栗，因为都同时走到吉凶莫卜的一场大变革的门槛。几个小时就足矣。他的命运和心境突然布满了阴影。无论对他还是对巴黎，我们都可以说：两种观念同时显现。白天使和黑天使，就要在深渊的桥上狭路相逢，展开一场肉搏战。谁能把另一个推下去呢？谁能占上风呢？

6月5日这天的前夕，冉阿让带着珂赛特和都圣，搬到武人街来住。在那里等待他的，却是一场出乎意料的突变。

珂赛特不愿离开普吕梅街，也不是没有力争。自从珂赛特和马吕斯相依为命以来，珂赛特和冉阿让还是第一次各有各的意愿，虽未冲突，至少相左。一个提出异议，另一个绝不改变。一个陌生人突然给他"快搬家"的劝告，足令冉阿让固执己见了。他以为有人发现并追踪他。珂赛特只好让步。

他们前往武人街的路上，都闭口无言，各自想心事儿。冉阿让极度不安，竟不视珂赛特的愁苦神态；珂赛特则极度愁苦，也无视冉阿让的不安情绪。

这次，冉阿让带着都圣，这是他从前外出时从未有过的情况。他已经估计到，恐怕再难回普吕梅街了，丢下都圣不合适，把秘密告诉她也不成。再说，他觉得都圣又忠实又可靠。仆人出卖主人，往往从好奇心开始。然而，都圣一点儿也不好奇，仿佛天生就该给冉阿让当佣人。她说话口吃，又讲巴讷维尔乡下土话：我是一样一样的；我事情我干；总起来不是我的活儿。（我就是这样；我干自己的活儿；其余的事儿同我无关。）

这次，冉阿让几乎是仓皇逃走，离开普吕梅街时，只带着珂赛特称为"形影不离"的那只熏香小箱子。若是装得满满的大箱子，就非得雇人搬运不可，而搬运工就是见证人。他们叫来一辆马车，从巴比伦街那道门上车离去。

都圣费了好大劲儿，才获准包了几件衣物和梳妆用品。珂赛特只带上文具和吸墨纸。

冉阿让要神不知鬼不觉地转移，安排天黑才离开普吕梅街的小楼，这样一来，珂赛特就有时间给马吕斯写信了。他们到了武人街，天就完全黑了。

他们悄悄睡下了。

武人街那套房子位于后院，在三层楼上，有两间卧室、一间餐室，以及连着餐室的一间厨房，还有一间小阁楼，里边放一张帆布床，是给都圣预备的。餐室也是过厅，将两间卧室隔开。房中生活必需品一应俱全。

人的天性如此，既好无故惊扰，又好无故宽心。冉阿让一到武人街，焦虑的情绪就减轻许多，并且渐渐消除了。有些地方起镇静作用，在一定程度上自然就影响人的精神。街道幽暗，居民平静，冉阿让来到老巴黎的这条小街，就觉得受了莫名的宁静的感染。这条街十分逼窄，两根柱子固定一块厚木板，横在街上，禁止车辆通行，虽然处于喧闹的市井，却又寂静无声，即使大白天也昏暗惨淡，两侧百年高楼，犹如老人相对无言。这条街停滞着遗忘。冉阿让来到这里，就松了一口气。还有办法把他从这里找出来？

他关心的头一件事，就是把那"形影不离"的放在身边。

他睡得很香。常言道：黑夜生主意；也不妨加一句：黑夜令人安。次日早晨醒来，他的心情差不多快活起来，连丑陋不堪的餐室，他也觉得很可爱。餐室里摆一张旧圆桌、一个矮矮的食品橱、一张有虫蛀的扶手椅和几把椅子，橱上还放着一面前倾的镜子。都圣的几个包裹放在椅子上，有一个裂开了缝儿，露出冉阿让的国民卫队的军装。

至于珂赛特，她让都圣送去一碗菜粥，直到傍晚才露面。

这次简单的搬家，都圣出出进进忙了一整天，下午将近五点钟，她才往餐桌上摆了一盘凉鸡。珂赛特只是为了向父亲表示恭顺，才肯瞧一眼这盘菜。

晚饭后，珂赛特借口一直偏头痛，就向父亲道了晚安，躲回卧室去了。冉阿让胃口不错，吃了一只鸡翅，然后双肘撑在桌子上，心情渐渐平静下来，重又有了安全感。

这顿晚饭很简单，他在餐桌上有两三回，隐约听见都圣结结巴巴地说：“先生，外面闹得很欢，巴黎城里打起来了。”但是他心事重重，正冥思苦想，也没有注意，老实讲，他甚至没有听见。

他站起身，开始踱步，从窗户走到门，又从门走到窗户，心情也越来越平静了。

心情一旦平静下来，他唯一关切的人珂赛特，便重又在他脑海中浮现。他倒不是多么担心这次偏头痛，发一点儿神经质，少女赌气，一时飘来一片乌云，一两天就会烟消云散；他是想未来的日子，而且像往常那样，想得很美。归根结底，在他看来，恢复幸福的生活并没有什么阻碍。有的时候，一切都仿佛不可能了；然而在另一些时候，一切又好像容易了；这会儿，冉阿让就觉得什么都顺心。一般来说，倒霉一阵，就会时来运转，如同黑夜过后便是白天，这种更替反差的法则乃是大自然的本质，浅薄的人称之为对衬。冉阿让避居到这条宁静的街巷，就渐渐摆脱近来困扰他的种种事件，正因为见到了一片黑暗，他才开始望见一点蓝天。安然无事就离开了普吕梅街，这已经是顺利地跨出一步。

也许应该再明智一点儿，到国外去，到伦敦去，哪怕只逗留几个月。去就去吧，只要有珂赛特在身边，留在法国还是去英国，又有什么关系呢？珂赛特就是他的家园。有了珂赛特，他的幸福就足够了；然而有他，珂赛特不见得足以幸福，这种念头，从前令他焦灼失眠，现在甚至没有在他头脑里闪现。他的忧心惨痛全已过去，现在完全知足常乐了。他觉得珂赛特既然留在他身边，也应该如此；一般人看问题都会产生这种印象。他心里盘算好了，同珂赛特一道去英国容易得很，他在梦想的前景中看到，无论到哪儿，他的幸福都会重新实现。

他看见对面橱上前倾的镜子里，清晰地映现几行字：

"我心爱的，唉！我父亲要同我立刻动身。今天晚上，我们要住到武人街七号。再过一周，我们就去英国。——珂赛特。6月4日。"

冉阿让惊呆了，戛然止步。

珂赛特到达的时候，就随手将吸墨纸丢在橱上的镜子前，心中正愁肠百结，就把它忘在那里，甚至没有注意吸墨纸摊开了，正巧翻在她昨天写信用的那一页，信是交给路过普吕梅街的那个"青工"送去，而几行字却印在吸墨纸上。

镜子又把字迹映现出来。

这就产生了几何上所谓的对称图像，印在吸墨纸上的反字，在镜子里又正过来，恢复原形了。这样一来，冉阿让就看到昨天珂赛特写给马吕斯的信。

这事又简单，又给人以致命的打击。

冉阿让走近镜子，又看了那几行字，却不相信这是真的，看上去就好像是闪电光中显现的，是一种幻视。然而这不可能，也根本不是幻觉。

辨识越来越真切了，他看着珂赛特的吸墨纸，又恢复了真实感。他拿起吸墨纸，说道：原来是这上面的。他焦躁不安地察看吸墨纸上的反体字迹，觉得既笨拙又怪异，毫无意义，于是心中暗道：这什么也说明不了，根本不是文字。他长出了一口气，一时感到无比宽慰。在极为险恶的时刻，谁没有过这种愚蠢的喜悦呢？只要幻想还没有完全破灭，灵魂就不会向绝望投降。

他拿着吸墨纸左看右看，一副傻乎乎的高兴样子，想到自己上了幻觉的当，简直要笑起来。突然，他的目光又落到镜子上，便又看到了幻象，几行字映现出来，再清晰不过了。这回可不是幻觉了。一错再错的幻象，就是一种现实了，是触摸得到的，是由镜子复原的书写文字，他明白了。

冉阿让踉跄一下，吸墨纸从手中失落，身子一下便瘫倒在橱边的旧扶手椅上，脑袋耷拉下去，眼睛怔忡失神了。他心想，这是明摆着的事，人世的光明永远消失了，珂赛特给一个人写了这些话。这时，他听见自己的灵魂又变得凶猛，在黑暗中发出沉雷般的吼声。快去夺回落入狮笼的爱犬！

事情真是又怪异又可悲，这时候，马吕斯还没有收到珂赛特的信，而偶然的机缘却阴差阳错，将信先传给冉阿让了。

到现在为止，冉阿让经住了考验。他一直接受各种各样可怕的试探；厄运对他也无所不用其极，而残暴的命运以社会的各种制裁和偏见为武器，向他这个目标猛烈进攻。然而，在任何逆境面前，他也没有退却，没有屈服。必要的时候，各种极端的迫害，他都容忍了，连重新赢得的人格不可侵犯性也牺牲了，连自由也放弃了，甚至冒着掉脑袋的危险，什么都丧失了，什么都忍受了，一直清心寡欲，舍己为人；有时真让人相信他忘我到了殉道者的程度。他的良心罹难重重，经受千锤百炼，仿佛变得坚不可摧了。然而此刻，有人若是洞察他的良心，就不能不看出这良心在削弱。

这是因为命运长期拷问他所施加的各种酷刑，这一次才是最可怕的。还从来没有夹得这样紧的刑枷。他感到最深挚的情感全被神秘地搅动了，感到一种撕肝裂胆的异样剧痛。唉，说穿了，人生最严峻的考验，无与伦比的考验，就是失去所爱的人。

可怜的老冉阿让爱珂赛特，无非像父亲爱女儿那样，不过，前边指出过，他孤身生活，就把各种类型的爱引入这种父爱中。他把珂赛特当作女儿来爱，也当作母亲来爱，还当作妹妹来爱；而且，由于他一生既没有情人，也没有娶妻，而人的天性又像个不肯接受兑付证书的债权人，这种情感最难割舍，也掺杂到其他情感中；这种情感又朦胧，又无知，因其盲目性而纯洁，无意识的、天真、高尚而神圣，说是情感更像本能，说是本能更像吸引，难以捉摸又无影无形，却又真实存在；确切地说，这种爱在他对珂赛特的无限温情中，好比大山中的金矿脉，未经开采，深藏在黑暗中。

请读者回想一下我们曾指出过的这种心态。他们绝不可能结合，连灵魂的结合也不可能，然而毫无疑问，他们的命运已然结合了。除了珂赛特，也就是说除了一个孩子，冉阿让一生也没有体验过什么是爱。热恋与爱情更迭嬗变，人过五旬，如树木入冬，叶子由嫩绿转为暗绿，这是人所共见的；可是冉阿让却没有经历这种嬗变。总而言之，我们也一再强调，这颗心的整个聚合，这个整体，是高尚品德的结晶，最终把冉阿让变成珂赛特的父亲。奇特的父亲，是由冉阿让身上体现的祖父、儿子、兄弟和丈夫熔铸而成的；这种父爱中甚至包含母爱，这个父亲爱珂赛特，并且崇拜她，他把这孩子视为光明，视为寄身之所，视为家庭，视为祖国，视为天堂。

因此，他一看到大势已去，珂赛特要脱离，从他手中溜走，要逃避，他一看到这已成烟云，已成流水，这种令人心碎的明显事实一摆在他眼前：她的心另有所属，她的终身另有所托；她已另有所爱，而我只是个父亲，对她来说不存在了；他再也无可怀疑，心里叨咕：她就要离开我，远走高飞了！于是，他感到的痛苦超过了极限，他全部付出之后，却落到这种下场！怎么，最后一场空！因此，正如我们刚才讲的，他的心奋起抗争，从头到脚一阵颤抖。一直到头发根他都感到自私心理的大觉醒；在这个人的深渊，自我吼叫起来。

心灵崩溃是常有的事，绝望的念头一旦确信无疑，潜入人心，势必排除并摧毁往往构成人本体的一些要素。痛苦一旦到极限，良心的所有力量就溃不成军了。这是难以避免的劫数。经历这样的劫数，还能保持本色，坚守天职，这种人可以说寥寥无几。痛苦过了头，最坚定的信念也要迷惑。冉阿让重又拿起吸墨纸，再次确认这一事实。他身子前倾，眼睛直瞪瞪的，仿佛被这不容置疑的几行字压垮了；显然他的内心乌云翻滚，看来他的灵魂世界完全崩溃了。

他通过幻想的放大镜，审视泄露的文字，那神态又平静又可怕，须知人平静到了雕像那样冷峻的程序，就特别骇人了。

他衡量命运在他毫无觉察时跨出惊人的这一步，又想起去年夏天来得怪也排除得怪的疑惧，现在又看到峭壁绝谷，还是原来的峭壁绝谷，只不过这次冉阿让不再是濒临峭壁，而是坠入绝谷了。

这种情况前所未闻，又令人心碎，他还毫无觉察就掉下去了，他生活的光明完全消失，而他原以为能永远见到太阳呢。

他的本能毫不迟疑。他把一些场景、一些日期、珂赛特脸色红白的几次变化，都联系起来看，于是心中暗道：就是他。绝望之心的猜测，是百发百中的一种神弓。他一下便猜中了马吕斯。当然，他还不知道这个名字，但是立刻确定了这个人。他无情地搜索记忆，清晰地看见卢森堡公园里那个游荡的陌生人，那个拈花惹草的可恶家伙，那个无所事事的浪荡哥儿，那个蠢货，那个无赖，因为，走过来对着父亲身边的爱女挤眉弄眼，就是无赖的行为。

冉阿让是个脱胎换骨的人，他曾苦修自己的灵魂，竭力将整个一生、整个苦难和整个不幸，化为一颗爱心，现在明白这事背后全是那青年在作祟，他再反视内心，就看见一个鬼怪：仇恨。

巨痛深悲能将人压垮，令人绝望轻生。这种痛苦一旦侵入内心，人就感到有什么东西退出了。青少年时遭遇痛苦，只是悲伤，老人再遭遇，就极为凶险了。唉！一个人血还是热的，头发还乌黑，脑袋还挺立在肩头，犹如火炬的火焰，而命运的厚簿才刚翻过几页，心还充满爱的渴望，还有要引起共鸣的跳动，一个人还有充分时间弥补过失，满目所见，还尽是女人，尽是笑脸，还是整个未来、无限远景，就在生命力还十分旺盛的时候，如果绝望都是一件可怕的事情，那么岁月流逝，人到了凄凉晚景，暮昏中已望见初跃的坟墓之星，又该如何呢？

冉阿让正这样凝思，忽见都圣走进来，他便站起身，问道：

"在哪一带？您知道吗？"

都圣愣住了，只能反问一句：

"什么事儿啊？"

"刚才您不是跟我说过打起来了吗？"

"哦！对，先生，"都圣回答，"是圣梅里教堂那一带。"

有时，我们不知不觉中有一种机械的冲动，那正是来自最幽深的思想。毫无疑问，冉阿让几乎没有意识到，他正是由于这种冲动，五分钟之后就上了街。

他光着头，坐在楼房门口的护墙石上，仿佛在侧耳倾听。

夜幕降临了。

二　流浪儿敌视路灯

他这样待了多长时间？这种冥思苦索的浪涛如何起伏激荡？他还能重新站起来吗？他就这样屈服了吗？他被压得骨断筋折了吗？他还能挺立起来，在良心上找个实处立足吗？恐怕连他自己也说不清楚。

街上空荡荡的，几个惶惶不安的市民赶路回家，也没有注意他。在危难的时刻，都各顾各的。路灯管理工像往常一样，前来点亮正对着七号门的路灯之后便走了。此刻，谁要是在这黢黯中观察冉阿让，就会觉得他不像个活人。他坐在大门旁的护墙石上，一动不动，真像个冻成冰的鬼魂。人在绝望中，往往凝固僵硬了。远处传来警钟和隐约的风暴似的喧嚣。在长鸣的警钟的鼓噪紊乱交混中，圣保罗教堂打响了报时钟，庄重从容地敲了十一下，因为，警钟是人，时钟是上帝。冉阿让僵坐不动，丝毫不受时间流逝的影响。差不多就在这时候，菜市场那边突然响起一阵枪声，继而，又是一阵枪声，比头一阵更猛烈；那大概是进攻麻厂街街垒，前面我们已经看到是如何让马吕斯吓退的。这两阵射击，由惊愕的夜空扬声，显得格外激烈，冉阿让猛然一抖，霍地站起身，转向枪声的方向，随即重又坐到护墙石上，又起手臂，脑袋又慢慢垂到胸前。

他又继续同自己的凶险对话。

他忽然抬起眼睛，街上有行人，他听见附近有脚步声，便借着路灯光亮，朝通向档案馆的一边街道望去，看见一张灰白脸的快活少年。

伽费洛什走进了武人街。

伽弗洛什扬着头东张西望，好像在寻找什么。他明明看见了冉阿让，却视若未见。

伽弗洛什扬头寻找半晌，又低头寻找；他踮起脚，去摸楼下临街的门窗；门窗全关着，插好锁上了。试了五六座这样森严壁垒的楼房门脸之后，那孩子耸了耸肩，自言自语冒出一句话：

"没错儿呀！"

接着他又往上瞧。

若在前一阵工夫，冉阿让处于那种心境，对谁也不会搭理，可是现在他却按捺不住，主动同那孩子搭话。

"小不点儿，你怎么啦？"他问道。

"我饿啦，"伽弗洛什干脆地回答。他又回敬一句："您才是小不点儿。"

冉阿让摸坎肩的兜儿，掏出一枚五法郎银币。

伽弗洛什就像一只鹡鸰，从一个动作过渡到另一个动作极快，他已经拾起一个石块。他早就瞟上路灯了。

"咦！"他说道，"你们这儿还点着路灯。朋友们，这可违反规定，不遵守秩序，给我砸烂。"

他投出石块，咔嚓一声，路灯玻璃哗啦掉下来，躲在对面楼里的窗帘后面的一些市民，闻声惊呼：

"又是93年啦！"

路灯猛一摇晃，随即熄灭。街道突然变得漆黑一片。

"就得这样，老街道，"伽弗洛什说，"戴上你的睡帽。"

然后，他又转向冉阿让：

"街那头的那座大楼，你们叫什么啦？叫档案馆，不是吗？那些大个头儿的石柱子，弄巴弄巴，堆个街垒倒不赖。"

冉阿让走到伽弗洛什跟前。

"可怜的孩子，他饿了。"他咕哝道，仿佛自言自语。

他将面值一百苏的银币塞到孩子手里。

伽弗洛什觉得这枚铜板个头真大，不免惊奇，便仰起鼻子，在黑暗中瞧了瞧，见这大铜钱白光闪闪，认出是听人说过的五法郎银币，早就想见识见识，非常高兴能拿一枚仔细看看。他说道：欣赏欣赏老虎。

他赏玩一会儿，然后转身，将钱递给冉阿让，庄严地对他说：

"老板，我还是喜欢砸路灯。这只猛兽您收回去，谁也休想腐蚀我。这家伙有五只爪子，可是休想抓破我一点儿皮。"

"你有母亲吗？"冉阿让问道。

伽弗洛什回答：

"也许比您的多呢。"

"那好，"冉阿让又说，"这钱留给你母亲吧。"

伽弗洛什心受感动，况且他刚注意到，跟他说话这人没戴帽子，这就增加了他的信任感。

"真的，"他说道，"不是为了阻止我砸路灯吧？"

"你爱砸什么砸什么。"

"您真是个好人。"伽弗洛什说道。

于是，他将五法郎的银币塞进兜里。

他的信任感增加了，就又问了一句：

"您住在这条街吗？"

"是啊，问这干吗？"

"您能告诉我七号吗？"

"找七号干什么？"

说到这里，孩子住口了，担心话已经说多了，手指用力插进头发里，只回答一句：

"哦！不干什么。"

冉阿让灵机一动，有了个主意。人惶恐不安，往往有这种清醒头脑。他对孩子说："我正等一封信，是派你给送来的吧？"

"您？"伽弗洛什说，"您又不是女人。"

"信是给珂赛特小姐的，对不对？"

"珂赛特？"伽弗洛什咕哝道，"对，我想是这个怪名字。"

"那好，"冉阿让又说，"信要由我转交。给我吧。"

"要是这样，您就该知道，我是街垒派来的。"

"当然知道。"冉阿让说。

伽弗洛什将小手插进另一个兜里，掏出四折的一张纸。

他随即又行了个军礼。

"向这信件致敬，"他说，"这是由临时政府发出的。"

"给我吧。"冉阿让说。

伽弗洛什将那张纸高高举过头顶。

"您不要以为这是一封情书。这是写给一个女子的，但也是写给人民的。我们那些人，正在战斗，我们尊重女性。我们那儿不像上流社会：上流社会的狮子总把小母鸡赠给骆驼。"

"给我吧。"

"不错，"伽弗洛什继续说，"您看样子像个好人。"

"快点给我。"

他这才把信交给冉阿让。

"您要赶快送去，啥赛先生，因为，珂赛特小姐正等着呢。"

伽弗洛什造出这个词儿，心中好不得意。

冉阿让又问了一句：

"回信要送到圣梅里吗？"

"您这是要做什么糕点，"伽弗洛什嚷道，"要做俗称的傻帽蛋糕。这封信是从麻厂街街垒送来的，我还要回那儿去。晚安，公民。"

伽弗洛什说罢，就扬长而去，说得形象些，他就像出笼的小鸟儿，又朝他原来的地方飞去。他又钻进黑暗中，就好像一颗疾飞的子弹，把黑暗打出个洞；武人街复归寂静冷清。眨眼工夫，这个身披阴影和梦幻的怪孩子，就隐没在这一排排黝黑楼房之间的迷雾中，好似一股黑烟融入黑暗里，真让人以为他化为乌有了，不料几分钟之后，又是咔嚓一声，路灯玻璃哗啦落地破碎的声响，忽又把气愤的市民惊醒：那是伽弗洛什经过茅屋街。

三　在珂赛特和都圣睡梦之时

冉阿让拿着马吕斯的信回家。

他摸黑上楼，庆幸周围一片黑暗，犹如抓获猎物的猫头鹰；他开门关门极轻，谛听是否有动静，根据整个情况判断，珂赛特和都圣睡着了，便用福马德打火机打火，但是手抖得厉害，往打火机瓶里插三四根火柴，才算打出一点火星儿，实在是做贼心虚。蜡烛终于点亮了，他双肘支在桌子上，展读这封信。

人特别激动的时候，是读不下信的，而是攥在手里，像对待牺牲品一样，紧紧按住，用力揉搓，出于狂怒或狂喜，指甲都抠进去了，而且一眼就冲到末尾，再跳到开头；注意力也会发高烧，大致明白，主要的内容能抓住个大概，往往抓住一点不及其余。在马吕斯给珂赛特的信中，冉阿让只看见这两句话：

"……我决意一死。等你读这封信的时候，我的灵魂就会到你身边。"

他面对这两行字，一时眼花缭乱，仿佛被内心情绪的剧变压垮了；他惊喜交集，完全陶醉，注视着马吕斯的信，眼前出现仇人毙命的灿烂景象。

他高兴得在内心狂呼一声。——这下子，事情了结了。结局来得真快，当初真不敢这样期望。他命运中的克星消失了。这克星是自己离去的，是心甘情愿、自动离去的，而他，冉阿让，根本没插手，"这个人"要死了，而这中间没有他一点过错。也许他已经一命呜呼了。——想到此处，他那发烧的头脑计算一下。——不行。他还没有死。写这封信，显然是让珂赛特明天早晨看的；从十一点到午夜之间，听见那两阵枪声之后，再也没有发生任何情况；等到天亮，街垒才会受到猛攻；不过无所谓，既然"这个人"参加了这场战争，他就完了，就绞进齿轮里了。——冉阿让感到解脱了，又能重新单独和珂赛特一起生活了。竞争已然停止。未来又重新开始。他只要把这封信揣在自己兜里，珂赛特就永远也不会知道"这个人"的下落，"只要听其自然，事情就解决了。这个人性命难逃，如果现在还没有死，他迟早总要死掉，多幸福啊！"

他在内心讲了这番话，神色却黯然了。

继而，他下楼叫醒门房。

约莫一小时之后，冉阿让换上全套国民卫队制服，携带武器出门了。门房不难在附近给他配齐了装备。他有一支上了子弹的步枪，一个装满子弹的弹盒。他朝菜市场方向走去。

四　伽弗洛什的过度热忱

这工夫，伽弗洛什又有一次险遇。

伽弗洛什走到茅屋街，一丝不苟地用石块砸烂路灯之后，就踏上圣母升天会老修女街，连只"猫"都不见，觉得时机不错，可以把他会的那支歌全套唱出来。他的脚步并没有放慢，反而伴着歌声加快了。他沿着酣睡或吓坏了的住房，一路插下这些煽动性的歌段：

> 榆林小鸟在咒骂，
> 硬说昨天阿达拉，
> 私奔跟个俄国佬。
> 　美丽姑娘走啥道，
> 　　隆啦啦。

> 我友彼罗紧呱嗒，
> 因为那天小米拉
> 唤我用劲把窗敲，
> 　美丽姑娘走啥道，
> 　　隆啦啦。

> 恶毒女人甜嘴巴，
> 施毒让我中魔法，
> 奥菲拉①也要灌倒。

---

① 马蒂厄·奥菲拉（1787—1853）：毒物学家。

美丽姑娘走啥道，
　　隆啦啦。

我爱情爱和吵架，
阿涅丝和帕梅拉，
莉丝煽我把手烧。
　美丽姑娘走啥道，
　　隆啦啦。

从前我见披头纱，
苏赛特和泽依拉，
我的灵魂纱纹绕。
　美丽姑娘走啥道，
　　隆啦啦。

阴影中爱放光华，
给洛拉戴玫瑰花，
我入情网劫难逃。
　美丽姑娘走啥道，
　　隆啦啦。

对镜穿衣小雅娜，
一天我心飞走啦！
想必雅娜你得到。
　美丽姑娘走啥道，
　　隆啦啦。

晚上四组欢舞罢，
我就指着丝泰拉，
对星星说：瞧一瞧。
　美丽姑娘走啥道，
　　隆啦啦。

伽弗洛什边唱边即兴表演。手势为叠句的支点。他那张脸赛似脸谱库，变化无穷，比大风中飘动的床单破洞，还要扭曲痉挛并变幻莫测。可惜只有他一个人，又是黑夜，既看不见也无人看见，这样精彩的表演全部埋没了。

他猛地停住。

"浪漫曲暂停。"他说了一句。

他那双猫眼睛瞧见一个大门洞里，有绘画上所说的一幅人物画，即一个人和一个静物：静物是一辆手推车，人是躺在车里睡觉的一个奥弗涅人。

车把着地，奥弗涅人的头枕着车挡板，他的身体随着倾斜的车身蜷曲着，双脚接触地面。

伽弗洛什见多识广，一眼便看出那人喝醉了。

那人可能是这一带送货的，既贪酒又贪睡。

"嘿，"伽弗洛什心想，"夏天夜晚就是有好处。这不，奥弗涅人在车上睡着了。让我来把小车送给共和国，把奥弗涅人留给王朝。"

他的头脑豁然开朗，有了这样的主张：

"这辆推车弄到我们街垒上，那才带劲呢。"

奥弗涅人鼾声不断。

伽弗洛什轻手轻脚，从后面拉车，从前面拉人，即拉奥弗涅人的双脚；过了一分钟，奥弗涅人便安安稳稳躺在街道上了。

小推车解放出来了。

伽弗洛什有个习惯，什么东西都总带在身上，以备不时之需。他伸手摸一个兜儿，掏出一张纸片和一截从木工那儿偷来的红铅笔头。

他写道：

> 法兰西共和国
> 收到你的推车一辆。

他还签上名字："伽弗洛什"。

他写完，见奥弗涅人一直打鼾，就把纸片塞进他丝绒坎肩的兜里，双手抓起车把，推着车朝菜市场方向飞跑，凯旋的喧闹声响彻一路。

这样干颇为冒险。伽弗洛什没有想到，王家印刷局那儿有一个哨所，正由城郊国民卫队驻守。那一小队人被吵得渐渐醒来，有几个人还从行军床上抬起头来。两盏路灯接连给砸烂，以及怪吼怪叫唱的这支歌，确实有些过分了；须知这几条街的居民全都胆小怕事，太阳一落就想睡觉，早早就用罩子熄灭蜡烛。可是，这个流浪儿像钻进玻璃瓶里的苍蝇，在这平静的街区吵闹有一个小时了。城郊国民卫队中士侧耳倾听，还在等待，他是个小心谨慎的人。

小推车咕隆隆狂响，叫人忍无可忍了，中士决定出去侦察一下。

"他们有一大帮人！"他说道，"咱们悄悄过去。"

显然，无政府主义的九头蛇妖出洞了，来到这个街区兴妖作怪。

中士壮着胆子，蹑手蹑脚走出哨所。

伽弗洛什推着小车，正要走出圣母升天会老修女街，突然迎面碰到一身军装、一顶军帽、一支翎毛和一支步枪。

他这是第二次猛地停住。

"咦，"他说道，"是他呀。晚上好，公共秩序。"

伽弗洛什的惊慌时间很短，很快就化解。

"上哪儿去，小流氓？"中士喝道。

"公民，"伽弗洛什回敬道，"我还没叫您资产者呢。您为什么要侮辱我？"

"上哪儿去，小坏蛋？"

"先生，"伽弗洛什又说道，"您昨天也许是个聪明人，可是今天早晨让人给撤职了。"

"我问您上哪儿去，小无赖？"

伽弗洛什又回敬道：

"您讲话真文雅。的确，看不出您有多大年纪。您应当把头发全卖掉，每根一百法郎，总还能赚五百法郎呢。"

"上哪儿去？上哪儿去？上哪儿去，强盗？"

伽弗洛什又答道：

"这话可就有点下流了。再给您喂奶的时候，得把您的嘴巴擦干净些。"

中士端起刺刀。

"到底说不说，上哪儿去，恶棍？"

"我的将军，"伽弗洛什说道，"我去请大夫，给我的老婆接生。"

"抄家伙!"中士喊道。

用坏事的东西解救自己,这才是能人的高招儿;伽弗洛什一眼就认清了整个形势,是小车招来麻烦,还要用小车保护自己。

那中士正要扑向伽弗洛什,不料小车用车一送,就变成炮弹,直冲过去,正撞着中士的肚子,把他撞个仰面朝天,摔在水沟里,步枪的子弹也打飞了。

哨所的卫队员听见中士的喊声,乱哄哄地涌出来,跟着第一枪也都胡乱射击,然后装上子弹再射击。

这种捉迷藏游戏似的射击足足持续了一刻钟,击毙了几块窗玻璃。

这工夫,伽弗洛什往后狂跑,跑出去五六条街才停下,坐到红孩街拐角的护墙石上喘口气。

他侧耳细听。

他喘息一阵之后,转身朝着枪声密集的地方,左手抬到鼻子的高度,往前投三次,右手同时拍后脑勺。巴黎流浪儿这种极端的举动,集中表达了法兰西式的嘲讽,而且流传了半个世纪,显然卓有成效。

一个苦恼的念头,突然搅扰了这种兴致。

"好嘛,"他咕哝道,"我只顾在这儿笑,笑得直不起来腰,只顾自己开心,却不想一想耽误了路程,还得绕个弯子。但愿我能及时赶回街垒!"

说罢,他又拔腿跑起来。

他边跑边说:

"嗯,刚才我唱到哪段了呢?"

他又接着唱那支歌,同时飞快钻进街巷里,歌声在黑暗中越来越淡远了:

> 巴士底还没拿下,
> 我找官兵和警察,
> 制止他们胡乱闹。
> 　美丽姑娘走啥道,
> 　　隆啦啦。
>
> 九木柱戏谁玩耍?

大球一滚谁不怕，
旧世界呀全垮掉。
　美丽姑娘走啥道，
　　隆啦啦。

卢浮宫里帝王家，
百姓举杖一通打，
一命呜呼旧王朝。
　美丽姑娘走啥道，
　　隆啦啦。

王宫铁栅连根拔，
查理十世害了怕，
那天仓皇赶紧逃。
　美丽姑娘走啥道，
　　隆啦啦。

　　哨所一役还颇有战功：占领了一小推车，俘获了那个醉汉。头一件没收充公，另一个后来送上军事法庭，当作同谋犯审讯。审判这种案件，检察机构总是不知疲倦，热忱地保卫社会。

　　伽弗洛什的这次险遇，在神庙街区传为佳话，而且在沼泽区的老朽资产阶级的记忆中，也是最骇人听闻的一件大案：夜袭王家印刷局哨所。

第五部　冉阿让

Part Five

第一卷　四堵墙中的战争

一　圣安托万城郊区的漩涡，神庙城郊区的险礁

观察社会疾病的人所能列举的最值得纪念的两座街垒，并不在本书所讲故事发生的时期。1848 年 6 月那场不可避免的起义，是有史以来规模最大的巷战，当时从地下冒出的那两座街垒，虽然以两种不同的面貌出现，却都是天下汹汹的象征。

广大的下层民众陷入绝境，陷入深深的惶恐、气馁、贫困、焦灼、痛苦、病疾、愚昧和黑暗中，有时就会冲出这种绝境，奋起抗争，甚至反对道德原则，反对自由、平等和博爱，甚至反对普选，反对全民做主的政府；刁民、群氓有时会向人民开战。

穷鬼攻击普通法；群氓政府起来反对民主政府。

那种日子非常凄惨，因为即使在疯狂的暴乱中，总还存在几分人权，在这种决斗中，还有自杀的成分；况且，穷鬼、刁民、群氓、贱民等这些侮辱性的字眼，表明过错主要在统治者而不是在受难者，过错主要在特权阶层而不是在穷苦阶层。

至于我们，我们总是怀着沉痛和敬意，讲出这些字眼；要知道，哲学要是探测与这些字眼相应的事实，常常发现卑贱旁边有伟大。雅典曾是群氓政府；穷鬼创建了荷兰；贱民屡次拯救了罗马；刁民则追随耶稣-基督。

思想家无不观赏过底层的壮观景象。

"城市的渣滓，世界的法则"①，圣热罗姆讲这句神秘难解的话时，心中想的无疑是这种群氓，无疑是出了使徒和殉道者的所有受苦受难的人。

这些受苦受难、流汗流血的民众怒不可遏，便横行不法，违反了构成他们生命的道德原则，侵犯了人权，这种暴力行为是民众的政变，应当加以制止。正直的人为此献身，正是由于爱民众，才同他们进行斗争。然而，在同他们对抗中，他又感到他们多么情有可原！在抵制他们时，他又多么敬佩他们！这种时刻真是罕见，人在尽职尽力时又感到为难，几乎感到适可而止；你坚持下去，也是应该的，然而良心得到满足却又悲哀，完成了职守却又痛心。

让我们痛快说吧，1848年的事件非同寻常，几乎不可能列入历史哲学的范畴里。这场特殊的暴动，我们从中感到劳工争取权利的神圣忧虑，因此谈及的时候，就应当排除上面提到的那些字眼。应当镇压暴动，这是职责，因为它打击共和。然而，归根结底，1848年6月是怎么回事呢？是人民反抗自己的一次暴动。

只要主题没有离开视线，就绝不会扯到题外去，因此之故，请允许我们把读者的注意力引向那两座街垒，停留片刻，而我们说过，那两座绝无仅有的街垒，显示了那次起义的特征。

一座堵塞了圣安托万城郊大街的入口，另一座阻断进入神庙城郊大街的通道。在六月光辉灿烂的碧空下，那两处内战的惊人杰作高高耸立，谁亲眼目睹，就永远也不会忘记。

圣安托万街垒是个庞然巨构，有四层楼高，七百尺宽，从一个拐角到另一个拐角，堵死了这条城郊街的开阔路口，即堵死三条街道。街垒起伏不平，各部位衔接重叠，犬牙交错，零乱堆砌，一个大豁口上筑了一排雉堞，起加固作用的大土堆，本身就构成一个个棱堡，各处向外伸出突角，背后则牢牢依着类似岬角的插入街口的两座大楼，犹如一道高大的堤坝，出现在目击过7月14日的广场底部。在这母垒后边纵深几条街，还排列着十九座街垒。只要望一望这母垒，就会感到这城郊街区民不聊生，处于水深火热之中，形势一触即发，每种疾苦都要化作一场灾难。这街垒是由什么构成的呢？有人说特意拆毁了

---

① 原文为拉丁文。

三座七层楼房，取材构筑的。还有人说，是由众怒所创造的奇迹构筑的。它具有仇恨的一切建筑——废墟的那种惨相。可以这样问："这是谁建造的？"也可以这样问："这是谁毁坏的？"它是激情沸腾的即兴之作。咦！这扇门！这扇铁栅门！这段披檐！这个门框！这口裂了璺的铁锅！什么都拿来！什么都投上去！推呀，滚动呀，挖呀，拆毁呀，砸烂呀，全都推倒！这是一场大协作：铺路石、碎石块、木柱、铁条、破布片儿、烂砖头儿、坐垫裂开的椅子、白菜根、破衣烂衫，以及诅咒，全都参加进来。既伟大又渺小。这是由混沌就地模仿的深渊。原子旁边的庞然大物；一堵断壁和一只破碗；所有残骸具有威胁性的亲善；西绪福斯①把他的岩石投上去，约伯②将他的陶片投上去。总之，极为可怕。这是赤脚汉的卫城。一辆辆翻倒的小车布列在斜坡上；一辆巨型平板货车车轴朝天，横卧在街垒杂乱的正面，仿佛大脸盘上一道伤疤；一辆公共马车由起哄的众人抬到垒堆顶上，就好像这种野蛮的建筑师要给恐怖增添点儿戏谑，而那指向空中的辕木，不知等待什么行空的天马。这一高大的垒堆，是暴动的冲积层，令人想起历次革命，犹如将奥萨山攧到皮利翁高原③上，1793 年攧到 1789 年上，热月 9 月攧到 8 月 10 日④上，雾月 18 日攧到 1 月 21 日⑤上，葡月攧到牧月⑥上，1848 年攧到 1830 年上。这片广场堪当重任，而这座街垒，出现在巴士底狱的旧址上，也当之无愧。如果海洋要筑堤坝，就应当这

---

① 西绪福斯：希腊神话中的科林斯王，是个暴君，死后被罚在地狱反复把岩石推上山。

② 约伯：《圣经》中人物，极富有。神为试他的忍耐，夺走他女儿和全部财产，仅剩下水罐。

③ 奥萨山和皮利翁高原：位于希腊，神话中巨人将山移到高原上以便上天。

④ 热月 9 日即 1794 年 7 月 27 日，吉伦特派搞政变，处死罗伯斯庇尔等人。1792 年 8 月 10 日，巴黎人民起义，推翻君主政体。

⑤ 雾月 18 日即 1799 年 11 月 9 日，拿破仑发动政变，推翻督政府。1 月 21 日即 1793 年 1 月 21 日，国民公会判处国王路易十六死刑。

⑥ 葡月 13 日即 1795 年 10 月 5 日。保王党暴乱分子进攻国民公会，被拿破仑指挥的共和军击败。牧月 1 日即 1795 年 5 月 20 日，人民起义反对国民公会，要求肃清反动势力。

样筑法。狂涛恶浪在这畸形堆积物上留下痕迹。什么波涛？民众。人们好像看见化为石头的喧嚣，好像听见神秘的激进大蜜蜂，在蜂巢似的街垒上方嗡鸣。这是一片荆丛吗？这是一次酒神狂欢节吗？这是一座堡垒吗？这仿佛是由眩晕鼓翅建造而成。这棱堡中有垃圾堆，而这破烂堆上又有几分庄严。在这充满绝望的混杂之物堆上，可以看到房顶人字架带有印花壁纸的阁楼棚板、插在瓦砾堆中等待大炮的带玻璃的窗框、拆开的壁炉烟囱、衣橱、桌子、条凳，以及连乞丐都不屑一顾的各种破烂，无不包含激愤和虚无。看这情景，真好像圣安托万城郊大街居民用一把大扫把，将自己的破烂：朽板断柱、破铜烂铁和砖石瓦块，全部扫地出门，用自己的苦难建造了街垒。像砍头木砧的大木块、一段段铁链、好似绞刑架的带撑条的木架、从乱堆中露出来的平卧的车轮，这些拼凑混杂而成的无政府主义建筑，就有一副折磨百姓的古老刑具的阴森面貌。圣安托万街街垒把什么都变为武器；内战中所能用来砸烂社会脑袋的东西，全都搬出来了；这不是战斗，而是冲天的怒火；守卫这座棱堡的卡宾枪中，有大口径的，就发射陶器片、小骨头、衣服纽扣儿，甚至发射床头柜脚下的小滚轮，因为是铜制品，也都能伤人。这座街垒气冲牛斗，无以名状的喧嚣直达云霄；有时，它向官兵挑战，上面就覆盖着人群和雷鸣，冠以如火焰攒动的万头，又像爬满了蚁群，只见垒脊尖刺林立，那是高举的枪支、战刀、棍棒、大斧、长矛和刺刀；还有一面巨幅红旗，迎风啪啪作响；指挥员的口令声、进攻的战歌、咚咚的军鼓声、妇女的啼哭和饿汉的狞笑，都处处可闻。街垒又巨大又活跃，好似带电的神兽，从脊背射出雷电火花。革命精神的战云笼罩，民众在街垒顶上的怒吼，酷似上帝的声音；一种奇异的庄严，从这如山的乱石堆里飘逸出来。说这是一堆垃圾可以，说这是西奈山①也可以。

上面讲过，街垒以革命的名义进攻，可是攻击什么呢？攻击革命。它，这街垒，是偶然，是混乱，是惊愕，是误会，也是未知，它面对着立宪议会、人民的主权、普选、国家、共和制；这是《卡尔玛纽

---

① 西奈山：位于埃及。据《圣经·旧约》记载，犹太人先知摩西奉神命，率犹太人逃出埃及。他在西奈山上受十戒，并颁布犹太教的教义。

拉》① 向《马赛曲》挑战。

狂妄而又勇敢的挑战呀，只因这老街区是个英雄。

老街区和棱堡互为援手。老街区依靠棱堡，棱堡也凭借老街区。这巨大的街垒横亘在那里，犹如一道悬崖峭壁，粉碎了从非洲凯旋的将军们的战术。它的岩穴、瘿瘤、赘疣和驼背，构成一副怪态，仿佛在烟雾中做鬼脸来戏弄嘲笑。霰弹在这怪物体内消失了；炮弹钻进去被吞没，如沉渊底；圆炮弹也只能打个洞；况且，轰击乱石堆又有什么意义呢？身经百战的那些团队，都战战兢兢地注视着这座堡垒，看似猛兽，鬃毛直竖像野猪，巍巍然又像高山。

离此四分之一法里，到北塔附近，即神庙街与大马路的拐角，有人若是胆敢从达勒马涅商店的突角探出头去，就会远远望见运河那边，在美丽城上坡街道的最高处，有一堵墙十分怪异，高达三层楼，连接左右两侧的楼房，就好像这条街道的上端卷回来，突然封闭起来似的。那堵墙是用铺路石垒成的，笔直、规范、冷峻、垂立，建造时显然用角尺取平，用墨线拉直，用铅坠线码齐。看来没用水泥，但是，像罗马建筑的一些墙壁那样，无损于严谨的建筑体。见其高，则知其厚。顶部和根基完全是平行的。在那灰色的壁面上，隔一段距离就有一个枪眼，好似黑线，几乎看不出来。那些射击孔都按等距离排列。一眼望去，街上不见一个人影儿。家家户户的门窗都紧闭着。顶头那里起了一道屏障，这条街就变成死胡同了。高墙静立不动，上面不见人影儿，也听不见一点声音，没有叫喊，没有声响，也没有气息。一座坟茔。

这个可怕的怪物，沐浴在 6 月耀眼的阳光里。

这就是神庙城郊大街的街垒。

一到现场，一面对这神秘的造物，最胆大的人也不免犯寻思。这街垒建造时取齐校准，严丝合缝儿，按迭瓦状排列，既笔直又对称，而且阴森可怕，同时体现了科学和黑暗，令人感到这街垒的首领是个几何学家，或者是个幽灵。看着这街垒，说话也要把声音压低。

时而有个人，士兵、军官或人民代表，冒险穿越这僻静的街道，就只听一声尖厉而细微的呼啸，那过街的人应声倒下，非死即伤，他若是幸免于难，就会看见一颗子弹射进关闭的百叶窗，射进墙壁的石

---

① 法国 1789 年革命时期流行革命歌曲《卡尔玛纽拉》。

缝里或灰泥中。有时则是火铳的实心弹。要知道，街垒人将两截煤气生铁管制成两个火铳，一端用废麻和火泥堵死，丝毫也不浪费火药，几乎弹不虚发。街面有几处卧着尸体，有几摊血泊。我还记得，一只白蝴蝶在街上飞来飞去。夏天不会撤走。

附近的几个门洞里挤满了伤员。

人一到这里，就感到被一个看不见的人瞄准了，而且也知道，整条街都举枪严阵以待。

神庙城郊大街的人口因运河拱桥而隆起，进攻队伍的士兵就集结在隆起地段的后面，一个个神态沉思而严峻，观察这座阴森森的堡垒，这个屹立不动、无动于衷的庞然大物，知道从里面走出来的是死神。有几名士兵匍匐前进，爬到桥的拱顶，十分小心，连军帽也不敢暴露。

勇敢的蒙泰纳尔上校对这街垒赞叹不已，他对一个人民代表说："建得真棒！没有一块石头突出，就跟陶瓷一样平滑。"这时，一颗子弹飞来，打烂他胸前的十字勋章，他也随即倒下了。

"胆小鬼！"有人说，"有本事就出来呀！让人瞧瞧嘛！他们不敢！他们藏起来！"殊不知神庙城郊大街街垒，由八十人守卫，顶住一万人进攻，坚守了三天。到了第四天头，进攻部队采用夺取扎阿恰和君士坦丁①的办法，即在楼房凿洞，从房顶攻进去，才算攻克了街垒。八十名胆小鬼没有一个打算逃命，除了头领，全部遇难了。关于头领巴泰勒米，下面还会谈到。

圣安托万街垒咆哮如雷，神庙街垒哑然无声。两座堡垒有狰狞和阴险之别：一个就像血盆大口，另一个却似假面具。

巨大而又神秘的六月起义，如果说是由愤怒和谜合成的话，那么我们感到头一个街垒里有条龙，第二个街垒后边是斯芬克斯。

这两座堡垒是由两个人指挥建造的，一个名叫库尔奈，另一个叫巴泰勒米。库尔奈②造起圣安托万街垒，巴泰勒米修筑了神庙街垒。两

---

① 法军于1837年攻占阿尔及利亚的君士坦丁，但是扎阿恰绿洲，直到1849年才占领。而雨果讲的是1848年的事。

② 弗雷德里克·库尔奈（1808—1852）：海军军官，因一个长官敌视而退役，1847年12月2日事件之后，他逃至伦敦。1852年他同巴泰勒米决斗而丧命，巴泰勒米原是苦役犯，在英国因两个命案1854年被处以绞刑。

座街垒分别呈现建造者的形象。

库尔奈人高马大，膀阔腰圆，一副红脸膛，拳头赛似大锤，天生勇猛，为人忠诚，目光坦率而有威力。他无所畏惧，特别有毅力，不过脾气暴躁，动辄大发雷霆，但又是最热诚的人，最勇猛的战士。战争、搏斗、厮杀，全是他的拿手好戏，一上场就精神抖擞。他曾是海军军官，从手势和声音可以判断出，他来自海洋和风暴。他将飓风的特点贯彻到战斗中。抛开天赋，库尔奈颇似丹东，正如抛开神性，丹东略像赫拉克勒斯。

巴泰勒米身体瘦弱，脸色苍白，总是沉默寡言，就像凄苦无依的流浪儿。他曾挨过一名警察的一记耳光，于是就窥视等待时机，终于干掉那个警察，因而十七岁就入了狱。从监狱里出来，他就建造了这座街垒。

后来，这也是命中注定的事，两人都被放逐到伦敦，在一场悲惨的决斗中，巴泰勒米打死了库尔奈。时过不久，巴泰勒米又卷入一桩离奇的命案里，其中有情杀的因素，这类灾祸如在法国，法庭就会考虑减罪的情节，而英国司法只认定死刑，于是把他送上绞架。阴暗社会结构就是这样：这个不幸者肯定聪颖过人，也许不乏大勇大智，只因物质匮乏和道德蒙昧，就在法国以牢狱为开端，到英国以绞刑架为收场。在这种情况下，巴泰勒米只打一面旗：黑旗。

二　深渊中不交谈，又有什么可干？

暴动，经历十六年的地下教育，到了 1848 年，就远比 1832 年 6 月那时老练多了。因此，比起上述两座巨大的街垒来，麻厂街的街垒不过是一张草图，一个雏形，然而在当时，它已相当吓人了。

马吕斯什么也不闻不问了，起义者在安灼拉的带领下，充分利用夜间，不仅修好了街垒，而且加高了两尺。插进石头缝里的铁条，仿佛驻守的长矛。杂品废物从各处搜罗来，堆在垒上，使外观更加纷乱无序。街垒布局很巧妙：里侧修成墙壁，外面呈乱石荆丛状。

他们修复了用路石砌的台阶，登上去，就像登上城堡的一面城墙。

街垒内部也清理了，将楼下厅堂腾出来，把厨房改为战地医院，包扎好了所有伤员，收起散落在地上和桌上的火药，熔化了一些弹头，制造了一些子弹，理出了绷带，分发了失落的武器，又清扫了堡垒内部，集中堆放残余物品，也把尸体运走了。

尸体运到还控制在他们手中的蒙德图尔小街。那里的路面殷红的血迹，很长时间没有褪掉。有四具尸体是城郊国民卫队士兵。安灼拉吩咐人将国民卫队制服收放起来。

安灼拉建议睡两小时觉。安灼拉的提议就是命令，但是只有三四个人接受了。弗伊利用这两小时，在酒楼对面的墙上刻了这样的铭文：

　　人民万岁！

这几个字是用铁钉刻在砾石墙上的，直到 1848 年还清晰可辨。

三位妇女趁着黑夜停火的时机，逃得不知去向了，这倒让起义者松了一口气。

她们设法躲到别的楼房里了。

大部分伤员还能够，也愿意继续作战。在改为战地医院的厨房里，有五名重伤员躺在床垫和草铺上，其中两人是保安警察。起义者先给保安警察包扎了伤口。

楼下厅堂里只剩下盖着黑布的马伯夫，以及绑在柱子上的沙威。

"这是停尸间。"安灼拉说了一句。

这间厅堂光线昏暗，只是靠里端点着一支蜡烛，位于柱子后面的停尸台好像一根横梁，看上去，站立的沙威和平卧的马伯夫，恰好构成一个大十字架的轮廓。

那辆公共马车的辕木，虽被密集的射击打断，但是仍然立在那儿，还可以挂一面旗帜。

安灼拉说到做到，具有首领的作风，他将牺牲的老人有弹洞的血衣挂了上去。

饭是不可能吃上了，既没有面包也没有肉。五十号人，在街垒守了有十六小时，很快就把酒楼里有限的食品吃光了。到了一定时候。坚守的整个街垒就变美狄斯号的木排了。肚子饿也得挺着点儿。6 月 6 日，在斯巴达式这个日子的凌晨，在圣梅里街垒，雅纳对围住他要面包的起义者说：

"还要吃！有什么必要呢？现在是三点钟，到四点钟我们就死了。"

由于没有食品了，安灼拉就禁止大家喝酒：不准喝葡萄酒，只定量供给些烧酒。

他们在酒窖里发现封存完好的十五满瓶酒。安灼拉和公白飞一瓶瓶检查了。公白飞从酒窖上来，说道："这是于什卢老伯的老底，起初他开过食品杂货店。""那一定是真正的好葡萄酒。"博须埃插言道，"幸好格朗太尔在睡大觉。他若是站在这儿，那几瓶酒就很难保住了。"安灼拉不管大家的议论，运用否决权，不准碰这十五瓶酒，并且吩咐人放在停放马伯夫老人的桌子下面，当作圣品保存起来。

将近凌晨两点，清点一下人数，还有三十七人。

东天开始泛白了。他们刚熄灭重新插在石笼里的火把。街垒内部，这座在街道上围起来的小院子，笼罩在一片黑暗中，透过令人惊悚的惨淡曙光，看上去就像一般破损航船的甲板。战士来来往往，犹如移动的黑影。在这黝黯可怕的巢穴上方，寂静无声的楼房开始现出青灰色的轮廓，而楼顶的烟囱则呈现灰白色。天空若白若蓝，色调朦胧悦目。飞鸟畅快地鸣叫。街垒背后那幢高楼东向，楼顶映上淡粉色的反光。在四楼的一个天窗上垂着一个死人头，灰白头发在晨风中飘拂。

"熄了火把我真高兴！"库费拉克对费伊说，"这火把在风中惊慌摇曳，我一看就心烦，那样子就像害怕了。火把的光芒类似懦夫的智慧，因为总颤抖，所以什么也照不亮。"

拂晓唤醒鸟儿，也唤醒了人的精神；大家闲聊起来。

若李望见猫在房顶雨槽上游荡，就引出一套哲学。

"猫是什么东西？"他高声说道，"猫是一种矫正物。仁慈的上帝创造了老鼠，说：哎呀，我干了一件蠢事。于是，他又创造出来猫。猫是老鼠的勘误表。老鼠和猫，就是造物主校阅的清样。"

公白飞被几名学生和工人围住，在谈论死去的人，谈到了若望·普鲁维尔、巴奥雷、马伯夫，甚至谈到卡布克，以及安灼拉深切的忧伤。他说道：

"哈尔莫狄乌斯和阿里斯托吉通①、布鲁图斯、舍雷阿斯②、斯特

---

① 哈尔莫狄乌斯和阿里斯托吉通：在雅典娜女神节庆典上，他们二人暗杀了暴君希帕尔克（公元前527—前514）。

② 舍雷阿斯：罗马法官，杀死暴君卡利古拉。

法努斯①、克伦威尔、夏洛蒂·科尔代②、桑德③，事后，他们全经历了惶恐不安的时刻。我们的心十分脆弱，人的生命又极为神秘，因此，即使出于公民责任，即使为了解放事业进行谋杀，如果有这类谋杀的话，杀了人的愧疚心情，总要超过为人类效了力的欣喜。"

闲聊东拉西扯，话题常变，一分钟之后，公白飞从若望·普鲁维尔的诗谈到《农事诗》的翻译，比较罗的译文和库尔南的译文，又比较库尔南和德利勒的译文，还指出马菲拉特的几段译文，尤其关于能杀死恺撒的奇迹；一提起恺撒，话题又回到布鲁图斯。

"恺撒倒下，也是合理的。"公白飞说道，"西塞罗对恺撒的态度很严厉，他也做得对。那种严厉绝非谩骂。要知道，佐伊勒④辱骂荷马，马维乌斯⑤辱骂维吉尔，维泽⑥辱骂莫里哀，弗雷隆辱骂伏尔泰，无不遵循一条古老的规律：嫉妒和仇恨使焉；人有才华总要招致谤毁，伟人难免要听几声犬吠。然而，佐伊勒和西塞罗，不可同日而语。西赛罗用思想来审判，布鲁图斯则用剑来审判。至于我，我谴责这后一种，剑的审判方式，但是古代却允许。恺撒越过了鲁比肯河⑦，他把人民给予的高官显位当作他应得的，元老们入场时也不起立，正如欧特罗庇厄斯⑧所说：国王所为，颇类暴君，'像暴君一样统治'⑨。他是一代伟人，遭此下场，说活该，或者说好极了，总之，教训还要深刻。他受了二十三处伤，也不如耶稣-基督额上遭唾沫令我动心。恺撒被元老们刺死，基督挨了奴仆的巴掌，遭受更大的侮辱，才能令人感知上帝。"

---

① 斯特法努斯：可能指圣艾蒂安。

② 夏洛蒂·科尔代（1768—1793）：刺死马拉的人。

③ 桑德（1795—1820）：德国爱国者，他于1819年刺杀了作家科策布。

④ 佐伊勒：公元前4世纪希腊诡辩家，著有《荷马之祸》，是激烈而庸俗之文。

⑤ 马维乌斯：被贺拉斯称为"腐臭"诗人。维吉尔在《牧歌》中抨击过他。

⑥ 维泽（1638—1710）：著有《妇人学堂的真正批评》一书。

⑦ 公元前49年，恺撒违反同庞培和元老院达成的协议，率军越过鲁比肯河，向罗马挺进。

⑧ 欧特罗庇厄斯：公元前4世纪拉丁文历史学家，著有《罗马史简编》。

⑨ 原文为拉丁文。

博须埃手握卡宾枪，站在一堆路石上，居高临下，对聊天的人高声说：

"西达特纳乌姆啊，米里努斯啊，普罗巴兰特啊，爱安蒂德的美惠啊！噢！谁能让我朗诵荷马的诗，像拉夫里翁和埃达普台翁那儿的希腊人那样！"

三 明与晦

安灼拉前去侦察，他沿着楼房的墙根拐弯抹角，从蒙德图尔小街出去。

应当说，起义者满怀希望，他们打退了夜晚的进攻，几乎事先就蔑视凌晨的进攻，都以笑脸等待。无论对于自己的事业还是对于成功，他们都毫不怀疑。况且，肯定会来援军。他们指望援军到来，这种预见胜利的乐观性，是法兰西战士的一种力量，他们将面临的一天分成三个明显的阶段：早晨六点钟，他们"做过策反工作"的一团部队就会倒戈；中午，巴黎全面起义；落日时分，革命爆发。

从昨天晚上起，圣梅里教堂的警钟一刻也没有停止，这表明另一座街垒，那个大街垒，雅纳他们始终坚守着。

所有这些希望，从一堆人传到另一堆人，那种愉快而可怕的窃窃私议，听似一个蜂巢里作战的嗡鸣。

安灼拉回来了。刚才他像老鹰一样夜游，到外面黑暗中侦察一番，回来后就叉着胳膊，一只手按在嘴上，听了一会儿这种愉快的议论。继而，在渐白的曙光中，他脸色红润，精神饱满，朗声说道：

"巴黎所有军队都出动了，有三分之一的兵力压在你们这座街垒上。此外还有国民卫队。我认出正规军第五团的军帽、第六宪兵队的军旗。再过一小时，你们就要遭到攻打。至于老百姓，昨天他们闹腾一阵，今天早晨却不动了。什么也等不来，什么也期望不上。无论一个街区，还是一团部队，都不会来支援。你们被人抛弃了。"

这番话，句句落在几堆人的嗡嗡议论上，那效果就像暴风雨的第一滴雨点打在蜂群中。大家哑然无声，一时陷入难以名状的惶恐，仿佛听见死神飞临。

但是这一刻很短暂。

一个声音，从人群最隐蔽的后面，冲安灼拉喊道：

"就算这样吧。那我们就把街垒加高到二十尺，大家都守在这里。公民们，让我们用尸体来抗议吧。让我们表明，即使人民抛弃共和党人，共和党人也不会抛弃人民。"

在每个人惴惴不安的愁云中，这几句话道出了大家的思想，受到热烈欢呼。

讲这话的人叫什么名字，始终不得而知。那是个身穿劳动服的默默无闻的人，一个陌生者，一个被遗忘的人，一个过路英雄，而这种无名的伟人，总是参与人类的危险和社会的初创，在关键时刻，以至高无上的方式，讲出决定性的话，好似一道闪电，刹那间代表了人民和上帝，随即消失在黑暗中。

在1832年6月6日的空气中，弥漫着这种不可动摇的决心，几乎在同时，圣梅里街垒的起义者，也发出这一意义重大而载入史册的呼声："来不来支援我们，都没有关系！我们拼死守在这里，直到最后一个人！"

由此可见，两座街垒虽然隔绝，却声气相通。

四 减五加一

一个不知名的人宣布"用尸体来抗议"，表达了共同的心声，于是大家异口同声地高呼：

"死亡万岁！我们大伙全留在这儿！"

这声高呼十分奇异，既称心又可怕，语意凄惨，而声调却像欢呼胜利。

"何必全留下？"安灼拉说道。

"全留下！全留下！"

安灼拉又说道：

"地势有利，街垒也很坚固，有三十人守卫就够了，何必要牺牲四十人呢？"

众人回答：

"因为没有一个人肯离开。"

"公民们，"安灼拉喊道，他那洪亮的声音有几分恼火，"在人才方面，共和国并不富有，不能作无谓的消耗。虚荣就是浪费。对一些人来说，如果职责就是离去，那么履行这一职责，也应当像履行其他职责一样。”

安灼拉是一个坚持原则的人，对同道来说，他有一种由绝对产生出来的无上权威。然而，不管这种权威有多么绝对，大家还是窃窃私议。

安灼拉是个彻头彻尾的首领，他见大家有异议，便坚持己见，又高傲地问道：

“谁害怕只剩下三十人，请讲出来！”

议论声变本加厉了。

“要知道，”人群中一个声音指出，“离开，说说容易。街垒被包围了。”

“菜市场那边没有合围，蒙德图尔街还自由通行，而且，由布道修士街，就能走到圣婴市场。”

“到那儿就会给人抓住，”人群中另一个声音也指出。“会碰到正规军或城郊国民卫队的前哨。他们看见一个穿劳动服戴鸭舌帽的人走过，就会盘问他：‘喂，你从哪儿来？你别是街垒的人吧？’再让你伸出手来瞧瞧，闻出你手上有火药味。枪毙。”

安灼拉不忙回答，他拍了一下公白飞的肩膀，二人走进楼下厅堂。

不大工夫，他们俩又出来。安灼拉双手抱着他吩咐放起来的四套军服，公白飞拿着皮带和军帽跟在后面。

“穿上这样的军服，”安灼拉说道，“就能混进队伍里再逃脱。这至少够四个人的。”

他将四套军服扔在剥掉铺路石的地上。

这些视死如归的听众没有一个动摇。公白飞接着讲话。

“好啦，”他说道，“总要有点怜悯之心。现在的问题是什么，你们知道吗？问题是妇女。想一想吧。妇女到底存在不存在？孩子到底存在不存在？有没有母亲用脚堆着摇篮，身边还围着一帮孩子？你们当中，谁从来没有见过一个喂奶女人的奶头，请举手。好啊！你们都不想要命了，我也一样，我敢讲这话，可是，我就不愿意感到，女人的阴魂在我周围呼天抢地。你们决心一死，可以，但是，别连累别人也丧命。这里要进行的自杀是高尚的，不过，自杀的面很窄，绝不能拓宽；自杀一旦影响到你亲近的人，就叫作谋杀了。想一想那些金发孩子吧，想一想白发老人吧。听我说，刚才，安灼拉跟我讲一件事，他

· 1027 ·

在天鹅街的拐角，看见一扇窗户有光亮，那是六楼穷苦人家的一扇窗户，点着一支蜡烛，照出一个颤颤巍巍的老太婆的头影，她好像在等人，通宵未眠。她可能是你们中间哪位的母亲。那么，这个人就应当走，赶紧回去对他母亲说：'妈，我回来啦！'他只管放心走，这里的事儿还是能做好。一个人要是靠劳动养活亲人，他就没有权利牺牲了，否则，他就是家里的逃兵。那些有女儿的人、有姐妹的人！你们想到这一点没有？你们让人打死，一死倒好了，可是明天呢？女孩子没有面包吃，那就可怕了。男人可以要饭，女人就得卖身了，啊！那些可爱的人儿，多么优雅，多么温柔，头戴着插花的软帽，又爱说又爱唱，让家庭充满贞洁的气氛，如同化为人形的香魂，人间这些处女的纯洁，说明天上确有天使存在，这个雅娜、这个莉丝、这个咪咪，这些招人喜欢的正经姑娘，得到你们的祝福，也是你们的骄傲，噢，上帝呀，她们要挨饿啦！还要我对你们说什么呢？有一个人肉市场，而你们成为幽灵，仅凭发抖的双手，是阻挡不了她们进去的！想一想那些街道，想一想行人熙熙攘攘的马路，想一想那些商店吧，那些袒胸露肩、掉进泥坑的女人，在商店橱窗前走来走去，她们当初也是纯洁。有姐妹的人，想一想你们的姐妹吧。穷困、卖淫、保安警察、圣拉扎尔监狱，这就是娇嫩美丽的女孩沦落的境地，那些脆弱的奇葩、娇羞、秀雅、美丽，比5月的丁香还鲜艳。哼！你们倒是让人打死啦！哼！你们倒是不在人世啦！这很好，你们要使人民摆脱王权，却把你们的女儿交给了警察。朋友们，当心啊，要有同情心。妇女，不幸的女人，大家没有多为她们着想的习惯。指望女人没有接受男人的教育，阻止她们看书，阻止她们思考，阻止她们关心政治；可是今天晚上，你们能阻止她们去停尸房，辨认你们的尸体吗？好啦，有家室的人还是乖点儿，同我们握握手就离开吧，让我们单独处理这里的事情。我完全清楚，离开这里要有勇气，这是很难的；不过，越难就越值得赞扬。有人说：我有一支枪，我属于街垒，活该，我留下，活该，说得倒轻巧。朋友们，还有明天呢，明天你就不在世上了，可是你的家庭还在。还要遭多少罪呀！对了，一个好看的孩子，身体健康，脸蛋儿像红苹果，他还咿呀学语，总是叽叽喳喳，总是咯咯笑，你亲吻时感到他细皮嫩肉，一旦他被遗弃了，你知道会是什么样子吗？我见过一个，一点点大，就这么高矮。他父亲死了。几个穷人好心收留他，可是，他们自己都没有面包吃。孩子总挨饿，那还是冬天，他一声不哭。有人看见他走到火炉跟前，那火炉从来不生火，你们知道，炉筒子上抹了黄黏土；那孩子用小手指抠下点黄土，放到嘴里吃。他那呼吸声音嘶哑，脸色惨白，两条腿软绵绵的，肚子胀得很大。他一声不吭，问他话也不回答。他死了。要死的时候，才把他送到奈凯救济院，我就是在那儿见到他的，当时我是住院部大夫。现在，你们中间，如果有人当了父亲，当父亲的就有这种乐趣，星期天去散步，粗大和善的手握着孩子的小手；请每个当父亲的都想象一下，那孩子就是自己的。那可怜的娃娃，我还记得，仿佛就在跟前。当时，他光着身子躺在解剖台上，肋骨都把皮肤支起来，好似墓地里杂草下的坟穴。在孩子的胃里发现泥土，他牙齿缝儿里有灰渣。好了，让我们拍拍良心，问问我们的心吧。据统计，被遗弃儿童的死亡率，高达百分之五十五。我再说一遍，这里的问题是妇女，是关系到母亲、少女和孩子。难道是说你们了吗？都清楚你们是什么人，都清楚你们个个都勇敢，当然啦！也清楚你们为伟大的事业献身，人人都由衷地感到欣慰和光荣，还清楚你们都觉得是最合适的人，要死得有益而壮烈，每人都要为胜利贡献自己一份力量。这很好啊。然而，你们在世上并不是孤身一人，还有其他人需要考虑，不应当自私啊。"

大家都苦着脸低下头去。

在最崇高的时刻，人心会产生多么奇特的矛盾？公白飞虽然这么讲，他自己也并不是孤儿。他想起别人的母亲，却忘记自己的母亲。他要献出生命。他是"自私的人"。

马吕斯饥肠辘辘，情绪狂躁不安，所有希望相继破灭，陷入痛苦中，陷入最凄惨的绝境，感情饱尝了强烈的震撼，感到末日即将来临，越发沉陷在幻觉引起的痴呆中，这是轻生者临终前常有的状态。

一个生理学家若是研究他的状态，就能发现已为科学所确认并归类的狂热性痴迷，其症状越来越明显，而这种由痛苦引起的痴迷，极似从欢乐产生的快感。绝望也能让人销魂。马吕斯正处于这种状态，他目睹一切，却仿佛局外之人，正如我们说过的，眼前发生的事情，他觉得十分遥远，能看到总体情况，却根本无视细节。他透过一片火光看见人来人往，听到人语也恍若来自深渊。

然而，这一情景却令他怦然心动。这一场面中有一点极富穿透力，一直触及他，把他唤醒了。本来，他只有一个念头，就是等死，不愿意再分心；不过，他在阴惨惨的梦游中忽一转念，自己要死也不妨救救别人。

他提高声音说：

"安灼拉和公白飞说得对，不要无谓牺牲。我赞成他们的主张，要赶快行动。公白飞向你们讲的事，全是至关重要的。你们中间，有人有家庭、有母亲、有姐妹，有妻子儿女。这些人都站出来。"

谁也没有动一动。

"已婚男子和支撑家庭的人，全都站出来！"马吕斯重复道。

他的威望很高。安灼拉固然是街垒的首领，但马吕斯却是救星。

"我命令你们！"安灼拉喊道。

"我请求你们。"马吕斯说道。

这些英勇无畏的人，被公白飞的话所触动，被安灼拉的命令所摇撼，也被马吕斯的请求所感动，于是开始相互揭发。一个青年对一个中年人说："对了，你是一家之长，你走吧。"那人回答："还是你应该走，你要养活两个妹妹呢。"这就爆发了一场前所未闻的争论。大家都争着别让人赶出墓门。

"要快，"库费拉克说："再耽误一刻钟就来不及了。"

"公民们，"安灼拉接着说道，"这里是共和制，要由全民公决。你们自己指出应该走的人吧。"

大家服从了。大约过了五分钟，大家一致指定的五个人出列了。

"有五个人！"马吕斯高声说了一句。

而军服只有四套。

"看来，得有一个人留下。"五个人都说。

于是，重又展开一场舍己为人的争论，看该谁留下，都争着找理由说别人不该留下来。

"你呀，你有个老婆非常爱你。""你呀，你有个老母亲。""你呀，你无父无母，三个小兄弟怎么办呢？""你呀，你可是五个孩子的父亲。""你呀，你有权活着，才十七岁，还太早了。"

这种伟大的革命街垒，是英雄主义的约会之地。不可思议的事情，在这里极为寻常。这些人彼此都不会感到惊奇。

"快点儿决定。"库费拉克重复说。

人群里有人冲马吕斯喊：

"您就指定谁该留下吧。"

"对，"五个人齐声说，"由您选定，我们听从。"

马吕斯不相信自己还会冲动。然而，一想到要选一个人去送死，他周身的血液就全涌上心头。他的脸若能再苍白的话，这时肯定要刷地变色。

他走向那五个人；他们都冲他微笑，每人的眼中都燃着熊熊烈火，映现出历史上温泉关的英雄，大家都冲他喊：

"我！我！我！"

马吕斯怔怔地数了数：他们始终是五个人！接着，他垂下目光，瞧了瞧四套制服。

恰巧这时，第五套制服好像从天而降，落到这四套上。

那第五个人得救了。

马吕斯抬眼一看，认出割风先生。

冉阿让刚走进街垒。

可能探明了情况，也可能由本能指引，还许是偶然。他沿着蒙德图尔小街，便来到这里，他能顺利通过，也多亏那身国民卫队制服。

起义者设在蒙德图尔街的前哨，没有因为一名国民卫队员就发出警报信号。哨兵放他进入街道，心想：可能是来增援的，大不了是个囚犯。这种时刻生死攸关，哨兵绝不可玩忽职守。

冉阿让走进街垒的时候，谁也没有注意，大家的目光都集中在五个人选和四套制服上。冉阿让全看到，也全听见了，于是他不声不响，脱下自己的制服，扔到那堆制服上。

激动的场面无法描摹。

"他是什么人？"博须埃问道。

"他是来救别人的人。"公白飞回答。

马吕斯郑重地补充一句：

"我认识他。"

有这一保证，大家就无话可说了。

安灼拉转身对冉阿让说：

"公民，我们欢迎您。"

他又补充说：

"您知道大家要死的。"

冉阿让没有应声，只顾帮着他救下的那个起义者穿上他的制服。

五　街垒顶上放眼望

在这一危难时刻，在这种绝地，安灼拉无可比拟的忧伤，是众人处境导致的结果，也是最高的体现。

安灼拉体现了革命的完整性；然而，他并不完美，正如绝对也可能不完美那样；他学圣鞠斯特有余，像阿纳卡尔西·克洛斯①不足。不过，在 ABC 朋友会上，他的思想在一定程度上，终究接受了公白飞思想的同化；近来，他渐渐走出信条的狭路，不由自主地踏上人类进步的大道，他开始承认，法兰西共和国，经过宏伟壮丽的演进，最终要变成人类大同的共和国。至于眼下所应采取的手段，既然形势凶险残暴，他也就主张使用暴力；在这一点上，他没有改革，始终信奉那史诗般的可怕学派，一言以蔽之：93 年。

安灼拉站在铺路石砌成的台阶上，一个臂肘靠着他的枪筒，正自沉思默想，有时战栗一下，就好像穿堂风吹过。死亡所在的地点，总给人以三脚祭台②的印象。他那内视反省的眸子，射出了压抑的火焰。突然，他一扬头，金发往后一甩，犹如驾着由星辰构成的四马黑战车的天神长发，又像惊狮竖成火红光环的鬃毛。这时，安灼拉朗声说道：

"公民们，你们是否展望过未来？城市的街道沐浴着阳光，家家户户门前绿树成荫，各族人民都亲如兄弟，人人都讲公道正义，老人为孩子祝福，往昔也喜爱现世，思想家完全自由地思考，各种信徒完全平等，上天就是宗教，上帝直接当教士，人的良心变成祭坛，没有仇恨了，工厂和学校都友好和睦，名望高低就是赏罚，人人都有工作，人人都享有权利，人人都过着安宁生活，再也不流血了，再也没有战争了，母亲都非常幸福。要控制住物质，这是第一步；再实现理想，这是第二步。大家想一想，现在已经取得了多大的进步。从前，在远古时代，九头蛇妖兴风作浪，恶龙喷火，鹰翼虎爪的怪鸟在天空盘旋，

---

① 阿纳卡尔西·克洛斯（1755—1794）：流亡到法国的普鲁士人，投身法兰西革命，号称"人类的演说家"，1794 年同雅各宾左派一起被处死。

② 三脚祭台：古希腊女祭司坐在三脚祭台上宣示神谕。

人类看到就惊恐万状，感到受那些可怕的怪物的威胁。然而，人布下了陷阱，用智慧布下神圣的陷阱，终于捕获了那些怪物。"

"我们降伏了九头蛇妖，那就是轮船，降伏了恶龙，那就是火车头；降伏了怪鸟，已经抓住了，那就是气球。普罗米修斯开创的事业，有朝一日，人类终于完成了，可以随意驾驶九头蛇、恶龙和怪鸟这三种古老的怪物，也就是说，成为水、火和空气的主宰，那么，人在其余生物中的地位，就像古代天神在人心中的地位。勇往直前吧！公民们，我们走向哪里？走向成为政府的科学，走向变成唯一公共力量的物力，走向赏罚分明、自行颁布的自然法则，走向和旭日同升的真理。我们走向各民族的大团结，走向人的一体化。再也没有空幻，再也没有寄生虫了。由真理统御事实，这就是目的。文明将在欧洲的峰巅举行会议，然后就在各大陆的中心，召开智慧的大议会。类似的情况已经出现过了。古希腊的近邻同盟会议，每年要举行两次，一次在诸神之地德尔斐，一次在英雄之地温泉关。将来，欧洲也要召开近邻同盟会议，全球也要召开近邻同盟会议。法兰西正孕育着这种光辉灿烂的未来。这就是19世纪的怀孕期。古希腊的始创，要由法兰西来完成。听我说，弗伊，你是勇敢的工人，是人民之子，也是各国人民之子。我敬重你。对，你清楚地望见了未来的岁月，对，你有道理。弗伊，你没有父母，就认人类为母亲，认正义为父亲。你在这里捐躯，就是在这里胜利。公民们，不管今天发生什么情况，不管是失败还是胜利，我们进行的都是一场革命。大火照亮全城，同样，革命会照亮全人类。我们进行的是一场什么革命呢？就是我刚才说的，一场求'真'的革命。政治上只有一个原则，即人的自主。所谓自己做主，就叫作自由。两个或多个自我做主的人合作的地方，就出现了国家。不过，参加这种合作并不放弃任何东西。自主的权利，每人让出来一份，就组成了公法。每人让给全体的部分都相等，这种等量就叫作平等。所谓公法，无非是保护所有人，照耀每个人的权利。所有人保护每个人就叫作博爱。人人自主的聚合点则称为社会。这种聚合即是结合，这一点即是扭结。所谓社会关系就是由此而来的。有人称为社会契约，这是一回事，契约这个词最初形成就有联系的意思，我们要弄清平等的涵义，因为，如果说自由是顶峰，那么平等就是基础。公民们，平等，并不意味所有植物都长得一般高，并不意味社会要由高大的青草和矮小的橡树构成，也不意味相互阉割的各种嫉妒比邻并立，而是在公民方面，各种才能都能同样施展；在政治方面，每个人的投票都有同样分量；在宗教方面，各种信仰都有同样权利。平等是一种机制：无偿义务教育。读书的权利，应当从这方面动手。强迫所有人接受初等教育，而中等教育向所有人敞开大门，这就是法律。同等教育产生平等的社会。对，教育！光明！光明！一切来自光明，一切回到光明。公民们，19世纪是伟大的，但 20 世纪将是幸福的。到那时，再也没有类似旧历史的东西了；人再也不必像今天这样害怕征服、侵略、窃国篡权，再也不必害怕国家之间的武装对抗，王室之间通婚而文化中断，世袭专制诞生一个暴君，再也不必害怕因议会分歧而民族分裂，因王朝崩溃而国土四分五裂，不必害怕两种宗教狭路相逢，就像两只影子山羊在无限的独木桥上相遇；人再也不必害怕饥荒、剥削、因穷困而卖淫、因失业而穷困，不必害怕断头台、利剑、战事，以及无数变故的强暴。几乎可以说到那时，再也不会有变故了。到那时，人人都会幸福，人类将同地球一样，实现自己的法则，心灵和天体之间又恢复和谐。心灵将围着真理运行，如同星辰绕着太阳旋转。朋友们，我们所处的时刻，我向你们讲话的时刻，正是黑暗之际，但这是为获取未来的惊人付出。每场革命都是一笔通行税。啊！人类将得到解放，站立起来，并得到安慰！我们站在街垒上，向人类做出这种保证。如果不是在牺牲的高峰上，我们又能从什么地方发出这种爱的呼声呢？弟兄们啊，这里就是思考的人和受苦的人相会合的地方；这街垒既不是铺路石、梁柱，也不是由废铜烂铁造起来的，而是由两大堆，即思想堆和苦难堆筑成的。在这里，苦难和理想相遇。在这里，白昼拥抱黑夜，并对黑夜说：'我和你一道死去，而你和我一同复活。'拥抱所有的苦痛，并从拥抱中迸发出信念。痛苦在这里垂死挣扎，而思想则在这里获得永生。这种挣扎和这种永生将要结合，合成我们的死亡。弟兄们，谁死在这里，就是死在未来的光辉中，我们要走进一座充满曙光的坟墓。"

安灼拉停下了，他不像结束，而是中止发言，只见他嘴唇翕动，仿佛自言自语，还在继续，因此，大家都聚精会神望着他，想听他接着讲下去。大家没有鼓掌，但是低声议论了很久。议论的话语好似清风，智慧的颤动，犹如树叶刷刷作响。

六　马吕斯怔忡，沙威干脆

现在谈谈马吕斯的思想活动。

回想一下他当时的心态。刚才我们又提到，对他来说，一切都是幻觉了。他的判断力已经混乱。我们再强调一遍，马吕斯处于笼罩着垂死者的巨大黑暗翅膀的阴影下，觉得进入坟墓，已经置身于墓壁之内，完全用死者的目光看活人的面孔了。

割风先生怎么会到这儿来呢？他为什么前来？来干什么？这种种疑问，马吕斯根本没有在心里提出来。况且，绝望有这样一个特点，它也像裹住我们一样裹住别人；马吕斯觉得，所有人也都必死无疑。

不过，他想到珂赛特，却心如刀绞。

再说，割风先生不同他讲话，也不瞧他一眼，那神情就好像根本没有听见马吕斯高声说的话："我认识他。"

至于马吕斯，他见割风这种态度，倒松了一口气，甚至说颇为高兴，如果能用这样的字眼形容这种感觉的话。他始终觉得，这个谜一般的人既暧昧又威严，绝不可能与之交谈。况且又很久没见面了，马吕斯天生腼腆而稳重，更不可能搭话了。

五个指定的人完全像国民卫队员，临行前拥抱了所有留下的人，他们从蒙德图尔小街走出街垒，有一个人还边走边哭。

送回生路上的人走了之后，安灼拉想起判了死刑的那个人。他走进楼下厅堂，见绑在柱子上的沙威在沉思默想：

"你需要什么？"安灼拉问他。

沙威回答：

"你们什么时候处死我？"

"等一等。眼下，我们所有子弹还有用处。"

"那就给我一点水喝吧。"

安灼拉亲手倒一杯水，由于沙威手脚捆着，就送到嘴边喂他喝下。

"不需要别的啦？"安灼拉又问道。

"我捆在这柱子上很难受，"沙威回答，"你们就让我这样过夜，心肠也太硬了。你们怎么捆绑都行，总得让我像那一位，躺在桌子上啊。"

他说着，朝马伯夫先生的尸体扬了扬头。

　　我们还记得，厅堂里端有一张大长桌案，本来在上面用熔化的弹头做子弹，火药用光，子弹全做好之后，桌案就空出来了。

　　四名起义者按照安灼拉的命令，给沙威解开绳索，从柱子上放下来，而第五个人则用刺刀抵住他的胸膛。他的双手始终反绑着，再用一根结实的细鞭绳捆住他的脚脖子，只容他迈尺半小步，就像上断头台的死犯那样，让他走到厅里端的长案旁边，把他捆上去，再拦腰捆个结实。

　　为了保险起见，按照监狱里所说的马领缰，又用绳子套住他的脖子，从颈后拉到腹部，再分叉从双腿掏到身后，连在反绑的手上，这样捆绑就万难逃走了。

　　就在捆绑沙威的时候，有一个汉子站在门口，格外注意端详他。沙威看见那人的影子，不禁扭过头去，抬眼一看，认出是冉阿让，他身子甚至没有抖动一下，只是傲慢地垂下眼睑，说了一句：

　　"这是显而易见的。"

七　形势严重

　　天很快就亮了。但是，一扇窗户也没有打开，一扇门也没有推开一条缝儿；这是黎明，还不是苏醒。正如我们说过的，部队从街垒对面麻厂街的尽头撤走了；那里似乎向行人开放，畅通无阻，但是一片沉寂中隐藏着杀机。圣德尼街就像底比斯城的斯芬克司大道，静悄悄的，十字街头阒无一人，只见白晃晃的阳光。这种亮堂堂的无人街道，比什么都凄凉。

　　什么也看不见，却能听到动静。一种神秘的运动在远处进行，显然紧急时刻到了；又像昨晚那样撤回哨兵，这回全部撤回来了。

　　街垒比初次遭受攻击时更牢固。那五人走后，大家又把街垒加高了。

　　安灼拉采纳监视菜市场一带的前哨的意见，担心背后遭到袭击，做出了一个重大决策，让人将一直能通行的蒙德图尔小街堵死。为此又掀起长达几间屋子的铺路石块。这样一来，街垒的三个通口：前面的麻厂街、左侧的天鹅街和小丐帮街、右侧的蒙德图尔街，全部堵死，确实难以攻破了；不过既已封死，大家就得同归于尽。街垒三面临敌，却没有一条退路。"是堡垒，也是捕鼠笼。"库费拉克笑着说道。

安灼拉让人把三十多块石头堆在酒楼门旁。"是多揪起来的。"博须埃这么说。

要发动进攻的那个方向，现在一片死寂，安灼拉就吩咐各就各位，准备战斗。

每人按定量分了一份酒。

一座准备迎击进攻的堡垒，比什么都新奇。就像看演出那样，每人选好自己的位置。有的斜靠着，有的用肘撑着，有的用肩偎着，有的甚至用石块垒了一个单座。碰到一处墙角碍事就避开，找见一处可防身的梯形壁就躲进去。左撇子就更难得了，可以拣别人觉得不顺手的地方。不少人安排好坐着战斗。大家要舒舒服服地杀敌，安安逸逸地死去。在1848年6月那场伤亡惨重的战争中，有个起义者射击特别可怕，他是把伏尔泰式的扶手椅搬上屋顶平台，坐在上面战斗，后来在密集射击中被打死。

首领一发出准备战斗的命令，一切乱说乱动立即停止了，大家不再东拉西扯，不再扎堆，不再窃窃私语，也不再三五一伙离队，人人都全神贯注，等待敌人的进攻。一座街垒，在面临危险之前，一片混乱，一遇危险，就纪律整肃。危难能整顿秩序。

安灼拉一操起双响卡宾枪，进入战斗岗位，守住他为自己保留的枪眼，大家就肃静下来。继而，一阵清脆的声音，沿着路石堆起的墙壁隐隐回响。这是在给枪上子弹。

而且，他们的姿态格外自豪，格外自信；誓死献身，也就义无反顾了；他们没有希望了，但是还有绝望。绝望这件最后的武器，有时会带来胜利；维吉尔就这样讲过。拼死一搏，往往绝处逢生。登上死亡之船，或可逃脱翻船的危险；棺材盖能变为一块救命板。

他们又像昨晚那样，全部注意力转向，几乎可以说盯住街道的另一头：现在，那里阳光照耀，看得一清二楚了。

没有等待多久，圣勒那个方向就清晰地传来骚动的声音，但是这次行动不像第一次进攻那样，只听铁链的哗啦声、庞然大物令人不安的颠簸、青铜物体在铺石路上跳动，汇成隆隆的声响，宣示狰狞钢铁之物逼近了。古老而宁静的街道五脏六腑都为之震动，须知当初修建这些街道，只为了利货和思想的流通，绝不是为了战车巨轮的滚动。

大家注视街道另一端的目光变得凶狠了。

一门大炮出现了。

炮兵推着炮身；拖车已经卸下，炮身安进了射击架；两人扶着炮架，四人推着轮子，另一些人跟随弹药车；只见点燃的导火线在冒烟。

"开火！"安灼拉一声令下。

整个街垒一齐射击，枪声大作，一片浓烟吞没了大炮和士兵。过了一会儿，等硝烟散去，大炮和士兵重又显现。炮兵们不慌不忙，缓慢地前进，准确地把大炮推到街垒对面。他们无一伤亡。接着，炮长用力压低炮后座，抬高炮口，像天文学家调整望远镜那样，认真地瞄准炮口。

"棒极啦！炮兵们！"博须埃嚷道。

街垒里的人都鼓起掌。

不大工夫，大炮就跨着水沟，稳稳地安放在街道正中，张着巨口对着街垒。

"喂，真开心！"库费拉克说道，"野蛮的家伙上阵了。先弹弹手指头，再来挥拳头。军队的大爪子伸向我们啦。这里街垒可要剧烈地摇晃了。火枪探路，大炮攻打。"

"这是一门八磅重弹的新型铜炮，"公白飞接口说，"这种炮，一旦锡的用量超过铜的百分之十就会爆炸。锡的比例大了就太软。有时火门里还会有砂眼和气孔。要避免这种危险，并能加强火力，也许还要回到14世纪的老办法，给炮筒加箍，用一连串的无缝钢环，从炮门一直箍到炮耳。眼下，只能尽量弥补缺陷，有人用'猫'探测炮筒里的砂眼和气孔。还有一种更好的办法，就是用格里博瓦尔的运动星①。"

"16世纪，炮筒里就有来复线。"博须埃指出。

"是啊，"公白飞答道，"这样就增加了弹道的强力，但也降低了准确性。此外，射程短时，弹道就达不到要求的板直，抛物线过大，弹道就不大直了，难以击中射程之内的所有目标，而这正是战斗的需要，敌人越迫近，发射越快，这一点也就越发重要。16世纪那种有来复线的炮，发射的炮弹缺乏这种直接打击力，就因为火力弱；对这种炮来说，火力弱，完全是由弹道学所规定的，比如说要保持炮架的稳固。

———————

① 格里博瓦尔（1715—1789）：采用名为"运动星"的探测器，能测量炮口的内径。

总之，大炮这个独裁者，还不能为所欲为。威力本身就是一大弱点。一颗炮弹时速只能达到六百法里，而光速每秒就有七万法里。这就是耶稣–基督比拿破仑高超之处。"

"重压子弹！"安灼拉说道。

炮弹打来，街垒的保护层会怎么样呢？会不会打出个缺口呢？这倒是个问题。起义者这边重上子弹，炮兵那边也在装炮弹。

堡垒里的人深为焦虑。

轰隆一声，大炮发射了。

"到！"一个欢快的声音喊道。

炮弹击中街垒，伽弗洛什也同时跳了进来。

他是从天鹅街那边赶来的，敏捷地跨越正对小丐帮街的那道辅助街垒。

伽弗洛什闯进街垒，比炮弹击中的反响更大。

炮弹消失在碎石烂瓦堆里，顶多不过摧毁那辆公共马车的一个轮子、安索那辆旧板车。街垒里的人见状哄然大笑。

"接着来呀！"博须埃冲炮兵们喊道。

八　炮手引起重视了

大家围住伽弗洛什。

但是，马吕斯没容他说什么，就颤抖着将他拉到一边。

"你到这儿来干什么？"

"咦！那您呢？"孩子回答。

他极为放肆地直视着马吕斯，那双睁大的眼睛射出由衷自豪的光芒。

马吕斯声调变得严厉了，接着问道：

"是谁让你回来的？起码，你把我的信送到地方了吧？"

提起这封信，伽弗洛什倒有点儿心虚，他急着要赶回街垒，就匆忙脱手，而没有直接交给收信人，心里不得不承认，他是有点儿轻率，连面孔还没有看清，就把信交给了那个陌生人。诚然，那人没戴帽子，但是仅凭这一点还不够。总之，在这件事上，他有几分内疚，害怕马吕斯责怪，就以最干脆的办法脱身，撒了一个弥天大谎。

"公民，我把信交给看门的了。那位夫人睡下了，睡醒了会看到信的。"

马吕斯写这封信有两个目的：向珂赛特诀别并救出伽弗洛什。现在，他的心愿只满足了一半。

他的信送到，割风先生来到街垒，他在头脑里把这两件事联系起来，就指着割风先生问伽弗洛什：

"你认识那个人吗？"

"不认识。"伽弗洛什回答。

的确，我们刚才提过，伽弗洛什是在黑夜里见到冉阿让的。

马吕斯混乱而病态的头脑萌生的猜测，就这样消除了。况且，他了解割风先生的政见吗？割风先生可能是共和派，那么前来参加战斗，也就极其自然了。

这工夫，伽弗洛什已经窜到街垒的另一头，嚷道：

"我的枪呢？"

库费拉克让人把枪还给他。

伽弗洛什告知他所称呼的"同志们"，街垒已经被包围了，他费了很大周折才进来。小丐帮街有一营兵力，枪支都架在那里，监视天鹅街的方向；市国民卫队则占据布道修士街，与之遥相呼应。街垒正面是主力部队。

伽弗洛什介绍完情况，又补充一句：

"我准许你们袭击，给他们一排枪。"

安灼拉一边听着，一边从枪眼往外窥视。

放了一炮，进攻部队显然不大满意，就没有再放。

一连步兵开来，占据这条街的另一头，布在大炮的后面。他们掀起马路石块，正对着街垒筑成掩体似的矮墙，约有十八寸高。通过这道掩体的左角，可以望见纵队的排头，那是集结在圣德尼街的一营城郊国民卫队。

安灼拉一直在观望，他仿佛听见特殊的声响，好像从弹药箱里取出霰弹，还望见那炮长调整目标。将炮口略微朝左边移了移。接着，士兵开始装炮弹，炮长亲手操起点火棒，伸向火门。

"低下头，快回到垒壁！"安灼拉喊道，"沿着街垒全俯下身子！"

刚才，起义者看见伽弗洛什回来，就离开了战斗岗位，三三两两聚在酒楼门前，一听安灼拉呼唤，就乱哄哄地冲向街垒；还未来得及执行命令，大炮就发射了，只听噪音一声巨响，像是霰弹，也的确是一发霰弹。

大炮瞄了堡垒的豁口，弹片霰子反弹到垒壁，杀伤力极大，当即两死三伤。

照此下去，街垒就守不住了。霰弹能打进来。

街垒里一阵慌乱。

"无论如何也得阻止第三炮。"安灼拉说道。

于是，他压下卡宾枪，瞄准此时正缩向炮门最后校正方位的炮长。

那名中士炮长是个英俊的青年，一头金发，面目非常和善，那副聪明的样子，正适合使用这种劫数命定的可怕武器。而这种武器越来越完善，威力越来越猛，最终要消灭战争本身。

公白飞站在安灼拉身旁，注视那个青年。

"真可惜！"公白飞说道，"这样杀戮，多么丑恶啊！好了，将来没有了国王，也就没有战争了。安灼拉，你瞄准那个中士。但是不要看他。想象一下，那是个可爱的小伙子，英勇无畏，看得出来他有思想，那些年轻的炮兵都很有知识；他有父亲，有母亲，有家庭，他很可能在恋爱，多说才二十五岁，可以做你兄弟。"

"他就是我兄弟。"安灼拉答道。

"对呀，"公白飞又说道，"他也是我兄弟。算了，别打死他了。"

"不要管我。行所当行。"

一滴眼泪，沿着他那大理石般的面颊缓缓流下。

与此同时，他一钩卡宾枪的扳机，就喷出一道火光。那炮手身子转动两下，伸出双臂，仰起头来，好像要深呼吸，接着侧身瘫到大炮上不动了，只见他后背正中冒出一股鲜血。子弹打穿他的胸膛。他死了。

将他抬走，再换上一个人来。总归争取了几分钟的时间。

九　运用偷猎者的古老技巧和这种百发百中的枪法影响了1796年的判决

街垒里众说纷纭。那门炮又要射击了。这样炮击，不用一刻钟就完蛋了。无论如何要削弱霰弹的威力。

安灼拉下了这样一道命令：

"豁口必须放上一张床垫。"

"床垫没了。"公白飞说道,"上面全躺着伤员。"

冉阿让单独一人,坐在酒楼拐角的护墙石上,步枪夹在两腿中间,直到这时为止,他没有参加任何行动。他似乎也没有听见旁边的战士说:

"这儿有支枪闲待着。"

听到安灼拉的命令,他却站起来。

想必还记得,一个老太婆看见麻厂街来了一帮人,为防备流弹,就把床垫遮在窗前。那是靠街垒外面一点的七层楼的一扇阁楼窗户,床垫横放在两根晾衣竿上,用两根绳子拉住,拴在窗框上的两根铁钉上。那绳子远望像两根线,看得很清楚,仿佛吊在空中的发丝。

"谁能借给我一支两响的卡宾枪?"冉阿让问道。

安灼拉将刚上好子弹的枪递给他。

冉阿让瞄准阁楼,放了一枪。

床垫的一根吊线打断了。

现在,床垫只有一根绳子拉着了。

冉阿让又放第二枪。第二根绳子断时抽了一下窗玻璃,床垫从两根杆子中间滑落,掉在街道上。

街垒里的人都鼓掌叫好。

大家齐声喊道:

"有个床垫啦!"

"对呀,"公白飞说,"可是,谁去拿回来呢?"

不错,床垫掉在街垒外边,正是攻守双方夹击的地方。而那个炮兵中士被打死激怒了部队,这阵工夫,步兵就在石砌的掩体后面卧倒,朝街垒放枪,以便填补大炮因重新组织炮手而沉默的空隙。起义者为了节省弹药,不予反击。那排枪打在街垒上,街道中间枪弹横飞,十分危险。

冉阿让从豁口冲到街上,冒着弹雨奔向床垫,拾起来背回街垒。

他又亲手将床垫立在豁口,紧靠住墙壁,不让炮兵看到。

放好床垫,大家就等待霰弹轰击了。

没用等多久。

大炮一声怒吼,发射霰弹,但是霰子并没有反弹,让床垫破坏了。

达到了预期效果，街垒保住了。

"公民，"安灼拉对冉阿让说，"共和国感谢您。"

博须埃笑着高声赞叹：

"一张床垫威力这么大，也太邪门啦。这就是柔韧战胜雷霆。不管怎么说，光荣属于床垫，大炮在它面前也失灵啦！"

十　曙光

这时，珂赛特睡醒了。

她的卧室狭小、整洁而幽静，朝东一扇长窗正对着楼房的后院。

巴黎发生的情况，珂赛特一无所知。昨天晚上她已经离开那里了，而且早早回卧室，没有听见都圣说的那句话："好像闹起来了。"

珂赛特只睡了几小时，但是睡得很香，而且做了甜美的梦，这可能同她那张小床非常洁白有点关系。她梦见一个人，是马吕斯，出现在光亮中。她醒来时阳光耀眼。恍惚还在梦境留连。

她从梦中醒来，头一个念头是喜悦的。珂赛特感到完全放下心来。几小时之前，她同冉阿让一样，心灵起而抗争，决不接受不幸。不知为什么，她又不顾一切地燃起希望，继而只觉得一阵揪心。——已经有三天没见到马吕斯了。不过又一转念，他一定收到了她的信，知道了她的住址，而他那么聪明，肯定有办法找来。——毫无疑问就在今天，或许就在今天早晨。天已大亮，但是阳光平射进来，她觉得时间还太早，不过为了迎接马吕斯，也就该起床了。

她感到没有马吕斯，就活不下去了，仅此一点，马吕斯就会赶来。任何异议都是不能接受的。这一点确切无疑。已经苦熬了三天，这就够残忍的了。仁慈的上帝啊，马吕斯三天没露面，这实在可怕！上天这样残酷的戏弄是一场考验，现在总算通过了。马吕斯就要到来，还会带来好消息。青春年少就是这样；她很快擦干了眼睛，认为用不着痛苦，也不肯接受这种痛苦。青春，就是未来冲着本身这个陌生者的微笑。她觉得幸福是自然而然的，就连她的呼吸也是由希望构成的。

再说，珂赛特怎么也回想不起来，马吕斯对她说是去干什么事要离开一天，他是怎么对她解释的了。大家都注意到一个现象，一枚钱币滚落到地上，会多么巧妙地隐藏起来，以何等技巧让人找不到。有些意念也跟我们搞同样的恶作剧，忽然缩在我们头脑的角落里，完了，丢失得无影无踪，根本想不起来了。珂赛特稍微努力回想一下，可是徒然，心里不免嘀咕，她这样很不好，简直是罪过，居然把马吕斯讲过的话遗忘了。

她起了床，即进行心灵和身体的双净：祈祷和梳洗。

我们带领读者，顶多能进洞房，而不能进闺房。诗歌只敢窥探一下，而散文就不该妄为了。

闺房是含苞待放的花心，是暗影笼罩的洁白，是闭合未开的百合花内室，只要太阳还未观看，人就不应该窥视。花蕾女子是神圣的。那掀开的纯洁的床铺，那甚至怕见自己的半裸的美妙肢体，那藏匿在拖鞋里的雪白的芳足，那在镜子前也遮掩起来的胸脯，仿佛镜子是个眸子，那稍有动静就拉上盖住肩头的衬衫，不管是家具咯的一声，还是一辆车驶过；还有，那些系结的缎带、搭起的纽钩、拉紧的束带、那种微颤、由于凉爽的羞怯的那种抖动、一举一动的那种美妙的惊慌神态、在无需害怕的地方几乎要惊飞的那种不安、赛似曙天云彩一样绚丽的衣着打扮的那种千变万化，凡此种种，本不宜讲述，在此略一提及，就已经有饶舌之嫌了。

人的目光面对晨起的一位少女，应比面对初跃的一颗星辰还要虔敬。万一触及了，也要转而倍加尊重。桃子上的绒毛、李子上的白霜、雪花的荧光晶体、蝴蝶的粉翅，比起这种甚至还不自知的贞洁来，就全是些俗物了。少女仅仅是梦的幽光，还未成为雕像。她的闺房隐蔽在理想的暗影中。目光贸然窥探，就是唐突这种朦胧幽微。如若仔细观赏，那就是亵渎了。

因此，我们绝不描绘珂赛特起床时小小忙乱的整个妙景。

一则东方故事讲，由上帝造的玫瑰是白色的，可是，它开放时让亚当瞧见了，就害羞变成粉红色。我们认为少女和花儿是可敬的，一见到少女和花儿就要目瞪口呆。

珂赛特很快穿好衣裙，梳头发，当时女子的发式很简单，发卷和贴鬓长发并不用垫子和卷筒衬起，也不加硬衬布。梳妆完毕，她打开窗户，游目四望，期望发现街上哪处墙角，哪处角落，能窥见马吕斯在那里，可是户外什么也没有瞧见。后院的围墙相当高，只从空隙间望见几座小花园。珂赛特断定那些花园很丑陋，有生以来，她第一次觉得鲜花难看，还不如十字街头一小段水沟那么可意。她干脆仰望天空，就好像以为马吕斯会从天而降。

忽然，她泪如泉涌，倒不是情绪变化无常，而是一时沮丧扼断了希望，这就是她的状态。她隐约产生了一种无名的恐惧，的确，看着天上飘走的东西，就想到她什么也没有把握，从眼前消失，也就等于消失，马吕斯可能从天而降这个念头，现在觉得不是吉而是凶了。

继而，如同那些云彩，她心情平静下来，又恢复希望。脸上不由得泛起依赖上帝的微笑。

楼里的居民还都在睡觉。周围一片寂静，仿佛在外省。一扇窗板也没有推开。都圣没有起床，珂赛特自然以为父亲仍在睡觉。那时她一定十分痛苦，现在还忧心如煎，只因她想父亲心太狠了；不过，她可以指望马吕斯，而这样一线光明绝不可能消失。于是她祈祷。远处不时传来低沉的震动声响，她心中暗道："好怪呀，这么早就打开又关上走车的大门。"其实，那是攻打街垒的炮声。

珂赛特窗下几尺远有个雨燕巢，筑在污黑的旧墙檐上，往外突出一点儿，因而俯视能看见这个小天堂的内部。母燕在巢里展开扇状翅膀护着雏燕，那公燕在飞旋，不断往返，喙上叼来食物和亲吻。初升的太阳给这安乐窝镀上金黄色。"繁衍"这一伟大法则，在这里显示其欢笑和庄严，这种温馨的神秘在朝阳的灿烂光辉中展现。珂赛特，头发淋浴着阳光，心灵耽于幻想。内心由爱情，外面由曙光照耀，她不由自主地俯瞰，同时想到马吕斯，但是心里几乎不敢承认，她怀着处女见到鸟窝时荡漾的春心，注视这些燕子，这个家庭，注视这只雄燕和这只雌燕，这个母亲和这些幼小。

十一 弹不虚发，却不伤人

部队继续以火力进攻，轮番发射排枪和霰弹，但实际上并没有造成多大破坏。只是科林斯上半部门脸遭了殃，二楼窗户和阁楼被霰子和枪弹打得百孔千疮，慢慢变了形。把守在那里的战士只好避免了。其实，这是攻打街垒的一种战术，长时间射击，旨在消耗起义者的弹药，如果他们判断错误而回击的话。一旦发现他们火力缓慢下来，没有弹药了，部队就可以发起攻势。然而，安灼拉并不上当，街垒根本不回击。

每射来一排枪，伽弗洛什就用舌头顶起腮帮子，表示极大的藐视。

"好哇，"他嚷叫，"扯开床垫的布，我们正需要绷带呢！"

库费拉克质问霰弹那么不中用，他冲大炮嚷道：

"伙计呀，你变得松散啦！"

战场上就像舞会上，彼此虚虚实实。攻方见堡垒没有动静，大概担起心来，害怕发生变故，认为有必要弄清石堆后面的情况，了解那道只挨打不还击的冷漠大墙后面，究竟发生了什么事。起义者忽然望见毗邻楼顶上，有一顶头盔在阳光里闪闪发亮。那是一名消防队员靠在高烟囱上，仿佛在那儿站岗。他的视线正投落在街垒里。

"来了个碍事的监督员。"安灼拉说道。

冉阿让已将卡宾枪还给了安灼拉，但是他还有自己的步枪。

他并没应声，只是瞄准那消防队员，一秒钟之后，那头盔中了一弹，叮叮当当滚落到街上。那士兵也惊慌躲开了。

第二名观察哨来接岗，这回来个军官。冉阿让装上子弹，又瞄准新来的人，送那军官的头盔去会那士兵的头盔了。军官不敢久留，赶紧撤走。这回，他们明白了这种警告，再也没人上房顶了，放弃这样侦察街垒的办法。

"您为什么不击毙那人？"博须埃问冉阿让。

冉阿让不予回答。

十二　混乱维护秩序

博须埃对着公白飞的耳朵，低声说道：

"他没有回答我的问话。"

"他是个用枪行善的人。"公白飞答道。

那个时期已经相当遥远了，还留有记忆的人都知道，在同起义者作战中，城郊国民卫队相当英勇。尤其在 1832 年 6 月那几天，他们表现得特别英勇无畏。庞丹、力天使或小排水沟①等地方和善的小酒店老板，看到暴动搅了他们的"生意"，看到酒馆舞厅没人了，一个个就变成狮子，舍命维护由郊区小酒店代表的秩序。在这兼有市侩气和英雄气概的时期，每种思想都有各自的骑士，每种利益都有各自的勇士。

---

① 庞丹、力天使（即力天使圣母院，如今改称欧贝维利埃大街）：位于巴黎东北郊。小排水沟：巴黎城关，位于左岸（如今帕西桥旁边）。

忽然，她泪如泉涌。

动机平庸，丝毫也不减损行动的勇敢。银币堆降低了，银行家就唱起《马赛曲》。他们为了钱柜慷慨流血；为了保卫小店铺这个无限缩小的祖国，他们表现出了斯巴达人的热忱。

这一切说到底，绝无半点不严肃的成分。这是社会各阶层进行的纷争，直至达到平衡的那一天。

那个时期还有一种特色，就是无政府主义同唯政府主义（正统派的怪名）相混杂。维护法纪又横行不法。国民卫队某一上校一声令下，就突然敲起集合鼓；某一上尉灵机一动，就冲上火线；某一卫队受"主义"指挥，去为个人战斗。在危急的时刻，在那些"日子"里，大家不去问长官，主要凭本能的反应行事，在治安部队中，存在名副其实的游击队员，有人像法尼科那样拿起武器作战，还有人像亨利·封弗雷德①那样拿起笔战斗。

那个时期不幸，代表文明的东西，主要是各种利益的一种杂糅，而不是道德原则的一种组合。文明面临或者自以为面临危险，就惊叫起来；于是各自为政，各行其是，守卫、援救并保护文明；于是拯救社会，匹夫有责。

这种狂热有时会导致屠戮。国民卫队的一个支队，就私自组成军事法庭，用五分钟审判并处决被俘的一名起义者。正是这样一种临时机构杀害了若望·普鲁维尔。残酷的私刑，哪一方也无权责怪对方，因为这种私刑，欧洲的君主政体实行，美洲的共和政体也实行。私刑又因误会，事情就越发复杂了。在一场暴动的日子里，有一个叫保罗-埃梅·加尼埃②的年轻诗人，在皇家广场被人挟刺刀追逐，逃到六号的门洞躲起来。追赶的人喊："又发现一圣西门信徒！"要抓住杀掉他。当时，他不正是腋下夹了一本圣西门公爵的回忆录。一名国民卫队员瞧见书皮上有"圣西门"的字样，就高喊："打死他！"

1832 年 6 月 6 日，城郊国民卫队一个连，由上边提到的法尼科③上

---

① 亨利·封弗雷德（1788—1841）：波利多记者，拥护七月王朝。

② 保罗-埃梅·加尼埃（1820—1846）：滑稽歌剧作者。雨果将 1834 年 4 月暴动时的一段亲身经历，安在加尼埃头上。他在《目睹实录》中叙述此事，说他险遭杀害。

③ 在 1832 年 6 月 5 日至 6 日事件中，司法预审的笔录确曾提到这个法尼科。

尉指挥，就是任性妄为，在麻厂街造成大量伤亡。这一事件尽管十分特殊，还是在 1832 年起义之后，由司法预审记录在案了。法尼科上尉是个性情急躁、胆大妄为的市民，类似维持秩序的雇佣兵角色，具有我们上面描绘的特征，既是狂热的唯政府主义者，又无法无天，总是按捺不住要提前开火，野心勃勃想独自夺取街垒，也就是说只靠他一连的兵力。他望见红旗倒下，又竖起他当作黑旗的旧衣衫，简直怒不可遏，破口大骂那些将军和各部队长官；他们还在开会研究，认为总攻的时刻还未到，借他们之间一个人的名言说："让起义在原汤里煮熟。"然而，法尼科却认为街垒已经"熟"了，熟了的东西就该落地，因此他要试一把。

他率领一伙同他一样坚决的人，按照一个见证人的说法，他率领"一群疯子"，正是杀害诗人若望·普鲁维尔的那一连，即部署在街拐角的那个营的第一连。就在谁也想不到的时刻，上尉率兵向街垒发起攻击。这一行动只凭良好愿望，却不讲战略战术，使一连人伤亡惨重。这条街还没有走到三分之二，他们就遭到街垒所有火力的射击。四个最大胆的士兵跑在前头，冲到堡垒脚下被击毙了。国民卫队那帮人群威群胆，非常勇敢，但是毫无军人那种顽强精神。一遭到迎头痛击，便迟疑了一下，又不得不退却，在街道上丢下十五具尸体。起义者趁他们犹豫，就抓紧时间重新装上子弹，又第二次射击，杀伤力很大，打中了还未来得及撤到街拐角掩蔽所的连队。有一阵，那个连处于两颗霰弹的夹击中，因为没有接到停火的命令，大炮还继续轰击。那个英勇无畏而又冒失的法尼科，也是中霰子死掉的一个。他被炮火击毙，也就是说被当局击毙。

这次气急败坏而不严肃的进攻，激怒了安灼拉。

"这帮蠢货！"他说道，"他们打死自己人，还白白消耗了我们的弹药。"

安灼拉这样讲，不愧是领导暴动的一位名副其实的将军。起义一方同镇压一方作战，力量相差悬殊，起义者弹药有限，人力有限，很快就会消耗殆尽。一个子弹盒空了，一个人战死，都不可能补充。镇压一方拥有大军，不计较人员，还拥有万森兵工厂，也不计较弹药。他们拥有的团队，等于街垒的人数，他们拥有的兵工厂，等于街垒的子弹数，因此，这是以百对一的战争，最后总能摧毁街垒，除非革命突然爆发，将它那天神的火焰剑投在天平上。有可能出现这种情况。那么一切都起来，街道全部沸腾，民众的街垒如雨后春笋。巴黎受到极大的震动。某种神迹①显现，空中飘浮着一个 8 月 10 日，飘浮着一个 7 月 29 日，出现一道奇异的光，张着血盆大口的暴力后退了，而军队这只猛狮，会看见对面泰然伫立着这个先知：法兰西。

十三 掠过的希望之光

在保卫街垒的民众里，各种感情和各种情绪相混杂，无不具备，有英勇无畏，有青春意气，有荣誉感、激情、理想、信念，还有赌徒的执迷，尤其有断断续续的希望。

就在这样一个间歇，在完全意想不到的时刻，这样一种模糊的希望，忽然颤动着穿过麻厂街街垒。

"你们听啊，"始终警戒的安灼拉突然叫起来，"我觉得巴黎醒来了。"

6 月 6 日清晨，在一两个小时期间，起义确实得到了声援。圣梅里教堂警钟长鸣，催促一些决心不大的人行动起来。梨树街和格拉维利埃街那里也筑起了街垒。在圣马尔丹门前，一名青年独自作战，用卡宾枪射击一个骑兵连；他就在大马路上，完全暴露自己，单膝跪下，枪抵着肩膀射击，打死了小队长，回头说道："又少了一个，他再也不能残害我们了，"那青年被马刀砍死。圣德圣街有一名妇女，在放下的百叶窗里面，朝保安队射击，只见她每放一枪，百叶窗帘就颤动一下。一个十四岁的少年在科索纳里街被捕，搜查发现他几个兜装满了子弹。好几处哨所遭到袭击。在贝尔坦-普瓦雷街路口，由卡维尼亚克·德·巴拉涅将军②率领的铁甲骑兵团，遭到猛烈的枪击，完全出乎意料。在米勃雷木板街，居民从房顶往经过的部队头上扔破盒烂罐，真是不祥之兆；苏尔元帅，拿破仑这位老副将，听人报告了这种情况，不免陷

---

① 原文为拉丁文。
② 这里指雅克-玛丽·德·卡维尼亚克。卡维尼亚克家族出了不少名人，他哥哥是国民公会成员，侄儿是民主党首领，另一侄儿也是将军，还同小拿破仑竞选总统。

入沉思，他想起苏舍元帅①在萨拉戈萨讲的一句话："什么时候老太婆往我们头上倒尿壶，我们就完蛋了。"

就在人们认为暴动的势头已经控制住的时候，各处又出现肇事的苗头，怒火重又燃起，火花又在所谓巴黎城郊区的大柴堆上飞舞，整个形势令军事长官们忧虑。急于要扑灭刚刚起势的火灾，扑灭各处的火星儿，进攻莫布埃街、麻厂街和圣梅里几处街垒的行动就推延了，到时候好全力对付，一举攻占。有些部队派往酝酿闹事的街区，扫荡大街，探测左右小巷，时而小心翼翼缓慢行进，时而突击快速行动。见到有的房舍射击，官兵就破门而入。与此同时，骑兵则驱散聚集在大马路上的人群。这种镇压的行径，不免激起众怒；引起军队和百姓的冲突。安灼拉在枪炮间歇的时候，听到的就是这种喧闹嘈杂之声。此外，他还望见那边路口伤员的担架抬过去，就对库费拉克说："那可不是我们打伤的。"

希望没有持续多久，光亮很快就消失了。不过半小时，空中飘浮的东西就无踪无影了，好似没有雷声的闪电，起义者感到这种铜罩重又落到头上，是由冷漠的民众扔到这些被抛弃的顽强者身上的。

普遍行动的局面，仿佛已经隐约形成，不料又流产了。国防大臣的注意力和将军们的战略战术，现在能集中到三四座仍然屹立的街垒上了。

太阳从地平线上升起。

一名起义者质问安灼拉：

"这儿的人都饿了，我们真的什么也不吃，就这样死了吗？"

安灼拉臂肘撑在枪眼处，始终注视着街道另一端，只是点了点头。

十四 安灼拉的情人留名处

库费拉克坐在安灼拉旁边的石块上，还继续笑骂那门大炮；每次大炮一声巨响，发射所谓霰弹的一片弹子乌云，就招他一通讥讽。

"可怜的老畜生呀，你又声嘶力竭。你吼不响啦，真叫我替你难受。这哪儿像雷鸣，就是咳嗽啊！"

---

① 苏舍（1772—1826）：法国元帅，1808 年至 1809 年，他率法军在西班牙作战，夺取了萨拉戈萨要塞。

他周围的人哄然大笑。

英雄气概的快活情绪，在库费拉克和博须埃身上，与危势同时增长，既然没有葡萄酒了，他们就给大家的杯子斟满欢乐，就像斯卡隆夫人①那样，用开心话代替食品。

"我敬佩安灼拉，"博须埃说道，"他那么沉着勇敢，真叫我赞叹不已。他过着独身生活，可能因此有点忧伤；安灼拉抱怨把他系于鳏居的这种伟大。而我们这些人，谁都多多少少有些使我们发狂，也就是说使我们勇敢的情妇。一个人恋爱时像猛虎，那么作战时至少像狮子；这也是我们的一种报复方式，回敬那些女工夫人给我们的姿色。罗兰②战死，就是要让安琪莉嘉烦恼。我们的英勇精神，全是我们的女人激发起来的。一个男人没有女人，就好比一支枪没有扳机；是女人把男人发射出去的。安灼拉没有女人，没有恋情，却设法具有大无畏精神。真是前所未闻，一个人冷若冰霜，又能猛如烈火。"

安灼拉似乎没有听人讲话，然而，有人若是在他身边，就会听见他喃喃自语："祖国"③。

博须埃还在说笑，库费拉克忽然喊道：

"又有新花样儿！"

他又模仿执达吏通报的声调，补充一句：

"在下名叫八磅炮。"

果然，一名新角色登场，那是第三门火炮。

炮兵动作麻利，卖劲地操作，将第三门炮安放在第一门的旁边。

这是来收场的。

不大工夫，两门炮都迅速上了炮弹，并排向堡垒发射，同时，一队正规军和城郊国民卫队用火力支持炮兵。

别处也传来炮声。就在两门炮轰击麻厂街街垒的同时，另外两门炮，一门对准圣德尼街，一门对准欧伯里屠户街，将圣梅里街垒轰得千疮百孔。四门大炮此呼彼应，凄厉的声响在空中回荡。

---

① 斯卡隆夫人：路易十四的情妇。

② 罗兰：长诗《疯狂的罗兰》中的主人公，热恋着安琪莉嘉。该诗作者为意大利诗人阿里奥斯托（1474—1533）。

③ 原文为拉丁文。

阴森的战犬狂吠应答。

现在，两门大炮轰击麻厂街街垒，一门发射霰弹，一门发射实心弹。

实心弹炮口调得高些，瞄准街垒顶端，以便削平，将垒顶的石块击碎，变成霰子击伤起义者。

这种炮击法旨在将垒顶上的战士赶下去，迫使他们蜷缩在街垒里面；这就表明要总攻了。

实心弹将战士赶下街垒，霰弹再把起义者从酒楼窗口赶开，这样，进攻部队就可以大胆冲到街上，不会遭到射击，也许还不会被人发现，像昨天晚上那样，突然登上街垒，谁说得准呢？或许偷袭成功，一举拿下堡垒。

"无论如何得压一压那两门炮的骚扰，"安灼拉说道，随即又喊了一声，"向炮兵开火！"

大家都严阵以待。街垒沉默了这么久，这时便拼命射击，接连打出七八排枪，以逞一时之快；只见街上硝烟弥漫，叫人睁不开眼睛。过了几分钟，透过蹿着火苗的烟雾，隐约望见三分之二的炮兵倒在炮轮旁边。剩下的几名炮兵还不慌不忙，继续装炮弹发射，不过势头缓慢下来。

"干得好！"博须埃对安灼拉说，"成功啦。"

安灼拉摇了摇头，答道：

"这种成功再持续一刻钟，街垒里连十粒子弹也剩不下了。"

伽弗洛什好像听见了这句话。

十五　伽弗洛什出击

库费拉克忽然发现，有个人在街垒外墙脚下，在街道上，冒着弹雨。

原来是伽弗洛什，他从酒楼操了一只装酒瓶的篮子，从街垒豁口走出去，挨个拜访击毙在街垒斜坡上的国民卫队员，从容不迫将他们弹盒里满满的子弹倒进篮子里。

"你到那儿干什么？"库费拉克问道。

伽弗洛什扬起鼻子：

"公民，我要把篮子装满。"

"你没看见打来霰弹吗?"

伽弗洛什回答："是啊，下起弹雨。那又怎么样呢?"

库费拉克喊道："回来!"

"一会儿的。"伽弗洛什答道。

他纵身一跃，到了街上。

我们还记得，法尼科连退却时，丢下了一长趟尸体。

二十来具尸体，零乱地躺在整条街的路面上，对伽弗洛什来说是二十个子弹盒，对街垒来说是一大批弹药。

街上的硝烟好似迷雾。谁见过一块乌云落入高山峡谷的峭壁之间，就能想象出这片烟雾，拥挤在两排阴森森的高楼之间，仿佛浓缩了。烟雾缓缓上升，又不断生成补充，渐渐遮蔽阳光，大白天也昏黑黝黯了。这条街虽短，可是据守两端的交战双方，彼此几乎瞧不见。

这种烟幕，也许是攻打街垒的指挥官有意布下的，但也给伽弗洛什提供了方便。

伽弗洛什个子矮小，又有烟幕遮掩，能在街上走出挺远而未被发现，他倒空七八个子弹盒，也没有遇到多大危险。

他贴着地面，用牙咬住篮子，四肢快速往前爬行，身子像蛇一般摇摆蠕动，从一个死人爬到另一个死人，倒空子弹盒和子弹夹，真像一只剥核桃的猴子。

街垒里的人见他离开相当远，怕引起注意，又不敢喊他回来。

他从一名士兵的尸体上，发现一个火药壶。

"到时候用得着。"他说着就揣进口袋里。

他总往前爬行，终于到了烟雾稀薄的地段。

这样一来，排列在石块掩体后面的部队射手，以及聚在街拐角的城郊国民卫队的狙击手，都突然指指点点，发现烟雾里有什么东西在蠕动。

伽弗洛什正从倒在石桩旁边的一名中士的弹盒里取子弹，忽然一颗子弹打中尸体。

"好家伙!"伽弗洛什说，"他们还要打死我这些死人。"

第二颗子弹打在他旁边的石头路面上迸出了火星。第三颗子弹打翻了他的篮子。

伽弗洛什张望一下，看见枪是城郊国民卫队打来的。

　　他干脆站起来，身子挺得直直的，头发随风摆动，双手叉腰，眼睛盯着那些射击的国民卫队员，开始唱道：

　　　　南地人是丑八怪，
　　　　这事全怪伏尔泰；
　　　　帕来索人是蠢货，
　　　　这事还要怪卢梭。

　　接着，他扶起篮子，将翻出来的子弹一粒不落地捡进去，又朝射击的方向继续前进，去解另一个子弹盒。这时，射来第四颗子弹，又打偏了。伽弗洛什唱道：

　　　　公证人我干不来，
　　　　这事全怪伏尔泰；
　　　　小小鸟儿才是我，
　　　　这事还要怪卢梭。

　　第五颗子弹，也只是打出了他的第三节歌词：

　　　　我的性格乐天派，
　　　　这事全怪伏尔泰；
　　　　我的生活是穷果，
　　　　这事还要怪卢梭。

　　这种情况还延续了一会儿。

　　这情景又恐怖又迷人。伽弗洛什成为射击的目标，却嘲笑射击。他那神情简直开心极了，就像小麻雀儿追着狩猎人。每次射击，他就唱一段回敬。射手不断瞄准他，但总是打偏。国民卫队员和部队士兵一边瞄准，一边哈哈大笑。他忽而趴下，忽而起来，忽而躲到门的角落，忽而跳出来，总之忽隐忽现，忽而逃开，忽而回来，冲着枪弹做鬼脸，同时还抢劫子弹，倒空子弹盒，装满他的篮子。起义者目光追随他，一个个担心得屏住呼吸。整个街垒都为他发抖。而他还在唱歌。

他不是个孩子，也不是个大人，而是精灵似的奇异的流浪儿，真像混战中刀枪不入的侏儒。他比追逐他的枪弹还灵活，不知跟死神玩什么骇人的捉迷藏游戏；每次追魂的鬼脸逼到眼前，这流浪儿就一手指头给弹开。

然而，有一颗子弹比其他的要准，或者说比其他的要险诈，终于打中这磷火似的孩子。只见伽弗洛什打了个趔趄，随即瘫倒了。街垒里的人都惊叫一声；不过，这小小躯体里有安泰的神通①，这孩子一接触路面，就像那巨人接触大地一样，刚倒下去，就又抬起身，坐在原地，脸颊流下一长条鲜血，他举起双臂，注视射来子弹的方向，又唱起来：

> 我一跌跤倒尘埃，
> 这事全怪伏尔泰；
> 鼻子偏往水沟落，
> 这事还要怪……

他没有唱完。又一颗子弹，还是同一个枪手射来的，戛然打断他的歌声。这次他脸朝地倒下，不再动弹了。这孩子的伟大灵魂飞升了。

十六　长兄如何成父亲

人间悲剧的目光应当无所不在。正是在这段时间，有两个孩子手拉着手走在卢森堡公园里。一个约有七岁，另一个约有五岁。他们全身给雨淋透了，大的领着小的，走在向阳一边的路径上；他们衣衫褴褛，面无血色，那样子就像两只小野鸟儿。小的说："我饿得慌。"

大的已经有点保护人的架势，左手拉着弟弟，右手拿着一根棍子。

公园里空荡荡的，只有他们二人，由于起义，警方采取措施，公园关闭。在里边宿营的部队已经调去战斗了。

两个孩子是怎么到那儿去的呢？也许是从哪处栏杆宽缝儿钻进来的；也许是从附近，地狱城关、天文台广场，或门楣挂着"拾到襁褓

---

①　安泰（又译安泰俄斯）：希腊神话中海神和地神的儿子，他同人格斗，只要身不离地，就能从大地母亲身上吸取力量。

裹着一个婴儿"① 的牌子的十字街头，从卖艺的木棚里逃出来的；也可能是昨天晚上公园关门时，他们趁看门人不注意溜进来，在阅报亭里过了一夜吧？其实他们在流浪，好像自由自在。人一旦流浪并显得自由自在，那就完蛋了。这两个可怜的孩子，也确实无望了。

读者想必还记得，他们正是伽弗洛什惦念的那两个孩子，正是德纳第的孩子，也正是马侬借来充当吉诺曼先生的儿子的那两个孩子，如今成为无根断枝的落叶，随风在地上飘转了。

住在马侬家的那段时间，他们衣服整洁，好让吉诺曼先生看得过去，现在已经破烂不堪了。

这些孩子从此由警方列入"弃儿"名单，被收容，又走失，在巴黎大街上又让人发现踪迹。

这些孤苦无依的孩子，也是碰到这样动乱的日子，才能待在公园里。看门人若是发现，就会把小叫花子赶走，须知穷孩子是不能进公园的，不过应当想一想，他们是孩子，也有权欣赏鲜花呀。

这两个孩子能待在公园里，也多亏铁栅门关闭了。他们违章溜进公园，还待在里边不走。铁栅门关闭，检查人员并不放假。按规定，还要继续巡视，但执行起来松懈了，往往停歇，巴黎人心浮动，检查人员的情绪也受到感染，关注园外远胜于园内，他们不再视察公园，也就没有看到两个轻罪犯人。

昨天夜晚下了雨，今天早晨还淅淅沥沥。不过，6 月阵雨根本不算什么。一阵雨过后一小时，人们就觉不出金灿灿的响晴天还哭过。夏天地面好似孩子脸蛋儿，泪水很快就干了。

夏至这种时节，正午的太阳可以说是火辣辣的，什么都烧灼，阳光紧紧贴在地面上吮吸。太阳好像渴极了，一阵大雨不过是一杯水，一下子就喝干。早晨到处还湿漉漉的，下午就尘土飞扬了。

草木青翠的叶子由雨打湿，再由阳光拭干，比什么都赏心悦目，这是炎热中的清爽。花坛和草坪，根须吸饱了水，花间充满阳光，就变成了香炉，一齐吐放芬芳。万物都在欢笑，歌唱，都在奉献。人人感到微醺。春天是暂时的天堂，太阳助人增长耐心。

有些人别无奢求，只要有蔚蓝的天空，他们就说："这就足够啦！"

---

① 原文为拉丁文。

他们耽于奇妙的幻想，崇拜大自然，反而对善恶采取冷漠的态度；那些人畅想宇宙，超尘拔俗，根本不考虑人，头脑安谧而可怕，只求心满意足而冷酷无情，他们实在不明白，人既然能在树下玄想遐思，为什么还要关心这些人的饥饿、那些人的干渴呢？为什么还要关心冬天衣不蔽体的穷人、因淋巴体质而脊椎伛偻的孩子呢？为什么还要关心什么破床、阁楼、地牢和冻得发抖的衣裙褴褛的姑娘呢？怪事，有无限的太虚，他们就满足了，而人的大需求，能实现博爱的这种有限，他们却不闻不问。能实现进步，能完成这卓越任务的有限，他们却连想也不想。这种不定限，即无限和有限的神人结合的产物，他们同样一无所知。只要面对茫茫天宇，他们就露出笑容，总那么心驰神往，却从来谈不上喜悦。沉溺其中，这便是他们的生活。在他们看来，人类的历史不过是局部，这一环节不能包容万有；真正的万有在此之外，人何必为这局部环节焦虑呢？人在受苦，这有可能，那就望望那颗升起的亮星吧！母亲没有奶水了，新生婴儿要饿死，这我一无所知，还是看看显微镜下杉木断面那奇妙的圆形花案吧！拿最精美的花边来比一比！思想家们把爱置于脑后。他们的眼睛盯着黄道十二宫，就看不见啼哭的孩子。上帝遮住了他们的灵魂。这种类型的思想家，既伟大又渺小。贺拉斯如此，歌德如此，也许拉封丹也如此。崇拜无限的非凡自私者，冷眼旁观人间痛苦，只要天气晴朗就看不见暴君尼禄，因为太阳遮住了火刑台；而他们观赏断头台行刑时，还在寻觅阳光的效果，根本听不见呼喊、号啕和咕噜的倒气声，也听不见警钟；对他们来说，只要有 5 月时节，一切都美好，只要头顶还有绛紫和金灿灿的彩云，他们就心满意足，乐此不疲，直到星光消逝，鸟儿不鸣为止。

他们是光辉灿烂的黑暗，还没有意识到自己是可怜虫。毫无疑问，他们就是可怜虫。没有怜悯的眼泪，眼睛就一无所见。他们既值得赞颂，又实在可怜，正如兼为昼夜的人，眉毛下没有眼睛，额头正中有一颗星，也是既值得赞颂，又值得可怜。

有人认为，思想家的冷漠，是一种超等的哲学。就算这样吧，然而，这种超等中却有残缺。一个人可以不朽又是跛子；伏尔甘①就是明

①　伏尔甘：罗马神话中的火神，即希腊神话中的赫淮斯托斯，是宙斯和赫拉的儿子，天生瘸腿，相貌丑陋，是火和锻冶之神。

证。一个人既能高人一头，又能矮人半截。大自然中这种不完整层出不穷。谁说得准太阳就不是瞎子呢？

这样说来，又该信赖谁呢？"谁敢指控太阳为虚假？①"这样说来，就是一些天才，一些高人，一些神人，也可能失误？那个高高在上者，在极顶、高峰、上天者，向大地发射多少光明，它究竟看见很少，看不清，还是看不见呢？这难道不让人气馁吗？不见得。那么太阳之上还有什么呢？还有上帝。

1832年6月6日上午，约莫十一时，卢森堡公园寂无游人，景色非常美。布成梅花形的树木、各处花坛，在阳光下竞吐芬芳，争艳斗丽。近午火光通明透亮，树枝欣喜若狂，仿佛相互拥抱。埃及无花果树丛里，莺群一片鸣啭，鸣禽高唱凯歌，而啄木鸟则攀缘栗树啄树洞。花坛拥戴百合花为王；最高贵的芳香，自然出于洁白色。康乃馨香气馥郁。玛丽·德·梅迪契的小嘴老鸦，在高树冠中谈情说爱。在阳光的照耀下，郁金香一片金黄紫红，仿佛在燃烧，而五颜六色的火焰化作鲜花。蜜蜂围着郁金香花坛飞舞，正是这些火焰花进出的火星儿。万物都是那么曼妙而欢快，甚至包括欲来的阵雨；骤雨一再来犯也不足惧，连铃兰和忍冬都能受益；燕子低飞，来势汹汹，姿态又那么优美。谁在这里都会感到幸福，生命显得多么美好；自然万物焕发出纯真、救护、接援、慈爱、抚慰、曙光。天上降下来的思想就是温存，好似我们吻的孩子小手。

树下的雕像裸露而洁白，穿着斑斑光洞的绿荫长袍；这些女神全都披着褴褛的阳光衣衫，只见条条光线从她们身上披散下来。大水池四周地面已经晒干，甚至有点滚烫了。风还相当猛，从几处卷起一点灰尘。去年秋天残留的几片黄叶，欢快地相互追逐，好像流浪儿在嬉戏。

阳光灿烂，令人感到莫大的安慰。生命、汁液、暑热、气息无不漫溢；我们感到万物下面的巨大源泉。在浸透爱的所有这些气息里，在回光反射的这种往返中，在阳光的这种肆意挥洒中，在流金的这种无限倾泻里，我们感到挥霍着用之不竭的东西；而在这辉煌的后面，如同在火焰的幕后，我隐约望见拥有亿万星辰的上帝。

---

① 原文为拉丁文。引自贺拉斯的《农事诗》。

多亏沙子，地面没有一点泥迹；也多亏雨水，空中没有一粒灰尘。花簇刚刚洗过，从地里钻出来的所有丝绒、所有绸缎、所有彩釉和所有黄金，都呈花状，都完美无瑕。这种华美是纯粹的。幸福的大自然的无边寂静笼罩着花园。上天的静谧，同万籁，同鸟巢的咕咕、蜂群的嗡嗡、风的唰唰相得益彰。这个季节万象和谐，汇成一个优美的整体，春天的物候嬗变更替有序；丁香谢了，茉莉花开；有些花开得迟，有些昆虫来得早；6月红蝶的前锋队，同5月白蝶的后卫队亲如兄弟。梧桐换上新装。和风在英挺纷华的栗树林吹起涟涟，景象十分壮观。附近兵营的一名老兵，隔着铁栅栏观赏，赞了一句："这真是全副武装的春天！"

整个自然界在会餐，万物已经就座，到了开筵的时间。天空铺上了巨幅蓝台布，大地铺上了巨幅绿台布；太阳照得通明透亮。上帝邀请天地万物用餐。每个客人都有自己的食品和糕点。野鸽找到大麻籽，燕雀找到粟籽，金翅鸟找到繁缕，知更鸟找到虫子，蜜蜂找到花朵，苍蝇找到纤毛虫，翠雀则找到苍蝇。物种之间不免相互吞噬，这是善恶混杂的神秘现象，但是没有一个动物空着肚子。

两个弃儿走到大水池岸边，被灿烂的阳光一照不免慌乱，就打算躲起来，绕到天鹅亭的后面；这是穷人和弱者的本能，见到豪华宏伟，即使见到自然的豪华宏伟，也要畏葸退缩。

上风头时而隐约传来喊叫、喧闹、嘈杂的枪声和隆隆低沉的炮响。菜市场那一带房顶浓烟滚滚。远处传来仿佛召唤的钟声。

两个孩子似乎没听见那喧声。那个小的不时轻声说一句：

"我饿了。"

还有一对人，几乎和这两个孩子同时走近大水池。那是一个五十岁的老家伙，手里拉着一个六岁的小家伙。大概是父子俩。六岁的小家伙拿着一大块奶油蛋糕。

那个时期，夫人街和地狱街的一些临街住宅，居民掌握卢森堡公园的钥匙，关门后也能进去，后来这种特许就取消了。这对父子大概就从那种住宅前来的。

两个穷孩子瞧见那位"先生"走来，就藏得更隐蔽些了。

那是个有钱的主儿，也许正是马吕斯在热恋时，在大池旁听见教训自己儿子"凡事不要过分"的那个人。那人神态又和蔼又高傲，嘴唇合不拢，总在微笑。这种机械的笑容，是因为小嘴唇包不住过大的颌骨，但露出来的是牙齿而不是心灵。孩子好像吃得太饱，手里拿着咬剩的蛋糕。儿子因为动乱而换上一身国民卫队服，而父亲出于谨慎则仍然一身市民打扮。

父子二人停在两只天鹅戏水的大池旁边。这个有产者看来特别欣赏天鹅，连走路的姿势都像天鹅。

这工夫，天鹅在游泳，这是它们的专长，那姿态简直优美极了。

两个穷孩子若是注意听，并且到了能听懂的年龄，他们就会记取一个严肃人的话。父亲对儿子说：

"智者有少许东西，生活就满足了。瞧瞧我吧，我的儿子。我就不爱奢华。别人从来没有看见我披金挂银，满身珠宝；这种虚假的光彩，我让给那些心灵不健全的人。"

这时，菜市场那一带，钟声和喧嚣变本加厉，远远传到这里。

"那是怎么回事儿？"孩子问道。

父亲回答：

"那是胡闹呢。"

猛然，他瞥见绿色天鹅亭后面，一动不动站着两个衣衫褴褛的孩子。

"这不开始了。"他说道。

他沉吟一下，又补充说道：

"无政府势力进入公园了。"

这时，儿子咬了一口蛋糕，又吐出来，忽然呜呜哭了。

"你哭什么呀？"父亲问。

"我不饿了。"孩子回答。

父亲的笑口咧得更大了。

"用不着非等饿了才吃蛋糕。"

"这块蛋糕我讨厌，不新鲜了。"

"你不想要啦。"

"不想要了。"

父亲指了指天鹅。

"那就抛给那些带蹼的鸟儿吧。"

孩子犹豫起来。不想要蛋糕了，但这也不是白送给人的理由。

父亲接着说：

"要人道一点儿。应当可怜动物。"

说着，他从儿子手里拿过蛋糕，扔进水池。

蛋糕掉在离岸不远的水面上。

天鹅在水池中央，离岸较远，正忙着捕捞食物，既没有看见这个有产者，也没有瞧见蛋糕。

此公感到蛋糕有点白扔的危险，未免痛惜无端的损失，于是他手舞足蹈，传出焦急的信号，终于引起天鹅的注意。

天鹅望见水面上漂着什么东西，就像帆船转舵一般，缓缓驶向蛋糕，那怡然自得的高贵神态，正是白色动物所特有的。

"天鹅理解天囮。"① 这个有产者说道，他因说了这句话而得意扬扬。

这时，远处市中心喧嚣突然又加剧了，这回变得可怖了。几阵风送来的汹汹之声更加清楚，而此刻一阵风更清晰地送来战鼓声、聒噪、齐射的枪声，以及警钟和大炮凄厉的呼应。恰巧这时，一块乌云蓦地遮住太阳。

天鹅还没有游到蛋糕那里。

"回家吧，"父亲说，"他们在攻打土伊勒里宫。"

他抓住儿子的手，又接着说道：

"从土伊勒里宫到卢森堡宫，只有从王位到元老②这段距离，相隔并不远。枪弹会像雨点一样落下来。"

他望望乌云。

"雨也可能真的要落下来，老天也来凑热闹；王室的旁支③完蛋了。快回家吧。"

"我要看天鹅吃蛋糕。"孩子说。

父亲回答：

---

① 原文用谐音 Cygnes（天鹅）、Signes（信号），听着就像"天鹅理解天鹅"。此处用诱鸟的"囮"（é）替代，以略传达原文的俏皮。

② 法国上议会，在 1814 年至 1848 年期间，称为"元老院"，又称"贵族院"，设在卢森堡宫。

③ 路易—菲力浦是波旁家族的旁支。

"这可太冒失了。"

说着，他把小有产者拉走了。

孩子恋恋不舍，还频频回头望水池里的天鹅，直到梅花形林荫道的一处拐角遮住视线为止。

这工夫，与天鹅同时，两个流浪儿也朝蛋糕凑过去。蛋糕一直漂在水面上。小的那个注视着蛋糕，大的那个则盯着走开的有产者。

父子二人走进纵横交错的林荫小径，那里通向夫人街那边树木密集的大坪台。

等他们一走没影儿了，大孩子就急忙趴在圆形水池边上，左手抓住边沿儿，身子俯向水面，几乎要掉下去，伸出右手拿棍子去够蛋糕。天鹅发现来了敌手，就加快速度，速度一加快，前胸冲起波浪，反而对小渔夫有利了，只见荡起的一圈圈波纹，将蛋糕慢慢推向孩子那根棍子。等天鹅赶到，棍子也够着蛋糕了。孩子拿棍子用力一拨，既吓走天鹅，又拨过来蛋糕，一把抓住，就站起身。蛋糕泡湿了，但是他们又饥又渴。大孩子将蛋糕掰开，一大一小，小块儿留给自己，大块儿给弟弟，对他说："塞进你的枪管里吧。"

十七　死去的父亲等待将死的儿子①

马吕斯冲出街垒，公白飞也跟出去。可是太迟了。伽弗洛什已经死去。公白飞拎回那篮子弹药，马吕斯抱回孩子。

唉！他心中暗道，这孩子的父亲为他父亲所做的，他只能报答给这孩子；然而，德纳第救活了他父亲，而他只抱回一个死孩子。

马吕斯抱着伽弗洛什走进堡垒时，脸上跟孩子一样鲜血淋淋。

刚才他弯腰去抱伽弗洛什，脑门儿让一颗子弹擦伤了，而他却没有觉察。

库费拉克解下自己的领带，给马吕斯包扎了额头。

大家把伽弗洛什抬到停放马伯夫的那张桌案上，用同一块黑纱巾盖上，刚好盖住这一老一少两具尸体。

公白飞将拎回篮子里的子弹分发给大家。

每人分得十五发子弹。

---

① 原文为拉丁文。

　　冉阿让坐在护墙石上，一直没动窝儿。当公白飞送给他十五发子弹时，他却摇摇头。

　　"这个怪人，真少见！"公白飞小声对安灼拉说，"他来到街垒，还想法儿不作战。"

　　"这不妨事，他照样保卫街垒。"安灼拉答道。

　　"有英雄精神的人，都有点怪癖。"公白飞回答。

　　库费拉克听见这话，就加了一句：

　　"他是另一类人，跟马伯夫老爹不一样。"

　　有一种情况应当交代一下：向街垒射击，几乎骚乱不到街垒内部。从来没有经历过这类战争旋涡的人，就想象不出在这种战乱中还有特别宁静的时刻。大家走来走去，随便聊天，插科打诨，还有人懒懒散散。我们认识的一个人，就在霰弹轰击中听见一个战士对他说："我们在这儿，就像单身汉会餐。"我们再重复一遍，麻厂街街垒内部似乎挺平静。所有波折和各个阶段都已完结或即将结束，处境由危急转为凶险，也许危在旦夕了。虽然形势越来越黯淡，可是英雄的光芒越来越映红街垒。安灼拉神情严峻，掌握全局，那姿势好似一个斯巴达青年，拔出剑来，为可怜的守护神埃庇陀塔斯效命。

　　公白飞围着围裙，给伤员包扎；博须埃和弗伊在造子弹，用的是伽弗洛什从一个下士尸体取下的一壶火药。博须埃对弗伊说："不久我们就要乘坐驿车去另一个星球了。"库费拉克将全部武器摆放在他在安灼拉身边保留的几块铺路石上，有他的杖剑、步枪、两支马枪和一支手枪，那细致的样子就像整理针线盒的一位少女。冉阿让沉默不语，凝视对面的墙。一名工人戴了于什卢大妈的大草帽，用线绳系上，说是"怕中暑"。艾克斯的库古尔德社几个青年正谈得高兴，就好像最后一次机会，要赶紧讲讲家乡话。若李将于什卢寡妇的镜子摘下来，检查自己的舌苔。几名战士从一个抽屉里翻出几块面包皮，差不多发霉了，还是贪婪地吃下去。马吕斯担心父亲会对他说什么。

十八　秃鹫变成猎物

　　应当强调指出街垒所特有的一种心理状态。凡能标举这种惊人的街垒战特征的，都不该遗漏。

　　这座街垒，正如我们提到的，不论内部安宁得多么出奇，在里面的人看来，仍然是一种幻象。

内战中有难以理解的征象，未知的各种迷雾，同这种熊熊大火搅在一起，革命成为斯芬克司，谁经历一场街垒战，谁就以为做了一场梦。

在谈到马吕斯的时候，我们就提出人在这种地方的感觉，我们还会看到其后果既超出又不及人生。人一走出街垒，就不知道所目睹的景象了。在街垒里，人变得可怕而不自知。在街垒里，包围人的战斗思想具有人的面孔，人们的脑袋也处于未来的光明中。那里尽是躺着的尸体和站立的鬼魂。时间漫长，仿佛度过永恒的时刻。人生活在死亡中。鬼影憧憧。是什么呢？看到的是沾满鲜血的手，听到的是震耳欲聋的声响，但有时又一片死寂；张开的大口，有的呼号，有的却不出声；人在烟雾中，也许还在黑夜里，真以为触摸到了未知深渊的凶险的湿壁；事后只看到自己的指甲里有红色的东西，经历的事却一概想不起来了。

扯回话题，还是谈麻厂街。

在两阵枪炮的齐射中间，忽听远处传来报时的钟声。

"到中午了。"公白飞说道。

未等十二响敲完，安灼拉就霍地站起来，从街垒顶上，声音如雷，发出号令：

"将铺路石块搬上楼，码在窗台和阁楼上。一半人持枪守卫，一半人搬运石头。一分钟也不能耽误了。"

街口出现一队消防队员，肩上扛着大斧，排成战斗队列。

那只能是大队人马的排头，什么人马呢？显然是进攻队伍。消防队奉命先拆毁街垒，然后大队人马才冲上来，一举攻占。

此刻面临的行动，显然是 1822 年德·克莱蒙-托奈尔①先生所称的"加把劲儿"。

大家快速准确地执行安灼拉的命令，这是战舰和街垒所具有的特点，因为，唯独这两种阵地没有退路。不到一分钟，安灼拉吩咐堆在科林斯门口的石块，就有三分之二搬上二楼和阁楼了；第二分钟还未

---

① 德·克莱蒙-托奈尔：1822 年任海军大臣。他多次接待过年轻的维克托·雨果。

过完，石块都整齐地码起来，堵住二楼的半截窗户和阁楼的天窗。以弗伊为主建造，他精心设计，留了几个缝隙：能让枪筒探出去。霰弹停止发射，窗口这样部署就更容易办到了。现在，两门炮放实心弹，轰击垒壁中心，要打出大洞，如有可能就打个缺口，以利攻取。

作为最后一道防线的石块布置完毕，安灼拉命令将置放在马伯夫停尸案下的瓶酒搬上二楼。

"这酒给谁喝？"博须埃问道。

"给他们。"安灼拉回答。

接着，大家又动手堵死楼下的窗户，还把夜晚酒楼从里面插门的大铁杠准备好。

这是名副其实的堡垒：街垒是城墙，酒楼是堡垒主塔。

余下的石块，就用来砌死街垒的豁口儿。

守卫街垒的战士必须时刻注意节省弹药；围攻者非常清楚这一点，他们调动人马，部署兵力，显得悠闲自在，令人气恼，往往提前就暴露在火力之下。然而这是表面现象，其实，他们从容不迫，总是有条不紊地部署进攻，接着，就是疾雷闪电。

敌方缓慢地部署，安灼拉就有时间全面检查，全面改善。他感到这里的人既然要捐躯，那就应当死得壮烈。

他对马吕斯说："我们二人是首领。我进楼去最后布置几件事，你留在外面观察敌情。"

马吕斯坐在街垒顶端观望。

安灼拉让人将厨房门钉死，我们记得厨房改为战地医院了。

"不能再让弹片打中伤员。"安灼拉说道。

他到楼下作了最后指示，说话简短，语气十分镇定；弗伊听着，并代表大家回答：

"二楼，要准备好斧子砍断楼梯。斧子有没有？"

"有。"弗伊答道。

"有多少把？"

"两把大斧、一把砍柴斧。"

"好。我们活着的，还有二十六名战士。枪有多少支呢？"

"三十四支。"

"多出八支。这八支也装好子弹，放在手边。战刀和手枪，全别在腰上。二十人在街垒，六人埋伏在阁楼和二楼窗口，从石缝里向进犯者射击。一个人也不要闲着。等一会儿，一敲起冲锋战鼓，安排在下面的二十人就奔向街垒，先到就占好位置。"

布置完了，他又转向沙威，说道：

"我没有忘记你。"

他把手枪放在桌子上，补充说道：

"最后离开这里的人，要一枪把这密探脑袋打烂。"

"就在这儿吗？"有人问道。

"不，这死尸不能跟我们的混在一起。蒙德图尔小街的街垒只有四尺高，一跨就能出去。这人捆得很结实，可以押到那儿去，执行枪决。"

此刻，有谁比安灼拉还镇定，那就是沙威。

恰好这时，冉阿让出现了。

他原在起义者人堆里，现在站出来，对安灼拉说：

"您是指挥吗？"

"对。"

"刚才，您向我表示感谢。"

"以共和国的名义。街垒有两位救星：您和马吕斯·彭迈西。"

"您认为应该奖赏吗？"

"当然了。"

"那好，我就要求一个。"

"什么奖赏？"

"我亲手打死这个人。"

沙威抬起头，瞧见冉阿让，不易觉察地动了一下，咕哝道：

"这样公道。"

安灼拉给卡宾枪重新压上子弹，这时他环视周围，问道：

"没有异议吗？"

他随即转向冉阿让：

"将密探带走吧。"

冉阿让坐在桌子一端，确实把沙威掌握在手心里了。他拿起手枪，只听咔嗒一声，表明子弹上了膛。

几乎同时，他们又听见军号声。

"准备战斗！"马吕斯在街垒上喊道。

沙威笑起来，那种无声的笑是他特有的，同时眼睛盯着起义者，说道：

"你们的身体状况并不见得比我好。"

"大家都出去！"安灼拉喊道。

起义者乱哄哄往外冲，后背挨了沙威这句，恕我们实录：

"回头见！"

十九　冉阿让报复

冉阿让等到只剩下他和沙威了，他就摸到桌子下面的绳结，将拦腰捆绑犯人的绳子解开，然后示意让沙威站起来。

沙威照办了，但是他脸上那种难以描摹的微笑，集中表现了虎落平原的高傲神态。

冉阿让揪住沙威的腰带，就像抓住干活的牲口的肚带那样，拖着他慢慢走出酒楼，因为沙威的两腿有绳索绊着，只能迈极小的步子。

冉阿让握着手枪。

他们穿过街垒里的梯形空场。起义者都已转过身去，集中对付即将发生的攻势。

马吕斯单独守在街垒的左端，看见他们走过去。这受刑人和刽子手一组形象，是由他灵魂中的阴森光亮照见的。

冉阿让费了很大劲，才把绊住双腿的沙威拖过蒙德图尔小街的街垒，但是他一刻也不松手。

他们跨过这道街垒，来到小街，就只有他们两人了，又让楼房的拐角遮住，谁也望不见了。前面几步远，就是从街垒里抬出来的一堆可怕尸体。

死人堆里能分辨出一个半裸女人的惨白的脸、披散的头发、一只打穿的手和胸脯，那就是爱波妮。

沙威侧着打量那具女尸，又极为平静地小声说：

"我好像认识那个姑娘。"

接着，他又转向冉阿让。

冉阿让把枪夹在腋下，目光盯着沙威，分明表示这种意思：

"沙威，正是我。"

沙威回答:

"你报复吧。"

冉阿让从坎肩兜里掏出一把折叠刀,打开。

"刀子!"沙威叫了一声,"你做得对。你用这个更合适。"

冉阿让却割断套住他脖子上的绳子,又割断绑他手腕的绳子,再弯腰割断他腿上的绳子,直起身说道:

"您自由了。"

沙威不轻易大惊小怪,然而,他再怎么善于控制自己,这回也不免为之一震,一时呆若木鸡。

冉阿让接着说:

"看来我从这里出不去了。不过,万一出去,告诉您,我住在武人街七号,化名为割风,"

沙威像老虎似的皱了皱眉头,扯开一点嘴角,他咕哝一句:

"小心点儿。"

"走吧。"冉阿让说道。

沙威又问道。

"你说化名为割风,住在武人街?"

"七号。"

沙威低声重复一遍:"七号。"

他重新扣好礼服纽扣,双肩一端,又恢复军人笔挺的姿态,转过身去,又起双臂,用一只手托住下颏儿,朝菜市场方向走去。冉阿让目送他。沙威走出几步,又回过身来,冲冉阿让喊道:

"您真叫我厌烦了,干脆打死我吧。"

沙威自己都没有觉察,他对冉阿让不再直呼"你"了。

"您走吧。"冉阿让又说道。

沙威缓步走开,片刻之后,他就拐进布道修士街。

等沙威不见踪影了,冉阿让便朝空中放了一枪。

继而,他回到街垒,说了一句:

"完事儿了。"

而这工夫又发生了一个情况。

马吕斯更关注外面,而不大了解酒楼里的情况,没有仔细瞧一瞧楼下厅堂里侧捆绑的密探。

刚才在阳光下，他看见密探跨过小街垒去送死时，才认出来了，脑海里突然浮现一个记忆，想起蓬图瓦兹街的那个警探，以及警探交给他的两把手枪，这正是他马吕斯在街垒里使用的；他不仅想起那人的相貌，还想起那人的姓名。

然而，这段记忆模糊不清，同他所有的意念一样。他不能肯定，而是产生一个疑问：

"他是不是那个对我说叫沙威的警探呢？"

出面替那人说个情儿，也许还来得及吧？不过，先得弄清他究竟是不是那个沙威。

马吕斯招呼刚回到街垒另一端的安灼拉。

"安灼拉？"

"什么事儿？"

"那人叫什么名字？"

"谁呀？"

"就是那个警察。你知道他姓名吗？"

"当然知道，他告诉我们了。"

"他叫什么？"

"沙威。"

马吕斯霍地站起来。

这时传来一声手枪响。

冉阿让回来，嚷了一句：

"完事儿了。"

一股阴森的寒气透进马吕斯的心。

二十　死者有理，活人无过

街垒就要进入临终状态。

一切都助长这最后时刻的悲壮。空中回荡着千百种神秘的声响：大部队在望不见的街上行动的喘息、骑队断断续续的奔驰、炮队行进的沉重震动、齐射的枪声和炮声在迷宫似的巴黎的交织、房顶上升起的金黄色战云、远处隐约传来的不知什么人的可怕呼号、到处迸发的危险的火光、圣梅里已变为呜咽的警钟、温和的季节、飘着白云的蓝天阳光灿烂、美丽的日子和房舍恐怖的寂静。

要知道，从昨天晚上起，麻厂街的两排楼房变成两堵墙，两堵拒人之外的墙，楼门紧闭，窗户紧闭，窗板紧闭。

那个时期同现在大相径庭。那时，一旦民众要结束一种持续过久的局面，要结束国王恩赐的宪章或享有的政治权利，一旦众怒扩散到大气中，城市同意掀起路石，一旦起义者对市民耳语传告口令而引起他们微笑，那么暴动就深入人心，可以说居民就会协助起义战士，而民宅也会同靠着民宅临时建造的堡垒亲密无间。然而，只要形势还未成熟，只要起义还未得到民众的认同，广大群众否认这场运动，那么起义战士就注定完蛋，起义周围的城区将化作沙漠，人心化作冰雪，避难所全部堵死，街道成为掩蔽地带，有利于军队攻取街垒。

我们不能出其不意，硬推老百姓加快步伐。谁强迫老百姓谁就要倒霉！老百姓绝不任人摆布。一旦出现这种情况，老百姓就会抛弃起义者，把他们看成鼠疫患者。一幢房子就是一面峭壁，一扇门就是一种拒绝，一个住宅的门脸就是一堵墙。这堵墙看得见，听得清，却不肯通融，本来它开个缝儿就能把你救了。但是它不肯。这堵墙就是法官，它注视你并判你死刑。门窗紧闭的房舍，是多么黯淡的景象！那房舍仿佛死了，却还活着，里面的生命暂时停止，但仍然坚持。二十四小时以来，没有一个人走出门，但是一个人也不缺少。在这岩石内部，居民走来走去，睡觉，起床，全家聚在一起，又吃又喝，大家提心吊胆，这真是可怕的事！因恐惧而采取不好客的可怕态度，是可以谅解的，恐惧中夹杂着惊慌失措，更加情有可原了。有时甚至还会出现这种情况：惧怕变为义愤，惊恐变为震怒，同样，谨慎变为疯狂，从而引出这种极为深刻的说法："温和的人发疯。"极端恐惧的烈焰中，会冒出一股凄惨的黑烟，那就是怒气："那帮家伙要干什么？他们就没有满意的时候，还连累过安宁日子的人，就好像革命还不够多似的！他们到这儿来干什么？让他们自己想法脱身吧。他们活该倒霉，自作自受，怪他们自己。这同我们毫不相干。我们可怜的街道打得净是枪眼。他们是一群无赖，千万可不要开门啊。"于是，住宅就像一座坟墓。起义者在住户门前奄奄一息，他们眼见霰弹打来，刺刀逼近；他们知道如果喊叫，就会有人听到，可是谁也不会来救；这些墙壁可以保护他们，这里的人也可以救他们，然而，墙壁即使长了有血有肉的耳朵，人却是一副副铁石心肠。

怪谁呢？

不怪任何人，又怪所有人。

怪我们生活在不完善的时代。

乌托邦转化为起义，哲学的抗议转化为武装抗议，密涅瓦①转化为帕拉斯，总要冒着极大的风险。乌托邦明明知道后果不堪设想，也要急躁冒进，转化为暴乱，几乎总是操之过急，结果无可奈何，看不到胜利，只好以隐忍的态度接受灾难。乌托邦为否认它的人们效命，毫无怨言，甚至还为他们辩解；它的崇高就在于能接受遗弃，它无坚不摧，却和蔼地对待忘恩负义的人。

况且真就是忘恩负义吗？

从人类的角度来说，就是。

从个人的角度来说，不是。

进步是人的生存方式。人类总的生活称为进步，人类的集体步伐称为进步。进步在向前跨越，正是世人走向天上和神圣的伟大旅行，有时停一停，等候落伍者赶上来，在间歇站思考，面对赫然展现远景的某个光辉灿烂的迦南②，它也有睡眠的夜晚，而思想家在黑暗中摸索，看到阴影蒙住人的灵魂，又呼唤不醒酣睡的进步，就不禁焦急万分。

"也许上帝死了。"有一天，杰拉尔·德·奈瓦尔③对本书作者这样说道，他将进步和上帝混为一谈，将进程中止认作上帝之死。

谁丧失希望都是错误的。进步必然要醒来，甚至可以说它在睡梦中还前进。因为它长大了。等它再站起来的时候，就会发现它长高了。进步犹如江河，想静止永远都不可能；就是不筑一座街垒，不往河中投一块石头，障碍还在，水流照样激荡，人类照样沸腾，从而出现混乱局面。然而，混乱局面过后，我们就会看到事实上又前进了。进步总是以革命划分阶段，直到建立天下太平的秩序，直到和谐统一主宰世界的时候为止。

---

① 密涅瓦：罗马神话中的智慧女神，即希腊神话中的雅典娜，也是女战神。她误杀了海神特里同的女儿帕拉斯，便改名帕拉斯·雅典娜，以兹纪念。

② 迦南：上帝将迦南赐给亚伯拉罕，封他为多国之父。

③ 杰拉尔·德·奈瓦尔（1808—1855）：法国诗人、文学家。

进步是什么？我们刚才说过，进步是人民持久的生命。

然而，个人暂时的生命，有时却抗拒人类的永久生命。

我们无需沉痛地承认，每人都有私利，谋求并保卫这种利益也无损大局；现时总有理由图点私利；有限的人生自有权利，不必为了未来不断地牺牲自己。现时这一代人该从尘世走一趟，不能为了后代就被迫缩短自己的路程，归根结底，各代人都是平等的，将来自然会轮到后代到尘世走一遭。"我活在世上，"一个叫作大家的人咕哝道，"我还年轻，正在恋爱，我老了，想要休息，我是一家之长，我要干活，我要生财发达，我要生意兴隆，我有房子出赁，我有钱投放给国家，我生活幸福，我有妻室儿子，我爱这一切，我渴望活下去，别来打扰我。"基于这种种原因，大家对人类高尚的先锋队，有时态度就极端冷淡。

此外我们也得承认，一旦开战，乌托邦就走出它那光灿的境界。它是明天的真理，却向昨天的谎言借用了战争的手段。它是未来，却像过去一样行动。它是纯洁的思想，却变成粗暴的行为。它在自己的英勇行为中，掺杂了它理应为之负责的一种暴力；这种暴力虽是权宜之计，却违反原则而难逃惩罚。起义战斗式的乌托邦，手中拿的还是老军事法典：它枪毙密探，处死叛徒，取缔活人，将其投入陌生的黑暗中。它利用死亡，这情况就严重了，乌托邦似乎对光明丧失了信念，而光明才是它无往不胜并永不腐变的力量。它挥剑砍杀，殊不知没有单锋刃的剑，而每把剑都是双锋刃，一面锋刃伤对手，另一面锋刃则伤自己。

以十分严肃的态度陈述了这种保留之后，我们不能不赞赏未来事业的光荣战士，乌托邦的忏悔师，不管他们成功与否。纵然失败，他们也是值得敬佩的，或许未获成功而尤其显得崇高。一次符合进步的胜利，值得人民欢呼；然而，一场英勇的失败，也同样值得同情。胜利则辉煌，失败则壮烈。我们更敬佩殉难者而不是成功者，认为约翰·布朗①比华盛顿伟大，皮萨卡纳②比加里波的伟大。

总得有人站在败者一边。

---

① 约翰·布朗（1800—1859）：美国黑人起义领袖。

② 卡尔洛·皮萨卡纳（1818—1857）：意大利爱国者。

对待为实践未来而失败的这些伟人，世人的态度是不公正的。

世人指责革命者散播恐怖。每座街垒都好像在行凶。世人诋毁他们的理论，怀疑他们的目的，唯恐他们居心叵测，揭露他们的信念。世人责备他们反对占主导的社会现状，筑起、垒起、堆起如山的贫穷、痛苦、罪恶、怨恨和绝望，责备他们从底层掘出黑暗的石块，筑起雉堞来战斗。世人冲他们喊："你们掀起了地狱的铺路石！"他们可以回答："正因为如此，我们的街垒是由良好愿望造的。"①

自不待言，最好还是用和平的方式解决问题。总之，我们要承认，人们一看见路石，就会联想到那只熊，而社会为之不安的正是一种好愿望。然而，社会应当自救，我们呼唤的也正是社会本身的良好愿望，不必使用任何猛药。要以和善的态度诊断、确定并治好病痛。我们也正是敦促社会这样做。

不管怎么说，这种人分布在世界各个角落，都在注视着法兰西，他们遵循理想的不可动摇的逻辑，为伟大的事业而奋斗，即使倒下，尤其倒下的时候，确实令人敬佩。他们为了人类的进步，甘愿献出自己的生命，体现了天意，做出了宗教的举动；时候一到，他们就像演员接台词那样，丝毫也不考虑个人安全，服从上天安排的剧情走进坟墓。这种毫无希望的战斗、这种视死如归的消泯，他们都能接受，以便推动 1789 年 7 月 14 日开创的所向披靡的人类壮阔运动，最后在普天下结出美不胜收的果实。这些战士是传教士。法兰西革命是上帝的一个举动。

我们在另一章已经指出差别，此外还应当补充一点：有的起义为人接受，称为革命；有的革命被人拒绝，则称为暴动。一场起义爆发了，也就是接受人民检验的一种思想。如果人民让黑球掉下来，那么这种思想就成为枯果，起义也就成为轻举妄动了。

老百姓并不像乌托邦所期望的那样，一声号召就投入战争。随时当英雄和烈士，并不是所有民族都有这种气质。

他们讲求实际，对起义特别反感，一是起义造成的灾难还记忆犹新，二是起义的出发点总那么抽象。

---

① 法国有句俗谚："地狱的路面是由良好愿望铺成的。"即好心办坏事也要下地狱。此处回答正是巧妙地运用这句俗谚。

　　献身的人固然值得赞美，但总是为理想，也仅仅为理想献身。一场起义就是一股激情，而激情却可以化为激愤，于是拿起武器。不过，凡是针对政府或政体的起义，总要瞄准更高的目标。譬如，我们再强调一下，1832年起义的领袖，尤其麻厂街的这些热血青年，要打倒的主要不是路易-菲力浦。在坦率交谈中，对于这位介乎君主制和革命之间的国王的优点，大多数人倒能给予公允的评价，谁也不憎恨他。其实，他们在路易-菲力浦身上攻击的，是世袭神权的旁支，正如早先他们在查理十世身上，攻击的是这种神权的长房。我们已经解释过，他们在法国推翻王朝，旨在全世界推翻人对人的窃夺、特权对人权的窃夺。巴黎一旦没有了国王，世界上就相应除掉独裁。他们是这样推论的。他们的目标肯定很遥远，也许还很模糊，越奋斗就越远离；但目标却是伟大的。

　　情况就是这样。这些人为幻象献身，而在献身者看来，这种幻象几乎总是幻想，总之是掺杂人类信念的幻想。起义者总给起义镀金并赋予诗意。他们投身到这类悲惨事件中，并沉醉于他们即将实现的壮举。谁知道呢？也许会成功呢。他们只有一小撮，却抗拒一支大军；但是，他们保卫人权、自然法则，保卫每个人都不能放弃的主权，保卫正义、真理，必要时就像那三百名斯巴达人一样战死。他们想到的不是堂吉诃德，而是莱奥尼达斯。他们勇往直前，一旦投身进来，就决不后退，而是低着头往前闯，希望取得空前的胜利。也就是完成革命，恢复进步的自由，使人类更高尚，解放全世界；最糟也不过成为温泉关式的烈士。

　　为了进步的这类武装斗争往往失败，上面也谈了失败的原因。民众不肯受这些勇士的驱动。沉滞的民众，正因为滞钝而脆弱，他们害怕冒险，而理想恰恰有冒险的因素。

　　况且，我们也不能忘记，还有利益摆在这儿，同理想和感情不大投机。肠胃有时能麻痹心脏。

　　法兰西伟大和美丽，正在于她不像其他民族那样大腹便便，扎腰就方便得多。她总是头一个醒来，最后一个睡觉。她往前走，还不断探索。

　　这正因为她是艺术家。

　　理想无非是逻辑的顶点，同样，美无非是真的顶点。艺术的民族，也必然是始终不渝的民族。爱美，就是寻求光明。因此，欧洲的火炬，即文明的火炬，最早是由希腊举起来，再传给意大利，又传给法兰西。充当先锋队的神圣民族！"他们传递生命的火炬。①"

事情妙就妙在，一个民族的诗歌是它进步的因素，文明的量是以想象的量测定的。不过，一个文明的民族应当保持刚强的性格。像科林斯，很好；像锡巴里斯②，不行。性格柔弱，就要衰退。既不要当业余爱好者，也不要当演奏高手，要当艺术家。在文明方面，应当追求的不是精妙，而是高尚。在这种条件下，向人类提供的楷模则是理想。

现代理想从艺术中找到样板，从科学中找到手段。人们通过科学，就能实现诗人的这种神圣幻象：社会的美。用 A 加 B，就能重建伊甸园。文明发展到现在这种高度，精确就成为辉煌的必不可少的一种要素，科学手段不仅辅佐，而且充实艺术情感；梦想必须计算。作为征服者的艺术，必须以善于行进的科学为支点。坐骑是否稳固至关重要。现代精神，就是以印度天才为车驾的希腊天才，就是乘坐大象的亚历山大。

在教条中僵化或受利欲腐蚀的民族，不宜领导文明。面对偶像或金钱顶礼膜拜，行走的肌肉要萎缩，进取的意志也要衰退。一国人民沉迷于宗教或商业，光彩就渐趋黯淡，视野逐渐缩小，水平也逐步降低，从而丧失能使民族肩负使命，并以世界为目标的那种人神兼备的智慧。巴比伦没有理想，迦太基也没有。雅典和罗马才有文明的光环，并通过多少世纪的重重黑暗保存下来。

法兰西和希腊、意大利是同样优质的民族。论美，她是雅典，论伟大，她又是罗马。此外，她还善良，乐于奉献。比起其他民族来，她更容易情绪高涨，乐于献身牺牲。不过，这种情绪时来时去。因此，当她只想走时谁偏要跑，或者当她要停下时谁偏要走，谁就冒极大的风险。法兰西也有过唯物是求的失误；在某种时刻，这颗杰出的头脑里充斥的思想，再也没有一丝一毫能令人想起法兰西的伟大，而只有密苏里州或南卡罗来纳州那么小的范围了。有什么办法呢？巨人装矮

---

① 原文为拉丁文。引自卢克莱修（公元前98—前55）的《物性论》。

② 希腊古城科林斯，人民性格彪悍。意大利古城锡巴里斯，人民性格柔弱。

子；泱泱法兰西也好任性，充充蕞尔小国，事情不过如此。

这一点无可厚非。人民同星辰一样，也有暂时隐没的权利。只要还会重现光明，只要隐没不是转化为黑夜，那么一切就好。黎明和复活是同义词。光明的再现和"我"的持续是同一的。

让我们冷静地对待这些事实。战死在街垒还是进入流放的坟墓，这对于献身者来说，都是可以接受的一种后果。献身的真正名称，就是无私。遭人遗弃就遗弃吧，流放就流放吧，我们只求伟大的人民后退时不要退得太远。不应当借口恢复理智，就在下坡路上滑过了头。

物质存在，时光存在，利益存在，肚子也存在；然而，不要把肚子看成唯一的明哲。短暂的人生有其权利，我们承认这一点，但是永久人生也有其权利。唉！升高了也难免跌下来。这种现象，在历史上屡见不鲜。一个民族极盛一时，品尝到理想，继而又陷入泥潭大啖污泥，还觉得这样很好；如果问他们何以抛弃苏格拉底而看好法斯托夫①，他们就这样回答："因为我们喜欢政客。"

回到混战之前，再讲几句。

我们在此讲述的这样一场战争，无非是趋向理想的一阵痉挛。受到阻遏的进步呈现病态，于是这种可悲的癫痫症就发作了。进步的这种疾病，内战，我们在途中不免遭遇。这也是一出戏中必然的一个阶段，既是一幕又是幕间休息，而这出戏的主角是社会的受苦人，真正名称叫："进步"。

进步！

我们经常发出的这一呼喊，体现了我们的全部思想。这场悲剧发展到这一点，包含的思想虽然还要不止一次地经受考验，但是也可能允许我们拉起幕布，至少要让它的光亮清晰地透出来。

此刻读者展阅的这部书，无论存在怎样的间歇、例外或欠缺，但是从头至尾，从整体到细节，全是讲述人从恶走向善，从非正义走向正义，从假走向真，从黑夜走向光明，从欲望走向良心，从腐朽走向生命，从兽性走向责任，从地狱走向天堂，从虚无走向上帝。起点是物质，终点是灵魂。始为九头蛇，终成为天使。

---

① 约翰·法斯托夫（1378—1459）：百年战争中的英军统帅。莎士比亚在《亨利四世》等剧作中，以他为原型，塑造了一个爱吹嘘的粗野人物。

二十一 英雄们

冲锋的战鼓突然敲响。

攻势好似飓风。昨夜在黑暗中，街垒仿佛觉得有一条蟒蛇逼近。现在光天化日之下，街道空荡荡的，根本不可能偷袭，况且大部队已经暴露了目标，大炮已经开始怒吼，官兵朝街垒冲来。现在，猛烈的气势就是技巧。强大的步兵纵队之间，按平均距离穿插了国民卫队和保安队，并有看不见却听得见的大队人马作后援。擂着战鼓吹着军号，跑步进入这条街，全端着刺刀，由工兵开路，冒着枪林弹雨勇往直前，冲向街垒，就像一根大铜柱重重地撞击墙壁。

这堵墙顶住了。

起义者猛烈开火。竞相攀登的人，给街垒披上电光石火的鬃毛。攻势极为迅猛，进攻队伍一时如潮水一般；不过，街垒甩掉士兵，就像狮子摆脱狗群；街垒被进攻的潮水淹没，但是一阵浪涛之后，重又显露那悬崖峭壁，黝黑而巨大。

进攻队列被迫后撤，聚集在街上，没有物体掩护，但是很凶，他们以猛烈的齐射回击街垒。看过放花的人就能想起，有一种叫作大花篮的交叉烟火。试想这束花不是冲上，而是横向，每束火花的顶端都有一颗子弹、一颗大粒霰或一颗霰子，携着隆隆响雷撒播着死亡。街垒正处于下风头。

双方都同样坚定不移。在这里，勇敢近乎野蛮，英雄行为带几分残忍，而出发点就是置生死于度外。这个时期，国民卫队打起仗来就像朱阿夫兵①。部队想尽快结束战斗，而起义者还要坚持斗争。年轻力壮的人要拼命，就能把无畏变成疯狂。在这场混战中，每个人都具有临终时刻的高大形象。街上堆满了尸体。

街垒一端有安灼拉，另一端有马吕斯。安灼拉关注整个街垒，善于保存实力，也善于隐蔽；三名士兵连看都没有看到他，就相继倒在他的枪眼之下。马吕斯作战却毫不隐蔽，从堡垒顶端探出大半截身子，成为射击的目标。一个吝啬鬼一旦发狂，不惜一掷千金，比谁挥霍得

---

① 朱阿夫兵：法国轻步兵，先由阿尔及利亚人组成，1841年后则由法国士兵取代。

都厉害；同样，一个沉思者一旦行动，比谁都要可怕。马吕斯非常勇猛，又若有所思。他作战如同做梦，真像一个鬼魂在打枪。

被围困的人子弹逐渐打完，而他们的嘲笑却没个完。他们卷入坟墓的旋风中，还在嬉笑怒骂。

库费拉克光着脑袋。

"你的帽子哪儿去啦?"博须埃问他。

库费拉克答道：

"他们总开炮，到底把我的帽子给打飞了。"

有时，他们还谈起一些傲慢的东西。

"莫名其妙，"弗伊提高嗓门儿，辛酸地说道（他列举姓名，有的知名，甚至大名鼎鼎，有些是旧军界人士），"他们答应来参加，并发誓帮助我们，还以荣誉保证，他们是我们的将军，却把我们抛弃啦!"

公白飞只严肃地微微一笑，答道：

"有些人遵守荣誉的信条，就像观望①星体，隔着十分遥远的距离。"

街垒里满地弹片，真像下了一场雪。

攻方人多势众；守方地势有利，起义者守在高墙上，看着士兵在尸体和伤员之间踉踉跄跄，攀登时跌跌撞撞，等靠近了才开枪。这道街垒如此构筑，支撑得十分牢固，令人赞叹，可以说固若金汤，少数人坚守，就能击退一个军团。然而，尽管枪林弹雨，突击队不断补充兵员，还是无情地迫近了，一点一点，一步一步，而且胸有成竹，官兵逼近街垒，就像压榨机在拧紧螺丝。

攻势一浪高过一浪，场面也越来越可怖了。

就在这铺路石堆上，在这条麻厂街道上，这时展开一场博斗，比得上特洛伊一道城墙的保卫战。这些人一天一夜没吃饭，也没睡觉，一个个面黄肌瘦，衣衫褴褛，全都精疲力竭，只剩下几发子弹，还摸索空了的子弹袋，差不多全受伤了，头和胳臂缠着血污发黑的破布条，衣服的弹洞还涔涔流血，他们的武器只有几杆破枪，几把带豁口儿的旧马刀，这时都变成巨人提坦了。敌军十几番攻打，冲击，攀登上来，但是始终未能占领街垒。

---

① 法语的"遵守"和"观望"是多义的同一个词。

对这场战斗要有个概念，就得想象一大群猛士身上全点着火，再来观看熊熊烈火的场面。这不是一场战斗，而是一个大炉膛：每张口都吞吐火焰，每张脸都异乎寻常，完全丧失人形了，战士们浑身烧成火球，而这些混战的火蛇在红色硝烟中游来游去，看着真是惊心动魄。大规模杀戮的场面，既同时发生又连续不断，我们在此就不描述了。只有英雄史诗才有权用一万两千行诗来叙述一场战役。

这场景就像婆罗门教描绘的地狱，是十七个深渊中最可怕的一个，《吠陀》① 里称剑林渊。

现在展开肉搏战，短兵相接，有手枪的射击，拿刀的就砍，手无寸铁就抡拳头，远处、近处，上面、下面，到处狙击，还有的人从房顶，从酒楼的窗口射击，还有几个人钻进地窖，从通风口射击。他们以一对抗六十。科林斯酒楼门脸毁损过半，惨不忍睹。窗户弹痕累累，玻璃和木框都已打飞，只剩下畸形的窗洞，用铺路石块胡乱堵死。博须埃打死了，弗伊打死了，库费拉克打死了，若李打死了；公白飞去扶一个伤员时，胸口挨了三刺刀，只翻眼望一下天空就断气。

马吕斯还继续战斗，他浑身受伤，尤其头部，只见他满脸都是血，仿佛盖了一块红手帕。

唯独安灼拉没有受伤。武器没了，他向左右伸手，一名起义者随手塞给他一把刀。他用的四把剑只剩下一截儿，比弗朗索瓦一世②在马里尼亚诺还多用坏一把。

荷马说："狄俄墨得斯击倒了阿克苏洛斯，家住幸福的阿里斯贝的丢斯拉斯之子；墨西斯泰的儿子欧鲁阿洛斯杀了德瑞索斯、俄菲尔提俄斯、埃塞波斯和裴达索斯，即溪泉女神阿芭耳芭拉给勇武的布科利昂生的两个儿子；俄底修斯杀了来自裴耳科忒的皮杜忒斯；安提洛科斯干掉阿伯勒罗斯；波鲁波伊忒斯杀掉阿斯图阿洛斯；波鲁达马斯杀掉库勒奈的俄托斯；丢克罗斯杀掉阿瑞塔昂。墨岗西俄斯死在欧鲁普洛斯的长矛之下。阿伽门农，英雄之王，放倒了厄拉托斯，家住波涛

---

① 《吠陀》：梵文典集，是印度最古的宗教和文学的文献总称。

② 弗朗索瓦一世（1494—1547）：法国国王，1515 年至 1547 年在位。1515 年，他在马里尼亚诺战役中战胜瑞士人。

滚滚的萨特尼俄埃斯河畔、陡崖峭壁的裴达索斯。"①

在我们古代的英雄史诗中，埃斯普朗狄安②用喷火的大斧，袭击巨人斯汪蒂波尔侯爵，而侯爵为了自卫，就连根拔起塔楼，掷向那个骑士。我们古老的壁画表现布列塔尼和波旁两位公爵，都全副武装，带有徽章和盔顶图案，戴着铁面罩，足蹬铁靴，戴着铁手套，在马上举着战斧，其中一匹披着白鼬皮马衣，另一匹则披着蓝呢马衣；布列塔尼公爵战盔两角之间有狮子图案，而波旁公爵铁盔脸甲上装饰一朵硕大的百合花。要有一番辉煌，其实不必像伊翁那样戴上公爵高顶盔，不必像埃斯普朗狄安那样挥舞喷火的兵器，也不必像普鲁达马斯的父亲潘苏斯那样，从厄芙拉③带回欧菲忒斯王的礼物——一副好盔甲，只需为了信仰或为了忠诚，献出自己的生命就行了。这名天真的小士兵，昨天还是博斯或里摩日的农民，腰上别着砍菜刀，在卢森堡公园看孩子的保姆周围打转，这个脸色苍白的青年学生，专注解剖的一个部位或一本书，是个用剪刀修胡须的金发青年，把这两个人弄到一起，向他们鼓吹一点天职，再把他们面对面置于布什拉十字街头，或米勃雷木板死巷里，让其中一个为自己的旗帜而战，让另一个为理想而战，并让双方都认为是在为祖国而战，那么二人就会拼命搏斗；这名小兵和这名外科学生相搏，投在人类相搏的大战场上的影子，比得上虎国吕基亚王梅加里翁同赛似天神的大埃阿斯搏斗所投的影子。

二十二　步步进逼

现在，还幸存的首领，只剩下安灼拉和马吕斯了，分别守在街垒的两端；由库费拉克、若李、博须埃、弗伊和公白飞坚守很久的中段，终于抵抗不住了。炮火轰击，虽然没有打开畅通的缺口，却将中段削出一个大洼儿。垒顶被炮弹摧毁，碎石杂物塌落下来，时而倒向里侧，时而倒向外面，在屏障内外堆成两个大斜坡，而外面的斜坡则有利于攻打了。

---

①　这段概述荷马史诗《伊利亚特》卷六第12行至36行诗的内容，有些错误，例如，墨岗西俄斯应为墨朗西俄斯，等等。
②　埃斯普朗狄安：西班牙骑士小说中的英雄。
③　厄芙拉是科林斯的旧称。

敌军发动了最后的攻势，终于得手。大队人马，刺刀如林，小跑冲上来，势不可挡；在硝烟中，密集的突击队登上街垒。这回大势已去，守卫中段的起义者乱哄哄地退却了。

这时，求生的欲望，在一些人的心中朦胧醒来。面对着枪林弹雨，好几个人不想死了，于是，保命的本能发出嗥叫，人又恢复了兽性。他们被逼退至街垒所依傍的一幢七层楼前。这楼房可以救命，它从上到下门窗紧闭，好似砌成的高墙。在敌军冲进堡垒之前，还来得及，楼门只需突然一开一关，一眨眼的工夫就够了，这些陷入绝境的人就能得救。这楼房后面临街，有空场，可以逃跑。于是，他们又喊又叫，用枪托砸门，用脚踢门，还合拢手掌哀求，就是没有人来开门。只有那个死人头，从四楼窗口望着他们。

这时，安灼拉和马吕斯，以及聚拢来的七八个人，都冲过去保护他们。安灼拉冲官兵喊："不要往前走!"一名军官不听这一套，被安灼拉一枪撂倒。现在，他在堡垒的小小内院，背靠着科林斯酒楼，一手持剑，一手拿枪，将酒楼门打开，并阻击进攻的队伍。他向那些绝望的人喊道："只有一扇门开着，就是这一扇。"他用身体掩护，独自对付一营兵力，让自己人从身后过去。所有人都冲进楼里。安灼拉以马枪当棍抡起来，耍起棍棒行家所说的"玫瑰罩"的招数，挡开左右和正面的刺刀，最后一个进门。这一时刻惨不忍睹：士兵要冲进去，起义者要关门，门扇关得十分迅猛，关严之后，只见门框上挂着一个抓着门不放的士兵的五根断指。

马吕斯还在外面，他刚挨了一枪子，锁骨打碎，只觉得要昏倒，眼睛已经闭上，忽然感到被一只强有力的手抓住。他要昏过去的当儿，最后念起珂赛特，同时也掺杂着这种念头：

"我被俘了，要被枪毙。"

安灼拉在逃进酒楼里的人群里不见马吕斯，也产生了同样想法。然而此刻，人只有时间考虑自己的生死。安灼拉搭上门闩，插上插销，门钥匙拧了两圈，又加挂锁，而这工夫，外面猛烈砸门，士兵用枪托，工兵用斧子。官兵集在门外，开始围攻酒楼了。

应当说，士兵们都怒气冲天。

炮兵士官之死，早就把他们激怒了，尤为糟糕的是，在这次进攻前的几小时里，他们中间传说起义者残害俘虏，据说酒楼里就有一名士兵的无头尸。这种引起恶果的谣言，通常总伴随着内战；也正是这种无中生有的谣传，后来造成特朗斯诺南街的灾难①。

楼门关死之后，安灼拉对大家说。

"我们不能便宜了他们。"

接着，他走向停放马伯夫和伽弗洛什的桌案。大家看到黑纱巾下面两个挺直僵硬的形体，一大一小，隐约辨出殓单冷纹下两张面孔。一只手从单子探出来，垂向地面。那是老人的一只手。

安灼拉俯下身，吻了这只可敬的手，一如昨天晚上，他吻了老人的额头。

他一生给予的吻仅此两个。

长话短说。街垒守卫战好似底比斯城门守卫战，酒楼守卫战，又好比萨拉戈萨的巷战。这种抵抗英勇顽强。绝不饶恕战败者，也毫无谈判的余地。苏舍说："投降吧！"帕拉福克斯②则回答："炮战之后肉搏战！"攻打于什卢酒楼，也无所不用其极；铺路石块从窗口和屋顶像冰雹一般，砸到围攻者头上，士兵伤亡惨重，越发气急败坏；从地窖和阁楼不时打冷枪，攻打凶猛，抗击也激烈；最后楼门攻破，又逞疯狂，赶尽杀绝。冲进酒楼的士兵，被打烂倒地的破门板绊住脚，却找不到一个起义战士，螺旋楼梯被大斧砍断，躺在楼下厅堂中央，几个伤员刚刚断气；没有被打死的人全上了二楼，从天棚上原来的楼梯口向下猛烈射击。这是他们最后的子弹。等子弹用尽，这些宁死不屈的勇士既没有火药，也没有枪弹了，每人操起两个易碎的瓶子，对付攀登者。前边交代过，这是安灼拉保存的瓶子，里面装着镪水。我们如实地叙述这种残杀的可悲情景。唉！被围困的人，把什么东西都变成武器。希腊火硝并未损害阿基米德的声誉，滚沸的树脂也没有损害巴雅尔③的名望。战争无不恐怖，根本没有选择的余地。攻打的士兵从下往上射击，虽然不大方便，但是齐射杀伤力很大。不大工夫，天棚上

---

① 1834年4月14日，政府军攻打特朗斯诺南街垒，一名军官被冷枪打伤，他们攻破街垒就大肆屠杀无辜。

② 帕拉福克斯（1776—1847）：萨拉戈萨公爵，西班牙将军，1808—1809年他率军英勇保卫萨拉戈萨城。

③ 巴雅尔（1476—1524）：法国军人，以作战勇猛著称，被誉为"无畏无瑕骑士"。

的楼梯口周围就有一圈死人头，长长的血流还冒着热气。喧嚣之声无法形容；滚烫的硝烟憋在楼里，像黑夜笼罩了战斗。恐怖达到如此程度，就不是语言所能描绘了。现在已入地狱，不再是人之间的搏斗，不再是巨人对巨人的搏斗。这场面不像荷马史诗，而像弥尔顿①和但丁的诗篇了。恶魔进攻，鬼魂顽抗。

这是超群绝伦的英雄主义。

二十三 俄瑞斯忒斯②挨饿，皮拉得斯大醉

二十多个进攻的人，有士兵、国民卫队和保安警察，他们叠起人梯，利用半截楼梯，顺墙往上爬，抓住天花板，劈伤最后几个在洞口顽抗者，终于冲上二楼；他们在可怕的攀缘中，大多面部受了伤，血流满面，迷住眼睛，一个个火冒三丈，野性大发。可是，二楼大厅里只剩下一个人还站着，就是安灼拉。他既无子弹，又无利剑，手里只握着一根枪筒，那枪托早已在入侵者的头上砸断了。他退到屋角，用弹子台挡住进攻者，昂首挺胸站在那里，眼睛放射自豪的光芒，手中握着枪筒，那样子还很凶，谁也不敢轻易靠近。突然有人嚷道：

"他是头儿。正是他打死了炮手。他主动站到那儿了，还真不错。别动弹了，就地枪决。"

"打死我吧。"安灼拉说道。

他把枪筒一扔，又起双臂，把胸膛挺过去。

英勇就义的行为总能打动人心，一旦安灼拉又起双臂，只待一死，大厅里震耳欲聋的喊杀声和嘈杂声便戛然而止，顿时出现一种阴森的肃穆气氛。手无寸铁而又岿然不动的安灼拉，显示出威严的气势，似乎震住了这乱哄哄的场面；这个唯一没有受伤的年轻人，却满身是血，神态高贵，形容可爱，就像一个刀枪不入的人，对周围无动于衷，单凭他那沉静目光的威力，就似乎迫使这群穷凶极恶的人，怀着敬畏的

---

① 约翰·弥尔顿（1606—1674）：英国诗人，他在破产并失明之后，口述长诗杰作《失乐园》（1667）和《复乐园》（1671）。

② 俄瑞斯忒斯：希腊神话中人物，阿伽门农之子。阿伽门农被其妻和奸夫谋杀，俄瑞斯忒斯被姐姐送至父亲生前好友斯特洛菲俄斯家避难，他长大后为父报了仇。皮拉得斯是斯特洛菲俄斯之子，俄瑞斯忒斯的好友，并帮助他报了杀父之仇。

心情枪杀他。他那容貌，因为高傲的神态尤显英俊，此刻神采奕奕，经过二十四小时恶战，就好像不会受伤，也不知疲倦，脸色仍然那么红润鲜艳。事后在军事法庭上，一个证人谈到的人大概就是他："有一个暴乱分子，我听大家叫他阿波罗。"一名国民卫队员举枪瞄准安灼拉，然后又把枪垂下去，说道："我就觉得是要枪杀一朵花。"

在安灼拉角落的对面，十二名士兵排成一列，一声不响地上好子弹。

然后，一名中士喊了一声："瞄准。"

一位军官干预进来。

"等一下。"

他问安灼拉：

"您要不要蒙上眼睛？"

"不要。"

"真的是您打死了炮手吗？"

"是的。"

格朗太尔已经醒来一会儿了。

我们还记得。从昨天晚上起，格朗太尔就醉卧酒楼，坐在椅子上，趴在桌子上酣睡。

他竭尽全力实现了古老的比喻：醉死。可恶的春药苦艾—黑啤—烧酒，将他投入醉乡。他的桌子太小，街垒用不上，也就给他留下了。他始终保持同一姿势，胸脯折在桌面上，脑袋平枕着胳膊，周围玻璃杯、啤酒杯和酒瓶摆了一圈儿。他睡得很死，就像冬眠的熊和吸足血的蚂蟥。无论排枪齐射、炮弹轰击，还是从窗口打进来的霰弹，甚至连攻打的喧嚣声，对他都丝毫不起作用。有时，他只以鼾声呼应炮声。他好像在那儿等待飞来一颗子弹，就免得醒来了。周围已经躺了好几具尸体，乍一看，他同这些死亡的沉睡者并无区别。

一个醉汉，喧嚣吵不醒，寂静反而会醒来。这种怪现象，我们多次观察到。周围全都坍塌坠毁，格朗太尔在摇晃中睡得更加深沉。可是，那些人面对安灼拉突然停止喧嚣，对这个沉睡者倒不失为一种摇撼，其效果颇似飞驰的车辆戛然停下，车里昏睡的人就会猛不丁醒来。格朗太尔惊抖一下，直起身子，伸伸胳臂，揉揉眼睛，瞧了瞧周围，打了个呵欠，这才省过神儿来。

醉意消失，就好比一下子撕开帷幕，只要扫视一眼，就全部看清幕后隐藏的东西。一切都赫然浮现在记忆中：这个醉汉根本不知道这二十四小时发生了什么情况，可是他刚睁开睡眼，就全明白了。他的意识又蓦然清醒，原来犹如雾气的醉意充塞头脑，现在一消散，就让位给清晰真切的现实来困扰了。

士兵们的目光，都盯着退至墙角仿佛用弹子台掩护的安灼拉，居然没有瞧见格朗太尔。中士正要重复发命令："瞄准！"突然一个洪亮的声音，就在他们身边喊道：

"共和国万岁！也有我的份儿。"

格朗太尔已经站起来。

他错过的整个战斗的无限光辉，此刻在这醉时改观的明眸中闪耀了。

他重复喊着："共和国万岁！"以坚定的步伐穿过大厅，面对一排枪站到安灼拉身边。

"你们一次打死两个人吧。"他说道。

他扭过头，声音柔和地对安灼拉说：

"你允许吗？"

安灼拉微笑着握住他的手。

未等笑完就枪声大作。

安灼拉中了八枪，仍然靠墙站立，仿佛被子弹钉住，只是脑袋耷拉下来了。

格朗太尔被击毙，瘫倒在他脚下。

过了一会儿，士兵就把躲在楼上的最后几名起义者赶出来。他们在阁楼隔着板条栅壁打枪。双方在顶楼上搏斗，把人从窗户扔出去，有几个是活活扔下去的。两名轻骑兵想搁起打坏了的公共马车，却被阁楼里射出的两枪打死了。有一个穿劳动服的人，肚子挨了一刺刀，被人扔了出来，还倒在地上呻吟。一个士兵和一名起义者拼死搏斗，扭在一起，从瓦顶斜坡滑下，摔到地上还不放手。地窖里也展开同样的战斗。呼号、枪声、仓皇的脚步，继而沉静下来。街垒被攻占了。

士兵开始搜查周围的楼房，追捕潜逃者。

二十四　俘虏

马吕斯确实被俘，成了冉阿让的俘虏。

当时，他正要摔倒并失去知觉，忽然感到被一只手从背后揪住，而那正是冉阿让的手。

冉阿让并不投入战斗，只是冒着生命危险留在街垒。况且，在这最危难的阶段，除了他，谁也想不到伤员。在这屠杀场上，他就像天神无处不在，幸亏有他救护，倒下的人得以扶起来，送进楼里包扎。他趁战斗间歇，修补街垒。不过，类似放枪、打击，甚至自卫的动作，都不会出自他的手。他默不作声，一心救护别人。再说，他仅仅稍许擦破点儿皮。子弹不愿意沾他。他来到这座墓地，如果是怀着自杀的梦想，那么他绝没有成功。但是我们怀疑他会想到自杀，会有这一违反宗教的行为。

战斗的硝烟很浓，冉阿让好像没有瞧见马吕斯，其实他的目光始终盯着他。当一枪打倒马吕斯的当儿，冉阿让立刻来个饿虎扑食，敏捷地蹿过去，把他当猎物抓走了。

那工夫，进攻的风暴十分猛烈，但是集中在酒楼门口和安灼拉身上，也就没人看见冉阿让。冉阿让抱着昏过去的马吕斯，穿过剥去路石的街垒战场，拐过科林斯酒楼不见了。

我们还记得，酒楼突向街口所形成的岬角，既能挡住子弹和霰弹，也能挡住人的视线，护住几尺见方的一块地盘。这种现象常见到：在火灾中，一间屋完全幸免；在惊涛骇浪的大海，在岬角的另一边或暗礁脚下，却有一个平静的小角落。街垒里这个梯形隐蔽所，也正是爱波妮咽气的地方。

冉阿让走到这儿便收住脚步，将马吕斯轻轻放到地上，他靠着墙四下观察。

形势万分危急。

眼下，也许还有两三分钟，这扇墙还算隐蔽，然而，如何从这屠戮场逃出去呢？他想起八年前，在波龙索时多么惶恐，又是怎样逃脱的；当年逃脱很难，如今则根本不可能。对面矗立一幢无情的七层聋哑楼，仿佛住着那个趴在窗口的死人，右边是堵死小丐帮街的低矮街垒，这道障碍跨过去似乎容易，但是垒顶一排刺刀尖赫然可见，那是部署埋伏在街垒外侧的军队。显然，跨越街垒，必遭排枪射击，谁敢从路石堆起的墙上探探头，谁就要成为六十发枪弹的靶子。左边又是战场，这墙角后面便是死亡。

怎么办？

除非鸟儿才能逃脱。

必须当机立断，想个办法，打定主意。几步开外正在战斗，幸而所有人都激烈争夺一个点，即酒楼的门；然而，万一有个士兵，哪怕有一名士兵，想到绕过酒楼或从侧面攻打，那就全完了。

冉阿让往往对面的楼房，看看旁边的街垒，又瞧瞧地面，心急如焚，一筹莫展，简直要用目光挖出个地洞。

他极力注视，在这穷途末路上，还真的隐约抓住点什么东西，就在脚旁边显现成形了，好像是目力将所需要的东西给逼出来了。只离几步远，在那道从外面严厉监守的矮垒脚下，他看见一扇安在地面上、被塌下来的路石部分覆盖的铁栅门。那扇门约有两尺见方，是用粗铁条造的。石砌的框子已经拆毁，铁栅门也好像分离了。从铁条空隙看下去，只见一个幽暗的洞口，类似烟道或水槽管道。冉阿让急忙冲过去。他那越狱的老本领像一道亮光，突然照亮脑海。他搬开石块，掀起铁栅，扛起死尸一般一动不动的马吕斯，驮着这个重负，用肘臂和膝盖支撑用力，慢慢滑落，降到这口幸而不深的井里，再让头上沉重的铁栅盖落下来，而石堆受震动又坍落在铁栅盖上。冉阿让下到三米深的铺石地面，他就像人发狂时那样，以巨人的力量、雄鹰的敏捷，只用几分钟，就完成了这一系列动作。

冉阿让和一直昏迷的马吕斯，进入一条地下长廊。

这里极度宁静，一片死寂，是黑沉沉的夜。

从前，他由大街翻墙进入修院的印象又浮现在眼前。不过，他今天背负的不再是珂赛特，而是马吕斯。

现在，那攻占酒楼的沸反盈天的喧嚣，他在下面只能隐隐听见，就好像窃窃私语。

第二卷　利维坦①的肚肠

一　大地富了海洋

巴黎每年要向大海排掉两千五百万法郎。这并不是修辞的隐喻法。怎么会这样，又以什么方式呢？日夜不停。目的何在？毫无目的。有什么想法？想也没想。为了什么呢？也不为什么。通过什么器官？通过它的肠子。它的肠子是什么？就是它的下水道。

两千五百万，这是专业人员最低的估算。

经过长期摸索，如今科学确认，肥效最高的肥料就是人的粪便。说来实在惭愧，中国人比我们早知道。据埃克贝尔说，中国农民进城，无不用竹扁担满满挑两桶我们所说的秽物回家。多亏人肥，中国的土地还像亚伯拉罕时代那样，富有青春活力。中国的小麦，一粒种子能收获一百二十倍。任何鸟粪的肥效，都不及一座京城的垃圾肥。一座大都市，就是一个最大的肥源。利用城市给田野施肥，肯定会大获成功。如果说我们的黄金是粪土，那么反之，我们的粪土就是黄金。

如何处理这黄金粪土呢？全部清除，倒入深渊。

我们耗费大量的钱财，派船队去南极，搜集海燕和企鹅的粪便，却把手头不可估量的富源奉送给大海。世上的人畜肥如不流失到水中，

---

① 利维坦：腓尼基神话中的海上恶兽，出现在《圣经》里，象征邪恶。

而全部归还给土地，那么全世界就会丰衣足食了。

护墙石角落这一堆堆垃圾、半夜在街道上颠簸的一车车淤泥、垃圾场的这些不堪入目的运载车、隐藏在铺路石下面恶臭的污泥流，你可知道这都是什么吗？这是鲜花盛开的牧场，是碧绿的青草，是百里香、麝香草、鼠尾草，是野味，是家畜，是傍晚饱食后哞哞叫的牛群，是散发清香的饲草，是黄灿灿的麦子，是你餐桌上的面包、你脉管中的血液，是健康，是欢乐，是生命。神秘的造物就是这样：大地沧海桑田，天空瞬息万变。

把这些还给大熔炉，就会富裕丰赡。田野营养充足，就能向人类提供食粮。

你们抛弃这种财富，还觉得我可笑，悉听尊便。然而，这正是你们无知的真正嘴脸。

据统计，仅仅法国，每年就由河流向大西洋倾注五亿法郎。请注意：有这五亿法郎，就能支付四分之一的国家预算开支。可是，人实在聪明透顶，宁肯将这五亿法郎投进水沟里。我们的阴沟一点一滴带入江河，再由江河大量向海洋倾泻的，正是民众的养分。阴沟每打个嗝逆，就耗费我们一千法郎。由此产生两个后果：土壤贫瘠，河流污染。饥饿出自田垄，疾病来自河流。

举例来说，泰晤士河毒害伦敦，这是尽人皆知的。

至于巴黎，绝大多数地下排水道出口，近来不得不改到下游最后一座桥的下方。

有一种双管设施，配以阀门和放水闸门，能引水又能排水，这种引流的基本系统像人肺呼吸一样简单，在英国许多村社都已经完全采用，既把田野净水引到城市，又把城市的肥水送往田野。这样容易的一往一返再简单不过，却可以保住扔掉的五亿法郎。然而，人们总想别的事。

现在的做法，就是好事办成坏事。动机好，事情结果却可悲。以为使城市清洁，却令民众羸弱。一条阴渠就是一个误解。越冲越穷的简单阴渠，一旦换成具有两种功能、吸收又归还的排水系统，再配以新社会经济的全套原则，那么田地的产量就会增长十倍，穷困问题也能大大缓解；如再消灭所有寄生虫，那么问题就完全解决了。

目前，公共财富流进河里，不断流失。用"流失"一词恰如其分。

欧洲就是因为这样消耗而破产。

至于法国，上面讲过数字。算起来，巴黎占全国人口的二十五分之一，而巴黎的排粪沟却是最富有的，因此法国每年五亿的损耗中，巴黎占两千五百万还是低于实际的估计。这两千五百万，若是用于救济和享受，巴黎就会倍加繁华。可惜，这座城市却花费在下水道里，可以说巴黎的最大挥霍、它最盛大的节日、它的富丽堂皇、盛宴、它的挥金如土、它的豪华、它的奢侈、它的铺张扬厉，就是它的排污管道。

人们跟随一种拙劣的政治经济学一道盲目，让公众的福利淹没，付之流水，消失在无底深渊。为了保护公众财富，还应拉上圣克卢①那样的网才好。

从经济角度看，事情可以这样概括：巴黎是个漏筐。

巴黎这个城市典范，各国人民竞相效仿的这个美丽京城的表率，这个理想的大都市，这个富于创举、冲动和尝试的圣地，这个精神的中心之所，这个城市之国，这个创造未来的摇篮，这个巴比伦和科林斯的奇妙结合体，从我们所指出的角度看，会招致一个福建农民耸肩嘲笑。

效仿巴黎吧，你们全要破产。

此外，更糟糕的是，在这久远而荒谬的挥霍方面，巴黎本身还仿效别处。

这种令人咋舌的愚蠢并非新鲜事，也绝非新近产生的。古人的做法和今人大同小异。李比希②曾说："罗马的下水道吞噬了罗马农民的全部福利。"罗马农村让下水道毁掉之后，罗马又连累意大利凋敝，将意大利投下下水道里，又相继把西西里、撒丁和非洲投进去。罗马的下水道把世界都吞没了。阴沟给罗马城和世界带来覆没。罗马城和世界。③ 永恒的城市，测不到底的下水道。

在这件事情和其他事情上，罗马做出了表率。

巴黎亦步亦趋，追随这个榜样，表现出了富有才情的城市所特有

---

① 圣克卢：位于巴黎西郊，在此段塞纳河中置网，用以拦截漂流物。
② 李比希（1803—1873）：德国化学家。
③ 原文为拉丁文。教皇祝福时的用语。

的十足傻气。

为了实施上面解释的计划，我们需要了解巴黎下面的另一个巴黎，一个下水道网的巴黎；地下巴黎也有街道、十字路口、广场、死巷、动脉和循环，即污泥的循环，只是缺少人的形影。

要知道，绝不能恭维，即使对一个伟大的人民也不要恭维；这里一应俱全，雄伟壮丽的旁边，还有卑琐龌龊。诚然，巴黎包含光明之城雅典、强盛之城提尔①、道德之城斯巴达、奇异之城尼尼微②，但是也包含污泥之城吕代斯③。

况且，这也是巴黎强大的标志，而在雄伟的建筑中，巴黎的巨大排污肠道正在实现人类通过诸如马基雅弗利、培根和米拉波等人实现的奇特理想：宏伟壮阔的龌龊。

如果目光能透视地面，那么巴黎地下就会呈现巨大的石珊瑚状。周边有六法里的这片土地，上面坐落着伟大的古城，下面的洞穴和通道纵横交错，比海绵孔还要多，这还不算另一种地窖的墓穴，不算错综复杂的煤气管道，不算庞大的一直通到放水龙头的饮用水管道系统，单单布列在塞纳河两岸的下水道，就构成巨大的黑暗网，这座迷宫的引路线就是坡道。

在那潮湿的雾气中，出现了硕鼠，就仿佛是巴黎分娩出来的。

二　下水道的古代史

想象一下，巴黎就像盖子一样揭开，鸟瞰下去，只见两岸地下排水道网，好似嫁接在河流上的粗树枝。右岸总管道为主干，次要管道为枝桠，而死巷则为小枝杈。

轮廓极其粗略，似是而非；这种枝枝杈杈往往呈直角，这在植物中是罕见的。

再设想一下，看到的是黑底上平衬出打乱了的古怪的东方字母表，怪模怪样的字母随意排列，表面上看杂乱无章，有的是弯勾嵌连，有

① 提尔：古代腓尼基港口，位于地中海东岸，历史上曾强盛一时，与迦太基抗衡。在今黎巴嫩境内，名为苏尔。
② 尼尼微：古代亚述帝国首都，当时以奇迹著称，公元前612年被毁。
③ 吕代斯：巴黎古称。

的是字尾衔接，这种奇特的几何平面图，恐怕更接近实际些。

在中世纪，在东罗马帝国时代，在古老的东方，污水井和下水道起过很大作用。瘟疫从那里发生，暴君在那里葬身。民众几乎怀着宗教式的敬畏，注视这腐烂的温床、死亡的巨大摇篮。贝拿勒斯①的害虫坑，同巴比伦的狮子坑一样，令人目眩神摇。根据犹太士师书记载，特格拉-法拉查尔②就以尼尼微污水坑发誓。约翰·德·莱德③正是从曼斯泰的下水道里引出假月亮。跟他酷似的东方人莫卡纳，蒙面纱的呼罗珊④先知，也是从凯邪泊的污水井里引出假太阳。

人类的历史映现在下水道的历史中。暴尸场讲述罗马的历史。巴黎的阴渠是个了不起的老东西，曾经当作墓穴，也曾当作避难所。罪恶、聪明、社会抗议、信仰自由、思想、盗窃，凡是法律追捕过或仍在追捕的，都藏匿在这洞里；14世纪的木槌帮⑤、15世纪的剪径强人、16世纪的胡格诺教派、17世纪的莫兰⑥幻象派、18世纪的烧足匪徒⑦，都藏匿在里面。一百年前，歹徒夜间从那里出来持刀行凶，窃贼遇到危险便溜进那里。树林里有洞穴，巴黎有阴渠。丐帮，即高卢无赖，就把地下排水道当作神迹宫，他们又狡猾又凶狠，到了晚上，就回到摩布埃街排水口，就像回到内室一样。

每天在掏兜死巷和割喉街作案的人，晚上自然以绿径小桥或于尔普瓦天篷为家。因此，那里留下许多传说。各种魑魅魍魉，都出没在幽静的长廊；到处充斥腐烂的疫气；时而也有个通气孔，维庸和拉伯雷一里一外在那儿聊天。

巴黎老区的下水道，汇聚了所有走投无路和铤而走险的人。政治经济学把这视为垃圾，而社会哲学把这看成渣滓。

下水道，就是城市的良心，一切都集中在这里对质。在这青灰色

---

① 贝拿勒斯：印度圣城，今称瓦拉纳西。

② 公元前8世纪和前7世纪，古亚述国有两名国王叫这一名字。

③ 约翰·德·莱德（1510—1536）：在曼斯泰称锡永王。

④ 呼罗珊：伊朗省名称。

⑤ 木槌帮：1382年3月，巴黎持槌起义者。

⑥ 西蒙·莫兰（约1623—1663）：自称"人之子"，幻象派巫师，被处以火刑。

⑦ 烧足匪徒：匪徒以烧足之法，逼迫受害者拿出钱财。

的地方，存在黑暗，但不存在秘密了。什么东西都现了原形，至少现出最终形态。垃圾堆的特点，就是毫无虚谎。其中隐藏着天真。巴西尔①的假面具也在其间，但是看见了硬纸板和线绳，里外都如此，尤其明显糊上了一层诚实的污泥。旁边就是司卡班②的假鼻子。人类文明的一切肮脏东西，一旦没用了，就全掉进这真相的阴沟里，即社会全面堕落的归宿；不过，肮脏的东西既沉没下去，又展示出来。这些混杂的东西都混同了，再也没有假象，没有粉饰，污秽脱掉外衣，赤裸裸，光溜溜，不容一丝幻想和幻景，只剩下原形，显出终结的狰狞面目。实存和消失。这儿一个瓶底供认酗酒，一个篮子柄讲述仆役生涯；那儿发表过文学见解的苹果心，又恢复为苹果心；一个大铜钱儿满身绿锈，该亚法的痰液同法斯塔夫的呕吐物相遇；一枚从赌场出来的金路易，碰到挂过上吊绳索的铁钉；一个灰白的胎儿裹成一卷，用的是这次狂欢节在歌剧院跳舞穿的装饰金箔的戏装；一顶审判过人的法官帽子，躺在玛格东③穿过的腐烂了的衬裙旁边，这何止是友爱，简直就是亲密无间。一切涂脂抹粉的东西都模糊一片了。最后的面纱扯下来。一条阴沟就是个恬不知耻的家伙，什么都讲出来。

这种污秽的坦率能平复灵魂，正是我们喜欢的。我们在尘世长期忍受，看够了堂而皇之的国家利益、宣誓、政治明智、人类正义、职业道德、紧急状态法、腐蚀不了的法官等等，现在再走进阴沟，瞧瞧污泥浊水的供认，确是一件开心事。

同时也受益匪浅。刚才说过，阴沟是历史的必经之路。圣巴托罗缪惨案的鲜血，一点一滴从街道石缝儿渗入阴沟。大量的谋杀、政治和宗教的屠戮，无不通过这文明的地道，丢下一具具尸体。在沉思者的目光看来，历史上的所有凶手都在这里，都跪在丑恶不堪的幽暗中，用他们当作围裙的一角裹尸布，凄惨地揩去他们所干的勾当。这里，路易十一和特里斯唐④同在，弗朗索瓦一世和杜普拉⑤同在，查理九世

---

① 巴西尔：15世纪传说人物，炼金术士。

② 司卡班：意大利喜剧中的仆人形象，莫里哀成功地借鉴到他的剧作中。

③ 玛格东：指放荡的年轻女子。

④ 特里斯唐：做过路易十一的饲马总管。

⑤ 杜普拉（1463—1535）：弗朗索瓦一世的掌玺大臣。

和他母亲同在，黎塞留和路易十三同在，卢浮瓦①、勒泰利埃②、埃贝尔③和马雅尔④都在，他们抠着石头，想抠掉他们的劣迹。拱形坑道里传来这些鬼魂的扫帚声。在这里也能闻到社会灾难的恶臭，在一些角落里还看到淡红的反光。这里骇人的水流曾洗过血腥的手。

社会观察家应当走进这阴暗的地方，这是他们实验室的组成部分。哲学是思想的显微镜。都想逃避它的显示，然而无一逃脱。推诿搪塞都是徒劳。推诿会暴露自己哪一面呢？可耻的一面。哲学以正直的目光追究罪恶，绝不允许他遁入虚无。有些事情即使正在模糊泯没，正在淡化消失，哲学也都能辨认出来。它根据一块破袍襟能复制出王袍，根据一片烂裙边能复制出那女人。它利用污水道就能再现一座城市，利用烂泥就能再现一个时期的风俗，只凭一块碎片，就能推断出是双耳尖底瓮还是水罐，只凭羊皮纸上一个指甲印，就能确认犹当迦斯犹太族和盖托犹太族的差异。通过一点蛛丝马迹，就能恢复事情的原貌，是恶，是善，是假，是真，是宫中的血斑，是洞穴的墨迹，是妓院的油点，是经受的苦难，是欢迎的诱惑，是呕出的盛宴，是品格降低所留下的褶纹，是灵魂因粗俗而变节的痕迹，还是放荡女人在罗马脚夫褛子上留下的肘印。

三　勃吕纳梭

巴黎的下水道，在中世纪有传奇色彩。到了16世纪，亨利二世想派人探测，结果计划流产。迈尔西埃证实，下水道干脆置弃不管，任其变迁，这情况还不足百年。

古老的巴黎正是如此，一味争吵不休，举棋不定，总在摸索，结果长期处于蒙昧状态。直到后来，1789年才表明城市怎么有了智慧。然而在古代，我们的京城没有什么头脑，无论精神上的事还是物质上的事，都不大会办，不会清除流弊，也不会清除垃圾。什么都成为障

---

①　卢浮瓦（1639—1691）：路易十四的大臣，下令焚烧德国的普法尔策尔。

②　勒泰利埃（1648—1719）：耶稣会士，路易十四的忏悔师。

③　埃贝尔（1757—1794）：法国革命时期激进派，被罗伯斯庇尔清除。

④　马雅尔（1763—1794）：1792年9月2日至6日，参加了大屠杀。

碍，什么都成为问题。譬如，下水道，往哪儿引导都不行。地下的网络把握不住方向，就像上面城里人不能沟通一样；上面沟通不了，下面也纠缠不清；上面语言混乱，下面坑道混乱，巴别塔又给代达罗斯迷宫添乱。

巴黎下水道有时还泛滥，就好像这条被埋没的尼罗河突然发怒了。说来真丢人，下水道居然发大水。这文明的肠胃有时消化不良，浊物反胃回流到城市的喉头，巴黎就有污秽的回味。污水倒流就跟后悔一样，还是有益处的；这正是警告，但是遭受白眼，污泥浊水竟如此大胆，巴黎城气愤填膺，绝不允许污秽再返回，必须驱逐干净。

1802年的污水灾，现在八十岁的巴黎人还记忆犹新。在路易十四雕像耸立的胜利广场，污泥浆呈十字形向外漫溢；污泥浆从香榭丽舍两个下水道口溢出，流进圣奥诺雷街，从圣弗洛朗丹下水道口溢出，流进圣弗洛朗丹街，从钟孔街下水道口溢出，流进鱼石街，从绿径街下水道口溢出，流进波潘库尔街，从拉普街下水道溢出，流进拉罗凯特街，而香榭丽舍大街的明沟已经没到三十五公分。在城南，塞纳河的主排水道起了反作用，倒流的泥汤侵入马扎然街、松糕街、沼泽街，长达一百零九米，距拉辛故居几步远停止了：在17世纪，它敬重诗人超过国王。圣彼得街脏水涨得最高，比排水沟石板盖高出三尺。在圣沙班街，污水漫延长达二百三十八米。

19世纪初叶，巴黎的下水道还是个神秘场所。污泥向来名声不佳，而在这里名声尤其坏，简直谈泥色变。巴黎隐约知道，地下还有可怕的坑道，谈起来就像底比斯的大泥坑；那泥坑可以充当比希莫特①的浴盆，里面有许多十五尺长的大蜈蚣。阴沟清理工的大靴子，从来不敢冒险越过几个熟悉的地点。当时距使用带挡板的垃圾清运车的时代还不远，只见挡板上圣福瓦和克雷基侯爵友好相处，而垃圾就直接倒进排水沟。至于疏通的任务，就只好交给暴雨了，有时暴雨起不到清扫作用，反而造成堵塞。罗马留下一些有关污水沟的诗，把污水沟称作暴尸场。巴黎则辱骂自己的下水道，称之为臭洞。科学和迷信两方面都认为它很可怖。臭洞既讨厌卫生，也讨厌传奇。穆夫塔尔街阴沟的

---

① 比希莫特：《圣经》中提及的食草巨兽。

臭拱顶下生出鬼魅。马尔穆塞团①的尸体全抛进木桶厂街阴沟里。1685
年大规模流行的那场恶性热病，法贡②归咎于沼泽区阴沟的大敌口，而
且直到 1833 年，在圣路易街③还依然大敌着口，几乎正对着"艳情使
者"的那块招牌。莫太勒里街阴沟的敌口是有名的瘟疫发源地，它那
带刺的铁栅盖仿佛长了一排牙齿，张着巨大的龙口，向那倒运的街道
居民吹送地狱的气息。民众富有想象力，把巴黎幽暗的排水道，说成
不知是什么丑恶的无限大杂烩。下水道是无底洞。下水道是地狱。去
探测这种麻风病区，连警察署都未予考虑。探测这陌生之地，测量这
黑暗区域，去察看这深渊，谁有这个胆量啊？这实在骇人听闻。然而
却有一个人自告奋勇。污水沟也有它的克里斯托夫·哥伦布。

　　那是 1805 年的事，有一天，是皇帝难得莅临巴黎的日子，一个叫
德克雷或克雷泰④的内务大臣，在主子晨起时晋见。伟大共和国和伟大
帝国的非凡士兵拖带战刀的声响，从骑兵竞技场传来；拿破仑宫门口
簇拥着各路英雄，分别来自莱茵河、埃斯科河、阿迪楼河和尼罗河各
部，有茹贝尔、德塞、马尔索、奥什和克莱伯各位将领的战友，有弗
勒吕斯的气球驾驶员、美因茨的榴弹兵、热那亚的架桥工兵、金字塔
观过战的轻骑兵、带有朱诺炮弹弹痕的炮兵、勇夺停泊在须得海⑤的舰
队的铁甲兵；有些人曾追随拿破仑到过洛迪桥，还有些人曾在曼图亚⑥
的战壕里陪伴过缪拉，另一些人曾赶在拉纳部队之前到达蒙特贝洛⑦低
洼路。当时各种人马都聚在土伊勒里宫庭院里，由一分队或一小队代
表，守卫着安寝的拿破仑。这是辉煌时期，大军已赢得马伦戈战役的
胜利，还要在奥斯特利茨大败敌军。

------

　　① 马尔穆塞团：查理五世和查理六世的顾问团，被勃艮第公爵处死或流
放。

　　② 法贡（1638—1718）：路易十四的首席医生。

　　③ 圣路易街：即今图雷讷街，旧名相继为"下水道街"和"盖口下水道
街"。

　　④ 德克雷：在帝国时期任海军大臣和殖民地大臣。克雷泰（1747—
1809）：1807 年 8 月被任命为内务大臣。1805 年任内务大臣的是尚帕尼。

　　⑤ 须得海：在荷兰，今称艾瑟尔湖。

　　⑥ 曼图亚：意大利城市，今称曼托瓦。

　　⑦ 蒙特贝洛：意大利乡村名。1800 年 6 月 9 日，法军在此大败奥地利军。

"陛下，"拿破仑的内务大臣说道，"昨天我见到帝国中最英勇无畏的人。"

"他是什么人？"皇帝粗暴地问道，"他干了什么事？"

"他想干一件事，陛下。"

"什么事？"

"视察巴黎的下水道。"

确有其人，名叫勃吕纳梭。

四　鲜为人知的细节

视察进行了。这是一场可怕的战役，是黑夜里进攻瘟疫和窒息性瓦斯的战斗，同时也是有新奇发现的旅行。这次探险的幸存者之一，当时很年轻，是个聪明的工人。几年前他还谈起一些有趣的细节，而当年勃吕纳梭向警察总署署长呈递报告时，认为这种细节不合公文体而删除了。那时消毒手段很简陋。勃吕纳梭率领二十人下到地下坑道网，刚走了几条支管，就有八名工人不肯再往前走了。这次行动十分复杂，要视察就得疏通，必须清除污泥，同时还必须丈量，标明污水入口处，计数铁栅门和道口，摸清各支管线，标出水流的分岔点，确定各贮水池的范围，探测主管道分出的小管道，从拱心石点测量每条管道的高度，测量从拱顶起始处到底脚的不同宽度，最后，确立与每个入水口呈直角的水位坐标，有从沟底算起，或从街道地面算起两种。往前行进十分艰难。扶梯往往陷入三尺深的稀泥中。灯笼在沼气中奄奄欲熄。不时就得抬走一个昏迷的清泥工。有几处简直就是绝壁。地层下陷，石板塌毁，坑道变成陷阱，找不到实处立足。一个人突然失踪，大家费了好大劲才把他拉出来。按照福克卢瓦的建议，他们在基本清理出来的地点，隔一段距离就放一个装满浸透树脂的废麻的大笼子，点燃起来照明。有些地段的壁上长满赘生物，奇形怪状，就像肿瘤一样。在这令人窒息的地方，石头也都仿佛生病了。

勃吕纳梭从上游往下游视察探险。走到大吼者街两条水道分岔口，他在一块突出的石头上辨出1550这个日期。这块石头标明，菲力贝尔·德洛姆奉亨利二世之命，视察巴黎下水管道到此停止。这块石头也是16世纪留在坑道里的记号。勃吕纳梭在蓬索管道和神庙老街管道中，还发现17世纪所施的工程，于1600年至1650年间加固的拱顶；

在集流管道西段，他也发现了18世纪的工程，1740年开凿的拱顶水道。这两条管道，尤其是1740年较近期开凿的那一条，比1412年开凿的环城下水道工程还要破损陈旧，当年梅尼蒙当清水溪擢升为巴黎下水主管道，好比一个农夫忽然升迁，当上国王的第一侍从，又好比乡巴佬摇身一变而成将军。

有几个地点，尤其在法院的下面，他们发现在坑道壁开出的密室，认为是古老的地牢、丑陋的"静室"①。一间地牢里挂着一副铁枷，地牢全部砌死了。还有一些奇特的发现，其中有1800年植物园走失猩猩的骸骨；18世纪最后一年，在圣贝尔纳会修士街无可争议的有名闹鬼事件，大概同走失的猩猩有关。这个倒霉鬼最后在下水道里淹死了。

有一条拱顶长水道通向玛丽容桥。通道里有一个保存完好的拾破烂的背篓，引起识货的人啧啧称赞。清沟工人也豁出去了，下到泥潭里到处摸，知道里面有金银首饰、珠宝、金币等大量贵重物品。一个巨人若是将污泥过滤一遍，筛子里就能筛下几世纪的财宝。在神庙街和圣阿乌瓦街两条支道的分岔口，拾到一枚胡格诺教派古怪的铜质纪念章，一面图案是一头猪戴着红衣主教冠，另一面图案是一只狼头戴教皇三重冕。

最惊奇的发现是在大水道入口处。这个入口当初有铁栅栏，现在只剩下铰链了。其中一个铰链上挂着一块不成形的肮脏破布片，在黑暗中飘动，无疑是当初经过时挂下来的，年深日久而不成样子。勃吕纳梭移近灯笼，仔细察看破布片，原来是极细的麻布，比较完整的一角绣有一个纹章的冠冕，下方还绣有七个字母：LAVBESP。这是一顶侯爵的冠冕，七个字母意味：洛贝斯平。他认出这是马拉的一块裹尸布。马拉年轻时有过风流韵事。当年，他在阿尔图瓦伯爵府当兽医，同一位贵妇私通，留下这条床单，这事经过了历史考证。残迹还是纪念。他遇害后，由于这是他家唯一的细布，便用来给他裹遗体。老妇人用这有过情欢的襁褓，裹起结局悲惨的人民之友，葬于坟墓。

勃吕纳梭看罢就算了，还让破布片留在原地。是蔑视还是尊敬呢？这两种态度，马拉都受之无愧。况且，命运在这上面留下相当明显的印迹，寻常人轻易不敢触碰。况且，既是墓中之物，就应留在它所选

---

① 原文为拉丁文。

择的地方。总之，这遗物十分奇特。一位侯爵夫人在上面睡过觉，马拉在里面腐烂。它穿过先贤祠，最后落到下水道的鼠口。这条床单，从前华托曾愉快地画出所有褶纹，如今落得只配但丁的注目了。

全面视察巴黎地下排污水道，从 1805 年到 1812 年，历时七年。勃吕纳梭边视察边指示，领导施工，完成了巨大的工程。1808 年，他加深了蓬索沟槽，还到处开通了新管道。到 1809 年，他把圣德尼街的地下排水道一直延长到圣婴水池，1810 年在冷大衣街和硝石库下面，1811 年在小神父新街、槌球场街、披巾街和王宫广场下面，1812 年在和平街和昂丹街下面，都开通了排水道。同时，整个管道网，他也采取了清毒净化措施。从第二年起，勃吕纳梭就添了助手：他的女婿纳尔戈。

在 19 世纪初叶，古老的社会就这样疏浚了它的双重底，清了下水道。不管怎样，这总归是一次清扫。

回头看看巴黎古老的下水道，真是弯弯曲曲，到处龟裂开缝，沟底没有铺石头，形成许多泥潭，线路莫名其妙地七扭八歪，无缘无故升高降低，而且恶臭不堪，又粗鄙又野蛮，一片黑暗，铺石板累累疮疤，墙壁道道刀伤，看着十分可怕。沟道枝枝杈杈，向四面八方伸展，纵横交错，构成鹅掌状、星形坑道、盲肠道和死巷，还有硝石拱顶、放毒的污水坑、渗出脓水的墙壁、往下滴水的沟顶，整个一片漆黑；什么都没有这地下墓穴似的古老排水道更可怕的了，这是巴比伦的消化系统，是洞穴，是沟渠，是凿出街道的深渊，是无比巨大的鼹鼠洞，而我们的精神似乎看到，往昔——这只巨大的瞎鼹鼠，穿过黑暗，在昔日荣华而今粪土的垃圾堆上徘徊。

我们再说一遍，这就是从前的下水道。

五　现时的进步

如今的下水道，又清洁又凉爽，又笔直又规整，几乎达到了理想程度，即英国人所谓的"体面"。也确实得体，呈浅灰色调，都是拉线划直的，可以说板板整整，就好比一名供货商当上了行政法院法官。进里面看看几乎是明亮的，污泥浊水也都温文尔雅。初看真像"民众爱戴国王"的远古时代，供君主和王公逃跑的极寻常的地道。如今的下水道是美观的沟渠，风格纯正；被逐出诗苑的典雅的亚历山大体，仿佛来到这座建筑物中避难，附着在幽暗灰白的长拱廊的每块石头上；每个排水口都是一个拱门，里沃利街就连阴沟也都提供效法的榜样。还可以说，几何线条如果在什么地方合适的话，那肯定在一座大都市的排粪道里。那里一切都服从最短距离。如今，在一定程度上，下水道有了官方的面目，甚至警方有时在报告中提到它，也不再有不逊之言。在官方语言中，用以描述它的字眼也是高雅严肃的。从前叫作肠子，现在称作长廊；从前叫作地洞，现在称作眼孔。维庸再世，也认不出他的临时故居了。这地下坑道网，自然还有久远难考时期的啮齿类居民，而且繁衍得比以往任何时候都要多，不时就有一只老须鼠，从下水道口冒险探探头，瞧一瞧巴黎人；不过，这种寄生物也驯化了，相当满意自己的地下宫殿。排污沟渠没有一点当初那种狰狞相了。雨水从前污染，现在清洗下水道了。可是也不能太大意，疫气还在里面盘踞。它看似无可挑剔，实则虚伪。警察总署和卫生委员会也都无可奈何，什么清毒净化的方法都用了，阴沟里照样散发难以辨别的可疑气味，就跟忏悔后的达尔杜弗一样。

不管怎样，我们还得承认，清扫阴沟向文明致敬，比起奥革拉斯的牛棚来，达尔杜弗的良心是个进步，毫无疑问，巴黎的下水道改善了。

何止是进步，简直就是改观。从老阴沟到今天的阴沟，经历了一场革命。这场革命是谁干的？

正是我们提起而为世人遗忘的勃吕纳梭。

六　未来的进步

挖掘巴黎下水道，绝非一项小工程。已经进行了十个世纪还未完成，就像未能完成巴黎的建设一样。巴黎城市扩展，势必波及下水道。那是地下一种长着无数触须的黑暗水蝗，随着上面城市扩展而在下面长大。每当城市开辟一条街道，阴沟就伸出一条手臂。旧王朝只修造了两万三千三百米排水道，这是截至 1806 年 1 月 1 日巴黎的状况。从那时开始，不久我们还会谈及，就采取了有效措施，大力修复和扩建下水道工程。拿破仑建了四千八百零四米，真是个奇特的数字；路易十八建了五千七百零九米；查理十世建了一万零八百三十六米；路易-菲力浦则建了八万九千零二十米；1848 年的共和国建了两万三千三百八十一米；现政权建了七万零五百米。到目前为止，总共二十二万六千六百一十米，合六十法里长的下水道，构成巴黎庞大的肠道。幽暗的分支一直在施工，鲜为人知的巨大工程。

比起 19 世纪初，巴黎的地下迷宫如今扩大了十倍多，这是有目共睹的。很难想象，要把阴沟修到现在这样相对完善的程度，必须做出何等努力，表现出何等锲而不舍的精神。旧王朝的巴黎市政府，以及 18 世纪最后十年的革命市府，勉强开凿了五法里，即 1806 年前所存在的下水道。这一工程障碍重重，有的是土质问题，有的是巴黎劳动人民的偏见。巴黎城建在特别难对付的矿层上，刨不动，锄不松，也钻不进。再也没有比这地质结构更难钻探打通的了，而上面却耸立着称为巴黎的历史性的奇思妙构。不管以什么方式，只要工程一开始，一冒险进入这冲积层，地下阻碍就层出不穷：有稀黏泥、活水泉、坚硬的岩石、又软又深的淤泥——科学专门名称是芥末酱。尖镐刨起来很吃力，石灰岩夹着极薄的黏土层，以及镶嵌史前海牡蛎壳的岩叶。有时，一条暗河突然冲破刚开凿的拱顶，淹了干活的工人，或者一股泥石流像奔腾的瀑布，冲断最粗的支柱，就跟打碎玻璃一样。最近在维莱特，要让集管道从圣马尔丹运河下面通过，既不停航，又不抽干运河水，不料河床出现裂缝儿，水猛地灌进施工现场，超出了水泵的抽水能力，只好派一名潜水员去寻找大水槽狭口处裂缝，费了好大劲儿才堵住。在别处，靠近塞纳河，甚至离河床相当远的地方，譬如在美丽城，在大街和吕尼埃尔通道下方，还碰到无底的流沙，能眼看着一个个人沉没下去。此外，还有令人窒息的有毒气体，还有把人埋住的塌方，还有突如其来的地陷；还有，工人会慢慢染上斑疹伤寒。如今，在克利希地下十米深处施工，开了一条长廊，为安装乌尔克运河输水主管道，还砌了一条通道；在另一处，在经常塌方，经常碰到腐烂泥层的情况下，借助探测和支撑木施工，从济贫院大街到塞纳河一段，修了比埃夫尔地下道拱顶；为使巴黎免遭暴雨时蒙马特的激流冲击，并给殉教士城关附近九公顷的大水塘开个泄水口，在地下十一米深处日夜修建，从白城关到欧贝维利埃路，四个月就开了一条下水道；还有一件前所未见的事，在鸟喙横杠街地下六米深，没有开沟就建造了一条下水管道，然而，指挥完成这些工程之后，莫诺也去世了。

从圣安托横街到卢尔辛街的城区各点，建成三千米长的拱顶阴沟；

利用弯弓街的支管，排出贡吏街和穆夫塔尔街十字路口积聚的雨水；又在流沙上灌注碎石块和水泥，建成圣乔治街的下水道；还指挥纳扎雷圣母院街支线可怕的降低工程，完成这些工程之后，杜洛工程师也去世了。比起战场上愚蠢的屠杀来，这种英勇的功绩要有益得多，却没有战报表彰。

1832 年，巴黎下水道远非今天这样的规模。勃吕纳梭推动了一步，但是大规模的重建工程，还要等流行了霍乱之后才确定下来。说来实在惊人，例如像威尼斯那样称为大运河的主干道，到 1821 年，酒葫芦街那段还露天敞着。直到 1823 年，巴黎城才从自己口袋里找出二十六万六千零八十法郎十生丁，用来覆盖那段污水沟。战斗城关、居内特街和圣芒德街三处排泄口，包括各种装置、污水渗井和净化管道等，直到 1836 年才齐备。正如我们说的，这二十五年来，巴黎下水道修缮一新，而且扩大了十倍多。

三十年前，在 6 月 5 日至 6 日起义那个时期，许多地段还是老阴沟。大多数街道，现在中线隆起，而当年却一劈为二。这样，街道或十字路口呈斜面，最洼处往往看到一块方形大铁栅盖，由于人畜行走而磨得锃亮，又滑又危险，车辆经过时马容易失蹄。桥梁道路的术语，给这种低点和栅盖起了个生动的名称，叫作"路沟"。在 1832 年，许许多多街道，诸如星辰街、圣路易街、神庙街、神庙老街、纳扎雷圣母院街、梅里库尔游乐园街、鲜花河滨路、小麝香街、诺曼底街、牝鹿桥街、沼泽街、圣马尔丹城郊街、胜利女神圣母院街、蒙马特城郊街、船娘仓街、香榭丽舍、雅各布街、图尔农街，还是古老哥特式的排污水沟，毫无廉耻地张着肮脏的大嘴巴。那是带天篷的巨大石缝，有时还围着界石，嚣张到了极点。

巴黎的下水道，1806 年基本上还是 1663 年统计的数字：五千三百二十八图瓦兹。从勃吕纳梭之后，到 1832 年 1 月 1 日，总共四万零三百米。这就是说，从 1806 年到 1831 年，每年平均建造七百五十米。此后，每年建造八千米，甚至一万米，用混凝土打地基，以碎石和水泥搅拌构筑，每米造价两百法郎，目前巴黎六十法里长的下水道，共花费四千八百万法郎。

除了我们开头就指出的经济进步之外，严重的公共卫生问题，也同巴黎下水道这一巨大问题有关。

　　巴黎夹在水层和气层之间。水层沉积在相当深的地下，已为两次钻探所证实，是由夹在白垩层和侏罗纪石灰岩层之间绿砂石提供的。那片水可用一个大圆盘来表示，半径为二十五法里；无数江河溪流的水渗到那里。我们从格雷奈勒街的井中打出一杯水，就能喝到塞纳河、马恩河、约讷河、瓦兹河、埃纳河、谢尔河、维埃纳河和卢瓦尔河的水。那片水先是由天而降，再由地下抽出，因此是卫生的。这层空气可不卫生，是从阴沟里逸出来的，将污水道的各种腐味臭气全掺进城市的呼吸中，气味实在难闻。从粪土堆上取点空气样，经过科学检验，比在巴黎上空取的空气样还要纯净。再过一定时间，借助于进步，机械设备渐趋完善，问题明朗了，巴黎就会利用水层净化空气层，也就是说冲洗地下道。众所周知，冲洗阴沟，就意味着污泥归还给土壤，粪肥归还给田地。仅此一举，整个社会就会减少贫困而增加健康。

　　巴黎的疾病，以卢浮宫为疫区中心点，现在已扩散到方圆五十法里。

　　可以说十个世纪以来，污水道是巴黎的病源。阴沟就是这座城市血液中的病毒。在这方面，民众本能的反应绝不会有误。从前，修建阴沟这一行，就跟屠宰牲口这一行同样危险并令人厌恶，人人畏惧，因此长期推给刽子手去干。要让泥瓦匠下到臭沟里，就必须付很高的工钱；挖井工人也轻易不肯把梯子放下去；俗话说得好，"下阴沟，就是进墓穴"。前面说过，各种骇人的传说，给这庞大的坑道蒙上恐怖的色彩。这个可怖的渊薮，既有地球变迁，又有人类革命的痕迹，从中能找到一切天灾人祸的遗物，从洪水泛滥时期的贝壳，一直到马拉的一块破布片。

第三卷　出污泥而不染

一　阴沟及其惊人处

冉阿让正是进入巴黎的下水道。

这是巴黎和大海又一相似之处。如同在大洋中，潜水者也能在下水道里消失。

这种转移前所未闻。冉阿让就在市区，却离开了城市。只是眨眼间，掀起又关上盖子的工夫，他就从光天化日进入沉沉黑暗，从正午进入半夜，从尘嚣进入死寂，从滚滚风雷进入停滞的坟墓，从凶险的绝境进入绝对的安全，这比波龙索街那次遽变还要神奇。

陡然掉进地窖，在巴黎的地牢里销声匿迹；离开布满死亡的这条街，躲进这能活命的坟墓里，这真是奇异的时刻。他一时目眩神摇，愕然地倾听一会儿。这救命的陷阱忽然在他脚下打开。在一定程度上，仁慈的上苍仿佛诱捕了他。这绝妙的埋伏是天意！

不过，这个伤者还是一动不动，冉阿让也说不准，他背到阴沟里来的是活人还是尸体。

他头一个感觉是双目失明，猛然什么也看不见了，耳朵也似乎聋了一分钟，什么也听不见了。残杀的风暴扫荡他头上几尺远的地方，正如前面所说，由于隔着厚厚的土层，声音传到他这里，就止息而模糊不清了，听似从深深的地下传上来的。他感到脚下是实地儿，仅此而已，但这就足够了。他伸出一条手臂，又伸出一条手臂，摸到两侧的墙壁，由此判断巷道极窄；他脚下一滑，又发现石板很湿，便小心地走了一步，怕碰到地洞、小井或深坑什么的；他往前探探，确认石板路向前伸延。一股恶臭袭来，他明白身在何处。

过了一会儿，他渐渐恢复视力。一点光线从他滑落的通风口射进来，他的眼睛也开始适应了地道，能辨别出一点东西了。他藏身之处，没有别的词儿能更好表达这种处境，是一条坑道，身后有墙，显然是条死巷，即术语所称的支线。前面还有一堵墙，即黑夜之墙。通风口射进的光线，仅能往几米长的阴沟湿壁上投射点惨淡的光，冉阿让往里走十来步就消失了，再往前便黑洞洞的，好像吞噬人的大口，钻进去很可怕。然而，人还是能冲破这道迷雾的墙，形势所迫，甚至刻不容缓。冉阿让想到，铺路石下面的铁栅盖被他瞧见，也可能被士兵发现，一切都系于这种偶然。他们也可能下到这口井里搜查。一分钟也不能耽误了。刚才他把马吕斯撂在地上，现在又拾起来，这样讲也很恰当，他又拾起马吕斯，扛在肩上，举步向前，决意走进黑暗。

冉阿让以为他们得救了，其实不然。另一种危险也许在等待他们，而且不可小视。经历疾雷闪电的战斗场面之后，现在又落入疫气弥漫并布满陷阱的洞穴，经历了大混乱之后，又落入这污水道。冉阿让从地狱的一层掉进另一层。

他走出五十步，不得不站住。出现一个问题，这条巷道接着一条横向管道，两条路摆在面前，选择哪一条呢？向左拐还是向右拐？迷宫一片漆黑，如何定向？我们已经指出，这座迷宫有一条导引线，就是坡度。走下坡路，就是走向塞纳河。

冉阿让当即明白这一点。

他估摸是在菜市场的下水道，若是选择左边下坡路，不用一刻钟，就会走到河边交易所桥和新桥之间的排水口，这就等于说，在大白天出现在巴黎人口最稠密的街区，很可能闯到聚着闲人的十字路口。看见两个血淋淋的人从他们脚下地里钻出来，行人该有多么惊愕，警察会赶来，附近的保安队也会出动。这样，还未出洞口，他俩就给人抓住了。还不如干脆深深地钻进迷宫，依赖这黑暗，至于出路，那就听天由命了。

他向右拐，走上坡路了。

他一拐进横向坑道，远处通风口的光亮就消失了，眼前又落下黑幕，什么也看不见了。但是他仍然往前走，而且尽量加快脚步。马吕斯两条胳膊搭在他脖子周围，两条腿耷拉在他身后。他一只手抓住这两条手臂，另一只手摸着墙壁。马吕斯的脸贴着他的脸，还在流血，微温的液体流淌到他身上，侵入他的衣衫，他都有所感觉。然而，挨着他耳朵的受伤者的嘴里，仍吐出一股潮乎乎的热气，说明人还呼吸，还活着。冉阿让这时走的坑道要比头一条宽些。他走路相当吃力。昨夜的雨水还未排尽，在坑道中间形成一条小激流。他必须紧贴着墙，免得蹚水走。他这样在黑暗中前进，好似黑夜生物在看不见的地方摸索，消失在地下黑暗的脉管里。

不过，也许远处通气口将一点浮动的光亮送进这浓雾中，也许他的眼睛适应了黑暗，慢慢地，他又影影绰绰能看见点什么，隐约意识到时而触摸的是墙壁，时而经过一道拱门。在黑夜里，瞳孔极为放大，最终能找到光亮；同样，在不幸中，灵魂极力扩展，最终也能找到上帝。

很难辨别方向。

下水道的线路，可以说呼应着重叠在上面的街道线路。当时，巴黎有两千二百条街道。想象一下，名为阴沟的这黑暗的坑道网吧。那时已有的下水道系统连接起来，有十一法里长。前面也已提到，多亏近三十年的特殊施工，目前的网络不会少于六十法里长了。

冉阿让判断开始错了，以为来到圣德尼街下面，糟糕的是并不对。圣德尼街下面，有一条路易十三朝代石砌老管道，直通称为主管道的集水道；老管道只有一个肘弯，位于右侧旧奇迹宫下面，也只有一条支管，即圣马尔丹沟，它的四臂交叉成十字。小丐帮街细管道的入水口挨近科林斯酒楼，根本就没有接通圣德尼街下水道，而是通向蒙马特下水道，也就是冉阿让所在之处。这里处处都会迷路。蒙马特下水道的古老管网堪称最复杂的迷宫，所幸冉阿让已经过了菜市场，那下面的阴沟水道无数条横竖错杂交织，平面图好似鹦鹉栖架。不过，他前行何止一处难以定夺的岔道，何止一条在黑暗打了问号的街道拐角——因为，这些的确是街道。其一，左首石膏窑街庞大的下水道，就叫人伤脑筋，横七竖八的支道呈 T 字形和 Z 字形，从邮政大楼和麦市场圆亭地下，一直通到塞纳河，末端呈 Y 字形；其二，右道钟盘街的曲巷水道有三条分岔，都是死巷；其三，右首那边槌球场街分道也很复杂，几乎在进口处就像支长柄叉，七折八拐，伸展到卢浮宫地下大排水道，这大排水道枝枝杈杈伸向四面八方；最后，右首那边守斋者街下水道是条死巷，这还不算到达主道之前各处的小管道；唯有主道引向较远的出口才可能安全。

冉阿让对我们指出的这一点若是有点概念，他只要摸摸两边的墙壁，就会立刻明白他不在圣德尼街的下水道里。他摸摸就会感到是现代的便宜货，是经济用料，是混凝土地基、粗磨石岩加水泥砂浆的壁道，造价一米两百法郎，即所谓"小料"的资产阶级式构体，而不是凿出来的老石料，不是那种建下水道也华贵的古式建筑，地基用花岗岩和肥石灰砌成，造价每一图瓦兹八百利弗尔。然而这一切，冉阿让根本不知道。

他往前走，心中焦急不定，但还是保持镇定，他什么也看不见，什么也不清楚，完全撞大运，换句话说，就是凭天由命了。

应当说，有种恐惧逐渐袭上心头。黑暗包围他，也侵入他的头脑。他走在谜中。这排污渠道实在可怕，交叉错乱让人头晕目眩。困死在黑暗的巴黎中是很悲惨的事。即使看不见，冉阿让也必须找到，甚至闯出一条路来。在这陌生的地方，他每冒险走一步，就可能是最后一步。如何走出去呢？能找到出路吗？能及时找到吗？这个庞大的地下海绵有无数石孔，能让人钻进来又冲出去吗？会不会意外碰到黑暗的死结呢？会不会降入无法逾越的绝境呢？马吕斯会流血过多，而他也因饥饿，两人就死在这里吗？难道他们两人就迷失在这里，最后把两具尸骨留在这黑夜一角吗？不得而知。他心中产生这种种疑问却无法回答。巴黎的肚肠是无底深渊。他就像先知一样，在魔鬼的腹中。

突然出现一个意外的情况。他径直朝前走，就在最出乎意料的时刻，他发觉不是上坡路了。水流不是冲击脚尖，而是撞击脚跟了。现在水道是下坡。怎么回事呢？会突然走到塞纳河边吗？这样危险很大，可是后退风险更大。他还是继续往前走。

他根本不是走向塞纳河。巴黎右岸区有一处地势呈驴背形，两面斜坡，一边的污水泻入塞纳河，另一面流入主管道。驴背的脊岭变化不定，最高点是过了米歇尔伯爵街，在圣阿乌瓦管道，还有靠近大马路的卢浮官管道，以及菜市场附近的蒙马特管道。冉阿让正是到了这个最高点，他走向主管道，路走得对，然而他根本不知道。

每遇到一根支管，他就伸手摸摸拐角，如果发觉口径比他所走的巷道狭窄，就不拐进去，还按原路走。他认为窄道通向死胡同，只能远离目标，即远离出口，这种判断相当准确。我们列举的四座迷宫在黑暗中给他设下的四个陷阱，他就这样避开了。

他走在下面，有一阵就觉得，已经出了因暴动而惊愕的巴黎，街垒阻断交通的巴黎，回到富有生气的正常的巴黎。他忽然听到头上隆隆的声响，从远处传来，但是持续不断。那是行驶的车辆。

大约走了半小时，他心里这样估计，他还没有考虑歇一歇，只是把抓着马吕斯的手换一下。幽暗越发深邃，这样深邃他反而放心。

猛然，他看见前面有自己的影子，是由几乎分辨不清的微弱红光衬托出来的；这种微弱的红光，把他脚下的沟底和头上的拱顶映成隐约的紫红色，并在巷道黏糊糊的左右壁上游动。

他不禁愕然，回头望去。

在身后他刚经过的巷道里，看似很远很远，有一颗可怕的星，穿透重重黑暗，仿佛在注视他。

那是在阴沟里升起的警察昏暗的星。

那星光后面，隐约晃动着十来个模糊不清、挺直而可怕的黑影。

二 说明

6月6日白天，当局下令搜索下水道，担心那里成为战败者的避难所，搜索隐秘的巴黎由警察总署署长吉斯凯负责，而扫荡公开的巴黎则由布若将军指挥。这两套行动相互配合，军事当局就采用两种战略，地下派警察部队，地面派正规军。由警察和下水道工人组成的三支分队搜查巴黎下水道，河右岸一队，河左岸一队，城心岛一队。

警察装备有卡宾枪、棍棒、刀和剑。

此刻射向冉阿让的光，正是右岸巡逻队的灯笼。

这支巡逻队刚刚搜索了钟盘街下面弯水道和三条死巷道。他们举灯察看死巷里端时，冉阿让已经走过了这几个巷口，认为比主道狭窄而未进入。警察走出钟盘街下水道时，仿佛听见主巷道那边传来声响，那正是冉阿让的脚步声。巡逻队长举起灯笼，小队的人就朝传来声响的迷雾方向张望。

这一时刻，对冉阿让真是难以名状。

幸而他看得见灯笼，灯笼却照不见他。灯是光而他是黑影。他离得很远，同周围的黑色融为一体。他紧贴着墙壁站住。

再说，他不明白身后移动的是什么东西。没有睡觉，也没有进食，情绪又紧张，他同样进入了幻视的状态。他望见一个火球，围着妖魔鬼怪。那是什么呢？他弄不明白。

冉阿让一站住，响动也就戛然而止。

巡逻队的人侧耳细听，却什么也没有听见；他们引颈张望，却什么也没有望见。于是，他们一起商议。

当时，蒙马特下水道这一段有一种十字路口，叫作"勤务处"，后来取消了，因为下暴雨时，雨水汇成的急流涌入，积成水塘。巡逻队能在这个十字路扎成一堆。

冉阿让望见那些妖怪围成一圈，那些獒犬的头凑到一起，低声说话。

商议的结果，那些警犬以为听错了，根本没有声响，也没有一个人，不必再钻进主管道，这是浪费时间，要赶到圣梅里那边去，如果说有什么事可干，有什么"不善哥儿①"要追踪，那也应当是在那里。

党派不时给詈词换上新装。1832 年，"不善哥儿"是个承上启下的词，前承已经过时的"雅各宾"，后启当时还不大使用、后来大行其道的"得骂哥哥②"。

小队长下令左拐走向塞纳河边。他若是灵机一动，分成两组，朝两个方向搜索，那就会抓住冉阿让。这真是一发千钧。警察总署可能有指示，估计到暴动者人数多，会有遭遇战，不准巡逻队分散行动。巡逻队就这样走了，将冉阿让丢在后面。冉阿让只见灯笼猛一掉头就消失了，而对这一行动却一无所知。

小队长临走时，为了尽到警察的责任心，还朝丢下的冉阿让那方向打了一枪。枪声在这地下墓穴里回音不断，好似巨人提坦的肠鸣。一块灰泥掉进细流中，在冉阿让几步远的地方溅起水花，这就向他表明，子弹打到他头上的拱顶。

整齐而缓慢的脚步声，在下水道里回响了一阵，渐远而渐弱下去。

---

① 不善哥儿：法国 1830 年革命后，鼓吹民主的青年。

② 得骂哥哥：意译为"蛊惑群众者"。

那群黑影越钻越深，一点亮光摇曳浮动，将拱顶照成淡红色的圆筒状，也渐弱而消失了。于是，周围又恢复幽深的寂静、完全的黑暗，失明和失聪重新拥有黑暗。冉阿让还不敢动弹，久久靠在墙上，竖着耳朵，睁大眼睛，目送那鬼魂巡逻队化为乌有。

三　跟踪

说句公道话，即使局势十分严峻，当时的警察也尽心尽责，管理道路并监视警戒。警方认为，一次暴动绝不能成为任由坏人为非作歹的借口，也绝不能因为政府岌岌可危就疏忽社会治安。在执行特殊任务的过程中，日常勤务也不能乱，要按部就班地完成。一场难以预料的政治事变，可能演变成一场革命，爆发起义并筑起街垒，就在这种压力下，一名警察还在跟踪一个窃贼。

6月6日下午，在残废军人院桥下游一点的右岸河滩，恰恰发生这样一种情况。

如今河滩已不复存在，那一带面貌完全变了。

在那段河滩上，有两个人相隔一段距离，仿佛相互注视，一个躲避另一个。走在前边的那人总想拉开距离，而跟在后面的那人则极力靠上去。

那好像在远处默默下一盘棋。两方走得都很慢，似乎哪个也不匆忙，怕走得太快会引起对方加快脚步。

就像一只饥饿的猛兽跟踪一个猎物，又装出若无其事的样子。猎物也很鬼，一直提防着。

被追捕的石貂和猎犬的大小个头儿，也都合乎比例。力图躲避的那个瘦小枯干，要捕获的那个人高马大，相貌凶悍，看来很不好惹。

头一个觉出强弱悬殊，就极力摆脱第二个，但那逃避的神情十分恼火，如有人观察就会发现，他虽然逃窜，但是他的眼神阴沉中含着敌意，恐惧中含有威胁。

河滩僻静，没有一个行人；几处停泊的驳船上，既没有船夫，也没有装卸工人。

只能站在河对岸，才容易望见那两个人；隔着河观察，就会发现前边那人毛发倒竖，罩衫褴褛不堪，身子歪斜，又抖瑟不安；另一个像个传统的公务人员，穿着一直扣到领口的制服。

读者若是靠近仔细看，就可能认出他们俩。

后面那人目的何在呢？

大概要让前边那人穿得暖一些吧。

一个身穿国家发的制服的人，去追捕一个身穿破衣烂衫的人，就是要让那人也穿上国家发的制服，只是问题全在于颜色：身穿蓝色制服者为荣，身穿红色制服者为耻。

还有一种下等的紫红服。

前边那人要逃避的，大概就是这种耻辱和这种紫红服。

另外那人跟在后面，还没有抓他，很可能要跟到重要的碰头地点，希望捕到一窝大的；这种巧妙的行动就叫作"放长线钓大鱼"。

有一个情况表明这种推测可能完全对，就是制服扣得整齐的那人看见一辆空车，沿河滨路驶来，就向车夫打了个手势；那车夫会意，显然明白对方的身份，就掉转马头，开始跟随那两个人，在高高的河滨路上缓缓行驶。这一情况，前边那个衣衫褴褛的可疑的人并未看见。

那辆公共马车沿着香榭丽舍的一排排树木行驶，只见车夫举着鞭子，半截身子从护墙上边往前移动。

警署给警察的秘密指令中有一条："身边常有一辆公共马车，以备不时之需。"

他们两人各自实行一套无懈可击的战略，走到一条直通河滩的下坡路，须知从帕西驶来的公共马车，可以从这里下河边饮马。后来为了两岸对称，这条坡道就取消了：只要美观悦目，马渴死也没关系。

穿罩衫的人可能要从这条坡道上去，钻进香榭丽舍树林中；不过，那里也布满警察，跟踪他的人很容易找到帮手。

这里河岸不远处，便是1824年勃拉克上校从莫雷移来的府邸，称为"弗朗索瓦一世宅"。附近就有一个哨所。

不料，被追捕的人没有沿饮马的坡道上去，而是顺河滩岸边继续往前走。

显然他的处境岌岌可危。

他去干什么呢？除非投塞纳河。

再往前走就再也上不去了，既没有坡道，也没有台阶，这里是河弯，就要到耶拿桥了，河滩越来越窄，最后成为一条细线没入水中。他不可避免地走入绝境，右有陡壁，左边和前方是河流，后面又有警察追赶，可以说插翅难逃。

诚然，这段河滩尽头，有一个六七尺高的瓦砾堆遮住视线，不知是拆毁什么建筑物堆在那里的。可是，那人真的以为绕到瓦砾堆后面，就能藏身了吗？这种应付办法未免幼稚可笑。他肯定不是这样打算。再天真的窃贼也不至于如此。

小丘一般的瓦砾堆，从水边延展到河岸陡壁，形成一个岬角。

被跟踪的那人到了小丘便绕过去，避开了另外那人的目光。

后面那人看不见对方，也不会被对方看见，他就趁机抛开一切掩饰，转瞬间飞步跑到小丘，绕了过去，一看却傻了眼，惊愕地站住：他追赶的人不见了。

穿罩衫的人踪影皆无。

从瓦砾堆起这段河滩还不到三十步长，就没入冲击岸墙的河水中了。

无论潜逃者投进塞纳河，还是爬上河岸，跟踪的人不可能看不到，他究竟哪儿去了呢？

身穿礼服扣得齐整的人一直走到河滩尽头，沉吟片刻，握紧两个拳头，定睛搜索。忽然，他拍了拍脑门儿，发现土岸与河水相交处有一扇拱顶铁栅门，又矮又宽，带有三个粗铰链，安了一把厚实的大锁。这种铁栅门开在河岸下方，半露水面半没水中，只见从里面流出一股浊水，泻入塞纳河。

透过栅门粗铁条，能分辨出一条幽暗的拱顶长廊。

这人又叉起双臂，以责备的目光注视铁栅门。

仅仅注视还不济事，他又用力推，用力摇晃，铁栅门却牢牢不动。这道门，刚才可能被人打开，但它锈成这样却没有发出声响，真是怪事，但是肯定又重新锁上了。这表明开这道门用的不是撬锁钩，而是一把钥匙。

摇撼铁栅门的人恍然大悟，随即发出这样一句愤慨的话：

"太不像话啦！竟然拿一把政府的钥匙！"

他又立刻平静下来，内心许多想法，只发出一连串单音词，加重讽刺语调表达出来："妙！妙！妙！妙！"

说罢，不知还抱有什么希望，或是等那人出来，或是等别人进去，他就躲在瓦砾堆后边守望，那种恼怒和耐性赛似猎犬。

那辆公共马车按照他的一举一动行事，这时停在他头顶的护墙旁边。车夫料想会停留很长一段时间，就给马嘴套上装有水发燕麦的麻袋；顺便讲一句，这种饲料袋，巴黎人非常熟悉，历届政府有时给他们的嘴套上。耶拿桥上行人寥寥，他们走远之前，还回头望一望两处不动的景物：河滩上的汉子、河滨路上的马车。

四　他也背负十字架

冉阿让又往前走，就不再停下了。

路越走越吃力。拱顶的高度时有变化，平均约五尺六寸，是按一个人的个头儿设计的。冉阿让必须弯着腰，免得马吕斯撞着拱顶。他时时弯腰，再直起身子不断摸索墙壁。石壁湿漉漉的，沟槽黏糊糊的，都很滑，这种支撑点手抓不牢，脚踏不稳。他是在城市的污秽中艰难跋涉。通风口相距很远，灿烂的阳光照进来变得十分惨淡，好似月光了；其余地方一片迷雾、疫气、污浊、昏黑。冉阿让又饥又渴，尤其渴得要命；然而，这里像在海上一样，到处是水却不能喝。我们知道，他力大无比，多亏一生贞洁简朴，年纪大了，膂力也只是稍许减弱，但是现在，他渐渐不支。他感到疲惫不堪，体力大减，负重大增。马吕斯可能死了，也像不会动的躯体那样沉重。冉阿让尽量托住他，使他胸部不致受压，呼吸始终通畅。他不时感到老鼠从他两腿之间蹿过去，其中一只受惊，甚至还咬了他一口。阴沟圆口也不时吹来一股新鲜空气，令他精神一振。

大约下午三点钟，他到达主管道。

道口忽然扩大，他不免诧异，走进大巷道里，伸手触不到两边的墙壁，脑袋也碰不到拱顶了。要知道，大阴沟有八尺宽、七尺高。

蒙马特下水道通到大阴沟的位置，另外还有两条沟道：一条是普罗旺斯街的，一条是屠宰场街的，形成一个十字路口。面对四条路，头脑稍微迟钝的人就会举足不定。冉阿让选择最宽大的，也就是主道。选择主道还有个问题：下坡还是上坡？他想形势紧迫，不管多么危险，现在也必须赶到塞纳河边，换句话说，就是取下坡路。于是他朝左拐去。

幸而如此。若是按照名称以为大阴沟就是右岸巴黎地下主管道，有两个出口，一个在贝尔西附近，一个在帕西附近，那就大错特错了。

应当回想一下，这条大阴沟，无非是原先的梅尼蒙当小河，溯流而上便通到死巷，即当初的起点，在梅尼蒙当小丘脚下的源头，它并不直接通汇集从波潘库尔区流来的巴黎水系的支管道。那条支管道的污水，经由原卢维耶岛上的阿姆洛沟道泻入塞纳河，它是与集管道分开的辅助管道，在梅尼蒙当街下面由一块高地分成上水和下水。冉阿让若是走上水沟道，那么经过千辛万苦，到力尽气绝之时，在黑暗中碰到的是一堵死墙，他也就完蛋了。

万不得已，还可以退回几步，拐进受难会修女街的下水道，走到布什拉十字街头地下的鹅掌形道口，只要毫不犹豫地取道圣路易沟道，走一段再拐进左首圣吉尔街支线，然后再向右拐，避开圣塞巴斯蒂安长廊道，就能抵达阿姆洛沟道，从那儿到了巴士底广场下面，只要不在F形的沟道里迷路，就能走到兵工厂附近的塞纳河出口。不过，这样一来，就必须完全熟识这个巨大珊瑚状的下水道所有枝枝杈杈。可是，还应当强调指出，冉阿让走在可怕的线路中，却一无所知；如果有人问他身在何处，他就可能回答："在黑夜里。"

他的本能帮了他大忙。走下水，确有可能是生路。

他径直走过右侧拉菲特街和圣乔治街分成指爪尖的两条下水道，又走过昂丹街有支管的长廊道。

又过了一条水流，大概是马德兰教堂下面的支管，走了几步便停下了，他疲惫不堪。有一个相当大的通风孔，大概是昂儒街的洞眼，射进一道颇为明亮的光线。冉阿让就像对待受伤的兄弟那样，将马吕斯轻轻地放在沟坡上。马吕斯双目紧闭，头发粘在鬓角上，好似干了的红色画笔，双手垂下不动，肢体冰冷，嘴角凝着血块。他的领结上也凝聚一个血块，衬衫挤进伤口里，外套呢布擦着翻出来的鲜肉。冉阿让用指尖轻轻解开他的衣衫，手掌放在他的胸脯上，觉出他的心脏还在跳动。冉阿让从自己的衬衫上撕下一条，尽量包扎好伤口，止住流血；然后，他借着半明不暗的光亮，俯下身子，怀着难以表述的仇恨，注视昏迷不醒、几乎断气的马吕斯。

刚才他给马吕斯解衣服，发现兜儿里有样东西：昨天忘记吃的面包和马吕斯的笔记本。他吃下面包，又打开笔记本，在头一页上发现马吕斯写的几行字。我们还记得是这样写的：

"我叫马吕斯·彭迈西。请把我的尸体运到我外祖父家：沼泽区受难会修女街六号吉诺曼先生。"

冉阿让借通风口的光线念了这几行字，发了一会儿呆，若有所思，喃喃重复："受难会修女街六号，吉诺曼先生"。他把笔记本放回马吕斯的兜儿里，吃了面包，恢复了体力，就又背上马吕斯，小心地让他的头枕着自己的右肩，沿着沟道继续朝下水走去。

这条大阴沟是沿着梅尼蒙当的谷底线修建的，约有两法里长，大部分沟道都铺了石块。

我们将巴黎街名当作火炬，为读者照亮冉阿让在地下行走的路线，但是冉阿让并没有这支火炬。他无从知晓他正穿行的是哪个城区，走了什么线路。不过，他每走一段距离遇到透下来的光渐渐暗淡，便明白阳光正撤离街面，不久天就要黑了；头顶隆隆不断的车轮声变得时断时续，现在几乎停止了，从而得出结论，他离开了巴黎市中心，走近偏僻的地方，可能临近外马路或城边堤岸。这一带房舍少，街道少，阴沟通风口也就少了。周围越来越黑暗，冉阿让还照样在黑暗中摸索着前进。

猛然间，这黑暗变得异常可怕。

五 流沙阴险似女人

他感到进入水中，脚下不再是石块，而是淤泥了。

在布列塔尼或苏格兰海边常有这种情况：一个人，旅行者或渔夫，在退了潮的海滩上行走，远离岸边，他猛然发觉几分钟以来，他走路吃力了。脚下海滩就像沥青，直粘鞋底，这已不是细沙，而是胶泥了。海滩倒完全是干的，但是每走一步拔起脚来，脚印里就灌满了水。可是眼前毫无变化，一望无边的海滩平展展、静悄悄的，沙子全是一个样，分辨不出哪儿是实地哪儿空陷；成群的海蚓虫还在行人的脚上活蹦乱跳。那人继续往前走，走向陆地，力图靠近海岸。他并不担心。担心什么呢？不过他有一种感觉，每走一步，抬脚就沉重一分。突然，他陷下去了。陷下两三寸。显而易见，这条路不对；他停下来辨别方向。突然，他看着脚下，双脚不见了，被沙子埋住。他从沙中拔出脚来，想退回去，掉过头，可是陷得更深了。沙子没到脚腕儿，他拔出来，冲向左边，沙子又半埋到小腿，他冲向右边，沙子却埋到腿肚子。于是，他产生一种难以名状的恐惧，明白自己困在流沙中，他下面是可怖的地域，人不能走，鱼不能游。他拿着重东西就会扔掉，如同遇难的船减轻负载一样，可惜为时已晚，沙子已经过了膝盖。

他呼叫，挥动帽子或手帕，他在沙中越陷越深。如果海滩渺无人迹，如果陆地离得太远，如果这是有名的险恶的流沙层，如果附近没有见义勇为的人，那就完了，他就注定被埋葬。这种令人毛骨悚然的埋葬十分漫长，毫不间断，也毫不容情，既不可减缓也不可能加快，要持续几小时，无休无止，将一个站立的人，一个自由而完全健康的人抓住，拉住你的脚，你每挣扎一下，叫喊一声，就往下沉陷一点，就好像用更紧的搂抱来惩罚你的抗拒，让你慢慢入土，又给你充分时间眺望天边、树木、绿油油的原野、平原上村庄的炊烟、海上的船帆、飞舞欢唱的鸟儿、太阳和天空。葬入流沙，就是坟墓化为海潮，从沉沉的地下升起来吞没一个活人。残酷无情的埋葬，每分钟都不停止。这个倒霉的人试图坐下，躺倒，爬行，他的一举一动都在埋葬自己，他身子往上挺，却往下陷；他感到自己在沉没；他呼号，哀求，向云天呼救，扭动双臂，求生无望了。流沙没到腹部，继而又达到胸口，只剩下小半截上身了。他举起双手，愤怒地呻吟，指甲痉挛地抓沙土，想用臂肘撑着挣脱这软套子，号啕痛哭；沙子升高，抵达肩膀，又埋到脖子；现在，只能看得见一张脸了。嘴还叫喊，就让沙子给堵死，沉寂；眼睛还观望，就让沙子给迷住，黑夜。继而，额头渐渐消失，只有一绺头发在沙上颤动，一只手穿过沙层伸出来，抽搐摇晃，接着也消失了。一个人就这样惨遭吞噬。

有时，骑手同马匹一道沉下去；有时，车夫同大车一道沉下去；全部葬于沙滩之下。这是在江河湖海之外沉船，是大地淹没了人。大地浸透了海洋，就变成陷阱，看上去像一片平野，又能像波涛一样张开。这深渊就是如此背信弃义。

发生在海滨的这类惨事，三十年前，也完全可能在巴黎下水道里出现。

1833 年重大工程开始实施之前，巴黎地下沟道有时会突然塌陷。

水渗入特别容易破裂的地层，无论石块铺底的老沟道，还是混凝土的新沟道，一旦失去支撑就折下去了。这种沟道板打个折，就是一道裂缝；一道裂缝，就意味沉陷。有的沟道很长一段陷下去。这种裂缝，即泥潭的间隙，专业术语称为"地陷"。何谓地陷？就是海滨流沙突然沉入地下，是阴沟里的圣米歇尔山海滩。土壤浸透了水，就像溶解一般，成为稀软状态，所有分子都悬浮着，既不是土壤，也不是水。有时很深，走到这种地段无比凶险。如果水占的比例大，那么死得就快，一下子就沉没了；如果沙土占的比例大，那么死得就慢，渐渐埋葬。

这种死亡，我们能想象得出来吗？沉陷发生海滩上很可怕，在阴沟里又如何呢？在海滩旷野，晴空一片清亮，阳光灿烂，万籁齐鸣，悠闲的云彩下生机勃勃，远处望得见船帆，也许会有过路人，会有各种各样的希望，直到最后一分钟还有得救的可能；然而，在阴沟里，这些就不复存在，在这里耳朵失聪，眼睛失明，只有黑压压的拱顶、已然完工的墓穴，上有顶盖，死在污泥中！被污秽之物慢慢窒息，在石椁中，窒息的污泥张开利爪，抓住你的喉咙，临终倒气尽是恶臭，泥潭取代沙滩，硫化氢取代暴风，垃圾取代海洋！呼号，咬牙切齿，身躯扭动挣扎，慢慢死去，而你头顶上的大都市却一无所知！

这样丧命的恐怖难以名状！死亡，有时还能以某种崇高精神抵赎其残酷性。在火刑柴堆上，在遇难的船里，人可能显得伟大，无论在火中还是在水里，有可能表现出高风亮节，在死难的过程中面貌一新。然而，在阴沟里绝不可能。死在这里不洁净，在这里咽气非常屈辱，最后浮动的幻象也是龌龊的。污泥和侮辱是同义词，既渺小，又丑恶、卑鄙。像克拉朗斯①那样，死在一大桶葡萄美酒中，那还说得过去；如果像艾斯库勃洛②那样，死在垃圾坑里，那就太可怕了。在这里挣扎惨不忍睹，临终还得在污泥浊水中打滚。这黑暗如地狱，积污成泥潭，要死的人却不知会变成幽灵还是癞蛤蟆。

什么地方的坟墓都凄惨，而这里的坟墓却是畸形的。

地陷的深度、长度和密度，随着土质恶劣的程度而不同，有时下陷三四尺，有时下陷七八尺，有时则深不着底。淤泥在这里几乎变硬了，在那里差不多还是稀汤。吕尼埃尔沉陷地带，吞没一个人需要一整天，而菲利波泥潭，五分钟就能吞噬一个人。污泥的负载力随其密

---

① 德·克拉朗斯（1449—1478）：英国公爵，因阴谋反对他哥哥爱德华四世，而被判死刑，他请求溺死在马尔瓦桑葡萄酒桶里。
② 艾斯库勃洛：见本章末段。

度大小而异。一个孩子幸免于难的地方，成人却会丧命。保命的第一条法则，就是扔掉所有负担。扔掉工具袋，扔掉背篓或篮子，任何下水道工人，一感到脚下地面软下去，就会立刻这样做。

地陷的起因不同：土质酥脆；在人难以掌握的深层发生塌陷；夏季的暴雨；冬季的阴雨天；连绵的细雨。有时，灰泥岩或沙土地段上的楼房重压，使沟道的拱顶变形，甚或使沟底断裂。一百年前，先贤祠下陷，就这样堵塞了圣日内维埃芙山底下的部分沟管。一条沟道在楼房的压力下坍塌了，有时上面街道也出现错位，即齿状裂缝。这条裂缝蜿蜒伸展，与沟道拱顶开裂的长度相对应，坏损也就显而易见，必须迅速抢修。也有这种情况，地下阴沟毁坏，没有一点痕迹显露到地面上。下水道工碰到这种情况就倒霉了，他们毫无防备，进入透了顶的沟道，就很可能送命了。旧档案材料记载，好几名挖井工人就这样在地陷中葬身，还列出姓名，其中有一个叫勃莱兹·普特兰的下水道工人，就因为拱顶坍塌，埋葬在克雷姆-卜勒南街的阴沟里。他哥哥尼古拉·普特兰，就是 1785 年取消的圣婴公墓最后一个掘墓工。

还有我们刚刚提过的德·艾斯库勃洛子爵，一个可爱的青年，是围攻莱里达城的英雄，当年攻城时，那些英雄都穿着丝袜，用小提琴开路。有一天夜里，德·艾斯库勃洛同他表妹德·苏尔迪公爵夫人幽会，被人发现，他为了躲避公爵，就藏到博特雷伊阴沟泥坑里淹死了。德·苏尔迪夫人听人叙述这一惨死的情景，就赶紧要嗅盐瓶，连连嗅醒盐而顾不上哭了。发生这种情况，就谈不上忠贞不渝的爱情了。爱情被污泥浊水淹没了。海洛拒绝给利安得①的尸体洗身。西斯贝从皮拉姆斯②的面前经过，还要捂上鼻子，说一声："呸!"

---

① 海洛和利安得：希望传说中一对受人称颂的情侣。青年利安得每夜泅过赫勒斯滂（今达达尼尔海峡），同美神的女祭司海洛相会。一个暴风雨的夜晚，海洛举的火炬熄灭，利安得溺死，海洛见其尸体，悲痛万分，跳水自杀身亡。

② 皮拉姆斯和西斯贝：罗马诗人奥维德在《变形记》中讲述的一对恋人。两人相约在桑树下幽会，西斯贝先到，被母狮吼声吓跑，匆忙中丢掉的纱巾被母狮撕烂。皮拉姆斯见纱巾，以为爱人被狮子吃掉便自杀。西斯贝回来，见爱人受致命伤，也自杀殉情。

六　地陷

冉阿让面临塌陷的地段。

当时，在香榭丽舍下面，这类塌陷经常发生，对下水道工程极为不利，由于上层流动性太大，所建的沟道难于保存完好无损。这里流动的土层，比圣乔治街区地下的流沙还不稳固，也不比殉道士街区地下散发沼气的恶臭黏土层牢固；用石块混凝土浇灌地基，才能克服流沙，而殉道士街区的下水道，黏土层太稀薄，只好用一条铸铁管连通。1836 年，拆除并重建圣奥诺雷郊区街石砌旧下水道，那正是此刻冉阿让所在的地方，当时，从香榭丽舍到塞纳河，地下层是流沙，阻碍工程进展，工期将近半年，招致河岸住户，尤其河岸有公馆和马车的住户的抗议。施工条件很不便利，而且还危险。当然，又正赶上连续降雨四个半月，塞纳河三次涨水。

冉阿让碰到的地陷，正是头一天暴雨造成的。铺石马路的地基是沙子，支撑力差，街面下陷，便积聚雨水。积水渗过路石，造成下水道拱顶坍塌，沟槽开裂破碎，沉入泥潭。沉陷的地段有多长呢？无法说清。这里黑暗厚重，任何地方都不能比拟。这黑夜洞穴中的一个泥坑。

冉阿让感到走进了泥浆，脚踏不着沟底石了。上面是水，沟底是淤泥。无论如何得过去，走回头路断然不可。马吕斯奄奄一息，冉阿让也筋疲力尽。况且，还能往哪儿去呢？只能往前走。再说头几步，冉阿让也觉得，泥坑并不深，不料越走双脚陷得越深了。时过不久，泥浆就没到小腿肚子，水则过了膝盖。他继续往前走，胳臂尽量抬高点儿，不让马吕斯沾到水。现在，泥浆到了膝下，而水则没腰了。退回去根本不可能了，可是越陷越深。泥浆很稠，能负载一个人的体重，却显然承受不了两个人的重量。假如马吕斯和冉阿让单独走，两个人就可能脱险。冉阿让举着垂死的人，也许是具尸体，但是他照旧往前走。

水到了腋下，他感到身子往下沉，深深陷入淤泥中，很难移动。泥浆稠厚，既是支撑，也是障碍。冉阿让一直举着马吕斯往前走，因此消耗体力超乎寻常；他还往下陷，现在水面只露一个脑袋了，双手仍高举着马吕斯。在表现大洪水的古画中，母亲就是这样举着孩子。

他还往下沉，只好仰起头，避开水面好呼吸。在这种黑暗中，有人若是看见他，准以为漂浮着一个面具。冉阿让影影绰绰地看见上面马吕斯垂下的头和青白的脸，他拼力向前跨了一步，脚不知触到什么硬东西。有个立足点。差点儿就一命呜呼。

他挺一下身子，又扭动腰身，拼命在这立足点上扎稳，就好像绝处逢生，踏上救命楼梯的第一级。

在这万分危急的关头，在泥潭中碰到的立足点，正是沟道另一面斜坡的起始：这一段沟道虽弯未断，在水下呈弧形，像一块木板弯下去，但还是一整块。砌得好的石头沟槽，也像拱顶一般坚固。这段沟槽，部分淹没在泥水中，但是还牢固，构成名副其实的坡道，一旦踏上这面坡，也就得救了。冉阿让登上这面斜坡，抵达泥潭的彼岸。

他走出水洼，绊到一块石头，便顺势跪下去。他认为理应如此，就跪了一会儿，灵魂面向上帝，不知沉浸在什么祈祷中。

他又抖瑟着站起来，只觉浑身僵冷、恶臭，直淌泥汤，弓着腰背负这个垂死的人，但心灵却充满奇异的光芒。

七　有时以为到岸却搁浅

冉阿让又上路了。

不过，他过了泥潭，即使没有丢下命，也丢下了体力。现在，他确实精疲力竭了，每走三四步，就不得不靠墙喘口气。有一次，他不得不坐在沟坎上，以便改换一下背负马吕斯的姿势，还以为再也站不起来了。然而，他就算体力耗尽，毅力绝未丧失。他重又站起来。

他拼命往前走，速度还相当快，就这样走了一百米，没有抬头，几乎没换气儿，忽然撞到墙上。原来到了沟道的拐弯，他只顾低头走，到拐弯处便撞了墙。他抬头一看，只见前边很远很远的地方，在沟道的尽头有亮光。这回可不是凶光，而是祥和的白光。那是天光。

冉阿让望见了出口。

一颗灵魂入了炼狱，在熊熊炉火中突然瞧见地狱的出口，就会有冉阿让此刻的感受。这颗魂灵要鼓起烧残的翅膀，拼命朝光辉灿烂的大门飞去。冉阿让不觉得累了，也不觉得马吕斯的分量了，他又恢复了强健的腿力，简直一路小跑起来，越近出口越清晰了。那是一道圆拱门，比逐渐降低的拱顶要矮，也比逐渐收缩的沟道要窄。沟道收口成漏斗状，这种紧口很糟糕，就像监狱的小角门，然而用在监狱合理，用在下水道就不合适了，后来得到纠正。

冉阿让到达出口。

他到了出口站住了。

不错，这是出口，但出不去。

圆拱出口关着一道粗铁栅门，看来这扇门铰链已锈住，难得开一开，而且还有一把锈成红砖的大锁，把铁栅门牢牢锁在石头门框上。看得见钥匙孔、深深卡进横头的粗锁舌。这把大锁显然锁了两道，是监狱里用的一种锁，也是老巴黎最常见的。

铁栅门外面是大自然，是河流和阳光，河滩极窄，但足可以过人，那远处的河岸、巴黎——极好藏身的深渊、辽阔的天地、自由。往右边河下游望去，能认出耶拿桥，左边上游则是残废军人院桥；这地点很有利，等天一黑就能逃走。这是巴黎最僻静的地点，河岸对面是巨石教堂。苍蝇从栅门铁条之间飞进飞出。

这时大约晚上八点半，天快黑了。

冉阿让拣沟道墙脚干的地方，将马吕斯放下，然后走到铁栅门前，两只手紧紧抓住铁条，拼命摇撼，根本动不了。铁栅门一动不动。他又挨根抓住铁条，期望能拔下一根最不牢的，好用来撬门或撬锁，然而一根铁条也不活动，就是老虎牙也没有这么牢固。搞不到撬棍，就不能硬撬开。克服不了这个障碍，就无法打开门。

就得死在这儿吗？怎么办呢？会落到什么地步呢？掉过头去，沿着他走过的可怕路线再返回去，他没有这份力量了。况且，如何再过那个泥潭呢？刚才靠奇迹才脱险的呀！就算过了泥潭，不是还有那支巡逻队吗？第二次遭遇就肯定逃不脱了。再说，往哪儿走呢？走哪个方向呢？沿着下坡走，也根本到不了目的地。即使抵达另一个出口，还是有盖子或铁栅门隔住而出不去。毫无疑问，所有出口都是这样封闭的。进来时是碰巧铁栅盖开着，可是显而易见，其他所有下水道口都关闭了。他只有越狱的成功记录。

大势已去。冉阿让所做的一切都徒劳无益。上帝拒绝了。

他们两人落入幽暗而巨大的死亡蛛网，冉阿让感到，在黑暗中，可怖的蜘蛛在颤动的黑丝上奔跑。

他转身背向铁栅门，扑倒在地，不是坐下而是瘫在那里，靠近一直不动弹的马吕斯，他的头垂到两膝之间。没有出路。这是整个惶怖焦虑的最后一滴苦汁。

在这无比颓丧的时刻，他想到谁呢？不是他自己，也不是马吕斯。他念起珂赛特。

八　撕下的一块衣襟

他正陷入万念俱灰的状态，忽然感到一只手搭到他肩头，一个轻轻的声音对他说："对半儿分。"

这黑暗中还会有人？绝境比什么都更像梦境。冉阿让真以为是做梦，他一点也没有听见脚步声。怎么可能？他抬头一看。

一个男子站在他面前。

那人身穿劳动服，光着脚，鞋在左手拎着，他脱了鞋走近前，显然是不想让冉阿让听见。

冉阿让一刻也没有犹豫。此人虽然突如其来，但是并不陌生，他正是德纳第。

可以说，冉阿让猛然惊醒，不过，他对险情早就习以为常，久在意外的打击中磨炼，能够立刻镇定下来，恢复整个随机应变的能力。况且，局面也不可能再恶化，困境到了一定程度就不可能再升级，就是德纳第也不可能让这夜色再黑几度。

双方等待了片刻。

德纳第右手举到额头遮光，接着皱起眉头，连连眨眼睛，又微微噘起嘴唇，这种表情显示一个精明人在注意辨识另一个人。他一点也没有认出来。刚才说过，冉阿让背着光，又满脸污泥和血迹，面目全非，就是大白天，也不会有人认出来。反之，德纳第迎着铁栅门的光，固然那像地窖的光一样惨淡，却很清晰，正如一句生动的俗语比喻的那样，"一下子就跳到冉阿让的眼睛里"[①]。两种境况和两个人之间，即将展开这种神秘的决斗，但因双方所处位置不同，这就足以确保冉阿让占了上风头。遮住面孔的冉阿让和原形毕露的德纳第，在这里狭路相逢。

冉阿让当即发觉，德纳第没有认出他来。

----

① 法语俗语，意为"一眼便认出来"。

他们在半明不暗中相互审视片刻，就好像彼此在较量。德纳第首先打破沉默："你打算怎么出去？"

冉阿让不回答。

德纳第接着说："这门锁没法撬开，可是，你得从这儿出去。"

"对。"冉阿让应了一声。

"那就对半儿分。"

"这话什么意思？"

"你杀了人，好哇。可是我呢，我有钥匙。"

德纳第指了指马吕斯，继续说道：

"我不认识你，但是愿意帮你，你得讲交情。"

冉阿让开始明白，德纳第把他当成了杀人凶手。

德纳第又说道："听我说，伙计。你不会不看衣兜里有什么，就把人给杀了。给我一半儿，我把门给你打开。"

他从满是破洞的劳动服的下面，拉出一把大钥匙的半截儿，又补充一句："要不要见识一下，田野的钥匙①是什么样子的？就在这儿。"

冉阿让"惊呆了"，这里借用老高乃依的说法，他甚至怀疑眼前所见是真事。这是化为丑恶形象的天主，是以德纳第的形体从地下钻出来的善良天使。

德纳第把拳头塞进劳动服的大口袋里，掏出一根绳索递给冉阿让，说道："拿着，我还饶你这根绳子。"

"绳子，干什么用啊？"

"你还需要一块石头，外面能找到，那儿有一个瓦砾堆。"

"石头，干什么用啊？"

"笨蛋，你要把这短命鬼丢进河里，就得有一块石头和一根绳子，要不就会漂起来。"

冉阿让接过绳子，任何人都会这样机械地接受东西。

德纳第用手指打了个响儿，就像猛然想起什么事那样：

"哦，对了，伙计，你是怎么过那儿的泥坑的？我可不敢冒那个险踏进去。呸！你身上的味好难闻。"

停了一下，他又说道：

---

① 法语成语，"掌握田野的钥匙"，即"逃之夭夭"。

"我问你话，你不回答也对，这是学会对付预审法官盘问那难熬的一刻钟。还有，一声不吭，就没有说话声音太高的危险。无所谓，反正我也没看见你的脸，不知道你的名字。不过，你若是以为我不知道你是谁，想干什么，那可就错了。我知道，你干掉了这位先生，现在想把他塞到什么地方，要找一条河，那是最大藏污的地方。我来帮你摆脱困境。一个好人有难处，我倒乐意帮一帮。"

他一方面赞许冉阿让缄默，另一方面又显然要引他开口，推推他肩膀，想从侧面端详他，就是叫嚷也始终保持不高不低的声音：

"提起那个泥坑，你这家伙可真棒。你干吗不把这人扔在里边呢？"

冉阿让默不作声。

德纳第当做领带的破布条一直提到喉结，这一举动就补充完整了一个严肃的人的神态。他又说道：

"其实，你这样干也许是明智的。明天工人来填坑，肯定会发现扔在那儿的巴黎人，警方就会连起一条条线索，顺藤摸瓜，摸着你的踪迹，一直追到你面前。有人经过这条阴沟。是谁呢？是从哪儿来的呢？有人瞧见他出去了吗？警察可机灵得很。阴沟能出卖人，告发人。能找到这种地方的人不同寻常，这足以引起注意，很少人利用下水道作案，而河流则人人都可以利用。河流是真正的墓穴。一个月后，有人在圣克卢的河网上把这人捞上来。那又怎么样呢？是一具腐烂的尸体，哼！这人是谁杀的？巴黎。法院连调查都不调查。你做得对呀。"

德纳第话越多，冉阿让越不吭声。德纳第又摇了摇他的肩膀。

"现在，这桩生意该拍板了。二一添作五，平分吧。我的钥匙你看见了，你的钱也亮给我看看。"

德纳第像野兽一样，惶恐不安，又鬼鬼祟祟，那样子还带点威胁，但始终很友好。

有人情况很怪：德纳第的言谈举止很不自然，神态一点也不自在；尽管没有装出神秘的样子，他说话却把声音压低，还不时把手指按在嘴唇上"嘘"一声，叫人猜不出其中的缘故。这里只有他们两个，没有别人。冉阿让不免猜想，可能还有盗贼藏在哪个角落，离不太远，德纳第不打算同他们分赃。

德纳第又说道："赶快了结。这个短命鬼兜里有多少？"

冉阿让便搜自己的兜儿。

大家记得，他身上总习惯带着钱。他晦暗的生活总要应付意外，这已经成为他的一条准则。然而这次，他却措手不及。昨天夜晚，他情绪沮丧，神不守舍，换上国民卫队制服时，竟然忘了带钱包。现在，只有坎肩兜里装少许零钱，凑起来约三十法郎。他把浸透泥水的衣兜翻出来，拣出一枚金路易、两枚五法郎钱币和五六个铜钱，放到下水道的沟坎上。

德纳第伸出下嘴唇，意味深长地歪了一下脖子，说道：

"杀了人，就为这点儿钱。"

他开始放肆地摸索冉阿让和马吕斯的口袋。冉阿让由他做去，只注意自己背着光就行了。在翻马吕斯的衣服时，德纳第以扒手的灵巧，设法撕下一片衣襟，掖进自己的劳动服，却未让冉阿让瞧见，想必以为凭着这片衣襟，日后能认出被害者和凶手。

"不错，"德纳第说道，"你们只有这么点儿。"

他全部装进自己腰包，忘记他说的"对半儿分"的话了。

对几枚铜钱，他略显犹豫，想了想，还是收了去，同时嘴里咕哝着："算啦！这么便宜就把人干掉了。"

他收了钱，又把大钥匙从劳动服里面拉出来。

"朋友，现在你得出去了。这里就像集市那样，付了钱才能出去。你付了钱，就出去吧。"

他嘿嘿笑起来。

他用钥匙帮助一个陌生人，让一个外人从这道门出去，动机是否很纯，要无私地救一个凶手？这是值得怀疑的。

德纳第帮着把马吕斯搁到冉阿让肩上，然后踮着赤脚走至铁栅门前，并招手叫冉阿让跟上来。他往外张望一下，将手指放在嘴上，仿佛迟疑几秒钟，察看之后，他才把钥匙插进锁孔里。锁舌滑出，铁栅门转动，却没有发出一点吱吱咯咯的声响。极轻极轻，显然这道门的铰链仔细上了油，谁也想不到开得这样频繁。这样悄然无声倒挺瘆人，让人感到一些夜猫子，踏着罪恶的轻轻脚步，偷偷地来来往往，悄悄地进进出出。这阴沟显然是哪个秘密团伙的同谋。这道不声不响的铁栅门就是个窝主。

德纳第半打开门，刚刚能让冉阿让通过，随即又关上，钥匙在锁眼里拧了两圈，然后就隐没在黑暗里，轻如一阵微风。他的脚步就像老虎毛茸茸的爪子。这个可怕的天主，一忽儿就隐于无形了。

冉阿让来到外面。

九 行家看马吕斯似已殒命

他来到河滩，轻轻放下马吕斯。

他们出来啦！

腐烂的臭味、黑暗、恐惧，统统丢在身后。沐浴到纯净、新鲜、欢快而有益于健康的空气中，可以畅快地呼吸了，周围一片寂静。这是碧空落日后迷人的寂静。暮色沉沉，夜晚来临；夜晚是大救星，是朋友，能帮助所有要以黑暗为外衣的人摆脱惶恐。天空辽阔静谧。脚边河水汩汩，声如接吻。听得见香榭丽舍榆树上的鸟巢互道晚安的应答。淡蓝色的苍穹隐隐显现几颗星，在无垠中荧光微渺，难以捕捉，唯独沉思者才看得见。在冉阿让的头顶，夜晚铺展茫茫宇宙的全部温馨。

这半明半晦的时刻，又暧昧又美妙。暮色已相当浓，几步之外就不见踪影，但是还有足够的天光辨识眼前的事物。

这庄严而柔和的宁静沁人心脾，有几秒钟冉阿让不由得沉浸其中；人人都有这种忘情的时刻，痛苦不再折磨苦难者，一切思虑都从头脑里消失；静谧像夜色一样笼罩沉思者，在暮晚余晖之下，灵魂效仿明亮的天空，也布满了星辰。冉阿让情不自禁，仰望头上明亮的夜空，他若有所思，边瞻仰边祈祷，沉浸在永恒天宇的庄严寂静中。继而，他好像又想起一种责任，突然俯身瞧瞧马吕斯，又用手心舀上点河水，往他脸上轻轻洒几滴。马吕斯没有睁开眼睛，但是微张的嘴还有气儿。

冉阿让又把手伸进河里，却不知为什么，突然感到别扭，就像身后有人而未看见的那种感觉。

我们在别处已经指出过，这种感觉人人都有体验。

他回头一看。

如同刚才在阴沟里那样，身后果然有个人。

一条大汉，身穿长礼服，又着胳臂，右拳握着一根看得见铅头的短棍，站在后边，离蹲在马吕斯身旁的冉阿让只有几步远。

在沉沉暮色中，真像一个幽灵。因为昏黑时刻，寻常人见了会害怕，一个审慎的人则会因为见了短棍而害怕。

冉阿让认出那是沙威。

想必读者已经猜出，跟踪德纳第的人正是沙威。在街垒里，沙威想也未敢想，居然逃脱了，他就赶到警察总署，在短暂的接见中，向总署署长口头汇报了情况，然后又立即去执勤；从他身上搜出的字条我们还应当记得，他的勤务包括监视河右岸香榭丽舍一带河滩。近来那里引起警方的注意。他到了那儿，发现了德纳第，便跟踪追捕。其余的情况我们都知道了。

我们也明白，那道铁栅门能那样殷勤地为冉阿让打开，也是德纳第的一步妙棋。德纳第感到沙威一直守在那儿。被盯梢的人，都有一种准确无误的嗅觉，必须给那条警犬丢一根骨头。提供个凶手，该是多么意外的收获啊！送上个替罪羊，也绝不会拒绝。德纳第让冉阿让替他出去，放出一个猎物，就会把警察引开，让沙威守候有所得，去追查一个更大的案件，这样一来，既让警探满意，自己又白赚三十法郎，还可以趁机溜走。

冉阿让过了一个暗礁，又撞到另一个暗礁。

接连两次狭路相逢，从德纳第的手又落入沙威的手，这打击的确沉重。

我们说过，冉阿让已面目全非，沙威没有认出来，他放下手臂，并以不易觉察的动作握紧短棍，以短促而平静的声音问道："您是谁？"

"是我。"

"是谁，您？"

"冉阿让。"

沙威用牙叼住短棍，屈膝俯身，两只强有力的手掌按在冉阿让的双肩上，像铁钳似的紧紧抓住，定睛端详，终于认出他来。他们的脸几乎贴上。沙威的目光很凶。

冉阿让一动不动，任由沙威抓着，就像狮子容忍猞猁的爪子。

"沙威探长，"他说道，"您抓住我了。其实，从今天早晨起，我就认为是您的犯人了。当时我把住址告诉您，就绝无逃走的打算。您逮捕我吧，不过，请您答应我一件事。"

沙威仿佛没听见，他还定睛看着冉阿让，下颏儿撅起，把嘴唇顶向鼻子，是一副沉思的凶相。他终于放开手，忽地站起身，又一把抓住短棍，问了一句话，喃喃如同梦呓：

"您在这儿干什么？这又是什么人？"

他始终不用"你"称呼冉阿让了。

冉阿让回答，他的声音似乎能把沙威唤醒：

"我正想同您谈谈他的事。您先帮我把他送回家，然后随您怎么处置我。我只求您这一件事。"

沙威皱起面孔，他每次让人以为会让步，就有这样表情。他并没有回绝。

他又俯下身，从兜里掏手帕，放进水中浸湿，拭去马吕斯额头的血迹。

"这人原来在街垒里，"他轻声说，仿佛自言自语，"就是别人叫他马吕斯的那个人。"

真是头等警探，认为自己必死的时候，还什么都观察，什么都倾听，什么话都听到，什么情况都搜集，临死还在侦察，臂肘撑在坟墓的第一级台阶上还在记录。

他抓起马吕斯的手摸脉息。

"他受伤了。"冉阿让说道。

"他死了。"沙威说道。

冉阿让则回答："不，还没有死。"

"您从街垒把他背到这儿？"沙威指出。

他一定心事重重，一点也没有顾上追问从阴沟救人的令人不安的事实，甚至没有注意他问了之后，冉阿让却默然不答。

冉阿让好像只有这一个念头，他又说道：

"他住在沼泽区受难会修女街，他外祖父家中……姓名我不记得了。"

冉阿让摸马吕斯的衣兜，掏出笔记本，翻到马吕斯用铅笔写的那一页，递给沙威。

空中还有浮光，足能看清字迹，况且，沙威的眼睛像夜鸟，有猫眼那种磷光。他辨读了马吕斯写的几行字，咕哝道："吉诺曼，受难会修女街六号。"

接着，他叫了一声："车夫！"

要知道，那辆马车还停在那儿听候调遣。

沙威留下马吕斯的笔记本。

不大工夫，马车就顺着饮水坡道驶下来，停到河滩，马吕斯安置在后排坐椅上，沙威和冉阿让并排坐在前座。

车门一关上，马车就驶离河滩，沿河滨路朝上游巴士底方向飞驰。

马车离开河滨路，驶进大街。只见车夫在座上的黑黑的侧影，鞭打着两匹瘦马。车中冷冰冰的沉默：马吕斯身子靠在后座角上，一动不动，头垂到胸前，胳臂耷拉着，两腿僵直，似乎只等待一口棺材了；冉阿让仿佛鬼影；沙威好像石雕。车内夜色弥漫，每经过一盏路灯，就如一道闪电射进来，照成灰白色，照出这个阴森的画面：尸体、鬼魂和石像，三个静止不动的悲惨形体，偶然在此聚首。

十　不要命的孩子回来了

马车在路石上颠簸一下，马吕斯头发中就掉下一滴血。

马车行驶到受难会修女街六号，天就完全黑了。

沙威头一个下车，望一眼大门上面的门牌，就拉饰有公羊和林神角力像的老式沉重的熟铁门锤，重重地敲了一下。门打开一条缝儿，让沙威一把推开。门房举着蜡烛。只见他露出半截身子，打着呵欠，还睡眼惺忪。

楼里居民全睡觉了。住在沼泽区的人都睡得早，尤其在动乱期间。这个老区的善良百姓被革命吓坏了，干脆躲进睡梦中，就好像孩子听见妖怪来了，就把头缩进被窝里一样。

这工夫，冉阿让托住马吕斯的腋下，车夫抱住他的腿，把他从车里抬出来。

冉阿让一面托着马吕斯，一面把手伸进撕开的衣服里，摸摸他的胸口，确认心脏还在跳动。而且，心脏跳得不像先前那么微弱了，就像经车子颠簸，又恢复了几分生机。

沙威对门房说话的声调，正合乎官方对待一名叛乱分子的门房。

"有个叫吉诺曼的人吗？"

"就是这儿。您找他有什么事？"

"我们把他的儿子送回来了。"

"他儿子？"门房目瞪口呆，重复道。

"人死了。"

冉阿让衣衫又破又脏，跟在沙威后面，他向门房摇头；可是，门房有点讨厌他。

门房似乎没有听懂沙威的话，也不明白冉阿让摇头的意思。

沙威接着说道："他去了街垒，这不弄回来了。"

"去了街垒？"门房惊叫。

"他去找死。去把他父亲叫醒。"

门房不动。

"快去呀！"沙威又催一声。

他又加了一句："明天这儿要送葬了。"

沙威认为，大街上经常发生的事件要严格分类，这是预防和监督的第一步；每种意外的情况都有各自的栏目，在一定程度上，所有可能发生的事，都放在抽屉里，到时根据具体情况抽出来多少；大街上有闹事、暴动、狂欢节、送葬。

门房只叫醒巴斯克，巴斯克再叫醒妮科莱特，妮科莱特又去叫醒吉诺曼姨妈。至于外祖父，还是让他睡觉，认为什么事他都早早就知道了。

他们把马吕斯抬上二楼，安置在吉诺曼先生前厅的旧长沙发上，没让楼里其他人听到一点动静。巴斯克去请大夫；妮科莱特打开衣橱找衣裳；这时，冉阿让感到沙威拍拍他肩膀，心下便明白，就跟随沙威下楼去了。

门房望着他们离开，就像看着他们到来一样，始终处于惊恐的梦游状态。

他们又上了马车，车夫也回到座位。

"沙威探长，"冉阿让说道，"请再允许我一件事。"

"什么事？"沙威气势汹汹地问道。

"让我回家一趟，然后，随您怎么处置我。"

沙威沉默片刻，下颏儿缩进衣领里，继而，他放下前面的玻璃，说道："车夫，武人街七号。"

十一　于绝对中动摇

一路上他们谁也没有再开口。

冉阿让要干什么呢？做事有始有终：通知珂赛特，告诉她马吕斯现在什么地方，也许还给她一些有益的指点，如果可能的话，再作最后几点安排。至于他，至于关系他本人的事，已然定死了；他被沙威逮住，并不抗拒；这种情况换个别人，可能就会隐约想到德纳第给他的绳子，想到他要进入的头一间牢房的铁窗，然而，我们要强调指出，自从见了主教之后，冉阿让面对任何残害行为，哪怕是残害自己，总有一种基于宗教信仰的由衷的迟疑了。

自杀，这种对未知事物施暴的神秘行为，在一定程度上，可能还包含灵魂的死亡，对冉阿让是绝不可取的。

马车驶到武人街口便停下，街道太窄，进不去车。沙威和冉阿让便下来。

车夫恭敬地向"警探先生"指出，车里的丝绒被遇害者的血和凶手的泥浆弄脏了。他就是这样理解的。他说应当付给他一笔赔偿费，当即从兜里掏出小本，请警探先生费神写上"一点证明什么的"。

沙威推开车夫递过来的小本子，说道：

"连同等候和跑路的费用，总共该给你多少？"

"一共七小时一刻钟，"车夫回答，"还有车上的丝绒，本来是全新的。要给八十法郎，警探先生。"

沙威从兜里掏出四枚拿破仑金币，将马车打发走了。

冉阿让心想，沙威大概打算步行带他去白斗篷街哨所，或者档案馆哨所，两处都很近。

小街跟平常一样寂静无人，冉阿让和沙威一前一后走进去，到了七号门。冉阿让敲门，楼门打开了。

"好吧，您上去吧。"沙威说道。

他表情奇特，好像很吃力补充这一句："我在这儿等您。"

冉阿让瞧瞧沙威。这种做法不大符合沙威的习惯。不过，冉阿让现已决心自首并了断，那么现在沙威向他表示一种假惺惺的信任，如同猫给予小耗子一爪子长那点自由的信任，他是不会感到十分意外的。他推开门，走进楼里，对躺在床上拉门拴绳的门房嚷了一声："是我！"就上楼去了。

他登上二楼，歇了一下。所有痛苦的道路都有间歇站。楼道有一扇吊窗开着，同许多老式楼房一样，楼梯对着街道，能采光，而街上的路灯正巧在对面，能给楼梯照点亮，上下楼省得再点灯了。

冉阿让不是为了喘口气，就是机械地朝窗外探探头。他俯瞰街道，这条街很短，从头至尾都在路灯光照下。冉阿让一阵惊喜，不禁愣住了：街上不见人影了。

沙威已经离去。

十二 外祖父

马吕斯刚到时安置在长沙发上，毫无知觉，继而又被巴斯克和门房抬进客厅。去请的医生赶来了。吉诺曼姨妈也已起床。

吉诺曼姨妈吓坏了，她合拢双手，来回走动，做不了什么事，只会叨咕："上帝呀。这怎么可能！"时而还加上一句："到处都要沾上血啦！"一阵恐惧过后，她头脑里又产生一种现实的哲学态度，以这种感叹表达出来，"准是这种结果！"好在还没有按这种场合的习惯讲："我早就说过啦！"

遵照医生吩咐，在长沙发旁边支了一张帆布床。医生检查马吕斯的伤势，确认脉搏还在跳动，胸部没受重伤，嘴角的血是从鼻腔流出来的，然后吩咐人把伤员在床上放平，不用枕头，让他的头和身体躺在一个平面，甚至略低些，上身脱光，以利呼吸。吉诺曼小姐看见有人给马吕斯脱衣裳，就退出去，回到自己房间开始念经。

马吕斯上身没有一点内伤；有一颗子弹打中，却被皮夹子挡了一下，偏向肋骨，划了一道大口子，但并不深，也就没有什么危险。倒是在阴沟里长途跋涉，使受伤的锁骨脱了臼，这处伤才真正麻烦。胳膊有刀伤，但没有破相伤着脸，只是头顶刀痕累累。头顶伤势如何呢？仅仅伤着头皮吗？伤着头盖骨没有呢？现在还很难说。一种严重的症状，就是伤口引起昏迷，而一旦昏迷，不是人人都能苏醒的。还有，伤者流血过多，身体极度虚弱。当时有街垒遮护，从腰带起下半身没有受伤。

巴斯克和妮科莱特撕床单做绷带。妮科莱特用线连起布条，巴斯克则把布条卷起来。医生没有堵伤口止血的纱团，就暂用绵花卷儿代替。帆布床旁边的桌子上点着三支蜡烛，排好外科手术的器械。医生用凉水清洗马吕斯的脸和头发。不大工夫，一桶水就染红了。门房举着蜡烛给照亮。

医生满面愁容，仿佛在考虑。他不时摇一下头，好像在回答内心提出的问题。医生在内心这种隐秘的对话，对伤病者来说是不祥之兆。

医生正给马吕斯擦脸，用手指轻轻触碰始终紧闭的眼皮，客厅里侧的门打开，探出一张苍白的长脸。

那是外祖父。

这两天来，吉诺曼先生让暴动闹得又不安，又气愤，又担心，前天夜晚睡不了觉，次日发了一天烧，昨晚早早睡下，吩咐人把窗户关严，房门插上，而他实在太疲倦，就蒙眬入睡了。

老人都睡不安稳；吉诺曼先生的卧室连着客厅，大家再怎么小心，也弄出点动静把他惊醒了。他望见门缝里透进烛光，不免诧异，就下床摸黑走过来。

他停在半开的门口，一只手抓着门把手，头摇晃着，稍微向前探，身子紧紧裹着白色睡袍，直挺挺的没有皱纹，就像穿着殓衣，而那惊讶的神态，又像一个鬼魂在窥探坟墓。

他看见了床，看见了床垫上躺着的血淋淋的青年，只见他脸色蜡白，双目紧闭，嘴张开，嘴唇发青，上身赤裸，满身是紫红色的伤口，在明亮的烛光下一动不动。

骨瘦如柴的老人从头到脚颤抖起来，他那因高龄而角膜发黄的眼睛罩了一层透明的闪光，整张脸登时变成土灰色，棱角跟骷髅一般，双臂耷拉下来，就跟断了发条似的，两只颤抖的老手叉开指头，表明他内心万分惊愕。他的膝盖向前弯曲，从顶开的睡袍里露出竖起白毛的两条可怜巴巴的腿，他咕哝一句：

"马吕斯！"

"先生，"巴斯克说，"有人把先生送回来，他去了街垒，而且……"

"他死啦！"老人凶狠地嚷道，"哼！这个强盗！"

这位百岁老人像青年一样挺起身子，忽然变得阴森可怕了。

"先生，"他说道，"您就是医生，先告诉我一个情况，他死了，对不对？"

医生极度担心，没有应声。

吉诺曼先生绞着双手，哈哈大笑，笑声特别瘮人。

"他死啦！他死啦！他到街垒去，让人给杀啦！就是因为恨我！他跟我作对才这么干！哼！吸血鬼！他就这样回来见我！我一生的灾星，他死啦！"

他走到窗前，把窗户大敞开，就好像他感到气闷，他面对黑暗伫立，开始向街上夜色讲话：

"让子弹打穿，让刀砍了，割断喉咙，干掉，撕烂，剁成肉酱！瞧瞧吧，这无赖！他明明知道我等他回来，知道我让人把他的房间收拾好，而我的床头放着他小时候的画像。他明明知道他只要回来就行了，知道多少年来我呼唤他，晚上总守着火炉，双手放在膝上，无事可干，人都变得痴呆啦！你明明知道这些，明明知道你只要回来说一声'是我'，你就会成为家里的主人，怎么摆布你这傻瓜老外公，我都会百依百顺！你明明知道这一点，你还说：'不，他是保皇派，我不去见他！'于是你就跑到街垒去，黑着良心去送死！因为谈到德·贝里公爵时我对你说了那几句话，你就这样来报复！这样实在太卑鄙！您就睡吧，安心睡觉吧！他已经死了，我却大梦初醒。"

医生开始为两方面担心了，他离开马吕斯一会儿，来看看吉诺曼先生，挽起他的胳臂。老人回过头来，瞪大了充血的眼睛注视医生，平静地对他说道：

"先生，谢谢您，我很平静，我是个男子汉，见过处决路易十六的场面，我能够经得起事变。有一件事特别可怕，就是想到全部危害都是你们的报纸造成的。拙劣的作者、能言善辩的人、律师、演说家、法庭、辩论、进步、知识、人权、新闻自由，这些你们应有尽有，结果就是这样把你们的孩子送回家！哼！马吕斯！这太可恶啦！让人打死，死在我之前！什么街垒！噢！强盗！大夫，我想，您就住在这个街区吧？唔！我认得您。我在窗口望见您的马车驶过。我要告诉您，您若是以为我动了气就错了。对一个死者总不至于发火。若发火就太愚蠢了。他是我抚养大的孩子。那时我就上年纪了，他还很小呢。他带着小铲子和小椅子，在土伊勒里宫花园里玩耍，他在前边用小铲挖坑，我在后面就用手杖填上，免得受管理人员斥责。有一天他喊了一句：'打倒路易十八！'抬脚就走了。还不能怪我呀。当时他脸蛋儿红扑扑的，满头金发。他母亲已经过世。所有小孩的头发都是金黄色的，您注意到了吗？怎么会这样呢？他是卢瓦尔河一带强盗的儿子。父辈有罪，同孩子并无关系。我还记得，他就这么一点高，发不清 d 字的音，说话特别柔和，也特别含混，真像个小鸟儿。还记得有一次，在法尔内塞的赫拉克勒斯雕像前，好些人围着他惊叹赞美，这孩子长得真漂亮。他的相貌就像画中人。我对他高声嚷，举手杖吓唬他，可是他完全明白那是闹着玩。早晨，他跑进我的卧室，我嘟嘟囔囔抱怨。可是，他好像给我带来阳光。这种孩子，简直拿他们没办法。他们揪住你，缠住你就不放开。老实说，没有像这样可爱漂亮的孩子了。你们的什么拉法耶特，什么邦雅曼·贡斯当，什么蒂尔居伊·德·科塞勒，现在你们怎么看呢？是他们杀害了我的孩子。不能这样就算了。"

老人和医生回到马吕斯跟前，老外公见他脸色苍白，始终一动不动，就又绞起手臂，没有血色的嘴唇重又机械地蠕动起来，仿佛临终倒气似的吐出一些话语，几乎听不清，也难以分辨："哼！丧尽天良！哼！阴谋集团分子！哼！十恶不赦！哼！九月大屠杀的凶手！"一个垂死的人，低声责备一具死尸。

内心的怒火总要爆发出来，老人又渐渐絮叨起来，但又似乎连讲话的气力都没有了，声音极度低沉微弱，仿佛来自深渊的彼岸：

"无所谓，反正我也要死了。真想不到，巴黎没有一个风流女人，不乐意让他成为一个幸运的家伙！可是这坏蛋非但不寻欢作乐，享受生活，却要去打仗，像野蛮人一样，在枪弹下送命！这是为了谁，又究竟为什么呢？为了共和政体！不像青年人那样所作所为，不去茅屋别墅那里跳舞！白白活了二十岁。共和，多么美妙的蠢事！可怜的母亲，生下俊秀的孩子吧！这下可好，他死了。这真是双丧临门。你这样安排自己，就是为了拉马克将军那双美丽的眼睛。这个拉马克将军，究竟给了你什么好处！一个杀人不眨眼的军人！一个耍嘴皮子的家伙！为了一个死人去拼命！怎不把人气疯啦！要明白这一点！才二十岁！也不回头望望，身后留下什么东西没有！现在可好，可怜的老人只得孤苦伶仃地死去。老猫头鹰，就死在你的角落里吧。其实，这样好极了，我正求之不得，能让我死个痛快。我太老了，已经一百岁了，十万岁了。我早就有权死去。这次打击，大功告成。终于到头了，多叫人高兴。何必还给他闻阿摩尼亚，还给他准备一大堆药呢？您这是白费劲儿，傻医生！算了，他死了，完全死了。这情况我清楚，我也是死的人了。他这次干得很彻底。对，这年头儿真可恶，可恶，可恶，我就是这样看待你们，看待你们的思想、你们的制度、你们的主子、你们的谕示、你们的医生、你们的无赖作家、你们的流氓哲学家，我就是这样看待六十年来，惊飞土伊勒里宫一群群乌鸦的所有那些革命！

既然你无情无义，故意去送死，那么你死就死，我一点也不悲痛，你听见了吗，凶手!"

这时，马吕斯缓缓睁开眼睛，但是从昏迷中刚刚醒来，目光还蒙着惊讶的神色，停在吉诺曼先生的身上。

"马吕斯!"老人叫道，"马吕斯! 我的小马吕斯! 我的孩子! 我心爱的儿子! 你睁开眼睛了，你在看我，你又活了，谢谢!"

他随即昏倒了。

第四卷　沙威出了轨

沙威缓步离开武人街。

有生以来，他走路头一回低着头，也是头一回背着手。

时至今日，沙威只采用拿破仑这两种姿势：一种双臂抱在胸前表示决断，一种双手搭在背后表示犹豫；但是这后一种，他因不用而生疏。现在完全变了，他整个人儿都显得迟缓沉郁，有一种惶惶不安的神色。

他拐进僻静无人的街道。

然而，他却朝着一个方向走去。

他抄最近的路走向塞纳河，到了榆树码头，又顺着河沿走过河滩广场，距夏特莱广场哨所不远，在圣母院桥的拐角停下来。塞纳河流经这里，纵向在圣母桥和货币兑换所桥之间，横向在鞣革工场码头和花市码头之间，形成一个水流湍急的方形湖面。

这是水手们畏惧的塞纳河段，这段急流比哪处都危险，只因桥头磨坊打了一排木桩，如今已拆除，但当年却逼窄江流，水势湍急，更加上两座桥相距甚近，危险倍增，河水流经桥洞汹涌奔泻，大浪翻滚。河水在方湖中聚积猛涨，波涛冲击桥墩，用流动的粗绳索要将桥墩连根拔走。人掉进去就再也浮不上来了，游泳能手也要淹死在里面。

沙威两个臂肘撑着桥栏杆，双手托住下颏儿，指甲机械地抠进浓密的颊髯里，一副沉思的样子。

一个新情况，一场革命，一场灾难，刚刚在他内心里发生，这就有必要反省一下。

沙威痛苦万分。

几个小时以来，沙威不再那么单纯了，他心慌意乱；这颗头脑在盲目中十分清澈，现在却混浊了；这块水晶里生了云雾。沙威的良心感到，他的职责一分为二，也不能向自己掩饰这一点。他在塞纳河滩十分意外地碰到冉阿让，当时的心情既像狼抓到了猎物，又像狗找到了主人。

他面前有两条路，都同样笔直，然而，两条路他全看到了，就不免惊慌失措；他平生只认得一条直路，而现在令他万分苦恼的是，这两条路完全相反，相互排斥，究竟哪一条是正路呢？

他的处境难以描摹。

一个坏人成了救命恩人，欠了这笔债要偿还，这就是违心地同一名惯犯平起平坐，还要还这个人情。听对方说一声："走吧"，然后自己再还一句："你自由了"；为了个人动机而牺牲职责，牺牲这种普遍的义务，同时又感到这种个人动机也包含着普遍的意义，可能还要高出一等；背叛社会而忠于良心；这种极荒谬的事都出现了，都堆积在他身上，令他目瞪口呆。

有件事令他惊诧不已，就是冉阿让宽恕了他；还有一件事更加令他愕然，就是他沙威也宽恕了冉阿让。

他究竟怎么啦？他寻找自己却找不见了。

现在怎么办？交出冉阿让，这样干不好；放了冉阿让，这样干也不好。前一种情况，执法的人堕落到比苦役犯还卑劣的程度；而后一种情况，苦役犯上升到法律之上，将法律踩在脚下。这两种情况，都有损于沙威的荣誉。采取什么决定都难免堕落。在不可能的路上，命运也会遇到陡峭的极限；越过极限一步，生命就化作一个无底深渊。沙威就到了这样一种极限。

他深为焦虑的一点，就是被迫思考。所有这些矛盾的情绪越强烈，就越迫使他思考。思考，沙威不习惯这种事，因而感到特别痛苦。

在思考中，内心总有一定程度的反叛，而沙威特别恼火这情况发生在他身上。

在他公务的狭小圈子之外思考，无论在什么情况下，思考什么事，对他来说都是无益而耗神的；尤其思考刚刚过去的这一天，更是一种折磨。经受了这样的震撼之后，必然要扪心自问，向自己作一个交代。

想想刚才的所作所为，真是不寒而栗。他，沙威，全然不顾警察的条例，不顾社会和司法机构以及整个法典，竟然决定放掉一个人，还认为做得对，符合自己的心愿，以私事充公事，这种行径不是卑劣透顶吗？他每次面对自己的这种没有名称的行为时，就从头到脚发抖。如何决断呢？只有一个办法可采纳：立刻回到武人街，将冉阿让抓起来，显而易见，他应当这么做，但是他又不能这么做。

朝这方向走，却有什么东西挡道。

什么东西？什么？这世上除了法庭、执行的判决、警察和职权，难道还有别的东西吗？沙威不禁意乱心烦。

一名神圣的苦役犯，一个不受法律制裁的苦役犯，而这恰恰是沙威一手造成的。

沙威和冉阿让，一个天生肆虐者，一个天生逆来顺受者；两个人都是法律的产物，而现在，他们却高踞法律之上，难道这不可怕吗？

怎么，发生了这样荒谬绝伦的事，竟然没有人受到惩罚！冉阿让比全社会的秩序还强大，就要获取自由了，而他沙威，还要继续吃政府的面包！

他的思索越来越可怕了。

他在沉思过程中，关于把那个暴乱分子送回受难会修女街一事，本来也可以自责，但是他连想也没有想。小错隐没在大错中。况且，那个暴乱分子肯定死了，法律并不追究死者。

冉阿让才是他精神上的重负。

冉阿让令他惊愕。支撑他一生的所有原则，在这个人面前全垮掉了。

冉阿让对他沙威的宽宏大量态度，却把他置于难堪的境地。他想起另外一些事，当初认为是虚假荒诞的，现在看来全都真实可信了，冉阿让之后出现马德兰先生，两个形象重叠起来，就合二为一，成为一个可敬的人了。沙威感到有种可怕的东西侵入心灵，即对一名苦役犯的敬佩。敬重一名苦役犯，这怎么可能呢？他不寒而栗；但又摆脱不掉。他徒然抗争一阵，最后不得不在内心里承认，这个坏蛋品质高尚。这情况实在恨人。

一个行善的恶人，一名苦役犯，却富有同情心，既和蔼，又乐于助人，心肠宽厚，总以德报怨，以恕道化仇恨，重怜悯而轻报复，宁愿断送自己也不肯毁掉敌手，救助打击过他的人，跪在美德的高高的神坛上，超脱凡尘而接近天使！沙威不得不承认，这个怪物确实存在。

这种状况不能延续下去了。

当然，我们再强调一遍，面对这个怪物，这个无耻的天使，这个可恶的英雄，他愤慨和惊愕几乎参半，并不是毫无抵抗就投降了。他同冉阿让面对面坐在马车里的时候，法律的老虎就在他身上怒吼。多少次他要扑向冉阿让，抓住并吞掉他，也就是说逮捕归案。其实，这不是轻而易举吗？只要经过一个哨所，喊一声就行了："这有一名潜逃的惯犯！"把警察喊来，就对他们说："这个人交给你们了！"把这家伙一丢下，自己就扬长而去，管他是什么下场，再也不闻不问了。这人将永生成为法律的囚犯，任由法律处置。这不是非常公正吗？这些话，沙威全在心里念叨过，他想象原先那样行事，抓住这个人，然而，他却像此刻这样，难以下手了；他的手每次痉挛地举向冉阿让的领子，又像给重负拉下来了。他听到一个声音，一个奇特的声音，从思想深处对他喊道："有你的。出卖你的救命恩人吧，再让人将蓬提乌斯·彼拉多①的水盆端来，好洗洗你的爪子。"

继而，他又想到自身，在逐渐高大起来的冉阿让旁边，他看见他沙威变得渺小了。

一名苦役犯居然成为他的恩人！

然而，他又为什么接受这个人放自己一条生路呢？他在街垒里有权被杀害，他也应该运用这一权利，向其他起义者呼救，挫败冉阿让，迫使别人把自己枪毙，这样就更好些。

他最为惶恐不安的，就是丧失了信念。他感到自身连根给拔起来了。法典在他手中也成了一截断木。他要对付一种陌生的顾虑。他心中情感的顿悟，和他始终奉为唯一尺度的法律判断截然相反。还保持以往的正直已经不够了。一连串意想不到的事实出现，令他信服了。一个新天地在他心灵里展现：受恩图报，为人忠诚、仁慈、宽厚，出于怜悯而违犯严纪，接受不同的人，不再一棒子把人打死，不再把人打入地狱，法律的眼睛也可能流下一滴泪，一种莫名的上帝的正义，

----

① 蓬提乌斯·彼拉多：罗马皇帝提比略派往犹太的巡抚，他向暴民让步，判处耶稣钉在十字架上，事后又洗手，洗脱罪责。后来他改奉基督教。

恰好同人的正义背道而驰。他望见黑暗中骇然升起一颗陌生的道义太阳，他感到恐惧，而且目眩神摇。猫头鹰被迫换上雄鹰的目光。

他思忖道，这的确是真的，总有例外情况，政权也可能不知所措，条例在一件事实面前一筹莫展，法典的条文不可能把什么都框进去，总有意外的情况迫使人遵从，一名苦役犯的美德，就能给一名公务员的品德设下陷阱，魔怪的可以冲淡神圣的，命运中就有这类埋伏，而他沉痛地想道，他本人也未能幸免，碰到一件万难意料的事。

他不得不承认，人世存在善良。这名苦役犯早就是善良的，而他沙威也刚刚变善了，这真是天下奇闻。他从而也就堕落了。

他感到自己懦弱，开始讨厌自己了。

在沙威看来，理想，并不是讲人道，也不是追求伟大崇高，只求无可指责。

然而，他却失误了。

怎么会到这一步呢？怎么会发生这种事情呢？他无法向自己交代。他双手捧头，怎么解释也不能自圆其说。

自不待言，他一直打算再度将冉阿让交给法律：冉阿让是法律的囚徒，而他沙威则是法律的奴隶。他一刻也没有认为，他抓住冉阿让时有过放走他的念头。可以说，他在不知不觉中张开手，把人放走了。

各种各样的新情况，在他眼前像半开的谜团。他自问自答，而对自己的回答又十分震惊。他心中发问："这个苦役犯，这个走投无路的人，我那么追捕甚至迫害他，不料反落到他的脚下，他本来可以报复，无论出于仇恨还是从安全考虑，他都应当报复，可是却饶恕了我，他做了什么呢？尽他的职责。不对。还有别的东西。而我也同样饶恕了他，我又做了什么呢？尽我的职责。不是。还有别的东西。除了职责，难道还有别的东西吗？"想到这里，他心惊胆战，他的天平脱了节，一端秤盘跌入深渊，另一端秤盘举到天上；无论对举到天上的还是对跌入深渊的，沙威都同样感到恐怖。他绝不是所谓的伏尔泰主义者，哲学家或者无神论者，恰恰相反，他本能地敬重确立起来的教会，但是把它认作社会整体的一个神圣部分；公共秩序才是他的信条，对他来说也就足够了；自从成年任了公职，他就几乎把警察当作他的全部宗教，他当警察，就像别人当教士一样，我们使用这种字眼毫无讽刺意味，而是取其最严肃的涵义。他有个上司，即吉斯凯先生；迄今为止，他没大想到另外那个上司：上帝。

上帝，这位新上司，他忽然感觉到了，一时不免心慌意乱。

上帝意外地出现，令他不知所措；他不知道如何对待这位上司，因为他深知下级必须永远俯首听命，不能违背，不能指责，也不能争辩，如果上司出事令他过分诧异，那么下级别无选择，只能辞职不干了。

然而，他又如何向上帝递交辞呈呢？

转来转去，他总要回到这点上来，对他来说至关重要的一个事实：他极其严重地违法了。他闭目不看一名潜逃的惯犯。他放走了一名苦役犯，夺走一个应由法律制裁的人。他干出这种事，对自己简直不理解了，不敢确信还是他本人。他只感到眩晕，却找不出这样干的原因。时至今日，他生活中奉行这种盲目的信念，产生了黑暗的正直。如今，这种信念离去，他的这种正直也不复存在了。他的整个信仰烟消云散。他不肯接受的事实真相，现在无情地困扰他。从今往后，他必须成为另一个人，他感受的痛苦非常奇特，就像良心的眼睛忽然摘除白内障那样。他看到了他讨厌看的东西。他感到自身空虚了，变得无用，同过去的生活脱离了，被撤了职，整个儿解体了。职权在他心中死去了。他没有理由活在世上了。

受感化，这种境况多么可怕！

本是花岗岩，却又怀疑！完全由法律模子铸造出来的惩罚像，忽又发现铜乳房下有个不驯顺的怪东西，差不多像一颗心！竟会以德报德，尽管内心里至今还认为这种德就是恶！本是看门狗，却又舔人家！本是冰块，却又融化了！本是铁钳，忽又变成一只手！突然感到手指张开了！放了手，这种事真是骇人听闻！

赛似枪弹向前直冲的人迷途而返啦！

内心里不得不承认这一点：万无一失并不绝对可靠，教条可能出错，一部法典也不是包罗万象，社会并不尽善尽美，职权也可能摇摆不定，永恒不变的法则可能开裂，法官也同样是人，法律也可能出现差错！望见苍穹的无垠蓝玻璃上有一道裂纹！

沙威身上所发生的，是一个正直良心的极大震动①，是一颗灵魂出

---

① 原文音译是"芳普"，北方省铁路线的一个地点，1846 年 7 月 8 日，这条线路开通不到一个月，就发生火车出轨事故，在公众里引起强烈震动。

了轨，也是一种正直被无法抗拒的笔直抛出去，撞到上帝而粉碎了。毫无疑问，这实在出奇。社会秩序的司炉、政权的司机，骑上直线的盲目铁马，竟让一道光给掀下来！不可转移的、直向的、准确的、呈几何方圆的、被动的、完美的，竟然弯折了！火车头也有一条通往大马士革之路①。

上帝，永远是人的内心，是真正的良心，抵制虚伪的良心，防止火星熄灭，命令光记住太阳，每逢心灵面对虚假的绝对时，它就指导心灵识别真正的绝对、必胜的人性、不灭的人心，这种光辉灿烂的现象，也许是我们内心最壮丽的奇迹，沙威能理解吗？沙威能参透吗？沙威能领悟吗？显然不能。不过，在这种不容置疑又不可理解的现象的压力下，沙威感到他的头颅裂开了。

面对这种奇迹，他非但没有改观，反而受害了。他接受这一奇迹时恼羞成怒，把这一切仅仅看成在世的巨大艰难。他觉得从今往后，他的呼吸就永远困难了。

他头上出现陌生的事物，对此他很不习惯。

在此之前，他在头上所见的是一个清晰的平面，既简单又透彻，毫无未知和模糊的成分，毫无不确定的成分，全部井然有序，连成一体，既分明确切，又有范围，全部圈定封闭的；一切都预见到了；职权是一个平整的东西，本身绝不会倾覆，在它面前也绝不会晕头转向。沙威在下面才见过陌生的东西。不规则的、出人意料的东西。通向混乱的不规则的敞口、滑入深渊的可能性，这些现象标示底层区域，标示叛乱分子、坏人和卑贱者。现在，沙威仰起头，不禁大吃一惊，他望见闻所未闻的景象：上面也有个深渊。

怎么！从上到下垮掉啦！陷入绝对困惑的境地！还有什么靠得住呢！确信无疑的东西却土崩瓦解啦！

什么！社会盔甲的缺陷，竟然让一个宽宏大量的卑贱者找到啦！什么！法律的一个忠实仆人，突然发现自己夹在两种罪恶之间：放一个人有罪，逮捕这人也有罪！政府向公务员下达的命令，并不完全确定无疑了！在职责的大道还有死胡同！什么！这一切竟是真的！从前

---

① 大马士革之路：喻为改变信仰。源出《圣经》，圣保罗在去大马士革的路上，遇耶稣显圣而改信基督教。

的一个歹徒，屡次判决，被压得直不起腰，竟然又挺起胸膛，最终占了理，难道这是真的吗？在改悔的罪恶面前，法律还要后退并连声道歉，难道会有这种情况吗？

不错，是有这种情况！沙威看到了！沙威也触摸到了！他不仅不能否认，而且还参与了。这是事实。确凿的事实，竟达到如此程度的畸形，这实在骇人听闻。

事实若是履行本身的职责，那就只限于充当法律的证据；而各种事实，正是上帝派遣来的。现在，无政府状态，也要从天而降吗？

痛苦逐渐夸大，而惊愕又产生了错觉，本来可以抵消和纠正他这种印象的一切，诸如社会、人类和宇宙，都统统消失，从此在他眼里只剩下简单而丑恶的轮廓了，这样一来，刑罚、已然审判的事物、借助于法律的势力、最高法院的判决、司法界、政府、羁押和镇压、官方的明智、法律的万无一失、权力的原则、政治和公民安全所依据的全部信条、主权、司法权、由法典引出的逻辑、社会的绝对性、公众的真理，所有这一切，统统变成一堆瓦砾，一堆废物，一片混乱；而他沙威，作为秩序的守卫者、不可腐蚀的警察、保卫社会的猛犬，也败下阵来；然而，在这一片废墟上，却站立着一个人，只见他头戴绿囚帽，额头罩着光环；沙威的头脑就是混乱到这种程度，他的灵魂中就是出现了这样可怕的幻象。

这能容忍吗？不能。

处境窘迫，这便是一例。只有两种摆脱的办法。一种就是坚决去找冉阿让，将这苦役犯投入监狱。另一种……

沙威离开桥栏杆，现在他扬起头，步伐坚定地走向夏特莱广场的一角，那里有灯笼为标记的哨所。

他走到哨所，从玻璃窗望见一名警察，便推门进去。在警卫哨所，单凭推门的方式，警察之间就能认出同道。沙威报了名字，拿出证件给警察看，便在点燃一支蜡烛的桌子旁坐下。桌上放着一支笔、一个铅制墨水缸和纸张，以备作夜巡笔录和开具寄存物品的收执之用。

按规定，这张桌子总配上一把草垫椅子，每个哨所都如此。桌子还一成不变地放一个装满木屑的黄杨木盘、一个装满用于封印的红面团的硬纸盒。这是下级公务员的格式，国家的公文就是从这里开始的。

沙威拿起笔，在一张纸上写道：

改进公务的几点意见：

第一，我请求署长先生过目。

第二，被拘留者从预审处到来时，要脱掉鞋子，赤脚站在石板地上接受检查，不少人回到牢房就咳嗽了。这就增加了医疗开支。

第三，跟踪疑犯时，隔一段距离布置接替的警探，这样安排很好，但是遇到重大案件，在视线之内至少要派两名警探，万一出于某种原因，一名警探失职，另一名便可监视并取代他。

第四，无法解释为什么，马德洛奈特监狱实行特殊规定，禁止给囚犯配备一把椅子，即使付钱也不准。

第五，马德洛奈特监狱食堂窗口只有两根栏杆，这样，女炊事员的手就难免让犯人触碰到。

第六，称作狗叫的犯人，负责叫其他犯人去探监室，他们要收两苏钱才肯把犯人的名字喊清楚。这是抢劫行为。

第七，在织布车间，断一根纱要扣犯人十苏钱，这是工头滥用职权。其实，断纱无损于布的质量。

第八，到强力监狱探监，要穿过孩子院，才能进入埃及圣玛利亚探监室，这情况极为不妥。

第九，在警察总署的庭院里，每天都肯定能听到法警讲述法官审问嫌疑犯的情况；法警应当是神圣的，传播他在预审室里听到的话，是一种严重的违纪行为。

第十，亨利太太是一位正派的女人，她管理的食堂十分清洁；不过，让一名妇女掌管秘密监狱的小窗口就不好了。这同一个文明大国的监狱是不相称的。

沙威写的这一行行字，笔体沉稳工整，一个逗号也不遗漏，有力的笔把纸划得沙沙作响。他在最后一行下方签了名：

> 沙威
> 一级警探
> 于夏特莱广场哨所
> 1832 年 6 月 7 日

沙威吸干纸上的墨迹，将信纸折好封上，在背面又写上"呈交当局的报告"，放在桌子上，便离开哨所。镶了玻璃的铁栏门在他身后重又关闭。

他又斜插着穿过夏特莱广场，走到河边，回到一刻钟之前离开的地点，像机械一样准确。他以同样的姿势，臂肘撑在原来桥栏杆的石板上，仿佛他就没有动弹过。

现在昏天黑地，正是过了午夜的阴森时刻。乌云遮住星辰，可怖的天空黑沉沉的。城岛①人家没有一点灯火了，也不见一个行人。望得见的街道与河岸，全都空荡荡的；圣母院和司法部钟楼犹如黑夜的轮廓。一盏路灯映红了河边的石栏。一座座桥前后排列，透过迷雾的影子变了形。雨后河水上涨了。

我们还记得，沙威凭栏的位置，正是塞纳河急流的上方，垂直下面正是可怕的漩涡，像无休止的螺旋不断地旋转开合。

沙威低头瞧瞧，一片漆黑，什么也看不清楚。听得见滚滚浪涛之声，但是看不见河流。令人眩晕的幽深之处，偶尔显现一道微光，隐约蜿蜒：水就有这种效能，在漆黑的夜里，不知从哪儿采来一点光，就把它变成水蛇。光亮隐没了，周围又变得朦胧。无限的天地仿佛在这里张开，下面不是河水而是深渊。河坝陡峭，好似无限空间的峭壁，影影绰绰，混同水汽而忽然隐逝了。

什么也看不见，但是能感到河水逼人的冷气和潮湿石头的乏味。一股惊风从深渊吹上来，河水上涨虽看不见，但能猜得出，波涛悲鸣，桥拱高大而阴森，可以想象坠入这黝黯虚空的情景，这整个阴影充满了恐怖。

沙威一动不动，呆了几分钟，凝望着这黑暗世界的洞口，什么也看不见，他却好像十分凝注。流水訇然有声。突然，他摘下帽子，放到石栏边上。过了一会儿，一个高大的黑影立在石栏上，迟归的人远远望见就会以为是鬼怪，那人影俯身向塞纳河，继而又挺起身子，接着便笔直地坠入黑暗，只听低沉的咕咚一声，朦胧的身影消失在水中，唯有这黑洞知道这场激变的秘密。

---

① 城岛：塞纳河中的两个岛子，是巴黎的发祥地，巴黎圣母院即坐落在上面。

第五卷　祖孙俩

一　旧地重游，又见钉有锌皮的大树

上述的事件过后不久，布拉驴儿老头有一次奇遇，激动不已。

布拉驴儿老头是蒙菲郿的养路工，多次出现在本书中黑暗的部分。

大家也许还记得，布拉驴儿干各种见不得人的营生，既打碎修路的石块，也截道抢劫行客，既是挖土工，又是强盗，他有个梦想，相信在蒙菲郿森林里埋藏了财宝，希望有朝一日，他能在树下的土里挖出金银，眼下，他还是先搜索行人的腰包。

不过，现在他谨慎多了。上次他也是侥幸脱险，我们知道，在容德雷特的破屋里，他和一伙强盗被一网打尽。一种恶癖也有用处：他因酗酒而得救了。警方始终未能查明，他在犯罪现场究竟是强盗还是受害者。鉴于抢劫的那天夜晚，他处于沉醉状态，也就不予追究，无罪释放了。他又溜回去，重操旧业，在当局监视下，保养从加尼到拉尼的一段公路，换上一副垂头丧气、冥思苦索的样子，对于险些毁了他的抢劫的营生稍微冷淡了，但是转而更爱救了他一命的酒。

至于他回到养路工的茅草棚之后不久，有一件令他激动不已的奇遇，情况是这样：

一天清晨，布拉驴儿像往常一样去上工，也许是去他的隐匿点，当时天刚亮，他在树林里发现一个人的背影，虽然晨曦朦胧，又隔着一段距离，但是看那人外表，他觉得并不完全陌生。布拉驴儿虽是醉鬼，却有清晰准确的记忆——这种自卫的武器，是一个同法治秩序有点冲突的人所必备的。

"见鬼，这人好像在哪儿见过？"他心中暗道。

可是，他找不到一点答案，只觉得这人颇像给他留下一点模糊印象的一个人。

布拉驴儿想不起这人是谁，就作了一些比较和计算。这汉子不是本地人，是外地来的，显然是步行来的。这段时辰没有一趟驿车经过蒙菲郿。他走了个通宵。是从哪儿来的呢？不远。因为他既无行囊也无包裹。肯定是从巴黎来的。干吗到这树林里来呢？为什么挑这种时候呢？来这里干什么呢？

布拉驴儿想到了财宝，他极力搜索记忆，才模模糊糊想起好多年前，他也有类似的奇遇，可能就是这个人。

在思索的沉重压力下，他边想边低着头，这姿势很自然，但是不机灵。他再抬起头来，却不见人影了。那人消失在晨光熹微的树林里。

"活见鬼，"布拉驴儿说道，"我一定能找见他，一定能发现那个教民所属的教区。咪老板夜游总有个缘故，我要弄明白。在我的树林里有秘密，甭想抛开我。"

他操起尖利的十字镐。

"有这家伙，"他咕哝道，"既能搜地下，又能搜人身。"

就好像一条线要连上另一条线，他钻进密林，尽量踏上那人可能走过的线路。

走出百步左右，天色大亮了，正好帮他认路。沙地上留下的几个脚印、刚遭践踏的青草、折断的欧石南枝，犹如美妇睡醒时伸展手臂那样，灌木丛中碰弯的嫩枝又缓缓而优美地挺起来，这些对他来说都是踪迹。他跟上踪迹，继而又丧失。时间倏忽过去，他深入密林中，走到一座小丘。一个早起的猎人经过远处的一条小径，边走边打口哨吹着吉耶里的小调。布拉驴儿受了启发，想到上树①观望。他虽然上了年纪，手脚却很灵活。恰巧有一棵高大的山毛榉，配得上蒂蒂儿②和他布拉驴儿。于是，他爬上山毛榉，而且尽量爬高些。

---

① 如同歌曲《吉耶里伙计》中的那个小家伙。
② 维吉尔的牧歌第一首第一句就讲：蒂蒂儿躺在山毛榉树上。

这主意不错。布拉驴儿极目搜索树林中偏僻的那部分，在纷披杂乱的树丛中，突然发现那个人。

刚刚望见，又没影儿了。

那人走进，说得确切些，他溜进相当远的一块林间空地。那块空地被一片高树挡住，但是布拉驴儿很熟悉，他早就注意到在一大堆磨盘石旁边，有一棵钉着锌皮牌的病栗树。那地方从前叫勃拉吕空地。那堆大石头不知派何用场，三十年前就见到，现在肯定还在原地。除了木栅栏之外，再也没有比石堆更长寿的了。本来临时堆放，有什么理由延续下去呢？

布拉驴儿心头一喜，急速从树上滑落下来。找到巢穴了，现在是如何抓住那只野兽了。那日思夜想的财宝，大概就藏在那里。

要去那片空地并不容易，要走踏出的小径，曲里拐弯特别恼人，得足足用上一刻钟。如果直插过去，要穿过利刺伤人的极为茂密的荆丛灌木，就得用大半个钟头。布拉驴儿错在不明白这一点，他相信直线；这种视错觉诚然可贵，却也断送了许多人。荆丛遍布尖刺，不管多么难行，他也认为是捷径。

"还是走狼群的里沃利街。"他说道。

布拉驴儿习惯走斜路，这次错在直插过去了。

他毅然冲进条交错勾连的密丛。

他要对付冬青、荨麻、山楂树、野蔷薇、飞帘和极好发怒的树莓，皮肤不知划破了多少处。

到了丘谷，他又不得不蹚过一条溪水。

四十分钟后，他气喘吁吁，大汗淋漓，全身都湿透了，遍体鳞伤，又气势汹汹，终于赶到林间空地。

空地一个人影儿也不见。

布拉驴儿跑过去，石堆还在，没人把它搬走。

可是，那汉子却消失在林子里，跑掉了。跑哪儿去了呢？哪个方向？钻进哪片荆丛？实在无法判断。

而令他痛心疾首的是，石堆后面那棵钉有锌皮的大树前边，有一堆刚翻动的土，一把遗忘或丢弃的十字镐，还有一个土坑。

坑里空无一物。

"强盗！"布拉驴儿举起两个拳头，冲天吼叫。

二 马吕斯走出内战，准备家战

马吕斯长期处于半死不活的状态，连续几周发高烧，神志昏迷，而且脑部症状相当严重，主要不是头部受伤，而是受伤时震荡所致。

他在高烧的呓语中，有时整夜呼唤珂赛特的名字，声调凄惨，表现出垂死之人那种可悲的固执。几处大伤口很危险，一旦化脓，往往由自身吸收，如受某种气候影响，就可能致命。因此，每逢天气变化，尤其来点暴风雨，医生就很担心。"病人千万不能受到一点刺激。"医生一再叮嘱。包扎伤口既复杂又困难，当时，还没有发明用胶布固定夹板和绷带的方法。妮科莱特撕了一条床单做绷带，"一条像天花板一样大的床单。"她说道。使用氯化洗剂和硝酸银，好不容易才治好了坏疽。外孙病危时，吉诺曼先生就守在床前，也像马吕斯那样神志不清，半死不活了。

一位白发老人，照门房的描述，穿戴相当讲究，每天都来探望病情，有时一天来两趟，还放下一大包纱布绷带。

自从那天痛苦的夜晚，这垂危的人被人送到外祖父家之后，到了9月7日，一天不差整整过了四个月①，医生才终于明确说他脱离危险了。又开始了康复期。然而，由于锁骨断裂所引发的症状，马吕斯还得在长椅上躺两个多月。往往有这种情况：最后一个伤口迟迟不愈合，害得伤员长期包扎，烦恼极了。

不过，这次久病，康复期又长，倒使他免遭追捕了。在法国，任何愤怒，即使公愤，不过半年也就平息了。社会处于那种状态，暴动是所有人的过错，大家都有必要睁一只眼闭一只眼。

应当补充一句，吉斯凯那道卑劣的通令，要求医生告发伤员，激怒了舆论，不仅激怒了舆论，首先激怒了国王；这样一来，伤员就受到义愤的庇护了。除了在战斗中当场俘获的之外，军事法庭不敢再骚扰任何伤员。这样，马吕斯才得以安宁。

吉诺曼先生先是饱尝焦虑的折磨，后来又欣喜若狂，他要整夜陪伴病人，很难劝阻，他吩咐把他的太师椅搬到马吕斯的病榻旁边，又叫女儿将家中上等细布拿来撕了做纱布绷带。吉诺曼小姐是个年长理

---

① 作者差误：从6月6日夜晚至9月7日，只过了3个月。

智的人，她千方百计省下细布单子，又让老外公以为是照他的话办的。
若解释裹伤用粗布比细布好，用旧布比新布好，吉诺曼先生连听都不
要听。每次包扎伤口他都在场，而吉诺曼小姐则羞愧地回避了。当医
生用剪刀剪掉死肉时，老人却在一旁叫："哎哟！哎哟！"慈祥的老人
哆里哆嗦递给病人一杯汤药时，看那情景比什么都感人。他总缠住医
生问个不停，甚至意识不到自己总重复同样一些问题。

　　医生宣布马吕斯脱离了危险的那天，老人简直乐疯了，他赏了门
房三枚金币，晚上回到卧室，还用手指打响儿，跳起卢加沃特舞，同
时唱着这样的歌曲：

> 雅娜生在蕨草丛，
> 牧羊女的好窝棚，
> 我真爱她小短裙
> 　　多撩人。

> 爱神活在她心中，
> 因为你将神箭筒，
> 放在她的明眸里，
> 　　好讽刺！

> 我爱雅娜歌颂她，
> 胜过猎神狄安娜，
> 爱她布列塔尼型
> 　　双乳峰！

　　歌舞一番之后，他又跪到一张椅子上，巴斯克从虚掩的门缝儿窥
视，认为他肯定在祈祷。

　　在此之前，他是不大相信上帝的。

　　伤势明显地日益好转，每次进入起色的新阶段，外祖父就有出格
的举动。他喜不自胜，手脚就闲不住，无缘无故楼上楼下乱跑。有位
女邻居长相挺漂亮，一天早晨收到一大束鲜花，十分诧异；那是吉诺
曼先生送给她的。丈夫吃了酸，大吵一架。吉诺曼先生还试图把妮科

莱特抱在膝上。他称马吕斯为男爵先生，还高呼："共和国万岁！"

他动不动就问医生："没有危险了，对不对？"他用祖母的目光注视马吕斯，看着他一口一口把饭吃下去。他判若两人，不把自己当回事了，马吕斯才是一家之主；他的快活中包含让位的意思，他成了自己外孙的外孙。

他这样喜气洋洋，就变成了最可敬的孩子。他怕初愈的人累着或心烦，就待在身后冲病人微笑。他满心欢喜，乐不可支，显得又可爱又年轻。他那满头白发，又给他脸上喜悦的容光增添了温柔的庄严之色。优美的仪态一连上皱纹，就变得尤为可爱了。在心花怒放的老年人身上，有一种难以描摹的曙光。

至于马吕斯，他由着别人包扎护理，心中只有一个固定的念头：珂赛特。

他高烧退下，从谵妄状态醒来，就不再念叨这个名字了，真让人以为他不再想了。他保持缄默，正因为他的全部心思放在上面。

他不知道珂赛特的情况如何，麻厂街的整个事件，在他的记忆中好似一片云雾；模糊不清的人影在他脑海中飘浮，爱波妮、伽弗洛什、马伯夫、德纳第一家人，还有悲惨地隐没在街垒硝烟中的他那些朋友；而在这场流血事件中割风先生短暂的逗留十分奇怪，给他的感觉是这场风暴的一个谜团：他不明白自己怎么捡了一条命，他不知道是什么人，又通过什么办法救了他，周围的人也全不知晓，只能告诉他那天夜晚，是一辆出租马车把他送到受难会修女街来的；过去、现在、将来，在他的头脑里全混在一起，形成一片朦朦胧胧的迷雾，不过，在这迷雾中却有一个静止不动的点，一个清晰真切的线条，某种坚如岩石的东西，一个决心，一种意志，即找到珂赛特。在他的念头里，生命和珂赛特是分不开的；他已然决定，不能接受一个而失去另一个，不管外公、命运还是地狱，无论谁强迫他活下去，他就要求先恢复他失去的乐园，这是不可动摇的决心。

有障碍，他并不隐讳。

谈到这里，我们要着重指出一点：外公无微不至的关怀和体贴，并没有感动他，也丝毫没有赢得他的心。首先，他并不知道所有这些表现的内情，其次，也许余烧未退，他还处于病态的梦幻中，怀疑这种甜言蜜语是一个新的奇招儿，要软化他，使他就范。因此，他始终反应冷淡。外祖父可怜的老脸白白堆笑了。马吕斯心下暗想，只要自己不开口，由人做去，那么一切就好，一旦提起珂赛特，他就看到另一副面孔，老外公就会丢掉假面具，露出真相。于是就要出现僵局，重又提出一大堆家庭问题，态度对立，什么挖苦话、挑剔质疑全来了，什么割风先生，切风先生，什么家产、穷苦、卑贱，什么往脖子上吊石头，将来日子，全都搬出来。激烈反对，结论：断然拒绝。马吕斯事先就采取强硬态度。

随着他的身体渐渐复原，他的宿怨重又冒头了，记忆中的旧伤疤重又裂开，他又想起过去，彭迈西上校又插进吉诺曼先生和他马吕斯之间。他心想，对他父亲极不公正又极为狠毒的人，绝不可能真正发善心。身体既已康复，他对外公又采取一种粗暴的态度了。而老人却逆来顺受，总那么温和。

马吕斯回到家中，自从恢复知觉之后，从不叫他一声父亲，但也不称他先生，说话时尽量避开这两种称谓；吉诺曼先生注意到这一点，但是不动声色。

显而易见，危机迫近了。

马吕斯想试试自己的实力，较量之前先小试锋芒；这种情况常有，叫作探虚实。一天早晨，吉诺曼先生提起偶尔看到的一份报纸，轻率地谈论国民公会，随口讲出保王派给丹东、圣鞠斯特和罗伯斯庇尔下的结论。"93 年的①人是巨人。"马吕斯严厉地说道。老人戛然住口，而且一整天也没有再讲一句话。

外公早年那种顽梗死硬的形象，马吕斯还记忆犹新，就认为这种沉默掩饰内心聚积的怒火，预示着一场激烈的斗争，因此他在思想深处越发积极备战。

他已经横下一条心，一旦遭到拒绝，他就拆掉夹板，让锁骨脱臼，把其他伤口也暴露出来，拒绝一切食物。他的创伤，就是他的武器装备。不得到珂赛特就死去。

他怀着病人的鬼心眼，耐心地等待有利时机。

这种时机终于到来。

---

① 93 年：全书指 1793 年。

三 马吕斯进攻

有一天，在女儿清理大理石柜橱面上的药瓶杯子时，吉诺曼先生俯下身，以特别温柔的声调对马吕斯说：

"要知道，我的小马吕斯，我要是你，现在就多吃肉少吃鱼。在康复的初期，吃油炸鳎目鱼有好处，可是，病人要想站起来，就得吃一大块排骨。"

现在，马吕斯差不多恢复了元气，他集中全身的力量，从床上坐起来，两个握紧的拳头抢在被单上，他直视外公的脸，摆出一副凶相说道：

"提起排骨①，倒让我想起要对您谈件事儿。"

"什么事儿？"

"我要结婚。"

"早有所料。"老外公说着，哈哈大笑。

"怎么，早有所料？"

"对，早有所料。那小姑娘，你会得到的。"

马吕斯愣住了，他不胜惊喜，浑身颤抖起来。

吉诺曼先生接着说：

"对呀，那美丽漂亮的小姑娘，你一定能得到。每天她都让一位老先生来打听你的情况。自从你受了伤，她总哭泣，还做纱布。我打听好了，她住在武人街七号。嘿，不出所料吧！唔！你想要她，那好，就娶来吧。说到你心眼儿里去了吧。你还策划个小阴谋，心里盘算着：'这事儿，我要直通通地告诉这个老外公，告诉这个摄政时期和督政府时期的木乃伊，这个当年的花花公子，这个变成吉伦特的多朗特②；他也有过风流事，有他的小相好、小女人，有他的珂赛特；他也炫耀过，有过翅膀飞行，也吃过春天的面包，他总还记得吧。'走着瞧吧。开战。啊！你抓住了金龟子的触角。好哇。我让你吃排骨，你却回答我：'提起这个，我就要结婚。'抓个话头儿就扯到这上面来！哼！你就想

---

① 据《圣经·创世纪》记载，上帝造出第一个人叫亚当，从亚当身上取下一条肋骨造出夏娃，做亚当的妻子。

② 多朗特：指风流男子。

吵一架！可你不知道，我是个胆怯的老家伙。这回你有什么可说的？你一肚子火气，却万万没有想到，发现你外公比你还傻，你要讲给我听的那一大套话白准备了，律师先生，这太逗人了。好吧，随便，要发火就发一通。你想怎样我都依你，这让你大吃一惊，傻瓜！听我说，情况我了解了，我也是好搞鬼名堂。她很可爱，也很贤淑，枪骑兵的事不是真的，她做了许多许多纱布，她真是个小宝贝，她深深地爱你。如果你死了，那么我们三个就一道走，她的灵柩会陪伴我的。我早就想好了，等你一好转，就干脆让她到你床头来，不过，将年轻姑娘立刻带到她们关心的受伤的美男子床前，这种事只有在小说里才会有。不能胡来。你姨妈又会怎么说呢？我的小家伙，大部分时间你都赤身露体。妮科莱特一直守着你，你问问她吧，有没有办法在这儿接待一位女子。还有，医生又会怎么说呢？一个美丽的姑娘，并不能治好高烧。总而言之，就这么办，不要再说了，说定了，成了，就这样干，娶她吧。这就是我的残暴。唔，我看出来你不爱我，我就说：我怎么做才能让这个小畜生爱我呢？我又说：对，小珂赛特掌握在我的手里，送给他就是了，他总会爱我一点儿吧，要不然就得说出个道理来。哼！你原以为，老家伙又要大发雷霆，大吼大叫，说不行，还要举起手杖威胁披着曙光的这代人。其实不然。珂赛特，行啊；爱情，行啊。我还求之不得呢。先生，劳驾，您就结婚。祝你幸福，我心爱的孩子。"

老人说完这番话，放声痛哭。

他捧起马吕斯的头，用手臂紧紧搂在年迈的胸口，于是祖孙二人全哭了。这是极度幸福的一种表现。

"我的父亲！"马吕斯高声叫道。

"啊！你还是爱我的！"老人说道。

这一时刻难以描绘，他们都哽咽着说不出话来。

老人终于结结巴巴地说：

"行啦！他总算开窍了，他叫我：父亲。"

马吕斯把头从老外公怀抱里挣脱出来，柔声说道：

"可是，父亲，现在我身体康复了，我看可以同她见面了。"

"这也想到了，明天你就能见到她。"

"父亲！"

"什么事儿？"

"何必不安排今天呢?"

"好吧,今天就今天。你叫了我三声'父亲',这么做也值得了。我安排一下,让人把她给你送来。跟你说,全想到了。这些都写成诗了。这就是安德烈·舍尼埃的哀歌《年轻病人》的结尾,安德烈·舍尼埃,就是让十恶不……让93年的巨人砍头的那个。"

吉诺曼先生仿佛看见马吕斯微微皱了一下眉;其实,我们应当指出,马吕斯不再听外公说话了,他已经心驰神往,一心想珂赛特,顾不上1793年了。此刻提起安德烈·舍尼埃实在煞风景,老人胆战心惊,又急忙说道:

"砍头这个字眼不恰当。其实,那些革命巨人并无恶意,这是不容置疑的,他们是英雄,当然啦!他们只是觉得安德烈·舍尼埃有点碍事,就把他送上断头……也就是说那些伟人,为了公安的利益,在热月7日,请安德烈·舍尼埃前往……"

吉诺曼先生不能自圆其说,结束也不是,收回也不是,说不下去了。老人情绪十分激动,趁女儿在马吕斯身后整理枕头的时候,就不顾年迈,以最快的速度冲出卧室,随手把门带上,只见他脸色紫红,喉咙梗塞,口吐白沫,眼珠几乎鼓出来;他在候客厅正好撞见在擦皮靴的忠仆巴斯克,一把揪住巴斯克衣领,怒冲冲地劈面对他嚷道:"我向十万长舌魔鬼发誓,那些强盗把他杀害了。"

"谁呀,先生?"

"安德烈·舍尼埃!"

"是的,先生。"巴斯克万分惶恐地答道。

四 吉诺曼小姐终于不再小视割风先生腋下夹来的东西

珂赛特和马吕斯久别重逢。

这场考验,我们就不描述了。有些事物就不应该试图描绘,太阳即属其列。

珂赛特进来时,连同巴斯克和妮科莱特在内,全家人都聚在马吕斯的卧室里。

她出现在门口,仿佛罩在光环里。

恰巧这时,老外公要擤鼻涕,一下子愣住,用手帕捂着鼻子,从手帕上面注视珂赛特:"可爱极了!"他高声说道。

接着，他才噗噗大声擤鼻涕。

珂赛特一脚踏入天堂，她满面春风，心花怒放，又有点畏怯。人逢喜事容易惊慌，她也一样，讷讷讲不出话，脸白一阵红一阵，想投入马吕斯的怀抱而又不敢。当着这么多人的面表示爱未免害羞。一般人不会体谅幸福的恋人；当他们最渴望单独在一起时，别人却守在旁边，其实他们根本不需要别人。

陪同珂赛特并随后进来的是一位白发男子，他神态庄重，但面带微笑，不过那淡淡的笑容有点伤感。他就是"割风先生"，他就是冉阿让。

正如门房所讲，他的"衣着很讲究"，身穿一套黑色新礼服，扎着白领带。

门房万万想不到，这个体面的有产者，这位可能是公证人的先生，就是 6 月 7 日夜晚登门的那个可怕的运尸工；那天夜晚，他衣衫破烂，满身污泥，脸上尽是泥点血迹，架着昏迷的马吕斯，一副惊慌而可憎的样子。然而，门房的嗅觉很快苏醒，他看见割风先生和珂赛特到来时，就禁不住悄悄对他女人说了这样一句话："不知道怎么回事儿，我总觉得见过这张脸。"

在马吕斯的房间里，割风先生靠门待着，仿佛避开别人。他腋下夹一个小包，看似一部八开本的书，外面包的纸发绿了，就好像发了霉。

"这位先生是不是总这样，胳膊下夹着书本？"吉诺曼小姐一向不喜欢书，低声问妮科莱特。

"不错，"吉诺曼听见她的话，也低声答道，"他是位学者。怎么啦？这有什么错呢？我认识一个布拉尔先生，他也一样，出门总带本书，就像这样抱在胸前。"

接着，他又提高声音打招呼："割风先生……"

吉诺曼老头并不是故意这样讲：不大注意别人的姓名，这是他的一种贵族派头。

"割风先生，我荣幸地为我的外孙彭迈西男爵向小姐求婚。"

"割风先生"躬身首肯。

"就这样定了。"老外公说道。

他随即转向马吕斯和珂赛特，举起双臂，嚷着祝福他们俩：

"允许你们相爱了。"

他们无需别人重复，管不了那许多！已经开始窃窃私语了。两人说话声音很低，马吕斯臂肘支在躺椅上，珂赛特立在他身边。"噢！上帝啊！"珂赛特轻声说道，"总算又见到您了。真是您呀！真是您呀！就这样去打仗啦！究竟为什么呢？太可怕了。整整四个月，我就像死了一样。噢！跑去打仗，太狠心啦！我有什么对不起您的呢？这回我原谅您，不过，今后再也不要这么干了。刚才有人去叫我们来时，我还以为自己非死了不可呢，不过那也是乐死的。原先我多伤心啊！我都来不及换换衣服，一定难看死了。我这衣领皱皱巴巴，您的家长会怎么看呢？喂，您倒是说话呀！别总让我一个人讲。我们一直住在武人街。听说您的肩膀伤得很厉害，有人跟我说伤口能放进去一个拳头。还有，好像要用剪子把肉剪掉。这太可怕了。我痛哭流涕，眼睛都哭肿了。也真怪，人能痛苦到这种地步。您的外祖父看样子非常和善。先别动，不要用臂肘撑着，要当心，这样会弄疼的。哦！我真幸福！看来，不幸的日子结束啦！我简直傻透了，本来要对您说的话全忘了。您还一直爱我吗？我们住在武人街，那儿没有花园。我从早到晚做纱布；喏，先生，您瞧瞧，这全怪您：我手指头磨出老茧了。"

"天使。"马吕斯说道。

"天使"是语言中唯一用不旧的词，任何别的词都经不住恋人的滥用。

等有人在旁边了，他们就住口，一句话也不讲，只有手指相互轻轻地触摸。

吉诺曼先生转过身，对屋里的人高声说：

"你们说话都大点儿声，大家都弄出点儿响动。好啦，吵闹一点儿嘛，见鬼！好让这两个孩子痛快聊聊。"

他又走到马吕斯和珂赛特跟前，小声对他们说：

"你们就相互称你吧，不要拘束啊。"

吉诺曼姨妈惊愕地看到，光明突然拥进她陈旧的家中。这种惊愕毫无逼人之势，绝非枭鸟注视两只野鸽的那种气恼而嫉妒的目光，而是一个五十七岁的可怜老妇呆笨的眼神，也是虚度的一生注视爱情的这种胜利。

"吉诺曼大小姐，"父亲对她说，"我早就对你说过，你会看到的。"

他沉默片刻，又补上一句："瞧瞧别人的幸福。"

他又转向珂赛特：

"她真美！长得真美！是克勒兹一幅画上的美人儿。怎么，你要一个人独占，你这坏蛋！哼！调皮鬼，算你走运，混过我这关，假如我年轻十五岁，我们俩就得斗剑，看谁能赢得她！真的！小姐，我可爱上您了。这事极其自然，您有这种权利。哈！要举行小小的婚礼，又可爱又美丽又漂亮！我们教区是圣体圣德尼教堂，不过，我能搞到许可证，让你们到圣保罗教堂去举行婚礼。那座教堂更有气派。那是由耶稣会教士修建的。那座教堂更俏丽，正对着比拉格红衣主教喷泉。耶稣会建筑的杰作在那慕尔，名叫圣路教堂。你们结了婚，应当去参观一下，值得去一趟。小姐，我完全站在你这一边，赞成所有女孩子都结婚，她们天生就是为了这件美事。有那么一个圣卡德琳，但愿她永远不戴上帽子①，总当处女，说起来不错，可是太冷清了。《圣经》上说：你们要繁衍。为了搭救百姓，需要贞德，要繁衍百姓，却需要季戈涅妈妈②。因此，美丽的姑娘们，你们都结婚吧。我真不明白，总做处女有什么好处呢？我也知道，在教堂里单独有个礼拜室，还可以集中到圣母会里；然而，真是活见鬼，嫁给一个英俊的丈夫，一个正派的小伙子，一年之后，就会有一个金黄头发的大胖小子，快活地吃你的奶，他的两条腿肥嘟嘟的，粉红的小爪子乱抓你的乳房，那张笑脸就跟朝霞一样，这不比举根蜡烛做晚祷，歌颂《象牙塔》③ 强多啦！"

九旬的老外公用脚跟作轴转了个身，像上足的发条又说道：

> 阿西帕，从此别再胡乱想，
> 是真的，不久你要入洞房。

"哦，对了，想起件事儿!"

"什么事儿，父亲?"

"你不是有个密友吗?"

"对，叫库费拉克。"

"他现在怎么样?"

"已经死了。"

"那就算了。"

他坐到他们旁边，也让珂赛特坐下，将他们四只手抓在他皱巴巴的老手里。

"这小妞儿，真是个妙人儿。这个珂赛特，真是个尤物。她是个非常小的姑娘，又是非常高贵的妇人。她只能当男爵夫人，未免有点委屈了，她天生是个侯爵夫人，瞧她这睫毛! 孩子们，你们要牢牢记住，你们这样做得对。相亲相爱吧，要又痴又傻。爱情，是人干的傻事，又体现上帝的智慧。相互崇拜吧。只不过，"他忽又神色黯然，补充说道，"真不幸啊! 现在我才想到，我拥有的钱财，大半是终身年金。我只要活着，生活还过得去，等二十年后我一死，噢! 我可怜的孩子，你们就一无所有啦! 到那时候，男爵夫人，您这双漂亮的白手，就不得不赶着去拉魔鬼的尾巴①了。"

这时，只听一个严肃而沉静的声音说:

"欧福拉吉·割风小姐有六十万法郎。"

这是冉阿让的声音。

他还未讲过一句话，也一动不动，站在这些幸福的人身后，大家都好像不知道他在这里。

"您提到的欧福拉吉小姐是谁?"外祖父惊愕地问道。

"是我。"珂赛特回答。

"六十万法郎!"吉诺曼先生重复道。

"可能少一万四五千法郎。"冉阿让说道。

他将吉诺曼姨妈以为是书本的纸包撂到桌上。

冉阿让亲手打开纸包，里面原来是一沓现钞。清点一下，一千法郎面值的有五百张，五百法郎面值的一百六十八张，共计五十八万四

_____

① 拉魔鬼的尾巴: 意为"生活艰难"。

千法郎。

"这真是一本好书！"吉诺曼先生说。

"五十八万四千法郎！"姨妈咕哝一句。

"这就解决了许多问题，对不对，吉诺曼大小姐？"老人又说道，"马吕斯这小魔头，他在梦乡的树上找来一个阔小姐。看来，现在要放心让年轻人谈情说爱去。男学生找到拥有六十万法郎的女学生！小天使比罗思柴尔德①还能干。"

"五十八万四千法郎！"吉诺曼小姐低声重复道，"五十八万四千就等于六十万呀！"

然而，在这阵工夫，马吕斯和珂赛特相互注视，没有怎么注意这件小事。

五　现金存放在森林，远胜交给公证人

无需再多解释，大家无疑明白了，在尚马秋案件之后，冉阿让趁第一次越狱数日的机会赶到巴黎，及时从拉斐特银行取出他在海滨蒙特伊用马德兰先生的名字存的款，即他的经营所得，他怕再次被捕，而且不久之后果如所料，就跑到蒙菲郿的树林里，将现金埋藏在所谓勒拉吕空地。六十三万法郎现钞，好在体积不大，一个盒子就放下了；但为防止受潮，他又将盒子装入橡木小箱，箱里塞满栗木屑，他还把另一件宝物，主教的银烛台也放进去。我们还记得，他从海滨蒙特伊逃跑时带走了那对银烛台。在一天傍晚，布拉驴儿第一次见到的那人正是冉阿让。后来，冉阿让每次缺钱时就前往那片空地去寻取。前面提过他几次外出，就是为了这事。他有一把十字镐，藏在唯独他知道的灌木丛隐秘处。近来，他见马吕斯逐渐康复，感到不久就要用钱，便取了回来。布拉驴儿在树林里瞧见的还是他，但这次是在清早而不是在黄昏。布拉驴儿只继承了那把十字镐。

实数为五十八万四千五百法郎。冉阿让抽出五百法郎自己用。"以后看看再说吧。"他心中暗道。

当初从拉斐特银行取出六十三万法郎，同现在这个款数的差额，就是从 1822 年到 1833 年这十年间的花费，在修女院待五年，只用了五

---

①　罗思柴尔德（1743—1812）：德国银行家，国际金融王国的奠基人。

千法郎。

　　冉阿让将一对闪闪发亮的银烛台放到壁炉台上，都圣见了赞叹不已。

　　此外，冉阿让也得知终于摆脱了沙威。有人在他面前讲述过，他也从《通报》发的消息上得到证实：警探沙威淹死在货币兑换所桥和新桥之间的洗衣船下。这个无可指责并深受上级器重的人留下一张字条，令人猜想他是因为神经错乱而自杀的。"其实，"冉阿让心想，"他抓住我又放了我，必是已经疯了。"

六　二老各以不同方式为珂赛特幸福尽力

　　这桩婚事全面准备，征询大夫意见，大夫说 2 月份可以举行婚礼。现在是 12 月份，几周幸福美满的快活日子倏忽而过。

　　外祖父同样乐不可支，有时他久久端详珂赛特。

　　"美丽的姑娘真招人喜欢！"他赞道，"她的样子多温柔，多善良！真没的说，我的心肝咪咪，是我一生见过的最可爱的姑娘。等以后，她的美德就和香堇一样芬芳。不错，她是优美的化身。跟这样的女子在一起，只能过一种高尚的生活。马吕斯，我的孩子，你是男爵，又富有，求求你，别去干律师那行当了。"

　　珂赛特和马吕斯从坟墓一步登上天堂，连点过渡都没有，他们俩即使没有眼花缭乱，也要头晕目眩。

　　"怎么会这样，你能明白一点儿吗？"马吕斯问珂赛特。

　　"不明白，"珂赛特回答，"但是我觉得，仁慈的上帝在看着我们。"

　　冉阿让不遗余力，铺平道路，什么都调理好了，使之顺利进行。他跟珂赛特同样急切地盼望大喜的日子，而且从表面上看，也跟她怀着同样欢乐的心情。

　　珂赛特身世的秘密，唯独他知晓，他当过市长，懂得如何解决这一棘手问题。原原本本说出她的身世，谁知道会有什么后果？有可能阻止这桩婚事。他为珂赛特一一排除困难，给她安排一个父母双亡的家庭，这样才保险，不会提出任何异议。珂赛特是一个孤儿，并不是他的女儿，而是另一个割风的骨肉。割风兄弟二人在小皮克普斯修道院当过园丁。前往修道院了解情况，得来大量极好的材料、极受赞扬的证明；善良的修女不大热衷探究别人父亲的身份问题，看不出这里耍了什么花样，她们始终说不准小珂赛特究竟是哪一个割风的女儿。她们提供了别人需要的情况；讲得语气十分诚恳。一份证明书开出来了。珂赛特法定为欧福拉吉·割风小姐，确认为孤儿。冉阿让又一番策划，他以割风的名字被指定为珂赛特的监护人，而吉诺曼先生则是监护人的代理人。

至于那五十八万四个法郎，则是一个不愿透露姓名的人留给珂赛特的遗产。当初的数额为五十九万四千法郎，其中一万法郎用于珂赛特的教育，有五千法郎付给了修女院。这笔遗产由第三者保管，规定等珂赛特成年时或结婚时移交给她。整个这种安排，看来还是相当合情合理，尤其还有五十多万遗产这一有力的旁证。当然也有几处显得怪异，但是没人看到。与此相关的人，一个被爱情蒙住了眼睛，其余的全被六十万法郎遮住了视线。

珂赛特现在得知，长久以来她叫父亲的这位老人，并不是她生父，而只是一个亲戚；另一个割风才真正是她父亲。换个时候，她会十分难过。然而现在，她正处于无比幸福的时刻，心头只掠过一点阴影，脸上泛起一点愀然之色，但她毕竟欣喜若狂，阴云很快就消散。她有了马吕斯。年轻人一到面前，老人就退隐了。人生不过如此。

再者，常年来，珂赛特看惯了周围一个个谜团；童年有过神秘经历的人，往往不愿深究一些事情。

她还继续管冉阿让叫父亲。

珂赛特心花怒放，特别喜欢吉诺曼外公。固然，老人对她讲了许多赞扬话，也送给大量礼物。冉阿让那边在给珂赛特营造一个正常的社会地位、一笔无可指责的财富，吉诺曼先生这边在给她装点婚礼的花篮①，没有什么比追求华丽更令他开心的了。他送给珂赛特一条班什②花边的衣裙，是他的祖母留下来的。"这种式样又时髦了，"他说道，"老古董又风行起来。我年老时的少妇，跟我童年时的老妇穿得一样。"

科罗曼德尔漆的凸肚式古老五斗柜，多年没有打开了，现在他又翻起来，说道："让这些老祖宗忏悔一下，看看大肚子里都装着什么东

① 里面装满新郎送给新娘的礼物。
② 班什：比利时城市，当时盛产镂空花边。

西。"他稀里哗啦，将满满的大肚抽屉里的东西全倒出来，有他妻子、情妇和老辈女眷的衣物：北京宽条子绸、大马士革锦缎、厚锦缎、印花绉绸、图尔产的双烧横棱绸衣裙、能下水洗的印度金丝绣帕、几块不分正反面的王妃绸①、热那亚和阿朗松的桃花、老式的金银首饰、精雕战斗图案的象牙糖果盒，还有各种旧衣裳、缎带，他全送给珂赛特了。珂赛特惊喜交集，一方面对马吕斯爱得发狂，另一方面也对吉诺曼先生感激不尽，她梦想用绸缎和丝绒装饰起来的无边的幸福。在她看来，她的婚礼花篮是由大天使托着，她的灵魂鼓着马林②花边翅膀，在蓝天里飞翔。

我们说过，这对情人如醉如痴的程度，只有外公的兴高采烈能与之相提并论。受难会修女街仿佛来了铜管乐队。

每天早晨，外公都送给珂赛特一件古董。珂赛特的周围，花边衣饰应有尽有，像鲜花一样争奇斗妍。

有一天，不知由什么话头引起来，在幸福中喜欢严肃话题的马吕斯说道：

"那些革命者太伟大了，就像卡通③和福基翁④都拥有几世纪的威望，每人似乎都是世代相传的古名。"

"古绫！"老人高声说，"谢谢，马吕斯，这正是我要想的主意。"

于是，第二天，珂赛特的婚礼篮里，又增添一件漂亮的茶色古绫衣裙。

老外公从这堆占物中引出一段高论：

"爱情，当然很美，但必须有陪衬。幸福也需要一些无用的东西。幸福，仅仅是必需品，要用大量不必要的东西调味。一座宫殿和一颗心。一颗心的卢浮宫，爱情的心和凡尔赛的大喷泉。请把牧羊女交给我，竭力让她成为公爵夫人。请把头戴矢车菊花冠的牧羊女菲莉领来，给她加上十万利弗尔的年金。在大理石的柱廊下，请向我展现一望无

---

① 法国里昂产的名贵丝绸。
② 马林：比利时旧地名，今为梅赫伦。
③ 卡通（公元前234—前149）：罗马政治家，曾任罗马执政官，反对奢华和希腊风格。
④ 福基翁（公元前402—前318）：雅典政治家，将军。

际的田园。我赞赏田园，也赞赏大理石和黄金的仙苑。干干巴巴幸福好似干面包，能饱肚子，但不是美宴。我需要浮华的、无用的、奇异的、多余的、毫无实用价值的东西。记得在斯特拉斯堡大教堂见过一座报时钟，有四层楼那么高，它好意报时，但又不像为报时而造的，它报午时或午夜，报太阳的正午或爱情的午夜，也报其他任何你想听的时辰，向你报月亮和星辰、大地和海洋、鸟儿和鱼儿、福波斯①和福柏②，从那窝里还钻出无数玩意儿：有十二门徒，有查理五世，有爱波妮和沙宾努斯③，此外，还有许多镀金小人儿吹喇叭。这还不算那美妙的钟乐，不知为什么，动不动就响彻云霄。一个简陋的光秃秃的钟盘虽也报时，但能同它相提并论吗？我呢，我赞赏斯特拉斯堡的大钟，认为它胜过模仿黑森林杜鹃叫的报时钟。"

吉诺曼先生信口开河，对婚礼发表一通怪论，连 18 世纪的丑陋老妇，也都纳入他的赞歌中。

"你们不懂节庆的艺术。当今时代，你们不会欢乐地过一天。"他高声说道，"你们的 19 世纪特别乏味，缺乏激情，不知何为富有，不知何为高贵。无论什么事，它都剃成光头出现。你们的第三等级平淡无奇，毫无味道，是畸形的。你们成家立业的资产阶级妇女的梦想，拿她们自己的话来说，就是用红木家具和细布帘子，新装饰起一间漂亮的小客厅。让开！让开！吝啬鬼先生要娶守财奴小姐。真是富丽堂皇！一支蜡烛上还贴着一枚金币。现在就是这样时代。但愿我能逃到比萨尔马特人④更远的地方。哼！在 1787 年，我就预言一切全完了，预言那天我看见罗昂公爵，即莱翁亲王、夏博公爵、蒙巴宗公爵、苏比慈侯爵、元老院元老图瓦尔子爵，乘坐两辆马车去龙尚⑤！这些全产生了后果。到 19 世纪，大家都做起生意，在交易所投机，大发横财，却变成了吝啬鬼！他们打扮修饰，外表弄得很漂亮，衣服笔挺，脸洗

---

① 福波斯：希腊神话中的太阳神，即阿波罗。
② 福柏：希腊神话中的月亮女神，即阿耳忒弥斯。
③ 沙宾努斯：高卢头领，与妻子爱波妮率众反抗罗马人，争取高卢独立。
④ 萨尔马特人：伊朗的一支流浪民族，北移至多瑙河（公元 1 世纪），后与日耳曼族同化。
⑤ 龙尚：位于巴黎西郊布洛涅树林。当初有修女院，因屡出丑闻而于 1790 年取缔。后来建成跑马场。

得干干净净，上过肥皂，刮了脸，刮了胡子，梳好头发，上了发蜡，弄得光溜溜的，又是擦，又是刷，外表非常整洁，无可指责，就跟石子一样光滑，态度审慎，极有分寸，同时，我以我的情妇贞操发誓，他们内心深处全是粪土和污泥浊水，肮脏极了，连用手揩鼻涕的牛倌见了也要退避三舍。我向这个时代献上这样一句格言：肮脏的洁净。马吕斯，你别生气，让我讲一讲，你看到了，我可没讲老百姓的坏话，还总把你的百姓挂在嘴边，不过，对资产阶级，请容我敲打敲打。我也是其中一分子嘛。爱得越深，责打也越狠。说到爱，我要明确地讲，如今，人也结婚，可是不晓得如何结婚了。噢！老实说，我真怀念从前那种温文尔雅的习俗，失去那一切真遗憾。当年，人人都那么文雅，具有骑士风度，举止彬彬有礼，可爱可亲，那种豪华赏心悦目，音乐是婚礼的组成部分，交响乐在楼上，鼓乐在楼下，大家跳舞，宴席上一张张脸喜笑颜开，讲的赞扬话早已深思熟虑，歌声四起，焰火五颜六色，大家笑得非常开心，花样儿多极了，举不胜举，那绸带的大花结，我也缅怀新娘的吊袜带。新娘的吊袜带和维纳斯的腰带是表姊妹。特洛伊战争是在什么上进行的？当然是在海伦的吊袜带上进行的。他们为什么拼杀呢？为什么神圣的狄俄墨得斯打烂了墨里奥涅①头上的十角青铜巨盔呢？为什么阿喀琉斯和赫克托耳用长矛相互刺杀呢？就因为海伦让帕里斯拿走了她的吊袜带。荷马以珂赛特的吊袜带为题，还能创作出一部《伊利亚特》。他会把我这个爱唠叨的老头儿写进他的诗中，起名为涅斯托耳。朋友们，从前，在那可爱的从前，结婚特别讲究：先要签好一份婚约，接着是一顿丰盛的宴席。居雅斯②前脚出去，加马什③后脚就进来。嘿！没的说，胃是一只可爱的畜生，也要求该给它的一份儿，也要有它的婚礼。桌上有美酒佳肴，身边坐着一位不戴修女巾、半露出胸脯的美人儿！哈！大家都开怀大笑，那时候真快活呀！青春就是一束鲜花；每个青年，到头来都要捧上一枝丁香或一束

---

　　①　狄俄墨得斯等固然是荷马史诗中的英雄，但墨里奥涅这个人物却是雨果的杜撰。

　　②　居雅斯（1522—1590）：法国法学家。这里象征法律程序。

　　③　加马什：《堂吉诃德》中的一个农民，举行极丰盛的婚宴。这里象征美餐。

玫瑰；即使当了战士，也还是牧羊人；如果碰巧成为龙骑兵上尉，那也设法取名叫福罗里昂①。每个人都力求漂亮些，满身绣花，披红挂紫。一个有产者也像一朵花，一位侯爵像一颗宝石。谁也不穿扣绊鞋，谁也不穿长筒靴，人人都打扮得那么漂亮，油光锃亮，金光闪闪，舞姿翩翩，风情十足，显得非常优雅，而侧身仍不妨带着佩剑。蜂鸟总得有喙又有爪。那是《风雅的印度》②的时代。那个世纪有文雅的一面，又有豪华的一面。嘿，老天见证！那时候真开心。可是今天，人总板着面孔。有钱的男人那么吝啬，女人又那么假正经；你们这个世纪太不幸了。因为衣领开得太低，美惠女神也会被赶走。唉！本来是美的东西，却当作丑的东西遮掩起来。从那场革命之后，人人都穿起长裤，连舞女也不例外；一名滑稽舞女演员必须一本正经，你们跳轻快舞蹈也得一板一眼。要显得威严才行，就差把下巴颏儿上塞进领带里。一个二十岁的青年举行婚礼，追求的理想就是打扮成鲁瓦耶-科拉尔③那样。你们可知道，追求这种威严，结果如何吗？结果变得渺小。要知道，欢乐并不单纯是快活，还是伟大的。因此，你们要欢快地相爱，见鬼！你们结婚时要搞得火爆，搞得昏头昏脑，要喧闹，闹翻天，尽情表达出幸福！在教堂里要严肃，这可以。可是，弥撒一结束，就全丢开！要制造出一种梦幻，围着新娘旋转。结婚典礼既要有气派，又要有梦幻的情调。婚庆的队列，要从兰斯大教堂走到香德炉宝塔④。我特别憎恶小里小气的婚礼。见鬼！至少婚礼这天，要登上奥林匹斯神山，当当神仙。啊！你们可以成为气精、游戏之神和欢乐之神，可以成为神兵天将！朋友们，哪个新郎都应当是阿道勃朗第尼王子⑤。这一生仅有的千金一刻，要及时享乐，飞上云霄同天鹅和雄鹰一起遨游，哪怕第二天又掉下来，回到资产阶级青蛙群里。绝不要在结婚上节俭，

---

① 福罗里昂（1755—1794）：法国寓言作家。这名字无疑来自罗马神话中花神的名字福罗拉。

② 《风雅的印度》：法国音乐家拉莫（1683—1764）的歌舞剧，1735年在巴黎首演。

③ 鲁瓦耶-科拉尔（1763—1845）：法国政治家。

④ 香德炉宝塔建在昂布瓦斯城附近的庄园里。

⑤ 阿道勃朗第尼王子：教皇克列芒八世（1592—1605）家庭的成员，在其别墅发现古壁画《阿道勃朗第尼的婚礼》。

绝不要损害其光辉，绝不要在你们辉煌的日子吝惜钱财。婚礼不是平常过日子。哦！婚礼如果按照我的想象去操办，准会搞得妙趣横生。可以到树林里听小提琴演奏。我安排演出的节目：天蓝色和银白色。我要把田野各路神仙请来祝贺，还要把山林仙女和海上仙女统统请来。要办成安菲特里特①的婚礼，有一片彩霞、一群梳好美发的裸体山林水泽仙女、一位向女神献四行赞歌的学士院院士、一辆由海怪拉着的华车。"

> 特里同②吹螺壳，快步走在前边，
> 听这仙乐者，无不快活成了仙！

"这才是婚礼的节目，这才像个样儿，要不然算我外行，信口开河！"

老外公满怀激情，滔滔不绝地讲给自己听，而这工夫，珂赛特和马吕斯则尽情地相互凝视。

吉诺曼姨妈以她一贯平和的心情，冷静地看待这一切。近五六个月以来，她接连受了不少刺激：马吕斯回来，马吕斯满身血污被人送回来，马吕斯被人从街垒送回来，马吕斯死了，随后又活过来，马吕斯同家里和解，马吕斯订婚，马吕斯要和一个穷苦的姑娘结婚，马吕斯要和一个非常富有的姑娘结婚。那六十万法郎是最后一件令她惊讶的事。继而，她又恢复初领圣体时的冷漠态度。她还按时去做礼拜，还拨动念珠念经，还念她的瞻礼祈祷书，当别人在角落里窃窃说 I love you 时，她就在另一个角落轻声诵《圣母颂》。在她看来，马吕斯和珂赛特隐隐约约，好似两个影子，而其实，影子正是她本身。

有一种苦修的滞钝状态，灵魂已经麻木不仁，同所谓的生活世事格格不入，只能感知地震和大灾大难，毫无一般人的感觉，既没有欢乐也没有痛苦。"这种虔诚"吉诺曼老头对女儿说，"就好像患了大脑炎。你对生活一点感觉也没有了，既闻不到臭味，也闻不到香味。"

不过，六十万法郎倒把老姑娘的犹豫不决固定下来。她父亲一贯

---

① 安菲特里特：希腊神话中海中女神，海神波塞冬的妻子。

② 特里同：安菲特里特和波塞冬的儿子。

拿她不以为然，在马吕斯的婚事上没有征求她的同意。老人行事单凭一股激情，原先的暴君一变而为奴隶，一心要让马吕斯满意。至于姨妈存在不存在，有没有看法，老头子连想都没有想，老姑娘再怎么温顺，也不免被这种态度刺伤了。她内心有不平之气，表面上却不动声色，只是暗中盘算："父亲不同我商量就决定了这桩婚事，我解决遗产问题也不同他商量。"她确实富有，而她父亲则相反。因此，她在这个问题上保留了决定权。如果他们是穷苦的结合，那么也就让他们穷苦下去。外甥先生活该倒霉！他娶个女叫花子，那他就当叫花子去。然而，珂赛特拥有六十万的财富，便讨姨妈喜欢了，使她改变了对这对情侣的看法。六十万法郎值得重视，显而易见，她别无选择，只能把她的财产留给这两个青年，原因无非是他们并不需要这笔财产。

事情已经安排妥当，新婚夫妇就住在外公家里。吉诺曼先生的卧室是家中最漂亮的屋子，他非要让出来不可。"这样会使我年轻，"他说道，"我早就有这种打算，我一直打定主意，要把我的卧室变成洞房。"他用许多高雅的老古董布置新房，还用他认为是乌德勒支①产的名贵缎子装饰墙壁和天棚，缎底全毛茛花图案上，有起绒的熊耳花。他说道："昂维尔公爵夫人在拉罗什吉永时，就是用这种缎子做床罩的。"他将一个萨克森瓷人摆在壁炉台上，那瓷人在裸露的肚子上捧着一个手笼。

吉诺曼先生的书房，改为马吕斯需要的律师办公室，大家还记得，这是应律师公会的要求设立的。

七 幸福萦绕依稀梦

这对情侣天天见面。珂赛特同割风先生一道前来。"事情完全颠倒了，"吉诺曼小姐说道，"这不，未婚妻送上门来让人家追求。"养成这种习惯，一来是马吕斯需要疗养，二来是比起武人街的草垫椅来，受难会修女会街的沙发椅更适于促膝交谈，也就把她拴住了。马吕斯和割风先生见面并不交谈，这好像成了惯例。少女都需要年长的人陪伴。没有割风先生陪着，珂赛特就来不了；对马吕斯来说，割风先生是珂赛特来访的条件，他也就接受了。有一次，他们笼统地提起改善全民

---

① 乌德勒支：荷兰城市名。

命运的政治因素，虽然没有深入探讨，但总算多说几句话，不局限于"是"和"不"了。还有一次提起教育问题，马吕斯主张实行免费的义务教育，要以各种形式向所有人提供教育，如同大自然提供空气和阳光那样，总之，要让全民都能接受教育，在这一点上，他们的看法完全吻合，差不多还交谈起来。马吕斯这时才注意到，割风先生很善言谈，措辞也相当高雅；不过，他好像还缺少点什么。比较上流社会人士而言，割风先生缺少点什么，但也多出点什么。

围绕这位对他一味既和气又冷淡的割风先生，马吕斯在心里默默提出各种疑问。有时，他甚至对自己的记忆产生了怀疑。他的记忆有空洞，有个黑暗场地，有四个月垂危所掘下的深渊。许多事情都消失在那里面。有时他甚至思忖，他在街垒里是否真的见过割风先生这样一个十分严肃、十分平静的人。

况且，过去出现并消失的人和事物，给他头脑留下的不只是这唯一的惊愕。不要以为他完全摆脱了记忆的困扰，须知这种困扰，即使在我们快乐的时候，在我们心满意足的时候，也要迫使我们忧伤地回顾往事。一个人不回首已经消失的视野，就没有思想，也没有爱心。有时候，马吕斯两手托腮，模糊的往事就乱哄哄地穿过他脑海中的暮色。他又看见马伯夫倒下去，听见伽弗洛什在枪林弹雨中唱歌；他又感到嘴唇下爱波妮冰冷的额头；安灼拉、库费拉克、约翰·普鲁维尔、公白飞、博须埃、格朗太尔，他所有朋友在他面前站起来，继而又无影无踪。所有这些亲爱的、痛苦的、勇敢的、可爱的或可悲的人，难道都是梦中之影吗？是否确实存在过？暴动的硝烟席卷了一切。这些壮志凌云的人都有凌云的梦想。马吕斯心中发问，暗自摸索；所有那些烟消云散的事实令他目眩。他们究竟在哪儿呢？难道真的全部消亡了吗？黑暗中一次陨落，除了他将一切都带走了。在他看来，那一切仿佛消失在幕布后面。生活中常有这种幕落的场景。上帝又转入下一幕。

他本身还确是同一个人吗？他这个穷苦青年，现在富有了；他这个被抛弃的人，现在有个家了；他这个痛苦绝望的人，现在要和珂赛特结婚了。他觉得自己穿过一座坟墓，走进去时是黑的，走出来时变白了。那座坟墓，其他人都留在里面了。可是，所有从前那些人，有时又回来，站立在面前，将他团团围住，令他心情黯然；于是，他就想想珂赛特，便又恢复宁静；唯独这一幸福能抹掉这场灾难。

割风先生几乎也在那些消逝的人之列。马吕斯始终不敢相信，街垒中的那个割风先生，就是这个有血有肉、极为庄重地坐在珂赛特身边的割风先生。那个割风先生，可能是昏迷状态给他送来又带走的一场噩梦。此外，二人的性情相差悬殊，马吕斯绝不可能当面问割风先生，甚至连这种念头也没有产生。我们已经指出这一特有的细节。

两个人有个共同的秘密，并达成某种默契，都不言及这个问题，而这种情况并不像人们所想的那么罕见。

只有一次，马吕斯试探了一下。在谈话中，他有意提到麻厂街，并转身问割风先生：

"您熟悉那条街吧？"

"哪条街？"

"麻厂街啊？"

"这个街名，我一点印象也没有。"割风先生回答，语气极其自然。

他的回答仅指街名，并未涉及街道本身，但是马吕斯认为这更能说明问题。

"毫无疑问，"他想道，"我做了一场梦，产生了一种幻觉，那个人只是有点像他，割风先生并没有去那里。"

八　两个无法寻到的人

马吕斯不管多么大喜过望，心头的思虑也绝难抹去。

婚期已定，就在筹办婚事期间，他开始对往事进行艰难而精细的调查。

要报答几方面的恩情：替他父亲报恩，也要为他自己报恩。

一个是德纳第，一个是把他马吕斯送回吉诺曼先生家中的那个人。

马吕斯决意要找到这两个人，他决不愿意结了婚，过上幸福日子，却把他们忘掉；他担心欠下的恩情如不偿还，会在他此后光辉灿烂的生活中投下阴影。他决不愿意拖欠恩情债，要在愉快地走进未来的生活之前，先偿清过去的债务。

德纳第是个恶棍，这丝毫改变不了他救过彭迈西上校一命的事实。德纳第在所有人眼里是个强盗，在马吕斯眼里则不然。

马吕斯不了解滑铁卢战场的真情实况，不知道那种特殊性：在那种异乎寻常的境地，德纳第救了他父亲一命，却不是恩人。

马吕斯雇请了好几名侦探，哪个也没有摸到德纳第的踪迹。这方面的线索好像全部消失了。德纳第婆娘在预审期间死在狱中。德纳第和他女儿阿兹玛，是那伙可悲的人中幸存的两个，也已潜入黑暗中。社会这个不为人知的深渊，将他们吞没之后又悄悄合拢了。水面上不见一点动荡，一点波纹，而那种一圈圈隐约扩展的水纹，恰恰表明有东西掉进去，可以进行探测。

德纳第婆娘死了，布拉驴儿与此案无关，因底失踪了，主要被告都已越狱潜逃，戈尔博破屋的绑架案差不多流了产。案情始终没有调查清楚。刑事法庭只好拿两个胁从犯开刀，一个是邦灼，别号春天，又名比格纳伊，另一个是半文钱，又名二十亿，二人对席分别判处十年苦役。在逃同谋犯均判处终身苦役。主犯德纳第则缺席判处死刑。这一判决，是唯一留下来有关德纳第的事，犹如灵柩旁边的一支蜡烛，阴惨惨的光投在这个埋葬了的名字上。

再说，德纳第本来就害怕重新逮捕归案，深藏起来，这一判决更把他赶入最深处，又给覆盖这个人的黑暗加厚一层。

至于寻找另外那个人，救了马吕斯的那个陌生人，开头还有点收获，后来就停滞不前了。6月6日夜晚把马吕斯送到受难会修女街的那辆出租马车，倒是设法找到了；车夫说，6月6日那天，他奉一名警察之命，从下午三时到夜晚，"停车守在"香榭丽舍的河边，就在大阴沟出口处的上方，约莫晚上九点钟，对着河边的阴沟铁栅门打开了，走出一个汉子，肩上驮着一个仿佛死了的人；守候在那儿的警察逮捕那活人，抓住那死人，而他这个车夫，按照警察的命令，让"那伙人"上了车，先到了受难会修女街，将那死人撂下；他说那死人就是马吕斯先生，"这一次"虽然活了，他还是能认出来；然后，他们又上了车，他挥鞭赶马，到了离档案馆不远的地方，又叫他停车，在大街上付清了车费就分了手，警察将那人带走了；此外，他就一无所知了，那天夜晚非常黑。

我们已经说过，马吕斯什么也回忆不起来了，只记得他仰身要倒在街垒里的当儿，被一只强有力的手从后面抓住，后来的事就没有一点印象了，等苏醒过来，已是在吉诺曼先生家中了。

他越推测越找不出头绪。

他总不能怀疑他本人的身份。然而，他分明昏倒在麻厂街，怎么又会在残废军人院桥附近的塞纳河边，让一名警察给收了？难道有人从菜市场街区，把他背到香榭丽舍，怎么走的呢，通过下水道。这种献身精神真是闻所未闻！

有个人？是谁？

这正是马吕斯要寻找的人。

关于这个人，他的救命恩人，一点消息也没有，无影无踪，找不到一点蛛丝马迹。

马吕斯调查这方面的事，虽然必须格外谨慎，但他还是一直查到警察总署。然而那里也不比别处强，了解的情况无助于弄清真相。警察总署还没有出租马车夫了解得多，他们根本不知道6月6日在大阴沟铁栅门那里逮捕过人，也没有收到警察任何有关的报告，认为这事纯属编造，只能是车夫编造出来的寓言故事，而车夫为了一点小费，什么都干得出来，甚至不惜胡编乱造，然而，事实终归是事实，马吕斯不能怀疑，除非像我们刚才讲的，怀疑他本人的身份。

这一切无法解释，不出这怪诞的谜圈。

这个人，这个神秘的人，车夫看见他背着昏迷的马吕斯，从大阴沟的铁栅门里出来，因抢救一个暴动者而被埋伏的警察当场逮捕，他后来怎么样了呢？那名警察又去哪儿了呢？这人逃脱了吗？那名警察为什么保持沉默呢？他受贿了吗？马吕斯的这个救命恩人，为什么不给他一点音信呢？这种慷慨的态度，同献身精神一样，都是超群绝伦的。这个人为什么不露面了呢？也许他不图报吧，但是谁也不能超越感激之情。难道他死了吗？他是个什么样的人呢？是一副什么长相呢？谁也说不清楚。车夫回答说："那天夜晚太黑了。"巴斯克和妮科莱特当时吓傻了，眼睛只顾盯着满面血污的少主人。唯独门房，在举着蜡烛照着一副惨相归来的马吕斯时，倒是注意看了这人一眼，他提供这样的特征："这人的样子太可怕了。"

马吕斯回到外祖父家时穿的血衣保存起来，期望对他的寻找有所助益。他仔细察看血衣时，发现下摆有一处撕破，很是蹊跷，而且还缺了一块。

有一天晚上，马吕斯因珂赛特和冉阿让在一起，他谈到这场奇特的险遇，说他屡次查询而徒劳。他见"割风先生"那张始终冷淡的面孔，便有些不耐烦了，于是激动地提高声音，几乎怒冲冲地说道：

"是的。这个人，不管他是什么人，他的所为也是高尚的。您知道他做了什么吗，先生？他像个大天使那样出现，他是冲进战火中，才能把我抢出去，还打开下水道门，将我拖进去，再背着我！在那可怕的地下长廊里，他必须弯下腰，屈着膝，在黑暗中，在污泥浊水中，走了一法里半多路，先生，背上还背个死尸！抱着什么目的呢？唯一的目的，就是抢救这个死尸。而这个死尸正是我。他心里想：'也许还有一线生机，为了这一点可怜的火星，我要冒生命危险！'他拿生命冒险，可不止一次，而是无数次。一步一个险。有事实为证：他一走出下水道就被捕。先生，这人所做的这一切，您知道吗？不希图任何报酬。当时我是什么人？一名暴乱分子。当时我是什么人？一个战败者。啊！珂赛特那六十万法郎如果是我的……"

"那钱是您的。"冉阿让插了一句。

"那好，"马吕斯接着说，"我愿意以这笔钱为代价，找到这个人！"

冉阿让沉默不语。

第六卷　不眠之夜

一　1833 年 2 月 16 日

1833 年 2 月 16 日的夜晚是降福之夜。夜色上空天堂打开了。这是马吕斯和珂赛特的新婚之夜。

这是兴高采烈的一天。

这并非外公所梦想的蓝色佳节，既不是有一大群小天使和小爱神在新婚夫妇头上飞旋的仙境，也不是能装饰在门楣上的那种婚礼的图景，而是一次又甜美又欢乐的婚礼。

1833 年那时结婚，仪式和今天的不同。法国还没有向英国借鉴抢妻的那种雅人深致：新婚夫妇一出教堂就逃匿，怀着幸福的羞惭躲藏起来，以破产者的行径表达《雅歌》中的那种狂喜。那时大家还不懂得，将自己的天堂放在驿车上颠簸，让咯吱咯噔的声响频频打断自己的神秘，把乡村客栈的床当作婚床，将自己一生最神圣的记忆留在按夜计费的普通客房里，并同跟驿车和车夫和客栈女招待的交谈相混杂，这一切该有多么贞洁，多么美妙，又多有雅趣。

在我们生活的 19 世纪下半叶，市长及其绶带、神甫及其祭披、法律和上帝，都已经不够了，还要补充上龙朱莫驿站的车夫：上身穿红翻袖口、铃铛纽扣的蓝外套，饰着金属片的臂章，下身穿一条绿色皮裤，咒骂着马尾扎起的诺曼底种马，总之假饰带、漆布帽子、扑粉的粗头发、大马鞭和大皮靴。法兰西的文雅，还没有推进到英国贵族的那种程度：等新婚夫妇登上驿车，后跟磨损的拖鞋和旧鞋，便像雨点似的砸在他们头上，以纪念丘吉尔①，后来他又叫马尔勃路格或马尔布路克，婚礼那天，姑妈用怒火给他带福运。旧鞋和破拖鞋还没有投入到我们的婚礼中；不过别着急，高雅的趣味总要继续扩展，将来必有那一天。

从1833年回溯一百年，那时结婚可不疲于奔命。

说来也怪，大家还能想象出来，那时代举行婚礼，既是私人的喜事，也是社会的节庆，大家族的喜宴无损于小家庭的隆重，欢乐即使过分，只要是正当的，就决不会妨害幸福；总而言之，两个人的命运在家族里开始结合，从而产生一个家庭，而且，新房从此证明二人结为夫妻，这一切都是可敬而有益的。

他们在家中结婚并不感到羞耻。

因此，还按照现已过时的方式，在吉诺曼先生家中举行婚礼。

结婚虽是极为自然又极为普通的事，可是要张贴布告，办理结婚证，要跑市政厅，还要去教堂，总不免费些周折，在2月16日之前无论如何准备不好。

16日碰巧是星期二，封斋节的前一天；我们指出这一细节，纯粹是力求准确。大家都犹豫不决，顾虑重重，尤以吉诺曼姨妈为甚。

"封斋节前的星期二！"老外公高声说，"棒极了。"有一句谚语说：

> 封斋节前成了亲，
> 儿女没有不孝心。

"就这么办，定在16日！你呢，马吕斯，你还想延期吗？"

"当然不想啦！"热恋中的人回答。

"那就结婚吧。"老外公说道。

就这样，婚礼在16日举行，尽管那还是狂欢的日子，那天下雨了，不过，一对新人总能看到贺喜的一角蓝天，至于天地万物都在雨伞之下，也就无所谓了。

婚礼前夕，冉阿让当着吉诺曼先生的面，将那五十八万四千法郎

---

① 约翰·丘吉尔（1650—1722）：马尔勃路格公爵，英国将军。

交给马吕斯。

夫妻实行财产共有制，这样，婚书也就非常简单了。

从此以后，冉阿让就用不着都圣了，珂赛特便接收过来，把她提升为贴身女仆。

在吉诺曼家中，还给冉阿让辟出了间漂亮的卧室，特意为他布置好了，珂赛特则央求他："爸，我求求您了。"恳切的语气万难拒绝，差不多使他答应搬到一起来住了。

婚期的前几天，冉阿让出一点事儿，右手拇指砸伤了。伤得并不严重，他不让别人照顾，自己包扎，也不让人看伤处，连珂赛特也不例外。伤虽不重，但是手要缠上绷带，手臂要吊着，这样他就不能签字了。吉诺曼先生是代理监护人，便代替他行事。

我们带领读者既不去市政厅，也不去教堂。跟随一对情侣去那种地方的人寥寥无几，而且一看见新郎的翻领饰孔插上一束花，便习惯扭头不观赏这出戏了。我们只是略提一句，从受难会修女街去圣保罗教堂的途中碰到的一个情况，而参加婚礼的人并没有瞧见。

当时，圣路易街北口正在翻修，从王宫花园街起就不通行了。婚礼的彩车不能直接驶往圣保罗教堂，必须改道，最简单的就是从大马路绕过去。宾客中有人提醒说，这是狂欢节的最后一天，可能会堵车。"为什么？"吉诺曼先生问道。"因为有假面游行队伍。""那好极了，"外祖父说道，"就从那儿走。这两个青年一结婚，就要进入严肃的生活，让他们瞧瞧假面的场景，好有个思想准备。"

他们就走大马路。第一辆婚礼彩车坐着珂赛特和吉诺曼姨妈、吉诺曼先生和冉阿让。按照习俗，马吕斯还同未婚妻分开，只乘坐第二辆车。婚礼的车队从受难会修女街驶出，就加入那车水马龙的队列：队列从马德兰教堂到巴士底广场，又从巴士底广场到马德兰教堂，连成没头没尾的长链。

大马路上全是戴假面具的人，不时下雨也驱不散那些滑稽人物、小丑和傻瓜形象。在这 1833 年冬季的舒畅气氛中，巴黎化装成了威尼斯。那种狂欢节如今已见不到了。狂欢节扩展到整个生活，也就没有狂欢节了。

大马路两侧挤满了行人，居民也都在窗口看热闹。剧院柱廊的平台上满是观众。除了观赏各种各样的假面具，还观看封斋节前狂欢节的特有的车队，就像在龙尚那样，车辆形形色色，有出租马车、市民轻便马车、大篷车、带篷的两轮小车、单驾双轮车等等，列队行驶，秩序井然，一辆辆相连接，严格遵守交通法规，仿佛行进在铁轨上。列队车辆上的人，无不既是观众又是演员。络绎不绝的车辆形成方向相反的两条平行线，由警察控制在大马路两侧偏道，不让这两条车流遇到一点阻遏，保持一条流向下游，一条流向上游，一条流向昂丹大街，一条流向圣安托万城郊大街。法兰西贵族院议员带有徽章的车辆、外国使节的车辆，则可以在大马路中央自由往来。还有欢快的彩车队，尤其是肥牛车，也有这种特权。英国也挥响马鞭投入巴黎的欢乐；西摩勋爵招摇过市，乘坐一辆有贱民绰号的旅行车。

保安队像一群牧羊犬，沿着这两行车流来回奔跑。队列里有正派人家的大轿车，坐满了姨婆和祖母，车门站着肤色鲜艳的化装儿童，七岁的男小丑、六岁的女小丑，小家伙特别喜人儿，他们感到正式参加了公众的欢乐，深深意识到他们所扮的滑稽角色的尊严，便像政府官员那样一副严肃相。

游行的车队不时在某处堵塞了，侧道的一列就得停下，等疙瘩解开再运行；一辆车受阻，就足以使全线瘫痪。排除障碍再继续行进。

婚礼的车队沿大马路的右侧队列，驶向巴士底广场，行进到白菜桥街时停了片刻。而对面朝马德兰教堂行进的车队，几乎也同时停下来，其中有一辆车满载戴假面具的人。

那种车辆，更确切地说，那种装满假面具的大车，巴黎人相当熟悉。如果哪年封斋节前狂欢节或封斋节的狂欢日①，不见那种车辆，大家就会以为在搞什么鬼，就议论说："这里边有什么名堂。很可能内阁要换人了。"那辆车装了一大堆老丑角、滑稽丑角和女仆角色，在行人的头上颠簸，看上去奇形怪状，丑态百出，从土耳其人到野人，有搀扶侯爵夫人的大力士、能使拉伯雷捂上耳朵的满口粗话的泼妇，也有能让阿里斯托芬垂下眼帘的母老虎，麻丝做的假发、玫瑰色的汗衫、讲究的帽子、扮鬼脸的眼镜、戴个戏蝶的滑稽丑三角帽，他们冲着行人怪叫，双拳撑在大胯上，袒露双肩，戴着假面具，摆出肆无忌惮的

---

① 封斋节又称四旬斋。封斋节前的星期二为狂欢节的最后一天；第三周的星期四为狂欢日。

姿态，显得那么厚颜无耻，真是一大堆乌七八糟的丑类，由头戴花冠的车夫拉着示众。车上就是这样一群东西。

希腊需泰斯庇斯①大戏车，法国则需要瓦德②的出租马车。

什么都可以拿来滑稽地模仿，甚至模仿滑稽的模仿。农神节这种古代美的滑稽相，越扩越大而终于演变成为封斋节前的星期二。酒神节，古代的酒神头戴葡萄藤冠，沐浴在阳光下，袒露神奇的半截身子和大理石般的双乳，如今却一副无精打采的样子，身穿北方湿漉漉的破衣衫，最后就改名叫狂欢节假面人了。

假面人车这种传统，始于最古的王朝时代。路易十一拨给宫廷大法官的费用"二十苏图尔币，租用三辆车，戴假面人上街"，如今，这帮喧闹的人一般乘坐老式双轮公共马车，挤在上层车厢里，也有乱哄哄的一伙人挤上四轮公共马车上，将车篷放下，六人座席挤二十多人。有的在车椅上，有的在折叠加座上，还有的在放下的车篷侧面和辕木上，甚至还骑在马车的灯笼上。有站立的、卧倒的、坐下的、蹲着的、吊着腿的。女人则坐在男人的膝上。那伙狂人攒动的头叠成的金字塔，从远处就能望见。这种满载假面人的车辆，在车水马龙中间是欢腾的高山。等到科莱、帕纳尔和皮龙③一出世，黑话就满天飞了。车上的假面小丑，向老百姓满口喷出一套套粗话。这辆公共马车载人过多，看上去特别庞大，带有一种征服的气势。车前沸反盈天，车后一片混乱，车上叫骂，吊嗓子，呼号，狂笑，高兴得前仰后合；快乐在咆哮，讽刺在喷火，欢快的情绪展示出来，像展开的一块大红布；两个瘦长干瘪的女人演一出闹剧，演到了高潮，这是满载欢笑的胜利战车。

然而，这种笑实在厚颜无耻，算不上爽快；这种笑也实在可疑，显然肩负一种使命，要向巴黎人证明这是狂欢节。

这种粗俗下流的车辆，令人感到一种莫名的黑暗，也能引起哲学家深思。这其中有执政的意味，能触摸到公职人员和公娼的神秘的

① 泰斯庇斯（约公元前6世纪）：希腊诗人，相传他开创悲剧，以大车为舞台巡回演出。

② 瓦德（1720—1757）：法国戏剧和滑稽歌剧作家。

③ 科莱（1709—1783）：法国戏剧作家。帕纳尔（1674—1765）：法国民谣和戏剧作家。皮龙（1689—1773）：法国民谣和滑稽歌剧作家。

· 1179 ·

相似。

种种卑劣丑恶拼凑起一个欢乐的整体，堕落和无耻相加用来诱惑民众，为卖淫充当广告的大肆侦察既凌辱又愉悦众人，而群众也爱看四轮大马车载着一堆活妖怪驶过，爱看那堆妖怪穿着饰了金箔的破衣烂衫，半污秽半闪光，又号叫又歌唱，并为各种羞耻合成的胜利而热烈鼓掌；如果警察不让这二十颗头的欢乐蛇妖在人群游弋，那么群众就认为算不上节庆。这处情况固然可悲，但是又有什么办法呢？一车车饰着彩带和鲜花的污秽，受到公众笑声的辱骂和宽恕。大众的笑声是普遍堕落的同谋。一些不健康的节庆活动，引导民众堕落为群氓无赖，而群氓同暴君一样，都需要小丑。国王有罗克洛尔，民众有帕亚斯滑稽丑。巴黎每当丧失卓越大都市的身份，就沦落为疯狂的大城。在这里，狂欢节是政治的组成部分。应当承认，巴黎心甘情愿让无耻的东西大肆表演。它只向大师要求一件事——如果它有大师的话："替我给这污泥涂脂抹粉吧。"罗马也有同样的习性，专门喜爱尼禄。尼禄是运送丑类的巨人。

刚才提到的那辆大轿车，满载着奇形怪状的假面男女，停在大马路的左偏道，当时婚礼车队正巧停在右侧偏道。假面人的大车隔着大马路，瞧见了新娘的彩车。

"咦！"一个假面人说，"办喜事。"

"假喜事，"另一个接口说，"我们才是办喜事。"

隔得太远，没法儿招呼婚礼的车队，又怕警察干预，两个假面人就观望别处了。

过了一会儿，一车假面人就忙乱起来，众人开始喝倒彩，这是向假面人表示的亲热。刚才对话的两个假面人就和同伴一起回击，搜集菜市场的全部枪弹，对付众口的猛攻还嫌火力不足。假面人和公众之间你来我往，用隐语黑话激烈交火。

这时，同车的另外两个假面人；一个是老家伙，鼻子奇大，黑胡子特别浓密，模样儿像个西班牙人；另一个是干瘦的小丫头，戴着半截面具，一副骂街的小泼妇的样子，他们二人也注意到了婚礼彩车，就在同伴和行人对骂时，他们则低声交谈。

他们的窃窃私语淹没在喧嚣声中。几场阵雨将这辆敞篷车淋透了，2 月的风又不温暖，袒胸露怀的小泼妇浑身颤抖，一边笑一边咳嗽。

这就是他们的对话：

"咳！"

"什么呀，达龙①？"

"你看见那老家伙了吗？"

"哪个老家伙？"

"就那儿，在婚礼的头辆车上，靠我们这边。"

"那个扎黑领带，吊着手臂的？"

"对。"

"怎么啦？"

"我肯定认识他。"

"嗯！"

"我若是不认识这个庞丹佬②，就让人割我的脖子，就算我一辈子没讲过'您''你'和'我'。"③

"今在巴黎就是庞丹。"

"你弯下腰，能看见新娘吗？"

"看不见。"

"新郎呢？"

"这辆车上没有新郎。"

"啊！"

"除非是另外那个老头儿。"

"你尽量往下弯弯腰，瞧瞧那新娘。"

"不行啊。"

"没关系，反正爪子缠了东西的老家伙，我肯定认识。"

"认识又有什么用？"

"不知道。万一有用呢。"

"我对老家伙可不感兴趣。"

"我认得他！"

"认得就认得吧。"

---

① 达龙：父亲。——雨果注

② 这句原是黑话，雨果有注。"庞丹佬"即巴黎人。

③ 这段原是黑话，雨果有注。

"见鬼，他怎么参加婚礼？"

"我们不是也参加了吗？"

"这婚礼车队，是从哪儿来的呢？"

"我怎么知道？"

"听着。"

"什么呀？"

"你得干一件事儿。"

"什么事儿？"

"下车去，跟上这辆婚礼车。"

"干什么？"

"弄清车去哪儿，是些什么人。赶快下车，快跑，我的仙女①，你人年轻。"

"我不能离开车。"

"怎么不能？"

"我是雇来的。"

"哎呀，糟糕！"

"我要给市政府干一天泼妇。"

"真的。"

"我一离开车，哪个警探见了都会抓我。这个你清楚。"

"对，我清楚。"

"今天，我让法螺丝②买下了。"

"不管怎么说，这老家伙叫我心烦。"

"老家伙叫你心烦，你又不是个少女。"

"他在头一辆车上。"

"那又怎么样呢？"

"在新娘车上。"

"那又怎么样呢？"

"看来他是父亲。"

"这和我有什么关系？"

---

① 仙女：女儿。——雨果注
② 法螺丝：政府。——雨果注

"跟你说他是父亲。"

"又不是只有他一个父亲。"

"听我说。"

"什么呀？"

"我不行，我只能戴上面具出来。我在这儿也是隐藏身份，别人不知道我在这儿。可是，明天就不能戴面具了。星期三就是斋期了，我再出来就要跌跟头①，必须钻回我的洞里。你不一样，是自由的。"

"不太自由。"

"总比我自由点儿。"

"你想说什么呀？"

"你要想法儿弄清婚礼车去什么地方？"

"去什么地方？"

"对。"

"我知道。"

"去哪儿？"

"蓝针盘街。"

"首先，方向就不对。"

"那就是去酒糟街。"

"也许去别的地方。"

"人家是自由的。婚礼的队列是自由的。"

"说这些都没有用。跟你说，你要想法儿给我弄清，那是什么人家的婚礼，怎么有那个老家伙，新婚夫妇住在哪儿。"

"难说！这事儿可不好办。等一周之后，再去找星期二狂欢节经过巴黎大街的婚礼车，就那么容易？真是草棚里找别针！怎么能办得到呢？"

"不管怎样，总得试试。明白吗，阿兹玛？"

两列车队在大马路两侧偏道又开始反方向移动，假面车看不见新娘车了。

---

① 跌跟头：被捕。——雨果注

二 冉阿让总吊着手臂

实现自己的梦想。让谁实现梦想呢？上天肯定要有所选择；殊不知我们全是候选人，天使在投票。珂赛特和马吕斯中选了。

在市政厅和教堂里，珂赛特光彩夺目，楚楚动人。这是都圣由妮科莱特协助给她穿戴起来的。

珂赛特穿一条白色塔夫绸衬裙，外面套了班什产的镂花边连衣裙，再罩上英国针织花薄头纱，戴一条精美珍珠项链，戴一顶橘花冠；全是洁白色，她在这身洁白色中光艳照人。这种美妙的天真无瑕，在明光中焕发而升华，就好像一位贞女正在化为天仙。

马吕斯一头美发又光亮又芳香。在浓密的发卷下，仍能看到街垒给他留下的几条浅色伤痕。

外祖父神采飞扬，高昂着头，那身穿戴和举止，越发显示了巴拉斯①时期的文雅。他挽着珂赛特的手臂，代替因吊着绷带而不能搀扶新娘的冉阿让。

冉阿让身穿黑礼服，笑呵呵跟在后面。

"割风先生，"外公对他说，"今天真是大好日子，我投票赞成结束忧伤和悲痛！从今以后，任何地方都不应再有伤心的事。老天见证！我宣布快乐！痛苦没有资格存在了。不错，世上还有受苦人，这是青天的耻辱。痛苦不是人造成的，人性说到底还是善良的。人类全部苦难的首府和中央政府，就是地狱，换句话说，就是魔鬼的土伊勒里宫。行啊，现在，我也讲起哗众取宠的话来啦！其实，我也没有政治观点了；但愿所有人都富裕，也就是说生活快乐，我只有这一点主张了。"

在市长和神父面前不知回答多少回"是"，又在市政厅和教堂的登记簿上签了字，二人交换了结婚戒指，在香烟缭绕中罩着白云纹婚纱并排跪下，所有仪式都结束，他们才手拉着手，来到众人面前，接受贺喜和赞美。马吕斯穿一身黑礼服，珂赛特则一身洁白，前边由戴上校肩章的教堂警卫用戟跺响石板开道，他们穿过两排啧啧称赞的宾客，走出敞开的教堂两扇大门。一切都已结束，又准备上车了。珂赛特还

---

① 保罗·巴拉斯（1755—1829）：法国政治家，国民公会成员，曾任督政府的执政官。

难以相信这是真的。她瞧瞧马吕斯，看看众人，又望望天，好像害怕从梦中醒来似的。她那又惊讶又隐隐不安的神情，为她增添一种说不出来的魅力。返回时，马吕斯和珂赛特同上一辆车，并肩而坐。吉诺曼先生和冉阿让坐在他们对面。吉诺曼姨妈则降了一级，乘坐第二辆车了。"孩子们，"外祖父说道，"现在你们是男爵先生和男爵夫人了，享有三万利弗尔年金。"于是，珂赛特紧靠过去，对着马吕斯的耳朵，以天使的美妙声音说道："原来这是真的。我也叫马吕斯，是你的夫人。"

两个人神采奕奕，他们正逢一去便难追寻的一刻，正处于整个青春和全部欢乐的光辉灿烂的汇合点。他们实现了约翰·普鲁维尔的诗句："二人相加，还不到四十岁"。这是无比崇高的结合，两个孩子就是两朵百合花。他们相互虽不注视，却彼此瞻仰。珂赛特看见马吕斯在一片荣光之中，马吕斯则看见珂赛特在圣坛上。既在圣坛上，又在荣光中，这两个神化了的人，不知怎么内心已经交融了，对珂赛特看来是在一片云彩后边，在马吕斯看来是在一片烈焰中，有一件理想的东西，实实在在的东西，亲吻和梦幻的约会，新婚的枕席。

他们所经历的一切苦难，回忆起来也令他们陶醉，仿佛忧伤、失眠、泪水、惶恐不安、惊慌失措、痛苦绝望，都变成了爱抚和光明，使临近的美好时刻更加美好，而往日的悲伤全变成女仆，来给欢乐梳洗打扮。经历过痛苦，该有多好啊！他们的不幸成为他们幸福的光环。他们的爱情长期经受磨难，结果升华了。

两颗灵魂都同样欣喜若狂，不过，马吕斯掺杂一点欲念，珂赛特含两分羞怯。他们喃喃说："咱们再去普吕梅街，看看咱们的小花园。"珂赛特衣裙的长褶裥搭在马吕斯身上。

这样一天难以形容，是梦想和坚信的杂糅。既拥有，又要假设。眼前还有时间猜测。是一种无法描摹的冲动，在这天，刚到中午却想半夜。两颗心灵洋溢出来的喜悦，感染行人也都兴高采烈了。

行人纷纷停在圣安托万街圣保罗教堂门前。要隔着马车玻璃窗，观赏珂赛特头上颤动的橘花。

继而，他们回到受难会修女街，回到家中。马吕斯容光焕发，得意扬扬，同珂赛特肩并肩，登上他那次奄奄一息被人拖上去的楼梯。穷人聚在门口，都得到一份施舍，并祝福新婚夫妇。家里到处摆满鲜花，就跟教堂一样芳香弥漫。焚香之后，便是玫瑰花香。他们恍若听见天宇悠扬的歌声；他们心中有上帝；他们的命运就像展现的星空；他们望见一束阳光从头上升起。突然时钟敲响了。马吕斯注视珂赛特这迷人的手臂，以及透过上衣的花边隐约可见的粉红部位；珂赛特发觉了马吕斯的目光，便羞得满面通红。吉诺曼家的许多老友应邀前来贺喜，他们围住珂赛特，都竞相叫他男爵夫人。

军官特奥杜勒·吉诺曼，现在是上尉了，他从沙特尔驻营地赶来参加表弟彭迈西的婚礼，珂赛特没有认出他来。

而他呢，早已听惯了女人称他美男子，根本不记得珂赛特，也不记得别的女人。

"当时我没有听信这个枪骑兵的鬼话，做得太对啦！"吉诺曼老头儿暗自说道。

珂赛特对冉阿让，从来没有像现在这样温柔体贴，也赞成吉诺曼老人的主张，在老人把欢乐奉为格言准则的时候，她就像散发香气一样，散发着爱心和友善。幸福的人愿人人幸福。

她同冉阿让说话，又恢复小姑娘时的语气，用微笑爱抚他。

一桌酒宴摆在餐室。

亮如白昼的照明，给大喜日子制造必不可少的氛围。欢乐的人决不接受迷雾和昏暗，决不同意变成黑影。夜晚，不错；黑暗，不行。没有太阳了，那就得制造一个。

餐室成了各种美味物品的大烤炉。在雪白明亮的餐桌的上方正中，吊着一盏威尼斯产的金属片大彩灯，四周一圈多支烛台，上面有蓝紫红绿各色鸟儿，栖息在蜡烛中间，墙壁镶着三折和五折反光镜。玻璃杯、水晶器皿、玻璃器皿、餐具、陶器、瓷器、金银器皿，全都闪闪发光，其乐融融。烛台之间插了鲜花，这样一来，没有烛光的地方就有花朵。

门厅里有三把小提琴和一支长笛，正轻声演奏海顿的四重奏曲。

冉阿让在客厅里，坐在门背后的一把椅子上，几乎被敞开的门扇遮住。入席前还有片刻时间，珂赛特头脑一热，便过来用手拉开婚礼裙，向他施了个屈膝大礼，以温柔顽皮的目光注视他，问道：

"父亲，您高兴吗？"

"高兴啊。"冉阿让回答。

亮如白昼的照明，给大喜日子制造必不可少的氛围。

"那就笑一笑呀。"

冉阿让就笑起来。

几分钟之后，巴斯克请大家入席。

吉诺曼先生让珂赛特挽上手臂先行，宾客随后鱼贯进入餐室，安排好的位置入座。

新娘左右首摆了两张安乐椅，第一张是吉诺曼先生的座位，第二张是给冉阿让预备的。吉诺曼先生入了座，另一张椅子还空着。

大家都用目光寻找"割风先生"。

他人不见了。

吉诺曼先生问巴斯克："你知道割风先生在哪儿吗?"

"先生，我正要说呢，"巴斯克回答，"割风先生让我转告先生，他的手有点疼，不能陪男爵先生和男爵夫人用餐了。他请大家原谅，明天早晨他再来。他是刚才走的。"

这张安乐椅空着，喜宴的气氛一时冷下来。割风先生缺席，但是席上有吉诺曼先生，老外公兴高采烈，一个顶俩。他断言割风先生既然不舒服，那还是早点休息为好，还说不要紧，只是轻微"疼痛"。有这种解释就足够了。况且，一个阴暗的角落又算什么，不是要淹没在一片欢乐中吗? 珂赛特和马吕斯正处于新婚祝福的自私时刻，只有能力感受幸福。这时吉诺曼先生又灵机一动："对了，这椅子空着，过来，马吕斯。你姨妈虽然有权跟你坐在一起，但是她会准许你坐过来的。这椅子归你了。既合法，又合情。幸运之神坐到快乐之神身边。"宴席上的人都鼓起掌来。于是，马吕斯便取代冉阿让，坐到珂赛特身旁。珂赛特因冉阿让缺席，开头怏怏不乐，事情这样一安排就高兴了。既然马吕斯成了替身，就是上帝缺席，珂赛特也不会遗憾了。她把穿着白缎鞋的柔软小脚放在马吕斯的脚上。

椅子有人坐了，割风先生就一笔勾销，什么也不欠缺了。五分钟之后，宴席上的宾主便把这事置于脑后，一个个笑逐颜开，兴致大发了。

最后上甜食的时候，吉诺曼先生起立，举起大半杯香槟，毕竟九十二岁高龄的人，怕手颤晃酒而未斟满杯，他向新婚夫妇祝酒:

"你们躲不掉两次训诫，"他朗声说道，"早晨，你们接受了神甫的训诫，晚上还要接受老外公的。听我说，我要劝告你们一句：你们相亲相爱吧。我可不讲上一大堆陈词滥调，要一语道破：你们幸福吧。万物中最聪明的，要算斑鸠了。哲学家说：要节制你们的欢乐。而我却说：放开手脚，尽情欢乐吧。要像魔鬼那样热恋，要爱得疯狂。哲学家总弹老调。我真想把他们的哲学塞回他们的腔子里。能说芳香过分，玫瑰花蕾开得太多，歌唱的黄莺太多，绿叶太多，生活中的曙光太多了吗？难道人相爱还能过头吗？难道人相互愉悦还能做得过火吗？当心，爱丝泰勒，你太美丽啦！当心，奈莫兰，你太漂亮啦！这都是十足的蠢话！两个人彼此吸引，彼此爱抚，彼此迷恋，难道还能过分吗？还能说人太活跃，太幸福吗？节制你们的快乐！哼，呸！打倒哲学家！理智，就是欢畅。你们要欢畅，让我们大家都欢畅吧！我们幸福是因为我们善良，或者，我们善良是因为我们幸福吗？桑西钻石叫桑西钻石，是因为它曾属于阿尔莱·德·桑西①，还是因为它有一百零六克拉重呢？这方面我一无所知；生活中充满了这类难题；关键是得到桑西钻石，得到幸福。你们幸福吧，无需诡辩。要盲目地服从太阳。太阳是什么？就是爱情。谁说爱情，就是说女人。啊！啊！至高无上的权力，就是女人。问问这个煽动者马吕斯，是不是珂赛特这个小暴君的女奴。这个懦夫，他是心甘情愿的！女人！没有挺得住的罗伯斯庇尔，还是女人掌大权。我仅仅是这个王国的保王党人。亚当是什么？就是夏娃的王国。对夏娃来说，不存在什么1789年。君主权杖上，有的加百合花，有的镶个地球，查理曼大帝的权杖是铁的，路易十四的是金的。革命用拇指和食指，一下子就把那些权杖折断了，就像折断两文钱的麦秸一样：全完了，全折断了，全丢在地上，没有权杖了。然而，你们搞搞革命，试试反对这块香罗帕！我倒想看看你们敢不敢。试试看。为什么这样牢固？因为这是块布头。哦！你们是19世纪的人吧？那又如何呢？我们是18世纪的人，但是跟你们同样愚蠢。你们不要以为管散发性霍乱叫流行性霍乱，奥弗涅布雷舞叫卡米砂舞，就大大地改变了宇宙。其实，应当永远爱女人。我就不信你们能逃脱。这些魔女就是我们的天使。是的，爱情、女人、亲吻，是个圈子，我就

①　阿尔莱·德·桑西（1546—1629）：法国政治家。1580年，他向葡萄牙国王购买了著名的钻石，故称桑西钻石，从17世纪末到1835年镶在法兰西王冠上。桑西与法语106发音相同，故有106克拉之说，实重53克拉。

不信你们能逃脱出去。拿我来说，我还想往里钻呢。你们当中，谁见过维纳斯之星①在苍穹升起，俯视波涛，像凡尘的女子安抚一切；维纳斯之星是这深渊的最风流的女郎，海洋中的塞利曼娜。海洋，就是粗暴的阿尔赛斯特②。海洋不满嘟囔也没用，等维纳斯一露面，他就得满脸堆笑，这只野兽立刻驯服了。我们男人都是如此：愤怒，咆哮，暴跳如雷，怒气冲天，只要一个女人上场，一颗星升起，就全俯首帖耳啦！六个月前，马吕斯还去打仗，今天他却结婚了。做得好哇。对，马吕斯，对，珂赛特，你们做得好。你们彼此大胆地为对方存在吧，彼此亲亲热热吧，要气死那些不能这样做的人，你们彼此崇拜吧！你们要用鸟喙叼起人世所有幸福的小草，搭一个生活的小窝。啊！恋爱，被人爱，青春年少时的美好奇迹。不要以为这是你们发明的。我也梦想过，幻想过，叹息过，我也有过一颗月光似的灵魂。爱神是个六千岁的孩子。爱神有权长出长长的白胡子；玛士撒拉③在丘比特面前，还只是个小孩子。六十个世纪以来，男人和女人相爱，才摆脱了困境。魔鬼很狡猾，憎恨起男人；男人更狡猾，爱上了女人。这样一来，他尝到的甜头，超过魔鬼给他吃的苦头。自从有了人间天堂，就存在这种精灵了。朋友们，这种发现已经陈旧，但是又崭新。你们要充分利用，先当达佛尼斯和克洛埃④，然后再成为菲利门和波息司⑤。你们只要厮守在一起，就什么也不缺了，珂赛特就是马吕斯的太阳，马吕斯就是珂赛特的宇宙。珂赛特，你的晴朗天空就是马吕斯的微笑；马吕斯，你的凄风苦雨就是珂赛特的眼泪。但愿你们夫妻生活永远不下雨。你们抽了好签，得到宗教祝福的爱情；你们中了头彩，要好好保存，锁起来，千万不要挥霍，你们要互敬互爱，其余的事不要管。相信我说的话。这是常识。常识就不可能有假。你们彼此要把对方当作宗教信仰。每人都有崇拜上帝的方式。见鬼！崇拜上帝的最佳方式，就是

① 维纳斯之星即汉语的金星。
② 阿尔赛斯特和塞利曼娜是莫里哀喜剧《恨世者》的男女主人公。
③ 玛士撒拉：《圣经》中大洪水之前的族长，相传活了969岁。
④ 达佛尼斯和克洛埃：希腊作家朗戈斯（公元2—3世纪）创作的同名田园小说的主人公。
⑤ 菲利门和波息司：希腊神话中人物，因款待宙斯而受赏赐，小屋变成宫殿，同时寿终，变成栎树和椴树。

爱自己的妻子。我爱你，这就是我的教义。谁爱，谁就是正教派。亨利四世这句粗话将神圣置于宴饮和沉醉之间：'腹—圣—醉'！我可不信仰这句粗话，这其中把女人忘掉了。我实在惊诧这句粗话居然是亨利四世讲的。朋友们，女人万岁！据说，我老了；真奇怪，我却觉得越活越年轻。我真想去树林里听人吹风笛。两个孩子将美丽和欢悦聚于一身，这使我陶醉。千真万确，我也想结婚，如果有人肯嫁给我的话。无法设想上帝创造出我们是为了别的缘故，而不是为热恋、谈情说爱，精心打扮，当小鸽子，当小鸡，从早到晚啄食爱情，把亲爱的妻子当作镜子照自己，得意扬扬，神气活现，趾高气扬，这就是生活的目的。请不要见怪，这就是我们那时代青年的想法。哦！我发誓，那个时代，可爱的女人还真多，花容玉貌，处女娇娃！我让她们一个个神魂颠倒。因此，你们相爱吧。如果人不相爱，那我就不明白要春天干什么。至于我，我请求仁慈的上帝抓紧向我们出示的所有美的东西，收回鲜花、鸟儿和美丽的姑娘，重新放进他的盒子里。孩子们，请接受一个老人的祝福吧。"

　　婚礼夜晚过得又亲热又欢快。外祖父兴致极高，为这大喜日子定了调子。年近百岁的老人这样乐和，大家也都捧场凑趣，跳跳舞，尽情欢笑，过了一个特别快活的婚礼，真可以邀请"昔日好先生"①参加。不过，吉诺曼先生绝不亚于这个角色。

　　欢闹之后便安静下来。

　　新婚夫妇不见了。

　　午夜刚过，吉诺曼先生的住宅就变成一座庙宇。

　　到此我们也该止步。有一名天使站在洞房门口，一根手指放在唇边。

　　面对这欢庆爱情的圣地，灵魂进入静观的状态。

　　洞房的屋顶一定有闪光。新婚的喜悦之光，一定能穿透墙壁的石头，隐隐划破黑暗。这种天经地义的神圣喜事，不可能不向苍穹发射圣洁的光芒。爱情，这是男女融合的神妙坩埚；一人体、三人体、最终人体，凡人的三人一体即由此产生。两颗灵魂合一的诞生，一定能

---

　　① 法国作家穆尔杰的中篇小说《昔日好先生》改编成喜剧，1832年在巴黎法兰西喜剧院演出。

感动幽灵。情人是教士；处女心醉神迷又恐慌不安。这种欢乐多少会传向上帝。真正的婚姻，即有爱情的地方，就有理想的成分。婚床在黑暗中是一角曙光。如果凡胎肉眼能看见可畏而又可爱的神灵，我们在熠熠闪光的房舍周围，就可能看见黑夜的形体，长着翅膀的陌生者，无形世界的蓝色过客，一群黑影的头俯下去，满意地祝福，相互指看处女新娘，微露惊异之色，神灵的面孔映现人间幸福的反光。新婚夫妇在极度销魂的情欢时刻，以为新房中没有旁人，他们若是侧耳细听，就可能听见噗噗的鼓翅声响。完美的幸福总有天使的关切。这间黑暗的小屋以天空为棚顶。二人的嘴唇被爱情所圣化，为了创造而接近，在这难以描摹的亲吻之上，布满繁星的神秘苍穹不会没有一点震颤。

这类幸福是实实在在的。除了这类欢乐就没有欢乐。唯独爱能销魂。其余则可悲可泣。

爱或曾经爱过，此生足矣。无需再有所希求。在生活的黑暗皱褶里找不到别的珍珠。爱就是完满。

三 形影不离

冉阿让去哪儿了呢？

他接受珂赛特亲热的指令，笑了笑之后，乘人不备立刻起身，走到前厅。八个月前，他满身泥土灰尘和血迹，就是来到这问候客厅里，将外孙给外祖父送回来。老式镶木墙围有花叶饰雕；琴师坐在从前安放马吕斯的长沙发上。巴斯克穿着黑色号服和短裤、白袜子，戴着白手套，已给每盘要上席的菜肴罩上玫瑰花环。冉阿让指了指自己吊着绷带的手臂，请巴斯克代他说明他缺席的缘故，便离去了。

餐室的窗户临街。冉阿让走到灯火辉煌的窗户下，在黑地里一动不动，伫立了几分钟。他侧耳谛听。酒宴上的喧闹声传到他的耳畔。他听见外祖父铿锵有力的声音、小提琴乐声、杯盘的叮当响、朗朗的笑声，在一片欢乐的喧闹声中，他能辨别出珂赛特温柔而欢快的声音。

他离开受难会修女街，回到武人街。

他回家取道圣路易街、圣卡德琳园地街和白斗篷街，这条路线远一些，不过近三个月来，他每天带珂赛特从武人街去受难会修女街，就走这条路线，以便避开拥挤泥泞的神庙老街。

这是珂赛特走过的路，对他而言，就排除了任何其他路线。

　　冉阿让回到家中，点亮蜡烛上楼，人去室空，连都圣也不在了。冉阿让走在房中脚步要比往日响些。所有柜橱门都敞着。他走进珂赛特的房间，只见床单没有了，枕套和花边也没有了，剩下的枕芯和叠好的被套一齐放在床垫脚下，而床垫则露出麻布套子，显然不会有人来睡了。珂赛特喜爱的所有妇女用的小物品全带走了，只剩下大件木器家具和四堵墙壁。都圣床上用品也搬空了。只有一张床铺好了，仿佛等候一个人，那就是冉阿让的床铺。

　　冉阿让扫视墙壁，关上几扇柜橱门，从一间屋走到另一间屋。

　　然后，他又回到自己的房间，将蜡烛放在桌子上。

　　他胳膊早已从绷带里抽出来，用右手做事，好像一点也不疼痛。

　　他走近床铺，究竟是偶然还是有意呢？他的目光落在珂赛特曾经妒忌的东西，那只总带在身边、"形影不离"的小箱子。6月4日那天，他一搬到武人街，就把它放在床头旁边的一张独脚圆桌上。现在他急忙走向圆桌，从兜里掏出一把钥匙，打开小箱子。

　　他缓慢地从箱里拿出十年前珂赛特离开蒙菲郿时穿的衣服，先后取出黑色小衣裙、黑头巾、粗笨的童鞋，而珂赛特的双脚小得出奇，现在几乎还能穿进去；接着，他又取出厚厚的粗毛紧身衣、针织短裙、带有兜儿的围裙、毛线袜子。这双袜子还保留孩子可爱的小脚形状，比冉阿让的手掌长不出多少。所有衣物都是黑色的。是他带到蒙菲郿，给珂赛特穿上的。他一件一件取出来，放到床上，一边回想追忆。那是冬天，是严寒的12月份，珂赛特衣衫褴褛，半裸的身子冻得直打战，可怜的小脚在木鞋里冻得通红。正是他，冉阿让，让她脱掉破衣烂衫，换上这身孝服。母亲在九泉之下，看见女儿给她戴孝，尤其看见女儿穿得暖暖和和，一定非常高兴。他想到蒙菲郿森林，他和珂赛特一道穿过去；想到那天的天气、没有叶子的树木、没有鸟儿的树林、没有太阳的天空；尽管如此，那一切还是非常美好。他把小衣服摆在床上，头巾放在短裙旁边，长袜放在鞋子旁边，紧身衣放在连衣裙旁边，一件一件细看。当时，她只有这么点儿高，怀里抱着大布娃娃，她把那枚金币放在围裙兜里，笑得合不拢嘴，二人手拉着手往前走，她在这世上只有他一人。

　　想到这里，他那白发苍老的头倒在床上，这颗坚忍的老人心碎了，他的脸差不多埋在珂赛特的衣服里；此刻，谁若是经过楼梯，就会听见凄惨的哀号。

四 "不死的肝脏"①

以往剧烈的搏斗，我们目睹了几个阶段，现在重又开始。

雅各和天使摔跤，较量了一夜。唉！我们见过多少回，冉阿让在黑暗中被自己的良心抱住，还拼命地同良心搏斗。

闻所未闻的搏斗！有时脚下打滑，有时地面塌陷。这颗狂热向善的良心，多少回把他抱紧并压倒！毫不容情的真理，多少回用膝盖压住他的胸膛！有多少回，他被光明打翻在地，高声讨饶！主教在他身上和内心点燃的这无情的强光，多少回在他希望闭目不视的时候，把他的眼睛晃花！他在搏斗中，多少回重又站起来，抓住岩石，依靠诡辩，在尘埃中滚打，时而将良心压在身下，时而又被良心压住！有多少回，他含糊其词，从自私的心理出发，进行似是而非的狡辩之后，便听见良心在他耳边怒斥：耍阴谋！无耻之徒！他这倔强的思想，面对明显的职责，有多少回气急败坏地挣扎！抗拒上帝。凄惨的冷汗。有多少处暗伤，唯独他自己感到在涔涔流血！他悲惨的一生受了多少创伤！有多少回，他受了致命伤，被摧垮了，鲜血淋淋，可是他重又站起来，得到启示，内心痛苦绝望，灵魂却沉静安宁！他虽然战败，却感到胜利了。他的良心百般折磨，把他搞得骨断筋折之后，就踏在他身上，显得无比威严，光芒四射，平静地对他说："现在，去过安宁日子吧！"

经过这样一场凄苦的搏斗，唉！这是多么悲惨的安宁！

然而这一夜，冉阿让却感到这是最后一场搏斗。

出现一个令人肝肠寸断的问题。

天命并不是笔直的，在一个命定的人面前，不会像一条溜直的林荫路那样伸展，还有不通的支线、死胡同、幽暗的弯道、令人不安的好几条路的岔道口。此刻，冉阿让停在一个最危险的岔道口上。

他来到最关键的善恶交叉路口。幽暗的交叉点就在他眼前。这回

---

① 原文为拉丁文，是维吉尔《伊尼德》中一句诗的开头。诗人在一节中讲述提提俄斯被其父宙斯打入地狱，不停地由可怕的鹫啄食肝脏。古人认为肝脏是人感情的居所，犹如今日的"心"。故也可译为"不死的心"。

同从前碰到的痛苦波折一样，有两条路摆在他面前：一条诱人，一条吓人。走哪条路呢？

吓人的一条路，我们每次注视黑暗，就能见到一根神秘的手指在指引。

一边是可怕的避风港，一条是喜人的陷阱，冉阿让再次面临选择。

据说，灵魂可医治，命运则不行，果真如此吗？一种命运不可救药！这事真可怕！

面临的问题是这样：

冉阿让以什么态度对待珂赛特和马吕斯的幸福呢？这一幸福是他的意愿，也是他一手促成的，是他整个心血的产物；此刻，他审视这个成果，所能感到的满意程度，恰如一名铸剑师从胸口拔出的血气腾腾的刀上，认出自己铸造的标记。

珂赛特有马吕斯，马吕斯拥有珂赛特。他们什么都有了，甚至有了财富。这是他的成果。

不过，这种幸福既已存在，既已摆在面前，他冉阿让又如何对待呢？他要把自己强加给这幸福吗？要把这幸福看成是属于他的吗？自不待言，珂赛特已归属另一个人，但是他冉阿让，还维系他同珂赛特所能保持的全部关系吗？时至今日，他被视为父亲，受到尊敬，现在他还能保持这种身份吗？他能心安理得地进入珂赛特家中吗？他能只字不提，将他的过去带进这种未来生活吗？他是否认为有这种权利，戴着面具，前去同这个光明的一家坐在一起呢？他能含笑拉起两个纯洁孩子的手，握在他悲惨的双手中吗？他能把拖着受法律惩罚的阴影的双脚，坦然地放在吉诺曼家客厅壁炉的柴架上吗？他能前去同珂赛特和马吕斯分享好运吗？难道他要加厚自己额上的黑影，也加厚他们额上的乌云吗？难道他要把他的灾难搀入他们二人的幸福中吗？他还继续保持沉默吗？一言以蔽之，他能在这两个幸福的人身边，扮演着哑默的厄运的角色吗？

这些可怕的问题一旦赤裸裸地摆在面前，除非习惯于这种命运和这类遭遇，我们才敢正视这类问题。这严厉的问号后面便是善恶。你打算怎么办呢？斯芬克司这样问道。

冉阿让已久经考验，他定睛看着斯芬克司。

他从方方面面审视这个残酷的问题。

珂赛特，这个可爱的生命，是这个溺水者能抓住的木筏。怎么办？紧紧抓住。还是放开手呢？

他若是抓住不放，就能脱离绝境，重又浮起来，再见天日，让衣服和头发上的苦水淋干净，他就得救，就能活下去了。

他若是放开手呢？

那就是深渊。

他就是这样痛苦扪心自问。更确切地说，他展开搏斗，他愤怒地冲入内心，时而对付自己的意愿，时而对付自己的信念。

能哭出泪来，对冉阿让来说倒是一种幸福。哭一哭，心里也许能亮堂一点儿，然而来势凶猛。一场暴风雨在他内心突然爆发，比起将他推向阿拉斯的那场暴风雨还要猛烈。过去的经历又回来面对现在，他一比较今昔，便失声痛哭了；眼泪的闸门一打开，这个悲痛欲绝的人便哭得直不起腰来。

他感到进退维谷。

我们在私心和责任感的这场激烈搏斗中，在我们坚定不移的理想面前步步后退，便失去理智，因后退而气急败坏，又寸土必争，渴望逃脱，寻求一条出路。唉！在这种情况下，背后却是一堵墙，退无可退，这该是多么突然而凶险的阻碍啊！

感到神圣的影子在阻碍！

无形而又无情，这是何等困扰！

因此，天地良心，永不完结。布鲁图斯，死了这份儿心吧；卡通，死了这份儿心吧。良心无底，因为良心是上帝。一生的事业，都要投进这深井，家产投进去，财富投进去，成就投进去，自由或祖国投进去，享乐投进去，安逸投进去，快乐投进去。还有！还有！还有！把罐子倒空！把壶倾倒！最后还要把自己的心投进去。

在古老地狱的迷雾中，某个角落就有这样一只桶。

最后采取拒绝的态度，难道就不可原谅吗？永无止境，难道就不能有一种权利吗？无休无止的长链，难道不是超越人力吗？如果西绪福斯和冉阿让说：够啦，谁会谴责他们呢！

物质服从外力，要受摩擦的限制，要灵魂服从，难道就没有一个限度吗？如果说永恒的运动不可能，难道可以要求永久的忠诚吗？

第一步不算什么，最后一步才最难。比起珂赛特的出嫁及其后果来，尚马秋案件又算什么呢？比起进入虚无状态，重入牢房又算什么呢？

要迈下的头一个台阶，你多昏暗啊！第二个台阶，你多黑暗啊！

这一次，怎么能不回头望望呢？

殉难者是高尚的化身，是一种能侵蚀的高尚。这是让人圣化的一种磨难。开头还可以忍受；继而，要坐烧红的铁宝座，戴上烧红的铁王冠，接受烧红的铁地球，拿起烧红的权杖，此外，还要穿上火焰外套，难道就没有那么一刻，悲惨的肉身起而反抗，从而免除刑罚吗？

冉阿让十分沮丧，终于平静下来。

他斟酌，思考，衡量光和影的神秘天平的起落。

将他的苦役强加给这两个光辉夺目的孩子，或者独自完成他这不叫挽回的沉沦。一方面牺牲珂赛特，另一方面牺牲自己。

他采取什么解决办法？他做出什么决定？他在内心里，最终如何回答命运不可动摇的审问？他决定打开哪扇门呢，他决定关闭封死他生活的哪一边呢？陷入所有这些深不可测的绝壁的围困，他究竟如何选择呢？他能接受什么样的极端呢？这些深渊，哪一个他首肯呢？

他胡思乱想了一整夜。

直到天亮，他还保持原来的姿势：佝偻着身子，匍匐在床上，唉！也许被巨大的命运压垮，紧握着两个拳头，两臂伸成直角，就好像刚从十字架上卸下来的一个人，面孔朝地给扔在那儿。他足足待了十二小时，十二小时的漫长冬夜，浑身冻得冰冷，没有抬一下头，也没有说一句话，纹丝不动，犹如一具死尸；可是，他却思潮翻腾，时而在地上打滚，时而升空飞翔，时而像九头蛇，时而像雄鹰。看他这不动的姿势，真像个死人；猛然，他惊抖一下，贴在珂赛特衣服上的嘴唇连连吻起来，这时，别人才会看到他还活着。

别人？谁？冉阿让独自一人，旁边不是谁也没有吗？

这"人"是在黑暗中。

第七卷　最后一口苦酒

一　七重天和天外天①

婚礼的次日很冷清，大家都尊重幸福之人的静思，因此都起来晚一点儿。来客贺喜的喧闹声要稍微靠后。2月17日刚过中午，巴斯克腋下夹着抹布和鸡尾掸子，正忙着打扫"他的候客厅"，忽听有人轻轻敲门。来人没有拉门铃，在这种日子，这样做相当知趣。巴斯克打开门，见是割风先生，就把他引进客厅。客厅里一片狼藉，就像昨晚欢乐的战场。

"天哪，先生，"巴斯克赶紧说明，"我们起床晚了。"

"您的主人起床了吗？"冉阿让问道。

"先生的手怎么样？"巴斯克反问道。

"好多了。您的主人起床了吗？"

"哪一位？老的还是新的？"

"彭迈西先生。"

"男爵先生？"巴斯克挺直身子说道。

男爵头衔，他的仆人对此尤为看重。有些东西是属于他们的，他们就拥有哲学家所说的头衔的余晖，为此得意扬扬。顺便说一句，马

---

① 公元2世纪托勒密创立地心说，每个行星为一重天，最远的行星为七重天。第八层则为恒星天。

吕斯是共和斗士，并以行动证实这一点，现在他却不由自主地做起男
爵来。在这一头衔上，家里也发生一场小小的革命，现在是吉诺曼先
生坚持，马吕斯反倒不以为然了。不过，彭迈西上校既有遗言："吾儿
理应继承我的爵衔"，马吕斯也就听命了。再说，珂赛特开始转为少
妇，也乐得当男爵夫人。

"男爵先生？"巴斯克重复道，"我看看去。我去告诉他，割风先生
来了。"

"不，不要告诉他是我来了，只对他说，有人要单独同他谈谈，不
必报姓名。"

"啊！"巴斯克诧异道。

"我要给他个出其不意。"

"啊！"巴斯克重复道，这第二个"啊"似乎是头一个的诠释。

于是他走出客厅。

冉阿让独自留下。

刚才说过，客厅里一片狼藉。如果侧耳细听，恍惚还能隐隐听见
婚礼的喧闹声。地板上有各色花朵，是从花冠和头饰上掉下来的。燃
尽的蜡烛，给水晶吊灯增添了蜡质的钟乳石。没有一把椅子摆在原来
位置。几个角落里，都有三四把椅子构成一圈，仿佛有人还在继续聊
天。整个场景是欢快的。逝去的节庆还留下几分美意。这是曾经尽情
欢乐的场面。搬乱的坐椅、枯萎的花朵、熄灭的蜡烛，都令人想到欢
乐。阳光接替大吊灯，欢快地进入客厅。

几分钟过去了，冉阿让没有动弹，仍在巴斯克离去时他所待的位
置。他脸色惨白，双眼因一夜未眠而深陷，几乎埋藏起来了。他那黑
礼服因穿着过夜而起了皱纹，臂肘呢子同床单摩擦沾了绒毛而发白了。
冉阿让望着太阳在他脚下地板上画出来的窗框。

门口有响动，他抬头望去。

马吕斯走进来，他高昂着头，嘴角挂着微笑，满面春风，脸上焕
发特殊的光彩，目光充满得意的神色。他也一样，通宵未眠。

"是您啊，父亲！"他见是冉阿让，便高声叫道，"巴斯克这个蠢
货，还装出一副诡秘的样子！您来得太早了，才十二点半，珂赛特还
睡着呢。"

马吕斯叫割风先生一声"父亲"，表明幸福到极点。要知道，他们

之间一直隔绝，冷淡和拘谨，存在要打破或融化的坚冰。马吕斯陶醉在幸福中，致使隔绝消平，坚冰消融，他也像珂赛特那样，把割风先生视为父亲了。

他有满腹话要讲，这是圣洁的喜悦达到顶峰的特点，他继续说道：

"见到您真高兴！您哪儿知道，昨晚我们多渴望您在这儿啊！早安。父亲。您的手怎么样啦？好些了吧？"

他给自己的问话一个恰当的回答，颇为满意，又接着说道：

"我们两个净谈论您了。珂赛特多爱您啊！您不要忘记，这儿有您的卧室。用不着武人街了，根本用不着了。当初，你们怎么会搬到那样一条街去住呢？那条街病恹恹的，总发怨言，又丑陋不堪，一头还有铁栅栏堵死，那里又冷，简直没法儿进去。您住到这儿来吧，今天就搬来。否则，您怎么向珂赛特交代。我可事先告诉您，她要牵我们所有人的鼻子走。您见到您的卧室了，紧挨着我们的房间，窗户对着花园，门锁已经叫人修好了，床也铺好了，什么都齐备，只等您来住了。珂赛特还在您床前摆了一张老式安乐椅，是乌格勒支丝绒包面的，她对椅子说了一句：'向他伸出双臂'！每年春天，您窗前的槐树丛中，总要飞来一只夜莺。过两个月就见到了。夜莺的巢在您的左边，而我们的小窝则在您右边。夜晚唱歌，白天珂赛特说话。您的卧室朝正南方向。珂赛特会把您的书摆进去，有您那部库克上尉旅行证，还有旺库维的游记，您的物品全放进去。我想，您还有一个特别珍视的小提箱，我也安排了一个好位置。您赢得了我外祖父的好感，很对他的脾气。我们一起生活吧。您打惠斯特牌吗？您若是会打，就更合外祖父的心意了。我去法院的日子，您就带珂赛特去散步，让她挽着您的胳臂，您知道，就像从前去卢森堡公园那样。我们可下定了决心，要生活得非常幸福。您要分享我们的幸福，听见了吗？父亲？哦，对了，今天，您同我们共进午餐吧？"

"先生，"冉阿让说道，"我要告诉您一件事：从前我是苦役犯。"

尖厉的声音，对思想和耳朵一样，都可能超过限度。"从前我是苦役犯"这几个字，从割风先生口中讲出来，进入马吕斯的耳朵，却超过了可能听到的限度。马吕斯没听见。刚才好像对他说了什么话，但他不知道是什么。他一时目瞪口呆。

这时他才发现，同他说话的人神态可怕，他在幸福中心醉神迷，直到这时才注意对方脸色惨白得吓人。

冉阿让解下吊着右胳膊的黑领带，打开包扎手的布条，露出拇指给马吕斯看。

"我的手一点事儿也没有。"他说道。

马吕斯注视这根拇指。

"这手指根本就没有受伤。"冉阿让又说道。

手指上确实没有一点伤痕。

冉阿让继续说：

"我不宜参加你们的婚礼，因此尽量回避。我推说受伤，以免做假，以免往婚约里掺进无效的东西，以免签字。"

马吕斯结结巴巴地问："这究竟是什么意思？"

"这就是说，我服过苦役。"冉阿让答道。

"您简直让我发疯！"马吕斯惊恐地嚷道。

"彭迈西先生，"冉阿让说道，"我在苦役场关了十九年。因为偷窃。后来，我被判无期徒刑。因为偷窃。因为累犯罪。现在，我是潜逃犯。"

在事实面前，马吕斯徒然逃避，无视真相，拒不承认明显的事情，最后还得投降。他开始明白了，而且明白过了头，碰到这种情况总有这样反应；他颤抖一下，内心掠过一道丑恶的闪电，一个令他颤抖的念头穿过他的思想。他隐约望见他的未来是一种畸形的命运。

"全说出来吧！全说出来吧！"他嚷道，"您是珂赛特的父亲！"

他向后退了两步，那动作表现出了无以名状的憎恶。

冉阿让又扬起头，神态无比庄严，形象仿佛一下子拔高到了天棚。

"先生，在这一点上，您必须相信我，尽管我们这种人的誓言，法律并不承认……"

说到这里，他沉吟一下，继而，他以阴沉、至高无上的权威口吻，每字都加重语气，缓慢地补充道：

"……您会相信我的。我，珂赛特的父亲！在上帝面前起誓，不是。彭迈西先生，我是法失罗勒那地方的农民，靠修剪树木为生。我不叫割风，而叫冉阿让。我同珂赛特毫无关系。您就放心吧。"

马吕斯讷讷问道："谁能向我证明？……"

"我。既然我这样说了。"

马吕斯注视这个人，只见他那神情惨然而又沉静。如此平静，绝不可能说谎。冰冷的神态是真诚的。这坟墓般的冷峻，令人感到真实。

"我相信您。"马吕斯说道。

冉阿让点了点头，仿佛记下这一点，他继续说道：

"我是珂赛特什么人呢？一个过路人。十年前，我还不知道有她这么个人。不错，我爱她。自己老了，看见一个小孩子，总是喜爱的，觉得是所有孩子的爷爷。这样看来，您尽可以推想，我还有类似一颗心的东西。她无父无母，她需要我。这就是为什么我喜爱上她了。孩子，那么弱小，随便什么人，甚至像我这样一个人，都可能成为他们的保护人。我对珂赛特尽了这种天职。我并不认为，这点小事真的能叫作善举；但如果是善举的话，那么就算我做出来了。请您记下这一减罪的情节。今天，珂赛特离开我的生活，我们两条路分开了。从今往后，我同她再也没有什么关系了。她成为彭迈西夫人。她的保护人换了。而她也从替换中获益。万事如意，至于那六十万法郎，您不提起，我却想在您的前头。那是寄放的一笔钱。寄放的钱如何到了我手里？这还有什么关系？我把钱交出来。别人就不该再要求我什么了。我交出这笔钱，并说出自己的真名实姓。道出姓名，这还是我个人的事，是我执意要您知道我是谁。"

说罢，冉阿让直视马吕斯。

此时，马吕斯只觉得心乱如麻，感慨万端。命运之风有时骤起，在我们的心中卷起这样的惊涛骇浪。

我们每人都经历过这种时刻：思绪纷乱，全都支离破碎，而我们说出最先想到的话，又不见得正是我们所要表达的意思。有些事情突然揭示出来，叫人难以承受，就像毒酒一样令人昏迷。他一时惊愕，不知如何对待这突如其来的新局面，因此说起话来，就好像要怪罪这个人供出真相。

"可是，您究竟为什么要全告诉我呢？"他高声问道，"有什么逼迫您这样做呢？您完全可以把这秘密埋藏在心里。您不是没人告发，没人跟踪，也没人追捕吗？您一定有什么原因这么做，从心里乐意披露出来。把话说完。还有别的缘故。您供认这件事是何用意？究竟出于什么动机？"

"出于什么动机？"冉阿让回答，不过，他的声音十分低沉，真像自言自语,而不是对马吕斯说话。"是啊,这个苦役犯要来说:我是个苦役犯,究竟出于什么动机呢?是啊,不错,动机太怪了。这是出于诚实。要知道,有一根线紧紧牵着我的心,该有多么痛苦。人尤其老了的时候,这些线特别牢固,周围的生活全垮了,这些线却扯不断。这条线,假如我早能扯去,拉断,解开疙瘩或者斩断,走得远远的,我就得救了;我一走,就一了百了,布洛瓦街有驿车。你们过幸福日子,我走开。这条线,我试图割断,我使劲拉,非常结实,怎么也拉不断,几乎把我的心拉出来。于是我想道:'我只能留在这儿,到别处活不下去。我必须留下来。'不错,就是这样,您问得有理,我是个愚蠢的人,为什么不痛痛快快留下来呢?您在这家里给我准备一间卧室,彭迈西夫人很爱我,她对这张安乐椅说:'向他伸出双臂',您那外祖父也巴不得有我陪伴,我合他的心意,我们住在一起,同桌吃饭,我让珂赛特……对不起,说顺嘴了,让彭迈西夫人挽上我的手臂……我们同住在一个房顶之下,同桌吃饭,同守一炉火,冬天围着同一个壁炉,夏天一同散步,这就是快乐,这就是幸福,这就是一切。我们像一家人那样生活。一家人!"

说到这几个字,冉阿让变得粗暴了,他叉起胳臂,凝视脚下的地板,仿佛要挖出一个深渊,他的声音也响亮起来:

"一家人!不对。我根本没有家。我也不是你们家的人。我不属于人类的家庭。在每家每户的住宅里,我是多余的。世上有多少家庭,但是没有我的。我是不幸的人,流离失所。当初,我有父亲,有母亲吗?我几乎有点怀疑。我把这孩子嫁出去的那天,这一切就结束了,我看见她幸福,看见她同心爱的男人在一起,这里还有一位慈祥的老人,一对天使共同生活,美满快乐,这样很好,于是我告诫自己:'你呀,不要进去'。不错,我可以说谎,欺骗你们所有人,继续当割风先生。只要是为了她,我就能说谎,而现在是为我自己,这就不应该了。不错,只要我不讲,整个就还会照旧。您问我,是什么迫使我讲出来?说起来也怪,是我的良心。闭口不说,其实这很容易。一整夜我都力图说服我自己;您要我和盘托出,而我来对您讲的这些极不寻常,您确实有权了解;是的,我一整夜都在为自己找理由,甚至找出非常充足的理由,唔,我已经竭尽全力了。然而有两件事我办不到:即割不断拴住我的一条线,这条线把我拴在已经固定、拢岸并在这里得到确认的一颗心上，又封不住一个人的口，每当我独自一人时，那人就轻声对我说话。因此，今天我来向您承认一切。一切，或者近乎一切。还有的只牵涉我一个人，讲出来没什么意义，我就存在心里了。主要的，您了解了。就这样，我操起自己的秘密，给您送来了。我在您面前剖开我这隐私。不容易下这样的决心。我搏斗了一整夜。哦！您以为我没有想到，这根本不同于尚马秋案件，我隐姓埋名并不损害任何人，而割风这个姓名，也是割风本人为了报答我才给我的，我完全可以保留，我住在您提供给我的房间，会生活得很快活，我待在自己的小小角落里，什么也不妨碍，您拥有珂赛特，而我也总想着跟她住在同一所房子里。各得其所，享受相应的幸福。继续当我的割风先生，什么问题都解决了。是啊，只差我的灵魂。我的全身哪儿都快活，但灵魂深处仍然黑暗。这样快活还不够，必须心满意足才行。这样一来，我继续当我的割风先生，这样一来，我的真面目，我就得掩饰起来，这样一来，你们心花怒放的时候，我在面前却藏着一个谜，这样一来，在你们的正大光明之中，我还要保留着黑暗，这样一来，我也不警告一声，贸然将苦役监牢引入你们家中，而我和你们同桌用餐，心里却要嘀咕：你们一旦知道我是什么人，一定会把我赶走；我让仆人侍候我，他们一旦知道我是什么人，也准会说：太不像话啦！我的臂肘要碰着您，而您有权避免这种情况，我还可以骗取您的握手！可敬的白发和枯萎的白发，在这家中分享你们的敬重；在你们最亲热的时刻，人人都以为相互敞开了心扉，当我们四个人，您外公、你们二人和我在一起的时候，这中间就有一个陌生人！我要在你们身边生活，唯一的思虑，就是千万别掀开我那可怕的井盖。这样一来，我一个死人，却硬要挤进你们活人堆里。而你们的生活，我就把它终身判给我。您、珂赛特和我，我们三人就要同戴一顶绿色囚帽！难道您不发抖吗？我无非是压到最底层的人，因此，本来也可以成为最凶恶的人，这种罪行，我天天就要重犯！而这种谎言，我天天就要重复，还有这副黑夜面具，我天天就要戴上！总之，我的耻辱，我天天就要分给你们一部分！天天！给你们，我亲爱的人，给你们，我的孩子，给你们，我的纯洁的人！绝口不提不算什么？保持沉默很简单？不对，这并不简单。有一种缄默就是说谎。我的谎言、我的作弊行为、我的卑劣、我的懦弱、我的背叛、我的罪过，我就要一滴一滴喝下去，我还要吐出来，吐出来再吞下去，半夜吞完，中午再周而复始，我道早安就是说谎，我道晚安也是说谎，这就得睡在谎言上，将谎言和面包一起吃下去，我就要面对面看着珂赛特，用囚徒的微笑回答天使的微笑，那么，我就成为十恶不赦的大骗子！为什么这样做？为了幸福。为了我的幸福！难道我有权得到幸福吗？我被生活排除了，先生。"

冉阿让住口了，马吕斯一直听着。这样连续不断的思虑和忧惧，是不宜打断的。冉阿让又压低嗓门，但不再是低沉的声音，而是凄厉的声音。

"您问我为什么要说出来？您说，我没人告发，没人跟踪，也没人追捕。不对！我被告发啦！不对！我被跟踪！不对！我被追捕！被谁呢？被我自己。是我挡住自己的去路，我拖住自己，推着自己，抓住自己，处决自己，一个人若是自己抓住自己，那是绝对跑不掉的。"

说着，他抓住自己的衣服，朝马吕斯拉过去。

"瞧瞧这个拳头，"他继续说道，"您不觉得，它这样一揪住领子，就不会放开吗？没错儿！良心，也是一个拳头！先生，一个人若想幸福，就永远也不要领悟天职；因为一旦领悟了，天职就绝不容情。就好像因为您领悟而惩罚你；其实不然，它是酬劳你，把你打入地狱，让你感到上帝就在身边。人刚一尝到撕肝裂胆的痛苦，同自己也就相安无事了。"

接着，他又以惨痛的声调补充道：

"彭迈西先生，这不合常理，我是个诚实的人。我在您的眼前贬低自己，是要在我的眼中抬高自己。这情况我碰到过一次，但是没有这样痛苦，那还不算什么。对，一个诚实的人。假如因为我的过错，您还继续敬重我，那么我就不是个诚实的人了。现在，您鄙视我，我才是诚实的，这是命里注定，我只能骗取别人的尊重，而在我内心，这种尊重令我自卑，令我沮丧，因此，我要自尊，就得承受别人的蔑视，这样我才能重新挺立起来。我是个讲良心的苦役犯。我完全明白，这不大令人信服。可是，我又有什么办法？事情就是这样。我对自己许下诺言，就要履行诺言。有些机遇将我们拴住，但又有些偶然事件将我们拖到责任上。您看到了，彭迈西先生，我一生遭遇的事情可真多呀。"

冉阿让又停顿一下，用力咽了咽唾液，就好像这番话留下了苦味，他继续说道：

"一个人背负这样可怕的经历，就无权让别人在不知情时来分担，无权将自身的瘟疫传染给别人，也无权让别人在毫无觉察中从他的绝壁滑下去，无权把自己的红囚衣给别人穿上，也无权偷偷用自己的苦难去妨碍别人的幸福。自身带着无形的痈疽，暗中靠近并接触别人，这种行径多么丑恶啊。割风把姓名借给我也无济于事，我还是无权使用；他能给我，我却不能接过来。一个名字，就是本人。您瞧，先生，我尽管是农民，还是考虑点事儿，读过点书，明白点事理。您也看到了，我表达思想还算得当。我是自学的。是啊，骗取一个名字，放在自己头上，这就不诚实了。字母也像钱包或怀表那样可以窃取。签一个有血有肉的假名，当一把有生命的假钥匙，撬开门进入正派人家，再也不敢正视别人，只能侧目斜视，从内心感到自己可耻，不行！不行！不行！不行！还不如受罪，流血，痛哭，用指甲抠破自己的皮肉，整夜惶恐不安，捶胸顿足，噬食自己的灵魂。这就是为什么，我来把这事全告诉您。正如您说的，从心里乐意。"

他呼吸困难，又抛出最后一句话：

"从前，为了生活，我偷了一块面包；今天，为了生活，我不愿意窃取一个名字。"

"为了生活！"马吕斯接口说道，"您生活不需要这个名字吧？"

"啊！我明白自己要说什么。"冉阿让回答，他缓慢地抬头又低下，反复数次。

一时冷场。二人都默然，每人都陷入沉思。马吕斯坐在桌子旁边，蜷曲一根指头顶着嘴角；冉阿让则来回踱步，最后停在一面镜子前，半晌未动，他视而不见自己在镜中的影子，仿佛在回答内心的推理，说道：

"然而现在，我如释重负！"

他又开始踱步，走到客厅的另一端，回头发现马吕斯在注视他走路，就用难以形容的声调对他说：

"我走路有点拖着腿，现在您明白为什么会这样。"

接着，他完全转向马吕斯：

"现在，先生，您可以想象一下：我什么也没有讲，还是割风先生，我搬到您家来住，成为你们家一员，睡在我的卧室，早晨，穿着拖鞋来用餐，晚上，我们三人一同去看戏，我陪彭迈西夫人到土伊勒里官花园和王官广场散步，我们在一起，您以为我和你们是同类人，可是有一天，我在这儿，你们也在这儿，我们谈笑风生，突然，你们听见一个人喊这个名字：冉阿让！接着，警察这只可怕的手从暗地里伸出来，一把摘下我的假面具！"

他又住口了。马吕斯颤抖着站起来。冉阿让又问了一句：

"您觉得如何？"

马吕斯默然不答。

冉阿让继续说道：

"您现在明白了，我没有保持沉默是有道理的。好吧，愿你们过幸福的日子，待在天堂里，当一个天使的天使，沐浴着灿烂的阳光，就此满足吧，不要管一个可怜的受苦人如何敞开胸怀，履行职责。在您面前的，先生，是一个悲惨的人。"

马吕斯缓慢地穿过客厅，走近冉阿让，并向他伸出手去。

冉阿让却不伸出，只是听任他握住自己的手；马吕斯觉得握住的是大理石雕像的手。

"我外祖父有些朋友，"马吕斯说道，"我争取赦免您。"

"没必要，"冉阿让答道，"别人以为我死了，这就足够了。死人就不受监视了，让人以为在慢慢地腐烂。死了，同赦免是一回事。"

他把手从马吕斯的手里抽回来，以凛然难犯的尊严补充一句：

"况且，尽天职，天职才是我应当求救的朋友。我只需要一种赦免，就是我的良心的赦免。"

这时，客厅另一端那扇门轻轻开了一条缝儿，探进来珂赛特的头。只能看得见她那张温柔的面孔，头发蓬松得美妙，眼皮还饱含着睡意。她做了个小鸟从巢里探头的姿势，先瞧瞧丈夫，再望望冉阿让，那粲然的微笑像从玫瑰花心飘逸出来的，她对他们高声说：

"打赌看看，你们准在谈论政治！太傻了，不和你们待在一起！"

冉阿让打了个寒噤。

"珂赛特！……"马吕斯结结巴巴地说。他随即又住了口，他们真像两个罪犯。

珂赛特却喜气洋洋，继续轮番看他们二人，她眼里闪着天堂透出来的光芒。

"你们让我当场抓到了，"珂赛特说道，"刚才我从门外听见我父亲割风说：'良心……'尽他的天职……这就是政治呀，我可不要听。总不能第二天就开始谈政治，这不公平。"

"你弄错了，珂赛特，"马吕斯说道，"我们在谈生意。我们在谈你那六十万法郎，如何投放最好……"

"不光是这个，"珂赛特接口说道，"我来了。要我在这儿吗？"

她说着，干脆进门到客厅里。她穿一件白色宽袖百褶便袍，从脖子一直垂到脚面。在哥特古老绘画的金光闪闪的天空，就有这种能装进天使的美丽宽袍。

她走到一面大镜子前，从头到脚打量自己，然后喜不自胜，突然高声说道：

"从前，有一位国王和一位王后。哈！我太高兴啦！"

说罢，她就向马吕斯和冉阿让行个屈膝礼。

"好吧，"她说道，"我就挨着你们坐在长沙发上。再过半小时就吃饭了，你们想谈什么就谈什么，我就知道男人要谈事情，我会老老实实地待着。"

马吕斯拉住她的手臂，深情地对她说："我们在谈生意。"

"对了，"珂赛特回答，"刚才我打开窗户，看见园子里飞来一大群麻雀。那些小丑不戴假面具。今天开始封斋，可是小鸟也不过封斋节呀。"

"跟你说了，我们谈生意，去吧，我的小珂赛特，给我们点儿时间。我们谈数字，你听了会厌烦的。"

"你今天打的领带真漂亮，马吕斯。您还挺爱打扮，大人。不对，我不会厌烦的。"

"我敢肯定，你会厌烦的。"

"不会的。这可是你们谈话。我听不懂也听着。听见自己所爱的人的声音就行了，没必要明白讲的是什么。待在一起，我就这点儿要求。哼！我留在你们身边。"

"你是我的心肝宝贝，珂赛特！不行。"

"不行！"

"对。"

"好吧，"珂赛特又说道，"本来，我要告诉您新闻。本来要告诉你们，我的外祖父还在睡觉，您的姨妈去做弥撒了，我父亲割风卧室的炉子冒烟了，是妮科莱特找来通烟囱工修好的，还有，都圣和妮科莱特已经开始争吵了，妮科莱特嘲笑都圣说话结巴。好吧，您什么也不会知道。噢！待在这儿不行？我也要说，您瞧着，先生，我也要说：这不行。瞧瞧哪一个会上当？求求您了，我的小马吕斯，让我同你们俩待在这儿吧。"

"我向你保证，我们必须单独谈话。"

"那么请问，我是外人吗？"

冉阿让一声不吭，珂赛特转向他：

"首先，父亲，我要求您过来吻我。您在这儿怎么一言不发，干吗不帮我说话？是谁给我这样一个父亲？您瞧见了，我在这家里很不幸。我丈夫打我。好了，马上过来吻我吧。"

冉阿让走近前。

珂赛特转向马吕斯。

"对您么，我给您个鬼脸。"

接着，她把额头伸给冉阿让。

冉阿让朝她走一步。

珂赛特却后退。

"父亲，您的脸色这么苍白，是您的手臂疼吗？"

"伤治好了。"冉阿让答道。

"您没有睡好觉？"

"不是。"

"那么您伤心啦？"

"不是。"

"吻我吧。如果您身体健康，如果您睡得好，如果您高兴，那么我就不责备您了。"

她再次把额头伸给他。

冉阿让在这映现上天光彩的额头吻了一下。

"您笑笑。"

冉阿让服从了，但这是一个幽灵的微笑。

"现在，帮助我对付我丈夫。"

"珂赛特……"马吕斯说。

"您对他发火吧，父亲。对他说我必须留下来。你们在我面前尽可以交谈。难道您觉得我就那么愚蠢吗？你们谈的事就那么惊人！生意，把钱存入银行，这可真是大事。男人动不动就鬼鬼祟祟的。我就要待在这儿。今天我非常美丽，瞧瞧我呀，马吕斯。"

她看着马吕斯，曼妙地耸了耸肩膀，那种赌气的神态妙不可言。二人之间好像有一道闪电。有人在旁边，但也顾不了这许多。

"我爱你！"马吕斯说。

"我更爱你！"珂赛特说。

于是，二人不由自主地抱在一起。

"现在，"珂赛特拉拉便袍的一道裙纹，得意地噘着小嘴说，"我就留下了。"

"这可不行，"马吕斯以恳求的口气回答，"有点事儿，我们必须谈完。"

"还不行呀？"

马吕斯声调严肃起来："我向你保证，不行就是不行。"

"噢！您拿出男子汉的腔调来了，先生。好吧，人家走开。您呢，父亲，您也不帮我说说话。我的丈夫先生、我的爸爸先生，你们都是暴君。我去告诉外公。你们若是以为我还会回来跟你们说好话，那就完全错了。我可有自尊心。现在，我等着你们求我。你们很快就会发现，没有我在，你们要烦闷的。我走了。是你们自找的。"

她果然走了。

可是，过了两秒钟，门又打开了，她那鲜艳红润的面孔再次出现在两扇门之间，她冲他们嚷了一句："我非常生气。"

门又关上了，客厅里重又一片黑暗。

好似一束迷途的阳光，无意之中，突然穿过黑夜。

马吕斯过去看了看，门确实关严了。

"可怜的珂赛特！"他喃喃说道，"她若是知道了……"

冉阿让听了这话，不禁浑身发抖，他那惊慌的眼神注视马吕斯。

"珂赛特！哦，对了，这件事，您当然要告诉珂赛特了。这是正常的。咦，我却没有想到这一点。人有勇气做一件事，却没有勇气做另一件事。先生，我请求您，我恳求您，先生，向我作出最神圣的许诺，不把这事告诉她。您知道了，难道还不够吗？没人强迫，我能主动说出来，告诉全世界，告诉所有人，我都觉得无所谓。然而她，她一点儿也不懂，一听这事儿会吓坏的。一个苦役犯，什么！还得向她解释，对她说：就是一个在苦役场服刑的人。有一天，她看见锁在长链子上的一伙囚犯经过。噢，上帝啊！"

他一下倒在圆椅上，双手捂住脸。虽然听不见声音，但是看他双肩抽搐就知道他在哭泣。无声的泪，断肠的泪。

他哭得喘不上来气，一阵痉挛，仰身靠着椅背，好像要喘口气，胳膊垂下去。马吕斯看见他泪流满面，还听见他说："噢！真不如死啦！"但是声音非常低沉，仿佛来自深渊。

"放心吧，"马吕斯说道，"我一定保守您这秘密。"

马吕斯动了心，也许还没有产生应有的怜悯，但是一小时以来，他不得不接受这个可怕的意外情况，看到一个苦役犯在他眼前，逐渐同割风先生重合，一点点被这悲惨的现实所打动，并且顺着形势的自然斜坡滑下去，确认他和这个人之间刚刚产生的距离，于是他补充道：

"关于那笔款子，您如此忠实地保管，又如此诚实地交出来，我不能不向您提一句，这的确是非常正直的行为，理应给您报偿。您自己说个数目，一定点给您，不要害怕把数定得很高。"

"谢谢您，先生。"冉阿让轻声答道。

他沉思片刻，机械地将食指尖放到拇指的指甲上，接着提高嗓门说："事情差不多完了，我只剩下最后一个念头……"

"什么念头？"

冉阿让似乎犹豫到极点，几乎无声无息地说道："现在您既然知道了，您可以做主，先生，您认为我不该再来看望珂赛特了吗？"

"我想最好不要见了。"马吕斯冷淡地回答。

"我再也见不到她了。"冉阿让咕哝一句。

他朝门口走去。

他的手放到球状门把手上，已经拧动，门开了一条缝儿，只够身子挤过去的，可是，冉阿让停住了，随即又把门关上，转身面对马吕斯。

他的脸色不是苍白，而是青灰了，眼中没了泪光，只有一种凄惨的火焰。他的声音又变得异常镇静。

"这样吧，先生，"他说道，"如果您同意，我就来看看她。老实说，我非常渴望见她。要不是坚持同珂赛特见面，我就一走了之，不会跑来向您承认这件事了；既然要留在珂赛特居住的地方，继续同她见面，我就不能不全部如实地告诉您。您能理解我的考虑，对吧？这是可以理解的事。您想啊，她在我身边生活了九年多。起初住在大马路旁的破房里，后来进了修女院，再往后搬到卢森堡公园附近。您就是在那儿头一次见到她的。您还记得她戴着蓝色长毛绒帽子。后来，我们又搬到残废军人院街区，那儿有一道铁栅栏，有座花园，就在普吕梅街。我住在小后院，从那儿听得见她弹钢琴。这就是我的生活。我们从不分离。这种日子持续了九年零几个月，我就跟她父亲一样，她是我的孩子。我不知道您能否理解我，彭迈西先生；不过，现在就离开，再也见不到她，再也不能同她说话，什么也没了，这就太难为人了。如果您觉得没有什么不好，我就每隔些日子来看看珂赛特。我不会常来的，来了也不会待多久。您可以安排在楼下小屋接待我。就在一楼。我也可以从仆人走的后门进来，不过，这样也许会叫人奇怪。我想，最好还是从大家走的正门进来吧。真的，先生，我还是渴望能见见珂赛特。可以照您的意思，次数尽量少些。您设身处地想一想，我只有这么一点了。再说，也应当注意。如果从此我不再来了，会引起不良后果。别人会觉得奇怪。比方说，我能做到的，就是傍晚来，等天色要黑了。"

"您每天晚上来吧，"马吕斯说道，"珂赛特会等着您的。"

"您是好人，先生。"冉阿让说道。

马吕斯向冉阿让鞠躬送客，两个人分手，幸福将绝望送出门。

二　披露中的模糊处

马吕斯心乱如麻。

他对珂赛特身边的这个人，总有一种疏远之感，这从此得到解释。他接受本能的警告，觉得这人身上不知有什么谜。这个谜，就是最见不得人的耻辱：苦役。割风先生就是苦役犯冉阿让。

在自己的幸福中，猛然发现这样一个秘密，就好比在斑鸠窝里发现一只蝎子。

马吕斯和珂赛特的幸福，难道从此注定要伴随这个秘密？难道这是既成事实吗？接纳这个人，难道是缔结这桩婚姻的组成部分？是不是无可挽回啦？

难道马吕斯也同时娶了这名苦役犯？

头上戴着光明和欢乐的冠冕，尝到一生最得意的时刻——美满的爱情，也是徒然，碰到这种震撼，即使狂喜中的大天使，即使辉光中的神人，也都要不寒而栗。

凡是情况发生急剧变化，人总要反思，马吕斯也不免考虑是否应当自责？他是否缺乏预见性？是否有失谨慎？是否鲁莽行事还不自觉？也许有那么一点儿。他是否考虑不周，没有把方方面面的情况了解清楚，就坠入情网，终于同珂赛特结婚呢？他观察到，须知人正是通过一系列的自我观察，才逐渐在生活中矫正自己，他观察到他天性中梦想和虚幻的一面，而这种云山雾罩的状态，是许多人机体的内在特点，当恋情和痛苦达到极点时，这种云雾就弥漫，改变灵魂的温度，侵占全身，把人完全变成一种飘浮在云雾中的意识。我们不止一次指出马吕斯个性中的这一特质。他回想在普吕梅街那六七周，他沉醉在爱情中，简直神魂颠倒，竟然没有向珂赛特提起戈尔博破屋那件惨案，而那惨案是个谜，受害者行为十分古怪，在搏斗中一声不喊，后来还潜逃了。他是怎么回事，一个字也没有向珂赛特提起呢？而那凶案刚刚发生，又十分可怕！他是怎么回事，连德纳第的名字都没有向她提起，尤其是他遇见爱波妮那天？现在，他几乎无法解释他当时的缄默。其实他心里是明白的。回想当初，他迷恋珂赛特，心醉神迷，什么都围着爱情转，彼此把对方劫持到理想境界中，心灵这种痴情的美妙状态，也许还掺杂一点不易觉察的理智成分，即一种隐隐约约暗中萌动的本能，想隐瞒并从记忆中消除这一可怕的遭遇，他害怕触及，只想逃避，不愿在这事件中担当任何角色，心知无论当叙述者还是证人，她都不可避免地成为控告者。况且，几周时间犹如闪电，一晃就过去了，他们一心相爱，无暇他顾。他全面衡量，反复检查思考之后，还是认为，即使他把戈尔博老屋的绑架案告诉珂赛特，对她讲出德纳第这姓名，又会有什么后果呢？即使他发现冉阿让是个苦役犯，这会改变他马吕斯吗？会改变珂赛特吗？他会退缩吗？就会不这么爱她吗？就可能不娶她吗？不会。所做的事情会有什么改变吗？不会。因此，无须后悔，也无须自责。一切都很正常。人称恋人的这些醉鬼有个保护神。马吕斯盲目走的路，也是他清醒时所要选择的路。爱情蒙住他的双眼，要把他引到哪里？引上天堂。

然而，这个天堂又连着地狱，从此有了累赘。

对这个由割风变为冉阿让的人，马吕斯从前只是疏远，现在又增加了厌恶情绪。

不过也应当指出，这种厌恶中有怜悯的成分，甚至包含某种惊奇。

这个窃贼，这个惯犯，交出一笔托管的款项。多大的款项啊？六十万法郎。他是唯一知道这笔秘密款项的人。他本可以据为己有，但是他全部交出来了。

此外，他还主动披露了自己的身份。根本没有迫于什么压力。如果有人知道他是谁，那也是他本人透露的。这样透底，不仅要承受耻辱，还要冒巨大危险。对一个判了刑的人来说，一副假面具就不只是假面具，还是一个避难所。一个假姓名就意味安全。然而，他抛掉了这个假姓名。他这个苦役犯，本可以在这清白人家永远藏身，他却抵制住了这种诱惑。出于什么动机呢？顾忌良心。他本人解释了这一点，那真情实语的声调是不容置疑的。总而言之，不管冉阿让是什么人，但毫无疑问，他有一颗觉醒的良心。那里似乎开始一种恢复名誉的神秘行动；而且，种种迹象表明，这种顾忌早已主宰了这个人。如此向善并崇尚正义，绝非普通人所能为。良心的觉醒，便是灵魂的伟大。

冉阿让是坦诚的。这种坦诚看得见，摸得到，也无可怀疑，它给他造成的痛苦就是明证，无需调查，可以完全相信这个人所说的每句话。说来也怪，在马吕斯看来，这时位置颠倒过来了。割风先生给人什么印象？怀疑。从冉阿让身上又得出什么结论？信任。

马吕斯冥思苦索，给这神秘的冉阿让做个总结，看到他的正面和负面，力图达到一种平衡。然而，这一切又似乎席卷在一场风暴里。对这个人，马吕斯极力要形成一个明确看法，可以说一直追踪到冉阿让的思想深处，在命定的迷雾中，那踪影又失而复得。

托管的钱如数交出，直言不讳地承认自己的身世。这是好的一面，是乌云中露出的晴空，继而乌云又弥合而一片漆黑了。

马吕斯的记忆虽然十分混乱，但还是能浮现一些影像。

容德雷特破屋的那场历险，究竟是怎么回事呢？为什么警察一到，这个人非但不控告，反而潜逃了呢？现在，马吕斯找到了答案：原来此人是在逃的累犯。

另一个问题：这个人为什么来到街垒？要知道，马吕斯现在又清清楚楚看见当时的场景，这种记忆在人激动时，就像隐形墨迹靠近火那样，重又显现出来。这人来到街垒，却没有参加战斗。他干什么来了呢？面对这个问题，一个幽魂站起来，给予回答。沙威。冉阿让将捆着的沙威拖出街垒的惨景，现在他还记得一清二楚，他又听到蒙德图尔小街拐角那边可怕的手枪声。这密探和这苦役犯之间大概有仇。一个妨碍了另一个。冉阿让来到街垒是为了复仇。他来得晚，可能是得知了沙威已经被囚在这里。科西嘉式的复仇在社会底层深入人心，成为他们行为的准绳。这种复仇极为自然，就连那些五分向善的人也不会引以为奇；这类人的心天生如此，虽然走上悔罪之路，对于盗窃可能有所顾忌，但是要报仇就会放开手脚。冉阿让打死了沙威。至少，这是显而易见的。

最后还有一个问题，但这次没有答案，马吕斯感到这个问题像把钳子。冉阿让怎么会同珂赛特一起生活了这么久？让这个孩子同这个人接触，这是上天开的一场什么可悲的玩笑？难道上界也铸造了双人链，上帝就高兴将天使和下地狱的人锁在一起？一种罪恶和一种纯洁无瑕，难道就可以同室为友，在苦难的神秘牢狱中相伴？在所谓人类命运的刑徒长列中，一个天真的人和一个可怕的人，一个披着曙色的神圣白光，另一个则被永恒的闪电照成青灰白，难道这样两个额头可以挨得如此近？谁能决定这样莫名其妙的搭配？这个圣洁的女孩和这个老罪犯，二人的共同生活是以什么方式确定的？又是什么奇迹所引起的后果？谁把羔羊拴在狼身上？更加令人不解的，又是谁把狼拴在羔羊身上？须知狼爱这羔羊，须知这野蛮人宠爱这弱小生灵，须知九年间，这天使的生活依靠的是这魔鬼。珂赛特的童年和青少年，她无论出世，还是向着生活和光明发育成清纯少女，都依赖这畸形人的忠忧护佑。想到这里，问题可以一层一层剥开，化作无数的谜，深渊敞开，底下又出现深渊，而马吕斯俯视冉阿让，不能不产生眩晕。这个一生呈现为悬崖峭壁的，究竟是什么人呢？

《创世纪》中的古老象征是永恒的；在现存的人类社会中，总有两个人，有天壤之别，一个是向善的亚伯，一个是从恶的该隐，这情况要持续到巨大的光明改变人类社会的那一天。然而，怎么会有这样温情的该隐呢？怎么会有这样虔诚地宠爱一个贞女的强盗呢？这个强盗不但看护她，扶养她，守卫她，赋予她尊严，而且他这本身不洁的人，却用纯洁将她包裹起来。怎么会有这样满身污秽的人，尊重这洁白无瑕的人，没有给她留下一个污点呢？怎么会由冉阿让教育珂赛特呢？怎么会由这个黑暗的形象一心排除乌云和阴影，保证一颗星辰的升起呢？

这就是冉阿让的秘密；这也是上帝的秘密。

面对这双重秘密，马吕斯退却了。可以说，一个秘密使他对另一个秘密放了心。在这场奇遇中，上帝和冉阿让一样显而易见。上帝有自己的工具，可以随意使用哪件器物，无需对人负什么责任。我们能了解上帝的做法吗？冉阿让在珂赛特身上尽了心，也多少塑造了她的灵魂。这是不容置疑的。既然如此，又有什么可说的呢？工匠狰狞可怕，但作品却巧夺天工。上帝创造奇迹也是随心所欲。他创造出这个可爱的珂赛特，为此使用了冉阿让。他高兴挑选这个奇特的合作者。我们有什么可责问他的呢？粪肥帮助春天催放玫瑰花，难道这是破天荒第一次吗？

马吕斯自问自答，并且自认为答得好。在我们所指出的每一点上，他都不敢过分深究冉阿让，但是内心又不敢承认。他迷恋珂赛特，拥有珂赛特，而珂赛特的纯洁又那么超群绝伦。他应当心满意足，还需要弄清什么呢？珂赛特就是一种光辉，难道光辉还需要照清楚吗？他什么都有了，还能渴望什么呢？应有尽有了，难道还不够吗？冉阿让个人的事与他无关。他要俯瞰这个人的不幸阴影，就可以紧紧抓住这个不幸者的庄严声明："我同珂赛特毫无关系，十年前，我还不知道有她这个人。"

冉阿让是个过路者。这是冉阿让亲口对他讲的。好哇，他走过去了。不管他是什么人，反正他的角色演完了。从今往后，该由马吕斯在珂赛特身边起保护作用了。珂赛特来到天空，找见她的同类，她的情人，她的丈夫，她在天上的男性。珂赛特长出翅膀蜕变了：飞上天空，地面上丢下冉阿让，她那丑恶的空壳儿。

马吕斯无论在什么思想里转圈子，总要回到对冉阿让一定程度的厌恶上。也许是掺杂着神圣色彩的厌恶，因为他在此人身上感到"某种神圣"①。然而，他无论怎样考虑，无论找出什么减罪的情节，最后还要落到这一点：这是个苦役犯，即处于最后一级之下，在社会等级中连个位置都没有的人。末等人之后，才轮到苦役犯。可以说，苦役犯不是世人的同类了。在苦役犯身上，法律已将人格剥夺殆尽。马吕斯虽是共和派，但在刑罚问题上，他还维护严酷的制度，头脑里还装满法律的全部思想，并以此对待法律所打击的人。说到底，他还没有走完进步的全过程。他还不能区分人的决定和上帝的决定，法律和人权。他根本没有审视和掂量一下，人处理不能挽回和不能补赎之事的权利。他也没有起而反对"制裁"一词。他认为违反成文法的某种行为，自然要受到终生的惩罚，因此，他把社会将人打入地狱视为文明的手段。他还停留在这一步，不过以后必然还要前进，因为，他天性善良，内心孕育着进步。

一进入这个思想范畴，他就觉得冉阿让变态而讨厌了。这是排除在社会之外的人，是苦役犯。他一听到这个词，就像听见末世大审判的号角；他长时间审查了冉阿让，最后的动作是扭过头去："撒旦，离开我的身。②"

应当承认，甚至应当着重指出，就在冉阿让对他说"您在让我招认"的时刻，马吕斯虽在盘问他，但并未提出那两三个关键问题。这些问题，并不是没有过他脑子，而是他害怕提出来。容德雷特破屋？街垒？沙威？谁知道事情会透露到什么地步？冉阿让不像个好退缩的人，谁知道马吕斯追问之后，是不是又希望煞住冉阿让的话头呢？在一些性命攸关的场合，提出一个问题，又捂住耳朵不想听到回答，我们每人不是全碰到过这种情况吗？这种懦弱行为，在恋爱期间尤为常见。过分追究不祥的境况是不明智的，尤其牵连到我们自己生活中万难割舍的一面。冉阿让在痛苦绝望时所做的解释，很可能露出点可怕的亮光，谁知道这丑恶的光会不会反射到珂赛特身上呢？谁知道在这天使的额头上，会不会留下这种地狱之光呢？一道闪电溅出的火星，还是霹雳。这种关联乃是天数，由于染色反光律的副作用，清白本身会染上罪恶的色彩，最纯洁的面孔也可能永远留有接近恶人的映象。

---

① 原文为拉丁文。
② 原文为拉丁文，是耶稣对诱惑者讲的一段话的开头。见《圣马可书》。

不管对错，当初马吕斯确实害怕了。他已经知道得太多，现在只想睁只眼闭只眼，不想弄清楚了。他在神魂颠倒时抱走珂赛特，闭眼不看冉阿让。

这个人属于黑夜，属于活生生可怖的黑夜。怎么敢追究他的底细呢？盘问黑影是一种恐怖的事。谁知道黑影要回答些什么？曙光可能永远被它玷污。

马吕斯处于这种思想状态，一想到这人今后还要同珂赛特接触，就不免惊慌失措，忧心惨切。这些可怕的问题，很可能毫不容情地导致一个彻底的决定，但是他退却了，现在几乎责备自己没有提出来。他觉得自己心肠太善，也太软，说穿了，就是太软弱。正是这种软弱的性情拖着他贸然让步。他听人一讲心就软了，实在冒傻气，本应当机立断，抛掉冉阿让。这个家必须摆脱这个人，就好像在火灾中，为了保全周围，冉阿让是应当舍弃的部分。他怪罪自己，也怨感情冲动的这场旋风来得太突然，他被卷进去，脑袋发昏，眼睛完全蒙蔽了。他很不满意自己。

现在怎么办呢？冉阿让前来看望，引起他内心深处的反感。这个人何必到他家来？怎么办呢？想到这里，他昏头涨脑，不愿深挖，不愿深究，不愿探测自己的内心。他已经许诺，他不由自主地答应了；冉阿让得到他的许诺；即使对一名苦役犯也不能食言，尤其对这名苦役犯更不能食言。然而，他的首要责任还是珂赛特。总而言之，他的厌恶情绪在支配一切。

思绪纷乱，在他头脑里翻腾流转，搅得他意乱心烦。由此产生内心的烦恼，在珂赛特面前不容易掩饰，不过，爱情富有才华，马吕斯终于做到了。

尽管如此，他还是装作无心，向珂赛特提了几个问题；珂赛特天真无邪，像白鸽一样纯洁，始终毫无察觉。他问起她的童年和青少年，越听越深信，一个人所能具有的善良、慈爱和可亲可敬，这名苦役犯都倾注到珂赛特身上了。马吕斯隐约看出和推测的全是真实的。这棵凶险的荨麻疼爱并保护了这朵百合花。

第八卷　人生苦短暮晚时

一　楼下房间

次日黄昏时分，冉阿让去敲吉诺曼家的大门。迎进他的是巴斯克。巴斯克这时待在院子里，仿佛按指示办事。这是常有的事，主人吩咐仆人："某某先生要到了，你去迎候一下。"

巴斯克未等冉阿让走近前，就问道：

"男爵先生叫我问问先生，是要上楼还是待在楼下。"

"待在楼下。"冉阿让回答。

巴斯克倒十分恭敬，打开楼下厅室的门，说道："我去禀报夫人。"

冉阿让走进的这间一楼厅室，有时当酒窖用，里面潮湿昏暗，天棚呈拱顶，虽然临街，却只有一扇安了铁栏的红玻璃窗透进点光线。

这间屋不是拂尘、掸子和扫帚经常光顾的地方。灰尘在这里静静地积累，也没有组织剿灭蜘蛛的行动。一张镶饰着苍蝇的精致的大蛛网，堂而皇之地铺展在一块窗玻璃上。房间又小又矮，墙角有一大堆空酒瓶。墙壁刷成赭黄色，灰皮大片大片剥落。里端有一个漆成黑色的木架壁炉，炉台极窄；炉中生了火，显然已经料到冉阿让必定回答："待在楼下。"

壁炉两角放了两张安乐椅，椅子中间铺了一块床前脚垫，权作地毯，但是垫子的绒毛几乎磨光，露出粗绳了。

房间的照明，是借壁炉的火光和窗户透进来的暮色。

冉阿让疲惫不堪，一连几天，他不吃也不睡，进来便仰倒在椅子上。

巴斯克又返回，将一支点燃的蜡烛放到壁炉台上，又退出去了。冉阿让脑袋垂到胸前，既没有瞧见巴斯克，也没有瞧见蜡烛。

突然，他仿佛受了惊吓，忽地站起来。珂赛特就在身后。

他没有看见进人来，但是他感到珂赛特进来了。他回过身端详她。珂赛特真是光艳照人。不过，冉阿让以深邃的目光注视的是灵魂，而不是美貌。

"好啊，"珂赛特高声说道，"真想得出来！父亲，我知道您古怪，可也万万没料到会来这一手。马吕斯对我说，是您要我在这儿接待您。"

"不错，正是我。"

"我就料到这种回答。您准备好了，先说下，我可要同您大闹一场。从头开始来，父亲，先吻我吧。"

说着，她把脸蛋儿伸过去。

冉阿让一动不动。

"您不动弹。我看到了，这是有罪的姿态。不过算了，我饶过您。耶稣－基督说过：'把另一边脸蛋儿伸过去。'给您。"

冉阿让还是不动，双脚仿佛钉在地面上。

"这可严重了，"珂赛特说道，"我怎么得罪您啦？我宣布闹翻了。您得来主动同我和解。您得同我们用晚餐。"

"我吃过了。"

"这不是真话。我要让吉诺曼先生来训斥您。祖父在世就是为了训斥父亲。好了，跟我上楼去客厅。这就走。"

"不行。"

这时，珂赛特沉不住气了，她收住命令的口气，转而提问了：

"究竟为什么呀？您挑选这楼里最丑陋的房间来同我见面。这里真不堪入目。"

"你不知道……"

冉阿让立即改口道："您知道，夫人，我这人特别，有些怪念头。"

珂赛特连连拍小手："夫人！……您知道！……又出来新鲜事儿！

这是什么意思呀?"

冉阿让冲她苦笑笑,有时不得已,他就往往挤出这种笑脸。

"您要当夫人,现在是了。"

"在您面前不是,父亲。"

"别再叫我父亲了。"

"怎么?"

"叫我让先生吧,直呼让也行。"

"您不是父亲啦?我也不再是珂赛特啦?让先生?这是什么意思呀?这简直是闹了革命!究竟出什么事儿啦?您倒是正面瞧瞧我呀。您不愿意和我们住在一起!您也不肯要我给您准备的房间!我怎么得罪您啦?我怎么得罪您啦?究竟出了什么事儿?"

"没什么事儿。"

"那又为什么?"

"什么都跟往常一样。"

"您干吗改名字?"

"您不是也改了吗?"

他又苦笑了一下,补充道:

"既然您能叫彭迈西夫人,我也可以叫让先生。"

"我一点也不明白。这些全是蠢话。我要问我丈夫,是否准许我叫您让先生,我希望他不同意。您叫我好难受啊。有怪念头可以,但是总不该让小珂赛特伤心呀!这样可不好。您多么善良,没有权利变凶狠了。"

他不回答。

她猛地抓起他的双手,以不可抗拒的动作,将那双手拉向自己的脸,按在自己下颏底下的脖子上,这是极为深情的一种举动。

"噢!您还是好一点儿吧!"她对他说道。

她又接着说:

"我所说的好,是指要和气,搬到这儿来住,恢复我们小小愉快的散步,这里同普吕梅街一样有鸟儿,要同我们一起生活,离开武人街的那个洞,别让我们猜谜了,要同所有人一样,同我们一起吃晚饭,同我们一起吃午饭,做我的父亲。"

冉阿让将手抽回去。

"您有了丈夫，不需要父亲了。"

珂赛特发火了：

"我不需要父亲啦！这种话真不近人情，简直信口胡说！"

"都圣若是在这儿，"冉阿让又说道，他那口气似要搬来权威吓人，抓住救命稻草，"她会头一个承认，我确实总有自己的一套做法。什么情况也没有。我一直喜爱我那黑暗的角落。"

"这儿挺冷的，又看不清楚。还要当什么让先生，真是讨厌极了。我也不愿意您总用'您'来称呼我。"

"刚才来的路上，"冉阿让答道，"我在圣路易街看见一样家具。是在木器店里。我若是一位漂亮的女人，就买下那件木器。那是个非常精致的梳妆台，新式样的。我想，就是你们所说的香木。上面镶嵌了花。一面相当大的镜子。有抽屉。很好看。"

"呜！老狗熊！"珂赛特回敬一句。

她又拿出十分娇嗔的神态，龇牙咧嘴朝冉阿让吹气。这是美惠女神在模仿一只小猫。

"我恼火极了！"她又说道，"从昨天起，你们全叫我火冒三丈。您不保护我，去对付马吕斯，马吕斯也不帮助我对付您。我完全孤立了。我精心布置了一间卧室，如果能把仁慈的上帝请进去，我也会把他安置在里面。可是，你们却把那间屋丢给我。我的房客逃走了。我吩咐妮科莱特做一顿可口的晚餐。'人家不用您的晚餐，夫人。'我父亲割风要我叫他让先生，还要我在这不堪入目的破旧地窖里接待您，这里发了霉，墙壁长了胡子，空酒瓶充当水晶器皿，蛛网充当窗帘！就算您古怪吧，这是您的个性，但是对待刚结婚的人，总得暂时休战啊。您真不应该马上就古怪起来。您居然还愿意住在那可恶的武人街。可我在那里，曾经痛苦绝望过呀！您有什么跟我过不去的？您给我造成多大烦恼。呸！"

突然，她又敛容正色，定睛看着冉阿让，补充一句：

"您这么怨恨，是不是因为我幸福了？"

无心说出来的天真话，往往能鞭辟入里。这个问题，珂赛特看似简单，对冉阿让却意味深长。珂赛特本想搔搔皮肤，未承想揪心挖肝了。

冉阿让脸色惨白，一时无言以对，继而才以无法形容的声调，仿

佛自言自语那样咕哝道:

"她幸福了,这本来是我的生活目的。现在,上帝可以把我打发走了。珂赛特,你幸福了,我这辈子也就过完了。"

"啊!您对我称呼'你'啦!"珂赛特叫起来。

她随即扑过去,搂住他的脖子。

冉阿让一时忘情,狂热地将她紧紧搂在胸口,几乎觉得她失而复得了。

"谢谢,父亲!"珂赛特对他说。

在冉阿让身上,这样欣喜若狂又要转为肝肠寸断。他缓慢摆脱珂赛特的手臂,拿起帽子。

"怎么啦?"珂赛特问道。

冉阿让回答:"我走了,夫人,他们在等您。"

他走到门口,又加了一句:"刚才我对您称了'你'。去告诉您丈夫,我再也不会这样了。请原谅我。"

冉阿让走了,而珂赛特愣在原地,对这种告别简直莫名其妙。

二 又退几步

第二天,冉阿让又在同一时刻来了。

珂赛特不再问他,不再表示惊讶,不再叫嚷她发冷,也不再提去客厅了。她避免叫他父亲,但也不称让先生,而且随他怎么称"您"或"夫人"。不过,她欢乐的情绪减了几分,如果有可能的话,她还会显得忧伤的。

很可能她同马吕斯谈过,而在这种谈话中,爱人满足了爱妻,讲了想讲的话而不作任何解释。相爱之人的好奇心,离开爱情不会走多远。

楼下这间屋稍微清扫了一下。巴斯克将空酒瓶搬走了,妮科莱特则把蛛网清除掉。

从这往后,冉阿让天天按时前来,但是完全照马吕斯的话去做,没有勇气稍微违拗。马吕斯则设法总在冉阿让来时出门。对割风先生的这种新做法,一家人也渐渐习以为常。都圣帮着解释,一再说:"先生从来就是这样。"外祖父做出这样判决:"这是一个怪人。"一语道尽。况且,九旬老人,不可能再有什么交往,什么都格格不入,一个

她随即扑过去，搂住他的脖子。

外来人就增添不便，各种习惯都已养成，再也没有空位置了。什么割风先生，切风先生，吉诺曼老头巴不得摆脱"这位先生"。他还说："这种怪人太常见了。他们做出各种各样古怪的事情。什么目的，毫无目的。德·卡纳普勒侯爵还要怪，他买了一座公馆，自己却住在阁楼上。这类人就有这种怪诞的表现！"

谁也没有看出一点这可悲的谜底。况且，谁又能猜到这种事情呢？印度就有这类沼泽，水面好像很特别，解释不通，无风却生涟漪，该平静时却起波浪。人们但见水面无故翻腾，却看不到水底有九头蛇游动。

许多人都如此，有一个秘密的怪物，有一种他们喂养的病疾，有一条噬食他们的恶龙，有一种盘踞在他们黑夜的绝望。这样一个人跟普通人一样，来来往往；别人不知道他有可怕的痛苦，这不幸的人身上寄生着致命的千齿怪物。别人不知道这人是个深渊，看似静止的死水，但是深极了。水面时而骚动，令人莫名其妙；忽然荡起一圈神秘的波纹，平复了又出现；升上来一个气泡破灭了。事情不大，但很可怕；那是不为人知的怪物在呼吸。

有些习惯很奇特：在别人走的时候到来，在别人炫耀时隐避，无论什么场合，总穿着所谓墙壁色外衣，专走僻静无人的小路，专去没有行人的街道，绝不参与别人的交谈，躲避人群和节庆，看似富裕又过穷日子，不管怎么富有也总把钥匙揣在兜儿里，烛台交给门房，从角门进去，走隐蔽的楼梯，所有这些微不足道的古怪行为，好似涟漪、气泡、水面瞬间的波纹，往往发自可怕的深处。

几周时间就这样过去。新生活渐渐支配了珂赛特：婚后建立起来的社交关系，拜访、操持家务、娱乐等，这些都是大事。珂赛特的娱乐并不费钱，主要体现为一种，就是和马吕斯在一起。同他一道出门，同他厮守在家里，这是她生活的最大营生。他们常乐常新的一项活动，就是挽着手臂上街，单独两个人，又不躲避，走在大街上，迎着太阳，迎着所有人。珂赛特只有一件事不顺心：都圣同妮科莱特合不来就走了。要让两个老处女融合是不可能的。外祖父身体康泰；马吕斯有时接接案子，出庭辩护；吉诺曼姨妈在新婚夫妇身边平静地生活，满足于配角的地位。再阿让每天来一趟。

"你"的称呼消失了，只用"您""夫人""让先生"。由于这种变化,他在珂赛特心目中也成了另一个人。他让珂赛特疏远他的苦心已见成效,她的快乐日益增加,而温情却日趋减少。然而,她一直非常爱他,他也能感觉出来。有一天,珂赛特忽然对他说:"原先您是我父亲,现在不是了,原先您是我叔叔,现在不是了,原先您是割风先生,现在是让先生了。您究竟是谁呢?我可不喜欢这样。我若是不知道您特别善良,见了您还真会害怕呢。"

他一直住在武人街,还下不了决心远离珂赛特居住的街区。

起初,他只和珂赛特一起待上几分钟就走了。

后来,他探望的时间由短渐长,而且养成了习惯,就好像借着白昼延长的机会,他早来点儿晚走点儿也是正当的。

有一天,珂赛特脱口叫了他一声父亲。冉阿让那张忧郁苍老的脸上,掠过一道快乐的闪光,但他立刻制止:"还是叫让。""哦!对了,"她咯咯笑着回答,"让先生。""这样才好。"他说道。他随即转过身去,免得珂赛特瞧见他擦眼睛。

三 他们忆起普吕梅街花园

这是最后一次了。最后一道闪光掠过,就彻底熄灭了。再也没有亲热的表示,见面问好再也不伴随亲吻,再也听不到"父亲"这一深情的称呼了。他是按照自己的要求,同自己串通好,陆续把自己从他们的这些幸福旁边赶走。他经历这场苦难,不但一日之间整个儿丧失珂赛特,而且还要再一点一点失去她。

久而久之,眼睛也习惯了地窖的光线。总之,每天能见上珂赛特一面,他就心满意足了。他全部生活就集中到这一时刻。他坐在珂赛特身边,默默地凝视她,或者对她讲从前的岁月,讲她的童年、修道院、她当年的小朋友。

有一天下午,时值4月初,早晚虽然还有点凉,但是天气转暖了,阳光十分明媚,马吕斯和珂赛特窗外的花园已经苏醒,欣欣向荣。山楂花即将放蕾,紫罗兰在老墙头展示宝石,粉红的狼嘴花在石头缝儿里打呵欠,小白菊和金毛茛开始在芳草中搔首弄姿,今年的白蝴蝶刚刚出世,春风,这个永恒婚礼的吹鼓手,在树木间试奏曙光大交响乐,即老诗人所称的"万象更新曲"。马吕斯对珂赛特说:"我们说过,要去普吕梅街,看看我们的花园。说去就去,可不该忘恩负义啊。"于是他们就飞去，犹如飞向春天的两只燕子。在他们心目中，普吕梅街那座花园好似他们的黎明。他们身后已经留下类似他们爱情春天的东西。普吕梅街那个宅院租期未满，还属于珂赛特。他们到了花园，进了小楼，二人旧地重游，流连忘返了。傍晚，冉阿让又按时来到受难会修女街。"夫人同先生出门了，还没有回来呢。"巴斯克对他说。他默默坐在那里等了一小时，珂赛特还未返回。他只好低下头走了。

这次"他们的花园"之行，珂赛特心醉神迷，能"一整天生活在她的过去中"，她简直乐不可支，第二天也不谈别的事情，甚至没有发觉她没见到冉阿让。

"你们是怎么去的？"冉阿让问她。

"走去的。"

"怎么回来的呢？"

"乘出租马车。"

一段时间以来，冉阿让注意到年轻夫妇的日子过得挺紧巴，他不禁为之烦恼，马吕斯节俭很严格。冉阿让觉得这个词有其绝对意义，他试探着问一句：

"为什么你们不自备一辆马车呢？你们租一辆漂亮的轿车，每月只花五百法郎。你们有钱啊。"

"我不知道怎么回事儿。"珂赛特回答。

"还有都圣这件事，"冉阿让又说道，"她走了，你们也不找个人替她。为什么呢？"

"有妮科莱特就够了。"

"可是，您应当有个贴身女仆呀。"

"我不是有马吕斯吗？"

"你们应当有自己的住宅、自己的仆人、一辆马车、剧院里的包厢。对您来说，什么东西也不过分。你们富有，为什么不享用呢？财富，能增添幸福啊。"

珂赛特默不作声。

冉阿让来探访的时间没有缩短，反而拖长了。一颗心从斜坡滑下去，中途是不会停下的。

冉阿让想延长探望，并让人忘记时间，他就对马吕斯赞不绝口，认为他是美男子，神态高贵，又勇敢，又有智慧，口才也好，心肠也好。珂赛特再往上加码儿。冉阿让又周而复始。你一言我一语，有说不完的话。马吕斯这个名字，就是取之不尽的话题；阐发这几个字，足能写出几大部头著作。这样一来，冉阿让就能多留一会儿。看到珂赛特，在她身边忘记一切，这对他来说无比甜美！这等于包扎他的伤口。有好几次，巴斯克来请示两回："吉诺曼先生派我来提醒男爵夫人，晚餐已经摆好了。"

这些日子，冉阿让回到家里心事重重。

马吕斯曾想到蛹壳，看来这个比喻相当准确吧？冉阿让果真是一个蛹壳，还执意来探望从这蛹壳生出的蝴蝶吗？

有一天，他比往常待得还要久一些。次日，他注意到壁炉里没有生火。"咦！"他心中暗道，"没生火。"他又向自己做出这种解释："这非常自然。都4月份了，天不冷了。"

"上帝呀！这儿真冷啊！"珂赛特一进来就嚷道。

"不冷啊。"冉阿让说道。

"是您不让巴斯克生火的吗？"

"对，马上就到5月份了。"

"可是我们直到6月份还生火呢。在这地窖里，炉火终年都不能断。"

"我原以为不用生火了。"

"怪不得，又是您的主意！"珂赛特又说道。

次日，炉火倒是又生了，但是两把扶手椅却移到屋子另一端，摆在门口。"这是什么意思呢？"冉阿让思忖道。

他又把椅子搬到火炉旁边。

重新燃起的炉火又给他增添勇气。他的话多起来，交谈的时间又比平常拖长了一点儿。他起身要走时，珂赛特对他说：

"昨天，我丈夫向我提起一件怪事。"

"什么事儿？"

"他对我说：'珂赛特，我们共有三万利弗尔年金，你有两万七千，外公给我三千。'我回答：'加在一起正好三万。'他又说：'你有勇气只靠三千法郎生活吗？'我回答说：'有啊，只要和你在一起，没有钱也行。'后来我又问他：'你干吗对我说这个？'他就回答我：'随便问问。'"

　　冉阿让哑口无言。大概珂赛特想让他解释解释，而他却神色黯然，只管默默地听着。他回到武人街，还凝神想这事儿，竟然走错了门，进入旁边的一栋楼，登上三楼才发现错了。又反身下来。

　　他陷入各种猜测，精神非常苦恼。马吕斯显然怀疑这六十万法郎来路不正，怕是不义之财，谁知道呢？也许他已经发现，这笔钱财原是他冉阿让的，既然可疑，他就有所顾虑，不愿意接收，宁肯和珂赛特一起过穷日子，也不愿接受这不义之财。

　　此外，冉阿让也开始隐约感到，主人有逐客之意了。

　　第二天，他走进楼下那间屋，不禁打了个寒噤。安乐椅不见了，甚至一把普通坐椅都没有。

　　"怎么，"珂赛特一进屋就嚷道，"扶手椅没啦？扶手椅搬到哪儿去啦？"

　　"搬走了。"冉阿让答道。

　　"这太过分啦！"

　　冉阿让讷讷说道："是我让巴斯克搬走的。"

　　"总有个原因吧？"

　　"今天我只待几分钟。"

　　"只待一会儿，也没有理由站着啊。"

　　"我以为巴斯克需要将扶手椅搬到客厅去。"

　　"为什么？"

　　"今天晚上，你们一定有客人。"

　　"一个客人也没有。"

　　冉阿让再也无话可说了。

　　珂赛特耸耸肩膀。

　　"叫人把坐椅搬走！那天还叫人熄掉炉火。您也太古怪啦！"

　　"别了。"冉阿让咕哝一句。

　　他没有说：别了，珂赛特。但他也没有勇气说：别了，夫人。

　　他心情沮丧，走了出去。

　　这回他领悟了。

　　次日他没有来。到了晚上，珂赛特才发觉。

　　"咦，让先生今天没有来。"她随口说了一句。

　　她心中微微有点怅然，但是感觉并不明显，让马吕斯一个亲吻就给排解了。

第三天，他还是没有来。

珂赛特并没有留意，晚上该做什么做什么，该睡觉就睡觉，一如往常，早晨醒来才想起这件事儿。也难怪，她太幸福啦！她急忙打发妮科莱特去让先生家，看他是不是病了，昨晚为什么没有来。妮科莱特转达让先生的答复。他一点病也没有，他很忙，很快就会去的，尽早前去。再说，他要有一趟短途旅行。夫人想必还记得，他隔段时间就要出趟门，这是他的习惯，不必担心，也不必挂念他。

妮科莱特走进让先生家时，向他重复了女主人的原话，说是夫人派她来问一问，"昨晚让先生为什么没有来。""我有两天没有去了。"冉阿让轻声说道。

然而，他婉转纠正的这一点，妮科莱特根本没有向珂赛特转达。

四 吸力和止息

1833 年春夏之交，沼泽区寥寥的行人、店铺商人、站在门口的闲人，都注意到有个身穿整洁黑礼服的老人，每天一到黄昏时刻，就从武人街靠布列塔尼里圣十字架街一侧出来，经过白斗篷街、圣卡德琳园地街到达披巾街往左拐，再走进圣路易街。

到了圣路易街，他就放慢脚步，脑袋往前探，什么都视而不见，听而不闻，眼睛总直勾勾地凝视一点，对他来说仿佛是明显的那一点，无非是受难会修女街的拐角。他离那街角越近，眼睛就越亮，眸子里射出喜悦的光芒，犹如内心升起的曙光，他那神态仿佛受了迷惑并十分动情，他的嘴唇微微翕动，就好像在对一个他看不见的人说话，他隐隐现出笑容，而脚步却尽量放慢，就好像他既盼望到达，又怕走到近前的那一刻。再过几栋楼房，就走到似乎吸引他的那条街，他的脚步十分缓慢，有时好像不走了。他的头晃悠，而眼珠却不动，酷似在寻找两极的指南针。他再怎么拖延时间，最终也走到了；一到受难会修女街，他就站住，浑身抖起来，一副忧伤而胆怯的样子，探头眺望最后一栋楼房的角落那边，而他张望那条街的凄惘眼睛里流露出来的神色，类似对不可能得到的东西的赞叹，也类似关闭了的天堂的反光。继而，他眼角慢慢聚积一滴泪水，积大了就掉下来，顺着腮流到嘴角，有的还在嘴角停留片刻。老人尝到了泪水的苦味。他就像石头雕像一样，在那里伫立几分钟，然后又以同样的步伐原路返回，越走越远，目光也黯淡下来了。

久而久之，老人不再走到受难会修女街的拐角，在圣路易街的中途就停下，有时多走几步，有时少走几步。有一天，他停在圣卡德琳园地街的拐角，远远眺望受难会修女街，继而默默地左右摇摇头，仿佛拒绝内心的一点要求，又沿着原路回去了。

又过不久，他连圣路易街也走不到了，只到铺石街，摇了摇头，就往回走了；后来不越过三亭街，最后连白斗篷街也不越过了，好比没有上发条的挂钟，钟摆的摆幅越来越小，直至完全停止。

每天他还按时出门，走同一路线，但是不再走到头，也许他没有意识到自己在不断缩短距离。他脸上的神情完全表达这唯一的想法：何苦来呢? 眼睛没神了，脸上没有光彩了。就连泪水也枯竭了，不再聚积在眼角上：这沉思的目光是干涩的。老人的头还总往前探，下颏儿有时摆动，脖子瘦得皮打褶，叫人看着难受。在天气不好的日子，他有时腋下夹把雨伞，但是从不打开。那个街区的老太婆都说："他是个傻子。"孩子们跟在他后面哄笑。

第九卷　最终的黑暗，最终的曙光

一　怜悯不幸者，宽宥幸福人

有了幸福是件可怕的事！他们多么心满意足！他们多么美滋滋地觉得这已足够！他们达到幸福这一人生的虚假目的，又多么容易忘记天职这个真正目的！

不过，平心而论，也不应责怪马吕斯。

我们解释过，马吕斯结婚之前，没有问过割风先生，后来又怕追问冉阿让。他一时心软就答应下来；事后又反悔了，心里总嘀咕他不该因对方痛不欲生就作此让步，只好逐渐地把冉阿让从他家打发走，尽量把他从珂赛特的思想上抹掉。他总是有意地插在珂赛特和冉阿让之间，确信她既看不到冉阿让，也就不再想了。这是遮蔽覆盖，比抹掉还有效。

马吕斯所做的，是他认为必要而正当的事情。他排除冉阿让，没有采取强硬的态度，但是也不手软，他认为有重大理由这样做，有些前面已经讲了，还有一些下面会谈到。在审理一桩他担任辩护律师的案件中，他偶然遇到从前在拉斐特银行干事的一名职员。他没有进行调查，就了解到一些秘密情况，而这些情况，他也确实不可能进一步追究，一则他要恪守保密的诺言，二则也要顾忌到冉阿让的危险处境。当时，他认为必须尽一项重大责任，就是极其谨慎地寻找原主，归还那六十万法郎。首先，他绝不动用这笔款。

至于珂赛特，她根本就不知道这些秘密，要责备她，也同样太苛求了。

从马吕斯到珂赛特，有一种极强的磁力，由于这种磁作用，她总是本能地，几乎机械地按照马吕斯的心愿行事。她感到对"让先生"那一边，马吕斯有一定之规，她顺应就是了。她丈夫不用对她说什么，他那未言明的意图对她产生的无形压力也很明显，她就盲目地服从了。这里所说的服从，就是不去回忆马吕斯忘却的事情。她无需费力就做到了，自己也不知道为什么，也没有什么可指责马吕斯的，须知她的心灵已经化为她丈夫的心灵了，马吕斯的思想出现阴影，她的思想也要随之黯淡下来。

然而，我们也不能说得过头；关于冉阿让，这种忘却和消除只是表面现象。她是一时疏忽，而不是遗忘。其实，她还深深爱着她长久称作父亲的那个人。不过，她更爱自己的丈夫。这就有点偏向了，这颗心的天平向一边倾斜。

有时，珂赛特提起冉阿让，不免感到诧异。于是，马吕斯就劝她放心："我想他出门了。他不是说过要去旅行吗？""不错，"珂赛特心想，"他是有这种习惯，时而出门一趟。可是，不会走这么久啊。"她也打发妮科莱特到武人街去过两三趟，问问让先生旅行回来了没有。每次冉阿让都让她回复说还未回来。

珂赛特没有再问什么，她在世上唯一需要的人，就是马吕斯。

还应补充一句，马吕斯和珂赛特也出过远门，他们去过维尔农。马吕斯带珂赛特去给他父亲上坟。

马吕斯一点一点让珂赛特摆脱冉阿让，珂赛特则任其摆布。

话又说回来，在某些情况下，所谓子女忘恩负义，未免过分苛责，其实并不总像人们所想的那样值得责备。这是自然的忘恩负义。我们也说过，自然，就是"向前看"。自然把世人分为到来者和离去者。离去者转向阴暗，到来者面向光明。从而产生间隔，这种状态，在老人一边是命中注定，在青年一边则是无意识的。这种间隔，起初不显眼，后来逐渐扩展，如同树木分杈。枝杈不离同一个树干，却越长相距越远。这不是他们的过错。青年趋向欢乐、节庆、五光十色和爱情。老人则趋向终点。相互还见见面，但是不再拥抱了。年轻人感到生活的炎凉，老年人感到坟墓的炎凉。不要怪罪这些可怜的孩子。

二　最后闪亮灯油尽

有一天，冉阿让下楼，在街上走了几步，便坐到石桩上；6月5日那天夜晚，他正是坐在这个石桩上沉思，让伽弗洛什碰到了。他只待了几分钟就回楼上了。这是钟摆的最后一下摆动。次日他没有出屋，第三天他没有下床。

门房老太婆给他做点简单的饭菜：一点白菜或几个土豆加点猪油，她回头来瞧瞧棕色瓷盘，叫道："怎么，昨天您没有吃饭，可怜的好人！"

"怎么没吃呢。"冉阿让回答。

"盘子里还满满的。"

"瞧瞧水罐，已经空了。"

"这说明您喝了水，并不说明您吃了饭。"

"那么，我要是只想喝水呢？"冉阿让说道。

"这叫作口渴，如果不同时吃饭，这就叫作发烧。"

"我明天吃。"

"或者等到三圣节再吃。干吗今天不吃呢？就说一声：我明天吃！连碰也不碰，一盘菜全给我留着！我煮的嫩土豆香极啦！"

冉阿让抓住老太婆的手：

"我答应您吃掉。"他和蔼地对她说道。

"我可对您不满意。"女门房回了一句。

除了这个老太婆，冉阿让也见不到什么人。巴黎有些街道从来没人经过，有些房屋从来没人拜访。他就住在这样一条街上，住在这样一个房屋里。

他还能出门的时候，到锅匠那里，花几苏钱买了一个铜十字架，回来挂在床头钉子上。看看这个绞刑架总有裨益。

一周过去，冉阿让没有在屋里走动一步，一直卧床不起。女门房对她丈夫说："楼上那老头儿不起床了，也不吃东西了。看样子活不久了。他那是伤心。我总觉得，他女儿嫁得不好。"

门房则以丈夫的权威口气答道："他有钱就请大夫来，没钱就请不来大夫。请不来大夫，他就等死吧。"

"如果请来大夫呢？"

"那他也得死。"

看门的女人用一把旧刀，蹲到她称为她的铺石路上，开始将石缝儿中的杂草抠出来拔掉，她边干边咕哝：

"真可惜，多好一个老人！他就像仔鸡一样洁白。"

她瞧见本街区的一名医生经过街口，就自作主张请他上楼去。

"就在三楼，"她对医生说，"您只管进去。那老人躺在床上动不了，钥匙就插在门上。"

医生瞧了冉阿让，问了问情况。

等他下楼来，门房女人问道："怎么样，大夫？"

"您这病人病得很厉害。"

"得了什么病？"

"什么病都有，又什么病也没有。看样子，他失去了一个亲人。这是要命的事儿。"

"他对您说些什么？"

"他说他身体很健康。"

"您还来吗，大夫？"

"还来，"医生回答，"不过，应当回来的不是我，而是另一个人。"

三 割风马车当年扛得起，羽毛管笔如今也嫌重

一天傍晚，冉阿让艰难地用臂肘支撑起身子，自己把把脉，却找不到脉息。他呼吸短促，不时停顿，这才承认身体从来没有这样虚弱过。这时，他无疑受最后心事的催促，强打精神坐起来，穿上衣裳。这回他穿上旧工装，反正不出门，就重新换上他所喜欢的劳动服。他穿件衣服也不得不停下好几次，仅仅伸袖子就累得额头流下汗水。

他独自生活以来，就把床搬到前厅，以便尽量少占用这套空荡荡的房间。

他打开手提箱，从里面拿出珂赛特的旧衣物。

他把这些衣物摊在床上。

主教的两支烛台仍摆在壁炉台上。他从一个抽屉里取出两根蜡烛，插进烛台里，并且点燃，尽管这是夏季，天还大亮。只有在停尸的房间，有时会看到大白天还这样点着蜡烛。

他从一件家具到另一件家具，每迈一步都耗尽全身力气，不得不

坐下来，这绝非一般的疲劳，消耗的体力能再恢复，而这是仅余的一点能动力，是衰竭的生命，正一点一滴耗散在不能复始的撑持中。

他挪到镜子前，便倒在一把椅子上。这面镜子，对他是不祥之兆，而对马吕斯则是天赐之物；他曾在镜子里认出印在珂赛特吸墨纸上的反体字迹，现在却认不出自己的相貌了。他年已八旬，但是在珂赛特和马吕斯结婚之前，他看上去也只有五十岁，这一年就等于过了三十年。额上已不是年岁的皱纹，而是死亡的神秘印迹，令人感到那抠进去的无情指甲。他两肋塌下来，面如埋进土里的颜色，嘴角向下撇，酷似古人刻在坟墓上的面具；他的目光凝望半空，流露出责备的神色；他那样子，真像一个悲剧主角在怨恨一个人。

他停留在这种状态，颓丧到了极点，痛苦不再泻动，可以说已经凝结了，绝望在心灵上凝聚成硬块了。

夜色降临。他十分吃力地将桌子和旧扶手椅拖到壁炉旁边；又将纸笔和墨水放到桌子上。

他干完这些事，便一阵昏迷，等苏醒过来，又感到口渴。他提不起水罐，就非常艰难地将水罐搬倾斜了，对嘴喝了一口水。

接着，他转回床铺，因为站不住了，就一直坐着注视黑色小衣裙和所有心爱之物。

这样静观持续几小时，但恍若过了几分钟。突然，他打了个寒战，感到寒气袭来；他两个臂肘撑着桌子，有主教烛台的烛光照亮，他拿起笔。

但是很久没写字了，羽毛管笔尖弯了，墨水也干了；于是，他又要起来，往墨水缸里添几滴水，他这要停几停，坐下两三次，拿起笔只能反用笔尖写字，还不时擦擦额头的汗。

他的手发抖，缓慢地写了以下数行文字：

> 珂赛特：我祝福你。我要向你解释。你丈夫示意我该离去，是有道理的，做得对，但有点误会。他是个杰出的人。等我死后，你要永远爱他。彭迈西先生：你也要永远爱我心爱的孩子。珂赛特，你会发现这张纸的，下面就是我要向你说的话；你会看到数字，如果我还能想起来的话，听我说，这笔钱的确是你的，整个事件是这样：白墨玉产自挪威，黑墨玉产自英国，人造墨玉产自

他的手发抖。

德国。天然墨玉较轻，更珍贵，成本也高。我们法国也能像德国那样仿造。只要一个两寸见方的铁砧，一盏酒精灯用来熔化蜡质。这种蜡从前是用树脂和黑烟灰制成的，成本要四法郎一市斤。我发明一种制法，用虫胶和松脂作原料，成本就降到一个半法郎了，而质量却大大提高了。扣环是紫玻璃用这种蜡胶镶在黑色小铁托上。铁托配紫玻璃，金托配黑玻璃。这类饰品，西班牙大量进口，而那是墨玉的国度……

写到这里就断了，笔从他手指间滑落，他再次从心底发出悲痛欲绝的长嚎，可怜的人双手抱住头，陷入沉思。

"噢！"他在内心中号叫（这种凄惨的哀号，唯独上帝听得见），"这回完了。我再也见不到她的面了。她是在我脸上掠过的一丝微笑。我未能再看她一眼就进入黑夜。噢！哪怕见一分钟，一刹那，哪怕听听她的声音，摸摸她的衣裙，哪怕瞧这天使一眼！然后死了也甘心！死也无所谓，可怕的是，死之前不能见她一面。她会冲我微笑，会对我说两句话。难道这会损害什么人吗？唉！这回完了，永远见不到了。我孤单单一个人。上帝呀！上帝呀！我再也见不到她啦！"

恰巧这时，有人敲门。

四　墨水却还人清白

就在这同一天，说得更准确些，在这同一天晚上，吃罢晚饭，马吕斯刚回到办公室要审阅一份案卷，巴斯克就送来一封信，并说："写这封信的人就在候客室。"

珂赛特挽着外祖父的手臂，在花园里散步。

信如其人，也会有恶俗的外表。纸张粗糙，折叠笨拙，这类信一看就令人反感。巴斯克拿来的就是这样一封信。

马吕斯一接近信，就闻到一股烟叶味，一种气味，比什么都更能唤起人的记忆。马吕斯记想起这种烟味，再看封面上写的："呈送先生，彭迈西男爵先生启。他的公馆。"他辨认出烟味，也就认出笔迹了，可以说，惊诧能闪光。就是这样一道闪光，马吕斯豁然开朗。

嗅觉，这神秘的备忘录，一下子就在他身上唤起一个天地。正是这种纸张、这种折信方式、这样淡淡的墨水，正是这熟悉的笔迹，尤其是这烟味，他眼前就出现了容德雷特的破屋。

这真是天缘凑巧！他百般寻找的两条线索之一，近来还花了大力气，以为永无踪迹了，现在却自动送上门来。

他急不可待，拆开信念道：

> 男爵先生：
>
> 如果上帝给我才能，我本可以成为克（科）学院院士、德纳男爵①，然而我不是。我仅仅和他同姓，提起此人，我如能得到你的照佛（拂），那就不剩（胜）心（欣）喜。您对我的会（惠）顾必得回报。我掌握一个人的秘密。此人又与您有关。我打算将这秘密提共（供）给您，希望能有幸对您有所帮助。我向您提共（供）这一简便方法，将此人从贵府赴（赶）走，此人无权住在贵府，男爵夫人出身高贵，道德的圣地长期和罪恶共处，就不能不糟（遭）受捐（损）害。
>
> 我在候客官（室）等侍（待）男爵先生的命令。
>
> 恭颂
>
> 大安

这封信署名为"德纳"。

署名不假，只是缩短了。

此外，信中不知所云，又别字连篇，终于暴露无遗。身份证已经齐备，无可怀疑了。

马吕斯异常激动。他先是一惊，后又一喜。但愿现在能找见他所寻觅的另一个人，他马吕斯的救命恩人，他就别无希求了。

他拉开写字台的抽屉，拿出几张钞票，推上抽屉就拉铃。巴斯克将门打开一条缝儿。

"让他进来。"马吕斯说道。

巴斯克便通报："德纳先生。"

一个男子走进来。

---

① 德纳男爵（1777—1852）：实有其人，法国化学家，1810年当选为科学院院士。

马吕斯又是一惊：进来的人完全是陌生的。

此人不仅年老，还长了个大鼻子，下巴插在领带里，戴一副绿色眼镜，还加上双层绿绸的遮光檐儿；头发光滑，直齐眉梢儿，颇似英国"上流社会"① 车夫的假发。他的头发已经花白。他从头到脚一身黑色穿戴，相当破旧，但是很干净；一条带小装饰物的链子从坎肩兜里出来半截，令人猜想兜里装着怀表。他手里拿着一顶旧帽子，走路驼着背，深深一躬下去，背弯得更厉害了。

一照面最初的印象，就是这人衣裳太肥大，虽然整齐扣上了纽扣，还是不合他的身。

这里有必要讲几句题外话。

巴黎博特莱伊街兵工厂附近，有一个臭名昭著的旧宅子，当时住着一个精明的犹太人，他的行业就是将一个坏蛋化装成好人。不用花多长时间，否则坏蛋会感到难堪。换上一套类似体面人的服装，外表明显变了，可以乔装打扮一两天，每天付三十苏钱。这个出租服装的人名叫"变换商"，巴黎扒手们不知他的真名实姓，就送给他这个绰号。他的化妆室服装相当齐全，给人乔装打扮的衣裳也还像样，适合各种职业和等级，分别挂在店铺的钉子上，虽然已经破旧了，却能代表一定的社会地位：这儿是行政长官的服装，那儿是神甫的教袍，那儿又是银行家的服装，在一个角落里挂着退伍军人的便服，而另一处则是文人的服装，再远一点有政界人士的服装。此人是骗术在巴黎演出的大型戏剧的服装师。他的破屋正是窃贼和骗子上下场的后台。一个衣衫褴褛的坏蛋走进来，放下三十苏，按照他今天要扮演的角色，挑选一套服装换上，再下楼时，坏蛋摇身一变而成为人物了。第二天，一套行头又原物送回。这个"变换商"什么都可以交给窃贼，却从来没有被拐跑过。这些服装有一个缺陷，大小都"不合身"，既然不是定做的，穿上不是太瘦就是太肥，没有一个人穿着合身的。凡是比普通身材高大或矮小的坏蛋，穿上"变换商"的衣服都感到不舒服。不能太肥，也不能太瘦。"变换商"只考虑普通身材，他随便找一个既不胖也不瘦，既不高也不矮的乞丐来量体裁衣。因此，要求合身有时很难，"变换商"的那些主顾就只能尽量将就了。特殊身材，那就活该倒霉！

---

① 原文为英文。

就拿政界人士的服装来说，上下一身衣，倒是合乎规矩，然而皮特①穿上嫌太肥，加特尔西卡拉②穿上又嫌太瘦。在"变换商"的目录中，称作政界人士服装的说明，我们照录如下："黑呢上衣一件、黑呢皮裤一条、丝绸坎肩一件、皮靴和衬衣。"旁边还注明："从前的大使"。还有说明，我们也照录出来："在另外一个盒子里，装有一副烫得整齐的假发、一副绿色眼镜、一条带小饰物的表链、两根裹着棉花的羽毛寸管。"这一套行头符合政客，从前大使的身份。可以说，这套服装相当旧了：线缝儿已发白，臂肘有个扣子大小的破洞，隐约可见，而且，胸前还缺一颗扣子；不过，这是小小不言的事，须知政客的手总放在胸前，就是要遮住礼服上缺扣子的地方。

如果马吕斯熟悉巴黎的这种神妙的变身术，他就会当即看出，巴斯克带进的客人那身政客装束，正是从"变换商"挂钩那儿租来的。

马吕斯看见来者并非他所期待的人，不禁感到失望，态度便转而冷淡了。就在来客深深鞠躬的时候，马吕斯从头到脚打量他，口气生硬地问道："您有什么事？"

那人要回答先咧咧嘴媚笑一下，酷似鳄鱼的谄笑：

"我觉得在社交界，我已经同男爵先生幸会过，不可能无此荣幸。我想，尤其应当提到几年前，在巴格拉西翁王妃府上，以及在法兰西贵族院议员，唐勃雷子爵大人的沙龙里见过面。"

这是无赖惯用的伎俩，装作认识一个不相识的人。

马吕斯注意听这人讲话，捕捉他的口音和动作，但是越发失望了：这浓重的鼻音，同他预料的尖刻的嗓音截然不同。他如坠五里雾中。

"我既不认识巴格拉西翁夫人，也不认识唐勃雷先生。"他说道，"我从未踏进过这两位的府门。"

回答没有好气儿。那人仍然媚态可掬，坚持说道：

"那就是在夏多布里盎的府上，我见过先生！我同夏多布里盎过从甚密。他非常和气，有时对我说：德纳，我的朋友……您不想同我干一杯吗？"

马吕斯的神情越来越严峻：

---

① 皮特（1708—1778）：英国政治家。
② 加特尔西卡拉：那不勒斯王国驻巴黎大使，1832年死于霍乱。

"受到夏多布里盖先生的接待？我从来没有这份儿荣幸。简单说吧，您有什么事？"

那人听这口气更加生硬，就更加深鞠一躬。

"男爵先生，请耐心听我说。在美洲巴拿马附近的地方，有个叫若雅的村子。全村只由一座房子构成。一座四层的方形大楼房，用太阳晒干的土坯建造的，每一边五百尺长，每上一层缩进十二尺，这样，每层周围都有平台，正中是内院，囤积粮食和武器，没有窗户，但有枪眼，也没有门，但有梯子，爬梯子从地面上到二层平台，再从二层上到三层，从三层上到四层，然后再顺着梯子下到内院；房间没有门，只有翻板，房子里没有楼梯，只有梯子；夜晚关死翻板，撤走梯子，土枪和马枪都架在枪眼上，根本无法进入；白天是一座房子，晚上是一座堡垒，全村八百居民，就是这样生活。为什么这样小心呢？因为那是一个危险的地方，有许多吃人的人。那么，人为什么要去那种地方呢？因为那是宝地，能开采出黄金。"

"您究竟要说什么？"马吕斯从失望到失去耐心，打断他的话。

"是这样，男爵先生。我这个干累了的老外交官，厌恶了陈旧的文明，想过过野蛮人的生活。"

"这又怎么样？"

"男爵先生，自私是人世的法则。无产的雇农看见驿车驶过，就要回头望去，而在自己田里干活的农妇就不回头张望。穷人的狗对富人叫，富人的狗对穷人叫。人人为己嘛。财货是人追求的目的。黄金，就是磁石。"

"还有什么？快点收尾。"

"我很想去若雅那里去落脚。我们一家三口，我妻子和女儿，那是个很漂亮的姑娘，旅途很长，旅费又贵。我缺点儿钱。"

"这同我有什么关系？"马吕斯问道。

陌生人从领带里探出脖子，极像秃鹫的动作，他又加倍微笑回答道："怎么，男爵先生没有看到我的信吗？"

这话说中了几分。信的内容，还真从马吕斯眼前滑过去了，他只顾注意笔迹，却忽略了写的什么，几乎想不起来了。这会儿，一个新情况又唤醒他，引起他的注意：我妻子和女儿。他以敏锐的目光审视这个陌生人，比法官看得还仔细，简直不放过一丝一毫，他只是回答一句："说明白点儿。"

那陌生人将两手插进坎肩兜里，抬起头来，但是并不挺起脊背，他那透过眼镜的绿目光也在端量马吕斯。

"好吧，男爵先生，我说明一下。我有个秘密向您出售。"

"一个秘密！"

"一个秘密。"

"同我有关？"

"有点儿关系。"

"什么秘密？"

马吕斯听那人说话的时候，越来越注意观察他了。

"我先无偿提供点情况，"陌生人说，"看看能不能引起您的兴趣。"

"说吧。"

"男爵先生，贵府上有个盗贼和杀人凶手。"

马吕斯惊抖一下。

"在我家里？不会。"他说道。

陌生人镇定自若，用臂肘掸掸帽子，接着说道：

"杀人凶手和盗贼。要注意，男爵先生，我在这里说的不是过时的、失效的旧事，不是在法律面前一宣布，在上帝面前一忏悔，就能一笔勾销的，我说的是近来的事，目前的事，此刻还没被司法发现。我说下去。这个人溜进您的信任圈儿里，几乎溜进您的家庭，他用的是假名，真名我可以告诉您，而且分文不取。"

"我听着呢。"

"他叫冉阿让。"

"我知道。"

"我还要无偿告诉您他是谁。"

"说吧。"

"他是个老苦役犯。"

"我知道。"

"您是因为我荣幸地告诉您才知道的。"

"不是。我早就知道了。"

马吕斯冷淡的口气，两次"我知道"的回答，话语简短而显得不愿交谈，这不免煽起陌生人的一点暗火。他那悻悻的目光偷偷瞥了马吕斯一下，随即又熄灭了。这种目光不管多么短促，只要见过一次的人就能认出来，自然也没有逃过马吕斯的眼睛。某种火光只能发自某些灵魂，而思想的通风口——眼珠就会烧红，眼镜根本遮掩不住，无异往地狱门前放一块玻璃。

陌生人微笑着又说道：

"我不敢驳斥男爵先生。不管怎么说，您应当明白，我是了解内情的。现在我要告诉您的情况，唯独我知道。这事关系到男爵夫人的财产。这是一个异乎寻常的秘密，准备出售。首先找您这个买主。价钱便宜。两万法郎。"

"这秘密同其他秘密一样，我全知道。"

那人感到有必要降点价：

"男爵先生，给一万法郎吧，我就说出来。"

"再说一遍，您没有什么可告诉我的。您要说什么我知道。"

那人眼里又掠过一道闪光，他高声说道：

"今天我总得吃晚饭啊。跟您说，这是个异乎寻常的秘密，男爵先生。我说了，给我二十法郎吧。"

"我知道您这异乎寻常的秘密，就像我早就知道冉阿让这个名字，也像我知道您的名字一样。"

"我的名字？"

"对。"

"这并不难，男爵先生，我荣幸地在给您的信中署上，还当面对您讲了：德纳。"

"第。"

"什么？"

"德纳第。"

"他是谁？"

碰到危险，箭猪会浑身竖起尖刺，金龟子会装死，老看守会拉开架势，而那人却哈哈大笑。

接着，他又用手指弹去衣袖上一点灰尘。

马吕斯继续说：

"您也是工人容德雷特，戏剧家法邦杜，诗人尚弗洛，西班牙人唐·阿尔瓦雷兹，又是妇人巴利扎尔。"

"什么妇人?"

"您曾在蒙菲郿开过小客栈。"

"小客栈!绝没有那事儿!"

"我对您说,您就是德纳第。"

"我否认。"

"您还是个无赖,拿着。"

马吕斯说着,从兜里掏出一张钞票,摔到他脸上。

"谢谢!对不起!五百法郎!男爵先生!"

那人大惊失色,急忙鞠躬,抓住钞票看个仔细。

"五百法郎!"他惊讶地又说道,随即又结结巴巴地咕哝一句:

"一张真的大票子!"

继而,他突然又提高嗓门儿:

"好吧,我们就放松放松吧。"

说着,他像猴子一样灵活,头发往后一抛,摘下眼镜,从鼻孔里拔出两根羽毛管,收了起来;这两根羽毛管,我们在本书的另一页已经见到。他就像摘下帽子一样摘下面具。

他的眼神亮起来,起伏不平,疙里疙瘩的额头也露出丑陋的皱纹,鹰钩鼻子又恢复原状,这个悍匪便现出凶残狡诈的真面目。

"男爵先生真是明察秋毫,"他说道,而声音当即清晰,毫无鼻音了,"我就是德纳第。"

他那驼背也伸直了。

确实是德纳第,他诧异到了极点,如果可能的话,他还会惊慌失措。他前来要让人大吃一惊,不料自己却吃了一惊。他丢了面子,也得到五百法郎的补偿,不管怎样他认栽了,但他还是大惑不解。

他尽管化了装,还是头一次见到彭迈西男爵,却让彭迈西男爵认出来,而且让人家完全掌握了底细。这位男爵不仅了解德纳第,似乎还了解冉阿让的情况。这个还没有怎么长胡子的青年,究竟是什么人?他如此冷淡,又如此慷慨,他知道别人的名字,知道别人所有名字,能够慷慨解囊,痛斥骗子俨如法官,而赏给他们钱又像上当的傻瓜。

我们还记得,德纳第虽然曾与马吕斯为邻,却从未见过他,这在巴黎是常有的事。当初,德纳第恍惚听女儿提起过,楼里还住一个很穷的青年,名叫马吕斯;我们知道,他还给那青年写过信。然而在他的思想里，怎么也不可能将那个马吕斯和这个彭迈西男爵扯在一起。

至于彭迈西这名字，我们还记得在滑铁卢战场上，德纳第只听到最后两个音，他一直轻蔑这简单的一声道谢①，也是理所当然的。

不过，2月16日那天，他让阿兹玛跟踪新娘夫妇，还亲自搜索，终于了解不少情况，从他那黑暗的深处不止抓住一条秘密线索。他要尽手腕才发现，至少极尽推理才推测出，那天他在大阴沟里碰到的是什么人。他从那人很容易推测到名字。他知道彭迈西男爵夫人就是珂赛特，但在这方面，他还是要谨慎从事。珂赛特是谁呢？他还说不准，仿佛是个私生女，他总觉得芳汀的身世可疑，可是何必讲出来呢？他保持沉默希图报酬吗？这算什么，他掌握，或者自以为掌握卖价更高的秘密。可想而知，毫无证据就跑来向彭迈西男爵披露："尊夫人是私生女"，这样的告密者，只能招来那位丈夫的一顿拳脚。

德纳第认为，他同马吕斯的谈话还没有开始。刚才他不得不退却，改变战略，放弃一个阵地，换个战线；其实，主力还没有损失，他兜里已经有五百法郎垫底了。再者，他还有举足轻重的话要讲，即使对付深知内情又全副武装的彭迈西男爵，他也感到自己是强者。在德纳第这类人看来，任何对话都是一场较量。在即将展开的这场较量中，他的处境如何呢？他不知道谈话的对手是谁，但是知道自己要谈的事情。他在心中迅速地检阅了自己的力量，说了一句"我就是德纳第"，便等待对方的反应。

马吕斯还在思考。他终于抓到了德纳第。他万分渴望找到的这个人，现在就在眼前。他可以履行彭迈西上校的遗嘱了。这位英雄欠了这个匪徒的情，马吕斯感到耻辱，而且至今没有兑现他父亲从坟墓里给他开出的汇票。他面对这个德纳第，思想也处于复杂的状态，他认为上校不幸被这样的坏蛋所救，在报恩的同时也应为上校雪耻。不管怎样，他还是高兴的，终于能使上校的幽魂摆脱这个卑鄙的债权人，他也觉得能将对父亲的怀念从债务的牢笼里解救出来了。

除了这一职责，他还有一个责任，如果可能的话，要弄清珂赛特财产的来源。机会似乎摆到面前。也许德纳第了解一点内情。有必要探探这个人的底。就从这里下手。

---

① "彭迈西"后两个音"迈西"，法文中与"谢谢"同音。

德纳第将"大票子"深藏到坎肩兜里，几乎带着几分温情注视马吕斯。

马吕斯打破沉默：

"德纳第，我说破了您的姓名。您掌握的秘密，您来告诉我的事情，现在要我对您说一说吗？我也有我的情报。您马上就会看到，我了解的情况比您多。冉阿让，正如您讲的，是个杀人凶手和盗贼。说他是盗贼，是因为他抢劫了一个富有的厂主马德兰先生，把人家弄破产了。说他是杀人凶手，是因为他杀了警察沙威。"

"我不明白，男爵先生。"德纳第说道。

"这就让您明白。听着。大约在1822年，在加来海峡省的一个地区，有个叫马德兰先生的人。从前同司法机构有点过节，后来改过自新，恢复了名誉。这个人成为一个十全十美的义人。他靠技艺生产人造墨玉，使整个城市富起来。当然，他本人也发了财。但这是附带的，可以说是偶然的。他是穷人的衣食父母。他创建医院，开办学校，探望病人，给姑娘嫁妆钱，救济寡妇，收养孤儿，他就像那地方的监护人。他谢绝了授给他的勋章，他被任命为市长。一个刑满释放的苦役犯知道这个人从前判过刑的隐私，便揭发了他，并让人把他抓起来，然后乘机来到巴黎拉斐特银行——这是出纳员本人向我提供的情况——模仿签字，冒名取走了马德兰先生的五十多万法郎的存款。窃取马德兰先生钱财的苦役犯，正是冉阿让。至于另一件事实，您也没有什么可向我提供的。冉阿让杀了警察沙威；他是用手枪把人打死的。我敢对您说这话，当时我在场。"

德纳第瞥了马吕斯一眼，那神气就像一个战败的人又抓住胜利的机会，转眼间把丧失的地盘夺回来。而且，他又立刻恢复笑脸，但是像下级对上级那样，得意的神情有所节制，德纳第只对马吕斯说了一句：

"男爵先生，咱们走入歧途了。"

他要强调这句话，特意将饰物链捻了一圈。

"什么？"马吕斯又说道，"您想反驳吗？这可是事实。"

"这是幻象。我有幸得到男爵先生的信任，就有责任指出这一点。首要的是真相和正义。我不愿意看见有人不公正地指控别人。男爵先生，冉阿让根本没有窃取马德兰先生的钱财，冉阿让也根本没有杀害沙威。"

"岂有此理！怎么这么说呢？"

"这么说有两个原因。"

"哪两个？说吧。"

"第一，他没有劫夺马德兰先生，因为，冉阿让本人就是马德兰先生。"

"您说什么呢？"

"第二，他并没有杀害沙威，因为，杀死沙威的人，正是沙威自己。"

"您要说什么？"

"我要说，沙威是自杀的。"

"拿出证据！拿出证据！"马吕斯怒不可遏地嚷道。

德纳第又一字一顿说了一遍，就像朗诵十二音节的古诗：

"警—察—沙—威—被—发—现—溺—死—在—兑—换—所—桥——条—船—下。"

"拿出证据来！"

德纳第从外套大兜里掏出一个灰色大信封，里面好像装有一些折叠成大小不等的纸张。

"我也有材料。"他平静地说道。

他又补充说道：

"男爵先生，为了您的利益，我深入调查了我那位冉阿让。我说冉阿让和马德兰是同一个人，还说沙威除了他自己，没有别的杀害他的人，我这样说，全有证据。不是手写的证据，手写的材料是可疑的，是为了帮忙特意定的，我这证据是印刷品。"

德纳第边说边从信封里掏出两份破旧发黄、有刺鼻的烟草味的报纸。其中一份显得更旧，折纹全断裂，还往下掉碎片儿。

"两件事实，两个证据。"德纳第说着，就把两份打开的报纸递给马吕斯。

这两份报纸读者都知道。一份更旧的，是 1823 年 7 月 25 日的《白旗报》，我们在本书第三卷第一百四十八页①看到的报道，证实了马德

---

① 这里指本书初版的页数。事见第二部第二卷第一章"24601 号变成 9430 号"。

兰先生和冉阿让是同一个人。另一份是 1832 年 6 月 15 日的《公报》，上面登了沙威自杀的消息，还援引了沙威向警察署长所作的口头汇报，说他在麻厂街街垒里被俘，但是多亏一个暴动者的宽宏大量才保住命，那人把他押出去执刑，并没有瞄准他的头，而是朝天开了一枪。

马吕斯看了报。事情很明显，日期确切，证据也确凿无疑，这两份报纸印出来，并不是特意为了证明德纳第的说法；而且，《公报》上所刊登的消息，又是警察总署官方提供的。马吕斯不能怀疑。那个出纳员所提供的情况是假的，他本人也弄错了。冉阿让赫然变得高大起来，高出云端。马吕斯禁不住欢叫一声：

"这么说来，这个不幸者是个令人敬佩的人！这笔财富的的确确是属于他的！他就是马德兰，是一方的保护人！他就是冉阿让，是沙威的救命恩人！他是个英雄！一个圣徒！"

"他既不是圣徒，也不是英雄！"德纳第说道，"他是杀人凶手，是盗贼！"

他讲话带点权威的语气了，还补充一句："咱们得冷静下来。"

盗贼、杀人凶手这些字眼，马吕斯以为消失了，不料又卷土重来，好似一盆冷水浇在他头上。

"怎么又来啦！"他说道。

"躲不开，"德纳第又说道，"冉阿让没有劫夺马德兰，但照样还是盗贼；他没有杀害沙威，但照样还是杀人凶手。"

"您是不是指四十年前那件可悲的偷窃案？"马吕斯问道，"就从您这报纸也能看出，他一生痛悔，克己利人，修德赎罪了。"

"我说杀人和抢劫，男爵先生；我再重复一遍，我指的是近来的事。我要向您透露的情况，绝对没人知道，也从未听说过。也许您能发现，冉阿让以高明的手段赠给男爵夫人财产的来源；我说手段高明，就是因为他通过这样的赠款，就钻进一个高贵的家庭里来享福，享受抢来的钱，隐藏起自己的罪恶，隐姓埋名，为自己建起一个家庭，这种做法不能算太笨拙。"

"我本可以在这里打断您的话，"马吕斯指出，"不过，您还是讲下去吧。"

"男爵先生，我全告诉您，酬劳多少全凭您赏赐了。这个秘密可值大量黄金呢。您会问我：'为什么你不去找冉阿让？'这原因很简单，我知道他放弃了这笔钱财，转交给您了，我觉得这事策划得很巧妙，可是他一个铜子也没有了。我去找他，也只能看到一双空手，然而，我前往若雅需要旅费，找他还不如找您，他一无所有，而您什么都有了。我有点儿累，请允许我坐一坐。"

马吕斯坐下，并示意他也坐下。

德纳第坐到一张软垫椅子上，拿起那两份报纸，又装回信封里，同时用指甲敲着《白旗报》，小声咕哝道："这一份，我可是费了九牛二虎之力才弄到手。"接着，他往椅背上一靠，跷起二郎腿，这种姿势正是说话把握十足的人所特有的，然后才进入正题，一本正经又字字加重语气地说道：

"男爵先生，大约一年前，1832 年 6 月 6 日，在暴动的那天，在巴黎大阴沟里，就是在残废军人院桥和耶拿桥之间，大阴沟在塞纳河的出口处，有那么一个人。"

马吕斯突然把椅子往德纳第这边靠了靠。德纳第注意到这个动作，于是他慢条斯理，就像一个能言善辩的人抓住对方，并感到对方听着他的话时的悸动：

"这个人不得不躲藏起来，但不是政治原因，他把阴沟当做住所，并且还有一把门钥匙。我再说一遍，那天是 6 月 6 日，大约晚上八点钟，这人听见阴沟里有响动，他十分诧异，便蜷缩在角落里窥伺。听似脚步声，黑暗中有人朝他这边走来。怪事，这阴沟里除了他，另外还有一个人。阴沟出水口的铁栅门离此不远，他借着从门口射进来的一点亮光，看见来人背着东西，弯着腰往前走。弯腰走路那人从前是苦役犯，他肩头背的是一具死尸。一个不折不扣的现行杀人犯。至于抢劫，那是不言而喻的，谁也不会无故行凶。那个苦役犯要将尸体投进河里。有一点需要说明：那苦役犯是从阴沟远处来的，肯定遇到了可怕的泥坑，才来到这铁栅门口，因此，他本可以将尸体丢进泥坑里，可是第二天，工人疏通阴沟，就可能在泥坑里发现遇害者，凶手不愿意发生这种情况，宁肯背着重负蹚过泥坑，他一定卖了死力气，冒了极大的生命危险；至今我也不明白，他是怎么从那里活着出来的。"

马吕斯的椅子又靠近一点儿。德纳第趁机长出了一口气，又继续说道：

"男爵先生，一条阴沟可不是演武场，那里什么都缺，连地方都缺。两个人在里面，就得狭路相逢。这情况果然发生了。住户和过路人虽不情愿，还是不得不彼此问好。过路人对住户说：'你瞧，我背着东西，总得出去，你有钥匙，给我用一用。'这个苦役犯力大无比，可不敢拒绝他。不过，拿钥匙的人讨价还价，只为了拖延时间；他察看死者，但是看不清楚，只能看出那是个青年，穿戴讲究，像个富人，满脸是血，面目模糊了。他一边谈话，一边设法撕下死者外衣的一块后摆，而没有让凶手觉察。一个物证，您明白吧，用这可以重新抓住线索，证明凶手有罪。他将那个物证揣进兜里，然后打开铁栅门，放出那人及其背上的重负，又关上门就逃开了，不想进一步牵连到这个案件中，尤其不想在凶手往河里扔尸体时成为目击者。现在您应当明白了，背死尸的人，正是冉阿让，而有钥匙的人，此刻正在同您谈话，撕下来的那片衣襟……"

德纳第说完这番话，便用双手的拇指和食指，从衣兜里掏出布满暗斑的黑呢布片，举到眼睛一般高。

马吕斯站起身，他脸色苍白，几乎停住呼吸，一言不发，眼睛盯住黑呢布片，一步步退至墙根，右手伸到身后，摸索墙壁，寻找壁炉旁边柜橱锁眼上插的钥匙，摸到钥匙便打开柜橱门，不用看就伸进手臂，而他惊愕的目光始终不离德纳第抖开的布片。

这时，德纳第继续说：

"男爵先生，我有充分理由认为，那个遇害的青年人是个外国阔佬，携带巨款，被冉阿让诱入圈套。"

"那青年就是我，衣裳就在这里！"马吕斯嚷道，把一件血迹斑斑的黑色旧衣服扔到地板上。

接着，他一把夺过德纳第手里举着的布片，蹲下来，将布片拼在衣摆的缺口上，裂缝儿完全吻合，正好拼成一件完整衣服。

德纳第呆若木鸡，他心中暗道："这下我赔了老本儿。"

马吕斯站起来，他浑身颤抖，既汗颜无地，又喜形于色。

他气愤地走向德纳第，同时伸手摸衣兜儿，抓出一把五百和一千法郎的票子，握成拳头举到他面前，几乎碰到他的脸：

"你这无耻的家伙！你说谎，诽谤，无恶不作。你来诬告这个人，反而为他洗脱罪名；你要陷害他，反而赞扬了他。你才是盗贼！你才是凶手！我见过你，德纳第·容德雷特，就在济贫院环城大道的那间破屋里。关于你，我所了解的情况，足以把你打发到苦役场，甚至更远的地方，如果我愿意的话。这是一千法郎，拿着，你这恶棍！"

他说着，就把一千法郎的钞票掷给德纳第。

"哼！容德雷特·德纳第，你这狗东西！这回让你好好受一次教训，出卖机密的旧货贩子，兜售秘事的奸商，专门搜寻黑暗东西的家伙，无耻之徒！拿着这一千五百法郎，从这儿滚出去！滑铁卢保了你。"

"滑铁卢！"德纳第咕哝一声，他将五百和一千法郎揣进兜里。

"对，杀人凶手！你在那儿救了一位上校的命……"

"是一位将军。"德纳第说着，又扬起头来。

"一位上校！"马吕斯又怒气冲冲地说，"若是一位将军，我一个铜子儿也不给。你来这里，专门血口喷人！告诉你，什么罪行你都犯过。滚！滚得远远的！但愿你能幸福，这是我的全部希望。哼！魔鬼！这还有三千法郎，全拿着。明天你就动身，带你女儿去美洲，其实你老婆死了，可恶的骗子！我要监视你启程，强盗，到那时，我再给你两万法郎，滚到别的地方找死去吧！"

"男爵先生，"德纳第一躬到地，说道，"一生感谢不尽。"

德纳第告辞出来，心中莫名其妙，身子受这金钱的甜美压力，头顶受这钞票的轰击，他真是又惊又喜。

他真像遭了雷击，晕头转向，但也心甘情愿，如果头上有个避雷针，他反倒深感遗憾了。

还是马上把这人的事情交代完毕。上述事件发生之后两天，在马吕斯的安排下，他更名改姓，揣上到纽约兑现的两万法郎的汇票，带着阿兹玛启程去美洲了。德纳第这个失意的资产者道德沦丧是不可救药的。他从欧洲到美洲，还依然故我。同一个恶人打交道，好事往往办成坏事。德纳第用马吕斯这笔钱去贩卖黑奴了。

等德纳第一走，马吕斯就跑到花园，见珂赛特还在散步。

"珂赛特！珂赛特！"他喊道，"来！快来！一道出去。巴斯克，叫一辆马车！珂赛特，来呀，噢！上帝啊！是他救了我的命！一分钟也不要耽误，快戴上你的头巾。"

珂赛特以为他疯了，但还是顺从了。

他喘不过气来，用手捂住心口，要抑制心跳。他大步走来走去，抱住珂赛特亲吻："噢！珂赛特！我真是个不仁不义的人！"他说道。

马吕斯万分激动，他恍惚看见，冉阿让变成无比高大的悲苦形象。一种前所未闻的美德在他眼前显现，至高无上而又十分温和，高大中又透出谦卑。这名苦役犯圣化为基督了。马吕斯被这奇迹弄得眼花缭乱，他说不准看见了什么，只知道非常伟大。

不大工夫，出租马车来到门前。

马吕斯扶珂赛特上了车，自己也跟着跳上去。

"车夫，"马吕斯说道，"武人街七号。"

马车出发了。

"啊！太叫人高兴啦！"珂赛特说道，"我都不敢向你提这事儿了。我们去看望让先生。"

"是你父亲，珂赛特！他比以往任何时候都更应该是你的父亲。珂赛特，我猜想出来了。你对我说，你根本没有收到我派伽弗洛什给你送的那封信。信肯定落到他手中了。他去街垒就是为了救我。他既然发愿要修成天使，也就顺便救了别人，他救了沙威。他把我从深渊里拖出来交给你。他背着我走过可怕的阴沟。噢！我是个忘恩负义的小人。珂赛特，他保护了你，然后又保护了我。想想看，那阴沟有一段可怖的洼地，有上百条命都可能淹死在泥水中，珂赛特，他却把我背过去了。当时我昏迷不醒，既看不见，也听不见，一点也不知道自己处于什么危险境地。我们去接他，接回来和我们住在一起，他愿意不愿意，也不能再离开我们了。但愿他在家里！但愿我们能找到他！从今往后，我要终生敬重他。对，事情就应该这样，明白吗，珂赛特？伽弗洛什把信交到他手里了。全都弄清楚了。你明白了吧！"

珂赛特一句也没听明白。

"你说得对。"珂赛特对他说。

这工夫，马车继续行驶。

五　黑夜后面有光明

冉阿让听见有人敲门，就转过头去。

"进来。"他声音微弱地说道。

房门打开了，珂赛特和马吕斯出现在门口。

珂赛特冲进屋。

马吕斯站在门口，身子靠着门框。

"珂赛特！"冉阿让叫了一声，他从椅子上直起身，颤抖着张开双臂，只见他神情惶恐，脸色惨白，样子可怖，但是那目光却充满无限的喜悦。

珂赛特因激动而透不过气来，她倒在冉阿让的怀里。

"父亲！"她叫了一声。

冉阿让心慌意乱，结结巴巴地说：

"珂赛特！是她！是您，夫人！是你呀！上帝啊！"

他被珂赛特紧紧抱住，高声说道：

"是你呀！你来啦！你原谅我啦！"

马吕斯垂下眼睑，防止眼泪流下来，他上前一步，嘴唇因强忍哭泣而抽动，只是轻轻叫了一声：

"我的父亲！"

"您也同样，原谅我啦！"冉阿让说道。

马吕斯一句话也说不出来，冉阿让则补充一句：

"谢谢。"

珂赛特拉下披肩，连同帽子扔到床上。

"这东西碍事。"她说道。

她坐到老人的膝上，以娇憨的动作将他的白发分开，亲吻他的额头。

冉阿让精神恍惚，任由她摆布。

珂赛特加倍亲昵爱抚，就好像要替马吕斯还债，但她只是模模糊糊明白一点儿。

冉阿让讷讷说道：

"人多傻呀！我还以为再也见不到她了呢。您想想看，彭迈西先生，就在你们进楼的时候，我还在想：完了。这就是她的小衣裙，我真是个不幸的人，再也见不到珂赛特了。我这样想的时候，你们正上楼梯。我有多愚蠢！人就是这么愚蠢！考虑问题不想着慈悲的上帝。慈悲的上帝说：你以为别人都把你抛弃了，傻瓜！不会的，不会的，事情不会是这样。喏，这里有位可怜的老人需要天使。天使就来了；又见到自己的珂赛特，又见到自己的小珂赛特！噢！这段时间我真痛苦啊！"

他说不下去了，停了半晌才继续说道：

"我真的需要隔段时间看看珂赛特。一颗心，总得有点寄托。然而，当时我又感到我是多余的人。我找理由说服自己：他们并不需要你，还是待在你的角落里吧，谁也没有权利总赖着不走。啊！感谢上帝，我又见到她的面啦！珂赛特，你丈夫很漂亮，你知道吗？嘿！你这绣花领子很美，好极了，我喜欢这种花案。是你丈夫挑选的，对吗？还有，你应当多预备几条开司米围巾。彭迈西先生，请让我称她'你'吧，这不会有多久了。"

珂赛特接口说：

"您就这样丢下我们，也太狠心啦！您究竟去哪儿啦？为什么走这么久？从前您每次出门顶多三四天。我打发妮科莱特来问，回去总是这句话：他不在。您是什么时候回来的？为什么不告诉我们呢？您知道您变化很大吗？噢！讨厌的父亲！他生了病，还不让我们知道！喏，马吕斯，摸摸他的手，有多凉啊！"

"你们总算来啦！彭迈西先生，你原谅我啦！"冉阿让重复道。

马吕斯又听见冉阿让这样说，心中汹涌的话语便找到个出口，奔泻出来：

"珂赛特，你听见了吗？他到了这种程度！还要我原谅他。珂赛特，你知道他是怎么对待我的吗？他救了我的命。不仅如此，他还把你给了我。他救了我之后，把你给了我之后，珂赛特，他又是怎么处理自己的呢？他牺牲了自己。他就是这样的人。而对我这样一个知恩不报的人，忘恩负义的人，无情的人，有罪的人，他还要说：谢谢！珂赛特，我一辈子匍匐在这人脚下，也报答不完。那街垒、那阴沟、那熔炉、那污泥坑，他全闯过去了，为了我，也为了你，珂赛特！他背着我，通过所有那些绝地，他冒着生命危险，将死神从我身边推开。所有勇敢、所有美德、所有英雄精神、所有圣洁，他无不具备！珂赛特，这个人，就是天使！"

"嘘！嘘！"冉阿让悄声说，"为什么要提这些呢？"

"可是您呢！"马吕斯怀着敬重的心情生气地说，"为什么您不提这些呢？这也是您的过错。您救了人家的命，却瞒着人家！您尤其不应该借口揭露自己，就大肆诽谤自己。这太过分啦。"

"我讲了真话。"冉阿让回答。

"不对，"马吕斯又说道，"要讲真话，就得讲全部真话，而您没有做到。您就是马德兰先生，为什么没有讲呢？您救了沙威，为什么没有讲呢？您也是我的救命恩人，为什么没有讲呢？"

"就因为我同您想到一处。当时我认为您有道理。我确实应该离开。您若是知道了阴沟这件事，就肯定要把我留在你们身边；因此我应当缄口不言。我若是讲出来，就全妨碍了。"

"妨碍什么！妨碍谁？"马吕斯反驳道，"难道您还想留在这里吗？我们要把您带走。噢！上帝啊！真想不到，我还是偶然得知这些情况的！我们要把您带走。您是我们家的一员。您是她的父亲，也是我的。在这破屋里，您一天也不能多待。不要以为明天您还会在这里。"

"明天，"冉阿让说道，"我不会在这里，但是也不会在你们那里。"

"您这话是什么意思？"马吕斯问道，"告诉您，我们不允许您再去旅行，不让您再离开我们。您是我们的人，我们决不放您走。"

"这回呀，可是说到做到，"珂赛特帮腔说，"我们雇的车就在楼下。我要把您劫走，必要的话，我就动用武力。"

她笑着张开手臂，做出要抱起老人的动作。

"家里一直给您留着房间，"她继续说道，"您哪儿知道，现在花园有多美！杜鹃非常喜欢来到园里。小径都铺上了河沙，沙中有紫色小贝壳。您能吃到我的草莓，那是我浇水侍弄的。再也没有什么夫人，再也没有什么让先生了，我们生活在共和国，大家都以'你'相称，对吧，马吕斯？生活的规则改变了。您可不知道，父亲，我有过一件伤心事：一只红喉鸟在墙洞做了窝，不料被一只凶狠的猫吃掉了。我那可怜的美丽红喉小鸟，还把头伸在窗口望着我！我为它流了不少泪，真想杀了那只猫！不过，现在谁也不哭了，大家都欢笑，大家都幸福。您同我们一道回家。外祖父该有多高兴啊！花园里给您留一小块地，由您管理，看您的草莓是否跟我的长得一样好。还有，我事事都依从您，还有，您得好好听我的话。"

冉阿让听而不闻。他只听见她美妙的声音，却未听出她这番话的意思；只见他眼里慢慢漾出一大颗泪珠，那正是灵魂的幽暗珍珠。他喃喃说道：

"事实证明，上帝是仁慈的，她这不来了。"

"父亲！"珂赛特叫他。

冉阿让继续说：

"一点不错，在一起生活该有多好。树上落满了鸟儿。我可以和珂赛特去散步。活在世上，相互问好，在园子里相互召唤，这有多甜美啊。一早起来就能见面。我们每人侍弄一块园地。她摘了草莓给我吃，我也让她折我的玫瑰花。这该有多美呀。只不过……"

他顿了顿，又轻声说道：

"真可惜。"

泪珠没有滚落，又吸收回去，冉阿让代之以微笑。

珂赛特握住老人的双手。

"上帝啊！"她惊问道："您的手更凉了，您病了吗？您不舒服吗？"

"我吗？没有病，"冉阿让回答，"我感觉很好。只不过……"

他又停下了。

"只不过什么？"

"等一会儿我就死了。"

珂赛特和马吕斯都猛然一抖。

"死了！"马吕斯惊叫。

"对呀，但是这不算什么。"冉阿让说道。

他喘了口气，笑了笑，又说道：

"珂赛特，刚才你对我说话，接着说，再说点儿，看来，你的小红喉鸟儿死了，说话呀，让我听听你的声音！"

马吕斯惊呆了，怔怔地望着老人。

珂赛特凄惨地叫了一声：

"父亲！我的父亲！您要活下去，您一定要活着。我要您活下去，明白吗？"

冉阿让抬起头，以崇拜的目光望着她：

"哦，对，禁止我死吧。谁知道呢？也许我会听从。你们到来时，我正要死去；人一来就把我叫住。我觉得我又活过来了。"

"您充满活力和生机，"马吕斯高声说，"难道您想象人就能这样死去吗？您有过忧伤，今后不会再有了。是我请求您原谅，还要跪下请求！您要活下去，和我们一起生活，要活很久。我们这就接您回去。从今以后，我们两个在世上只有一个念头：您的幸福！"

"您明白了吧，"珂赛特泪流满面，又说道，"马吕斯说您不会死的。"

冉阿让微笑着继续说：

"彭迈西先生，您接我回去，难道就能改变我的身份吗？不能。上帝所想的，同您和我一样，不会改变想法；我最好还是离去。一死了之，也不失为一种妥善的解决办法。我们需要什么，上帝比我们更清楚。现在你们幸福了，彭迈西先生有了珂赛特，青春同清晨结合了，现在，我的孩子，你们周围有了香花和黄莺，你们的生活，好似阳光下赏心悦目的草坪，你们的灵魂充满天堂的喜悦，现在，我没有什么用处了，应当死去，毫无疑问，这一切都安排得很好。喏，大家要理智一些，现在已无可挽回了，我感到自己彻底完了。一小时前，我昏过去一阵。还有，昨天晚上，我喝完了那一罐水。珂赛特，你丈夫真好！你跟着他比跟我强多了。"

房门吱咯一声打开，医生走进来。

"早安，别了，大夫，"冉阿让说道，"这两个就是我可怜的孩子。"

马吕斯走到医生面前，只说了一声"先生？……"但那声调足以表达一个问题。

医生以眼色示意，代替回答。

"不能因为讨厌这种事，"冉阿让说道，"就有理由对上帝不公正了。"

大家默默无言，每人的心情都十分沉重。

冉阿让转向珂赛特，开始凝视她，仿佛要带往永生永世。他已深深堕入黑暗中，但是还能出神地凝望珂赛特，苍白的老脸映出她那温柔面孔的光彩。坟墓也可能显露惊奇之色。

大夫给他诊脉。

"哦！原来他是想念你们啊！"他望着珂赛特和马吕斯，轻声说道。

他又对着马吕斯的耳朵，小声补充说：

"太迟了。"

冉阿让几乎目不转睛地望着珂赛特，也沉静地审视一下马吕斯和大夫，只听他嘴里极轻微地说出这样一句话：

"死不算什么，最惨的是不能活了。"

他忽然站起身。体力再现往往是临终的信号。他推开要搀扶他的马吕斯和医生，稳步走向墙壁，摘下挂在墙上的耶稣受难小铜像，返回来又坐下，动作灵活，就像完全健康的人。他把受难像放到桌上，高声说道：

"这就是伟大的殉难者。"

继而，他胸脯塌陷，头摇晃起来，仿佛醉醺醺地要进坟墓，那双手放在膝上，指甲抠进布裤里。

珂赛特扶住他的双肩，泣不成声，想同他说话又说不出来，声音伴随着悲凄的口水和泪水，只听她念叨中有这样两句话：

"父亲！不要离开我们。我们又见到您，怎么能又马上失去您呢？"

可以说，垂危状态犹如蛇行，折来折去，接近坟墓，又返回生命。在命赴黄泉的路上也要摸索。

冉阿让昏昏沉沉了一阵，重又打起精神，他摇了摇额头，仿佛要抖掉幽冥，差不多又完全清醒了。他拉过来珂赛特的袖口吻了一下。

"他缓过来啦！大夫，他缓过来啦！"马吕斯嚷道。

"你们两个都是好人，"冉阿让说道，"我这就告诉你们，是什么事儿令我痛苦。令我痛苦的是，彭迈西先生，您不肯动用那笔钱。那笔钱确实是您妻子的。孩子们，我来向你们解释，可以说正是为了这一点，我很高兴能见到你们。墨玉产自英国，白玉产自挪威。事情全写在这张纸上了，到时候你们看一看。在手镯工艺上，我发明了金属搭扣，取代焊接的金属扣环。这样既美观，质量又好，成本又低。你们明白这能大量赚钱。因此，珂赛特的财富确是属于她的。我把这些具体情况告诉你们，就是要让你们放心。"

看门的女人上楼来，扒开门缝儿往里瞧。大夫让她走开，却未能阻止那个热心的老太婆走之前向垂危的人嚷了一句：

"您需要神父吗？"

"我有了一个。"冉阿让回答。

他说着，手指往脑袋上方指了指，就好像他看见那里有个人。

那位主教大概真的来给他做临终圣事。

珂赛特轻轻地往他后腰垫了个枕头。

冉阿让又说道：

"彭迈西先生，我恳求您，不必担心。那六十万法郎确是珂赛特的。如果你们不享用，那么我这一辈子就白过啦！我们非常成功地制造出玻璃墨玉，同所谓的柏林首饰竞争。比方说现在，就不能同德国的黑玻璃抗衡。一罗①有一千二百粒打光的珠子，成本只有三法郎。"

我们在所爱的人要去世的时候，目光就死死盯着，想把人留住。马吕斯握着珂赛特的手，站在垂危的人面前，两个人悲痛欲绝而浑身颤抖，惊惶得说不出话来。

冉阿让渐渐衰竭，越来越弱，越来越接近昏天黑地。他的气息时断时续，喉中发出咕噜咕噜的阻断之声。他的手臂移动艰难，双脚一点动不了，而随着四肢麻木，躯干也越发委顿，灵魂的全部庄严往上升，在他额头展现。未知世界的光亮，在他的眸子里已隐然可见了。

他的脸渐呈灰白色，同时笑容可掬；脸上有了别的东西，生命却不存在了。他的气息逐渐微弱，眼睛逐渐张大。这是一具尸体，但令人感到长出翅膀了。

他招手让珂赛特靠近，又让马吕斯靠近；显然这是最后时刻的最后一分钟，现在，他对他们说话的声音极其微弱，仿佛来自远处，中间隔了一道高墙。

"你过来，两个都过来。"

"我非常爱你们。哦，这样死了也瞑目！你也一样，你爱我，我的珂赛特。我完全清楚，对我这老人，你一直是有感情的，刚才给后腰放靠垫，就多么体贴啊！你会哭一哭，对吧？但是也别太伤心。我不愿意你真的难过。我的孩子，你们应当多多享乐。我还忘记对你们说了，不用扣针的搭扣，这项工艺最赚钱了。十二打的成本只有十法郎，却能卖六十法郎。这确实是一桩好买卖。因此，彭迈西先生，赚了六十万法郎你不要奇怪。这是正路来的钱。你们享用这笔财产，可以心安理得。自己应当有一辆车，隔三岔五定个包厢去看看戏，做几身漂亮的舞会服装，我的珂赛特，举行盛宴招待你们的朋友，日子要过得非常快活。刚才我给珂赛特写了封信，等一会儿会看到的。壁炉台上的两支烛台，我就留给珂赛特。烛台是白银的，但对我来说是黄金，是钻石的。蜡烛插上去就变成圣烛了。我不知道把烛台送给我的那一位，在天上对我是否满意。我已经尽力而为了。我的孩子，你们不要忘记我是个穷苦人，随便找个角落埋了我就是了，只放一块石板当标志。这是我的遗愿，石板上不要刻名字。珂赛特能去看望几次，会让

---

① 罗：商业用语，1罗等于12打。

我高兴的。您也如此，彭迈西先生。我应当向您承认，我并不是一直对您有好感，在此请求您原谅。现在对我来说，她和您，已经合为一体。我非常感谢您。我觉得出来，您使珂赛特幸福了。要知道，彭迈西先生，她这美丽粉红的脸蛋儿，就是我的快乐；一发现她脸色有点苍白，我心里就忧伤。在五屉柜里有一张五百法郎的票子，我没有动用。那是要给穷人的。珂赛特，你的小衣裙放在床上，你看见了吧？你还认得吧？算来，也只有十年的光景。时间过得多快呀！那时我们有多幸福。已经结束了。孩子们，不要哭，我走不多远。从那儿我会看见你们的。等天黑的时候，你们只要望一望，就会看到我在微笑。珂赛特，你还记得蒙菲郿吗？你走在树林里，非常害怕。我抓住水桶的梁儿，你还记得吗？那是我头一回接触你可怜的小手，冰凉冰凉的！噢！小姐，你的双手，那时候冻得红红的，现在这么白了。还有那个大布娃娃！你还记得吧？你叫她卡德琳。你后悔没有把她带进修女院！我的温柔的天使，你常常逗我笑！下雨的时候，你就把草茎放进水沟，看着漂走。有一天，我给你买了一把柳条拍子、一个黄蓝绿三色羽毛球。这事儿你忘了。你小时候真调皮！特别爱玩；你将樱桃塞进耳朵里。都是过去的事了。一个人带着他的孩子经过的森林、散步的林荫路、藏身的修道院、各种游戏、童年的开心笑脸，这些全进入黑暗中了。我原还以为这些是属于我的呢。我的想法愚蠢就表现在这里。德纳第那家人非常恶毒。应当原谅他们。珂赛特，时候到了，我该把你母亲的名字告诉你了。她叫芳汀。牢牢记住这名字：芳汀。你每次提到这名字，就应当跪下。她受尽了磨难。她非常爱你。她的不幸同你的幸福成正比。这是上帝的安排。上帝在天上，他看得见我们所有人，该在他的大星球上做什么，他也胸有成竹。我要走了，我的孩子，你们要永远相爱。世上除了相爱，没有什么别的东西。你们时而想想在这里死去的可怜老人。我的珂赛特啊！这段时间我没有见你，心都碎了，真的，这不是我的过错；我一直走到你那条街的拐角，看见我走过的人，一定觉得我是个怪人，我就像个疯子，有一次出门连帽子也不戴。我的孩子，我看不大清楚了。我还有话要说，不过，算了吧。稍微想念我一点儿，你们是上天保佑的人。不知道我怎么了，我看见光明，再靠近些。我幸福地死去。我最亲爱的，你们的头伸过来，让我把手放在上面。"

珂赛特和马吕斯不知所措，双双跪下，掩泣哽咽，每人都贴着冉阿让的一只手。可是，这双可敬的手不再动弹了。

在两支烛光中，他仰面躺倒，苍白的脸望着上天，任由珂赛特和马吕斯频频吻他的手：他死了。

黑夜沉沉，没有一点星光。肯定有一个展开双翼的大天使，站在黑暗中等待这颗灵魂。

六　荒草掩蔽雨冲洗

在拉雪兹神父公墓这座墓城里，远离豪华区，远离那些向永恒展示死亡丑态的所有怪异坟墓，在普通区一个荒僻的角落，沿一道老墙走去，到一棵爬了牵牛花蔓的高大紫杉树下，就会看到荒草和青苔之间有一块石板。这块石板也不例外，受到岁月的侵蚀，斑斑剥痕，覆盖着霉绿苔藓和鸟粪。雨水使它发绿，空气把它染黑。它不靠近任何路径，周围草高容易湿鞋，因此没人愿意走近。太阳露点面的时候，蜥蜴却来光顾。四周野燕麦在风中沙沙作响。春天时节，莺儿在树上鸣唱。

这块石板光秃秃的。当初石匠只考虑凿一块基石，长宽够盖住一个人的就行了。

石板上没有刻名字。

不过，在许多年前，不知谁用铅笔在上面写了四句诗，但是经雨水冲刷，尘土掩蔽，如今字迹大概已经消失了。四句诗复录如下：

> 他活着，尽管命运离奇多磨难，
> 他安息，只因失去天使才合眼；
> 生来死去，是人生自然的规律，
> 昼去夜来，也同样是这种道理。

"名家音频讲播版"：听名家讲名著

★ 著名作家+知名学者+一线名师倾情打造，权威、专业

★ 提纯名著精华，跟随名家半小时读完一本书

★ 音频讲播，多元体验，带您品味文学名著的不朽魅力

局外人	马　原	知名作家
红字	马　原	知名作家
神曲	欧阳江河	诗人、批评家
日瓦戈医生	刘文飞	翻译家、中国俄罗斯文学研究会会长
普希金诗选	刘文飞	翻译家、中国俄罗斯文学研究会会长
月亮和六便士	朱宾忠	武汉大学英语系教授
静静的顿河	周　露	浙江大学外语系副教授
傲慢与偏见	周　露	浙江大学外语系副教授
少年维特的烦恼	梁永安	复旦大学中文系副教授
了不起的盖茨比	唐建清	南京大学文学院副教授
源氏物语	王　辉	湖北大学日语系副教授
红与黑	梁　欢	湖北大学法语系副教授
包法利夫人	邓毓珂	湖北大学日语系副教授
巴黎圣母院	程红兵	语文特级教师
羊脂球	李镇西	语文特级教师
一千零一夜	肖培东	语文特级教师
老人与海	柳袁照	语文特级教师
小王子	孙建锋	语文特级教师
名人传	张文质	教育学者
海底两万里	罗　灼	语文教师
悲惨世界	谌志惠	语文教师
格列佛游记	宋丽婷	语文教师
基督山伯爵	黎志新	语文教师
呼啸山庄	樊青芳	语文教师
高老头	孟兴国	语文教师
钢铁是怎样炼成的	李　秋	语文教师
欧也妮·葛朗台	刘　欢	语文教师

扫码听谌志惠讲
《悲惨世界》

扫码听谌志惠讲
《悲惨世界》

世界文学名著名译典藏

全译插图本

悲惨世界 上

〔法〕维克多·雨果◎著　李玉民◎译

LES MISÉRABLES

长江出版传媒｜长江文艺出版社

图书在版编目（ＣＩＰ）数据

　　悲惨世界：全二册 / （法）维克多·雨果著；李玉
民译. -- 武汉：长江文艺出版社，2018.5
　　（世界文学名著名译典藏）
　　ISBN 978-7-5702-0245-4

　　Ⅰ. ①悲… Ⅱ. ①维… ②李… Ⅲ. ①长篇小说－法
国－近代 Ⅳ. ①I565.44

中国版本图书馆 CIP 数据核字(2018)第 031580 号

责任编辑：秦文苑　　陈　聪　　　　　　责任校对：陈　琪
封面设计：格林图书　　　　　　　　　　责任印制：邱　莉　　胡丽平

出版：长江出版传媒 | 长江文艺出版社

地址：武汉市雄楚大街 268 号　　　　邮编：430070
发行：长江文艺出版社
电话：027—87679360
http://www.cjlap.com
印刷：中印南方印刷有限公司

开本：880 毫米×1230 毫米　　1/32　　印张：40.625　　插页 8 页
版次：2018 年 5 月第 1 版　　　　2018 年 5 月第 1 次印刷
字数：1264 千字

定价：88.00 元（全二册）

译 序

　　《悲惨世界》篇幅浩大，卷帙繁多，作者从 1828 年起构思，到 1845 年动笔创作，直至 1861 年才完稿出书，历时三十余年。

　　雨果的创作动机来自这样一件事实：1801 年，一个名叫彼埃尔·莫的穷苦农民，因饥饿而偷了一块面包，被判五年苦役，刑满释放后，持黄色身份证找活儿干又处处碰壁。到了 1828 年，雨果又着手搜集有关米奥利斯主教及其家庭的资料。这样，他就掌握了这部小说的原始素材，开始酝酿写一个释放的苦役犯受到一位圣徒式的主教的感化而弃恶从善的故事。继而，他又设想把苦役犯变成企业家。在 1829 年和 1830 年间，作者还大量搜集有关黑玻璃制造业的材料。这便是冉阿让到海滨蒙特伊，化名为马德兰先生，开办工厂并发迹的由来。

　　到了 1832 年，这部小说的构思已相当明确，然而，作者还迟迟不动笔，继续搜集素材，在此基础上写了几部小说；他还参观了布雷斯特和土伦的苦役犯监狱，在街头目睹了类似芳汀受辱的场面。

　　这部小说酝酿了二十年之久，到了 1845 年 11 月 17 日，雨果终于开始创作，同时还继续增加材料，丰富内容，写作也顺利进行，写完第一部，定名为《苦难》。书稿已写出将近五分之四，不料雨果又卷入政治漩涡，于 1848 年 2 月 21 日停止创作，竞选当议员，转向左派，同右派决裂，结果 1852 年被"小拿破仑"政府驱逐，书稿一搁置又是十二年。他在盖纳西岛流亡期间，于 1860 年四、五月间，重新审阅《苦难》手稿，花了七个半月的时间深入思考整部作品。接着，又用半年时间修改原稿，增添新内容，续写完第四部最后一卷和第五部，最后定为现行的书名。

1861 年 10 月 4 日，雨果同比利时年轻出版商拉克鲁瓦签订合同。1862 年，这部巨著终于问世，并且立即获得出乎意料的成功。

这部小说从构思到出版，延宕三十余年。早在 1832 年，构思就已相当明确，设使雨果当即动笔创作，以他的写作才能，他一定能履行同出版商签订的合同，按时交稿出书，那么继 1831 年发表的《巴黎圣母院》之后，又有一部姊妹篇问世了；或者在 1848 年写出五分之四的时候，再一鼓作气完成，那么在雨果的著作表中，便多了一部学院式的惩恶劝善的小说；虽然出自雨果之手，也能算上一部名著，但是在世界文学宝库里，就很可能少了一部屈指可数的压卷之作了。

这三十余年，物非人亦非，发生了多大变化啊！如果说 1830 年，在他的剧本《艾那尼》演出的那场斗争中，雨果接受了文学洗礼，那么 1848 年革命和他在 1852 年开始的流亡，则是他的社会洗礼。流亡，不仅意味着离开祖国，而且离开所有的一切，包括文坛领袖的头衔、参议员的地位等等。流亡，不仅意味着同他的本阶级决裂，而且也同他所信奉的价值观念、文学主张决裂。流亡，给了他一个孤独者的自由，从此他再也无所顾忌了，不再顾忌团体精神和党派之争，不再顾忌社会、法律、信仰、民主、人权和公民权，甚至不再顾忌自己成功的形象和艺术追求。流亡使他置身于这一切之外，给他取消了一切禁区，也就给了他全方位的活动空间、达到所有视听的声音。

雨果在盖纳西岛流亡期间，就是以这种全方位的目光、全方位的思想反思一切，重新审阅《苦难》手稿。他不仅对原稿做了重大修改，增添新内容，并续写完全书，而且整部作品焕然一新，似乎随同作者接受了洗礼，换了个灵魂。这是悲惨世界熔炼出来的灵魂，它不代表哪个阶层、哪个党派，也不代表哪部分人，而是以天公地道、人性良心的名义，反对世间一切扭曲和剖割人的生存的东西，不管是多么神圣的、多么合法的东西。

世间的一切不幸，雨果统称为苦难。因饥饿偷面包而成为苦役犯的冉阿让、因穷困堕落为娼妓的芳汀、童年受苦的珂赛特、老年生活无计的马伯夫、巴黎流浪儿伽弗洛什，这些生活在社会边缘、有代表性的人物所经受的苦难，无论是物质的贫困还是精神的堕落，全是社会的原因造成的。而且，雨果作为人类命运的思想者，其深刻性正在于，他把这些因果放到社会历史中去考察，以未来的名义去批判社会的历史和现状，以人类生存的名义去批判一切异己力量，从而表现了人类历史发展中的永恒性矛盾。《悲惨世界》作为人类苦难的"百科全书"，是世界文学的一个丰碑，在世界文学宝库中占有无可争议的不朽地位。

1885 年 5 月 22 日，雨果逝世，享年八十三岁。参议院和众议院立即宣布全国哀悼，并一致通过政府提案，决定为雨果举行隆重的国葬。5 月 30 日，雨果的遗体停放在凯旋门下，供热爱他的民众瞻仰。6 月 1 日举行国葬，鸣礼炮二十一响，有两百万人自发地送行。这种葬礼的盛况，是任何帝王临终时可望而不可得的。尤其意味深长的是，柩车所经之处，人们不断高呼："雨果万岁！"这不是对一代文学大师的最好的哀悼和怀念吗？

李玉民

2010 年 6 月

作者序

　　值此文明的鼎盛时期，只要还存在社会压迫，只要还借助于法律和习俗硬把人间变成地狱，给人类的神圣命运制造苦难；只要本世纪的三大问题：男人因穷困而道德败坏，女人因饥饿而生活堕落，儿童因黑暗而身体羸弱，还不能全部解决；只要在一些地区，还可能产生社会压抑，即从更广泛的意义来说，只要这个世界还存在愚昧和穷困，那么，这一类书籍就不是虚设无用的。

1862 年 1 月 1 日于上城别墅

目录

Contents

第五部　　冉阿让

第一部　芳汀

Part One

第一卷　正义者

一　米里哀先生

1815 年，在迪涅任主教的还是查理-弗朗索瓦-卞福汝·米星哀先生。他年事已高，约有七十五岁了，从 1806 年起，就到迪涅城担任了这一职务。

这是个细节，虽然同本书的正题毫无关系，不过，事事务求准确，在此提一提他到这个教区就任之初，关于他有些什么风言风语，也许不是白费笔墨的。一个人的传闻无论真假，在他的生活中，尤其在他的命运中，往往和他的所作所为居同等地位。米里哀先生的父亲是艾克斯城法院的推事，即法袍贵族。据说父亲打算让他继承职位，在他十八九岁，还不满二十岁就早早为他完婚，这也是法袍贵族家庭相当普遍的习俗。查理·米里哀虽已完婚，据说仍引起不少物议。他身材虽然不高，但是生得相貌出众，风度翩翩，谈吐俊雅风趣；他的整个青春，就在交际场和情场中消磨了。后来爆发革命①，事态急遽变化，法袍贵族家庭遭到摧残、驱逐和追捕，都四处逃散了。革命刚一爆发，查理·米里哀先生便流亡到意大利。他妻子长期患肺病，死在异国他乡，没有留下一儿半女。此后，米里哀先生命运又如何呢？法国旧社

---

① 指 1789 年爆发的法国资产阶级革命。

会崩溃了，他的家庭也破败了，93 年①发生一系列的悲惨事件，在远方的流亡者看来，也许倍加恐怖和可怕，凡此种种，是否使他万念俱灰，萌生了出世的念头呢？一个人在天下动乱中，罹难重重，家道衰败，还可能处变不惊，然而在无忧无虑的温馨生活中，突然遭到神秘而可怕的打击，往往就会心死而一蹶不振吧？谁也说不清楚，只知道他从意大利回国，就已经当上了教士。

1804 年，米里哀先生当上百里鸟乐的本堂神甫。人已老迈，整天深居简出。

在皇帝即将登基加冕②的时候，也不知道为本堂的一件什么小事，他到了巴黎，为他的教徒陈情，见到一些显要人物，其中就有斐茨红衣主教。有一天，皇帝来看他舅父，正巧这位可敬的本堂神甫在前厅候见，二人不期而遇。拿破仑发觉这个老者颇为好奇地看着他，便转过身来，突然问道："这老者是谁，这么瞧我？"

"陛下，"米里哀先生答道，"您瞧一个老者，而我却瞧一位伟人。我们彼此都能开眼。"

当天晚上，皇帝向红衣主教问了这个本堂神甫的姓名。事过不久，米里哀先生便得知委任他当迪涅主教，不免深感意外。

此外，关于米里哀先生早年生活的传闻，有哪些是属实的呢？谁也不知道。革命之前，很少人家认识米里哀这家人。

小城市里嘴杂的人多，动脑筋的人少，初来乍到的人就得容忍，米里哀先生也不例外。他虽然贵为主教，也正因为是主教，就得忍而再忍。其实，把他名字扯进去的那些议论，也许仅仅是议论而已，无非是谣传、流言、闲话，甚至连闲话都算不上，按照南方人生动的说法，就是"胡诌八扯"。

不管怎样，他到迪涅担任教职并居住九年之后，当初小城和小百姓议论的话题，所有那些闲言碎语，全被深深地遗忘了。谁也不敢再提起，甚至都不敢回忆了。

米里哀先生到迪涅时，带了一个老姑娘，名叫巴蒂丝汀，那是比他小十岁的妹妹。

---

① 1793 年是革命达到高潮的一年，后文中的 93 年均指 1793 年。
② 拿破仑于 1804 年 12 月 2 日称帝加冕，1805 年称拿破仑一世。

他们只有一个佣人，称为马格洛太太，与巴蒂丝汀小姐同龄；她先是"本堂神甫先生的女佣"，现在则有两个头衔：小姐的贴身女仆和主教的管家。

巴蒂丝汀小姐身材又高又瘦，肌肤苍白，性情温和，整个人儿理想地体现了"可敬"一词的含义，因为照世俗之见，一个女人必须做了母亲才能受人尊敬。她天生就不貌美，一生尽做善事，临老整个躯体呈现出一种洁白和清亮，年龄越大越具有我们所说的慈善之美。年轻时瘦溜的身躯，到了中老年就变得透明：这种通透空灵，使人联想到天使。与其说这是位贞女，不如说这是颗灵魂。她整个人似乎是由影子构成的，仅仅略有一点肉体来显示性别，略有一点物质来容含光亮；大眼睛始终低垂，这便是一颗灵魂留在人间的缘故。

马格洛太太是个矮个子的老太婆，又白又胖，身体臃肿，整天忙忙碌碌，总是气喘吁吁，首先是由于操劳，其次是由于患了气喘病。

米里哀先生到任时，安排住进主教府，并按帝国法令的规定，接待他的规格仅次于驻军司令。市长和议长先来拜贺，他也去拜见了将军和省长。

主教安顿下来之后，全城就等他布道了。

二　米里哀先生改称卞福汝主教

迪涅主教府同医院毗邻。

主教府大厦非常气派，是上世纪初用石头建筑的；兴建者亨利·彼惹大人是巴黎神学院博士，曾任西摩尔修道院院长，1712 年当了迪涅主教。这是一座贵族气象十足的府邸，处处都显得华贵：主教寝室、大小客厅、正室偏房，样样齐备；正院非常宽敞，有圆拱回廊，是古典的佛罗伦萨风格，庭园则有参天大树。楼下朝庭园一侧有一条长廊，装饰得富丽堂皇，亨利·彼惹主教大人于 1714 年 7 月 29 日，曾在这条长廊宴请过下列几位大人：

安白朗亲王——大主教查理·勃吕拉·德·让利斯；

格拉斯主教——嘉布遣会修士安东尼·德·梅格里尼；

法兰西圣约翰会骑士——勒兰群岛圣奥诺雷修道院院长菲力浦·德·旺多姆；

旺斯主教——弗朗索瓦·德·贝尔东·德·格里翁男爵；

格朗代夫主教——恺撒·德·萨勃朗·德·福卡吉埃大人；

斯奈主教——奥拉托利会修士，御前普通讲道师，约翰·索阿南大人。

这七位德高望重的人物的画像，一直挂在这条长廊大厅里，而"1714年7月29日"这个值得纪念的日子，也用金字刻在厅内一张白色大理石案上。

医院只有一层楼，既狭窄又低矮，庭园也小得可怜。

主教到任三天之后，便去观察医院。事后，他派人去请医院院长赏光到主教府来。

"院长先生，"主教问他，"现在您有多少住院病人？"

"二十六个，主教大人。"

"这正和我数的一样。"主教说道。

"那些病床，"院长接着说，"一张挨一张，太拥挤了。"

"这正是我注意到的。"

"病房都是小间，空气不易流通。"

"这正是我的感觉。"

"还有，即使出一点太阳，庭园也太小，装不下要康复的病人。"

"这正是我心里想的。"

"还会有传染病，今年就流行过伤寒，两年前流行过粟粒热，有时患者数以百计，我们简直没办法。"

"这正是我考虑到的。"

"有什么办法呢，主教大人？"院长说道，"只能这么将就。"

这场谈话，就是在楼下长廊餐厅里进行的。

主教沉吟片刻，突然转身，对院长说：

"先生，只拿这个厅来说，您看能放多少床位呢？"

"主教大人的餐厅！"院长不禁愕然，高声说道。

主教环视大厅，仿佛在目测计算。

"足够容纳二十张病床！"他仿佛自言自语，接着提高声音说道："喏，院长先生，我要告诉您，显然出了差错。你们二十六个人，只有五六间小屋；而我们这里三个人，却占了六十个人的地方。肯定出了差错。您住了我的房子，而我占了您的。把我的房子还给我吧，这里才是您的住所。"

次日，那二十六名可怜的患者都被接到了主教府，主教则搬进医院去住了。

米里哀先生没有一点财产，他的家庭早已在革命中破产了。他妹妹领五百法郎的终身年金，住在主教府里，也刚够她本人的用度。米里哀先生作为主教，每年领取一万五千法郎的国家俸禄。他搬进医院里居住的当天，就最终确定了这笔钱如何使用。具体分配，有他亲笔写的一张单子，现抄录如下：

本府开销标准单

小修院教育费	一千五百利弗尔①
传教会津贴	一百利弗尔
迪迪耶山遣使会修士津贴	一百利弗尔
驻巴黎的外国传教会津贴	两百利弗尔
圣灵会津贴	一百五十利弗尔
圣地宗教团体津贴	一百利弗尔
慈幼会津贴	三百利弗尔
阿尔勒城慈幼会津贴	五十利弗尔
改善监狱费用	四百利弗尔
改善囚犯待遇和救济费用	五百利弗尔
解救负债入狱的家长费用	一千利弗尔
本教区穷苦教师补助津贴	两千利弗尔
为上阿尔卑斯省义仓捐款	一百利弗尔
为迪涅、马诺斯克和西特等地贫穷	
女孩免费教育妇女会捐款	一千五百利弗尔
穷人救济款	六千利弗尔
本人用费	一千利弗尔
总计	一万五千利弗尔

米里哀先生在迪涅担任教职期间，几乎没有改变这种开支的分配办法。正如我们看到的，他称之为"本府开销标准"。

---

① 利弗尔：法国计算收入的货币单位，相当于法郎。

巴蒂丝汀小姐奉命唯谨，接受这样的开销方案。在这位圣女的心目中，米里哀先生既是她的兄长，又是她的主教，依据人性是她的朋友，依据教会又是她的上司。巴蒂丝汀小姐爱他，对他敬佩得简直五体投地。他说话时，她就俯首恭听；他做事时，她就追随左右。唯独女佣马格洛太太有点怨言。我们也看得明白，主教先生仅为自己留下一千法郎，加上巴蒂丝汀小姐的年金，每年一千五百法郎。两个老妪和一个老翁，就靠这一千五百法郎度日。

不过，主教先生还能设法招待到迪涅来的乡村神甫，当然多亏了马格洛太太处处节俭，巴蒂丝汀小姐精打细算。

到迪涅三个月的光景，有一天，主教说道：

"这样下去，我也难以维持了！"

"我说也是！"马格洛太太高声说，"省里每年应当给的城区车马费和巡视费，大人连要也不要。从前的主教，都是照例要拿的。"

"对呀！"主教说道，"您讲得有理，马格洛太太。"

于是，他提出申请。

事过不久，省议会审查他的申请书，投票通过每年给他提供三千法郎，款项为：

"主教先生公共马车费、驿车费和教区巡视津贴费。"

这件事引起当地士绅的非议。其中有一个帝国元老院的元老，为了发泄冲天的怒气，还给宗教大臣比戈·德·佩雷姆内先生写了封密函；此公从前就是五百人院①的议员，曾投票拥护雾月18日政变，住在迪涅城附近的富丽堂皇的元老府第里。下面是这封密函原文的节录：

......车马津贴费？在一座居民不满四千的小城里，有此必要吗？驿车费和教区巡视津贴费？首先要问，何必巡视呢？其次在这样的山区，怎么通驿车？根本没有车道，只能骑马。阿尔努堡的那座杜朗斯河桥，也只能过过牛车。这些神父无不如此，又贪婪又吝啬。这一位初到任时，还装出至善圣徒的样子。现在他的所作所为，同其他人一样了。他像从前那些主教那样要摆阔气。要给他配备马车和驿车。哼！这帮臭神父！伯爵先生，只有皇上

---

① 五百人院是根据1795年宪法由两级选举产生的议会。

替我们清除吃白饭的教士，事情才会好转。打倒教皇！（当时同罗马的关系闹翻了。）至于我，我只拥护恺撒……

事情成了，最高兴的还是马格洛太太。

"喏，"她对巴蒂丝汀小姐说，"主教大人先考虑别人，但最后总得顾顾自己。慈善捐款一项项都有了着落，这三千法郎可是我们的了。好啦！"

当天晚上，主教又开了一张单子，交给他妹妹，列出以下几项：

车马费与巡视津贴费

供给住院病人肉汤补贴	一千五百利弗尔
为艾克斯慈幼会捐款	二百五十利弗尔
为德拉吉尼昂慈幼会捐款	二百五十利弗尔
弃儿救济款	五百利弗尔
孤儿救济款	五百利弗尔
总计	三千利弗尔

这就是米里哀先生的支出预算表。

主教还有额外收入，诸如婚礼布告费、宽恕费、简行洗礼费、布道费、教堂及小礼拜堂祝圣费、主持婚礼费等等，但他总是取之于富人，给予穷人。讨得急也给得快。

时过不久，捐款源源而来。富有的和贫穷的都来敲米里哀先生的院门，有的来施舍，有的讨施舍。不到一年工夫，主教既成为所有善施的司库，又成为所有苦难的账房先生。大笔大笔钱经过他的手，但是他丝毫没有改变自己的生活方式，也没有增添一点所需之外的东西。

事情远不止这样。由于下层的穷困总是多于上层的博爱，可以说钱到手之前就全给出去了；恰似水洒在干旱的土地上，他收到钱等于没有收到，从来留不住。于是，他又节衣缩食，打自身的主意。

主教颁布告，发公函，照习惯总在顶头写上自己的教名。当地穷人仿佛出于感戴的本能，在这位主教诸多名字中，挑选一个对他们有含义的，只叫他卞福汝①大人。必要时，我们也要这样称呼他。况且，他喜欢这个称呼。

"我喜爱这个名字，"他说道，"卞福汝冲淡了大人的尊号。"

我们不敢说这里描绘的形象多么逼真，只能说近似而已。

三　好主教摊上苦教区

主教先生的车马费化为救济款，他并未因此减少视察。迪涅教区是个累人的地方，平地少，山岭多，如刚才所说，几乎没有道路。总共三十二个堂区，四十一个司铎区，二百八十五个小区。这些地方都巡视遍了，确非易事。然而，主教先生却办到了。去近处他就步行，平川路就坐乡村马车，进山里就干脆乘驴去。两个老妪一般陪同，如果路上太颠簸，他就独自前往。

有一天，他骑驴到达旧主教城色内兹。当时他囊空如洗，不能雇用别的坐骑。城市长官在主教府邸门前迎候他，直眉瞪眼地看着他从驴背上下来。几位富绅在他周围嘿嘿讪笑。

"长官先生、各位富绅先生，"主教说道，"我明白你们为什么反感，你们认为一个穷教士居然妄自尊大，乘着耶稣-基督用过的坐骑。我要明确告诉诸位，我这样做是迫不得已，并非爱慕虚荣。"

他在巡视中，对人宽容和气，谈心的时候多，说教的时候少。他不把任何美德置于高不可攀的境界，讲道理和举范例也从不舍近求远。面对一乡居民，他往往要以邻乡为榜样。到了对穷人悭吝刻薄的乡镇，他就说：

"瞧瞧布里昂松的居民吧。他们让穷人、寡妇和孤儿，有权比别人早三天到他们牧场割草。房子如果倒塌，他们就给重盖，分文不取。因此，那地方受到上帝的保佑，整整一百年间，没有发生过一起凶杀案。"

到了争利抢收的村庄，他就说："瞧瞧昂布兰那儿的人吧。在收割的季节，万一哪个家庭儿子去当兵，女儿进城做工，父亲又病倒，不能下地，本堂神甫在布道时就把这事提出来；于是，星期天做完弥撒之后，全体村民，男人、女人和孩子，都到那个可怜的人家的田里，

---

①　卞福汝为法文"受欢迎"一词的近似音译。

帮忙收割，将麦秸运回，麦子装进仓里。"

到了为金钱和遗产而分裂的家庭，他就说："瞧瞧德沃吕山区的人吧。那里十分荒凉，五十年也听不到一回夜莺的叫声。可是，家里父亲去世，男儿便出去谋生，把财产留给姐妹，好让她们嫁出去。"

到了打官司成风、农民因而倾家荡产的村镇，他就说："瞧瞧盖拉谷的那些善良农民吧。那里住着三千人，上帝啊！真像一个小小的共和国。他们既没有法官，也没有执达吏。乡长处理一切事务：他分派捐税，每人缴纳多少，全凭良心秉公办事，还义务为人排解纠纷，替人分配遗产而不取酬劳，判案也不收费用。大家都服他，因为他是生活在淳朴人之中的一个公正人。"

到了没请教师的村庄，他又举盖拉谷人的例子："你们知道他们是怎么做的吗？一个小地方，只有十几户人家，供养一位教师自然困难，于是，全谷就公聘几位教师，让他们走村串庄，在这村教一周，到那庄又教十天。在集市上我碰见过那些教师。他们帽带上插着鹅毛管笔，容易认出来。教语文的只插一支，又教语文又教算术的插两支，教语文算术又教拉丁文的就插三支。他们都很有学问。是啊，没有知识多么丢脸啊！照盖拉谷的人那样做吧。"

他的谈话就是这样，又严肃又慈祥；如果缺少实例，他就打比喻，直言不讳，话并不多，但是非常形象化，这正是耶稣-基督的雄辩，自信不疑而又能服人。

四 言行一致

主教说话又和气又轻松，总照顾在他身边生活的两个老妇人的理解力。

马格洛太太爱叫他"大人"。有一天，他从座椅上起来，走向书橱，要找一本书。那本书放在上面一格，主教个子偏矮，伸手够不到。

"马格洛太太，"他说道，"给我搬张椅子来。本大人还不够高大，够不到这个格板。"

德·洛伯爵夫人是他一个远亲，总好在他面前罗列她三个儿子的所谓"前程"。她有好几位长辈亲戚，都年事已高，行将就木，继承人自然是她的几个儿子。小儿子将从一个姑奶奶那里得到一笔整整十万利弗尔的年金。二儿子将继承她叔父的公爵头衔；大儿子则必然承袭先祖的爵位和领地。做母亲的这种天真的炫耀情有可原，主教通常只是听着，不置一词。然而有一回，德·洛夫人又一一详细卖弄那些继承权和"前程"，而主教显得格外心不在焉。德·洛夫人有点不耐烦，戛然住口，问道："上帝呀！表哥，您究竟在想什么呀？"

"我嘛，"主教回答，"我在想一句奇特的话，大概是出自圣奥古斯丁之口：'把希望寄托在别人什么也继承不着的人身上吧。'"

还有一回，他收到当地一位贵绅的讣告，看见满满一张纸不仅列了死者的所有爵位荣衔，还列上他所有亲戚的所有封建贵族的尊号，不禁高声喊道："死者的腰板真够硬朗的！准备这样一副沉重的头衔担子，让他轻快地挑走；人的智慧确实了不得，讲虚荣连坟墓也不放过！"

他一有这种机会，就委婉地讽谏一句，但是弦外之音，几乎总有一层深意。一次过封斋节，有个年轻的助理主教来到迪涅，在大教堂里讲道，他以慈善为题，还相当有口才，要求富人救济穷人，以便上天堂，免得下地狱；他把地狱描绘得极其阴森可怕，而把天堂描绘成令人渴望的美妙境界。听众里有个杰博朗先生，是个歇了业的富商，还时而放点高利贷；从前他制造粗布、哔叽、粗呢和帽呢，赚了五十万，但一生也没有向穷苦人施舍过。听了那次讲道之后，大家注意到每逢星期天，他就拿一个铜子，施舍给在大教堂门口的六个乞婆。一个铜子要由六个人分享。有一天，主教撞见他正在行善事，便微微一笑，对他妹妹说："杰博朗先生又在那儿花一个铜子买天堂了。"

只要是行善，哪怕碰钉子他也不退缩，总能想出引人深思的话来。有一回，他到城里一座府邸的客厅为穷人募捐。正巧德·尚特西埃侯爵在座，此公年迈，富有但是吝啬，竟能设法既当极端保王党人，又是极端伏尔泰派。世上确实有这种杂糅。主教走上前，拍了拍他的手臂，说道："侯爵先生，您应当给我点什么。"侯爵转过身去，冷淡地回答："主教大人，我有我的穷人呢。"主教立刻又说："那就把他们给我吧。"

还有一天，他在大教堂这样讲道："我最亲爱的兄弟们、我的好朋友们：法国有一百三十二万农舍，都只开三个通口；有一百八十一万七千农舍，都只开两个通口，就是一门一窗；还有三十四万六千座木棚，只开一个通口，也就是一扇门。这种状况，完全是所谓的门窗税造成的。把穷人家、老太婆、小孩子，安排住进那些房舍里看看，准要得热症或其他疾病！唉！上帝把空气给人，法律却让人出钱买空气。我不想指责法律，但我要颂扬上帝。在伊塞尔省、瓦尔省、上阿尔卑斯和下阿尔卑斯两省，农民连小推车都没有，粪肥要用人背着送到地里。他们没有蜡烛，只好点含树脂的枝子或蘸了树脂的绳子。多菲内地区整个山区全是这样。他们要把半年的面包做出来，用干牛粪烤好；到了冬天，面包要用斧子劈开，放进水里浸泡二十四个钟头才能吃。我的兄弟们，发发善心吧！瞧一瞧，你们周围的人生活多苦啊！"

他生在普罗旺斯地区，不难掌握南方的各种方言。他到下朗格多克地区就说：Eh bé! moussu, sés agé? 到下阿尔卑斯省就说：Onté anaras passa? 到上多菲内地区就说：Puerte unbouen moutou embe un bouen froumage grase。他讲方言，得到当地人的喜欢，赖此接近所有人。他进草房，到山里，就像在自己家一样。他善于用大众语言说明大道理。他会讲各种语言，因而能深入所有的心灵。

而且，他对待上流社会和平民百姓，总是一视同仁。

他绝不轻率地谴责任何行为，总要先考虑整个环境的因素。他常说："让我们瞧瞧，是什么路导致这个错误。"

他常常笑呵呵地自称是"回头的浪子"，绝不义正词严地唱高调，也不像疾恶如仇的正人君子那样横眉立目，而是朗声宣传一种教义，概括起来大致如下："人有肉体，这对人来说，既是负担又是诱惑。人拖着肉体，又屈从于肉体。

"人必须监视、约束、抑制肉体，不到万不得已，绝不屈从。即使这种屈从，也还是可能有过错；不过，这种过失是情有可原的。这是一种堕落，但是落下来双膝着地，结果可能成为祈祷的姿势。

"成为圣贤，那是极其特殊的；做个正义者，倒是为人的准则。你们尽可徘徊，怯懦，尽可犯错误，但是要做正义者。

"尽量少犯错误，这也是为人的准绳。不出一点差错，这是天使的梦想。生在尘世，就难免有错。过错就是一种地心吸力。"

有时，他见众人哗然，都气急败坏，就微笑着说道："嘿！嘿！看来，人人都在犯这种大过错。现在事情一败露，伪君子就慌了手脚，都急忙为自己开脱，都急忙打掩护。"

他对于承受人类社会重压的妇女和穷人，总是非常宽容的。他常说："女人、孩子、仆役、弱者、穷人和愚昧的人有过失，那就是丈夫、父亲、主人、强者、富人和学者的过错。"

他还说道："对于没有知识的人，你们就要多教给他们一些事情；社会不提供免费教育是有罪的，应当为它制造的黑暗负责。这颗灵魂充满了黑暗，必然要产生罪恶。有罪的人并不是犯罪的人，而是制造黑暗的人。"

由此可见，他判断事物有他自己特异的方式，我猜想他是从《福音》中得来的。

有一天，他在一个客厅听人说，有一件案子正在调查，不久就要审理。一个穷困潦倒的人，出于对一个女人和他们所生的孩子的爱，实在走投无路，便铸了伪币。那年头，造假币仍然要处以死刑。他造的第一枚假币，那女人拿去花时被抓住了。抓是抓起来，但只有对她不利的罪证。唯独她能招认告发，断送她情夫的性命。她矢口否认，怎么逼供她也不肯招认。于是，检察官便想了个办法，巧妙地拼凑了一些信件的片段，制造了那情夫负心的假象，让那不幸的女人相信她有个情敌，那男人欺骗了她。她在极度妒恨之下，便举发了她的情夫，全部招认，全部证实了。那男人没救了，不久要在艾克斯城和他的同谋受审。讲述完这件事，大家交口称赞那位司法官的机敏。他利用嫉妒的心理，让人出于恼恨而讲出事实，借助报复的心理而显出司法的威力。主教一声不吭地听着，等大家说完了，他就问道："在哪儿审判那男人和女人呢？"

"在重罪法庭。"

主教又问道："那么，在哪儿审判检察官先生呢？"

迪涅发生一桩惨案。一个男人因杀人而被判处死刑。那不幸的人算不上个读书人，但又不是一点知识都没有；他在集市上卖艺，代写书信。这件案子引起全城人的关注，行刑的前一天，驻监狱的忏悔师病倒了。必须找个神父帮助死囚度过他最后的时刻。有人去请本堂神甫。据说他拒绝了，声称："这不关我的事。我何苦接这个苦差事，何苦管那个跑江湖的；我本人也正害病；况且，那不是我的职务。"

他这种答复传到主教耳中，主教说道："本堂神甫先生讲得对。那不是他的职务，而是我的职务。"

于是，主教立刻赶往监狱，下到"跑江湖的"那间牢房，叫他名字，拉住他的手，同他说话，在他身边待了整整一天一夜，废寝忘食，祈祷上帝拯救犯人的灵魂，也祈求犯人拯救他自己的灵魂。主教告诉犯人，最完美的真理也是最简单的真理。他就像个父亲、兄长、朋友，仅仅为了祝福才是主教。他一边安慰他，劝他放心，一边教他明白这一切。那人要在绝望中受刑而死，把死亡看成万丈深渊。他站在死亡线上，吓得魂不附体，恐惧地倒退。他还不是根本不在乎生死的冥顽之徒。死刑判决这一剧烈的震撼，似乎把他周围某处的间隔震破，这种间隔就是我们所说的生命，阻隔我们看不到事物的神秘性。他从这幽冥之隔的缺口不断窥探世外，所见唯有一片黑暗。主教却让他看到一线光明。

次日来提这个不幸的人时，主教还在牢房里。他也跟着走到刑场。他披着紫色祭披，颈上悬挂着主教十字架，同五花大绑的刑犯并肩站在大众面前。

主教和刑犯一同上囚车，一同登上断头台。那个临刑的人，昨天还那么萎靡颓丧，现在却容光焕发。他感到自己的灵魂得救了，可以寄希望于上帝。主教拥抱了他，就在屠刀要落下的当儿，还对他说道："被同类所杀的人，上帝能使他复活；被兄弟们赶走的人，能找到天父。祈祷吧，相信吧，到生命中去！天父就在那里。"他走下断头台时，眼里有异样的神色，足令众人闪避两侧。他脸色苍白，神态宁静，不知为什么那么令人敬佩。回到他戏称为"他的宫殿"的简陋居所，他对妹妹说："我刚才举行了一场隆重的祭典。"

最崇高的事物，也往往是最不为人理解的事物；城里就有人议论主教的这一举动，说是"故作姿态"。当然，这仅仅是沙龙里的一种论调。而民众又感动又钦佩，他们可不会把圣洁的行为理解为居心叵测。

至于主教，他目睹断头台，受到一次震动，心情久久不能平静。

断头台，竖立在那里，确实有一种威慑之力。只要还没有亲眼目睹过断头台，就可能对死刑抱着漠不关心的态度，不置可否，决不表示赞成还是反对；然而，一旦撞见一个，那震动就十分剧烈，就必须做出抉择，是赞成还是反对。有人赞赏，如德·迈斯特尔①；有人憎

---

① 约瑟夫·德·迈斯特尔（1753—1821）：法国神学家。在《圣彼得堡晚会》一书中，他谈到刽子手的神圣职责。

恶，如贝卡里亚①。断头台是法律的体现，并取名为"制裁"；它不是中立的，也不让人保持中立态度。看见它的人都会不寒而栗，发出神秘莫解的战栗。断头台是幻象。断头台不是一个空架子，断头台不是一架机器，断头台不是由木头、铁件和绳索构成的无生命的机械。它仿佛是一种生命体，具有一种难以言状的阴森可怕的进取性；这个架子就好像看得见，这架机器就好像听得到，这件机械就好像能理解，这木头、铁件和绳索就好像有愿望。断头台一出现，将人的灵魂投入噩梦中，就显得狰狞可骇，并参与了它的所作所为。断头台是刽子手的同谋，它吞噬，它吃人肉，喝人血。断头台是法官和木工合造的一种魔怪，是一个幽灵，似乎以它制造的死亡而生存，过着一种令人闻风丧胆的生活。

因此，这次印象极为可怕，极为深刻，到了行刑的第二天，甚至数日之后，主教还一直精神不振。在行刑时那种几乎是强制的宁静神态，早已消失了：现在，社会司法的鬼魂在困扰着他。往常他做事回来，一向心安理得，春风满面，这回他却总像自责。有时他自言自语，低声讷讷地讲一些瘆人的话。下面的一段话，就是一天夜晚他妹妹听见记下来的："真没想到会如此惨不忍睹。专心致力于上天的法则，而不再理睬人间的法律，这是错误的。生死予夺的大权只属于上帝，人有什么权力染指这件陌生的事物？"

随着岁月的流逝，这些印象也逐渐淡薄，也许消泯了。然而大家注意到，从那以后，主教一直避开那个刑场。

米里哀先生总是随叫随到，去看望病人和临终的人。他非常明确那是他最主要的职责和最主要的任务。他不用请，会主动去孤儿寡母家。他也会一连几个小时，默默地坐在失去爱妻的男子身边，或者失去孩子的母亲身边。他善于把握何时开口，也善于把握何时闭口。令人敬佩的安慰者啊！他无意用忘却抹去痛苦，反借希望使之伟大而崇高。他常说："您要当心看待死者的方式。不要想尸骨要腐烂。要凝神观看，您会发现在九重天上，有您逝去的亲人的生命之光。"他知道信仰有益无害。他指着驯顺的人，极力劝导悲痛欲绝的人；指着仰望一

---

① 恺撒·德·贝卡里亚（1738—1794）：意大利刑法学家，著有《论法令与刑罚》。

颗星的悲痛，极力扭转俯瞰一个墓穴的悲痛。

五　主教袍件件穿得太久

米里哀先生无论私生活还是社会生活，都贯穿同样的思想。能有机会靠近观察的人，就会看到迪涅主教甘于清苦，过着又俭朴又感人的日子。

如同所有老人和大多数思想家那样，他睡眠很少。睡眠时间短，但很深沉。清晨，他要静修一小时，然后到大教堂，或者在自己的经堂里诵弥撒经。早餐只有一块黑麦面包，蘸着自家产的牛奶食用。吃罢便开始工作。

主教是个大忙人。他每天要接见主教区秘书——通常由议事司铎担任，几乎每天要接见他的几位副主教。他还要掌握宗教团体的活动，颁发特权证书，检查整个宗教图书馆，清理祈祷书、教理问答手册、日课经书等等，还要起草训谕，批示讲道手稿，还要调解各地本堂神甫和行政长官的关系，还要处理教会方面的函件、行政方面的公函，可谓日理万机，既对政府，又对教会负责。

处理完繁杂的公务，做完日课，余下的时间，他首先用来去看望贫苦人、患者和伤心的人；如果再有时间，他就干活。有时在园子里挖土，有时看书或写东西。这两种活儿，他统称为"耕耘"。他常说："精神就是一块园地。"

中午用正餐，食品跟早餐一样。

将近下午两点钟，如果天气好，他就到田野或城里散步，路上经常走进陋舍。只见他拄着长手杖独自行走，目光低垂，陷入冥思苦想，身上穿着暖和的紫色棉袍，脚下穿着紫袜和粗大的鞋子，而头上则戴着平顶三角帽，由角上坠下三束菠菜籽形的金黄色流苏。

他所到之处，就跟节庆一样，仿佛一路散播着温暖和光明。孩子和老人站在门口迎候主教，如同迎候太阳。他祝福大家，大家也为他祝福。无论谁有所需求，人们都指向他的住所。

他时走时停，跟小男孩小姑娘说说话，冲孩子的母亲笑笑。他有钱的时候，就去看望穷人；没钱的时候，便去拜访富人。

他的教袍穿得太久而破旧了，又不愿意让人看出来，进城就只好穿那件紫棉袍。可是到了夏季，未免捂得难受了。

晚上八点半钟，他同妹妹共进晚餐，马格洛太太站在身后伺候。晚餐简单极了。不过，主教若是留一位本堂神甫吃饭，马格洛太太就趁机为主教大人做点鲜美的湖鱼或山里的野味。任何本堂神甫，都是做一顿丰盛饭菜的借口；主教也听之任之。没有客人的时候，他的晚餐通常只有水煮蔬菜和素油浓汤。因此，城中盛传这样的话："主教不款待本堂神甫的时候，就款待苦修会修士了。"

用过晚餐，他就同巴蒂丝汀小姐和马格洛太太闲谈半小时，然后回到自己的房间，继续写东西，有时写在单页纸上，有时写在对开本书的空白边上。他是文人，又颇有学识，身后留下五六种堪称奇文的手稿。其中有一种论述《创世纪》中的一节："初始，上帝之灵漂浮在水面上"。① 他用三种文本比较这一节：阿拉伯文译本上说："上帝的风吹拂"；弗拉维乌斯·约瑟夫②写道："上界的风骤降大地"；最后，翁克洛斯③的迦勒底文注释性翻译则为："来自上帝的一阵风吹拂在水面上"。在另一篇论述中，他研究了雨果④的神学著作——那位雨果为普托勒马伊斯的主教，是本书作者的曾祖叔父——他确认上个世纪，以巴赖库尔为笔名发表的几本小册子，应当出于那位主教的手笔。

有时在阅读中，不管手上捧着什么书，他会突然陷入沉思，从沉思中醒来，便立刻在页码边上写几行字。那几行字往往同书的内容毫无关系，例如，下面我们看到的几行批注，就是他写在一部四开本书的边页上，书名为：《日耳曼勋爵同克林顿、柯思华利斯两将军，以及同驻美洲海军将领的通讯录》，由凡尔赛普万索书馆和巴黎奥古斯丁河滨路皮索书馆印行。

批注这样写道：

"您的存在啊：

《传道书》称您为万能之主，马卡伯家族⑤的人称您为创世主，致

---

① 见《圣经·创世纪》第一章第二节。

② 弗拉维乌斯·约瑟夫（37—95）：犹太历史学家。

③ 翁克洛斯：古代著名犹太法学家。

④ 查理-路易·雨果（1667—1739）：曾任古城普托勒马伊斯的主教，但并不是本书作者的曾祖叔父。

⑤ 马卡伯家族：犹太爱国家族，公元前167年曾发动反对希腊化政策的全国起义。

以弗所人书称您为自由，巴鲁克①称您为无限，《诗篇》称您为智慧和真理，约翰称您为光明，《列王纪》称您为天主，《出埃及记》呼您主宰，《利未记》呼您神圣，《以斯德拉记》呼您正义，《创世记》称您为上帝，人称您为天父；不过，所罗门称您为慈悲，这是您诸多名称中最美的一个。"

快到九点钟时，两位妇人告退，上楼回房间休息；主教独自留在楼下，直到拂晓。

在此，有必要准确描述一下迪涅主教的住宅。

六　主教托谁看管住宅

上文说过，主教住的是一幢两层小楼：楼下楼上各三间，顶层还有一间阁楼。楼后有一座三四十亩的园子。两位妇人住在楼上，主教住在楼下。临街的那间屋当作餐室，另一间是他的卧室，第三间是他的经堂。出经堂要穿过卧室，出卧室要穿过餐室。经堂里端隔出小半间凹室，放了一张床，接待留宿的人。有了这张客床，主教先生时常接待来迪涅办事，或者为本教区的需要奔走求告的乡村神甫。

原医院的药房建在园子里，是正楼的附属小屋，现改为厨房和贮藏室。

此外，园子里还有一个牛棚，当初是医院的厨房；现在主教在里面喂养两头奶牛。不管挤多少奶，每天早晨他总是照例给住院病人送去一半。"这是我纳的什一税。"他常这样讲。

他的房间相当宽大，严冬日子很难取暖，而迪涅的木柴又特别贵，于是他想了个办法，雇人在牛棚里用木板隔出一小间，称之为"冬斋"，最寒冷的夜晚他就在那里度过。

冬斋和餐室一样，除了一张白木方桌和四把草垫椅子，再没有别的家具。餐室里还有一个涂了粉红胶画颜料的旧碗橱。主教将同样一个碗橱罩上白布帷和假花边，作为祭台点缀他的经堂。

迪涅城来忏悔的有钱女人和信女，常常凑钱，要给主教大人的经堂购置一个美观的新祭坛；然而每回他接了钱，就分给穷人了。

"最好看的祭坛，"他常说，"那是不幸者因得到安慰而感谢上帝的

---

①　巴鲁克：先知耶利米的门徒兼秘书。

一颗心灵。"

他的经堂里有两把草垫祈祷跪椅，卧室里有一张同样草垫座的扶手椅。万一他同时接待七八位客人，如省长、将军、驻军参谋，或者小修院的几名学生，那就不得不去牛棚搬来冬斋的椅子，去经堂搬来跪椅，去卧室搬来扶手椅；这样凑起来，就能有十一个座位接待客人。每当有人来访，总要搬空一间屋子。

有时来了十二个人，碰到这种情况，主教为了掩饰难堪的场面，如在冬天，他就站在壁炉边；如在夏天，他就提议到园子里走走。

不错，在那小间凹室里还有一张椅子，但是椅面垫子的麦秸脱落了一半，仅有三条腿，要靠墙才能坐人。巴蒂丝汀小姐卧室里倒有一张很大的木摇椅，早先漆成金黄色，包了花锦缎椅套，但是楼梯太窄，当初是从窗口吊上楼去的，算不上备用的家具。

巴蒂丝汀小姐有个奢望，能买一套细长桃花心木家具，并配有长沙发、荷兰黄丝绒椅套。但是，这少说要花五百法郎。为此省吃俭用，五年工夫才积蓄了四十二法郎十生丁，她只好放弃了这种打算。况且，谁又能达到自己的理想呢？

想象主教的卧室再容易不过了。一扇落地窗朝向园子，对面是床，一张铁架病床，挂着绿色哔叽天盖。床铺暗角的布帘里边，还有能显露贵绅老派头习惯的梳洗用具。卧室有两扇门，一扇挨着壁炉，通向经堂；另一扇靠近书橱，连着餐室。那架镶玻璃的书橱很大，摆满了书籍。壁炉通常不生火，木板炉台画成大理石花纹；炉里一对铁柴架上装饰的两个花纹瓶，凹槽纹从前镶有银箔，属于主教等级的奢侈品。炉台上方一般挂镜子的地方，有一块破旧的黑丝绒，上面钉着发暗的烫金木框，里边装了一个镀银剥落的耶稣受难铜像。在那扇门窗旁边摆了一张大桌案，上面有一个墨水瓶，堆满了凌乱的纸张和大部头书籍。书案前有一张草垫椅子；床铺前的祈祷跪椅，是从经堂搬来的。

床铺两侧的墙壁上，挂着两幅镶有椭圆形木框的肖像。肖像旁边中性底色的画布上，写着金黄色小字题文，标明一幅像是圣克罗德主教德·查理奥神甫，另一幅像是夏特尔教区锡托修会大田修院院长、曾任阿格德代理主教的图尔托神甫。迪涅主教继住院患者之后搬进这间屋里，发现这两幅画像，便保留在原处了。他们是教士，也许是施主；鉴于这两点，他尊敬他们。关于这两个人物，他仅仅知道在1785

年4月27日，他们同一天得到国王封赏，一个任主教职务，另一个也任有俸圣职。马格洛太太曾摘下画像掸灰尘，主教才在大田修院院长画像背面，发现四角用胶纸黏着的一小方年久发黄的纸，上有淡淡的墨迹，标明这两位人物的出身。

窗上挂的粗毛呢帘早已破烂不堪，为了节省买新窗帘的花费，马格洛太太不得不在正中补了一大条。补缀恰成一个十字图案，主教常常叫人看，并且说道："这有多好啊！"

楼上楼下的所有房间，一无例外刷了白灰，如同兵营和医院的规矩。

然而，下文会叙述到，近年来，马格洛太太在巴蒂丝汀小姐房间里，看到白灰下面的壁纸有装饰画。这所房子改为医院之前，曾是有产者聚会的场所，因而有这种装饰。每间屋都是红砖铺地，每周刷洗一次，床前都铺了草席。总之，多亏两位妇人精心照管，这所房子从上到下极为整洁。这是主教允许的唯一的奢侈。他常说："这不用从穷人那里拿一点东西。"

不过，要承认，他从前拥有的东西，还留下六套银餐具和一只大号银汤勺。每天，马格洛太太都要喜滋滋地瞧瞧白色粗桌布上闪闪发亮的银器。在这里既然要如实描述，我们就应当补充一句，主教不止一次这样说："要我放弃用银器吃饭，恐怕难以做到。"

除了银餐具，还有两只粗大的银烛台。烛台插了两支蜡烛，通常摆在主教的壁炉台上。如果晚餐有客人，马格洛太太就点着蜡烛，将两只烛台放到餐桌上。

在主教卧室的床头有一个小壁橱，每天晚上，马格洛太太就把六套银餐具和大汤勺摆进去。应当指出，橱门的钥匙从不拿下来。

园子的景致，让前面所说的相当丑陋的建筑破坏了几分。园中四条林荫小道，从一口排污水渗井交叉向四面伸展，沿着白围墙还有一条环形路径。这几条小道两侧栽了黄杨，将园子隔成四个方块。其中三块，由马格洛太太种了菜；第四块由主教种了花。园中零散还有几株果树。

有一回，马格洛太太带着几分狡黠，甜嘴甜舌地对他说："主教大人，您什么都要派作用场，而一块方地却不利用。不如种上生菜，总比花儿好。"

　　"马格洛太太，"主教答道，"这您就错了。美，同适用一样有用。"他沉吟一下，又补充道："也许更有用处。"

　　这个方块地分三四个花坛，主教在上面花的工夫，几乎等于他看书的时间，他乐意待上一两个钟头，修枝，除草，随处在土里戳洞，撒进去花籽儿。他并不像园艺工那么仇视昆虫，在植物学方面也绝不自命不凡。他不懂分科和固体病理学说，也绝不想在图尔纳福尔①和自然方法之间评优劣，既不站在胞果一边反对子叶，也不站在朱西厄②一边反对利内③。他不研究植物，只喜爱花卉。他非常敬重学者，更敬重没有知识的人。对这两者从不失礼，因而夏季每天傍晚，他总提着上了绿漆的白铁喷壶去浇花。

　　那所房子没有一扇门上锁。前面说过，餐室的门正对着大教堂广场，从前安了锁和铁闩，好似牢门。主教让人将门锁拆掉，白天黑夜只用一个插关扣门。随便什么过路人，随便什么时候，都可以推门而入。这扇房门从不上锁，起初两个妇人总是担惊受怕，而迪涅主教却对她们说："你们的房门可以安上插销嘛。"到头来，她们也信从了，至少装作信从而放心。唯独马格洛太太有时还提心吊胆。至于主教这样做的心理，从他写在《圣经》边页上的三行字中，可以找到答案，至少找到线索："只有这点细微的差异：医生的门永远不应关闭，教士的门永远应当敞开。"

　　在另一本名叫《医学的哲学》书上，他还写了这样一段话："难道我不跟他同样是医生吗？我也有病人，首先有他们的病人，即他们所称的病人；其次，我有我的病人，即我所称的不幸者。"

　　在另外一处他还写道："不要问求宿者的姓名。求宿者要报姓名往往特别为难。"

　　有一天，一位令人尊敬的本堂神甫来访，记不清究竟是库卢勃鲁还是蓬皮埃里的本堂神甫，他大概应马格洛太太的请求，以试探的口气问主教大人：房门日夜敞着，随便什么人都可以进来，是否就那么肯定不是大大的失慎呢？而且住在极少防范的房舍里，是否就不担心

---

① 约瑟夫–彼通·德·图尔纳福尔（1656—1708）：法国植物学家。
② 贝尔纳·德·朱西厄（1699—1777）：法国植物学家。
③ 查理·德·利内（1707—1778）：瑞典著名植物学家。

发生什么不幸呢？主教郑重而蔼然地拍了拍他的肩膀，对他说道："房舍如无天主守护，人再怎么看守也徒然。"① 接着，他就岔开话题了。

他常常爱说："龙骑兵队长有龙骑兵队长的胆量，同样，教士有教士的胆量。"他又补充一句，"不过，我们的胆量应当是平静。"

七　克拉瓦特

这里有一件事实，我们自然不能忽略，通过这种事，能看出迪涅主教究竟是怎样一个人。

加斯帕尔·贝斯匪帮，曾在奥利乌勒山口一带为非作歹，被击垮之后，一个叫克拉瓦特的二头目逃进山中。他率领一伙匪徒，即加斯帕尔·贝斯的残部，在尼斯伯爵领地隐匿一段时间，继而流窜到庇埃蒙地区，忽又在法国境内巴斯洛内特一带出现。有人先后在若西耶和土伊勒见到他。他躲在鹰轭山洞里，从那里出来，取道大小玉贝山谷，窜向村落和乡镇，甚至逼近昂布兰，一天夜晚闯进大教堂，将圣器室抢劫一空。他的强盗行径扰得居民无法安生。派宪警追捕也没用，他屡次逃脱，有时还恃强对抗。他是个胆大包天的匪首。就在人人闻风丧胆的时候，主教赶来了，要巡视这个地区。乡长到沙斯特拉见他，劝他原路返回。克拉瓦特占据山区，其势直达阿尔什乃至更远。即使有卫队护送，路上也很危险。三四名宪警不过是白白去送死。

"那我就不用人护送了。"主教说道。

"您有这种想法，主教大人？"乡长高声说道。

"我这种想法很坚决，决不带卫兵，而且过一小时我就动身。"

"动身？"

"动身。"

"独自一人？"

"独自一人。"

"主教大人，您可不能这样做。"

"山里有个不起眼的小村子，"主教又说道，"就这么一丁点儿大，有三年我没去看望了。那里住着我的好朋友，是些和气厚道的牧民。他们放牧的羊群，每三十只就有一只是他们的。他们打五颜六色的羊

---

① 原文为拉丁文，引自《圣诗》。

毛绳，非常好看，还用六孔小笛子吹各种山歌。他们需要不时听人谈谈慈悲的上帝。连主教也害怕，他们会怎么说呢？我若是不去，他们会怎么说呢？"

"可是，主教大人，有强盗啊！万一您碰见强盗呢？"

"对呀，"主教说道，"我还想呢。您的话有道理。我可能碰见他们。他们也需要听人谈谈慈悲的上帝。"

"主教大人！那是匪帮啊！那是狼群啊！"

"乡长先生，也许耶稣恰好让我放牧那一群。谁了解天主的道路呢？"

"主教大人，他们会把您的东西抢光的。"

"我一无所有。"

"他们会杀害您的。"

"杀害一个嘴里叨叨咕咕的过路的老教士？算啦！图什么呢？"

"噢！上帝啊！万一您碰见他们呢？"

"我就要他们施舍点钱给穷人。"

"大人，看在上天的份儿上，不要去吧！您有生命危险。"

"乡长先生，"主教说道，"仅仅担心这一点吗？我在这世上，不是守护自己的生命，而是守护灵魂。"

只好听便。他动身了，只带着自愿当向导的小孩。他这样一意孤行，在当地引起纷纷议论，也让人为他提心吊胆。

主教不愿带他妹妹，也不愿带马格洛太太同行。他骑着骡子穿山越岭，没有碰见一个人，平平安安到达他那些"好朋友"牧民家中。他在那里逗留半个月，讲道，行圣事，传授知识，开导思想。要离去的日子临近了，他决计要以主教的身份做一场感恩弥撒，并同本堂神甫商量。可是怎么办呢？主教没有祭礼的服饰啊。能供他使用的只有乡村寒酸的圣器室，从里边找出几件镶着假饰带的破旧花缎祭服。

"没关系！"主教说道，"神甫先生，不妨宣告礼拜天做感恩弥撒。到时候就会有办法。"

于是又到邻村的教堂去寻找。那些穷苦教区把最华丽的服饰集中起来，也不够让大教堂的唱诗班穿戴得像样些。

正在为难之时，忽然有两个骑马的陌生人，给主教先生送来一口大箱子，放到本堂神甫住宅门口，当即就离去。打开箱子一看，只见里面装有一件金线呢祭披、一顶镶有钻石的主教法冠、一个大主教用的十字架、一根精美的法杖、一件法衣教袍，全是一个月前从昂布兰圣母教堂的圣器室抢走的。箱子里还有一张字条，上面写道：克拉瓦特送给下福汝主教。

"我说过会有办法的嘛！"主教说道。接着，他又含笑补充一句："本来穿教士白色法衣的人，上帝却派人送来大主教的祭披。"

"主教大人，"本堂神甫微笑着摇了摇头，咕哝道，"上帝，或者魔鬼。"

主教定睛看着本堂神甫，以权威的口气又说道："是上帝！"

在返回沙斯特拉的一路上，不少人出于好奇来看他。他回到沙斯特拉的本堂神甫住宅，同等待他的巴蒂丝汀和马格洛太太重聚；他对他妹妹说："怎么样，我的想法不错吧？一个穷苦的教士，空着双手去看望穷苦的山民，却满载而归了。我只带着信仰上帝的一片诚心出发了，结果带回来一座大教堂的宝物。"

夜晚临睡前，他还说道："永远也不要害怕盗贼和凶手。那是身外的危险，小危险。还是惧我们自身吧。偏见，就是盗贼；恶习，就是凶手。巨大的危险在我们自身。威胁我们的脑袋或者钱袋的危险，何足挂齿！一心考虑威胁我们灵魂的危险吧！"

接着，他又转身对他妹妹说："妹妹，教士绝不可提防他人。他人所为，得到上帝允许。我们认为危险临头的时候，只应当祈祷上帝。祈祷上帝，不是为我们自己，而是要让我们的兄弟避免因我们而失足。"

不过，他一生极少有重大情况，这里也仅仅叙述我们所了解到的。其实，平常日子，他总是在同样时刻做同样事情。他一年的每个月，就像他一天的每个时辰。

至于昂布兰大教堂的"宝物"的下落，提出这个问题会令我们为难。那些东西的确很好看，很诱人，值得抢去救济不幸者。况且，已经抢走了。弄险的行为干了一半，接下来只要改变抢劫的方向，只要再朝穷人走一小段路就行了。这件事我们绝不断定如何了结。不过，在主教的故纸堆中发现一张字条，意思相当模糊，也许同这事有关，上面这样写道："关键在于明确这东西应当归还大教堂，还是应当归还医院。"

八　酒后哲学

上文提过的那位元老院元老，人精明强干，行事总是勇往直前，毫不顾忌经常遇到的阻碍，即人们所说的良心、信誓、公道、天职。他直趋目的，在他升迁和牟利的路线上，一回也没有犹豫过。他当过检察官，官运亨通，为人也渐趋温和，绝不是心狠手辣的人。他在生活中兢兢业业，总抓住有利的方面，有利时机，抓住意外的财运，然后，对于他儿子、女婿、亲戚，甚至对他朋友，也能尽量帮些小忙。其余的事，在他看来无不有些愚蠢。他颇有才智，又粗通文墨，自称是伊壁鸠鲁①的信徒，也许不过是比戈-勒布朗②的门下。他好拿无限和永恒的事情，以及"主教老头的空论"打趣。有几回，他以和蔼而不容置疑的口气取笑，米里哀先生就在场洗耳恭听。

记不清在哪次半官方的聚会上，某某伯爵（即那位元老）和米里哀先生，都应邀在省长府参加宴会。到了上甜食的时候，那位元老已有几分醉意，但仍不失庄重的仪态，他提高声音说道：

"喂，主教先生，咱们聊聊吧。一名元老和一名主教面面相觑，就难免要挤眉弄眼。咱俩都是占卜官。我要对您讲句心里话：我有自己的一套哲学。"

"您说得对，"主教答道，"摆弄哲学，就要躺在床上。您睡在金屋雕床上，元老先生。"元老听到这话，精神抖擞，又说道："那咱们就当当老顽童吧。"

"就是当老魔鬼也成啊。"主教答道。

"告诉您说吧，"元老又说道，"德·阿尔让侯爵、皮朗、霍布斯和内戎③先生，都不是等闲之辈呀。在我的书房里，我喜爱的哲学家的书切口都是烫金的。"

"如同您本人一样，伯爵先生。"主教接口说道。

---

①　伊壁鸠鲁（公元前 341—前 270）：希腊哲学家，主张享乐主义。
②　比戈-勒布朗（1753—1835）：法国庸俗作家。
③　德·阿尔让侯爵（1704—1771）、雅克-安德烈·内戎（1738—1810）：法国两名二流作家，在这里与大哲学家霍布斯和皮朗并列，以表明这位元老的品味。

元老继续说道：

"我恨狄德罗，他是个空想理论家，徒托空言，鼓吹革命，骨子里信仰上帝，比伏尔泰还要笃诚。伏尔泰嘲笑过尼达姆①，其实好没道理；因为，尼达姆举鳗鱼为例，证明上帝是无用的。一匙面团加上一滴醋，就可以取代'要有光'②。假设那一滴要大得多，那一匙也大得多，就构成世界了。人，就是鳗鱼。因此，要永恒之父干什么呢？主教先生，关于耶和华的假说令我厌烦，那只能造出头脑贫乏的浅薄之辈。打倒令我头疼的万物之主！叫我心安的虚无万岁！虚无才叫我安心！要我把心里话全倒出来，而且，也理应向我的牧师坦白相告，老实说，我还是能明辨是非的。您那位耶稣，到处宣扬忍让和牺牲，却迷惑不了我。那无非是吝啬鬼对穷鬼的劝告。忍让！为什么？牺牲！为了什么？我没见过一只狼肯为另一只狼的幸福献身。我们生活在自然界，还是讲讲自然界的话吧。我们处于顶峰，就应有高明的哲学。如果鼠目寸光，何必站那么高呢？还是寻欢作乐吧。生活，就是一切。若说在别的地方，在天上，在彼岸，在某处，人还有另一种前景，这种鬼话我一句也不相信。哼！教我牺牲，教我忍让，那么我一举一动都要当心，还要为善恶、正邪、吉凶等问题大伤脑筋。为了什么？只为将来我对自己的行为有个交代。什么时候？等我死后。多美的梦啊！等我死后，我会有个好结果。让幽灵的手抓一把灰给我看看。我们都是过来人，都撩起过爱西丝女神③的衬裙，实话实说吧：这世上无善无恶，唯有生物。我们要求真，要刨根问底，追本穷源，鬼都明白！要嗅到真理，入地搜寻，把真理抓住。这样，它才能给您美妙的乐趣。这样，您就会仰天大笑，不信鬼神了。主教先生，在根本问题上我绝不含糊，人永生之说，不过是骗小孩子的鬼话。嗬！多么迷人的许诺！您爱信就信吧，亚当能兑现的空头支票！人有灵魂，能变成天使，从肩胛骨长出蓝色翅膀。帮我想一想，是不是泰尔图林④讲的，幸运的人

---

① 在《哲学辞典》中，伏尔泰曾讽刺尼达姆（1713—1781）力图调和自然繁殖理论和对造物主的信仰。

② 在《创世纪》第一章第三节中，上帝说，"要有光"，于是有了光。这句话成为一切伟大发现的格言，从黑夜到白昼，从无到有。

③ 爱西丝：古埃及神话中司婚姻的女神。

④ 泰尔图林（155—222）：基督教卫道士。

将从一个星球遨游到另一个星球？就算这样吧。那也无非变成星际间的蝗虫。还有什么，能见到上帝。得，得，得。什么天堂，全是无稽之谈。上帝，是荒谬绝伦的鬼话。当然，这种话，我绝不会拿去刊登在《箴言报》上！但不妨在私下里讲讲。为了上天堂牺牲人世，无异于丢开猎物去追捕影子。上永生之说的圈套！还不至于那么愚蠢。我是虚无。我就叫元老院元老，虚无伯爵先生。我生前存在吗？不存在。我死后还会存在吗？不会。我是什么呢？不过是某种机体聚合的一点尘埃。在这尘世上，我能做什么呢？倒是可以选择：受罪或者享乐。受罪，能把我引到何处呢？引到虚无。白受了一辈子罪。享乐又能把我引到何处呢？也是虚无。但我毕竟享乐了一生。我已经选定了。要么吃，要么被吃。我还是吃，当牙齿总比当草料好。这就是我的明智。剩下来的事儿，就顺其自然了，掘墓人守在那里，即使为我们这些人准备了先贤祠，最后，什么都要掉进那个大洞里。完结。荡然无存。彻底清算。这便是化为乌有的地点。死了，就一了百了，请相信我这话。说什么那里有人要同我谈谈，我一想就忍俊不禁。妈妈的胡编乱造。编出妖魔鬼怪来吓唬小孩，还编出耶和华来吓唬大人。算了，我们的明天是黑夜。在坟墓后边，只有虚无，对谁也不例外。纵然您曾经是萨丹纳帕路斯①，曾经是万森·德·保罗②，最后都要归于寂灭，这才是真实的。因此，最重要的是活着。您掌握自我的时候，要充分利用。老实跟您说吧，主教先生，我有自己的一套哲学，我也有自己的同道，绝不会听信那种无稽之谈。至于下等人，那些赤脚汉、穷光蛋、可怜虫，当然需要点什么。那就给他们享用传说、虚幻、灵魂、永生、天堂和星宿。给他们大吃大嚼吧，让他们涂在干面包上吧。一无所有的人还有慈悲的上帝。这是最起码的了。关于这一点，我绝不提出非难，但为我本人还是保留奈荣先生。仁慈的上帝适于平民百姓。"

主教鼓起掌，朗声说道："高论，高论！这种唯物主义，确是美妙绝伦的东西！不是谁想要就能得到的。嘿！一旦得到，就大彻大悟了，

---

① 萨丹纳帕路斯：约公元前 8 世纪，传说中的亚述的昏君。
② 万森·德·保罗（1581—1660）：法国天主教教士。

既不像迦东①那样傻乎乎地任人放逐，也不像圣艾蒂安②那样让人用石块击毙，更不像贞德那样让人活活给烧死。凡是获得唯物主义这个法宝的人，就可以优哉游哉，就觉得一身轻，卸去所有责任，以为能放心大胆地吞噬一切，地位、俸禄、爵衔、正当或非正当得来的权力、见利忘义、卖友求荣、丧尽天良，这些美味的东西吞下去，等消化完了，就钻进坟墓里正寝。多么舒服啊！我不是指您而言，元老先生。然而，我也不能不向您祝贺。你们这些大老爷，正如您所说的，你们有一套自己的哲学：这套哲学又巧妙又高明，专门适用于富人，适于各种口味，为生活增添无穷的乐趣。这套哲学深深扎进地下，是由非凡的探求者发掘出来的。信仰仁慈的上帝是老百姓的哲学，正如栗子炖鹅肉是穷人的蘑菇煨火鸡，而您认为这没有什么不好，你们真不愧是仁慈的王公贵族。"

九　妹子叙述的兄长

要想说明迪涅主教先生的家庭状况，也说明两位圣女一言一行，一思一念，乃至女人的易受惊吓的本性，为什么能服从主教的习惯和意愿，甚至先意承志，无须他开口吩咐，我们最好将手头掌握的一封信抄录于此。这封信是巴蒂丝汀小姐写给她的幼年朋友布瓦舍夫隆子爵夫人的。

　　亲爱的夫人，我们没有一天不提起您。这固然是我们的习惯，但是还有一个缘故。设想一下，马格洛太太在掸灰和洗刷天棚和墙壁时，竟发现许多东西。我们这两间壁纸陈旧并刷了白灰的屋子，现在也无损于类似尊府的一座宅第了。马格洛太太将壁纸全部揭去，发现下面有东西。我们的客厅有十五尺高，十八尺见方，里边没有安放家具，有时用来晾衣物，天棚原来是描金的，同贵府一样，改为医院时，用布覆盖了。还有，所镶的护壁板，也是我们祖母时代的。不过，我是要让您看看我的房间，那壁纸少说

---

① 迦东（公元前95—前46）：罗马政治家，信奉禁欲主义，先后反对庞培和恺撒，失败后自杀。

② 圣艾蒂安：基督教的头一个殉道士。

裱了十层，马格洛太太发现底地有油画，虽非杰作，但也看得过去。画上是密涅瓦①封泰雷马克②为骑士；花园图上也是他，名称我忘记了。最后，还有罗马贵族仅在一夜去过的地方。还要对您说什么呢？我这里有罗马男人和女人（此处有个词字迹不清），以及全部随从。这些壁画，马格洛太太全部擦拭干净了；有几处破损，今年夏季她要修复，还要全部重新上色，到那时，我的房间就会变成一个名副其实的画馆了。她在阁楼的角落还找到两个古式托架，重新描金要花费六利弗尔银币，还不如省下钱给穷人；况且式样很丑，我希望有一张桃花心木的圆桌。

我始终很愉快。我哥哥心肠特别好，钱财都给了穷人和病人。我们的生活十分拮据。这地方冬季非常寒冷，帮助生活困难的人是应该的。我们毕竟还有炉火和灯光。您瞧，这就非常舒服了。

我哥哥有自己一套习惯。他谈话时，总说一名主教就应该这样。您想想，临街的房门从来不上锁。谁都可以进来，而且能直接走到我哥哥的房间。他无所畏惧，连黑夜也不怕。拿他的话说，这就是他所特有的勇敢。

他不让我替他担心，也不让马格洛太太替他担心。他敢冒各种危险，而我们察觉了还不许表露出来。必须善于体会他的苦心。

下雨他也出门，走在泥水里，冬天还要远行。他不怕黑夜，也不怕路上不安宁和遭遇坏人。

去年，他就独自前往盗匪聚集的地方。他不肯带我们去。他在那里待了两周，平安返回。我们还以为他身遭不测，而他却安然无恙。他说：他们就是这样抢我的！说着就打开一只大箱子，里面满满装着昂布兰大教堂的全部珍宝，那是盗匪送给他的。

他那次回来时，我和他的几位朋友迎出去两古里远；我禁不住责备他几句，但十分小心，趁车轮隆隆作响时讲的，免得别人听见。

起初，我心里常想：什么危险都挡不住他，真拿他没办法。现在，我习以为常了。我总示意，不让马格洛太太阻拦他。由他

---

① 密涅瓦：罗马神话中的女神，相当于希腊神话中的雅典娜。

② 泰雷马克：特洛伊战争中的英雄人物。

冒险去吧。我拉着马格洛太太回房间，为他祈祷，然后睡我的觉。我心里很坦然，情知他一旦出事，我也就不活了，随我哥哥和我的主教去见仁慈的上帝。马格洛太太更看不惯她所说的他的冒失行为，不过现在，习惯已成自然。我们俩一同担心，一同祈祷，然后睡我们的觉。魔鬼进屋就进屋吧。归根结底，在这所房子里我们怕什么呢？总有最强大的那位和我们同在。魔鬼可以经过这里，但是仁慈的上帝常驻我们家中。

有这一点就够了。现在，都无须我哥哥开口，不用他讲话我就明白：我们完全把自己交给了天主。

这就是同心志高远的人相处之道。

您向我打听福克斯家族的情况，我问过我哥哥。您知道他全了解，而且记得一清二楚，因为，他始终是一个极忠诚的保王党人。不错，那是冈城财政区一个古老的诺曼底世家。五百年前，福克斯家族出了几个贵绅，一个叫拉乌尔，一个叫若望，还有一个叫托马斯，其中有一个当了罗什福的领主。后裔的最末一位名叫居伊-艾蒂安-亚历山大，当过团长，在布列塔尼轻骑军也有相当的军衔。他女儿玛丽-路易丝嫁给了阿德里安-查理·德·格拉蒙，即元老院元老、法国禁卫军上校和陆军中将，路易·德·格拉蒙公爵的公子。他们的姓氏有三种写法：Faux、Faug、Faoucq。

亲爱的夫人，请您转求贵戚红衣主教先生保佑我们。至于令爱西尔瓦妮，她在您身边待的时间很短，当然无暇给我写信。既然她身体康健，又按照尊意行事，并且始终爱我，我也就心满意足了。我通过您收到了她的问候。我的身体不算太坏，但是日益消瘦。再见，信纸已写满，不得不就此停笔。万事如意。

巴蒂丝汀

18……年 12 月 16 日，于迪涅

又及：令嫂同她年少家庭一直住在此地。令侄孙天真可爱。您知道吗，他很快就满五岁啦！昨天，他看见缠了护膝的一匹马走过，就问道："咦！它的膝盖怎么啦？"这孩子，真是可爱极了！他弟弟在屋里拖着旧扫把当车拉，嘴里喊着："驾！"

通过这封信可以看出，这两位妇人善于曲意顺随主教的行事方式，理解男人胜过男人自己，表现出女性这种特殊的才能。迪涅主教的仪态始终温文尔雅，纯朴厚道，有时却做出果敢、伟大而崇高的事情，又毫不显出有意为之。两位妇人为他提心吊胆，但还是由他做去。有几次，马格洛太太在事前试图劝阻，不过在事情进行过程中或事后从不妄置一词。一旦开始行动，她们从不打扰他，连一点儿异议的声色都没有。在某种时候，无须他明讲，也许由于纯朴到了极点，连他自己都没有意识到，而她们却隐约感到他在尽主教的职责，于是她们在家中就化为两个影子，不由自主地侍候他，如果退避就是服从的话，她们就会悄然引退。她们天生一颗灵敏细腻的心，能体会出有些关怀反而会妨碍他。我不是说她们理解他的思想，而是了解他的性情，因此，即使认为他有危险，也不再看护他了。她们把他托付给上帝了。

况且，正如上文所看到的，巴蒂丝汀说，她兄长殒命就是她的末日。马格洛太太没有这样讲，但她心中自有主张。

十　主教面对鲜为人知的贤哲

在上面抄录那封信件所载的日期之后不久，他又有一件惊人之举；而在全城人看来，比起他上次深入强盗出没的山区之行，这件事更为冒失。

离迪涅城不远的乡下，住着一个与世隔绝的人。直截了当说吧，那人从前当过国民公会①代表。他名字叫 G。

在迪涅这个小天地里，一提起国民公会那位 G 代表，大家都不禁谈虎色变。一个国民公会代表，好家伙，您想象得出吗？那是以"你"和"公民"相称呼的年代里存在过的。那人简直就是个怪物。虽说他没有投票赞成处死国王，但也相去不远了。他近乎是个弑君者，曾是个无比残暴的人。正统的王室复国之后，为什么没有把这人送上重罪法庭呢？不砍他的头可以，宽宏大量嘛，但是也要让他好好尝尝终生放逐的滋味。总之，以儆效尤！如此等等，不一而足。况且，他是个无神论者，跟所有那些人一样。——无非鹅群讥笑雄鹰的妄语。

不过，能说 G 是雄鹰吗？如果考虑他离群索居的生活所包含的警

---

① 国民公会：1792 年 9 月 12 日组建，法国革命时期的议会。

觉惕厉，就可以这样说。他没有投票赞成处死国王，因而没有列入放逐法令所规定的名单，得以留在法国。

他的居所离城仅有三刻钟的路程，远离所有人家，远离所有道路，不知住在哪个荒山沟里。据说他那里有一片地，有一个山洞，有一个巢穴。没有邻居，甚至没有过路的人。自从他在那条山沟落脚之后，通往那里的小路就被荒草覆没了。大家提起那地方，就像谈起刽子手的家。

然而，主教却念念不忘，他时常眺望天边，眺望一簇树木——那位老代表居住的山沟的标志，喃喃说道："那里有一颗孤独的灵魂。"

他在内心深处又补充一句："我应当去看望他。"

不过，老实说，这个念头乍一出现觉得自然，略微思索一下，又似不妥，进而觉得奇怪和讨厌了。须知在内心深处，他还是赞同一般人的印象。他虽然还不明确，但是对那个国民公会代表产生一种近似仇恨的感情，用"厌恶"的字眼来表达就更准确了。

可是。羔羊长了疥癣，牧人就该却步吗？不应该。况且，那又是怎样的一只羔羊啊！

这位仁慈的主教不知所措。有时，他朝那边走去，随即又反身回来。

终于有一天，在巢穴侍候那位 G 代表的牧羊少年进城来请大夫，说那老魔头要死了，人已瘫痪，挺不过这个夜晚了。这个消息在城里传开，有人就说："谢天谢地！"

主教立即操起拐杖，套上外衣，一来教袍太旧，二来要起晚风，他就这样走了。

他到达那个被人唾弃的地方，太阳快要落山了。他看出巢穴近在咫尺，不免有点心慌。他跨过一条沟，越过一道篱笆，打开栅门，走进破烂的庭园，仗着胆子朝前走了几步，突然发现那洞穴就在荒地尽头的荆丛后面。

那个小木屋低矮简陋，但是整洁，正面墙上钉着葡萄架。

门前摆着一张农村扶手椅式的旧轮椅，一位白发老人坐在上面冲夕阳微笑。

站在老人身边的男孩就是那个牧童，他正递给老人一罐奶。

就在主教观察的工夫，那老人提高嗓门说道：

"谢谢,我不再需要什么了。"

说着,他那张笑脸从太阳移到孩子身上。

主教走上前去。坐着的老人听见脚步声,便转过头来,脸上现出久住空谷忽闻足声所能有的全部惊讶。

"自从我住到这里,"他说道,"这还是头一次有人登门。您是谁,先生?"

"我叫卞福汝·米里哀。"主教答道。

"卞福汝·米里哀!听说过这个名字。当地人称卞福汝大人,难道就是您吗?"

"正是我。"

老人微微一笑,又说道:"这么说,您就是我的主教啦?"

"有一点儿吧。"

"请进,先生。"

国民公会代表朝主教伸过手去,但是主教没有同他握手,只说道:"我很高兴发现别人骗了我,显而易见,您没有病。"

"先生,"老人答道,"我会好的。"

他沉吟一下,又说道:"过三个钟头,我就死了。"

然后他又接着说:

"我懂点医道,知道临终时刻是什么情形。昨天,我只是脚凉;今天,已经冷到膝盖了;现在,我感到寒气往腰上走,一旦到达心脏,我就停止了。太阳很美,对不对?我叫人把我推到户外,最后看一眼周围的景物。您尽可同我讲话,不会耗费我的精神。您赶来探望一个要死的人,做得不错。临终时刻,是得有人守在身边。人人都有点儿怪癖,我就是想熬到黎明。然而我知道,我挺不了三个钟头了。到那时天就黑了。其实,有什么关系!完结,是一件很简单的事。做这件事不必等到早晨。好啦,我就死在星光下吧。"

老人扭头对牧童说:"你去睡吧。昨晚守了一夜,你也累了。"

孩子便进木屋去了。

老人目送他进去,仿佛自言自语:

"在他睡觉的时候,我就死了。这两种睡眠可以和睦相处。"

这话本来能打动主教,可是他并未感动。在这种对待死的态度中,他觉不出有上帝的存在。说穿了,高尚心灵的小小矛盾也应当指出来,在一般场合，他情愿嘲笑这个"本大人"，然而这次，人家没有称他主教大人，他就颇感不快，几乎要以"公民"回敬人家。大凡医生和教士，都好以粗鲁而随便的态度对待别人，他没有这种习惯，却突然产生了这种愿望。然而，这条汉子，这个国民公会代表，这位民众的代表，归根结底曾是个人杰，主教感到要严肃对待，有生以来这也许是头一回。

那位国民公会代表却以谦和热诚的目光打量他；从那神态可以看出，人行将化为尘埃时的谦卑。

主教平素总是抑制好奇心，认为好奇心近乎冒犯别人，但是此刻，他却禁不住审视这位国民公会代表，而这种专注又不是从友善出发的，如果对方是别人，他很可能就要受良心的责备。不过，在他看来，一个国民公会代表可以不受法律保护，甚至不受慈悲法律的保护。

G则神态自若，这位八旬老叟身材魁伟，躯干几乎保持挺直，说话声如洪钟，足令生理学家叹为观止。大革命有一批这类与时代相称的人。这老人身上能体现出千锤百炼的人。生命眼看就要结束，他还葆有健康的全部姿态。他那炯炯的目光、铿锵的声调、双肩有力的动作，无不令死神张皇失措，足令伊斯兰教的接引天使阿兹拉爱尔望而却步，以为找错了门。G看似要死了，但这是由于他的意愿。直到临终还能自主。只是双腿动不了，黑暗从这个部位抓住他。双脚死了，变冷了，而脑袋还活着，保持全部生命力、全部智慧。在这严重的时刻，G好像东方故事中的国王：上半截肉身，下半截石体。

旁边有块石头，主教坐下。对话突然开场了。

"祝贺您啊，"他以谴责的口气说，"您总算没有投票赞成处死国王。"

国民公会代表似乎没有注意"总算"这个词所暗含的尖刻意味。他完全收敛笑容，答道："不要太过奖了，先生，我投票结束暴君的统治。"

这是庄严的口吻回敬严厉的口吻。

"您这话是什么意思？"主教又问道。

"我是说，人也有个暴君，就是蒙昧。我投票结束这个暴君的统治。这个暴君产生的王权是伪权威，而科学才是真权威。人只应当由科学来统治。"

"也由良心统治。"主教补充道。

"这是一码事。良心，就是我们天生就有的良知的总和。"

这种论调十分新奇，卞福汝主教听了颇为诧异。

国民公会代表继续说道："至于处决路易十六的提案，我投票反对。我认为自己没有权利处死一个人；然而我觉得有权利铲除恶。我投票赞成结束暴君的统治，这就意味结束女人卖淫，男人为奴，结束儿童的黑夜。我投票赞成共和制，就是为这一切投了票。我赞成博爱、和谐、曙光！我协助破除成见和谬论。谬论和成见崩溃了，就会现出光明。我们那些人推翻了旧世界。旧世界好似苦难的罐子，从人类头顶翻落下来，就变成一把欢乐的壶。"

"混杂的欢乐。"主教说道。

"不妨说扰乱的欢乐，自从 1814 年所谓复旧变故之后，欢乐就消失了。唉！我承认，大业没有完成；我们在事实上摧毁了旧制度，可是在思想领域却未能彻底把它铲除。除掉恶习并不够，还必须移风易俗。风车不存在了，而风还在刮呢。"

"你们只管摧毁。摧毁可能有好处，不过，带着愤怒的摧毁行为，我可不能苟同。"

"有正义就有愤怒，主教先生，而正义的愤怒是一种进步的因素。没关系，不管怎么说，自从基督出世以来，法国革命是人类最有力的一步。固然不彻底，但是非常卓越。这场革命引出所有未知的社会革命。它减轻了人们的精神负担，起了安抚、镇定和开导的作用，使文明的洪流荡涤大地。法国革命好得很，它是给人类的加冕礼。"

主教不禁咕哝道："是吗？93 年①！"

国民公会代表从椅子上直起来，神态庄严，几乎是悲壮的，他以垂死的人的全部气力大声说道：

"啊！您说出来啦！93 年！我就等着这个词呢。一千五百年间，乌云密布，十五个世纪之后，乌云消散了，而您还指责雷霆。"

主教嘴上未必肯承认，心里却感到什么部位被击中了。然而，他却不动声色，答道："法官以正义的名义讲话；教士则以慈悲的名义讲话，慈悲不过是更高一层的正义。雷霆劈下来，总不该弄错地方。"

---

① 93 年：全书指 1793 年，即法国革命进入高潮，处死国王的一年。

他逼视着国民公会代表，又补充一句："路易十七?"

国民公会代表伸手抓住主教的胳臂：

"路易十七！说说看吧。您为谁流泪？为那个无辜的孩子吗？那好吧，我同您一起洒泪。为那个年幼的王子吗？我就要求考虑了。路易十五的孙子是个无辜的孩子，他在神庙钟楼上遇难，唯一的罪过就是生为路易十五的孙子；而卡尔图什的兄弟，也是个无辜的孩子，他被吊在河滩广场的拱腋下，直至气绝，唯一的罪过就是生为卡尔图什的孙子。在我看来，两人都同样死得很惨。"

"先生，"主教说道，"我不喜欢将这两个名字相提并论。"

"卡尔图什吗？路易十五吗？您是为哪个鸣不平呢？"

二人一时默然。主教几乎后悔来到这里，不过，他也有异样的感觉，隐隐为之心动。

国民公会代表又说道："唔！神父先生，您不爱听真话，嫌太生硬了。基督却喜爱。他拿着一条笞鞭，清除神庙的灰尘。他那鞭子电光四射，正是真理的无情代言者。他朗声说：让小孩子们……①当时并没有区别对待那些孩子。他毫不犹豫，同时提起巴拉巴斯的长子和希律②的长子。先生，童真就是它本身的王冠。童真无须殿下的头衔。无论贵为王孙公子，还是贱为花子乞儿，童真都同样是崇高的。"

"的确如此。"主教轻声说道。

"我坚持这一点，"国民公会代表 G 继续说道，"您向我提起路易十七。我们得沟通一下。我们是否不管上层还是底层，要为所有无辜者，为所有死难者，为所有孩子痛哭呢？我会这样的。因此，我对您说过，必须追溯到 93 年以前去，我们应当先为路易十七以前的人痛哭。只要您和我同哭老百姓的孩子，那我也和您同哭王室的孩子。"

"我为他们所有人痛哭。"主教说道。

"一视同仁！"G 高声说道，"天平如果倾斜的话，那也应当偏向老百姓一边。老百姓受苦的时间更久。"

---

① 原文为拉丁文。是耶稣对不许孩子听道的门徒讲的，全句话为："让小孩子们到我这儿来。"

② 巴拉巴斯：煽动者，犹太人要求释放他而处死耶稣，希律大帝（公元前 73—前 14）：犹太国王。

二人又沉默了。这回还是国民公会代表先开口。他用一个臂肘支起身子，用拇指和蜷曲的食指掐着脸蛋，正像人在盘问和判断事物时无意做出的动作；他那质问主教的目光，充满临终时刻的全部精神。他的话几乎是爆发出来的：

"是的，先生，老百姓受苦的时间更久。喏，再说，这一切都谈不上，您干吗来盘问我，向我谈路易十七呢？我并不认识您。自从到这地方，我就独自一人生活在这围墙里，双脚从不跨出去，除了扶持我的这个孩子，我不见任何人。不错，您的大名有时也隐约传到我耳边，应当说名声并不太坏，但是这说明不了什么问题，精明人诡计多端，总能蒙骗这个老实厚道的老百姓。对了，刚才我没有听到您车子的声响，也许您把车子停在那边岔道的树丛后面了。跟您说，我并不认识您。您对我说您是主教，但是通过这一点，我也根本不能了解您的人格。总之，我要再问您一遍：您是什么人？您是一位主教，也就是说，一位教门中的王爷，披金戴银，饰以徽章，吃着年金，享受教士俸禄的那伙人里的一个——迪涅主教的职位，一万五千法郎的固定收入、一万法郎的补贴，总共两万五千法郎，——餐桌上有美味佳肴，身边有仆役侍候，天天肥吃肥喝，礼拜五还吃黑水鸡，出门趾高气扬，乘坐华丽的马车，随从前呼后拥，住的府邸非常气派，而且，坐在高头大马的车上，还打着赤脚走路的耶稣-基督的旗号！您是高级神职人员，因而，年金、府邸、骏马、侍从、宴席，人生的享乐应有尽有，您同那些人一样也拥有这些，同那些人一样也享受这些，这很好，然而，这既暴露无遗，又不够明显，还不能让我看清您内在的主要价值，而您前来也许要让我明智些。我是对谁讲话？您是谁？"

主教垂下头，答道："我是一条虫。①"

"好一条乘坐华车的虫！"国民公会代表咕哝道。

现在轮到国民公会代表趾高气扬，主教低声下气了。

主教温和地接着说道：

"就算这样吧，先生。不过，请您向我解释一下，说我的华车停在不远的树木后边，说我肥吃肥喝，礼拜五还吃黑水鸡，说我拿两万五千法郎年金，还有府邸、仆役，可是这一切怎么证明慈悲不是一种美

---

① 原文为拉丁文。

德，宽宏大量不是一种天职，而 93 年不是伤天害理的？"

国民公会代表举手抚了抚额头，仿佛要拨开一片乌云。

"在回答您之前，我请求您原谅，"他说道，"刚才我失礼了，先生。您到我家来，就是我的客人，我应当以礼相待。您对我的思想观点提出异议，我也只应限于反驳您的论点。您的富贵和享乐生活，固然向我提供驳斥您的论据，但还是要讲点气度，我不宜利用。我向您保证不再提了。"

"谢谢您。"主教说道。

G 又说道："还是回到您要求我做出的解释吧。谈到哪儿啦？您刚才对我说什么？93 年是伤天害理的？"

"对，是伤天害理的，"主教说道，"马拉①对着断头台鼓掌，您是怎么看的呢？"

"博须埃②在龙骑兵杀害新教徒时高唱圣诗，您又是怎么看呢？"

这句答话毫不留情，像利剑一样直刺目标。主教不禁浑身一抖，竟想不出一句话来反击，可他讨厌这样点博须埃的名字。最聪明的人也有自己的偶像，有时因为别人不尊重这种逻辑而感到内心受到伤害。

国民公会代表喘急急促了，这是临终时倒气，说话断断续续，但是他的眼神表明他的神志还完全清醒。他接着说道：

"再随便扯几句吧，我乐于奉陪。那场革命，总的来说，得到人类广泛的赞同，只可惜！93 年却落人口实。您认为 93 年伤天害理，那么整个君主制度呢，先生？卡里埃③是个强盗，然而您怎么称呼蒙特维尔④呢？富吉埃-丹维尔⑤是个无赖，那么您又怎么看待拉莫瓦尼翁-巴

---

① 马拉（1743—1793）：法国大革命时期的群众领袖，人称"人民之友"。

② 博须埃（1627—1704）：大主教，法国教会的实际领袖。

③ 若望-巴普蒂斯特·卡里埃（1756—1794）：国民公会代表，在南特曾下令溺死贵族。

④ 蒙特维尔（1636—1716）：曾残害新教徒。

⑤ 富吉埃-丹维尔（1746—1795）：巴黎革命法庭公诉人。

维尔①呢？马雅尔②固然残忍，可是请问索勒-塔瓦纳③呢？杜谢纳神父④固然凶残，那么您又怎么形容勒泰利埃神父⑤呢？砍头匠儒尔当⑥是个恶魔，然而还赶不上卢乌瓦侯爵⑦。先生，先生，我可怜大公主和王后玛丽-安东尼特，我也可怜那个信奉新教的可怜女人：那是1685年，路易十四当国王的时候，先生，那女人上身扒光，被绑在木桩上，乳房胀满了奶水，心里充满了恐惧，她孩子放在附近，饿得脸色惨白，望着奶头连哭喊的气力都没有了；刽子手却对喂乳的母亲吼道：放弃邪教！让她选择，不是舍掉孩子就是舍掉信念。让一位母亲遭受坦塔罗斯⑧那种刑罚，您又怎么说呢？先生，请记住这一点：法兰西革命自有它的道理。它的愤怒会得到将来的宽恕。它的结果，便是更好的世界。从它最猛烈的打击中，产生出一种对人类的爱抚。我简短截说，不讲了，理由太充分了。况且，我这就咽气了。"

国民公会代表不再瞧主教，平静地用这样两句话表达完他的想法："是啊，进步的野蛮行为叫作革命。这种行为一结束，人们就能认识这一点：人类受到粗暴对待，但是前进了。"

国民公会代表并不知道这一阵，他一个一个接连占领了主教内心的堡垒。仅剩下一处，那是卞福汝主教最后的防卫；突然，从那掩体后面抛出一句话，几乎重新显露开始交锋时的那种激烈口吻："进步应当信仰上帝，不能由不信教的人来扬善。无神论者是人类糟糕的带路人。"

年迈的人民代表没有答言。他浑身颤抖一下，仰头望天，眼里缓缓漾出一滴泪，胀满眼眶之后，便顺着青灰的面颊流下来。他出神地

---

① 拉莫瓦尼翁-巴维尔（1648—1724）：曾残害新教徒。

② 马雅尔（1763—1794）：9月大屠杀事件的参加者。

③ 索勒-塔瓦纳（1509—1573）：元帅，屠杀新教徒的策划者。

④ 《杜谢纳神父》：是极端分子埃伯尔出版的报纸。

⑤ 勒泰利埃神父（1648—1719）：耶稣教士，路易十四的忏悔师。

⑥ 砍头匠儒尔当：马蒂厄·儒夫（1749—1794）的绰号，因策划一场屠杀而闻名。

⑦ 卢乌瓦侯爵：路易十四的大臣，曾命令焚烧莱茵伯爵领地。

⑧ 坦塔罗斯：希腊神话中的吕狄亚王，因触怒天神宙斯，被罚永远站在水中，头上有果树；他口渴想喝水，水就下降，肚子饿想吃果子，树枝就升高。

望着幽邃的苍穹，低声讷讷地，几乎自言自语："你哟！理想哟！唯独你存在！"

主教受到难以言传的震动。

沉吟片刻，老人抬手指天说道："无限是存在的，就在那里。如果无限没有我了，那么我就是它的止境，它也就不是无限了，换句话说，它就不存在了。然而，它存在，因此，它有一个我。无限的这个我，就是上帝。"

垂死的人朗声讲这几句话时，仿佛看见什么人，浑身微微战栗，进入心醉神迷的状态。话一讲完便合上眼，气力耗尽了。显然在顷刻之间，消耗了他生命仅余的几小时。刚刚讲的几句话，把他同死亡拉近了。最后时刻到了。

主教明白，时间紧迫，原来他是作为神父来到这里的。他从极度冷淡逐渐转为极度激动；他注视这闭上的双眼，抓住这只冰凉而皱巴巴的手，俯身对着临终的人说："这是上帝的时刻，如果我们白白相会一场，您不觉得遗憾吗？"

国民公会代表重又睁开眼睛，脸上呈现笼罩着阴影的庄严的神态。

"主教先生，"他缓缓地说，这种缓慢的口气由于气力不支，也许更由于心灵的尊严，"我一生都在思考、钻研和观察。六十岁时，祖国召唤我，命令我参与国事，我服从了。当时有积弊我就消除积弊，有暴政我就摧毁暴政，有人权和法规我就公布和宣传。国土被侵占，我就保卫国土；法兰西受到威胁，我就挺身而出。我从前不富有，现在仍然贫困。那时我是国家当政者之一，国库的地窖里装满了钱币，墙壁受不了金银币的压力，有坍塌危险，不得不加柱子撑住。我在枯树街吃二十二苏的份儿饭。我救助了受压迫的人，劝慰了受痛苦的人。我撕破了祭坛上的布毯，确有其事，但那是为了包扎祖国的伤口。我始终支持人类走向光明，有时也抵制了那种无情的进步。有机会我也保护过自己的对头，你们这类人。在佛兰德勒的彼特格姆，恰好在墨洛维王朝①建造夏宫的地方，有一座乌尔班修会寺院，即博利耶的圣克莱尔修道院，1793年多亏我，它才幸免于难。我不遗余力地尽了职责，也尽可能做好事。结果，我遭到驱逐，追捕，通缉，迫害，还遭受诬

---

① 墨洛维王朝：法兰克人建立的王朝，约始于460年，终于751年。

蔑，嘲笑，侮辱，诅咒，不得不背井离乡。我白发苍苍，多年来一直感到许多人自以为有权鄙视我，那些无知的可怜群众以为我青面獠牙。我离群索居，远离仇恨，也不怨恨任何人。现在我八十六岁，快死了。您还来向我要求什么呢？"

"要您的祝福。"主教说道。

主教扑通跪下去。

等他抬起头来一看，国民公会代表脸色森然，已经咽气了。

主教回到家中，便陷入无名的思绪里。他祈祷了整整一夜。第二天，好奇的人有几个胆大的，力图引他谈谈那个 G 代表，但他一言不发，仅仅指了指天。从那以后，他对儿童和受苦的人更加和气热情了。

只要有人一提到"G 老贼"，他就心事重重，神态异常。谁也不能断言，那人的神智从他的神智前经过，那人伟大的良心在他良心上所引起的反应，对他的精神趋向完善毫无作用。

这次"乡下拜访"，对当地小集团来说，当然是一次饶舌的机会：

"那种人垂死的病榻，难道是一位主教该去的地方吗？显而易见，别指望他改邪归正。所有革命党人都是异端。因此，何必去那里呢？去那里看什么呢？主教一定是非常好奇，要看看魔鬼如何摄走那人的灵魂。"

有一天，一位阔寡妇，就是自作聪明、妄自尊大的那种人，对主教讲了这样一句俏皮话：

"主教大人，有人问起，大人什么时候能戴上红帽子①。"

"哦！哦！真是一种粗俗的颜色，"主教回答，"幸而蔑视帽子上红色的人，还崇敬法冠上的红色。"

十一　保留态度

从上文若是得出结论，认为卞福汝主教是个"有哲学头脑的主教"，或者是个"爱国的神甫"，那就很可能错了。他同那个国民公会代表的会面，甚至可以说是结合，给他留下一种诧异，使他变得更加和善。仅此而已。

卞福汝主教绝不是个搞政治的人，尽管如此，在这里也许应当简

---

① 红帽子：法国革命党人的一种标志。

短地指出，在当时发生的重大事件中，假如他想过采取一种态度，那么究竟是什么态度。

不妨回顾一下几年前的情况：

米里哀先生就任主教不久，就和另外几个主教同时被皇帝封为男爵。众所周知，教皇是在1809年7月5日至6日被拘捕的；为此拿破仑召开了法兰西和意大利主教联席会议，让米里哀先生参加了。联席会议于1811年6月15日在巴黎圣母院召开，首次会议由斐许红衣主教主持；包括米里哀先生在内共有九十五位主教出席。不过，他只参加一次大会和三四次专题讨论会。他是山区的一位主教，过惯了简陋贫苦的生活，十分接近大自然，因此到了那些达官贵人中间，似乎带去了改变会议气氛的见解。他很快返回迪涅。有人问他为何来去匆匆，他回答说："我妨碍他们。外面的空气是我带给他们的。我对他们就像一扇敞开的门。"

另外一次，他说道：

"有什么办法？那些大人全是王公贵戚，而我不过是一个可怜的农村主教。"

他的确讨人嫌，说话做事都很怪，有一天晚上，在一个地位很高的同事的府上，他居然脱口讲出这样的话：

"如此漂亮的座钟！如此华丽的地毯！如此漂亮的号服！这些东西一定烦人。我可不愿意让这些华而不实的东西终日冲我耳边嚷：有人在挨饿！有人在受冻！还有穷人！还有穷人！"

顺便说一句，仇视豪华的物品并不见得明智。这种仇视隐含对艺术的敌意。不过，对神职人员而言，除了显示身份和举行仪式之外，就不应该讲排场，那种习惯会暴露行善济贫未免徒有虚名。身为教士而养尊处优，就是倒行逆施。教士应当靠近穷人。要劳作就必然沾些尘土，而一个人日夜接触种种苦难、种种不幸、种种贫困，自身怎么可能毫无圣洁的清寒之色呢？能够想象一个人站在火堆旁边而不感到热吗？能够想象一个工人终日在冶炉旁干活，连一根头发也没有烧焦，连一个指甲也没有熏黑，脸上没有流下一滴汗，没有沾上一点炉灰吗？教士，尤其是主教，他的慈悲心怀的首要证据，就是清苦的生活。

自不待言，迪涅主教先生就是这样考虑的。

同样，我们也应当相信，在某些敏感点上，他不会附和那种所谓的"时代思潮"。他不大参与当时的神学争论，在牵涉教会和国家的问题上，他也讳莫如深；不过，有人若是真的打破砂锅问到底，就会看得出他倾向于罗马教派，而不大推崇法国教派①。我们描写一个人而又不想隐讳，就不能不补充一句，他对逐渐失势的拿破仑的态度极为冷淡。从1813年开始，凡有抗议政府的行动，他不是参加就是赞成。拿破仑从厄尔巴岛卷土重来，经过本地区时，他也拒不迎驾；在"百日政变"② 期间，他还拒不指示本教区为皇帝做弥撒。

除了妹妹巴蒂丝汀小姐之外，他还有两个亲兄弟：一个是将军，另一个任过省督。他时常给他们写信。有一段时间，他对头一个兄弟口气严厉，因为在戛纳登陆那时候，那个当将军的兄弟在普罗旺斯地区任一方指挥官，率领一千二百名士卒追击皇帝，就好像有意放行。而当过省督的兄弟为人忠厚本分，回到巴黎在珠宝匣街隐居，他给这个兄弟写信的语气就亲热多了。

可见，卞福汝主教也有表示政见的时候，也有心酸的时候，也有阴云。一时情绪的阴影，还会掠过他这片只容永恒事物的温和而伟大的脑海。当然，这样一个人还是没有政治见解为好。请不要误会我们的意思，我们绝不想把所谓的"政治见解"，混同于对进步的强烈渴望，混同于爱国的、民主的和人道的信念，而在当今时代，这种信念应该是任何慷慨心灵的底蕴。仅仅间接涉及本书内容的问题，在此就不深入讨论了；一言以蔽之，卞福汝主教如果不是保王派，在静穆的瞻仰中，他的目光如果一刻也没有走神儿，那就更加出色了。须知这种静穆的瞻仰能超越人间的风云变幻，清晰地望见真理、正义和慈善这三道纯洁之光闪耀。

上帝创造出卞福汝主教来，绝不是为了什么政治作用，尽管如此，卞福汝主教以人权和自由的名义所提出的抗议，他面对不可一世的拿破仑所采取的高傲的反对态度、甘冒风险而大义凛然的抵抗，这些我们既理解又赞赏。不过，抗拒一个逐渐失势的人，毕竟不如抗拒一个扶摇直上的人那么大快人心。我们只喜欢有危险的斗争；不管怎么说，

---

① 法国天主教中主张独立的称法国教派，主张依附教皇的称罗马教派。

② 拿破仑于1814年4月6日被迫逊位，流放到厄尔巴岛。1815年3月初他在南方戛纳登陆，重返巴黎，至6月下旬再次逊位，史称"百日政变"。

只有最初投入战斗的人，才有权清理最后的战场。在政权如日中天的时候，谁没有百折不挠地控告，那么当政权日暮途穷的时候，他就应当缄口。只有揭发称王的胜者，才有权审判为囚的败者。至于我们，只能看着老天睁眼，降祸惩罚了。1812年开始解除我们的武装。到了1813年，一向噤若寒蝉的立法院，在国难当头之际，胆量陡增，居然大放厥词，那种行径只能令人气愤，而为之鼓掌就大错特错了。在1814年，那些元帅纷纷卖主求荣；参议院从一个泥塘跨进另一个泥塘，起初奉王子为神明，这时又大肆侮辱；还有那种狂热崇拜，随后又改弦更张，唾弃自己的偶像，凡此种种不堪入目，我们理应扭过头去。及至1815年，已有大灾大难降临的征兆，法兰西因感到祸患逼近而不寒而栗，张开臂膀等待拿破仑的滑铁卢也隐约可见了，当此之际，军队和人民痛苦地欢呼气数已尽的独裁者，就丝毫也不可笑了。姑且不论这个独裁者如何，但是一个伟大的民族和一个伟大的人，在深渊的边缘紧紧搂在一起，这其中的悲壮意味，像迪涅主教那样的心灵，也许不应当视而不见。

除此而外，在任何事情上，他都一贯仗义、率直、公道，既精明又谦和，总不失身份；他乐善好施，又善气迎人，而善气迎人也是一种行善。他是一名教士，一位智者，也是一个人。我们刚刚责备了他的政治见解，还准备相当严厉地评论这一点，不过我们也应当指出，他还是很宽容和平易近人的，而且比起我们这些在此议论的人来，也许更为宽容和平易近人。——且说市政厅有个门房，当初还是皇帝安置在那里的，他原是旧朝羽林军的下级军官，在奥斯特利茨战役中荣获勋章，他像鹰那样是个坚定的波拿巴分子。这个可怜的家伙常常信口胡言乱语，而根据当时的法律，那便是"叛逆言论"。自从皇帝的侧面像在荣誉团勋章上消失之后，他就不再穿"制服"了，如他所说，免得佩戴他的军功章。他虔诚地亲手将皇帝侧影像，从拿破仑授予他的十字章上取下来，这样就留下一个洞，而他不愿意用别的饰物代替。他常说："我就是豁出去这条命，也不在我胸前挂上那三只癞蛤蟆！"他也明目张胆地嘲笑路易十八，说他是："扎着英国绑腿的老风湿！快拖着他的辫子滚到普鲁士去吧！"他十分得意，能把他最恨的两样东西——"普鲁士和英格兰"——在一句话里就骂出来。骂得痛快是痛快，可也丢了差使。他和妻子儿女流落街头，衣食无着。主教让人把他找来，口气温和地责备他几句，就任命他为教堂侍卫。

米里哀先生在他的教区里，是个名副其实的牧师，是大家的朋友。

这九年中，卞福汝主教一贯行为圣洁，态度和蔼，结果使迪涅全城都洋溢着互敬互让的家庭式温和气氛。就连他对拿破仑的态度，也为老百姓所接受，仿佛默肯了。老百姓真是又善良又软弱的羊群，他们崇拜他们的皇帝，也热爱他们的主教。

十二　卞福汝主教的孤寂

将军身边总簇拥着一群年轻军官，同样，主教周围几乎也总有一帮小教士，即如可爱的圣弗朗索瓦·德·萨勒所说的"黄口小儿教士"。哪一行都有追求者，围着功成名就的人，世间哪种势力不拥有徒众，世间哪种荣华不拥有幕宾。追求前程的人，总要蜂拥缠着现时的赫赫显名。任何宗主国都有其参谋部。任何稍有影响的主教，身边都会围着一群小修士，他们在主教府巡逻，维持秩序，小心伺候，以博得主教大人的一笑。能讨主教的欢心，就是晋身台阶，有望当上副助祭。人总应当不断进取，而教会也绝不会亏待神职人员的。

世上有人戴峨冠，教堂同样也有巍峨的法冠。得宠于朝廷的主教也同样富有，坐吃年息，他们老于世故，出入于上流社会，不但懂得祈祷，也懂得祈求，不大讲究手段，促使全教会的人都来登门拜谒，充当教会和社交界之间的纽带，身为教士更像神甫，身为主教更像教会大员。能接近他们都深感荣幸。他们利用自己的名望，向周围的人普施尽泽，把富足教区的肥缺、有丰厚俸禄的教职、主教代理的头衔、随军教士的职务和大教堂里的差事，都赏给那些趋奉的人和亲信，赏给那些善于讨得欢心的一帮年轻人，以便将来还要将他们提拔为主教。他们本人升迁，就能带动卫星升天，真是整整一个太阳星系在运行。他们的光芒照得随从都红得发紫。他们一人发迹，随从都能得到油水。老板管辖的教区越大，宠信分掌的地盘也就越大。况且，还有罗马在。一名主教有机谋晋升为大主教，一名大主教有机谋晋升为红衣主教，就可能进而当上教皇选举团的秘书，就可能跻身于教会最高法庭，佩戴表明身份的绣黑十字架的白呢披带，当上陪审官，再进而成为教皇侍从，再进而成为教廷官员，只需跨一步，就能从大主教升为红衣主教，而从红衣主教到教皇，只要把红衣主教的选票集中烧毁的工夫就够了①。凡是戴着圆帽的教士，都可以幻想戴上教皇的三重冠。如今，神甫是唯一能照例成为国王的人，又是何等尊贵的国王！那是至高无上的国王。因此，一所神学院，是何等有效地培植野心的苗圃！多少见人就脸红的唱诗班的孩子，多少年轻的神甫，头上都顶着佩莱特②的奶罐！野心又多么容易化为使命，谁知道呢？也许诚心诚意，错而不觉还自迷其中！

卞福汝主教又朴实又穷困，与众不同，不属于头戴大法冠之列。这情况一目了然：他身边根本没有年轻教士。大家都知道，在巴黎"他吃不开"。没有一个年轻人想把自己的前程寄托在这个孤独的老人身上。没有任何发为幼苗的野心会如此愚蠢，会在他的荫庇下生长。他的那些议事司铎和副主教，全是和善的老头儿，跟他一样有些土气，和他一样困守在这个教区里，无路通往红衣主教的职位；他们很像他们的主教，唯有一点不同：他们是完事的人，他们是完成的人。刚出神学院校门的青年，分到卞福汝主教手下任职，都明显感到不可能成长壮大，纷纷走门路尽快离开，投向艾克斯或欧什的大主教。因为，我们再重复一次，人人都想要发迹高升。陪伴一个过着清心寡欲生活的圣徒，是相当危险的；他可能把无可救药的穷困症传染给你，害得你腿关节僵硬，难以往前行进，总之，你不得不更加克制自己。有鉴于此，大家都逃避这种癫疥似的德行。这就是为什么卞福汝主教的周围冷冷清清。我们生活在阴暗的社会里。要飞黄腾达，这就是自上贯彻下来的慢性腐蚀教育。

顺便提一句，飞黄腾达，是一件相当丑恶的东西。它貌似才能，实为欺世盗名的冒牌货。在大众的眼里，成功和出人头地几乎是一码事。成功，这个才能的假象，有一个上当者：历史。唯独尤维纳利斯③和塔西佗④对此有微词。在当今时代，有一种几乎是正宗的哲学，到成

①　指红衣主教联席会选举教皇的投票。

②　佩莱特：拉封丹寓言《卖牛奶的女人和牛奶罐》中的人物。她幻想卖了牛奶买一百个鸡蛋，孵出鸡养大，卖了钱买猪，卖了猪再买牛，牛生牛犊，想得高兴，不小心牛奶罐摔到地上。

③　尤维纳利斯（约60—约130）：拉丁文诗人。

④　塔西佗（约55—约120）：拉丁文历史学家。

功的门下甘为仆役，穿上成功的号服，卑躬屈膝地效命。飞黄腾达吧，这就是学说。风云得意就意味本事才干。你中了彩票，就被视为一个精明的人。谁得势谁就受人尊敬。生来命好，什么都不成问题。交上好运，其余的也就顺理成章了。只要万事亨通，就能身价百倍。除了反响要延续上百年的五六个重大例外，当今推崇的仅仅是短视。镀金即真金。谁撞上大运没关系，只要飞黄腾达就是好家伙。俗物犹如一个老那喀索斯①，自我欣赏而又为俗物鼓掌。无论什么人，无论在什么方面，只要达到目的，就立刻赢得众人喝彩，被夸为旷世奇才，被誉为摩西、埃斯库勒斯、但丁、米开朗琪罗，或者拿破仑。一个公证人摇身一变而成议员；一个假高乃依写了一部假的《提里达特》；一名太监居然掌握整个后宫；一个从军的小市民偶尔打了一个划时代的大胜仗；一名药剂师发明了纸板鞋底，当成皮底鞋卖给桑布尔-默兹军队，挣了四十万利弗尔年金；一个货郎娶了高利贷，这一公一母生下七八百万；一名传教士因为摇唇鼓舌而当上主教；一个大户人家的总管退职时成为巨富，便被擢用为财政大臣。上述种种，世人都称作天才，如同说穆斯克东②的嘴脸非常俊美，克洛狄乌斯③的仪表十分庄严。他们把烂泥塘中鸭子的爪印，同苍穹上的星辰混为一谈。

十三　他所信仰的

在宗教观念上，我们对迪涅主教先生无须探询。我们面对这样一颗心灵，只能油然而生敬佩。正义者的良心凭其言语就应当相信。况且我们也认为，只要具备了某些品质，人就可能在不同的信仰中发展各种美德。

那么，他如何看待这种教条那种奥义呢？那些隐藏在内心深处的秘密，只有接纳赤裸裸灵魂的坟墓才一清二楚。但是有一点我们能够肯定，信仰上碰到难题时，他从不采取口是心非的解决办法。钻石绝

---

① 那喀索斯：希腊神话中的美少年，他自我欣赏，恋上自己在水中的影子，憔悴而死，变为水仙花。

② 穆斯克东：大仲马小说《三剑客》中波尔托斯的仆人，相貌粗俗。

③ 克洛狄乌斯（公元前10—公元54）：罗马帝国皇帝。

不可能腐烂。他是竭诚笃信的，他常说："相信天父。①"而且，他行善所得的种种满足，既无愧于良心，又能喃喃说道：你和上帝同在。

我们认为应当指出的是，不妨说在他的信念之外，在他信念的界外，还存在极度的爱心。正因为如此，"因为深深爱过"②，他才被那些"持重的人""严肃的人"和"理智的人"看作是脆弱的。在这个可悲的世界上，私心都打着博雅的旗号，最喜欢卖弄"持重""严肃""理智"这类字眼。极度的爱心是什么呢？这是一种平静的善意，正如我们在前面指出的，他不仅爱及所有人，有时还爱及生物。他待人接物毫无鄙夷之态，对上帝的创造物一向宽容。任何人，甚至最善良的人，身上总是不自觉地存留一分对动物的狠毒，这也是许多教士所特有的，然而，迪涅主教却绝无这种心地。他固然没有达到婆罗门教的那种境界，但似乎深思过《传道书》上的这句话："谁知道动物的灵魂归宿何处？"外形的丑陋、本性的扭曲，都不会引起他的惶惑和气愤。他只是非常感慨，往往油然而生怜悯之心。他那沉思默想的神态，仿佛要超越表象，进一步探究生命的前因后果。还有时，他仿佛请求上帝减轻罪罚。他常以语言学家研读一本古籍的眼光，心平气和地观察自然界还存在的大量混乱现象。遐想中，他嘴里时常冒出怪诞的话。一天早晨，他在园子里散步，以为独自一个，没有瞧见跟在他身后的妹妹。他突然停下脚步，注视地上的什么东西：那是一只黑色大蜘蛛，毛乎乎的，样子很吓人。他妹妹听见他说："可怜的昆虫！这不是它的过错。"

这种好心肠近乎神圣的孩子话，有什么不可以讲的呢？就算幼稚吧，可是这种崇高的幼稚，正是圣弗朗索瓦·达西斯的马克-欧雷勒的所作所为。有一天，他怕踩死一只蚂蚁，还扭伤了脚腕子。

这位正义者就是这样生活的。有几次，他就在园子里睡着了，那情景真是令人无限敬仰。

据说，在青年乃至壮年时期，卞福汝主教是个好冲动的，也许有点粗暴的人。他这种普施万物的仁慈，与其说是本性，不如说是一种伟大的信念在生活过程中，一个念头一个念头，在他心中点滴积淀而

---

① 原文为拉丁文。
② 原文为拉丁文。

成的。须知滴水穿石，人心亦然。滴穿的洞不会消失，心中的积淀也磨灭不了。

我们好像已经说过，到了 1815 年，他有七十五岁了，但是看上去不像过六十岁的人。他个头儿不太高，身体有点肥胖；为了减肥，他喜欢走远路，而且步履矫健，脊背只是略显弯曲。我们举出这种细节，并不想得出任何结论。格列高利十六世①到了八十岁高龄，身子还挺得直直的，笑容可掬，但他仍不免是一个坏主教。卞福汝主教有一副人们所说的"英俊的相貌"，但是他为人十分和蔼可亲，就让人忽视了他的英俊相貌。

他交谈时，像孩子一样快活，我们已经说过，这是他的一种神采；别人在他身边，毫无拘束之感，就觉得他周身都施放着快乐。他的肌肤红润，满口洁白的牙齿完好无损。他的笑容十分爽朗，显出一副坦荡而平易近人的神态。这种神态在一个青年身上，人见了就会说：这是个好小子；如果在一个老者身上，人见了就会说：这是个慈祥的老人。我们还记得，当年他给拿破仑的印象就是这样。初次见面给人的印象，的确像个慈祥的老人。然而，如果跟他一起待上几小时，只要稍稍留意他那若有所思的神态，慈祥的老人就会逐渐变样，呈现出一种难以描绘的威严之态；他那宽宽的严肃的额头，本来因白发苍苍就显得庄严，在沉思中就倍加庄严了。慈祥中显示出来的威严，并不妨碍慈祥继续发光；我们目睹一位含笑的天使缓缓张开翅膀，同时又笑容不敛，就会产生类似激动的心情。敬意，一种难以言传的敬意，逐渐侵入你的肌体，升到你的心田，你会感到面对一颗久经磨炼的、宽厚而坚强的灵魂，其思想无比宏大，因而只能是温柔的了。

正如我们看到的，祈祷，祭祀、施舍，安慰伤心的人，种植一块园地，广施友爱，节俭生活，热情接待，克己为人，保持信心，研究，工作，这些事充满了他生命的每一天。"充满"一词十分恰当，自不待言，主教的这一天非常充实，满满装着善良的念头、善良的言语和善良的行为。然而，到了夜晚，等两位妇人回房休息之后，他睡觉前如果由于天气寒冷或者下雨，未能到园子里待一两个小时，那么这一天还不算完整。仰望夜空的壮观景象，通过静思准备入睡，这对他来说，

---

① 格列高利十六世（1765—1846）：1831 年至 1846 年为罗马教皇。

似乎成为一种仪式了。有时，夜已很深了，两位老妇人如果还未睡着，就能听见他走在小径上缓慢的脚步声。他在园子里，单独面对自己，聚精会神，心情平静，唯有崇拜之意，他对照内心的恬静和太空的静谧，在黑暗中感慨星斗可见的光辉和上帝不可见的光辉，心灵敞开接受从"未知"降落下来的思想。在这种时刻，夜间开放的鲜花奉献芳香，他也献上自己的心：这颗心在夜空的繁星中，就像点亮的一盏灯，忘情地放射光芒，融入整个大自然的辉光中；也许他本人也说不清思想里发生了什么，仅仅感到有什么东西从他体内飞升，又有什么东西降到他身上。灵魂的冥奥渊深和宇宙的冥奥渊深，两者神秘的交流。

他想到上帝的伟大和存在，想到无穷的未来这种奇异的神秘，也想到无穷的过去这种更为奇异的神秘，还想到他眼前朝各个方向延展的所有无限，但是并不想理解，只是观察这种不可理解的现象。他并不研究上帝，只觉得上帝光辉耀眼。他考虑原子的奇妙遇合赋予物质以形貌，确认并显示力量，在统一体中创造出个体，在空间创造出比例，在无限中创造出无穷数，并且通过光制造美。不断遇合又不断分解，这便是生和死。

他背靠衰朽的葡萄架，坐在一条木凳上，透过果木瘦枝曲蔓的暗影，仰望着繁星。这一角园地，被木棚仓房占据，草木少得可怜，但是对他来说，这已经十分宝贵而足够了。

这位老人还希求什么呢？他生活中极少闲暇，那一点闲暇时间，也是白天用来侍弄园子，夜晚用来静观冥想。园地虽然狭小，但是上有天空，不是足够用来崇拜上帝，轮番观赏他那最美妙的作品和最卓绝的作品吗？的确，这不是应有俱有，此外还渴求什么呢？小小的园地足供散步，无际的天空足供遐想。脚下，可供培植和采摘；头上，可供探究和思索。地上几朵鲜花，天空所有星辰。

十四　他所思考的

最后再说几句。

这种详细叙述的方式，尤其在我们所处的时代，如果借一个时髦的字眼来说，很可能把迪涅的这位主教描绘成"泛神论者"，还会让人相信，对他无论褒贬，他身上都能体现我们时代所特有的一种个人哲学。这类个人哲学思想，往往在孤独者的头脑里萌发，扎根长大，在那里取代宗教。我们要强调指出。凡是认识卞福汝主教的人，绝不会无端产生这种看法。指导这个人的是心灵。他的智慧是由心灵放射的光构成的。

毫无系统，却有许多善事。探赜索隐，往往令人迷惑；没有任何迹象表明，他费神去探求世界末日的情景。使徒可以勇往直前，而主教则必须谨慎从事。也许他有自知之明，不去过分探究应由大智大勇的人考虑的问题。奥秘的大门，能引起神圣的恐惧；那些幽暗的门大敞四开，然而却有一种声音，对你这生命的过客说：不要进去。闯进去就要大祸临头！而那些天才，可以说超越了教义，在抽象概念和纯思辨方面又沉到闻所未闻的深度，他们就向上帝提出自己的见解。他们大胆的祈祷挑起争论。他们的崇拜也提出质疑。这里却是直截了当的宗教，对于试图往上攀登的人来说，则步步有惊险和责任。

人的遐思绝无止境，而且冒着危险，分析并深入探究自己想象的奇妙境界。由于类似反光的作用，几乎可以说，这种遐思也会令大自然目眩：我们周围的世界要反射，瞻仰者很可能也被瞻仰。不管怎样，世上确有一些人——难道是人吗？——他们在梦想的幽邃视野中，清楚望见绝对存在者的高峻，在触目惊心的幻象中望见无极山峰。卞福汝主教根本不是这类人，他不是天才。他还颇为惧怕那些绝顶聪明的人，他们中间有几个大名鼎鼎，如斯威登堡①和帕斯加尔②，反被聪明所误，精神逐渐失常了。那种宏伟的梦想，当然有其精神上的功效，通过艰险的道路，就能接近理想的完美境界。然而，卞福汝主教却走了一条捷径：福音书。

卞福汝主教无意将自己的法衣弄出以利亚③袍的纹褶，他不投射一线未来之光，却照亮黑暗世界的沧桑，也不想把事物的微光聚成火焰；他一点也没有先知的气味，一点也没有占星术士的气味。这颗质朴的心唯有爱，仅此而已。

说他把祈祷推向一种超乎常情的渴望，这是有可能的；然而，只有超常的爱，才可能做超常的祈祷。如果说离开经文的祈祷就是异端，

---

① 斯威登堡（1668—1772）：瑞典神智学家。

② 帕斯加尔（1623—1662）：法国哲学家、作家和科学家。

③ 以利亚：犹太先知。见《圣经·旧约》。

那么，圣女泰蕾丝和圣徒哲罗姆全成为异端了。

他经常关心痛苦呻吟和奄奄待毙的人。在他看来，整个寰宇就是无边的病痛；他感到无处不在发烧，无处不按出痛苦的脉搏，但他并不想猜透这个谜，只是勉力包扎伤口。万物惨不忍睹的景象，在他身上激发一颗悲天悯人的心。他全部心思都用来寻求同情和安慰的最好办法，既为他自己，也为了启发别人。对这位世间少有的善良神父来说，一切生存物都是他力图安慰悲伤的永久的缘由。

多少人奋力挖掘黄金，而他则奋力挖掘怜悯。普天下的悲惨就是他的矿藏。随处可见的痛苦，无不是他行善的机会。"你们彼此相爱吧"，他说诚能如此，也就满足了，再也无所祈愿，这就是他的全部学说。那个以"哲学家"自诩，前边提过姓名的元老院元老，有一天对主教说："瞧瞧这世上的情景吧：人人纷争，混战一场；谁最强大，谁就最聪明。你那句'你们彼此相爱吧'，简直是蠢话。"——"嗯，"卞福汝主教并不同他争论，只答道，"如果这是蠢话，那么灵魂应当隐藏在里边，就像珍珠隐藏在牡蛎中那样。"他本人就隐藏在那句话里，在那里面生活，感到完全心满意足，置而不顾既诱人又骇人的那些重大问题、空而论道的那种不着边际的远景、形而上学的那种危岩绝壁；总而言之，命运、善与恶、生灵之间的争战、人的意识、动物若有所思的昏昧、死后的转世、坟墓所容纳的生存回顾、难以理解的移情——相继不断的爱移向今生今世的我、本质、实体、虚无和存在、灵魂、本性、自由、必然等等，所有那些深奥的焦点问题，都留给上帝的使徒和不信上帝的虚无论者；绝高遥深的问题，由人类智慧的大天使们去探索；万丈深渊，由卢克莱修①、摩奴②、圣保罗和但丁观望，他们的目光如雷电，凝神注视，仿佛要让星辰跃现在无限中。

卞福汝主教是个普普通通的人，他看到神秘问题的表象，并不想深究，也不推波助澜，以免扰乱自己的思想，只是在心灵里，对虚无缥缈的东西怀着深深的敬意。

---

① 卢克莱修（约公元前98—前55）：拉丁文诗人。

② 摩奴：印度神话中的人类始祖，据说有十四世。古印度著名的《摩奴法典》，即假托其名。

第二卷　沉沦

一　一天行程的傍晚

1815 年 10 月初，大约日落的前一个小时，有个行客走进小小的迪涅城。在这种时分，只有寥寥无几的居民还站在窗口或门口，他们望见这个行客，心中隐隐感到不安。很难遇见比他衣衫更褴褛的行人了。此人中等个头儿，身体粗壮，正当壮年，看样子有四十六岁至四十八岁。头戴一顶皮檐鸭舌帽，遮去流汗的、风吹日晒黑了的半张脸。身穿黄色粗布衫，领口搭了一个小银锚扣，露出毛茸茸的胸膛，领带皱巴巴的像根绳子；蓝色棉布裤已经很旧，一个膝头磨白，另一个膝头磨出窟窿；外罩灰色外套十分破旧，一个袖肘上用粗线补了一块绿呢布；背上有一个崭新的军用袋，装得满满的，袋口紧紧扎住；他手里拿一根多节的粗棍，脚下没有袜子，直接穿一双打了铁掌的鞋；他的头发短短的，胡须长得很长。

浑身破烂不堪，再加上汗水、热气、风尘仆仆，给他增添一种说不出来的肮脏。

他推成平头，但是头发又开始长了，都竖起来，仿佛有一段时间没理了。

谁也不认识他，显然只是一个过路人。他是从哪里来的呢？是从南边来的。可能是从海边来的。因为，他进迪涅城所走的街道，正是七个月前拿破仑皇帝从戛纳前往巴黎的路线。这个人肯定走了一整天，

　　1815年10月初，大约日落的前一个小时，有个行客走进小小
的迪涅城。

样子十分疲惫。城南老镇的一些妇女，看见他停在加桑迪大街的树下，并在林荫道尽头的水泉喝水。他一定渴极了，因为在后边跟随的那些孩子，看见他走两百步远，到了集市广场又停下，对着水泉喝水。

他走到普瓦什维街口，便朝左手拐去，径直走向市政厅，进去之后，过了一刻钟又出来。一名宪警坐在门旁的石凳上——3月4日，德鲁奥将军正是站在那个石凳上，向惊慌失措的迪涅居民宣读瑞安海湾宣言①。那汉子摘下帽子，冲那宪警恭恭敬敬施了一礼。

那宪警没有回礼，只是定睛注视他，目送了一程，便走进市政厅。

当时，迪涅城有一家华丽的旅馆，叫作"柯耳巴十字架"。旅馆老板名叫雅甘·拉巴尔，因为是另一个拉巴尔的亲戚，在本城很受尊敬。另外那个拉巴尔，当年曾在精锐骑兵队伍服过役，后来就在格勒诺布尔开了"三太子"旅馆。在皇帝登陆期间，关于那家"三太子"旅馆有许多传闻。据说在1月份，贝尔特朗将军装扮成赶车老板，在那一带频繁来往，向一些士兵颁发十字勋章，大把大把向市民散发拿破仑金币。其实，皇帝进入格勒诺布尔城时，曾拒绝在市府公馆下榻，他谢绝时对市长说："我要到我认识的一个好汉那里去。"于是他去了"三太子"旅馆。就这样，"三太子"旅馆的拉巴尔的荣名，传到方圆二十五法里之外，一直光耀了"柯耳巴十字架"的这个拉巴尔。本城人提起他就说："他是格勒诺布尔那个拉巴尔的堂兄弟。"

且说那汉子走向当地最好的这家旅馆，进入临街的厨房，只见所有炉灶都生了火，壁炉里的火很旺。老板同时也是掌勺的厨师，他正在炉灶和炒锅之间忙碌，给车老板准备丰盛的晚餐，隔壁就传来那些车老板谈笑的喧哗声。凡是旅行过的人都知道，谁也没有车老板吃得好。一根长铁钎上插着几只白竹鸡和雄山雉，中间插着一只肥肥的土拨鼠，正在火上转动烧烤；炉子上则炖着两条洛泽湖的大鲤鱼和一条阿洛兹湖的鳟鱼。

店主听到门打开，走进一位新客，没有从炉灶抬起眼睛就问道："先生要什么？"

"吃饭睡觉。"那人答道。

"再容易不过了。"店主又说道。这时，他回过头来，从头到脚打

① 瑞安海湾位于戛纳附近，拿破仑登陆时曾发表宣言。

量一下旅客，便补充一句："……交现钱。"

那人从外套兜里掏出一个大皮钱包，答道："我有钱。"

"那好，这就伺候您。"

那人把钱包放回兜里，卸下行囊，撂在靠门的地上，手里还拿着棍子，走到炉火旁，坐到一张矮凳上。迪涅城位于山区，十月的夜晚很冷。

这工夫，店主来回走动，总是打量旅客。

"很快就能吃上吗？"那人问道。

"稍等一会儿。"店主答道。

这时，新来的客人转过背去烤火，可敬的店主雅甘·拉巴尔则从兜里掏出一支铅笔，又从靠窗放的小桌上的旧报纸上撕下一角，在白边上写了一两行字，再折起来，但是没有封上，交给一个看样子给他又当厨役又当小厮的孩子，还对着耳朵吩咐了一句，于是，那孩子便朝市政厅的方向跑去。

那旅客一点也没有看见这场面。

他又问了一声："很快就能吃上吗？"

"稍等一会儿。"店主答道。

那孩子回来，又带回那张字条。店主急忙打开，就好像等候回音似的。他仿佛仔细看了一遍，接着摇了摇头，沉吟了片刻。那旅客心神不宁，似乎在想事儿。店主终于跨上前一步，说道："先生，我不能接待您。"

那人在座位上猛然一挺身子。

"怎么！您怕我不付钱吗？您要我先付钱吗？跟您说，我有钱。"

"不是这个缘故。"

"那是为什么？"

"您有钱……"

"不错。"那人答道。

"可是我，"店主却说，"我没有客房了。"

那人平静地又说道："那就把我安顿在马棚里吧。"

"不行。"

"为什么？"

"地方全让马匹占了。"

"好吧，"那人又说，"阁楼有个角落也行，放上一捆草。这事儿吃了饭再说吧。"

"我也不能供给您饭吃。"

这种表示，虽然说得慢条斯理，但是语气很坚定，那旅客感到事情严重了。立刻站起身。

"哼，算啦！我可饿得要死。太阳一出来我就赶路，走了十二法里①。我付钱嘛。我要吃饭。"

"什么吃的也没有。"店主说道。

那人放声大笑，身子转向壁炉和炉灶。

"什么也没有！这些食物呢？"

"这些全是定做的。"

"谁定的？"

"那些车老板先生。"

"他们有多少人？"

"十二人。"

"这里的食物够二十人吃的。"

"他们全定下了，预先付了钱。"

那人重又坐下，还以原来的声调说："我来到旅店，肚子饿了，我不走。"

这时，店主俯下身，对着他耳朵，用一种令他惊抖的口吻说："走开。"

那旅客正弯下腰，用他棍子的包铁头往火里拨弄几块炭，他听见这话，猛地转过身，正要开口反驳，而店主却盯着看他，始终低声又说道：

"喂，别废话了。要我说出您的姓名吗？您叫冉阿让。现在，要我说您是什么人吗？我看见您进来，就觉得有点不对头，于是派人去市政厅问一问，这就是给我的回答。您识字吗？"

店主说着，就把打开的字条递给旅客：那张字条刚从旅馆传到市政厅，又从市政厅传回旅馆了。那人朝字条上瞥了一眼。

店主沉默片刻，接着又说道："我一向对所有人都客客气气。

---

① 合 48 公里。

走开。"

那人低下头，拾起撂在地上的行囊，便离去了。

他上了大街，漫无目的地走去，而且溜着墙根儿，如同一个丢了面子而伤心的人。他一次也没有回头。他若是回头，就会看见"柯耳巴十字架"旅馆老板站在门口，由他所有旅客和街上行人围着，正用手指着他高声淡话，而且，从那众人惊疑的眼神里，他就能猜出他刚一到达，就闹得满城风雨了。

整个这一场面，他一点儿也没有瞧见。失魂落魄的人不朝身后看，他们十分清楚，追随他们的是厄运。

他就这样走了一阵，一直信步朝前走，穿过一条条他不认识的街道，忘记了疲劳，正像人在伤心时常有的那样。突然，他感到饥肠辘辘。天快黑了。他四下张望，看看能否发现一处可以过夜的地方。

那家华丽的旅馆拒不接待他，那么，他就找一家大众酒馆，找一家下等酒吧。

正巧街那端点亮一盏灯；悬挂在直角形铁架上的一根松枝，映现在暮晚的白色天空上。于是，他朝那里走去。

那的确是一家酒馆。在沙佛街开的一家酒馆。

那行客停了一会儿，隔着玻璃窗朝里望望，只见顶棚低矮的餐厅，由桌上一盏小灯和壁炉里的旺火照明。有几个人正在喝酒，老板在烤火。一口挂在吊钩上的铁锅在火上烧得哗哗作响。

这家酒馆也兼客店，有两个门出入。一扇门临街，另一扇门对着满是粪土的小院。

那行客不敢从临街前门进去，溜到院子里，又停了一会儿，这才小心翼翼地拉起门闩，将门推开。

"谁在那儿？"老板问道。

"一个要吃饭和过夜的人。"

"好哇，这里可以吃饭过夜。"

于是，他走进来。喝酒的人全都扭头看，他一侧有灯光，另一侧有火光照着。在他卸行囊的工夫，大家打量他好一会儿。

老板对他说："这儿有火。锅里煮着晚饭。过来烤烤火吧，伙计。"

他走过去，坐到炉灶旁边，将走远路磨破的双脚伸到火前，闻到锅里飘出的香味。他的帽子仍然压得低低的，露出半张脸；从脸上能隐约看出一种舒适的表情，但是掺杂着饱受苦难所具有的凄然神态。

不过，他的侧影显得坚强有力，也显得忧伤。他这相貌的组合非常奇特：乍看上去低下谦卑，最后又呈现出一副凛然正色。眼睛在眉毛下炯炯发亮，犹如荆丛里的火堆。

且说围着餐桌喝酒的人中间，有一个马贩子，他先去将马拴到拉巴尔的马棚里，然后才进沙佛街这家酒馆。也是碰巧，当天早晨，从布拉-达斯村到……（地名我忘了，想必是埃库布龙）的路上，他遇见这个一副狼狈相的行客。路上遇见时，这人看样子已经疲惫不堪，还求过让他坐到马后臀捎一段路。马贩子的回答，就是催马加快脚步。半小时之前，这个马贩子也在围着雅甘·拉巴尔的那堆人中间，他还对"柯耳巴十字架"旅馆的那帮顾客，亲口叙述了他早上那次不愉快的相遇。现在，他从座位上偷偷向店主使了个眼色。店主走过去，二人低声交谈了几句。刚来的行客重又陷入沉思。

老板回到壁炉前，一只手突然按在那人肩上，对他说道：

"你给我从这儿走开。"

那生客转过身来，口气温和地回答："唔！您知道啦？"

"是的。"

"另一家旅馆把我赶出来了。"

"也同样把你从这里赶走。"

"您要我去哪儿呢？"

"别的地方去。"

那人拾起他的棍子和行囊，便离去了。

几个孩童从"柯耳巴十字架"跟来，好像守在这儿等着他，见他出了酒馆，就朝他扔石块。他气愤地回身走几步，举起棍子威胁，吓得孩子像群小鸟一样逃散了。

他从监狱门前经过，看见门上垂着一条铁链，便上前拉响门铃。

一个小窗口打开了。

"看守先生，"他恭恭敬敬摘下帽子，说道："您能打开门，留我住一夜吗？"

一个声音回答：

"监狱不是客店。您设法让人抓起来，这门才能给您打开。"

小窗口又关上了。

他走上一条小街，只见两侧有许多花园，其中几座只用篱笆围着，给街道增添欢快的气氛，只见花园和篱笆之间有一所小平房，窗口有灯光，他像到那家酒馆那样，先隔着玻璃窗朝里张望，房间很大，墙壁刷了白灰，一张床上铺着印花布床单，角落里放着摇篮，屋地还摆了几张木椅子，墙上挂着一支双响猎枪。房间正中的桌子上摆了饭食；一盏铜碗灯照见粗麻布白色台布，上面盛满酒的锡壶像银器一样闪亮，棕褐色汤盆热气腾腾。餐桌旁边坐着一位四十来岁的男子，他喜笑颜开，在膝盖上颤着一个小孩。他身边坐着一位很年轻的女子，正给另一个孩子喂奶。父亲欢笑，孩子欢笑，母亲微笑。

面对这温馨宁静的家庭场景，那个外乡人出了一会儿神。他心中想些什么呢？唯独他本人才可能说清楚。也许他想到，这个愉快的家庭很可能好客，他看见洋溢幸福的地方，也许能找到一点怜悯之心。

他极轻地敲了一下窗玻璃。

里边人没有听见。

他又敲第二下。

他听见女人说："当家的，好像有人敲门。"

"没有。"丈夫答道。

他再敲第三下。

这回，丈夫站起来，端上油灯，走过去开门。

这人身材高大，半务农半是工匠。他扎了一条肥大的皮围裙，一直搭到左肩上，腹部鼓起来，皮裙里边装着一把锤子、一块红手帕、一个火药壶，以及各种各样的物件，像装在口袋里一样，由一条腰带兜住。他朝后仰着头，衬衣大敞着口，露出赛似公牛的白净脖颈。他长着两道浓眉、一脸很重的黑髯须、一对金鱼眼睛，下颏儿尖尖的，整个相貌上，还有一种难以描绘的在自家家中的神态。

"先生，"那行客说道，"打扰了。我付钱，您能给我喝点菜汤，让我在园中那个棚子角落里睡一夜吗？请告诉我，可以吗？我付钱行吗？"

"您是什么人？"房舍主人问道。

那人答道："我从皮-穆瓦松村来，走了一整天，走了十二法里。您能接待吗？我付钱行吗？"

"我不会拒绝一个正经人花钱投宿的，"农夫说道，"不过，为什么您不去旅馆呢？"

"旅馆没地方了。"

"嗳！不可能。又不是庙会赶集的日子。拉巴尔那儿您去过了吗？"

"去过了。"

"怎么样？"

那行客有点尴尬地回答："我不清楚，他没有接待我。"

"沙佛街那家叫什么来着，您去过了吗？"

那外乡人更加尴尬了，结结巴巴地回答："他也没有接待我。"

农夫的脸上换了怀疑的表情，他又从头到脚打量不速之客，突然提高嗓门，声音有些颤抖地说："莫非您就是那个人？……"

他又瞥了外乡人一眼，倒退三步，将油灯撂在桌上，从墙上摘下猎枪。

就在农夫说"莫非您就是那个人？……"的工夫，那女人已经站起身，将两个孩子抱在怀里，慌忙躲到丈夫的身后，还敞着胸口，瞪大眼睛，惊恐地望着那外乡人，嘴里咕哝着："错马罗德①。"

所发生的这一切，只是一眨眼的工夫。房主就像观察毒蛇一样，打量一阵那人之后，又来到门口，说了一声："滚！"

"行行好吧，"那人又说，"给碗水喝。"

"给你一枪！"农夫答道。

他啪的一声又把门关上，求宿人听见插了两道门闩的声响。过了一会儿，又传来上窗板和别铁杠的声音。

天色越来越黑了。阿尔卑斯山区的冷风飕飕刮起来。那外乡人借着苍茫暮色，望见临街一个园子里有一草棚，仿佛是用草皮垒起来的。他把心一横，跨过一道木栅栏，溜进园子里，走近草棚，看到它的门就是又窄又矮的洞口：这类草棚，很像养路工在路边搭的窝棚。他一定认为这确是一名养路工的窝棚，而且他饥寒交迫，饥饿只好忍了，但这至少是个避寒的场所。一般来说，这类窝棚夜晚没人住；于是他趴下来，匍匐着爬进去。里面相当暖和，地上还铺了厚厚一层麦秸。他实在太累了，一动不动，就这样躺了一会儿。继而，他觉得背上压

---

① 错马罗德：法国境内阿尔卑斯山区方言，意为"偷东西的野猫"。——原注

着行囊不舒服，卸下来就是现成的枕头，于是他动手解皮背带。正在这时，旁边响起吓人的吼声。他抬头一看，只见黑暗中草棚洞口映现出一条大狗的脑袋。

原来这是个狗窝。

他本人身强力壮，样子又凶猛，还有棍子当家伙，拿行囊当盾牌，挣扎着退出狗窝，只是破衣烂衫的口子又撕大了。

同样，他挥舞棍子，且战且退，不得不用剑术师所说的"玫瑰护身剑法"，逼使恶犬不敢近前，终于退出园子。

他费了好大劲才重又跨过栅栏，回到大街上，孤苦伶仃，无家可归，连个躲风避寒的地方都找不到，甚至钻进破烂狗窝里，躺在铺地的麦秸上也被赶出来。他看见一块石头，不是坐下，而是一屁股跌落在上面；一个过路人仿佛听见他恨恨说道："我连一条狗都不如！"

过了一会儿，他又站起来往前走，出了城，希望在田野上找到树木或者草堆，也好避避风寒。

他始终低着头，走了一段时间，直到觉得远离了所有住户人家，他才举目四望。他来到一片田地中间，前面有一个矮丘，覆盖着收割后的麦茬儿，就像剃光了的脑袋。

天已经完全黑了；那不仅仅是夜色，还是低沉沉的乌云：乌云仿佛压着山丘，又渐渐升起，要布满整个天空。然而，月亮要升起来了，苍穹还飘浮着暮色的余光，而云彩在高空形成淡白色的圆顶，上面的微光落到大地上。

因此，大地比天空还要亮一些，这就显得格外阴森可怕。荒凉的矮丘光秃秃的，由黑黝黝的天边衬出灰色模糊的轮廓。整个形象又丑又陋又卑琐，又凄惨又狭小。无论田野还是矮丘上，都空荡荡的，只有一棵歪七扭八的树，在离这行客几步远的地方瑟瑟发抖。

显而易见，在智慧和精神方面，这个人远远没有养成细腻敏锐的习惯，对事物的神秘现象麻木不仁。然而，在这天空中，在这座丘岗上，在这片平野里，在这棵树木枝叶中，有一种无限凄惶的意味，他呆立在那里出了一会儿神之后，就猛然沿原路折回去了。有些时刻，大自然也显出敌意。

他原路返回。迪涅城门已经关闭。在宗教战争中，迪涅城屡遭围困，直到1815年，老城墙两侧还有不少方形堡垒，后来才拆毁。他从城墙豁子回到城里。

约莫有晚上八点钟了。他不熟悉街道，又开始漫无目的地游荡。

走着走着，又来到市政厅，继而又到神学院；经过大教堂广场时，他朝天主教堂挥起拳头。

广场一角有一家印刷所。在厄尔巴岛由拿破仑口授的皇帝诏书，以及羽林军告全军书，带回大陆时，头一版就是这家印刷所印制的。

他精疲力竭，再也不抱任何希望，就躺在印刷所门前的石椅上。

恰好这时，一位老妇人从教堂里出来，她发现黑暗中躺着一个人，便问道："您在那儿干什么呢，朋友？"

他粗暴而气愤地回答："您瞧见了，老太婆，我在睡觉。"

老太婆，就是 R 侯爵夫人，她的确当得起这种称呼。

"睡在这石椅上？"她又问道。

"我拿木板当褥子，已经睡了十九年，"那人答道，"今天，我又拿石头当褥子。"

"您当过兵吧？"

"不错，老太婆，当过兵。"

"为什么您不去住旅店呢？"

"因为我没钱。"

"唉！"R 侯爵夫人说，"我的钱袋里只有四个苏了。"

"给我就是了。"

那人接过四个苏铜钱。R 夫人继续说道：

"您拿这点钱不够住旅店。您就没有去试一试吗？您这样过夜怎么行呢。您一定又冷又饿。总有人发善心，留您住一夜。"

"每扇门我都敲过了。"

"怎么样呢？"

"到处都赶我走。"

"老太婆"捅了捅那汉子的胳臂，指了指广场对面挨着主教府的一所矮小的房子。

"每扇门您都敲过了吗？"她重复说道。

"不错。"

"那扇门敲过了吗？"

"没有。"

"去敲敲那扇门吧。"

二 向明智建议的谨慎

这天傍晚，迪涅的主教先生上街散步回来，便关在自己房间里待到很晚。他正潜心著述，写一本大部头的《论义务》，可惜后来没有完稿。他细心查阅神父和神学博士就这一重大问题所发表的各种言论。他的书分两部分：第一部分是全体的义务，第二部分是从属各个阶级的个人义务。大众义务为大义务，共有四种。圣马太指明四种义务：对上帝的义务（《马太福音》第六章）、对自己的义务（《马太福音》第五章第二十九节和三十节）、对他人的义务（《马太福音》第七章第十二节）、对众生的义务（《马太福音》第六章第二十节和二十五节）。对于其他各种义务，主教在别处也找到了指示和规定。在《罗马人书》中，有君主和臣民的义务；圣彼得则规定了法官、妻子、母亲和青年男子各自的义务；《以弗所书》中有丈夫、父亲、子女和仆人各自的义务；《希伯来书》中规定了信徒的义务；而《哥林多书》中有处女的义务。主教勤奋地编辑，要把所有这些规定汇成和谐的一部分，以供世人学习。

八点钟时他还在工作，一大厚本书摊在双膝上，往小方块纸上摘录，姿势很别扭。这时，马格洛太太照习惯进来，从床边的壁橱里取出银餐具。过了一会儿，主教约莫餐桌摆好了，妹妹也许在等他，他这才合上书，离开书案，走进餐室。

餐室是个长方形的屋子，有壁炉，房门临街（我们已经说过），窗户对着园子。

马格洛太太果然摆好餐具了。

她一边忙碌，一边还跟巴蒂丝汀小姐聊天。

靠近壁炉的餐桌上放了一盏灯。壁炉里的火燃得挺旺。

不难想象，两位妇人都已年过六旬：马格洛太太又矮又胖，性情活泼；巴蒂丝汀细弱瘦长，性情温和，比她哥哥稍高一点儿，穿一件棕褐色绸袍，那还是1806年的流行色，当年她在巴黎买的，一直穿到现在。有时写上一页也不足以表达一种想法，而用一句俗话就能说清楚。我们这里也借用一下俗字眼：马格洛太太的样子像个"村妇"，而巴蒂丝汀小姐的神态像个"贵妇"。马格洛太太头戴卷管边的白色软帽，颈上挂着小小的金十字架，这是全家唯一的女人首饰了。她穿一条黑色粗呢袍，袖子又肥又短，领口露出雪白的围巾，腰上用绿带子系着红绿方格布围裙，还有同样布料的胸巾，上面两角用别针别住，脚上像马赛妇女那样穿着粗大的鞋和黄袜子。巴蒂丝汀小姐的衣袍是1806年的剪裁，半短紧身式的，加了垫肩、镶的暗扣。她戴一顶"孩童式"卷曲假发，扣住自己的花白头发。马格洛太太看样子聪明伶俐，心地善良，两边嘴角一高一低，上嘴唇比下嘴唇厚实，这就给她添了一两分暴躁专横的神气。只要主教大人沉默不语，她就喋喋不休，态度既恭敬又有点放任。可是，主教一开口说话，她就跟老小姐一样服服帖帖，奉命唯谨了，这情景大家都见过。巴蒂丝汀小姐甚至连话都不讲，只是一味地服从和迎合。即使在年轻时候，她的相貌也不漂亮，一对蓝色大眼睛鼓出来，鼻子长而弯曲；不过，我们一开头就讲了，她的整个脸庞、整个人，透出一种难以形容的和善，她生性宽厚仁慈，而且，温暖心灵的三德，信仰、慈悲和热望，又渐渐使这种宽厚升华为圣德了。大自然只是把她造就成为羔羊，而宗教却使她成为天使，可怜的圣女！甜美的记忆风流云散啦！这天晚上主教住宅里发生的情况，巴蒂丝汀小姐后来不厌其烦地讲述，有好几个现在还活着的人连细节都能回忆起来。

主教先生进来的时候，马格洛太太说得正起劲呢。她跟小姐谈一个熟悉的而主教也听惯了的话题，就是临街房门的门闩问题。

好像马格洛太太听说有情况，她去为晚餐买食品时，在好几处听人说，城里来了个形迹可疑的流浪汉，样子很凶，到处转悠，这天晚上想深夜回家的人都很可能遭劫。再说，警察局办事不力，局长先生和市长先生又合不来，都巴不得出些事端嫁祸于对方。因此，明智的人就会自己担起警察的职责，小心提防，必须仔细关门闭户，上好门闩，插得牢牢的，总之，要关紧自己的房门。

马格洛太太特别强调最后这句话；可是，主教从他待着发冷的房间过来，就坐到壁炉前取暖，接着另有所思，并没有注意马格洛太太重点抛出来的这句话。她又重复了一遍。这时，巴蒂丝汀小姐既要让马格洛太太满意，又不想惹兄长不快，就硬着头皮胆怯地说：

"哥，您听见马格洛太太说的话了吗？"

"恍恍惚惚听到一点儿。"主教答道。接着，他半转过椅子，双手放在膝盖上，抬起由炉火照亮下颏儿的那张诚恳而喜气洋洋的脸，望着老女仆，问道："说说看，出什么事儿啦？出什么事儿啦？我们面临什么巨大的危险吗？"

于是，马格洛太太又把整个事从头至尾讲了一遍，无意中未免夸大了几分。据说有一个流浪汉，一个无业游民，一个危险的乞丐，这时候正在城里。他到雅甘·拉巴尔那里要住店，可是人家不肯接待。有人看见他从加桑迪大街进城，在模糊不清的街道里游荡。那个人背着行囊，领带像绳子，一副凶恶的面孔。

"真的吗？"主教问道。

他肯发问，就给马格洛太太鼓了劲：这似乎表明，主教快要警觉起来了；于是，她得意扬扬地继续说道：

"是真的，大人。事情就是这样。今天夜晚，城里要出事儿。大家都这么说。再加上，警察又不管事（重复这点不会没有作用）。生活在山区，夜晚街上连路灯都没有！出了门，哼！黑洞洞的，伸手不见五指！跟您说，大人，喏，小姐在那儿，也是这么说……"

"我嘛，"妹妹插言道，"我什么也没有说。我哥哥怎么做怎么好。"

马格洛太太还是说下去，就好像没人反驳似的：

"我们说，这所房子一点也不保险，如果大人允许的话，我这就去找锁匠保兰·穆斯布瓦，请他来把原来的铁门闩重新安上。铁闩还在，说话工夫就安上了。我还要说，大人，哪怕只为了这一夜，也应当安上门闩；要知道，只有撞锁的一扇门，随便什么人都可以推开进来，没有什么比这更可怕的了。此外，平常日子，大人总是让人随便出入，甚至夜里也一样，噢，上帝啊！要进就进，连问都不用问一声……"

恰好这时，有人重重地敲了一下门。

"请进。"主教应了一声。

三 盲目服从的英勇气概

房门推开了。

房门猛地大敞四开，就好像有人决心用力推门似的。

一个汉子走进来。

这人我们已经认识了，正是刚才我们看见到处投宿的那个行客。

他走进屋，朝前跨了一步，又站住了，还让身后的门敞着。他肩上扛着行囊，手中拿根棍子，眼神里有一种粗鲁、放肆、疲惫而狂暴的表情。在壁炉的火光中，他那样子十分丑恶，就好像魔鬼显形。

马格洛太太连惊叫一声的气力都没有了，她浑身一抖，在原地目瞪口呆。

巴蒂丝汀小姐转过头，瞧见进屋的汉子，吓得半欠起身，继而，头又慢慢转向壁炉，瞧瞧她哥哥，于是，她的脸色又恢复沉静安详了。

主教目光平静地注视来客。

那人双手扶住棍子，眼睛来回打量老人和两位妇人，未待主教开口问他有什么事，他就高声说道：

"是这样。我叫冉阿让，我是个苦役犯。我在苦役场度过了十九年，四天前刑满释放，要去蓬塔利埃。我从土伦动身，走了四天路。今天我走了十二法里，傍晚到达这地方。我持黄纸通行证，去市政厅验了，这是规定的，结果再去旅店，就被人赶出来了。我又去投另一家旅店，人家对我说：滚开！无论到哪家，也没人肯接待我。我到监狱去，看守不给我开门。我钻进一个狗窝里，那条狗咬了我，也把我赶走，就好像它是人似的，就好像它知道我是什么人。我又跑到田野里，打算睡在星光下，可是天空没有星星。我以为要下雨了，又没有仁慈的上帝阻止天下雨，只好回城来，找个门洞避一避。在那边广场上，我躺到石板上准备睡觉，一位老太婆指着您的房子对我说：去敲敲那扇门吧。于是我敲了门。这是什么地方？是客店吗？我有钱。我有积蓄，总共一百零九法郎零十五苏，是我在苦役场干了十九年活挣的。我付钱。这有什么关系？我有钱。我累极了，走了十二法里，我饿得很。您能让我留下吗？"

"马格洛太太，"主教说道，"您再加一副餐具。"

那人走了三步，靠近放在桌子上的那盏灯，"听我说，"他好像没怎么听明白，又说道，"不是这个意思。您听见了吗？我是个苦役犯。罚做苦役的罪犯。我刚从苦役场出来。"他从兜里掏出一大张黄纸，打开来，说道："这是我的通行证。您瞧是黄色的。拿着这东西，我走到哪儿都被人赶开。您要念念吗？我也识字，是在苦役场里学的。那里有一所学校，愿意学的就能进去。喏，通行证上就是这样写的：'冉阿让，苦役犯，刑满释放，原籍……'这对您无所谓，'在苦役场关了十九年。因破坏性盗窃判五年。四次企图越狱，加判十四年。此人非常危险.’就是这样。人人都把我赶到外面。您呢,您愿意接待我吗?这是旅店吗?您愿意给我吃的,给我住处?您有马棚吗?”

"马格洛太太,"主教说道,"您去里间铺上白床单。"

我们已经解释过,这两位妇人的服从是什么性质的。

马格洛太太照吩咐出去办了。

主教转向那汉子,说道:"先生,您请坐,烤烤火。过一会儿我们就吃晚饭;就在您吃饭的工夫,会给您收拾好床铺的。"

至此,那人才恍然大悟,他脸上表情变了:刚才一直阴沉冷峻,现在显出惊愕、怀疑、快乐,变得异乎寻常了。他就像发了疯,说话结巴起来:

"真的吗?什么?您留下我?您不赶我走!一个苦役犯!您称我‘先生’!您不用‘你’称呼我!你给我滚,狗东西!别人总是这么对我说,我原以为您也一定赶我走。因此,我先就说明我是什么人。啊!那位好婆婆,指点我来这儿!我有晚饭吃啦!还有床铺!有褥子和床单的床铺!跟别人一样!我有十九年没有睡在床铺上啦!您当真不让我走啊!你们真是大好人。再说,我有钱,会付账的。对不起,店主先生,您怎么称呼?您要多少钱我都照付。您是大好人。您是旅店老板,对吧?"

"我是住在这儿的神甫。"主教答道。

"一位神甫!"那人又说道,"啊!大好人的神甫!这么说,您不要我钱啦?是本堂神甫,对吧?这座大教堂的本堂神甫?对呀!真的,我真蠢,我没有瞧您这顶圆帽!"

他边说边把行囊和棍子放到角落里,又把通行证揣进兜里,这才坐下。巴蒂丝汀小姐和蔼地看着他。他接着又说道:

"您有人性,本堂神甫先生。您不嫌弃人。做一个善良的神甫真好。这么说,您不要我付账吗?"

"不用付账,"主教答道,"钱您留着吧。您有多少啦?您对我说过有一百零九法郎吧?"

"零十五苏。"那人补充说。

"一百零九法郎零十五苏。您用了多少年挣了这些钱?"

"十九年。"

"十九年!"

主教深深叹了一口气。

那人接着说道："这笔钱我还一点没花呢。这四天我只用了二十五苏，还是我在格拉斯帮人卸车挣的。既然您是神甫，我就要告诉您，我们苦役场那儿有个宣教神甫。还有一天，我见到一位主教。别人管他叫大人。那是马赛的德·拉马若尔主教。他是一般本堂神甫头上的本堂神甫。请原谅，我不会说话，要知道，对我来说，离得太远啦！——您明白，我们是什么人！——他做过弥撒，站在苦役犯监狱的祭台上，头顶戴着金子的尖尖的东西，让中午的太阳照得闪闪发光。我们都排成队列，占了三面。在我们对面是一排大炮，火绳都点着了。我们看不大清楚。他对我们讲话，但是站得太靠里了，我们听不见。原来主教就是那样子。"

在他说话的工夫，主教过去把还敞着的房门关上。

马格洛太太拿着一套餐具回来，摆到餐桌上。

"马格洛太太，"主教吩咐道，"您把这套餐具摆在靠火最近的座位上。"然后转过身，又对客人说："阿尔卑斯山区的晚风很厉害。您一定冷了吧，先生？"

他每次说"先生"这个词，声音又和蔼又严肃，就像好伙伴之间，那人听了总是喜形于色。称一名苦役犯为"先生"，就等于给美狄斯号船的遇难者一杯水。蒙受耻辱就渴望得到尊重。

"这盏灯照明太差了。"主教又说道。

马格洛太太会意，便去主教的卧室，从壁炉台上取来两只银烛台，点着放到餐桌上。

"本堂神甫先生，"那人又说，"您真好。您没有瞧不起我，让我住在您家里，还为我点上蜡烛。然而我却没有向您隐瞒，我是从哪儿来的，我是一个不幸的人。"

主教在他身边坐下，轻轻地按住他的手。

"您不必对我说您是谁。这里也不是我的家，而是耶稣-基督的家。这扇门并不问进来的人有没有姓名，而要问他有没有痛苦。您现在受苦，又饥又寒；这里欢迎您。不要感谢我，也不要对我说我让您住在我家里。除了需要栖身之所的人，这里不是任何人的家。我要告诉您这位过路人，这里是我的家，倒不如说是您的家。这里的东西全是您的。我有什么必要知道您的姓名呢？况且，您在向我道出姓名之前，您有个名字我早就知道了。”

那人惊奇地瞪大了眼睛。

“真的吗？您早就知道我叫什么？”

“对，”主教答道，“您就叫‘我的兄弟’。”

“嗬，本堂神甫先生！”那人提高声音说，“我进来时很饿，可是您对我这么好，也不知道怎么回事儿，现在我不饿了。”

主教注视他，说道：“您受了不少苦吧？”

“唔！穿上红色囚衣，脚上拖着铁球，睡在一块木板上，忍受酷暑、严寒，要干活，做苦役，挨棍子！动不动就加镣铐，说句话就下地牢。甚至病倒了，还戴着锁链。不如狗，狗的生活要好得多！十九年啊！我已经四十六岁了。现在，又拿着黄纸通行证。就是这样。”

“是啊，”主教接口说，“您从一个悲惨的地方出来。请听我说，比起一百个义人所穿的白袍来，一个忏悔的罪人流泪的脸，在上天能赢得更多的快乐。您离开那个痛苦的地方，如果对人怀着仇恨和激愤的念头，那么您是值得可怜的；如果怀着慈善、温良与平和的念头，那么您就胜过我们任何人。”

这工夫，马格洛太太已经摆好了晚餐。有一盆汤，是用白水、油、面包和盐做的，还有一点咸肉、一块羊肉、一些无花果、鲜奶酪和一个大黑面包。除了主教日常食物之外，她还主动加了一瓶陈年莫福酒。

主教的脸豁然开朗，换上热情好客者所特有的快活神情，爽快地说：“入座！”他像往常晚餐有外客那样，让来客坐在他右首。巴蒂丝汀小姐坐在他左首，她的神态完全平静而自然。

主教按照习惯先祷告，再亲手分汤。那人狼吞虎咽吃起来。

主教突然说道：“咦，桌上好像缺点什么东西。”

的确，马格洛太太只摆上三套必要的餐具，然而按照这里的习惯，主教留客吃饭时，要把六套银餐具全摆在台布上。这是一种天真的陈列。在这个温馨而严肃的家庭里，这种类似奢华的雅致，显得有几分幼稚，但极富情趣，将清贫提到尊严的高度。

一点就明白，马格洛太太一声不响出去了；过了一会儿，主教要的那三套餐具，就与三位进餐的人对应整齐地摆出来，在台布上闪闪发亮。

四　详细介绍蓬塔利埃奶酪厂

现在，要概述一下这餐饭的情况，最好的办法莫过于抄录一段巴蒂丝汀小姐的一封信；在写给波瓦舍夫隆夫人的这封信中，她以细腻而天真的笔调，叙述了苦役犯和主教的对话：

"……那人根本不注意别人。他贪婪地吃着，跟饿鬼似的。然而，喝完汤之后，他却说：

"'仁慈上帝的本堂神甫先生，对我来说，这些食品还是太好了；不过，我得说一句，不肯让我跟他们一道吃饭的那些赶大车的，吃得比您讲究。'

"说句私话：他这种指责我听着有点刺耳。我哥哥答道：

"'他们比我累呀。'

"'不对，'那人又说道，'他们比您有钱。看得出来，您够穷的。也许您连本堂神甫都不是。本堂神甫您总归是吧？哼！不像话，如果仁慈的上帝是公正的，您就应该当上本堂神甫。'

"'仁慈的上帝岂止公正。'我哥哥说道。

"他停了一下，又补充说：

"'冉阿让先生，您是去蓬塔利埃吧？'

"'要走规定的路线。'

"我想那人是这样讲的。然后他继续说道：

"'明天天一亮，我就得上路。行路实在难啊。如果说夜晚很冷，白天却挺暖和。'

"'您去的那儿是个好地方。'我哥哥又说道，'大革命时期，我的家破产了，我先逃往弗朗什-孔泰地区，靠两条胳膊干活生活了一段时间。我为人诚恳，总能找到活干，有的挑选呢。那里有造纸厂、制革厂、蒸馏厂、榨油厂、大型钟表厂、炼钢厂、炼铜厂、铁工厂，少说有二十家，其中四家分别建在洛德、夏蒂拥、欧丹库尔和勃尔，规模都很大。'

"我想我没有记错，这正是我哥哥说的地名，接着他中断谈话，又对我说：

"'亲爱的妹妹，我们有些亲戚不就是住在那地方吗？'

　　"我答道：

　　"'从前有些亲戚住在那儿，其中有德·吕司内先生，他在旧朝任蓬塔利埃的卫戍司令。'

　　"'不错，'我哥哥接上说，'可是到了 1793 年，我们在那儿就没有亲戚，只有自己的手臂了。我做过工。冉阿让先生，您要去的蓬塔利埃那地方，有的实业历史悠久，而且很有意思。妹妹，他们那里的奶酪厂叫果品厂。'

　　"我哥哥一边劝那人吃，一边详细向他介绍蓬塔利埃果品厂的情况。果品厂分两种：'大仓'是有钱人的，养了四五十头奶牛，每年夏季能产七八千奶酪饼；'合作果品厂'是穷人的，主要是住在半山腰的农民合伙养牛，共分产品。他们雇用一名制奶酪工匠，称作'格吕兰'；那个格吕兰每三天向会员收一次奶，将数量记在双合木板上；将近四月末奶酪厂开工，到六月中旬，制奶酪工就把牛赶进山里了。

　　"那人吃着饭，精神就振作起来。我哥哥让他喝那瓶莫福好酒，而自己却不喝，说是那酒太贵。我哥哥向他介绍这些情况，那种开心的神情您是了解的；谈话中间，还忘不了殷勤照顾我。他一再强调格吕兰那种好行业，就好像希望不用他直截了当地建议，那人就能明白那是个安身的好地方。有件事令我吃惊。我对您讲了那是什么人。然而，在用晚餐的整个过程中，甚至在整个晚上，除了那人刚进门时，我哥哥提了提耶稣，后来就再没有讲一句话让那人意识到自己是什么人，也没有讲一句话向那人表明我哥哥是什么人。在这种场合，似乎应当劝诫几句，拿主教压一压苦役犯，给他留下过后不忘的印象。换个别人，接待了这个不幸者，让他吃饱肚子的同时，很可能要充实他的灵魂，责备他几句，教训开导一番，或者讲几句怜悯的话，勉励他将来好好做人。我哥哥连他的籍贯和身世都没有问。因为，在他的经历中有过错，我哥哥似乎回避一切能唤起他回忆的字眼。有一阵，我哥哥正谈论蓬塔利埃的山民，说他们'接近上天，快活地劳动'，还说'他们清清白白，所以生活很幸福'；正是说到这一点，他戛然住口，怕他无心讲出的话有什么可能触犯那人的意思。我仔细想了想，觉得洞察了我哥哥的内心活动。他一定想到这个叫冉阿让的人受苦太多，思想负担太重，最好转移他的注意力，让他相信跟别人一样，对他来说一切都平平常常，哪怕在片刻时间也好。实际上，这不正是深刻领会了慈善吗？仁慈的夫人，这种不用说教和规劝的体贴人心的态度，不是真正符合福音精神吗？一个人有了痛处，对他最好的怜悯，不就是决不触碰吗？我觉得我哥哥心中可能就是这样想的。不管怎样，可以这么说吧，他即使不折不扣有这类想法，也丝毫没有向我流露；他像每天晚上那样，从头至尾还是老样子；他同这个冉阿让一起吃晚饭，神态举止就跟他同杰德翁·勒普雷沃先生，或者同本堂神甫先生一起吃晚饭一样。

"晚饭尾声吃无花果的时候，有人敲门。是杰博大妈抱着孩子来了。我哥哥吻了吻孩子的额头，向我借了我身上的十五苏，给了杰博大妈。在这工夫，那人没有怎么留意，他不再讲话，好像十分疲倦。等可怜的老杰博家的走后，我哥哥就念了饭后经，随后又转身对那人说：'您一定需要上床休息了。'马格洛太太急忙收拾好桌子。我明白我们必须离开，好让这行客睡觉，于是我们二人上楼去了。不过，待了一会儿，我又派马格洛太太把我房里那张黑森林狍子皮，送到那人的床上。夜晚很冷，这东西可以御寒，只可惜年头太久，毛都脱落了；那还是我哥哥在德国时，从多瑙河发源地附近的托特林根买的，同时还买了我吃饭时用的象牙柄小餐刀。

"马格洛太太即刻就上楼来了，我们在晾床单的屋里祈祷，然后什么也没有讲，就各自回房安歇了。"

五 宁静

卞福汝主教向妹妹道过晚安，从桌上拿起一只银烛台，并把另一只银烛台交给客人，对他说："先生，我来带您去睡觉的房间。"

那人跟随他走了。

从上文叙述中可以看出这所房子的布局，要出入凹室所在的祈祷室，必须穿过主教的卧室。

他们穿过主教房间时，马格洛太太正在床头壁橱里收银器。这是她每天晚上睡觉前要做的最后一件事。

主教将客人安顿在凹室里。床上新铺了白床单。那人将烛台放在小桌上。

"好了，"主教说道，"好好睡一夜吧。明天早晨动身前，您再喝一杯我们这儿的热牛奶。"

"谢谢，神甫先生。"那人说道。

这句平静的话刚一出口，他没有过渡，就突然来了个奇异的举动，如果让两位圣女瞧见，她们准会吓得魂不附体。直到今天，我们还弄不清楚，当时究竟是什么促使他这么做。难道他要给个警告，或者发出个威胁吗？难道他只是顺从连他自己都懵然无知的本能的冲动吗？他猛然转向老人，又起胳臂，用野蛮的目光注视着房主，粗声粗气地说：

"哼，就这样！说话算数！您让我睡在离您这么近的地方！"

他顿了一顿，嘿嘿狞笑了一下，又补充说道：

"您完全想好了吗？您怎么知道我没有杀过人呢？"

主教举目望着天花板，回答说："这是仁慈的上帝的事。"

接着，他敛容正色，嚅动着嘴唇，那好像在祈祷或者自言自语；他举起右手，用两根指头为那人祝福，那人接受祝福时连头也不低一低。然后他不回头看一看，就回自己屋了。

凹室里有人住的时候，就拉起一大块哔叽布帘，完全把神位遮住。主教从帘布前经过时，就跪下简短祈祷一回。

过了一会儿，他来到园中散步，沉思遐想，凝视观望，心神完全投入伟大的神秘事物中。这些伟大神秘的事物，是夜晚上帝指给仍然睁着的眼睛看的。

至于那人，他实在太困倦了，连舒适的洁白床单都没有享用，他照苦役犯的做法，用鼻孔吹灭了蜡烛，往床上一倒，和衣而眠，立刻呼呼大睡。

敲午夜十二点的时候，主教从园子回屋。

过了几分钟，这所小房子里就全入睡了。

六　冉阿让

睡到半夜，冉阿让醒了。

冉阿让生在布里地区的贫苦农家里。童年时没有上过学。成年之后，他在法夫罗勒当树枝剪修工。他母亲叫让娜·马蒂厄，父亲叫冉阿让，或者吾阿让，大概是外号，也是"我是阿让"的简化。

冉阿让生性沉静，但并不忧郁，这是天生富于情感的人的特点。总之，冉阿让整个人儿显得昏头昏脑，碌碌无能，至少表面看来是这样。他幼年就父母双亡。母亲害了乳腺炎，因诊治不当而死了。父亲和他一样，也是树枝剪修工，不幸从树上掉下来摔死了。冉阿让只剩下带着七个子女孀居的姐姐。正是这个姐姐把冉阿让抚养成人。丈夫在世时，她一直负担弟弟的食宿。丈夫死的时候，最大的孩子才八岁，最小的一岁。冉阿让刚满二十五岁，他代行父职，协助支撑家庭，回报姐姐的养育之恩。这事做起来自然而然，就跟天职一样，即使冉阿让有时显得有点粗暴。他的整个青春，就消耗在收入微薄的重活当中。当地人从来没有听说他有过"女朋友"。他没有时间去谈情说爱。

傍晚回家，累得要命，他一声不吭，闷头喝菜汤。就在他吃饭的时候，他姐姐让娜"妈妈"时常从他那汤盘里取出最好的东西：一块瘦肉、一片肥肉、一块菜心，给她的一个孩子吃。冉阿让呢，却总是伏在桌上，脑袋差点浸在汤里，长头发垂落在盘边，遮住他眼睛，任凭姐姐怎么做，就好像什么也没有看见。在法夫罗勒，住着一个叫玛丽-克洛德的农妇，离冉阿让茅屋不远，就在小街的斜对面。阿让家的孩子饿肚子是常事，有时他们假冒母亲的名义，到玛丽-克洛德那儿借一品脱①牛奶，躲到篱笆后面或者小道的角落里喝起来，可是你争我抢，小女孩又喝得急，奶往往洒到罩衣上，流进脖子里。母亲若是知道了这种欺骗行为，肯定要严厉惩罚这些小骗子。冉阿让好发火又好嘟囔，但是他却背着孩子的母亲，把牛奶钱照付给玛丽-克洛德，几个孩子才没有受惩罚。

在修剪树枝的季节里，每天他能挣二十五苏。过后他就打短工，给人收割小麦，做粗活，放牛，给人卖苦力。力所能及的活计他全干，他姐姐也干活，然而有七个小孩拖累，又能干什么呢？这是一家愁苦的人，被穷困包围，渐渐围紧。果然，有一年冬季特别艰难，冉阿让找不到活儿干。家中没有面包，一点儿面包渣儿都没有。只有七个孩子！

法夫罗勒的教堂广场旁边有家面包店，一个星期天晚上，老板莫

---

① 品脱：法国旧制容量单位，1品脱合0.93升。

贝尔·伊扎博正要睡觉，忽听店前安了铁条的玻璃橱窗咔嚓响了一声。他及时出来察看，只见一条胳膊探进铁条，从用拳头打破的玻璃橱窗里抓起一个面包。伊扎博急忙赶出来，那小偷撒腿就逃；他追上去，把那人抓住。小偷已经把面包丢下了，但是胳膊还在流血。那正是冉阿让。

事情发生在 1795 年，冉阿让被指控为"夜闯民宅行窃"罪，送当时的法庭。他有一支枪，而且比世界上任何枪手都射得准；不过，他有点好偷猎，这对他相当不利。大家早有一种合情合理的成见，反对偷猎的人。偷猎者跟走私者一样，都和盗匪相去不远。然而，我们顺便要指出一点，这类人和城里那些凶恶的刽子手相比，还是有天渊之别。偷猎者生活在森林，走私者生活在山里或海上。城市腐化人，因而使人变得凶残。山林和海洋使人变得粗野，激发野性而一般不摧毁人性。

冉阿让被判有罪。法典上有明文规定。在我们的文明里，有些时刻的确叫人胆战心寒，这就是刑法置人于死地的时刻。这是何等凄惨的时刻：社会逐斥并无可挽回地遗弃一个有思想的生灵！冉阿让被判处五年苦役。

1796 年 4 月 22 日，巴黎正欢呼意大利军团的总指挥在蒙特诺特所获的胜利；共和 4 年花月 2 日，督政府呈给五百人院的咨文中，称那位总指挥为布奥拿巴①；就在同一天，在比塞特监狱里，给押解的罪犯扣上了长锁链，冉阿让就是锁链上的一名罪犯。当年一名监狱看守，如今年近九旬，他还记得清清楚楚：那天，那个不幸的人在院子北角，锁在第四条铁链的末端。他和其余犯人一样坐在地上，仿佛糊里糊涂，只知道自己的处境很可怕。这个蒙昧无知的可怜人在模糊的思想里，也许看出过火的成分。有人在他脑后用大锤往他锁链上打铆钉，他忽然哭起来，泣不成声，只能断断续续地说："我是法夫罗勒的树枝剪修工。"接着，他边哭边抬起右手，逐渐往下比画了七下，仿佛依次摸到七个不同高度的头，让人从这动作上猜出，他无论做了什么事，都是为了供七个孩子穿衣吃饭。

---

① 拿破仑生于科西嘉岛，该岛原属意大利，波拿巴的姓按意大利文写法为布奥拿巴。

他被押解去土伦，脖子上锁着铁链，乘坐大板车，颠簸了二十七天才到达。到了土伦，他就换上红色囚衣。他从前的生活，直至他的名字，全都一笔勾销了；他不再是冉阿让，而是24601号。他姐姐怎么样？七个孩子怎么样了？谁照顾那一大家人？一棵年轻的树被齐根锯断，上面的树叶怎么样了呢？

总是千篇一律的故事。那些活在世上的可怜人，上帝的创造物，从此往后无依无靠，无人指引，也无栖身之所，到处漂流，谁说得准呢？也许四分五散，各奔西东，逐渐隐没在凄冷的迷雾中，那正是孤独命运的葬身之地，多少不幸的人，加入人类的悲惨行列，陆续消失在那幽冥之中。他们背井离乡。村庄里的钟楼把他们忘却；他们田地的界石也把他们忘却；冉阿让在监狱关了几年，也同样把钟楼和界石忘记了。他这颗心上有过一条伤口，便留下一道伤疤，如此而已。他在土伦的那段时间，只有一次听人说起他姐姐。大约是在他服刑快满第四年的时候，我不记得他是从什么途径得到的音信。有个认识他们的当地人，在巴黎遇见过他姐姐。他姐姐到了巴黎，住在揉面工街，那是圣绪尔皮斯教堂附近的一条穷街。她身边只有一个孩子了，是最晚生的小男孩。另外六个孩子在哪儿？也许连她本人都不知道了。她当了装订工，每天清晨去木鞋街三号一家印刷厂上班。早晨六点钟必须赶到，如在冬季，那时候离天亮还早呢。印刷厂里有一所小学校，她每天早晨领七岁的孩子上学。只是她六点钟要到厂，而学校七点钟才开门，孩子只好在院子里待一小时，等学校开门，到了冬季，就要露天在黑暗中待一小时。印刷厂不准孩子进去，说是妨碍干活。一清早，工人经过院子时，就看见可怜的小家伙坐在石头地上打瞌睡，往往看见他蜷缩在黑暗的角落里，伏在他的篮子上睡着了。下雨的时候，看门的一位老婆婆可怜他，让他进屋。那破屋里只有一张简陋的床、一架纺线车和两张木椅；孩子就在角落里睡一觉，怀里搂着猫，好暖和一点儿。到七点钟学校一开门，他就跑进去了。这就是有人告诉给冉阿让的情况。有一天，有人把这些情况告诉他，一时间，就像一道闪电，一扇窗户突然打开，显现他从前爱过的那些人的命运，随即又完全关闭了；他再也没有听人提起来，音信永远断绝。他再也没有得到他们一点消息，再也没有见到他们，再也没有碰见他们，而在这悲惨故事的接续部分，我们再也见不到他们了。

　　快满第四个年头的时候，轮到冉阿让越狱了。狱友帮他越狱，在那暗无天日的地方，大家都那么做。他逃走了，在田野里自由地游荡了两天，如果说被追捕也算自由的话：他时时要回头看，听见一点动静就心惊肉跳，什么都怕，怕冒烟的屋顶，怕过路的行人，怕汪汪叫的狗，怕奔跑的马，怕报时的钟鸣，怕看得见东西的白天，怕看不见东西的黑夜，怕上大路，怕走小道，怕钻树丛，还怕打瞌睡。越狱的第二天晚上，他被抓回去了。三十六小时他没吃没睡。由于这次越狱行为，海港法庭判处延长他三年刑期，一共八年。到第六个年头，又轮到他越狱了；他利用了这次机会，可是未能逃脱。点名时发现他不见了，就放了警炮；到了晚上，巡夜的人发现他躲在一只正建造的船的龙骨里。他拒捕，但还是被监狱看守抓回去了。越狱又拒捕，根据特别法典的条文，就加判五年刑期，要戴两年双脚镣。总共十三年。到第十个年头，再次轮到他越狱。他又抓住机会，但是同样没有成功。由于这次新的企图，他又加判三年苦役。到末了，我想是第十三个年头上，他最后一次试图越狱，只逃出四个钟头就被抓回去了。逃出去四小时，加刑三年。总共十九年。1815年10月，他刑满释放，他是1796年入狱的，只为打碎一块玻璃，拿了一个面包。

　　在此不妨讲一句题外话。本书作者在研究刑法和依法判罪的问题时，这是第二次遇见因偷一个面包而毁了一生的惨案。克洛德·格偷了一个面包；冉阿让也偷了一个面包。一项英国统计表明，在伦敦五件盗窃案中，有四件由饥饿直接引起的。

　　冉阿让入狱时战战兢兢，痛哭流涕，出狱时却神情冷漠。他入狱时艰苦绝望，出狱时神色黯然。

　　这颗心灵发生了什么变化呢？

七　绝望的内涵

　　让我们试着说明一下。

　　这类事情，社会既已做出，就应当正视。

　　我们已经说过，冉阿让是个无知的人，但并不是愚蠢的人。性灵之光在他心中点亮。不幸的遭遇也有其亮光，能增强他思想中的微光。在棍棒下，在铁链下，在地牢里，在劳累中，在苦役场的烈日下，在苦役犯的木板床上，他反视良心，反躬自省。

他为自己组成法庭。

他开始审判自己。

他承认自己并不是无辜受害，判罪并不冤枉。他也承认他那是极端的行为，应当受到谴责；假如他向人家讨那个面包，也许人家不会不给；不管怎样，最好应当等待，或者通过怜悯，或者通过劳动得到那个面包。有人说，肚子饿了能等待吗？这并不完全是一种无可辩驳的理由：首先，真正饿死人的事是罕见的，其次，不管不幸还是幸运，人天生在精神上和肉体上就能长期忍受很多痛苦，而不至于丧命，因此必须忍耐；甚至为了那些可怜的孩子，最好也应当忍耐；像他这样一个微不足道的不幸者，居然铤而走险，抓住整个社会的衣领，以为通过盗窃就能脱离贫困，这简直是一种疯狂的举动；不管怎么说，走出贫困而又进入卑鄙，这就是一道恶门；总而言之，他承认自己错了。

然后他又提出疑问：

在他毁掉一生的经历中，难道唯独他错了吗？首先，他这个劳动者没有活儿干，他这勤劳的人缺少面包，如果这还不算一件严重的事情的话；那么后来，有了过错又承认了，惩罚是不是太残忍，是不是太过火呢？执法方面是不是比有罪方面的过错更大呢？天平的两个盘子，惩罚的一端放的砝码是不是太重了呢？加重惩罚是不是根本不能消除犯罪，是不是会达到这种结果：扭转情势，以惩罚的过错取代犯罪者的过错，把犯罪者转化为受害者，将债务人转化为债权人，而最终把权利赋予侵犯人权的一方了？这种惩罚又因企图越狱而屡屡加重，结果是不是构成了最强者对最弱者的侵害，社会对个人的犯罪，而这种罪行天天重犯，一直延续十九年呢？

他还想到，人类社会对其成员是否有这种权利：在某种情况下，毫无道理也缺乏预见，在另一种情况下，又冷酷无情、富于预见，从而把一个可怜的人永远置于缺少和过分的境地，即缺少工作和过分惩罚。财富分配往往是偶然造成的，因此，最穷的人最应该受到照顾，而社会又偏偏那样对待他们，是不是太过分了呢？

他提出并解决这些问题之后，就审判社会并判了它的罪。

他判处社会接受他的仇恨。

他认为社会应为他的遭遇负责，心想有朝一日，也许他毫不犹豫地要同社会算账。他向自己申明，他造成的损害和别人给他造成的损失，两者并不平衡；他最后得出结论，其实，对他的惩罚并非不正义，而是肯定极不公道。

发怒可能是失常和荒唐的，而恼火也可能不对；但是，一个人只有当内心有某种理由，才会感到愤慨。冉阿让就感到愤慨了。

再说，人类社会对待他唯有残害。他所见到的社会，总是一副自称为正义的怒容，怒视它所要打击的人。别人同他接触，只是为了伤害他。他同别人接触，对他也是一次次打击。他从童年起，从失去母亲、失去姐姐时起，就从来没有听到一句友好的话，从来没有见到一个善意的目光。从痛苦到痛苦，他逐渐确信这一点：人生就是一场战争，而且他在这场战争中是战败者。他只有仇恨这一件武器了。他决心在狱中把这件武器磨锋利，携带出狱。

在土伦，无知兄弟会①办了一所囚犯学校，向有诚意学习的那些不幸者传授最基本的知识。冉阿让就是有诚意学习的一个人。他四十岁入学，学习认字、写字、计算。他感到强化他的智力，就是强化他的仇恨。有时候，教育和智慧能助纣为虐。

说起来令人伤心，他审判了造成他不幸的社会之后，又审判了创造社会的天主。

他也判了天主的罪。

在酷刑和奴役的十九年过程中，他的灵魂就这样同时升华和堕落。他一方面进入光明，另一方面又进入黑暗。

我们已经看出，冉阿让并不是生性顽劣的人。他入狱时还是善良的。他在狱中判了社会的罪，就感到自己的心变狠了；他在狱中判了天主的罪，就感到自己变成不信教的人。

这不能不引人深长思之。

人性真能这样完全彻底地改变吗？由上帝创造的性善的人，能由人使之变恶吗？只因交上厄运，灵魂就能整个儿由命运重新塑造，转而变恶吗？难道人心像久住矮屋的脊背那样，在巨大痛苦的垂压下，也要蜷曲变形而丑陋，造成无法医治的残疾吗？在每个人的灵魂里，尤其在冉阿让的灵魂里，难道就没有一点原初的火花，没有一点神性的素质吗？这种原初的火花、神性的素质，在世间不朽，在上天永生，

---

① 1680 年创建的法国一个基督教团体的绰号。

能由善发展、激扬、点燃并燃烧，放射奇光异彩，而永远也不会被恶完全扑灭。

这是严肃而深奥的问题。任何一个生理学家，如果在土伦看见冉阿让将拖曳的锁链装在口袋里，叉着双臂，坐在绞盘的铁杆上面休息，并利用休息的时间遐想，如果看见这名苦役犯神情沉郁、严肃，默默地思索，看见这个被法律惩罚的人愤怒地注视别人，这个被文明判处的人严厉地注视天空，那么，他对上面问题的最后一个很可能回答："没有"。

我们并不想隐讳，善于观察的生理学家在那种场合，当然会看出一种无可挽救的绝境，他也许会可怜这个法律上的病人，然而，他甚至不肯试着给予治疗；他会移开目光，不看这颗灵魂中的空洞；他也会像但丁避而不看地狱之门那样，从这个生灵上抹掉上帝写在每人前额上的两个字："希望"！

我们试着分析他的这种心态，对冉阿让本人来说，是否像我们为读者试作的分析这样一目了然呢？他的精神失落的各种因素形成之后，乃至在形成过程中，冉阿让是否看得清清楚楚呢？这个不识字的粗鄙的人是否明确地掌握，这一系列的思想带着他逐渐上升，并且下降到多少年来在他头脑的空间形成的惨景呢？他是否完全意识到自己思想的起伏变化呢？这一点我们不敢讲，甚至也不相信。冉阿让实在愚昧无知，即使饱受苦难之后，是不是仍然糊里糊涂呢？有时候，他甚至弄不清楚自己的感觉。冉阿让陷入黑暗中，他在黑暗中受罪，在黑暗中仇恨，真可以说他无往而不仇视。他已经习惯于在这暗无天日中生活，像瞎子或梦游者一样摸索。不过，由于内因或者外因，他时而会突然产生一股怒火，感到一阵难忍的痛苦，仿佛一道淡淡的迅疾的闪光，照亮他整个灵魂，而他命途上可怕的深渊和黯淡的远景，在凄惨恐怖的光里，突然在他前后左右一齐显现出来。

闪光熄灭了，还是沉沉黑夜，他身在何处？连他自己也茫然不知了。

这种性质的惩罚，核心是残酷无情和愚化，旨在通过愚化逐渐把人变成野兽，有时还变成猛兽。冉阿让顽固地屡次企图越狱，就足以证明法律在人心上所起的怪作用。尽管企图越狱是完全徒劳而愚蠢的，但是冉阿让一有机会总要试一试，根本不考虑后果，也不考虑前车之鉴。他像一匹狼，看见笼子门打开就必然逃出去。本能对他说：快逃啊！理智对他说：留下！然而，面对强烈的诱惑，理智便销声匿迹，只剩下本能了。唯有野兽的行动。他被抓回去之后，新的严厉惩罚，只能使人更加惊恐万状。

有一个细节我们不应当漏掉，这就是他体魄强悍，监狱里没人可比。论体力，放缆绳，推绞盘，冉阿让一人顶四人。他能抬起或用后背扛极大的重物，有时就代替千斤顶：那种工具从前叫"骄子"，顺便说一句，巴黎菜市场附近的骄子山街，就是由此得名的。狱友送给他一个绰号，叫冉千斤。有一次，土伦市政厅正在整修阳台，阳台下有几根精美的普杰①雕的女像柱，其中一根脱了榫，险些倾倒；正巧冉阿让在场，他用肩膀扛住，直到其他工人赶来。

他的身体不但力气大，而且尤为敏捷。有些苦役犯终日梦想越狱，最终巧妙地结合力量和技巧，掌握一门真正的科学，就是运用肌肉的科学。囚徒们无时不羡慕飞蝇和飞鸟，天天练习，想掌握一整套神秘的飞行姿态。攀登陡壁，在不易发现凸处的地方找到支撑点，这对冉阿让来说如同儿戏。假如在墙角，他用脊背和膝弯的张力，同时用臂肘和脚跟卡住石头的凸凹处，就能像变魔术似的登上四楼，甚至爬上监狱的房顶。

他寡言少语，也不爱笑。一年难得有一两回，他特别激动，才会笑一笑；不过，苦役犯的笑是阴惨的，好似魔鬼笑的影像。他笑的时候，仿佛久久凝视什么可怕的东西。

他确实在凝神专注。

他的禀赋不健全，智力又受到摧残，感受能力不正常，他总隐约感到一种怪物附体。他匍匐在惨白幽暗的地方，每次扭转脖颈，想抬眼望一望，就感到一阵恐怖和愤怒，只见头顶层层叠叠，危乎高悬，一眼望不到顶端，如山堆积着各种事物、法律、偏见、人和事件，看不到周边，庞大得令人恐怖，这种巨大的金字塔不是别的东西，正是我们所说的人类文明。他在这麇集蠕动、时远时近的怪形体中，在高不可攀的高原上，时而看出一群东西，看出强烈光线照见的一个部位，这儿是拿着棍棒的苦役犯看守、手持战刀的警察，那边是戴着峨冠的

---

① 普杰（1620—1694）：法国雕塑家、画家和建筑师。

大主教，在最高处则是头戴皇冠的皇帝，仿佛罩着阳光，令人目眩。在他看来，那远处的光辉，非但不能驱除他的黑夜，反而使他的黑夜更加阴惨幽暗了。法律、偏见、事件、人、事物，这一切在他头上来来往往，遵循着上帝给人类文明指定的复杂而神秘的运动，在他头上行走践踏，残酷中显示一种无法形容的平静，漠然中显示一种无法形容的狠毒。堕入不幸深渊的灵魂、掉进无人敢窥探的地狱底层的不幸者、被法律摈弃的人，无不感到人类社会的全部重量压在他们头上；这个社会对于在它之外的人无比巨大，对于在它下面的人无比可怕。

冉阿让就是在这种境地思考，他的遐想能是什么性质呢？

如果磨盘下面的黍粒有思想的话，那么它所想的无疑就是冉阿让所想的。

所有这些事物，充满鬼影的现实和充满现实的鬼蜮，终于给他造成一种难以描摹的心态。他在苦役场干活当中，有时忽然住手，开始走神儿了，他的理智比从前更成熟也更混乱，现在起而抗争了。他觉得自己的全部遭遇是荒唐的，他觉得周围的一切是不可能的。他常常想：这是一场梦！他看着站在几步远的看守，仿佛是个鬼魂；可是，那鬼魂突然给他一棍子。

可见的自然界，对他来说几乎不存在。可以说，对于冉阿让根本没有太阳，根本没有美好的夏天，根本没有明媚的天空，也根本没有 4 月清爽的早晨。真不知道平时，是什么光透过气孔照亮他的灵魂。

最后，就我们上面所指出的尽量总括一下，用明确的结论表述，就可以这样讲，冉阿让，法夫罗勒安分守己的树枝剪修工，土伦的凶悍的苦役犯，十九年间，由于苦役监牢的逆塑造，已经具备两种坏行为的能力：第一种坏行为是急切的，不假思索，冒冒失失，完全出于本能，是对他所受痛苦的一种报复；第二种坏行为是严肃认真的，经过反复思考，而思考时还带着这样不幸遭遇所能产生的错误念头。他的预谋连续经过三个阶段：推理，决心，执着；要有一定毅力的人，才可能走这种过程。他的动机是日常的愤慨、心灵的苦痛，遭受不公的深切感受、反击，甚至反击善良、无辜和公正的人，如果世上还有这几种人的话。他的所有思想的出发点和目的，就是对人类法律的仇恨；这种仇恨在发展过程中，如果没有上天制止，到了一定时机，就会变成仇恨社会，进而仇恨人类，进而仇恨天地万物，表现为一种模糊的、持续不断和凶残的欲望，要危害，不管什么人，逢人便危害——正如我们所见，通行证上称冉阿让是"非常危险的人"，不是没有道理的。

年复一年，这颗心灵逐渐干涸，缓慢地，却是不可避免地。心灵干涸，眼睛也干涸。直到出狱，十九年他没有流一滴眼泪。

八　波涛与亡魂

一个人掉进大海！

有什么要紧！航船不会停下。风继续刮着，这只可悲的船沿着规定的航线继续行驶。航船驶过去了。

那人沉下去，又浮起来，他沉没不见，又浮上水面，他伸出双臂呼救，但是人们听不见；船在大风浪里摇荡，正在全力行驶，水手和乘客们，甚至没有再看一眼落水的人；那人可怜的头，在无边无际的波涛中只是一个小点。

在茫茫的大海中，他绝望地呼救。那行驶远去的帆船，简直是游魂鬼影！他望着那只船，疯狂地望着它。它驶远了，帆影渐淡，越来越小了。刚才他还在船上，还是一名船员，他和其他人在甲板上往来忙碌，他有自己那份呼吸和阳光，他是个活生生的人。现在，究竟发生了什么事？他脚下一滑，落水了，也就完蛋了。

他陷入惊涛骇浪中。脚下踏空，只有分开流走的海水。狂风撕裂的浪涛凶险地围住他，深渊的激流携裹他，所有浪花在他的头周围飞溅，一排恶浪唾他，模糊的大口吞下他半个身子；每次下沉，他都隐约看见黑夜笼罩的深渊；陌生的可怕植物抓住他，缠住他的双脚，要把他拉过去；他感到自身变成苦海，变成浪花飞沫，波涛将他抛来抛去，他喝着苦汁，卑鄙的海洋极力要把他淹没，浩瀚的大海在拿他的垂死取乐。全部海水似乎都怀着仇恨。

然而，他还在挣扎，奋力自卫，极力坚持，拼力游泳。他这可怜的力量很快就耗尽，他在与无穷的力量搏斗。

船驶到哪里去了？在那边。影影绰绰，在幽暗的水天之间。

狂风阵阵，浪涛向他猛扑。他举目张望，只见乌云惨淡。他在垂死中，领略浩瀚大海的疯狂。他受这疯狂的无情折磨。他听见闻所未闻的喧嚣，仿佛来自世外，不知来自什么恐怖的国度。

云中有飞鸟，同样，人类苦难之上有天使，可是对他有什么用呢？只是飞舞、鸣叫并盘旋，而他却声嘶力竭。

他感到自身同时被两种无限埋葬：大海和天空；一个是墓穴，一个是殓衣。

黑夜降临，他已经游了几小时，气力已尽；那条船，那个载人的东西在远方消失了；在暮色苍茫的无底深渊里，他孤立无援，他往下沉，全身绷紧，扭动挣扎，感到身下模模糊糊有无数看不见的怪物；他呼叫。

周围没有一个人影。上帝何在？

他呼叫！有人吗？有人吗？他一直呼叫。

水上什么也没有。天上什么也没有。

他哀求大海、波涛、海藻、礁石：天聋地哑。他哀求风暴：坚定不移的风暴只服从无限。

他周围是夜色、雾气、孤寂、没有意识的暴风狂浪的喧嚣、无边无际起伏的惊涛骇浪。他身上唯有恐惧和疲惫。他身下唯有沉沦。没有支撑点。他联想到尸体在无边的幽冥里飘荡。极度的寒冷把他冻僵。他的双手拘挛，握紧，抓住的却是虚无。风、云、漩涡、气流、无用的星辰！怎么办啊！绝望的人气馁了，气馁的人只有等死，听天由命，顺其自然，他放弃了；他就这样沉沦，永生卷入阴惨惨的深渊里。

啊，人类社会恒久不变的行程！途中要丧失多少人和灵魂！法律任凭多少人跌进葬身的海洋！阴森可怖而毫无救助！噢，精神的死亡！

大海，就是无情社会的黑夜，往里抛弃刑法的判决者。大海，就是无边的苦难。

灵魂，在这深渊里漂流，可能变成一具僵尸。谁能使灵魂复活呢？

九　新的伤害

要出狱的时候，冉阿让听人在耳边讲了这样一句奇特的话："你自由啦！"那一刻不像真的，而且闻所未闻，一道强烈的光线，一道人世的真正的光线，突然射入他的心田。然而不久，这道光线就黯淡了。起初想到自由，冉阿让不禁目眩神摇，他以为要开始新生活。但是，他很快就明白，一张黄纸通行证，究竟通向什么自由。

围绕这一点，许多事有苦难言。他算过自己的积蓄，根据服苦役的时日，应当达到一百七十一法郎。不过要指出，他忘记十九年间礼拜天和节日都强迫休息，而他全算进去了，大约应该刨除二十四法郎。不管怎么说，这笔积蓄经过七折八扣，最后只剩一百零九法郎十五苏，他出狱时就领到这个数。

他根本弄不明白，认为自己受了克扣，说穿了，就是受人掠夺。

出狱的第二天，他走到格拉斯，看见一家橙花香精提炼厂门前有人正在卸货，就上前找工打。正巧要赶活儿，就雇用了他。他干起来，他身体强壮，人又聪明伶俐，干活又卖力，看来老板很满意。就在他干活的时候，一名警察经过，注意到他，要他出示证件。他只好拿出黄纸通行证。检查完之后，冉阿让又接着干活。先头他问过一个工友，干这种活儿一天挣多少钱，那人回答说："三十苏"。第二天早晨他还要赶路，于是当天晚上去见老板，请求付工钱。老板一句话没讲，给了他二十五苏。他要求如数付给，老板就回答说："给你这些就够意思了。"他坚持要补足。老板一瞪眼，盯着他说："小心进局子①。"

这次，他又感到自己受人掠夺了。

社会，政府，克扣他的积蓄，就是大笔掠夺他。现在，又轮到这家伙小笔掠夺他。

释放并不等于解放。他脱离监狱，却没有摆脱罪名。

这就是他在格拉斯的遭遇。至于到了迪涅，别人如何接待他，我们已经看到了。

十 人醒来

大教堂的钟敲凌晨两点钟的时候，冉阿让醒来了。

他早早醒来的原因，是床铺太舒服了。将近二十年，他没有在床上睡觉，这次虽然和衣而卧，但是感觉太新奇，反而打扰了睡眠。

他睡了四个多小时，已经歇过乏来。他早已习惯不在睡眠上多花时间了。

他睁开眼睛，在黑暗中向四周望了一阵，又合上眼睛，想重新入睡。

如果白天感触太多，思虑重重，那么可以入睡，但是醒来就再难

① 进监狱。——雨果注

入睡了。睡意初来容易，再来就难了。冉阿让就是这种情况。他再也睡不着了，就开始想事儿。

他正处于思想混乱的时候，头脑里思绪乱纷纷。往事和刚刚经历的事一齐涌上心头，混杂交错，乱作一团，丧失各自的形状，又无限膨胀起来，继而又倏忽消失，仿佛沉入汹涌的浊流中。他想到许多事情，其中有一个念头挥之又来，反复出现，驱逐其他所有念头。这个念头，我们这就点明：他注意了马格洛太太摆到餐桌上的六副银餐具和大汤勺。

六副银餐具缠住他的思想。——东西就放在那儿——只有几步远。——他经过隔壁房间来这屋睡觉的时候，就瞧见老女仆将餐具放进靠床头的小壁橱里。——他特别注意看了那个壁橱。——从餐厅进来。靠右首。——餐具很粗大。——都是旧银器。——再加上大汤勺，少说能卖两百法郎。——是他十九年所挣的钱的两倍。——当然，官府若不掠夺，他本可以多挣一些。

他的思想起伏动荡，犹豫不决，斗争了足足一小时。三点钟敲响了。他又睁开眼睛，一屁股坐起来，伸手摸了摸他放在屋角的旅行袋，然后，他垂下双腿，两脚沾地，不知道怎么就这样坐在床上了。

他保持这种姿势，发了一阵呆。整所房子都在沉睡中，独有他醒着，坐在黑暗里，有人若是看见，肯定会毛骨悚然。忽然，他弯下腰，脱掉鞋子，轻轻放到床前的席子上，继而又恢复原来发呆的姿态，一动不动了。

在这种邪恶的思考中，我们所指出的念头，在他的脑海不停地折腾，进进出出，给他造成一种压力。继而，不知为什么，他还想起一个人，而且这个念头像梦想那样不由自主而又固执：他想到一个叫布列卫的苦役犯，是在苦役场认识的；那人穿的裤子只有一根用线绳编织的背带。那根背带上的棋盘图案，就不断地出现在冉阿让的脑海里。

他保持这种姿势，一直待下去，如果不是挂钟敲了一下——是报一刻或者半点，也许会待到天亮。一声钟响仿佛对他说：走吧！

他站起来，又迟疑了片刻，侧耳听了听，房子里一点动静也没有；于是，他小步径直走向隐约可见的窗户。夜色还不算太暗，正是望月，但风吹大片大片乌云飞驰，时时遮掩。月亮时隐时现，因此窗外时暗时明，而屋内也有点微光，足够给屋里人照亮走动；不过，由于云影的关系，屋里的微光也断断续续，就好像凭气窗透光的地下室，因过往行人而室内忽明忽暗。冉阿让走到窗前，便察看窗户。窗户对着园子，没有安铁栏，只按当地习惯，用一个小插销关着。他打开窗户，但是一股冷空气突然涌进屋，他又赶紧关上。他观察园子的眼神那么专注，不像观察而像研究了。园子有一道白色围墙，墙头相当低，容易翻越。园子尽头那边，均匀排列的树冠依稀可辨，表明墙外是一条林荫路或者栽有树木的小街。

他观察一下之后，便做了一个决心已定的动作，反身回来，拿起并打开旅行袋，伸手进去摸索，掏出一样东西摆到床上，又将自己的鞋装进袋中一个隔兜里，再把整个口袋扎好，放到肩上，齐眉戴上鸭舌帽，摸到他的棍子，拿过去放到窗户一角，回到床边，毅然决然地抓起刚才摆在床上的东西。那好像是一根短铁棍，一端磨尖，就跟标枪一样。

黑暗中看不清楚，难说铁棍磨成那样是干什么用的。也许是一根撬杠吧？也许是一根冲子吧？

如果在白天，就能认出那不过是一支矿工用的烛扦。当时常派苦役犯去土伦周围的山上采石头，因此，他们有矿工的器械也是常见的。矿工烛扦是用粗铁条做的，下端呈尖锥状，可以插进岩石缝里。

他右手操起烛扦，屏住呼吸，放轻脚步，朝隔壁的房门走去，我们知道那是主教的房间。到了门口，他发现房门虚掩着。主教根本就没有插上。

十一　他干的事

冉阿让侧耳倾听。没有一点儿动静。

于是他推门。

他用手指尖推门，轻轻地，就像要进屋的猫那样，悄悄地又胆怯地推门。

门被推动了，没有发出一点儿声响，不易觉察地开大了一点缝儿。

他等了一下，接着第二次推门，这次胆子大些了。

房门无声地继续开启，现在足能容人通过了。然而，门旁有一张小桌子，和门形成碍事的角度，挡住去路。

冉阿让看出难以通过，无论如何还要把门开大些。

他打定主意，再第三次推门，比前两次用劲更大了。这回，一个润油干了的门合页，在黑暗中突然吱咂发出一声嘶哑的长音。

冉阿让浑身一抖。门合页的响声传到他耳中，仿佛特别响亮，犹如最后审判的号角。

开头由于幻觉的扩大，他几乎想象这门合页活起来，突然有了巨大的生命力，像狗一样狂吠，要向大家报警，要把睡觉的人叫醒。

他住了手，浑身发抖，不知所措，踮起走路的脚跟也落了地。他听见太阳穴的脉搏砰砰作响，就像打铁的两只大锤，只觉得胸中呼出的气息像空穴的风声。愤怒的门合页这声断喝，好似地震一般，他认为不可能不震动整所房子；他推开的门发出警报，发出呼号；那老人要起来，那两个老太婆要喊叫，邻人要来救助；用不了一刻钟，就会闹得满城风雨，警察也要出动。一时间，他以为自己完蛋了。

他站在原地呆若木鸡，一动也不敢动。

几分钟过去了。房门完全敞开了。他壮着胆子朝房间里望一眼，里边什么也没有动。他侧耳细听，这所房子也没有一点儿动静。上绣的门合页的响声没有惊醒任何人。

初遇的危险过去了，但他内心仍然惊恐万状。然而，他并不退却。甚至在他以为自己完蛋了的时候，他也没有往后退。他只有一个念头：赶快了结。他朝前跨了一步，进入隔壁房间。

房间里寂静无声，只见散乱的有些模糊不清的形状，如在白天就能看出，那是放在桌上的零散纸张、展开的对开本书、摞在凳子上的书籍、搭着衣服的一把安乐椅、一张祈祷凳，而在此刻，这些东西都成为黑乎乎的角落和白蒙蒙的场所。冉阿让小心翼翼地朝前走，避免碰着家具，他听见主教在房间里端睡觉，发出均匀平静的呼吸。

他猛地站住，已经到了床前，没料到这么早就走到了。

大自然有时以其姿态和景象参与我们的行为，显示一种深沉而聪明的契合，就好像要促使我们思考似的。大约半个钟头以来，一大片乌云遮住天空；就当冉阿让站到床前的时候，乌云忽然散开，好像特意让一束目光射进长窗，忽然照亮主教那张苍白的脸。他睡得十分安稳，在床上几乎和衣而眠，因为下阿尔卑斯地区夜晚很冷。他穿着一件长袖棕褐色毛衣，头仰在枕头上，是一种完全放松休息的姿势；戴着主教指环的手垂在床外，而这只手完成多少善事和圣事。他脸上表情隐隐显示满足、期望和至福至乐。那不仅是一种笑容，还几乎神采奕奕；那额头难以描摹，反射着肉眼看不见的灵光。正义者的灵魂在睡眠中，正瞻仰神秘的天空。

这天空的一束反光射在主教身上。

这额头同时也是通明透亮的，因为这天空也在他心中。这天空，就是他的良心。

可以这么说，月光射来，与主教内心的明光重合的时候，他的睡容就好像罩在灵光中。不过，这灵光始终非常柔和，而周围半明半暗，形成一种难以形容的氛围。这天空的月亮、这沉睡的自然、这纹丝不动的园子、这十分宁静的房舍，此时此刻，万籁俱寂，给这圣贤可敬的睡容增添一种说不出来的庄严，并以一种崇高安详的光环，罩住这头白发和闭着的眼睛，罩住这张唯有期望唯有信赖的面孔，罩住这老人的头和这孩子的睡眠。

在这如此圣洁而不自知的人身上，可以说有一种神性。

冉阿让站在暗处，手里拿着铁烛扦，一动不动，畏惧地看着这光明的老人。他从未见过这种情景。这种信赖令他惊慌失措。道德世界没有比这更伟大的场面了：一个心神不宁、濒于作恶的人，瞻仰一个义人的睡眠。

这种睡眠，在这种孤独中，旁边站着他这样一个人，确实有某种崇高的意味，他隐约地，但是强烈地感觉到了。

谁也说不清他内心的活动，连他自己也不清楚。要想领会，就必须想象出最狂暴的东西面对最温和的东西。即使他那张脸，也根本分辨不出是什么神色。这是一种惶恐的惊奇。他看着眼前的情景。仅此而已。但是他想什么呢？这是无从猜测的。有一点显而易见，就是他很激动，又惊慌不安。然而，他为什么这样激动呢？

他目不转睛地注视老人。他那姿态和面部表情唯一明显的流露，是一种古怪的犹豫不决，就好像徘徊在两个深渊之间，即自绝和自救。他仿佛准备好击碎这个头颅，或者亲吻这只手。

过了半晌，他缓缓地把左手举到额头，摘下帽子，又同样缓慢地放下手臂。冉阿让重又陷入冥思，他左手拿着帽子，右手拿着铁扦，粗野的头上毛发倒竖。

在这可怕目光的注视下，主教继续安然酣睡。

一缕月光依稀照见壁炉上的耶稣受难像：耶稣似乎向他们二人张开双臂，为一个赐福，为另一个赦罪。

突然，冉阿让又戴上帽子，不再看主教，顺着床快步走去，径直走到挨着床头隐约可见的壁橱；他举起铁扦，仿佛要撬锁；可是钥匙放在上面，他打开橱门，看见的头一样东西，就是盛银器的篮子；他抓起篮子，大步流星穿过房间，不再加小心，也不怕弄出声响了；他走到房门，又回到祈祷室，打开窗户，操起棍子，跨过窗台，将银器倒进旅行袋里，扔掉篮子，穿过园子，像只猛虎似的跳过围墙，逃之夭夭了。

十二　主教工作

第二天迎着日出，卞福汝主教在园中散步。马格洛太太慌慌张张朝他跑来。

"大人，大人，"她嚷道，"您可知道盛银器的篮子在哪儿吗？"

"知道。"主教回答。

"谢天谢地！"她又说道，"我不知道哪儿去了。"

主教从花坛中拾起篮子，递给马格洛太太。

"给您。"

"啊？"她说道，"里面空啦！银器呢？"

"唔！"主教又说道，"原来您是找银器呀？我也不知道哪儿去了。"

"上帝老天爷呀！银器给人偷啦！就是昨晚来的那人偷走的！"

于是，动作敏捷的老太婆风风火火，转眼工夫就跑到祈祷室，进入内室，又回到主教跟前。主教则弯下腰，惋惜篮子落到花坛压折的一株吉永的特产辣根菜。他听见马格洛太太的惊叫声，又直起身来。

"大人，那人走啦！银器给偷走啦！"

她一边惊叫，一边察看，目光落到园子的一角，只见那里有越墙的痕迹，墙头掀掉了一块。

"瞧！他就是从那儿逃走的。他跳墙到船网巷！噢！真该死！他偷走了我们的银器！"

主教默然半晌，继而抬起严肃的目光，和颜悦色地对马格洛太太说："首先，那些银器是我们的吗？"

马格洛太太一时语塞。主教又沉默一会儿，才继续说道：

"马格洛太太,我不该这么久占用那些银器。那本来就是穷人的。那个人是什么人呢?显然是个穷人了。"

"唉,耶稣啊!"马格洛太太又说道,"这不是为我,也不是为小姐。我们都无所谓。这可是为大人啊。现在,大人用什么餐具吃饭呢?"

主教惊讶地看着她:"嗳!怎么这么说!不是有锡餐具吗?"

马格洛太太耸耸肩膀。

"锡餐具总有一股怪味儿。"

"那就用铁盘吧。"

马格洛太太不屑地做了个鬼脸。

"铁盘子有一股锈味儿。"

"那好,"主教说,"就用木制餐具吧。"

过了一会儿用早餐,还是昨晚冉阿让就座的餐桌。卞福汝主教一边用餐,一边让一言不发的妹妹和咕咕哝哝的马格洛太太注意,往牛奶杯里泡面包,根本用不着勺子,也不用叉子,连木制的也不用。

"怎么想得出来!"马格洛太太走来走去,一边自言自语,"就这么随便接待一个人,还让他睡在身旁!幸好他只偷了东西!上帝啊!一想起来就叫人心惊胆战!"

兄妹二人正要离开餐桌的时候,有人敲门。

"请进。"主教说道。

房门打开了,门口出现几个怪模怪样、气势汹汹的人。三个人揪住另一个人的衣领;那三人是警察,另一个人是冉阿让。

一个带队模样的小队长站在房门旁边,他进了屋,走过去朝主教行个军礼。

"主教大人……"他说道。

冉阿让一直垂头丧气,好像十分沮丧,一听这种称呼,立刻愕然地抬起头。

"主教大人!"他咕哝道,"这么说,他不是本堂神甫?……"

"住口!"一名警察喝道,"这是主教大人。"

卞福汝主教尽管高龄,这时也尽量快步迎上去。

"哦!是您啊!"他看着冉阿让,高声说道,"很高兴看见您。怎么回事儿!烛台我也送给您了,跟其他几件都是银器,您可以卖上两百法郎。为什么您没有把烛台连同餐具一齐带走呢？"

冉阿让睁大眼睛，注视年高德劭的主教，脸上的表情用人类任何语言都难描述。

"主教大人，"警察小队长说道，"这人讲的是真话啦？我们遇见他，看他急匆匆的样子像个逃跑的人，就把他叫住检查一下，发现他带着这些银器……"

"于是他就对你们说，"主教笑呵呵地接口说道，"这是一个老神甫送给他的，他还在那神甫家住了一宿？我明白是怎么回事。你们就把他带这儿来啦？这是一场误会。"

"既然这样，我们就可以放他走啦？"小队长又说道。

"当然。"主教回答。

警察放开冉阿让，而冉阿让退了两步。

"真放我了吗？"他含混不清地问道，仿佛是在说梦话。

"对，放你了，你没听见吗？"一名警察说。

"我的朋友，"主教又说道，"这是您的烛台，您走之前拿着吧。"

他走到壁炉前，拿起两只银烛台，交给冉阿让。两位妇人看着他这么做，没讲一句话，没有动一下，也没使个眼色阻挠主教。

冉阿让四肢颤抖，他神态怔怔的，机械地接过两只烛台。

"现在，"主教说道，"您可以放心走了。——对了，我的朋友，下次您再来，不必穿园子。您随时都可以从临街的房门进出。无论白天晚上，这扇门只搭上一根活闩。"

他转身对警察说："先生们，你们可以走了。"

几名警察便离去了。

冉阿让这时的样子，就好像要昏倒的人。

主教走到跟前，低声对他说："不要忘记，永远也不要忘记您向我做的保证：您用这钱是为了当个诚实的人。"

冉阿让瞠目结舌，他根本不记得作过什么保证。主教讲这话时还加重了语气。他又郑重地说道：

"冉阿让，我的兄弟，您不再属于恶的一方，而属于善的一方了。我买下了您的灵魂；我把您的灵魂从邪恶的念头和沉沦的思想中赎出来，交给上帝了。"

十三　小杰尔卫

冉阿让像逃窜似的出了城。他脚步匆匆，慌不择路，也不管大道小径，遇到便走，根本没有发觉在田野里总是原地兜圈子。整个上午，他就是这样游荡，没有吃饭，也不觉得饿。乱纷纷的新感触萦绕心头。他感到无名火起，却又不知道冲谁发；难说他究竟是受了感动还是受了侮辱。不时萌生一股奇异的柔情，每次他都想压下去，拿他近二十年来的冷酷无情与之对抗。这种状态令他疲惫。他不安地看到，不公正的惩罚毁了他一生，在他内心所形成的凶险的冷静，渐渐动摇了。他不禁想到，能用什么取而代之呢？有时，他真希望事情不是这样，还不如让警察押进监狱，也免得让这事搅得意乱心烦。尽管已是晚秋，绿篱间还时有晚开的野花，他走过时闻到清香，便忆起童年往事。那些往事长久没有再现，现在几乎不堪回首了。

难以表述的思绪，就这样整整一天在他心头堆积起来。

太阳西沉了，照得地面上最小的石子也拖长影子。冉阿让坐到一片荆丛的后面，这是一大片红土平原，渺无人迹，只有远处的阿尔卑斯山，连远村的钟楼也不见。估计离迪涅有三法里。离荆丛几步远，有一条小路横贯平野。

有人若是撞见，看他思索的神态，再看他那身褴褛的衣服，一定会感到格外可怕。他正思索的时候，忽然听见欢快的声音。

他扭头望去，只见从小路走来一个十岁左右的小男孩，看似萨瓦人，斜挎着一把手摇弦琴，背着套箱，裤子破洞里露出膝盖，是一个走村串乡的快活的乖孩子。

那孩子唱唱咧咧，时而停下脚步，抛着几枚铜钱做"抓子儿"游戏；那几枚铜钱大约是他的全部财富，其中有一枚银币，面值四十苏。

孩子停到荆丛旁边，没有看见冉阿让；他相当灵巧，抛起几枚铜钱，总能用手背全部接住。

可是这回失了手，四十苏的钱币掉下去，朝荆丛滚去，到了冉阿让的脚边。

冉阿让一脚踩住。

可是，孩子的目光盯着钱币，看见他的动作了。

他一点儿也不惊讶，径直朝那人走去。

这地方寂无一人。举目四望，平原和小路上不见一个人影儿，只听见掠过高空的一群飞鸟的微弱鸣声。孩子背对着夕阳，在日光中，他的头发变成缕缕金丝，而冉阿让的野蛮面孔血红血红。

"先生，"萨瓦孩子说，带着儿童那种又无知又天真的自信的口气，"我的钱呢？"

"你叫什么名字？"冉阿让问他。

"小杰尔卫，先生。"

"走开。"冉阿让说。

"先生，"孩子又说，"把钱还给我。"

冉阿让低下头，不再搭理。

孩子又说："我的钱，先生！"

冉阿让的目光仍然盯着地上。

"我的钱！"孩子嚷道，"我的白币！我的银币！"

冉阿让好像根本没听见。孩子抓住他的外衣领摇晃，同时用力要推开踩着他那宝贝的铁掌大鞋。

"我要我的钱！我这四十苏钱！"

孩子哭了。冉阿让又抬起头。他一直坐着，现在眼神有点慌乱。他有点惊奇地打量小孩子，接着伸手去抓棍子，厉声喊道："谁在这儿？"

"是我，先生。"孩子答道，"小杰尔卫！是我！是我！请把四十苏钱还给我！请您把脚挪开，先生！"

他恼火了，虽然人小，口气变了，几乎威胁地说：

"哼！您的脚挪开不挪开？嗳，挪开您的脚。"

"啊！又是你！"冉阿让说着，霍地站起来，但是那只脚始终踩着银币，他又补充说，"不要命啦，还不快逃！"

孩子吓坏了，看着他，接着，就开始从头到脚打哆嗦，怔住几秒钟，这才撒腿拼命逃掉，没敢回头，也没有叫一声。

不过，他跑了一段距离，喘不过气来，不得不停下；冉阿让在胡思乱想中，听见他哭泣。

又过了一会儿，孩子不见了。

太阳也落了。

冉阿让周围渐渐昏暗。他一天没吃东西，也许他正发高烧。

　　他始终站在原地，自从那孩子逃掉之后，他就没有变换姿势。他的胸膛起伏，呼吸不均匀，间歇很长。他的目光投向十几米远，仿佛在专心研究掉在杂草中的一块蓝色旧瓷片的形状。突然，他打了个寒战，他刚刚感到夜晚的寒冷。

　　他压低鸭舌帽，遮住额头，还机械地抿了抿外套并扣上，走了一步，哈腰拾起地上的棍子。

　　就在这时，他瞧见四十苏的银币，有半截被他的脚踩进土里，在石子中间闪闪发亮。

　　他就像触了电似的，低声咕哝一句："这是什么东西？"接着倒退三步，站住，但是目光无法移开，仍然盯住他刚才脚踏的那一点，仿佛那闪光的东西，在黑暗中就是一只瞪着他的眼睛。

　　过了几分钟，他痉挛一般扑向银币，一把抓起它，又直起身，开始向平原四周远眺，目光投向天边的每一点，他站在那儿瑟瑟发抖，就好像一只受惊的野兽要寻找藏身之所。

　　他什么也没有看见。夜幕降临，大片的紫雾从暮色中升起，平原寒气袭人，一片苍茫。

　　他"啊"了一声，便急忙朝那孩子消失的地方走去。走出百十来步远，他又站住，用目光搜寻，什么也没有看见。

　　于是，他全力呼喊："小杰尔卫！小杰尔卫！"

　　他住了声，等待。

　　没人应答。

　　平野荒凉凄迷。四周一片空旷，只有望不穿的黑暗和叫不应的岑寂。

　　一阵寒风吹来，赋予周围的景物一种阴森可怕的活力。几棵矮树摇动短小枯瘦的手臂，显示一种不可思议的愤怒，就好像在威胁并追赶什么人。

　　他又往前走，继而跑起来，但是跑跑停停，在荒野中呼喊，声音特别凄惨又特别瘆人："小杰尔卫！小杰尔卫！"

　　不用说，那孩子若能听见，也一定吓得要命，不敢露面。不过，那孩子无疑走远了。

　　他遇见一个骑马的教士，便走上前去打听：

　　"神甫先生，您看见有个孩子走过去了吗？"

"没看见。"教士答道。

"一个叫小杰尔卫的孩子？"

"一个人影儿我也没看见。"

他从钱袋里掏出两枚五法郎的硬币，送给教士。

"本堂神甫先生，这是给您的穷人的。——本堂神甫先生，那孩子有十岁左右，我想是背着套箱，还有一把手摇弦琴。他朝那边去了。是萨瓦地方的人，您知道吗？"

"我根本就没看见。"

"小杰尔卫？他不是这一带村庄的人吗？您能告诉我吗？"

"照您这么说，我的朋友，那他就是个外乡的孩子。他们经过这地方，不会有人认识。"

冉阿让又猛然掏出两枚五法郎的银币，给了教士。

"给您的穷人。"他说道。

接着，他又昏头昏脑地补充说：

"本堂神甫先生，您让人把我抓起来吧。我是个窃贼。"

教士吓得魂不附体，双腿一夹镫，催马跑掉。

冉阿让继续朝他认定的方向跑去。

他跑了好长一段路，左右张望，连声呼唤喊叫，可是再也没有碰见一个人。他在平野上，有两三回望见像是卧着或蹲着的东西，便跑过去，近前一看却是一簇荆草，或是露出地面的一块石头。最后，他来到一个三岔路口，便停下脚步。月亮升起来了。他向远处眺望，最后又喊了一次："小杰尔卫！小杰尔卫！小杰尔卫！"他的呼叫消失在迷雾中，没有唤起一点回音。他又喃喃说了一句："小杰尔卫！"但是声音微弱，有些含混不清。这是他最后的努力。他的双膝忽然一弯，就好像有一种无形的威力，用他黑良心的重负一下子将他压垮似的；他颓然倒在一块大石头上，两个拳头插进头发里，脸埋在双膝之间，他喊道："我是个无赖！"

这时，他的心碎了，失声痛哭。十九年来，他这是第一次流泪。

看得出来，冉阿让离开主教家的时候，也摆脱了他一贯的思想，一时还不明白内心发生了什么变化。他还故意对抗那老人的天使般的行为和温柔的话语。"您向我保证要当个诚实的人。我买下了您的灵魂。我把您的灵魂从邪恶的思想中赎出来，交给仁慈的上帝了。"这话萦绕在他的脑际。他以傲气对抗这种上天的宽宥，而傲气在人身上好似恶的堡垒。他模模糊糊地感到，那个教士的宽恕是最强大的攻势、最猛烈的冲击，给他以极大的震撼；如果他顶住了这种宽恕，那么他就会顽抗到底，至死不悟了；如果他退让了，那么他就必须放弃仇恨，放弃多少年来别人的行为在他心中积满的、他也自鸣得意的那种仇恨；而这一战，非胜即败，这是一场大决战，在他的凶恶和那人的仁慈之间展开。

他头脑里充满这种种闪念，像醉汉一样往前走。他眼神怔怔，这样行走的时候，是否明确地领悟到，他在迪涅的奇遇可能给他带来的后果吗？他是否听到在人生的某些时候，警告或搅扰思想的这种神秘的嗡鸣吗？是否有个声音对着他耳朵说，他正经历命运的庄严时刻，他再也没有中间道路可走，从今以后，他不是做最高尚的人，就是成为最卑鄙的人，可以说，现在他必须升得比主教还要高，否则就会跌得比苦役犯还要低；如果他愿意向善，他就得成为天使，如果执意为恶，他就得化为魔鬼，是否有个声音对着他耳朵这样说呢？

在这里，我们还要提出在别处已经提过的问题：对这一切，他在思想里是否隐约抓住点影子呢？诚如我们讲过的，不幸遭遇是一种教育，使人增长智慧；然而，他能否理清我们在此所指出的这一切，还是值得怀疑的。他即使想到这些，也不能洞悉，只能像雾中看花，而结果他只能陷入难以忍受的、几乎是痛苦的困惑中。刚从叫作苦役场的那种畸形而黑暗的东西里出来，主教就触痛了他的灵魂，正如眼睛刚离开黑暗会被强烈的光线刺痛一样。从此向他提供的未来生活，可能实现的完全纯洁、光辉、灿烂的生活，反而使他心惊肉跳，惴惴不安。他确实再也弄不清自己到了什么地步。正如一只猫头鹰突然看见日出一样，这个苦役犯也像被美德晃花了眼睛，一时目眩神摇。

有一点可以肯定，而他却没有意识到，这就是他已不再是同一个人，他身上一切都变了，他再怎么做，也不可能消除主教对他讲过话并触动了他的事实。

就在这种思想状态中，他遇见了小杰尔卫，抢了那四十苏钱。为什么呢？肯定他自己也解释不了：难道这是他从狱中带出来的恶念的余威，仿佛最后挣扎，是冲动的余力，就像静力学所说的"致动力"的效果吧？是这种情况，也许比这种情况还要轻得多。一言以蔽之，抢钱的并不是他，并不是他这个人，而是这只兽，正是这只兽凭着习惯和本能，愚蠢地把脚踏在银币上，尽管当时他感触万端，心智还在搏斗。等心智清醒了，才看到这种兽性的行为。于是，冉阿让惶恐地退却，惊叫起来了。

他抢了那孩子的钱，干了一件他已经干不出来的事情，这种怪现象，只有处于他这种思想状态里，才有可能发生。

无论怎样，这最后一次恶劣的行为，对他却产生了决定性的效果：这次行为突然穿越心智，廓清混乱，将晦暗浊重排到一边，将光明清亮排到另一边，而且作用于他那种状态的心灵，就像催化剂作用于一种混浊液体那样，使一种物质沉淀，使另一种物质变清了。

事情一发生，他还没有自省和思考，先就像要逃命的人那样惊慌失措，他企图找到那孩子，把钱还给人家，等他明白这是徒劳而不可能的，他才停了下来，悲痛欲绝。他喊出"我是个无赖"的时候，开始看清他的样子了，而在相当程度上，他同自身分离了，就觉得他不过是个鬼魂，面对着一个血肉之躯，正是凶相毕露的苦役犯冉阿让：手里拿着木棍，身上穿着破罩衫，身后背格装满偷来的东西的行囊，脸上一副毅然决然的阴沉相，头脑里装满了为非作歹的方案。

我们已经注意到，过分深重的苦难，在一定程度上使他产生幻觉。他眼前恰似一种幻景。他确确实实看见了这个冉阿让，面对着这副狰狞的面孔。他几乎产生疑问：此人是谁，而且他非常憎恶。

他的头脑正处于汹汹纷扰又极度平静的时刻，幻想深不可测，吞噬了现实。再也看不见周围的实物，却恍若看见心中的影像在体外活动了。

可以说，他同自身面面相觑，与此同时，他穿过这种幻视，望见一种神秘的幽深之处有光亮，起初以为是火炬；再仔细观察在他心中出现的亮光，便认出那火炬具有人形，而且正是主教。

他的良心轮番打量这样立在面前的两个人：主教和冉阿让。少了前一个，是不可能消除第二个的。这种凝望往往产生特别的效果，他幻想的时间越久，在他眼里，主教的形象就越发高大，越放光彩，而冉阿让却越来越小，越来越模糊了。到了一定时候，冉阿让便成为一个影子，继而倏然消失了，只剩下主教一人了。

他使这个无赖的整个灵魂充满灿烂的光辉。

冉阿让哭了很久，热泪满面，泣不成声，哭得比女人还脆弱，比孩子还惊慌。

就在他哭泣的时候，他的头脑渐渐敞亮了，这是一种异乎寻常的光，既迷人又可怕的光。他以往的生活、头一个过失、长期的赎罪，以及他的外表如何变得粗野，内心如何变得残忍，打算出狱后如何大肆报复，他在主教家里干了什么事，而他最后干的这件事，如何抢了一个孩子的四十苏钱，还是在得到主教宽恕之后干的，罪行就尤为卑鄙，尤为可恶，这一切都重新浮现在脑海，显得十分清晰，而且笼罩在他从未见过的明光里。他看自己的生活，觉得十分可恶；他看自己的灵魂，觉得十分丑恶。然而，在这种生活和这颗灵魂上面，却有一片柔和的光。他仿佛借着天堂的光看到了撒旦。

他究竟哭了多久呢？哭过之后他又做了什么呢？他去了哪里？从来没有人知道。只有一个情况似乎得到证实，就在那天夜晚，格勒诺布尔的驿车大约凌晨三点到达迪涅城，在穿过主教府街时，黑暗中车夫看见有个人跪在马路上，好像对着卞福汝主教家的门在祈祷。

第三卷 1817 年

一 1817 年

1817 这一年，路易十八以君王的坚定口气，不无自豪地宣称他在位二十二年了。① 这一年，布吕吉尔·德·索苏姆②先生出了名。所有假发店老板都希望重新兴起御鸟发髻和扑粉，把门面刷成天蓝色，画上百合花。这是天真的时期，蓝克伯爵身穿法兰西元老院元老服，挎着红绶带，拖着大鼻子，以本堂区董事会董事的名义，每个礼拜天都坐在圣日耳曼草地教堂的公凳上，那与众不同的侧影，具有干过惊天动地大事的威严。蓝克伯爵所干的惊天动地的大事是这样：他任波尔多市长期间，1814 年 3 月 12 日那天，过早地把城池献给了昂古莱姆公爵。③ 于是，他进入元老院。1817 年，四岁到六岁的男孩时兴戴仿摩洛哥皮制的大帽子，两边有帽耳，类似爱斯基摩人戴的高统皮帽。法

---

① 路易十八是被处死的国王路易十六的兄弟，于 1814 年拿破仑逊位时登上王位。他不承认法国革命和帝国时期，认为他的统治应从 1795 年路易十七死于狱中时算起，故曰"二十二年"。

② 布吕吉尔·德·索苏姆（1773—1823）：因翻译莎士比亚的戏剧而出名，但那是在 1826 年了。

③ 1814 年 3 月，反法同盟的英国军队从西班牙入侵法国，路易十八的侄儿昂古莱姆公爵随英军进入波尔多城。

国军队也模仿奥地利军式样，换上了白色军服；团队改称为联队，取消番号，统一用所在省份命名。拿破仑还在圣赫勒拿岛，由于英国人不肯向他供应蓝呢布，他就让人把他的旧服翻新。在1817年，佩勒格里尼还在唱歌，比戈蒂尼小姐还在跳舞，波蒂埃还是台柱子，奥德里还未出道。① 萨基夫人取代法里奥索。② 法国还有普鲁士占领军。德拉洛③先生成了名人。正统王朝在剁了普列尼埃、加尔保诺和托勒隆的手之后，又砍了他们的头④，统治才算稳固了。内侍长塔列朗王爷和钦命财政大臣路易神甫，像两巫师那样相视而笑；正是他们二位，于1790年7月14日在演武场举行了联盟⑤弥撒：塔列朗以主教身份主祭，路易以副主教身份助祭。1817年，就在演武场两侧的路上，还能发现几截粗圆木，躺在雨中杂草里腐烂，当初的蓝色油漆和金鹰金蜂图案褪了色，只剩下斑斑残迹了。那些圆柱，正是两年前五月集会⑥场支撑皇帝检阅台用的，后来让篝火烧得遍体焦黑，那是驻扎在巨石教堂附近的奥地利军所生的篝火，而有两三根已经烧成灰烬，烤暖了那些德国大兵的巨掌。五月集会有这样特点：是六月份在三月广场⑦举行的。1817这一年，有两件事尽人皆知：《伏尔泰-图盖》和宪章鼻烟壶⑧。最新轰动巴黎的消息是杜丹的罪案，他将自己兄弟的脑袋丢进花市的水池里。海军部开始调查美狄斯号战舰沉毁的事件，这个事件使寿马

---

① 佩勒格里尼其时还在那不勒斯，1819年才到巴黎唱歌。比戈蒂尼小姐在巴黎歌剧院跳舞。波蒂埃是巴黎杂耍剧院的演员，后来同奥德里同台演出。

② 萨基夫人和法里奥索都是走钢丝演员。

③ 查理-弗朗索瓦-路易·德拉洛（1772—1842）：法国法学家。1814年发表《论法兰西君主制宪法和基本法》。

④ 普列尼埃等被指控为作乱犯上，处以这种刑罚。

⑤ 1789年法国资产阶级革命，各城市建立联盟，1790年7月14日为联盟节。

⑥ 五月集会实际是1815年6月1日举行的，是拿破仑"百日政变"时的一次军民大集会。

⑦ 即演武场，法文中的"三月"和"战神"是一个词。

⑧ 《伏尔泰-图盖》：即图盖上校1821年出版的伏尔泰选集。这位上校于1820年还出售刻有宪章的鼻烟壶。

雷蒙羞，给杰里科添彩。① 塞尔夫上校赴埃及，成为苏里曼－巴沙。②竖琴街的浴宫改成桶匠铺。在克吕尼公馆的八角楼露台上，还能见到一间小木板房，那是路易十六时期海军天文官梅西埃③的天文台。杜拉斯公爵夫人在陈设天蓝缎面的 X 形家具的小客厅里，给三四位朋友朗诵她那还未发表的作品《乌里卡》④。卢浮宫中正往下刮 N 字母⑤。奥斯特利茨桥逊位，改名为御花园桥：一语双关，既隐含奥斯特利茨桥，又影射植物园。路易十八又读起贺拉斯的作品，用指甲尖画出重点；他特别注意当上皇帝的英雄和做了王子的鞋匠，尤其担心两个人：拿破仑和马图兰·布鲁诺⑥。法兰西学士院有奖征文的题目是："学习的乐趣。"贝拉尔先生公认才辩无双。在他的荫庇之下，可以看见未来的代理检察长德·勃罗初露锋芒，一定会有犀利的公诉状，压倒保罗－路易·库里埃。⑦这一年，有个冒牌的夏多布里盎，名叫马尚吉，后来又出个冒牌的马尚吉，名叫阿兰库尔⑧。《克莱玛·达尔伯》和《马莱克－阿代尔》被捧为杰作；科坦夫人⑨被誉为当代首屈一指的作家。法兰西学士院听任将拿破仑·波拿巴从院士名单上抹掉。一道谕旨要人在昂古莱姆设立海军学校，因为昂古莱姆公爵是海军元帅，自不待言，内陆城市昂古莱姆就必然具备海港的一切优越条件，否则君主政体就

---

① 美狄斯号战舰于 1816 年 7 月 2 日沉没，船长寿马雷是率先逃命的人。杰里科以沉船为题的绘画于 1819 年展出。

② 塞尔夫上校是帝国旧军官，1816 年定居埃及，改信伊斯兰教，当上将军，人称苏里曼－巴沙。

③ 梅西埃（1730—1817）：法国天文学家，其成就在于率先编制系统的星云星团表。

④ 杜拉斯公爵夫人（1778—1828）：她的作品《乌里卡》于 1824 年发表。

⑤ 拿破仑的开头字母，是他的徽志。

⑥ 马图兰·布鲁诺是鞋匠，曾冒充路易十七，在局部地区一时得逞。

⑦ 贝拉尔在波旁王朝复辟时期任巴黎检察长。雅克－尼古拉·德·勃罗（1790—1840）于 1818 年任代理检察长，1821 年宣读指控保罗－路易·库里埃的公诉状。

⑧ 夏多布里盎（1768—1848）：法国著名浪漫主义作家。马尚吉是研究法国诗歌的作者，发表《诗情的高卢》等作品。阿兰库尔则是庸俗作家。

⑨ 科坦夫人（1770—1807）：于 1799 年发表小说《克莱玛·达尔伯》。马莱克－阿代尔是《玛蒂尔德——取自十字军东征史的回忆录》中的人物。

残缺不全。内阁会议激烈辩论的一个问题，就是应否允许弗朗克尼广告上吸引流浪儿的那种杂技图案。《阿涅丝》的作者帕埃尔①先生，那位方脸上长了个肉瘤的家伙，时常去主教城街萨斯奈侯爵夫人府，指挥小型家庭音乐会。所有少女都爱唱埃德蒙·杰罗作词的《圣阿维勒的隐修士》。《黄侏儒报》变成了《镜报》。拥护皇帝的朗布兰咖啡馆对抗拥护波旁王室的瓦卢瓦咖啡馆。被卢威尔暗中盯住的贝里公爵②，刚刚娶了西西里岛的一位公主。斯达尔夫人③去世已有一年了。禁卫军给马尔斯小姐④喝了倒彩。各家大报都只有一点点大。幅面虽然压缩，而自由却有巨大的驰骋空间。《宪政报》是拥护宪政的。《密涅瓦报》⑤把夏多布里盎写成夏多布里昂。有产者便借题发挥，对这位大作家好一阵嘲笑。在一些被人收买的报纸上，那些形同妓女的记者大肆辱骂 1815 年被清洗的人：大卫⑥没有才华了；阿尔诺⑦文思枯竭了；加尔诺⑧不再廉洁了；苏尔特⑨从来没有打过胜仗；拿破仑也确实没有天赋了。通过邮局极少能把信件寄到被放逐的人手中，警察将截留信件当作神圣的职责，这种情况尽人皆知。这也不是什么新鲜事了，被放逐的笛卡儿⑩就抱怨过。大卫因为收不到别人写给他的信件，在一家比利时报上发了几句牢骚，保王党报纸就认为很可笑，乘机对这名放逐者冷嘲热讽。称为"弑君者"或者"投票者"，称为"敌人"或者"盟友"，称为"拿破仑"或者"布奥拿巴"，这就会在两个人之间造

---

① 菲尔南·帕埃尔 (1771—1839)：歌喜剧作者。

② 路易·皮埃尔·卢威尔 (1783—1820)：制马鞍工匠。1820 年他刺杀了路易十八的侄儿贝里公爵，被处以绞刑。

③ 斯达尔夫人 (1766—1817)：法国浪漫主义作家，1817 年去世。

④ 马尔斯小姐 (1779—1847)：原名安娜·布代，法国演员，以扮演罗马贵妇著称，因在"百日政变"时公开拥护拿破仑，1815 年 7 月 10 日演出时被人喝倒彩。

⑤ 《密涅瓦报》，即《智慧女神报》。

⑥ 雅克-路易·大卫 (1748—1825)：法国著名画家。

⑦ 阿尔诺：帝国时期官方的剧作家。

⑧ 加尔诺："百日政变"时期任内政大臣。

⑨ 苏尔特 (1769—1851)：法兰西元帅，屡建战功。

⑩ 笛卡儿并没有被放逐，他主动到荷兰居住了 20 年。

成一道鸿沟。凡是有点头脑的人都认为，绰号为"宪章的不朽作者"的路易十八国王，将革命世纪的大门永远关闭了。在新桥的马道上，有人在准备安放亨利四世雕像的基座上刻了"再生"。皮埃先生①在泰蕾丝街四号，正酝酿召开秘密会议，以图巩固君主政权。右翼的首领们一到严重关头就说："应当给巴柯②写信。"卡努埃勒、奥马奥尼和沙普德莱诸人策划稍后的"河滨阴谋"，多少也是得到御弟③首肯的。"黑别针社"④也在紧锣密鼓地活动。德拉维德里和特罗果夫勾结起来。不过，控制局面的，还是具有一定自由思想的德卡兹公爵⑤。夏多布里盎住在圣多米尼克街二十七号，每天早晨他站在窗口，穿着长裤和拖鞋，花白头发裹着马德拉斯彩巾，眼睛盯着一面镜子，面前敞着装有全套牙科手术器械的医疗箱，他一边修着他那漂亮的牙齿，一边向他的秘书皮洛日先生口述《依照宪章的君主制》⑥的不同诠释。权威批评捧拉封而贬塔尔马。德·菲勒茨先生用 A 字母签名，而霍夫曼则用 Z 字母。查理·诺迪埃正在写《泰蕾丝·欧贝尔》⑦。离婚法废止了。公立中学改称中学堂。中学生衣领上佩戴一枚金质百合花，他们因为罗马王⑧而相互争斗。宫廷侦探向王妃殿下⑨报告说，奥尔良公爵的画像到处陈列，穿着轻骑兵将军服，比身穿龙骑兵将军服的贝里公爵还精神，这是极为不妥的。巴黎市政拨款为残废军人院的圆顶重新

---

① 让-皮埃尔·皮埃（1763—1864）：右翼议员，他曾纠集200来人密谋。

② 巴柯男爵是极端派议员。

③ 路易十八的兄弟阿尔图瓦伯爵。

④ 黑别针社是波拿巴派的秘密结社。

⑤ 德卡兹公爵：从1815年起为警务大臣，而到1818年德索勒组阁时，他才真正控制局面。

⑥ 《依照宪章的君主制》于1816年发表。

⑦ 查理·诺迪埃（1780—1844）：法国作家。他的小说《泰蕾丝·欧贝尔》于1819年出版。

⑧ 拿破仑一世和玛丽-路易丝所生的儿子拿破仑二世（1811—1832），他一出世就被宣布为罗马王。

⑨ 指阿尔图瓦伯爵夫人，贝里公爵的母亲，她在防范王室旁支奥尔良公爵。

镀金。正派人都在猜测，在这种或那种情况下，德·特兰克拉格先生①会如何行动；克洛塞尔·德·蒙塔尔先生在许多方面，同克洛塞尔·德·库塞格先生分道扬镳；德·萨拉贝里先生很不满意。喜剧作家皮卡尔，连喜剧作家莫里哀都未能当选的学士院院士，在奥德翁剧院公演他的剧作：《两个菲力贝尔》②，而剧院门楣上刚刚揭去的牌子字迹还清晰可辨：皇后剧院。对待库涅·德·蒙塔洛③，有人拥护有人反对。法布维埃④是乱党；巴武⑤是革命党。佩利西埃书局印行一套伏尔泰文集，书名为《法兰西学士院院士伏尔泰作品集》。这位天真的出版商说："这样能吸引来买者。"舆论普遍认为，查理·卢瓦宗是本世纪的天才；已经有人嫉妒他了，这是出名的标志，有人为他写了这样一行诗：

  小鹅纵飞翔，也感其有掌。⑥

　　红衣主教斐茨既然不肯辞职，阿马西大主教德·潘先生就只好掌管里昂教区。瑞士和法国开始争执达普山谷⑦的归属，这是由后来晋升为将军的杜富尔上尉的一篇文章引起的。不知名的圣西门⑧正在构思美梦。科学院有一个大名鼎鼎的傅立叶，却被后世忘记；不知从什么角落钻出来一个默默无闻的傅立叶⑨，却流芳百世。拜伦勋爵开始崭露头角，米勒乌瓦一首诗的注释中，用这样的话把他介绍到法国："有个叫

---

①　德·特兰克拉格作为右翼代表，于 1816 年和 1817 年两度竞选议会议长而失败。

②　《两个菲力贝尔》于 1816 年在奥德翁剧院首演。皮卡尔是个平庸的剧作家。

③　库涅·德·蒙塔洛："睡狮社"秘密集团的成员。

④　法布维埃上校因参与极右翼阴谋而于 1819 年被判决。

⑤　巴武是巴黎法学院讲师，因讲课不合当局要求而被辞退。

⑥　法语中卢瓦宗与小鹅同音。

⑦　这是汝拉山脉的一条山谷，1815 年由维也纳议会决定划归瑞士，争端持续到 1863 年，瑞法两国签订《伯尔尼条约》，分管这条山谷。

⑧　空想社会主义者圣西门"在世时几乎鲜为人知"。

⑨　傅立叶男爵（1768—1830）：1817 年选入科学院。查理·傅立叶（1772—1837）：空想社会主义理论家，当时默默无闻。

拜伦勋爵的人……"昂热的大卫①正试着摆弄大理石。在沸杨丁死巷，加隆神甫向一群青年教士称赞一个不知名的教士，那人名叫菲利西特·罗贝尔，即后来的拉梅内。②一样东西在塞纳河上冒着浓烟，嘟嘟作响，犹如泅水的狗，从士伊勒里宫窗下经过，来往于王宫桥和路易十五桥之间；那是一件没有多大用处的机器，一样玩具，是异想天开的发明者的一种梦幻，一个乌托邦：一只汽船③。对于那无用的东西，巴黎人都等闲视之。德·沃布朗先生以政变、法令和拉帮结伙的手段，改组了法兰西学院，一手安插好几个人当院士，真是翻手为云，覆手为雨，可是到末了，他自己却当不上院士。④圣日耳曼区和马尔桑公馆⑤都认为德拉沃先生虔诚，盼望他出任警察署长。杜比特林和雷加米埃⑥在医学院的阶梯教室里，就耶稣-基督的神性问题争论起来，激烈得以拳脚相威胁。居维叶⑦一只眼盯着《创世纪》，另一只眼盯着大自然，极力调和化石和经文来讨好信教的反动势力，用古生物乳齿像讨好摩西。弗朗索瓦·德·讷夏多⑧先生是纪念帕芒蒂埃的值得称赞的耕耘者，他不遗余力地要人把马铃薯改称为"帕芒蒂埃薯"，结果完全徒劳。格列高利神甫，前主教，前国民公会代表，前元老院元老，在保王党辩论文章中，竟转成"无耻的格列高利"；这里用的"竟转成"，被罗叶-科拉尔先生说成是新造的词组。在耶纳桥的第三个桥洞下方，

---

① 皮埃尔·让·大卫（1788—1856）：法国雕塑家，生于昂热。当时他已非新手。

② 加隆神甫（1760—1825）：于"百日政变"期间在英国遇见拉梅内。拉梅内（1782—1854）：法国作家。

③ 1816年8月20日，儒夫鲁瓦·达邦侯爵在塞纳河试验一只汽船，后因筹款失败而停止。

④ 德·沃布朗伯爵（1756—1845）：任内政大臣，于1816年3月清洗了法兰西学士院。

⑤ 马尔桑公馆是阿尔图瓦伯爵府邸。德拉沃于1821年出任警察署长。

⑥ 雷加米埃和杜比特林属于同代的著名外科医生。雷加米埃是生机论者，而杜比特林并无理论，作者可能把他和唯物主义论者医生布鲁塞弄混淆了。

⑦ 居维叶男爵（1769—1832）：法国动物学家和古生物学家。

⑧ 弗朗索瓦·德·讷夏多（1750—1828）：政治家，诗人，农学家，法兰西学士院院士。

从石头的白洁程度上，能看出那块新石头，用来砌死两年前布吕歇为炸桥而凿开的洞。有个人看见阿尔图瓦伯爵走进圣母院，就高声说："见他妈的鬼！从前看见波拿巴和塔尔马挽着手臂同赴野蛮舞会，我真怀念那个时期。"于是，法庭传讯那人，说他发表煽动性言论，判处六个月监禁。一些卖国贼明目张胆地抛头露面；大战前夕投敌的人，也毫不掩饰他们所得的奖赏，恬不知耻地走在光天化日之下，炫耀他们的富贵荣华。在利尼和四臂村那里的一些逃兵，完全是一副卖国求荣的嘴脸，赤裸裸地展示对王朝的忠心，竟然忘记英国公厕内墙上所写的话："请整理好衣服再出去。①"

这些杂乱无章，就是1817年还依稀残存的事情；就连那一年，如今也被人遗忘了。历史一向忽视所有这类有特色的事情；这也在所难免；历史总要被无穷无尽所侵占。然而，这些细节还是有用处的——人们总是不当地把这称为小事，其实人类并无小事，正如植物没有小叶一样。世世代代的面貌，是由岁岁年年的表情组合而成的。

1817那一年，四个巴黎青年搞了一出"恶作剧"。

二　两伙四人帮

这伙巴黎青年中，一个土鲁兹人，第二个是利摩日人，第三个是卡奥尔人，第四个是蒙托邦人。他们都是大学生，是大学生就是巴黎人；在巴黎上学，就算生在巴黎。

这几个青年都微不足道，这类面孔人人都见过。普通人的四个样板，既不善，也不恶，既不博学，也不无知，既不是天才，也不是蠢蛋；但是都青春貌美，正当所谓阳春三月的二十岁。这是随便凑起来的四个奥斯卡②，因为当时还不存在阿瑟③。歌谣唱道："阿拉伯香，为他而点燃，奥斯卡走上前，奥斯卡，我要去看他！"人们刚刚走出莪相④，这歌具有斯堪的纳维亚式和喀里多尼亚⑤的优美，纯粹的英格兰

---

① 原文为英文。
② 奥斯卡（1799—1859）：瑞典和挪威国王，生于巴黎。
③ 阿瑟（1830—1886）：美国政治家，曾任美国总统（1881—1885）。
④ 莪相：公元3世纪爱尔兰说唱诗人。莪相歌谣对欧洲浪漫派文学影响极大。其影响的高峰到1815年才结束，故曰"走出莪相"。
⑤ 喀里多尼亚：苏格兰的古称。

体后来才开始风行，而且，阿瑟类型的第一人威灵顿，也才刚刚在滑铁卢打了胜仗。

这几个奥斯卡，土鲁兹城来的叫菲利克斯·托洛米埃，卡奥尔城来的叫李斯托利埃，利摩日城来的叫法梅伊，最后这个从蒙托邦城来的叫布拉什维尔。自不待言，他们每个都有一个情人。布拉什维尔爱的人叫宠姬，因为她去过英国；李斯托利埃钟情于大丽，她起这花名误以为是战争名字呢；法梅伊视瑟芬为天仙，这名字是约瑟芬的简化；托洛米埃则有芳汀，号称金发美人，只因她那头美发赛过太阳的光辉。

宠姬、大丽、瑟芬和芳汀，是四个秀色可餐的少女，一个个香气袭人，神采飞扬，还未脱尽女工的本相，也没有彻底放下针线，尽管偷情幽会，但是脸上还残留两分劳作的庄重之色，而灵魂里还开着贞洁之花：这朵花在女人身上，并未因初次失身而立即凋落。四人中年龄最轻的叫小妹，还有一个叫大姐，年龄也不过二十三岁。不必讳言，在人生的尘嚣之中，头三人阅历多些，放得开些，浪相也更加明显，而金发美人芳汀，还沉迷于初次的幻想中。

大丽、瑟芬，尤其是宠姬，都谈不上这种痴情了。她们的浪漫曲刚开始不久，就不止一次出现插曲。情人在第一章叫阿道尔夫，到第二章变成阿尔封斯，到第三章又变成古斯塔夫。贫穷和爱俏是两个要命的参谋：一个责备，一个奉承；大凡普通人家的漂亮姑娘，耳朵两边都有这两个参谋嘀嘀咕咕。这些疏于防范的心灵，也就言听计从。她们失足落井，别人下石，原因都在于此。别人总拿白璧无瑕、高不可攀的贞妇烈女作为光辉榜样，对她们求全责备。唉！如果少女峰①也不胜饥寒之苦呢？

宠姬去过英国，因此深得瑟芬和大丽的仰慕。她很早就有个家。父亲是个数学老教师，性情粗暴，又爱吹牛，一辈子没结婚，上了年纪还到处奔波，给人补课度日。这位教师年轻的时候，有一天看见清洁女工的裙摆挂到炉遮上，偶然一顾便动了春心，结果有了宠姬。她时而还能遇见父亲，父亲总是客客气气地同她打招呼。有一天早晨，家里来了一个怪模怪样的老太婆，进门就问她："您不认识我吧，小

---

① 少女峰：瑞士境内的阿尔卑斯山脉的一座山峰，海拔 4166 米。雨果把少女峰当作纯洁的象征。

姐？""不认识。""我是你妈呀。"说罢，老婆子就打开食品柜，又吃又喝，接着把自己的一床铺盖搬来，就住下了。这个母亲是个虔诚的信徒，整天叽叽咕咕，从不跟宠姬说话，一连几小时也不吭一声，一日三餐，食量抵得上四个人，吃完饭就下楼到门房那里闲坐，讲女儿的坏话。

将大丽推向李斯托利埃，也许还推向别人，推向游手好闲生活的，就是她那粉红的指甲：指甲太美了，怎么忍心用来做工呢？谁若想保持贞洁，谁就不能吝惜自己的双手。至于瑟芬，她迷住法梅伊，全凭她那种娇羞作态的应声："是，先生。"

小伙子是同学，姑娘们是好友。这类爱情总是多出一份友情。

检点和达观是两回事：这里有例证，抛开他们不合规矩的苟合不谈，宠姬、瑟芬和大丽都是达观的姑娘，而芳汀则是检点的姑娘。

能说检点吗？那么托洛米埃又怎么样呢？所罗门可能这样回答：爱情是一件审慎检点的事情。我们只能说，芳汀的爱情是初恋，是唯一的爱，忠贞不贰的爱。

她们四人中，唯独她只许一个人以"你"相称呼。

芳汀这个姑娘，可以说是从平民的底层成长起来的。她从深不可测的社会黑暗中脱颖而出，额头却毫无表明家庭身世的特点。她生在海滨蒙特伊。父母是什么人呢？谁又知道？无论她父亲还是她母亲，谁也没有见过。她叫芳汀。为什么叫芳汀呢？别人根本不知道她还有什么旁的名字。她出世那年，正是督政府时期。她没有家，也就没有姓；当时那里没教会了，她也就没有教名。她很小的时候，赤着脚走在街上，随便一个过路人高兴这么叫她，她就有了名字。她接受这个名字，就像雨天额头接受乌云洒下来的水一样。大家叫她小芳汀。除此之外，谁也不了解其他情况了。这个人就是这样来到人间的。十岁上，芳汀出城到周围的农户人家找活干。十五岁上，她来到巴黎"碰运气"。芳汀长得美，又尽量把贞洁保持时间长些。她是个漂亮姑娘，头发金黄，牙齿雪白，有黄金和珍珠当嫁妆，不过，她的黄金长在头上，珍珠含在嘴里。

她为生活而劳作；后来，她爱上一个人，还是为生活，因为心也会饥渴。

她爱上托洛米埃。

他是情场做戏，她却一片痴情。充斥拉丁区街巷的大学生和青年女工，目睹了这场梦幻的开场。在先贤祠所在的山丘一带迷宫里，发生了多少悲欢离合的故事；而芳汀长时间逃避托洛米埃，但是逃避的方式又总是为了遇见他。有一种躲避的方式，同追求何其相似。总而言之，一幕浪漫曲开场了。

布拉什维尔、李斯托利埃和法梅伊，组成以托洛米埃为首的小团体，他是最有智谋的。

托洛米埃是个老而又老的大学生；他有钱，有四千法郎的年息。在圣日内维埃芙山，有四千法郎的年息，就可以随心所欲了。托洛米埃活了三十个年头，没有很好爱惜身体。他脸上起了皱纹，牙齿也脱落了几颗，而且还秃了顶，他倒是满不在乎地说："三十秃了顶，四十双膝硬。"他的消化能力不强，有一只眼睛常流泪。然而，随着他的青春渐渐熄灭，他却点燃了寻欢作乐的蜡烛。他用插科打诨代替牙齿，用欢乐代替头发，用嘲讽代替健康，他那只泪汪汪的眼睛也总是笑眯眯的。他的身体衰微破败，但整个儿是颗花花心。他的青春未到年限就退走了，但是没有溃不成军，还保持队形，敞声大笑，在别人看来简直是一团火。他写了一出戏，被杂耍剧院拒绝了。有时他也随便诌几句诗。此外，他目无下尘，对什么都怀疑；在弱者的眼里，他真是个伟丈夫。他善嘲讽又是秃头，因而当了头领。英文 Iron 这个词是"铁"的意思，难道 ironie（嘲讽）是从英文这个词来的吗？

有一天，托洛米埃将其他三人拉到一边，打了个手势，以权威的口气对他们说：

"芳汀、大丽、瑟芬和宠姬，要我们给她们一个惊喜，说话过去快有一年了。当时，我们郑重其事答应了她们。这事她们总提起来，尤其是对我讲。正像那不勒斯城老太婆冲圣让维埃叫嚷：'黄脸皮，快显灵！①'那样，我们的美人也不断对我说：'托洛米埃，你那让人惊喜的事儿，什么时候才能分娩出来呀？'与此同时，我们父母也来信。真是两面夹攻。我看时候到了。咱们商量一下。"

说到此处，托洛米埃压低声音，面授机宜，讲的话一定十分有趣，只见四张口同时发出一阵狂笑；布拉什维尔还高声说："这主意太

---

① 原文为意大利文。

妙啦!"

他们走到一家烟雾腾腾的小咖啡馆,便蜂拥而入,他们密谈的下文就消失在那昏暗中了。

幽暗中这种密谈的结果,却是一次耀眼的郊游:安排在星期天,四名青年邀请四位姑娘。

三 四对四

如今已难想象,四十五年前大学生和青年女工郊游的情景。巴黎郊区已非当年模样,所谓市郊的生活面貌,半个世纪以来,已经完全变了。当年有布谷鸟,如今有火车;当年有游船,如今有汽艇;当年谈起圣克卢,如今就像谈起费冈①一样。1862 年的巴黎城,是以整个法国为郊区的。

这四对情人尽情嬉戏,把当时郊外所有的游乐场所都玩了个遍。已经开始度暑假了,这是一个温暖晴朗的夏日。宠姬是几个姑娘中唯一会写字的人,在郊游的前一天,她以四人的名义,给托洛米埃写了这样一句话:"活早出门好快清。"② 因此,他们五点钟就起床了,乘公共马车去圣克卢,看了一回干涸的瀑布,大家嚷道:"若是有水,一定非常好看!"接着到加斯丹还没有去过的黑头餐馆用午餐;再到大水池梅花形林荫道,花钱玩了一场骑木马摘环游戏,又登上狄奥仁灯塔,在塞夫尔桥,拿杏仁饼去赌转盘,经过普陀采几束野花,在纳伊买几支芦笛,每到一处都吃苹果馅饼,真是其乐无穷。

几个姑娘叽叽喳喳,不停地喧闹,好似逃出笼子的几只莺,使劲撒欢儿。她们不时同几个青年撩逗,拍拍打打。这是生命清晨的陶醉!美妙的岁月!蜻蜓的翅膀在震颤。啊!无论你是谁,你总会记得吧。你曾经穿行过荆丛,为跟在身后的可爱的人分开树枝吧?你曾经跟心上的女人笑着,一齐从雨水浇湿的坡上往下滑吧?那女子拉你的手,高声说道:"哎呀!瞧我这双新鞋!弄成什么样子啦!"

让我立刻就说穿了吧,这伙快活的游人倒希望天气捣捣乱,增添点情趣,可就是没有来一场阵雨,尽管在出发的时候,宠姬拿着权威

---

① 费冈是诺曼底地区的港口,濒临英吉利海峡。
② 宠姬识字不多,原文中将清早和快活两词用反。

的、做母亲的腔调说过："孩子们，蜗牛在小路上爬呢。这可是下雨的兆头。"

这四位姑娘简直美极了。一位名噪一时的古典派老诗人，是个也曾拥有一位心上美人的骑士，德·拉布伊斯先生，这天在圣克卢的栗树林中散步，上午十点钟看见她们从那里经过，不禁赞道："只是多出一个"，心中想的是美惠三女神①。布拉什维尔的情人宠姬，那位二十三岁的大姐，在苍翠的粗树枝下带头跑起来，跳过水沟，拼命跨越一簇簇荆棘，以年轻的农牧女神的奔放来主持这种乐趣。瑟芬和大丽在一起，正巧相得益彰，彼此增色，她们俩形影不离，照英国人的姿态相互偎依，与其说是出自友谊，倒不如说由于她们爱俏的本能。当时，头一批《时尚手册》问世不久，女子渐尚忧郁的神态，如同后来男人效仿拜伦那样，女子的发型也开始披散开了。瑟芬和大丽梳成滚筒式发型。李斯托利埃和法梅伊正议论他们的教师，向芳汀解释戴万库尔和布隆多两位先生的差异。

布拉什维尔生在世上，仿佛就是为了在星期天替宠姬拿披肩的，将那条特尔诺厂产的只有一端镶边的披肩搭在胳臂上。

托洛米埃殿后。他非常快活，可是让人感到是他在统辖：他的快活情绪中有专制的意味。他最讲究的服装，是一条南京布裤，大象腿式裤筒，裤脚由铜丝带扎在脚下。他拿着一根价值两百法郎的粗藤手杖，而且，他一向我行我素，嘴上便叼着名叫雪茄的怪物。他眼里没有神圣的东西，因此吸烟也满不在乎。

"这个托洛米埃，真是不同凡响。"别人肃然起敬地说，"穿那样的裤子！魄力多大啊！"

至于芳汀，她就像快乐女神，那两排光灿灿的牙齿，显然从上帝那里接受了一种笑的使命。她那顶白色长带的精美小草帽，戴在头上的时候少，戴在手上的时候多。她那头厚厚的金发，动不动就飘舞，披散开来，不时要拢一拢，仿佛垂柳，为了掩护逃匿的该拉忒亚②。她那粉红色嘴唇莺声呖呖；两边嘴角往上翘，极有性感，如同古代的埃

---

① 指希腊神话中妩媚、优雅和美丽三位女神，是主神宙斯的女儿。

② 该拉忒亚：希腊神话中的海中女神，爱上一个青年牧人，在山洞幽会，被独眼巨怪发现，用石头将牧人砸死。她把牧人变成河流，又顺流回归大海。

里戈涅①雕像，一副挑逗的情态；但是，她那满是阴影的长长睫毛，却谨慎地低垂着，好像要制止下半张脸喧闹欢笑。她的全身打扮，透出难以描摹的欢悦和光彩。她下身穿一条淡紫色巴勒吉纱裙，足蹬一双金褐色的小巧玲珑的厚底鞋，由彩带交叉系在两侧挑花的细纱白袜上；上身一件薄纱短衫，是马赛的新产品，起名叫"干十五"，由加纳比埃尔大街上的人讲"八月十五"的发音而来，意谓晴朗的天气、炎热和南方。另外三位姑娘，我们说过，就不这么羞怯，都干脆袒胸露肩，这种装束，在夏天又戴着缀满鲜花的帽子，就显得格外娇艳而妖媚。然而，在这种大胆的装束旁边，却有金发芳汀的"干十五"透明薄纱衫，欲隐还现，亦盖亦彰，好似一种又端庄又富于撩拨的奇装，如果出现在海绿眸子的塞特子爵夫人主持的著名情宫里，也许因其以贞洁来挑逗，而获得子爵夫人颁发的美服奖。最天真有时最高明。这种情况时有发生。

那脸蛋儿光艳照人，倩影娉婷，眼珠呈深蓝色，眼皮儿如凝脂，双足娇小而翘起，手腕和脚腕都珠联璧合，肌肤白皙，隐约显现天蓝色的脉络，面颊稚嫩而鲜艳，脖颈肥硕颇似埃伊纳岛出土的朱诺②塑像，后颈既健壮又柔美，两肩好像由库斯图③塑造出来的，中间有一个迷人的浅窝，透过薄纱依稀可见；快乐的神情因幻想而凝结，既如雕塑又美妙天成。这便是芳汀：朴素的衣裙里面，可以想见是一尊雕像，而在这尊雕像里面，可以想见有一颗灵魂。

芳汀很美，但她本人却不大了解。屈指可数的沉思者，那些审美的神秘的教士，总是默默地以十全十美的标准来衡量一切事物，他们若是遇见这个小小的女工，就可能从这种透明的巴黎风采中，看出古代神像的和谐美。这位来自幽暗底层的姑娘是纯种的。她从两方面体现出美来，即风度和容止。风度是理想的形态，容止则是理想的动态。

我们说过，芳汀是快乐女神；芳汀也是贞洁的化身。

---

① 埃里戈涅：罗马神话中酒神巴克斯的情人。

② 埃伊纳岛是希腊的岛屿，1811 年出土大批塑像，其中有多尊朱诺像。朱诺是罗马神话中的天后，主神朱庇特的妻子。

③ 库斯图（1658—1733）：法国著名雕塑家。

一个善于观察的人，如果仔细打量过她，就会明白她虽然完全陶醉在青春年华、美好季节和爱恋之中，但是周身表露出来的，却是一副含蓄庄重的凛然难犯的神态。她本人也颇惊奇，正是普绪喀①区别于维纳斯的细微差异。芳汀白白的手指又细又长，胜似拿着金针拨弄圣火灰烬的贞女。尽管她对托洛米埃有求必应，这一点以后会看得十分清楚，但是安静下来的时候，她的面孔却完全是处女的神态；在某种时刻，她会突然换上一种庄重严肃，近乎庄严的神情，看到她脸上快乐倏然消失，没有过渡，就从喜气洋洋转入沉思冥想，世间再也没有比这更奇特，更令人心跳的变化了。这种突然转换的严肃，有时显得过分严厉，宛如女神的鄙夷的表情。她的额头、鼻子和下颏儿，构成线条的平衡，明显地不同于比例的平衡，这就是为什么她的面孔看上去很匀称。从鼻尖到上唇的间距极有特色：这道细微难辨的纹路十分迷人，是贞洁的神秘的标志；正是由于这一点，红胡子爱上了从圣像堆中发现的一幅狄安娜像。

爱情是一种过失，就算这样吧。芳汀却是浮游在过失上面的天真。

四　托洛米埃唱起西班牙歌

这一天从早到晚都布满朝霞。整个大自然仿佛在过节，在尽情欢笑。圣克卢的花坛芬芳扑鼻；从塞纳河吹来的清风拂动树叶，树枝在风中轻摇；蜜蜂正在掠夺茉莉花粉；一群流浪的蝴蝶扑向蓍草、三叶草和野燕麦；在森严的法兰西国王的御花园中，还有一帮流浪汉，即一群鸟雀。

四对欢快的情侣，投入阳光、田野、鲜花和树木之中，一个个容光焕发。

她们这群天上来的仙客，又说又唱，又跑又跳，忽而追扑蝴蝶，忽而采摘田旋花，在深草中沾湿了粉红桃花袜，她们都那么鲜艳，都那么放情嬉戏，随时接受每个男人的亲吻，唯独芳汀还似乎固守抗拒，一副沉思而易受惊吓的样子，但是她已动了春心。

"你呀，"宠姬对她说，"总是这样，放不开手脚。"

---

①　普绪喀：希腊神话中人类灵魂的化身，以少女的形象出现。她和爱神厄洛斯相爱，后来几经磨难而结为夫妻。

他们就是快乐。几对快乐的情侣所经之处，无不向生命和自然发出深沉的呼唤，从天地万物呼唤出爱抚和光明。从前有一位仙女，她特意为恋人创造出草地和树林。从那以后，痴情的男女就总是逃学，而且周而复始，永无绝期，只要世上还存在树林和学生。从那以后，思想家也无不看重春天。贵族和磨刀匠，王公大臣和乡下佬，朝廷命臣和市井百姓，这是按照从前的说法，大家都成为那位仙女的臣民。大家欢笑，相互追求，空气中洋溢着神灵的彩光，有了爱情，人的面貌发生了多大变化啊！公证处的小文书全成了神仙。轻声叫喊，草丛里的追逐，奔跑中拦腰抱住，这类不规范的言语就是优美的旋律，这种爱慕只用一个音节迸发出来，这些樱桃从一张嘴传到另一张嘴，这一切都熊熊燃烧，汇入上天的光辉里。美丽的姑娘都在轻柔地浪掷她们自身的东西。大家认为这永远也不会完结。哲学家、诗人、画家，观察这一幕幕忘情的场面，不知道如何处理，直看得眼花缭乱。瓦托①嚷道：到西泰尔岛去！平民画家朗克雷②望着这些市民在蓝天飞舞。狄德罗把手臂伸向所有这类轻浮的爱情。于尔飞③则把古代的祭司拉进去。

吃过午饭，四对情侣又去当时所谓的国王方园，观赏刚从印度移植来的一株植物，名称现在我忘了，那时期把巴黎人全吸引到了圣克卢。那是一棵奇特而悦目的灌木，主干挺拔，无数枝条细如丝缕，纷披下来，没有叶子，却盛开千百万朵小白花，好似一头插满花的长发。一群群游人不断前去观赏。

观赏完了奇树，托洛米埃嚷了一句："我请你们骑毛驴！"于是同一个赶驴的人讲好价钱，他们便从汪弗和伊西转回来。到伊西还有意外收获。当时由军需官布尔干占用的一座国有园子，门正巧大敞四开。他们从铁栅门进去，参观了在洞穴里的那个隐修士模拟像，到著名的镜厅试了神秘的小效果，那是色情的陷阱，适于一个成为百万富翁的

---

① 瓦托（1684—1721）：法国画家。
② 朗克雷（1690—1743）：法国画家。
③ 于尔飞（1567—1625）：法国小说家。

好色之徒，或者变成普里阿普斯①的杜卡莱②。在由贝尔尼③神甫赞美过的两棵栗树上吊了一个大秋千，他们用力荡了一阵。几个美人轮流上去，裙子飞舞，惹得大家格格大笑；格勒兹④若是看到裙子的飞纹，准能受到很大启发；而土鲁兹人托洛米埃，倒有两分西班牙人的气质，因为土鲁兹和托洛萨是姊妹城，他用忧伤单调的旋律，唱起一支西班牙的老歌，也许是看着两棵树之间的秋千荡着一个美丽的姑娘而兴致大发吧：

> 我来自巴达霍斯，
> 受了爱情的召唤。
> 我整个一颗心灵
> 集中在我的双眼，
> 为什么你为什么
> 双腿要露在外面。

唯独芳汀不肯荡秋千。

"我不喜欢人这样忸怩作态。"宠姬颇为尖酸地咕哝道。

还了毛驴，又找新的乐子：他们乘船渡过塞纳河，从帕西步行，一直走到星形广场城关。我们还记得，他们五点钟就起床了；不过，没什么！"礼拜天，没有疲倦一说，"宠姬说道，"礼拜天，疲倦是不上工的。"约莫下午三点钟，这四对乐不可支的情侣，竟然爬上了游艺场滑车道：那是一个奇特的建筑，坐落在伯戎高地上，从香榭丽舍大街的树梢能望见那起伏不平的线路。

宠姬不时就嚷一句："让人惊喜的事儿呢？我要那件让人惊喜的事儿。"

---

① 普里阿普斯：希腊罗马神话中男性生殖力和阳具之神。
② 杜卡莱：18世纪法国作家勒萨日的同名喜剧中的人物，原为仆人，以欺诈手段而成为富翁。
③ 贝尔尼（1715—1794）：诗人，外交家，历任大主教和红衣主教。他赞美过的栗树在孔蒂亲王府的园中。
④ 格勒兹（1725—1805）：法国画家。

"别急呀。"托洛米埃答道。

五 绷吧达酒馆

他们走完滑车道，便想到用晚餐；快活的八仙毕竟有点累了，就在绷吧达酒馆歇下来。这家咖啡馆，是著名的绷吧达饭店在香榭丽舍大街开的分店，望得见在德洛姆巷旁边的里沃利大街上总店的招牌。

一间大屋虽宽敞，但很丑陋，里端有安了床铺的壁厢（星期天酒楼客满，有这地方也只好将就了）；两扇窗户，凭窗透过榆树，望得见堤岸和河流，一束灿烂的八月阳光拂着窗口；两张桌子，一张上一束束鲜花堆积如山，还掺杂着男帽女帽；另一张围坐着四对朋友，上面放满了盘碟、酒杯和酒瓶，一片欢宴的气氛，只见啤酒罐和葡萄酒瓶相错杂，没有什么秩序，而餐桌下面就有点混乱了。

> 他们的脚在桌下紧忙，
> 你踢我我踢你闹得一片喧响。

莫里哀就这样说过。

清晨五点钟开始的郊游，到了下午四点半就是这样情景。太阳偏西了，食欲也减退了。

香榭丽舍大街充满阳光和人群，只见明亮和灰尘，即构成荣耀的两样东西。马尔利雕刻的大理石马群，在金黄色的云雾中竖起前蹄嘶鸣。马车川流不息。一队军服华丽的近卫军，由军号开道，沿讷伊林荫路走下来；土伊勒利宫的圆顶上飘着，一面白旗，在夕阳的霞光中染上淡粉色。又恢复路易十五广场旧名的和谐广场上熙熙攘攘，尽是兴致勃勃的散步者。许多人佩戴着银质百合花，吊在波纹闪光的白缎带上：在 1817 年，那东西还没有完全从胸前绝迹。有几处小姑娘们跳起轮舞，赢得围观者的掌声，她们迎风唱着一支波旁王朝的颂歌。那支歌当时很流行，旨在反对百日帝政，其中有这样的叠句：

> 把父亲从根特送还给我们①，

---

① 指流亡在比利时根特城的路易十八。

送还给我们的父亲。

　　一群群近郊居民，都是节日的盛装，有些还模仿城里市民，也佩戴百合花；他们分散在大方场和马里尼方场上，做套环游戏，骑在木马上旋转；还有一些人在喝酒；几名印刷所学徒工戴着纸帽，听得见他们的笑声。一片光辉灿烂。无可否认，这个时期国泰民安，王权十分巩固；当时，警察总监昂格莱斯就专门呈给国王一份密折，报告巴黎近郊的局势，结尾这样写道："陛下，根据全面观察，丝毫也不必担心这些人。他们像猫儿一样，无忧无虑而又麻木不仁。外省的平民百姓不安分，巴黎的百姓则不然。他们全是微不足道的小民，陛下，这种人，要两个叠起来，才抵得上您的一名士兵。京城民众方面毫不足虑。显而易见，五十年来，民众的身量又缩减了，巴黎城郊的居民，比革命之前矮小了。他们丝毫也不危险。总而言之，他们都是贱民，但是很驯良。"

　　警察总监们不会相信，猫儿可能变成狮子；然而事实如此。这就是巴黎人民的奇迹。即便是猫儿，虽受昂格莱斯伯爵的极端鄙视，在古代共和国却极受敬重，被人看作是自由的化身。在科林斯城广场上就有一只巨型的铜猫，仿佛为了衬托庇雷港的那尊无翅的智慧女神像。复辟时期的警察实在天真，把巴黎人民看得太"好"了。他们绝非警察所认为的"驯良的贱民"。巴黎对于法兰西人，正如雅典人对于希腊人。任何人也没有巴黎人睡得安稳，任何人也没有巴黎人那样明显地轻浮而懒惰；任何人也不像巴黎人那样健忘；然而，不要相信这一切，巴黎人尽可表现出十足的无精打采，但是一旦前头有荣耀的事情，巴黎人就无所不为。如果给一支长矛，巴黎人就会有 8 月 10 日①的举动；如果给一支枪，巴黎人就会打一个奥斯特利茨那样的胜仗。巴黎人是拿破仑的支柱，是丹东的后盾。祖国有危难吗？他们就应征入伍。要争取自由吗？他们就拆路石堆起街垒。当心啊！他们的怒发谱写过史诗；他们的外套赛似古希腊人的短披风。当心啊！他们会把随便一条

---

① 1792 年 8 月 10 日，巴黎人攻入王宫，逮捕国王。

格列内塔街变成卡夫丁峡谷①。时机一到,这郊区人就会长高,这矮个儿就会站起来,就会以可怕的方式观看,他们的气息就会变成风暴,从这可怜孱弱的胸膛里,就会呼出强风,吹动阿尔卑斯山脉的皱褶。革命掌握了军队,也多亏巴黎郊区人才能征服欧洲。他们唱歌,那就是他们的快乐。要让他们的歌符合他们的性格,那您就看吧!如果唱来唱去只有《卡马尼奥拉》② 一首歌,他们就只能推翻路易十六;如果让他们唱起《马赛曲》,他们就会拯救世界。

我们在昂格莱斯奏折的边上写了这段注释之后,再回到我们的四对情人身上。我们说过,晚饭快吃完了。

六 相爱篇

餐桌上的交谈和情话,都同样难以捉摸:情话是云霞,餐桌上的交谈是烟雾。

法梅伊和大丽哼唱着歌儿,托洛米埃喝着酒,瑟芬笑着,芳汀微笑着。李斯托利埃试着在吹圣克卢买的木管号。宠姬则温情脉脉地望着布拉什维尔,说道:"布拉什维尔,我真爱你。"

这话引起布拉什维尔的一个问题:

"宠姬,假如我不爱你了,你可怎么办呢?"

"问我吗?"宠姬提高嗓门儿,"哼!不要讲这种话,连这种玩笑也不要开!假如你不爱我了,我就揪住你不放,抓破你的脸,撕烂你的皮,我往你身上泼水,让你坐班房!"

布拉什维尔自鸣得意,淫荡地微微一笑,就像虚荣心得到极大满足的人那样。宠姬又说道:

"对,我要喊警察!哼!什么事儿我干不出来!坏种!"

布拉什维尔心醉神迷,身子往椅背上一仰,得意地合上双眼。

大丽还不住嘴地吃,她在喧闹中小声对宠姬说:

"看来,对你的布拉什维尔,你可是一片痴情啊!"

"我嘛,我讨厌他,"宠姬又抓起叉子,用同样语调答道,"他是个

---

① 公元前321年,萨姆尼特人在卡夫丁峡谷击败罗马军队,迫使他们通过侮辱性的轭形门。1839年,巴贝斯和布朗基在格列内塔街举行起义。

② 《卡马尼奥拉》:法国大革命时代歌曲,讽刺路易十六和王后。

吝啬鬼。我倒喜欢住在我对面的那个小伙子。那个青年，人很好，你认识他吗？看样子他像个演员。我喜欢演员。他一回到家，他母亲就说：'噢！上帝呀！我又不得安静了。他又要大喊大叫了。喂，我的朋友，你要把我的脑袋吵炸开吗？'是的，他一回到家，回到那耗子窝的阁楼上，回到黑洞里，能爬多高就爬多高，一到家又是唱，又是朗诵，我怎么知道他搞什么名堂？反正楼下都听得见！他在一个公证人那里写状子，每天能挣上二十苏了。他父亲原来是高台阶圣雅克教堂唱诗班的。嘿！他人非常好。他爱我爱得发狂，有一天看见我和面烙薄饼，就对我说：'小姐呀，您的手套裹上面做出来，我也会吃下去的。'只有艺术家才会这样说话。他人非常好，那小伙子要把我弄得神魂颠倒了。没关系，我还照样对布拉什维尔说我爱你。我多会说谎！嗯？我多会说谎！"

宠姬顿了顿，接着说道："大丽，你瞧见了吧，我很伤心。整个夏天总下雨，风也叫我恼火，风也消不了我的火气，布拉什维尔太小气了，到市场连豌豆都有点舍不得买，真不知道吃什么；正如英国人讲的，我患了忧郁症；黄油贵极啦！再说，你瞧呀，真让人看不下去，咱们吃饭的地方还有一张床铺，没法儿活，叫我倒胃口。"

七 托洛米埃的高见

这工夫，有几个人唱歌，其他人七嘴八舌地说话，所有的人搅在一起，就是一片喧闹了。托洛米埃开口制止，高声说道：

"我们绝不要信口开河，也不要说得太快。我们要想语出惊人，就得思考。总是这样胡言乱语，头脑就会空虚，再蠢不过了。流淌的啤酒拢不起泡沫。先生们，不要操之过急。我们宴饮，就应当拿出宴饮的派头，让我们聚精会神地吃喝，细嚼慢咽。不要狼吞虎咽。看看春天吧，它若是来得太急，就会完蛋，也就是说会冻僵。热情过分能毁掉桃树和杏树。热情过分会扼杀盛宴的雅兴和快乐。先生们，不要狂热！格里莫·德·拉雷尼埃①同意塔列朗的见解。"

这圈人里响起一阵低沉的抗议声：

---

① 格里莫·德·拉雷尼埃：法国烹调名家，著有《美食家年鉴》（1803年）。

"托洛米埃，让我们安静点吧。"布拉什维尔说道。

"打倒暴君！"法梅伊说道。

"绷吧达、绷邦斯和邦博斯①！"李斯托利埃嚷道。

"礼拜天还存在呢。"法梅伊又说道。

"我们非常有节制。"李斯托利埃补充说。

"托洛米埃，"布拉什维尔说道，"瞧瞧我的平静态度。"

"你是名副其实的侯爵嘛。"托洛米埃答道。

这种并不高明的文字游戏所产生的效果，就好比往水塘里扔了一块石头。平静山侯爵②是保王党人，当时名气很大。所有青蛙都不叫了。

"朋友们，"托洛米埃高声说道，那声调就像重新控制局面的一个人，"大家都安静下来。这句从天而降的文字游戏，听了不必大惊小怪。从天而降的东西，不见得都能让人兴高采烈，让人钦佩。文字游戏是飞翔的精神屙的屎。插科打诨的话，说不准落在何处；而精神屙出一句蠢话之后，又直上云天了。岩石上落了一摊灰白色的污物，这并不妨碍大兀鹰飞翔。我毫无亵渎文字游戏的意思！我是按其价值给予赞许，仅此而已。在人类中间，也许扩及人类之外，无论多么庄重，多么崇高，多么可爱的，全都拿文字做过游戏。耶稣拿圣彼得玩过文字游戏③。摩西拿以撒，埃斯库罗斯拿波吕涅刻斯④，克娄巴特拉拿奥克塔夫⑤，都玩过文字游戏。要注意，克娄巴特拉的那句玩笑，是在亚克兴战役之前讲的，没有那句玩笑话，谁也不会记得托里尼城，这个希腊名称意思是汤勺。这个情况交代过之后，再回头来谈我的告诫。弟兄们，我再讲一遍，不要狂热，不要呼噪，不要过分，即使讲讽刺

---

① 绷吧达是酒家，绷邦斯是盛宴的意思，邦博斯是欢宴的意思。

② 文字游戏，在法文中，"我的平静"与"平静山"同音。

③ "我呢，对你说你是石头（彼得），在这石头上，我将建起我的教堂……"（《马太福音》第十五章）

④ 古希腊悲剧作家埃斯库罗斯（公元前525？—前456）的剧作《七将攻忒拜》中的人物，波吕涅刻斯意味"极好争吵的人"。

⑤ 克娄巴特拉（公元前69—前30）：埃及女王，先后得到恺撒和安东尼的爱。奥克塔夫是恺撒用过的名字，公元前30年，他率罗马舰队，在亚克兴角打败安东尼。

话、俏皮话，讲笑话，即使玩文字游戏，听我说，我有安菲阿拉俄斯的谨慎①和恺撒的秃顶。即使猜字谜，也要有个限度。'任何事物都有分寸'②。即使是饮食，也要有节制。女士们，你们爱吃苹果酱馅饼，但是也不能吃起来没完。即使吃馅饼，也要有点理性，讲究点艺术。暴饮暴食会惩罚暴饮暴食的人。嘴要惩罚肚子。消化不良，是仁慈的上帝派来教训胃的。请记住这一点：我们每一种激情，即使是爱情，各自都有胃口，不能撑得过饱。在任何事物上，都必须及时写上'终止'这个词，必须自行约束，到了紧急时刻，要给自己的胃口插上门闩，将自己的妄念囚禁起来，要画地为牢。聪明人，就是能在适当时候主动罢手。请你们多少相信我一点：我毕竟学了点法律，有我的考试成绩为证，我知道动机问题和悬而未决的问题之间的差异，因为我用拉丁文写过一篇论文，论述穆纳修斯·德门斯任凶杀案初审法官时期，在罗马所使用的酷刑，看来我要成为博士了，但是不见得我必定会变蠢了。我劝告你们要节欲。我讲的是好话，千真万确，就像我叫菲利克斯·托洛米埃一样。真正快乐的人，乃是时候一到就能毅然引退的人，如同苏拉或者奥利金③。"

宠姬聚精会神听他讲。

"菲利克斯！"她说道，"多美的词！我喜欢这个名字。这是拉丁文，是'兴盛'的意思。"

托洛米埃接着说道：

"市民们，绅士们，骑士们，朋友们！你们想摒弃床第之欢，面对爱情而毫不冲动吗？再容易不过了。这就是药方：多喝柠檬水，高强度锻炼，重体力劳动，采取疲劳战术，拖重东西，不睡觉，熬夜，多喝含硝的饮料和睡莲汤，尝一尝罂粟膏和牝荆膏，同时还严格节食，饿肚子，再洗冷水浴，用草绳扎腰，绑上铅块，用醋酸铅擦身子，用醋汤热敷。"

---

① 安菲阿拉俄斯：古希腊传说中阿耳戈斯城的先知，他预言攻打忒拜必遭失败。战事果如他的预言。

② 原文为拉丁文，引自贺拉斯（公元前65—前8）的《讽刺诗集》。

③ 苏拉（公元前138—前78）：罗马将军、政治家。他当上执政官，在权力达到极盛时，突然宣布引退。奥利金（约185—252或254）：神学家，《圣经》注释者，希腊教会神甫，据传他自阉了。

"我宁愿要一个女人。"李斯托利埃说道。

"女人!"托洛米埃又说,"你们可得当心。谁信了女人那颗水性杨花的心,谁就要倒霉!女人有心计,薄情寡义。她们憎恨蛇,是出于同行的嫉妒。蛇,是在对面开的铺子。"

"托洛米埃,"布拉什维尔嚷道,"你喝醉啦!"

"可不是!"托洛米埃答道。

"那就乐一乐吧。"布拉什维尔又说。

"好哇。"托洛米埃答道。

他斟满酒杯,站起来:

"光荣属于美酒!'现在,巴克科斯,我要歌唱你!①'对不起,各位小姐,我讲的是西班牙文。要证据吗,西叒拉(女士们),这就是:什么样的民族,就有什么样的酒桶。卡斯蒂利亚的拉罗伯②盛十六公升,阿利坎特的康塔罗盛十二公升,加那利群岛的阿尔木德能盛二十五公升,巴利阿里群岛的库亚丹能盛二十六公升,沙皇彼得的普特能盛三十公升。这个沙皇大帝万岁更大的普特万岁!各位女士,作为朋友奉劝一句:你们若是高兴,就骗骗周围的人。爱情的特点,就是骗来骗去。情爱无须像英国的女仆那样,总是傻乎乎匍匐在一个地点,膝盖磨出老茧。甜美的情爱,绝不能这样安排,情爱要朝三暮四,要欢欣愉快!有人说过:出错是人之常情;我要说:出错是爱之常情。各位女士,我痴情地爱你们每一位。啊,瑟芬,啊,约瑟芬,五官欠端正,但是很可爱,如果嘴眼不有点歪,那就更迷人了。看您的模样儿,这张脸就好像让人无意中坐了一屁股。至于宠姬,啊,林中的仙女和缪斯!有一天,布拉什维尔在盖兰-布瓦索街过水沟,看见一个美丽的姑娘,拉得紧紧的白袜显露出双腿的线条。一见就喜欢,布拉什维尔爱上了。他爱上的那个姑娘正是宠姬。宠姬哟,你有爱奥尼亚型的嘴唇。从前希腊有个画家,名叫厄弗尼翁③,得个绰号叫嘴唇画家。

---

① 原文为拉丁文,引自古罗马诗人维吉尔(公元前70—前19)的《农事诗》。巴克科斯是酒神。

② 卡斯蒂利亚、阿利坎特、加那利群岛、巴利阿里群岛,都是西班牙的地区名。拉罗伯等都是西班牙、葡萄牙曾用或沿用的容器名称。

③ 名字有误,应是公元前6世纪陶瓷画家厄弗罗尼奥斯。

唯独那个希腊人才配画你的嘴。听我说！在你之前，没有一个人配得上这个名称。你跟维纳斯一样，是为得到苹果而生的，或者跟夏娃一样，是为吃苹果而生的。美是从你身上开始存在的。我刚提到夏娃，那是你造出来的。你应当获得'发明美女'证书。宠姬哟，我不以'您'相称呼，因为我从诗歌转入散文。刚才你提到我的名字，这着实令我感动。然而，我们无论谁，都不要相信名字，很可能名不副实。我叫菲利克斯，但是并不幸福。文字是骗人的。不要盲目接受词语向我们标出的含义。写信到利埃日城①去买软木塞，写信到波城②去买皮手套，那就大错特错了。大丽小姐，我若是您，就起名叫玫瑰。花儿要有香味，女子要有智慧。至于芳汀，我没有什么可说的，她好沉思，好幻想，好思考，非常敏感；她是个幽灵，具有仙女的形体、信女的贞洁；她误入风尘，却躲藏在幻想中，她又唱歌，又祈祷，她望着蓝天，却不大清楚望见了什么，也不大清楚自己在做什么；她眼望天空，在花园里游荡，而园中并没有那么多花鸟。芳汀啊，要明白这一点：我，托洛米埃，我也是一种幻象；唉，虚无缥缈之乡的金发姑娘，我的话她甚至都没听见！此外，她整个人儿都体现着鲜艳、美妙、青春、清晨的明媚。芳汀哟，您是个配叫菊花或明珠的姑娘，您是光艳照人、无与伦比的女子。各位女士，我有第二个忠告：千万不要嫁人，结婚犹如嫁接，好坏难说，要逃避这种危险。嗳！算啦，我在这儿胡说些什么呀？简直不知所云。在嫁人方面，姑娘们是不可救药的。我们这些明白人，就是磨破嘴皮，也阻挡不了做背心做鞋的姑娘梦想，梦想嫁个满身珠光宝气的丈夫。算啦，就由它去吧。不过，几位美人儿，请记住这一点：你们糖吃得太多了。女人哟，你们只有一个过错，就是喜欢嚼糖。啮齿类女性哟，你们洁白美丽的细牙特别喜欢糖。然而，听清楚了：糖也是一种盐，凡是盐就吸收水分。在各种盐中，糖吸收水分的能力最强。它通过血管，将血液中的水分吸出来；这样，血液就要凝结，进而凝固；这样就会引发肺结核，就会导致死亡。这就是为什么，糖尿病往往同肺痨并发。因此，你们长寿，就不要总嚼糖！现在，我转向男人。先生们，你们要猎艳，要彼此抢夺心爱的女人，

---

① 利埃日是比利时的城市，意为"软木"。
② 波城是法国西南部城市，与"皮"同音。

不要有丝毫顾忌。猎艳并相互交换。情场上没有朋友。哪里有漂亮女人，哪里就有公开敌对。没有范围，殊死搏斗！一位漂亮女人，就是一场战争的导火线；一位漂亮女人，就是一起现行罪案。历史上所有的入侵，无不是由裙子引起的。女人是男人的权力。罗慕路斯①掠夺过萨宾女人，威廉②掠夺过撒克逊妇女，恺撒掠夺过罗马妇女。男人如果没有女人的爱，就会像一只老鹰，盘旋在别人情妇的头上。至于我，我要向所有无家无业的人，发出波拿巴告意大利军队书：'士卒们，你们什么都缺少，而敌军什么都有。'"

托洛米埃的话中断了。

"喘口气儿吧，托洛米埃。"布拉什维尔来了一句。

接着，由李斯托利埃和法梅伊附和，布拉什维尔唱起一支咏叹调。这种歌在车间里可以随口填词，音韵仿佛很丰富，而其实毫无韵味，同时也空洞无物，如同风声和树枝摇动，是从烟斗冒出来的烟中产生的，并随着烟雾飘飞消散。下面一节歌词就是合唱组对托洛米埃演说词的答复：

> 几个蠢如火鸡的教士
> 交给联络员一些银两，
> 好让我的克莱蒙霹雳
> 圣约翰节时当上教皇；
> 然而克莱蒙不是教士
> 所以连教皇也未当上；
> 于是联络员暴跳如雷
> 又把那银两如数带回。

这种歌还不足以平息托洛米埃机变的口才，他一口干掉杯中酒，重又斟满，接着又讲起来：

"打倒智慧！把我讲的话全忘掉吧。既不要规矩，也不要谨慎，不

---

① 罗慕路斯，传说是罗马城的创建者（公元前753）。

② 威廉（1028—1087）：诺曼底公爵（1035—1087），英国国王（1066—1087年在位）。

要做规矩谨慎的人。我要为欢快干一杯；我们要欢快！让我们的法律课补充放荡和酒肉的内容。消化不良，也容易消化①。让查士丁尼②当雄的，让盛宴当雌的！快乐抵达深渊！万物啊，生活吧！世界是一颗巨大的钻石！我真快活。鸟儿叫人惊讶。到处都是欢宴！夜莺是不收费的埃勒维乌③。夏天，我向你致敬。卢森堡公园啊，夫人街和天文台路的农事诗啊！沉思默想的年轻步兵啊！所有这些可爱的保姆，一面照看孩子，一面以孕育孩子为乐！如果没有奥德翁剧院的柱廊，也许我会喜欢美洲的大草原！我的灵魂飞入原始森林和大草原。一切都是美的。苍蝇在日光中嗡嗡飞舞。太阳一个喷嚏打出了蜂鸟。跟我拥抱亲吻吧，芳汀！"

他抓错了人，亲了宠姬。

八 一匹马倒下

"爱东餐馆要比这绷吧达酒家好。"瑟芬嚷道。

"我喜欢绷吧达胜过爱东，"布拉什维尔明确表示，"这里更气派些，更有亚洲的情调。瞧楼下餐厅，墙上镶了大镜子。"

"我还是喜欢餐盘里的东西。"宠姬说道。

布拉什维尔坚持说："瞧这里的餐刀。绷吧达酒家餐刀柄是银的，爱东那里的餐刀是骨头的。银子当然比骨头贵重喽。"

"这话对银下巴的人就不对了。"托洛米埃指出。

此刻，他望着从绷吧达窗口看得见的残废军人院圆顶。

大家沉默了片刻。

"托洛米埃，"法梅伊嚷道，"刚才，李斯托利埃和我有一场争论。"

"争论好哇，"托洛米埃答道，"争吵就更好了。"

"我们争论哲学问题。"

"唔。"

"你喜欢笛卡儿还是斯宾诺莎？"

---

① "容易消化"和《学说汇纂》两词拼写相同。

② 查士丁尼（482—565）：拜占庭皇帝，著有《查士丁尼法典》、《学说汇纂》等。

③ 埃勒维乌（1769—1842）：法国著名歌喜剧演员。

"我喜欢戴索吉埃①。"托洛米埃答道。

他宣布了这个判决，又举杯喝酒，接着说道：

"我还同意活在世上。大地上并没有全完蛋，总还可以胡说八道。我要感谢神灵。大家说谎，可是大家可以欢笑。人一面肯定，一面又怀疑。三段论常出现意外的情况。这很有趣。这世上还有人懂得快活地打开并关上悖论玩偶盒。各位女士，你们平常喝的是马代尔葡萄酒，告诉你们，这是海拔三百一十七图瓦兹②的库拉尔·达弗列拉产的葡萄酿制的！而绷吧达先生，出色的餐馆老板，供应海拔三百一十七图瓦兹的产品，只要四法郎五十生丁！"

法梅伊重又打断他的话："托洛米埃，你的见解就是法律。你最喜爱的作家是哪一位？"

"贝尔……"

"贝尔甘③？"

"不对。贝尔舒④。"

托洛米埃继续说道：

"光荣属于绷吧达！他若是能给我弄来一名埃及舞女，就可以和穆莫菲斯·戴勒芳达相媲美；他若是能给我弄来一名希腊名妓，就可以和蒂杰利翁·德·谢罗内相媲美！因为，女士们啊，希腊和埃及，也曾有过绷吧达这种人物。这一点，阿普累⑤告诉我们了。在造物主的创造中，再也拿不出什么新东西啦！所罗门就说：'阳光下没有任何新东西。⑥'维吉尔也说："爱情对所有人都是一样的。⑦'如今，医科女生和医科男生一同登上圣克卢的帆船，正像从前阿斯帕茜和佩里克利斯⑧

---

① 马克-安托万·戴索吉埃（1772—1827）：法国民谣歌手。

② 法国旧长度单位，1图瓦兹合1.949米。

③ 贝尔甘（1747—1791）：法国作家。

④ 贝尔舒：19世纪法国著名食谱的作者。

⑤ 阿普累（125—约180）：拉丁文作家，他的作品《金驴》中有古代美食学的资料。

⑥ 原文为拉丁文。

⑦ 原文为拉丁文。

⑧ 佩里克利斯（公元前495—前425）：雅典著名政治家。阿斯帕茜是他的伴侣，以美貌和智慧著称⑧

一同登上去萨莫斯岛的战舰。最后一句话，各位女士，你们知道阿斯帕茜是什么人吗？尽管她生活在女人还没有灵魂的时代，她却是一颗灵魂，是一颗发紫的粉红色灵魂，比火焰更明亮，比朝霞更清新。阿斯帕茜是个兼有女人两个极端的人儿：她是神仙妓女，是苏格拉底加上玛侬·列斯戈①。阿斯帕茜是应普罗米修斯的需要而创造出来的婊子。"

托洛米埃一高谈阔论起来，如果此刻不是有一匹马倒在堤岸上，他的话是很难打住的。那辆大车和这位演说家都戛然停止。那是博斯地区产的牝马，又老又瘦，只配送给屠夫了。那头牲口拉着沉重的车子，到绷吧达酒家门口累得精疲力竭，再也不肯往前走了。这场面吸引了不少人看热闹。车夫非常恼火；一边咒骂，一边扬起鞭子，刚扯着嗓子骂了一声："贱骨头！"同时鞭子刚狠狠抽下去，那老马就倒下，再也起不来了。围观的行人一阵喧哗，托洛米埃的愉快听众就都纷纷转过头去，托洛米埃便趁机朗诵一节忧伤的诗，来结束他的演说：

> 它来到世上同所有车辆
> 　　命运全都一样，
> 是驽马经历如所有驽马
> 　　贱骨头挨声骂！

"这马真可怜！"芳汀叹道。

大丽却叫起来："瞧瞧芳汀，还要可怜起马来！还能找到像这样难看的牲口吗？"

这时，宠姬叉起胳臂，头往后一仰，凝视托洛米埃，说道：

"算啦！那件意外的事儿呢？"

"对呀，时候已到。"托洛米埃答道，"先生们，要让这些女士大吃一惊的时刻已经敲响了。各位女士，请稍候片刻。"

"先得亲一下。"布拉什维尔说道。

"亲一下脑门儿。"托洛米埃补充一句。

①《玛侬·列斯戈》中的主人公。这部小说是法国作家普莱服神甫（1697—1763）的作品《一个贵族的回忆》中的第七卷，后来独立成书。

于是，他们都一本正经地亲了各自情妇的额头；接着，四个男人将一根指头放在嘴边，鱼贯走出去了。

宠姬鼓掌送行。

"已经有点意思了。"她说道。

"不要走得太久，"芳汀轻声说道，"我们等着你们呢。"

九 一场欢乐的欢乐结局

几位姑娘单独留下来，每两个人俯在一个窗口闲聊，伸出头去，同另一个窗口的人说话。她们瞧见那几个青年挽着手臂走出绷吧达酒馆；几个青年还回过头来，笑着向她们挥手，随即消失在每个星期天都充满香榭丽舍的尘嚣中了。

"不要走得太久！"芳汀嚷道。

"他们要给我们带回来什么东西呢？"瑟芬说道。

"肯定是好看的东西。"大丽也说道。

"要我说，"宠姬接口说道，"我倒希望是黄金做的。"

她们透过大树的枝杈，望见河边的热闹景象，觉得很有趣，注意力很快就被吸引过去了。这正是邮车和驿车启程的时刻，当时驶往南部和西部的客货车，几乎全要经过香榭丽舍。大部分车辆沿着河滨路，从帕西关厢出城。每隔一会儿，就有一辆漆成黄色和黑色的大车经过，马匹嘶鸣，车上满载着大小包裹、篮子和箱子，堆得奇形怪状，车窗露出一个个脑袋，车轮碾着路面，将每块路石都变成打火石，像铁匠炉一样火花四溅，烟尘滚滚，在人群中横冲直撞，飞驰而去。这种喧嚣令姑娘们开心，宠姬感叹道：

"发出这么大声响！就好像一堆堆铁链抛到空中。"

有一次，一辆马车停了一会儿，然后又疾驶而去，但是由于茂密的榆树枝叶遮着，她们看不大清楚。芳汀觉得很奇怪。

"真怪啦！"她说道，"我还以为驿车中途从来不停呢。"

宠姬耸了耸肩膀。

"这个芳汀，真叫人吃惊。我出于好奇观察她。她见到最普通的事情都大惊小怪。假设一种情况：我是旅客，关照驿车车夫说：我先走一步，您经过河滨的时候，就把我捎上。驿车过来了，看见我就停下，让我上去。这种事儿天天都有。你不了解生活呀，亲爱的。"

几个人就这样消磨了一段时间。宠姬仿佛猛醒过来，突然说道："咦！要让我们惊喜的事呢？"

"对了，真的，让人眼巴巴盼望的惊喜的事呢？"

"他们去的时间可够久的！"芳汀说道。

芳汀刚叹了一口气。伺候晚餐的那个伙计走进来，他手里拿着什么东西，好像是封信。

"这是什么？"宠姬问道。

伙计回答："是那几位先生留给你们几位夫人的字条。"

"为什么没有立刻送来？"

"因为几位先生吩咐过，"伙计又说道，"要过一个钟头，才能交给你们几位夫人。"

宠姬一把将字条从伙计手中夺过去。果然是一封信。

"咦！"她说道，"没有地址。"但是上面有这样一行字：

这就是出人意料的事。

她急忙拆开信，打开念着（她识字）：

啊，我们的情妇！

要知道，我们在家有双亲。双亲，你不大了解是什么。在天真和公正的民法中，双亲叫作父亲和母亲。然而，那些父母双亲总是哀叹，那些老人总召唤我们，那些老头儿和老太婆管我们叫浪子，盼望我们回去，要为我们杀猪宰牛。我们是讲道德的人，就要服从他们。在你们看这封信的工夫，五匹烈马就送我们去见爸爸妈妈了。正如博须讲的，我们滚蛋了。我们动身，我们动身走了。我们在拉菲特驿车的怀抱，插上卡雅尔驿车的翅膀逃走了。驶往土鲁兹的驿车，把我们从深渊中拉出来，而深渊，正是你们呀，我们美丽的姑娘！我们以每小时三法里的速度，飞快回到社会中，回到职责和秩序中去。根据祖国的需要，我们跟别人一样，必须去当省督、家长、乡吏和政府顾问。尊重我们吧，我们这是做出了牺牲。快快为我们痛哭一场，快快找人代替我们吧。如果这封信撕碎你们的心，那么就以牙还牙，将这封信撕碎。永别了。

在将近两年期间，我们让你们得到了幸福。千万不要怨恨我们。

布拉什维尔

法梅伊

李斯托利埃

菲利克斯·托洛米埃

（签字）

附言：餐费已付。

四位姑娘面面相觑。

宠姬首先打破沉默，高声说道："好啊，这个玩笑开得还真够意思。"

"非常有趣。"瑟芬说道。

"这主意，肯定是布拉什维尔想出来的，"宠姬又说道，"这倒让我爱上他了。人一走，爱不够。人总是这样。"

"不对，"大丽说道，"是托洛米埃的主意。一眼就能看出来。"

"如果是这样，"宠姬接口说道，"布拉什维尔该死，托洛米埃万岁！"

"托洛米埃万岁！"大丽和瑟芬嚷道。

接着，她们放声大笑。

芳汀也随着其他人大笑。

一小时之后，芳汀回到自己的房间，却又失声痛哭。前面说过，这是她的初恋，她委身给托洛米埃，把他看成丈夫了；而且，可怜的姑娘已经有了一个孩子。

第四卷　寄放，有时便是断送

一　一位母亲遇见另一位母亲

十九世纪头二十五年间，在巴黎附近叫蒙菲郿的地方，有一家类似大众饭馆的客栈，如今已不复存在了。这家客栈是德纳第夫妇开的，位于面包师巷。店门楣墙上横钉着一块木板，上面画的图案像一个人背着一个人，背上那人佩戴着有几颗大银星的金黄色将军大肩章；画面上有些红点，表示血迹，其余部分则是硝烟，大概表明那是战场。木板下端有一行字："滑铁卢中士客栈"。

客栈门前停一辆敞篷车或者运货大车，原是极平常的事。然而，1818年春季的一天傍晚，停在滑铁卢中士客栈门前堵塞街巷的那辆车，准确点说那辆车的残骸，肯定能吸引经过那里的画家的注意。

只残存前半截车身：那是林区用来运厚木板和圆木的载重大车。有两个巨大的车轮，托着连接一根笨重辕木的一根粗铁轴。车轮、轮辋、轮毂、车轴和辕木，都由辙道给涂上一层难看的屎黄色泥浆，如同教堂里喜欢刷的那种灰浆。泥浆裹住了车身的木料，铁锈裹住了车身的铁料。车轴横吊着粗铁链，适于锁苦役犯歌利亚①，令人联想到的不是它所拦捆运送的木材，而是可能套着拉车的乳齿象和猛犸。铁链

---

① 歌利亚：《圣经》中菲利士勇士，身材高大，所向无敌，后被大卫王所杀。

的样子，就像从苦役犯监狱，而且是从囚禁独眼巨人和超人的监狱中弄来的，又像从什么妖怪身上解下来的。荷马可能用它锁过波吕斐摩斯①，莎士比亚可能用它锁过卡利班②。

一辆载重大车的前半截为什么停在街上呢？首先是为了堵塞街道，其次让它彻底锈掉。在旧社会秩序中，就有许许多多这类机构，也是公然堵在路上，并没有别的存在理由。

吊在车轴上那条铁链的中段，离地面很近；在这黄昏时分，有两个小女孩并排坐在铁链的弯兜里，如同坐在秋千索上；大的约两岁半，小的约一岁半，大的搂着小的，两个亲亲热热。她们由一条手帕巧妙地系住，摔不下来。有位母亲最初看到这条可怕的铁链，就说道："嘿！这正好做我孩子的玩意儿。"

两个女孩放射光彩，打扮得很可爱，但也过分得有点可笑，显然得到精心照料，在废铁中像两朵玫瑰；她们的眼睛神气十足，鲜嫩的脸蛋儿笑开了花。一个女孩头发是栗色的，另一个是棕褐色的，她们天真的脸上呈现又惊又喜的表情；附近有一丛野花飘散香气，行人还以为香味是从她们身上发出来的。一岁半的那个露着可爱的小肚皮，显示孩童那种毫无顾忌的纯真。两颗娇小玲珑的头沉溺在幸福中，沐浴在阳光里，而在头顶和周围是那庞然大物，锈得发黑、颇为骇人的半截车身，满是交错的狰狞的曲线和棱角，但在此刻，巨大车身的线条似乎变得柔和，好像是圆拱石洞口了。母亲蹲在几步远的客栈门口，那女人的面目并不和善，不过在此刻，她用长绳拉着摇摆两个孩子，眼睛紧紧盯住，唯恐孩子有个闪失，完全是一副母性所特有的野兽加天使的神情，倒显得令人感动了。那难看的铁环每摆动一下，就发出刺耳的声响，如同气恼的叫声；而两个小女孩却乐不可支，夕阳也照过来助兴。一条绑缚巨魔的锁链，变成了小天使的秋千，世间没有比这种莫测的变化更有趣的事了。

母亲一面摇动着两个小女孩，一面用假嗓哼唱一首流行的抒情歌曲：

---

① 希腊神话中的独眼巨神。

② 莎士比亚剧作《暴风雨》中的妖怪。

必须如此，一名武士⋯⋯

她只顾唱歌和注视两个女儿，也就听不到也看不见街上所发生的情况。

就在她开始唱歌的工夫，有人走到近前，她猛然听见有人在她耳边说："太太，您这两个孩子真漂亮。"

⋯⋯对美丽温柔的伊默琴说。

那母亲又唱了一句表示回答，这才转过头来。

一位妇人站在她前面几步远的地方，怀里也抱着一个孩子。

此外，她还挎一个相当大的旅行袋，装满衣物，显得很沉。

她那孩子就是降世的小仙女，有两三岁，衣着打扮可以同另外两个孩子相媲美。小女孩戴一顶镶瓦朗西纳花边的细布帽，穿一件饰飘带的花衣；裙摆撩起来，露出白胖胖结实的大腿根。她的身体很健康，脸蛋儿红扑扑的，好像苹果，好看极了，叫人见了恨不得咬上一口。她的眼睛一定非常大，睫毛十分秀美，此外再也说不出什么：她在睡觉。

她睡得极为香甜：只有这种年龄的孩子，才有这样绝对安稳的睡眠。母亲的手臂是柔情构成的，孩子在里面可以酣然大睡。

至于母亲，那样子既穷苦又忧伤。她是工人模样的打扮，又有重做农妇的迹象。她还年轻。长得美吗？也许吧，但是这身打扮显不出美来。一绺金发散落下来，表明她有一头浓发，可惜让扎在下颏的一条丑陋的头巾紧紧包住了。人有美丽的牙齿，笑一笑就能露出来，而她却毫无笑意。看她那双眼睛，不久前似乎还哭过。她的脸色苍白，样子十分疲惫，有几分病容；她瞧着睡在怀抱里的女儿，那神态也是亲自哺乳的母亲所特有的。一条伤兵用来擤鼻涕的那种蓝粗布大毛巾，对角折起来，围在她腰上，看来很蠢笨。她的双手发黑，布满斑点，食指皮变硬，尽是针痕；肩上披一条棕褐色粗羊毛斗篷，穿一条粗布衣裙，足上蹬一双粗大鞋子。她就是芳汀。

她是芳汀。很难认出来了。然而，仔细端详一下，她始终那么美。右脸上有一道忧伤的横纹，仿佛是嘲笑的苗头。至于她的装束，从前那身仿佛由快乐、轻狂和音乐织成的、缀满响铃和散发丁香味儿的锦带罗纱衣裙，就像阳光下看似钻石的美丽耀眼的霜花，早已融化消失：霜化了，露出黝黑的树枝。

那次"恶作剧"之后，十个月过去了。

这十个月期间，发生了什么情况呢？可想而知。

遭到遗弃之后，便是困苦。芳汀当即见不到宠姬、瑟芬和大丽了。这种关系，男子方面挣断了，女子方面也就解体了；半个月之后，如果有人说她们是朋友，她们会感到十分诧异；再也没有理由做朋友了。只剩下芳汀孤零零一个人。孩子的父亲走了，唉！这种关系一断绝，就不可挽回了。她孑然一身，只是少了劳动的习惯，多了享乐的爱好。她同托洛米埃发生关系之后，受其影响，渐渐轻视她学得的小手艺，忽视了自己的生活出路。出路全堵塞，就走投无路了。芳汀识不了几个字，又不会写字，她小时候只学会签名。于是，她请摆字摊的先生代写一封书信，寄给托洛米埃，随后又寄第二封、第三封。托洛米埃一封信也没有回复。有一天，芳汀听见一些饶舌的女人看着她的女儿说："谁认这种孩子呢？看到这种孩子，只能耸耸肩膀！"于是芳汀就想到托洛米埃要对她孩子耸肩膀，不认这无辜的小生灵；对于这个男人，她心灰意冷了。然而怎么办呢？她不知该投奔谁了。她是犯了一个错误，但在本质上，我们还记得，她是贞洁贤淑的。她隐约感到，自己很快就要受穷，就要堕入悲惨的境地。要拿出勇气来，勇气是有的，她自然就绷足了劲儿。她灵机一动，想回家乡海滨蒙特伊城去。回到家乡碰见个熟人，也许会雇她干活。这主意不错，不过，必须隐瞒自己的错误。这样，她又隐约看到，自己很可能面临比第一次更为痛苦的离别。她感到一阵揪心，但还是毅然做出决定。后面我们会看到，芳汀在生活中，表现出多么非凡的勇气。

她已经毅然决然卸去了装饰，又穿上粗布衣裙，而她所有的丝绸、服饰、缎带和花边，全用到女儿身上了。她所有东西都变卖了，共得两百法郎，再还些零星债务，大约只剩下一百八十法郎。在二十二岁的妙龄，于春天的一个晴朗的早晨，她背着孩子离开巴黎。谁若是看见这母女俩经过，准会觉得可怜。这女人在世间只有这个孩子，而这孩子在世间也只有这女人。芳汀哺乳过女儿，胸脯耗损，现在有点咳嗽。

以后，我们没有机会谈到菲利克斯·托洛米埃先生了。这里只交代一句，二十年后，在路易-菲力浦国王当政时期，他在外省当上大法官，有钱有势，既是个明智的选民，又是个很严厉的审判官，而且，始终不忘寻欢作乐。

芳汀赶路，有时要歇歇脚，搭乘当时所谓的郊区小马车，每法里花三四法郎，这样，中午时分就到达蒙菲郿，走进面包师巷。

她从德纳第客栈门前经过，看见两个小女孩在怪形秋千上玩得那么开心，一时看呆了，不觉在这欢乐的景象面前站住。

世上确实存在有魅力的东西。在这位母亲看来，两个小女孩就是一例。

她心情激动地望着两个小女孩。有天使降临，就宣告了天堂。在这家客栈的上方，她似乎看见"主在此"的神秘昭示。两个小女孩的幸福是一目了然的！她注视她们，啧啧称赞，触景生情，心里十分激动，就在那位母亲唱歌换气的工夫，她禁不住赞了一句，即我们在前面看到的那句话：

"太太，您这两个孩子真漂亮。"

再凶猛的禽兽，看见有人抚摩它们的崽子，也会变得温顺起来。那母亲抬起头，道了谢，请过路的女子坐到门旁的条凳上，而她仍蹲在门口。两个女人攀谈起来。

"我叫德纳第太太，"两个女孩的母亲说道，"这客栈是我们开的。"

随后，她又低声哼唱那支抒情歌曲：

> 必须如此，我是骑士，
> 就得动身到巴勒斯坦去。

这位德纳第太太有一头棕发，身体肥胖，是个性情暴躁的女人，毫无风韵，属于女大兵的类型。不过，说来也怪，她看了几部香艳小说，就有一种沉思的情态：女不女，男不男，一副忸怩作态的样子。页面破损的旧小说，对小客栈老板娘的想象力，往往会产生这种影响。她还年轻，刚刚三十岁。当时，这个女人若不是蹲着，而是直立起来，她那赛似集市流浪艺人铁塔一般的个头儿，也许会立刻吓退这个赶路的女人，打消人家的信任感，而我们要叙述的故事也就化为乌有了一个人坐着而不是站立，有时会决定一些人的命运。

过路的女人讲了自己的身世，不过稍微改变一点儿事实：

她是个工人，丈夫死了，而巴黎又找不到活儿干，她只好到外地谋生，要回家乡：当天早晨她离开巴黎，带着孩子走累了，路上遇见去蒙勃勒的大车，便搭乘到那里；接着，她又从蒙勃勒走到蒙菲郿，小家伙能走几步路，到底太小，走不多远就得让人抱着，小宝宝在怀里睡着了。

她说到这里，就亲吻一下女儿，将女儿弄醒了。孩子睁开眼睛，蓝色的大眼睛同母亲的一样，她望着，望什么呢？什么都望，什么也不望，那副认真的，有时还很严肃的孩子神态，是他们通明透亮的天真面对我们道德的昏暮所显示的一种神秘。仿佛他们感到自己是天使，而且知道我们是凡人。继而，孩子笑起来，挣脱母亲的怀抱，滑到地上，拉也拉不住，表现出一个小生命要奔跑的那种约束不住的劲头。她猛然瞧见秋千上的两个孩子，立刻站住，伸出舌头，显得十分羡慕。

德纳第妈妈将两个女儿解开，扶下秋千，说道：

"你们三个一块儿玩吧。"

这种年龄的孩子，到一起就熟，一分钟之后，德纳第家的两个女孩就和新来的孩子玩起来，一同在地上挖洞，其乐无穷。

新来的孩子非常快活；母亲的善良就刻在孩子的快乐中。她捡了一个小木片儿当铲子，用劲掘了一个能容一只苍蝇的小坑，掘墓工人所干的事，出自孩子的手，就变为嬉笑了。

两个女人继续聊天。

"您这小家伙叫什么？"

"珂赛特。"

珂赛特，应当叫欧福拉吉。小姑娘本来叫欧福拉吉。但是，做母亲的把欧福拉吉改成珂赛特：平民阶层的母亲就是这样，出于温柔可爱的本能，把约斯发改成佩比塔，把弗朗索瓦丝改成西莱特。这种字词派生法，不但打乱了整个词源学，而且令词源学家惊诧不已。我们认识一位老祖母，她竟能把特奥道尔改成格侬。

"她几岁啦？"

"快三岁了。"

"同我的大女儿一样。"

这工夫，三个小姑娘聚在一堆，显得极度不安又乐不可支；出了一件大事：一条大蚯蚓从地里钻出来，她们见了又害怕，又看得出神。

三个容光焕发的额头相互挨着，就好像三个头罩在一个光环里。

"孩子就是这样，"德纳第妈妈高声说道，"一见面就熟啦！真让人以为是三姐妹！"

这句话大概就是另一位母亲所期待的火花吧。她一把抓住德纳第家的手，定睛看着她，说道：

"您肯照管我的孩子吗？"

德纳第家的不禁吃了一惊，那种表情既非同意也非拒绝。

珂赛特的母亲接着又说道：

"您明白，我不能带着孩子回家乡。带孩子没法儿干活，也找不到工作。那地方的人特别古怪可笑。是仁慈的上帝让我从您的客栈门前经过。我一看见您的女儿这么漂亮、这么洁净，又这么高兴，就动心了，心里说道：这才是个好母亲。不错，她们真像三姐妹。再说，不用多久，我还要回来的。您肯照管我的孩子吗？"

"我得想想。"德纳第家的说道。

"每月我可以付六法郎。"

说到这里，一个男人的声音在店里嚷道：

"少于七法郎不行。还要先交六个月的钱。"

"六七四十二。"德纳第家的说道。

"我照付就是。"那位母亲答道。

"另外，还要付十五法郎，作为初来的花费。"那男人的声音又补充道。

"总共五十七法郎。"德纳第太太说道。她在计算中间，还随意哼唱：

> 必须如此，一名武士说。

"我照付就是，"那位母亲答道，"我有八十法郎。剩下的够我回家乡了。当然要走着回去。到了那儿，我能挣钱，等攒了一点儿时，就回来接我的心肝。"

男人的声音又说："小丫头有衣服包吧？"

"他是我丈夫。"德纳第家的说道。

"可怜的宝贝，她当然有一包衣服了。我看出来他是您丈夫。这还是一大包衣服！衣服多得叫人难以相信，全是成打成打的，有些跟贵妇人绸缎衣裙一样。全在这旅行袋里。"

"您得全交出来。"那男人的声音又说道。

"这还用说，我全交出来！"那母亲回答，"我怎么能让自己的女儿打赤膊，那不是笑话吗！"

这时，男主人才露面。

"好吧。"他说道。

买卖成交了。那母亲在客栈过夜，付了钱，留下女儿，取出孩子衣物，重又扎上轻了许多的旅行袋，第二天早晨就走了，一心打算很快回来。人们总是从容地安排启程，殊不知往往是生离死别。

德纳第的一个邻妇在路上遇见那位母亲，回来就说道：

"刚才在街上我见到一个女人，她哭得好伤心啊。"

等珂赛特的母亲一走，那男的就对老婆说：

"这回，我就可以付明天到期的期票了；要一百一十法郎，本来还差五十法郎。你知道吗？到时候法院执达吏会拿着拒付证书来找我。你靠两个孩子作诱饵，巧妙地安放了一个捕鼠器。"

"我也没有想到。"那婆娘说道。

二　两副贼面孔的素描

逮住的老鼠非常瘦小，不过，再瘦小的老鼠，猫儿逮住也高兴。

那么，德纳第夫妇究竟是什么东西？

现在就一言道破，以后再详细描绘。

这类人所属的阶级是混杂而成的，有发了迹的粗俗人，也有落魄的聪明人，介于所谓的中产阶级和下层阶级之间，既有下层阶级的某些缺点，又有中产阶级的绝大部分恶习，却不像工人那样见义勇为，也不像资产阶级那样安分守己。

这类小人，一旦受邪念的煽动，很容易变得穷凶极恶。这个女人具有悍妇的本质，这个男人是个无赖的材料。两个人都可能最大限度地作恶。世间就有一种人像虾子一样，不停地退向黑暗，他们不思前进，只是回头看生活，阅历只用来增加他们的扭曲形态，而且越变越坏，心肠越来越污黑丑恶。这一对男女就是这种人。

尤其德纳第，善于相面的人见了会十分反感。有些人，你只要看上一眼，当即就会产生戒惧之心，就会觉出他们在两个极端都隐晦幽暗。他们在人前气势汹汹，在人后却惶惶不安。他们身上全都不可告人。你无从知道他们干过什么，也无从知道他们要干什么。然而，他们眼神中闪避的阴影，却能揭露他们。只要听他们讲一句话，只要看他们动一下，你就能隐约看出他们过去的隐私和将来的密谋。

照德纳第自己说的，他从前当过兵，是中士，可能参加了1815年的那次战役，似乎表现得还相当勇敢。看到后面我们会明白他究竟如何。他那店铺的招牌，就是他在战场上一次表现的写照。那是他自己画的，要知道他什么都会做点儿，但又做得不好。

那个时期，古典主义旧小说出了《克莱莉》之后，就只有《洛道伊斯卡》① 了，始终还算高尚，往后就越来越庸俗，从斯居德黎小姐② 降至巴特勒米·哈陀夫人③，从拉法耶特夫人④降至布尔农-马拉姆夫人⑤，这类小说点燃了巴黎女门房的欲火，甚至殃及郊区。德纳第太太恰好有足够的智力看这类小说，从中吸取营养，从中浸润自己那点脑子；因而，她很年轻的时候，甚至年龄大了一点儿时，在丈夫身边总拿出一副若有所思的情态。她丈夫是个城府颇深的无赖，粗通文墨的流氓，既粗鄙又精明，在言情方面爱看比戈-勒布朗⑥的作品，拿他自己的口头禅来说，专门注意"有关性的描述的所有章节"，但他又是守规矩的地地道道的鲁汉。妻子要比他小十二岁到十五岁。后来，她那垂柳式浪漫发型渐渐花白了，佳丽变成悍妇，德纳第太太肥胖起来，就成为领略过愚蠢小说风情的一个不折不扣的母老虎。可见，读蠢书必受坏影响。还影响到给孩子起名字上，大女儿叫爱波妮，而可怜的

---

① 《洛道伊斯卡》：1791年演出的歌剧名字。

② 玛德琳·斯居德黎（1607—1701）：法国著名女才子，出版不少小说，《克莱莉》即是其中一种。

③ 巴特勒米·哈陀夫人（1763—1821）：法国作家，出版许多历史题材小说。

④ 拉法耶特夫人（1625—1697）：法国作家，著有《克莱芙王妃》。

⑤ 布尔农-马拉姆夫人（1753—1830）：法国作家，发表三十余种小说。

⑥ 比戈-勒布朗（1753—1835）：法国庸俗作家。

小女儿差点儿叫菊娜儿，幸而受杜克雷-杜米尼勒①一部小说莫名其妙的吸引，干脆叫阿兹玛。

此外，还顺便交代一句，我们谈到的乱给孩子起名的那个奇怪的时代，也并不是什么都浅薄可笑。除了刚指出的追求浪漫的因素，还有社会风气的影响。如今，牧牛童叫阿瑟、阿弗雷德，或者叫阿尔封斯的人不少见；而子爵，如果还有子爵的话，就叫托马斯、彼得或者雅克。平民起"高雅"的名字，而贵族起村野的名字，这种移位不过是平等思潮的一种反响。新风不可抗拒，无孔不入，起名字仅是一例，其他方面无不如此。这种不协调的表面现象，却掩盖着一个伟大而深刻的事件：法兰西革命。

三 云雀

一味恶狠并不能发财致富。这家客栈的生意就很清淡。

幸亏那个过路的女人拿出五十七法郎，德纳第才如期付款，免遭法院的追究。可是下月，他还是缺一笔钱；他的女人便带着珂赛特的衣物去巴黎，到虔诚山当铺当了六十法郎。这笔钱用完之后，德纳第夫妇就把小姑娘看成是好心收养的孩子，并以收养者的态度对待她，而且习以为常了。小女孩的衣物典当了，就给她穿德纳第家孩子的旧衣裙，也就是破烂的衣裙。还让她吃残羹剩饭，比狗食好点儿，比猫食差些。而且，猫狗往往与她共餐，珂赛特跟猫狗用同样的木盆，一起在餐桌底下吃饭。

珂赛特的母亲在海滨蒙特伊落脚了，那情况以后会谈到。她常写信，准确地说，她每月都让人代写书信，打听女儿的消息。德纳第夫妇回信总是千篇一律：珂赛特十分安好。

六个月过去了，到了第七个月，珂赛特的母亲寄了七法郎，以后每月都按时寄钱。一年还未到头，德纳第就说："她给了我们好大面子啊！她这七法郎能顶什么用呢？"于是，他写信去要求增加到十二法郎；他们在信中一再强调孩子很快乐，"一切均好"，孩子的母亲也就相信了，只好迁就，照寄十二法郎。

---

① 杜克雷-杜米尼勒（1761—1819）：法国作家，著有小说《维克托，森林的孩子》。

有些人生性不可能喜欢一面而不憎恨另一面。德纳第婆娘宠爱自己的两个女儿，势必厌恶那个外来的孩子。母亲居然有这样丑恶的一面，想想真叫人寒心。珂赛特在她家所占据的位置再小，她也觉得是剥夺她家人的，甚至认为那女孩抢了她女儿呼吸的空气。这个女人跟她许多同类型的女人一样，每天要有两种等量的发泄：爱抚和打骂。如果没有珂赛特，那么，她的女儿再怎么受溺爱，也肯定要全部接受她的两种发泄；可是，外来的孩子却帮了大忙，代她们挨打，而她们就只接受爱抚了。珂赛特只要动一下，蛮横凶狠的惩罚就会像冰雹一般打在头上。一个柔弱的孩子，不断受惩罚，挨训斥，受虐待并挨打，却看到身边两个像她一样的小女孩生活在朝霞里，简直无法理解这人世，也无法理解上帝。

德纳第婆娘对珂赛特凶狠，爱波妮和阿兹玛也跟着凶狠。这种年龄的孩子，不过是母亲的复制品，仅仅尺码小些罢了。

一年过去了，接着又一年。

村里人都说："德纳第那家人真好。他们并不富裕，却抚养一个丢给他们的穷孩子！"

村里人以为珂赛特被母亲忘记了。

这期间，德纳第不知通过什么秘密途径打听到，那孩子可能是私生女，母亲不便承认，他就要求每月付十五法郎，说"那丫头"长大了，是个"吃货"，威胁要把她打发走。"她可别把我惹火啦！"德纳第嚷道，"我不管她搞什么鬼名堂，闯去把孩子往她怀里一丢。不给我加钱不行。"那孩子的母亲就照寄十五法郎。

一年又一年，孩子长大了，苦难也随之增长。

只要珂赛特还太小，她就是另外两个孩子的出气筒。稍微长大一点儿，也就是说连五岁还不到，她又成为这家的仆人。

五岁，有人会说不大可能。然而，唉，确有其事。社会的痛苦开始不限年龄了。最近我们不是看到一个叫杜莫拉尔的案件吗？那是一个孤儿，后来当了强盗，据官方文件说，他从五岁起，就孤零零一人活在世上，"干活糊口，经常偷窃"。

他们让珂赛特干些杂务，打扫房间，打扫院子和街道，洗餐具，甚至搬运重东西。况且，她母亲一直住在海滨蒙特伊，寄钱不像从前那么准时了，甚至有几个月没寄钱来，德纳第夫妇就认为更有理由这样对待珂赛特了。

过了这三年，那位母亲若是回到蒙菲郿看一看，肯定认不出她的孩子了。珂赛特刚到这家的时候，又美丽又红润，现在又枯瘦又苍白；她那样子难以形容，总像局促不安。"鬼头鬼脑！"德纳第夫妇如是说。

不公正的待遇使她性格暴躁，困苦的生活也使她变丑了。只剩下那对美丽的眼睛，显得那么大，似乎有无限的愁苦，看着令人难受。

可怜的孩子还不到六岁，冬天衣不蔽体，天不亮就抱着一个大扫把扫街，冻得小手通红，浑身发抖，大眼睛里闪着泪花，这情景见了确实令人揪心。

当地人叫她云雀。小姑娘比鸟儿本来也大不了多少，总是战战兢兢，神色惶恐，在全家乃至全村，每天早晨总是头一个醒来，天不亮就在街上或田里，而村里喜欢比喻的人就给她起了这个名字。

不过，这只可怜的云雀从来不唱歌。

第五卷　下坡路

一　黑玻璃制造业一大进步

蒙菲郿村里人都说，那位母亲已经抛弃了她的孩子，然而，她究竟怎么样啦？她在哪里，又在干什么呢？

她把小珂赛特交给德纳第夫妇之后，又继续赶路，到达海滨蒙特伊城。

大家记得，那是在 1818 年。

芳汀离开家乡已有十年。海滨蒙特伊城已经改变了面貌。这期间，芳汀一步步走下坡路，渐渐陷入穷困的境地，而她的家乡却繁荣起来。

大约两年来，这座城市工业有了一项成就，这在小地方就是重大事件。

这件事关系重大，我们认为有必要详细叙述，几乎可以说应当着重介绍一下。

记不清从什么时代起，海滨蒙特伊有了一种特殊的工业，就是仿造英国的墨玉和德国的黑玻璃。这项工业发展始终非常缓慢，因为原材料昂贵，从而影响工人的收入。芳汀回到海滨蒙特伊城的时候，"黑玻璃饰品"制造业正进行一项空前的改革。1815 年底，一个陌生男子来到这里落脚，在生产中提出用漆胶代替树脂，尤其在制作手镯方面，提出用接头靠拢的活扣环代替焊死的方法。这一小小的改动却是一场大变革。

　　这一极小的改动，的确大幅度降低了原材料的成本，这样，首先可以提高工资，给地方带来实惠，其次可以改进制作工艺，有利于消费者，三是可以降低售价，而利润又增加两倍，厂主也有利可图。

　　因此，一个主意产生三种效果。

　　不到三年工夫，这种方法的发明人就发财了，这是好事儿，他也使周围的人全富裕起来了，这就是大好事了。他不是本省人。他的籍贯无从知晓；他前一段经历也不甚了了。

　　据说，他初到本城时，所带的钱很少，顶多有几百法郎。

　　他就是用这微薄的资本来实施那种巧妙的主意，再加上管理有方，考虑周全，终于赚了大钱，也给当地带来收益。

　　他初到海滨蒙特伊城，衣着、举止和谈吐，还是个地地道道道的人。

　　情况似是这样：十二月份一天傍晚时分，他背着行囊，手里拿着荆棍，悄悄地走进海滨蒙特伊这座小城，碰巧市政厅失火，火势很猛；这个人不顾生命危险，跳进火中救出两个儿童，正巧又是警察队长的孩子，因此也就没有检查他的通行证。从那时起，大家知道他名叫马德兰老爹。

二　马德兰

　　此人五十岁上下，总是心事重重，但对人十分和善。城里人能讲的只有这一点。

　　幸亏这项工业经他出色的改造，发展迅速，海滨蒙特伊城才成为重要的贸易中心。西班牙是重要的墨玉消费国，每年都来大量订货。在这项生意上，海滨蒙特伊几乎能跟伦敦和柏林竞争。马德兰老爹获利极高，第二年就建了一个大厂，有男女两个车间。衣食无着的人都可以去报名，准有活儿干，有面包吃。马德兰老爹要求男人要善良，女人要正经，无论男女都要诚实。他把男工女工分在两个车间，就是要让少女和少妇能够安分。这一点他规定得很死。可以说，唯独这一点他毫不宽容。他这种严格规定还基于一种特殊的考虑：海滨蒙特伊城有驻军，女人堕落的机会多得很。再说，他来到这里是件好事，他留在这里更是一种天佑。他来之前，这地方一片死气沉沉；现在这里人人都安居乐业。好比强劲的血液循环，不但温暖全身，而且渗透肌体的各个部分。失业和穷困的现象不见了。多么不起眼的衣袋，也无不有一点钱；多么穷苦的人家，也无不有一点欢乐。

马德兰老爹雇用所有的人，他只要求一点：做诚实的男人！做诚实的姑娘！

马德兰老爹是这种经济活动的动力和中枢，前面说过，他发了财，然而颇为奇怪的是，作为一个普通的商人，他主要关注的似乎根本不是钱财，他好像多是考虑别人，很少想到自己。到 1820 年，他以个人名头，在拉斐特银行存了六十三万法郎；不过，他在为自己存下这六十三万法郎之前，已为这座城市和穷人用去了一百多万。

看到医院设备不足，他就给添了十个床位。海滨蒙特伊分上下两城，他居住的下城只有一所学校，校舍也是破烂不堪的危房；于是，他又另建了两所：一所男子学校，一所女子学校。他出钱给两名教员发津贴，数目是他们微薄薪金的两倍。有一天，他对一个感到奇怪的人说："政府公务员首要的两种，就是乳母和小学教师。"他还出钱建了一个托儿所，当时这在法国还是新鲜事，另外还为老弱残废工人创办了救济基金。以他的工厂为中心。很快形成一个新的居民区，穷苦人家都纷纷搬来；他在这新区开设一个免费药房。

当初看到他创办工厂，好心肠的人就说：这家伙想发财。可是，看到他发财之前先让这个地区富起来，那些好心肠的人又说：他是个野心家。这种说法很有可能，因为这人信教，甚至在一定程度上还参加宗教活动，这在当时是备受赞扬的行为。每逢礼拜天，他都按时去做小弥撒。当地那位议员到处嗅是否有人与他竞争，不久就担心起马德兰的信仰来。那议员在帝国时期当过立法院成员，他的宗教思想，和奥特朗特公爵，一位以富歇的名字著称的奥拉托利会神父相同，他也是那神父的弟子和朋友。关起门来，他时有微词讥笑上帝。然而，他看到富有的厂主马德兰去做七点钟的小弥撒，就认为那可能是争当议员的候选人，决心要超过对方，于是找一个耶稣会教士当他的忏悔师，还去做大弥撒和晚祷。野心在那时候，说穿了，就是以钟楼为目标的越野赛跑。穷人倒能得益，把这种野心的角逐视为仁慈的上帝，因为，可敬的议员也为医院设了两个床位，这样就增设了十二个床位了。

然而到了 1819 年，有一天早晨，城里忽然传说马德兰老爹由省督举荐，考虑到他对地方的贡献，不久要被国王任命为海滨蒙特伊的市长。那些断言这个外来者是个"野心家"的人，听到这个消息正中下怀，立刻抓住机会，激愤地叫嚷："怎么样，让我们说中了吧？"这事在海滨蒙特伊闹得满城风雨，而传闻也是有根据的。几天过后，委任令果然在《公报》上刊登出来了。不料第二天，马德兰老爹却辞谢不受。

就在1819这一年，用马德兰发明的新方法制造的产品，在工业展览会上展出了。国王根据评委会的报告，将荣誉团勋章授予这位发明人。小城里又议论开了。哦！原来他是想要勋章！不料，马德兰老爹连勋章也拒不接受。

毫无疑问，这个人是个谜。那些好心肠的人只好用这话搪塞：不管怎么说，他是个冒险家。

他给这地方带来很多好处，给穷人带来一切，这是有目共睹的。这个人太有用了，到头来大家都不能不尊敬他；这个人也太和善了，到头来大家都不能不喜爱他；尤其他那些工人，对他更是敬佩得五体投地。然而，他接受这种敬佩时，却是一副忧郁而严肃的神情。一旦确认他是富翁，"上流社会人士"见面就同他打招呼了，在城里大家称他马德兰先生；可是，他那些工人和一般儿童仍旧叫他马德兰老爹，这是最能令他解颐的事儿。他的地位越来越高，请柬也就像雪片儿一样飞来。"上流社会"需要他。海滨蒙特伊那些装腔作势的小客厅，当初对这名工匠自然闭门不纳，如今面对这位百万富翁却敞门欢迎了。他们一再殷勤邀请，而他都一一谢绝。

即便如此，还堵不住那些好心肠的人的嘴。"他是个愚昧无知、没受过什么教育的人。不知道他是从哪儿来的。到交际场上，他会不知所措。他识不识字还很难说呢。"

那些人啊，看到他赚钱，就说他是个商人；看到他往外撒钱，就说他是个野心家；看到他谢绝荣誉，就说他是个冒险家；看到他谢绝社交活动，又说他是个野蛮人。

到了1820年，是他来到海滨蒙特伊的第五个年头，由于他对当地的贡献太突出了，大家的愿望完全一致，国王再次任命他为市长，他又辞谢，但是这回，省督坚持成命，当地所有名流都来恳请，老百姓也聚集在街头请愿，敦请的场面十分热烈，最终他不得不接受了。有人注意到，促使他下此决定的，似乎主要是一个平民老太婆的话。那老妪站在家门口，几乎气冲冲地对他喊道："一个好市长，是有用的。要干好事怎么能往后退呢？"

这是他升迁的第三阶段。马德兰老爹成为马德兰先生，马德兰先生又成为市长先生。

三　在拉斐特银行的存款

他身为市长，仍然那么朴实，一如初到的那天。他头发花白，眼神严肃，面孔还像工人那样呈褐色，若有所思的神态像个哲学家。他常戴一顶宽檐帽，穿一件粗呢长礼服，一直扣到领口。他履行市长的职责，下班之后便独来独往。他不大同人说话，总躲避寒暄虚礼，遇见人就侧身略一施礼就匆忙避开；他微笑是要避免交谈，他给钱是要避免微笑。妇女都说他："多么善良的一只熊！"他的兴趣就是到田野里散步。

他总是独自用餐，眼前摊开一本书，边吃边看。他有一个做工精美的小书橱。他喜欢书：书籍是冷淡却又可靠的朋友。随着财富增加，空闲时间也多了，他似乎用来学习，提高智慧。别人注意到，他来到海滨蒙特伊之后，谈吐一年比一年更谦和，更文雅，更平易了。

他到田野散步时爱带一支枪，但是极少使用，偶尔开一枪，也是弹无虚发，令人惊叹。他从不杀死无害的野兽，也从不射一只小鸟。

他虽然不年轻了，但是据说力大无比，必要时往往能助人一臂之力，例如搁起一匹马，推动一只陷入泥坑的车轮，捉住两只角制服惊跑的公牛。他出门时，衣兜里总是装满了钱币，回来时就全空了。他从一个村庄走过，穿着破衣烂衫的一群孩子都兴高采烈，从后边追上来，像一群小飞虫似的围住他。

别人从中看出，他从前干过农活，因而有各种各样有效的窍门教给农民。他告诉他们，用普通盐水喷洒粮仓并冲洗地板缝，就能消灭麦衣蛾；要驱逐谷象虫，就在墙壁屋顶，在间壁墙和房子各处挂上开花的奥维奥草。他有不少"秘诀"，根除野鸠豆草、麦仙翁、野豌豆、山涧草、狐尾草等侵害小麦的各种寄生杂草。兔子窝里只要放一只北非种的猪，老鼠闻到猪臭味就不敢伤害兔子了。

有一天，他看见当地人正忙着拔除荨麻。他站住瞧着一大堆连根拔出而枯萎的荨麻，说道："这下死了。若是懂得利用，这可是好东西。荨麻幼嫩的时候，叶子是很好吃的蔬菜。老荨麻有纤维，跟亚麻和苎麻一样。荨麻布能比得上亚麻布。荨麻剁一剁可以喂鸡鸭，搅碎了可以喂牛羊。荨麻籽掺在饲料里，能让牲口的皮毛光亮；荨麻根汁用盐调和，便成为一种非常好看的黄色颜料。此外，这也是极好的草料，每年能收割两茬。可是，荨麻生长需要什么呢？只要一点点土地，不用管理，也不用种植。只是它的籽边熟边落，不容易收获罢了。稍微花点力气，荨麻就成为有用的东西；根本不管，它就变成有害的东西，于是就铲除。多少人类似荨麻！"他沉吟一下，又补充说，"朋友们，记住这一点：世上既没有莠草，也没有坏人。只有糟糕的庄稼人。"

孩子们喜爱他，还因为他手很巧，能用麦秸和椰子壳做出各种好看的小玩意儿。

他一看见教堂的门挂了黑纱，就走进去吊唁，如同别人前来祝贺洗礼。他为人特别慈善，非常关心别人丧偶和不幸，加入丧礼的行列，陪同吊唁的朋友、服丧的家庭，以及围着灵柩叹息的神甫。他仿佛乐于用憧憬彼界的诔歌表达自己的思想。他仰视天空，聆听在死亡的幽冥深渊边上的悲歌，心中向往着那无极世界的各种神秘。

他暗暗地做了大量的善举，如同有人偷偷干坏事一样。夜晚，他溜进民宅，偷偷摸摸爬上楼梯。一个穷鬼回到他在顶楼的破屋，发现他不在时房门打开了，有时甚至是撬开的，他就连声嚷道："有坏蛋来过啦！"不料，他进门看见的头一样东西，就是丢在家具上的一枚金币。来过的"坏蛋"，正是马德兰老爹。

他善气迎人又神情忧郁。老百姓都说："这个人富有，态度却不傲慢。这个人幸福，神情却不快活。"

也有人认为他是个神秘人物，断言从来没人进入他的房间，那是一间名副其实的隐修士密室，里面摆着几个带翅膀的沙时计，还装饰着交叉放的死人股骨和骷髅头。这话在海滨蒙特伊流传很广，结果有一天，几个好事的年轻漂亮女子闯到他那里，向他提出请求："市长先生，带我们瞧瞧您的卧室吧，据说是个石洞。"他微微一笑，立刻领她们进入"石洞"。她们见了大失所望。房间里不过摆了几件桃花心木家具，同所有这类家具一样相当难看，墙上糊了廉价的壁纸。没收有什么值得她们一看的东西，只有壁炉上的两只旧烛台好像是银的，"因为上面打了验印"。这就是小地方人充满智慧的见识。

尽管如此，别人还照样说没人进入那间屋，那是隐修的石窟、梦游之地，那是个洞穴，是座坟墓。

有人还窃窃私议他有"巨款"，存在拉斐特银行，可以随时提取，甚至还补充说，没准哪天上午，马德兰先生跑到拉斐特银行，签一张收据，只用十分钟，就能提走他的两三百万法郎。而其实，那"两三百万"要大大压缩，我们说过，只有六十三四万。

四　马德兰先生服丧

1821 年初，报纸刊登了一则讣告：迪涅主教米里哀先生，"别号卞福汝主教大人"入圣了，享年八十二岁。

我们在此补充报纸略去的一点：迪涅主教几年前就双目失明，有他胞妹守在身边，双目失明也乐得其所。

顺便讲一句，双目失明并有人爱，在这绝无圆满之事的人世间，的确算得上人生幸福的一种最奇妙的形式。自己身边总守着一个女人、一个姑娘、一个姊妹、一个可爱的人儿，她守在身边只因你需要她，而她也不能离开你，知道自己需要的人也离不开自己，能以她前来陪伴的频繁次数不断地衡量她的感情，并能对自己说："她把全部时间都用在我身上，足见我拥有她整个一颗心。"看不见面孔，却能洞悉思想，在整个世界都遁隐中，确认一个人的忠诚，捕捉一件衣裙像鸟儿鼓翅一般的窸窣声，听见她走来走去，出出进进，说话唱歌，想到自己是这些脚步、这些话和这支歌的中心；时时刻刻表现自己的吸引力，感到自己越残废反而越强大；在黑暗中，而且正由于这种黑暗，自己成为这个天使围着运行的星球，世上很少幸福能比得上这种幸福。人生至福，就是确信有人爱你，有人为你的现状而爱你，说得更准确些，有人不问你如何就爱你；这种信念，这个盲人就有。身陷苦境，有人服侍，就是有人爱抚。他还缺少什么呢？什么也不缺了：拥有爱，就根本不算失明。而且是何等的爱啊！完全是由美德构成的爱。在确信无疑的地方，也就根本不存在失明了。灵魂摸索着寻找灵魂，而且找到了。找见并得到确证的这颗灵魂，还是一位妇人。一只手扶着你，那是她的手；嘴唇拂着你的额头，那是她的嘴唇；你听见紧挨着身边的呼吸，那就是她。得到她的一切，从她的崇拜，直到她的同情，而且从不离开，得到这种温柔纤弱力量的救助，依靠这根不折不弯的芦苇；双手能够触摸到天主，并且搂在怀里，身边有能摸得到的上帝，多么叫人欣喜啊！这颗心，这朵默默的仙花，神妙莫测地开放了。哪怕用全部光明来换取，你也不会舍弃这花影。天使灵魂就在身边，总守在身边；走开一下也要回来；像梦一般消失，又像实物一样重现。你感到一股温暖靠近，那就是她来了。周围洋溢着恬静、愉悦和陶醉；自身就是这黑夜中的光辉。还有千百种无微不至的关怀。细微琐事，在这空虚中却无比重大。女声的难以描摹的音调，能催你安睡，又能为你取代消失的宇宙。你受到的是灵魂的爱抚。什么也看不见，但是却感受到宠爱。这是黑暗中的天堂。

卞福汝主教就是从这个天堂渡到另一个天堂的。

海滨蒙特伊地方报纸转载了他去世的讣告。第二天，马德兰先生就全身换上黑服，帽子上也缠了黑纱。

城里人见他服装，便纷纷议论。这似乎多少显出一点马德兰先生的来历。有人从而断言，他跟那位德高望重的主教有亲缘关系。沙龙里的人说："他为迪涅主教服丧。"这样一来，马德兰先生的身份就大大提高了，当即赢得海滨蒙特伊上流社会的几分敬重。鉴于马德兰先生可能是主教的亲戚，这地方微型圣日耳曼区想取消对他的歧视。马德兰先生也发现自己升格了，能得到老妇人的更大尊敬、年轻女子的更多微笑。一天晚上，这个小小的上流社会的一位夫人，自以为年序最长，资格最老，有权垂问，便贸然问他：

"市长先生一定是已故迪涅主教的表亲啦？"

"不是，夫人。"马德兰先生回答。

"那您为什么给他服丧呢？"老妇人又问道。

"因为我年轻的时候，在他家里当过仆人。"他又答道。

大家还注意到一个情况；给人通烟筒游串四乡的萨瓦少年只要经过本城，市长先生就要派人叫来，问清姓名，给些钱打发走。这消息一传十，十传百，许多萨瓦少年都要经过这地方。

五　天边隐约的闪电

各种各样的敌意，随着时间都逐渐化解了。马德兰先生首先碰到的是险恶用心和造谣中伤：这也是一种规律，凡是在向上升的人都有这种遭遇；接着只碰到缺德恶意，再过后就只有调侃戏弄，然后这一切统统烟消云散，化为完全的、一致而由衷的尊敬了；而且有一阵子，即1821年前后，海滨蒙特伊人叫"市长先生"，跟迪涅人1815年称"主教大人"几乎是同样声调。方圆十法里的人，都来向马德兰先生求教。他排解纠纷，劝阻打官司，说服敌对双方和解。人人都把他视为拥有正当权利的仲裁。他的灵魂仿佛装了一部自然法典。崇敬似乎也有感染性，在六七年中，逐渐蔓延而遍及整个地区了。

　　全城和全地区，只有一个人绝对不受这种感染，不管马德兰老爹如何行善，他总是拒不就范，仿佛有一种不可腐蚀又不可动摇的本能，时刻令他警醒，令他惕厉不安。的确，有些人身上就好像存在真正的兽性本能，同任何本能一样既纯洁又正直；这种本能会产生恶感和好感，而且不可避免地区分一种本性和另一种本性；这种本能既不犹豫又不慌乱，既不缄默又不反悔，处于幽暗却能明察，既准确又果断，以抵制智慧的各种劝告和理解的各种化解；无论命运如何安排，这种本能总是悄悄地警告，警告狗一样的人有猫一样的人出现，警告狐狸一样的人有狮子一样的人出现。

　　马德兰先生走在街上，神态平静而亲热，被众人感恩的话所包围，时常遇见一个高个子的人：那人穿一身铁灰色礼服，拿一根粗手杖，头戴一顶垂边帽，同马德兰先生交叉而过，又猛地转过身，目送他直到望不见为止。那人又着双臂站在那里，缓缓地摇着头，上下嘴唇噘到鼻子下，那副怪相分明是说："这个人究竟是干什么的呢？……我一定在什么地方见过。……不管怎样，我是不会让他骗过去的。"

　　他神态严肃，带几分威严，属于哪怕匆匆一见也令人不安的那种人物。

　　他叫沙威，在警察局干事。

　　他在海滨蒙特伊任探长，履行困难而有用的职责。沙威没有见到马德兰起步的阶段。他多亏夏布叶先生的推荐才得到这个职位。夏布叶先生是当时巴黎警察署长，后来升任内阁大臣的昂格莱斯伯爵的秘书。沙威到海滨蒙特伊上任时，这位大厂主已经发迹了，马德兰老爹已经变成马德兰先生。

　　有些警官相貌就特殊，由卑鄙和威严两种神态构成。沙威有这种相貌，却没有卑鄙的神态。

我们深信，假若灵魂能用肉眼看得见，我们就能清晰地看到这样怪事：每个人都对应一种动物。我们还不难认识这种连思想家也不甚明了的真理：从牡蛎到鹰隼，从猪到老虎，一切禽兽之性，在人身上无不具备，每种动物对应一个人。有时甚至好几种动物同时对应一个人。

禽兽不过是我们的美德和邪恶的形象化，在我们眼前游荡，犹如我们灵魂的显形。上帝让我们看见禽兽，就是要启发我们思考。不过，既然禽兽只是虚影，从严格意义上讲，上帝造出的禽兽就是不可教育的，何必教育禽兽呢？反之，灵魂既是实存，既有特定的目的，上帝就赋予智慧，也就是说赋予可教育性。有良好的社会教育，任何类型的灵魂都能发挥蕴涵的作用。

当然，这是仅就狭义的表象的尘世而言的，并不判断非人的生灵前世后世的深奥问题。有形的我绝不允许思想家否认无形的我。这一点保留了，我们再继续往下谈。

现在，假如大家都像我们这样，暂时承认每人身上都有一种兽性，我们就容易说明治安警官沙威的情况。

阿斯图里亚斯那地方的农民都确信，在一窝狼崽子里，必有一只属狗性，要被母狼咬死，否则它长大会吃掉其他小狼。

这条狼生的狗崽子，加上一副人的面孔，就是沙威了。

沙威生在监狱，母亲是用纸牌算命的人，父亲是个苦役犯。他长大之后，就想到自己处于社会之外，无望回到社会中了。他注意到社会注定要把两类人排斥在外：攻击社会的人和保卫社会的人；他只能在这两类人之间做出选择，同时却觉得，自己身上有一种说不出来的刻板、规矩而廉正的特质，而对于他出身的游民阶层，却怀着一种难以言传的仇恨。于是，他当了警察。

他干得出色，四十岁上升为探长。

他年轻时，在南方的监狱里任过职。

往下深谈之前，我们先来弄清刚才加给沙威"人面"的说法。

沙威的人面上长着一个塌鼻子，鼻孔很深，鼻孔边往外延伸两大片络腮胡子，初看像两片森林和两个石窟，让人感到不自在。沙威难得一笑，但是笑起来样子狰狞可怕：两片薄嘴唇张开，不但露出牙齿，还露出牙床，鼻子四周像猛兽的嘴那样，也会起扁圆野性的皱纹。沙威表情严肃时是猎犬，笑起来时是只猛虎。此外，他的腭骨宽阔，头盖骨扁平，头发遮住前额，垂至眉睫，双眼之间常皱起一个疙瘩，犹如一颗怒星，目光阴沉，嘴唇闭得紧紧的，令人生畏，总而言之，是一副恶面凶相。

这个人由两种情感构成：尊敬官府，仇视反叛。这两种情感本来很朴实，也相当好，然而他做得过分，就几乎变坏了。在他眼中，偷盗，杀人害命等，所有犯罪都是反叛的形式。凡是在官府任职的人，上自内阁大臣，下至乡村巡警，他都盲目地深深地信赖。而曾一度犯过法的人，他一概予以鄙视、憎恨和厌恶。他事事走极端，不承认例外。一方面，他说："官吏不可能失误，司法官永远不会出错。"另一方面，他又说："这些罪犯不可救药，绝干不出什么好事来。"他完全同意思想极端的人的见解，要赋予人类法律一种什么权力，能指定，也可以说能确认该下地狱的人；而且，他们将一个斯提克斯①安放在社会底层。沙威清心寡欲，认真严厉，有一副若有所思的忧伤神态，像狂热信徒那样又恭顺又倨傲。他的目光就是一根钢钻，闪着寒光，透人心脾。他一生只包含在两个词中：警戒和监视。他将笔直的线引入极为曲折的人世间；他清醒地认识自己的作用，虔诚地热爱自己的职务，当暗探就像别人当神甫一样。谁落到他手里谁倒霉！他父亲越狱，他也照样给抓回来；母亲违反放逐法令，他也照样告发。他干得出来，还会因大义灭亲而自鸣得意。不过，他一生也十分清苦，孤单一人，无私无欲，从来没有消遣娱乐过。他体现了铁面无私的职责，体现了像斯巴达人理解斯巴达那样所理解的警察，体现了毫不留情的监视、一丝不苟的诚实，他是个大理石般的密探，布鲁图斯②转世的维道克③。

沙威全身无处不表明，他是躲在暗处窥探的人。以约瑟夫·德·梅斯特④为代表的神秘学派，一定会说沙威是一种象征；要知道，当时那个学派用高深的天体演化论点缀所谓的极端报纸。别人看不见他遮

---

① 斯提克斯：希腊神话中的冥河女神。

② 布鲁图斯（公元前85—前42）：罗马政治家，密谋刺杀了恺撒。

③ 维道克：当时的著名警探，曾因行骗入狱，后来当上警察队长。

④ 梅斯特（1753—1821）：法国作家，反对革命的极端神学家。

在帽子下面的额头，看不见他埋在眉毛下面的眼睛，看不见缩入领巾里面的下巴，也看不见他插进长礼服里面的手杖。然而时机一到，他那瘦削的扁额头、阴森森的目光、咄咄逼人的下巴、粗大的双手和巨型的手杖，就像伏兵一样，都突然从这暗处冲出来。

他厌恶书籍，但是偶然得闲也翻一翻，因而他不完全是个文盲；从他说话爱咬文嚼字上就能看出这一点。

前面说过，他没有一点儿恶习。他对自己满意的时候，就闻一闻鼻烟。这是他还通点人性的地方。

因此不难理解，司法部统计年表上标明的"无业游民"，无不惧怕沙威；他们一听到沙威的名字，就望风而逃；他们一看见沙威的面孔，就吓掉了魂儿。

这个可怕的人就是这副形象。

沙威好似始终盯着马德兰先生的一只眼睛。一只充满怀疑和猜测的眼睛。后来，马德兰先生也发觉了，但是他毫不在意，甚至没有问一问沙威，既不接近也不躲避他，承受这种令人发窘而几乎无法忍受的目光，又显得并没有注意。他对待沙威，像对所有人那样又自然又和善。

从沙威流露出来的口风里，可以猜出他带着他那种人所特有的好奇心，半由于本能半出于有意，暗中调查过马德兰老爹从前在别处可能留下的痕迹。他似乎查出了底细，有时还用隐晦的话，说是某人去某个地方，了解某个消失的家庭的某些情况。有一回，他还自言自语地说："我相信抓住他啦！"继而，一连想了三天，没讲一句话，仿佛他以为掌握的线索中断了。

此外，在此有必要纠正一些词语可能表现出的绝对意义。一个人不可能真正做到万无一失，而本能的特点，恰恰容易受干扰，容易迷失方向并误入歧途。否则的话，本能就高于智慧，禽兽就比人聪明了。

显而易见，沙威看到马德兰先生衣着那么自然，神态那么安详，不免有些困惑不解。

然而有一天，他那怪异的行为，似乎震动了马德兰先生。当时的情况是这样的。

六　割风老爹

一天早晨，马德兰先生经过海滨蒙特伊城一条未铺石的小街，听见呼噪声，望见远处有一堆人。他赶过去，只见马倒车翻；一个叫割风老爹的老头儿压在车底下了。

割风这个人，是当时少数几个还同马德兰先生作对的一个冤家。他是农民出身，粗通文墨，当过乡间小吏，在马德兰初到这地方的时候，他的生意正在走下坡路。割风眼睁睁看着这个普通工人富起来，而自己这个老板却濒临破产了。因此，他嫉妒得要命，一有机会，就竭力毁损马德兰。后来他破产了，又上了年纪，只剩下一辆马车和一匹马，没有家室也没有儿女，为了生计只好赶大车。

那匹马两条后腿骨折了，爬不起来；而老头儿正卡在两个轮子中间，他一跤跌倒车下，不巧让整个一辆车压住胸膛。割风老爹喘不上气，连声惨叫。有人试着要把他拉出来，但是徒劳；用力不得当，救助不得法，车子一倾斜，就可能结果他的性命。只能从下面把车顶起来，否则救不了他。沙威在出车祸时，也突然赶来，他叫人去找一个千斤顶。

马德兰先生来到。围观的人都恭敬地让开一条路。

"救命啊！"割风老头儿呼叫，"哪个孩子心好，救救老头儿？"

马德兰先生转身，问围观的人："有千斤顶吗？"

"有人去拿啦。"一个农民答道。

"要多长时间才能拿来？"

"去最近的地方，到弗拉绍那里，那儿有个铁匠；不管怎样，也得足足等上一刻钟。"

"一刻钟！"马德兰高声说。

头一天下过雨，地湿透了，车子不断往下沉，越来越压迫老车夫的胸膛。显而易见，过不了五分钟，他的肋骨就会给压断。

"等一刻钟可不行。"马德兰对瞪眼看着的农民说。

"就得等着。"

"那就来不及啦！你们没有瞧见车子往下陷吗？"

"当然看见啦！"

"大家听着，"马德兰又说道，"车下面有空地儿，能容一个人爬进去，用背把车顶起来。只用半分钟，就能把这个可怜的人救出来。这里哪个有劲儿又有胆量？能得到五个金路易！"

人堆里谁也没有动弹。

"十个路易。"马德兰又说。

在场的人纷纷垂下目光,其中一个咕哝道:

"那得大力士来才行。再说,弄不好自己也给压死!"

"来吧!"马德兰又说道,"二十路易!"

还是没人应声。

"不是大家不肯帮忙。"一个声音说。

马德兰转身一看,原来是沙威,他刚到时没有看见。

沙威接着说道:"只是没有那么大力气。用背把大车拱起来,要力大无比的人才做得到。"

说罢,他凝视马德兰先生,又一字字加重语气说道:"马德兰先生,我只认识一个人,能按照您的要求做。"

马德兰不禁一抖。

沙威眼睛始终盯着马德兰,又若不经意地加了一句:

"他从前是苦役犯。"

"唔!"马德兰应了一声。

"在土伦的苦役犯监狱里。"

马德兰的脸色刷地白了。

这工夫,大车还慢慢地往下陷。割风老爹倒着气嚷叫:

"我要憋死啦!肋骨要压断啦!千金顶!找点什么东西来!噢!"

马德兰扫视一周:"没人肯赚这二十路易,救这个可怜的老人吗?"

在场的没人动弹。沙威又说道:

"我只认识一个人能代替千斤顶,就是那个苦役犯。"

"噢!我就要被压死啦!"老人叫喊。

马德兰抬起头,又遇见沙威死盯住他的那对鹰眼,瞧了瞧伫立不动的农民,苦笑了一下,然后,他一言未发,双膝跪下,未待围观的人惊叫,就钻进车下。

这一刻等待惊心动魄,大家都敛声屏息。

只见马德兰几乎趴在这骇人的重载下面,收拢双肘和双膝,两次往上用力都徒然。有人冲他喊:"马德兰老爹!快从下面出来吧!"割风老头儿也对他说:"马德兰先生!出去吧!喏,命里该着我死啦!丢下我吧!您别跟着压死在下面!"马德兰不应声。

围观的人都屏住呼吸。车轮还继续往下陷,马德兰再想从车下爬出来已经不可能了。

突然，大家看见那庞然大物摇动了，货车慢慢升起来，车轮也从辙沟里出来半截了，只听一个窒息的声音喊道："快，快！帮把手！"那正是马德兰，他使出了最后一点力气。

大家一拥而上。一个人奋不顾身，激发所有人的力量和勇气。大车被众多的手臂抬起来。割风老头儿得救了。

马德兰也站起来，他大汗淋漓，却脸色铁青，衣服撕破了，沾满了泥水。众人都流下眼泪。老人吻着他的双膝，称呼他是仁慈的上帝。然而，他脸上的表情却难以描摹，那是一种透出快慰的极痛深悲；他的眼神平静，注视着一直死盯着他的沙威。

七　割风在巴黎当园丁

割风从车上摔下去，膝骨脱臼了。马德兰老爹派人把他送进医疗室。那医疗室是为本厂工人设置的，就在工厂大楼里，由两名修女照看。次日早晨，割风老头儿发现床头柜上有一张一千法郎的支票，附了马德兰老爹亲笔写的一句话："我买下您的车和马。"其实，车已经散了架，马也死了。割风医好了伤，膝盖却僵直了。马德兰先生通过两位修女和本堂神甫的介绍，将老头儿安置到巴黎圣安托万区女修道院当园丁。

不久，马德兰先生被任命为市长，披挂上掌管全城大权的绶带。沙威第一次看见他披挂绶带，不禁胆战心惊，如同狗隔着主人的衣服嗅出狼的气息。从那以后，他尽量躲避，如因公务万不得已去见市长，就恭恭敬敬地讲话。

马德兰老爹给海滨蒙特伊创造了繁荣，除了我们指出的明显的事实，还有一种看不见的，但是同样重要的征象。这一点绝对错不了。就业困难，生意凋敝，而民不聊生的时候，纳税人就因拮据而拖欠税款，过期不交，政府催缴税款要耗费巨大的开支。反之，如果就业充分，地方富裕，百姓安居乐业，税款就容易收上来，政府也节省费用。可以说，收税费用大小，是民众贫富的准确无误的气温表。七年当中，海滨蒙特伊地区的收税费用缩减了四分之三，当时的财政大臣德·维莱勒先生，就经常表彰这个地区。

芳汀回乡时，地方就是这种情景。没人记得她了，幸好马德兰先生工厂的大门好似友人的面孔，她去报名做工，被收录到妇女车间。芳汀完全外行，干活不可能熟练，一天干下来，工钱有限，但也过得去，衣食总算有了着落，问题解决了。

八　维克图尼安太太为道德花了三十五法郎

芳汀看到自己能谋生了，一时很高兴。正正经经地自食其力，这是上天赐予的多大的恩惠啊！她真的恢复了劳动的乐趣。她买了一面镜子，欣赏自己的青春，欣赏美丽的头发和美丽的牙齿，从而忘却许多事，只想珂赛特和可能的未来，还真感到几分幸福。她租了一间小屋，又以将来的工资为担保，赊账买了些家具：这是她浮浪习惯的残余。

她不能讲自己结了婚，就绝口不提自己的小女儿，这一点在前面已经透露过了。

我们也已看到，起初阶段，她总能按时向德纳第家付款。她只会签名，就不得不让摆摊的先生代写书信。

她时常寄信，就引起注意。妇女车间里，有人开始悄悄议论，说芳汀"常写信"，"行为有点怪"。

窥视别人的行为，最起劲的莫过于同事情毫无关系的人。"为什么那位先生总到黄昏时分才来？""为什么每逢星期四，他总是不把钥匙挂在钉子上呢？为什么他总走小街巷呢？为什么那位太太总在到家之前下公共马车呢？她的信笺匣里满是信笺，为什么还派人去买一本呢？……"诸如此类，不一而足。有些人与这些事毫不相干，却总想了解谜底，不惜花费做十件善事也用不了的金钱、时间和精力，而且不取报酬，只图一时开心，完全是为了好奇而好奇。他们可以从早到晚，一连几天跟踪这个男人或那个女人，在街头巷尾，在林荫路两侧住宅的门洞里，冒雨在寒冷的夜里监视几个钟头，贿赂办事的人，灌醉车夫和仆役，买通女仆，争取看门人。为了什么呢？毫无目的。只是一味渴望窥探，了解并洞悉别人的隐私。只是一味想卖弄。一旦隐私暴露出来，秘密公之于众，谜团完全揭开，接踵而来就是灾祸、决斗，弄得两败俱伤，家破人亡，而发现那一切的人却拍手称快，其实他们这么干并不图利，纯粹出于本能。这情况多么可悲。

有些人很坏，仅仅坏在要说三道四。他们的谈话，在沙龙里谈心，在门厅里闲聊，就像壁炉一样，很快烧掉木柴；他们需要大量燃料，而燃料就是周围的人。

因此，有人注意观察芳汀。

除此之外，也有不少女人嫉妒她那金黄色的头发、雪白的牙齿。

有人发现，她同大家一起在车间的时候，时常转过身去擦一擦眼泪。那正是她想念孩子了，也许还想念她爱过的那个男人。

割断宿怨旧恨，的确是个痛苦的过程。

有人观察到，每月她至少写两封信，总是同一个地址，而且亲自贴邮票寄走。有人终于搞到了地址："蒙菲郿客栈主德纳第先生收"。

代写书信的老先生，是个肚子里不灌满红酒，就不会把秘密倒出来的老东西，把他请到酒馆里一灌，他就全说出来了。总之，他们了解到芳汀有一个孩子。"大概是个丫头。"有一个好事的老婆子，还真往蒙菲郿走了一趟，跟德纳第夫妇谈了话，回来就说："我花了三十五法郎买了个明白。我见到那孩子啦！"

干这件事的老婆子是个母夜叉，叫维克图尼安太太，自诩为所有人节操的守护和卫士。维克图尼安太太有五十六岁，丑陋的面孔变本加厉，又罩上老朽的面孔；说话声音颤颤巍巍，思想乖戾。若说这老婆子还有过青春，那真是咄咄怪事。她年轻时正赶上 1793 年，便嫁给一个从隐修院逃出来的修士。那是圣贝尔纳教派修士，戴上红帽子，摇身一变而为雅各宾党人，治得她服服帖帖。她守寡之后，一方面思念亡人，另一方面变得冷酷无情、尖酸刻薄、脾气暴躁，几乎变成狠毒的人。可见，她是一棵被修士服拂过的荨麻。波旁王朝复辟之后，她成为虔婆，而且特别热诚，神甫也就宽恕了她同修士的那段姻缘。她有一小笔财产，大肆宣扬捐赠给了一个宗教团体，因而她在阿拉斯的主教区相当受人尊敬。就是这个维克图尼安太太往蒙菲郿跑了一趟，回来说："我见到那孩子了。"

发生这些事情，也就过去了一段时间。芳汀到工厂干活有一年多了，一天早晨，车间女管理员按市长先生的吩咐，交给她五十法郎，说她不算工厂的人了，而且市长先生要求她离开本地。

恰巧在这个月，德纳第夫妇要价从六法郎涨到十二法郎之后，进而又要求付十五法郎。

芳汀惊呆了。她不能离开这地方，还欠房租和买家具的钱，五十法郎不够清债的。她结结巴巴哀求了几句。那管理员却叫她立刻从车间出去。芳汀毕竟只是个极普通的工人。她非常痛苦，更受不了这种侮辱，便离开车间，回到自己的住处。她的过失，现在已经尽人皆知啦！

她觉得没有勇气再说什么了。有人劝她去见见市长，她不敢前往。市长先生给她五十法郎是因为心地善良，赶她离开是因为办事公正。这样一项决定，她只好屈从。

九　维克图尼安太太得逞了

那名修士的孀妇，还真起了点作用。

不过，马德兰先生根本不知道这件事。人生就是充满了这类阴差阳错的事件。马德兰先生已养成习惯，几乎从来不进入妇女车间。他把车间委托给本堂神甫介绍来的一个老姑娘，完全信赖那个管理员。那个老姑娘也确实可敬，做事果断，公正廉洁，有一副慈悲心肠；不过，她的慈悲仅限于施舍，并没有达到理解并宽恕别人的境界。马德兰先生把一切事务都交给她。世上最善良的人，也往往不得不委派别人行使权力。那个管理员既能全权处理事务，又确信自己做得对，她调查了这个案子，做出判决，定了芳汀的罪，并立即执行。

至于那五十法郎，是她从女工救济款中拨出来的；马德兰先生将那笔款交给她支配，无须报账。

芳汀在当地挨门挨户自荐当佣人，但是没人雇用。她又不能离开这座城市。卖给她家具（什么家具啊）的那个旧货商对她说："您若是走了，我就叫人把您当贼抓起来。"讨房租的房东对她说："您又年轻又漂亮，能有办法付钱的。"芳汀把五十法郎分给房东和旧货商，又把四分之三的家具退还了，只留下必不可少的。从此，她没有工作，又无依无靠，家徒四壁，仅有一张床铺，还欠着约一百法郎的债务。

她开始为卫戍部队士兵做粗布衬衫，每天可以赚十二苏。女儿要用去十苏。正是这时候，她不能按时寄钱给德纳第夫妇了。

在这期间，平时芳汀晚上回家，一个为她点亮蜡烛的老太婆，教给她过苦日子的艺术。在贫苦生活的后面，还是一无所有的生活。那就像两间屋子：第一间昏暗，第二间则漆黑一片。

芳汀学会了如何在严冬不生火，如何舍弃一只每两天才吃一文钱粟子的小鸟，如何把裙子改作被子，再把被子改成裙子，如何借对面窗户的亮光吃饭而省蜡烛，一些弱者到老了老境一贫如洗，又安分守己，善于用一文钱办多少事，我们不可能全部了解。久而久之，这便成为一种才能。芳汀就掌握了这种高妙的才能，也就恢复了一点勇气。

这个时期，她常对一个邻妇说："哼，怕什么！我心想：每天只睡五个钟头，其余时间全用来做衣服，我总可以挣口面包吃，凑合活着。再说了，人伤心的时候，饭量也减少。喏！受苦，担心，一方面有点面包，另一方面有些忧愁，加起来就能填饱我的肚子了。"

在这种苦境中，有小女儿在身边，自然是莫大的幸福。她真想把女儿接来。可是接来干什么？跟她一起受苦吗？再说，她还欠德纳第家的钱！如何还清呢？还有旅费！怎么付呢？

教她所谓安贫法的那个老太婆，是一位圣女，名叫玛格丽特，她虔诚信奉，一心向善，贫穷而乐施，不仅帮穷人，甚至帮富人，虽不会写字，只能签个"玛格丽特"，但信仰上帝也是学问。

世间有许多这种德行的人，有朝一日他们会到天上。这种生活拥有未来。

开始一个阶段，芳汀深感羞愧，不敢出门。

她走在街上，也能猜出身后准有人回过头来用手指她；大家都瞧她，却没人同她打招呼；行人那种冷酷的轻蔑态度，如寒风刺入她的骨肉和灵魂。

一个不幸的女人在小城市里，就像赤身裸体暴露在众人的嘲笑和好奇的目光之下。在巴黎，至少谁也不认识，这种素昧平生也是一件遮体的衣裳。唉！她多么希望去巴黎啊！然而不可能。

如同过惯了清贫生活一样，她也必须习惯别人的蔑视。两三个月之后，她就克服了耻辱心，若无其事地出门上街了。

"这对我无所谓。"她说道。

她在街上往来，头高高扬起，脸上带着一丝苦笑，感到自己成为不知羞耻的人了。

维克图尼安太太有时看见她从窗下经过，注意到"这个坏女人"遭难了，不禁自鸣得意，心想多亏了她，这女人才"回到原来的地位上"。恶人自有邪恶的乐趣。

芳汀干活过度劳累，干咳越来越厉害了。有几回，她对邻居玛格丽特说："摸摸我的手，有多烫啊！"

然而，每天早晨，她用半截旧梳子，梳理她那滑溜如丝的厚厚的美发，还产生一阵爱美的快感。

十　得逞的后果

芳汀是在冬末时节被辞退的，夏季过去，冬季又来了。白天短，出的活儿也少了。冬天，没有温暖，没有阳光，也没有中午，早晨连着晚上，终日昏黑，烟雾弥漫，窗外灰蒙蒙的；看不清楚。天空成了一个气窗。整个白昼成了地窖。太阳是一副穷人的模样。多么恶劣的季节！冬季将天上的水和人心化为石头。债主向她逼债。

芳汀挣得太少，入不敷出，债越背越重。德纳第夫妇未能按时足数收到钱，就总写信来；信中内容令她伤心，信中的要求会让她破产。有一天，他们写信来，说她的小珂赛特在冷天一件衣裳也没有，孩子需要一条羊毛裙，母亲至少得寄十法郎才能买一条。芳汀收到信，拿在手中揉搓了一整天。到了晚上，她走进街角的一个理发馆，取下梳子，一头令人赞叹的金发一直垂到腰上。

"这头发真美！"理发匠高声赞道。

"您肯出多少钱？"芳汀问。

"十法郎？"

"剪吧。"

德纳第收到裙子，立刻火冒三丈。他们要的是钱，于是把裙子给爱波妮穿了。可怜的云雀继续冻得发抖。

芳汀心想："我的孩子不再冷了。我给她穿上我的头发了。"她自己则戴上小圆帽，盖住光头，这样看上去还是很美。

芳汀心中越来越黯淡了，她看到自己不能再梳头发，就开始怨恨周围的一切。在很长一段时间，她跟所有的人一样敬重马德兰老爹；然而，她心里一个劲儿地重复，是他把她赶走的，是他造成她的不幸，重复到后来也恨起他了，还尤其恨他。她在工人聚在工厂门口的时刻经过那里，故意又笑又唱。

有一次，一个年老的女工瞧见她又唱又笑的样子，就说道："这姑娘将来一定会很惨的。"

她找了一个汉子，是随便碰到的一个人，她并不爱，只想胡来，发发心中的愤懑。那是个穷鬼，靠拉点曲子乞讨，好吃懒做，还动手打她，然后分开了：相遇又分手，无不是厌恶的情绪引起的。

她只爱自己的孩子。

她越往下滑，周围的一切就越黑暗，那温柔的小天使在她心底就越有光彩。她常说："等我发了财，我的珂赛特就会到我身边。"说着又大笑起来。她始终咳嗽，后背还出虚汗。

有一天，她收到德纳第夫妇一封信，信中这样写道：

"珂赛特病了，患了一种地方病，叫粟粒热。必须吃贵药，这下子把我们家给毁了，我们付不起药费。一周之内您不寄来四十法郎，小姑娘就死定了。"

看完信，芳汀哈哈大笑，对邻居老太婆说：

"哈！他们心肠真好！四十法郎！只要这么点儿！就是两个金路易！我到哪儿去拿呢？这些乡巴佬，都没长脑子！"

然而，她走到楼梯，还凑近天窗又看一遍。

接着，她冲下楼梯，跑出去，边跑边跳，还笑个不停。

有个人碰见她，问道："您有什么事儿这么高兴？"

她答道："两个乡巴佬刚给我写来一封信，说了天大的蠢话。他们向我要四十法郎！乡巴佬，算了吧！"

她经过广场时，看见许多人围着一辆造型很怪的马车。一个穿红衣服的男子站在车顶上，正在摇唇鼓舌。那是个走江湖的牙医，正兜售整套假牙、牙膏、牙粉和药酒。

芳汀挤进人群，边听边跟大家一起大笑。那拔牙的郎中胡吹胡侃，既讲下层人熟悉的江湖话，又讲体面人能懂的俗语，他看见这个咧嘴大笑的漂亮姑娘，就突然高声说："站在那边笑的姑娘，您的牙齿真漂亮。您若是肯卖您那两个门牌，每个我出一个金路易。"

"我的门牌，是指什么呀？"芳汀问道。

"门牌嘛，"牙科医生回答，"就是上排前头的两颗门牙。"

"真残忍！"芳汀高声说。

"两枚拿破仑金币啊！"在场的一个没牙的老太婆咕哝道，"这个女人真有福气！"

芳汀逃开，捂住耳朵不听，可是，那人沙哑的声音却冲她喊："想想吧，美人！两枚拿破仑金币，能办不少事儿。您若是同意，今晚儿就到'银甲板'客栈，在那儿能找见我。"

芳汀回到住所，还火冒三丈，也把事情讲给好心肠的邻居玛格丽特听："这种事您能理解吗？那个人不是无耻透顶吗？怎么能让那种人到处乱窜呢？把我前面的两颗牙拔掉！那我不难看死了吗？头发还能长出来，可是牙齿拔掉不是完啦！哼！那人真是魔鬼！我宁愿头冲下从六层楼上跳下去！他对我说，今晚儿他住在银甲板客栈。"

"他出多少钱？"玛格丽特问道。

"两枚拿破仑金币。"

"这就是四十法郎。"

"是啊，"芳汀说，"合四十法郎。"

她愣了一会儿，就开始做活儿。过了一刻钟，她撂下活计，又跑到楼道去看德纳第夫妇的那封信。

她回到屋里，又向在她身边做活儿的玛格丽特说：

"粟粒热是怎么回事儿？您知道吗？"

"知道，是一种病。"那老姑娘回答。

"那种病要吃很多药吗？"

"嗯！要吃猛药。"

"那种病是怎么得的？"

"不知怎么就得上了。"

"孩子也得那种病吗？"

"孩子最容易得。"

"能死吗？"

"很容易死。"玛格丽特答道。

芳汀走出屋，再次到楼梯上看信。

到了晚上，她下了楼，只见她朝客栈集中的巴黎街走去。

次日清晨，天没亮玛格丽特就来了，平时她俩总在一起做活儿，只点一支蜡烛就够了，老太婆这次走到芳汀的房间，看见她坐在床上，脸色惨白，浑身冻僵了。她没有睡觉，布帽落在双膝上。蜡烛点了个通宵，差不多烧完了。

玛格丽特走到门口，就被这异常混乱的景象惊呆了，高声说道："天主啊！蜡烛全烧完啦！出什么事儿啦！"

然后，她打量芳汀，而芳汀也把没了头发的脑袋转过来。

一夜工夫，芳汀老了十岁。

"耶稣啊！"玛格丽特问道，"您怎么啦，芳汀？"

"我没什么，"芳汀回答，"倒是我的孩子有救了：那种病真可怕，不治就没命了。现在我放心了。"

她说着，就指给老姑娘看在桌子上闪闪发亮的两枚金币。

"啊，耶稣上帝呀！"

玛格丽特叹道："这不是发财啦！这些金币您是从哪儿弄来的？"

"反正我弄到手了。"芳汀答道。

她边说边微笑。烛光照亮她的脸。这是流血的微笑，淡红的涎水弄脏嘴角，口中有个黑洞。

两颗门牙拔掉了。

四十法郎她寄往蒙菲郿。

那不过是德纳第夫妇骗钱的一个计谋，其实珂赛特并没有害病。

芳汀把镜子从窗户扔出去了。她早已从三楼的单间搬上只有木门闩的阁楼；这类阁楼屋顶和地板构成斜角，稍一走动就碰脑袋。穷苦人要逐渐弯腰，才能走到屋子的尽头，如同走到命运的尽头。床铺没了，只留下她叫作被子的一大块破布、一张铺在地下的睡垫以及一把坐垫露麦秸的破椅子。一盆枯萎的小玫瑰，遗忘在角落里。另一角落有一个奶油盆，现在用来盛水，冬天结了冰，一圈圈高低不等的冰碴儿长时间标示水面的高低。她早已丢掉廉耻，现在又丢掉修饰。这是最后的标志。戴着脏帽子就出门。不知是没时间，还是满不在乎，衣裙破了，她不再缝补。袜跟磨破，就往鞋里褪一截，这从袜子的几条竖纹上就能看出来。她那件胸衣又旧又破，用零碎布头补了又补，稍一动弹就会撕开。债主们总跟她吵闹，不让她消停片刻。她在街上常碰见他们，在楼梯上也常碰见他们。她往往整夜啜泣，整夜冥思苦想。她的眼睛非常明亮，左肋靠上一点疼痛不止，咳嗽也很厉害。她恨透了马德兰老爹，但是不发怨言。她做衣裳每天干十七个钟头；但是一个监狱包工用女囚犯干活压低了工钱，自由女工每天就只能挣九苏了。一天干十七个钟头，只挣九苏！逼债的人越发冷酷无情。那个旧货商几乎把她的全部家具搬走了，见面还不断对她说："你什么时候付我钱，臭娘儿们。"仁慈的上帝啊，别人还要把她逼到什么份儿上？她感到自己被人追捕，产生了困兽的心理。就在这种时候，德纳第又写信来，说他仁至义尽，等待一百法郎欠款，必须马上付清，否则就把小珂赛特赶出门，不管她病刚好，在大冷天里往哪儿走，冻死饿死随她便。"一百法郎！"芳汀心想，"可是，到哪儿去找工作，一天能挣五法郎呢？"

"豁出去啦！全卖了吧！"她说道。

这个苦命人做了公娼。

十一　基督解救我们

芳汀的身世表明什么呢？表明社会收买一个女奴。

向谁买的？向贫困买的。

向饥饿、寒冷、孤独、遗弃、贫苦买的。痛苦的交易。一颗灵魂换一块面包。贫困卖出，社会买进。

耶稣-基督的神圣法规统治我们的文明，但是并没有渗透到我们的文明里。大家说奴隶制度从欧洲文明中消失了。这种说法不对。奴隶制始终存在，但只是压在妇女头上了，称为卖娼。

这种制度压迫妇女，也就是压迫优雅、纤弱、美貌和母性。对男人来说，这也绝非微不足道的耻辱。

惨剧发展到这一地步，芳汀已不复存在，根本不是从前那个人了。她变成污泥的同时，也化为石头了。触摸她的人感到寒气逼人。她经过一下，以身相事，却不问你是什么人；她完全是一尊受屈辱而又冷峻的肖像。生活和社会秩序已经给她下了最后的判语。该发生的事情都发生了：她什么都感受了，什么都忍受了，什么都经受了，什么苦都吃过了，什么都失去了，什么都哭过了。她逆来顺受，而这种逆来顺受类似无动于衷，正如死亡类似睡眠。她再也不躲避什么了，再也不怕什么了。满天大雨都浇在头上，全部海洋都倾泻在身上，又有什么关系！她是一块浸饱水的海绵。

至少她是这么想的，不过，想象自己穷尽了命运，接触到了什么东西的底端，那就大错特错了。

唉！这种种命运，乱纷纷受到驱使，究竟是怎么回事呢？要走向何处呢？为什么会这样呢？

了解这些情况的，就是洞悉全部黑暗者。

他是独一无二的。他叫上帝。

十二　巴马塔林先生的无聊

一般小城市，尤其海滨蒙特伊，总有一帮青年，他们在外省蚕食一千五百法郎年金，如同其他青年在巴黎每年吞掉二十万法郎一样。他们是那个中性大族类的成员，是去了势的、寄生的、一无所长的人；他们有一点田产，有一点愚蠢，又有一点小聪明，在沙龙里显得土里土气，在茶楼酒肆又以绅士自居。他们嘴边常挂的话是：我的牧场，我的树林，我的庄户；他们在剧院里给女演员喝倒彩，以便表明他们有欣赏眼光；他们向卫戍部队军官寻衅吵架，以便表明他们也是军人；他们打猎，抽烟，打呵欠，酗酒，嗅鼻烟，打台球，看旅客下驿车，泡咖啡馆，到乡村饭馆吃饭，养一条狗好在桌下啃骨头，有个情妇好往桌上端菜，而且一毛不拔，过分追求时髦的装束，喜欢幸灾乐祸，蔑视妇女，旧皮鞋不穿破了不扔掉，通过巴黎模仿伦敦的时尚，又通过木松桥模仿巴黎的时尚，终生不工作，冥顽到老，一无用处，但也无碍大局。

菲利克斯·托洛米埃先生若是待在外省，从未见识过巴黎，就会是这样一个人。

他们再富有一些，别人就会说：这些公子哥儿；他们再穷一点儿，别人就会说：这些二流子。他们无非是些游手好闲的人。在这些游手好闲的人当中，有讨人嫌者，有了无生趣者，有胡思乱想者，还有一些怪里怪气的人。

那个时期，所谓公子哥儿的打扮，就是大高领、一条大领带、一只链子带饰物的怀表、三件颜色不同的套背心，蓝色和红色的穿在里面，外面穿一件橄榄色的短燕尾服，燕尾服上两排紧紧相连的银纽扣，一直排列到肩头；下身穿一条浅橄榄色裤子，两侧裤线缀饰有数量不等的条带，但总是奇数，从一条到十一条，从不超过十一的限度。除此之外，还要穿一双后跟钉了铁掌的短筒皮靴，戴一顶高筒窄檐帽，头发要蓬松下来；要拿一根粗手杖，谈话中常用杂耍演员波蒂埃式的文字游戏。最突出的，还是鞋跟上的马刺，嘴唇上的髭须。那个时期，髭须代表有产阶级，马刺代表有闲阶层。

外省的公子哥儿的马刺更长些，髭须也更粗犷些。

那个时期，正是南美洲一些共和国展开反对西班牙国王的斗争，玻利瓦尔①同莫里洛②较量。保王党人戴窄檐帽，叫作莫里洛帽；自由党人戴大檐帽，称作玻利瓦尔帽。

上面叙述的事情发生之后八个月或十个月，约莫 1823 年 1 月的上旬，雪后的一天晚上，一个那种公子哥儿，一个那种无所事事的人，一个戴着莫里洛帽，因而"思想正统的人"，身上暖暖地穿着一件冷天用来补充时装的大衣，他正在调戏一个女人，那女人穿着舞裙，上身开领很低，头上插着花，在坐满军官的咖啡馆玻璃窗前走来走去。那公子哥儿吸着烟，不用说，那很时髦。

那女人每次从他面前经过，他就喷她一口烟，同时甩一句自以为诙谐有趣的风凉话，诸如："你可真丑啊！""你还不快躲起来！""你没牙啦！"如此等等，不一而足。那个先生叫巴马塔林。那个愁眉苦脸、打扮得妖里妖气的女人，在雪地上走来走去，并不搭理他，连瞧都不瞧一眼，照样默默地徜徉；她的脚步均匀而沉郁，每隔五分钟就受一次嘲弄，如同受罚的士兵按时来受鞭笞一样。那个闲得无聊的人见他的嘲笑没什么效果，不免恼火，就趁她转过身去的工夫，憋住笑，蹑手蹑脚地跟上去，弯腰从地上抓起一把雪，猛地从她赤裸的肩膀中间塞进后背里。那妓女吼叫一声，转过身来，像豹子似的一蹿，扑到那男人身上，用指甲抓破他的脸，同时臭骂他，骂的话十分下流，不堪入耳，从她嘴里倾泻出来，嗓音因酒精中毒而嘶哑，而嘴里又缺两颗门牙，的确非常丑恶。她便是芳汀。

那些军官听见打斗的喧闹声，都蜂拥着从咖啡馆里出来，行人也聚拢来，他们围了一大圈儿，又笑又叫，还为之鼓掌；而圈里那两个人扭作一团，很难分清是男女相斗；那男人只有招架之功，帽子掉在地上；那女的拳打脚踢，帽子也丢了，只见她龇牙露齿，又没有头发，脸色气得发青，扯着嗓子喊叫，真是可怕极了。

突然，一条大汉从人群里冲进去，一把揪住那女人沾满泥水的缎衫，对她说了一声："跟我走！"

那女人抬头一看，她那咆哮声戛然止息，眼睛也没神了，脸色由铁青转为死灰，而且吓得魂不附体。她认出是沙威。

---

① 玻利瓦尔（1783—1830）：委内瑞拉、哥伦比亚和玻利维亚的解放者。

② 莫里洛：西班牙将军，当时率殖民军同玻利瓦尔作战。

那个公子哥儿乘机溜掉了。

十三　警察局处理问题

沙威分开围观的人，拖着那个不幸的女人，大步走向广场另一边的警察局。那女人机械地迈动脚步，任他给拉走。他们二人谁也没有讲一句话。一大群观众欣喜若狂，闹哄哄地跟在后面。极端不幸的事件，却是大讲猥亵的话的机会。

警察局办公室是楼下一间大厅，生有炉火，临街安了铁条的玻璃门口有警卫站岗。沙威带芳汀来到，推门进去，随手把门关上；那些好奇的人大失所望，但仍旧簇拥在门口，踮起脚伸长脖子张望，想透过发污的门玻璃看个究竟。好奇就是贪吃，观看就是吞食。

芳汀一进来，便走到角落里，颓然缩成一团，一动不动，一声不吭，如同一条害怕的狗。

一名士官拿来一支点燃的蜡烛，放到办公桌上，沙威坐下，从衣袋里掏出一张公文纸，开始写起来。

这类女人由法律完全交给警察处置了。警察可以为所欲为，任意惩罚她们，剥夺她们所谓的职业和自由这两样可悲的东西。沙威神态冷漠，严肃的面孔毫不动容。然而，他在殚精竭虑，此刻他要自由地运用生杀予夺的可怕权力，态度十分认真而缜密，但感到警察的板凳就是公堂。他审判。他审判，并且判罪。他围绕着自己所办的大事，尽量调动起他的神思，他越审查这个妓女的所为，就越感到气愤。他刚才目睹的情景，显然是犯罪。刚才在大街上，他看到一个有产者选民所代表的社会，受到一个最下贱的人的侮辱和攻击。一名娼妓居然冒犯一位资产者。他，沙威，亲眼目睹这件事。他一声不响，只管笔录。

他写完了签上名，将纸折起来，交给值勤的士官，对他说道："带三个人，将这个婊子押进牢里。"他转身又对芳汀说："你要关上六个月。"

那不幸的女人浑身战栗，号叫起来：

"六个月！六个月关在牢里！六个月，每天只能挣七苏！我的珂赛特可怎么办啊！我的女儿！我的女儿！我还欠德纳第家一百多法郎，探长先生，这情况您知道吗？"

　　她合拢双手，跪在所有男人的泥靴踏湿了的石板上，用双膝大步往前爬行。

　　"沙威先生，"她说道，"求您开开恩吧。我敢保证我没有过错。您若是看到开头的情况，就会明白啦！我向仁慈的上帝发誓，我没有过错。那位有钱的先生我不认识，是他往我后背塞雪团。我们那样老老实实地走路，没有招惹任何人，难道谁就有权往我们后背塞雪团吗？突然搞了我这么一下。您瞧见了，本来我就有点病！再说，他挖苦我已经有一阵工夫了。你真丑！你没有牙！我完全明白我没有门牙了。可是，我什么也没干呀！我心里说：这位先生在寻开心。我在他面前规规矩矩，没有跟他说话。正是在这种时候，他把雪团塞进我后背。沙威先生，善良的探长先生！难道这里没有人当场看见，能对您说这是千真万确的吗？也许我不该发火。您也知道，人碰到事情，开头总是控制不住自己，发起火来。何况，乘人不注意的时候，把那么凉的东西塞进后背！我不该把那位先生的帽子弄得不成样子。他为什么走了呢？我可以请求他原谅。噢！天主啊，我不在乎，可以请求他原谅。今天就饶了我这一回吧，沙威先生。喏，您不了解这种情况，坐牢每天只能挣七苏，这不能怪政府；但是请您想一想吧，我必须付一百法郎，否则，人家就把我孩子打发回来。上帝啊，我不能让孩子跟我在一起。我干的事太可耻啦！我的珂赛特呀，我的慈悲圣母的小天使，可怜的小宝宝，她怎么办呢？告诉您说吧，德纳第那家人，是开客店的，是乡下人，不讲什么道理不道理，他们只要钱。不要把我投入监狱！请想一想，一个小女孩，让人丢在大路上，又是天寒地冻，到处流浪，善良的沙威先生，这种情况怎不让人可怜！她人大一点儿，还可以自己养活自己，可是，她那小小年龄不可能。其实，我并不是坏女人。我落到这一步，并不是因为好吃懒做。我喝酒不假，那是穷困潦倒的缘故。我不喜欢酒，但是酒能醉人。从前我比较快活的时候，别人只要看看我的衣柜就会明白，我不是那种淫荡的妖艳女人。那时候我有衣裙，有很多衣裙。沙威先生，可怜可怜我吧！"

　　她身子弯成两折，不住地抽动，泪水模糊了眼睛，胸口裸露，双手绞来绞去，就这样哭诉，结结巴巴，低声下气，还不断地干咳，就像要咽气一样。极痛深悲是一道神威之光，能改变悲惨之人的形象。在这一时刻，芳汀重又变美了。她时而住声，深情地吻这名警探的下

　　她合拢双手，跪在所有男人的泥靴踏湿了的石板上，用双膝大步往前爬行。

摆。她能打动一颗花岗岩的心，然而一颗木头的心是不会软的。

"好啦！"沙威说道，"我听你陈述了，全讲完了吧？现在走吧！你得关上六个月。永恒的天父亲自来这儿，也无能为力了。"

"永恒的天父也无能为力了"，她听见这句庄严的话，就明白判决宣布了，于是瘫在地上，有气无力地说："饶了我吧！"

沙威转过身去。

几名警察扭住芳汀的胳膊。

几分钟之前进来一个人，谁也没有注意。他关上门，靠在上面，听见了芳汀苦苦的哀告。

警察上前扭住这个不肯起来的不幸女人，这时，他跨了一步，从暗地走出来，说了一声："请等一下！"

沙威抬头一看，认出是马德兰先生，他脱下帽子，不自然而又有点恼怒地向他敬礼："对不起，市长先生……"

这一声"市长先生"，在芳汀身上产生奇异的效果。她就像从地下钻出的僵尸，忽地站起来，两臂推开警察，未待他们阻拦，就径直走向马德兰先生，眼睛直愣愣地瞪着他，喊道：

"哼！市长先生，原来就是你呀！"

接着，她放声大笑，朝他脸啐了一口。

马德兰先生揩了揩脸，又说道："沙威探长，把这女人放了。"

这时候，沙威感到自己要发疯了。此刻，他接连感受到有生以来最强烈的，几乎同时混杂而来的震撼。目击一个公娼啐一位市长的脸，这件事简直荒谬到了极点，无论怎样大胆设想，哪怕相信会发生这种事，他也认为是一种亵渎。另一方面，他在思想深处却隐约而丑恶地拉近这两者，拉近这个女人的状况和这位市长可能的身份，于是，他在这种大不韪的冒犯中，恐惧地看出一点极为简单的什么情由。等到这位市长，这位行政官平静地擦脸，并且说"把这女人放了"，沙威见了不禁愕然，仿佛一时目眩，不能思考也说不出话来，这种惊愕超出了他可能承受的限度。他呆若木鸡。

这句话给芳汀的震动也同样怪异。她抬起赤裸的胳臂，抓住炉门的扳手，好像站立不稳似的。同时，她四面张望，又仿佛自言自语，低声说道：

"放啦！放我走！我不去坐六个月牢啦！这话是谁讲的？谁也不可

能这么说。我听错了。这个魔鬼市长不可能讲这话。是您吧，善良的沙威先生，是您说的放了我吧？唔！瞧着吧！我对您说了，您就放我走。这个魔鬼市长，这老混蛋市长，他是整个事情的祸根。您想想看，沙威先生，是他把我从工厂里赶出来！就因为他听信了工厂里那些臭女人胡说八道。一个可怜的女人，老老实实地干活，却被开除啦！这不是非常残忍吗？这样，我挣的钱就不够用了，厄运也就来了。首先，警察局这些先生应当改善一点，就是禁止监狱那些包工来坑害穷人。喏，这事我一说您就明白。您做衣服每天挣十二苏，可是一下子减到九苏，就没法儿活了。这样，要活下去什么都得干。我呢，我还有个孩子珂赛特，被逼无奈，我才成为坏女人。现在您明白了，我的不幸，完全是这个混蛋市长造成的。还有这次，我在军官咖啡馆门前，用脚踏坏了那位市民先生的帽子。可是他，也用雪把我的衣裙给毁了。我们这种人，只有一件绸子衣裙，晚上穿出来。您明白，我从来没有故意损害过人。真的，沙威先生，我看见到处都有比我坏得多的女人，而生活快活得多。沙威先生啊，把我放出去，这话是您说的吧？您去打听打听，去问问我的房东，现在我按期付房租了，别人会告诉您我是个老实人。啊！上帝，请您原谅，我没注意碰了炉门扳手，弄得冒出烟来了。"

马德兰先生聚精会神听她讲，边听边搜自己的西服背心，从口袋里掏出一个钱包，打开一看是空的，又放回兜时，他对芳汀说道："您刚才说欠人家多少钱？"

芳汀眼里只有沙威，这时转身对着他："我跟你有什么话可说！"

接着，她对警察说："诸位，说说看，我怎么啐他的脸，你们都看见了吧？哼！市长老魔头，你来这里是要吓唬我，可是我不怕你。我害怕沙威先生。我害怕我这善良的沙威先生！"

她这样说着，又转向探长：

"喏，您明白，探长先生，这情况讲了，就应当公正些。我知道您是公正的，探长先生。老实说，事情非常简单，一个男人寻开心，往一个女人后背里塞点雪，好逗那些军官发笑。人嘛，总得寻点儿乐子，我们这些女人，本来就是给人取乐的，有什么奇怪！接着，您来了，您不得不维持秩序，带走有过错的女人，可是您心肠好，经过考虑，您就说放了我，是为了孩子，因为我坐六个月的牢，就没法儿抚养孩子。只不过，贱女人，不许再闹事啦！哦！沙威先生，我绝不再闹事啦。现在，随便怎么戏弄我，我都会一动不动。只是今天，您明白，弄得我太难受，我叫喊起来，根本没料到那位先生往我衣裳里塞雪，而且，我跟您说过，我身体不太好，总咳嗽，胃里好像有什么东西滚烫滚烫的，大夫吩咐过：好好保养。来，您摸摸，把手给我。不要怕，就在这儿。"

她不哭了，声音悦耳动听，她把沙威粗大的手按在她那白嫩的胸口上，笑嘻嘻看着他。

突然，她急忙整理弄乱了的衣衫，往膝下拉拉裙子，拉平她刚才匍匐时弄出的皱褶，然后朝门口走去，友好地冲警察点点头，轻声说道："孩子们，探长先生说放了我，我走了。"

她伸手拉门闩，再走一步就到街上了。

沙威一直伫立不动，目光垂视地面，仿佛一尊雕像放在这个场合，极不适当，等待搬到别处去。

拉门闩的声响把他惊醒，他抬起头，神态极其威严；职权越低，这种神态越凶，表现在猛兽面上是凶猛，表现在小人脸上是凶残。

"警士！"他喊道，"您没看见那坏女人要走吗！谁跟您说放她走的？"

"我。"马德兰说道。

芳汀听见沙威的声音，浑身不禁颤抖，放下门闩，就像被捉住的小偷丢下偷窃的物品。听见马德兰的声音，她又转过身来，从这时候起，她不吭一声，甚至不敢出大气儿，目光来回转移，从马德兰到沙威，又从沙威到马德兰，随着哪位说话而定。

显而易见，沙威到了常言说的"怒不可遏"的程度，才敢在市长要求释放芳汀之后，还颐指气使地申斥警士。居然到了无视市长在场的程度吗？难道他最终确认一位"行政官"不可能发出这种命令，市长先生肯定无意中说走嘴了吗？抑或这两个小时，他目睹了骇人听闻的事情，心想必须采取决断，要小人物充当大人物，警探扮演行政官，警察变成法官吗？而且在这种紧急关头，秩序、法律、道德、政府、整个社会，要在他沙威身上体现出来吗？

不管怎么说，马德兰先生讲的"我"字一出口，沙威探长便转向市长，只见他脸色苍白，表情冷峻，嘴唇发青，目光凶顽，浑身不易觉察地微微颤抖，而且见所未见的是，他说话眼睛垂视，但是口气坚决："市长先生，这样处理不行。"

"什么？"马德兰先生问道。

"这个疯女人侮辱了一位绅士。"

"沙威探长，"马德兰先生声调委婉平和，又说道，"听我说。您是个正直的人，不难向您解释。事实是这样，您带走这个女人的时候，我刚巧经过广场，围观的人还没有全散，经过调查，我全了解了，是怪那位绅士，好警察应当逮捕他。"

沙威又说道："这个贱货又侮辱了市长先生。"

"这是我的事儿，"马德兰先生答道，"对我的侮辱也许属于我的。我愿意怎么处理都行。"

"我请市长先生原谅。对市长的侮辱不属于市长，而属于法律。"

"沙威探长，"马德兰先生反驳，"首要的司法，是良心。我听了这个女人的陈述，我明白我所做的事。"

"可是我，市长先生。我不明白我看到的事。"

"那么，您只管服从就是了。"

"我服从自己的职责。我的职责就是要把这个女人关押六个月。"

马德兰先生和颜悦色地回答："听清楚一点：她一天也不能关押。"

沙威听了这句坚决的话，还敢注视市长并申辩，但是声调始终恭恭敬敬：

"我抵制市长先生，感到十分遗憾，这是我平生第一次。不过，请市长先生允许我指出，我这是在职权范围之内行事。既然市长先生要这样，我就再来谈谈那位绅士的事实。当时我在场。是这个婊子扑到巴马塔林先生的身上。那位先生是选民，在公园旁边拥有漂亮的公馆，是一座石砌带阳台的四层楼房。在这世界上，有些东西毕竟不能无视。不管怎么说，市长先生，这件事发生在街上，关系到我，是警察的职责，因此，我要收押芳汀这个女人。"

这时，马德兰先生叉起胳臂，拿出全城还没人听到的严厉声调说道："您讲的这种犯罪行为由市政警察处理。根据刑事诉讼法第九、第十一、第十五和第六十六条，我是审判官，我命令释放这个女人。"

沙威还要最后争一下："可是，市长先生……"

"我提醒您注意 1799 年 12 月 13 日颁布的法律，关于擅自拘捕问题的第八十一条。"

"市长先生，请允许……"

"不要讲了。"

"然而……"

"出去！"马德兰先生说道。

沙威像个俄国士兵，站立着迎面挺胸接受这一打击。他向市长先生一躬到地，便往外走。

芳汀闪开门口，惊愕地看着他从面前走过。

这工夫，她也受到震撼，感到难以名状的惶恐。她看见在某种程度上，自己成为两种相反力量的争夺对象。两个人在她眼前搏斗，他们掌握着她的自由、生命、灵魂和她的孩子，一个人要把她拖向黑暗，一个人要把她拉向光明。这场搏斗通过她恐怖的视觉扩大了，这二人好似两个巨人，一个讲话的口气像是她的恶魔，另一个讲话的口气就像她的守护天使。天使战胜了恶魔。然而，一个情况令她从头到脚战栗：这个天使，这个救星，恰恰是她深恶痛绝的人，恰恰是这位市长——她长期认作造成她全部苦难的罪魁祸首，恰恰是这个马德兰！就在她无耻地辱骂了他之后，他却救了她！难道她弄错了吗？难道她应该改变整个灵魂吗？……她弄不清楚，只是浑身颤抖。她越听越不知所措，越看越心惊胆战；马德兰先生每讲一句话，芳汀都感到仇恨的可怕黑影在她身上融化并消散，同时内心不知萌生什么感觉，既温暖又不可言喻，似欣喜，似信心，又似爱。

等沙威一出去，马德兰先生就转向她，声音缓慢地，就像不易动感情的男人忍住眼泪那样吃力地说：

"我听到了您的叙述。您讲的情况我一无所知。我相信这是真的，我也觉出这是真的。我甚至不知道您离开了工厂。当初为什么您不找我呢？这样吧：我替您还债，再派人把您的孩子接来，或者您自己去找她。今后，您要在这里，到巴黎或别的地方，由您自己决定。您和孩子的生活费用由我负担。您要是愿意，就不必干活了，需要多少钱我都给您。您重获幸福生活，也就重做正派人了。甚而，请听清楚，如果您的话句句属实，当然我并不怀疑这一点，那么现在我就明确告诉您，在上帝面前，您始终是个圣洁的女人。噢！可怜的女人！"

可怜的芳汀再也忍不住了。接回珂赛特！脱离这种可耻下贱的生活！同珂赛特一起过上自由的、富裕的、快活而又体面的日子！在悲惨的绝境，眼前忽然展现所有这些天堂般的现实美景！她仿佛痴呆了，看着对她讲话的这个男人，只能"噢！噢！噢"发出三两声抽泣。她双膝弯下来，跪到马德兰先生的面前，未待他制止，就拉起他的手，嘴唇贴在上面。

　　她随即昏了过去。

第六卷　沙威

一　开始休息

马德兰先生让人把芳汀抬到他工厂的诊所，交给嬷嬷护理。她发了高烧，在病床上昏迷中高声说胡话，闹了大半夜才睡着。

次日近午时分，芳汀醒来，听见旁边有人呼吸的声息，便拉开床帷，看见马德兰先生站在那里，注视她头上的什么东西，那祈祷的眼神满含怜悯和不安。她顺着那视线看去，明白他在注视钉在墙上的一个耶稣受难像。

在芳汀的心目中，马德兰先生的形象从此完全变了，觉得他罩在光环里。他正在潜心祈祷。芳汀观望许久，没敢惊动他，后来，她才怯生生地问道：“您在这儿做什么呢？”

马德兰先生站在那儿有一个小时了，等待芳汀醒来。他拉起芳汀的手，号了号脉，反问道：“您觉得怎么样？”

“挺好，我睡了一觉，”芳汀说道，“我想是好了些。不会有什么事儿的。”

这回，马德兰先生才回答她先头的问题，仿佛现在才听到似的：“刚才我在祈祷上天那位殉难者。”

他在心中还补充一句：“也为人间的殉难者。”

马德兰先生调查了一个通宵和一个上午，现在全知道了，了解到芳汀身世的所有揪心的细节。他接着说道：

"您吃了很多苦啊，可怜的母亲。噢！您不要抱怨，现在您有资格当上帝的选民了。人就是通过这种方式变成天使的。这绝非人的过错，他们知道舍此别无选择。要知道，您脱离的那个地狱，就是天堂的雏形。必须从那里起步。"

他深深叹了一口气。然而，芳汀微张缺了两颗牙的口，却粲然而笑。

当天晚上，沙威写了一封信。次日早晨，他亲自送到海滨蒙特伊邮局。信寄往巴黎，收信人是这样写的："警察总督先生的秘书夏布叶先生亲启"。由于警察局里发生的事传出来了，邮局的女局长和另外几个人看到了要寄的信，从地址上认出沙威的笔迹，都以为他寄的是辞职信。

马德兰先生赶紧给德纳第夫妇写信。芳汀欠他们一百二十法郎，马德兰先生寄去三百法郎，告诉他们扣除欠款，余下的做旅费，立刻把孩子送到海滨蒙特伊城，因为母亲害了病，想看孩子。

德纳第喜出望外，他对老婆说："见鬼啦！这孩子不能放手。真的，这只小云雀要变成奶牛了。我猜出来了，可能是哪个冤大头看上她妈了。"

他寄回了五百零几法郎的账单。账单做得很精细，附上无可挑剔的两张收据，总共三百多法郎：一张是大夫开的；一张是药剂师开的，是他们给孩子治疗和开药的费用，但害了两场大病的是爱波妮和阿兹玛。前边交代过，珂赛特没有生病。这不过是一个冒名顶替的小伎俩。德纳第在账单下端写道："已收到分期付的三百法郎。"

马德兰先生立刻又寄去三百法郎，并附言："赶紧把珂赛特送来。"

"老天爷！"德纳第说，"这孩子不能放走。"

这期间，芳汀的病情毫无起色，她一直住在诊所。

起初，嬷嬷以厌恶的心情接收并看护"这个妓女"。凡是见过兰斯城大教堂浮雕的人，都会记得规矩的处女看着轻佻女人时撇嘴的表情。贞女对荡妇的这种鄙夷自古已然，这是女性尊严的一种最深远的本能。嬷嬷所感到的鄙夷，又因宗教信仰而变本加厉。然而时过不久，芳汀就消除了她们的敌意。她使用各种各样谦卑温和的话语，又有一副慈母心肠，足能打动别人。有一天，嬷嬷听见她在高烧中说胡话："我曾是个罪孽的女人，不过，等到孩子回到我身边，这就表明上帝宽恕了我。我陷入罪恶的时候，就不愿意让珂赛特在我身边，我受不了她那又惊奇又伤心的眼神。可是，我为了她才作恶的，是这一点促使上帝宽恕我。等珂赛特来到这里，我就会感到仁慈上帝的祝福。我要端详孩子，看见这天真的孩子，我会好受的。她什么也不知道。嬷嬷，要知道，她是个天使。在她这年龄，翅膀还没有掉呢。"

马德兰先生每天来探望两次，每次她都问：

"很快我就能见到我的珂赛特了吧？"

他就答道："也许明天早晨就能见到。她随时都可能到达，我正等着她呢。"

于是，母亲那苍白的脸开朗了。

"啊！"她说道，"我该多么快活呀！"

刚才讲过，她的病没有好。非但没有起色，病情似乎一周比一周严重了。那一团雪贴肉塞到两块肩胛骨之间，突然一冰，便破坏了她发汗的机能，结果多年潜伏在肌体中的病症，就猛然爆发出来了。当时，在研究和治疗肺病方面，大家开始采纳拉埃内克①的杰出论断。大夫对芳汀的肺病听诊之后，摇了摇头。

马德兰先生问大夫："怎么样？"

"不是有个孩子她想看看吗？"大夫反问道。

"对。"

"那好，赶紧把孩子接来吧。"

马德兰先生不禁一抖。

芳汀问他："大夫说什么？"

马德兰先生强颜笑了笑："他说快点儿把您孩子接来，这样您就好得快了。"

"唔！"芳汀又说，"他说得对！怪了，德纳第他们留住我的珂赛特干什么！哦！她会来的。我总算看到幸福近在眼前了。"

然而，德纳第不肯"放那孩子"，还找出各种各样拙劣的借口，说什么珂赛特有点不舒服，冬天不宜出远门，说什么当地还有几小笔急待付清的债务，他要收敛发票，等等。

"我派个人去接珂赛特，"马德兰老爹说，"实在不行，我亲自去

---

① 拉埃内克（1781—1826）：法国医生，发明肺病听诊法。

一趟。"

他照芳汀的口述写了信，并让她签了名。信中这样写道：

德纳第先生：

　　请将珂赛特交给持信人。

　　各笔小债务，去的人会为您全部付清。

　　　　此致

　　敬礼

　　　　　　　　　　　　　　　　　　　　　　　　芳汀

就在这种时候，出了一个严重的意外事件。构成人生的神秘的厚块，我们极力想凿透也是枉然，命运的黑脉总是在那其中反复再现。

二　"冉"如何变成"尚"

一天早晨，马德兰先生在办公室里，正忙着提前处理市政府的几件紧急公务，以便一旦需要就能随时去蒙菲郿。这时来人通报，探长沙威求见。马德兰先生听到这个名字，不免产生反感。在警察局发生争执之后，沙威越发躲避他，马德兰先生就再也没有见沙威。

"请他进来。"他说道。

马德兰先生靠近壁炉坐着，手中握着笔，眼睛注视一卷材料，那是交通警察呈送的几起违章的笔录。他一边翻阅一边批示，根本不理睬沙威。他禁不住想到可怜的芳汀，因此对待沙威不妨冷淡些。

沙威恭恭敬敬地向背对他的市长先生鞠了一躬。市长先生没有看他，还继续批阅材料。

沙威在办公室里走了两三步，又停下来，但是没有打破沉默。

假如一个相面先生熟悉沙威的本性，长期研究过这个为文明效力的野蛮人，这个由罗马人、斯巴达人、修士和小军官合成的怪物，这个不会弄虚作假的密探，这个纯而又纯的警探，假如这个相面先生了解他对马德兰先生心怀的宿怨，了解他在芳汀的事上同市长的冲突，那么此刻他再观察沙威，就必然产生疑问："发生了什么事情？"谁认识这个正直、爽朗、坦诚、廉洁、严峻而又凶残的人，就会看出沙威内心显然经历了一场激烈的斗争。沙威的内心活动，无一不表露在脸上。他跟狂暴的人一样，很容易突然来个一百八十度的大转弯。他脸上的神情，比以往任何时候都更奇特，更出人意料。他走进来，便对马德兰先生鞠了一躬，目光里毫无怨恨、恼怒和戒惧。他离市长座椅几步远的地方站住，现在笔直地立在那里，近乎立正的姿势，一副粗野的样子，既天真又冷淡，显然是个从来没有和气过的人，始终耐心地等待，一声不吭，一动不动，手里拿着帽子，目光低垂，那表情介乎于士兵见了长官和罪犯见了法官之间，显出由衷的恭顺和平静的屈从，既坦然又严肃，等待市长先生回过身来。别人所能推想的情绪和故态，在他身上消失殆尽，他那张花岗岩一般的面孔毫无表情，只是黯然神伤，他那人从上到下都体现出驯顺和坚定，是一种说不出来的勇于受罚的神态。

市长先生终于放下笔，半转过身来：

"说吧！什么事？有什么话要说，沙威？"

沙威半晌没吭声，就好像要集中心思，接着提高声音，忧郁而庄严地，仍不失朴直地说道：

"是这样，市长先生，有一个犯罪的行为。"

"什么行业？"

"一名下级警察，对一位行政长官极为严重的失礼。我来向您报告，因为这是我的职责。"

"那警官是谁？"马德兰先生问道。

"是我。"沙威回答。

"您？"

"我。"

"要控告警官的那位长官，又是谁呢？"

"是您，市长先生。"

马德兰先生从扶手椅上站起来。沙威神态严肃，眼睛始终低垂，继续说道："市长先生，我来请求您建议上级免我的职。"

马德兰先生不胜惊讶，开口刚要说话，沙威却抢着说：

"也许您要说，我本可以辞职，可是这样还不够。辞职是体面的行为。我有了过失，就应当受惩罚。应当把我免职。"

他停了一下，又补充说道："市长先生，那天，您对我严厉有失公正，今天您严厉处理我是公正的。"

"哦！为什么？"马德兰先生提高声音说，"乱七八糟说的什么呀？这是什么意思？您对我有什么犯罪行为？您干了什么？有什么对不起我的地方？您来自责，要求替换……"

"免职。"沙威说。

"就算免职吧。这很好，可是我不明白。"

"您这就会明白，市长先生。"

沙威深深地叹了口气，始终冷静而忧伤，又说道："市长先生，六个星期以前，为了那个女人发生争执之后，我非常恼火，就告发了您。"

"告发！"

"向巴黎警察总署告发您。"

马德兰先生不见得比沙威爱笑，这回也不免笑起来。

"告发我以市长身份干涉警务吗？"

"告发您从前是苦役犯。"

市长的脸唰地白了。

沙威没有抬眼睛，继续说道：

"当初我是那样想的。我早就有想法了。相貌一样，您派人去法夫罗勒打听过情况，在割风老头发生车祸那次，您显示了那么大力气，您的枪法又那么准，还有，您走路时腿脚有点拖，我知道还有什么！犯傻呀！总而言之，我把您当成一个叫冉阿让的人了。"

"叫什么？……您说的是什么名字？"

"冉阿让。那是个苦役犯，二十年前，我在土伦当副典狱长时见过。那个冉阿让出了狱，好像在一位主教家中偷了东西，后来又在大道上，手持凶器，抢过一个通烟筒的孩子的钱。八年来，他躲藏起来，不知道在什么地方，还在通缉他。当时，我就想象……总之，我干了这件事！一气之下做出决定，我向警察总署告发了您。"

马德兰先生刚才又拿起材料，他以十分坦然的声调又问道：

"那么，是怎么答复您的呢？"

"说我胡闹。"

"是吗？"

"是啊，说得对。"

"您承认这一点很好啊！"

"只得承认，因为真的冉阿让抓到了。"

马德兰先生拿的材料从手中脱落，他抬起头来，定睛看着沙威，以难以捉摸的声调"啊"了一声。

沙威则往下说：

"事情是这样，市长先生。据说在本地，靠近埃利高钟楼那边，有一个叫尚马秋的老家伙，是个穷鬼，没有人注意。那种人，不知道他们靠什么活着。最近，就在今年秋天，尚马秋被逮住了，因为偷了人家造酒的苹果，作案是在……不管在哪家了，反正是盗窃行为：翻墙进去，折断了树枝。尚马秋被抓住了，他手里还拿着苹果树枝。那家伙给关起来。事情到这一步，还仅仅是个普通刑事案件。也是老天有眼，那里的牢房不成样子，初审法官先生认为阿拉斯有省级监狱，将尚马秋押送阿拉斯为宜。阿拉斯这座监狱里，有个从前的苦役犯，名叫勃列维，他为什么被捕我不知道，但是他表现好，就当上了那间狱室的看守。市长先生，尚马秋刚到那里，勃列维就叫起来：'怪事！这人我认识，他是干柴①。唉，老兄，瞧着我！您是冉阿让！''冉阿让！谁是冉阿让？'那个尚马秋还假装奇怪。'别装相了，'勃列维说，'你是冉阿让！你在土伦苦役犯监狱里关过。那是二十年前的事了，我们在一起待过。'那个尚马秋否认，当然啦！您该明白。于是深入调查，这件怪事给我一追到底，结果查出，大约三十年前，那个尚马秋在好几个地方，尤其在法夫罗勒当过树枝修剪工。从那以后，线索断了。过了很久，他又在奥弗涅，接着又在巴黎露面。他在巴黎当造车工匠，身边还有个洗衣女，不过这一点还没有得到证实；最后，就是到了这个地方。在他犯有加重情节的盗窃罪入狱之前，冉阿让是干什么的呢？是树枝修剪工。在什么地方？在法夫罗勒。还有别的事实。这个阿让的名字沿用他的洗礼名'让'，而他母亲姓马秋，这样，他出狱后，就随母亲的姓，以便隐姓埋名，因此叫让马秋，这不是极其自然的事吗？他到了奥弗涅，那地方人发音不同，把'让'说成'尚'，大家叫他尚马秋。这家伙也就顺其自然，变成尚马秋了。您听明白了，是吧？有人到法夫罗勒调查过，冉阿让的家已经搬走了，不知道搬到什么地方。您也清楚，那种阶层，一家人死绝是常有的事儿。还是寻找过，什么

---

① 干柴指从前的苦役犯。——原注

也没有发现。那类人如果不是烂泥，就化作尘埃了。再说，由于事过三十年，法夫罗勒那里认识冉阿让的人都不在了。于是又去土伦调查。除了勃列维，只有两名苦役犯见过冉阿让，一个叫克什帕伊，一个叫舍尼帝，是两个判了无期徒刑的囚犯。两犯提监押到这里，同改名换姓的尚马秋对证。他们都毫不犹豫，同勃列维一样，认定那人是冉阿让。同样年龄，五十六岁，同样个头儿，同样神态，总之是同一个人，就是他了。也正是在那种时候，我往巴黎警察总署发函告发您。那边回信说我昏头了，冉阿让已经收押在阿拉斯。您想象得出，这情况多么令我诧异，我还以为在这里抓住了冉阿让本人呢！我写信给那位初审法官，他让我去，并把那个尚马秋带到我面前……"

"怎么样呢？"马德兰先生打断他的话。

沙威脸上还是那副廉正而忧伤的表情，答道：

"市长先生，事实就是事实。我很遗憾，那个人就是冉阿让。我也认出他了。"

马德兰先生声音压得很低，又问道："您有把握吗？"

沙威笑起来，那是深信不疑时所发出的惨笑。

"哈！有把握！"

他沉吟了一下，下意识地从桌上一只木钵里，捏出些吸墨用的木屑，继而补充说道："就是现在我见了真的冉阿让，还是不明白我怎么想到别处去了。我请求您原谅，市长先生。"

面前这个人，六周之前曾当着许多警察的面侮辱过他，冲他喊："出去！"这个傲慢的沙威，却能讲出这样由衷哀求的话，他不知道此刻他充分体现出了朴直和崇高。马德兰先生没有回答他的请示，而是突如其来地问道：

"那人怎么说？"

"哦，当然！市长先生，这案件可不妙。若真是冉阿让，就是有累犯罪。逾墙盗窃，折断树枝，偷走几个苹果，如果是小孩干的，就是淘气行为；如果是成年人干的，就是过失；如果是一个苦役犯干的，就是犯罪。逾墙和盗窃，这就构成犯罪，不再由警察局处理，而由刑事法庭审判了，也不再是拘留几天，而要判终身苦役了。而且，还有通烟筒的孩子那件事，希望到时他也能出庭作证。好家伙！真够受的，对不对？如果不是冉阿让，换个别人，就受不了。然而，冉阿让是个阴险的家伙。从这一点我也看出是他。换个别人，就会感到事情严重了，沉不住气闹起来，大喊大叫，就像炉火上的开水壶，说他绝不是冉阿让，等等。然而他呢，却是一副莫名其妙的样子，他说：我是尚马秋，我不是从那里出来的！他摆出惊奇的样子，装糊涂，这一招更高。嘿！那家伙真狡猾。可是没关系，证据摆在那儿。有四个人认出来，那老混蛋肯定会判刑。要押上阿拉斯的刑事法庭。我要上庭作证，已经指定了。"

马德兰先生已经重新伏案工作，平静地翻材料，时而念念，时而写写，像个大忙人。他扭头对沙威说：

"好了，沙威。这些详细情况我不大感兴趣。我们这是浪费时间，还有紧急公务要处理呢。沙威，您立刻去圣索夫街口，到卖草的布索比老大娘家里，告诉她来控告那个车夫皮埃尔·舍内龙。那人太粗鲁，赶车险些压死他们母子。他应当受罚。然后，您再去橡皮泥表街，到夏塞莱先生家。他抱怨邻家的檐槽中的雨水灌到他家，冲坏他房子的地基。接下去，您再到吉布街多里斯寡妇家、伽罗布朗街的勒内勒保塞夫人家，查一下有人向我投诉的违法行为，做好笔录。哦，一下子让您办这么多事。您不是要外出吗？您不是对我说过，八九天之后，您要为那个案子去阿拉斯吗？"

"还要早走，市长先生。"

"哪天呢？"

"我好像对市长先生说过，明天就开庭审理，今天夜晚，我就得搭乘驿车前往。"

马德兰先生动了一下，但不易觉察。

"那案子要审理多长时间？"

"顶多一天工夫，最迟明天夜晚就宣判。肯定要判决，但是我不会等到最后，一作完证就立刻赶回来。"

"很好。"马德兰先生说道。

他摆了摆手，让沙威退下。

沙威却不走。

"对不起，市长先生。"他说道。

"还有什么事儿？"马德兰先生问道。

"市长先生，还有一件事需要我提醒您。"

“哪件事儿?”

“就是应当免我的职。”

马德兰先生站起。

“沙威，您是个正派人，令我敬佩。您夸大了自己的过错。况且，您那次冒犯的不是我。沙威，您应该晋升，而不应该降级。我看您还是保留原职。”

沙威注视马德兰先生，他那天真的眸子深处的意识，看似不够清晰，但是既耿直又纯洁，他以平静的声音说道:

“市长先生，我不能同意您这样处理。”

“我再向您说一遍，”马德兰先生反驳道，“这是我的事。”

然而，沙威只注意自己的想法，他继续说道:

“至于说夸大，我一点也没有夸大。我是这样理解的。我毫无理由地怀疑您。这一点还没什么。干我们这行的有权怀疑，尽管怀疑上级是越权行为。但您是可敬的人，是市长，行政长官，我却毫无证据，只因一时气愤，企图报复，就告发您是苦役犯! 这就严重了。非常严重。我不过是政权的一个警务人员，竟然在您身上冒犯了政权。我的哪个下属若是这样做，我就会宣布他不称职，将他辞退。”

“讲完了吗?”

“喏，市长先生，还有一句话。我一生都很严格。那是对别人，也是正确的。我做得对。现在，我对自己若是不严格，那么从前我做对的事就全不对了。难道我对待自己，就应当比对待别人宽容一些吗? 不应当。怎么! 我只会惩罚别人，而不惩罚自己吗? 那我就成了无耻之徒! 那些人说:‘沙威这个坏蛋!’就说对啦! 市长先生，我不希望您以仁慈心肠对待我。您对别人仁慈的时候，就让我不痛快。我不要这样仁慈对待我。仁慈就是纵容妓女冒犯绅士，纵容警察冒犯市长，纵容下级冒犯上级，这就是我所说的好心办坏事。推行这种仁慈，社会就要涣散。上帝啊! 做好心人还不容易，办事公道才难呢! 哼! 假如您真是我怀疑的那个人，我对您绝不会仁慈! 您会领教的! 市长先生，我对待自己，应该像对待任何人那样。我弹压那些坏蛋的时候，严惩那些不法之徒的时候，就一再告诫自己:‘你呀，如果出差错，你一旦让我抓住把柄，就有你舒服的!’——我出了差错，抓住了自己的把柄，活该! 好吧，辞退，免职，开除! 这样很好。我有胳膊有腿，可以种田，干什么还不一样。市长先生，做个榜样，对公务部门有好处。我仅仅要求撤了沙威探长的职务。"

他讲这番话的声调既谦卑又自负，既沉痛又自信，给这个诚实的怪人增添一种说不出来的奇特的伟大气概。

"以后再说吧。"马德兰先生说道。

说着，他朝沙威伸出手。

沙威退避，还以粗野的口气说："对不起，市长先生，这可使不得。一位市长不能把手伸给一个密探。"

他又咕哝着补充一句："密探，对，我滥用了警权，就蜕变成密探了。"

接着，他深施一礼，便朝门口走去。

走到门口，他又转过身来，眼睛始终低垂，说道：

"市长先生，我继续执行公务，直到来人替换我。"

沙威走了。马德兰先生出了一回神，倾听那稳健的脚步踏着长廊的石板地渐渐走远。

第七卷　尚马秋案件

一　辛朴利思嬷嬷

　　下面叙述的事件，在海滨蒙特伊并未全部曝光，但是透露出来的一点儿情况，就在这城中留下极深的印象，若不详细记述，就会给本书造成重大遗漏。

　　读者看到这些详细情况，有两三处会觉得不大真实，为了尊重事实，我们都照录下来。

　　那天，马德兰先生接见了沙威之后，下午还照常去探视芳汀。

　　他走进芳汀的病房之前，让人叫辛朴利思嬷嬷过来一下。照看医务所的两位嬷嬷，佩尔陪递和辛朴利思，同慈善机构的所有嬷嬷一样，都是遣使会的修女。

　　佩尔陪递嬷嬷原是极普通的村姑，形貌粗俗，皈依上帝如同找份活儿干；她当修女，就像别人当厨娘一样。这种类型的人并不少见。各个修会都乐于接收这种粗笨的乡村土货，而且不费吹灰之力，就使之成为嘉布遣会或圣于絮尔会的修士。这类粗人出家，正好用来干粗活。一个牧童摇身一变而成为加尔默罗会修士，过渡毫无障碍。不用花多大气力，就能从这一个变成那一个；乡村和寺院都同样愚昧，这就是现成的共同基础，因此乡民和寺僧都半斤八两。罩衫裁肥一点儿，就是修士袍了。佩尔陪递嬷嬷是个健壮的修女，来自蓬图瓦兹附近的马里纳村，一口乡土音，说话很单调，好嘟囔，往往看病人是真信教还是假伪善，来决定往汤药里放糖的分量，对患者态度粗暴，跟要死的人赌气，几乎是把上帝摔到临终的人脸上，气冲冲地作临终祷告。她又鲁莽又诚实，那张脸总是红红的。

辛朴利思嬷嬷的脸却像白蜡一样白净。她在佩尔陪递身边，就像细白蜡烛挨着大红蜡烛。万桑·德·保罗妙笔生花，十分放肆又十分拘束，活灵活现地刻画出慈善事业的嬷嬷形象："病院就是她们的修道院，租的一间房子就是静修室，本教区的教堂就是她们的圣殿，街道或医院的厅室就是修院的回廊，驯顺就是修院的围墙，敬畏上帝就是铁栅栏，谦卑就是面纱。"辛朴利思嬷嬷就是这种理想的活生生形象。谁也说不准她的年纪：她从未有过青春，似乎永远也不会老。这个人，我们不敢说是个女人，这个人沉静、严肃、冷淡，但又是个好伴侣，从未说过谎话。她柔和到极点，未免显得脆弱，但是比花岗岩还要坚硬。她用曼妙纯净的纤指接触患者。她的话语在一定程度上包含缄默，只讲必要的话，而那声调是能建起一个忏悔座，也足能迷住一座沙龙。这种纤弱的资质同身上的粗呢衣裙相得益彰，有了这种粗糙的接触，就能时时想起上天和上帝。要强调指出一个细节。从不说谎，无论为了任何利益，甚至也不会随意讲一句违背事实、违背神圣事实的话，这就是辛朴利思嬷嬷的特性，是她品德的特质。正因为这种不可动摇的诚信，她在教会中相当有名气。西伽尔神甫在给聋哑人马西厄的信中，就提到辛朴利思嬷嬷。我们再怎么坦率、诚实而纯洁，在这种坦诚之心上，无不有无害的小小谎言的裂纹。而她则丝毫没有。小小的谎言，无关紧要的谎言，总还是有的吧？说谎，就是绝对的恶。说一点谎，是不可能的；说一句谎就等于全部说谎；说谎，这是魔鬼的本来面目；撒旦有两个名字，既叫撒旦又叫撒谎。辛朴利思嬷嬷就是这样想的。她怎样想就怎样做。因此，她的肌肤有我们所说的白色，那晶莹的白光甚至笼罩她的嘴唇和眼睛。她的微笑是白的，目光是白的；在那颗良心的玻璃上，没有一粒灰尘，没有一丝蜘蛛网。她皈依圣万桑·德·保罗时，特意选择了辛朴利思这名字。众所周知，西西里的辛朴利思是位圣女，生于锡拉古斯，她若是谎称生于塞格斯特，就能保住一条命，却宁肯让人拔掉双乳，也不愿说谎。这位主保圣女正合乎她的灵魂。

辛朴利思嬷嬷出家之前有两个缺点，后来逐渐克服了：从前她爱吃甜食，喜欢多收到信件。她只看一本书，是大字体的拉丁文祈祷经。她不懂拉丁文，但是能看懂这本书。

这位虔诚的修女在芳汀身上，也许感到了潜在的美德，因而喜爱上她了，尽心尽力，几乎一心看护她了。

马德兰先生一到，就把辛朴利思嬷嬷拉到一旁，嘱托她好好照看芳汀；后来她才想起，马德兰先生这次说话的声调很奇特。

他离开嬷嬷，走到芳汀的身边。

芳汀天天等待马德兰先生来探视，如同等待一束温暖快乐的阳光。她常对两位嬷嬷说："市长先生在跟前的时候，我才有精神。"

这天，她正发高烧。她一瞧见马德兰先生，就问他："珂赛特呢？"

他含笑答道："快来了。"

马德兰先生对待芳汀还跟平时一样，不过这次待了一小时，而不是半小时，使芳汀大大高兴了一番。他对所有人千嘱咐万叮咛，不要让病人缺着什么。大家注意到有一阵子，他的脸色变得十分阴沉，但是后来听说大夫曾对着他耳朵讲了一句："她大大衰弱了！"他那种神色也就不言自明了。

探视之后，他回到市政厅。办公室的伙计瞧见他在自己办公室里，仔细察看挂在墙上的法国公路图，还瞧见他用铅笔往一张纸上写了几个数字。

二　斯科弗莱尔师傅的洞察力

马德兰先生从市政厅出来，又去城另一头一个佛兰德人的家中。那人叫斯科弗拉爱，变为法文就是斯科弗莱尔，他出租马匹，"马车也随意租用"。

要去斯科弗莱尔家，最近的路是走一条僻静的街道，本堂神甫和马德兰先生都住在那条街上。据说，本堂神甫高尚可敬，善于为人排忧解难。马德兰先生快要走到那位神甫的住宅时，街上只有一个行人。那行人看到这样的情景：市长先生已经走过了神甫的住宅，忽然停下脚步，站了一会儿，又原路返回，一直走到神甫的门前；那是独扇小门，吊了个铁门锤，他急忙抓起门锤，但是又停下不动，仿佛在考虑，过了几秒钟，他没有重重地敲门，而是轻轻地放下门锤，又继续赶路，脚步比原来匆急得多。

马德兰先生到了斯科弗莱尔师傅家，看见他正在修补鞍具。

"斯科弗莱尔师傅，"他问道，"您有一匹好马吗？"

"市长先生，"佛兰德人答道，"我的全是好马。您说的好马是指什么呢？"

"就是指一天能跑二十法里的马。"

"见鬼！"佛兰德人说，"二十法里！"

"对。"

"拉着轻便马车吗？"

"对。"

"跑到了休息多长时间？"

"必要的话，第二天还要赶路。"

"原路返回？"

"对。"

"见鬼！见鬼！是二十法里吗？"

马德兰先生从兜里掏出写了数字的那张纸，递给佛兰德人看，只见上面写着五、六、八点五。

"您瞧，"他说道，"总共十九点五，也就等于二十法里啦。"

"市长先生，"佛兰德人又说，"这事儿我包了。就用我那匹小白马，您肯定看见过它拉车。那是下布洛内的小种牲口，性情火爆。起初想把它训练成坐骑。唉！它狂奔乱跳。谁骑上都给摔到地上。大家以为它难以驯服，不知如何使用。于是，我买下来，套上车子。先生，这才是它愿意干的活儿呢，简直像姑娘一样温顺，跑起来如同一阵风。嘿！真的，不应当骑在它背上，它不愿意当坐骑。各有各的志向嘛。拉车，可以；骑人，不成。应当相信它心里是这样说的。"

"它可以跑这段路程？"

"您那二十法里，一路小跑，用不了八个钟头就到了。不过有几个条件。"

"说吧。"

"第一，跑一半路程，您让它歇一个钟头，喂点儿草料，喂草料时要有人看着，以防客栈伙计偷它的燕麦；我在客栈里注意过，燕麦饲料，往往马吃一少半，多半让马厩伙计私吞了。"

"会有人照看。"

"第二……马车是给市长先生乘坐的吗?"

"对。"

"市长先生会驾车吗?"

"会。"

"那好,市长先生要一个人走,也不要带行李,以免车子太重,累着马。"

"可以。"

"不过,市长先生,您不带着人,就得亲自费神监视燕麦了。"

"说到做到。"

"每天收费三十法郎,歇息的日子也照算。少一个铜子也不行,牲口的饲料由市长先生负担。"

马德兰先生从钱袋里掏出三枚金币放到桌子上。

"先付两天的。"

"第四,路程这么远,带篷马车太沉,马吃不消,市长先生必须接受我那辆两轮马车。"

"我接受。"

"那辆轻便是轻便,可是敞篷啊……"

"我不在乎。"

"市长先生想过吗,现在是冬天?……"

马德兰先生没有应声,佛兰德人又说:

"想过天气很冷吗?"

马德兰先生仍然沉默不语。斯科弗莱尔师傅接着说:

"想过可能下雨吗?"

马德兰先生抬起头说道:

"这辆轻便马车套好马,明天凌晨四点半钟,准时在我门口等候。"

"一言为定,市长先生。"斯科弗莱尔答道,他用大拇指的指甲抠去木桌上一个污痕,拿出佛兰德人掩饰精明的那种若不经意的神气,又说道:

"对了,现在我才想到!市长先生还没有告诉我去什么地方。市长先生要去哪儿呢?"

一开始交谈,他就没想别的事儿,却不知道为什么没敢提出这个问题。

"您那匹马前腿有劲吗？"马德兰先生问道。

"有劲，市长先生。下坡路您稍微勒住一点儿。从这儿到您去的地方，有许多下坡路吗？"

"不要忘记，明天凌晨四点半钟，准时在我门口等候。"马德兰先生说罢便走了。

佛兰德人，正如过了一会儿他自己说的，"傻愣"在那儿了。

市长先生走了有两三分钟。房门重又打开，进来的还是市长先生。

他始终是那副心事重重而又无动于衷的样子。

"斯科弗莱尔先生，"他说道，"您要租给我的那匹马和那辆车，连车带马，估计值多少钱？"

"马带车子，市长先生？"佛兰德人说着哈哈大笑。

"行啊，多少钱？"

"市长先生是想买下我的车和马吗？"

"不是，要防万一出事，我想把担保金交给您。等我回来，您再如数还给我，车和马您估价多少？"

"五百法郎，市长先生。"

"给您。"

马德兰先生把钞票放在桌子上，这回出去就再不回来了。

斯科弗莱尔后悔死了，真应该说一千法郎，其实，车和马加在一起，只值一百银币。

佛兰德人叫来老婆，向她叙述了这件事。市长先生要去什么鬼地方呢？夫妇二人合计起来。"他要去巴黎。"妻子说道。"我不信。"丈夫却说。马德兰先生把写了几个数字的那张纸遗忘在壁炉上。佛兰德人拿起纸来琢磨："五、六、八点五，估计标明是驿站之间的里程。"他回身对老婆说，"我明白了。""怎么样？""从这儿到埃斯丹有五法里，从埃斯丹到圣波尔有六法里，从圣波尔到阿拉斯则是八法里半。他是去阿拉斯。"

这工夫，马德兰先生回到家里。

他从斯科弗莱尔师傅家返回，走了最远的路线，就好像本堂神甫住宅的门对他是一种诱惑，要避开似的。他上楼到自己的卧室，关上房门，这是完全正常的，他喜欢早睡觉。马德兰先生唯一的女仆就是工厂的看门人，她看到八点半他就熄了蜡烛，就把这情况告诉刚回来的出纳员，还说了一句：

"市长先生病了吗？我觉得他的样子不正常。"

出纳员的卧室恰巧在马德兰房间的下面。他对女门房的话毫不在意，上床就睡着了。睡到半夜猛然惊醒，在睡梦中听见了头上有响动。他侧耳倾听，原来是来回踱步的声音，好像楼上的房间里有人在走动。再仔细一听，就辨认出是马德兰先生的脚步，他不禁觉得奇怪：平常在起床之前，马德兰先生的卧室一点动静也没有。过了一会儿，他又听见类似开橱门又关上的声响。接着，有人搬动一件家具。寂静了一会儿，重又响起脚步声。出纳员忽地坐起来，他完全醒了，睁眼四处瞧瞧，透过玻璃窗，看见对面墙上映出一扇亮灯窗户的红光。从光照的方向来看，只能是从马德兰先生卧室的窗户射出来的。墙上的反光不断颤动，仿佛是火光而不像灯光。没有窗格的影子，表明窗子完全敞着。天气这么冷，却打开窗户，实在令人吃惊。出纳员又睡着了。一两个钟头之后，他又醒来，头上始终有来回走动的、同样缓慢而均匀的脚步声。

墙上也始终有反光，不过黯淡平稳了，好像是一盏灯或一支蜡烛映射的。窗户还始终敞着。

要知道马德兰先生卧室里发生的事情，且看下回分解。

三　脑海中的风暴

自不待言，读者想必猜出，马德兰先生不是别人，正是冉阿让。

我们已经探视过那颗良心的深处，此刻又可以探视一番了。我们不能不又激动又惶恐，因为观望到的情景，比任何事情都更触目惊心。在精神的眼睛看来，人心比任何地方都更炫目，也更黑暗；精神的眼睛所注视的任何东西，也没有人心这样可怕，这样复杂，这样神秘，这样无边无际。有一种比海洋更宏大的景象，那就是天空；还有一种比天空更宏大的景象，那就是人的内心世界。

以人心为题作诗，哪管只描述一个人，哪管只描述一个最微贱的人，那也会将所有史诗汇入一部更高的终极史诗。人心是妄念、贪婪和图谋的混杂，是梦想的熔炉，是可耻意念的渊薮，也是诡诈的魔窟、欲望的战场。在某种时刻，透过一个思索的人苍白的脸，观察后面，观察内心，观察隐晦。外表沉默的下面，却有荷马史诗中的那种巨人的搏斗，有弥尔顿诗中的那种神龙蛇怪的混杂、成群成群的鬼魂，有但丁诗中的那种螺旋形的幻视。每人负载的这种无限，虽然幽深莫测，但总是用来衡量自己头脑的意愿和生活的行为，而且总是大失所望。

有一天，但丁碰见一道阴森可怕的门，不免犹豫不决。现在，我们也面对一道门，站在门口犹豫。还是让我们进去吧。

小杰尔卫事件之后冉阿让的情况，读者已经了解，稍需补充一点就够了。我们看到，从那时起，冉阿让变了一个人。那位主教期望他做什么样的人，他完全照办了。这不仅仅是改变，而是脱胎换骨。

他做到销声匿迹了，卖掉主教的银器，只保存两只烛台作留念，从一座城市溜到另一座城市，穿越法国，来到海滨蒙特伊，发明了前面讲过的新方法，完成了前面叙述的事业，自己也成功地变成了不可捉摸又难以接近的人；他在海滨蒙特伊定居，欣慰的是既追悔前半生，又用后半生来弥补缺憾，生活安定，有了保障和希望，心中只有两个念头：隐姓埋名而修成圣徒，逃避世人而皈依上帝。

在他的头脑里，这两个念头紧密相连，已经形成一种意愿了。两个念头都同样强烈，同样具有吸引力，控制他的一举一动。平时，两者并行不悖，指导他的行为，把他拉向隐居的生活，让他成为平易和善的人，两者都提醒他做同样事情。然而，也有发生冲突的时候。大家还记得，一旦出现这种情况，海滨蒙特伊所有人都称为马德兰先生的这个人，就毫不犹豫取舍，肯为后者牺牲前者，能舍身求义。因此，他尽管有所顾忌，尽管小心谨慎，还是保存了主教的烛台，为主教服丧，把过路的所有通烟筒的少年叫来询问，打听在法夫罗勒的家庭情况，而且不理会沙威含沙射影的威胁话，救了割风老头的命，我们已经注意到，他似乎效法所有圣贤忠义之士，认为他首要的天职不是为自身。

不过，应当指出，类似的情况还从来没有发生过。我们叙述这个不幸者所经受的痛苦，但是支配他的两种念头，还从来没有展开如此严重的斗争。沙威走进他的办公室，刚说几句话，他内心就隐隐约约明白了。他深深埋藏的名字，又如此离奇地听人提起，他当即大为骇然，仿佛为自己命运的奇异恶兆所震慑；他在惊愕中不禁悸动，这预示着巨大的打击。他俯下身子，宛如暴风雨逼近的一棵橡树，又如快要冲锋的一名士兵。他感到乌云压顶，就要雷电交加。他听沙威讲的时候，头一个念头就是立刻走，跑去自首，将那个尚马秋救出牢房，自己入狱受罚；这样想就跟剐肉一般钻心疼痛；继而，这种念头过去，他心中暗道："再瞧瞧吧！再瞧瞧吧！"他压下慷慨之心的最初冲动，在英勇行为面前退却了。

这个人听了主教的圣言之后，多年来痛改前非，以苦修苦行来赎罪，有了极好的开端，即使面临凶险的境况，也能脸不变色心不跳，仍以同样的步伐，继续走向天国所在的深渊，这当然是一种壮举；不过，壮举是壮举，却没有这么做。我们必须弄清这颗心灵里发生的事情，但也只能如实讲述。最初占上风的，是保存自身的本能；他急忙收拢心思，抑制冲动，正视沙威这个巨大威胁，在恐惧中毅然推迟任何决定，集中考虑该怎么办，重又镇定下来，就像一名武士重又拾起盾牌。

事后，一整天他都处于这种状态：内心思潮翻腾，外表沉静安详；他仅仅采取了所谓"保全的措施"。头脑里还是一片冲突和混乱，乱作一团，看不清任何念头的形态，连自己都说不清自己是怎么了，只知道刚刚受了一次重重的打击。他还照常到芳汀的病榻旁边，并出于善良的本能，延长了探视的时间，心想应当这样做，应当把她托付给嬷嬷，以备万一他外出。他隐约感到也许要去一趟阿拉斯，虽然还没有决定，但是心想他既然丝毫没有受到怀疑，倒不妨亲自去看看那件案子审判的情况，于是定了斯科弗莱尔的马车，以备不时之需。

晚餐，他的胃口不错。

回到卧室，他开始静心思考。

细想自己的处境，觉得闻所未闻，离奇到了极点，以致在胡思乱想当中，不知受到什么莫名其妙的不安情绪的推动，他突然从椅子上跳起来，跑去插上房门，怕有什么东西闯进来，森严壁垒，以防万一。

过了一会儿，他吹灭了蜡烛：有烛光觉得不自在。

好像有人能看见他。

有人，谁呢？

唉！他要关在门外的人已经进来了；他不想让看见的人却看着他。此人就是他的良心。

不过，起初他还抱有幻想，以为独自一人，待在房间里安全了；插上了门闩，谁也闯不进来；吹灭了蜡烛，谁也看不见他了。于是，他掌握了自己，双肘支在桌子上，用手托着头，在黑暗中开始思考。

"我这是到了哪一步啦？""我不是在做梦吧？""别人对我说了什么呢？""我真的见了沙威，他真的对我那样说的吗？""那个尚马秋究竟是什么人呢？""他长得像我了？""怎么可能呢？""昨天我还那么平静，万万没有想到会出事！""昨天这个时候，我做什么来着？""这件事有什么名堂呢？""最后如何收场呢？""怎么办啊？"

他就这样陷入困惑中，头脑什么也保存不住，种种念头像波涛一样流走，他双手抱住额头想拦住思绪。

他的意志和理智也给搅乱了，想理出个头绪，找出个解决办法，结果一无所获，唯有惶恐不安。

他脑袋滚烫，于是走过去打开窗户，天上不见一点星光，他又反身坐到桌子旁。

头一个小时就这样过去了。

这工夫，一些模糊的思路，在他头脑中渐渐成形，渐渐确定，全局虽然还看不清楚，一些局部情况却像实物一样清晰了。

他开始认清，这种局面再怎么特殊，再怎么危急，他也完全掌握主动。

这只能使他更加惊慌失措。

时至今日，他的所作所为，无非是掘了一个洞，埋藏他的姓名，与他确定的苦修的宗教目的并不相干。在他独处自省的时刻，辗转难眠的夜晚，他始终最担心的情况，就是忽然听人提起这个名字，心想那便是他一切的终结；这个名字重新出现之日，就是他的新生活在他周围毁灭之时，谁晓得呢？也许是他的新灵魂在他内心毁灭之时。只要一想有可能出现这种情况，他就不寒而栗。在这种时刻，如果有人对他说，时候一到，这个名字就会在他耳边震响，冉阿让这个丑恶的名字，就会突然从黑夜里跳出来，矗立在他面前，而强烈的光就会在他头上闪耀，驱散包围着他的神秘；不过那人同时又说，这个名字不会威胁他，这道光只能制造更加浓厚的幽暗，这道光撕开的纱幕还会增加神秘，这场地震会加固他的建筑，而且他若是愿意，这次非常变故的后果，只能使他的一生更加清楚又更难识透，这位和善可敬的绅士马德兰先生，在同冉阿让的幽灵对质之后，就会更加体面，更加安宁，更受尊敬了……如果有人对他这样讲，他肯定摇头，认为这全是无稽之谈。然而，这一切恰恰发生了，这一堆不可能的事情已成事实，上帝允许这些荒唐事变成真事！

他继续胡思乱想，但是思路越来越明朗，自己的处境也看得越来越清楚了。

他仿佛莫名其妙睡了一觉，忽然醒来，发现在深夜里，站在下滑的深渊边上，浑身瑟瑟发抖，已经退不回去了。在昏暗中，他看见一个陌生人，一个素不相识的人，而命运把那人当作他要推下深渊。是他还是那人，必须坠落下去一个，深渊才能重新弥合。

他只好听其自然。

事情完全清楚了，他默认这一点：他在苦役场监狱的位置还空着，一直等着他，躲也没用，他抢了小杰尔卫的钱，就要逮捕归案，那空位置既等待又吸引他，直到他进去为止，这是命里注定、不可避免的事情。继而他又想到：在这种时候，他有了个替身，看来一个叫尚马秋的家伙交上这种厄运，而从今以后，他就附在尚马秋的身上去坐牢，冒马德兰先生之名来处世，再也无需担心了，只要他不阻止别人，这块罪恶之石就像墓石一样，一旦压到尚马秋的头上，就永远再也掀不起来了。

这种念头十分强烈，又十分奇异，以致他心中忽然萌发一阵难以描摹的冲动；这种良心上的挛动，人一生只能经历两三次：心中由讽刺、喜悦和失落所构成的暧昧情绪，全部搅动起来，可以称为内心的一阵狂笑。

他又突然点亮蜡烛。

"这是怎么啦！"他自言自语，"我究竟怕什么呢？我又何必这样想呢？我现在得救了。一切都结束了。原先只有一扇虚掩的门，我的过去还能通过门缝，猛地闯进我的生活。现在，这扇门堵死了，永远堵死了！沙威那个可怕的东西，那条凶恶的猎犬，多年来一直搅得我坐卧不安，他仿佛识破了我，天啊！真的识破了我，到处跟踪我，时刻窥伺我，现在他失去线索，跑到别的地方，完全走上歧途啦！他抓到了他的冉阿让，从此心满意足了，可以让我安生啦！说不准他还要离开这座城市呢！何况，发生这种事情，我根本没有插手！没有起任何作用！然而，这是怎么说呢！这其中有什么不妙的情况呢？老实说，此刻有人若是瞧见我，还以为我碰到什么倒霉事呢！说到底，真有什么人遭殃的话，也绝怪不到我的头上。这完全是上天安排的。看来这是无意！难道我有权打乱上天的安排吗？现在我还企求什么呢？我管那个闲事干什么？这与我无关。怎么搞的！我高兴不起来！我还需要什么呢？多少年来我追求的目的，我一夜夜的梦想，我祈祷上苍的心愿，就是安定，现在我得到啦！这是上帝的意愿。我丝毫也没有违背上帝的意志。上帝为什么要这样呢？为了让我继续我开始的事业，让我行善，有朝一日成为一个鼓舞人心的伟大榜样，也为表明我苦修赎罪，弃恶从善，毕竟能得到一点幸福！我实在不明白，那会儿怕什么，不敢走进那位厚道的本堂神甫的家中，像面对忏悔师那样，原原本本地告诉他，向他求教，显然他也会对我这样讲。就这样定了，听其自然！听凭仁慈上帝的安排！"

他在心灵深处这样自言自语，可以说同时也俯视他本人的深渊。他从椅子上站起来，开始在屋里踱步。"好啦，"他说道，"不想这事儿了。就这么决定啦！"然而，他丝毫也不觉得快活。

恰恰相反。

阻止不了思想回到一个念头，如同海水回到岸边。对水手来说，这叫作潮流；对罪人来说，这叫悔恨。人的灵魂经上帝掀动，好似汹涌澎湃的海洋。

无可奈何，过了一会儿，他接着又进行这种可悲的对话，自己讲给自己听，讲他不想说的事，听他不愿听的话，屈从于一种神秘的力量；这种力量对他说：想吧！正如两千年前对另一个判刑的人说：走吧！

话题先不要扯得太远，为了讲得明明白白，就要强加一种必不可少的观察。

人自言自语，确有其事；凡是有思维的人无不有这种体验。甚至可以说，言语只有在人的内心里，从思想到意识，再从意识回到思想，才具有无与伦比的神秘性。本章时常使用的"他说""他喊道"这些字眼，也只能从这种意义上来理解。人在心中自言自语，在心中高喊，却不打破表面的沉默。心中一阵喧闹，除了嘴以外，全身都在讲话。灵魂的实存，并不因其无形无体而减其真实性。

就这样，他心中问自己到了什么地步。他问自己"这样决定"怎么样。他向自己承认，他在头脑里所做的安排非常残忍，"听其自然，听凭仁慈上帝的安排"，这简直可怕极了。任由命运和人的这种谬误进行下去，不加以阻拦，保持沉默，总之什么也不做，就是做了一切！这是极端无耻而虚伪的！这是犯罪，既卑劣又阴险，既无耻又丑恶！

这个不幸的人，八年来第一次尝到坏思想和坏行为的苦味。

他厌恶地吐了出来。

他继续扪心自问，严厉责问自己，所谓"我的目的达到啦！"究竟是什么意思。他向自己表明一生确有目的。然而目的是什么呢？隐姓埋名吗？蒙骗警察局吗？他所做的一切，难道为了这样一点区区小事吗？难道另外没有一个远大的、真正的目的吗？拯救灵魂，而不是拯救躯体。恢复诚实和善良。做一个有天良的人！难道这不是他终生最主要的、唯一的追求吗？难道这不是主教对他最主要的、唯一的嘱咐吗？关上门，隔断自己的过去？然而，老天爷！门关若未关，他干一件卑劣的事，就重又打开这扇门！他就重做盗贼，而且是最丑恶的盗贼！窃取另一个人的生存、生活和安宁，窃取另一个人在阳光下的位置！他变成了凶手！他杀害，在精神上杀害一个可怜的人，置那人于死地，而且是活受罪的死亡，是人称苦役场的暴尸的死亡！反之，去自首，去救那个蒙了不白之冤的人。尽自己的天职，恢复真名实姓，重做苦役犯冉阿让，那才真正实现复活，永远关闭他抽身的地狱之门！看似重堕地狱，实则脱离地狱！应当这样做！他不这样做，就等于什么也没有做！他就虚度一生，白白苦行赎罪了，他就只能说：活着干什么？他感到主教就在眼前，感到主教正因为故去而更加清晰地显现，感到主教在盯着看他，而从今往后，他会觉得德高望重的马德兰先生非常可憎；苦役犯冉阿让反倒纯洁而令人敬佩。他感到，世人只看见他的面具，而主教却看见他的面孔；世人只看见他的生活，而主教却看见他的良心。因此，必须去阿拉斯，解救假冉阿让，告发真冉阿让。唉！这可是一种最大的牺牲、最惨痛的胜利，也是要跨越的最后一步，但是必须如此。痛苦的命运！只有回到世人眼中的屈辱地位，他才能进入上天眼中的圣洁境界！

"好吧，"他说，"就这么办！要尽天职！搭救那个人！"

他高声讲出这样的话，却浑然不觉高声说话了。

他抓起书，查看一下，便放整齐了。他将拮据的小商人向他借债的一打票据，全扔进炉火里烧掉。接着，他又写了一封信，封上之后，当时房间里若是有人，就会看见他在信封上这样写道："巴黎阿图瓦街，银行行长拉斐特先生收"。

他从写字台的格子里取出一个皮夹，里面装有几张钞票和同年参加选举的身份证。

他一面极为深沉地思索，一面干这些杂事，有人若是当场看见，绝猜不出他内心想些什么。只能看出有时他嘴唇翕动，有时他抬起头，凝视墙上某一点，就好像那恰恰是他要弄清或询问的东西。

给拉斐特先生的信写完了，他就连同皮夹放进衣兜里，重又开始踱步。

他遐想的思路毫未改变。他仍然清晰地看见他的职责："去吧！报出你的姓名！自首吧！"这是用发光的字写出来的，在他眼前闪闪发亮，并随着他的视线而转移。

同样，他也看见他生活一直遵循的双重规则：隐姓埋名，为灵魂赎罪，这两个念头仿佛化为有形之体，显现在他面前，而且泾渭分明。他看出两者的差异，看出一个念头必然向善，另一个念头可能作恶，一个利人，另一个为私；一个说："别人"，而另一个则说："我自己"；一个来自光明，另一个来自黑暗。

两者相互争斗，他也看见两者在搏斗。随着他的思索，两个念头也在他精神的眼前扩大，现在已经长成了巨大的身躯；他仿佛看见在他的内心，在我们前面所说的这个无边无际的天地里，在幽暗和微光之间，一位女神和一个女魔正在酣战。

他内心充满恐惧，但是他感到善念能够得胜。

他感到他良心和命运的又一个决定时刻临近了：主教标志他新生的第一阶段，尚马秋则标志第二阶段。巨大的恐慌过后，又面临巨大的考验。

刚才平静了一会儿，这工夫又渐渐冲动起来。头脑里思绪万千，但是他的决心却越来越坚定。

有一阵，他对自己说，也许他处理这事儿太性急了，而其实，那个尚马秋算不了什么，那家伙毕竟偷了东西。

他又这样回答自己：那人就算真的偷了几个苹果，也就坐一个月的牢，离苦役场还差得远呢。况且，他偷了没有，谁知道呢？有证据吗？冉阿让这个名字压到他头上，似乎就无需证据了。检察官通常不都是这么做的吗？大家知道他是苦役犯，就认为他是窃贼。

过了一会儿，他又这样想：他一旦自首，别人考虑到他的英勇行为，他七年来的诚实生活，以及他为当地所做的事情，也许会赦免他。

不过，这种假设很快就打消，他苦笑一下想道，他抢了小杰尔卫四十苏，这就构成累犯罪；这案子肯定会发，而法律有明文规定，他会判处终身苦役。

他丢开一切幻想，渐渐脱离尘世，要从别处寻求安慰和力量。他对自己说必须尽天职，尽了天职，未必就比逃避天职更痛苦；如果他"听其自然"，留在海滨蒙特伊，那么他所赢得的德望和美名、钦佩和敬重、他的善举和仁爱之心、他的财富、他的人望、他的品德，都要被一桩罪行所玷污；这些圣洁的事物同这件丑事纠缠在一起，该是什么味道！反之，他若是在苦役场，在绞刑架下，戴着刑枷，戴着绿色刑徒帽，在不间断的苦役中，在无情的屈辱中，完成自我牺牲，那么他就会为自己增添一个圣洁的思想！

最后，他对自己说，这是必由之路，命运注定，他不能做主改变上天的安排，无论怎样要做出选择：或者外君子而内小人，或者外污秽而内圣洁。

万千愁绪，翻腾不已，但是他的勇气并没有减退，唯有头脑疲惫了，便不由自主地想别的事，开始想一些不相干的事情。

太阳穴的脉搏剧烈跳动，他还不停地走来走去。午夜钟声先后在教堂和市政厅敲响了。两口钟，他各数了十二下，并比较声音。这时他联想起几天前，他在废铜烂铁商店看见一口古钟出售，钟上铸有这样的名字：罗曼城的安东尼·阿尔班。

他身上发冷，就生起一点火，并没有想到关窗子。

这工夫，他重又陷入怔忡状态，竟想不起午夜钟声之前考虑什么事，费了好大劲儿才想起来。

"哦，对啦！"他自言自语，"我决定自首。"

继而，他忽然想起芳汀。

"噢！"他叹道，"还有那个可怜的女人！"

想到这里，又爆发一场新的危机。

芳汀突然出现在他的冥想中，宛如意外射进来一束光线。他立刻觉得周围全变了，不禁喊道：

"哎呀，糟糕！直到现在，我还只考虑自己，只为自己着想！想自己最好隐瞒还是自首，最好隐藏自身还是拯救灵魂，最好做一个受人尊敬而可鄙的官吏，还是当一个受人景仰而下贱的苦役犯，想的是我，总想我自己，只想我自己！可是，上帝啊，这完全是自私自利！这是自私自利的不同表现形式，但总归是自私自利！我若是稍微替别人想一想呢？圣德的首要一点就是替别人着想。喏，斟酌斟酌吧。把我排除，把我抹掉，把我置于脑后，那么又会如何呢？——假如我自首呢？他们就逮捕我，释放那个尚马秋，重新把我押往苦役场，这很好。然后怎么样呢？这里会出什么事呢？噢！这里，这里是一个地区，有一座城市，有工厂，有工业，有工人，有男人，有女人，有老爷爷，有小孩子，有穷人！我创造了这一切，养活了这一切；哪里有冒烟的烟囱，就是我往火里加的柴，往锅里放的肉；我带来富裕、流通和信贷；在我之前，什么也没有，是在我的推动下，整个地方才复苏，有了生机，才活跃，繁荣，富足起来；失去我，便失去灵魂。我一撤掉，就全死了。——还有那个女人，受了多少苦难，在沉沦中表现出多高的品德，她的整个不幸是我无意中造成的！还有那个孩子，我本来想去接来，让她们母女团聚！我害了那女人受苦，难道不应该补偿一点吗？如果我一走，情况会怎么样呢？那母亲要死掉，孩子要流离失所。如果我自首，就会产生这种后果。——如果我不自首呢？想想看，如果我不自首呢？"

他向自己提出这个问题，就停了一下，一时仿佛犹豫并为之战栗，不过时间很短，他又平静地回答自己：

"那么，那个人就要去苦役场，这倒是真的，管他呢！反正他偷了东西！我对自己说他不是贼也没用，他偷了东西！我呢，我还留在这里，继续我的事业。再过十年，我就能赚一千万，把钱撒给这地方，自己分文不留，我留钱财干什么呢？我赚钱不是为自己！大家都越来越富裕，工业兴起并发展，加工厂和大工厂越建越多，家家户户，千百个家庭都会幸福！这地方人丁兴旺；只有几户农家的地方会出现村生；没有人烟的地方也会有人落户开荒种田；穷困消失了，同时，放荡，卖淫，盗窃，杀人，各种邪恶，各种犯罪，也都随之绝迹！而那位可怜的母亲也能够抚养她的孩子！这个地方，人人都富有，都过上体面的生活！想想这些，刚才我疯啦，昏了头，说什么要去自首？真应该当心，绝不能操之过急。怎么！就因为我要做个伟大而慷慨的人，——说穿了，这是欺世盗名的把戏！——就因为我只考虑自己，只考虑我个人，怎么！为了救一个人免遭惩罚，谁知道他是什么人，也许有点夸大他的冤情，其实他就是个贼，显然是个坏蛋，为了救这样一个人，整个地方就要遭殃！一个可怜的女人就要死在医院里！一个可怜的小姑娘就要死在路上！就跟狗一样！哼！真是惨无人道！母亲就连再看孩子一眼都不可能！孩子就连认认母亲都不可能啦！而这一切，仅仅是为了救一个偷苹果的老无赖，他没有这个案子，也会因为别的事押往苦役场！堂而皇之的顾虑，为了救一个罪犯，竟要牺牲无辜的人，为了救一个没有几年活头，坐牢不见得比住在破屋里更苦的老乞丐，竟要牺牲这地方全体民众，牺牲那母亲、妻子和孩子！还有那可怜的小珂赛特，她在这世上只有我了，此刻，她在德纳第家的破仓房里，一定冻得皮肤发青啦！那家人也不是好东西！对所有这些可怜的人，我就不尽职责啦！我只顾去自首！去干那种糊涂透顶的蠢事！干脆作最坏的打算。假如我在这件事上干错了，有朝一日受良心的谴责，那么为了别人的利益，接受只牵涉我本人的这种谴责，接受只让我的灵魂堕落的这个坏行为，那才是真正献身，那才是真正美德。"

他站起身，又开始踱步。这回他感到颇为满意了。

只有在黑暗的地下才能发现钻石，也只有在深沉的思想里才能发现真理。他在最黑暗的地方摸索了许久，终于得到一粒钻石、一个真理，他握在手中看着，只觉得眼花缭乱。

"对，"他想道，"正是如此。这回才正确，我有了办法。最后总得坚持点什么东西。我已经决定了。由它去吧！再也不能犹豫了，再也不能退缩了。这符合所有人的利益，只对我不利。我是马德兰，今后仍然是马德兰，谁成了冉阿让谁就倒霉！那不再是我了。我不认识那个人，也弄不清怎么回事了；此刻如果谁成了冉阿让，那他自己想法子去吧，不干我的事，那个厄运的名字在黑夜里飘荡，如果停下来，落到谁的头上，那就算他倒霉！"

他对着壁炉上的一面小镜子照了照，说道：

"咦！拿定了主意，心就放宽啦！现在我完全变了一个人。"

他又走了几步，接着戛然站住：

"好啦!"他说道,"既然拿定主意,不管有什么后果也不能犹豫了。还有些线连着我和冉阿让,应当统统割断。在这里,就在这间屋里,还有一些物品能暴露我,有一些不会说话的物品可能作证,干脆,统统毁掉。"

他摸摸口袋,掏出钱包并打开,拿出一把小钥匙。

在壁纸花纹颜色最深的部位,有一个几乎看不见的锁孔。他把钥匙插进锁孔,打开一个暗橱。暗橱正好安装在墙角和壁炉台之间,里面藏了几件破衣烂衫,有一件蓝粗布罩衫、一条旧裤、一条旧布袋,还有一根两端铁头的荆棍。1815 年 10 月间,冉阿让通过迪涅城时,那些看见他的人,不难认出这套褴褛装束的每件衣物。

他保存这些衣物,就像保存两只银烛台一样,为了永远记住他的起点。不过,从苦役监狱里带出的东西藏起来,而从主教家拿走的两只烛台却展示给人看。

他朝房门瞥了一眼,仿佛害怕插上的门还会自动打开似的。继而,他一把抱起所有东西,动作又急促又突然,这些破衣烂衫、木棍和布袋,他冒着危险,珍视地收藏了多少年,现在连看都不看一眼,全部丢进炉火中了。

他又关上暗橱,里面空了,此后没用了,却要加倍小心,他推过去一件大家具,遮住了暗橱门。

几秒钟之后,一片颤动的红光照亮房间和对面的墙壁。全烧了。荆棍烧得噼啪作响,火星射到屋子中央。

那个行囊和里面装的破衣烂衫化为灰烬,却现出一个亮晶晶的东西。毫无疑问,那正是从通烟筒的少年抢来的面值四十苏的银币。

他并不观看焚烧,只管以同样步伐走来走去。

他的目光忽然落到炉台上的两只反射亮光的银烛台。

"对啦!"他想到,"冉阿让的所作所为,全在那里面。那东西也应当烧毁。"

他拿起两只烛台。

炉火还很旺,烛台一扔进去,很快就能烧变形,化为难辨何物的条块。

他俯下身,烤了一回火,身子着实感到舒服。"好暖和呀!"他说道。

他用一只烛台拨火。

再过一分钟，两只烛台就要焚化了。

这时，他仿佛听见心里一个声音喊叫："冉阿让！冉阿让！"

他毛发倒竖，就像听见可怖的声音。

"对，就这样，干到底！"那声音说道，"把你做的事干完了！焚毁这两只烛台！销毁这种纪念物！忘掉主教！忘掉一切！毁掉那个尚马秋！干吧，很好啊。为你自己喝彩吧！就这样定了，打定主意，定死了，至于那个人，那个老头儿，还不知道别人打他什么主意，也许他毫无过错，并没有罪，整个祸端就是你的名字，你的名字作为罪名压在他头上，他要被人当作你抓起来，判罪，在卑辱和凄惨中结束余生！这很好。你呢，还当你的正人君子，还当你的市长先生，继续受人尊敬，有口皆碑，繁荣你的城市，救济穷人，抚养孤儿，过你快活的、清白而受人称赞的日子；而与此同时，你在这里沐浴在欢乐的光明之中的时候，却有个人穿上你的红色囚衣，顶替你的名字忍受耻辱，拖着你的锁链服苦役！是啊！这样安排妙！哼！你这个无赖！"

他的额头淌下汗来，眼睛直瞪瞪地盯着烛台，这工夫，他内心的声音还未讲完，继续说道：

"冉阿让！你周围会有许多人，一片喧闹，高声说话，为你祝福，但是，有一个声音谁也听不见，将在黑暗中诅咒你。好吧！你听着，无耻的东西！所有祝福还未到天上，就会跌落下来，只有诅咒的声音才能直达上帝！"

这个声音发自他内心最幽暗之处，起初十分微弱，逐渐升高，现在变得非常响亮，他听着就在耳边，就好像从他体内出来，到他体外讲话了。最后几句话，他听得十分真切，不禁毛骨悚然，四面张望一下房间。

"这儿有人吗？"他神态失常，高声问道。

接着，他傻笑一下，又说道："我真糊涂！这里不可能有人。"

这里确实有个人，不过，这个人，用肉眼是看不见的。

他将烛台放到壁炉上。

于是，他又走起来，单调而沉郁的脚步，把睡在他下面房间的那个人从梦中惊醒。

他这样踱步，心情既轻松些，又更烦躁了。人在束手无策的时候，往往要走动走动，以便向可能碰到的东西讨主意。走了一会儿，他又弄不清自己到什么地步了。

面对他先后采取的两种决定，现在他同样恐怖地后退了。两种念头左右他，他觉得都同样糟糕。——真是造化弄人！偏偏碰到被人当作他的那个尚马秋！上天使用的办法，初看似乎旨在巩固他的地位，实则恰恰把他推上绝路！

有一阵，他瞻念未来。自首，上帝啊！自投罗网！想到一切要离开的东西，一切要恢复的旧状，他忧心惨切。必须告别如此美好、纯洁而灿烂的生活，告别大众的这种尊敬，告别声誉和自由！再也不能去田野散步，再也听不到 5 月时节的鸟鸣，再也不能向小孩子施舍钱啦！再也感受不到注视他的感激而爱戴的温和目光！他要离开他所建造的这座房子、这个房间，这个小小的房间！此刻，他看什么都悦目可爱。他再也不能看这些书，再也不能伏在这张小小的白木桌上写字啦！他唯一的女仆，那个看门的老妪，再也不会每天早晨上楼给他送咖啡了。老天啊！代替这一切的是苦役，是刑枷，是红色囚衣，是脚镣，是疲劳，是黑牢，是行军床，是众所周知的那些残暴！到了他这种年纪，又有了他这样身份！他若是还年轻也好办啊！而现在年老了，却让随便什么人不客气地称呼"你"，让狱卒搜身，挨小狱吏的棍子！赤脚穿着铁鞋，每天早晚都伸腿给人检验脚镣的环扣！还要忍受外国人的好奇心，有人会向他们介绍说："这一位，就是大名鼎鼎的冉阿让，当过海滨蒙特伊的市长！"到了晚上，满身臭汗，疲惫不堪，绿色囚帽扣到眼睛上，两人一排从警士的鞭子下通过，由软梯爬到水上的牢房！噢！多悲惨啊！难道命运也能像聪明人那样阴险，也能像人心那样残暴吗？

他无论怎样做，总逃不脱他遐想深处的这种揪心的两难：留在天堂变成魔鬼！或者回到地狱变成天使！

老天爷！怎么办，怎么办啊？

他费了多大劲，才从烦恼中解脱出来，现在烦恼重又在他内心肆虐；心潮重又翻腾，思绪处于说不出来的状态，又迷乱又不由自主，就像人在绝望时那样。罗曼城这个名称反复出现在脑海里，并伴随他从前听过的一首歌的两句歌词。他想，所谓罗曼城是巴黎附近的一片小树林，每逢 4 月，青年恋人纷纷去那里采丁香花。

他的外形也像内心一样，摇摇晃晃，踱步的样子，如同大人让其单独走路的幼儿。

有时，他强打精神同疲倦搏斗。应当自首呢？还是应当缄口不言？这个问题，可以说他绞尽了脑汁，现在又最后一次明确提出来。——结果，他还是什么也看不清楚。他胡思乱想所萌生的各种推理，模模糊糊，又摇曳不定，并且接连化作云烟。他只不过感到无论做出什么决定，他身上的一部分都必然死掉，不可能幸免，感到他向左还是向右，总要走进坟墓；并感到自己苟延残喘，不是他的幸福就是他的德行即将死去。

唉！他又陷入彷徨不决之中，从开头到现在毫无进展。

这颗不幸的灵魂，就这样在惶恐中苦苦挣扎。距这个不幸的人一千八百年前，那个把人类全部圣洁和全部苦难集于一身的神秘者，在太空疾风中抖瑟的橄榄树下，也久久推开那只可怕的杯子，觉得那杯底布满星辰，而杯沿则流溢着阴影和黑暗。

四　睡眠中的痛苦状

凌晨三点的钟声敲响了，他这样走了五个小时，几乎没有止步，终于倒在椅子上。

他在椅子上睡着了，做了一个梦。

这场梦同大多数梦一样，只有莫名的凄惶符合实际的情境，但是也给他留下深刻印象。这场噩梦给他以极大的震动，后来他记述下来。这张纸就是他留下来的手迹，我们认为有必要原原本本地复录于此。

不管这场梦如何，如果省略过去，那么这一夜的情景就不完整了。这是害病的一颗灵魂迷惘的经历。

梦景如下。在我们找到的信封上，写了这样一行字："那天夜晚我做的梦"。

　　　　我在旷野里。一大片凄凉的旷野，寸草不生。说不清是白天还是夜晚。

　　　　我和哥哥一道散步，那是我童年时的哥哥，应当说我从不想念，几乎忘记了。

　　　　我们边走边聊，遇见一些行人。我们提起从前的一个邻妇，她搬到我们那条街上之后，总是敞着窗户干活。我们聊着聊着，却因为那扇敞开的窗户觉得冷了。

旷野上也没有树。

我们看见一个人从我们面前经过。那人一丝不挂，浑身青灰色，骑一匹土灰色的马。那人没有头发，看得见脑壳和脑壳上的血管。他拿的那根棍子，像葡萄藤那样柔软，又像铁那样沉重。骑马的人过去，一句话也没有同我们说。

我哥哥对我说："咱们走那条洼路吧。"

那条洼路上，看不到一簇荆棘，也踩不到一点青苔。一片土灰色，连天空也一样。走了几步之后，我说话却无人应声，这才发现我哥哥不在身边了。

我望见一个村庄，走了进去，心想这大概就是罗曼城（为什么是罗曼城呢？)①

我走进的第一条街阒无一人，又拐进第二条街，只见有个人在拐角靠墙站着。我问那人："这是什么地方？我到什么地方啦？"那人不搭理。我看见一扇房门敞着，便走进去。

头一间屋空荡无人，我又走进第二间屋，只见有个人在门后靠墙站着。我问那人："这是谁的房子，我到什么地方啦？"那人不搭理。房子有座小园。

我走出房屋，进入园子，园内荒凉。我发现第一棵树后站着一个人。我问那人："这是什么园子？我到什么地方啦？"那人不搭理。

我在村子里游荡，发觉这是一座城市。大街小巷都空荡荡的。每扇门都敞开。街上没有一个行人，房间里没有一个人走动，园子里也没有一个人散步。不过，每个墙角，每扇门后，每棵树后，都站着一个缄默的人。但每次只能见到一个。那些人望着我走过。

我出了城，走在田野上。

我走了一会儿，回头望望，看见一大群人跟在后面，我认出那全是我在城里见过的人。他们长得奇形怪状。他们似乎并不匆忙，但是走得比我快，而且没有一点声响。转眼工夫，那群人就

———

① 括号里这句话是冉阿让加的。——雨果注

追上来，将我围住。他们的面孔都是土灰色。

我进城最先看见并问话的那个人，这时却问我："您去什么地方？难道您不知道您早就死了吗？"

我张口正要回答，忽又发现周围一个人也没有了。

他醒来，浑身都冻僵了。晨风很冷，吹得敞着的窗板来回摆动。炉火熄了。蜡烛也快燃完，外面仍然夜色弥漫。

他起身走到窗前。天上始终没有星光。

从窗口能望见院子和街道。地面上忽然发出清脆而坚硬的声响，他便朝下望去。只见下面有两颗红星，奇怪的是，那星光在黑暗中忽而伸延，忽而缩短。

他还睡眼惺忪，有五分神智流连在迷离的梦境，心中暗道："咦！星星不在天上，现在到地上了。"

这工夫，他的睡意渐消，又听见类似头一次的声响，就完全醒来了。他仔细一瞧，才辨认出那两颗星原来是一辆车上的吊灯。借着灯光，他能看出那辆车的形状。那是一辆两轮轻便车，套了一匹小白马。起初他听到的是铺石路面上的马蹄声。

"这辆马车是怎么回事儿？"他心中诧异，"一大早是谁来了呢？"

这时，有人轻轻敲了一下他的房门。

他从头到脚打了个寒战，厉声喊道："谁呀？"

有人回答："是我，市长先生。"

他听出是他门房老妇人的声音。

"什么事儿啊？"他又问道。

"市长先生，刚才打五点钟了。"

"告诉我这个干什么？"

"市长先生，马车来了。"

"什么马车？"

"轻便马车。"

"什么轻便马车？"

"市长先生不是定了一辆轻便马车吗？"

"没有。"他答道。

"车夫说他来找市长先生。"

"哪个车夫？"

"斯科弗莱尔先生的车夫。"

"斯科弗莱尔先生？"

他听到这个名字，惊抖一下，就好像一道闪电从他面前掠过。

"哦！对！"他又说，"斯科弗莱尔先生。"

此刻，那老妇人若是看到他，一定会吓坏的。

好一会儿他没有吭声，呆呆地望着烛火，将烛心周围的滚烫的蜡油抓起来，用手指搓着。老妇人等了一阵，才贸然提高嗓门儿："市长先生，我怎么答复呢？"

"就说好吧，我这就下去。"

五　棍子别住车轮

当时，从阿拉斯到海滨蒙特伊的邮路，还使用帝国时期的小邮车。那种双轮马车，车厢里镶着浅黄褐色皮革，悬在保险车弓之间，只有两个座位，一个是邮差专座，另一个给旅客乘坐。车轮两侧装有长毂，犹如武器，能让别的车辆保持距离，如今在德国的道路上还能见到。邮件箱极大，呈长方形，安在车尾，同车身连成一体。邮件箱漆成黑色，车子漆成黄色。

那种马车，佝偻畸形之状难以描摹，如今没有类似的了。那种车子驶过或在天边的路上爬行，远远望去，就像那种细腰拖着大身子的昆虫，我想是叫白蚁吧；不过，行驶的速度很快。等巴黎的邮车到达之后，每天半夜一点就有一辆邮车从阿拉斯出发，将近凌晨五点钟就驶到海滨蒙特伊了。

那天夜晚，阿拉斯的邮车从埃斯丹方向进城，在海滨蒙特伊一条街的拐角，挂到对面驶来的一辆套白马的双轮车。那马车的轮子被重重撞了一下，车上只坐着一个裹着斗篷的人，他根本不听邮差喊叫他停车，仍然快速驶去。

"这个人，跟鬼一样急着赶路！"邮差说道。

这样急着赶路的人，正是我们刚才目睹在思虑中苦苦挣扎、确实值得同情的那个人。

他去什么地方？恐怕连他自己也说不清。为什么如此匆忙？他也不知道。他任由马车朝前行驶。驶往哪里？当然是阿拉斯；不过，也许他还会去别的地方。他时而感到这一点，便不寒而栗。

他冲入夜色，仿佛坠入深渊。有什么推着他，有什么东西拉着他。他心中是怎么想的，谁也说不出来，但是将来大家都会理解。走进这种陌生的幽窟中，谁在一生中至少没有那么一次呢？

何况，他根本没有打定任何主意，没有做出任何决定，没有确定任何事，也没有任何行动。他内心的任何活动都不是最终的。他折腾了一番，又完全回到最初的状态。

为什么去阿拉斯呢？

他心里一再重复向斯科弗莱尔定车时所想的：不管结果如何，去亲眼看看，亲自判断一下事情，绝没有什么坏处；——即使为谨慎起见，也应当去了解情况；——不经过观察探询，就谈不上任何决定；——事情隔得太远，芝麻也会想成西瓜；归根结底，一旦瞧见那个尚马秋，看那无赖相，也许他就能心安理得，让那家伙替他去服苦役吧；——诚然，沙威要在那里，还有勃列维、舍尼帝、克什帕伊，那些认识他的老苦役犯，然而现在，他们肯定认不出他了；嗳！真想得出来——沙威还完全蒙在鼓里；——所有猜疑和推想，全集中在那个尚马秋身上，而且猜疑和推想比什么都顽固；——因此，去一趟没有一点儿危险。

当然，那一刻很难熬，但是他会安然无恙的；——归根结底，不管命运多么凶险，他还是要掌握在自己手中，由自己做主。他紧紧抓住这个念头不放。

其实，说穿了，他根本就不愿意去阿拉斯。

然而，他去了。

他一面想一面挥鞭催马；那马步伐稳健，一路小跑，每小时能行两法里半。

马车往前行驶，他却感到自身有什么东西向后退去。

破晓的时候，已经驶到旷野，海滨蒙特伊城远远抛在身后。他望望发白的天边，然而，冬季清晨萧瑟的景物从眼前掠过，他却看不见。清晨和傍晚一样，也有自己的幽灵。树木和丘岗的这些黑影，虽然他看不见，但似乎有穿透肌肤的作用，在他不知不觉中，给他极度紧张的心灵增添一种莫名的暗淡和凄惨。

每经过坐落在路旁的孤零零房舍，他心里总念叨一句："那里边肯定有人还在睡觉。"

马蹄声、辔头的铃声和车轮声，一路汇成柔和单调的声响，快活的人听来非常悦耳，伤心的人听来却倍觉凄凉。

行驶到埃斯丹，天已大亮，他在一家客栈门前停车，让马喘口气，并喂些燕麦饲料。

那马正如斯科弗莱尔说的，是布洛内种的小型马，头大腹大，脖颈短，但是前胸开阔，后臀宽大，腿又干又细，蹄子坚实有力；这种马其貌不扬，但体魄强健。这匹马确实很出色，两小时跑了五法里，臀部没有冒一星汗珠。

他没有下车。马房伙计送来饲料，忽然蹲下去检查左车轮。

"您就这样，还要走很远路吗？"那人问道。

他几乎没有脱离梦幻，答道："怎么的？"

"您是从远处来的吗？"伙计又问道。

"离这儿五法里。"

"啊！"

"您惊讶什么？"

那伙计又弯下腰，眼睛盯着车轮，半晌没说话，然后站起来，说道："这不，这个轮子走了五法里，倒是有可能，但是现在，连四分之一法里都肯定走不了。"

他从车子上跳下来。

"您说什么，朋友？"

"我说您走了五法里，没有连人带马翻到路边的沟里，真是个奇迹。您瞧瞧吧。"

果然，这个车轮严重损坏。两根轮辐被那辆邮车撞断，轮毂也撞破一块，螺母已经把握不住了。

"朋友，"他对马房伙计说，"这儿有车匠吗？"

"当然有，先生。"

"请帮个忙，去叫他来一趟。"

"他就住在那儿，只有两步路。喂，布伽雅尔师傅！"

车匠布伽雅尔师傅正站在家门口。他过来检查轮子，就像检查小腿骨折的外科医生那样做了个鬼脸。

"您能马上修这个车轮吗？"

"行，先生。"

"我什么时候可以走？"

"明天。"

"明天！"

"这活儿得足足干一天。先生很急吗？"

"非常急。顶多等一个钟头，我就得重新上路。"

"不可能，先生。"

"要多少钱我都照付。"

"……"

"那好！两个钟头。"

"今天不可能。要新做两根轮辐和一个轮毂。明天之前，先生是走不成了。"

"我的事情等不到明天。这样吧，车轮不修了，另换一只好吗？"

"怎么换？"

"您不是车匠吗？"

"当然，先生。"

"难道您没有轮子卖给我一个吗？我就能立刻上路了。"

"一个备用的车轮？"

"对呀。"

"我没有现成的一个轮子配您的车。轮子总是成对的。两个轮子不是随便就能安在一起的。"

"既然这样，那就卖给我一对吧。"

"先生，轮子也不是同任何车轴都能合的。"

"不妨试试。"

"试也白试，先生。我只卖大板车的轮子。我们这儿是小地方。"

"您有旅行车租给我吗？"

车匠师傅一眼就看出这是一辆出租马车，他耸耸肩，说道：

"您租来的车，经管得真好啊！我有车也不会租给您。"

"那就卖给我好吗？"

"我没有。"

"什么！连一辆简陋的车也没有。您看得出来，我是不挑剔的。"

"我们是个小地方。不过，那边车棚里，"车匠又说道，"倒是有一辆敞篷四轮旧马车，是城里一位财主托我保管的，每月三十日才用一次，那辆车倒可以租给您，这对我又有什么关系呢？但是，经过时不要让那位财主看见；还有，那是四轮车，要套两匹马。"

"我用驿站的马。"

"先生去哪儿？"

"阿拉斯。"

"今天就要赶到吗？"

"是啊。"

"用驿站的马？"

"有何不可？"

"先生夜里走，清晨四点钟到，行不行呢？"

"当然不行。"

"不过，要知道，有个情况要讲，用驿站的马……先生有通行证吗？"

"有。"

"哦，用驿站的马，先生，明天之前也赶不到阿拉斯。我们是在一条支线上，驿站的条件不好，马都赶到田里干活。冬耕开始了，要用壮马，到处找，到驿站也到别的地方租马。先生到每个换马站，至少要等上三四个钟头。而且有不少上坡路，车子也走不快。"

"算了，我干脆骑马去。卸了套。这地方总能卖给我一副鞍具吧？"

"当然。可是，这匹马肯受鞍具吗？"

"真的，您提醒了我。这马不受鞍具。"

"那就……"

"在这村子里，总可以租到一匹马吧？"

"要一气儿跑到阿拉斯的一匹马！"

"对。"

"您要的马，我们这地方没有。首先，您得买下来，因为，我们不认识您。但是，您租不行，买也不行，花五百法郎不行，花一千法郎也不行，您根本就找不到！"

"那怎么办？"

"老实人说老实话，最好的办法，车轮我来修，明天您再走。"

"明天就太晚啦！"

"天呐!"

"没有去阿拉斯的邮车吗?什么时候经过这里?"

"今天夜里。两边的邮车对开,都在半夜赶路。"

"怎么!修理一个轮子,您要花一天工夫?"

"一天,还要整整一天!"

"用两名工人呢?"

"用十名也不成!"

"两根辐条若是用绳子扎起来呢?"

"辐条扎起来还成;轮毂就没法扎了。再说,轮辋的状况也不妙。"

"城里有租车行吗?"

"没有。"

"还有别的车匠吗?"

马房伙计和车匠师傅都摇了摇头,异口同声地回答:"没有。"

他感到喜出望外。

显然,这是上天的安排。损坏车轮,中途停车,这是天意。这种昭示,起初他还不明白,千方百计地想继续赶路,尽心尽力,一丝不苟地试了各种办法。不管季节寒冷,旅途劳顿,还是费用,他绝没有退缩,没有一点可以谴责自己的地方。如果说不能再往前赶路了,就不是他的事了,也怪不到他的头上了。这不再是他良心的问题,而是天意的问题了。

他松了一口气。自从沙威来访,他这是第一次能畅快地深深地呼吸了。他觉得二十个小时以来,握住他的心的那只铁手,终于松开了。

他感到现在,上帝保护他了,并表明了旨意。

他心中暗道,他尽了力,现在只能老老实实地原路返回去。

他同车匠的这场谈话,如果是在旅店的一间客房里进行,没人在场,也没人听到,那么事情可能就到此为止,我们也就无从叙述下面要读到的任何事件了。然而,他们是在街上交谈的;街上谈话总不免引来人围观,有些人就想看热闹。就在他问车匠的工夫,来往行人有些停下脚步围上来。其中有个少年听了几分钟,就离开人群跑了,谁也没有注意。

我们这位行客在心里合计之后,决定原路返回;正在这时候,那少年回来了,还带来一个老太婆。

"先生，"老太婆说，"我孩子跟我说，您想租一辆马车。"

这样一句简单的话，出自由孩子领来的一位老妇人之口，立刻令他汗流浃背。他仿佛看见那只放开的手又在他背影里出现，随时准备再抓住他。

他答道："不错，大妈，我要租一辆车。"

他又连忙补充一句："不过，这地方租不到。"

"租得到。"老太婆说。

"哪儿有啊？"车匠接口问道。

"我家有。"老太婆答道。

他浑身一抖，追命的手又抓住他了。

老太婆家的棚子里，果然有一辆柳条车。到手的买卖要溜掉，车匠和客栈伙计老大不高兴，便从中搅和：

"这辆破车，太吓人了，"——"这是直接安在轴上的，"——"里边的坐凳还是用皮带吊着，"——"里面漏进雨水，"——"轮子受了潮，生锈腐蚀了，"——"这车能走多远，比那辆马车强不到哪儿去，"——"地地道道的破烂货！"——"这位先生驾这玩意儿，可就麻烦了。"如此等等，不一而足。

这些话全对；然而，这破车，这破烂货，这玩意儿，不管成什么样子，毕竟还能凭着两个轮子滚动，还能滚到阿拉斯。

他付了人家要的租金，把轻便马车留给车匠修理，等回来再取，让人套上小白马，上了小车，重又上路，继续他从凌晨开始的行程。

等小车一摇晃启动，他内心便承认，刚才想到根本去不了那地方，他感到几分欣慰。他带着几分气愤来审查，觉得这种欣慰是荒唐的。返回去为什么欣慰呢？归根结底，他这趟旅行是自由的，没人强迫。自不待言，什么事都是在他情愿之下发生的。

他要驶出埃斯丹的时候，忽听有人喊他："停下！停下！"他猛然勒马停车，这种动作，还表露类似希望的一种急躁和惊悸的情绪。

原来是那老太婆的孩子。

"先生，"他说道，"是我给您弄到这辆车的。"

"怎么的！"

"您没有给我点什么。"

他平时谁都施舍，出手极容易，这回却觉得这种要求太过分，甚而讨厌了。

"哦，是你吗，小怪物?"他说道，"你什么也得不到!"

他挥鞭策马，飞驰而去。

在埃斯丹耽搁许久，他想把时间抢回来。小马倒很得力，拉车顶两匹马；但是正赶上二月天，下过雨，路很难走。而且，驾驶的已不是那辆轻便马车了。这辆车又笨又重，还有不少上坡。

从埃斯丹到圣波尔，走了将近四小时。四小时走了五法里。

驶进圣波尔，碰到头一家客栈便卸了套，让人把马牵到马棚里。他答应过斯科弗莱尔，也就守在马槽旁边，看着马吃料。他站在那里，想些模糊的伤心事。

客栈老板娘走进马棚。

"先生不想用餐吗?"

"哦，对了，"他答道，"现在我还真有胃口了。"

那女子肌肤鲜艳，满面春风，带他走进一间矮厅。厅里摆了几张餐桌，桌上铺了漆布。

"请快点儿，"他又说道，"我还要急着赶路。"

一名佛兰德胖女仆连忙摆上餐具。他颇为惬意地瞧着那姑娘。

"我不舒服，原来这么回事儿，"他心想，"我还没有吃早饭呢。"

食物端上来了。他立刻抓起面包，咬了一口，然后又缓缓地撂在桌上，再也不动了。

另一张桌上有个车夫在用餐，他就对那人说:

"他们这儿的面包为什么这样苦呢?"

那车夫是德国人，没有听懂。

他回到马棚，守在马旁边。

一小时过后，他离开圣波尔，向丹克驶去，从丹克到阿拉斯就只有五法里了。

他一路上干什么呢? 想什么呢? 还像清晨那样，看着树木、茅屋顶、翻耕的田地从两边过去，而每拐一个弯，景物就化为乌有了。这样的观景，有时也足以引人驰心旁骛，几乎不想什么了。人生第一次，也是最后一次观看万物。还有什么比这感触至深，黯然销魂的呢! 旅行，就是旋即生，旋即死。在他思想最朦胧的区域，也许他拿变幻不定的景物来比拟人生。人生万事万物，持续不断地从我们眼前消逝。

晦暗和光亮相交替：忽而金光灿烂，忽而又天瞑地晦；人们观看，行色匆匆，伸手想抓住擦肩而过的东西；每个事件都是一处弯道；转瞬之间，人已衰老，蓦然感到周围一片黑暗，只辨出一扇幽暗的门；旅途上拉着你的那匹暗灰色生命之马，戛然停下，只见一个陌生的朦胧身影，在黑暗中给马御套。

黄昏时分，放学的孩子看见这个行客驶入丹克。要知道，一年的这个季节，白昼还很短。他在丹克没有停留，车子正要驶出去，一名铺路石的工人抬起头，说了一句："这匹马可累得够呛。"

的确，可怜的牲口只能慢走了。

"您去阿拉斯吗？"那修路工又问道。

"对。"

"您照这样走法儿，早到不了。"

他勒住马，问那工人："这儿离阿拉斯还有多远？"

"差不多足足有七法里。"

"怎么会呢？驿站手册标明只有五法里多一点儿。"

"嗳！"那工人又说，"您还不知道前边在修路吧？从这儿走出去一刻钟，您就会发现路截断了，没法儿往前走了。"

"真的呀！"

"您要拐进左边去伽朗西的路，过了河，到康伯兰再往右首拐，那条路从圣埃卢瓦山直达阿拉斯。"

"天要黑了，我会迷路的。"

"您不是本地人吧？"

"不是。"

"不是本地人，一路又净是岔道……这样吧，先生，"修路工又说道，"您想听听我的主意吗？您这匹马累了，还是回丹克。有一家很好的客栈，到那里住一夜，明天再去阿拉斯。"

"今晚我必须赶到。"

"这就是另码事儿了。不过，您还得去那家客栈，加套一匹马。马房伙计还可以带路抄近道。"

他接受了修路工的建议，又退回去，半小时之后，他又经过那里，但是这回添了一匹好马，拉着车飞驰了。马房的一名伙计充当车夫，坐在车辕上。

然而，他觉得时间耽误过去。

天已经完全黑了。

他们拐上抄近的路。路糟糕极了。车子从一条辙沟掉进另一条辙沟。他对车夫说："还赶原先那么快，赏钱加倍。"

在一次颠簸中，车前横木折断。

"先生，"车夫说道，"横木断了，没法儿套我这匹马了。夜间这条路太难走了；您若是肯回丹克过夜，明天一早就能到阿拉斯。"

他回答："你有绳子和刀吗？"

"有哇，先生。"

他砍了一段树枝，权当横木。

为此又耽误二十分钟，不过，马车又奔驰起来。

平野一片昏黑。夜雾低垂，断断续续的，匍匐在丘岗上，像炊烟似的浮起。云隙间还有淡白的光亮。强劲的海风吹来，扫荡天边各个角落，发出响动就像搬动家具的声音。一切隐约可见的景物，都摆出骇人的姿势。在浩荡的夜风中，多少造物在瑟瑟发抖。

寒风刺骨。从昨夜起他就没有吃东西。他隐约想起在迪涅城外旷野夜行的情景，那已是八年前的事了，想来恍若昨日。

他听见远处的钟声，便问那伙计："几点啦？"

"七点，先生。八点钟就能到阿拉斯了，只剩下三法里了。"

直到这时，他才第一次考虑这种情况，心中暗暗奇怪早为什么没有想到：他这样千辛万苦，也许徒劳，他连开庭审案的时间都不知道，起码这事儿应当问清楚；就这样糊里糊涂往前走，不知有用没用，也实在太荒谬了。继而，他又在心里计算一下：法庭往往在早晨九点钟开始审案；审理这件案子无需多少时间；偷苹果的事，很快就能结案；剩下的问题，只有证明他的真实身份了；四五个人作证，律师也就没有什么好说的了；等他到场，恐怕完全结案了！

车夫快马加鞭，他们过了河，将圣埃卢瓦山抛在后面。

夜色越来越深沉了。

六　辛朴利思嬷嬷受考验

然而，就在这时候，芳汀却满心欢喜。

她折腾了一夜，咳嗽得厉害，发高烧，接连做梦。早晨，大夫来诊视，她还在说胡话。大夫神色有些惊慌，吩咐人等马德兰先生一回来就通知他。

整个上午，芳汀一直精神委顿，不爱说话。用手把被单掐成褶儿，嘴里咕哝着数字，仿佛在估计里程。深陷的眼睛直勾勾的，几乎黯淡无光，有时闪亮一下，犹如灿烂的星光。仿佛临近某种凄惨的时刻，上天之光就要充满大地之光所离弃的人的身心。

每次辛朴利思嬷嬷问她感觉如何，她总是照例回答："很好，我想见马德兰先生。"

几个月前，芳汀丧失最后的廉耻心，丧失最后的羞耻和最后的欢乐，那时，她还算自身的影子；可是现在，她成了自身的幽灵。生理病疾补充了精神病疾的效力。这个二十五岁的女子，额头已生满皱纹，面颊松弛，鼻孔孪缩，牙齿松动，面容呈铅灰色，颈骨嶙峋，锁骨突兀，四肢羸弱，肌肤呈土灰色，新长出来的金发也杂有花白发丝了。唉！病痛一下催人老啊！

中午，大夫又来了，他开了药方，询问市长先生是否来过医务室，接着连连摇头。

平时，马德兰先生总是三点钟来探视。由于守时也是一种仁慈，他总准时来到。

将近两点半钟，芳汀就急不可待了。在二十分钟之内，她问那位修女有十几次："嬷嬷，几点钟啦？"

三点的钟声敲响了。敲到第三下时，平时在床上翻身都困难的芳汀，却忽地坐起来，两只枯瘦蜡黄的手紧紧抱在一起。修女听见从她胸中发出一声长叹，就好像要掀起一种重负。接着，芳汀转过头，眼睛盯住房门。

没人进来，房门根本没有打开。

她眼睛盯着门，就这样待了一刻钟，一动不动，就好像屏住了呼吸。嬷嬷不敢同她讲话。教堂钟声报了三点一刻。芳汀一仰身，重又倒在枕头上。

她一声不吭，又开始折被单。

半小时过去，随后一小时也过去了，谁也没来。每次敲钟，芳汀都坐起来，望望门口，继而又倒下。

她的心事明摆着，不过，她不提任何人的名字，既不怨天也不尤人，只是咳得很惨，就好像鬼魂附体了，脸色灰白，嘴唇发青，有时还微笑一下。

五点的钟声敲响了。嬷嬷听见她慢声细语说道："既然明天我要走了，今天他不该不来呀！"

马德兰先生迟迟不来，辛朴利思嬷嬷也深感诧异。

这时，芳汀望着床帏的天盖，那神态就像要回想什么事情。忽然她唱起歌来，声音微弱如气息。修女一旁聆听。下面就是芳汀唱的歌：

> 我们要买些东西很好看，
> 在城外郊区散步又游玩。
> 蓝菊朵朵蓝，玫瑰朵朵红，
> 蓝菊朵朵蓝，我爱小心肝。
>
> 圣母玛利亚身穿绣花袍，
> 昨天她来到我的火炉旁，
> 对我说：那天你向我乞讨，
> 面纱里是你要的小儿郎。
> 赶紧跑进城，去买面纱巾，
> 再买针和线，还要买顶针。
>
> 我们要买些东西很好看，
> 在城外郊区散步又游玩。
>
> 仁慈的圣母，我在火炉旁，
> 安了装饰彩带的小摇篮。
> 我更爱你给我的小儿郎，
> 上帝拿最美的星也不换。
> "夫人，用这块细布做什么？"
> "给我新生的宝宝做衣衫。"
>
> 蓝菊朵朵蓝，玫瑰朵朵红，
> 蓝菊朵朵蓝，我爱小心肝。

"洗洗这布。""哪里洗？""到河边。"
"用布做漂亮裙子和衣裳，
我要绣花把衣裙全绣满，
这布千万别弄破别弄脏。"
"夫人，孩子没有了怎么办？"
"那就给我做一条裹尸单。"

我们要买些东西很好看，
在城外郊区散步又游玩。
蓝菊朵朵蓝，玫瑰朵朵红，
蓝菊朵朵蓝，我爱小心肝。

这是一首古老的摇篮曲，从前她唱着哄小珂赛特睡觉，可是离开孩子之后，就再也没有想过。如此柔和的曲调，她却以幽怨之声唱出来，真能催人泪下，连修女也不例外。这位嬷嬷见惯了肃穆的东西，也感到要流泪了。

钟敲了六点。芳汀仿佛没有听见。她似乎不再留意周围的事物了。

辛朴利思嬷嬷派一名侍女去工厂，问女门房市长先生是否回来了，是否很快能来医务室一趟，几分钟之后，侍女回来了。

芳汀始终一动不动，仿佛在注意自己的心事。

侍女低声对辛朴利思讲，市长先生不到早晨六点钟就出门了，不顾这样的冷天，也没有车夫，独自一人赶着一辆白马拉的双轮车，不知朝哪个方向去了；有人说看见马车拐上去阿拉斯的大道，另一些人则说在去巴黎的路上肯定碰见过他，他走的时候像平常一样，非常和蔼，只对女门房说晚上不要等他。

两个女人背对着芳汀的病床，嬷嬷问话，侍女回答，正这样悄悄说话，芳汀却爬起来，跪到床上，双手紧握，撑在长枕上，头探在帐子缝里倾听，她像死人一般枯瘦得吓人，动作却像健康人一样灵活，显出肌体某种病症所引起的焦灼不安。她突然喊道：

"你们在那儿谈马德兰先生呢！说话为什么这样小声？他做什么呢？为什么不来？"

她的声音突如其来，十分粗暴，两个女人以为听到男人叫喊，都惊慌地回过身来。

"回答呀!"芳汀喊道。

侍女结结巴巴地说:"门房对我说,今天他回不来了。"

"我的孩子,"嬷嬷说,"安静点儿,还是躺下吧。"

芳汀没有改变姿势,她又提高声音,用一种又急切又凄惨的语调说:"他回不来啦?为什么回不来?你们知道原因,刚才你们俩还小声交谈。我要知道。"

侍女急忙对着修女耳语:"就说他在市政厅开会,走不开。"

辛朴利思嬷嬷的脸微微一红:侍女这是叫她说谎。但是从另一方面考虑,讲了实话,就会给病人一个严重打击,而芳汀病情严重,是经受不住的。脸红持续的时间很短。嬷嬷抬起平静而忧伤的目光,看看芳汀说:"市长先生走了。"

芳汀又挺起身,坐到自己的脚跟上,两眼炯炯发光,痛苦的面容上绽开从来未有的喜悦。

"走啦!"她高声说,"他是去接珂赛特啦!"

接着,她双手举向天空,那张脸的表情难以描绘;她嘴唇翕动,在低声祈祷。

她祈祷完了,又说道:

"嬷嬷,我很愿意重新躺下,要我怎样我就怎样。刚才我太凶了,那样喊叫,请您原谅;那样喊叫非常不好,我完全明白。喏,我的善良的嬷嬷,看到了吧,我非常高兴。仁慈的上帝确实仁慈,马德兰先生也是仁慈的,想一想吧,他去蒙菲郿,是去接我的小珂赛特了。"

她重又躺下,帮着修女摆好枕头,吻了吻辛朴利思嬷嬷给她挂在脖子上的小银十字架。

芳汀汗湿的双手抓住嬷嬷的手;嬷嬷感到这种汗湿,心中很难过。

"今天早晨,他动身去巴黎了。其实,也用不着经过巴黎。蒙菲郿,就在来的路上偏左一点儿。昨天我跟他提起珂赛特,您还记得他是怎么说的吧?他说:快了,快了。他是想给我一个惊喜。您知道吧?他让我签了一封信,好去德纳第家把孩子接回来。他们没有什么可说的,不是吗?他们得交出珂赛特。他们的账全清了。清了账还扣留孩子,政府是不允许的。嬷嬷,不要打手势表示我不该说话。我高兴极了,感觉也非常好,一点也不疼了。我又能见到珂赛特了,我甚至觉得饿极了。快有五年没见面了。您想象不出来，孩子是多么叫人牵肠挂肚！而且，您会看到，她可爱极啦！您哪儿知道，她那粉红的小手指特别好看。一岁时，她那小手很可笑。就是这样！……现在，她该长大了。有七岁了。长成大小姐了。我叫她珂赛特，其实她的名字叫欧福拉吉。对了，今天早晨，我望着壁炉上的灰尘，就忽然产生一个念头：很快就能见到珂赛特了。上帝啊！真不该一连几年不见孩子！是应当好好想一想，人不是永远不死的！唔！市长先生走了真好！天儿很冷了，对不对？他至少披上斗篷了吧？明天他就能回到这儿，对吧？明天就是大喜日子。嬷嬷，明天早晨提醒我，好戴上我这花边小帽子。蒙菲郿，那是个好地方。当年，我是步行走过那条大道。对我来说路很远。不过，驿车跑得飞快！明天，他就会把珂赛特带到这儿。这儿离蒙菲郿有多远？"

嬷嬷对距离毫无概念，答道："哦！我认为他明天就能回到这儿。"

"明天！明天！"芳汀说，"明天我能看见珂赛特啦！您瞧见了，仁慈上帝的仁慈嬷嬷，我没有病了。我乐疯了。别人若是愿意，我还可以跳舞呢！"

谁在一刻钟之前见过她，一定会莫名其妙。现在她脸色红润，说话的声音又自然，又有生气，整个人儿都化成微笑。她自言自语，有时就笑起来。母亲的快乐，就跟孩子的快乐差不多。

"好了，"修女又说，"现在您这么快乐，就该听我的话，别再讲了。"

芳汀把头放到枕头上，轻声说："对，躺下睡吧，要听话，既然孩子就要回到你身边来。辛朴利思嬷嬷说得对。这里的人说得都对。"

于是，她不动了，连头也不转动，只是睁大了双眼，四处张望，一副快活的样子，但不再说话了。

嬷嬷放下床帷，希望她睡一会儿。

七八点钟之间，大夫来了。病房静悄悄的，他以为芳汀睡着了，就蹑手蹑脚地走进来，踮着脚尖凑到床边，微微掀开床帷，借着微弱的灯光，他看见芳汀那双平静的大眼睛正注视他。

她对大夫说："先生，你们让她睡我旁边的小床上，对吧？"

大夫以为她在说胡话。她又说："您自己瞧瞧，这儿空地儿正好放下。"

　　大夫把辛朴利思嬷嬷拉到一边，嬷嬷便把事情向他解释了：马德兰先生外出一两天，病人以为市长先生去了蒙菲郿，我们没有把事情说破，况且她有可能猜对了。大夫也深以为然。

　　大夫走到床边，芳汀又说道：

　　"喏，要知道，早晨，等她醒来，我就会向这可怜的小猫问好；夜晚，我不睡，可以听她睡觉的声音。她那极为柔和的呼吸，让我听着会有多舒服。"

　　"请您把手伸给我。"大夫说。

　　她伸出胳臂，笑着高声说："哦！对了！真的，您还不知道！其实，我的病治好了。珂赛特明天到。"

　　大夫十分惊讶。病情的确见好。胸闷减轻了。脉搏也变强了。一种突如其来的生机，使这个垂危的可怜人又有了活力。

　　"大夫先生，"她又说，"市长先生去接小宝宝了，这位嬷嬷告诉您了吧？"

　　大夫嘱咐要安静，避免任何刺激。他还开了药方：服金鸡纳树皮纯汁，夜里如果体温再升高，就服镇静剂。临走时他对嬷嬷说："见好。托天之福，明天市长先生若是真的带孩子回来，谁知道呢？有些病特别出人意料，我们见过病例：大喜的事儿会突然扼制疾病。我很清楚，她是肌体上患病，而且病情极重，但是这方面就是神秘难测！也许我们能救活她。"

七　到达即备回程的行客

　　我们撂在半路未叙的那辆马车，将近晚上八点钟，驶进阿拉斯驿站客栈的大门。我们一直注目的那个人下了车，漫不经心地回答客栈伙计的殷勤问候，打发走后添的那匹马，亲自将小白马牵到马棚；然后，他推开楼下弹子房的门，走进去坐下，双肘支在桌子上。他本想用六小时走完这段路程，结果竟用了十四小时。他扪心自问并无过错；然而，毕竟他也没有因此而恼火。

　　老板娘进来。

　　"先生过夜吗？先生用晚餐吗？"

　　他摇摇头。

　　"马房的伙计说，先生的马非常疲劳！"

这时他才打破缄默。

"那匹马明天早晨走不行吗？"

"嗳，先生！它起码得歇两天。"

他又问道："这里不是邮政局吗？"

"是这里，先生。"

老板娘带他到邮局。他掏出身份证，询问当天夜晚能否乘邮车回海滨蒙特伊。邮差身旁的座位恰好空着，他便付钱定了下来。

"先生，"邮局职员说，"不要误了，半夜一点钟准时从这里出发。"

事情安排好之后，他出了客栈，到街上走走。

他不熟悉阿拉斯城，街道又昏暗，只好信步走去。而且，他似乎打定主意不向行人问路，过了小克兰松河，闯入纵横交错的窄巷中，如同陷入迷宫一样迷失方向，恰巧一位绅士提着灯笼走过来；他颇犯踌躇，终于决定上前打听，但首先还是前顾后盼，就好像怕人听见他要问什么事儿似的。

"先生，"他说道，"请问，去法院怎么走？"

"您不是本城人吧，先生？"那位年长的绅士答道，"那就随我走吧。我正巧往法院那边去，也就是说往省政厅那边去。要知道，现在法院正在修缮，暂时改在省政厅审案。"

"刑事案件也在那边审理吗？"他又问道。

"当然了，先生。要知道，如今的省政厅，革命前原是主教府。1782 年，德·孔吉埃先生任主教，他在那里建造一个大厅。就是在那个大厅里审案。"

绅士边走边对他说："先生若是想看审理案子，时间恐怕晚了点儿。平时，六点钟就休庭了。"

说着话，他们走到大广场，绅士指给他看一座黑黝黝的大楼，只见正面有四扇长窗还透出灯光。

"真的，先生，您有运气，正好赶上。您瞧见那四扇窗户了吗？那就是刑事法庭。里边有灯光。看来案子还没有审完，一定是拖延时间，晚上继续开庭。您对那案子感兴趣吗？那是一桩刑事案件吗？您要出庭作证吗？"

他答道："我来这儿不是为了什么案子，只想跟一名律师谈谈。"

"这就不同了，"绅士说，"喏，先生，那就是正门。站岗的在哪儿呢？您登上大楼梯就是了。"

他按照那位绅士的指点，几分钟之后就来到大厅，只见里面有许多人，还聚了几堆，并夹杂着穿长袍的律师，都在小声交谈。

穿黑袍的人，三五成群地聚在法庭门口，这样窃窃私语，见了总让人心惊胆战。这种人说的话，极少含有善意和恻隐之心，多半是事先做出的判决。这一堆堆的人，在从旁经过并遐想的人看来，就好像幽暗的蜂窝，而嗡嗡喧扰的各种精灵，在里面共同营造各式各样险恶的建筑物。

这个宽阔的大厅只点着一盏灯，从前是主教府的前厅，现在充当法院的休息厅。一道两扇的门关着，隔开设为刑事法庭的大厅。

休息厅十分昏暗，他无需担心，碰到一位律师便问道：

"先生，案子审到什么程度了？"

"审完了。"那律师答道。

"审完啦！"

他重复这句话声调异常，以致那律师转过身来，问道：

"对不起，先生，您也许是被告的亲戚吧？"

"不是。这里我谁也不认识。判刑了吗？"

"当然。不可能不判刑。"

"判了苦役？……"

"终身苦役。"

他又问道，但声音微弱得几乎听不见："验明正身了吗？"

"什么正身？"律师答道，"无需验明正身。案子很简单。那女人害死了自己的孩子。杀害婴儿罪得到证实，陪审团排除了蓄意犯罪，于是判了她无期徒刑。"

"那么是个女人啦？"他问道。

"当然啦。是李墨杉家的姑娘。您跟我谈的是哪件案子？"

"随便问问。案子既然审完了，大厅里怎么还亮着灯？"

"那是另一件案子，开庭审理快有两个小时了。"

"另一件什么案子？"

"哦！这件案子也一目了然。被告是个无赖，是个累犯，是个苦役犯，又作案偷窃了。名字我记不大清了，看那长相，就像个盗匪。单看那副长相，我就要把他送进苦役场。"

"先生，"他又问道，"怎么能进入审判大厅呢？"

"我想实在进不去了。里边人太多。不过，现在休庭，有人走了，等再开庭的时候，您不妨试试。"

"从哪儿进去？"

"走这扇大门。"

律师离开了。他站在原地，一时千头万绪，几乎一齐涌上心头。这个不相干的人所说的话，像一根根冰针，像一条条火舌，轮番钻透了他的心。他见案子根本没有审理完，便松了一口气，但他也说不清自己的感受，是满意还是痛苦。

他凑近几堆人，听他们说些什么。这一轮要审理的案件特别多，庭长指示这一天安排两件简短的案子。先审理杀害婴儿案，现在正审这个苦役犯，这个累犯，"回头马"。这个人偷了苹果，不过似乎没有足够的证据，但证实了他从前在土伦苦役场服过刑。这样，他的案情就严重了。对他的审问和证人作证倒是结束了，但是律师还要辩护，检察官还要提起公诉，恐怕午夜之前完不了。看来这人要判刑；检察官很出色，他控告的人无一"幸免"，他还颇具才情，有时写写诗。

一名执达吏守在进入法庭的门旁。他问执达吏：

"先生，快开门了吧？"

"门不会打开了。"执达吏说道。

"什么？重新开庭，门也不开吗？现在不是休庭吗？"

"刚刚重新开庭，"执达吏答道，"但是门不会再开了。"

"为什么？"

"因为大厅里坐满了。"

"什么？一个座位也没有啦？"

"一个座位也没有了。门关上了，谁也不让进去了。"

执达吏沉吟一下，又补充说："庭长身后倒有两三个座位，但他只允许官员坐。"

执达吏说罢，就转过身去。

他低着头在外走，穿过前厅，缓步走下楼梯，仿佛下每一级都迟疑似的。他很可能在内心里合计吧。从昨天起在他内心展开的激烈斗争并未结束，他无时不经历曲折。他走到楼梯转角便停下，背靠栏杆叉着双臂站着。忽然，他解开礼服，掏出皮夹，抽出一支铅笔，撕下一张纸，借着反射的光亮匆匆写下这样一行字："海滨蒙特伊市长马德兰先生"。然后，他又大步登上楼梯，分开人群，径直朝执达吏走去，把纸条交给他，以不容置疑的口气说："这条子送给庭长先生。"

执达吏接过纸条，看了一眼，就照办了。

八　贵宾席

海滨蒙特伊市长声望如此卓著，连他本人都没有料到。七年来，他的盛名传遍了下布洛内整个地区，后来又越过这小小的地区，传至相邻的两三个省。他创建墨玉制造工业，为繁荣首府做出了重大贡献。除此而外，海滨蒙特伊地区一百八十一乡，无不得到他的恩惠。而且在必要时，他还资助其他城市发展工业。例如，他通过信贷和基金的方式，及时支持了布洛涅的罗纱丁、弗雷旺的机械纺麻纱厂，以及康什河畔布贝的水力织布厂。无论什么地方，一提到马德兰先生这个名字，大家都肃然起敬。阿拉斯和杜埃两城，都羡慕幸运小城海滨蒙特伊有这样的市长。

阿拉斯刑事法庭的这一审判庭长，是杜埃的御前咨议，他同所有人一样，也知道深深受到普遍崇敬的这个名字。执达吏轻轻打开会议厅通法庭的门，走到庭长的扶手椅后面，躬身呈上我们刚才看到写了那行字的纸条，他还补充一句："这位先生希望旁听。"庭长一见立刻肃然动容，急忙抓起笔，在纸条下端写了几个字，又交给执达吏，对他说道："请他进来。"

我们叙述他身世的这个不幸的人，直到执达吏回来，还站在原地，保持原来的姿势。他在胡思乱想中听见一个人对他说："先生肯赏光随我走吗？"同一个执达吏，刚才转过身去不理睬他，现在却向他一躬到地，同时把纸条递给他。当时正巧离灯不远，他打开纸条读道：

"刑事庭长谨向马德兰先生致敬。"

他双手握着纸条，就仿佛这些字给他留下一种奇特的苦味。

几分钟之后，他独自立在一间会议室里，只见四周镶了护壁板，气象森严，一张绿台布的桌子上点着两支蜡烛。他耳边还回响着执达吏刚才走时说的话："先生，您来到会议室，只须扭动门上这个铜把手，您就会进入法庭，到了庭长先生的扶手椅后面。"这些话同他刚才走过狭窄走廊和黑暗楼梯的模糊记忆，在他的头脑里搅在一起了。

执达吏留下他一个人。最后时刻到了。他试图收拢心思，但是徒劳。思想的一条条线索，就在人最需要将其系在生活惨痛的现实上时，却偏偏在头脑里全部中断。他恰恰来到法官辩论并判罪的地方。他平静而又痴呆呆观看这个宁静而可怕的厅室：多少生命在此断送，等一会儿，他的名字要在这里回响，而此刻，他的命运正通过这里。他瞧瞧四壁，又瞧瞧自己，心中暗暗称奇，竟然是这间大厅室，竟然是他自己。

他超过二十四小时没吃东西了，乘车颠簸更疲惫不堪，然而他并不觉得，他似乎对什么都没有感觉了。

他走近墙上挂的一个黑镜框，只见玻璃里面压着一封旧信，是巴黎市长兼部长若望·尼古拉·巴什的亲笔，日期2年①6月9日一定写错了，信中向这一镇通告了在家被捕的大臣和议员名单。此刻谁若是能看见并观察他准会以为他对这封信很感兴趣，因为他眼睛盯在上面，一连念了两三遍。但他并未留意，没有觉得是在念信，心中只想着芳汀和珂赛特。

他一边遐想，一边转过身子，目光碰到通法庭的这扇门的铜把手。他几乎忘记了这扇门，平静的目光落到门上，注视铜把手，接着变得愕然而凝注，渐渐恐慌起来：豆大的汗珠从发间冒出来，流到鬓角。

有一阵，他打个手势，这动作难以形容，有几分专横和抗争，但分明在表示："见鬼！还有谁逼我不成？"他猛地转过身，看见前面就是他刚才进来的那扇门，随即走过去，打开门跨出去了。他离开那间屋，到了外面，来到走廊，这是一条狭窄的长廊，中间有高低不等的台阶，有些小窗口，还拐来拐去，稀稀安了几盏照明灯，类似病房里的守夜小油灯，这是他进来时经过的走廊。他长出一口气，侧耳细听，背后毫无动静，前面也毫无动静；他开始逃跑，就好像有人追赶似的。

他在长廊里跑了好几个拐弯，又听听周围，还是同样寂静，同样昏暗。他气喘吁吁，脚步踉踉跄跄，只好扶住墙。石墙冰凉，他额头上的汗也冰凉，他打了个寒战，又直起身子。

他就这样独自站在黑暗中，浑身发抖，是因为冷，也许还有别的缘故。他又冥思苦索。

---

① 法国革命时期日历，共和2年即1794年。

但冥思苦索了一整夜，冥思苦索了一整天，只能听见他内心里一个声音：唉！

一刻钟就这样过去了。最后，他低下头，惶恐不安地叹息一声，双臂垂下，又往回走了。他脚步迟缓，仿佛精疲力竭，就好像在他潜逃中被人追上，又被拖回去。

他又回到会议室，看到的第一件东西便是门把手。这个门把手是铜的，又圆又光滑，在他看来，像一颗可怕的星一样闪闪发亮。他望着门把手，好似羔羊望着老虎的眼睛。

他的目光难以移开。

他不时挪一步，凑近这扇门。

他若是倾听，就会听见隔壁大厅有声音，好似低声耳语的嗡嗡声；不过他没有听，也就听不见。

突然，他到了门口，连他自己也不清楚是如何走近的。他神经质地抓住门把手，将门打开。

他进入审判庭。

九 罪证拼凑所

他向前跨一步，下意识地反手带上门，站住观察眼前的场面。

这是一个相当宽敞的圆厅，灯光昏暗，时而满堂喧哗，时而鸦雀无声；审理一桩刑事罪案的整套机器，正以庸俗而阴森的郑重姿态，在人群中间运转。

在他置身的大厅这一端，一些身穿旧袍的陪审官，心不在焉，正啃着手指甲或者合上眼皮。另一端则是衣衫褴褛的听众、姿势各异的律师、相貌老实而凶狠的士兵。再看厅壁的护板脏兮兮的，天棚也脏兮兮的；桌子上铺的绿色哗叽台布已经发黄了；几扇门被手摸得污黯；壁板的钉子上，挂着几盏小咖啡馆常用的油罐灯，光冒烟而不亮；桌上还有几个燃着蜡烛的铜烛台。总之，厅里又昏暗，又丑陋，又凄惨，然而整个场面却具有威严的气象，只因在其中感到称为法律的人的威力，以及称为正义的神的威力。

大厅里的人谁也没有注意他，目光全射向唯一的点上，那就是在庭长左首，沿墙靠一扇小门的一张白木条凳，由几支蜡烛照亮，上面坐着一个人，左右各有一名法警。

凳上坐的就是那人了。

他没有寻找，却见到了。他的视线自然而然移过去，好像事先就知道那人在哪儿。

他仿佛看到自己，不过见老了，但不是说相貌酷似，而是说神态外表一模一样；头发乱蓬蓬地竖起，一对眸子粗野而惶惑，身穿外套，正像他进迪涅城那天的模样，怨恨冲天，而十九年间在牢狱石地上收集的泄愤的恶念，全部珍藏在心里。

他打了个寒战，心中暗道：

"天主啊！难道我要恢复老样子吗？"

那人看上去少说六十岁，有一种说不出来的粗鲁、愚钝和惶遽的神色。

大家听到门的响声，便给他闪开位置。庭长回头望去，明白进来的人物就是海滨蒙特伊市长，便向他点头致意。检察官因公务几次到过海滨蒙特伊城，早已认识马德兰先生，现在见他到来，也同样向他致敬，而他却没大留意，只是呆望着，眼前呈现一种幻觉。

这些审判官、书记、法警，这群幸灾乐祸来看热闹的人，这场面，他见过一次，二十七年前见过。这些害人精，如今又看到了，就在眼前，在眼前晃动；他们确实存在，不再是他回忆出来的景象，也不是他脑海中的幻影，而是真正的法警、真正的审判官、真正的听众，都是有血有肉的人。大势已去，他从前经历的骇人听闻的场面，现在又在他周围出现，活生生的，因其现实存在而尤为可怖。

这一切在他眼前张牙舞爪。

他吓得魂不附体，闭上眼睛，在心灵深处叫喊：

"决不！"

他的另一个自我就在那里，这真是命运的一场恶作剧，他的思想一片混乱，几乎要发疯了！受审的那个人，大家都叫他冉阿让。

全部齐备。同样的排场，夜晚的同一时间，审判官、法警和听众，也几乎是同样的面孔。只不过，庭长脑袋上方有个耶稣受难像，这是他受审那年代的法庭所没有的东西。审判他的时候，上帝缺席了。

他背后有一张椅子，便颓然坐下，唯恐别人看见。他坐下之后，脸正好躲在审判官公案的一堆案卷后面，全厅的人都看不见了。现在，他可以躲在暗处看别人了。他逐渐镇定下来，也完全恢复了现实感，达到心情平静而能够倾听的程度。

巴马塔林先生是陪审团成员。

他用目光寻找沙威，但是没有看见。证人席被书记员的桌子遮住了。而且，前面也说过，厅里的灯光很暗。

他进门的时候，被告的律师刚宣读完辩词。大家的注意力达到顶点，案子已经审了三个小时。在这三小时里，大家注视一个人，一个陌生人，一个极其愚蠢，或极其狡猾的无赖，看着他被似是而非的可怕罪状渐渐压弯。我们已经知道，这人是个流浪汉，他拿着一根有熟苹果的树枝，在田野里被人发现，那是从附近皮红园中的苹果树上折下的。这人究竟是干什么的？已经调查过，刚才又听了几个人的证词，众口一词，通过辩论也更加清楚了。起诉状指出："我们抓住的这个人，不仅仅是偷果实的贼，偷农作物的贼，而且还是个匪徒，是一个潜逃的罪犯，一个从前的苦役犯，是危险的暴徒，一个缉拿已久名叫冉阿让的坏蛋：八年前，他从土伦苦役场监狱放出来，在大路上又手持凶器，抢劫了一个叫小杰尔卫的通烟囱的孩子，触犯刑律第三百八十三条，一俟证实该犯身份，则另外追究抢劫罪。最近，他又犯了偷窃罪。这是罪上加罪。先判处他的新案，再算他的老账。"被告面对这种指控，面对证人异口同声的肯定，主要显得莫名其妙。他又摇头又摆手，一味否认，再不就两眼望着天棚。他说话吞吞吐吐，回答问话也迟迟疑疑，不过他整个儿，从头到脚都在否认。他像个傻瓜一样，面对在他周围列成阵势的所有这些聪明人，又像个外来人，陷入这圈子人的围攻，然而，这确系他的最可怕的未来，指控越来越真实起来，这种充满诬陷的判词步步向他进逼，大家见此情景，比他本人还要不安。一旦证实他确是冉阿让，接着就判他对小杰尔卫的抢劫罪，那就不只是终身苦役，还有可能处死。他究竟是什么人？他这样冥顽不化究竟是怎么回事？是愚蠢还是狡猾呢？他完全明白，还是根本不懂呢？对这些问题，众说不一，陪审团似乎也有分歧。这件案子既骇人听闻，又令人称奇；案情不但模糊不清，而且幽眇难测。

律师辩护得相当出色，他使用的外省语言，早已形成讼师的雄辩，从前不但巴黎的律师，而且罗莫朗丹或蒙布里宗的律师无不采用，如今已成为古典，除了在法庭上就不大讲了，因其音调洪亮、语势庄严、适于讼师如簧的巧舌。讲这种语言，夫妻称为"配偶"，巴黎称为"文明和艺术中心"，国王称为"君主"，主教大人称为"高级神职人员"，检察官称为"复仇的才辩无双的代言人"，律师的辩护词称为"刚刚聆听的高论"，路易十四世纪称为"大世纪"，剧院称为"墨尔波墨涅①圣殿"，当政的王族称为"列王的高贵血统"，音乐会称为"音乐大典"，一省的统领将军称为"威名远震的武士某某"，神学院的学生称为"幼嫩的长礼服"，推给报纸的谬误称为"在刊物栏中散布毒素的欺诈行为"，等等，等等。律师首先解释偷苹果事件，——说得文雅些是棘手问题；不过，贝尼涅·博须埃②本人在悼词中，还不得不提到一只母鸡，发表一通宏论，并能自圆其说。律师断言，偷苹果的行为，并没有证明是事实。他以辩护人的身份，坚持称他的委托人为尚马秋，并说谁也没有看见尚马秋逾墙或折断果枝。他拿着这根树枝，让人抓住了（这位律师更愿意称作"枝桠"）；其实他是看见丢在地上，才拾起来的。反证又在哪里呢？……显然有个贼，他爬过墙，偷折了这根果枝，后来慌神儿就丢弃在地上。然而，何以证明那贼就是尚马秋呢？只有一点凭证，就是他当过苦役犯。律师也不否认，这种身份不幸得以证实，被告在法夫罗勒住过，当过树枝修剪工，尚马秋这个名字也可能从让马秋转化而来，这一切都是事实；而且，四名证人都毫不迟疑，一眼就认出尚马秋是苦役犯冉阿让；对于这些指控，对于这些证词，律师只能拿他的委托人的否认，当事人的否认来反驳；就算他是苦役犯冉阿让，这就能证明他是偷苹果的贼吗？充其量这也是一种推测，毫无证据。不错，被告确实采用了"一种拙劣的辩护方式"，而他的辩护人"本着诚意"，也应当承认这一点。被告执意否认一切，否认偷窃和他的苦役犯身份。他若是承认第二点，肯定要好多了，很可能赢得各位陪审官的宽宥；律师也曾劝他这样做，但是被告执意不肯，显然以为什么也不承认就能保全自己。这是错误的。然而，从中不应当看出他的智力有缺陷吗？这人显然有点痴呆。在监狱中长期受罪，出狱后又长期受穷，他已经变得迟钝了，如此等等，不一而足。被告

---

① 墨尔波墨涅：希腊神话中的缪斯之一，主管悲剧。

② 贝尼涅·博须埃（1627—1704）：法国大主教。他在安娜·德·贡查格的悼词中称"一只变为母亲的母鸡"。见《马太福音》，耶稣以母亲以翼护银色鸽自喻，要聚拢耶路撒冷的民众。

申辩得很糟，难道这就成其为理由判他罪吗？至于小杰尔卫事件，律师无需争论，这与本案毫无关系。最后，律师恳请陪审团和法庭，如果他们认为被告显然就是冉阿让，那也按擅离监视地点论处，不要按苦役犯累犯罪严惩。

检察官反驳律师，他像所有检察官通常表现的那样，言辞激烈，妙语连珠。

他祝贺辩方律师的"忠诚"，并巧妙地利用这种忠诚。他从律师让步的几个方面直取被告。律师似乎同意被告就是冉阿让。他记下了这一点。那么，此人确是冉阿让了。这一点在控词中已经确认，就不容置疑了。检察官再从这一点出发，以指桑骂槐的巧妙手法，追溯罪恶的根源和起因，抨击浪漫派的不道德，把尚马秋，更确切地说，把冉阿让的犯罪行为，归咎于这种邪恶文学的影响，说得煞有介事；须知当时浪漫派刚刚兴起，就被《金焰》和《天天报》两家报纸的评论家斥为"撒旦派"。他谈得淋漓尽致，这才转到冉阿让本人身上。冉阿让是个什么东西呢？于是又描绘一番，说冉阿让是个狗彘不食的怪物，等等。这种描绘的范例取自德拉门①的语录，虽然对悲剧创作毫无补益，但是天天向法庭大量提供舌战的炮弹。听众和陪审团都为之"战栗"。检察官描述完了，又巧鼓舌簧，以期博得次日《省府公报》的高度赞扬："就是这样一个人，等等，等等，等等，流浪汉，乞丐，贫无立锥之地，等等，等等……一贯为非作歹，罚做苦役也不知悔改，抢劫小杰尔卫的罪行就是明证，等等，等等……就是这样一个人，公然行窃，在大道上被人当场抓获，只离他偷逾的围墙几步远，手中还拿着偷窃之物，人赃俱在，还矢口否认，行窃、爬墙，全部抵赖，连自己的名字都抵赖，甚至连身份都抵赖！且不说有那么多证据，就是四名证人，沙威，正直的警探沙威，以及三个犯了罪的伙计，苦役犯勃列维、舍尼帝和克什帕伊，全都认出他来。众口一词，铁证如山，他怎么能抵赖得了呢？他还矢口否认。多么冥顽不化！诸位陪审员先生，请你们主持正义，等等，等等。"检察官演讲的过程中，被告张开大嘴听着，惊奇的神态中掺杂着几分赞赏。显然他十分惊诧，一个人竟然如此能言善辩，就在指控最有力的时候，检察官口若悬河，无法遏制，

---

① 德拉门（公元前 450—前 404）：古希腊雅典政治家。

刻薄的话如急风暴雨，将被告团团围住；可是被告却不时摇摇头，缓缓地从右到左，再从左到右，而且从一开始辩论，他就只以这种默然的忧伤动作来抗议。

离他最近的听众，有两三回听见他咕哝：“没有问问巴卢先生，就只能这样胡说八道！”检察官提请陪审团注意，这种装疯卖傻的态度，显然是处心积虑的，非但不能表明他愚蠢，反而表明他机灵，狡猾，惯于欺骗法庭，并将这人的“劣根性”暴露无遗。最后，他保留在小杰尔卫案件上的指控，并要求严厉惩处。

大家还记得，这就意味暂时判处终身苦役。

被告律师站起来，首先祝贺“检察官先生”的“高论”，接着又极力反驳，但已绵软无力，显然他立足不稳了。

十　否认的方式

到了该结束辩论的时刻。庭长让被告起立，向他提出例常的问题：“您为自己的辩护还有话要补充吗？”

这个人站起来，双手揉搓着破烂不堪的帽子，仿佛没有听见。

庭长重复问一遍。

这人总算听见了，似乎听懂了，如梦初醒一般动了动，抬眼环视周围，瞥见听众、法警、他的律师、陪审团、司法官员，把他那巨大的拳头往坐凳前的木栏杆上一摆，又环视一遍，目光突然盯住检察官，开口讲话了。就好像决堤一样。那些话毫不连贯，猛烈躁急，杂乱无章又相互撞击，拥挤着要同时从嘴里冲出来。他说：

“我有话要说。从前在巴黎我当过大车匠，就是给巴卢先生干活。这行当很苦。当车匠，成年累月要在外面干活，在院子里，在像样的东家那里还算有个棚子，但是从来没有在安了门窗的车间里干过活，因为这活占地方，明白吧？冬天冷极了，就拍打自己的胳膊取暖；可是东家不愿意，说这样耽误工夫。铺石地上冻了冰，用手摆弄铁器，真够人受的。一个人很快就给折腾完了。干这行当，年龄不大，人就老了。到四十岁，就算活到头了。我呢，有五十三岁了，受了不少罪。还有，那些工匠，都特别尖酸刻薄！年龄稍微大一点儿，就叫人家老傻瓜，老畜生！工钱也减了，每天我只能挣三十苏了，东家拿我年龄当借口，尽量少给我钱。此外，我还有个女儿，在河边给人洗衣裳，也能挣点儿钱。我们父女二人，日子还过得去。她也够受罪的。半截身子整天泡在洗衣桶里，不管下雨，下雪，也不管割脸的寒风，上冻也一样，还得洗，有些人没有多少衣裳，等着换洗；你不洗，活儿就丢了。洗衣板也全是缝儿，到处往下漏水，弄你一身，裙子和衬裙全湿了，还往里边浸。她也在红娃娃洗衣场干过，那里使用自来水，不用站在洗衣桶里，对着水龙头洗就行了，在身后的水池里漂净。那是在房子里干活，身上就不那么冷了。不过，那里面水蒸气太厉害了，能熏坏你眼睛。她晚上七点钟回来，赶紧上床睡觉，实在太累了。她丈夫常打她。她已经死了。我们没有过上快活的日子。她是个本分的姑娘，不去跳舞，总是安静地待着。记得有一次狂欢节，晚上八点钟她就睡觉了。就这样。我讲的句句都是老实话。打听一下就知道了。唔，是啊，打听打听！我真笨！巴黎，那是个无底洞。谁认识尚马秋老头儿呢？可是，我把巴卢先生告诉你们了。去巴卢先生家里瞧瞧。说完这些，我不知道还要我干什么。"

这人住了口，但仍旧站着。他讲这些事，声音又高又急，恶狠狠的，天真的口气带几分火气和粗野。中间他停下一次，跟听众席上一个人打招呼。他说明的情况，好像随意抛出来的，如同打出的一声声嗝逆，还伴随樵夫劈柴那样的动作。他讲完了，听众哄堂大笑；他注视大家，看见大家笑了，不禁莫名其妙，自己也跟着笑起来。

这情景实在凄惨。

庭长态度和蔼，又注意听人讲话，现在他高声发言。

他提请"各位陪审员先生"注意巴卢先生，"被告声称从前雇他干活的那个车匠，在法庭上援引无效。那人破产了，现在下落不明"。接着，他转向被告，要他注意下面说的话，并且补充说："您现在这种处境，必须认真考虑。推定您有重大嫌疑，可能会带来严重后果。被告，为了您自身的利益，我最后一次督促您，要明确解释这两件事实：第一，您有没有越过皮红园的围墙，有没有折断树枝并偷窃苹果，也就是说，有没有犯越墙盗窃罪呢？第二，您是不是那个释放的苦役犯冉阿让？"

被告摆出一副应付裕如的样子，摇了摇头，就好像他完全明白，要怎么回答也胸有成竹似的。他张开口，转向庭长，说道："首先……"

他随即看了看帽子，又望了望天棚，戛然住口了。

"被告，"检察官声色俱厉地说，"您要注意。您总是答非所问。您这样语无伦次，就等于不打自招。您明明不叫尚马秋，而是苦役犯冉阿让，隐姓埋名，先用母姓改为让马秋，去了奥弗涅，又改为尚马秋；其实您生在法夫罗勒，在那里当树枝剪修工。您明明跳墙进入皮红园，偷了熟苹果。陪审员先生们会作出判断的。"

被告本已坐下，等检察官讲完，他忽地站起来，高喊道：

"您这人，太坏啦！这就是我刚才要说的意思，当时没有想到合适的词儿。我什么也没有偷。我不是天天能吃上饭的人。那天我从埃利来，经过一个地方，刚下过大雨，田地一片黄泥浆，沼泽都漫出水来，路边的沙子里只钻出小草茎；我看见地上有一根树枝，上边有苹果，就拾起来，没曾想惹起这么大麻烦。我已经坐过三个月的牢，现在又让人押来押去，除了这些，我没法儿说什么，别人指控我，对我说：

"'回答吧！'这位警察挺和气，小声对我说，'回答吧。'我不知道怎么解释好，我是个穷人，没有念过书。你们瞪眼睛看不见，真不应该。我没有偷，东西本来在地上，是我拾起来的。你们说什么冉阿让、让马秋！那些人我不认识，他们都是乡下人。我是在济贫院大街给巴卢先生干活。我叫尚马秋。说得出我生在什么地方，就算你们有本事，连我自己都不知道。不是人人来到世上就有房子住。有房子住就太舒服了。我想我父亲和母亲是四处流浪的人。再说，我也不知道。我小时候，别人叫我小家伙，现在，别人叫我老家伙。这些就是我洗礼的名字。随便你们叫哪个。我到过奥弗涅，我到过法夫罗勒，见鬼！那又怎么样？难道没有在苦役场关押过，就不能去过奥弗涅，就不能去过法夫罗勒吗？告诉你们，我没有偷东西，我是尚马秋老头儿。我在巴卢先生那里干过活儿，就住在他家里。你们这样胡说八道，真让我烦透啦！你们这帮人，干吗缠住我不放呢？"

检察官仍站在那里，他向庭长说：

"庭长先生，被告语无伦次，但十分狡猾，无非要装疯卖傻，极力抵赖，可是我们有言在先，他绝不会得逞；我们面对这种狡赖，只能请庭长先生和法庭再次传讯囚犯勃列维、克什帕伊和舍尼帝，以及探长沙威，最后一次让他们证明，被告就是苦役犯冉阿让。"

"我请检察官注意，"庭长说，"探长沙威因有公务，作证之后便离开法庭，甚至离开本城，到邻县去了。我们征得检察官先生和辩方律师的同意，准许他离去。"

"不错，庭长先生，"检察官又说道，"沙威先生既然离去，我认为有必要请各位陪审员先生回想一下，刚才他在这里所说的话。沙威是个受人尊敬的人，他在完成下层但又重要的职守方面，表现出色，一向正直廉洁，不徇私情。他是这样作证的：'我甚至不用精神上的推定和物质上的证据，就能戳破被告的否认。我完全认得他。这个人不叫尚马秋，而叫冉阿让，从前是个非常凶狠、非常可怕的苦役犯。万分遗憾，服刑期满不得不释放他。他因重大盗窃罪而判了十九年苦役。他企图越狱达五六次之多。除了小杰尔卫和皮红园两桩窃案之外，我还怀疑他在已故迪涅主教大人家中行窃。我在土伦苦役场监狱当副典狱长时期，经常见到他。再重复一遍，我完全认得他。'"

这种十分精确的证词，似乎引起听众和陪审团强烈的反应。最后，检察官坚持说，虽然沙威缺席，还是要再次传讯另外三名证人，郑重听取勃列维、舍尼帝和克什帕伊作证。

庭长将一张传票交给执达吏。不大工夫，证人室的门就开了，执达吏由一名法警保护，将囚犯勃列维带进来。听众都非常紧张，所有胸膛都一齐跳动，仿佛只有一颗心灵。

老苦役犯勃列维身穿黑灰两色囚衣，有六十来岁，一副企业家的长相，却又一副无赖的神态。有时这两者并行不悖。他总干坏事，结果银铐入狱，在狱中当上了类似看守的东西。监狱头头对他这样评价：他总想效犬马之劳。狱中忏悔师也证明他有良好的宗教习惯。不要忘记事情发生在复辟时期。

"勃列维，"庭长说，"您受过一种终生耻辱的刑罚，不能宣誓……"

勃列维垂下目光。

"然而，"庭长又说道，"一个人受法律的贬黜，只要上帝怜悯并恩准，还会有荣誉和公道的意识。在这种决定性的时刻，我就是要唤起他这种意识。如果这种意识在您身上还存在，我希望如此，那么回答我之前，要仔细考虑，要想到您一句话，一方面可以断送这个人，另一方面可以让法庭了解真相。这是庄严的时刻，您若是认为自己先前证词不对，改口还来得及。被告，起立。勃列维，仔细瞧瞧被告，好好回忆一下，再凭着良心告诉我们，您是否坚持认为，这个人就是您从前的狱友冉阿让。"

勃列维打量一下被告，转身对法庭说：

"不错，庭长先生，是我头一个认出他来，现在我也不改口。这人就是冉阿让。1796年入土伦监狱，1815年出狱。我出狱要晚一年。现在，他样子有点痴呆，大概是老年痴呆症；在狱中他可阴阳怪气了。没错，我认得他。"

"您去坐下吧，"庭长说，"被告，站着别动。"

舍尼帝又押上来，他身穿红囚衣，头戴绿帽子，一望便知是终身苦役犯。他在土伦苦役场监狱服刑，是为这件案子提出来的。他有五十岁左右，个头儿矮小，满脸皱纹，皮肤蜡黄，一副厚颜无耻的样子，性情急躁，好冲动，四肢和全身都显示一种病态的羸弱，而眼神却蕴含无穷的力量。狱友遂给他一个绰号，叫作"否上帝"。

庭长大致向他重复了对勃列维说过的话，提醒他因丧失名誉而无权宣誓。舍尼帝听到这儿便抬起头，面对面注视听众。庭长让他收拢心思，又像刚才问勃列维那样，问他是否坚持说认得被告。

舍尼帝放声大笑："见鬼！我是否认得他！我们有五年锁在同一条铁链上。怎么，老兄，你在赌气呐？"

"去坐下吧。"庭长说道。

执达吏又带上来克什帕伊。他也判了终身徒刑，跟舍尼帝一样从狱中提出来，身穿红色囚衣。他原是卢尔德地区的农民，是比利牛斯山区五分像熊的人。从前，他在山里放牧，又从牧人沦为强盗。比起被告来，克什帕伊同样粗野，而且显得更加愚痴。这类不幸的人，始由自然造成野兽，终由社会打成苦役犯。

庭长说了几句深沉而感人的话想打动他，又像问另外两名证人那样，问他是否毫不犹豫，也毫不含混地坚持说他认得眼前这个人。

"他是冉阿让，"克什帕伊说，"他特别有劲，我们都管他叫千斤顶。"

这三个人指证显然是老实诚恳的，在听众中间引起对被告不利的议论，而每多一个证词，这种议论声就越高，持续的时间也越长。被告听了他们作证，总是满脸惊讶，据起诉书称，这是他主要的自卫办法。听一个证人讲完时，看守他的法警就听见他咕哝一句："嘿！一个亮相啦!"听了第二个证人,他几乎带着满意的神情,稍微提高点嗓门又说道:"好哇!"听完第三个证人,他就嚷了一声:"精彩!"

庭长问他:"被告,您听见了,还有什么话要讲吗?"

他回答:"我要说:精彩!"

听众哄起来,几乎波及陪审团。显而易见,这人完蛋了。

"执达吏,"庭长说,"让大家肃静。我要宣布辩论结束。"

这时,庭长那边有人活动,只听一个声音喊道:

"勃列维、舍尼帝、克什帕伊!你们看这边。"

这声音十分凄厉骇人,全场人听了无不毛发倒竖,目光一齐投向那一边。坐在庭长身边贵宾席上的一个人刚站起来,他推开审判席和法庭之间的栏栅门,走到大厅中央站定。庭长、检察官、巴马塔林先生,以及不少人都认出他来,异口同声地喊道:"马德兰先生!"

十一 尚马秋越发惊奇

正是他。书记员的灯光正好照见他的脸。他的帽子拿在手中,衣着很整齐,礼服也扣得紧紧的。他脸色十分苍白,浑身微微发抖。刚到阿拉斯时,他的头发还是花白的,现在全白了。到这儿一个小时的工夫,头发就全然变白了。

大家都抬起头。引起的轰动是难以描绘的,旁听者一时全愣住了。那声音十分凄惨,而站在那儿的人却十分平静,起初大家都莫名其妙,心中纳罕是谁喊了那一嗓子,难以相信那可怕的叫喊,会是这个神态自若的人发出来的。

这种惊疑仅仅持续了几秒钟,未待庭长和检察官开口讲句话,未待法警和执达吏动一下,此刻还被大家称为马德兰先生的这个人,已经走向证人克什帕伊、勃列维和舍尼帝。

"你们认不出我来了吗?"他问道。

他们三人目瞪口呆,只是摇摇头,表示根本不认识他。克什帕伊胆怯地打了个军礼。马德兰先生转向陪审团和法庭,声音和婉地说道:

"各位陪审员先生,让人把被告放了吧。庭长先生,让人逮捕我吧。你们追捕的人不是他,而是我,我叫冉阿让。"

人人都敛声屏息。一阵惊愕之后,又是一阵死一般的沉默,感到大厅里弥漫着宗教的敬畏气氛:当某种崇高之举要实现的时候,众人

"你们认不出我来了吗?"他问道。

就会被这种敬畏气氛所震慑。

　　这时，庭长脸上现出又同情又感伤的表情，他同检察官迅速交换了一下眼色，又同陪审员低语几句，这才以大家都明了的声调问听众："这里有医生吗？"

　　检察官也发言了："陪审员先生们，这个事件实在离奇，实在意外，打扰了审判，使我们，也同样使你们产生了无需言明的感觉？诸位都认识海滨蒙特伊市市长，尊敬的马德兰先生，至少也知道他的大名。听众之间如果有医生，我们也同庭长先生一起恳请他出来，照顾一下马德兰先生，并护送他回去。"

　　马德兰先生绝不让检察官讲完，他口气十分温和，但又断然地抢过话头。下面就是他讲的一番话，这是一位旁听者在退堂后，立刻原原本本记录下来的；将近四十年前听到的人，如今还感到这些话在耳边回响。

　　"我感谢您，检察官先生，不过，我没有疯癫。您这就会明白。您险些铸成大错，快释放这个人吧，我要尽一项义务，我才是这个不幸的罪犯。这里唯独我看得清楚。我来告诉你们真相。此刻我的所作所为，在天上的上帝在注视着，这也就足够了。既然我来了，您就可以逮捕我。然而，我曾经尽力向善，更名改姓，隐藏身份，发了财，又当上市长，就是要回到善良人的行列里。看来是行不通了。总之，许多事情我还不能讲，不能向你们叙述我的一生，有朝一日大家会知道的。我偷了主教大人的东西，这是真的；我抢了小杰尔卫的钱，这也是真的。别人告诉你们，冉阿让是个穷凶极恶的人，说得有道理。这也许不是他一个人的过错。各位审判官先生，请听我说，像我这样一个堕落的人，不应当指责上天，也不应当告诫社会；不过，要知道，我极力摆脱的那种侮辱，实在是害人的东西。苦役场制造苦役犯。你们若是愿意，请想一想这个问题。入狱之前，我是一个可怜的乡下人，智力很低，像个傻瓜；牢狱改造了我；原先愚蠢，后来变得凶恶了；原先是块劈柴，后来变成了焦木。严厉惩罚毁了我，后来宽厚和仁慈又救了我。哦，对不起，你们还听不懂我说的这些话。你们在我家壁炉的灰烬里，能找见七年前我抢小杰尔卫的那枚四十苏银币。我不用再说什么了。抓起我来吧。上帝啊！检察官先生还摇头，您说：'马德兰先生疯了。'您不相信我。这实在叫人难过。至少，千万不要判处这个人！怎么！这些人都认不出我啦。我真希望沙威在场，他一定能认出我来。"

讲这番话的声调所包含宽厚的忧伤、凄怆的意味，是绝难描绘出来的。

他转向三名苦役犯："喂，我可还能认出你们！勃列维，您还记得吧？……"

他住了口，犹豫一下，又说道：

"你在狱中用的织成花格的背带，你还记得吧？"

勃列维惊抖了一下，神色惶惑地从头到脚打量他。他继续说道：

"舍尼帝，你的绰号叫'否上帝'。你整个右肩是很深的烧伤疤，因为你想去掉 TFP 三个字母的烙印，有一天就把肩膀伸进一盆炭火里，然而字母还是看得见。你回答，对不对？"

"对。"舍尼帝答道。

他又对克什帕伊说：

"克什帕伊，你左臂肘弯旁边，用烧粉纹了蓝色字母，是皇帝在戛纳登陆的日子，即 1815 年 3 月 1 日。你把衣袖搂起来。"

克什帕伊将袖子搂起来。他周围所有的目光都投向他赤露的手臂。一名法警拿来一盏灯：胳臂上果然有这个日期。

这个不幸的人转向听众和法官，脸上那副笑容，当年目睹的人至今想起来还难受。那是胜利的微笑，也是绝望的微笑。"现在你们明白了，我就是冉阿让。"他说道。

在这法庭上，再也没有审判官，没有控告方，没有法警了，只有凝视的眼睛和感动的心。谁也不记得自己要扮演的角色：检察官忘记他在那里是为了起诉，庭长忘记他在那里是为了主持审判，被告律师忘记他在那里是为了辩护。令人惊讶的是，谁也没有提出问题，谁也没有行使职权干预。这种景象最奇妙之处，就在于抓住了每一颗心灵，并把所有见证人变为观赏者。也许谁也不明白自己的感受；毫无疑问，谁也没有考虑自己看见的是灿烂的光辉在照耀；不过，所有人内心都感到通明透亮。

显然，大家眼前看到的是冉阿让。这就光芒四射。这个人一出现，就足以照亮刚才还十分模糊的案子。此后无需任何解释，这群人仿佛受到启示而豁然开朗，一眼就看清这件事既简单又壮美，是一个人舍身阻止另一个人当他的替罪羊。原先的种种小动作、种种迟疑、种种可能的小小抵制，都在这光明磊落的壮举中化解了。

这种印象虽然转瞬即逝，但当时是无法抵抗的。

"我不愿意再打扰法庭了，"冉阿让又说道，"既然不逮捕我，那我就走了，还要去办好几件事。检察官先生知道我是谁，也知道我要去什么地方，他随时都可以派人逮捕我归案。"

他朝门口走去，谁也没有吭一声，谁也没有伸手阻拦，大家都让开一条路。当时，他似乎具有某种神威，逼使众人在一个人面前退避，纷纷闪到两侧。他缓步穿过人群。后来始终没有弄清到底是谁打开的门，但有一点是肯定的，他走到门口时，门已经打开了。他走到门口，又转身说道：

"检察官先生，我听候您的处理。"

然后，他又对听众说：

"你们所有的人，你们在场的每个人，都觉得我值得怜悯，对不对？上帝啊！我一想到自己差点儿干出来的事，就认为自己值得羡慕。不过，我更希望没有发生这一切。"

他走了出去，又有人把门关上了，如同刚才有人打开一样；要知道，有壮举的人，确信在民众里总能找到肯为他效力的人。

过了不到一小时，陪审团就决定撤销对尚马秋的全部指控，并立即释放，尚马秋走了，他心中不胜惊诧，认为所有的人都疯了，一点儿也不理解目睹的场面。

第八卷　祸及

一　马德兰先生在什么镜中照发

天刚刚破晓。芳汀发高烧，彻夜未眠，但是这一夜却充满幸福的幻影；直到凌晨，她才睡着。一直守护她的辛朴利思嬷嬷趁她打盹儿的工夫，去药房准备一剂金鸡纳汤药。天色微明，看什么东西都灰蒙蒙的，可敬的嬷嬷俯着身，仔细辨认药水和药瓶，在药房里耽误了一会儿。她倒好药，急忙回身，轻轻叫了一声。马德兰先生出现在面前，他是悄悄进来的。

"是您啊，市长先生！"她高声说。

他压低嗓音问道："那可怜的女人怎么样啦？"

"现在还好。不过，有一阵真叫人担心！"

嬷嬷向他讲述了昨天的情况：芳汀病情加重，只因以为市长先生去蒙菲郿接她孩子，她现在才好些。嬷嬷不敢问市长先生，但是看他那神色，便明白不是从那里归来。

"这样很好，"他说道，"您做得对，不能向她说破。"

"是啊，"嬷嬷又说，"可是现在呢，市长先生，让她看见您没有把她孩子带来，我们怎么对她说呢？"

他沉吟了一下，又说道："让上帝启发我们吧。"

"总不能对她说谎啊。"嬷嬷低声说道。

屋里已经大亮了，阳光直射到马德兰先生的脸上；正巧这时，嬷嬷抬起头来，惊叹道："上帝啊！先生，出什么事儿啦？您的头发全白啦！"

"白啦！"他重复道。

辛朴利思嬷嬷根本没有镜子，她搜索药箱，取出一面小镜子，那是医务室大夫用来检验患者是否咽气了。马德兰先生接过镜子，照了照头发，说了一声："怪啦！"

他说这话时若不经意，仿佛在想别的事情。

嬷嬷心凉了半截，觉得这一系列表现有一种说不出来的陌生感。

他问道："我能看看她吗？"

"市长先生不是要把孩子给她接回来吗？"嬷嬷说道，她几乎不敢问这件事。

"当然要接了，不过，那至少要两三天的工夫。"

"在那之前，她若是没见到市长先生，就不知道市长先生回来了，"嬷嬷怯声怯气地又说道，"这样就容易让她耐心等待，等孩子一到，她自然会以为是同市长先生一同回来的。我们可不能说谎啊。"

马德兰先生沉吟片刻，仿佛在考虑，然后，他平静而严肃地说道："不行，我的嬷嬷，我应当看看她，我的时间也许很紧。"

"也许"这个字眼，给市长先生的话增添一种隐晦而奇特的意味，但是，这位修女好像没有注意，她垂下目光，压低声音，恭恭敬敬地回答："既然这样，她在休息，市长先生可以进去。"

他见一扇门关不严，便提醒说响动会惊醒病人，然后才进入芳汀的房间，走到床前，掀起床帷。她正睡着，从胸膛传出的呼唤声惨不忍闻，也是母亲守护患了不治之症的孩子睡觉时，听着心痛欲碎的。然而，这种困难的呼吸，并没有怎么打扰她脸上一种安详的神态。这种安详神态难以描摹，改变了她的睡容：惨白的脸色变得洁白，两颊也略显绯红；金黄色长睫毛，是她少女和青春留下的唯一美色，现在虽然低垂而闭合，却不断地颤动。她全身也在颤抖，好像有什么翅膀要展飞，携她而去，不过，只是让人感到颤动，眼睛却看不出来。见她这般模样，绝难相信那个生命垂危的病人。她不像要死去，倒像要展翅飞走。

有人伸手折花时，花枝就会战栗，仿佛半迎半避；同样，死亡的神秘手指要摄走灵魂时，人的躯体也会战栗。

马德兰先生在床前站了一会儿，瞧瞧病人，又望望那耶稣受难像，正如两个月前，他初次来到病房探视的情景。他们二人，一个睡着，一个祈祷，各自还是原来的姿势，然而时过两月，她的头发由白变灰，他却白发苍苍了。

嬷嬷没有跟进屋。他站在床前，一根手指放在嘴唇上，仿佛要让屋里什么人不要出声似的。

她睁开眼睛，看见他。微微一笑，平静地问道："珂赛特呢？"

二 芳汀幸福了

她既没有表示惊奇，也没有表示快乐；她本身已经化为快乐了。"珂赛特呢？"这句简单的问话，基于深深的信赖，讲得十分肯定，毫无疑虑，倒让马德兰先生无言以对。她接着说道：

"我知道您在这儿。我在睡觉，但是看见您了，早就看见您了。一整夜我的眼睛都在注视您。您罩在光环中，周围全是神仙。"

马德兰先生举目望耶稣受难像。

"可是，"芳汀又说道，"告诉我，珂赛特在哪儿呢？为什么不把她放在我床上，好等我醒来呢？"

马德兰先生机械地回答了一句什么话，但是事后怎么也回忆不起来了。

幸而医生闻讯赶来救驾。

"我的孩子，"医生说，"要安静下来。您的孩子就在那儿呢。"

芳汀的双眼顿时亮起来，那张脸也豁然开朗。她双手合十，那神态具有祈祷所能包含的最强烈而又最温柔的情感。

"噢！"她高声说，"快给我抱来呀！"

做母亲的感人的幻想！在她的心目中，珂赛特始终是个小孩子，可以抱来。

"还不行，"医生又说道，"现在还不行。您的高烧还没有完全退，一看见您孩子就会激动，对病情不利。先得把病治好！"

她急切地打断医生的话：

"我的病已经治好啦！跟您说我已经好啦！这个大夫，怎么跟驴一样固执！哼！我呀，要看我的孩子！"

"瞧您，又激动起来了，"医生说道，"只要您还这样，我就不能让您见孩子。光见她还不够，必须好好为她活着。等您通情达理了，我就亲自把孩子给您领来。"

可怜的母亲耷拉下脑袋。

"大夫先生，我请您原谅，我真的请您务必原谅。从前，我讲话也不是像刚才这样；我的遭遇太惨了，有时就信口胡说了。我明白，您怕我冲动，您让我等多久都行，不过我向您保证，见见我女儿，对我不会有什么坏处。我见到她了，从昨天晚上起，我的眼睛就没有离开她。您知道吗？现在要是把她带来，我准能跟她和声细语地说话。事情就是这样。人家特意去蒙菲郿把孩子接回来，我想见见不是很自然的事儿吗？我不会发火，我完全明白我就要幸福了。整个这一夜，我净看见洁白的东西、向我微笑的人。大夫先生什么时候愿意，就把我的珂赛特给我带来。我不发烧了，病治好了；我真的觉得一点也不难受了；不过，我还得装作有病的样子，躺着不动，好讨这儿的女士喜欢。别人看见我非常安静了，就会说：应当把孩子给她了。"

马德兰先生坐在床边的一张椅子上。芳汀转向他，显然在极力显得平静和"听话"的样子，如同她在类似稚气的病态中所讲的，好让别人看见她完全平静了，就不再作难，把珂赛特给她领来。然而，她再怎么控制，也忍不住问这问那，要马德兰先生回答。

"您一路很顺利吧，市长先生？哦！您心肠太好了，去为我接她！先给我说说她怎么样了。这一路她受得了吧？唉！她一定认不出我了！可怜的心肝，这么多年，她把我忘啦！小孩子不记事儿；就跟小鸟一样，今天看见一样东西，明天又看见另一样东西，结果什么也不想了。至少，她的衣衫还白净吧？德纳第那家人还能给她穿干净衣衫吧。她吃的怎么样呢？噢！您哪里知道！我在受难的那段时间，想到这些问题，心里是多么痛苦啊！现在全过去了。我高兴了。啊！我真希望见到她！市长先生，您觉得她长得好看吗？我女儿模样儿很俊，不是吗？你们乘坐那种驿车，一定很冷！不能领她来吗，哪怕待一会儿呢？来见一面，可以马上领走。您说吧！这事由您做主，您若是愿意就行！"

马德兰先生握住她的手，说道：

"珂赛特长得很美，也很健康。很快您就能见到她，不过，您还是安静下来吧。您的话太多了，胳臂也露在外面，这会引起咳嗽。"

芳汀的嘴咳得厉害，说话断断续续。

她并不抱怨，本来是要让人相信她，担心说得过多反而坏事，于是就讲些不相干的话。

"蒙菲郿那地方，还挺好看的，对吧？夏天，有人到那儿去游玩。德纳第他们生意不错吧？他们那儿过往行人不多。那家客栈，就跟车马店差不多。"

马德兰先生一直拉着她的手，惴惴不安地注视着她；他来探视，显然是要告诉她一些情况，现在思想却犹豫了。医生诊视完已经离去了，只有辛朴利思嬷嬷留在他们身边。

就在这静默中，芳汀忽然喊道：

"我听见她啦！上帝呀！我听见她啦！"

她伸出手臂，让旁边的人安静，她则屏住呼吸，兴冲冲地倾听。

有个孩子在院子玩耍，可能是门房或哪个女工的孩子。这正是常常发生的天缘巧合，冥冥中的一种神秘的安排。那孩子是个小姑娘，她为了取暖，在院子里跑来跑去，同时大声笑，高声唱歌。唉！什么事情没有儿童的嬉戏掺和进来呢！芳汀听见的，正是那个小姑娘的歌声。

"哦！"她又说道，"是我的珂赛特！我听出她的声音啦！"

那孩子来得突然，走得也意外，她的声音渐渐消失；芳汀又听了一会儿，继而，她的脸色阴沉下来，马德兰先生听见她咕哝道："这个大夫心真狠，不让我看看女儿！看他那人长相就不善！"

不过，她又恢复了思想深处的欢乐情绪，脑袋枕在枕头上，继续自言自语："我们会多么幸福啊！首先，我们要有个小花园！马德兰先生答应过。我女儿就在花园里玩耍。现在，她应当认识字母了。我教她拼写。她在草地上追逐蝴蝶。我在一旁看她玩。以后，她要去教堂第一次领圣体。哦，真的！她什么时候初领圣体呢？"

她开始数手指头：

"……一、二、三、四……她七岁了。再过五年。她要有一条白色头纱，穿上挑花袜子，像个大姑娘了。噢！我的好心的嬷嬷，您不知道我有多傻，现在就想到我女儿初领圣体啦！"

她笑起来。

马德兰先生已经放下芳汀的手。他眼睛看着她，听这些话就好像倾听刮起的风声，精神沉入无底的思索中。戛然，芳汀停止说话，这使他下意识地抬起头。芳汀大惊失色。

她不说话了，也不再喘气了，用臂肘半支起身子，瘦削的肩膀从睡衣里露出来，刚才还喜悦的面孔忽然变得惨白，眼睛惊恐地张大，望着前方，仿佛盯着屋子另一端什么可怕的东西。

"上帝啊！"马德兰先生高声说，"您怎么啦，芳汀？"

她不回答，目不转睛地盯着她似乎看见的东西；她用手碰了碰他的胳臂，另一只手示意他朝后看。

他转身望去，看见沙威。

三 沙威得意

事情的经过是这样。

马德兰先生从阿拉斯的重罪法庭出来，已经是午夜十二点半了。我们记得，他定了邮车的座位。他回到旅馆，正好赶上邮车，将近凌晨六点钟便回到海滨蒙特伊，第一件事就是把他给拉斐特先生的信投到邮局，然后到医务室来看芳汀。

他刚离开法庭，检察官就从最初的惊愕中醒来，发言惋惜可敬的海滨蒙特伊市长的荒唐行为，声称这件意外的怪事日后会弄清楚，而他丝毫不改变指控，坚信尚马秋就是真正的冉阿让，要求先判他的罪。检察官坚持起诉，显然违背听众、审判官和陪审团所有人的感情。被告律师没费什么劲儿就驳斥了这种论调，指出由于马德兰先生，即真正的冉阿让披露了真相，案情就彻底改变了，在陪审团面前的这个人根本无罪。律师还就审判程序的谬误发表一通感慨，可惜不是什么新鲜东西……庭长在总结中同意律师的见解，陪审团只用几分钟，就决定对尚马秋免予起诉。

然而，检察官需要一个冉阿让，抓不住尚马秋，那就抓住马德兰。

释放了尚马秋，检察官立即和庭长密谈，商议了"逮捕海滨蒙特伊的市长先生的本人的必要性"。这句话有许多"的"字，完全出自检察官的手笔，写在他呈给检察长的报告的底稿上。庭长一阵激动之后，也没有提出什么异议。司法必须运行。再者，说到底，庭长虽然是相当聪明的好人，但同时也是坚定的，而且相当激进的保王党人；海滨蒙特伊市长提到戛纳登陆的事件时，使用"皇帝"的字眼，没有说"布奥拿巴"，他听了觉得很刺耳。

就这样，签发了逮捕令。检察官派了专骑，星夜兼程送往海滨蒙特伊，责成沙威探长执行。

大家知道，沙威作证之后，立刻赶回海滨蒙特伊。

沙威刚起床，专差就把逮捕令和传票交给他了。

那专差也是个干练的警吏，几句话就向沙威交代清楚阿拉斯所发生的情况。由检察官签发的逮捕令这样写道：沙威探长，速将海滨蒙特伊市长马德兰先生逮捕归案，在今日的法庭上，已经确认他就是刑满释放的苦役犯冉阿让。

一个不认识沙威的人，如果看见他走进医务室的门厅，绝猜不出发生了什么事情，会觉得他的神态再正常不过了。他的神态冷漠、平静而严肃，花白头发光溜溜地贴在两鬓，上楼梯的步伐也跟平时一样从容不迫。一个深知沙威的人，如果仔细观察他，就会不寒而栗。他皮领的带扣没有搭在颈后，而是搭在左耳上面，这表明他异常激动。

沙威是个完人，无论职务还是衣着，不留一点儿皱褶；他对凶手有条不紊，对衣服的纽扣也一丝不苟。

这次，他竟然把衣领的带扣搭歪，那种激动程度，一定像人们所说的内心的地震。

他从附近派出所要了一名下士和四名士兵，布置在院子里，让门房指明芳汀的病房，便只身前来了。那看门的女人毫不怀疑，早已习惯武装人员求见市长先生的情况。

沙威走到芳汀的病房，扭动门把手，用护士或密探那样轻轻的动作，推开房门，走了进来。

确切地说，他并没有进屋，而是站在半开的门口，没有摘下帽子，左手插在一直扣到脖领的礼服里，粗手杖则隐在身后，肘弯处只露出铅头手柄。

他在门口立了约有一分钟，没人发觉。忽然，芳汀抬起眼睛，瞧见他，并让马德兰先生转过身去。

马德兰的目光和沙威的目光相遇的时候，沙威一动不动，并不走上前去，但是他立刻变得十分凶狠可怕了。人的任何情感，都不如得意之色那样显得可怕。

魔鬼重又捉到它要投入地狱的人，正是那副面孔。

他确信终于能捉住冉阿让，内心的感觉就完全流露在脸上了。沉底的东西一搅动，又浮上水面，有一阵他失掉线索，又有几分钟错认了尚马秋，不禁感到耻辱，然而他当初就识破冉阿让，并且长时间保持准确的直觉，想想又十分得意；这样，耻辱的感觉也就消失了。沙威的欣喜，展现在他那不可一世的姿态中。他那狭窄的额头，因焕发了胜利而变为畸形。一副沾沾自喜的面孔，狰狞丑恶到了无以复加的程度。

此刻，沙威简直飘飘欲仙。他虽然没有明确意识到，但直觉中模模糊糊地感到他的职务不可或缺和功绩，他，沙威，恰恰体现了法律、光明和真理，替天行道，铲除罪恶。他身后和周围，无边无际，那是政权、理性、既决的案件、合法意识、舆论、满天星斗；他维护这种秩序，让法律发出雷霆，为社会伸张正义，为专制效力；他挺立在光环中；他稳操胜券，还有余勇可贾，雄赳赳、气昂昂地屹立在那里，向整个天宇展示一个恶魔的超人的兽性；在他行动的可怕阴影中，社会利剑的寒光在他紧握的拳头上隐约可见；他又兴奋又气愤，要踏平犯罪、丑行、叛逆、堕落、地狱，他光芒四射，除恶务尽，而脸上却挂着笑容；毋庸置疑，这个执法大天神的身上具有伟大的气概。

沙威凶猛，但绝不卑鄙。

正直、坦率、诚实、自信、忠于职守，这些品质一旦误入歧途，就会变得丑恶，但即使丑恶，也不失其伟大；这些品质的庄严性是人类良知所特有的，因而能在丑恶中延续。这是有瑕疵的美德，错了。一个狂热分子在肆虐中所表现的诚实而无情的快乐，含有难以名状的令人敬畏的惨光。沙威在欣喜若狂的时候，也还像得志的小人那样令人可怜。他那张面孔显露善中的万恶，比什么都更可怕，更令人痛心。

四　重新行使权力

芳汀由市长先生从沙威手中救出之后，再也没有见到沙威。她在病中，头脑还不明白什么，不过，她并不怀疑，沙威是来抓她的。她看到那副凶相，就吓得魂不附体，觉得自己要断气了，用双手捂住脸，惶恐地喊叫：

"马德兰先生，救救我！"

冉阿让——此后我们不再用别的名字称呼他——站起来，他用极温柔极平静的声调说："放心吧，他不是冲您来的。"

接着，他又对沙威说："我知道您的来意。"

沙威回答："喂，快走！"

沙威讲这句话时声音都变了，有一种说不出来的野蛮和疯狂的意味。他不是讲："喂，快走！"而是讲："喂寇！"任何文字都难以表示这种声调；这已不是人的语言，而是野兽的吼叫了。

他并不照例行事，并不说明情况，也不出示传票。在他的心目中，冉阿让是一个捉不住的神秘对手，是他搂住五年而未能摔倒的阴险的角斗士。这次逮捕不是开始，而是结束角斗。因此，他仅仅说了一句："喂，快走！"

他这么说，却没有向前跨一步，只是向冉阿让抛去铁钩似的目光；他就是用这种目光硬把穷苦的人勾过去。

两个月前，芳汀也就是感到这种目光刺入骨髓。

芳汀听见沙威的吼叫，又睁开眼睛。但是市长先生就在跟前，她怕什么呢？

沙威走到屋子中间，嚷道："嘿！你走不走？"

不幸的女人看看周围：屋里只有修女和市长先生。对谁这样轻蔑地称呼"你"呢？只可能对她。她不寒而栗。

这时，她看见一件怪事，闻所未闻，就是在发高烧做噩梦中，也没有见过。

她看见警探揪住市长先生的衣领，看见市长先生低下头。她觉得世界要消逝了。

的确，沙威揪住冉阿让的衣领。

"市长先生！"芳汀喊道。

沙威哈哈大笑，在狞笑中露出所有牙齿。

"这里没有市长先生啦！"

冉阿让并不想挣脱揪住他礼服领的手。他说道："沙威……"

沙威接口说道："叫我探长先生。"

"先生，"冉阿让又说道，"我想单独跟您说句话。"

"大声说！你得大声说！"沙威答道，"跟我讲话要大声！"

冉阿让压低嗓门继续说道："我对您有个请求……"

"我跟你说了，要大声讲话。"

"可是，这事只能说给您一个人听……"

"这又怎么样？我不听！"

冉阿让转向他，声音很低又很快地对他说：

"请您容我三天时间！用三天去接这个可怜女人的孩子，费用由我来付。您若是愿意，可以陪我去。"

"开什么玩笑！"沙威喊道，"来这套！我没想到你这么蠢！要我容你三天好溜走！你说是去接这个婊子的孩子！哈！哈！好啊！好极啦！"

芳汀浑身一抖。

"我的孩子！"她高声说，"去接我的孩子！原来她不在这里！嬷嬷，回答我，珂赛特在哪儿？我要我的孩子！马德兰先生！市长先生！"

沙威跺跺脚。

"现在，又掺和进来一个！还不闭嘴，骚货！这个脏地方，苦役犯当行政长官，妓女像伯爵夫人一样让人侍候！真邪门儿！这一切都要变变，到时候啦！"

他又揪住冉阿让的领带、衬衫和衣领，眼睛盯着芳汀，又说道：

"告诉你，这儿根本没有马德兰先生，也根本没有市长先生，只有一个贼，一个强盗，一个叫冉阿让的苦役犯！我抓住的就是他！就是这码事！"

芳汀拨棱一下起来，僵直的手臂支撑住身子，她瞧瞧冉阿让，瞧瞧沙威，又瞧瞧修女，张嘴好像要说话，可是嗓子眼里只发出一声咕噜，她的牙齿打战，惶恐地伸出双臂，痉挛地张开手指，就像溺水的人那样向周围乱抓，继而，她颓然倒在枕头上。她的脑袋撞在床头，弹回到胸前，嘴张着，眼睛也睁着，但是黯淡无光了。

她死了。

冉阿让把手放在沙威揪他的那只手上，如同掰孩子的手一样将它掰开，然后对沙威说："您害死了这个女人。"

"还有完没完！"沙威气冲冲地嚷道，"我来这里不是听人说教的。废话少说。军警就在下面。马上走，要不然，就给你上手指铐啦！"

屋子一角有一张破铁床，是给守夜的嬷嬷歇息用的。冉阿让走过去，一眨眼就把已经破损的床头抓下来：有他这样的臂力，这是轻而易举的事，他操起粗铁条，凝视沙威。沙威退向房门。

冉阿让手持铁条，缓步朝芳汀的床铺走去，到了床前，又转过身去，以别人几乎听不见的声音对沙威说："奉劝您这会儿不要打扰我。"

有一点是确切的，就是沙威发抖了。

他想去叫军警，但又怕冉阿让乘机跑掉，只好守着，手握住手杖的尖端，背靠着门框，目不转睛地注视冉阿让。

冉阿让臂肘倚在床头的圆球上，手托着额头，开始凝望躺着不动的芳汀。他这样静默地待着，心中想的显然不是这世间的事了。他脸色和神态，只表现一种难以名状的痛惜。他这样冥想一会儿之后，又俯过身去，低声对芳汀说话。

他对她说什么呢？这个被社会排斥的男人，对这个已死的女人能说什么呢？讲的究竟是些什么话呢？尘世上任何人也没有听见。这个死去的女人听见了吗？有些动人的幻想，也许是最高的现实。有一点是毫无疑问的，当时的唯一见证人辛朴利思嬷嬷，常常讲起在冉阿让对着芳汀的耳朵说话的时候，她清楚地看到在那灰白的嘴唇上，在那对坟墓充满惊奇之色的茫然的眸子里，浮现出一丝难以描摹的微笑。

冉阿让像母亲对孩子那样，双手捧起芳汀的头，端正地放在枕头上，把她睡衣的带子系好，再把她的头发塞进睡帽里。然后，他闭上眼睛。

一时间，芳汀的脸庞仿佛出奇地明亮。

死亡，就是跨进大光明的境界。

芳汀的手耷拉到床外。冉阿让跪到这只手前，轻轻把它拉起来，吻了一下。

然后，他站起来，转身对沙威说："现在，我跟您走。"

五 合适的坟墓

沙威将冉阿让送进市监狱。

马德兰先生被捕的消息，在海滨蒙特伊引起轰动，准确地说，引起异常的震动。我们十分遗憾，不能掩饰这样一个事实，只因"他当过苦役犯"这一句话，几乎所有的人就把他抛弃了。他做过的好事，不到两小时就被人遗忘，而他不过是一个"苦役犯"了。应当指出，当时大家还不知道阿拉斯事件的详情。这一整天，全城各处都能听到这样的议论：

"您还不知道？原来他是个刑满释放的苦役犯！"——"谁呀！"——"市长呗。"——"啊！马德兰先生！"——"对呀！"——"真的吗？"——"他不叫马德兰，真名很难听，叫什么贝让，保让，布让。"——"哦，上帝啊!"——"他被抓起来了。"——"抓起来啦!"——"关押在市监狱里，等着押走。"——"等着押走! 要把他押走! 押到哪儿去呀?"——"要送上重罪法庭，审判他从前所犯的抢劫罪。"——"这就对啦! 我就觉得不对头。这个人心太善，太完美，太虔诚了。他谢绝授予的勋章，遇见那些流浪儿就给钱。我一直想，那背后肯定有什么见不得人的事。"

"沙龙"里，这种议论尤为丰富多彩。

一位订阅《白旗报》的老夫人，提出这样一种几乎深不可测的见解：

"我看不足为惜，这倒是给布奥拿巴的党徒一个教训!"

一度称为马德兰先生的幽灵，就这样在海滨蒙特伊城消逝了。全城只有三四个人还怀念他。服侍过他的那个守门的老太婆就是其中一个。

当天傍晚，可敬的老太婆还坐在门房里，满心愁苦，无限凄惶。工厂停了一整天，大门紧闭，街上行人寥寥。楼里只有两名修女，佩尔陪递和辛朴利思嬷嬷，为芳汀守灵。

快到平日马德兰先生回来的时刻，忠实的门房机械地站起来，从抽屉里取出马德兰先生房间的钥匙，挂在他习惯自取的钉子上，又拿起他每晚上楼回房用来照亮的烛台，放在身边，就好像她还在等候他。然后，她重又坐到椅子上，又陷入沉思。可怜的老太婆下意识地做这些事。

过了两个钟头，她才如梦初醒，高声说道：

"咦! 仁慈的上帝耶稣! 我还把钥匙挂在钉子上!"

恰好这时，门房的玻璃窗开了，一只手伸进来，摘下钥匙，拿起烛台，凑到一支燃着的蜡烛点着。

门房老太婆抬头一看，不禁目瞪口呆，差点儿叫出声来。

她熟悉这只手，这条胳臂，这礼服的袖子。

正是马德兰先生。

过了几秒钟，她才说出话来，"吓呆了"，正如后来她讲述这件意外事时常说的。

"上帝呀，市长先生，"她终于高声说，"我还以为您……"

她戛然住口，这后半句话会抵消开头的敬意。在她心目中，冉阿让始终是市长先生。

他替她把话说完。

"……进监牢了。"他说道，"我是进去了。不过，我折断窗口的铁条，从房顶跳下来，又回到这里。我要上楼回房间，您去替我叫一下辛朴利思嬷嬷。她一定守在那位可怜女人的旁边。"

老太婆遵命，急忙去了。

他一句也没有嘱咐，确信她保护他会比他保护自己还要可靠。

一直没有搞清，他没叫人开大门，是怎么进入院子里的。确实，他有一把小角门的钥匙，始终带在身上；不过，狱警一定搜过他的身，把钥匙搜走了。这一点没有澄清。

他登上通他房间的楼梯，到了楼上，就把烛台放在楼梯的最上一级，轻轻地打开门，摸黑走去关上窗户和窗板，再反身拿起烛台，回到房间。

这样小心是必要的；不要忘记，从街上能望见他的窗户。

他扫视一下周围，瞧瞧桌子、椅子，以及三天没有动过的床铺。前天夜晚的慌乱没有留下丝毫痕迹。看门老太婆"整理过房间了"。不过，她也从灰烬里拾起他那根棍子的两个铁头，以及烧黑了的那枚四十苏银币，擦干净了放在桌子上。

他拿过一张纸，在上面写道："这是我在法庭上提到的那根棍子的两个铁头、从小杰尔卫抢来的四十苏银币。"他又把银币和两个铁头放在纸上，好让进屋的人一眼就能看见。他从衣柜里取出一件旧衬衫，撕下几条，用来包那两只银烛台。他既不慌忙，也不急躁，一面包主教的两只烛台，一面吃黑面包。大概是狱中的面包，他越狱时带出来的。

事后，法庭来检查，在地板上发现面包屑，证明他吃的确是监狱的面包。

有人轻轻敲了两下房门。

"请进。"他说道。

进来的是辛朴利思嬷嬷。

她脸色苍白，眼睛发红，手中拿的蜡烛直摇晃。命运的剧变有这样一种特点，无论我们怎么完善或者怎么冷静，这种剧变也会从我们五脏六腑里掏出人性，并迫使其重现在外面。这位修女经过一天的激动，又变回女人。她痛哭过，进屋时还在发抖。

冉阿让刚在一张纸上写了几行字，将这张纸递给修女，同时说道：

"嬷嬷，请将这个交给本堂神甫。"

这张纸没有折起来，修女望了一眼。

"您可以看看。"他说道。

修女念道："我请本堂神甫先生料理我留在这里的一切。请他用我留下的钱支付我的诉讼费和今天去世的这个女人的丧葬费。余款捐赠给穷人。"

嬷嬷想说什么。但是结结巴巴，语不成句，最后才勉强说道："市长先生不想最后再看一眼那可怜的女人吗？"

"不看了，"他答道，"有人在追捕，如果在她的房间抓住我，就会搅扰她的安宁。"

他的话音未落，楼梯就响成一片，那是上楼的嘈杂的脚步声，以及看门老太婆极力尖叫的声音：

"我的好先生，我以仁慈的上帝向您发誓，今儿整个白天，整个晚上，没有一个人进来，我也没有离开过这个门！"

一个男人回答："可是，那屋里有灯光。"

他们听出是沙威的声音。

这个房间的门一开，便遮住左边的墙角。冉阿让吹灭蜡烛，立刻躲到那个墙角里。

辛朴利思嬷嬷跪到桌子旁边。

房门打开了。

沙威走进来。

楼道里传来好几个人的私议声和门房的争辩声。

修女眼睛不抬，继续祈祷。

放在壁炉台上的蜡烛火焰微弱。

沙威看见嬷嬷，愕然止步。

不要忘记，沙威的本性、他的气质、他呼吸的中心，就是对一切权威的崇敬。他完全是死板的，不允许任何质疑，也不允许打丝毫的折扣。在他看来，教会的权威当然高于一切。他是信徒，在这点上就像在其他方面一样，他既浅薄又规矩。在他眼中，神甫是不会出错的神灵，修女是不会作孽的人。他们都是超尘拔俗的灵魂，只有一扇门与尘世相通，而且也只为真话放行。

他一见嬷嬷，头一个反应就是要退出去。

然而，另一种职责拉住他，猛力朝相反的方向推他。他的第二个反应就是留下来，至少冒昧地问一句。

这位辛朴利思嬷嬷一生没有说过谎。沙威了解这一点，因此特别尊敬她。

"嬷嬷，"他问道，"这屋里只有您一个人吗？"

一时间，可怜的女门房吓得魂不附体。

嬷嬷抬起眼睛，回答说："是的。"

"既然这样，"沙威又说道，"请原谅我再多问一句，这是我的职责，今天晚上，您没有看见一个人，一个男人吗？他越狱了，我们正在追捕——他叫冉阿让，您没有看见他吗？"

嬷嬷回答："没有。"

她说了谎。接连两次，毫不迟疑，两句谎话脱口而出，就像效忠的人那样。

"对不起。"沙威说道。他深施一礼，退出去了。

圣女啊！多少年来，您已经脱离了尘世，归入贞女姐妹们的天使兄弟们的光辉行列，但愿这次谎言计入您上天堂的善举。

沙威觉得嬷嬷的回答十分干脆，即使看见刚吹灭的蜡烛在桌上冒烟，也不觉得奇怪。

一小时之后，一个汉子匆遽离开海滨蒙特伊，穿过树林和夜雾，朝巴黎方向走去。那人就是冉阿让。据调查，有两三个赶大车的遇见他，说他背了个包裹，穿一件布罩衫。他是从哪儿弄到的那件罩衫？无从知晓。不过，在工厂的医务室里，前几天死了一名老工人，只留下一件工作服。也许就是那件。

关于芳汀，最后再交代几句。

我们所有的人有同一个母亲：大地。芳汀回到慈母的怀抱里。

本堂神甫认为冉阿让留下的钱应当尽量留给穷人，也许他做得不错。说到底，这事牵涉到谁呢？只牵涉到一名苦役犯和一名妓女。因此，他简化葬礼，将费用减到最低限度，把芳汀埋葬在公墓。

就这样，芳汀葬在义冢：那一角地方属于大家，而不属于任何人，穷人就是在那里湮没无闻了。幸而上帝知道在什么地方招魂。他们让芳汀在黑暗中，伴随乱骨长眠，让她躺在男女混杂的骨灰上。她被抛进公墓。她的坟墓如同她生前的床铺。

第二部　珂赛特

Part Two

第一卷　滑铁卢

一　从尼维勒来时所见

去年，即 1861 年，在 5 月的一个晴朗的上午，一位行客，本故事的叙述者，从尼维勒前往拉羽泊。他徒步，沿着两排树木夹护的一条铺石大道行进；一路丘冈连绵，时起时伏，犹如巨大的浪涛。他已经走过利卢瓦和我主伊萨克树林，望见西边勃兰拉勒的那座形若覆瓮的青石钟楼。他过了高冈的一片树林，到一条岔道口，看见一根虫蛀斑斑的立柱，上面写着："古关卡四号"，旁边有一家酒店，门前招牌上写着："爱煞伯四面风独家咖啡馆"。

从那家酒店往前走八分之一法里，便进入一个小山谷；谷底一条小溪，流经土石填高的道路下的涵洞。树木青翠而疏朗，覆盖道路的一侧，在另一侧散布而悦目，朝勃兰拉勒方向延展。

一家客栈坐落在这条路的右边，门前停着一辆轻便四轮车，戳着一大捆啤酒花杆儿，一把犁，靠绿篱有一堆干荆柴，一个方坑里的石灰正冒着热气，一架梯子横放在用麦秸作隔壁的破棚子的墙脚。一个大姑娘在田里锄草，田上随风飘动着一张大幅黄色广告，大概是什么集市上的野台戏。在客栈的斜角，靠近一群鸭子戏水的水塘一侧，有一条糟糕的石径没入荆丛。那行客走上石径。

他沿着一道花砖尖脊的 15 世纪院墙，走了一百来步，便来到一扇拱形的大石门前。大门的拱墩笔直，两侧饰有圆形浮雕，表现出路易十四时期庄重的建筑风格。大门上方，赫然显现楼房十分古朴的正面；一道与楼房正面垂直的墙，几乎伸延到门口，却突然折个直角。门前的草地上放着三把钉耙，耙齿中间，5 月的各种野花混杂开放。大门关着，双合门扇已经破旧，上面的旧门锤也生了锈。

阳光明媚；树枝 5 月间的这种微颤，仿佛由鸟巢传来，而不是风吹的。一只勇敢的小鸟，也许由于发情，在一棵大树上放声鸣唱。

行客俯下身，仔细观察门右下角左边这块石头，只见上面有一个类似洞穴的大圆坑。这时，两个门扇打开，走出一个村姑。

她看见行客，看到他观察的东西。

"这是法国一颗炮弹炸的。"她对行客说道。

她又补充说："您再往高看一看，大门上面，在一颗钉子旁边，有一个大火铳打的洞。大火铳没有把门板打穿。"

"这地方叫什么？"行客问道。

"乌果蒙。"村姑答道。

行客立起身，走了几步，又观看绿篱上面，目光越过树梢儿，望见一个土丘；土丘上有个东西，远远望去像头狮子。

他来到滑铁卢战场。

二　乌果蒙

乌果蒙，伤心惨目的地方，是那个叫拿破仑的欧洲大樵夫在滑铁卢遇到的第一道障碍，遇到的初次抵抗；是大斧劈下时遇到的第一个树节。

这原是一座古堡，现成为普通农舍了。对于好古者来说，乌果蒙应是"雨果蒙"，这座庄园，是索墨雷的乡绅雨果建造的。正是他资助维赖修道院的第六任院长。

行客推开门，擦着停在门洞里的一辆四轮马车过去，走进庭院。

首先映入眼帘的是一道 16 世纪的门，仿造圆拱形，但四周已经坍塌了。宏伟的景象往往产生于废墟。在圆拱门不远的墙上另开了一个角门，门楣是亨利四世时代的拱顶石，从门里望出去是一个果园的树木。角门旁边有一个肥料坑，还放着几把锹和镐、几辆小车，还有一口石沿和铁辘轳的古井；庭院里一匹马驹在蹦跳，一只火鸡在开屏，还有一座带小钟楼的礼拜堂，贴礼拜堂墙根长着一棵开花的梨树。就是这座庭院，当年拿破仑梦想攻破。这一隅之地，果真让他攻占，也许全世界就属于他了。一群母鸡觅食啄起尘土。忽然一阵狗叫，那是代替英国人的凶相毕露的一条大狗。

当年把守此地的英国人值得称赞。库克的四连守军坚持七个小时，顶住大军的猛攻。

乌果蒙，包括房舍和园子，看地图上的几何图形，是一个缺了一角的不规则长方形。南门就在这缺角上，紧贴着这道护墙。乌果蒙有两道门：南门是古堡正门，北门是农舍的门。当年，拿破仑派他兄弟杰罗姆攻打乌果蒙；吉勒米诺、伏瓦和巴什吕各师受阻，雷伊投入全部兵力仍归失败，凯勒曼的炮弹在那堵英雄墙上消耗殆尽。搏端旅增援攻打乌果蒙北面，也并不多余；索亚旅攻打南面，只能打个缺口而无法占领。

农舍的几间房子从南侧围住庭院。北门被法军打破一块，至今还挂在墙上，那是由两条横木钉在一起的四块木板，上面还看得出弹痕。

北门曾一度被法军攻破，后来补了一块门板，代替挂在墙上的那一块；这道虚掩着的门对着庭院，是在院子的北墙中间开出来的，而围墙下半截用石头，上半截用砖砌成的。每户庄稼院都有这种能通马车的便门，两扇门是粗木板做成的，门外边则是草地。当年争夺这一入口，战斗十分激烈；门上斑斑血迹手印历久不褪，搏端就在这里阵亡。

这庭院尚存战斗的腥风血雨，惨状历历，横尸喋血之迹化入景物。生死存亡，恍若昨日。墙垣垂危，砖石跌落，缺口惨叫，弹洞涔涔流血，树木倾斜抖瑟，仿佛竭力逃灾避难。

这座庭院在 1815 年的建筑，如今已多不见。当年的工事、凸角堡、地道犬牙交错，战后也都拆毁了。

英军在这里设防，法军攻破而又难以立足。古堡的一翼，还屹立在礼拜堂旁边，这是乌果蒙古宅仅存的遗迹，但也坍塌，徒留四壁，仿佛剖膛破腹了。战时，古堡充作指挥部，礼拜堂当作掩避所，两军厮杀，伤亡惨重。法军受到各个方向火枪的袭击：从院墙后面，阁楼上边，地窖里，从每个窗口，每个通气窗，从每个石缝都射出子弹；于是，他们就搬来一捆捆柴草，点上烧围墙和里边的人：以火攻回答枪击。

古堡的这一翼被战火毁了，从窗口的铁条望进去，还能看见墙砖塌了的房间：英国守军就埋伏在这些房间里；一条旋梯，从楼下到楼上完全破损，好像打破了壳的海螺的内脏。楼梯有两层，英国受到攻击，聚在二楼的梯级上，拆毁了下面的楼梯。大块大块的青石板，在荨麻丛中堆得像座小山。还有十来个梯级挂在二楼的墙上，犹如三齿叉戳进墙里。这些悬空而无法攀登的石级牢牢嵌在墙壁里，而下面则像脱了齿的牙床。这里有两棵古树，一棵枯死，另一棵下部受伤，但到了 4 月份仍旧发青，1815 年之后，树枝渐渐穿过楼梯。

礼拜堂里也有过拼杀，现在复归寂静，但里边景象很奇特。那次杀戮之后，这里再也没有做弥撒。不过，祭坛还在，那是靠着粗石壁的粗木祭坛。四壁粉刷了白灰，门对着祭坛，有两扇拱顶小窗。门上方有一个巨大的木雕的耶稣受难像，雕像上面有一个方形通风洞，用干草堵住了。一个玻璃全打碎的旧窗框，躺在墙角的地上。礼拜堂就是这种景象。在祭坛旁边的墙上，还钉着一个 15 世纪的圣安娜木雕像，怀中圣婴耶稣的头也被火铳打飞了。法军曾一度占领礼拜堂，又被赶走，走时放了一把火。这座破损的建筑烈火熊熊，成为一个火炉，门烧着了，地板烧着了，然而，基督木雕却没有烧着。火舌舔到脚，继而熄灭，留下两只焦黑的残肢。据当地人说，这是显灵。童年耶稣丢掉脑袋，就没有基督幸运了。

墙壁布满字迹。在基督像的脚旁，能看到这个名字：亨吉内兹。还有其他名字：德·里约·马约尔伯爵、德·阿马格罗（阿巴纳）侯爵及侯爵夫人。也有一些法国人的名字，加了惊叹号，表示愤怒。那道墙于 1849 年重新粉刷过，因为各国在上面相互辱骂。

当时，一个手握板斧的尸体，就是在这礼拜堂门口收起来的。那是勒格罗少尉的遗骸。

从礼拜堂出来，朝左便看见一口井。院内有两口井。我们不禁要问：为什么那口井没有吊桶和滑车呢？因为不再从井里汲水了。为什么不再汲水了呢？因为里面填满了枯骨。

最后一个从这口井打水的人，名叫吉约姆·冯·库尔松。他是农民，在乌果蒙当园丁。1815 年 6 月 18 日，他全家逃进树林避难。

在那几天几夜当中，那些不幸的居民全分散躲进维赖修道院附近的林中。如今还有些遗迹可辨，例如一些烧焦的古树干，便标示那些胆战心惊的可怜难民在密林中宿营的地点。

吉约姆·冯·库尔松住在乌果蒙，是"看守古堡"的，当时蜷缩在地窖里。英军发现他，并把这个吓破胆的人从躲藏的地方拖出来，用刀背打他，让他侍候。那些士兵渴了，吉约姆就给他们端水喝。他就是从这口井打的水。许多人都是这样喝了最后一口水。喝了井水的许多人死了，这口井随后也死掉。

战斗之后，大家匆忙掩埋尸体。死神自有骚扰胜利的办法，让瘟疫紧随光荣之后。伤寒是武功的副产品。这口井很深，成了万人墓，丢进去三百具尸体。也许太匆忙了。丢下去的人果真全死了吗？传说没有全死。埋葬的当天夜晚，有人听见井里发出微弱的呼救声。

这口井孤零零在庭院中央，三面围着半石半砖的墙，好似折着的屏风，看上去仿佛小方塔。第四面敞开，是打水的地方。中间的墙上有个怪形的牛眼洞，估计是个弹洞。这个小塔原先有顶，现在只剩下木架了。右面的撑铁呈十字形。俯身望下去，只见砖壁圆洞黑黝黝的，深不见底。井四周长了荨麻，遮住了围墙脚。

比利时的水井，一般前沿都铺有大块青石板，而这口井前只架了一根横木，横木上钉了五六块类似粗大枯骨的多节而畸形的木头。井口既没有吊桶，也没有绳索和滑车；但是石头水槽还在，里面积了雨水，附近树林不时飞来一只鸟儿喝了水又飞走。

这片废墟中，有一所房子，即那排农舍，还住着人。农舍的门对着院子，上面镶着哥特式精致的锁板，还有一个安斜了的梅花头铁门钮。当年，汉诺威的维乐达中尉抓住门钮，想躲进农舍里，却让一名法国士兵一斧子砍掉手。

住在这里的一家人，是早已故去的那个园丁冯·库尔松的孙子辈。一位头发花白的妇人会告诉您："当年我就在这儿，那时只有三岁。我姐姐岁数大，吓得直哭。家里人把我们送进树林，母亲抱着我。大人把耳朵贴在地上倾听。我呢，就学大炮声：轰，轰。"

我们讲过，靠左边，院子有个角门通园子。

园子惨不忍睹。

园子分三部分，几乎可以说分三幕。第一部分是花园，第二部分是果园，第三部分是树林。三部分有一道总围墙，靠正门一侧，是古堡和农舍的建筑，左侧是一道绿篱，右侧有一道墙，正面的另一端也有一道墙。右侧是一道砖墙，底端是一道石墙。从角门先进入花园。花园地势较低，长了一些醋栗，杂草丛生，到一座石砌平台为止；那石头平台相当高大，栏杆呈双弧形。这是一座贵族花园，在勒诺特尔①之前，显示法兰西早期的园林风格，如今已经荒废，遍地杂草荆棘。栏杆柱顶端呈浑圆状，好似石球。数一数，还有四十三根栏杆立着，其余都卧在杂草丛了。几乎每根栏柱都有弹痕。一根折断的栏柱横在平台前，看上去像一条断腿。

在那场战役中，第一轻步兵团的六名士兵，闯进这座比果园地势低的花园，就好像几头熊落入陷阱，再也冲不出去了，只好跟汉诺威的两连兵力搏斗。其中一连还装备了卡宾枪，他们凭着石栏杆，从下射击。那些轻步兵则在低处还击，六个对付三百，英勇顽强，只有醋栗作为掩体，对峙了一刻钟，终于全部阵亡。

登上几级台阶，便从花园来到真正的果园。这几图瓦兹②见方的弹丸之地，不到一小时的工夫，就有一千五百人倒下了。那堵墙似乎还要迎接战斗。英军在墙上凿出三十八个高低不等的枪眼，至今还存在。对着第十六个枪眼，有两座英式花岗岩坟墓。只有南面这道墙设了枪眼，这是主攻的方向。墙外面还有一道绿篱作为掩护，法军攻来，以为只有一道篱障，殊不知越过去，却有一道设了埋伏的高墙挡住去路。英国守军躲在墙里，三十八个枪眼一齐射击，子弹好似暴风雨；索瓦伊旅就在这里覆灭。滑铁卢战役也就这样开始。

果园还是攻占了。法军没有梯子，就用指甲抓住墙往上爬。在树下展开了肉搏战。这片草地全染上鲜血。纳索营七百士兵在这里被歼灭。凯勒曼的两个炮兵连从外面轰击，墙上布满霰弹的创痕。

这座果园同其他果园一样，对5月十分敏感：无茛和雏菊开了花，草长起来了，耕马在啃青；树木之间拉了毛绳，晾着衣衫，游人不得不低头通过，走在这片荒地上，脚时常陷入田鼠洞里，一棵连根拔起的树干，躺在乱草中又发绿了。布拉克曼少校就是靠着这棵树死去的。而德国将军杜普拉则死在旁边一棵大树下，他原是法国人，在废止南

① 勒诺特尔（1613—1700）：法国建筑师和园林学家，创造法兰西园林风格。

② 图瓦兹：法国旧长度单位，1图瓦兹等于1.949米。

特敕令的时候，他全家才迁往德国。就在近前，斜长着一棵害病的老苹果树，树身缠了草，涂了粘泥。几乎所有苹果树都老化干枯。而且无不有枪伤弹痕。园中到处是枯树的遗骸。乌鸦在枝头乱飞。稍远一点还有一片树林，下面开满了蝴蝶花。

博端战死，伏瓦受伤，战火，屠杀，血流成河，英国人、德国人和法国人的鲜血汇成激流，一口井里填满了尸体，纳索团和勃兰维克团被歼。杜普拉战死，布拉克曼战死，英国遭受重创。雷伊所部四十营法军损失二十营，在乌果蒙这个残破的宅院里，三千将士死于非命，刀砍，斧劈，扼杀，枪击，火烧，凡此种种，只为今天一个农夫对一个行客说："先生，给我三法郎，您若是高兴，滑铁卢的事我就说给您听听。"

三　1815 年 6 月 18 日

追溯前尘，是讲故事的人的一种权利，让我们回到 1815 年，甚至比本书第一部分开场的时间还要早些。

1815 年 6 月 17 日至 18 日的夜晚假如不下雨，欧洲的未来就会改变。多几滴雨或少几滴雨，决定了拿破仑的成败。上天只需洒一点雨，就让滑铁卢成为奥斯特利茨的收场，只要一片乌云违反时令穿越天空，就足以让一个世界崩溃。

滑铁卢战役，直到十一点半才打响，这就让布吕歇及时赶到。为什么？就因为地面潮湿，法军炮队要等地面硬实一点才好行动。

拿破仑当过炮兵军官，他很喜欢使用大炮。他在呈给督政府阿布吉战况的报告中写道"我们的某颗炮弹炸死六个人"，这足以说明这位天才将领的特质。他的全部作战方案都建立在炮击上。将炮火集中于确定的一点，这便是他取胜的秘诀。他把敌军将领的战略视为一个堡垒，定要打破缺口。他用霰弹猛击敌军薄弱部分，以大炮开战，也以大炮结束战斗。他的天才在于用炮。攻破方阵，歼灭营团，突破防线，粉碎并驱散集结的部队，全用这种打法，炮击，炮击，不停地炮击，把打的差使交给炮弹。运用这种令人胆战心惊的打法，再加上天才，这个城府极深的斗士，在战场上驰骋十五年，总是所向披靡。

1815 年 6 月 18 日，他的大炮数量占优势，就更有恃无恐：威灵顿只有一百五十九门，而拿破仑有二百四十门。

假如地面是干的，适于炮队移动，早晨六点钟就开火，那么这场战役就能取胜，下午两点钟结束战斗，比普鲁士军队突然来增援还早三个小时。

这场战役失势，拿破仑有几分过错呢？沉船遇难总要怪舵手吗？

那个时期，拿破仑体力明显削弱，难道精力也减退了吗？征战二十年，难道像磨损剑鞘一样也磨损了剑锋，像消耗身体一样也消耗了心灵吗？这位将领难道遗憾地感到自己垂垂老矣？一言以蔽之，如同许多著名的历史学家所认为的那样，这位天才也才尽智穷了吗？难道他也进入疯狂状态，以掩饰自己的虚弱吗？他也开始轻举妄动了吗？他也犯了将帅的大忌，面对危险变得不清醒了吗？这类人称行动巨人的伟大的凡体，难道也有天才近视的年龄吗？高龄对典型的天才并不起作用，例如但丁和米开朗琪罗一类人，年事愈高，才气愈大；对汉尼拔和波拿巴一类人来说，难道才气要消减吗？难道拿破仑已经丧失打胜仗的直觉吗？他再也辨认不出礁石，再也测不出陷阱，再也看不清悬崖的滑坡了吗？他已经丧失对灾难的嗅觉了吗？从前，他熟谙胜利的所有道路，在雷电的战车上，指挥若定，难道现在他昏到如此地步，将他乱哄哄的人马带入深渊吗？他到了四十六岁，真的疯狂到了无以复加的程度？这个掌握命运的巨灵神，难道成了一个地地道道的莽汉吗？

我们绝不这样想。

他的作战计划公认是一个杰作。直捣联军防线的中心，在敌人营垒打出一个洞，将敌军切断，半截英国赶到阿尔，半截普鲁士驱逐到通格尔，让威灵顿和布吕歇首尾无法相应，占领圣约翰山，攻克布鲁塞尔，将德国人扔进莱茵河，将英国人抛进大海。在拿破仑看来，这些都可以在这场战斗中解决。以后的事就再看了。

当然，我们无意在这里撰写滑铁卢战役史；我们所讲述的故事中，一个有伏线的场面与这场战役紧密相关；而这段历史并不是我们的主题；况且，这段历史已经撰写完了，洋洋洒洒，鸿篇巨制，一方面，由拿破仑本人的作为，另一方面，出自史界七贤①的手笔。至于我们，

---

① 即瓦尔特·司各特、拉马丁、伏拉贝勒、沙拉、基内、梯也尔（雨果原注仅此6人）。

还是让历史学家聚讼去吧，我们不过是事后的见证人，是这片原野的过客，是在这曾经血肉横飞的土地上俯身寻觅者，也许把表面现象认作事实；我既没有军事实践，也没有战略眼光，不能提出一套方略，因而无权以科学的名义，视而不见一系列带有幻影的史实。在我们看来，滑铁卢的双方将领，都受到一系列偶然事件的支配；而对命运这个神秘的被告，我们也像天真的审判官——民众那样进行审判。

四　Ａ

谁要想明了滑铁卢战役，只须想象在地上写个 Ａ 字就行了。Ａ 字的左撇表示尼维勒公路，右捺表示格纳普公路，一横表示从奥安到勃兰拉勒的一条凹路。Ａ 字的尖端即为圣约翰山，是威灵顿雄踞的地方。左下脚是乌果蒙，是雷伊和杰罗姆·波拿巴争夺之点；右下角为佳盟，是拿破仑大营所在的地方。横线与右捺相交点稍下一点是圣篱；横线的中心点，则是战役结束时，最后抛出那句话①的地方，而象征帝国羽林军最高英勇的狮子，无意中就是安排在这一点上。

Ａ 字上半部分的三角，正是圣约翰山高地。争夺那块高地，便是战役的全部过程。

两军的侧翼，在格纳普和尼维勒两条公路上，向左右展开；德尔戈与皮克东对阵，雷伊和希尔对阵。

在 Ａ 字顶端的后面，即在圣约翰山高地的后面，是索瓦涅森林。

至于那片平川，可以想象为波浪起伏的旷野，一浪高过一浪，涌向圣约翰山，直到那片森林。

战场上两军对阵，恰似二人角斗，彼此搂抱，力图摔倒对方。抓住什么都不放松，一片荆丛就是一个支撑点，一个墙角就是一处掩体；缺少一点依靠，一团人马就立不住脚；平野上的一片洼地、一个土冈、一条斜插的捷径、一片树林、一条山沟，都可以撑住大军的脚跟，免其后退。退出战场就是失败。因此，率军的将领必须观察地形，仔细察看每一处极小的树丛、极轻微起伏的地段。

两军将领都仔细研究过圣约翰山平原，如今改称为滑铁卢平原。威灵顿早有远见，去年就察看这一带，做了大战的准备。6 月 18 日决

---

① 见本卷第十四、十五节。

战那天，他占据了有利地形，拿破仑处于劣势。英国居高，法军临下。

在此速描拿破仑于 1815 年 6 月 18 日拂晓，手拿望远镜，骑马立在罗索姆高地上的姿态，可以说多此一举。在展示他的速描像之前，所有人都看到了。这副镇静自若的形象，头戴布里埃纳学校小帽，身穿绿色军衣，白色翻领遮住勋章，灰色礼服遮住肩章，背心下面露出红色绶带的一角，下身穿着皮短裤，足蹬丝袜和银马刺的马靴，骑着白马，马背披着角上绣有带皇冠的 N 和鹰的紫绒被，佩着马伦戈剑，这副最后一个恺撒的形象，挺立在人们的想象中，受到一些人的欢迎，也受到另一些人的敌视。

这副形象久已处于光辉之中；这是由于大部分英雄人物，在传说中都模糊朦胧，相当长时间难见真相；不过时至今日，历史和事件都真相大白了。

历史是冷酷无情的，这种明朗具有奇异和神妙的特点，虽为光明，正因为是光明，就往往在人们看到光芒的地方投下阴影，把同一个人化为两个不同的鬼魂，相互攻击，彼此惩罚：专制者的黑暗和统帅的辉光搏斗。民众在下定论时，从而掌握了比较准确的尺度。巴比伦遭蹂躏，损害亚历山大的声誉；罗马受奴役，损害恺撒的声誉；耶路撒冷遭屠戮，则损害提图斯的声誉。暴政继暴君而兴。一个人身后留下类似他形体的黑暗，这对他来说是一种不幸。

五　战役的烟云模糊处

大家都了解这场战役的最初阶段：开始的形势模糊不清，难以把握，犹豫不决，两军都面临危险，而英军更甚于法军。

雨下了一夜，地面一片泥泞；旷野低洼处像盆一样，都积了水；有些地方，积水没到车轴，马的肚带也滴着泥浆。如果小麦和黑麦不是让大量车轮压倒，填满了辙沟，给车垫平道路，那么任何军事行动，尤其在巴普洛特一带的山谷行动，都是不可能的。

进攻开始迟了；我们说过，拿破仑有个习惯，总是亲自掌握全部炮兵部队，如同握着手枪，在战役中，时而瞄向这一点，时而瞄向那一点，因此，他要等待套好马的炮车能够自由驰骋，这就要等太阳出来，晒干地面。然而，迟迟不出太阳；这次，太阳不像在奥斯特利茨那样守约了。等到射出第一发炮弹的时候，英国柯威尔将军看了看表，正是十一点三十五分。

开始攻势很猛，法军左翼进攻乌果蒙的猛烈程度，也许超过了拿破仑的愿望。同时，拿破仑进攻中路，将吉奥旅压向圣篱，而内依则指挥法军右翼，冲击据守巴黎洛特的英军左翼。

进攻乌果蒙有几分诱敌作用，想把威灵顿吸引过去，使其偏重左面，这就是作战方案。如果四连英军和佩蓬歇尔师英勇的比利时士兵真能牢牢守住阵地，那么这项作战方案就奏效了。然而，威灵顿并没有向乌果蒙集结兵力，仅仅派去四连近卫军和勃兰维克营驰援。

法军右翼攻占巴普洛特，击溃英国左翼，切断通往布鲁塞尔的道路，阻击可能来援的普鲁士部队，强行夺取圣约翰山，逼使威灵顿退守乌果蒙，再退至勃兰拉勒，再退至阿尔，这种战事进程再清楚不过了。如果不出点意外情况，这种进攻就会成功。夺取了巴普洛特，也攻占了圣篱。

要交代一个情况。英国步兵，尤其坎普特旅，招收了许多新兵。那些年轻士兵，面对我们勇猛的步兵，表现十分英勇；他们顽强作战的精神，弥补了经验的不足，尤其充当了出色的狙击手；狙击手士兵，稍微自主一点儿，就可以成为自己的将军；这批新兵有几分法军那种独立作战和奋不顾身的特点。这支新军极有活力，但威灵顿却为之不悦。

夺取圣篱之后，战事变幻不定。

那天，从中午到下午四点钟，是一个形势不明朗的阶段；这场战役的中间阶段几乎模糊不清；陷入一场混战，而暮色更加渲染了这种景象。只见暮霭中，千军万马往来飘忽，构成一幅令人目眩神摇的奇观；当年的战场阵容，如今几乎生疏了：红缨军盔、挂在刀旁飘动的扁皮袋、错综复杂的马革、榴弹袋囊、轻骑兵肋状盘花纽的军服、千褶红马靴、璎珞纷披的沉重的筒状军帽，勃兰维克所部几乎一色黑军装的步兵，同以白色大圆环代替肩章的红军装英国兵相混杂，汉诺威轻骑兵头戴红缨铜箍长方形皮军帽，苏格兰兵赤裸双膝，身穿方格花呢军服，而我国榴弹兵则缠着白色长绑腿；这些图景色彩斑驳，不成其为战阵队列，正是萨尔瓦托·罗查①所追求，而不是格里博瓦尔②所

---

① 萨尔瓦托·罗查（1615—1673）：意大利画家。

② 格里博瓦尔（1715—1789）：法国将军，炮兵指挥。

需要。

　　一场战役，总要有一场暴风雨干预。"扑朔迷离，必有天意。"①
这种混乱的场面，每个历史学家都可以取其所好，描写几笔。不管统
军将领如何筹划，两军一旦交锋，曲折变幻就层出不穷。双方计划一
投入实战，就要相互穿插，相互牵扯而变形。战场的这一处比另一处
吞没更多的兵卒，就像地面松软程度不同，吸进泼下的水也有快有慢
一样。率军将领迫不得已，要投进去更多的兵力。出乎意料的耗损。
战线犹如浮丝，蜿蜒飘动；鲜血毫无道理地汇成溪流，两军前锋来回
动荡，双方部队你进我退，犬牙交错，形成岬角海湾之势，所有这些
对峙的礁石还不断蠕动；哪里有步兵，炮队就赶到；哪里有炮队，骑
兵就追去；各种部队好似一片片云烟。那里明明有刀光剑影，仔细寻
觅又不见了。疏朗之处时时转移，浓密之处进退无常；阴风阵阵，吹
得人群或进或退，或聚或散，演出血肉横飞的惨剧。一场混战是怎样
的情景呢？就是变幻不定。周密的作战方案是一种静态，只规划一分
钟，而不能确定一整天。若描绘一场战役，非得气度恢宏、笔势雄浑
的画家不可。伦勃朗就胜过冯·德·默伦②，冯·德·默伦画中午准
确，画下午三点钟就虚假了。几何会给人以假象，唯独飓风才是真实
的。因此，佛拉尔③有理由驳斥波利伯④。应当补充一点：战役进行到
某一时刻，往往转为混战，一个对一个拼杀，分散为无数的搏斗场面，
借用拿破仑的说法，这类搏斗"属于各团队的传记，而不是全军的战
史"。在这种情况下，历史学家显然有权概述，只抓战事的大轮廓；任
何叙述者，再怎么力求写实，也绝不可能把狰狞的战云固定成型。

　　不过，到了下午的某一时刻，战局明朗了。

六　下午四点钟

　　将近四点钟，英军形势严峻。威灵顿·德·奥朗奇亲王指挥中军，
希尔在右翼，皮克东在左翼。英勇无畏的亲王打得眼红，冲着荷比联

---

　　①　原文为拉丁文。
　　②　冯·德·默伦（1634—1690）：佛兰德画家。
　　③　佛拉尔（1669—1752）：法国军事作家。
　　④　波利伯：公元前 2 世纪希腊历史学家。

军叫喊："纳索！勃兰维克！绝不准后退！"希尔受到重创，向威灵顿靠拢。皮克东战死了。就在英国夺取了法军一〇五团军旗的时候，法军一颗子弹打穿脑袋，击毙了英国将军皮克东。这场战役，威灵顿有两个据点：乌果蒙和圣篱。乌果蒙还在死守，但是着了火；圣篱已经失守。守圣篱的德军一营只活下来四十二人；所有军官，不是战死就是被俘，只有五名幸免。在这座粮仓里，有三千士卒丧命。英国近卫军的一个中士，在英国是第一拳击好手，被他的伙伴赞为无懈可击，却让法军一个小小鼓手给干掉了。巴林丢了阵地。阿尔坦死于刀下。好几面军旗被夺走，其中有阿尔坦师军旗，有双桥家族一个王子举着的吕内堡营的一面军旗。苏格兰灰装部队死伤殆尽。蓬松比龙骑兵被刀斧手砍绝。骁勇的龙骑兵严重受挫，敌不过勃罗的长矛队和特拉维尔的铁甲军，一千二百骑仅余六百；三名中校有两名倒在地上：哈密顿受伤，马特战死。蓬松比落了马，身上被长矛戳了七个洞。戈登死了，马尔什死了。两个师，第五师和第六师被歼灭。

乌果蒙被突破，圣篱失守，只剩中路一个结了。那个结一直打不开。威灵顿不断增援，从梅伯勃兰调来希尔部，从勃兰拉勒调来沙塞部。

英军大营所处地势略凹，地形十分有利，兵力又极其密集。它盘跨圣约翰山高地，背靠村庄，前有相当陡的斜坡；据守的石楼是尼维勒乡的公产，标志道路的岔口，建于 16 世纪，非常厚实坚固，炮弹打上去会弹回来，根本毁坏不了。英军还在高地周围处处设障。山楂林里设了炮兵阵地，炮口从枝桠中探出，以荆丛作掩护。他们的炮兵埋伏在树丛里。战争中当然允许设陷阱，用诈术；英军的这一诈术十分巧妙；就连皇帝在早晨九点派去侦察敌军炮位的哈克索，什么也没有发现，回来向拿破仑报告说没有障碍，只有尼维勒和格纳普两条大道上设了路障，那个季节，麦子长高了，而坎普特旅的卡宾枪营，就埋伏在高地边缘的麦田里。

英荷联军大营有这些掩护和据点，处境当然有利。

这一营地的危险在于索瓦涅森林：那片森林连着战场，中间只隔着格罗南达耳和博瓦弗沼泽。军队一旦撤向那里，必然覆灭，各团队会立刻溃散，炮车也会陷入泥沼。不少行家认为，往那里撤退，就意味各自逃命；对此也有人提出异议。

　　威灵顿加强中心的兵力，从右翼调来沙塞旅，从左翼调来维克旅，再加上克林顿师。他还派了勃兰维克的步兵、纳索部队、琪尔芒塞格所部的汉诺威部队和翁普达的德军，支援他的英国部队：哈凯特各团、米切耳旅、麦朗德的近卫军。这时，他就掌握了二十六个营。正如沙拉斯①所说："右翼折回到中路的后面。"在今天所谓"滑铁卢陈列馆"的地点，当年就有一大队炮兵隐蔽在沙袋的后面。此外，威灵顿还把索姆塞的龙骑兵，一千四百骑，布置在一长条洼地里。那是名不虚传的英国骑兵的另一半。蓬松比部被歼，只剩下索姆塞部了。

　　这个炮兵阵地布置在园子一道矮墙后面，还有匆忙叠的沙袋和一道土坡作为掩体，如果布置完成，就能发挥极大威力。然而，这个工事没有完成，周围还来不及设置一圈障碍。

　　威灵顿惴惴不安，却不动声色，立马在圣约翰山老磨坊靠前一点的榆树下，终日保持同一姿势。那座磨坊如今还在，但是那棵榆树，让一个热心摧残古迹的英国人花两百法郎买去，锯断运走了。威灵顿立在那里，英勇无畏又镇静自若。炮弹如雨点一般，副官戈尔登炸死在他身旁。希尔勋爵指着一颗炸开的炮弹问他："王爷，万一您身遭不测，您给我们留下什么指示，留下什么命令呢？""像我们这样做。"威灵顿答道。他还简洁地对克林顿说："守住这里，直到最后一个人。"那一天，形势明显恶化。威灵顿冲他在塔拉韦拉、萨拉曼卡和维克多利亚②的老战友喊道："孩子们！难道你们想后退了吗？想一想古老的英格兰吧！"

　　将近四点钟，英军防线动摇后退了。高地上只剩下炮兵和狙击手，其余部队忽然不见了，各营队遭受法军霰弹和炮弹的轰击，都退缩到后面去了：圣约翰山农庄的便道，如今还穿过那里；出现了退却之势，英军的前锋回避了，威灵顿后退了。——"开始退却啦！"拿破仑喊道。

----

　　①　沙拉斯著有《1815年战史》。
　　②　塔拉韦拉-德拉雷纳、萨拉曼卡和维克多利亚，都是西班牙城市，威灵顿率军先后于1808年、1812年、1813年在此三地战胜法军，并将法军驱逐出西班牙。

七　拿破仑心绪极佳

那天，皇帝虽然有病，又因骑马而局部肢体不舒服，但是心情从来没有那样好过。从早晨起，他那张无人看得透的脸上，却露出了笑容。他那颗掩饰在大理石后面的深沉灵魂，在 1815 年 6 月 18 日那天，却盲目地焕发光彩。在奥斯特利茨脸色阴沉的那个人，在滑铁卢却心情愉快。天生负有大任的人，都会有这种反常的表现，我们的欣喜未能脱离阴影。最终一笑属于上帝。

"恺撒笑，庞培哭，"①雷霆军团的外籍军人如是说。这次，庞培未必哭，但恺撒确实笑了。

从夜里一点钟起，拿破仑就冒着狂风暴雨，同贝特朗骑马察看罗索姆一带的山丘，望见英军营地长长一线火光，从弗里什蒙延至勃兰拉勒，照亮了天边，他颇为满意，仿佛觉得在指定的日期，由他确定滑铁卢战场的命运，是确切无疑的。他勒住马，站立片刻，眼望闪电，耳听惊雷，有人听见这个宿命论者在黑暗中抛出这样一句神秘的话："我们想法一致。"拿破仑错了，他们想法不一致了。

那一夜他没有合眼，时时刻刻都流露出一种快乐。他巡视了整个前沿阵地，不时停下同哨兵说话。约莫两点半钟，在乌果蒙树林附近，他听见行军的脚步声，一时以为威灵顿后撤了，就对贝特朗说："那是英军后队拔营移寨了。刚刚到达奥斯坦德城的六千英军，我要全部俘获。"他兴致勃勃地交谈，又恢复了 3 月 1 日登陆时的那种豪情：登陆那天，他指着茹安湾那个欣喜若狂的农民，高声对大元帅说："喂，瞧啊，贝特朗，增援部队到啦！" 6 月 17 日到 18 日那个夜晚，他不断嘲笑威灵顿。——"那个小小的英国佬，就得受点教训。"拿破仑说。雨越下越大，皇帝说话伴随雷声。

凌晨三点半，他的一个幻想破灭了：派去侦察的军官回来向他报告说，敌军毫无行动。根本没有拔寨，一处营火也没有熄灭。英军在睡觉。大地寂静无声，只有天空在喧嚣。到了四点钟，巡逻队带来一个为英国骑兵旅当过向导的农民，那可能是维卫安旅，要去左端奥安村扎营。到了五点钟，两名比利时逃兵对他说，他们刚离开部队，英

---

① 原文为拉丁文。帝国第十二军团号称雷霆军团。

军正等着开战。

"好极啦！"拿破仑高声说，"现在我不是要把他们击退，而是要击垮。"

早晨，他来到普朗努瓦路拐弯的高坡上，下了马，站在泥中，命人从罗索姆农舍搬来一张桌子和一把乡下椅子，坐下来，又命人铺了一捆干草当地毯，在桌上展开军事地图，对苏尔说："多好看的棋盘！"

由于下了一夜雨，辎重车辆阻在泥泞的路上，早晨没有赶到；士兵全身淋湿了，没有睡觉，还饿着肚子。尽管如此，拿破仑还快活地高声对内依说："我们有百分之九十的把握。"八点钟，皇上的早餐送来了。他邀请了好几位将军一起用餐，餐桌上谈到前一天夜晚，威灵顿在布鲁塞尔，参加了里什蒙公爵夫人的舞会；苏尔是一个貌如大主教的粗鲁武夫，他说："舞会，就是今天。"内依则说："威灵顿不至于那么简单，等待陛下的圣驾吧。"拿破仑也跟着取笑，这是他的一贯作风。弗勒里·德·夏布隆就说："他喜欢戏谑。"古尔戈也说："他天生一副诙谐的性情。"邦雅曼·贡斯当则说："他动辄取笑，但是怪话多而妙语少。"这个伟人的玩笑话值得一书。正是他称他的羽林精兵为"老兵痞"；他揪他们的耳朵，扯他们的胡须。"皇上就爱捉弄我们。"他们当中有人就这么说。2月27日，拿破仑神不知鬼不觉从厄尔巴岛回法国的途中，乘坐的"无常号"在海上遇到"和风号"，和风号上的人打听拿破仑的消息，当时他躲在船上，还藏着他在岛上采用绣蜜蜂的红白徽章的帽子，他笑着拿起传话筒，亲自回答说："皇上身体健康。"能这样谈笑的人，自然能掌握局面。拿破仑在滑铁卢早餐过程中，就有好几次这样放声大笑。吃过饭，他静坐了一刻钟，然后，坐在干草上的两名将军拿起笔，将纸垫在膝上，开始记录皇上口授的作战命令。

到了九点钟，法军排成五列纵队，展开阵式，开始行进，左右师各分两列，炮队居中，军乐队排在队首，鼓声雷动，军号齐鸣，头盔、战刀和枪刺汇成海洋，显示出强大、壮阔而欢乐的阵容，皇帝见了非常激动，连声高喊，"壮观！壮观！"

从九点钟到十点钟，真令人难以置信，整个大军都排好阵列，分为六列纵队，照皇帝的说法，组成"六个V形"。阵列排好之后，在大战之前一段时间，战场如暴风雨来临之前一样寂静，皇帝望着三队重炮行进，拍了拍阿克索的肩膀，对他说："将军，瞧那二十四个美丽的姑娘。"那三队重炮是从埃尔龙、雷伊和洛博各部抽调出来的，准备用来轰击尼维勒和格纳普两条交叉口的圣约翰山。

他成竹在胸，看见第一军工兵连从面前经过，便以微笑鼓励他们；他们奉命一旦夺取村庄，就在圣约翰山构筑工事设防。在整个检阅的肃穆过程中，他只讲了一句高傲而悲悯的话：他转向左面，望见如今有一座大坟墓的地方，聚集骑着骏马的苏格兰灰装骑队，不禁说道："真可惜。"

继而，他跨上马，跑到罗索姆的前沿，在格纳普通布鲁塞尔的大道右侧，选了一块小草坪作为观察所。这是他的第二个驻足点。第三个驻足点非常险恶，那是如今还在的颇高的土丘，位于佳盟和圣篱之间；土丘后面平川的一个斜坡上，集结着羽林军；周围石头路面纷纷弹起弹片，有的直飞到拿破仑身边。还像在布里埃纳那样，他的头上枪子霰弹呼啸。后来，几乎就在他立马之处，有人拾得枯烂的炮弹、旧战刀和变形的枪弹，全都锈透了。"锈迹斑斑"。① 就在几年前，还在那里挖出一颗未炸的重磅炮弹，信管贴着弹壳断了。也正是在这最后的驻足点，他的向导，一个叫拉科斯特的抱敌意的农民，被拴在一名轻骑兵的马鞍上，吓得要命，每当榴霰弹爆炸，就转过身去，想躲到那骑兵的后面，皇帝见了就申斥道："蠢货！真丢人，你要让人在背后给打死。"记述这话的人，在那土丘坡上松软的砂土里，也挖出锈了四十六年的一颗炮弹的弹头，还挖出一块块像接骨木那样一捏就碎的烂铁。

众所周知，拿破仑和威灵顿交战的那片原野，起伏不平的形貌，已非 1815 年 6 月 18 日的情景了。在这片凄惨的战场上建起纪念碑，却削平了原来的地势，历史遭到篡改，也就面目全非了。旨在颂扬，反而毁了它的原貌。战后过了两年，威灵顿重游滑铁卢，惊叹道："别人把我的战场给改变了。"如今用土堆起的顶着石狮的金字塔那地方，当初是一条山脊，向尼维勒大道一侧，地势渐低，但还不难走；可是朝格纳普大道那边，却是一个陡坡。如今，从格纳普到布鲁塞尔的大道两旁的两座大土冢，还能测出那陡坡的高度；道左侧为英军冢，道右

① 原文为拉丁文。引自维吉尔的《农事诗》。

侧为德军冢。法军没有坟墓，不过，整个那片平原，全是法军的墓地。那座高一百五十英尺、底基周长半英里的纪念塔，用了成千上万车砂土，因此，圣约翰山高地的坡度，如今平缓多了；而在大战那天，尤其是圣篱那一面，地势非常陡峭，英国大炮都瞄不到下面山谷作为战场中心的农舍。1815 年 6 月 18 日那天，大雨把陡坡冲出一道道沟，满坡泥浆，更难攀登，不仅要上坡，而且要登泥泞溜滑的陡坡。沿着山脊原有一条深沟，这是在远处观察的人所难推测的。

那条深沟是怎么回事呢？需要说明一下。勃兰拉勒和奥安都是比利时村庄，都隐藏在低洼地段。一条长约一法里半的道路连接两座村庄，它通过起伏不平的川地，往往深入丘峦之间，仿佛耕出一条犁沟，因而有几段路形成沟壑细谷。那条路位于格纳普和尼勒维两条路之间，切开圣约翰山的山脊，如今还像 1815 年一样，只不过当初是凹路，现在同两旁地面齐平了。路两旁高坡的砂土挖走去筑纪念墩了。那条路其他地段，大部分还像从前一样，仍然是一条沟，有时深达十二尺，而且路坡陡峭，不少地方塌了方，尤其是冬季下暴雨造成的，路上发生过伤亡事故。进入勃兰拉勒处路面特别狭窄，一个过路人就被马车压死，有石头十字架证明。那个十字架立在墓地旁边，上面有死者的姓名，"贝纳尔·德·勃里先生，布鲁塞尔商人"，车祸发生在 1637 年 2 月。① 在圣约翰山高地那段路基极深，一个名叫马西厄·尼盖斯的农民，因为路坡坍塌，于 1783 年被压死在那里，这也有一个石头十字架作证。那十字架上半截没入田中，但是翻倒的石座，今天仍然见得到，在圣篱和圣约翰山之间那条路的左侧草坡上。

大战那天，沿着圣约翰山脊的那条凹路不露形迹，到达山顶的那段所形成的深沟，就像被浮土掩饰的辙沟，根本看不见，也就是说非常凶险。

---

① 碑文如下：

　　布鲁塞尔商人
　　贝纳尔·德·勃里
　　在此遇车祸，
　　不幸丧生。
　　1637 年 2 月（日期字迹不清）——原注

八　皇帝问向导一句话

可见，滑铁卢那天早晨，拿破仑很高兴。

他有理由高兴，他酝酿的作战方案，我们已经看到，的确令人赞叹。

然而，一旦交战，形势变化就十分曲折复杂。乌果蒙顽抗，圣篱固守，搏端阵亡，伏瓦丧失战斗力；那道意想不到的围墙使索亚旅受到重创，吉勒米诺因疏忽没带炸药包而造成惨重的伤亡；炮队陷在泥淖中，没有护卫队的十五门大炮被于克伯里奇掀翻在凹路上，轰击英军阵地效果甚微，炮弹扎进雨水浸透的泥土里，只高高溅起泥浆，结果开花弹变成了烂泥泡；皮雷部进击勃兰拉勒不见功效，十五连骑兵几乎全部覆灭；英军右翼触动不大，左翼也伤亡较轻；内依莫名其妙地误解命令，没有把第一军的四个师人马排成纵队，反而聚成一堆，横列两百人，接连二十七列，齐头并进，去迎击榴霰弹，让炮弹在人群中开花，瓦解进攻的队列；斜插的炮队侧翼突然暴露目标，布儒瓦、东兹洛和杜吕特各队受到攻击；齐奥部被击退，而维厄中尉，那个巴黎综合工科大学毕业的大力士，冒着防守格纳普通布鲁塞尔大路弯道的英军从工事俯射的枪弹，正用大斧砍开圣篱大门的时候中弹受伤；马科涅师受到步兵和骑兵的两面夹击，又受到埋伏在麦田里贝斯特和帕克部队的迎面射击，以及蓬松比部队战刀的砍伐，他的炮队七门大炮的炮口被堵死；萨克斯-魏玛亲王死守弗里什蒙和斯莫安，顶住德·埃尔龙伯爵部队的冲击，夺了一〇五联队军旗，又夺了四十五联队军旗；那个黑军装的普鲁士轻骑兵，让在瓦夫尔和普朗努瓦之间侦察的三百飞骑队俘获，他说出了令人不安的情况；格鲁奇的援军迟迟不到，而不到一小时，在乌果蒙果园里就损失一千五百名士卒，在圣篱周围倒下一千八百人，用的时间还要短；所有这些风云变幻，如战硝烟，在拿破仑的眼前掠过，他的眼神几乎没露惊色，坚信不疑的龙颜也丝毫没有黯淡。他习惯直面战争，从不一笔一笔计算令人痛心的局部损失；在他看来，数字并不重要，只要最后总数是胜利就行了；他自信能控制和掌握结局，开头失误丝毫也不惊慌；他善于等待，置身事外进行思考，以平等的身份对待命运，仿佛对命运说：想必你也不敢。

拿破仑自身半明半暗，也就感到在善中受到护佑，在恶中得到宽容，他同种种事变有一种，或者自认为有一种默契，几乎可以说一种合谋的关系，类似古代所说的金刚不坏之身。

然而，经过了贝雷西纳、莱比锡和枫丹白露①的人，对滑铁卢恐怕也得稍存戒心。天空深邃之处，一种讳莫如深的皱眉的神色，已经隐约可见了。

威灵顿后撤的时候，拿破仑不禁暗暗吃惊。他突然发现圣约翰高地兵力空虚，前沿阵地的英军不见了。英军在重新集结，但又逃避。皇帝在坐骑上半立起身子，眼里掠过胜利的闪电。

威灵顿一旦退至索瓦涅森林，全军覆灭，那么，英国就要永远被法国压垮，克雷西、普瓦图、马普拉凯和拉米利②之耻全部可雪。马伦戈的英雄就抹掉阿金库尔③之役。

于是，皇帝考虑这种可怕的突变，同时举起望远镜，最后一次扫视战场的每一点。他身后的卫士武器冲下，以一种虔诚的神态仰视他。他正在思考，正在观察山坡，衡量斜坡，测度树丛、方块黑麦田、小道，仿佛计数每一簇灌木。他凝视一阵两条大道上的英国防御工事：那两处宽宽的鹿砦，一处设在圣篱上面一点的格纳普大道上，装备两门大炮，是英军瞄向纵深战场的唯一炮队；另一处设在尼维勒大道上，荷兰军沙塞旅的枪刺在那里闪闪发亮。他还注意到，荷军防御工事附近那座古老的、粉刷成白色的圣尼古拉小教堂，坐落在通向勃兰拉勒的岔道口上。他俯身对向导拉科斯特说了一句话。向导摇了摇头，可能存心欺骗。

皇帝挺起身，又默想了片刻。

威灵顿退却了。法军只要压上去，就会使他溃不成军。

拿破仑猛地回过身，派了一名骑差，火速赶往巴黎报捷。

拿破仑是个雷厉风行的天才。

他已经找准迅雷打击的要害。

---

① 贝雷西纳是俄国的河名，1812 年拿破仑出征，在此受挫。1813 年，拿破仑与同盟军会战莱比锡失利。1814 年，拿破仑在巴黎郊区枫丹白露宫被迫逊位。

② 法军在这些战役都曾败北。

③ 1800 年在马伦戈，拿破仑大败奥军。阿金库尔是加来海峡省的一个乡，在英法百年战争中，1415 年，英方亨利五世战胜法方军队。

他命令米楼的铁甲骑兵夺取圣约翰山高地。

九　意料之外

铁甲骑兵共三千五百名，排成四分之一法里宽的阵列，个个彪形大汉，骑着高头大马。他们分二十六队，后援部队则有勒费夫尔-德努埃特师、一百六十名精锐骑警、羽林军的一千一百九十七名轻骑兵和八百八十名长矛手。他们头戴无缨铁盔，身穿铁甲，挎着带枪囊的短枪和长刀。早晨，他们已受到全军的赞赏：九点钟，军号吹响，各部队军乐队一齐奏起《保卫帝国》曲，他们列队走过来，浩浩荡荡，一个炮队在侧翼，一个炮队在中路，在格纳普和弗里什蒙之间的大路上分两列展开，在第二条强大的战线上列好阵式。这第二条战线是由拿破仑布成的，十分巧妙，左翼有凯勒曼的铁甲骑军，右翼有米楼的铁甲骑军，可以说安上了两只铁翅膀。

副官贝纳尔传达御旨。内依拔出剑，一马当先。大队人马开始进发。

那场面十分壮观，声势足能夺人心魄。

整个骑军高举马刀，旌旗迎风飘扬，军号激荡，由一师纵队殿后，步伐整齐犹如一人，动作准确又像攻城的一个铜羊头撞锤，从佳盟丘岗上冲下来，深入横尸遍野的险谷，消失在硝烟之中，继而又走出那幽暗之地，出现在山谷的另一边，队形始终密集紧凑，冒着枪林弹雨，冲上那令人畏惧的圣约翰山高地泥坡。他们往上冲，军容严整，凶猛而又沉稳，在枪炮声间歇的刹那间，可以听见大军行进踏地的声响。这支骑军分两个师，因而排成两列纵队，华蒂耶师居右，德洛尔师居左，远远望去，就像两条钢铁巨蟒爬向高地的山脊。这种长蛇阵穿越战场，真是一种奇观。

自从用大队骑兵夺取莫斯科河大炮台之后，再也没有见到类似的战争场面。这次缪拉不在，但是有内依。这一大队人马仿佛变成一个巨怪，而且只有一颗心灵。每支骑队起伏伸缩，宛如爬行动物的一个环节。通过浓密硝烟的缝隙可以望见他们：头盔攒动，喊声阵阵，马刀挥舞，而在大炮和军号声中，骏骑腾跃，势如暴风骤雨，一片奔腾，又整齐又威猛，那马上的铁甲仿佛巨蟒的鳞片。

叙述的这些场景好像发生在另一个时代。类似的情景，当然出现在古代志异的诗篇里，那种半人半马、人面马身的巨怪，奔驰而上奥林匹斯山，凶猛可怕，英勇无敌，显示出一种神威：既是神也是兽。

数字也天缘巧合：二十六营步兵迎击二十六队骑兵。在高地的背面，英国步兵在隐蔽的炮队的掩护下，每两营组成一个方阵，共有十三个方阵，又分成两列，前列七个方阵，后列六个方阵，他们肩托抵着肩膀，对准要冲过来的敌人：一动不动，沉默平静地等待着。他们看不见铁甲骑兵，铁甲骑兵也看不见他们。他们倾听这股人潮上涨，听见三千骑的声音越来越大：飞奔的铁蹄有节奏的声响、铁甲的摩擦声、战刀的撞击声，以及粗声大气的喘息。有一阵惊心动魄的寂静，接着，山脊上突然出现一长列高举战刀的手臂，出现头盔、号角和旌旗，三千蓄着灰胡子的脑袋齐声高呼："皇帝万岁!"铁骑全军冲上高地，就好像开始一场大地震。

突然，又出现惨不忍睹的场面，英军的左翼，即我军的右翼，铁骑纵队的排头战马竖起前蹄，并伴随惊叫的喧哗。他们一气冲上山顶，锐不可当，正要冲下去歼灭方阵和炮队，却猛然发现他们和英军之间有一条沟，一条深沟。那正是奥安的凹路。

那一刻真是鬼神皆惊。一条细谷，出乎意外地在那里显现，张着大口，直悬在马蹄之下，两壁之间深达两图瓦兹；第二排推动第一排，第三排又簇拥第二排，战马竖起，仰天倒下去，四蹄朝天往下滑，冲撞并打乱骑军阵列，根本无法后撤，整个纵队成为一颗炮弹，用以摧毁英军的冲力，却反弹回来摧毁法军；这无法规避的细谷，只有填满才肯罢休，骑兵和战马，乱纷纷滚下去，相互挤压，在这深渊里成为一堆血肉，等深沟被活人填满，后边人马才从他们身上踏过去。杜布瓦旅将近三分之一人马葬入这个深渊。

这场战役从此开始失利。

当地有一种传说，无疑言过其实，说是奥安凹路里葬送了两千匹战马和一千五百人。若是把大战次日抛进去的尸体全计算在内，这个数字还差不多。

顺便交代一句，伤亡惨重的杜布瓦旅，一小时前还单独作战，夺取了吕内堡营的军旗。

拿破仑在命令米楼铁甲军冲锋之前，也曾仔细观察过地形，但是凹路在高地上连一点皱褶也没有显露，他无法看到。不过，他注意到那座向色小教堂和尼维勒大路所形成的角度，便警觉起来，估计可能有障碍，于是问了向导拉科斯特。向导回答没有。几乎可以这么说，正是一个农民摇了摇头，造成了拿破仑的惨败。

其他的败象也有显露。

拿破仑可能赢得这场大战吗？我们回答不可能。为什么呢？是威灵顿的缘故吗？是布吕歇的缘故吗？都不是，天意使然。

拿破仑在滑铁卢获胜，这不再符合 19 世纪的发展规律。一系列变故正在酝酿中，没有拿破仑的位置了。形势不祥的征兆，早已显露出来了。

时候已到，这个巨人该倒下了。

这个人的分量太重，打破了人类命运的平衡。他独自一人所占的比重，竟然超过全人类。人类过剩的精力集中在一颗头脑中，全世界都升华到一人的脑子里，这种情况如果持续过久，就会给人类文明带来致命的打击。至高无上而又永不腐蚀的公正，到了晓谕公众的时候了。决定精神和物质均衡的各种原则和因素，大概愤愤不平了。冒着热气的鲜血、人满为患的公墓、母亲的眼泪，这些全是感泣鬼神的控诉。大地苦难到了不胜负荷的时候，冥冥中就会发出神秘的怨艾。上达天听。

拿破仑在无限中受到控告，他注定要垮台。

他妨碍了上帝。

滑铁卢绝非一场战役，而是世界面貌的焕然一新。

十　圣约翰山高地

凹路显现，炮队也同时卸下伪装。

六十门大炮和十三个方阵，迎面同时向铁骑军开火。无畏将军德洛尔向英国炮队致以军礼。

英军轻炮队全数飞驰回到方阵中。铁甲骑军一刻不停。凹路的惨祸伤了他们的元气，却未能稍挫他们的勇气。他们人员减少，勇气却倍增。

只有华西厄纵队惨遭横祸，德洛尔纵队则全员到达，因为内依仿佛预感到陷阱，让他们从左面斜插过去。

铁甲骑军猛冲英军方阵。

他们伏在鞍上，放开缰绳，牙齿咬住战马，手握着短枪，这就是当时冲杀的姿势。

在战斗中，人心有时变硬了，乃至把士兵变成石雕，整个肉体变成花岗岩。英军营阵受到疯狂的冲击，却岿然不动。

那场面叫人胆战心寒。

英军方阵每一面都同时受到冲击。狂暴的旋风将他们团团裹住。但是，英军步兵毫不动摇，沉着应战。第一排一条腿跪在地上，用刺刀迎击铁甲骑兵，第二排一齐射击，炮兵在第二排后面则装炮弹；接着方阵正面敞开，让排炮射击，随即又闭合。铁骑军则以铁蹄践踏回击，他们的高头大马竖起前蹄，跨越排列，从刺刀上面飞跃过去，重重地砸在四堵人墙的中间。炮弹在铁骑队中炸出空洞，铁骑军则把方阵冲出缺口。一排排人被铁蹄踏得血肉模糊，刺刀也深深戳进这些神骑的肚腹。因此，这里的创伤奇形怪状，恐怕在别处战场见不到。方阵被这疯狂的骑队啃噬，逐渐缩减，但仍不后退半步。排炮霰弹也射不完，在进攻的骑队中开花。这场战斗的场面十分狰狞可怕。方阵已不再是营队，而成为火山口；铁骑军也不再是骑队，而成为暴风雨。每个方阵都是受到乌云袭击的火山，熔岩同雷霆大战。

右翼角上的方阵最为暴露，毫无凭依，经过第一阵冲击，就几乎被歼灭了。这个方阵由苏格兰高地兵七十五团组成。方阵正中有个吹风笛的士兵，坐在一面军鼓上，胳臂下夹着风笛，就在四周厮杀的时候，他仍吹奏山歌，出神的眼睛低垂着，忧郁的目光里映现出森林和湖泊。那些苏格兰士兵临死还想念他们的山乡，正如希腊人临死还惦记阿尔戈斯城。一名铁甲骑兵一刀将风笛连同那条胳臂砍掉，杀死歌手，山歌也就戛然而止。

铁骑军的数量相对少些，在凹路上又惨遭伤亡，现在几乎是同全部英军作战，但是他们以一当十，人数倍增了。在那阵工夫，几营汉诺威兵开始后退了。威灵顿见此情景，便想到他的骑兵。当时，拿破仑若是想到他的步兵，就可能赢得这场战役。这一疏忽铸成他无法弥补的大错。

横冲直撞的铁骑军，忽然感到遭受袭击：英军骑兵从背后攻来。对面是方阵，后面是索姆塞；索姆塞部有一千四百名龙骑兵，右侧有道恩堡的德国轻骑兵，左侧有特里普的比利时火枪队。这样，铁骑军正面侧面，前后左右受到步兵和骑兵的攻击，不得不四面应敌。这对他们又有什么关系呢？他们是旋风，那种勇猛已经无法形容。

此外，大炮还始终从背后轰击他们。不如此不足以伤他们的后背。铁骑军有一副左肩胛穿了弹孔的铁甲，就陈列在所谓滑铁卢纪念馆里。

必须有这样的英国人，才能对付这样的法国人。

这不再是一场混战，而化为一片阴影、一种疯狂，化为令人目眩的心灵的奋勇、寒光闪闪的刀剑的风暴。刹那之间，英军一千四百名龙骑兵，仅剩下八百了，富勒中校也落马而死。内依率领勒费夫尔-德努埃特的长矛队和轻骑兵赶来。圣约翰山高地攻占了，丢掉，重又攻占。铁骑军丢下龙骑兵，回身对付步兵，更确切地说，千军万马扭作一团，杀得难分难解。方阵始终固守，顶住十二次冲击。内依胯下连死四匹战马。铁骑军半数死在高地上。这场恶战持续两小时。

英军根基动摇。毫无疑问，铁骑军开始冲锋时，如果不是在凹路突遭横祸，那就会突破英军中路防线，决定战役的胜利。在塔拉维拉和巴达若兹见过大场面的克林顿，望着这种异乎寻常的铁骑军，也惊得呆若木鸡。威灵顿十有七八要败绩，仍不失英雄气概，低声赞道："出色！"[1]

铁骑军歼灭了十三个当中的七个方阵，夺取或堵塞六十门大炮，夺得英军团队的六面军旗，由羽林军的三名铁骑兵和三名轻骑兵送至佳盟庄，献给皇帝。

威灵顿处境恶化。这场奇特的战役，仿佛两个负伤者的激烈决斗，彼此流尽了鲜血，仍在死死地拼搏。两者看谁先倒下。

高地争夺战仍然继续。

这些铁骑军冲到什么地方呢？谁也说不准，但有一点是确切无疑的：就在大战的次日，在尼维勒、格纳普、拉羽泊和布鲁塞尔四条大路的交叉口，有人发现一名铁骑兵，连人带马死在圣约翰山车辆过磅的磅秤架上。那名铁骑兵穿越了英军的防线。抬过那尸体的人中间，有一个还在世，住在圣约翰山。他名叫德阿兹，当年十八岁。

威灵顿感到要倾覆了。危机的时刻临近了。

英军中部防线没有突破，在这个意义上，铁骑军根本没有成功。

---

① 原话如此。——雨果注

两军都拥有高地，因此谁也没有占领，总之，大部分还在英军手里。威灵顿掌握村庄和最高的山坪，内依仅仅夺取山脊和山坡。双方都好像在这伤心惨目的土地上扎了根。

不过，英军似乎无法补充损失的兵员了。这支军队伤亡惨重。左翼坎普特部求援。"没有援军，"威灵顿回答，"让他死拼吧！"事情也是奇巧，两支军队战斗力几乎同时衰竭。内依也请求拿破仑派步兵增援，拿破仑则喊道："步兵！他要我到哪儿去找？是要我现变出来吗？"

然而，英军却病入膏肓。那些铁甲钢盔的大队人马疯狂地冲击，已经把步兵踏成肉酱。寥寥数人围着一杆旗帜，就标志一个团队方阵的位置，营队的军官，只剩下一名上尉或中尉指挥了；阿尔坦师在圣篱已受重创；高地这一役就几乎全军覆灭了；冯·克吕兹旅的顽强的比利时兵，全部倒在尼维勒大路旁的黑麦田里；1811 年混在我军中去攻打威灵顿的荷兰榴弹兵，1815 年又同英军联合攻打拿破仑；这次几乎无人幸免。阵亡军官的数字也很惊人。于克伯里奇勋爵膝骨折断，次日要埋葬自己的断肢。铁骑军一战，法军方面，德洛尔、勒里蒂埃、克贝尔、德诺普、特拉维尔和勃朗卡尔，固然都或伤或亡，退出战阵，但英军方面，阿尔坦受伤了，巴恩受伤了，德兰塞阵亡，冯·默伦阵亡，奥姆特达阵亡，威灵顿的参谋部死伤大半，在这场两败俱伤的恶战中，英军伤亡更为惨重。近卫军步兵第二团失去五名中校、四名上尉和三面军旗；步兵三十团第一营，损失二十四名军官和一百一十二名士兵；第七十九山地团，则有二十四名军官受伤，十八名军官和四百五十名士兵丧命。坎贝兰德部的汉诺威轻骑兵有一整团人马，在哈克上校率领下，看到混战的场面，竟然掉转马头，全部逃进索瓦涅森林，致使布鲁塞尔都人心惶惶；后来，哈克上校受到审判，免去了军职。当时，他们望见法军步步推进，要逼近森林，就赶着炮兵运输车、辎重车、行李车、满载伤员的篷车，慌忙躲进森林。荷兰兵遭到法国骑兵的砍杀，纷纷高呼：不好啦！据还在世的目击者说，从绿布谷到格罗南达尔，在通往布鲁塞尔方向近两法里的路段上，挤满了逃难的人。就连流亡在马利纳的孔德亲王、流亡在根特的路易十八，也都惊慌失措。威灵顿的骑军，只剩下少量后备骑兵，分布于设在圣约翰山农场的战地医院后面，以及左翼的维卫安和汪德勒旅。许多毁坏的大炮躺在地上。西博恩承认了这些事实；普林格尔则过于渲染，甚至说英荷联军锐减到三万四千人。那位铁公爵还保持镇静，但是他的嘴唇都白了。派到英军作战参谋部的奥地利特派员万森、西班牙特派员阿拉瓦，都认为公爵大势已去。到了五点钟，威灵顿掏出怀表，低声说了这样一句凄惨的话："布吕歇不来，就是黑夜！"

大约就在这种时候，弗里什蒙那边高岗上，远远出现一排明晃晃的刺刀。

从此，这场恶战发生剧变。

十一　拿破仑的坏向导，布吕歇的好向导

大家知道拿破仑痛心疾首的错误估计：盼格鲁奇，却来了布吕歇，救星不来死神到。

命运就有这类转折突变；本来期望登上统治世界的宝座，却望见圣赫勒拿岛①。

布吕歇的副将布洛当作向导的那个牧童，假如建议他从弗里什蒙上边，而不是普朗努瓦下方走出森林，那么19世纪也许就是另一种样子。拿破仑就会取得滑铁卢战役的胜利。普鲁士军不走普朗努瓦下方，而走任何别的路，炮队就会陷在谷中，布洛也就无法到达了。

普鲁士军将军穆福林也明确地说，布吕歇军迟到一小时，就见不到还站着的威灵顿了："这一仗丢掉了。"

可见，刻不容缓，布洛适时赶到。况且，他已经大大迟到了。他在狄翁山宿营，天一亮就拔营起寨，但是道路难走，部队在泥淖中跋涉，辙沟很深，抵达炮车的轴。此外，要过狄耳河，还必须走狭窄的瓦伏尔桥，而通向窄桥的街道被法军放了火，两边房舍火势正旺。炮队弹药车和辎车只能等大火熄了才通过。直到中午，布洛的前锋还没有到达圣朗贝尔礼拜堂。

如果进攻提前两小时，到四点钟战斗就会结束，等布吕歇军赶到，拿破仑已经打胜了。总之，这类偶然性无穷无尽，非人力所能预测。

皇帝用望远镜观察，从中午就头一个注意到地平线上有动静。他说："我看见那边有一块乌云，好像是军队。"接着，他又问达尔马梯公爵："苏尔，圣朗贝尔礼拜堂那边，您看见有什么？"那位元帅举起

---

①　圣赫勒拿岛：拿破仑战败后囚禁之地。

望远镜望了望，答道："有四五千人马吧，陛下。显然是格鲁奇部了。"然而，那片人影，却在雾霭中停滞不动。参谋部所有人都举起望远镜，研究皇上指出的"云影"。有人说："那是中途休息的部队。"大部分人却说："那是树木。"只有一点是确实的，那片乌云并不移动。皇上派道蒙的轻骑兵师去侦察那点黑影。

布洛的确驻足未动。他率领的先头部队力量太弱，上阵于事无补，必须等待大部队；而且，他也接到命令，先集结兵力再投入战斗。可是，到了五点钟，布吕歇见威灵顿形势危急，就命令布洛出击，并且说了这样一句出色的话："应当给英军送点空气了。"

时过不久，洛辛、希勒、哈克和里塞尔各师人马，全在洛博部队的前面展开阵势；普鲁士吉约姆亲王的骑兵也从巴黎树林冲出来。普朗努瓦大火熊熊，普鲁士军的炮弹像雨点一样射来，一直落到留守在拿破仑身后的羽林军队列中。

十二 羽林军

后来的情况大家知道了：第三支军队又突然投入，战场四分五裂，八十门大炮齐鸣，布洛率领的皮尔茨第一团、布吕歇亲自率领的泽坦骑兵突袭过来，法军被压下去，马科涅师被逐出奥安高地，杜吕特被赶出帕普洛特，东兹洛和齐奥部也且战且退，洛博侧翼遭到袭击，暮色中，一场新的战斗向我们伤亡惨重的部队逼来，英军全线反攻，猛冲猛打，法国首尾难顾，英普两军的炮火竞相逞凶，大量杀伤，法军前部惨败，侧翼惨败，正是在这种全线崩溃的情况下，羽林军投入战斗了。

羽林军士感到必死无疑，于是高呼："皇帝万岁!"历史上，再也没有比这种欢呼着誓死赴难更动人的场面了。

那天，天空一直阴沉沉的，恰好在那时候，到了傍晚八点钟，天边忽然亮晴，云隙中露出夕阳，血红血红的，透过尼维勒大路边榆树的枝叶。在奥斯特利茨战场上，他们看到的是初升的朝日。

羽林军义无反顾，每营都由一名将军指挥。弗里昂、米歇尔、罗盖、阿尔莱、马莱、波雷·德·莫尔旺都在战场上。羽林军士戴着雄鹰徽的高高军帽，队列整肃镇定，军容威武轩昂，在战火硝烟中出现，连敌军也对法兰西肃然起敬，以为看到二十位胜利女神展翼飞临战场，他们这些胜利者反倒以为战败，纷纷后退了。可是，威灵顿却高喊："近卫军，起立！瞄准！"趴在绿篱后面的英国红装近卫团站起来，一排子弹射出去，打穿了在我们雄鹰周围飘动的三色旗，大家一齐冲击，开始最后的血战。羽林军在黑暗中感到周围军心动摇，要全线溃退，他们听见逃命的喊声代替了皇帝万岁的呼声，尽管大部队在身后溃逃，他们却继续前进，每走一步就遭到更大的打击，也更加接近死亡。绝无一人犹豫，也无一人胆怯，在这支军队里，士兵同将军一样，个个是英雄，没有一人不为国捐躯。

内依拼命了，他决心一死，勇气能与死神比肩，在混战中奋不顾身；胯下坐骑死了五匹，他大汗淋漓，两眼冒火，嘴冒白沫，军服纽扣解开，一个肩章被敌骑砍掉一半，大鹰徽章也被子弹打了个坑，他浑身血污，满身泥浆，高举一把断剑，显得英勇绝伦，大吼道："过来看看吧，一个法兰西元帅是怎样死在战场上！"然而事与愿违，他求死不得，于是又惊奇又愤怒。他向德鲁埃·德·埃尔龙抛出这样的问题："喂！难道你不想死吗？"大炮从四面轰击这一小堆人，他在中间大吼："怎么不往我身上打！哼！我真希望英军炮弹全打进我的肚子里！"不幸的人哟，你活下来是留给法国人的子弹！①

十三　大难

羽林军后面，大溃败惨不忍睹。

大军各个方位：乌果蒙、圣篱、帕普洛特、普朗努瓦，都突然同时退却。"叛国！"的吼声刚落，又响起"赶快逃命"的喊声。一支军队瓦解，犹如江河解冻。无不弯曲，折裂，崩断，无不漂荡，席卷，跌落，相互撞击，相互推拥，张皇失措。真是空前的大溃散。内依借了一匹马，跨上去，他没了军帽，没了领带，没了指挥剑，却横在通向布鲁塞尔的大道上，同时拦挡英国兵和法国兵。他还想力挽狂澜，召唤军卒、斥骂他们，力图阻止大军溃退。然而，他独力难支。军卒见了他纷纷逃避，同时高呼："内依元帅万岁！"杜吕特的两团人马惊慌失措，往来奔突，左右失据，忽而投向骑队的马刀，忽而撞上坎普特、贝斯特、帕克和里兰德各旅的排枪。大混战最糟的就是溃退，为

---

①　内依被元老院判处死刑，1815 年 10 月 7 日执行枪决。

争夺逃路，友军相互屠杀；骑队步营相互践踏，全部冲散，在战场上涌起惊涛骇浪。洛博和雷伊各守两翼的一端，也被狂澜卷走。拿破仑用仅余的羽林卫队组成人墙堵截，甚至用上亲随马队，做最后的努力，然而徒劳。齐奥部在维卫安面前退却，凯尔曼部在旺德勒面前退却，洛博部在布洛面前退却，莫朗部在皮尔茨面前退却，道蒙和苏伯维克部在普鲁士亲王吉约姆面前退却，吉奥率领皇帝马队去冲锋，却落到英国龙骑兵的铁蹄下。拿破仑策马在逃兵面前来回奔驰，又是训话，又是催促，又是威胁，又是恳求。所有这些人的嘴，早晨还高呼皇帝万岁，现在却哑然无声了；他们几乎不认识皇上了。普鲁士骑兵是刚到的生力军，他们挥舞马刀，飞奔冲杀，大肆砍伐屠戮。马匹拖着炮车奔逃，乱冲乱闯；辎重兵丢掉弹药车，骑上马逃跑；撞翻的车辆四轮朝天，阻碍道路，造成屠杀的机会。人员马匹挤压践踏，从死人和活人身上踏过去。胳膊乱挥乱打。呼叫，悲号，军包和枪支丢到黑麦田里，用刀剑开路，不管什么战友，不管什么军官，也不管什么将军，仓皇逃命的情景难以形容。泽坦部队大杀大砍法兰西。狮子变成了麋鹿。这便是这次大溃败。

在格纳普。法军还试图调转枪口，准备阻击。洛博收拢了三百人，在村口建了防御工事；然而，普鲁士军一阵枪炮，守军又全逃散，结果洛博被俘。那一排射击在一座破砖房山墙上留的弹痕，如今还能见到：那座砖房在大道右侧，离格纳普村有十分钟的路。普鲁士军冲进村里，他们一上阵就获胜，自然还没有杀过瘾。追杀的场面十分残忍。布吕歇命令赶尽杀绝。罗盖已经开了恶劣的先例：凡是带给他一名被俘普鲁士兵的法国羽林军士，他就威胁处死。比起罗盖，布吕歇有过之而无不及。青年羽林军将军杜埃斯姆退到格纳普客栈门口，交出剑束手就俘，却被死神的骑兵用他的剑刺死了。屠杀战败者，胜利才算圆满。既然我们代表历史，那就惩罚吧：布吕歇老儿名誉扫地。这种残酷的杀戮，更使溃败混乱到极点。溃军争相逃命，穿过格纳普村，穿过四臂村，穿过戈斯利村，穿过弗拉斯恩村，穿过查理王村，穿过特浑，直到边境才停止。唉！是什么人这样逃窜？是大军啊。

历史为之惊叹的那种勇武精神，忽然这样张皇失措，惊恐万状，完全崩溃，这其中难道没有缘故吗？当然有。一只巨大的右手在滑铁卢投下阴影。那是决定命运的一天。一种超人的力量指定了那个日子。

因此，万众都惊慌逃窜；因此，那些勇武绝伦的人交剑就擒。那些人一度征服欧洲，这回却一败涂地，再也没有什么可说，再也无能为力，只觉得冥冥中有一种可怕的东西。"天数使然"。① 那天，人类的前景起了变化。滑铁卢，就是19世纪的户枢。那个伟人必须退出历史舞台，历史才能进入伟大世纪。最高主宰做出了安排。英雄们惊惶失措，则事出有因了。在滑铁卢战场上空，不仅仅有乌云，还有一种奇象：是上帝经过那里。

天要黑下来的时候，在格纳普村附近的田野里，贝纳尔和贝特朗扯住衣襟，拦住一个人。那人眼睛怔忡，神色凄然，一副沉思的样子，被溃军的潮流裹卷到那里，他刚刚下马，挽着缰绳，精神迷离恍惚，独自一人转向滑铁卢，他就是拿破仑，梦游的巨人，还要走向已然崩塌的梦境。

十四　最后一个方阵

羽林军的几个方阵，好似江流中的岩石，在溃军的洪水中屹立不动，一直坚持到夜晚。夜色同死亡一同降临，他们毫不动摇，等待这双重的黑影，任其将自己团团裹住。每个团队都孤立作战，同四处溃散的大军也失去联系，只待以身殉难。他们排开阵势，准备最后一搏，有的在罗索姆高地，有的在圣约翰山的平川。那些孤立无援的方阵，明知战败，也英勇不屈，准备壮烈牺牲。乌勒姆、瓦格拉姆、耶拿、弗里兰各战役的胜利，也附在他们身上死去。

大约晚上九点钟，在圣约翰山高地脚下，夜色中还剩下一个方阵。这个方阵，在山坡脚下阴惨的谷中，还继续战斗；谷上的这面山坡，铁骑军曾经跃马冲锋，现在英军却如潮涌来，敌军胜利的炮火也集中疯狂地轰击。这个方阵由一个不知名的军官康伯伦指挥，每遭受一次轰击，就缩小一圈儿，但是仍然还击，以排枪对抗炮火，四面人墙逐渐消减。逃远的溃兵有时停下喘口气，在黑暗中倾听这沉雷声渐渐小了。

等到这队人马只剩下一小堆，等到他们的战旗只剩下一小片儿，等到子弹打完，他们的步枪只能当棍子使用，等到死尸堆超过活人堆

---

① 原文为拉丁文。

的时候，胜利者对这些英勇卓绝奄奄待毙的人，也油然产生一种敬畏，就连英军炮火也停止射击，一时静默下来。这只是一段间歇。这些战士觉得周围鬼影憧憧，纷纷涌动：骑马的人影、炮身的黑影、从车轮和炮架之间窥见的白色天空。从一开始，这些英雄就隐约望见远处硝烟中的死神，只见死神的巨大头颅渐渐逼近，并且死死盯着他们。暮色中，他们还能听见敌人上炮弹的声响，点燃的导火线好似黑夜中猛虎的眼睛，在他们头的上方围了一圈；英军炮队的点火棒一齐凑近炮身，就在这千钧一发的时候，有个英国将军，有人说是柯维耳，有人说是麦兰德，他似乎心有所感，抓住最后一秒钟，对他们喊道："勇敢的法国人，投降吧！"康伯伦则回答："狗屎！"

十五　康伯伦

这也许是法国讲的最美妙的话，但是法国读者喜欢受到尊重，不愿听人重复，不准将振聋发聩的妙语写进历史。

我们甘冒大不韪，破此禁忌。

须知在所有这些英豪中，有个巨人，名叫康伯伦。

说出这句话，然后就义。还有比这更伟大的吗！他务求一死。此人在枪林弹雨中幸存，不是他的过错。

赢得滑铁卢战役的人，不是溃不成军的拿破仑，也不是四点钟退却、五点钟绝望的威灵顿，更不是不打就胜的布吕歇，赢得滑铁卢战役的人是康伯伦。

这样一句话如一声霹雳，回击那要劈死你的雷霆，这就是胜利。

这样回答大灾大难，这样回答命运，给未来的狮子①提供这样的基座，以此驳斥那一夜的大雨，驳斥乌果蒙险恶的围墙，驳斥奥安的凹路，驳斥格鲁奇的姗姗来迟，驳斥布吕歇的赶来援敌，进入坟墓还要嘲讽，纵然倒下也不失为挺立的铮铮铁汉，将欧洲联盟淹没在这两个字里，把恺撒们领教过的这类秽物贡献给各国君主，给这最粗鄙的话掺上法兰西的闪光，合成一个最辉煌的字眼，用嬉笑怒骂来给滑铁卢收场，用拉伯雷补充勒欧尼达斯②，以这句最难启齿的话来总结这场胜

---

① 指滑铁卢纪念墩上的铁狮子。
② 勒欧尼达斯：公元前 5 世纪斯巴达王，与波斯作战阵亡。

利，丢掉阵地而保全历史，在这场大屠杀之后，让敌方成为嘲笑的对象，这就是气壮山河。

这就咒骂雷霆。这就与埃斯库勒斯①同样伟大。

康伯伦的话产生撕裂的音响效果。一个胸膛因鄙夷而撕裂，因愤懑涨满而爆破。谁战胜啦？是威灵顿吗？不是。没有布吕歇，他就完蛋了；难道是布吕歇吗？也不是。如果没有威灵顿打头阵，布吕歇怎能收拾残局。这个康伯伦，不过是最后一刻的过客，一个无名小卒，在大战中微不足道，然而他却感到荒唐，这次惨败太荒唐，因而倍加痛心，他满腔怒火要发泄的时候，恰好有人送来这样可笑的东西：逃生！他怎能不暴跳如雷呢？

他们全到场了，欧洲各国的君主、得意扬扬的将军们、大显神威的朱庇特们，他们有十万胜利大军，后面还有数十万、上百万大军，还有点燃导火线的大炮，张着大口；他们恣意践踏羽林军和法兰西大军，压垮了拿破仑，只剩下康伯伦了，只剩下这条小虫来抗争。他决心抗争。于是他寻找一句话，如同寻找一把剑。这句话发自嘴角的唾沫，唾沫就是这句话。面对这种奇异而又平庸的胜利，面对这种没有胜利者的胜利，他这悲痛欲绝的人挺身而出；他承认这场胜利的重大，却又看到它的空虚；他不止唾它，既然在数量、力量和物质方面相差悬殊，他就在心灵里找出一种表达方式，也就是粪便。我们在此实录下来。他这样说，这样做，想出这个字眼，就成为胜利者。

就在这种决定命运的时刻，伟大日子的精神进入这个默默无闻的人的心灵。康伯伦找到滑铁卢的说法，正如鲁杰·德·李勒想出《马赛曲》，同是受到上天的启迪。一股神风离开天宇，下来穿过这两个人的身心，于是，他们有所感悟，一个唱出至高无上的战歌，另一个发出惊世骇俗的怒吼。这句极端蔑视的话，康伯伦不仅以帝国的名义抛向欧洲，这样分量太轻，而且还以革命的名义抛向过去。我们听见康伯伦的怒吼，听出他的声音有先烈精魂的遗韵，仿佛是丹东的演说，又像克莱伯②的狮吼。

康伯伦的话一抛出来，英国人就回敬一句：开火！大炮顿时火光

① 埃斯库勒斯：公元前5世纪，希腊悲剧之父。
② 克莱伯（1753—1800）：法国将军，曾屡建战功。

连天，一个个青铜大口喷出最后一批霰弹，声震山岳，硝烟遍野，滚滚升腾，被初升的月亮微微映成白色；等到硝烟飘散，阵地上什么也没有了。这一点顶天立地的残部全歼了；羽林军死掉了。那座活人堡垒的四堵墙坍倒，地上的尸体堆里只是偶尔有的还在抽动。比罗马大军还雄壮的法兰西大军，就这样死在圣约翰山上，倒在那片雨水血水浸透的土地上，倒在阴惨的麦田里；而如今，那是约瑟夫每天凌晨四点钟必经之地；他轻快地吹着口哨，挥鞭催马，赶着尼维勒的邮车驶过。

十六　将军的分量①

滑铁卢战役是个谜，无论对赢家还是输家，都同样模糊不清。在拿破仑看来，这是一场恐慌；布吕歇只见炮火；威灵顿则莫名其妙。看看那些报告吧。战报杂乱无章，评论自相矛盾。这些人结结巴巴，那些人吞吞吐吐。约迷尼将滑铁卢战役分成四个阶段；穆弗林则划为三次转折；唯有沙拉独具慧眼，看出一点门道儿，认为这是人类智慧同天意较量的一场灾难，尽管在某些方面我们和他见解不同。其他所有历史学家，都程度不同地眼花缭乱，在迷惑中摸索。那一天真是电闪雷鸣，军事专制政体崩溃，波及所有王国，强权政治衰落，黩武主义溃败，令各国君主惊诧不已。

这一事件具有天意难违的色彩，人力是微不足道的。

从威灵顿和布吕歇手中拿掉滑铁卢，难道就剥夺英国和德国什么东西了吗？不然。无论显赫的英国还是神圣的德国，都与滑铁卢的问题毫无关系。感谢上天，人民之所以伟大，并不牵涉穷兵黩武。无论德国、英国，还是法国，都不是区区一个剑鞘所能容下的。在这个时期，滑铁卢不过是刀剑的一阵撞击声，在布吕歇之上，德国有歌德，在威灵顿之上，英国有拜伦。思想普遍兴旺昌盛是 19 世纪的特点，而在这曙光中，英国和德国也都各自放射出灿烂的光芒，因其思想而显得崇高，以其内在的东西提高人类文明的水平；这种贡献绝非偶然之举，而是来自它们的本身。在 19 世纪，两国壮大的根源不是滑铁卢。唯有野蛮民族，才仅凭一役之功而突然强盛起来，那是旋生即灭的虚

---

① 原文为拉丁文。

荣，如同一阵风暴掀起的浪涛。文明的民族，尤其处于我们这个时代，不会因为一个将领的胜负，地位就提高或者降低。他们在人类中的特殊分量，来自比一场战事更深的东西。谢天谢地，他们的荣誉、他们的尊严、他们的智慧、他们的才能，都不是什么筹码，不可能让那些赌徒式的英雄和征服者投入战场去赌输赢。战败了，往往取得进步。少些光荣，却多些自由。战鼓声止，理性就发言了。这是输赢颠倒的游戏。双方还是心平气和地谈论滑铁卢吧。是偶然就归于偶然，是上帝就归于上帝。那么，滑铁卢是怎么回事呢？是一场胜利吗？不是。那是掷骰子掷出个双五。

掷出双五，欧洲赢了，法国输了。

在那里立起一个狮子并不过分。

况且，滑铁卢是历史上最奇特的一次遇合。拿破仑和威灵顿。他们并不是仇敌，而是截然相反的人。上帝最喜欢对比反衬，但是还从来没有制造出如此惊人的对比，如此出色的反衬。一方面是精确缜密，深谋远虑，行止合度，谨慎从事，撤退有方，留有余力，镇定而又坚忍不拔，既有坚定不移的作风，又有因地制宜的方略，部署兵力不失均衡，杀戮务合准绳，作战分秒不差，毫无侥幸的心理，总之，老谋深算，绝对合乎规矩，一副传统型将帅的风范；而另一方面，则全凭直觉，全凭灵感，是军事上的奇才，具有特异的本能，目光如炬，像鹰一样注视，像霹雳一样打击，恃才傲世，常以迅雷不及掩耳之势出奇制胜，心曲高深莫测，能与命运联手，号令乃至胁迫江河、平野、森林和丘峦服从，甚至战场也玩于股掌之中的专制者，既相信星相又相信战略学，既夸大又扰乱这种信念。威灵顿是战争的巴雷姆，拿破仑是战争的米开朗琪罗；然而这次，天才败于心计的手下。

双方都等待一个人。这样，计算精确的人就得手了。拿破仑等待格鲁奇而不来。威灵顿等待布吕歇却等来了。

威灵顿为战，是后发制人的传统型。拿破仑初露头角的时期，在意大利同他相遇，把他打得落花流水。老枭在雏鹰面前望风而逃。传统的战术不仅一败涂地，而且声誉扫地。这个二十六岁的科西嘉人是干什么的？这个意气风发的无知青年究竟是怎么回事？他身孤力单，以寡敌众，既没有粮草，没有弹药，又没有大炮，连鞋都没有，几乎没有军队，只带领一小撮人，对抗万众，冲向勾结起来的欧洲，在根本不可能的情况下，竟然连连取胜，简直荒唐到了极点！这个摧枯拉朽的狂人是从哪儿来的呢？他手中只掌握那点兵力，几乎没有喘息，一口气接连粉碎德皇的五个军，把博利叶摔到阿文泽身上，把乌姆塞摔到博利叶身上，把梅拉斯摔到乌姆塞身上，又把马克摔到梅拉斯身上！这个傲岸一切的战场新手，究竟是什么人呢？学院派军事家纵然败退，也把他判为异端。正因为如此，老恺撒主义对新恺撒主义，规定刀法对闪光花剑，方正棋盘对非凡天才，就怀有一种刻骨的仇恨，1815 年 6 月 18 日，这种仇恨有了结论。在洛迪、蒙贝洛、蒙诺特、芒图、马伦戈、阿科尔的下面，又添上了滑铁卢。庸人得胜，多数人宽慰。命运同意了这种嘲讽。拿破仑到了衰退的晚年，又撞见了年轻的乌姆塞。

的确如此，要睹乌姆塞的风貌，只需染白威灵顿的头发就行了。

滑铁卢，是二流将领赢得的头等大战役。

在滑铁卢战役中，值得赞赏的是英格兰，是英国式的坚定、英国式的决心、英国的血统；值得赞赏的是英格兰的精华，请别见怪，也正是英国本身。值得赞赏的不是它的统帅，而是它的军队。

威灵顿也怪得很，竟然忘恩负义，在给巴图斯特勋爵的信中，说他在 1815 年 6 月 18 日作战的军队，是一支"糟糕的军队"。埋在滑铁卢垅沟下的幽幽白骨，又做何感想呢？

英格兰在威灵顿面前，也太谦抑过分了。把威灵顿捧得多么伟大，就是把英格兰贬得非常渺小。威灵顿不过是一个普通的英雄。那些灰军装的苏格兰士卒、那些近卫骑兵、梅兰德和米切耳的团队、帕克和坎普特的步兵、蓬松比和索姆塞的骑队、在枪林弹雨中吹风笛的苏格兰高地兵、里兰德的营队，所有那些新兵，敢于同埃斯兰和里沃利的老营对抗，这才是伟大的。威灵顿表现出顽强的精神，这是他的长处，我们并不想贬低；然而，他的军队最普通的步卒和骑兵，也都跟他一样坚忍不拔。铁军配得上铁公爵。而我们的全部敬意，要献给英国士兵、英国军队、英国人民。如果有战功的话，那也应当归属于英格兰。滑铁卢的纪念柱，如果不是把一个人的形象，而是把一国人民的雕像高耸入云，那就更加公允了。

然而，听到我们在这里讲的话，伟大的英格兰要恼怒发火。英格兰经过它的 1688 年和我国的 1789 年之后，仍然对封建制抱有幻想，还信奉世袭制度和等级制度。那国人民，要论强盛和光荣谁也比不过，他们却自认为是民族而不是人民。他们作为人民甘居人下，奉一个勋爵为首领。做工的人①，任人蔑视；当兵的人，也任人鞭笞。大家还记得，在印克门那场战役中，据说有一名中士救了大军脱险，但是，雷格兰勋爵却未能论功行赏，因为英国军队的等级制度不准许在战报中表彰不够军官阶衔的任何英雄。

在滑铁卢这种类型的会战中，我们最欣赏的还是偶然的奇巧。一夜大雨，乌果蒙坚固的围墙，奥安的凹路，格鲁奇充耳不闻炮声，拿破仑受向导的欺骗，布洛得到向导的指引，这一系列天灾人祸都安排得极其巧妙。

总括来说，在滑铁卢，屠杀超过战斗。

在所有阵列战中，滑铁卢是战线最短而兵力最多的一次。战线的长度，拿破仑拉开四分之三法里，威灵顿布了二分之一法里，而双方各投入七万两千名官兵。这种密集导致了屠杀。

有人做过统计，列出这样的比例数字。阵亡人数：奥斯特利茨战役，法军百分之十四，俄军百分之三十，奥军百分之四十四；瓦格拉姆战役，法军百分之十三，奥军百分之十四；莫斯科河战役，法军百分之三十七，俄军百分之四十四；包岑战役，法军百分之十三，俄普联军百分之十四；而滑铁卢战役，法军百分之五十七，联军百分之三十一。滑铁卢战役阵亡人数，总计百分之四十一。十四万四千官兵，阵亡六万人！

滑铁卢战场，如今平静了，仍属于大地——这一人类始终如一的寄托，又同所有平野一样了。

然而，到了夜晚，一种梦幻的薄雾从大地升起，一位行客若是经过那里，若是观察，若是倾听，若是像维吉尔经过凄惨的腓力斯平野那样幻想，就会悚然产生幻觉，看见那一幕刀兵之灾。可怕的6月18日的场面重又显现，虚假的纪念墩隐没了，那只俗不可耐的狮子也消失了，战场又恢复原状：一队队步兵像波浪一样在平野上推进，骑兵在天边狂奔飞驰！沉思者魂惊魄动，看见刀光剑影，炮弹火光纷飞，雷电交加；他听见鬼魂交战的呐喊，仿佛从坟墓传出的呻吟；那些黑

---

① 原文为英文。

影，正是羽林军士；那片荧光，正是铁骑军；那副枯骨，则是拿破仑；而另一副枯骨，便是威灵顿；那一切已不复存在，但是还在较量，还在搏斗；丘谷染成殷红色，树木为之抖瑟，杀气直达云霄，而圣约翰山、乌果蒙、弗里什蒙、帕普洛特、普朗努瓦，所有那些凶险的丘峦在黑暗中显现，都隐隐笼罩着幽魂厮杀的一团团阴气。

十七　滑铁卢是好事吗

有一个非常可敬的自由派，根本不憎恶滑铁卢。我们却不能苟同。在我们看来，滑铁卢不过是自由的一个凶日。那样一只卵孵出那样一只鹰，当然出人意料。

如果高瞻远瞩地看待这个问题，那么滑铁卢则是处心积虑的反革命的胜利。那是欧洲反对法兰西，是彼得堡、柏林和维也纳联手反对巴黎，是守旧反对倡新，是通过 1815 年 3 月 20 日打击 1789 年 7 月 14 日，是惶惶不可终日的各个王国反对不可遏制的法兰西骚动。总之是一种梦想：扑灭这个博大的人民二十六年来突起的气焰。那也是勃伦维克、纳索、罗曼诺夫、霍亨索伦、哈布斯堡等王室和波旁王室的联盟。滑铁卢背负着神权。的确，由于事物的自然反应，既然帝国是专制的，那么王国就必然是自由的了；同样，事与愿违，从滑铁卢产生出了立宪体制，令那些胜利者无比遗憾。这是因为：革命不可能真正被战胜，它顺应天理，必然大行其道，总能复现出来，在滑铁卢之前，体现在推翻旧王朝的波拿巴身上，在滑铁卢之后，则体现在接受宪章的路易十八身上。波拿巴还把一个驿站车夫①安插在那不勒斯王位上，把一名中士②安插在瑞典王位上，以不平等来体现平等。路易十八在圣都安签署了人权宣言。您要想了解革命是什么，那就称它为"进步"吧；您要想了解进步是什么，那就称它为"明天"吧。明天势不可当，必行其道，而且从今天就开始；说来也怪得很，它总能达到目的。它利用威灵顿，将区区一个士兵的伏瓦造就成演说家。伏瓦在乌果蒙倒

---

①　指缪拉。但他是乡村客栈老板的儿子，并没有当过驿站车夫。1808 年封他当那不勒斯王时，他已经是元帅了。

②　指贝纳道特。1789 年他是上士，1810 年被瑞典国遴选为王权继承人。1818 年才成为瑞典和挪威国王。

下，又在讲坛上站起来①。进步就是这样进行。这个工人用什么工具都得心应手。它从容不迫，调动跨越阿尔卑斯山的那个人和爱丽舍神甫②的那个虚弱而善良的老病夫，一同为它神圣的工作效力。它既利用那个足痛风患者，也利用那个征服者；外用征服者，内用足痛风患者。滑铁卢制止武力毁灭欧洲各王朝，只产生一种效果，就是从另一方面推动革命进程。征伐者退位，轮到思想家上场了。滑铁卢要阻止时代前进，时代却从上面跨过去，继续它的行程。这次险恶的胜利，又被自由战胜了。

总之，毋庸置疑，在滑铁卢得胜者，站在威灵顿身后微笑者，把全欧洲，据说也把法兰西大元帅令杖送去者，欢快地推车运送满是白骨的砂土建筑狮子纪念墩者，在纪念墩基座得意地刻上 1815 年 6 月 18 日这个日期者，鼓励布吕歇屠戮溃兵者，站在圣约翰山上就像盯着猎物一样俯视法兰西者，正是反革命。正是反革命窃窃说出这样无耻的话：分割肢解。然而到达巴黎，它就靠近观察了火山口，感到这片火山灰烫脚，只好改变初衷，又回过头来结结巴巴地谈论宪章。

在滑铁卢中只应看其内涵。有意拥护自由吗？绝不是。反革命无意中成为自由派，而且无独有偶，拿破仑也同样无意中成为革命者。1815 年 6 月 18 日，罗伯斯庇尔从马上摔下来了。

十八　神权东山再起

独裁制寿终正寝。欧洲一整套体制瓦解了。

帝国沉沦了，如同垂死的罗马帝国，隐没在黑影中。就像回到野蛮时代，人们又经历一场大劫难。1815 年的蛮族，如果称其乳名，就叫作反革命；不过，这一蛮族气数太短，很快就气息奄奄而夭折了。应当承认，人们悼念帝国，而且洒下英雄的眼泪。如果说武功的荣耀造成了霸权，那么帝国本身就是荣耀；它将专制所能放射的光，全部散射到大地上。但这是暗淡的光，说得更甚一点，是昏暗的光，比起名副其实的白昼来，简直就是黑夜。然而，这一黑夜消尽，却产生日

---

①　伏瓦（1775—1825）：法国将军，在滑铁卢战役中是第十五次负伤。1819 年进入议会，成为自由派的主要发言人。

②　指路易十八。"爱丽舍神甫"是他的外科医生的绰号。

食的效果。

路易十八返回巴黎。7月8日①的圆舞冲淡了3月2日的狂热。那个科西嘉人和那个贝阿内人②形成鲜明的对照。土伊勒里宫圆顶上的旗帜换成白色。亡命之君重登宝座。路易十八百合雕花的座椅前，又放上哈维勒杉木桌。大家谈论布维讷和封特努瓦，仿佛是昨天发生的事，奥斯特利茨已经是老皇历了。神坛和王座亲如手足，弹冠相庆。在19世纪法国和欧洲大陆，确立了社会安全的最无可争议的一种形式。欧洲佩戴上白色徽章，特大容③名声大噪。在盖道塞兵营正门太阳形的拱石上，又出现"高于万众"④的箴言。凡是驻过羽林军的地方，就有一所红房子。卡鲁塞耀武门满是病恹恹的胜利女神，来了这些新客，它倒产生沦落异乡之感，也许还对马伦戈和阿科尔的胜利颇感羞愧，只好立了个昂古莱姆公爵的雕像来撑撑门面。马德兰墓地，是93年惨不忍睹的万人冢，因为那片土里有路易十六和玛丽-安东妮特的枯骨，这回地面上就铺了大理石和燧石板。在万森墓地上，土中露出一截墓碑，令人想起昂菲安公爵就死于拿破仑加冕的那个月。教皇庇七世在公爵被处决后不久，主持了那次加冕大典；他就像当初祝福拿破仑登基那样，现在又坦然地祝贺他的倾覆了。是啊，这些事情全实现了，这些国王又重登宝座，欧洲的霸主被关进囚笼，旧朝又变成了新朝，大地的黑暗和光明完全颠倒了位置，只因在夏天的一个下午，一个牧童在树林里对一个普鲁士人说："请走这边，不要走那边！"

1815年就像阴沉的4月天。各色各样有害有毒的旧东西，表面上都焕然一新。谎言也紧紧抓住1789年，神权戴上一副宪章的假面具，虚假的东西也都变成立宪的货色，那些成见、迷信和私欲，嘴边挂上宪章第十四条，纷纷称起自由主义了。那不过是蛇蜕皮而已。

人通过拿破仑，既变得伟大，又变得渺小了。在这金玉其外、浮饰成风的时代，理想也得了一个怪名：空论。嘲笑未来，是一个伟大

---

① 1815年7月8日，路易十八第二次返回巴黎。
② 指路易十八。
③ 在尼姆城制造白色恐怖的雅克·杜蓬的悼号。
④ 原文为拉丁文。作者把路易十八的箴言稍作改动，实际是："非同一般"。

的严重疏失。然而，作为炮灰的人民，无比爱戴炮手，还举目四望寻找他。他在哪里？他在做什么？"拿破仑已经死了。"一个行人对一个参加过马伦戈和滑铁卢战役的伤兵说。"他，还会死！"那士兵嚷道，"你也太了解他啦！"在想象中，那个垮台的人已经神化了。滑铁卢之后，欧洲天昏地暗。拿破仑一消失，很长时间留下巨大的空虚。

各国君主来填充这种空虚。旧欧洲趁机改头换面。他们拼凑了一个神圣同盟。决定命运的滑铁卢战场，早就称为佳盟了。

面对乔装打扮过的旧欧洲，一个新法兰西粗具规模了。受皇帝嘲笑过的未来，也已破门而入。它的额头有颗自由之星。年轻一代的热切目光一齐转向未来。事情奇就奇在，他们同时热爱自由这个未来和拿破仑这个过去。败仗反而使败者更加伟大。倒下的波拿巴比站立的拿破仑还要显得高大些。得胜者却惶惶不可终日。英国派了哈德逊·洛维去看守他，法国派了蒙什奴去监视他。他叉起的手臂，也成为那些王位的忧患。亚历山大称他为：我的失眠症。这种恐惧来自他身上所负载的革命的分量。这样，波拿巴信徒的自由主义就好解释，也值得谅解了。这个幽灵让旧世界战栗。当政的国王都坐卧不安，总望见天边的圣赫勒拿岩岛。

拿破仑在龙坞奄奄待毙的时候，倒在滑铁卢战场上的六万人的尸骨也静静地腐朽了，他们的静谧扩散到人间。维也纳会议签订了1815年协定，而欧洲称这为复辟。

这就是所谓的滑铁卢。

然而，对于无限来说，这又算什么呢？整个这场暴风雨、整个这阵乌云、这场战争，继而这种和平、整个这片阴影，丝毫也没能扰乱无限慧眼的光芒；在这慧眼里，从一根草茎跳到另一根草茎的蚜虫，同圣母院上从一个钟楼飞到另一个钟楼的鹰，并没有什么差别。

十九　战场夜景

书归正传，再来叙述这片凄惨的战场。

1815 年 6 月 18 日正是望月。月光给布吕歇的残酷追杀提供方便，照出逃兵的踪迹，将溃散的乌合之众交给疯狂的普鲁士骑兵，从而协助了这场大屠杀。在这类天灾人祸中，黑夜往往起可悲的作用。

最后一发炮弹射出之后，圣约翰山平野便一片空荡。

英军占据了法军的营地，这是确认胜利的通例：在败军的榻上高卧。他们越过罗索姆安营扎寨。普军则勇追穷寇，大力向前推进。威灵顿回到滑铁卢村，起草给巴图斯特勋爵的捷报。

如果说"这当然不是指您"① 这句话真的实用，那么用在滑铁卢村上肯定最贴切了。滑铁卢离战场半法里远，毫无作为。圣约翰山遭受炮击，乌果蒙焚毁，帕普洛特焚毁，普朗努瓦焚毁，圣篱受到猛攻，佳盟目睹两个胜利者拥抱；然而，这些名字鲜为人知，滑铁卢毫无战功，却尽享荣誉。

我们不是那种颂扬战争的人，但是有了机会，就要讲一讲战争的真情实况。毋庸隐讳，战争有一种凄美；当然也要承认，战争有其丑恶的方面。其中最令人吃惊的一丑，便是胜利后立即剥夺死者的衣物。战后第二天的晨光，照见的总是赤条条的尸体。

是谁干的呢？是谁这样玷污胜利？是什么丑恶的手偷偷摸进胜利的衣兜？是什么扒手在光荣后面干出这种勾当？有些哲学家，伏尔泰就是其中一个，他们断言这样干的人恰恰是胜利者。他们说那全是一丘之貉，并无二致；仍然站立的人洗劫倒下的人。白天的英雄，夜晚变成吸血鬼。况且，连人都杀了，再顺手捞点油水，也是合乎情理的。至于我们，却不敢苟同。既摘了胜利的桂冠，又扒窃死者的鞋子，我们觉得不可能是同一只手。

有一点确切无疑：胜利者的后面往往跟着窃贼。我们还是排除士兵，尤其是现代士兵。

但凡大军都有一只尾巴，那才是应当谴责的。那是蝙蝠似的东西，半土匪半仆役，是从所谓战争的这种暮晚产生的各种飞鼠，是穿军装不上阵的假兵，是装病和假伤员而心黑手辣的家伙，是走私的食品贩子，有时还带着女人，坐着小马车，卖出去再偷回来，还有主动给军官当向导的乞丐、随军仆役、扒手窃贼，我们不说当代，从前部队行军，总拖着这批货色，以致有专门语言称为"收容队"。这帮家伙，不属于任何军队，也不属于任何民族；他们讲意大利语却随着德国军队，讲法语却追随英国部队。切里索勒斯战役胜利的那天夜晚，德·费瓦克侯爵就是让这样一个坏蛋给害死了：侯爵遇见那个讲法语的西班牙

---

① 原文为拉丁文，是维吉尔一首讽喻诗的起句。

收容队员，听他讲蹩脚的庇卡底方言，就当成是本国人，结果性命和财物全丢了。盗窃生贼。这句可鄙的格言：靠敌人吃饭，产生了这种麻风病，只有严惩才能治愈。有些人欺世盗名；我们有时就弄不明白，一些大名鼎鼎的将军为什么那样深孚众望。图雷纳①受到部下的爱戴，就因为他纵容掠夺。纵容的恶也成为善了。图雷纳太善了，听任部下在帕拉蒂纳城烧杀抢掠。跟随部队的窃贼多寡，因率军的将领而异。贺什和马尔索②的军队就根本没有收容队；我们也说句公道话，威灵顿的军队有而不多。

不过，6 月 18 日夜晚到 19 日凌晨，仍有人盗尸。威灵顿纪律严明，下令当场抓获，格杀勿论；然而，盗窃是顽症，战场这边枪决盗匪，那边照样行窃。

月光惨淡，照着这片平野。

将近半夜，奥安凹路那边，有个人在徘徊，确切地说，他在匍匐爬行。一看那样子，就知道他正是我们刚刚描述的那类人，既不是英国人，也不是法国人，既不是农民，也不是士兵，三分像人七分像鬼，被死尸的气味吸引过去，以盗窃为胜利，要抢劫滑铁卢。他穿一件带风帽的罩衣，鬼头鬼脑，又贼胆包天，朝前走又不住往后看。他是什么人？关于他的来历，也许黑夜比白昼还要清楚些。他没有行囊，但是显而易见，他罩衣的口袋又肥又大。他走走停停，四下张望，看看是否有人暗中注意，有时他突然弯下腰，翻动地上静止不动的什么东西，然后直起身，又悄悄溜走。他那样悄声游荡，那副鬼鬼祟祟的样子、那种偷偷摸摸的急促动作，就像黄昏时出没在废墟中的野鬼，也就是诺尔曼人古代传说中所说的游魂。

夜间水泽的某些涉禽，就有这种鬼影。

有人若是注意观察，就会透过那片迷雾，看见不远处有一辆小货车，仿佛躲在尼维勒大道边的一座破房子后面，恰好在圣约翰山到勃兰拉勒那条路的拐角；那辆车柳条编的车篷涂了柏油，驾着一匹饿得戴嚼子吃荨麻的驽马；车上有个女人模样的人，坐在箱匣和包裹上。

———————————

① 图雷纳：法国元帅，死于 1675 年，显然不会参加 1693 年帕拉蒂纳城的烧杀行为，但他纵容部下抢掠占领的地方却是事实。

② 贺什和马尔索：均为法国革命时期的将领。

那辆货车和这个游荡者之间，也许有点关系。

夜晚宁静。天空没有一丝云彩。大地染红，而月光依然皎洁。正所谓老天无情。牧场上，被霰弹打折的树枝，有的连皮还吊在树上，在晚风中轻轻摇曳。荆丛微动，好像发出气息，几乎像在呼吸。青草抖瑟，又仿佛灵魂离去。

远处隐隐传来英军营盘巡逻队往来、军士查哨的声响。

乌果蒙和圣篱，一东一西，还在燃烧。两片大火，又由丘岗上拉成巨大半圆的英军营帐篝火连起来，远远望去，好似解下来的红宝石项链，两端各缀一大块光彩夺目的深红色宝石。

上文谈过奥安凹路的惨祸。多少勇士死于非命，一想起来就胆战心寒。

若说惨事超出梦幻，果真存在的话，那就是这种情景：活在世上，看见太阳，全身有一种活力，又健康又快活，放声大笑，奔向锦绣前程，感到胸中的肺畅快地呼吸，心脏有力地跳动，也感到有一个明辨是非的意志，能讲话，能思考，能希望，能爱，还有母亲，有爱妻，有子女，有光明；不料陡然一下，还不到一分钟，仅仅一声惊叫的工夫，就坠入深渊，身不由己地跌落，翻滚，砸别人，也受挤压，瞪眼看见麦穗、鲜花、叶茎和枝桠，却什么也抓不到，只觉得战刀无用了，身下人压人，身上是战马，徒然挣扎，黑暗中遭到马蹄践踏，骨断筋折，感到一个鞋跟将自己的眼珠蹬出来，发狂地咬着马蹄铁，窒息，号叫，浑身挛缩，压在下面，心里还会念叨一句："刚才我还是个大活人！"

惨祸发生的地点，一片呻吟的喘息，现在全归寂灭了。凹路填满了战马和骑兵，横七竖八地堆在一起。乱尸堆惨不忍睹。两侧的路坡消失了。尸体堆到边缘，填得道路和旷野齐平了，真像量得平准的一斗大麦。上层尸体成堆，下层血流成河。这条路在 1815 年 6 月 18 日夜晚就是这种情景。血一直流到尼维勒大道上，在一堆砍掉树木的路障受阻，积成一个大血泊：这地点如今还供人凭吊。大家记得，铁骑军遇险的地点在对面，靠格纳普大道那边。尸体堆积的厚薄，同凹路的深浅成正比。这条路的中段逐渐平缓，正是德洛尔师通过的地方，尸体层就变薄了。

刚才我们让读者窥见的那个夜游鬼，正朝这段路走来。他嗅着这座无比巨大的坟墓，仔细观看，不知在检阅一支什么可怕的死人队伍，他踏着血泊往前走。

突然，他站住了。

前边几步远的地方，凹路中尸堆那一端，从人和马尸堆里伸出一只张开的手，被月光照得一清二楚。

那只手的指头上，戴着闪闪发亮的东西，那是一只金戒指。

那人俯下身，蹲了片刻，等到站起来的时候，那只手上的戒指不见了。

他并没有真正站起来，那姿势像一只惊恐的野兽，背对着死尸堆，双膝着地，两根食指着地撑住身子，头探出凹路边，眼睛窥视远处。豺狗的四只爪子，正适于做出这种动作。

继而，他打定主意，站了起来。

这时，他猛然一惊，觉得身后有人拉他。

他回头一看，原来是那只手合拢了，抓住他的衣襟。

换个老实人一定吓坏了，而这家伙却笑起来。

"嘿，"他说道，"原来是个死人，我宁愿撞着鬼，也不想碰见宪兵。"

他说话的工夫，那只手力气衰竭而松开了。在坟墓里，气力很快就用尽。

"咦，怪啦！"夜游鬼又说道，"这死人还活着吗？让我来看看。"

他重又俯下身，搜索死尸堆，把碍事的搬开，抓住那只手，再拉胳膊，拉出脑袋，又拉出身子，不大工夫，他就把一个像死了的，至少是昏过去的人拖到凹路的暗地。那是铁骑军的一名军官，还是个级别相当高的军官，铁甲下露出大肩章，不过头盔没有了。他脸上狠狠挨了一刀，血迹模糊。除了脸上的刀伤，他的肢体似乎没有骨折的地方；完全是侥幸，如果这里可以用这个词的话，尸体交叉成为拱形，撑在上面，没有压死他。他的双眼紧闭着。

他的铁甲上挂着银质的荣誉团勋章。

夜游鬼一把扯下勋章，装进他那罩衣的无底洞里。

接着，他又摸军官的小兜，感到有一只怀表，就掏了去。随后他又搜索背心。找到一个钱包，也装进自己的口袋里。

他正这样抢救这个垂死的人，军官的眼睛睁开了。

“谢谢。”他声音微弱地说。

他被这样急促地翻动，又有清爽的晚风，畅快地呼吸到新鲜空气，也就从昏迷中醒来。

夜游鬼没有应声。他抬起头。平野上传来脚步声，大概是巡逻队走过来。

军官还处于气息奄奄的状态，声音微弱地问道：“谁打胜啦？”

“英国人。”夜游鬼答道。

军官又说：“翻翻我的口袋吧，您能找到一个钱包和一只表，全拿去吧。”

他早就拿去了。

夜游鬼假装翻了翻，说道：“什么也没有。”

“让人偷走了，”军官又说道，“实在遗憾。不然就送给您了。”

巡逻队的脚步声越来越清晰了。

“有人来了。”夜游鬼说着就要走。

军官艰难地抬起胳臂拉住他：“您救了我的命。您是谁？”

夜游鬼慌忙低声回答：“我同您一样，是法国军队的。我得离开您了。若是让人抓住，我就得被枪毙。我救了您的命。现在您自己想办法吧。”

“您是什么军衔？”

“中士。”

“您叫什么名字？”

“德纳第。”

“我不会忘记这个名字，”军官说道，“您也记住我的名字，我叫彭迈西。”

第二卷　洛里翁战舰

一　24601 号变成 9430 号

冉阿让重又被捕。

那种惨痛的经过一笔带过，想必大家能见谅。我们只想转录两则小新闻，是在海滨蒙特伊轰动的事件发生之后几个月，由当时的报纸登载的。

两则新闻相当简略。要知道，当时还没有《法院公报》。

第一则录自 1822 年 7 月 25 日的《白旗报》：

加来海峡省的一个县刚刚发生罕见的事件。一个名叫马德兰的外地人，利用新方法生产人造墨玉，几年间振兴了地方旧工业。他发财致富了，也应当说，地方也因而富裕起来。为了表彰他的业绩，他被任命为市长。不料警方发现，这个马德兰先生真名叫冉阿让，原是苦役犯，1796 年因盗案判刑，刑满释放又违禁私迁。冉阿让又重新逮捕入狱。据说他在被捕前，从拉斐特银行提取存款五十多万，不过一般人认为，那是他在经营中所取得的非常合法的利润。冉阿让重又押回土伦苦役犯监狱，但是他那笔款藏在何处却不得而知。

第二则新闻略微详细，是同一天《巴黎日报》的摘录：

一个名叫冉阿让的刑满释放苦役犯，最近又在瓦尔刑事法院受审。案情颇引人注目。该犯曾更名改姓，骗过警方的监控，居然在诺尔省的一座小城混上市长的职位。他在该城经营的企业规模相当大。多亏警方工作勤奋，不辞劳苦，他才终于暴露原形，被捕归案。他的姘妇是个妓女，在他被捕时因惊吓而死。该犯膂力惊人，寻机越狱，三四天后潜逃至巴黎，正要上来往于京城和蒙菲郿村（塞纳-瓦兹省）之间的一辆小马车，又被警方抓获。据说他利用那三四天的时间，从我国一家大银行提取大宗存款；又据起诉书称，那笔钱款隐藏的地点只有他一人知道，因而无法查获。总之，那个冉阿让已押到瓦尔省高等法院受审，审他约八年前手持凶器拦路抢劫案，受害者正是费尔内族长的千古流传的诗句中所说的那种诚实孩子。

……
岁岁都从萨瓦来，
轻轻妙手善拂拭，
拂去长突厚烟炱。①

该盗匪放弃申辩。由于司法机构妙审雄辩，已确定是团伙抢劫案，冉阿让系南方一个匪团的成员。因此，冉阿让被判有罪，处以死刑。该犯却拒不上诉。不过，国王宽大无边，减判终身苦役。冉阿让随即押赴土伦苦役犯监狱。

他们也没有忘记，冉阿让在海滨蒙特伊谨守教规；包括《立宪报》在内的几种报纸，还称这次减刑是修士派的胜利。

冉阿让到苦役犯监狱变了号码，他叫 9430 号。

此外，有个情况交代一下，此后就不再赘述了。海滨蒙特伊的繁荣，随着马德兰先生一同消失了；那天夜晚他左右为难，忧心如焚，所预见的一切后来都成了事实：的确，少了他便"失去灵魂"。他一垮

---

① 引自伏尔泰的诗《可怜鬼》（1758），前一句为："诚实孩子更可爱"。

台，就像霸业之主倒台那样，在海滨蒙特伊就出现了群私分割的局面，兴旺的事业分崩离析的这种悲剧，在人类社会中，天天都在暗自进行，而历史上只有一次最显著，因为那是在亚历山大死后发生的。部将们纷纷称王；工头们也纷纷充当企业主。于是，彼此猜忌竞争。马德兰先生的各个大车间全关了门，厂房坍毁；工人走散了，有的背井离乡，有的改了行。从此以后，一改大型生产，全都小规模进行；一改为了公益，全都争取高利。没有中心了，竞争四起，而且十分激烈。当初，一切事务全由马德兰先生控制和指挥。他一倒台，人人争抢一己之利，倾轧的思想取代了协作的精神，刻毒贪婪取代了团结友爱，相互仇视取代了创办者对所有人的关怀；由马德兰先生所织结的关系，全部打乱并中断了；生产偷工减料，产品低劣，丧失信誉，销路减少，订货锐减；这样，就降低工资，工厂停工，终至破产了。结果，穷人再也没有指望，一切烟消云散了。

连政府也发觉，什么地方折了一根栋梁。高等刑事法院确认马德兰先生和冉阿让是同一个人，并判处他终身苦役之后不过四年，海滨蒙特伊地区征税就翻了一番，而 1827 年 2 月，德·维莱勒先生就在议会里谈到这一点。

二 或许是两句鬼诗

往下叙述之前，不妨稍微详细地谈一件奇事；事情发生在蒙菲郿，大约在同一时期，同司法机构的推测有些巧合。

蒙菲郿那一带有一种迷信，由来已久，因是巴黎附近的一种民间迷信，也就跟西伯利亚长出芦荟一样珍奇了。我们就是这种人，看重一切像奇花异草那样的东西，这就谈谈蒙菲郿的迷信。那里人相信，从久远难考的年代起，魔鬼就选定森林埋藏财宝。老太婆都肯定地说，在天要黑下来的时候，走在林中僻静的地方，时常能碰见一身黑的人，瞧模样像个车夫或者樵夫；他穿一双木底鞋，穿一身粗布衣服，但有一点好辨认，他不戴帽子，头上却长两只大角。的确，一看脑袋就能认出他来。那个人往往在忙着挖坑。碰到这种情况，有三种处理办法。第一种就是上前同那人搭话，这才发现他不过是个农民，因为是在暮色中，他才显得全身是黑的。他并没有挖什么坑，而是在给奶牛割草，原来看成角的东西，也不过是他背上的一把粪叉，在暮色中望去，就像头上长出两只角。你回到家里，一周之内就会死去。第二种办法，就是在一旁观察，等他挖好坑再埋上，走了之后，就赶紧跑过去，将坑扒开，取走那黑衣人必然放在里面的财宝。这样，你一个月之内就会死去。还有第三种办法，就是既不跟那黑衣人说话，也不看他，而是赶紧逃掉。这样，一年之内也要死去。

三种办法都有不妥之处，但是第二种至少还有些好处，好处之一是拥有财宝，哪怕仅仅一个月；因此，一般人都采取这种办法。那些吃了豹子胆、图财不要命的人，据说大多扒开黑衣人挖的坑，要偷窃魔鬼的财宝。收获似乎并不可观。如果相信传说，尤其相信关于这件事用蹩脚拉丁文写的两句费解的诗，情况至少是这样。诗的作者名叫特里风，是个诺曼底的花和尚，好弄点邪门歪道，死后葬在卢昂附近博舍维尔的圣乔治修道院，那坟上竟生出癞蛤蟆。

那些坑通常挖得很深，重新挖开，要费极大的气力，要流汗水，要搜寻，要干一个通宵，须知那种事总是在夜晚干的，总之，衣衫湿透了，蜡烛燃尽了，镐头磨钝了，终于挖到坑底，要伸手取"宝"的时候，会发现什么呢？魔鬼的财宝是什么呢？一个铜板，或是一个银元、一块石头、一具骷髅、一具血淋淋的尸体，还兴许是一个幽灵，一折为四，就像折起来放在公文包里的一张纸，有时空无一物。这似乎就是特里风的诗向冒失的好奇者所宣示的含义。

> 他挖出深坑，埋藏起财宝：铜板、
> 银元、石块、尸休、雕像，空无一物。

据说，如今还能从坑里挖出东西，有时是一个火药壶和子弹，有时是一副显然群魔用过的油污发黄的旧纸牌。这两种奇物，特里风的诗根本没有提到，因为他生在 12 世纪，当时魔鬼好像根本没有想到，要赶在罗杰·培根①之前发明火药，赶在查理六世之前发明纸牌。

再说，若是用这种纸牌赌博，那一定会输得精光；至于火药壶，也只能使你的枪筒爆炸，炸你满脸化。

---

① 罗杰·培根（1214—1294）：英国神学家和哲学家，在声学和光学上很有建树。

　　且说司法机关就猜测，刑满释放苦役犯冉阿让，在潜逃的那几天里，就曾在蒙菲郿一带转悠；在那之后不久，那村子又有人注意到，有个叫布拉驴儿的老养路工，就在树林里有"那种举动"。当地人都似乎听说，布拉驴儿进过苦役犯监狱，他在一定程度上，还受警察监视，由于到哪儿也找不到工作，就由当地政府廉价雇佣，在加尼到拉尼那段路上当养路工。

　　那个布拉驴儿，当地人都不拿正眼看。他客气谦卑得过分，遇见任何人都急忙摘帽，在警察面前更是战战兢兢，满脸堆笑，据说他跟匪帮有联系，怀疑他天黑时分埋伏在树丛打劫。此外，他还是个酒鬼，这样，他就是个完人了。

　　别人似乎注意到他的行为有点异常：

　　近来，布拉驴儿早早离开铺石补路的活儿，扛着镐钻进树林去。黄昏时分，有人见到他在林中最僻静的空地上，在最茂密的树丛里，仿佛在寻找什么，有时在挖坑。老太婆经过那里，乍一看以为是鬼王，继而才认出是布拉驴儿，但是仍然提心吊胆。布拉驴儿似乎特别讨厌让人撞见，显然他有意躲躲藏藏，在干什么不可告人的事情。

　　村里人议论说："事情明摆着，魔鬼露面了，布拉驴儿瞧见，就到处寻找。老实说，他若真抓住魔鬼的尾巴，那就完蛋了。"爱开玩笑的人则说："没准儿，究竟是布拉驴儿追魔鬼，还是魔鬼追布拉驴儿呢？"老太婆都连连画十字。

　　后来，布拉驴儿不再去林中捣鬼，重又老老实实干他养路的活儿了。大家也就换了话题。

　　不过，有几个人好奇心未减，他们认为这里面不见得是传说中的财宝，而是比魔鬼银行的钞票更实在、看得见摸得着的大笔外财，其中的秘密，那个养路工一定发现了一半。最"技痒动心"的人，要算乡村教师和客栈老板德纳第；德纳第跟谁都交朋友，甚至跟布拉驴儿套交情。

　　"他在苦役犯监狱关过吗？"德纳第说，"哼！天主啊！真不知道今天谁坐牢，明天谁入狱！"

　　有一天晚上，乡村教师肯定地说："若是从前，法庭早就传讯布拉驴儿，问清树林中的事，他不得不供出来，必要时就施刑，比方说用水刑逼供，布拉驴儿就准顶不住。"

"那么，咱们就给他用酒刑逼供。"德纳第说道。

于是，他们极力给老路工灌酒。布拉驴儿酒喝得很多，话却说得极少。他技巧高超，手法老练，把醉鬼的酒量和法官的慎言结合起来，相得益彰。然而，他们轮番进攻，反复盘问，还是从他口中套出几句含混不清的话，德纳第和小学教师是这样理解的：

有一天早晨，天刚亮的时候，布拉驴儿去上工，走到树林中的一个角落，惊奇地发现荆丛下有一把锹和一把镐，好像是藏在那里的。不过，他想那可能是挑水夫六福爹的锹和镐，也就把这事儿丢在脑后了。可是当天傍晚，他看见一个人从大路朝密林深处走去，而他站在一棵大树后面，不会被人瞧见，他看出"那根本不是本乡人，而且是他布拉驴儿的老熟人"。德纳第解释为："苦役监狱的一个狱友。"布拉驴儿就是不肯说出那人的姓名。那人有个包裹，方方的，像个大匣子或者小箱子。当时布拉驴儿十分诧异。过了七八分钟，他才猛然想到应当跟踪上去。可是太迟了，那人已经钻进密林深处，天又黑了，布拉驴儿未能找见"那个人"。于是，他打定主意守在树林边上。"月亮出来了。"过了两三个钟头，布拉驴儿瞧见那人走出树丛，但不是拿着小箱子，而是扛着一把镐和一把锹。他让那人走过去，并不想上前搭话，心中合计那人力气比他大三倍，又拿着家伙，一发觉被他认出来，很可能一镐要他的命。故友重逢，两情相知，真令人感叹。不过，看到那把锹和镐，布拉驴儿灵机一动，赶紧跑到早晨的那片荆棘丛边，藏在那里的锹和镐都不见了。从而他得出结论，那人钻进树林，用镐刨了坑，埋了箱子，又用锹铲土，把坑填平。看那箱子很小，装不下尸体，装的肯定是钱财。因此，他就寻找。布拉驴儿搜寻，探索，整片树林都找遍了，凡是发现哪儿有新动土的迹象，就挖一挖瞧瞧。然而，徒劳无益。

他什么也没有"挖出来"。蒙菲郿村没人再想这件事了。只有几个天真的老太婆还念叨：加尼的那个养路工，绝不会无缘无故那么折腾，肯定魔鬼来过了。

三 只有事先准备好才会一锤断脚镣

同一年，1823 年大约 10 月底，土伦居民看见奥里翁号战舰回港。奥里翁号编在地中海舰队，在海上遇到大风浪，有些毁损，回港修理，后来派往布雷斯特充当训练舰。

那艘舰遭到海浪风暴的袭击，进港时颇为隆重。记不得当时舰上挂的什么旗，但是得到十一响礼炮的欢迎，它也一响回报一响，总共二十二响礼炮。礼炮，是王室和军队的礼仪，互致敬意的轰鸣，也是等级的标志、港湾和要塞的例规，每天日出日落、开城闭城等等，诸如此类事情，所有要塞和所有战舰都要鸣炮。有人计算过，在整个地球上，文明世界为此虚礼，每二十四小时要鸣放十五万发炮。按每发六法郎计算，每天耗费九十万法郎，每年就是三亿，全化作硝烟了。这不过是一笔小账。而在鸣放礼炮的同时，穷人却饿死。

1823 年，是复辟王朝所称的"西班牙战争时期"①。

那次战争一个事件就包含许多事件，而且有许多奇特之处。对于波旁王室来说，那是一件重要的家事：法兰西这支救援并保护马德里那支，也就是说行使长房权，在表面上恢复我们的民族传统，恢复隶属于北方王朝的关系；自由派报刊称为"安杜雅尔英雄"的昂古莱姆公爵，颇反往常的安详之态，露出得意之色，抑制了同自由派空幻的恐怖主义较量的宗教裁判所那种实有的老牌恐怖主义；以"赤臂汉"称号复活的长裤党②，令那些富有的媚妇恐慌万状；君主主义称社会进步为无政府主义而横加阻碍；1789 年的各种理论遭到颠覆破坏而突然中断；一致对付法兰西思想的口号在欧洲风行起来；卡里尼安王子③，正像当初他作为自愿军人，戴上红呢肩章，参加帝国羽林军那样，现在又改名为查理阿勒贝，参加反对人民的这种君主十字军，同大军统帅法兰西的儿子并肩作战；帝国士兵休息了八年，已然衰老，萎靡不振，现在戴上白色徽章，重赴战场；正像三十年前，白旗曾在科布伦茨④上空飘扬一样，一小部分英勇的法国人也在外国摇过三色旗；僧侣

---

① 这是俄奥普法四国王室进行武装干涉西班牙的战争，旨在打击掌握政权的自由派力量，恢复西班牙的专制制度和天主教统治。当时，赴西班牙的法军统帅是路易十八的侄儿昂古莱姆公爵。

② 长裤党是法国 1789 年革命中的平民派；"赤臂汉"则指 1820 年发动西班牙革命的自由派。

③ 卡里尼安王子曾参加拿破仑的羽林军，也许为了求得宽谅，1823 年又参加法军赴西班牙作战，1831 年他当上庇埃蒙国王。

④ 普鲁士城市，1792 年，法国逃亡贵族在那里组织反革命军队。

也混在我们大兵的队伍里；自由和革新的精神被刺刀镇压下去，各种原则被大炮轰得粉碎；法兰西以武力摧毁了以她的精神取得的成就；而且，敌军将领被收买，士兵无所适从，城池受到不计其数的金钱的围攻；毫无军事危险，却有爆炸的可能，如同突然闯进弹药库里；流血不多，也没有赢得什么荣誉，少数人引为耻辱，没有人感到光荣；这就是西班牙战争，由路易十四的龙子龙孙发动的、拿破仑当年麾下的将领指挥的一场战争，其可悲的命运，恰恰在于不伦不类，既不像大规模的战争，又不像大规模的政治。

还有几件战事值得一提，其中夺取特罗卡德罗，就是一次出色的军事行动，但是总括来说，我们再重复一遍，这次战争的号角声听着有些嘶哑，整个局面令人疑惑，历史也证实法兰西绝难接受这种虚假的胜利。显而易见，指挥抵抗的一些西班牙军官，那么轻易就退却了，让人想到这种胜利是贿赂的结果：赢得的仿佛不是战役，而是将军们，因而凯旋的士兵感到羞耻。确是一次丢人的战争，在飘扬的旗帜上，能看到"法兰西银行"的字样。

在1808年，攻陷坚城萨拉戈斯的士兵，到了1823年，看见要塞轻易开城投降，都不禁皱起眉头，纷纷遗憾没有碰到巴拉弗斯克①那样的对手。这就是法兰西的性格，宁肯碰到劲敌罗斯托普金，也不愿面对草包巴莱斯特罗②。

还从一个角度看尤为严重，也值得强调一下。这次战争在法国损害了尚武精神，也激怒了民主精神。这是推行奴役的一次行动。法兰西士兵，民主的儿子，在这场战斗中，目的却是为别人争取枷锁。多么丑恶的反常。法兰西的天职，就是唤醒，而不是压抑人民的灵魂，自从1792年以来，欧洲的所有革命，都是法兰西革命；自由闪烁着法兰西的光芒。这是太阳一般的事实，只有瞎子才看不见！这是拿破仑讲的。

1823年的战争，既然残害善良的西班牙人民，也就同时残害了法

---

① 1808年，拿破仑率军攻打西班牙，在萨拉戈斯城遇阻。守将巴拉弗斯克坚守7个月之久。
② 1812年拿破仑攻打俄国时，罗斯托普金任莫斯科总督。巴莱斯特罗是1823年西班牙将领。

兰西革命。这种残忍的暴行，却是法兰西犯下的，但是被迫的；因为，除了解放战争以外，军队无论做什么，都是被迫的。"被动服从"的说法，就表达了这一点。一支军队是一件奇特的杰作：由大量软弱无力的成分组合成的力量。这就可以说明，战争是人类不由自主地反对人类的行为。

对于波旁家族来说，1823 年战争也是致命的。他们以为是一次胜利，却根本无视以强令扼杀一种思想的危险。他们天真到了极点，竟错误地把大大削弱自己力量的一次犯罪，当成确立自己力量的因素。他们把阴谋诡计那一套纳入政治。1830 年在 1823 年就发芽了。① 在内阁会议上，西班牙战争成为他们使用武力，为神权而冒险的一种论据。法兰西既然在西班牙扶起"纯粹的国王"，那么也完全能在国内恢复专制的君主。他们陷入后果不堪设想的谬误中，把士兵的服从当作全民族的认同。这种自信毁了王位。无论在芒齐涅拉毒树还是在军队的阴影下，都不是高枕无忧的地方。

书归正传，再回到奥里翁号战舰。

就在亲王统帅率军征战的时候，一支舰队正横渡地中海。上文讲过，奥里翁号属于这支舰队，遇到风暴遭受损坏，便驶回土伦港。

一艘战舰进入港口，不知为什么吸引了那么多人围观。大概因为那是庞然大物，民众喜欢巨大的东西。

一艘战舰，是人的智慧和自然力量的一种最巧妙的结合。

一艘战舰同时由最重和最轻的东西构成，同时和固体、液体、气体三种状态的物质发生关系，又必须同这三种状态的物质作斗争。它有十一个铁爪，能抓住海底的岩石，还有比飞虫多得多的翅膀和触须，能在空中抓住风。它用一百二十门大炮喘息，仿佛吹响巨大的军号，能自豪地回答雷鸣。海洋企图让它在无边而相似的惊涛骇浪中迷失方向，但是战舰有灵魂，有始终指向北方并引导航行的罗盘。在漆黑的夜里，它有舷灯代替星光。这样，它有帆和索对付风，有木板对付水，有铜铁铅对付礁岩，有灯光对付黑暗，有一根指针对付茫茫大海。

若想了解战舰的巨大结构，只需走进布雷斯特或土伦港的一个船坞。建造中的战舰，在船坞里就好像罩起来。这根巨木是一条桅桁；

---

① 1830 年 7 月革命推翻了波旁王朝。

这根躺在地上的巨柱，一眼望不到另一端，是主桅杆，根部直径有三尺，若是竖起来，从底座到插入云中的顶端，高达一百二十尺。英国大战舰的主桅杆，从水面算起，高达二百一十七尺。我们前辈的海船用缆绳，如今则用铁链。一般安装百门大炮的战舰，仅仅锚链盘起来，就有四尺高，二十尺长，八尺宽。建造这样一艘舰需要多少木料呢？三千立方米。这是漂在海上的一整片森林！

此外，我们还应注意，这里谈的只是四十年前的战舰，仅仅是帆船。当时，蒸汽机还处于幼稚时期，后来才把这种新的奇迹给所谓战舰的这种奇物装配上。例如现在，一艘带螺旋桨的机帆船，就是一部骇人的机器，它的帆面有三千平方米，汽锅达到两千五百马力。

且不说这些新的奇迹，单讲克里斯托夫·哥伦布和吕特伊尔①所乘的那种古船，就是人类的一件伟大杰作。它的力量用之不竭，如同太虚永不衰竭的气息，它用帆兜住风，乘风破浪，在浩瀚的波涛中自由航行。

然而，有时也会狂风骤起，六十尺长的帆桁像麦秸一般折断，四百尺高主桅杆就像芦苇似的弯曲；万斤重的大锚也在惊涛的巨口里扭曲，如同白斑大狗鱼咬住渔人的钓钩；大炮则哀叫悲鸣，但是水天空廓，黑夜沉沉，炮声消失在飓风中；大船的全部威力、整个雄姿，淹没在另一种更加雄伟巨大的威力中了。

一种伟力展现出来，曾几何时，又衰弱到了极点，这种现象每每引人深思。因此，港口总有无数闲人，观看那些作战和航行的奇妙机器，连他们自己也不完全清楚为什么围观。

土伦港也一样，在码头、防波堤和突堤堤首，从早到晚都有大批闲人，照巴黎人的说法就是看热闹的人，这回他们要干的事便是观看奥里翁号。

奥里翁号舰早就有了毛病。在以往航行期间，船底结了一层层厚厚的贝壳，结果影响航行，速度降低一半；去年把它拖出水面，除掉贝壳，然后重又下水。但是，那次除贝壳时损伤了船底的螺栓，行驶到巴利阿里群岛，船壳板承受不住而开裂，当时船体没有铁皮护板，于是进了水。不巧又遇到风暴，船首左舷和一扇舷窗破损，前桅的侧

---

① 吕特伊尔（1607—1676）：荷兰海军司令。

面也损坏，因此，奥里翁号驶回土伦港。

奥里翁号停泊在海军兵工厂附近，一面检修，一面补充弹药。右舷船壳没有受损，但是按照惯例拆下几块舷板，以便船底舱空气流通。

有一天早晨，围观的人目睹了一个事故。

船员正忙着起帆，负责大方帆右上角的那个海员忽然失去平衡，只见他身子摇晃不稳，大头朝下，身体转过帆桁，双手就伸向深渊了，码头上围观的人都惊叫起来。他跌下去时，幸好一手抓住了一条软踏绳索，接着另一只手也抓住，整个人就悬在半空，下面是深深的大海，叫人头晕目眩。而且，他跌落时带动软索，就像秋千一样猛烈摇荡。那人吊在绳索上荡来荡去，好似抛石兜上的一块石子。

要去救他就得冒生命危险。船上的海员，大多是新近招募的渔民，谁也不敢冒险去救人。那个不幸的帆工力量渐渐不支，只见他脸上现出惊恐的神情，肢体也显然无力了。他的胳臂拉得极长，他每次用力要上去，只能使软索摆得更厉害。他怕空耗力气，不敢喊叫。已经无望了，大家只等着他放开绳索的那一瞬间，不时扭过头去，不忍看他掉下去的惨景。有时，人的生命完全系在一段绳子、一根木杆、一根树枝上，而一个活生生的人，忽然脱手离开抓的东西，像一个熟果似的掉下去，那真是惨不忍睹。

突然，大家看见一个人敏捷如猫虎，攀缘直上帆索。他身穿红囚衣，显然是苦役犯，头戴绿帽子，无疑是终身苦役犯了。他到达桅楼那样高时，一阵风刮走了帽子，露出满头白发；原来他不是个年轻人。

不错，他是个苦役犯，在船上服苦役。事故一发生，船上人员一片慌乱，犹豫不决，所有水手都吓得发抖，纷纷退缩，而他却立刻跑去见值勤军官，请求允许他豁出命来去救那个帆工。军官只点了一下头，他一锤就砸断脚镣，操起一根绳子，飞身上了侧支索。当时，谁也没有留意脚镣那么容易就砸开了，事后有人才想起来。

眨眼工夫，他就登上帆桁，停了几秒钟，仿佛要目测一下。那个帆工在绳索末端随风摇荡，对围观的人来说，这几秒钟竟像过了几世纪。那苦役犯终于举目望着天空，向前跨了一步。众人这才松了一口气。只见他踏着帆桁跑过去，到了末端，把他带的粗绳一端系在杠上，双手抓住垂下的绳子溜下去；这时，众人担心到了极点：深渊上悬着的又多了一人。

那情景，就像一只蜘蛛捉住一只苍蝇；不过，那是救命而不是害命的蜘蛛。万目一齐注视那两个人，谁也不喊一声，不讲一句话，全皱着眉头，全都不寒而栗。人人都屏住呼吸，唯恐稍一喘气，就会助风摇晃那两个不幸者似的。

这工夫，那苦役犯已经顺着绳索滑到那海员身边。正是时候，再拖延一分钟，那人力竭绝望，就要脱手掉进深渊了。苦役犯一手抓住绳索，另一只手把绳索牢牢系在那人身上。然后，只见他重又爬上帆桁，将海员提上去，扶住那人停了一下，让他缓一缓劲儿，接着抱住他，沿着帆桁一直走到上下主桅连木，再从那里到桅楼，将他交给他的伙伴。

这时，观众鼓掌喝彩；有些老狱卒还流下眼泪，码头上的女人都相互拥抱，众人感动极了，齐声狂呼："赦免那个人！"

这工夫，那人又准备立刻下去，归队去干苦役。他要尽快赶回去，便顺着帆索滑下，又踏着下桅桁跑起来。所有的眼睛都跟着他，有一阵大家都担心，不知是他累了还是头晕，只见他脚步迟疑，身子摇晃了。突然，大家惊叫一声：那苦役犯掉下海去了。

他摔下去的地方很危险。阿尔西拉号巡洋舰就停泊在奥里翁号旁边，可怜的苦役犯掉在了两艘舰的夹缝中，很可能被卷进哪艘舰下面去了。四个人急忙跳上小艇，众人也都给他们鼓劲儿，每颗心重又焦虑起来。那人没有浮上水面，沉入海里，没有激起一丝波纹，就仿佛掉进油桶里。艇上的人探测，还泅到水下寻找。结果不见踪影。一直寻找到傍晚，连尸体也没有见到。

次日，土伦报纸刊载这样几行消息："1823 年 11 月 17 日。——昨天，在奥里翁号舰上干活的一名苦役犯，在搭救一名海员之后归队时，不慎坠海溺死。没有找见他的尸体，推测他可能卷入海军修船厂入海尖端的桩基下面了。他在狱中的号码是 9430，名叫冉阿让。"

第三卷　履行对死者的诺言

一　蒙菲郿的用水问题

蒙菲郿位于利夫里和晒勒之间，坐落在分开乌尔克运河和马恩河的高地南麓边缘。如今，那里已经成为相当大的市镇，一座一座白墙别墅是终年的点缀，星期日更添兴高采烈前来游玩的士绅。1823年那时候，蒙菲郿还没有这么多白房子，也没有这么多喜气洋洋的士绅，那不过是一个林木环绕的村庄，只有零星几座别墅，从那气派，从那盘花的铁栏杆的阳台，从那小块玻璃在关闭的白窗板上映出深浅不同绿色的长窗，可以看出那是17世纪遗留下来的建筑。然而，蒙菲郿照旧还是个村子，还没有被歇业的商贾和游憩的雅士们发现。但那的确是一片景色宜人的幽境，远离交通要道，物价低廉，人们过着丰衣足食的乡野生活。唯一不足之处是地势较高，缺乏水源。

取水要走很长一段路。靠近加尼那边的村头，要到树林中优美的水塘取水；以教堂为中心的村子另一端靠近晒勒，要走一刻钟，到离晒勒大路不远的半山腰一眼小泉取水。

因此，对每家来说，打水是一件苦差事。大户人家，包括开客栈的德纳第在内的贵族阶层，往往以每桶一文钱买水；在蒙菲郿村以挑水为业的老汉，每天大约可以赚八苏钱。不过，夏季到傍晚七点钟，冬季到傍晚五点，他就收工了；天黑下来，楼下的窗板都关上之后，谁家没有水喝，自己不去打水就得干渴着。

那正是小珂赛特最怕的活儿。读者也许没有忘记那个可怜的小姑娘，记得珂赛特对德纳第夫妇有双重用处：既能向孩子的母亲要钱，又能让孩子干活。因此，在母亲完全停止寄钱之后——在前面几章已经看到她不再寄钱的原因——德纳第夫妇仍然扣留珂赛特：她在那里顶替一个女工。既是这种身份，只要没水她就得赶紧去提。孩子一想到黑灯瞎火要去山泉提水，就胆战心惊，因此，她特别留意，从不让客栈里缺水。

1823 年过圣诞节，蒙菲郿格外热闹。初冬天气和暖，既没有上冻，也没有下雪，从巴黎来了一帮耍把戏的人，得到村长先生的许可，在村子的主街道上搭起棚子，同时又来了一帮流动商贩，同样得到允许，在教堂前广场上搭起摊棚，一直排到面包师巷；大家也许还记得，德纳第客栈就在那条巷里。这样一来，客栈和酒店都客满了，这个清静的小地方一时笼罩在热闹欢乐的气氛中。我们要忠实地叙述历史，就还应当提到一个情况。在广场上陈列的稀奇古怪的东西中，还有一个动物展览棚，里边有几个穿着破衣烂衫的小丑，不知是从哪里来的；他们在 1823 年，就拿一只巴西产的凶猛的秃鹫给蒙菲郿村民观赏，而国家博物馆直至 1845 年才弄到那样的一只。那种秃鹫的眼睛恰似三色徽章，我想自然科学家称为卡拉卡拉·波利包鲁斯，属于鹰类的鹫族。村里住着几个和善的退役老军人，是波拿巴旧部，他们怀着虔敬的心情前去看那只秃鹫。几个耍把戏的人声称，三色徽章式的眼睛是独一无二的奇相，是仁慈的上帝特意造出来让他们展示的。

圣诞节那天晚上，在德纳第客栈的楼下餐厅里，不少人，有车老板和货郎，围着餐桌四五支蜡烛坐着喝酒。那间餐厅同所有酒馆餐厅一样，有餐桌，有锡酒罐、玻璃酒瓶，有人喝酒，有人抽烟，烛光昏暗，人声嘈杂。不过，1823 年这个日期却有标志，餐桌上放着两件在有产阶级中时髦的物品：一个万花筒和一盏亮晶晶的白铁灯。德纳第老婆正看着明亮的炊火上做的晚餐；德纳第老公正陪客人饮酒，谈论政治。

主要的政治话题是西班牙战争和昂古莱姆公爵，此外，在喧嚣声中，也能听到纯粹地方问题的议论。例如：

"在南泰尔和苏雷纳一带，酒产量很高。原指望产十桶的，却有十二桶。榨出来的葡萄汁特别多。""葡萄恐怕没有熟吧？""那地方，葡萄不能等熟了再收。等熟了才收，酿出的酒一打春就黏稠了。""这么说，那是很淡的酒了？""比这地方的酒还淡呢。葡萄还青的时候就收。"

等等……

再如，一个磨坊主嚷道：

"口袋里的东西，我们能管得了吗？里面净是杂质，我们哪有闲工夫挑出去，不管什么黑麦草籽、空壳、麦仙翁籽、大麻籽、加食草籽、野豌豆籽、山萝花籽，也不管许多别的什么杂草籽，全都倒进磨里；这还不算，有些地方的小麦，尤其布列塔尼产的麦子，掺进大量石子儿。我可不爱磨布列塔尼小麦，就像锯工不愿锯有钉子的木头一样。您想想，磨出来的是什么灰渣子。等到吃的时候，都说面粉不好。没道理。出那种面粉，不是我们的过错。"

在两个窗户之间，有个割草工跟一个农场主坐在一起，正在估价来春草场的活儿，割草工说：

"草湿点儿绝没有坏处，反而好割。露水有好处。先生，没关系，您那草还嫩着呢，不好割，刀一下去，草就打弯儿。"

等等……

珂赛特待在老地方，坐在炉灶旁边菜案下面的横木上。她的衣衫破烂，光脚穿着木鞋，借着炉火光在给德纳第女儿织袜子。一只猫崽儿在椅子下玩耍；隔壁房间传出两个孩子清脆的说笑声：那是爱波妮和阿兹玛。

炉角的钉子上挂着掸衣鞭。

从这座房子的什么地方，不时传来一个小小孩子的哭叫声，冲破餐厅里的喧闹。那是前两年冬天，德纳第婆娘生的一个男孩，她常说："莫名其妙，可能是天冷的缘故。"那男孩有三岁多一点儿，母亲喂他奶，却不喜爱他。等小家伙的哭闹叫人受不了的时候，德纳第就说："你那儿子又鬼哭狼嚎了，去看看他要干什么。"孩子的母亲却回答："管他呢！烦死我了！"而那孩子丢在黑屋子没人管，就连续号叫。

二　相得益彰的两幅肖像

在本书中，还只见德纳第夫妇的侧影，现在应当围着他们转一转，从各个角度观察一下。

德纳第刚过五十岁；德纳第太太将近四十，不过，女人到这个年纪，就跟五十岁一样；因此，这对夫妇在年龄上保持平衡。

德纳第婆娘一露面，想必就给读者留下一点印象，记得这个女人身材高大，一头黄发，肌肤红赤赤的，膀大腰圆，满身肥肉，块头虽大但动作敏捷；我们讲过，她属于蛮婆的种类，人高马大，头发上缀着几个铺路的石子，常常昂首挺胸逛集市。她操持全部家务：收拾床铺，打扫房间，洗衣服，做饭。在家里耀武扬威，横冲直撞。她唯一的仆人就是珂赛特，一个服侍大象的小耗子。她一开口，家里的一切，窗玻璃、家具和家里人，无不颤抖。她那张宽脸满是雀斑，看上去就像一个漏勺。她还长了胡须，是菜市场男扮女装的搬运工的理想形象。她骂起人来特别精彩，常夸耀自己能一拳打碎一个核桃。说来也怪，这个母夜叉竟从小说中学了些娇声媚态，否则，谁也不会想到她是个女人。德纳第婆娘就像多情女人嫁接在悍妇身上的产物。别人听到她讲话，就会说：那是个警察；别人看到她喝酒，就会说：那是个赶大车的；别人见到她摆布珂赛特，就会说：那是个刽子手。她歇着的时候，嘴里龇出一颗獠牙。

德纳第相反，是个矮小瘦弱的男人，脸色苍白，瘦骨嶙峋，一副多病多灾的样子，而其实身体十分健康；他的狡诈就是从这点开始的。他出于谨慎，总是面带笑容，几乎对所有人都客客气气，就是对向他讨不到一文钱的乞丐也不例外。他的眼神像榉貂一样柔和，形貌像文人一样温雅，酷似德利勒神甫的肖像。他的殷勤态度体现在陪车老板喝酒，从来没有人能灌醉他。他用一只大烟斗抽烟；上身穿一件粗布罩衣，下身穿一条旧黑裤。他雅好文学，标榜信奉唯物主义，嘴边常挂着一些人的名字，用来证明他讲的话，诸如伏尔泰、雷纳尔①、帕尔尼②，说来也怪，还有圣奥古斯丁③。他声称自有"一套理论"。当然是骗人的一套，完全是个贼学家。确有贼和学结合而成为家的人。我们记得，他声称在军队中效过力，常常得意地叙述在滑铁卢战役中，他是什么第六或第九轻骑团的中士，独自抵挡过一队死神骑兵的冲杀，

---

① 雷纳尔（1713—1796）：法国历史学家和哲学家。

② 帕尔尼（1753—1814）：法国诗人。

③ 圣奥古斯丁（354—430）：拉丁教会博士。

冒着枪林弹雨，舍身遮护并救了"一位受了重伤的将军"。因此，他的门口墙上挂了一块火红的招牌，他的客栈在当地称为"滑铁卢中士酒家"。他是自由派，又是传统派和波拿巴派，曾签名支持流亡营①。村里人说他受过教育，可以当传教士。

我们认为，他仅仅在荷兰受过当客栈老板的教育。这个杂种无赖，到什么地方说什么话，到佛兰德称为里尔的佛兰德人，到巴黎称为法国人，到布鲁塞尔称为比利时人，跨在国境线上观望，去哪里都方便。大家了解他在滑铁卢的英勇行为。显而易见，他有点夸大其词。他生活的要素就是起伏、曲折和冒险，破裂的良心拖着飘零的身世；在1815 年 6 月 18 日那个狂风暴雨的日子，德纳第很可能属于我们介绍过的那种随军小贩，一路窥探，向这些人售兜，又向那些人偷窃，男人、女人和孩子，全家坐在破车上，追随部队，而且凭着本能，始终追随着打胜仗的军队。那次战役之后，拿他自己的话来说，他捞了点"油水"，便到蒙菲郿来开了客栈。

那些油水，无非是钱包和怀表，金戒指和银奖章，是收获季节从播满尸体的田垄中收获来的，但总数并不多，没有让这个当上客栈老板的随军小贩维持多久。

在德纳第的言谈举止中，有一种说不出来的直线条的意味：听他讲一句粗话，就能想到兵营，看到画个十字，就能想到神学院。他能言善道，总让人相信他很有学问。然而，小学教师却注意到他说话读了"白字"。他卖弄学问，给旅客开账单，但是明眼人时常看出上面有错别字。德纳第为人狡诈，好吃懒做，但能见机行事。他绝不讨厌女佣人，因此之故，他老婆不愿再雇佣。这个女人是个大醋缸，她以为这个面黄肌瘦的矮男人，是天下女人垂涎的对象。

德纳第的最大特点，即奸诈又沉稳，确是一个极有节制的恶棍。这种人最坏，因其虚伪险诈。

并不是说，德纳第不会发火，连他老婆都不如，但是这种情况很少见；他一旦发火，那样子会吓死人，因为他仇视全人类，满腔燃烧着仇恨的烈火，因为他这类人一辈子都想报复，总指责眼前发生的一

① 1818 年，在法国开展签名活动，支持法国流亡者——那些自由派和波拿巴派流亡到美国，在得克萨斯州创建一块殖民地，称为"流亡营"。

切，自己遭遇的一切，时刻准备抓个人出气泄愤，他一旦发火，生活中的全部失意、破产和灾难，就会在他心中膨胀，胀到满口满眼，化作冲天的怨气。在他发作的时候，谁撞上谁倒霉。

德纳第还有许多长处，其中一点就是处处留心，洞察事物，根据情况保持沉默或者信口开河，总能体现出绝顶的聪明。他眯缝眼睛的那种神色，就像看惯了望远镜的海员。德纳第是个政治家。

初来客栈的人，见了德纳第婆娘，心里就会想：家里一定是她做主。错了。她连主妇都算不上。主人和主妇，全是丈夫一个人。汉子出主意，婆娘动手。他以一种无形的磁力不断地指挥一切。他讲一句话就够了，有时只丢个眼色，大块头女人总是唯命是从。德纳第婆娘并没有完全意识到，其实她跟丈夫就像老百姓和君主的关系。她自有做人的道德标准，就是在一件小事上，也从不同"德纳第先生"争执，而且，这种假设就不能成立，无论什么事情，她绝不当着外人的面派丈夫的不是。她从未犯过妇女常犯的那种"家丑外扬"的错误，用议会中的说法，就是"揭王冠"的错误。夫妇和睦的结果，虽然只是为非作歹，但是德纳第婆娘对丈夫的恭顺中，却有虔敬仰慕的成分。这座虎啸狼嚎的肉山，竟让一个羸弱的专制君主动一下小手指就随意驱使。以庸人的粗俗之见，这是天地间的一件大事：物质崇拜精神；须知，有些丑恶的东西，在永恒之美的极点也有存在的理由。德纳第有让人捉摸不透的地方，因此，这个男人对这个女人就拥有绝对权力。有时候，她把丈夫视为一支明烛，有时候她又觉得他是一只魔掌。

这个女人也是个奇物，她只爱自己的孩子，只怕自己的丈夫。她只因是哺乳动物才当了母亲；而且，她的母爱也只限于对两个女儿，没有男孩的份儿，这情况以后我们会看到。至于他，作为男人，只有一个念头：发财。

但事与愿违，根本没有发起来。这个干才没有用武之地。德纳第在蒙菲郿破产了，如果说一文不名还能破产的话。这个一文不名的人若是到了瑞士或者比利牛斯地区，也许成为百万富翁了。然而，这个客栈老板被命运抛在哪里，就得在哪里吃草。

要知道，所谓"客栈老板"，在这里当然是狭义，并非泛指整个阶层。

就在1823这一年，德纳第欠了催还的债款一千五百法郎，因而坐卧不安。

无论命运对他多么一贯不公道，德纳第却能以最现代的方式，极深刻极透彻地理解待客之道：这件事在野蛮人那里是一件美德，在现代人这里则是一种商品。此外，他还是一个出色的偷猎者，枪法常常受人称赞。他有一种平静的冷笑，那是最阴险莫测的。

他经营客栈的理论，时常像电光石火，从他头脑闪现，他把这种职业诀窍灌输到他老婆的头脑里。有一天，他咬牙切齿地低声对老婆说："客店老板的职责，就是客人一来，要赶紧卖给他烩肉、歇息、烛光、炉火、脏被单、女佣人、跳蚤、笑脸；要拉住行客，掏空他们的小钱包，客客气气地减轻他们大钱包的分量，恭恭敬敬地招待旅行的人家住宿，剐男人的肉，拔女人的毛，剥孩子的皮；什么都要开出价：敞开的窗户、关起来的窗户、壁炉周围、扶手椅、普通座椅、圆凳、矮凳、鸭绒被、褥子和草垫，都要收钱；要知道没有光亮，镜子多么容易发污，这也得收费；总之，要出五十万个鬼主意，什么都要旅客出钱，就连他们的狗吃的苍蝇也不能免！"

这一对男女结合起来，一个唱白脸，一个唱红脸，演出又丑恶又可怕的一场戏。

丈夫总是挖空心思，运筹帷幄，而那婆娘却不考虑要登门的债主，既不愁昨天，也不愁明天，天天欢欢喜喜，一心过当前的日子。

这两口子就是这样，珂赛特夹在中间，受到双重的压力，犹如一个小动物，既受磨盘的辗磨，又受铁钳的撕裂。这一男一女各有惩治的办法。珂赛特的遍体鞭痕，是那婆娘的手艺；小姑娘冬天光脚出门，却是那汉子的高招儿。

珂赛特上楼下楼，忙里忙外，洗洗刷刷，擦擦扫扫，连跑带颠，忙得喘不上来气，那样羸弱的身子，要搬重东西，要干粗活。得不到一点儿怜悯：主母是个母老虎，主人是只毒蝎。德纳第客栈就像一面蜘蛛网，珂赛特缚在上面发抖。理想的压迫，由这种当牛作马的可悲方式体现出来，这情景颇似苍蝇服侍蜘蛛。

可怜的孩子，逆来顺受，总是不声不响。

小小的生灵，赤身露体，在拂晓就这样落到人世间，那颗刚刚离开上帝的灵魂里会产生什么呢？

三 人要喝酒，马要饮水

又新来四位旅客。

珂赛特暗自发愁；要知道，她虽然只有八岁，但已经饱受苦难，那愁苦的样子像个老太婆了。

她有个眼眶发黑，是让德纳第婆娘打的，而那婆娘还时常说："这丫头真难看，一个眼眶子是青的！"

珂赛特心想天黑了，已经很黑了，突然到来的客人房间里的水罐和水瓶要灌上水，而水槽里的水用完了。

幸好德纳第客栈的人不大喝水，这使她稍微心安一点儿。当然，有人口渴，但是他们还是愿意饮酒，而不想喝水。在这交杯换盏中，谁若是要一杯水，他在众人看来无异于一个蛮人。然而有一阵儿，小姑娘却担心得发抖：炉灶上的一口锅滚开，德纳第婆娘揭开锅盖，操起杯子急忙走向蓄水池，拧开水龙头。小姑娘早就抬起头，盯着她每一个动作。从龙头里流出一线细水，勉强灌了半杯。"哦，"她说道，"没水啦！"

接着她沉吟一下，小姑娘也屏住了呼吸。

"算啦，"她看着半杯水说道，"这点水也差不多够了。"

珂赛特重又做她的活计，但是有一刻多钟，她感到心怦怦狂跳，仿佛要跳出胸口。

她一分一秒计数过去的时间，恨不能一下子就天亮。

有的酒客不时望望街上，嚷一声："天黑得像锅底！"或者感叹一句："这种时候，不打灯笼上街，只有夜猫子才行！"珂赛特听了心惊肉跳。

突然，有个住店的客商走进来，粗声粗气地说：

"你们没有给我的马饮水。"

"哪儿的话，饮过了。"德纳第女人答道。

"我说没饮就没饮，大妈。"客商又说道。

珂赛特从桌子底下钻出来。

"嗳！不对，先生！"她说道，"马喝过水了，是在桶里喝的，喝了满满一桶，还是我给马拎的水，我还跟它说话了。"

事情不是这样，珂赛特说了谎。

"这小丫头，还只有拳头大，就能撒天大的谎。"客商嚷道，"小妖精，告诉你，马没有饮水！我非常清楚，它没喝水，喘气不一样。"

珂赛特还要争辩，因惶恐而说话声都嘶哑了，几乎听不见：

"它甚至喝了很多！"

"好啦，"客商发了火，又说道，"这些全是废话，少啰嗦，快给我的马饮水！"

珂赛特重又钻到桌子下面去了。

"真的，这话不错，"德纳第婆娘说，"牲口若是没饮，那就应当给它水喝。"

接着，她环视周围：

"咦，人哪儿去啦？"

她哈下腰，发现珂赛特缩成一团，躲到桌下另一端，几乎到酒客的脚下。

"你出来不出来？"德纳第婆娘吼道。

珂赛特从藏身洞里钻出来。德纳第婆娘又说道：

"没名姓的狗小姐，去给马饮水。"

"可是，太太，"珂赛特怯声怯气地说，"水池里没水了。"

德纳第婆娘敞开临街的店门：

"那就去提水！"

珂赛特垂下头，走到壁炉角落，拎了一只空桶。

这只桶比她人还大，她坐到里面肯定很宽裕。德纳第婆娘又回到炉灶，拿木勺盛点锅里的汤尝尝，嘴里还嘟囔着：

"山泉那里有水。这有什么难的呢。唔，我想该放葱头了。"

她回身翻一个抽屉，只见里面有零钱、胡椒和葱头。

"拿着，癞蛤蟆小姐，"她又说道，"回来路过面包店，买一个大面包，钱在这儿，十五苏的硬币。"

珂赛特罩衫侧面有个小兜；她一声不响接过钱币，塞进兜里。

房门在面前大敞四开，她拎着水桶，却一动不动，仿佛等待有人来搭救。

"快去呀！"德纳第婆娘喊道。

珂赛特出去了。房门重又关上。

四 娃娃上场

大家还记得，露天摊棚从教室一直扩展到德纳第客栈。由于有产者要去做午夜弥撒，即将经过那里，摊铺都点亮了蜡烛，放在漏斗形的纸罩里；据在德纳第店里喝酒的小学教师说，蜡烛放在这种纸罩里有"魔力"。反之，天上却不见一颗星星。

最后一个摊位正好对着德纳第店门，是卖小摆设的，有金属箔饰物、玻璃制品和白铁的精巧玩意儿，都闪闪发亮。客商把一个大娃娃摆在货摊第一排，娃娃下面垫着一条白毛巾，有两尺来高，身穿粉红绉纱裙，头上围着一圈金麦穗，头发是真的，眼珠则是珐琅质的。这件奇物摆了一整天，十岁以下的孩子经过这里都看呆了，但是蒙菲郿全村还没有一个孩子的母亲那么有钱，或者那么大手大脚肯买下来。爱波妮和阿兹玛傻看了几小时不肯离开，就连珂赛特，老实说，也敢偷偷看上几眼。

珂赛特拎着水桶出门来，不管多么愁苦和沮丧，也难免要抬眼望望那奇异的娃娃，望望她称作的"贵妇人"。可怜的孩子站那里看呆了。她还没有走到这么近前来看过，觉得整个货棚是座宫殿，而她看到的也不是布娃娃，而是下凡的天仙。苦命的孩子深深陷入凄寒悲惨的境地，从这种虚幻的光彩中，恍若看到了欢乐、荣华、富有和幸福。珂赛特以孩子的天真而忧郁的智慧，测量把她同这个娃娃隔开的深渊，心想只有王后，至少是公主，才能得到这样一个"玩意儿"。她端详着这件漂亮的粉红衣裙、光滑美丽的头发，不禁想道："这个布娃娃，该有多么幸福啊！"她的眼睛简直离不开这奇妙的店铺，越看越眼花缭乱，真以为见到天堂。大娃娃后面还有不少小娃娃，在她眼里都像仙女仙童。商贩在摊铺后面走来走去，在她看来也像天父。

她只顾观赏，把什么都丢在脑后，甚至忘记派她的差使。突然，德纳第婆娘恶狠狠的声音，又把她拉回到现实中来：

"怎么，蠢丫头，你还没走！等着吧！看我去跟你算账！真叫人纳闷，她待在那儿干什么！小妖精，快去！"

刚才，德纳第婆娘朝街上望了一眼，发现珂赛特站在那儿出神。

珂赛特拎着水桶，尽量放大步子逃走了。

可怜的孩子站那里看呆了。

五　孤苦伶仃的小姑娘

德纳第客栈在村子里的位置，由于靠近教堂，珂赛特就得到晒勒大道旁的林中山泉打水。

她不再看任何摊铺陈列的东西了。只要走在面包师巷和教堂附近，就有店铺的烛光照着路，可是不大工夫，最后一个铺子的最后一点光亮也不见了。可怜的孩子走进黑暗，还要往黑暗的深处走去，她心情很紧张，就边走边用力摇动水桶梁，弄出声响为自己做伴。

越走越黑，街上一个人也没有了。不过，她还是遇见一个妇人；那妇人停下脚步，回头看她走过去，嘴里咕哝道："这孩子要去哪儿啊？这是个狼孩怎么的？"继而，她认出是珂赛特，又说道，"唔，是云雀啊！"

珂赛特就这样穿过蒙菲郿村靠晒勒这边迷宫似的、弯曲而空无一人的街道。只要还有房屋，哪怕路两旁还有墙壁，她就能大着胆子朝前走。她不时看见窗板缝透出一点烛光，那就是光明，就是生命，那里就有人，她的心也就踏实一点。可是，她走着走着，不觉脚步就慢下来。走过最后一座房子的墙角时，珂赛特站住了。越过最后一个店铺，就非常难了；过了最后一座房子再往远走，简直不可能了。她把水桶撂在地上，手插进头发里慢慢搔着，这是儿童害怕而拿不定主意时常有的动作。这里不是蒙菲郿村，而是田野了。眼前黑乎乎一片，阒无一人。她绝望地注视这片黑暗，这里没人了，只有野兽豸虫，也许还有鬼魂。她仔细观看，听见野兽豸虫在草里行走，清晰地望见鬼魂在树林里移动。她一害怕就添了胆子，又拎起水桶，说了一句："哼！管他呢！我就说没水啦！"于是，她坚决反身回蒙菲郿。

她刚走一百来步，忽又站住了，重又搔起头来。现在，站在她眼前的是德纳第那婆娘：面目狰狞，眼睛冒着怒火。孩子前顾后盼，目光凄然。怎么办？会怎么样呢？往哪走呢？前面是德纳第婆娘的魔影，后面是黑夜树林的鬼魂，她还是在德纳第婆娘面前退却了，又走上去水泉的路，而且跑起来，跑出村子，跑进树林，什么也不看，什么也不听了，直到喘不上来气才不跑，但并没有停下脚步，还是不顾一切地朝前走。

她一路跑，一路想哭。

黑夜抖瑟的树林整个把她包围。她什么也不想，什么也看不见了。这个小小的生命面对无边的黑夜。一边是昏天黑地，一边是一粒原子。

从树林边到泉边，只须走七八分钟。这条路很熟，珂赛特白天常走。说来也怪，她没有迷失，残存的本能隐约在指引，虽然她不朝左看，也不朝右看，唯恐看见树枝间荆丛里有什么东西，但这样还是走到水泉。

这是一个狭窄的天然水潭，由泉水在黏土地上冲出来的，深约两尺，周围长满青苔和人称"亨利四世皱领"的有凸凹纹的高草，还垫了大块石头。潭口潺潺流出一条小溪。

珂赛特也不停下喘口气。周围一片漆黑，不过，她常来泉边，伸左手摸黑寻找一株斜在水面上的小橡树，这是她平日打水时的把手；她抓住一根树枝，胳膊吊在下面，弯腰把桶沉到水中。此刻她心情异常紧张，力量倍增。她弯腰打水时，没有注意罩衫兜里的东西落水。那枚十五苏铜币掉进水泉，珂赛特没有看见也没有听到声响。她提起几乎满满一桶水，撂在草地上。

这时她才发觉，自己一点劲儿也没有了。她本想立刻回去，可是，一满桶水提上来，力气用尽，一步也走不动，只好坐下歇一歇，身子就往下一瘫，蜷缩在草地上。

她闭上眼睛，随即又睁开，不知为什么，反正非睁开不可。

身边桶里的水荡起一圈圈波纹，仿佛白色的火蛇。

头上天空布满大块乌云，仿佛滚滚黑烟。黑暗的悲惨面孔，依稀俯视这个孩子。

天神朱庇特睡在那幽邃的黑暗中。

孩子直愣愣地望着那颗巨星，她不认识，就不禁害怕。此刻，那颗巨星接近地平线，从浓雾出来，显得红红的，确实有点吓人。夜雾呈现出惨淡的紫红色，把那颗星晃大了，看似一处发光的伤口。

旷野刮着冷风。然而，树林里一片漆黑，枝叶没有一点声响，也绝无夏夜那种清亮的波动。巨大的枝杈张牙舞爪，低矮怪状的荆丛则在林间空地咝咝作响。长草在寒风中偃伏，好似鳗鱼一般游动。荆枝扭曲弯折，仿佛长臂，伸出利爪捕捉猎物。几株干枯的欧石南被风卷走，就好像仓皇逃难。四面八方，都是阴森可怕的旷野。

黑暗教人目眩神摇。人需要光亮。谁从阳光下走进黑暗的地方，立刻会感到心情紧张。眼睛一看到黑暗，思想就看到混乱。每逢日食月食，在黑夜里，在漆黑一团的地方，连最坚强的人也不免惶惶不安。黑夜独自在森林里行走，无不感到心惊肉跳。黑影和树木，这是双重可怕而又深不可测的东西。一种虚幻的现实，在深邃幽微中出现。不可思议的东西，就在离你几步远的地方，像幽灵一样清晰地显形。在空间或在自己的头脑里，有时会看到莫名其妙的东西在游动，既朦胧又难以捕捉，犹如鲜花的睡梦。天边时常出现诡谲的形影。我们还能嗅到黑暗的太虚散发的气息。我们既恐惧又想回头看。黑夜的空旷、变得凶险的景物、走近看便化为乌有的暗影、错杂纷披的朦胧之影、灰白的水洼、阴惨惨反射的幽光、墓地般的无边的寂静、可能存在的陌生的生灵、神秘树枝的垂拂、古怪可怕的树干、抖瑟的一簇簇长草，这一切，人都无法抵御。多么胆大的人都要战栗，感到惶恐近在咫尺，就好像灵魂同幽暗结为一体，成为怪异可怕的东西。黑暗的这种侵袭，在一个孩子身上，则阴森恐怖到了难以描摹的地步。

森林就是阎王殿，在这阴森森的穹隆下面，一颗小小心灵的鼓翅声就像垂死挣扎。

珂赛特并不明白自己的感受，只觉得自身被天宇的无边黑暗所震慑。震慑她的不仅仅是恐怖，而是比恐怖还要可怕的东西。她浑身战栗。一直冷到心头的这种寒噤，有一种难以言传的奇特意味。她的眼神变得惊慌失措，仿佛感到明天此刻，恐怕还要来到此地。

于是，她出于本能，要摆脱这种她又不理解又惊恐的境况，就开始高声数一、二、三、四，一直数到十，然后再从头数起。她这样做，是要真实地感到周围的事物。首先，她感到手冷，那是打水时弄湿了。她站起来，重又萌生了恐惧，是一种既自然又难以克制的恐惧；现在只剩下一个念头：逃离，拼命跑出树林，跑过田野，跑到有人家、有窗户、有烛光的地方。但是，她也被德纳第婆娘吓坏了，不敢丢下水桶逃跑，于是双手抓住桶梁，使出全身力气才提起来。

她提桶走出十来步，但是一桶水太满太沉，她不得不又摞在地上，喘了口气，再提起来往前走，这回坚持的时间稍长些。然而，她还得停一停，歇息几秒钟，接着再走，现在她低着头，弓着腰，好像个老太婆，两条瘦胳臂让沉重的桶给拉长，变得僵直了；一双湿手握着铁梁也冻木了。她不得不走走停停，每停一下，桶里的水就泼到两条光腿上。这样悲惨的事情发生在冬天的黑夜，发生在密林中，发生在一个八岁的孩子身上，无人知晓，此刻唯有上帝看见了。

唉！当然，她母亲也看见了。

要知道，有些事情能让坟墓中的死者睁开眼睛。

珂赛特痛苦地倒着气，阵阵饮泣哽塞喉咙，然而她不敢哭出声来，甚至远远离开德纳第那婆娘，她也怕得要命，总想象那婆娘就在身边，这已经成为她习惯的念头。

然而，她这样走不多远，越走越慢了，心想非得一个多钟头才能回到蒙菲郿，准得挨那婆娘一顿狠打，不禁焦急万分，要缩短每次停歇的时间，多走一点路，可是办不到。焦灼的情绪，又添上黑夜在树林里独行的恐惧心情，因而累得精疲力竭，也没有走出树林。她走到一棵熟识的老栗树下，就最后停一次，歇的时间长一些，好缓过劲来，然后集中全身力气，再提起水桶，鼓足勇气往前走。不过，可怜的孩子心中绝望，禁不住叫出声来："天主啊！天主啊！"

声音未落，她突然感到水桶一点分量也没有了。有一只在她看来无比粗大的手，刚刚抓住桶梁，有力地提起来。她抬头一看，有一个高大直立的身影，在黑暗中挨着她往前走。这大汉是从后面赶上来的，她没有听见。这人一声不吭，只管抓过她提的水桶。

人一生各种际遇，都有本能的反应。这孩子并不害怕。

六　或许能证明布拉驴儿的聪明

正是 1823 年圣诞节那天下午，在巴黎济贫院大街最僻静的路段，有一个汉子徘徊了好久。他好像要找个住处，而且挑选圣马尔索城郊路边的破烂街区，特意停下来看最简陋的房舍。

看下文就可以知道，此人的确在这偏僻的街区租了一间房子。

这个人的衣着和整个举止神态，显得极为穷困又极为整洁，体现一种典型人物，可以称为有教养的乞丐。这种混合类型相当罕见，能让明慧的人油然而生双重的敬意：既敬其清贫，又敬其庄重。他头戴一顶刷得十分干净的旧圆帽，上身穿一件快磨破了的赭黄色粗呢礼服，这种颜色在当时并不奇特，里面套一件老式带兜的大坎肩，下身穿一条膝部变成灰色的黑裤，脚上穿着黑毛线袜和镶铜扣绊的厚鞋。他很像在大户人家当过家庭教师并流亡归国的人。他满头白发，额头有皱纹，嘴唇苍白，脸上看样子饱经风霜，年纪六十开外。然而，看他稳健的步法，一举一动所显示的特殊力量，又觉得他还不到五十岁。他额头的皱纹生得匀称，能给仔细端详他的人以好感；嘴唇则聚了一条奇特的线条，显得又冷峻又谦和；眼神深处透出一种难以描摹的凄然而恬静的神情。他左手拎一个用手绢扎的小包；右手拿一根木棍，好像是从树篱砍的，仔细修削过，样子并不难看，每个节都巧加利用，上端用红蜂蜡镶了一个珊瑚圆头，说是棍棒，但是很像手杖。

这条大街行人一向很少，尤其冬天。此人不想接触行人，但也不显出有意回避的样子。

当时，国王路易十八几乎天天去舒瓦西王苑，那是他爱去游憩之地。因此，几乎每天二时许，都能看到王驾和扈从沿济贫院大街飞驰而过。

这成为这个街区穷苦妇女的钟表，她们说："两点钟了，他又回土伊勒里宫了。"

于是，放多人跑出来，行人也排列路两旁；国王经过，总是件热闹的事。何况路易十八忽现忽隐，在巴黎街头总要引起一点轰动。车驾飞驰而过，但是非常气派，这位残废的国王却爱好乘车驰骋；他不能走路，却喜欢奔跑；他双腿患了残疾，却情愿被拖着风驰电掣。他在明晃晃的刀枪中间，却要显得平和而庄严。他那辆大轿车全身漆成金黄色，厢壁绘有大朵的百合花，在街道上隆隆驶过。人们刚望一眼就过去了，只见里座右角的白缎软垫上坐着一个人，他紫红宽宽的脸膛显得很坚毅，刚扑过粉的额头上戴着御鸟式羽冠，眼神骄横而锐利，有一副文雅的笑容，一身绅士打扮，戴着流苏飘动的大肩章、金羊毛骑士勋章、圣路易十字勋章、荣誉团十字勋章、圣灵银牌、圣灵骑士章，挺着大肚子，那便是国王了。车驾一驶出巴黎城，他就摘下白羽冠，放到了裹了英国绑腿的膝上；返回城时，他又戴上羽冠，但不大向民众致意。他冷冷地望着民众，民众也这样回敬他。他初次在圣马尔索街区亮相时，所得到的赞誉就是郊区一个居民对同伴讲的一句话："那个胖家伙就是朝廷了？"

国王在同一时间经过，这在济贫院大街是每天轰动的事件。

那个穿黄色粗呢礼服的行人，显然不是本区人，也许不是巴黎人，因为他不了解这一情况。王驾在一队身穿银饰带军装的骑卫簇拥着，两点钟从硝石库拐上济贫院大街时，他露出惊奇之色，几乎有点惊恐。当时侧道上只有他一人，他慌忙躲到一道院墙的角落后面，但还是让这天值勤的卫队长哈弗雷公爵瞧见了。哈弗雷公爵坐在国王的对面，对国王说："那个人恐非善类。"为国王开道的警察也注意到他了，其中一个便奉命跟踪察看。但是，那人钻进僻静的小街曲巷里，而天又黑下来，警察也就失掉了目标；这一情况，记录在当晚呈给国务大臣兼警察总署署长安格莱斯伯爵的报告中。

那个身穿黄礼服的人甩掉了跟踪的警察，更加快了脚步，仍频频回首，看看是否还有人跟踪。到了四点一刻，天完全黑下来了，他经过圣马丁门剧院，门口路灯照亮当天演出的剧告：《两名苦役犯》，引起他的注意；当时他虽然走得很快，还是停下脚步瞧了一瞧。过了一会，他走进小板巷，再拐入锡盘巷的拉尼线旅行车站。这趟车四点半出发，马已经套好，旅客听见车夫招呼，都急忙登着高高的铁踏板上车。

那人问道：

"还有座位吗？"

"只剩下一个，就在我赶车的座位旁边。"车夫答道。

"我要了。"

"请上来吧。"

不过，启程之前，车夫打量旅客一眼，见他穿戴寒酸，包裹又小，就要他先付钱。

"您直到拉尼吗？"车夫问道。

"对。"那人回答。

于是，他付了直到拉尼的车费。

马车启程了，驶出栅门之后，车夫就同他拉话，但是这位旅客总是哼哼哈哈，爱答不理。车夫也就作罢，只好吹口哨，喝骂几匹马。

车夫裹上大衣。天气很冷。那人好像并不觉得。马车就这样驶过古尔奈和马恩河畔纳伊。

将近六点钟，车行驶到晒勒。车夫让马喘口气，把车停到王家修道院老房改的大车店门前。

"我就在这儿下车了。"那人拿起小包和木棍，跳下车去。

转眼工夫，他就不知去向了。

他没有进客栈。

过了几分钟，旅行车接着往拉尼行驶，在晒勒大街沿路没有遇见他。

车夫回头，对车厢里的旅客说：

"那个人我不认识，显见不是本地人。他那样子不像个有钱的主儿，可是他并不在乎钱，付车费去拉尼，到晒勒就中途下车了；天都黑了，家家户户都关了门，他又没进客栈，人就没影儿了，难道钻进地里啦！"

那人没有钻进地里，而是沿晒勒大街，摸黑快步走去，在教堂前面拐上通向蒙菲郿的乡间小道，就好像他来过此地，熟悉这里似的。

他疾走在小道上，走到同那条从加尼到拉尼的林荫老路的交叉口，忽然听见有行人，就急忙躲进沟里，要等人走过去。其实，这样小心大可不必：我们已经说过，这是 12 月份的夜晚，天色一片漆黑，空中只有两三点星光隐约可见。

从岔道口开始就登山坡了。那人没有回到去蒙菲郿的路，而是朝右拐去，穿越田野，大步流星走向树林。

他走进树林，才放慢脚步，开始仔细察看每棵树木，一步一步往前走，仿佛在寻找什么，沿着一条唯独他知道的神秘路线，有时好像迷失方向，踟蹰不前，继而边走边摸索，终于走到一片林间空地，只见有一堆灰白色的大石头。他急忙朝石堆走去，透过黑夜的迷雾仔细察看每块石头，如同检阅一般。离石堆几步远有一棵长满树瘤的大树。他走到那棵树下，用手摸主干的树皮，好像要摸出并数清那些树瘤。

这是一棵树，对面有一棵害病脱皮的栗树，上面钉了一块铅皮护住疮疤。他踮起脚，就摸到了铅皮。

继而，他在那棵树和石堆之间的地面踏了一阵，仿佛要试出这里是否新动过土。

他踏完之后，再辨明方向，又穿过树林。

刚才正是这个人遇见了珂赛特。

他沿着一片矮林朝蒙菲郿走去，瞧见一个小黑影边移动边呻吟，把一件重物放下，接着又提起来，继续往前走。他走近一看，才知道是一个小孩拎一大桶水。于是，他走到孩子身边，一声不响，抓起了桶梁。

七 珂赛特同陌生人并排走在黑夜中

我们说过,珂赛特并不害怕。

那人同她说话,声音粗壮,几乎是低沉的。

"我的孩子,你提这东西,也太重了。"

珂赛特抬起头,答道:"是的,先生。"

"给我,"那人又说,"我替你拎着。"

珂赛特松开手,那人拎着水桶走在她身边。

"这确实很重。"他喃喃说道,继而他又问道:

"小姑娘,你几岁啦?"

"八岁了,先生。"

"你从好远的地方打来的水吧?"

"从树林里的水泉打来的。"

"你要去的地方还远吗?"

"从这里还要足足走一刻钟。"

那人沉默了片刻,随后又突然问道:"你没妈了吗?"

"不知道。"孩子回答。

未等那人再张口,她又补充说:

"我不相信我有妈。别的孩子都有,可我没有。"

她停了一下,又说道:"我想我就从来没有过妈。"

那人站住,放下水桶,俯下身去,双手放到孩子的肩上,在黑暗中极力想看清孩子的面孔。

天光惨淡,只隐约照见珂赛特那张瘦削的小脸。

"你叫什么名字?"那人问道。

"珂赛特。"

那人仿佛触了电。他又细细端详,接着把双手从珂赛特的肩上抽回来,提起水桶,继续往前走。

走了一会儿,他又问道:"小姑娘,你住在哪儿?"

"住在蒙菲郿村,也许您知道那地方。"

"我们就是去那儿吗?"

"对,先生。"

他又沉吟一下,然后问道:"这么晚了,是谁让你到树林里打水的？"

"是德纳第太太。"

那人再说话时，想竭力保持无动于衷的口气，但是声音还是抖得出奇："你那德纳第太太，她是干什么的？"

"是我的东家，"孩子答道，"她开客栈。"

"客栈？"那人又说道，"那好，今晚儿我就去那里住店。带我去吧。"

"我们正往那儿走呢。"孩子说道。

那人走得相当快。珂赛特跟着也不费劲，她不觉得累了。她不时抬眼看看那人，脸上显出一种难以描摹的平静和信赖的神态。从来没有人教她面向上帝并祈祷，然而，她自身有某种感觉，类似飞向天空的希望和欢乐。

过了几分钟，那人又问道："德纳第太太没有雇女佣人吗？"

"没有，先生。"

"就你一个人吗？"

"是的，先生。"

谈话又中断了。珂赛特提高声音说："对了，还有两个小姑娘。"

"什么小姑娘？"

"波妮和兹玛。"

孩子简化了德纳第婆娘心爱的浪漫名字。

"波妮和兹玛是谁？"

"是德纳第太太的小姐，也就是她的女儿。"

"那两个做什么呢？"

"唔！"孩子答道，"她们有漂亮的布娃娃，有带金子的东西，玩的东西多极了。她们就是玩，游戏。"

"成天玩吗？"

"对，先生。"

"那么你呢？"

"我呀，我得干活。"

"成天干活？"

孩子抬起一双大眼睛，滚动的泪珠由于天黑而看不见，她轻声回答："是的，先生。"

她沉默了一下，继续说道："有时候，我干完了活，要是允许，我也玩一玩。"

"你玩什么？"

"有什么玩什么。没人管我。但是，我没有多少玩具。波妮和兹玛不愿意让我玩她们的布娃娃。我只有一把小铅刀，就有这么长。"

孩子伸出小指头。

"切不了东西？"

"能切，先生，"孩子说道，"能切生菜和苍蝇脑袋。"

他们到了村头，珂赛特领着陌生人走在街上，经过面包铺，她也没有想起买面包的事儿。那人也沉闷下来，不再问她什么话了。过了教堂，那人看见那么多露天摊棚，就问珂赛特：

"这儿有集市啊？"

"不是，先生，是过圣诞节。"

快走到客栈的时候，珂赛特轻轻地捅了捅他的胳膊。

"先生？"

"什么事儿，孩子？"

"就要到家了。"

"要到家又怎么样？"

"现在，能不能让我提水桶？"

"为什么？"

"太太要是看见别人替我提水，就会揍我。"

那人把水桶交还给她。不大工夫，他们就到了客栈门口。

八 接待一个可能富有的穷人的麻烦

那个大布娃娃还摆在玩具摊上，珂赛特禁不住扭头望了一眼，这才敲门。店门打开，德纳第婆娘举着蜡烛出现在门口。

"唔，是你呀，小贱货！谢天谢地，用了这么长时间！准是玩去了，鬼东西！"

"太太，"珂赛特浑身发抖地说，"这儿有位先生要住店。"

德纳第婆娘那副怒容立刻换成奸笑，用眼睛贪婪地寻找新来的客人，这种瞬间变脸术是客店老板的特长。

"就是这位先生？"她问道。

"对，太太。"那人口答，同时手举到帽檐儿上。

有钱的客商不会这么客气。德纳第婆娘看到陌生人这一举止，又迅速打量一眼他的衣着和行囊，就立刻收起奸笑，重显怒容，她冷淡地说了一句："进来吧，伙计。"

"伙计"进门了。德纳第婆娘又瞥了他一眼，特别注意他那件快磨破了的外衣、有了洞的帽子，然后点了点头，紧了紧鼻子，眨了眨眼睛，向她一直陪车夫喝酒的丈夫讨主意。她丈夫微微摇了摇手指，同时努了努嘴唇，这种情况则表示：十足的穷光蛋。于是，德纳第婆娘提高嗓门儿说：

"喂！老头儿，对不起，店里没床位了。"

"随便给我安排个地方吧，"那人说道，"阁楼、马棚都行。我还是付一间客房钱。"

"四十苏。"

"四十苏，行啊。"

"好吧。"

"四十苏！"一名车夫对德纳第婆娘低声说，"不是只要二十苏吗？"

"他住店就得四十苏，"德纳第婆娘也同样低声说，"我让穷鬼住店，少给一个子儿也不行。"

"这话不错，"她丈夫轻声补充道，"店里接待这种人，总是煞风景。"

这工夫，那人已经把包裹和木棍放在板凳上，捡一张餐桌坐下来；珂赛特急忙给送上一瓶葡萄酒和一只玻璃杯。先头要水的那位客商亲自提桶去饮马。珂赛特又钻到菜案下面，回到老地方打毛线活儿。

那人倒了一杯酒，举杯抿了一小口，便开始出奇地注视那孩子。

珂赛特相貌挺丑。她若是快乐，或许会好看些。她那张愁苦的小脸，我们已经勾画过。她长得面黄肌瘦，虽然快满八岁，看上去也只有六岁。那双大眼睛由于经常流泪的缘故，深深陷入阴影中，几乎丧失了神采。那嘴角的弧线是经常惶恐不安的结果，在判处的犯人和不治之症的患者脸上就能看到。那双手正如她母亲猜想的，"满是冻疮"。此刻，炉火突现她骨骼的棱角，更显得枯瘦如柴了。她总是发抖，因此形成紧紧并拢双膝的习惯。她的全套衣裳就是一身破布片，夏天见了叫人可怜，冬天见了叫人心疼：满身没有一片毛织品，粗布衫也全是破洞，露了肉，看得见德纳第婆娘打出来的紫块青癍。那两条细腿光着，冻得红红的。那锁骨窝叫人见了也心酸落泪。那孩子举止神态、嗓音语调、迟钝的话语、看人的眼神、无言的沉默，总之，她的一举一动，整个人儿，只表达和显露一种心情：恐惧。

恐怖散布全身，可以说将她笼罩住；恐惧使她双肘紧贴在胯上，脚跟紧缩在裙子里，使她尽量少占地方，尽量少喘气；也可以说，恐惧成为她躯体的习惯，而且有增无减，不可能改变。她的眸子里有惊诧的一角，那便是恐怖所在。

珂赛特这种恐惧达到极点，她打水回来全身湿漉漉的，也不敢凑近炉火烤干，而是一声不吭，又去干活儿了。

这个八岁的孩子眼神总是那么黯淡，往往还显得那么凄然，有时她真好像要变成白痴或妖怪。

前面说过，她从来不知道什么是祈祷，也从来没有踏进过教堂。"我还有那闲工夫？"德纳第婆娘常说。

那个身穿黄衣裳的人目不转睛地注视珂赛特。

德纳第婆娘突然嚷道："哦，对啦！面包呢？"

每次德纳第婆娘一提高嗓门儿，珂赛特总是从案子下面钻出来。

买面包的事，她忘得一干二净，就采取终日战战兢兢的孩子的那种办法：撒谎。

"太太，面包铺关门了。"

"那就敲门。"

"敲过了，太太。"

"敲了怎么样？"

"不开门。"

"明天我就能弄清楚，这话是不是真的，"德纳第婆娘说道，"若是撒谎，看我不好好收拾你一顿。那十五苏铜子先还给我。"

珂赛特把手伸进罩衫兜里去摸，脸儿刷变青了。十五苏铜子没有了。

"怎么的！"德纳第婆娘又说，"听见没有？"

珂赛特把兜翻出来看，什么也没有。钱哪儿去了呢？倒霉的孩子哑口无言，完全吓傻了。

"那十五苏铜子，你丢了吧？"德纳第婆娘暴跳如雷，"还是你想骗我钱？"

说着，她伸手去摘挂在壁炉旁的掸衣鞭。

一见这可怕的动作，珂赛特情急中喊道：

"饶了我吧，太太！太太！下次不敢了。"

德纳第婆娘摘下掸衣鞭。

这时，那个黄衣人伸手摸坎肩的兜儿，但是这一动作没有引起任何人注意。况且，其他客商都在喝酒打牌，根本不管周围的情况。

珂赛特恐慌万状，蜷缩到壁炉的角落，竭力收拢并藏起半裸的可怜四肢。德纳第婆娘扬起胳膊。

"对不起，太太，"那人说道，"刚才，我看见有什么东西从这孩子罩衫兜里掉出来，滚到地上，也许就是那枚硬币吧。"

他说着就俯下身，好像在地上摸了一阵。

"没错儿，在这儿呢。"他直起身来说道。

他把一枚银币递给德纳第婆娘。

"对，正是它。"她说道。

其实不是，因为，这是二十苏的银币。不过，德纳第婆娘得到便宜，把钱装进兜里，就瞪了孩子一眼，说了一句："永远记住，别再给我出这种事。"

珂赛特又回到德纳第婆娘所说的"她的窝"，大眼珠盯住那个陌生的旅客，脸上开始显现她从未有过的表情。现在还只是一种天真的惊异之色，不过从中已经透出一种略带愕然的信赖。

"喂，您要用晚餐吗？"德纳第婆娘问这客人。

他没有应声，似乎陷入沉思。

"这是个什么人呢？"德纳第婆娘咕哝道，"肯定是个穷光蛋，连吃饭的钱都没有。我的房钱他付得起吗？幸好他从地上捡了钱，没有想到放进自己的腰包。"

这时，旁边一扇门开了，爱波妮和阿兹玛走进来。

她们的确是两个美丽的小姑娘，不那么土气，倒像城里孩子，非常可爱。一个挽着光亮的褐色发髻，另一个背后拖着长长的黑发辫；二人都特别活泼、整洁，长得胖乎乎的，皮肤鲜艳、健康，招人喜欢。她们都穿得很暖和，而且由于母亲做工精巧，衣料虽厚却毫不减色，整身搭配得很漂亮。真所谓冬寒可御，春光不减。两个小姑娘都光彩照人，而且，身上颇有点做主子的派头。她们的服饰、快活的神情、高声的嬉笑，都显得随心所欲。德纳第婆娘一看见她们进来，就以充满慈爱的责备口气说："哼！你们俩，这会儿才过来！"

接着，她把两个女儿先后拉到膝上，给她们梳头发，又扎好绸带，再以母亲所特有的方式，轻轻地摇了一阵，才放开她们，同时高声说了一句："她们打扮得够整齐的！"

小姐儿俩走到火炉旁坐下，将一个布娃娃放在膝上翻来翻去，同时快活地叽叽喳喳。珂赛特的眼睛不时离开毛线活儿，悲伤地看看她们玩耍。

爱波妮和阿兹玛一眼也不瞧珂赛特：在她们眼里，她就像一条狗。这三个小姑娘年龄加在一起，也不到二十四岁，可是她们已经代表人类的整个社会：一方面是羡慕，另一方面是蔑视。

德纳第姊妹俩的布娃娃已经玩得很旧很破，也褪色了；尽管如此，珂赛特照样觉得可爱，她生来就没有得到个娃娃，拿孩子们都懂的话来说："一个真的娃娃。"

德纳第婆娘在厅堂里走来走去，忽然发现珂赛特愣神儿，不干活儿却只顾看玩耍的小姐妹。

"哼！这回让我抓着啦！"她吼道，"你就是这样干活的呀！我来抽你鞭子，教你好好干活儿！"

那陌生客没有离座，转身对德纳第婆娘。

"太太，"他神色几近畏怯地微笑着说，"算啦！让她玩玩吧！"

这种愿望，如果是一个晚餐吃一大块羊腿、喝两瓶葡萄酒的客人表示的，而不是出自"一个穷鬼"模样的人之口，那就成为命令了。然而，戴这样帽子的一个人还敢表达希望，穿这样衣裳的一个人还敢表达意愿，德纳第婆娘觉得不能容忍。她口气尖酸刻薄地答道：

"她要吃饭就得干活，我可不能白养活她。"

"她在干什么活儿呢？"那外乡客又问道。他那柔和的声调，同他要饭花子的衣衫和脚夫一般的肩膀，形成异常奇特的对照。

德纳第婆娘赏脸答道：

"瞧嘛，在织袜子，给我的两个小女儿，她们没的穿了，这样说差不多，过一会儿就要光脚走路了。"

那人瞧了瞧珂赛特两只红红的可怜的脚，接着说道：

"这双袜子她什么时候能织完？"

"她这个懒虫，至少还得三四个整天。"

"这双袜子织出来，能值多少钱？"

德纳第婆娘不屑地瞥了他一眼。

"至少三十苏。"

"出五法郎您肯卖吗？"那人又问道。

"老天！"一个车夫听在耳里，哈哈笑着说，"五法郎？这价钱我可想不到！五法郎！"

这当口儿，德纳第汉子认为应当开口了。

"行啊，先生，如果您有这种兴致，这双袜子五法郎就卖给您。我们对客商有求必应。"

"要马上付钱。"德纳第婆娘断然地说道。

"这双袜子我买下了，"那人回答，他从兜里掏出一枚五法郎硬币，放到桌子上，"我付钱。"

接着，他转向珂赛特。

"现在，你的活儿归我了，玩吧，孩子。"

那车夫见了五法郎，非常冲动，放下酒杯就跑过来。

"这可货真价实！"他边检查钱币边嚷道，"一枚真正的后轮币！一点不假！"

德纳第汉子走过来，一声不响将钱币放进兜里。

德纳第婆娘无话可说，她咬着嘴唇，脸上现出一副仇恨的表情。

这时，珂赛特还在发抖，她大着胆子问：

"太太，是真的吗？我能玩了吗？"

"玩吧！"德纳第婆娘大吼一声。

"谢谢，太太。"珂赛特说道。

她嘴上谢德纳第婆娘，整个小小的心灵却感激那旅客。

德纳第汉子又去喝酒，他老婆对着他的耳朵问：

"那个黄衣人会是干什么的？"

"我见过，"德纳第以权威的口气答道，"有的百万富翁就穿这样的礼服。"

珂赛特放下手中的活计，但是没有从她待的地方钻出来。她总是尽量少动，这时从身后一个盒子里取出破布片和那把小铅刀。

爱波妮和阿兹玛有一个重大行动，一点儿也没有留意周围发生的情况。她们捉住了猫，把布娃娃丢在地上；爱波妮是姐姐，她用许多旧衣裳，用红色和蓝色破布片往猫身上缠，也不管它怎么叫，怎么挣扎。她一面做这项严肃而艰巨的工作，一面对妹妹讲，儿童这种温柔美妙的话语，好似彩蝶，想要捉住却飞走了：

"瞧哇，妹妹，这个娃娃比那个好玩多了。它会动，会叫，还热乎乎的。瞧哇，妹妹，咱们玩这个吧。这就是我的宝贝女儿。我是一个阔太太。我来看你，你就盯着看它，看见它的胡须，吓了你一跳。接着，你又看见它的耳朵，又看见它的尾巴，又吓了你一跳。你就会对我说：哎呀！老天爷！我就会对你说：对，太太，我的宝贝女儿就是这样。如今的小姑娘全是这样子。"

阿兹玛听爱波妮讲，心中非常佩服。

这时，那些喝酒的人唱起一支淫秽的小调，边唱边狂笑，震得天棚直颤动。德纳第给他们鼓劲儿，伴随他们。

鸟儿做窝不择泥草，孩子用什么也都能做娃娃。爱波妮和阿兹玛这边往猫身上缠布，珂赛特那边也往小铅刀上缠破布片，她缠好了，就抱在怀里，轻轻唱起催眠曲。

布娃娃是女童的一种最迫切的需要，也是一种最可爱的本能。把东西想象成孩子，又是照顾，又是穿衣，又是打扮，穿了又脱，脱了又穿，还教它学习，有时责备几句，又是摇又是亲，哄它睡觉，这便是做女人的全部未来。正是在幻想和饶舌中，在做小襁褓和婴儿用品中，在缝小裙子和小内衣中，幼儿长成小姑娘，小姑娘长成大姑娘，大姑娘又长成少妇。头生孩子接替最后一个布娃娃。

一个小女孩没有布娃娃，几乎跟一个女人没有孩子一样痛苦，都是绝难忍受的。

因此，珂赛特用小铅刀给自己做了一个娃娃。

这工夫，德纳第婆娘凑到那"黄衣客"跟前，她心想，"我老公说得对，他也许是拉斐特先生。有些富翁特别爱搞这种鬼名堂！"

她走过来，臂肘支在他的桌子上。

"先生……"她叫了一声。

听到"先生"这两个字，那人扭过头来。从投店之后，德纳第婆娘还只叫他"伙计"或"老头儿"。

"喏，先生，"她接着说道，同时换上一副谄媚之态，比她的凶相还教人受不了，"我也很愿意让孩子玩，这事儿我不反对，不过，偶尔玩一次还成，因为您慷慨。您想想，她什么也没有，总得干活呀。"

"这孩子，不是您的吗？"那人问道。

"噢，天哪！不是，先生！她是个穷苦人家的孩子，我们好心收养。是一个非常笨的孩子。她脑袋里一定有水。您瞧见了，脑壳儿那么大。我们尽量拉扯她。要知道，我们不是有钱的人。我们往她家乡写信也没用，半年了也没个信儿。看来她妈妈一定死了。"

"唔！"那人应了一声，重又陷入遐想。

"那个妈也是个没出息的东西。"德纳第婆娘又说道，"就这么抛下孩子不管了。"

在这场谈话过程中，珂赛特仿佛受本能的暗示，别人在谈论她，眼睛就盯着德纳第婆娘，模模糊糊地听着，也零星听到几句话。

这工夫，那些酒客全有七八分醉意了。他们反复唱着那支淫曲，越唱越起劲儿。他们唱的是一支趣味高尚的风流小曲，里边提到圣母和圣婴耶稣。德纳第婆娘也跟着一起大笑，珂赛特在菜案下面呆呆地望着炉火，眸子里反射着亮光；她也摇起刚才做的小襁褓，边摇边低声唱道："我母亲死啦！我母亲死啦！我母亲死啦！"

经过老板娘再三劝说，黄衣客，"那个百万富翁"，终于肯吃顿晚饭。

"先生要点什么？"

"面包和奶酪。"那人答道。

"这人肯定是个穷鬼。"德纳第婆娘想道。

那些醉汉还一直唱歌，珂赛特在案子下也唱她的歌。

珂赛特忽然不唱了，她刚才扭头，看见德纳第小姐俩儿玩猫时扔在菜案旁边的布娃娃。

于是，她丢下只将就抱着的小铅刀缠成的娃娃，眼睛慢慢扫视整个厅堂。德纳第婆娘跟丈夫窃窃私语，一边数着零钱，波妮和兹玛在玩猫，旅客都在吃饭喝酒或者唱歌；没人注意她。机不可失，她从菜案下爬出来，又瞧了瞧，确实没人窥视她，就赶紧溜过去；抓起布娃娃。过了一会儿，她回到原来位置，坐着一动不动，只是转身有意让自己的影子遮住怀里的布娃娃。对她来说，玩一个布娃娃的快乐实在难得，竟达到一种情欲的强烈程度。

除了慢慢吃便饭的那个客人之外，谁也没有看见她。

这种快乐持续了将近一刻钟。

然而，珂赛特再怎么小心，也没有发现娃娃的一只脚"伸出去了"，让炉火照得明晃晃的。这只鲜亮的粉红脚从暗影中露出来，突然映入阿兹玛的眼帘，她对爱波妮说："你看呀，姐姐！"

小姐儿俩愣住了：珂赛特竟敢动她们的布娃娃！

爱波妮站起来，抱着猫走到母亲身边，扯了扯她的裙子。

"别来闹我！"母亲说，"你要干什么呀？"

"妈，你瞧呀！"孩子说道。

她说着，用手指了指珂赛特。

珂赛特拥有娃娃，已经完全陶醉了，她什么也看不见，什么也听不到了。

德纳第婆娘勃然变色，露出动辄大惊小怪，因而得名为悍妇的那副凶相。

这下子，尊严受到挫伤，她更加火冒三丈。珂赛特太不像话了，居然冒犯"小姐们"的娃娃。

俄罗斯女皇瞧见农奴偷试皇太子的大绶带，也不会有另一副面孔。

她大吼一声，因盛怒嗓音都嘶哑了："珂赛特！"

珂赛特猛一惊抖，就好像脚下发生了地震。她扭过头来。

"珂赛特！"德纳第婆娘又喊一声。

珂赛特拿起娃娃，轻轻放在地上，她那虔敬的神态中透出绝望，眼睛还盯着娃娃，十根手指交叉起来，而且绞来绞去，一个小小年龄的孩子有这种动作，说起来真惨；接着，她哭了，受一天的折磨，无论夜晚去树林，提重重的一桶水，丢了钱，无论看见举到头上的鞭子，还是听到德纳第婆娘抛出来的瘆人的话，她都没有流泪，现在却哭了，而且泣不成声。

这时，那位旅客已经站起来。

"怎么回事儿？"他问德纳第婆娘。

"您没有看到吗？"德纳第婆娘说着，指了指卧在珂赛特脚旁边的罪证。

"那怎么啦？"那人又问道。

"这个贱丫头，竟敢动我孩子的娃娃！"德纳第婆娘答道。

"只为这点小事就大嚷大叫！"那人说道，"她玩玩这个布娃娃又怎么样呢？"

"还拿娃娃，瞧她那双脏手，那双讨厌的手！"

听到这话，珂赛特哭得更厉害了。

"你还不住声！"德纳第婆娘喝道。

那人径直朝临街的店门走去，开门出去了。

那人刚一出门，德纳第婆娘就趁机朝案下狠狠一脚，踢得珂赛特高声号叫。

店门重又打开，那人回来了，双手抱着我们讲过的、全村孩子眼馋了一整天的那个神奇娃娃，放到珂赛特面前，说道：

"拿着，这是给你的。"

他投店来有一个多小时，在沉思默想中，大概透过玻璃窗，隐约注意到烛火辉煌的玩具摊，仿佛受到启示。

珂赛特抬起眼睛，看见那人捧着娃娃朝她走来，就好像看见来了太阳，她听见这句闻所未闻的话："这是给你的"，就瞧瞧那人，又瞧瞧娃娃，然后慢慢往后退，躲到案子下的墙角里。

她不哭也不叫了，好像连气儿也不敢喘了。

德纳第婆娘、爱波妮、阿兹玛，全都呆若木鸡。那些喝酒的人也都停下来。整个店里一片肃静。

德纳第婆娘愣在那里，一句话也说不出来，心中又开始猜测："这个老家伙究竟是什么人？是穷鬼还是百万富翁？也许两样都是，也就是说，是个强盗。"

德纳第汉子脸上堆起皱纹，那是本能以全部兽性力量控制人面时所突现的表情。这个客栈老板轮番打量布娃娃和那个客商，嗅那个人仿佛嗅到了钱袋。这只是一刹那的事。他走到老婆眼前，低声对她说："那玩意儿至少值三十法郎。别犯傻。在那人面前赶快服服帖帖。"

粗俗和天真这两种天性有一个共同点，都没有过渡阶段。

"怎么的呀，珂赛特？怎么不拿你的娃娃呢？"德纳第婆娘说道，她的声音要极力温柔一点，但完全是恶妇那种发酸的蜂蜜的味道。

珂赛特大着胆子从洞里钻出来。

"我的小珂赛特，"德纳第婆娘拿出怜爱的样子又说道，"这位先生送给你一个娃娃。拿着吧，娃娃是你的了。"

珂赛特恐惧地注视着娃娃，她还满面泪痕，但是眼睛像拂晓的晴空，开始充满喜悦的奇异光芒。她此刻的感受，犹如有人突然对她说："孩子，您是法兰西王后。"

她好像觉得一碰这娃娃，就会从里面打出响雷。

她这种念头在一定程度上是对的，因为她想到德纳第婆娘会训斥她，还会打她。

然而，诱惑力占了上风，她终于凑上来，转向德纳第婆娘，怯声怯气地问道："我能拿吗，太太？"

任何言语都难以描摹这种又绝望，又恐惧，又狂喜的神态。

"当然啦！"德纳第婆娘说道，"既然先生给了你，这就是你的了。"

"真的吗，先生？"珂赛特又问道，"真的吗？这贵妇人，就是我的啦？"

那外乡客好像泪水盈眶，他激动到了极点，一张口就难免要流泪，只好冲珂赛特点了点头，把"贵妇人"的手放到她的小手上。

珂赛特急忙把手缩回来，就好像被"贵妇人"的手烫着似的，她又开始注视地面。我们要补充一句：这时，她的舌头耷拉出来老长。突然，她转过身，欣喜若狂地抓住布娃娃。

"我就叫她卡德琳。"她说道。

这一时刻颇为怪诞：珂赛特的破衣烂衫，同娃娃的彩带和鲜艳的粉红罗裙紧紧贴在一起。

"太太，"她又问道，"我能把她放在椅子上吗？"

"可以，我的孩子。"德纳第婆娘回答。

现在，轮到爱波妮和阿兹玛眼红地望着珂赛特了。

珂赛特把卡德琳放到椅子上，然后在对面坐到地上，待着一动不动，一声不吭，一副景仰的神态。

"玩吧，珂赛特。"那外乡人说道。

"哦！我是在玩呀。"孩子回答。

这个素不相识的外乡客，好像是上天派来看望珂赛特的，但此刻却成为德纳第婆娘最恨的人。然而，必须克制自己。在平日，一举一动她都极力模仿丈夫，惯于虚伪那一套，可是这回她太冲动，简直咽不下这口气。她急忙打发女儿去睡觉，又请求黄衣客"准许"，也让珂赛特睡觉去，还像慈母似的补充一句："今天她够累的了。"珂赛特抱着卡德琳去睡觉了。

德纳第婆娘不时走到餐厅另一端，到她丈夫待的地方，如她所说"安慰安慰灵魂"。她跟丈夫交谈了几句，因是恼火的话而不敢大声说出来：

"老畜生！他怀着什么鬼胎？到这儿来跟我们捣乱！要让这个小鬼玩耍！给她娃娃！把值四十法郎的娃娃，给一条四十苏我就卖的小狗！差一点他就像对待贝里公爵夫人那样称她陛下啦！这像话吗？这个装神弄鬼的老家伙，大概疯了吧？"

"为什么？这很简单，"德纳第答道，"只要他开心！你呢，让孩子干活，你觉得开心；而他，让孩子玩，他觉得开心。他有这种权利。一位客商，只要付钱，干什么事都行。那老头若是个慈善家，碍你什么事呢？他若是个傻瓜，又关你屁事儿。你管什么闲事儿，反正他有钱！"

一家之主的言论和客栈老板的推理，两者都不容置疑。

那人双肘撑着餐桌，又恢复冥思遐想的姿态。其他所有客人，商贩和车老板都稍微离开一点儿，不再唱歌了。他们怀着敬畏的心情，远远地打量他。这个人穿得如此寒酸，却这么容易地从兜里往外掏银币，把那么大的布娃娃，随便送给穿木鞋干粗活的小姑娘，这样一个人肯定不简单，肯定不好惹。

几个小时过去了。午夜弥撒已经做完，喝酒的人都散去，酒店关门了，楼下的厅堂空荡荡的，炉火也已熄灭，可是，那外乡人始终坐在原地，保持原来的姿势，只是时而换一下着力的臂肘。自从珂赛特离去，他也没有再讲一句话。

只有德纳第夫妇出于礼貌和好奇，还留在厅堂里。"他就要这样过夜吗？"德纳第婆娘咕哝一句。凌晨两点的钟声响过，她声称实在支持不住，对她丈夫说："我去睡了，怎么对付随你的便。"她丈夫坐在角落的一张餐桌旁，点了一支蜡烛，开始看《法兰西邮报》。

这样又足足过了一小时。可敬的客栈老板把《法兰西邮报》至少看了三遍，从这期的日期一直看到印刷厂的名称。那位外乡人没有动弹。

德纳第又是晃动，又是咳嗽，又是吐痰，又是擤鼻涕，弄得椅子咯咯直响。那人却纹丝不动。"难道他睡着了?"德纳第想道。那人没有睡着,但是又无法将他唤醒。

德纳第终于摘下便帽,蹑手蹑脚走过去,试探着说:

"先生不想去安寝吗?"

他觉得若是说"不去睡觉",就显得唐突和过分亲热。"安寝"则给人以款待之感,包含恭敬之意。这两个字还具有妙不可言的功能,使次日的账单数目膨胀起来。一间"睡觉"的客房要你二十苏,一间"安寝"的客房则要你二十法郎。

"咦!"那外乡人说道,"您说得对。您的马棚在哪儿?"

"先生,"德纳第微微一笑,说道,"我带您去,先生。"

他端起蜡烛,那人则拿起小包和木棍,两人一前一后走进二楼的一间屋子。这个房间的陈设异常华丽,全套红木家具,一张船式大床,挂着红布帷帐。

"这是什么地方?"客人问道。

"这是我们结婚时的洞房,"客栈老板回答,"我和妻子现在住另一间屋,一年只来这里三四回。"

"我还是愿意睡在马棚里。"那人口气生硬地说道。

德纳第装作没听见这种不大客气的想法。

他点燃壁炉上两支新蜡烛,炉火也着得很旺。

壁炉上的玻璃罩里有一顶银丝橘花女帽。

"这个,又是什么呢?"那人又问道。

"先生,"德纳第答道,"这是我妻子的婚礼帽。"

客人看着这件物品,那眼神似乎在说:那个魔鬼也有过当处女的时候!

其实,德纳第说了谎。他租这所破房开店时,这间屋就如此陈设了,只是买了这几件家具,将橘花冠罩起来,认为这可以给"他妻子"罩上曼妙的阴影,也如英国人所说的,给自家门庭增添体面。

等客人回过头来,店主已经不见了。德纳第悄悄溜走,未敢向他道晚安;他要等次日早晨狠狠敲一笔,就不想以不恭的亲热态度对待人家。

客栈老板回到房间。他老婆躺下了,但是还没有睡着,她一听到丈夫的脚步声,就翻过身来对他说:

"告诉你，明天我就把珂赛特赶出大门。"

德纳第冷冷地答了一句："你忙的哪份儿！"

他们再没有说别的话，过了几分钟就吹灭了蜡烛。

那客人则把小包和木棍放在角落里，等主人走了，他就坐到扶手椅上，若有所思地待了片刻。然后，他脱下鞋子，端起一支蜡烛，吹灭了另一支，推门走出房间，四下望了望，仿佛寻找什么。接着，他穿过走廊，来到楼梯口，听见类似孩子喘息的极轻微的声响，便循着声音找去，走到一个三角形的凹室，也就是楼梯底下构成的空间。那里面堆满了旧筐、破瓶烂罐，净是灰尘和蜘蛛网，中间放了一张床。所谓床，不过是一条破洞露出草来的垫子，以及一条破洞露出草来的被子。没有床单，就直接铺在方砖地上。珂赛特正在这床铺上睡觉。

那人走近前端详她。

珂赛特睡得很香。她穿着衣裳，冬天这样睡觉可以稍微御寒。

她紧紧搂着的娃娃睁着一双大眼睛，在黑暗中闪闪发亮。她，不时长出一口气，好像要醒来似的，手臂又用力搂住娃娃。她床边只有一只木鞋。

在珂赛特的陋室附近，有一扇敞开的房门，看得出是一个相当大的昏暗的房间。那外乡人走进去。里端又有一扇玻璃门，透过玻璃门能看见一对洁白的小床，上面睡着阿兹玛和爱波妮。两张床后面露出半截没挂帐子的柳条摇篮，里边睡着哭了一晚上的小男孩。

外乡人猜想这间屋一定同德纳第夫妇的卧室相连。他正要抽身回去，忽然看到一个壁炉，正是客栈里总有一点小火而看着又发冷的大壁炉。这个壁炉里没有火，连炉灰也没有，但是却有一样东西引起那旅客的注意，那是大小不一两只艳丽的童鞋，他这才想起久远难考的这种美好的习俗：每逢圣诞节这天，儿童总把鞋放进壁炉，好让善良的仙女趁黑夜把金光闪闪的礼物放在鞋里。爱波妮和阿兹玛自然不会错过机会，各自把一只鞋放进壁炉。

那旅客俯下身。

仙女，也就是她们的母亲，已经光顾过了，只见每只鞋里都有一枚十苏的亮晶晶的新币。

那人直起身要走，忽又看见炉膛里最隐蔽的角落还有一样东西，仔细一看，才认出是一只木鞋，那是最粗制的木鞋，已经裂开，沾满灰渣和干泥巴，正是珂赛特穿的。珂赛特怀着儿童那种感人的信心，年年落空而永不气馁，她也把木鞋放到炉膛里。

一个孩子屡屡失望，仍怀着希望，这真是一件绝妙的事情。

这只木鞋里什么也没有。

那外乡人摸了摸坎肩的口袋，弯下腰，将一枚金币放在珂赛特的木鞋里。

然后，他悄手悄脚回到客房。

九　德纳第耍手段

第二天清晨，离天亮至少还有两小时，德纳第就来到酒店的厅堂，点了一支蜡烛，在桌子上为那黄衣客制造账单。

那婆娘哈着腰，站在旁边看他写。他们没有交换一句话。一方面是深思熟虑，另一方面则佩服得五体投地；一个人抱着这种虔敬的态度，就能看到一种奇迹从人类精神中产生并发展。房子里能听见响动，那是云雀在打扫楼梯。

几经涂改，用了足足一刻钟，德纳第才制造出这样的杰作：

一号客房账单

晚餐	三法郎
客房	十法郎
蜡烛	五法郎
炉火	四法郎
服物	一法郎
共计	二十三法郎

服务写成了"服物"。

"二十三法郎！"那婆娘又兴奋又略微迟疑地嚷道。

德纳第同所有大艺术家一样，并不满意，他说了一声："呸！"

这正是在维也纳会议上，卡斯特莱①开列法国赔款清单时的声调。

---

① 反法同盟战败拿破仑之后，在维也纳开会制定法国赔款条例。卡斯特莱（1760—1822）：勋爵，英国全权代表。

"德纳第先生，你做得对，他就应当付这么多钱。"那婆娘咕哝道，她想起那人当着她女儿的面把布娃娃送给珂赛特的情景，"这样合情合理。不过，要得太多，恐怕他不肯付钱。"

德纳第冷笑一声，说道："他准得付。"

这种冷笑是坚信和权威的最高表现。事情这样一讲，就是板上钉钉了。那婆娘不再提出任何异议。她开始收拾桌子，丈夫则在厅堂里走来走去。过了一会儿，他又补充一句：

"我呢，还欠人家一千五百法郎啊！"

他走到壁炉角，坐下来思索，双脚踏在热灰上。

"哦，对了！"那婆娘又说，"今天我要把珂赛特赶出门，你没有忘吧？这个妖魔！她拿着那娃娃，就是吃我的心！我宁愿嫁给路易十八，也不肯在家里多留她一天！"

德纳第点着烟斗，吐了一口烟说道："你把账单交给那人。"

说罢，他就出去了。

他前脚出厅堂，那位旅客后脚就进来了。

德纳第又立即反身跟回来，走到半开的房门口站住不动了，但是只有他老婆看得见。

那黄衣客手中拿着木棍和小包。

"起得这么早啊！"德纳第婆娘说道，"先生要离开客店啦？"

她嘴上这么说着，手里却摆弄着账单，用指甲折了又折，一副尴尬的神态；她那张凶狠的脸一改常态，隐隐露出胆怯和迟疑的神色。

这样一张账单，交给一个十足"穷鬼"模样的人，这事她实在觉得为难。

那旅客仿佛心事重重，心不在焉，随口应了一声：

"对，太太，我要走了。"

"先生，在蒙菲郿没有事情要办吗？"

"没有，我只是路过这里。太太，"他又说道，"我该付多少钱？"

德纳第婆娘没有回答，只把折起来的账单递给他。

那人将账单打开，瞄了一眼，但是，他的注意力显然在别处。

"太太，"他又说道，"你们在蒙菲郿这儿生意不错吧？"

"还凑合吧，先生。"德纳第婆娘答道，她见客人并没发作，心中不免诧异。

她以哀伤的声调继续说道：

"唉！先生，这年头可够艰难的！再说，我们这地方有钱人家太少！要知道，全是小家小户的。如果不时常来些像先生这样，又慷慨又有钱的客人，那就更糟啦！我们的开销太大。喏，就说这个小丫头，叫我们搭上多少钱。"

"哪个小丫头？"

"您知道，就是那个小丫头呗！珂赛特！这地方人叫她云雀！"

"唔！"那人应了一声。

她接着说道：

"这帮乡下佬，都这么蠢，起这种绰号！她那样子，叫蝙蝠还差不多，哪儿像什么云雀。您瞧，先生，我们不求人施舍，但也无力施舍给别人。我们赚不了什么钱，却要付大量费用，什么营业税、人口税、门窗税、什一税！先生知道，政府要钱太狠啦！再说，我自己有女儿，没必要养活别人的孩子。"

那人接口说道："若是有人替您养活呢？"他说话的声音尽量显得平淡，但还是有点颤抖。

"养活谁？养活珂赛特？"

"对。"

这店婆的脸立刻涨成紫红色，笑逐颜开，越发丑恶了。

"唔，先生！我的行善积德的先生！领她走吧，留着她吧，带她去吧，带她去吧，给她加上糖，配上块菰，做好了喝掉她，吃掉她，您会得慈悲的圣母和天国所有圣徒的保佑！"

"说定了。"

"真的吗？您把她带走？"

"我把她带走。"

"马上带走？"

"马上带走。把孩子叫来吧。"

"珂赛特！"德纳第婆娘喊道。

"等着这工夫，我先付店钱吧，"那人继续说道，"一共多少钱？"

他瞧了一眼账单，不禁吃了一惊："二十三法郎！"

他注视店婆子，又说了一遍："二十三法郎？"

他重复这句话的声调，将惊叹号同疑问号区别开来。

德纳第婆娘已从容准备招架，便沉着地回答："当然了，先生！二十三法郎。"

外乡客将五枚五法郎银币放在桌上。

"去叫孩子吧。"他说道。

这时，德纳第走到厅堂中央，说道："先生应付二十六苏。"

"二十六苏！"那婆娘嚷道。

"客房二十苏，"德纳第又冷静地说道，"晚餐六苏。至于那孩子，我得跟先生稍谈谈。老婆，你走开一下。"

德纳第婆娘心头豁然一亮，仿佛意外照进智慧的光芒。她感到大角色登场了，便一声不吭出去了。

等到只剩下两个人了，德纳第便搬了一把椅子，请客人坐下。客人坐下，德纳第却站着，他的脸换上和善而诚朴的特殊表情。

"先生，"他说道，"喏，我要告诉您，那孩子，我非常喜爱。"

外乡客眼睛盯着他，问道："哪个孩子？"

德纳第继续说道：

"真怪啦！就是心连着心。这么多钱放这儿干什么？您这一百苏的银币收起来吧。我非常喜爱那孩子。"

"谁呀？"外乡客问道。

"嗳，我们的小珂赛特呀！您不是要从我们身边把她带走吗？那好，我就实话实说，我不能同意，这是实在话，就跟您是正派人一样。那孩子走了，我会想念的。我是眼看着她从小长大的。不错，她害我花了许多钱，不错，她有不少缺点，不错，我们不是有钱人家，不错，她得过几场病，单单一场病的药钱我就花了四百多法郎！然而，总得为慈悲的上帝干点事儿啊。小家伙没爹没娘，我把她拉扯大。我挣了面包，给她和我吃。这孩子，我实在舍不得。您也理解，人在一起就有了感情；我是个老好人，头脑简单，不会想什么道理。这孩子，我很喜爱；我老婆性子急，但是她也喜爱。您瞧见了，就像我们亲生的孩子。我需要她待在家里，叽叽喳喳，说说笑笑。"

外乡客一直盯着看他。他继续说道：

"对不起，请原谅，先生，自己的孩子，总不能随便给一个过路人吧。我这话说得不对吗？有了这层原因，我就不好说了，您有钱，看样子您也是个正派人，这是不是为了她的幸福呢？总得弄清楚啊。您理解吧？假如我割舍了，放她走，我也得知道她去哪儿，我不愿意失去她的音信，要知道她住在什么人家，能时常去看看她，让她知道她的好养父还在这儿，还一直关心她。总而言之，有些事儿是不行的。我连您的尊姓大名都不知道！您把她带走了，我就要说：咦，云雀呢？她到哪儿去啦？不管什么烂证，一张小小的通行证，也总得瞧一眼啊！"

那外乡客一直凝视他，可以说目光直透他的心灵，这时以严肃而坚定的口气回答：

"德纳第先生，来到离巴黎五法里的地方，并不需要通行证。我要带走珂赛特就带走，没什么啰嗦。您不知道我的姓名，不知道我的住址，也不知道她去哪儿了，而我的意图，就是今生今世，她再也不见你了。我要割断拴住她双脚的绳子，让她离开。您觉得合适吗？行还是不行？"

妖魔鬼怪看到某些迹象，就能认出一尊更高的神降临，同样，德纳第也明白他遇到一个非常厉害的对手。他就好像凭直觉一下子恍然大悟。昨天夜晚，他陪车夫喝酒，抽烟，唱下流小调，同时也观察这个外乡客，像猫那样窥视，像数学家那样研究人家。他这样窥察既出于兴趣和本能，也为自己打算，却好像被人买通来暗中监视似的。这个黄衣客的一举一动，都没有逃过他的眼睛。早在这个来历不明的人对珂赛特如此明确表现出关切之前，德纳第就已经看出来了。他捕捉到这老人深沉的目光总围着那孩子打转。为什么这么感兴趣？他究竟是什么人？为什么穿戴如此寒酸，而钱袋里却有那么多钱？他心中提出这些疑问，得不到答案，不禁十分恼火，而且想了整整一夜。这人不可能是珂赛特的父亲。难道是祖父辈的人吗？那么，为什么不立刻相认呢？有了某种权利，就要显示出来。显而易见，此人对珂赛特并无权利。那又是怎么回事呢？德纳第在种种假设中转不出来。他隐约望见一切，但什么也没有看清楚。不管怎样，他开始同这人谈话时，就确信这其中必有秘密，确信此人不想暴露身份，因而感到自己理直气壮，可是一听这外乡客明确干脆的口答，便看出这个神秘的人物又神秘到如此单纯的程度，因而他又感到自己软弱无力了，他绝没有料到这种情况，他的种种推测全部瓦解了，于是又理了理思想，在一瞬间权衡这一切。德纳第这个人，一眼就能认清形势，他认为该是单刀直入的时候了。他像所有善于当机立断的伟大统帅那样，在这关键的时刻，突然亮出他的底牌。

"先生，"他说道，"必须给我一千五百法郎。"

这外乡客从侧兜掏出一个旧的黑皮夹，打开来，抽出三张现钞，放在桌上，又用粗壮的拇指按住，对店主说：

"把珂赛特叫来。"

在发生这种情况的时候，珂赛特干什么呢？

珂赛特一醒来，就去找她的木鞋，在里面发现那枚金币。那不是拿破仑币，而是复辟王朝发行的面值二十法郎的新币，上面的图案是普鲁士小尾巴，代替了原来的桂冠。珂赛特眼睛都看花了，她的命运开始令她激动，她还不知道什么是金币，从未见过。她急忙把这枚金币藏在兜里，就好像是偷来的。然而，她感到这确实属于她了，而且猜得出是从哪儿来的，不过，她所感到的欢喜却充满惧怕。她虽然高兴，但尤为惊诧。这样华丽的东西，在她看来不像真的。布娃娃令她害怕，金币也令她害怕。面对这些华丽的东西，她浑身隐隐发抖。她唯独不怕那个外乡客，非但不怕，还十分放心。从昨天晚上起，她在惊喜中，在睡梦中，那颗小小孩子的头脑一直想这个人：这人的样子又老又穷，神色那么忧伤，却又那么富有，那么善良。自从在林中遇见这位老人，周围一切似乎都变了。珂赛特，还不如天上一只小燕子幸福，生来始终不知道躲在母亲的卵翼之下是什么滋味。五年以来，也就是从她最早记事的时候起，可怜的孩子就在抖瑟战栗中度日。在不幸的刺骨寒风中，她总是赤身露体，现在觉得穿上衣裳了。她的心灵从前发冷，现在暖和了。她也不再那么怕德纳第婆娘了。她身边有了一个人，不再孤苦伶仃了。

她赶快去干每天清晨的活计。她身上的那枚金币，就放在昨晚丢掉十五苏钱币的罩衫兜里，时时分散她的注意力。她不敢摸，但是每隔五分钟就要观赏一下，应当说观赏的时候还伸出舌头。她打扫楼梯不时停下来，愣在那儿不动，将扫把和整个世界都丢在脑后，一心望着在兜里的闪光的这颗明星。

她正在愣神儿瞻仰的时候，德纳第婆娘来找她了。

她奉丈夫之命来找这孩子，但是没有扇耳光，也没有骂一句，这真是闻所未闻的事。、

“珂赛特，”她几乎温和地说，“马上过来一下。”

不大工夫，珂赛特就走进楼下的大厅。

外乡客拿起带来的包裹打开，只见里边包着一件毛线小衣裙、一件罩衫、一件毛绒内衣、一条衬裙、一条方围巾、长筒毛袜、皮鞋，是八岁小姑娘的一整套穿戴。全是黑色的。

“孩子，”那人说，“拿去赶快穿上吧。”

天色渐渐亮了，蒙菲郿居民有的起来开门，看见通往巴黎城的街上过去两个人，朝利弗里方向走去：一个穷苦打扮的老头儿，手拉着一个全身孝服、怀抱一个粉红大布娃娃的小姑娘。

谁也不认识那个人，而珂赛特换掉了破衣烂衫，许多人也没有认出她来。

珂赛特走了。跟谁走呢？她不清楚。去哪儿呢？她也不知道。她仅仅明白丢下德纳第客栈走了。谁也没有想到同她告别，同样，她也没有想到向任何人告别。她走出了她恨的人家，而人家又恨她的那个家。

可怜的小娇娃，一颗心始终受压抑。

珂赛特板着脸朝前走，她睁着一对大眼睛望着天空。将那枚金币已经放进新罩衫兜里，她不时低头瞧一眼，再瞧一眼这老人。她就觉得是慈悲的上帝走在身边。

十　弄巧成拙

德纳第婆娘一如既往，一切由她丈夫处理。她期待着重大事件。那人和珂赛特走后，德纳第沉住气，足足过了一刻钟，才把老婆拉到一边，给她看一千五百法郎。

“就这个呀！”她说了一句。

自从他们结为夫妇以来，她这是头一回敢于批评一家之主的举动。一句话击中要害。

“真的，你说得对，”他说道，“我是个笨蛋。把帽子给我。”

他将三张钞票折起来，揣进兜里，匆匆出门去了，可是一头扎错了路，先朝右边走去。他问了几个邻居，才找准了去向；有人看见云雀和那人去往利弗里。他大步流星，朝别人指的方向走去，边走边自言自语：

"这个身穿黄衣的人，显然是个百万富翁，而我呢，是个蠢货。他先头给二十苏，接着给五法郎，然后给五十法郎，最后又给一千五百法郎，出手总那么容易。也许他能给一万五千法郎。我一定得追上他。"

还有，事先就给小丫头准备好了一包衣裳，这一切怪得很，其中必有不少奥秘。抓到秘密就不能放手。富人的秘密是吸满金子的海绵，必须善于挤出来。所有这些念头，在他的脑子里盘旋。"我是个蠢货。"他说道。

走出蒙菲郿村，就到了通往利弗里的岔道口，可以望见那条路在高地上延展至远方。德纳第赶到岔道口，心里盘算应当望得见那人和小丫头。他极目远望，却什么也没有看到。他又打听，这就耽误了工夫。有几个过路人告诉他，他寻找的那个人和孩子朝加尼方向的树林走去了。他又赶紧奔向那里。

他们把他落下很远，可是，小孩子走路慢，而他却走得很快。再说，他非常熟悉这地方。

他猛地站住了，拍了拍脑门儿，仿佛忘了主要的事，要折回去似的。

"我那支枪应当带来呀！"他想道。

德纳第这种人具有双重天性，有时他们从我们中间经过，我们却不了解，他们直到消失了，也不为人所知，因为命运只显示他们的一个侧面。许多人的命运，就是这样在半掩蔽中生活。在平凡安定的环境中，德纳第完全可以做一个——我们不说是一个——称得上诚实的商人，善良的士绅。同时，如果某些动荡将他掩蔽在下面的天性激发起来，他也完全可能成为一个恶人。这个小店主身上附着魔鬼。有时撒旦大概就蹲在德纳第居住的破房角落里，对着这个丑恶的杰作做美梦。

他犹豫了片刻，转念又一想："算啦！这工夫，他们会溜掉！"

于是，他继续赶路，飞快往前奔，一副近乎胸有成竹的样子，就像嗅到一群山鹑的狐狸那样精明。

他过了水塘，从美观林荫路右侧的大片旷地斜插过去，走到几乎环绕丘岗一周、覆盖晒勒修道院古渠涵洞的草径，果然望见一片荆丛上露出一顶引起他种种猜测的帽子。正是那人的帽子。荆丛不高，德纳第认出坐在那里的正是那人和珂赛特。孩子太小，还看不到，但是他望见了那个布娃娃的头。

德纳第没有弄错。正是那人坐下来，让珂赛特歇一歇。小店主绕过荆丛，突然出现在他寻找的两个人眼前。

"对不起，请原谅，先生，"他气喘吁吁地说，"这是您的一千五百法郎。"

他说着，就把三张钞票朝那外乡人递过去。

那人抬起眼睛。

"这是什么意思？"

德纳第恭恭敬敬地回答："先生，这就是说，我要把珂赛特领回去。"

珂赛特打了个寒噤，紧紧偎在老人身上。

那人目光直透德纳第的眼底，一字一顿地回答：

"您—要—把—珂—赛—特—领—回—去？"

"对，先生。我要把她领回去。我来向您说一声。我考虑过了。其实，我没有权利把她交给您。要知道，我是个诚实的人。这孩子不是我的，而是她母亲的。她母亲把她托付给我，我就只能把她交还给她母亲。您会对我说：可是，她母亲去世了。好。在这种情况下，我只能交给拿着她母亲签字的信来接孩子的那个人。这是显而易见的。"

那人并不回答，伸手掏兜儿，德纳第看见装钞票的那个皮夹子又出现在眼前。

小店主一见心喜，浑身都颤动了。

"好嘛！"他心想，"要稳住神儿，他要来收买我啦！"

那行客先游目四望，只见周围渺无人迹，树林和山谷绝无人影，这才打开皮夹，但从里边抽出来的，不是德纳第期待的大把钞票，而仅仅是一小张纸，他把纸展开，递给小店主，说道："您说得对。念一念吧。"

德纳第接过纸条，念道：

> 德纳第先生：
>
> 　　请将珂赛特交给持信人。他会付给您所有零星欠款。
>
> 　　　　　　　　　　　　　　　　　　　　　即颂

近安。

芳汀

1823 年 3 月 25 日

于海滨蒙特伊

"您认识这签字吧？"那人又问道。

这正是芳汀的签字，德纳第也认得。

无可反驳。德纳第感到两种强烈的恼恨：恼恨必须放弃他所期望的贿赂，也恼恨自己被击败。那人又说：

"这封信您可以留着，好交卸责任。"

德纳第退却也步步为营。

"这个签字模仿得很像，"他咕哝道，"行啊，就算是吧！"

接着，他还试图最后挣扎一下，说道：

"先生，这样行啊。您既然就是指定的人。不过，还应当付给我'所有零星欠款'。那可是欠我大笔钱啊。"

那人站起来，用手指弹了弹破衣袖沾的灰尘，说道：

"德纳第先生，1 月份，她母亲算过，共欠您一百二十法郎；2 月间，您寄给她五百法郎的账单；您在 2 月底收到三百法郎，3 月初收到三百法郎。此外又过了九个月，按讲好的价钱每月十五法郎，共计一百五十法郎。先头您多收了一百法郎，现在也就欠您三十五法郎的尾数。刚才我给了您一千五百法郎。"

德纳第此刻的感受，就像狼被捕兽夹的钢齿咬住时的感觉。

"这人是什么鬼东西？"他心中暗道。

他的举动也跟狼一样，抖了抖身子。他已经尝过一次胆大妄为的甜头。

"我—不—知—尊—姓—大—名的先生，"他这回抛掉恭敬的姿态，毅然说道，"要么我把珂赛特领回去，要么您给我一千埃居银币。"

那外乡客平静地说："走，珂赛特。"

他左手拉住珂赛特，右手拾起他放在地上的木棍。

德纳第注意到棍子很粗，这里很僻静。

那人领着孩子走进树林，丢下愣在原地不动的小店主。

眼看他们越走越远，德纳第注视着那人有点驼的宽肩膀和两只大拳头。

接着，他的目光又移到自身，垂到自己细弱的胳膊和枯瘦的双手上，心中又念道："既然出来打猎，却没有带枪，我真是个十足的笨蛋！"

然而，小店主还不善罢甘休。

"我要弄清楚他去哪儿。"他咕哝一句。于是，他远远跟踪。他手上还留下两样东西：一样是嘲弄，芳汀签了字的破纸条；另一样是安慰，那一千五百法郎。

那人带珂赛特朝利弗里和朋地走去，他低着头，脚步很慢，一副愁思苦索的姿态。入冬木叶凋零，林木间显得透亮，因此，德纳第虽然远远跟随，也不会失去目标。那人不时回头，看看是否有人跟踪，他突然发现德纳第，就急忙和珂赛特钻进灌木丛中不见了。"见鬼！"德纳第骂了一句，就加快了脚步。

灌木丛稠密，德纳第不得不拉近距离。那人走到最密实的地方时，又转过身来。德纳第这回无处躲藏，树枝遮不住，不免被那人看见。那人戒忌地瞥了他一眼，随即摇了摇头，又继续往前走。小店主还是紧追不舍。他们又走了两三百步。那人又猛地转过身来，这回脸色十分阴沉，德纳第这才认为"没必要"再跟下去，于是折回去了。

十一　9430 号再现，珂赛特中彩

冉阿让没有死。

他掉进海里，应当说他跳进海里的时候，正如人们所见的，已经卸掉了脚镣。他潜水游到一艘停泊的海船底下，旁边正巧有一只驳船，就爬上去躲起来，直到天黑。天黑之后，他又跳下水，游向离勃兰岬不远的海岸，上岸后弄了一身衣服。他身上有钱，在巴拉吉埃附近一家小咖啡馆又专门向逃犯提供衣物，这是赚钱的特殊生意。然后，冉阿让像所有狼狈的逃亡者那样，极力躲避法网和社会厄运，走上一条隐蔽而曲折的道路。他在博塞附近的普拉多，找到头一个避难所。继而，他又进入上阿尔卑斯省，奔向勃里昂松附近的大维拉尔。那是惶惶不安而时时探索的逃窜，走的路线就像鼹鼠的地道，净是摸不清的岔路。后来在许多地方，例如在安省西夫里厄地区，在比利牛斯省阿空名叫杜海克仓的地方，在沙瓦伊村附近，在佩里格附近戈纳盖教堂

地区的勃里尼镇，都发现了他的足迹。他到达巴黎。我们在上文看见他到过蒙菲郿。

他到达巴黎要做的头一件事，就是为一个七八岁的小姑娘买一身孝服，然后找了一个住所。办完这两件事，他就前往蒙菲郿。

大家记得，他上次越狱后，曾到过那地方，或者到了那附近；那次诡秘的旅行，司法人员也查出了一些蛛丝马迹。可是这回不同，大家以为他死了。这样，他的情况就更加隐晦难测了。他到巴黎，偶然看到一份登载这条消息的报纸，也就放下心来，心神几乎恬然，就好像真的死了。

冉阿让从德纳第夫妇魔爪中救出珂赛特之后，当天晚上便回到巴黎。他带着孩子，在天黑的时候从蒙梭门进城，上了马车，到观象台广场下来，付了车钱，便拉着珂赛特的手，二人在黑夜中，沿着乌尔辛和冰库附近的僻静街道，朝济贫院路走去。

对珂赛特来说，这一天十分离奇，充满令人激动的事情。路上，他们在篱笆后面，吃了从偏僻客栈买来的面包和奶酪，换了几次马车，步行几段路，她并不叫苦，但是太累了，冉阿让也发觉她越走越用力牵他的手了。于是，他背起孩子走；珂赛特仍抱着卡德琳，头枕着冉阿让的肩膀睡着了。

第四卷　戈尔博老屋

一　戈尔博先生

四十年前，有个孤独的行人，偶尔闯到妇女救济院的僻静地段，从济贫院大道沿上坡路朝意大利门走去，走到可以说成巴黎消失的地点。那里并不是荒无人烟，还是有过往行人；也不是旷野，还有房屋和街道；但是算不上城市，街道跟大路一样，有辙沟，长了荒草；同样不是乡村，房舍都很高。那是什么地方呢？那是个无人居住的住宅区，是个还有人的荒僻之地，是大都市的一条大道，巴黎的一条街，夜晚比森林还荒蛮，白天比墓地还凄怆。

那就是马市老街区。

那行人若是信步走过马市的四堵老墙，将右首围着高墙的花园丢在后面，穿过小银行家街，经过一片牧场，只见场上耸立着一垛垛鞣料树皮，好像巨大的水獭窝，再往前走，又见一片围着的空地，里边堆满了木料、树根、锯末和刨花，顶端有一条大狗汪汪狂吠，接着便是长长的一道矮墙，已经颓塌，上面长满青苔，春天还开花，旁边有一扇服丧似的黑色小角门，又经过最荒僻的地段，只见一座破旧建筑的墙上写着"禁止张贴"的大字，他就走到圣马塞尔葡萄园街的拐角，那是很少人知道的地方。在那一座工厂附近，当时还能看到花园两堵墙之间有一所破房子，乍一看像一栋茅屋，而其实有主教堂那么大，因为山墙对着公路而显得狭小。整座房子几乎被遮住了，只能看见房门和一扇窗户。

那所破房只有两层。

仔细观察一下，最显眼的是那扇门，只配安装在破窑子上，而那扇窗户，如果不是装在碎石墙上，而是开在方石墙里，就像一座公馆的窗户了。

房门是用几块虫蛀的木板和几条粗制的横木条胡乱拼凑的。一进门便是很陡的高台阶楼梯，和门一样宽，满是污泥、灰浆和尘土，从街上看好似一架直立的梯子，隐没在两面墙的暗影里。在畸形的门框上方有一块窄木板，中间锯出一个三角洞，那便是关门时的天窗和气窗。门背后用毛笔蘸墨水两下子涂写出数字五十二，而在门楣上，用同一支笔涂写了五十，因而叫人游移不定。究竟是几号？门楣说是五十号，而门则反驳说：不对，是五十二号。三角气窗上充当帘子的，不知是什么灰不溜秋的破布片。

窗户又宽又高，装有百叶窗和大格玻璃框。不过，那些大块玻璃有不同程度的破损，虽然巧妙地糊上纸，却更明显暴露了破损处；两扇百叶窗已经支离脱节，保护室内居住者不足，威胁窗下行人则有余。遮光的横板条有些脱落，便天真地钉上几块竖板条代替，结果，原来的百叶窗变成窗板了。

房门一副邪恶的形象，而窗户虽破，却还显得正派，两者同在一所房屋，看上去就像两个不相配的乞丐并肩而行，虽然同样穿着破衣烂衫，却是两副截然不同的神态：一个始终是个穷鬼，另一个则曾经是个贵绅。

楼上的建筑体极其宽阔，仿佛是仓库改建成房子，中间有一条长廊作为通道，两侧是大小不等的隔门，必要时可以住人，但是更像小摊铺而不像单人房。这些房间好像在这周围空地上聚会，全都这么昏暗、丑陋、凄惨、忧伤、阴森可怕；而且屋顶或房门有缝隙，能透进寒光或冷风。这种住宅还有一种有趣的特色，就是蜘蛛个头儿大得出奇。

房门左侧临街的墙上，离地面约一人高有一个堵死的方形小窗，成为壁龛，里面堆满了过路孩子扔的石子。

这所房子不久前拆除了一部分，如今所余的部分仍能让人想见当初的全貌。整体建筑也就有一百来年。到一百岁，一座教堂还年轻，而一所住房却老迈了。看来，人的居所随人而寿短，上帝居所随上帝而永生。

邮差称这所破房为五十一五十二号，但是在本街区则以戈尔博老屋而知名。

谈谈这个名称的来历。

爱搜集奇闻轶事并制成标本的人，总把易忘的日期用别针别在记忆上，他们都知道18世纪，在1770年前后，巴黎沙特莱法院有两个检察官，一个人称乌鸦的柯尔博，一个人称狐狸的列纳。这两个名字，拉封丹早有预见，两个人有这种大好机会，自然要巧鼓舌簧。不久，法院的长廊就开始传诵这样一首打油诗：

> 乌鸦柯尔博高栖在案卷上，
> 嘴里叼着一张拘捕状；
> 狐狸列纳嗅到味儿跑来，
> 大致这样巧鼓舌簧：
> "喂，早安！……"①

这两位有教养的实干家忍受不了这种戏谑，他们昂首走过时听到背后狂笑，不禁气急败坏，决意更名改姓，便呈请国王恩赐。申请书呈给路易十八的那天，正巧教皇的使臣和拉罗什-艾蒙红衣主教一边一个，手拿拖鞋跪在地上，当着陛下的面，要给下床的杜巴丽夫人穿上。国王笑声不止，兴致勃勃地将话题从两位主教转到两位检察官身上，要赐姓或者近乎赐姓给两个法官。国王恩准，柯尔博头一个字变动一下，改称戈尔博；列纳的运气差点儿，只在前面加一个"普"字，改称普列纳，结果新改的姓跟原来的差不多，都同样名副其实。

根据当地传说，戈尔博先生曾是济贫院大街五十一五十二号的房主。甚至那扇大窗户，也是他雇人安装的。

这就是戈尔博老屋名称的来历。

大道旁的树木中，有一棵死了四分之三的大榆树，正对着五十一

---

① 这是根据法国诗人拉封丹（1621—1695）的寓言诗《乌鸦和狐狸》改编的。

五十二号；戈布兰城门街口也几乎正对着，当年那条街没有铺石，两旁没有房屋，只有发育不良的树木，一直通到巴黎城墙脚下，随着季节不同，有时绿树成荫，有时满是污泥。附近一家工厂的房顶冒出一股股硫酸化合物的气味。

那座城门离得很近，1823 年时城墙还在。

那座城门令人想起凄惨的景象。那是通往比塞特的道路。在帝国时代和波旁王朝复辟时代，死囚押回巴黎就刑那天就经过那里，1829年那桩神秘的凶杀案，所谓"枫丹白露城门案"，也是在那里发生的，至今仍是个无头案，没有抓到凶犯，真相不明，没有揭开可怕的谜团。再往前走几步，便是不祥的落须街：当年在隆隆的雷声中，乌巴克一刀刺死伊弗里的一个牧羊女，就像舞台上的一幕场景。再走几步，就到了圣雅克门，看见那几棵不堪入目的断头榆树，是慈善家用来遮掩断头台的权宜之计，那正是小店主和有钱市民阶层和平庸而可耻的格雷沃广场：他们在死刑面前退缩，既不敢大刀阔斧地废除，也不敢专横跋扈地维持。

按下那片仿佛命定始终恐怖的圣雅克广场不表，三十七年前，整个这条肃杀的大道最肃杀之点，也许就是遇到五十—五十二号破房的地方，至今这里也缺乏吸引力。

二十五年后，有钱市民才开始在这里修建住宅。这地方满目凄凉，置身其间，心情就会抑郁凄惶，感到自己夹在望得见圆顶的妇女救济院，以及城门近在咫尺的比塞特之间，也就是说，夹在妇女的疯癫和男人的疯癫①之间。极目望去，所见只有屠宰场、城垣和寥寥几处类似兵营或修道院的工厂门墙；到处都是破房子和剥落的灰泥，老墙黑得像裹尸布，新墙白得像殓单；到处都是平行排列的树木、整齐划一的房舍、平庸单调的建筑，都是长长的冷线条和凄惨的直角。地势毫无起伏，建筑毫无奇处，毫无迂曲。这是一个冷冰冰的、齐整而丑恶的群体。什么也不如对称叫人揪心，因为，对称就是厌倦，而厌倦又是哀伤的基调。失意者爱打呵欠。人可能幻想出比受罪的地狱还可怕的东西，那就是百无聊赖的地狱。如果存在这种地狱，那么济贫院大街

---

① 妇女救济院也收容精神病人；比塞特当时是巴黎南市郊的村子，有一个救济院，收容老年和患精神病的男子。

这一段，就可能是它的林荫路。

每当天光消逝，夜幕降临的时候，尤其是在冬季，凛冽的晚风吹落榆树上橘黄的残叶，天空黑沉沉的，不见星光，或者狂风撕开乌云，露出月亮，这条大道就骤然变得阴森可怕了。那些直线条隐没在黑暗中，好似无限空间的一段段丝缕。行人不禁想到当地无数凶险的传说。这地方偏僻冷寂，发生许多命案，总叫人胆战心惊。走在这黑洞洞的地方，总觉得处处有陷阱，看到影影绰绰的各种物状也无不可疑，而树木之间隐约可见的幽深方洞，就像一个个墓穴。这地方，白天丑陋不堪，傍晚萧索凄凉，夜晚则阴森可怕。

夏季黄昏时分，零星有几个老太婆，坐在榆树下因雨淋而发霉的椅子上，向过往行人乞讨。

此外，这个街区的外观，与其说是古老，还不如说是陈旧，当时就有改变面貌的趋势了。从那时起，要一睹原貌的人，就得尽快赶来。这个整体每天丧失一部分。二十年来至今，奥尔良火车站在此落成，紧挨着老郊区，在这里就发挥作用了。一条铁路的起点站，无论建在一个大都市边缘的哪一点，都意味一片郊区的死亡和一座城市的诞生。在各族人民聚散的大中心周围，强劲有力的机车隆隆奔驰，吃煤炭吞烟火的文明巨马气喘吁吁，而布满幼芽的大地则随之震动，裂开，吞没旧住宅，让新住宅冒出来。旧房屋倒塌，新房屋升起。

奥尔良火车站侵入妇女救济院地盘之后，圣维克托城壕和植物园附近的小街古巷都动摇了，驿车、出租马车和公共马车汇成长流，横冲直撞，每天穿行三四趟，时过不久，就把房舍推向左右两侧；须看有些怪事却千真万确，值得一提；同样，我们说大城市的阳光吸引楼房朝南生长，车辆过往频繁就拓宽街道，也都是千真万确的。新生的迹象有目共睹。在这乡野的老街区，即使最荒僻的角落，也出现了铺石路面，即使尚无行人的人行道也开始伸延。1845 年 7 月，一天早晨，值得纪念的一天早晨，人们看见一些煮沥青的黑锅滚滚冒烟；这一天可以说文明到达卢辛街，巴黎进入圣马尔索郊区了。

二　枭和莺的巢

冉阿让走到戈尔博老屋，便停下脚步。如同猛禽一样，他挑选最荒僻的地方做窝。

他摸坎肩的兜儿，掏出一把万能钥匙，开了门进去，又小心关上，一直背着珂赛特登上楼梯。

到了楼上，他又从兜里掏出另一把钥匙，打开另一道门，走进房间，又立刻关上门。这间破屋相当宽敞，就地铺了床褥垫，有一张桌子和几把椅子。靠角落有个生火的炉子，看得见炉火。路灯朦朦胧胧照见这清贫的屋内。紧里边一小间摆了一张帆布床，冉阿让就把孩子抱上床，小心没有把她弄醒。

他用打火石点着一支蜡烛；两样东西都事先准备好，摆在桌上，然后，他又像昨晚那样，开始端详珂赛特，凝注的眼神充满慈爱和温情，简直达到心醉神迷的程度。至于小姑娘，不知跟谁在一起就睡着了，也不知身在何处还继续安睡，这样坦然的信心，只能属于最强者和最弱者。

冉阿让俯下身，吻了吻孩子的手。

九个月前，他也吻过刚刚入睡的孩子母亲的手。

他心里充满了同样沉痛、虔敬、惨苦的情感。

他跪到珂赛特的床旁边。

天已大亮，孩子还在睡觉。时值 12 月份，一线惨白的阳光从窗口射进破屋，在天花板上拖出长条的阴暗和光线。一辆满载的采石车，突然从大街上驶过，真像雷雨大作，震得房子从上到下直摇晃。

"是，太太！"珂赛特一下惊醒，连声喊道，"来啦！来啦！"

她跳下床，惺忪睡眼还半闭着，就伸手去摸墙角。

"哎呀！上帝呀！我的扫把呢！"她说道。

她完全睁开眼睛，看见冉阿让那张笑脸。

"哦！原来是真的！"孩子说，"早安，先生。"

儿童接受快乐和幸福最快，也最随便，因为他们天生就是幸福和快乐。

珂赛特看见卡德琳在床脚下，急忙搂住，她一边玩，一边问个没完，要冉阿让告诉她——她在什么地方？巴黎是不是很大？德纳第太太离得远不远？她还会不会再来？等等，等等。她突然高声说："这屋子真好看！"

其实，这是个破烂不堪的房子；但是，她感到自由了。

"我不用扫地了吗？"她最后又问道。

"玩吧。"冉阿让回答。

一天就这样过去了。珂赛特根本不想弄明白，她在这个布娃娃和这个老人之间，有一种说不出来的幸福。

三　两种不幸连成幸福

次日拂晓，冉阿让还在珂赛特的床边，立在那里不动，看着她醒来。

一种新的感受进入他的心扉。

冉阿让从来没有爱过什么。二十五年来，他在世上孑然一身，从未当过父亲、情人、丈夫、朋友。在苦役犯监狱里，他显得凶恶、忧郁、洁身自好、无知而又粗野。这个老苦役犯的心充满童贞。他姐姐及其子女给他留下的印象，已然模糊而遥远，最后几乎完全消逝了。他千方百计地寻找他们，未能找到，也就把他们忘了。这就是人的天性。

他一看见珂赛特，就抓住不放，把她带走并解救出来，当时他感到五脏六腑都搅动起来。他身上的深情和爱心一齐苏醒，冲向这个孩子。他走到孩子睡觉的床前，高兴得浑身颤抖，就像一位母亲似的感到一阵阵激动，却不明白是怎么回事，因为，一颗心产生爱时，那种伟大而奇异的悸动，是一件难以捉摸而又十分甜美的事情。

可怜的老人的心焕然一新！

然而，他已经五十五岁，而珂赛特才八岁，他毕生所能产生的爱，全部化为一种难以描摹的光亮了。

这是他遇到的第二颗启明星。从前多亏了主教，他的天际升起美德的曙光；现在多亏了珂赛特，他的天际又升起爱的曙光。

头几天就在这种陶醉的心情中过去了。

珂赛特这方面，她不知不觉也变成另外一个人，可怜的小东西！母亲离开时，她还太小，已经不记得了。孩子都像葡萄藤的幼枝，遇到什么都攀附，珂赛特也同样试图爱过，但是未能成功。德纳第夫妇、他们的孩子、别人家的孩子，全都排斥她。她曾经爱过一条狗，那条狗死了之后，再也没有什么东西或者什么人喜欢她了。说起来真惨，我们指出过，她八岁就寒了心。这并不是她的过错，她绝不缺乏爱的能动性，唉！缺少的是爱的可能性。因此，从第一天起，她心中所感所想，无不是开始爱上这个老人了。她体会到一种从未有过的感觉，一种心花怒放的感觉。

这位老人，在她看来甚至不老也不穷了。她觉得冉阿让挺美，正如觉得这破屋漂亮一样。

这是曙光、童年、青春、欢乐所产生的效果。照在陋室的幸福彩光，比什么都美好。在过去的经历中，我们每人都有过这样一间蓝色的陋室。

相差五十岁，这就是一道天然的鸿沟，将冉阿让和珂赛特隔开，然而，命运却将鸿沟填平了。命运以其不可抗拒的力量，骤然将这两个无家可归的人结合在一起：他们虽然年龄不同，却经历同样的苦难，正好相辅相成。出于本能，珂赛特要找一个父亲，而冉阿让也要找一个孩子。相遇即相得。在那神秘的时刻，他们的手一经接触，便连在一起了。这两颗心灵一见如故，正好相濡以沫，因而紧紧抱在一起。

从内涵和绝对的词义出发，可以说冉阿让是个鳏夫，珂赛特是个孤女，两者都由墓壁同世间隔绝。这样，冉阿让成为珂赛特的父亲，就跟天造地设一样。

此前，在晒勒的密林中，冉阿让在黑暗里抓住珂赛特的手，给她造成的神秘印象，确非幻觉，而是现实。这个人走进这孩子的命运中，就是上帝降临。

而且，冉阿让早已选好了避难所，住在这里可以高枕无忧了。

他同珂赛特住的是带个小套间的屋子，有一扇临街的窗户。这是楼里唯一的窗户，因此不必担心邻居从旁边或对面窥视。

五十一—五十二号楼下是一间破旧的棚屋，作为菜农的仓库，同楼上完全隔绝，中间隔了一层木板，好似横膈膜，既没有翻板活门，也没有楼梯。前面说过，楼上有好几间屋和阁楼，只有一间由一位给冉阿让收拾房间的老太婆居住，其余的房间空着。

老太婆的头衔是"二房东"，实际是照看门户的；就在圣诞节那天，她把房子租给了冉阿让。冉阿让来找她时，自称是吃年息的人，买了西班牙债券而破了产，要带小孙女儿住到这里。他预交半年的房租，请老太婆给大小房间安好家具，正如我们所看到的陈设。他们到达的那天晚上，也是老太婆生着炉火，全收拾妥当。

一周一周过去了，这两个人在鄙陋的居所过着幸福的日子。

天一亮，珂赛特就又说又笑，唱个没完，儿童跟鸟儿一样有晨曲。

有时，冉阿让拉起她冻裂的红红小手亲一下。可怜的孩子挨惯了打，不懂这是什么意思，十分羞愧地走开了。

有时，珂赛特神情变得严肃，打量自己这身黑衣裙。她脱下破衣烂衫，换上一身孝服。她脱离苦难，走进生活。

冉阿让教她识字，有时一边教孩子拼读，心中一边想，当初在苦役犯牢房时，他读书是要作恶。原来的打算变了，现在教起孩子念书，老苦役犯想到这里，若有所思的脸上不由露出天使般的微笑。

他感到这是上苍的一种安排，是超乎人的一种意志，于是陷入沉思。善的思想和恶的思想一样，都是深不可测的。

教珂赛特念书，让她玩耍，这几乎是冉阿让生活的全部内容。后来，他向孩子讲了她母亲的事，让她祈祷。

孩子管他叫爹，不知道他有旁的称呼。

有时一连几小时，他观赏孩子给娃娃穿衣脱衣，聆听她喃喃自语。从今以后，他觉得生活充满了情趣，认为世人是善良公道的，内心里不再谴责任何人，现在有了这孩子的爱，他没有任何理由不活到很老，享受天年。在他看来，珂赛特宛如一盏美好的明灯，照亮了他的整个未来。最善良的人也不免要替自己打算；有时他欣慰地想到，这孩子将来一定是个丑姑娘。

这只是个人的一种见解；不过，应当说明我们的全部想法，冉阿让爱上珂赛特时的思想状况，并未表明他要在正道走下去，就不需要这一精神给养。不久前，他又看到人的残忍和社会的卑劣新的表现——固然，这种现象并不完整，不可避免地只表明真相的一个侧面；他也看到芳汀身上所体现的女人的命运、沙威所代表的政权；这回，他因做了好事而重新入狱，又饮了新的苦汁，重又产生厌恶和颓丧之感，就连主教的形象有时都在记忆中消逝，虽然过后重现时仍旧光辉灿烂，但是这一神圣的记忆毕竟越来越淡薄了。谁能说得准，冉阿让不是处于气馁和重新堕落的前夕呢？他有了爱，就重又坚强起来。唉！他摇摆不稳，并不比珂赛特强多少。他保护这孩子，这孩子也使他坚强。多亏了他，孩子才能走上人生之路；也多亏了孩子，他才能继续走道德之路。他是这孩子的支柱，这孩子也是他的支点。天命的这种平衡，真是神秘莫测啊！

四　二房东的发现

冉阿让很谨慎，白天从不出门，每天傍晚时分，他才出去一两个小时，有时独自散步，多数情况带着珂赛特，总走大道两侧最僻静的小街，或者在天黑的时候走进教堂，他爱去最近的圣美达教堂。他不带珂赛特时，就把她交给老太婆；不过，孩子还是喜欢跟他出去玩。珂赛特觉得，同卡德琳厮守固然很有趣，但还不如同他待上一小时。他拉着她的手，边走边对她说些开心的事。

有时候，珂赛特乐不可支。

收拾房间，做饭买东西，都是老太婆的事。

他们生活很简朴，炉子里总有点火，但是像生计窘迫的人家那样。头一天摆上的家具，冉阿让一样也没有换，只是雇人把珂赛特小屋门的玻璃换成木板。

他一直穿那件黄礼服、黑裤子，戴那顶旧帽子。走在街上，别人把他当成穷汉。有几次好心肠的女人回过身来，给他一苏钱。冉阿让收下钱，深施一礼。有时候，他遇见乞求施舍的穷人，便回头瞧瞧是否有人看见，再悄悄溜过去，也把一枚硬币放进那人手里，又急忙走开，而他给的往往是一枚银币。这种举动也会招来麻烦。这个街区的人开始认识他，称他是"施舍的乞丐"。

那个"二房东"老太婆，是个看什么都不顺眼的人，以嫉妒的眼光注视别人，也特别观察冉阿让，但是没有让他察觉出来。她耳朵有点背，因此爱唠叨。从前满口牙只剩下两颗，一颗在上，一颗在下，还总爱叩齿。她问了珂赛特好多话，而珂赛特什么也不知道，什么也说不上来，只讲她是从蒙菲郿来的。一天早晨，这个总在窥伺的老太婆发现，冉阿让走进破楼里没人住的一间屋，神色有点不对头，于是她像老猫一样悄悄跟过去，对着门缝观察，却不会被对方瞧见。冉阿让也一定多加了一分小心，背对着房门。老太婆瞧见他从衣兜里掏出一个针盒、一把剪子和一团线，接着拆开上衣下襟儿的衬里，从拆开的缝里抽出一张发黄的纸片，将纸片打开。老太婆大吃一惊，她认出那是一千法郎的钞票，这是她有生以来看到的第二张或第三张，吓得她仓皇逃开了。

过了一会儿，冉阿让来找老太婆，求她把一千法郎换成小票面的钱，并说这是他昨天取来的这个季度的利息。"到哪儿取的呢?"老太婆心下暗道，"他昨天傍晚六点钟才出去的，那时国家银行肯定不会还开着门。"她去换了钱，同时也作了各种猜测。这一千法郎的钞票，经过评论和夸大，在圣马赛尔葡萄园街道，引起那些婆娘纷纷议论，大惊小怪。

过了几天，冉阿让只穿着衬衣，在走廊上锯木头，珂赛特在一旁看得出神。屋里只有老太婆一个人收拾东西，她一眼就瞧见挂在钉子上的外衣，便上前察看：衬里又缝好了。她仔细摸了一阵，觉出衣襟和袖子的夹层里有厚厚的纸，一定是一千一千法郎的钞票啦!

此外，她还注意到衣兜里有各种各样的东西，不仅有她见过的针线和剪刀，还有一个大皮夹子、一把长刀，以及可疑的东西：几顶颜色不同的假发套。这件外衣的每个兜儿，仿佛都装有应付意外情况的物品。

住在这座破楼里的人，就这样挨到了冬季的最后几天。

五　一枚五法郎银币的落地声

有一个穷人，经常蹲在圣美达教堂旁边一口填平的古井台上；冉阿让总爱向他施舍，从他面前走过时总要给几个钱，有时还同他说说话。眼红的人就说那乞丐是"警察的眼线"。那老头儿有七十五岁，从前当过教堂执事，因而嘴里总念念有词。

有一天傍晚，冉阿让又经过那里，这回没带珂赛特，路灯刚刚点上，他看见那乞丐还在老地方，跟平时一样，佝偻着身子仿佛在祈祷。冉阿让走过去，像往常那样把钱放到他手上。那乞丐猛地抬起头，注视冉阿让，又迅速低下头去。这动作犹如一道闪电，冉阿让心头一惊，刚才借着路灯的昏光，看到的仿佛不是老执事那张平静呆呆的脸，而是一张可怕而熟悉的面孔。当时的感觉，就像黑夜中突然撞见猛虎。他不胜骇然，吓得倒退一步，既不敢喘气也不敢说话，既不敢停留也不敢逃走，只是愣愣地看着那乞丐。那乞丐脑袋罩一块破布，低着头，似乎不知道他还站在那里。在这奇特的时刻，一种本能，也许是自卫的神秘的本能，使得冉阿让一句话没说。那乞丐个头儿、破衣烂衫和相貌，还跟平时一样。"咦!"冉阿让说道，"我疯啦!简直在做梦!不可能啊!"他回到家里，心中惴惴不安。

他几乎不敢承认，看到的仿佛是沙威的面孔。

到了夜晚，他还想这事儿，后悔没有问问那人，好迫使他再抬一下头。

次日要黑天的时候，他又去那里，乞丐还在老地方。"您好，老伙计。"冉阿让给了一苏钱，毅然问道。那乞丐抬起头，以忧伤的声调答道："谢谢，我的好心的先生。"没错，正是那老执事。

冉阿让完全放下心来。他嘿嘿一笑，心中想道："见鬼，我在哪儿看到沙威啦？怎么，我的眼睛要花啦？"于是，他不再想这事儿了。

又过了几天，约莫晚上八点钟，他在房间里，正在让珂赛特高声拼读，忽然听见打开开关上楼门的声响，心中诧异。这破楼里除了他，只住着那个老太婆，她为了省蜡烛，总是天一黑就上床睡觉。冉阿让示意珂赛特不要出声。他听见有人上楼。大不了，只能是老太婆病了，出去抓药回来了。冉阿让侧耳细听，脚步很重，那声响像个男人走路；不过，那老太婆总穿一双大鞋，而一位老太太的脚步声，听起来比谁都更像一个大汉了。这工夫，冉阿让吹灭了蜡烛。

他打发珂赛特去睡觉，悄声对她说："去睡吧，别弄出动静。"就在他亲孩子的脑门儿时，那脚步停下了。他背对着房门，坐在椅子上没有动窝儿，不动也不出声响，在黑暗里屏住呼吸。过了好一阵，听不见动静了，他才无声无息地回过身，抬眼望望房门，只见锁眼透进亮光。在黑乎乎的房门和墙壁上，这点亮光真像一颗灾星。显然，门外有人举着蜡烛在偷听。

又过了几分钟，那光亮移走了。不过，一点儿脚步声他也没听见，这表明来到门口偷听的那个人脱掉了鞋子。

冉阿让和衣躺下，一夜未合眼。

天蒙蒙亮的时候，他因疲倦昏昏睡去，忽然被开门的声响惊醒：声音是从走廊里端一间阁楼传来的；接着，他又听见跟昨夜上楼同样的男人脚步声。脚步声越来越近。他急忙跳下床，一只眼对着锁孔窥视，锁孔相当大，可望这次看清楚，昨夜曾潜入楼里到他门口偷听的那个人究竟是谁。从冉阿让门外走过去的确是个男人，这回没有停步。楼道里还太昏暗，看不清那人的面孔；不过，那人走到楼梯口时，外面射进来的一束阳光，正好鲜明地衬出他的身影，冉阿让看到了他的整个背影。那人身材高大，穿一件长礼服，腋下夹一根短棍，正是沙威那副凶相。

冉阿让本可以再从临街的窗户看一看，但是，那必须打开窗户，他不敢妄动。

显然，那人有钥匙，进楼就像进自己家一样。那把钥匙是谁给他的呢？究竟是怎么回事呢？

早晨七点钟，老太婆来打扫房间。冉阿让犀利的目光瞧了她一眼，但是没有盘问，老太婆的神色同往常一样。

她一边扫地，一边对他说："昨夜，先生也许听见有人进楼来吧？"

那年头，在那条大道上，晚上八点钟，就是漆黑的夜晚了。

"哦，对了，是听见了。"他以最自然的口气回答，"那是谁呀？"

"是新来的房客，"老太婆说，"住到这楼里了。"

"叫什么名字？"

"弄不清楚。叫杜蒙或者道蒙先生。差不多是这种名字。"

"那位杜蒙先生，是干什么的？"

老太婆挤着一对狡猾的眼睛注视他，答道："吃年息的，跟您一样。"

说者也许无意，但冉阿让却多心了。

等老太婆一走，他就把放在壁橱里的一百来法郎银币卷起来，揣进衣兜里。他收钱时尽管十分小心，怕人听见声响，还是有一枚五法郎的银币，丁零零滚在方砖地上。

黄昏时分，他下楼到街上，注意察看周围，没有看见一个人。这条大道似乎渺无人迹。当然，树木后面也许有人躲藏。

他又上楼去。

"走。"他对珂赛特说。

他拉起孩子的手，二人一道出门去了。

第五卷　夜猎狗群寂无声

一　曲线战略

在此要说明一点，这对于下面几页和以后的篇章都是必不可少的。

本书作者——非常抱歉，不能不谈及他本人，已经离开巴黎多年。自从他离去之后，巴黎发生了变化，面貌一新，在一定程度上，成为他所陌生的城市。他无需讲他多么爱巴黎，巴黎是他精神的故乡。由于许多建筑物拆毁或改建，他青年时代的巴黎，他虔诚地铭刻在心的巴黎，如今已是昔日的巴黎。请允许我谈谈那时的巴黎，就当它依然如故似的。作者带着读者到一个地方，介绍说"在某条街上，有某所房子"，很可能今天那里既没有房子也没有街道了。读者若肯劳神，可以去查证一下。至于作者，他对新巴黎一无所知，眼前只有旧巴黎，抱着他所珍视的幻想来写作，梦想当年他在法国所见的事物，并没有荡然无存，有的还存留下来，这对他来说是非常惬意的事。一个人只要在故乡来来往往，就总以为那些街道与自己无关，那些窗户、那些屋顶和那些门都不算什么，那些墙壁非常生疏，那些树木也无足轻重，没有踏进去的房舍则毫无用处，脚下所踏的路石也不过是石块而已。后来一旦背井离乡，就会发觉自己珍视那些街道，怀念那些屋顶和门窗，离不开那些墙壁，热爱那些树木，没有踏进去的房舍天天要出入，而且，自己的五脏六腑、血液和心脏，都留在那些铺路的石块之间了。所有那些地点见不到了，也许此生再也见不到了，但是形象却保留在你的记忆中，而且有了一种令人心碎的魅力，带着幻象的忧伤重现在你的眼前，成为你见得到的圣地，也可以说，化为法兰西的本相，于是你爱上了，你极力回想那本来的样子，那旧时的模样，而且乐此不疲，不愿意那模样发生丝毫变化，因为，你珍视祖国的形象，如同珍视母亲的容貌一样。

因此，我们请求允许，在现在谈谈过去，这一点交代之后，请读者记下来，我们再往下叙述。

冉阿让立刻离开那条大道，拐进小街，尽可能转弯抹角，有时甚至突然折回去，看看是否有人跟踪。

这种招数，正是受围猎的麋鹿喜欢采用的，在容易留下足迹的地段有许多好处，错杂的印迹能误导猎人和猎犬。这在狗群围猎中叫作"假遁树林"。

这天夜晚正是望月，冉阿让倒不气恼。当时，月亮还贴近地平线，将街道割成大块大块的阴影和亮地。冉阿让可以躲在阴影里，沿着房舍和墙壁游击，观察明亮的一边。也许他没有充分意识到忽视了阴影的一侧；不过，他确信波利沃街附近每条僻静的小巷里，都没有人跟在后面。

珂赛特只跟着走，并不问什么。她来到世上不久，就经历了六年苦难，天性中潜入了某种被动性。还有一点，今后我们还要不止一次地指出，她在不知不觉中，早已习惯这老人的怪异行为以及命运的离奇变化。再说，同他在一起，她有安全感。

其实，冉阿让不见得比珂赛特清楚要去什么地方。他依赖上帝，就像孩子依赖他一样。他感到自己拉着一个比他更高大的人之手，觉得一个无形的人在指引他。此外，他根本没有准主意，毫无计划，也毫无打算。他甚至不能确定究竟是不是沙威，即便是沙威，沙威也不能认定就是他冉阿让。他不是乔装打扮了吗？别人不是以为他死了吗？然而，近日来，有些情况很怪，这就足以令他警觉起来。他决计不再回戈尔博老屋。如同一只被逐出巢穴的野兽，他要找一个洞穴藏身，然后再找一处安身之地。

冉阿让在穆夫塔尔街区摆迷魂阵，兜了许多圈子。这一带居民都已安歇，就好像还恪守中世纪的法度和宵禁的限制。他在贡吏街和刨花街，在圣维克托木杵街和隐士井街，兜来转去，巧妙地周旋。这里有些小客栈，但是他一步也不跨进去，没有看到合适的。其实他并不怀疑，万一有人追踪，也早已失掉目标了。

圣艾蒂安·杜蒙教堂打了十一点钟，他正穿越蓬图瓦兹街，从四十一号的警察派出所门前走过。过了一会儿，他出于上文所指出的本能，又转过身，借着派出所门前的路灯，清清楚楚地看见三个紧紧跟随的人，靠街道昏暗的一侧鱼贯从那盏路灯下走过。其中一个走进派出所的甬道。打头的那个人十分可疑。

"过来，孩子。"冉阿让对珂赛特说了一声，就急忙离开蓬图瓦兹街。

他绕了个弯子，转过此时已关门的族长巷通道，大步走上木剑街和弩弓街。又拐进驿站街。

前面是十字路口，正是今天罗兰学校所在地，也是连接圣日内维埃芙新街的地点。

（自不待言，圣日内维埃芙新街是一条老街，而驿站街十年也不见有一辆驿车驶过。早在 13 世纪，驿站街的居民是制陶工，真正的名字为陶器街。）

一轮皓月照在十字路口上。冉阿让藏在一个门洞里，心里打算那三人若是还跟着，就得通过那片亮地，他也就必定看得一清二楚。

没过三分钟，那些人果然出现了。现在他们共四人，个个人高马大，身穿棕色长礼服，头戴圆顶帽，手持粗棍。他们在黑夜中的行迹就够阴森可怕的，那大块头儿和大拳头也同样令人胆战心惊，看上去真像化身士绅的四个鬼魂。

他们走到十字街头中央便站住了，聚成一堆，似乎要商量事情，那样子显得犹豫不决。像是领头的那个人转过身来，气冲冲地抬起右手，指着冉阿让所走的方向；另一个人好像固执地指着相反的方向。前者回身的时候，正巧月光照在他脸上。冉阿让完全认出来，正是沙威。

二　奥斯特利茨桥上幸而行车

冉阿让疑团顿消，幸而那些人还游移不定，他便加以利用：他们耽误的时间，就是他赢得的时间。于是，他从潜伏的门洞里出去，冲进驿站街，朝植物园街区走去。珂赛特开始疲倦了，他就抱着她走。

街上不见一个行人，因是月夜，也没有点路灯。

他加快脚步。

他大步流星，几下就跨到葛伯莱陶器店；月光照在老招牌上，字迹清晰可见：

> 老字号店葛伯莱，
> 水罐酒壶全都卖，
> 花盆砖管样样有，
> 凭心出售方砖块。

他连续把钥匙街、圣维克托水泉抛在身后，走下坡街，顺着植物园走到河边。他再回头望望，河滨路阒无一人，其他街道也空荡荡的。后边没人跟随，他长出了一口气。

接着，他走上奥斯特利茨桥。

当时还要付过桥费。

他走到收费处，给了一苏钱。

"应当付两个苏，"守桥的收费员说，"您还抱了一个能走路的孩子。要付两个人的钱。"

冉阿让照付了，但心中不快，怕有人窥见他过桥。凡是逃匿应当潜行，要神不知鬼不觉才好。

恰好有一辆大车跟他同时过河去右岸，这对他很有利。桥上这段路，他可以在大车的影子里隐身了。

走到桥中间，珂赛特说腿麻了，要下来走走。于是，他就放下孩子，又拉着她的手往前走。

过了桥，他望见前面偏右一点有一片工地，便朝那里走去。必须冒险穿过一大片明亮的空地，才能到那里。他并不迟疑。追捕他的那些人显然被甩掉了，冉阿让认为脱险了。追踪，不错；跟踪，办不到。

在两个有围墙的工地之间，出现一条小街，即圣安托万绿径街，街道又窄又暗，仿佛专为他修建的。钻进去之前，他又回头张望一下。

他从自己所处的地点，能望见整座奥斯特利茨桥身。

有四个人影刚上桥头。

那些人背对着植物园，直奔右岸而来。

冉阿让不寒而栗，如同重陷围猎的野兽。

他尚存一线希望，但愿他拉着珂赛特穿过这一大片明亮的空场时，那些人还未上桥，没有看见。

情况若是这样，他钻进小街，潜入工地、沼泽、农田和空场，就能逃脱了。

他觉得这条寂静的小街靠得住，于是钻了进去。

三　看看1727年巴黎市区图

冉阿让走了三百来步，到了小街的岔口，分出左右两条斜街，展现在他面前的是 Y 字的两根枝杈。选哪一条好呢？

他毫不犹豫，拐上左边一条。

为什么？

因为，左边一条通往城郊，也就是说有人住的地方，而右边一条通往郊外，也就是荒僻无人的地方。

不过，他不像先前走得那么快了，珂赛特慢下来，拖住他的脚步。

于是，冉阿让又抱起珂赛特。孩子头枕在老人的肩上，一声也不吭。

他不时回头望望，而且留心一直靠街道昏暗的一侧，身后的街道笔直，他回头望了两三回，什么也没有看见，一片寂静，也就稍放宽心，继续往前走。过了一会儿，他又猛一回头，仿佛看见他刚走过的那段街上，远远的黑地里有东西在移动。

现在他的步伐不是走，而是往前飞奔了，只希望找到一条侧巷，赶紧逃避，再次甩掉跟踪的尾巴。

他撞见一道围墙。

那道墙并没有挡住去路，而是贴着与冉阿让所走的那条街连接的一条横巷。

到了街口，又得做出决定，是往右还是往左走。

往右边一望，只见小巷延伸，两侧全是板棚和仓库之类的建筑物，巷尾是死的，横着一堵白色高墙，清晰可辨。

再往左边一看，只见巷子两百来步远处，与另一条街相通，那才是生路。

冉阿让正要拐进左边巷口，打算逃向隐约望见与巷尾相连的那条街上，忽然发现一尊黑糊糊的雕像，一动不动立在街巷的拐角。

那是一个人，分明是刚刚派去守住巷口。

冉阿让慌忙后退。

当时他处于圣安托万街和拉佩街之间，正是巴黎彻底翻建的一个地段；这种翻建工程，有人斥为丑化，有人誉为改观。农田、工地和老建筑物统统消失了，如今这里是新建的大街、竞技场、马戏场、跑马场，还有一座马扎斯监狱，足见进步少不了刑罚。

半个世纪前，民众的传统用语还坚持把法兰西学院称作"四国"，把歌喜剧院称作"费陀"，同样，也把冉阿让站立的地点称作"小皮克普斯"。圣雅克门、巴黎门、中士便门、小门廊村、迦利奥特街、则勒司定会修士街、嘉布遣会修士街、槌球场林荫道、淤泥路、克拉克夫树街、小波兰街，这些全是在新巴黎浮游的旧名称。民众的记忆附在这些过去的漂浮物上。

其实，小皮克普斯作为街区只具雏形，存在时间极短，面貌酷似西班牙一座城市的修道之地，街道多半没有铺石块，两侧房舍稀少，除了我们要讲的两三条街道之外，各处全是围墙和空地。没有一家店铺，没有一辆马车，只有零星几点烛光从窗户透出，一过十点钟就全熄了。这里全是园圃、修院、工地、沼泽、寥寥几座低矮的房舍以及同房屋一样高的围墙。

这就是这个街区在18世纪的面貌。那场革命给它造成严重的损害。共和国市政官对它又是拆毁，又是开凿，又是穿透，因此到处是一堆堆的瓦砾。三十年前，一群新建筑将这个街区一笔勾销。如今，小皮克普斯已不复存在，市区图上没有它一点痕迹了，可是在1727年出版的巴黎市区图上，标示得相当清楚；当年印行巴黎市区图的有两家出版商，一是巴黎的德尼·蒂埃里书局，位于石膏街对面的圣雅克街，一是里昂的若望·吉兰书局，位于天主广场的服装店街。小皮克普斯这里有我们所说的Y形街道，是由安托万绿径街劈叉而成的。两条枝杈，左边一条叫皮克普斯小街，右边一条叫波龙索街，顶端由一条横杠连起来，那横杠叫直壁街。波龙索街到横杠为止，皮克普斯小街则穿过去，上坡通到勒努瓦集市场。从塞纳河边来的人，走到波龙索街尽头，左首便是直壁街，来个九十度的急拐弯，就沿着这条街的围墙往前走了；右首则是直壁街的尾段，是条死路，叫作洋罗死胡同。

冉阿让就是到了这里。

上文说过，他望见一个黑影守在直壁街和皮克普斯小街的拐角，就慌忙后退。再也没有疑问了，那鬼影在窥伺他。

怎么办？

走回头路已来不及了。先前他回头张望，看见远处暗地里有活动的影子，那一定是沙威和他的小队。冉阿让走到街尾的时候，沙威很可能已经进入街口。看来，沙威非常熟悉这一小块迷宫似的地段，早就有所防备，派他手下一个人把住出口。这种种猜测显然都是事实，在冉阿让伤透的脑子里立刻乱纷纷飞旋起来，就像一把灰尘被一阵风吹飞一样。他仔细望望洋罗死胡同，那里无路可通。他再仔细望望皮克普斯小街，那里有人把守。他看见明亮的月光映白的铺石街道，突兀地衬出那个黑黝黝的身影。往前走吧，必然撞到那个人。往后退吧，又要落入沙威的魔掌中。冉阿让感到陷入罗网，感到罗网渐渐收紧了。他悲痛欲绝地仰望苍天。

四　探索逃路

为了看懂下文，就必须准确地想象出直壁小街，尤其从波龙索街拐进直壁街时抛在左首的街角。沿直壁街直到皮克普斯小街，右侧几乎一座连一座，全是外观贫寒的房舍；左侧只有一座形貌肃穆的建筑，是由连成一体的几栋房子构成的，而且往皮克普斯小街方向一栋比一栋高出一两层，因此，这座建筑靠皮克普斯小街一边非常高，靠波龙索街一边又相当矮，到我们提过的那个拐角处，建筑就低到仅有一堵墙了。不过，这道墙并不直趋波龙索街，而是缩回去一块，由左右两角遮掩，无论站在波龙索街还是站在直壁街的人都望不见。

这堵墙从斜壁的两角，往波龙索街方向延伸到四十五号住宅，往直壁街方向延伸的一段极短，连到我们提过的那座黑乎乎的楼房，斜切着楼房的山墙，在直壁街又形成一个缩角。这面山墙灰突突的，只有一扇窗户，说得更准确些，只有终日关着的两块包了锌皮的窗板。

我们在此描绘出来的这一街区的形貌，完全符合实际状况，在老住户的心中，一定能唤起种种真切的记忆。

斜壁完全被一样东西所占据，看似一扇门，无比高大又破烂不堪，是用竖条木板胡乱拼凑起来的，上边比下边的板条要宽些，横向又用长条铁皮连接固定。旁边还有一道大车门，大小正常，看样子辟建的时间不长，顶多有五十年。

一棵椴树的枝杈从斜壁上探出来，靠波龙索街的这面墙上爬满了常青藤。

情势凶险，在这千钧一发之际，冉阿让见这座房子孤零零，好像没有住人，就想试一试。他急速用眼睛扫了一遍，心想若能进去，也许就能逃命。他这才有了一个主意，有了一线希望。

这楼房正面中间部分临直壁街，各层的每个窗口都安有破旧的铅皮漏斗。从一根总管道分出粗细不同的排水管，接在各个漏斗上，整个看上去，就像画在楼房正面的一棵树。那些支管弯弯曲曲，又像盘曲攀附在老农舍前面的枯藤。

那些铅管铁管条条枝杈，贴在墙上十分奇特，首先引起冉阿让的注目。他让珂赛特靠着一个石桩坐下，叫她不要出声，然后跑到排水管接触路面的地方。也许能设法顺着管道爬上去，潜入楼内。然而，管道年久失修，已经朽烂，勉强附着在墙上。而且，这座楼房直到阁楼，每扇窗户都镶了粗铁条。再说，月光正照在这一面，冉阿让若是爬上去，就会让守在街口的那个人发现，况且，珂赛特又怎么办呢？怎么把她带上四层楼呢？

于是，他放弃攀缘排水管的打算，又顺着墙根爬回波龙索街。

他回到他让珂赛特留在那儿的斜壁，发现谁也瞧不见这里。前面说过，这个角落避开了从任何方向射来的目光，而且处在暗地里。这儿还有两扇门，也许能撬开吧。墙头探出的椴树枝和爬着的常青藤，显然表明里面是座园子，尽管树叶落光了，但至少可以藏身，度过下半夜。

时间流逝，要赶紧行动。

他试试那扇大车门，立刻明白里外都钉死了。

他抱着更大的希望，凑近另一扇大门。这扇门已经破旧不堪，而且又高又宽，就更不牢固了，木板都朽烂，横连的长条铁皮只有三条，也全生锈了。这虫蛀朽烂的木栅，也许能打穿个洞。

他仔细一看才发现，这并不是门，既没有铰链，也没有合页，既没有锁，也没有中缝。只有铁皮条横贯在上面，但是并不衔接。从木板缝往里瞧，能隐约看见三合土中的粗砂石：十年前，行人经过这里还能看到。冉阿让不禁愕然，只好承认这扇徒具虚表的门，只不过是一所房子后山的护墙板。撬开板子容易，但是还要碰壁。

五　有煤气路灯便不可能

这时，远处传来低沉而有节奏的声响。冉阿让冒险探出头，从街角向外张望一眼，只见七八名士兵列队走进波龙索街口，枪刺闪着寒光，正朝他走来。

他辨认出走在排头的大个子就是沙威。他们谨慎地缓缓行进，时常停下，显然是搜索每一处墙角、每一个门洞和每一条小道。

见此情景，不会猜错，那支巡逻队是沙威半路遇见并调用来的。

沙威的两名助手也走在队列中。

根据他们行进的速度和停顿的情况，可以计算出他们还得一刻钟，才能到达冉阿让所在的地点。这一时刻万分危急，他第三次面临可怕的深渊，再过几分钟就坠落下去。这回判处苦役，就不单纯是服苦役的问题了，还意味珂赛特断送一生，要成为孤魂野鬼了。

只有一个办法可行了。

冉阿让有这样一个特点，可以说他身上有个褡裢，一头囊中装着圣徒的思想，另一头囊中装着苦役犯的惊人才能。他掏哪头行囊，要视情况而定。

从前他在土伦服苦役，曾多次企图越狱，练就一整套本领，其中攀登一技堪称高手，令人难以置信；我们还记得，他不用梯子，不用扣钉，仅凭自身肌肉的力量，运用后颈、肩头、臀部和双膝，稍稍撑一下砌石偶然的突起部分，就能顺着两面墙构成的直角一直登上七层楼。二十年前，囚犯巴特摩勒就是运用这种技巧，从巴黎裁判所附属监狱逃走，致使那处墙角既令人惊恐，又大名鼎鼎。

冉阿让看着探出椴树枝的墙头，目测一下高度，约有十八法尺。这堵墙和那座大楼的山墙的切角里，砌了一个三角形砖石墩，大概防范人称行人的那些粪虫到这异常方便的角落行方便。这类墙角防护墩在巴黎相当普遍。

这个砖石墩约五尺高。墩顶距墙头，多说有十四尺。

墙头盖了石板，没有披檐。

事情难在珂赛特，她不会爬墙。丢下她吗？冉阿让连想也不想。

驮她上去又不可能。这种奇特的攀登，需要他使出全身的力气；哪怕一点点累赘，也能让他失掉重心而栽下去。

要有一条绳子。冉阿让身上没带。大半夜的，在波龙索街，到哪儿去找绳子呢？此刻，冉阿让若是拥有个王国，也会拿去换一条绳子。

危难关头总有闪光，有时令我们头晕目眩，有时叫我们心明眼亮。

冉阿让绝望的目光碰到洋罗死胡同的路灯杆。

当时巴黎街头还没有煤气路灯，只有带反射镜的油灯，每隔一段距离设一盏，天要黑时点亮，用绳子拉起或放下；那灯绳从空中横拉过街道，安在杆子的槽里，收放灯绳的绞盘装在灯下面一个铁盒里，钥匙由点灯工保管；灯绳下半段则用金属管保护。

冉阿让拿出殊死斗争的劲头儿，一个箭步蹿过街道，冲进死胡同，用刀尖撬开小铁盒的销闩，转瞬间又回到珂赛特身边。他有了绳子。这些不幸的人，同命运搏斗时总能急中生智，行动干脆利落。

前面交代过，这天夜晚没有点路灯。洋罗死胡同和别处一样，路灯是黑着的；有人就是从旁边走过，也不会注意那盏灯不在原来位置上了。

然而，时辰那么晚，在那种地方，周围那么黑暗，冉阿让又神色惶遽，行为怪异，忽来忽往，这一切开始让珂赛特不安了。换个别的孩子，早就惊叫起来了，而她只是扯扯冉阿让的衣襟儿。巡逻队走近的脚步声一直听得见，而且越来越清晰了。

"爹，"她小声说，"我怕。那是谁来啦？"

"别出声！"不幸的人回答，"那是德纳第婆娘。"

珂赛特打了个寒噤。冉阿让又说道："别说话，让我来对付。你若是喊叫，若是哭，那么德纳第婆娘就会找来，把你抓回去。"

接着，他解下领带，扎在孩子的腋下，注意松紧适度，再把领带同绳子一端系住，打了个海员所说的燕子结，咬住绳子另一端，脱下鞋袜扔过墙头，这一系列动作，不慌不忙，又干净利索，绝不重复，在巡逻队和沙威随时可能突然出现的这种时刻，尤为显得出色；然后，他跳上那砖石墩，身子贴住墙壁和山墙的切角往上升，动作十分沉稳，就好像脚跟和臂肘下有梯级似的。只用半分钟，他就跪在墙头上了。

珂赛特惊呆了，一声不响地望着他。冉阿让的叮嘱，以及德纳第婆娘的名字，早把她吓呆了。

只用半分钟，他就跪在墙头上了。

忽然，她听见冉阿让轻声喊她："背靠在墙上。"

她照办了。

"不要出声，也不要害怕。"冉阿让又说道。

珂赛特感到双脚离了地。

她还未弄清是怎么回事，就被拉上墙头了。

冉阿让抓住她，放到自己背上，用左手拉住她的两只小手，匍匐爬到斜壁上。他判断得不错，果然有一座小房，房顶与那木墙头相连，拂着椴树枝，坡度也平缓，披檐离地面不高。

这境地很可喜，因为墙里比临街一面高得多。冉阿让往下看，地面相当幽深。

他爬到斜屋顶，手还未放开墙脊，就听见一片喧扰，表明巡逻队赶到了，又听见沙威如雷的声音说道："搜这个死胡同！直壁街有人把守，皮克普斯小街也守住了。我敢打保票，他在这死胡同里！"

士兵冲进洋罗死胡同。

冉阿让背着珂赛特，顺屋顶滑下去，碰到椴树，便跳下地。也许由于恐惧，也许由于勇敢，珂赛特一声未出，她双手擦破了点皮。

六　谜的开端

冉阿让发现到了一座园子。园子很大，但形貌奇特，景色凄凉，仿佛建来专供人在冬夜观赏。园地呈长方形，里侧有一条林荫道，长着两排高大的杨树，角落还有一片高树，园中央是一片没有阴影的空地，只挺立一棵大树，另有几棵果树，枝干蜷曲，支棱八翘，好似大丛荆棘；此外，还有几畦菜地、一块瓜田，只见瓜秧培育罩在月光下闪闪发亮，旁边有一口排污水古井。几条石凳散布在各处，黑乎乎的，好像长了苔藓。一条小径两旁都栽有挺直幽暗的小树，路径半边杂草侵占，半边青苔覆盖。

冉阿让旁边有一所房子，他正是从那房顶滑下来的，还有一个柴堆，柴堆后面靠墙有一尊石像，面部损坏，成为一副畸形面具，在黑暗中若隐若现。

房子破烂不堪，只见几间屋门窗都拆毁，只有一间好像改作仓房，里边堆满杂物。

临直壁街延至皮克普斯小街高起来的那座大楼，有两面对着园子，呈直角突进来。园内这两面比临街那两面显得凄惨，窗户全安了铁栏，没有一点灯光，楼上几层还装有窗斗，同监狱的窗户一样。一面墙投在另一面墙上的阴影，又落到园地上，犹如巨幅黑布。

再也望不见别的房舍。园子尽头隐没在夜雾中。不过，有些纵横交错的墙头还依稀可见，仿佛园外还有园子；波龙索街的低矮房顶也依稀可见。

想象不出还能有比这更荒僻更冷清的园子了。园中一个人也没有，这很简单，时间太晚；可是这地方，即使在中午，好像也不适合人来散步。

冉阿让要做的头一件事，就是找到鞋子，重新穿上，然后带珂赛特走进仓房。逃跑的人，总觉得自己藏匿的地点不够隐蔽。孩子还一直想德纳第婆娘，她出于同样的本能，也尽量蜷伏起来。

珂赛特浑身战栗，紧紧靠着他。他们听见巡逻队搜索死胡同的喧闹声、枪托碰到石头的声响、沙威招呼他布哨的警察的喊声，以及他那掺杂着无法听清的话语的咒骂声。

过了一刻钟，那种狂吼的风暴渐渐离去。冉阿让敛声屏息。

他的手一直轻轻按着珂赛特的嘴。

不过，他置身的荒僻之地幽静得出奇，外面的喧嚣那么凶，又那么近，却丝毫也没有惊扰这里面。这里的墙壁，就像是用《圣经》里所说的哑石砌成的。

然而，在这一片沉寂中，忽然响起一种新的声音，是来自上天的无比美妙的仙音，跟刚才那阵可怕的喧闹，恰成鲜明的对照。这是从黑暗中传出来的天主颂歌，是在朦胧夜色和可怕寂静中由祈祷与和声汇成的炫目之光；这是妇女的声音，由贞女纯洁的声调和女孩天真的声调组合，这不是人间的声音，而像新生婴儿还听得到、垂死之人已经听到的声音。这歌声从屹立在园中的灰暗大楼里传出来。在魔鬼的喧嚣离去的时刻，从夜色中继之而来的仿佛是天使的合唱。

珂赛特和冉阿让一同跪下。

他们并不知道这是什么，也不知道身在何处，但是这老少二人，一个赎罪者和一个无罪者，都感到应当下跪。

这声音的奇特之处，就是并不妨碍大楼给人空荡荡的印象。听来就像空楼传出的超自然的歌。

冉阿让听着歌声，什么也不想了。他眼前不再是漆黑的夜，而是蔚蓝的天空。他感到我们每人心中都有的翅膀要展开了。

歌声止息。这歌声也许持续很久。冉阿让说不准。陶醉忘情的时间，从来就像一刹那。

周围又沉寂下来。街上悄无声息，园内也悄无声息了。凶险恐怖的、给人慰藉的，所有声响都消失了。只有墙头上的几株枯草在风中抖瑟，微微发出凄惶的声响。

七　谜的续篇

夜晚的寒风刮起来了，表明已是凌晨一两点钟。可怜的珂赛特一声不吭，挨着冉阿让坐在地上，头靠着他的身子。冉阿让以为她睡着了，就低头瞧了瞧，看见她睁大眼睛，一副沉思的样子，心中不禁一阵难过。

她浑身一直发抖。

"想睡觉吗？"冉阿让问道。

"我冷。"孩子答道。

过了一会儿，她又说："她还在那儿吗？"

"谁呀？"冉阿让反问道。

"德纳第太太呀。"

冉阿让已经忘了让珂赛特噤声的办法。

"唔！"他说道，"她走了，不用怕了。"

孩子叹了一口气，好像一块石头从胸口拿掉了。

地面潮湿，破棚四处透风，而晚风也越来越冷了。老人脱下外衣，给珂赛特裹上。

"这样暖和一点了吧？"他问道。

"嗯，爹！"

"那好，你等我一会儿，我这就回来。"

他走出破棚，开始顺着大楼察看，想找个更好的避身之所。他看到好几扇门，但是都关着，楼下的窗户也都安了铁栏。

他绕过大楼的里角，发现几扇圆拱窗透出点亮光，于是在一扇窗前踮脚往里张望，这些窗户全开在一座相当宽敞的厅堂，厅堂地面铺了宽幅石板，由有拱廊石柱间隔开，只见一点微光和巨大的阴影，什么也看不清楚。光亮来自挂在墙角的一盏常明灯。大厅空荡荡的，没有一点动静。不过，他极力凝望，似乎看见石板地上有什么东西，好像一个人体的形状，盖着一块裹尸布。那东西面朝下，直挺挺地趴在石板地上，两臂平伸，全身构成一个十字，但纹丝不动，就跟死了一般。看着石板上伏着一条蛇似的东西，真以为那骇人的形体脖子上套根绳索。

整个大厅灰蒙蒙的，灯光幽暗，平添了几分恐怖的气氛。

后来冉阿让常说，他一生也见过不少怖怪的景象，但还没有比这形体更令人胆战心寒的：这谜一样的形体，僵卧在这阴森的地方，在夜色中隐约可见，该是多么神秘莫测啊。设想那东西可能是死的，就够吓人了；设想那可能是活的，就更吓人了。

冉阿让还算有胆量，脑门儿贴着玻璃窗，窥视那东西动不动，这样徒然地待了一会儿，觉得过了很长时间，那僵卧的形体始终纹丝不动，突然，他感到被一种无名的恐惧所震慑，就慌忙逃开了。他跑回仓棚，一路不敢回头望一望，觉得一回头，就会看见那僵尸晃动手臂，大步流星地跟在后面。

他气喘吁吁回到破棚，双膝发软，腰间出了汗。

他到了什么地方？谁能想象得出，在巴黎市区，竟有这种鬼蜮？那奇异的楼房是什么场所？充满黑夜神秘的建筑，在黑暗中以天使的歌声招引灵魂，等招来灵魂，又赫然展示这种可怖的景象，本来许诺打开光辉灿烂的天国大门，却打开了阴森恐怖的墓穴之门！而这确确实实，是一座建筑，一座楼房，临街有门牌号！这绝非梦幻！他要摸一摸墙上的石头才相信。

寒冷、惶恐、忧虑，这一夜的惊扰，真把他弄得浑身燥热；千头万绪，在他头脑里乱成一团麻。

他走近珂赛特，见她睡着了。

八　谜上加谜

孩子枕着石头睡着了。

冉阿让在她身边坐下，开始端详她的睡容。在端详的同时，他的情绪也渐渐平静下来，又能重新把握思想的自由了。

他清楚地认识这样一个现实，也就是他余生的底蕴：只要这孩子还在，只要在他身边，他就除了为她以外什么也不需要，他就除了因她以外什么也不害怕了。他脱掉外衣盖在孩子身上，甚至没有感到自己身子很冷。

这阵工夫，他在冥思遐想中，听见一种奇特的声响，好像摇动的铃铛声。声音来自园内，虽然微弱，但是听得很真切，如同夜间牧场上牲口颈下小铃铛发出的幽微的音乐。

冉阿让闻声回头张望。

他定睛一看，发现园里有一个人。

那像个男人，走在瓜田的秧苗培育罩之间，不时停下，弯下腰又直起来，仿佛在地上拖着或者展开什么东西。那人走路好像一瘸一拐。

冉阿让浑身一哆嗦；不幸的人就是这样，动辄惊悸，看什么都可疑，都有敌意。他们提防白天，因为白天容易让人看见；他们也提防夜晚，因为夜晚容易让人突袭。刚才因为园子阒无一人，他心惊肉跳，现在园里有了人，他也心惊肉跳。

他从虚无缥缈的恐惧，又跌入实有真切的恐惧，心想沙威和警探也许没有离开，必定留人在街上守望；这个人万一发现他在园内，就要大喊捉贼，把他交出去。于是，他轻轻抱起熟睡的珂赛特，移到仓棚最里面的角落，放在一堆搁置不用的旧家具后面。珂赛特一动也不动。

他从里面观察瓜田上那个人的行迹。奇怪的是，铃声完全随着那人的动作而变异。人近声近，人远声远；他动作急促，铃声也急促，他停下不动，铃声也止息。显然，铃铛系在那人身上；可是，这其中有什么奥妙呢？那究竟是什么人，像牛羊一样系着铃铛呢？

他一面在心中提出这些疑问，一面伸手摸摸珂赛特的手，感到她的小手冰凉。

"上帝啊！"他叹道。

接着，他就低声唤她："珂赛特！"

珂赛特不睁眼。

他又用力推她。

她也不醒来。

"她别是死了吧！"他说着，就霍地站起，从头到脚浑身战栗。

他惊慌失措，一阵胡思乱想。有时候，可怕的设想如同一群疯魔，猛烈袭击我们，要冲破我们的脑颅。一涉及我们所爱的人，我们就慎而又慎，凭空想出各种荒唐的情况。他忽然想到，寒冷的冬夜，露天睡觉会丧命。

珂赛特面无血色，一动不动，瘫在他脚下的地上。

冉阿让倾听她的呼吸，感到她还喘气，但气息微弱，快要断了：

怎么让她暖和过来呢？怎么把她叫醒呢？与此无关的念头，全从他头脑里消失了。他发狂似的冲出破屋。

刻不容缓，一刻钟之内，必须把珂赛特放到火前和床上。

九 佩带铃铛的人

冉阿让径直朝园里那人走去，手里攥着从坎肩兜里掏出来的一卷钱。

那人低着头，没有瞧见他走近。冉阿让几步就跨到他跟前。

他开口就喊道："一百法郎！"

那人吓了一跳，抬起眼睛。

"一百法郎给您赚，"冉阿让又说道，"只要您给我一个过夜的地方！"

月亮迎面照着冉阿让那惊慌的脸。

"咦，是您啊，马德兰老爹！"那人说道。

这名字，在黑夜的这一时辰，在这陌生之地，由这陌生人叫出来，使冉阿让连连后退。

他准备好应付任何局面，就是没有料到这一点。同他说话的是位老者，背驼腿瘸，身上的穿戴跟农民差不多，左膝绑条皮带，挂一个挺大的铃铛。他的脸背着月光，看不清楚。

这时，那老人摘下帽子，提高嗓门颤抖地说：

"天主啊！您怎么在这儿，马德兰老爹！耶稣上帝啊，您是从哪儿进来的？是从天上掉下来的吧？这不难猜，您若是真的掉下来，那只能是从天上。您怎么这身打扮！没扎领带，没戴帽子，也没穿外衣！不认识您的人见了会吓着的，您知道吗？天主上帝啊，如今的圣徒全疯了吗？真的，您是怎么进来的？"

一句紧接一句，老人像乡下人那样爽快，说起话来滔滔不绝，但绝不让人下不来台。语气中既流露出惊讶，又显得天真而纯朴。

"您是谁？这里是什么宅院？"冉阿让问道。

"嘿，老天爷，太过分啦!"老人高声说，"我就是您安置在这儿的呀，这个宅院，就是安置我的地方啊。怎么! 您认不出我来啦?"

"不认识，"冉阿让说，"我怎么会认识您呢?"

"您救过我的命啊。"那人又说。

他转过身，一束月光照见他的侧面，这下冉阿让认出是割风老头儿。

"哦!"冉阿让说，"是您吗? 对，我认出您了。"

"还真行!"老人带着责备的口气说。

"您在这儿干什么?"冉阿让又问道。

"还用问! 我在盖瓜秧苗呀!"

刚才冉阿让上前搭话时，割风老头儿确实提着一片草席，正要盖在瓜田上。而且，他到园子里来已有个把钟头，盖了相当一片了。冉阿让在破屋观察到的，正是他这种奇特的动作。

他继续说道：

"出来之前我心想，要上冻了，趁着月亮地儿，干吗不给瓜秧披上大衣呢?"他看着冉阿让，哈哈大笑，又补充说道，"真的，您也应当披上一件啊! 对了，您怎么在这儿呢?"

冉阿让心中暗道，这人既然认识他，至少知道他叫马德兰，那么自己就要谨慎从事，于是一连串提了许多问题。事情也真怪，双方似乎调换了角色，他这个不速之客，反倒盘问起人家来了。

"您膝上挂个铃铛干什么?"

"这个?"割风回答，"这是让别人避开我呀。"

"什么? 让别人避开您?"

割风老头儿诡秘的样子，挤眉弄眼地说：

"当然喽! 这大楼里住的全是女的，还有不少年轻姑娘，好像撞见我会有危险。铃声警告她们回避。我一来，她们就纷纷走开。"

"这是什么宅院啊?"

"嗳! 您还不知道?"

"我真的不知道。"

"是您安置我到这儿来当园丁的呀!"

"回答我的话，就当我根本不知道。"

"好吧，这就是小皮克普斯修道院呀!"

再阿让想起来了。两年前，割风老头儿出了车祸，成了残废，由他介绍到圣安托万区修道院来，而他恰恰闯到这里，真是巧遇，也是上天的安排。他自言自语似的重复道：

"小皮克普斯修道院！"

"是啊，不过，"割风又说，"您，马德兰老爹，真见鬼，您是怎么进来的？您是个圣徒也没用，总归是个男人，是男人就不许进这里。"

"您不是能在这儿嘛。"

"只有我一个例外。"

"不管怎么说，我得留在这儿。"冉阿让又说道。

"上帝啊！"割风叹了一声。

冉阿让凑到老人面前，严肃地说："割风老爹，我救过您的命。"

"这还是我头一个想起来的。"割风回答。

"那好，从前我为您做的事，今天您也能为我做了。"

割风两只皱巴巴的老手，颤抖着拉住冉阿让两只结实的大手掌，好一阵说不出话来，最后才高声说道：

"我若能报答您一点儿，那真是慈悲上帝的恩惠！我！救您的命！市长先生，用得着我这老头儿，您就吩咐吧！"

这老人一阵喜悦，连容貌都变了，脸上似乎焕发出光彩。

"您让我干什么？"他又说道。

"等一下我再向您解释。您有一间屋吗？"

"有一所破板房，在老修院破房后边，孤零零在一个隐蔽的角落，谁也看不见。有三个房间。"

果然，破棚在老楼后面，被遮住，十分隐蔽，谁也瞧不见，冉阿让也没有发现。

"很好，"冉阿让说，"现在，我要求您两件事。"

"什么事，市长先生？"

"头一件，关于我的情况，您对谁也不要讲。第二件，我的事您不要多问。"

"听您的。我知道您只能干正当的事，您始终是慈悲上帝的人。再说，是您把我安置在这儿的。这是您的事儿。我听您的。"

"一言为定。现在随我来，一道去找孩子。"

"啊！还有孩子！"割风说道。

他不再多说一句话，像狗随主人一样跟着冉阿让。

没过半小时，珂赛特睡在老园丁的床上，烤着旺旺的炉火，脸蛋儿就又变红了。冉阿让重又打上领带，穿上外衣，也找到了从墙头扔过来的帽子。冉阿让这边穿上外衣时，割风那边也解下系铃带，挂到背篓旁边一根钉子上，算是墙壁的点缀。割风往桌子上放一块奶酪、黑面包、一瓶葡萄酒和两只杯子；二人臂肘撑着桌子烤火，老头儿一只手按住冉阿让的膝盖，说道：

"唉！马德兰老爹！您没有一下子认出我来！您救了人家的命，却把人家给忘啦！噢！真不够意思！人家还总记着您！您这人真没良心！"

十　沙威如何扑空

这一系列事件，我们可以说看到了反面，其实发生的经过极其自然。

冉阿让在芳汀去世的床边，被沙威逮捕，当天夜里，他就逃出了海滨蒙特伊市监狱；警方推测，这个越狱的苦役犯必定前往巴黎。巴黎是吞没一切的大漩涡，如同大海的漩流一样，什么进入这人世的漩流都会消失。巴黎藏匿一个人的踪迹胜过任何森林。各色各样的亡命之徒都深知这一点。他们奔向巴黎，就像钻进无底洞，而有些无底洞确是避难之所。警方也深知这一点，因此在别处丧失了线索，就到巴黎去寻觅。警方确在巴黎察访海滨蒙特伊的前市长。沙威也调到巴黎协同破案，他在重新逮捕冉阿让归案过程中，的确卖了很大力气。安格莱斯伯爵主管警察总署时，秘书夏布叶先生注意到在这件案子中，沙威表现出的忠勇和智慧，而且，当初他就提拔过沙威，趁这次机会，就把这个警探从海滨蒙特伊调到巴黎总署供职。沙威调到巴黎之后，屡次立功，其表现——还是明说吧，尽管这个字眼用于这种差使未免出人意料——忠勤可嘉。

天天出猎的狗追捕今天的狼，就会忘掉昨天的狼；同样，沙威也不再想冉阿让了，直到1823年12月，他这从不看报的人忽然看了一份报纸，作为保王党徒，他要了解"亲王大元帅"① 凯旋而归，进入巴

---

① 亲王大元帅指昂古莱姆公爵，1823年4月，他率法军进入西班牙，镇压那里的资产阶级革命。回国第一站便是临西班牙边境的小城巴约讷。

约讷城的详细报道。他看完感兴趣的一篇报道，在版面下端发现一个名字，是冉阿让，引起他的注意。报纸报道苦役犯冉阿让死了，发布了正式消息。沙威看了深信不疑，随口说了一句："那真是个好下场。"他扔了报纸，就不再想这事了。

不久，赛纳-瓦兹省警察厅转给巴黎警察总署一份报单，是发生在蒙菲郿乡的拐带儿童案，情节相当离奇。一个七八岁的小姑娘，由母亲托付给当地一个小客店主抚养，被一个陌生人拐走；小姑娘名叫珂赛特，是一个名叫芳汀的女子的女儿，那女子已死在医院中，时间地点不详。沙威看到这份报单，便又想起旧事。

芳汀这名字，他很熟悉，还记得冉阿让曾请求宽限三天，去领那贱人的孩子，当时引起他沙威哈哈大笑。他又想起，冉阿让是要上去蒙菲郿的驿车时被捕的。有些迹象表明，当时他是第二次搭那趟车了，前一天他到过那村子附近，只是因为没人见他进村子。他到蒙菲郿那地方去干什么？当时令人费解。现在沙威恍然大悟。芳汀的女儿在那里，冉阿让要去接她。而现在，那孩子被一个陌生人拐走。那陌生人究竟是谁呢？莫不是冉阿让？可是冉阿让死了啊。沙威没有对任何人提这事儿，就到木板死胡同锡盘车行租了一辆单人马车，前往蒙菲郿。

他满以为到了那里，就能弄个水落石出，讵料又坠入五里雾中。

出了那事的最初几天，德纳第夫妇心中懊恼，不免张扬了一阵。云雀失踪的消息在村子里传开了，而且立刻出现几种说法，最后归结成拐带儿童案。这就是警局报单的由来。然而，德纳第气过一阵之后，凭他那灵敏的本能，很快就意识到惊动检察官先生，绝不会有什么便宜，他就"拐走"珂赛特之事告官，产生的头一个后果，就是把司法那炯炯的目光引到他德纳第身上，引到他所干的许多不清白的事情上。猫头鹰最忌讳的事，就是有人把一支点燃的蜡烛拿到面前。首先一点，他收了一千五百法郎，又怎能脱离干系呢？于是，他来个急刹车，又把他老婆的嘴堵上，再有人向他提"拐走的孩子"，他就故作惊讶，表示莫名其妙，说他舍不得那宝贝孩子，出于感情想多留她两三天，可是人家不由分说把孩子"抢走"，当时他固然抱怨了几句，但来领孩子的人是她祖父，这是天经地义的事儿。他编出个祖父来，效果极佳。沙威来到蒙菲郿，听说的就是这个故事。出来个祖父，冉阿让就化为乌有了。

不过，沙威还是追问了几句，想探探德纳第那套话的虚实。

"那祖父是个什么样的人？他叫什么名字？"

德纳第爽快地回答："是个有钱的庄稼人。我看了他的通行证，记得他叫吉约姆·朗贝尔先生。"

朗贝尔是个善良的名字，听了叫人放心，沙威又回巴黎去了。

"冉阿让那家伙明明死了，"沙威心想，"我犯什么糊涂。"

这件事他又丢在脑后了，到了1824年3月间，他听说圣美达教区住着一个怪人，人称"好施舍的乞丐"。据说那人靠年息度日，真名实姓却无人知晓，他独自带一个八岁的小女孩生活；那女孩也一无所知，仅仅知道她是从蒙菲郿来的。蒙菲郿！这个地名总是反复出现，这回又让沙威竖起耳朵。有一个老乞丐，从前在教堂当过执事，后来给警察当眼线，他就常得到那怪人的施舍，他还提供一些情况："那个吃年息的人特别怕同人交往……总是天黑才出门……跟谁也不说话……只是偶尔跟穷人说两句……也不让任何人接近。他穿一件黄色旧礼服，破烂不堪，但里边缝满了钞票，价值几百万。"这些话引起沙威极大的好奇心。他想接触一下，瞧瞧那个奇怪的息爷，又不打草惊蛇，有一天就向当过教堂执事的老眼线借了那身破衣裳，到他每天傍晚边念祷文边侦察的老地方。

"那可疑的人"果然来了，走到化了装的沙威面前，施舍了钱。沙威趁机抬头看一眼，以为见了冉阿让，而冉阿让也以为见了沙威，二人都同样一惊。

然而天太黑，可能认错人；冉阿让的死讯正式公布过；因此，沙威还心存疑虑，而且是重大的疑问。沙威是个一丝不苟的人，在犯疑的时候绝不乱抓人。

他跟踪那人，一直跟到戈尔博老屋，向"老太婆"了解情况，这不费什么周折。老太婆向他证实了那外衣衬里有好几百万，还讲了兑换那张一千法郎钞票的事例。她亲眼看到！她亲手摸到！于是，沙威租下一间屋，当天晚上住进去，还到那神秘的房客门口偷听，可望听到他的嗓音；然而，冉阿让从锁眼发现了烛光，就不作声了，挫败了警探的计谋。

次日，冉阿让准备溜之大吉，可是，那枚五法郎银币落地的声响，引起老太婆的注意，她心想那房客要迁走，就急忙通知了沙威，到了夜晚，冉阿让出去的时候，沙威带两个人已经守候在大道旁的树后了。

沙威又到警署要了帮手，但是没有透露他要抓的那人姓名。这是他的秘密，他谨守秘密有三条理由：首先，稍有不慎，就可能引起冉阿让的警觉；其次，追捕一个公认死了的老逃犯，追捕一个法院案底曾列入"最危险的匪徒"之类的一个罪犯，如能逮捕归案，就是大功一件，这样一个案子，巴黎警署的老人绝不会让沙威这样一个新来乍到的人去办；最后，沙威是个讲究技艺的人，喜欢出奇制胜，他讨厌那种老早就宣布、谈得乏了味才得到的功绩。他要暗中准备杰作，然后赫然展示出来。

沙威从一棵树到另一棵树，跟踪冉阿让，再从一个街角到另一个街角，一刻也没有失掉目标。即使在冉阿让自以为十分安全的时候，沙威的眼睛也盯着他。

为什么沙威不逮捕冉阿让呢？那是因为他仍有疑虑。

回想一下，那时候警察不能为所欲为，还受自由言论的约束。报纸曾揭露几起武断的逮捕事件，在议会里引起反响，致使警署畏首畏尾了。侵犯人身自由是严重的事件。警察害怕错抓了人，署长责怪下来，一个过错就砸了饭碗。设想一下，二十种报纸同时刊登一则短讯，会在巴黎引起什么后果吧：昨天，一位可敬的老息爷领着八岁的孙女散步，被警察认作在逃的苦役犯逮捕，押进警署大牢！

此外，我们还要重复一遍，沙威本人也有顾虑：上级叮嘱，内心也百般叮嘱，他确确实实把握不准。

冉阿让背对着，一直走在黑地里。

往日的忧伤、不安、焦虑、沮丧，今天又遭不幸，不得不连夜潜逃，在巴黎临时为珂赛特和自己找个藏身之所，走路又必须适应这孩子的步伐，这一切，在冉阿让不知不觉中，改变了他走路的姿势，还给他躯体的习惯动作增添了龙钟的老态，这就势必让沙威所体现的警方产生错觉，而且他确也产生错觉了。沙威本来就没有把握，跟踪又不能靠得太近，看那人一身落魄学究的打扮，想起德纳第把他说成祖父的证词，尤其公认为他已死在服刑期间，因此，这个警探就更加疑虑重重了。

有一阵，他真想突然上前检查那人证件。可是转念又一想，即使那人不是冉阿让，也不是安分守己的老息爷，那他也不是个善类，很可能同巴黎的犯罪团伙有渊深而密切的关系，他很可能是匪帮的危险盗魁，平日施舍点钱财，以掩饰他其他的本领，这是掩人耳目的老伎俩了。他一定有党羽，有同伙，有应急的巢穴。他在街上所走的迂回曲折的路线表明，那家伙绝不那么简单。下手太快，无异于"杀鸡取卵"。再等一等，又有何不可呢？沙威确信他跑不掉。

直到相当晚的时候，在蓬图瓦兹街，他才借着一家酒馆的明亮灯光，确认那是冉阿让。

世上有两种生灵能在心灵深处战栗：一是寻回孩子的母亲，一是抓到猎物的猛虎。沙威就在内心深处战栗起来。

他一确认了可怕的苦役犯冉阿让，就发觉他们只有三个人，于是到蓬图瓦兹街派出所请求帮手。

先要戴上手套，才能去抓带刺的木棍。

这样一耽搁，他又在罗兰十字路口同警探商量，就险些失掉目标。不过，他很快就断定，冉阿让必是过了河，以便甩掉追踪的人。他低头想了想，就好像猎犬鼻子贴着地面要辨准踪迹似的。沙威凭着本能的精确判断，径直走向奥斯特利茨桥，一句话就问明了情况。"您看见一个男人带着一个小姑娘吗？"他问过桥收费员。"我让他交了两苏钱。"收费员答道。沙威一上桥，恰好望见冉阿让在河对岸，拉着珂赛特走过月亮地的一片空场，还望见他走进圣安托万绿径街；他想到洋罗死胡同在那里好似陷阱，只有直壁街通往皮克普斯小街的唯一出口。正如猎人所说，他要"赶到前面堵截"，急忙派了一个人绕道去守住那个出口。一个巡逻队要返回兵工厂营房，正巧经过那里，沙威就调用来协同追捕。在这类较量中，大兵就是王牌。再说，要猎获野猪，猎人用智，猎犬用力，这也是原则。这样布置完毕，沙威感到冉阿让已入围，右有洋罗死胡同，左有埋伏，后有他沙威追赶，想到此处，他不禁取一撮鼻烟嗅嗅。

接着，他开始要戏了。一时间，他心怀杀机，乐不可支，明知对手跑不掉了，还故意让他在前面奔逃，尽量推迟下手的时间，品味已捉住对手又看着他自由行动的快感，如同蜘蛛让苍蝇翻飞，猫儿让老鼠逃窜，拿眼睛盯着时所感到的乐趣。猛禽猛兽的利爪都有一种凶残的肉欲：爪下猎物的心惊肉跳。这种生杀予夺，该有多么快活！

沙威好开心。他的网结得十分牢固，胜券在握，只需合拢手指了。

他的人手这么多，冉阿让再怎么健壮，再怎么凶猛，再怎么拼命，也抗拒不了啦。

沙威稳步前进，一路搜索街头的每个角落，如同搜查窃贼的每个衣兜。

到了他结的蜘蛛网中心，苍蝇却不见了。

不难想象他该多么气急败坏！

他盘问布置在直壁街和皮克普斯小街路口的岗哨；那警察坚守哨位，根本没看见那人过去。

猎犬围住的鹿，有时会蒙混出去，也就是说逃脱，多老的猎人遇到这种情况，也只好哑口无言。杜维维埃、利尼维尔和德斯普雷兹也都不知所措。阿尔东日碰到了这种倒霉事，不禁嚷道："那不是鹿，而是个巫师。"

沙威也真想这样大吼一声。

他那种失望，一时近乎绝望和盛怒。

毫无疑问，拿破仑在俄国征战中犯了错误，亚历山大在印度征战中犯了错误，恺撒在非洲征战中犯了错误，居鲁士①在西徐亚征战中犯了错误，同样，沙威在征讨冉阿让之战中也犯了错误。他也许错在犹豫不决，没有确认这个老苦役犯，本来他看一眼就行了。他错在到那破楼房里，没有直截了当地去抓他。他也错在既然在蓬图瓦兹街认定了，却没有立刻下手。他还错在到了罗兰十字路口，站在月亮地里同助手商量；主意多固然有用，了解和征询忠实的狗的意见也是好的。然而，猎人追捕多疑的野兽，例如追捕豺狼和苦役犯时，就不应该过于审慎。沙威考虑太多，一路让狗群辨认踪迹，反而打草惊蛇，把野兽吓跑了。他尤其错在既然在奥斯特利茨桥上重又发现踪影，却还要搞那种奇特而天真的游戏，用一根线遥控那样一个人。他过高估计了自己，以为能跟一头狮子玩捉老鼠的游戏。同时，他又过低估计了自己，认为必须请求增援。延误了宝贵的时间，坐失良机。沙威犯了这一系列错误，仍不失为一个历来最精明最标准的警探。他完全够得上在围猎的术语中所说的"一条乖狗"。况且，谁又能十全十美呢？

---

① 居鲁士大帝二世：公元前550—前530年在位，波斯皇帝。

最伟大的战略家也有失算的时候。

重大的蠢事，也跟粗绳索一样，是由许多股拧成的。把绳索一股一股拆开，把具有牵力的一丝一缕分开，然后一根根拉断，你就会说："不过如此！"再把那一根根编织起来，拧在一起，那就非同小可了；那就是东征马西安还是西讨瓦伦提尼安，游移不定的阿提拉①；那就是在加普亚流连忘返的汉尼拔②；那就是在奥布河畔阿尔西醋睡的丹东。

不管怎样，沙威发现冉阿让逃脱了，并没有张皇失措。他确信在逃的苦役犯不会走远，便布置暗哨，设置陷阱和埋伏，在这个街区搜索了一整夜。他首先看到路灯错了位，灯绳剪断了。这一线索很宝贵，却把他引入歧途，使他搜索的重点转向洋罗死胡同。死胡同里有几处围墙相当矮，里面的园子隔着围篱就是大片荒地。冉阿让显然从那里逃跑了。其实，当时冉阿让若是往洋罗死胡同里多走几步，就很可能那样做，那么他就完了。沙威像找一根针似的，搜遍了那些园子和荒地。

黎明时分，他留下两个精干的人继续观察，而他返回警署，自觉汗颜无地，好似被个小偷耍了的一名警探。

①　阿提拉（395—453）：匈奴王（434—453 年在位），曾攻打东罗马帝国皇帝马西安、西罗马帝国皇帝瓦伦提尼安。

②　汉尼拔（公元前247—前183）：迦太基将领，曾率军攻陷罗马，一时在罗马东南的加普亚沉湎于酒色。

第六卷　小皮克普斯

一　皮克普斯小街六十二号

皮克普斯小街六十二号那道大车门，在半个世纪前再普通不过了。平日，那道门总是半掩着，特别引人注目，只见里边呈现两样不算十分惨不忍睹的景物：一座围场爬满青藤的院落，一张闲溜达的门房的面孔。对面的墙头探出几棵大树。每当一束阳光给院子带来欢快的气氛，每当一杯酒给门房增添欢喜的神气，那么，从皮克普斯小街六十二号门前经过的人，就很难不受感染，不带走一分愉快的心情。然而，那地方看上去相当凄黯。

门扇咧开微笑，而楼房却在祈祷并哭泣。

假如我们能通过门房那一关，——那绝非易事，几乎没人办得到，因为，必须知道"芝麻，开门！"那样一句咒语才行，——假如过了门房那一关，再走进右首的一个小门厅，就看见两堵墙之间只能容一人通过的窄楼梯，假如我们没让墙上的鹅黄色和沿楼梯墙脚的巧克力色吓住，壮着胆子登上楼梯的一层平台，再登上二层平台，就到达二楼的楼道，发现墙上的鹅黄色和墙脚的巧克力色紧追不舍，悄悄跟上了二楼，而光线从两扇美丽的窗户透进来，照亮了楼梯和楼道。不过，楼道拐了个弯就昏暗了。假如我们也拐过弯，再往前走几步，便到了一扇门前，见它没有关闭而尤觉神秘；推门进去，是一间小屋，约六尺见方，方瓷砖地擦洗过，墙上糊了十五苏一卷的小绿花南京壁纸，整个屋子显得洁净而清冷。一大扇小格玻璃窗占了整个左首一面墙，透进暗淡的白光。扫视周围，不见一人；侧耳细听，毫无动静，既听不见脚步，也听不见人语。墙壁光秃秃的，房间没有家具，连一把椅子也没有。

再仔细瞧瞧，就会看见房门对面的墙上有个一尺见方的洞，洞口安装了铁网，牢固的黑铁条交叉打结，构成小方孔，而方孔的对角可以说不到一寸半。南京壁纸的小绿花平静而整齐，一直排列到铁网，并不因为接触阴森可怖的东西就惊慌失措，四处逃散。一个腰身多么纤细的人，若想从小方洞出入也不可能；那铁网不会放过躯体，只能放过眼睛，也就是说放过精神。这一点似乎早就有人想到，因此铁网靠里一点的墙洞里，还镶嵌了一块白铁皮，白铁皮上有无数小孔，比漏勺眼还小。铁皮下方开了一个长口，跟信箱口一样。还有一根铃绳带子，从铁网右边洞里垂下来。

如果你拉一拉那条带子，就会叮当响起铃声，还会听见一个人的声音，近在咫尺，能吓你一哆嗦。

"谁呀？"那声音问道。

那是一个女子的声音，十分轻柔，轻柔得有点悲切了。

到了这一步，还有一句咒语必须掌握。如果不知道，那声音就沉默了，墙壁重又暗哑，就好像坟墓里的黑暗愕然噤声一样。

假如你知道那句咒语，那声音就会应道："请从右边进来。"

右边正好对着窗户，你会看到一扇漆成灰色的玻璃门，门上还镶了一个玻璃框。你拉起门闩，跨进去，当即产生的感觉，完全像到了剧院，在铁栏还未放下、吊灯还未点亮的时候进入池座包厢。所到之处，的确像剧院的包厢，只从玻璃门透进一点微光，里面很狭窄，有两把旧椅子、一块散了的草垫，正面齐肘高处挂着一块黑色木板，真像名副其实的包厢。这包厢也有栏杆，但不是歌剧院的那种漆金木栅栏，而是一排奇形怪状、铁条错乱的铁栏，而嵌在墙中的榫头就跟拳头一样。

过了几分钟，眼睛开始适应这种地窖的昏暗，目光就要越过栏杆了，但也只能看到栏杆以外的六寸远。视线到那里，又遇到一道黑色窗板；窗板由果酱面包色横木加固，是几条能开合的长薄板片连成的，遮住整个铁栏，而且始终紧闭着。

过了一会儿，你会听见窗板里面有声音叫你，并对你说：

"我在这里。您找我有什么事儿？"

那是一个亲爱的声音，有时是一个被爱慕的声音。但是你看不见人，几乎听不见气息，仿佛是幽灵隔着墓壁同你说话。

假如你符合某些必备的条件——这种情况极少见，那么窗板的一个窄木条就会在你面前打开，幽灵便显形了。你会隔着铁栏和窗板，勉强看见一个人头的嘴和下颏儿，其余部位则由黑纱遮住。那块黑色头巾、盖着黑色裹尸布的模糊形体，只是隐约可见。那个人头对你说话，但是不看你，也绝不冲你笑一笑。

光从你背后照过来，这样，你看她光亮，她看你黑暗。这种光照具有象征意义。

这工夫，你的眼睛通过这条开口，极力搜索这个完全避人耳目的地方。幽深的空间笼罩着那个服丧的形体。你的眼睛探索那空间，想分辨那形体的周围。不久你就会明白，你什么也瞧不见。你只看到黑夜、空蒙、幽暗，只看到掺杂墓气的冬雾，那是一种骇人的静谧、一种沉寂，绝无声息，连叹息都没有的沉寂，那是一片阴影，是什么也分辨不清，连鬼魂也不清的阴影。

你所见到的，是一座修道院的内幕。

这就是这座阴森肃穆的楼房的内幕，当时称为永敬圣贝尔纳会修女院。你所在的包厢，就是接待室。头一个同你讲话的声音，是联络修女，她一直坐在墙里边，一动不动，一声不吭，对着有铁网和千孔板双重脸甲保护的方洞。

带铁栏的修室之所以昏暗，是因为接待室有一扇窗户通尘世，靠修院一侧却没有窗户。绝不能让世俗的眼睛窥探这圣洁之地。

然而，这种幽暗之外，仍有光明；这种死寂中仍有生意。尽管这座修院壁垒森严，非别个修院可比，我们仍要进去，并带读者进去瞧瞧，还要讲讲别人从未见过，因此也从未叙述过的故事，当然我们不会忘记分寸。

二 马尔丹·维尔加分支

这座修道院到 1824 年，在皮克普斯小街存在已经有年头了，是马尔丹·维尔加分支的圣贝尔纳会一座修女院。

　　因此，这些圣贝尔纳会修女与本会的修士不同，并不属于克莱尔伏①，而像本笃会修士那样属于锡托。换句话说，她们并不隶属于圣贝尔纳，而隶属于圣伯努瓦②。

　　稍微翻过书的人都知道，马尔丹·维尔加于1425年创建一个圣贝尔纳-本笃修女会，总会设在萨拉曼卡，分会设在阿尔卡拉③。

　　这个修会的分支发展到欧洲所有天主教国家。

　　一个修会嫁接到另一个修会上，在拉丁教会中并不罕见。就拿这里所谈的圣伯努瓦创建的修会而言，分支除了马尔丹·维尔加一系，有四个修会团体：意大利有两个，卡辛山和帕多瓦的圣朱丝丁，法国有两个，克吕尼和圣摩尔；还有九种修会：瓦隆布罗萨、格拉蒙、则肋司定会、圣罗米阿尔会、查尔特勒会、受辱修会、橄榄山会、西尔维斯特会，以及锡托修会；须知锡托修会虽然是另外一些修会的主干，对于圣伯努瓦来说却是分支的分支了。锡托修会始于圣罗伯尔，在1098年，他在朗格尔主教区任摩莱姆修院院长。而魔鬼是在529年被逐出阿波罗古庙，退隐在苏比亚哥沙漠（他老了，难道他当了隐士?）；当初，他正是通过十七岁的圣伯努瓦住进古庙里的。

　　加尔默罗会修女要赤脚走路，胸前挂一根柳枝，绝不能坐下，除了她们的教规，最严的要算马尔丹·维尔加的圣贝尔纳-本笃修女会的教规了。她们穿一身黑色修袍，并按照圣伯努瓦的特殊规定，头巾要一直包住下颏儿。一件宽袖哔叽修女袍、一条毛纺的大面罩，要包住下颏儿，在胸前折得方方正正的头巾一直压到眼睛的扎额中，这就是她们的装束。除了扎额中是白色的，其余的清一色。初学修女同样装束，但是全身白色。已经发愿的修女，侧身则挂着一串念珠。

　　马尔丹·维尔加的圣贝尔纳-本笃会修女，同所谓圣事嬷嬷的本笃会修女一样，都躬行永敬规训；19世纪初，本笃会在巴黎有两所修女院：一所在神庙，一所在圣日内维埃芙新街。不过，我们所讲的小皮

----

　　①　圣贝尔纳修会是12世纪由圣贝尔纳（1091—1153）在法国北部小镇克莱尔伏创建的。

　　②　圣伯努瓦于6世纪创建本笃会。1098年在锡托创建的修道院信奉圣伯努瓦的教条。

　　③　萨拉曼卡和阿尔卡拉是西班牙城市。圣贝尔纳-本笃修女会是雨果杜撰的，并不存在。

克普斯圣贝尔纳-本笃会修女，和圣日内维埃芙新街与神庙的所谓圣事嬷嬷，属于完全不同的修会，教规有许多不同，服饰也不一样。小皮克普斯的圣贝尔纳-本笃会修女戴黑头巾，而圣事嬷嬷和圣日内维埃芙新街的修女戴白头巾，胸前还佩带银质镀金或铜质镀金的三寸来高的圣体像，小皮克普斯的修女从不佩带圣体像。小皮克普斯和神庙两座修女院都躬行永敬规训，但绝不能因此把两者混为一谈。圣事嬷嬷和马尔丹·维尔加派的圣贝尔纳会修女，奉行这种规训仅仅貌似而已，正如在研究和颂扬有关耶稣-基督的童年、生活和死亡，以及有关圣母的所有神迹方面，菲力普·德·内里在佛罗伦萨创建的意大利经院，和皮埃尔·德·贝吕埃勒在巴黎创建的法兰西经院，虽然有相似之处，但是两个会派截然不同，有时甚至相互敌对。巴黎的经院以老大自居：菲力普·德·内里不过是个圣徒，而贝吕埃勒则是红衣主教。

扯回话题，再来看看马尔丹·维尔加派的西班牙式严厉教规。

这一派系的圣贝尔纳-本笃会修女终年素餐，在封斋节和特定的日子，她们还要斋戒，夜晚睡一觉就得起来；从凌晨一点至三点，要念日课经，唱晨经；一年四季睡在草垫上，铺盖全是哔叽布单，从来不洗澡，也从来不生火，每星期五受苦鞭，要遵守沉默不语的条规，只能在课间休息时说说话，而休息时间又很短；每年从 9 月 14 日圣十字架瞻礼节，穿上粗毛呢衬衣，一直到复活节脱下，穿六个月还是酌情减短了，按戒规要整年都穿着，可是到了炎热的夏天，那种粗毛呢衬衣焐得人受不了，常常引起热症和神经性痉挛。因此，必须缩短穿戴的时间，即使这样照顾，到了 9 月 14 日，修女们穿上粗毛呢衬衣，总要有三四天发烧。顺从、清苦、贞洁、安心待在修道院，这就是她们的誓愿，却由教规大大地加重了。

院长任期三年，由有发言权的"参事嬷嬷"推举产生。院长只能再连任两届，因此，一个院长任期最长为九年。

她们从来看不见主祭神甫，中间总用一道七尺高的哔叽帘子隔开。宣道师来到小教堂讲经的时候，她们就放下面纱遮住面孔。她们说话必须小声，走路必须低头，眼睛看地面。只有一个男人可以出入这座修道院，那就是本教区的大主教。

修道院里当然还有一个男人，那就是园丁，但必须是个老年人，以便他始终独自一个住在园子里，膝上还挂个铃铛，好让修女闻声回避。

她们绝对服从院长。那正是按照教规，完全忘我的驯顺，如同听到基督的声音，一看到手势和示意，立即奉命，表现出欣悦、坚定，盲目地顺从，好似工人手中的锉刀，而且未经特殊准许，不能阅读也不能写任何文字。①

修女要轮流做她们所称的"大赎罪"。大赎罪就是祈祷赦免世人一切罪孽、一切过失、一切放荡行为、一切暴行、一切不义之举、一切罪恶。进行"大赎罪"的修女，要一连十二小时，从傍晚四点到凌晨四点，或者从凌晨四点到傍晚四点，对着圣体像跪在石板上，合拢手掌，颈上吊着一根绳子。她累得实在支持不住的时候，就脸朝下趴在地上，双臂伸开，同身体构成十字。这是唯一的放松。她以这种姿势为全宇宙的罪人祈祷。这种行为伟大到了崇高的程度。

这种祈祷始终对着顶端有一支蜡烛的柱子，因此"大赎罪"和"缚柱子"两种说法混同。而修女们出于卑躬心理，更喜欢后一种说法，认为其中包含受刑和受辱的意义②。

进行"大赎罪"，必须全身心贯注，跪柱子的修女，身后即使落下响雷，也不能回头瞧一瞧。

再者，圣体像前总跪着一名修女，每班一小时，就像士兵换岗一样。这就是所谓的永敬。

院长和嬷嬷所起的名称，几乎都有重大的涵义，并不是令人联想起圣徒和殉道士，而是特指耶稣-基督一生的阶段，如圣诞嬷嬷、圣孕嬷嬷、献堂嬷嬷、受难嬷嬷。不过，也可以袭用圣徒的名字。

外人见她们，只能看见一张嘴。她们的牙齿全是黄的。这座修院从未见过一把牙刷。刷牙在罪梯的顶端，而底部就是断送灵魂。

她们讲什么东西都不说"我的"。她们一无所有，也不应当留恋任何东西。无论什么她们都说"我们的"，例如说我们的面兜、我们的念珠；就是提起自己的衬衫，也说"我们的衬衫"。有时候，她们喜爱上某样小物品，如一本日课经、一件圣物、一枚祝福过的纪念章；可是，

---

① 原文中从"听到基督的声音"始，以下各分句，大多是拉丁文，只有"未经特殊准许"，原作法文译文不够准确，应为"未经院长特殊准许。"

② 因其暗指耶稣在刑架上受难。

她们一发觉自己开始珍视这一物品，就必须送给别人。她们念念不忘圣泰蕾丝说的一段话：一位贵妇请求入她的修会时说："我的嬷嬷，我非常珍视一本《圣经》，请允许我派人去取来。"她回答说："哦！您还有舍不得的东西！既然如此，您就不要进入我们的修会了。"

任何人都不准关起门来，不准有"自己的家""自己的房间"。她们住的修女室总开着门。她们见面时，一个说："愿祭台的最崇高的圣体受到歌颂和崇拜！"另一个就回答："永远如此。"敲别人房门时也是同样仪式。手指刚刚碰一下门，就能听见屋里轻柔的声音急忙说出："永远如此！"就像所有宗教仪式那样，这种仪式习以为常，也变成一种机械行为了；有时，未待对方说完"愿祭台的最崇高的圣体受到歌颂和崇拜"这句稍长的话，这边已经脱口说出："永远如此！"

朝拜圣母会的修女，进屋的一个说："圣母经"，屋里的那个就说："雅哉圣宠"。这种问候的方式，的确够"雅哉圣宠"的。

每到整点，这所修院礼拜堂的钟要多敲三下。听到这种信号，院长、参事嬷嬷、发愿修女、杂务修女、初学生、备修生，全都中断自己所说、所做和所想的事，一齐说道，例如敲五点钟，就一齐说道："五点钟，以及每时每刻，愿祭台的最崇高的圣体受到歌颂和崇拜！"如果敲八点钟，就说："八点钟，以及每时每刻……"依此类推，随钟点不同而稍变。

这种礼俗旨在打断人的思路，随时将人的思想引向上帝。许多修会都有这种礼俗，只是套语各异。例如，在圣婴耶稣会，修者就说："在此时，以及每时每刻，愿对耶稣的爱燃烧我们的心！"

五十年前，小皮克普斯的马尔丹·维尔加派系圣贝尔纳-本笃会修女，都以纯粹素歌的低沉声调唱圣歌，自始至终都以饱满的嗓音歌唱。凡是唱到弥撒经上有星号的地方，她们就停顿一下，低声念道："耶稣——玛利亚——约瑟夫"。在追思祭礼上，她们的声调极低，降到女声再也降不下去的音域，那效果的确悲惨感人。

小皮克普斯修院在主祭坛下面造了地下室，以便安葬本院的修女，然而"政府"，照她们的说法，不准许将棺木放在地下室。这样，她们死后还得离开修道院，为此又痛心又惊愕，认为这违反天理。

不过聊以自慰的是，她们死后可以在特定时间，埋葬在伏吉拉尔公墓的特定地点：那一角墓地原就属于这所修院的。

星期四同星期日一样，她们要做大弥撒、晚祷和全部日课。此外，她们还恪守所有小节日的规定。教会大量确定的那些小节日鲜为人知，从前在法国盛行，如今在西班牙和意大利仍盛行不衰。她们在礼拜堂的祈祷数不胜数。我们只要引用修女的一句天真的话，就能极好地说明她们祈祷的次数和时间；那位修女说："备修生的祈祷多得吓人，初修生的祈祷多得吓坏人，发愿修女的祈祷多得吓死人。"

修道院每周召开一次全体会议，由院长主持，参事嬷嬷都参加。修女依次跪在石地上，当众高声交代她在这周所犯的大小过失。参事嬷嬷听完一名修女的忏悔，便商议一下，再高声宣布给予的惩处。

稍微严重的过失才高声忏悔，此外，她们所犯的轻过，要行所谓眼罪礼。行服罪礼，就是在做日课的时候，五体投地，匍匐在院长面前，直到她们只称为"我们的嬷嬷"的院长示意，在祷告席的木头上轻轻敲一下，那修女才能起来。为了极小的事也要行服罪礼，如打破一只玻璃杯，撕破一块面纱，该做日课时不觉迟到几秒钟，在礼拜堂里唱错了一个音，等等，就足以让人们行服罪礼。行服罪礼完全是自发的行为，是罪人——从词源学上讲，此处用这个词正合适——自我审判，自我惩罚的。每逢节日和礼拜天，唱经台上四个乐谱架前，有四位唱经嬷嬷随着日课唱圣诗。有一天，一位嬷嬷唱圣诗时，本应以"看呀"起始，却大声唱出"1、7、5"三个音符，为了这一疏忽，她的服罪礼持续了整个一场日课；这引起全场大笑，因而过错尤为严重。

一位修女被召到接待室，即使是院长，也要放下面罩，我们还记得，只能露出一张嘴。

唯独院长能同外界打交道。其他人只能见见最近的家人，而且见面的机会很少。万一有人求见当初在社交中认识或喜欢的一位修女，那就必须经过一系列交涉。求见者若是个女子，那么有时还可能允许；修女前来，隔着窗板同来访者说话；只有母女或姊妹相见，窗板才打开。自不待言，男人求见一概拒绝。

这就是圣伯努瓦定下的教规，由马尔丹·维尔加改得更加严厉。

这里的修女了无乐趣，脸色也不像其他修会的姑娘那样红润鲜艳。她们脸色苍白，神态沉肃。从 1825 年至 1830 年，有三名修女疯了。

三　严厉

备修至少得两年，往往要四年；初修也要有四年。二十三四岁之前发愿终身修道的极为罕见。马尔丹·维尔加派系圣贝尔纳-本笃会修院绝不接收寡妇入会。

她们夜修室中的苦行种类繁多，难以名状，而且绝不能对外人讲。

一名初修生发愿的日子，大家要给她盛装打扮，给她戴上白玫瑰花，给她做头发，做成光滑的发髻；然后，她跪伏在地，身上盖一大幅黑布，大家唱起悼亡曲，举行追思祭礼。修女分成两列，一列从她身边走过，以哀怨的声调说：“我们的姊妹死了，”另一行则以洪亮的声音回答：“但活在耶稣-基督的心中！”

在本书所讲的故事发生的年代，有一所寄宿学校附属于这座修院，学员全是大家闺秀，多为有钱人家，其中有德·圣奥莱尔小姐、德·贝利桑小姐，还有一个英国姑娘，名叫德·托尔伯特，是天主教中的名门大姓。这些少女圈在四堵墙里，接受修女的教育，在憎恶人世和这个世纪中成长。有一天，她们当中一个人对我们这样说：“我一见街道的石块路面，就从头到脚战栗。”她们身穿蓝衣裙，头戴白帽，胸前佩戴一枚银质镀金或铜质的圣灵章。每逢重大的节日，尤其是圣玛尔特节，特许她们一整天穿上修女服，按照圣伯努瓦的规定做弥撒，使她们乐不可支。当初，修女常把自己的黑道袍借给她们穿。后来院长明令禁止，认为这有渎圣服。只有初修生还可以借着穿一穿。在修院里，这种试装无疑得到容忍和鼓励，暗暗符合劝人入教的精神，让这些孩子事先品味一下圣衣，而值得注意的是，寄宿生还真把这当成一件快事，当成一种消遣。她们不过觉得好玩而已。“这是新鲜玩意儿，让她们改变一下。”真是孩子的天真理由，不足以让我们这些世俗之人明白，手拿圣水刷，站在乐谱架前一连高唱几小时，究竟有什么乐趣。

除了苦行，她们大致能遵守修院的所有教规。有一位少妇还俗结婚数年之后，还未能摆脱修院的一些习惯，每次听见敲门就脱口说一句：“永远如此！”寄宿生同修女一样，只能在接待室同家人见面。甚至她们的母亲也不准拥抱她们。可见戒规严厉到何等程度。有一天，一位少女同来探望的母亲见面，很想亲亲带来的三岁小妹妹，未能获准而哭泣。就是不准。她请求至少让妹妹把小手伸进铁栏给她亲一下。这也遭到拒绝，几乎遭到愤怒的拒绝。

四　乐事

尽管如此，这些少女还是使这所肃穆的修院充满美好的记忆。

有些时刻，这所修院也散发出童稚之气。休息的钟声一响，园门就大肆敞开，鸟儿叽喳说道："嘿！孩子们来啦！"一群姑娘随即蜂拥而入，挤进像殓单一样被一座十字形建筑切开的园子。那一张张焕发青春的面孔、一个个白皙的额头、一双双喜气洋洋的天真的眼睛，好似一朵朵朝霞，在这黑暗中散发开来。继唱圣诗声、钟声、铃声、丧钟声、祈祷声之后，突然响起小姑娘的喧闹声，听起来比蜜蜂的嗡鸣还悦耳。欢乐的蜂巢开放了，每个都带来一份蜜。有的嬉戏，有的相互召唤，有的扎堆儿，有的奔跑；有的在角落里叽喳说话，露出美丽的小白牙；那些面罩远远地监视这些嬉笑，黑暗窥视着光彩，但是这又有什么关系！她们照样兴高采烈，照样欢声笑语。那四堵阴森森的围墙也有陶醉的时刻，目睹蜂群纷飞的美妙景象，受到欢天喜地的情绪的感染，也隐隐变白，喜形于色了。这情景就像一场玫瑰雨洒在这种悲哀的氛围中。小姑娘在修女的注视下疯玩疯跑，严厉的目光并不妨碍天真的性情。幸而有些孩子，在连续严峻肃杀的时辰里，还有天真的时刻。小姑娘蹦蹦跳跳，大姑娘翩翩起舞。在这所修院里，游戏有蓝天的参与。这些欢快而纯洁的灵魂，真是无比可爱，无比庄严。荷马在世，一定会来这里同佩罗①一起欢笑：这黑乎乎的庭园里有青春，有健康，有欢声笑语，有冒失憨态，有欢乐幸福，足令老妪眉头舒展，所有老妪，无论史诗中还是童话里的，无论是王座上还是茅舍中的，从赫卡柏②到老奶奶，都会眉头舒展。

这所修院里讲的"孩子话"，也许比任何地方都多；孩子话总是那么美妙，令人发笑而又沉长思之。在这四面阴森森的墙壁中，有一天，一个五岁的孩子就这样嚷道："嬷嬷呀！一个大姐姐刚才告诉我，我在这里待的时间只剩下九年零八个月了。多叫人高兴呀！"

下面这段难忘的对话，也是在这里进行的：

一位参事嬷嬷："你为什么哭呀，我的孩子？"

孩子（六岁）抽抽搭搭地说："我对阿莉克丝说我知道法兰西历史。她对我说我不知道，可是我知道。"

阿莉克丝（大孩子，九岁）："不对，她不知道。"

---

① 佩罗（1628—1703）：法国作家，开创法国童话文体。

② 赫卡柏：希腊神话传说中特洛伊城王后。

嬷嬷："是怎么回事儿呢，我的孩子？"

阿莉克丝："她跟我说，随便翻开书，向她提那上面一个问题，她就能答上来。"

"问了怎么样呢？"

"她没有答上来。"

"哦。你问她什么啦？"

"我照她说的随便翻开书，看到一个问题就向她提出来。"

"什么问题？"

"那问题是：后来发生了什么情况？"

一个靠年金生活的太太的女儿有点贪吃，也是在这里得到这样深刻的评价：

"她真可爱！她爱吃面包片上面抹的果酱，就跟大人一样！"

在这所修院的石板地上，拾到一份忏悔词，是一个七岁犯罪的女孩怕忘记事先写的：

"主啊，我控告自己吝啬。

"主啊，我控告自己淫乱。

"主啊，我控告自己抬起过眼睛瞧男人。"

下面这则童话，是一个嘴唇红润的六岁女孩在园中草坪上编造的，讲给四五岁的蓝眼睛听：

"从前有三只小公鸡，住的地方开着许多花。他们采了花，放进衣兜里。然后又采了叶子，放进他们的玩具里。那地方有一只狼，还有不少树林；狼在树林里，吃了那些小公鸡。"

还有这样一首诗：

> 从哪儿打来一棒子。
> 是波利希奈勒①打猫的。
> 猫挨打只疼不好受，
> 一位太太就把他投入狱。

有一个遭遗弃的女孩，由这所修院发慈悲收养，她讲了一句又美

---

① 波利希奈勒：法国木偶戏中鸡胸驼背的丑角。

妙又恼人的话。她听见别人谈论自己的母亲，就在角落里咕哝一句：
"我呀，出生的时候，我妈不在身边！"

修院有个跑外的胖修女，名叫阿加德，她经常带着一大串钥匙，在楼道里往来匆匆。那些"太太姑娘"，即十岁以上的，都叫她"阿加多钥匙"①。

食堂是个长方形的大厅，仅从与园子成水平的圆拱回廊透进点阳光，因而又昏暗又潮湿，拿孩子们的话说，到处是昆虫。周围每一处都能提供一大堆虫子。四面墙角的每一角，都按照寄宿生的语言，取了鲜明的特殊名字。有蜘蛛角、毛虫角、鼠妇甲虫角和蛐蛐角。蛐蛐角靠近厨房，受到另眼看待。那里不像别处那样阴冷。食堂这些名字又用到寄宿学校，用以区别四伙学生，如同从前马扎然学院那样。每个学生在食堂用餐所坐的方位，就属于哪一伙。有一天，大主教前来巡视，瞧见一个金发朱唇的美丽小姑娘，就问身边一个褐发桃腮的可爱姑娘：

"那一个是谁？"

"是个蜘蛛，大人。"

"哦！另外那个呢？"

"那是个蛐蛐。"

"还有那个呢？"

"是个毛毛虫。"

"是嘛，那么你自己呢？"

"我是鼠妇甲虫，大人。"

凡是这类修院都有自己的独特之处。19 世纪初，艾古安就是这样一个又美妙又肃穆的地方，姑娘的童年是在近乎庄严的昏暗中度过的。在艾古安，参加圣体列队式，可以区分为童贞女和献花女。还有"华盖队"和"香炉队"，前者拉着华盖的挽带，后者捧香炉熏圣体。鲜花自然由献花女捧持。四名"童贞女"走在前面。在这隆重节日的早晨，常听见寝室里这样问道：

"谁是童贞女？"

---

① 阿加多钥匙：音近于阿加多莱斯（约公元前 361—前 289，锡拉库萨的暴君）。

康邦夫人援引了一个七岁的"小姑娘"的一句话：要走在队尾的小姑娘，对着要在列队中打头的一个十六岁"大姑娘"说："你呢，是童贞女；而我不是。"

五　弛心

食堂的门楣上，用黑色大字体写了一篇祈祷文，称作"白色祈主文"，据说能把人直接引入天堂。

"小小的白色祈主文，上帝所创，上帝所讲，上帝在天堂展示。夜晚我去安歇，看见我的床上躺着三个天使，一个在床脚，两个在床头，仁慈的圣母玛利亚在中间，她让我睡下，切莫迟疑。仁慈的上帝是我的父亲，仁慈的圣母是我的母亲，那三位使徒是我的兄弟，三位童贞女是我的姊妹。天主降世穿的衬衣，现裹在我的身上，圣玛格丽特十字画在我胸前；圣母夫人去田野，正为天主掉眼泪，遇见圣约翰先生。圣约翰先生，您从哪里来？我从祝祷永生来。您没有看见仁慈的上帝吗？一定看见了。他在十字架的树木里，双脚垂下，双手钉住，头上戴着一顶小小的白荆冠。谁在晚上念三遍，早晨念三遍，最后一定能上天堂。"

1827年，这篇独特的祈主文盖了三层灰浆，已从墙上消失了。到如今，也要从当年的几位年轻姑娘，今天的老太婆的记忆中抹掉了。

我们似乎提过，食堂只有一扇门，对着园子，厅里墙上挂着一副大型受难十字架，全部装饰也就补充完整了。两张长长的窄桌子平行摆着，从食堂一端延至另一端，每张桌子两边各摆一长趟条凳。白色墙壁、黑色桌子，这两种丧礼的颜色，是修院里唯一可相互替换的。饭食很粗劣，孩子的食品也十分单调。只有一盘菜，肉和菜混在一起，或者咸鱼，这就算开荤了。然而，这种专门为孩子们准备的便餐，不过是个例外。孩子们不声不响地吃饭，值周嬷嬷在一旁监视，如果一只苍蝇胆敢违反院规，前来飞旋嗡鸣，她就打开并合上一本板书，弄出啪啪的声响。受难十字架脚下有个斜面小讲台，有人立在那里宣读圣徒传记，作为这种寂静餐饭的调味品。值周宣读先是一个较大的学生。在光秃秃的餐桌上，每隔一段距离放一个上了釉的瓦盆，供学生自己洗金属杯和餐具，难以下咽的东西，如嚼不动的肉或臭鱼，有时也丢在里面，但是这样做要受罚。学生管那水盆叫圆水池。

吃饭说话的孩子，要用舌头画十字。画在哪里？画在地上。让她舐地。尘埃，这人间一切欢乐的残渣，又用来惩罚因窃窃私语而获罪的这些玫瑰花瓣儿。

这座修院有一本书，每版都是"孤本"，禁止阅读。这是圣伯努瓦教规。俗眼不得探其奥秘。"我们的教规，或者我们的体制，不得外传。①"

有一天，寄宿生得了手，偷出这本书，贪婪地看起来，但是看看停停，唯恐被发现，时常慌忙地把书合上。她们冒了极大的风险，所得乐趣却微不足道。"最有趣的"几页，是看不大懂的关于男孩犯罪的部分。

园中小径两边长了几株瘦弱的果树，她们常在小径上玩耍，不顾严密的监视和严厉的惩罚，有时偷偷拾起大风刮下来的青苹果、烂杏或虫蛀的梨。现在，我让放在面前的一封信讲话吧。二十五年前写这封信的寄宿生，今日成为ＸＸ公爵夫人，是巴黎最风雅的一位贵妇。原文在此照录："我们千方百计藏起梨或苹果，趁晚饭前上楼放面罩的工夫，塞到枕头下面，好等夜晚在床上吃，实在不行，就躲在厕所里吃。"这是她们最快活的一件事。

有一回，还是在大主教先生视察这所修院的时候，一名少女，同世族蒙莫朗西沾点亲的布夏尔小姐，打赌说她能请下一天假，在这种戒规森严的修院里，这简直是妄想。不少人跟她赌，但谁也不相信有这种可能性。时机到了，大主教从寄宿生的队列前经过，布夏尔小姐突然出列，引起同学们难以名状的惊恐，她说道："大人，请一天假。"布夏尔小姐秀美挺拔，有一副佳妙无双的粉红小脸蛋儿。德·凯朗先生笑眯眯地答道："怎么，我亲爱的孩子，才请一天假！还是请三天假吧。我准三天假。"大主教发话了，院长无可奈何。修女无不气愤，而寄宿生无不快活。想一想这事的效果吧。

这所壁垒森严的修院也并非密不透风，围墙挡不住外界狂热的生活、人世的风波，乃至小说钻进来。我们在此仅仅简短地指出并讲述一件无可辩驳的真事，就足以证明这一点。这件事本身同我们叙述的故事毫无关联，我们列举出来，是要让读者了解这所修院的全貌。

---

① 原文为拉丁文。

　　大约就在这个时期，修院里有一个神秘的人物，称作阿尔贝汀夫人，她不是修女，但极受尊敬。她的身世不甚了了，只知道她疯了，而世人则以为她已死去。据说其中有隐情，为了一桩重大婚姻的财产问题，必须做出这种安排。

　　这妇人将近三十岁，褐色头发，容貌相当美，黑色大眼睛看什么都没有神。她看见了吗？这实在是个疑问。她走路就像滑动，也从不说话，连喘气不喘气都很难说。她的鼻孔紧缩而苍白，就像刚断了气似的。碰到她的手，仿佛接触冰雪。她有一种幽灵般的奇特的风韵。她所到之处，寒风袭人。有一天，一位嬷嬷瞧见她走过，就对另一位嬷嬷说："大家都以为她死了呢。"另一个回答说："也许她真的死了。"

　　关于阿尔贝汀夫人有种种传说。寄宿生在这上面的好奇心始终不减。礼拜堂里有个看台，叫作"牛眼台"，因为看台只有一个小圆窗，故得此名；阿尔贝汀夫人就在那看台上参加日课，通常总是独自一人，因为从这二楼的看台上，能望见讲道神甫或主祭神甫，这对于修女是禁止的。一天，站在讲坛上的是一位年轻的高级神甫。德·罗安公爵，法兰西元老院元老，1815 年他还是莱翁亲王时，任过宫廷骑卫红队军官，1830 年在贝桑松任红衣主教和大主教，后来去世。这是德·罗安①先生首次来小皮克普斯修院讲道。阿尔贝汀夫人平日听道和参加日课，一向沉静，纹丝不动。那天，她一望见德·罗安先生，便探起身子，在礼拜堂的肃静中高声叫道："咦！奥古斯特！"全场愕然，都转过头去，宣道士也抬起眼睛，可是，阿尔贝汀夫人又恢复静止的状态了。外界的一阵微风、生命的一点光亮，一时从这毫无生气而冰冷的脸上拂过去，随即又化为乌有，疯子重又变成僵尸。

　　然而，这两个词引起纷纷议论，这所修院里能讲的闲话全讲了。"咦！奥古斯特！"这一声叫喊有多少含义，泄露多少隐情！德·罗安先生确实叫奥古斯特。阿尔贝汀夫人认识德·罗安先生，显然她出身上层社会；她以如此亲热的口气跟一个大贵族讲话，显然她身份很高贵，同他有关系，也许是亲戚关系，但肯定非常密切，既然她直呼他

----

　　① 　路易-弗朗索瓦-奥古斯特·德·罗安（1788—1833）：1815 年得莱翁亲王的名号，1816 年继承父号德·罗安公爵，1829 年成为贝桑松的大主教，1830 年升任红衣主教。

"小名"。

两位十分庄严的公爵夫人，舒瓦瑟和塞朗夫人，常来探访这所修院；自不待言，她们以"贵妇人"的特殊身份进入修院，让寄宿生们心惊胆战。当两位老夫人走过时，这些可怜的姑娘无不浑身发抖，垂下眼睛。

此外，德·罗安先生还不知道，他已经成了寄宿生注意的对象。当时，他刚刚就任巴黎大主教的副大主教，可望升任主教。这是他的一种习惯：常来小皮克普斯修女院礼拜堂，参加日课唱诗会。由于隔着哔叽帷幕，年轻的修女谁也望不见他，但是，她们最终能分辨出他那柔和的、有点细弱的嗓音。从前他当过宫廷骑卫，而且，别人说他极爱打扮，一头栗色美发烫成卷儿，围着梳理得整整齐齐，腰间扎的黑色宽带十分华美，黑色教袍剪裁得也无比讲究。他的形象萦绕在这些十六岁少女的想象中。

世间的喧声绝传不进这所修院。然而有一年，一支笛声却飞进来了。这是件大事，当年的寄宿生还记忆犹新。

附近有个人吹笛子，总吹同一支曲调，那曲调距今已相当久远：《我的泽吐贝姑娘，来主宰我的灵魂吧》；每天总能听他吹上两三回。

那些少女一连几小时聆听，参事嬷嬷都惊慌失措，动脑筋想办法，惩罚好似雨点落到那些少女头上。这情形持续了好几个月。寄宿生都或多或少爱上了那个吹奏的陌生人，每人都幻想自己就是泽吐贝。笛声是从直壁街方向传来的，她们情愿不惜一切代价，不惜冒任何风险，但求看一看，哪怕瞧上一眼，瞧一下笛子吹得如此美妙的"小伙子"，瞧一下吹笛子的同时，无意中也吹动了这些少女心的那个"小伙子"。有几个从便门溜出去，爬上临直壁街的四楼上，想从钉死的窗口往外张望。可是徒劳。有一个还把手臂举过头，从铁栅探出去摇动白手帕。还有两个更为大胆，她们设法爬上房顶，冒着生命危险，终于望见那个"小伙子"。那是个老迈的流亡贵族，眼睛瞎了，又破了产，在阁楼上吹笛子消遣解闷。

六　小修院

小皮克普斯的围墙里，有三座截然分明的建筑：修女居住的大修院，寄宿生居住的寄宿学校，以及所谓的"小修院"。小修院是带园子的一组房舍，由形形色色的老修女合用居住；那些老修女属于不同的修会，是修道院被革命毁了之后苟活下来的；那是黑色、灰色和白色相混的杂色，是各式各样修会团体汇聚的杂体，如果能这样搭配字词的话，那就叫它什锦修院吧。

帝国开创之初，就允许所有那些流离失所的修女前来，躲到圣贝尔纳-本笃会修女院的卵翼之下。政府付给她们一小笔津贴，小皮克普斯的嬷嬷热情地接待了她们。她们组成了奇特的大杂烩，各守各的教规，寄宿学校的学生有时获准去拜访她们，这是姑娘们最开心的时候，在她们记忆中留下了圣巴齐尔、圣斯科拉蒂克和雅各以及其他修会的嬷嬷形象。

那些避难的修女们，有一个觉得几乎回到老家，她是圣奥尔修会的修女，整个修院只有她一人幸存。圣奥尔修女院旧址，从18世纪初起，恰恰就是小皮克普斯修院，后来才转交给马尔丹·维尔加的本笃修会。那位圣女太穷，穿不起本会华美的服装：白修袍和朱红圣衣，就虔诚地给一个小模特穿上，喜欢拿出来给人看，临终时捐赠给修院。到1824年，那个修会只剩下一名修女，如今只剩下一个玩偶了。

除了这些可敬的嬷嬷，还有几位上流社会的老妇人，像阿尔贝汀夫人那样，得到院长的准许，来到小修院隐居，其中有博福尔·德·欧普勒夫人和杜弗雷讷侯爵夫人。还有一位，在小修院仅以擤鼻涕声音洪亮而著名。学生都叫她噗喳哗啦夫人。

大约1820年或1821年，德·让利斯夫人编一种小期刊，名为《无畏》，她申请入小修院带发修行。奥尔良公爵写了荐举信。这一下捅了马蜂窝，参事嬷嬷都胆战心惊，知道德·让利斯夫人写过小说①。然而她明确表示，她比谁都憎恶小说，而且，她也到了非修行不可的阶段。上帝相助，亲王也相助，她终于进了修院。但是，六个月或八个月之后，她又离开了，走的理由是嫌园子没有树荫。修女们都为之庆幸。她虽然年事已高，还能弹竖琴，而且弹得很好。

她走的时候，在修室里留下了记号。德·让利斯夫人颇为迷信，也是拉丁文学者。这两点就能相当清楚地勾画出她的形象。她的修室

---

① 德·让利斯夫人（1746—1830）：教过奥尔良公爵，即后来的法国国王路易-菲力浦，她的小说创作极丰，也很成功。

有一个小五斗橱，收藏她的金银首饰，里面贴了一张黄纸，由她亲笔用红墨水写了五行拉丁文诗，在她看来具有辟盗的法力，前几年还能见到那张诗笺：

> 木架吊着品德不同的三具尸，
> 上帝两边是狄马斯和盖马斯；
> 前者要升天，后者倒霉下地狱。
> 万能的天主保佑我们和财产。
> 念念这首诗，财产不失保平安。

这几句诗是用 16 世纪拉丁文写的，这就提出一个问题，骷髅地上那两个强盗，究竟像通常那样叫狄马斯和盖塔斯，还是叫狄斯马斯和盖马斯。18 世纪，德·盖马斯子爵自称是那名坏强盗的后裔，他若是见了这种写法，准要大为恼火。此外，这几句诗的法力，修女们都深信不疑。

这所修院的礼拜堂，从建造格局上看，是要隔开大修院和寄宿学校，自然归寄宿学校和大小修院共有。临街甚至还开了一道门，专供公众出入；不过整个布置有方，修院中的任何女子都见不到外人的面孔。设想一下，一座礼拜堂的唱诗室被一只巨手抓得错了位，不像一般礼拜堂那样从祭台后面延伸一段，而是扭到主祭神甫的右侧，成为一间厅室或者昏暗的石洞；再设想一下，这间厅室由一道七尺高的哗叽帷幕封住，帷幕里昏暗中有一排排祷告坐板椅，让唱诗班修女挤在左面，寄宿生挤在右面，而把杂务修女和初修生堆在后面，那么，你对小皮克普斯修女如何参加祭祀，就会有一点概念了。这个石洞，即所谓的唱诗室，由一条走廊通入修院。礼拜堂的光线是从园子照射进去的。修女们参加日课，照规矩要敛声屏息；公众听见坐板起落碰撞的声响，才知道她们在场。

七　昏暗中几个身影

从 1819 年至 1825 年的六年间，小皮克普斯修院院长是德·勃勒默尔小姐，在教中称纯洁嬷嬷。她和《圣伯努瓦会圣徒传》的作者玛格丽特·德·勃勒默尔同属一个家族。她连任一届。她有六十来岁，又矮又胖，"唱圣诗就像破罐发出的声音"，这是前文引用的那封信中说的；除此而外，她那人倒极好，整个修院唯独她喜气洋洋，因而深受爱戴。

纯洁嬷嬷有先人玛格丽特——修会那个达西埃①的遗风。她有文才，学识渊博，精通事理，熟谙历史，满腹拉丁文、希腊文和希伯来文，在本笃会虽为修女，却有修士的气魄。

副院长西内雷斯嬷嬷，是个几乎失明的西班牙籍老修女。

参事中的要员有司库圣奥诺琳嬷嬷、初修生主任导师圣杰特吕德嬷嬷、副主任导师圣安琪嬷嬷、圣器室管理员圣母领报嬷嬷、护士圣奥古斯丁嬷嬷（是全院唯一的恶人）；还有圣麦什蒂德（戈万小姐），她非常年轻，嗓音十分美妙；众安琪嬷嬷（德鲁埃小姐），曾先后在圣女修院、吉卓尔和马尼之间的宝藏修院；圣约瑟夫嬷嬷（德·科戈吕道小姐）、圣阿代拉伊德嬷嬷（德·欧维奈小姐）；慈悲嬷嬷（德·西福安特小姐，她受不了苦修）；怜悯嬷嬷（德·拉米蒂埃小姐，六十岁破例出家，非常富有）；天意嬷嬷（德·洛迪尼埃小姐）；献堂嬷嬷（德·西康扎小姐），1847年成为院长；最后，圣赛利涅嬷嬷（雕塑家赛拉奇的姊妹），后来疯了；圣香塔尔嬷嬷（德·苏宗小姐），后来也疯了。

容貌最美的人当中，还有一个二十三岁的妙丽姑娘，生于波旁岛，是罗兹骑士的后裔，她在尘世叫罗兹小姐，出家则称升天嬷嬷。

圣麦什蒂德嬷嬷负责歌唱和圣诗班，乐于选用寄宿生。她往往把她们排成一个完整的音阶，也就是说七个人，从十岁到十六岁各一人，并有相应的嗓音和个头儿，让她们按年龄排列，由最小到最大；站成一排歌唱，看上去好似少女做成的芦笛、天使做成的排箫。

在杂务嬷嬷中，寄宿生最喜欢的有圣欧伏拉吉嬷嬷、圣玛格丽特嬷嬷、老天真圣玛特嬷嬷、令人发笑的长鼻子圣米歇尔嬷嬷。

这几位妇人对孩子都非常温和。修女们仅仅严于律己。只有寄读学校才生炉火，比起修院来，学生伙食也算精细了；此外，还有无微

---

① 达西埃夫人（1651—1720）：荷马史诗《伊利亚特》和《奥德赛》的译者。纯洁嬷嬷的先人是雅克琳·德·勃勒默尔嬷嬷（1618—1696），《圣伯努瓦会圣徒传》的作者。

不至的照顾。不过，孩子碰见修女，修女从来不答话。

保持肃静的院规导致这种后果，全院里，言语撤离开人，转给无生命的物品了。时而，礼拜堂的大钟说话，时而园丁的小铃说话。传达嬷嬷旁边挂一口非常洪亮的小钟，全院都能听到，像有声电报一样，用不同的敲法表示物质生活中安排的活动，必要的时候，还能把修院中这个或那个人召到会客室。每个人和每样物品都有其响声。院长是一声接一声，副院长是一声接两声。六声接五声表示上课，因此，学生从不说回教室上课，而是说去六五。四声接四声是德·让利斯夫人的音标，经常能听到；毫无善心的人说：这是四声魔鬼。十九声宣告重大事件，即打开"修院的大门"；那道铁板门十分吓人，有好几道闩杠，只是迎接大主教时才打开。

我们说过，除了大主教和园丁，任何男人不得进入修院。寄宿生倒是还能见到两个：又老又丑的神师巴奈斯神甫，她们在唱诗室隔着栅栏能望见；另一个是绘画教师安西奥先生，在前面已经看到几行的那封信中称"安细腰"，别号"驼背老妖"。

可见每个男人都是经过挑选的。

这所怪修院就是如此。

八　人心在前石在后

勾画出这所修院的精神面貌之后，再介绍一下物质外形也不是无益的。读者对此已经有了一点概念了。

小皮克普斯-圣安托万修道院，几乎占了整个不等边四边形这一大片场地，四周有波龙索街、直壁街、小皮克普斯街，以及在老地图上叫欧马雷街的死巷；四条街相交，像城壕一样围住这个四边形。修院由好几座建筑和一个园子组成，主建筑是几座不同的楼房连缀起来的，从空中望上去，好似放倒在地上的一根折尺。折尺的长臂从小皮克普斯街到波龙索街，占了整条直壁街的一侧；短臂是一座高楼，临小皮克普斯街，正面灰暗而肃穆，门窗都安有铁栏。六十二号大门则标志这排楼房的尽头。这排楼房正中有一道老式圆拱矮门，门板因挂满尘土而发白，门洞拉了不少蜘蛛网，只是礼拜天开一两个小时，或者修女的灵柩出院才偶然开一下。那是公众进礼拜堂的入口。折尺形建筑的折角是一个方厅，用于配膳，修女称作"食品储藏室"。折角楼长臂为嬷嬷修女的修室和初修院。短臂中有厨房、带回廊的食堂和礼拜堂。六十二号大门和欧马雷死巷之间是寄宿学校，但从外面却看不见。不等边四边形的其余部分便是园子，园地比波龙索街面要低，因此，围墙里侧比外侧高一些。园地中央微微隆起，形成个小土丘，上面挺立一棵圆锥形秀丽的枞树，宛如圆盾中心的突刺；四条路径从中心向四面伸展，每一条路径都是双道，如果围墙是圆形的，八条小道所构成的几何图形，就像车轮上的十字辐条了。每条路径都通到墙根，而园子围墙又极不规则，路径也就长短不一，路两旁栽了醋栗树。有一条白杨林荫路，从直壁街角的老修院废墟，一直通到欧马雷死巷的小修院建筑。小修院前面是所谓的小园子。在这整体上再添一座院落、内部建筑体所形成的各种各样棱角、监狱似的围墙，以及作为全部视野和毗邻的波龙索街另一侧屋顶的黑色长线条，那么对于四十五年前小皮克普斯的圣贝尔纳修女院，就会有个完整概念了。从 14 世纪到 16 世纪，这地方原是一个著名网球场，叫作"一万一千魔鬼网球场"，后来在旧址上建起这所圣洁的修院。

此外，这里全是巴黎最老的街道。直壁和欧马雷，这些名字都很古老，以此为名的街道还要古老。欧马雷巷从前叫摩古街，直壁街从前叫野蔷薇街，须知上帝让鲜花盛开，早在人凿石之前。

九　修女巾下一世纪

我们既然详细描绘小皮克普斯修院从前的面貌，敢于打开一扇窗户窥探这幽秘之地，想必读者能允许我们再谈一件离题的小事。这件事虽与本书无关，但是很有特点，有助于让人了解修院本身有它的奇人奇事。

小修院里有位百岁老妇，是从封特伏罗修院来的，在 1789 年革命之前，她甚至还是社交场中人。她常谈起路易十六的掌玺官德·米罗梅尼先生，谈起她十分熟识的法院院长杜普拉夫人。她动不动就提起这两个姓名，既出于乐趣，也出于虚荣，她那封特伏罗修道院，也说得天花乱坠，跟城市差不多，里边有街道。

她说话的方式像庇卡底人，让寄宿学生特别开心。每年她都要庄严地发一回誓愿，发愿时对神父说："圣弗朗索瓦大人向圣于连大人发过这种誓愿，圣于连大人向圣欧赛伯大人发过这种誓愿，圣欧赛伯大人向圣普罗柯泊大人发过这种誓愿，如此等等；因此，神父，我也向您发这一誓愿……"寄宿生听着偷偷地笑，那不是暗笑，而是窃笑，是压抑不住的吃吃的可爱笑声，惹得参事嬷嬷直皱眉头。

还有一回，那位百岁老人讲故事，她说在她年轻的时候，圣贝尔纳会修士绝不亚于宫廷骑卫。这是一个世纪在讲话，不过是 18 世纪。她讲述香槟地区和勃艮第地区敬四种酒的风俗。革命前，一个大人物，法兰西元帅、亲王、公爵或者元老院元老，经过勃艮第或香槟的一座城市，市府官员致辞欢迎，并用舟形银杯敬献四种不同的葡萄酒。第一只银杯上刻着"猴酒"，第二只银杯上刻着"狮酒"，第三只银杯上刻着"羊酒"，第四只银杯上刻着"猪酒"。这四种铭文表示醉酒的四种程度：第一种薄醉快活，第二种半醉恼怒，第三种大醉愚钝，第四种烂醉成一摊泥。

她有一件隐秘的物品，宝贝似的锁在柜子里。她这样做并不违反封特伏罗会教规。那件物品，她不肯出示给任何人，每回自己要观赏时，就关起门来躲在屋子里，这也是她的教规所允许的。她一听见走廊有脚步声，那双老手就尽快关上柜门。她平时很爱讲话，一听人提起这事，就沉默不语了。好奇心多么强的人，在她的缄默面前也败下去；多么善缠能磨的人，在她的执拗面前也败下去。这也成为全院闲得无聊的人议论的话题。百岁老人如此珍视、如此保密的究竟是什么宝贝？莫非是一本圣书？莫非是独一无二的念珠？莫非是经过考证的遗物？猜测纷纭，却不知所以。等可怜的老妇人一死，大家就急不可耐，跑去打开柜子，找出包了三层布好似圣盘的东西。那是法昂扎窑的瓷盘，图案是一群起飞的小爱神，受到手拿大针管的几个药铺学徒的追逐。追逐的场面充满怪相和滑稽的姿态。一个可爱的小爱神已经被针头刺穿，但仍在挣扎，鼓动小翅膀想飞走，可是小魔头却在怪笑。图案的寓意：爱神被痛疾战胜了。那只盘确为稀有之物，也许不同凡响；曾引发过莫里哀的创作动机。直到 1845 年 9 月，此盘还存在，摆在博马舍大街一家旧货店里出售。

那位善良的老妇人不肯接见世间任何来访的客人，她说"会客室太阴暗凄惨了"。

十　永敬修会的起源

不过，我们试图勾画的这间坟墓似的会客室，只是当地的一种情况，其他修院中并不如此严厉。尤其神庙街属于另一教派的修院，黑色窗板由棕褐色窗帘所取代，会客室像客厅一样，也镶了地板，挂着悦目的白纱窗帘，墙上挂着各种镜框，其中有一幅本笃会修女露出面孔的画像，几幅花卉画，甚至还有一个土耳其人的头像。

正是在神庙街修院的园子里，挺立一棵全法国最大最美的印度栗树，被 18 世纪的善良人们誉为"王国栗树之父"。

我们说过，神庙街修院中为永敬本笃会修女，根本不同于锡托教派的本笃会修女，永敬修会创建并不久，超不出两百年。当初 1649 年，在巴黎圣绪尔皮斯和河滩广场圣约翰两座教堂，圣体受到两次亵渎，先后仅隔数日，那种渎神的弥天大罪实属罕见，震动全城百姓。圣日耳曼草地教堂副大主教兼院长先生决定，他的全体神职人员举行一次隆重的列队游行，并由罗马教皇使臣主祭。然而，两位尊贵的妇人，库尔丹夫人，即德·布克侯爵夫人和德·夏托维厄们爵夫人，却认为这样还不足以赎罪。亵渎"神坛上极崇高的圣体"的罪行，虽是偶然事件，但两位圣女系念于心，认为只有在一所修女院进行"永敬"，才能够补赎。于是，她们二人，一个在 1652 年，一个在 1653 年，将大笔钱财捐给卡德琳·德·巴尔嬷嬷，即本笃会修女圣体嬷嬷，以实现虔诚的心愿，创建一所圣伯努瓦会的修道院。第一份建院批准书，由圣日耳曼修院院长德·麦茨先生交给卡德琳·德·巴尔嬷嬷，"规定入院的修女必须带进三百利弗尔年金，合本金六千利弗尔"。继圣日耳曼修院院长之后，国王也签发了批准书；到了 1654 年，修院批准书和国王批准书，一并由审计院和高等法院核实通过。

这就是巴黎圣体永敬本笃修女会创建的缘起和法律依据。她们用德·布克和德·夏托维厄两位夫人的捐款，"新建"的第一所修院，就坐落在珠宝匣街。可见，这一修会和所谓锡托的本笃修女会不能混为一谈。它隶属于圣日耳曼草地修院院长，正如圣心会嬷嬷们隶属于耶稣会会长，慈善会嬷嬷们隶属于遣使会会长。

这一修会，和我们刚描述了内部的小皮克普斯圣贝尔纳修女院，也根本不同。1657 年，教皇亚历山大七世特谕，小皮克普斯圣贝尔纳会修女，跟圣体本笃会修女一样，也奉行永敬规诫。尽管如此，这两个修会仍然了无相涉。

十一　小皮克普斯的结局

刚进入波旁王朝复辟时期，小皮克普斯修院就开始衰败了，那是整个修会衰亡的一个环节，如同所有宗教会派经过了18世纪那样的趋势。静修同祈祷一样，是人类的一种需要；然而，它跟所有受到革命触动的事物一样，也要发生变化，从敌视转而有利于社会进步了。

小皮克普斯修院人员锐减。到了1840年，小修院就消失了，寄宿学校也消失了。既没有老妇人，也没有少女了：老的离世，少的离去。飞走了。①

永敬修会的戒律极严，令人生畏。有入会愿望，也望而却步，招募不来新人员。到了1845年，杂务嬷嬷还有几个，而唱诗班修女却一个不见了。四十年前，修女的人数将近百名；十五年前，只剩下二十八名了。今天还有多少呢？1847年，院长挺年轻，还不到四十岁；这表明选择的范围缩小了。人员越减少，负担就越重，每人的任务也就越加繁重了。当时就能预见到，过不了多久，就只能剩下十一二副佝偻痛苦的肩背，扛着圣伯努瓦那套沉重教规了。重担一成不变，人多人少一个样。重担压下去，把人压垮了。因此，修女们死了。本书作者还住在巴黎的时候，就死了两个，一个二十五岁，一个二十三岁。后者很可以效仿朱莉娅·阿勒庇奴拉的墓志铭："我葬在此地，享年二十三岁。②"修院正因为如此衰败，女子寄宿学校才办不下去了。

这所幽暗的修院非同寻常，又鲜为人知，我们从门前经过，就不能不进去瞧瞧，不能不带领陪伴我们的、听我们讲述冉阿让悲惨故事的人进去，这对一些人也许是有益的。我们已经朝这宗教团体里投了一眼；这会派层出不穷的仪式和修行十分古老，如今看来却极为新奇。这是禁闭的园子。"禁闭的园子"。③ 我们已经介绍过这奇特的地方，既详尽而又恭敬，至少尽量保持在恭敬和详尽两者可以调和的限度内。我们并非什么都理解，但是我们什么也不侮辱。我们对等距离，处于约瑟夫·德·迈斯特尔和伏尔泰之间：前者歌功颂德连刽子手都歌颂，

---

① 原文为拉丁文。

② 原文为拉丁文。

③ 原文为拉丁文。

后者冷嘲热讽连耶稣受难像都嘲讽。

顺便说一句，伏尔泰不合逻辑，他会像为卡拉斯①辩护那样为耶稣辩护；而对于那些否认神灵降世的人来说，耶稣受难像又能表示什么呢？不过是一个被杀害的贤哲而已。

进入 19 世纪，宗教思想经历一场危机。人们忘掉一些事情，这样也好，只要忘记这个又学会那个。人心里不能空空如也。有些东西破除，但破除之后随即建设就是好的。

当前，还是研究一下不复存在的事物吧。有必要认识那些事物，哪怕只是为了避免再现。效仿过去而取假名，爱称作"未来"。"过去"这个幽灵，善于伪造护照。我们应当了解陷阱，要特别当心。过去，有一副面孔，就是迷信，还有一副面具，就是虚伪。揭示它的真面孔，揭掉它的假面具。

至于修道院，所提出的问题很复杂。是文明问题，文明却谴责它；是自由问题，自由又保护它。

---

① 卡拉斯（1698—1762）：法国新教商人，被诬告杀害要脱离新教的儿子而处以轮刑；死后三年，伏尔泰等为之昭雪，改判无罪。

第七卷　题外话

一　修道院，抽象意念

本书是出戏剧，主角是无限。

人是配角。

既然如此，我们路上遇见一所修院，就应该走进去看看。为什么呢？须知修院，东西方都有，古今都有，基督教有，异教、佛教、伊斯兰教也都有，修院是人类观望无限的一件光学仪器。

这里不是淋漓尽致阐述某些思想的地方；不过，我们尽可有所保留，有所抑制，甚至有所愤恨，但还是应当说，每逢在人身上遇见无限，不管理解不理解，我们总要肃然起敬。犹太教圣殿上、清真寺中、佛塔里、北美印第安人的茅舍中，都有我们所唾弃的丑恶一面，也有我们所崇敬的高尚一面。对于人的思想是何等静观，又是何等无止境的梦幻！正是上帝在人墙上的反光辉映！

二　修道院，历史事实

从历史、理性和真理的角度来看，修道制已经判决定案了。

在一个国家，修道院繁衍过盛，就成为交通的枢纽、阻碍的设施、懒惰的中心，而不是那里所需要的劳动中心。对于大社会体来说，修道团体恰似橡树上的寄生物、人体上的肿瘤。修院兴旺和肥硕，则意味地方贫困。修道制在文明初期还有益处，能用精神力量抑制野蛮行为，但是到了人民成熟的时期就有害了。况且，修道制，在纯洁时期成为有益的种种因素，到了衰朽腐败的阶段，还继续作出榜样就转为有害了。

入院修道已然过时。修院有利于现代文明的初期教育，转而妨碍并危害文明的发展壮大了。修道院作为培养人的学堂和方式，在 10 世纪是好的，到了 15 世纪就成问题，进入 19 世纪则十分可鄙了。意大利和西班牙那两个出色的国家，在多少世纪中，一个是欧洲的光明，一个是欧洲的荣耀，可是受到修院这种麻风病的侵害，仅剩下两副骨架子了；多亏 1789 年那次有力的保健治疗，那两个杰出的民族才开始好转。

修院，尤其古代修女院，正如 19 世纪初还出现在意大利、奥地利、西班牙的那种，确是中世纪的一种最可悲的产物。修院，那类修院，集各种恐怖之大成。地道的天主教修院，笼罩着死亡的黑色之光。

西班牙修院尤为阴森可怖。那里拱顶烟雾弥漫，穹隆因浓重的阴影而朦朦胧胧；下面巨大的神坛，在黑暗中高高耸立，赛似主教堂；那里黑暗中，用铁链吊着高大的白色耶稣受难像；那里乌木架上，陈列着魁伟的基督裸体象牙雕像；那些雕像不仅血迹斑斑，还血肉模糊，既丑陋又富丽堂皇，臂肘露出白骨，膝骨露了皮肉，创伤翻开血肉，头戴银制的荆冠，用黄金钉子钉到十字架上，额头流的血是镶嵌的红宝石，眼里流的泪是镶嵌的钻石。钻石和红宝石仿佛湿漉漉的，引来多少戴面纱的妇女匍匐在下面哭泣。那些女人满身被苦衣和铁针鞭刺破，乳房被柳条兜紧束，双膝因祈祷而磨破，她们自以为许配给了上帝，一个个全是以天使自居的幽魂。那些女人有思想吗？没有。她们有愿望吗？没有。她们爱吗？不爱。她们活着吗？没有。她们的神经变成了骨头；她们的骨头变成了石头。她们的面纱是夜幕做成的。她们在面纱里的呼吸，仿佛死神那种莫名凄惨的气息。修女院院长是个恶魔，既圣化又威吓她们。洁白无瑕的形象摆在那里，显得野蛮而凶残。这便是西班牙的古老修院。残忍修行的巢穴，处女的火坑，暴虐的场所。

西班牙信奉天主教，更甚于罗马。西班牙修院是典型的天主教修道院，有东方意味。大主教就是天国的总管，严密监视并紧紧锁住上帝备用的后宫。修女是嫔妃，神甫是太监。最痴迷的修女在梦中被选中，得到基督的宠幸。到了夜晚，那个美少年从十字架赤条条走下来，成为销魂的对象。妃子以受难的耶稣为苏丹，幽居秘院，由高墙隔断人间的一切欢乐。往外窥探一眼就是不忠。"地牢"代替皮袋。在东方是投进海里，在西方是投进土中。东西方女人都呼天抢地；东方的没入波涛，西方的打入地下；那边的溺死，这边的埋葬。惨绝人寰的同工异曲。

如今，那些厚古的人也不能否认这种事实，只好一笑置之。还流行一种窍门：干脆抹杀历史的揭露，肢解哲学的评说，再省略一切碍眼的事实和模糊的问题。"这是乱弹琴的好材料"，乖巧的人如是说。"乱弹琴"，笨伯随声附和。这样，让-雅克·卢梭乱弹琴；狄德罗乱弹琴；在卡拉斯、拉巴尔和西尔旺的案件①上，伏尔泰也是乱弹琴。不知道是哪位明公，最近发现塔西陀②也是个乱弹琴的人，而尼禄则是受害者，而且毫无疑问，应当同情"那个可怜的霍洛菲尔纳"③。

然而，事实不会轻易给吓退，仍旧坚定不移。本书作者在离布鲁塞尔八公里处，就亲眼见过那种遗忘洞：那是如今人所共见的中世纪的缩影，在维赖尔修道院旧址，现为牧场的中间，靠迪尔河边，有四个半在地下半在水中的石室，那便是"地牢"。每座地牢都残留一扇铁门、一个粪坑、一个安了铁条的通风孔；洞口外高出水面两尺，里边离地面六尺。四尺深的河水擦墙而过。牢里地面终年潮湿，幽禁的人就以这湿土为卧榻。有一间地牢里，墙上还嵌着一段枷锁；另一间里还有一个方匣，是用四块花岗岩石板砌成，卧不够长，立不够高，把一个人硬塞进石匣里，上边再盖上石板。实物俱在，眼睛看得见，手摸得着。那些地牢、那些囚室、那些铁门、那些枷锁，还有那高高的气窗，河水齐着窗沿流过，没有那盖着花岗岩石板的石匣，好似一座坟墓，唯一的区别就是里边埋葬个活人，还有那粪坑、那泥泞的地面、那渗水的墙壁，全是乱弹琴！

---

① 拉巴尔和西尔旺，同卡拉斯一样，都因触犯天主教而处死，伏尔泰为之申冤。

② 塔西陀（55—120）：拉丁文历史学家，直书罗马暴君尼禄（54—68年在位）事。

③ 犹滴是古代犹太侠烈女子，为拯救一城百姓，诱杀了敌将霍洛菲尔纳。见《圣经·旧约》中的《犹滴传》。

三　什么情况下可尊重过去

　　出家修行的体制，像在西班牙存在的，也像在西藏存在的那样，对文明来说，无异一种肺痨，能让生命猝然终止。简言之，这种体制使人口锐减。进修院，就成为阉人。这情况在欧洲泛滥成灾。此外，还应指出，对精神施暴司空见惯，强迫许愿献身。封建制度依靠修院，长子制将家族过剩的成员投入修院，上面我们也谈了残酷的戒规、地牢，将人的口堵住，将头脑封死，多少聪明才智终生许愿，穿上修袍，不幸幽禁在地牢，活活地埋葬了。还应指出，个人所受的折磨伴随民族的堕落，无论你是谁，面对人类发明的修袍和面纱这两种殓装，你总要不寒而栗。

　　然而，已经到了 19 世纪，在某些角落和某些地方，出家修行的思想还顽抗哲学和社会进步，继续招募苦修者的怪现象，着实令文明世界震惊。陈旧过时的机构还执意存在下去，那样顽固就像哈喇的头油还要往头发上抹，那样妄想就像臭鱼还要让人吃进肚子里，那样暴虐就像孩子衣裳硬要穿在大人身上，那样温柔又像尸体回家来拥抱活着的人。

　　"忘恩负义！"衣裳说，"在天气恶劣的时候，我保护过你。为什么你不要我了呢？""我来自大海。"鱼说。"我曾经是玫瑰花。"头油说。"我爱过你们。"尸体说。"我教养过你们。"修院也这样说。

　　对此只需回答一句："过去了。"

　　梦想死去的东西无限延续下去，给人的遗体涂上香料以防腐烂，修复残破的教条，给圣徒遗骸盒重新涂一层金漆，将修院粉刷一新，重新圣化圣骨盒，重新粉饰各种迷信，给宗教狂热鼓劲打气，给圣水刷和马刀换上新柄，重新确立修道制度和黩武主义，坚信社会的保障在于大力繁衍寄生虫，把过去强加给现在，这实在怪得很。然而，确有主张这些理论的理论家。那些理论家也有真才实学，掌握一套极为简便的方法，他们给过去涂上一层釉彩，即所谓社会秩序、神权、道德、家庭、尊老、古代权威、神圣传统、合法性、宗教；他们还高声叫卖："瞧一瞧！诚实的人，请要这个吧！"这种逻辑，古人早已知晓。

古罗马肠卜僧①就运用过。他们给一头黑色牛犊全身扑上石灰，说道："牛犊是白色的。"用石灰刷白的牛。②

至于我们，该尊重的就尊重，而且处处宽容，只要过去肯承认已经死了。如果它还要活在世上，我们就打击，将它打死。

迷信、虔诚、伪善、成见，这些鬼魂，虽已成鬼，却死活不肯离世，鬼气中还有牙齿和利爪；必须向它们开战，展开肉搏，永不停歇地跟它们拼杀；要知道，永生永世同鬼影搏斗，这也是人类的一种命数。既为鬼影，就难扼住喉咙而置于死地。

在19世纪中叶的时候，法国的一所修道院，就是对着阳光的一窝猫头鹰。在1789年、1830年和1848年革命的圣地，修道院明目张胆地鼓吹出家苦修，让罗马在巴黎大展雄威，这是一种时间的舛错。在寻常时期，要消除时间的舛错，只要令其数一数纪元就行了。然而，我们绝非处于寻常时期。

我们战斗吧。

战斗，但是要区分。真理的特点，就是从不过分。真理有什么必要夸张呢？有的事物必须消灭，还有的事物，只须辨识清楚就行了。善意而严肃的审查，具有何等力量啊！有光就足够的地方，我们就根本不必送去火焰。

因此，既已是19世纪，那么各国人民，无论亚洲还是欧洲，无论在印度还是土耳其，一般来说，我们都反对出家修行的制度。提起修院。就等于说沼泽。沼泽显然易于腐臭，淤泥死水有害健康，发酵的物质传染病症，使居民减少数量。出家修行的人成倍增长，成为埃及的伤痛。那些国家的僧徒、和尚、苦行僧、隐修士、隐修女、行者、苦修士，滋生繁衍，如蚁如蛆，想想怎不叫我们心惊胆战。

话虽如此，宗教问题却依然存在。这个问题有几方面很神秘，几乎很可怕，请允许我们凝神观察一下吧。

四　从本质看修院

一些人聚集而同居。凭什么权利呢？就凭结社的权利。

---

①　古罗马依据牲畜的内脏进行占卜的僧人。
②　原文为拉丁文。献祭的牛羊应是白色的。不过，肠卜僧的职能是占卜，同这种献祭毫无关系。

他们闭门幽居。凭什么权利呢？就凭人人在家都有开门关门的权利。

他们足不出户。凭什么权利呢？就凭行止的权利，其中包含守在家中的权利。

他们待在家里，干什么呢？

他们低声说话，低垂着眼睛；他们干活。他们放弃社交、城市，放弃声色享乐，放弃虚荣、自尊和利益。他们身穿粗呢或粗布衣袍，谁也不拥有任何财物。原本有钱的人，一进入那里就成为穷人，财物全分给大家。原来人称贵族、绅士和大老爷的人，就跟原来的农民一律平等。所有人的修室都一样。所有人都同样剃度，都穿同样的修袍，吃同样的黑面包，睡在同样的草铺上，死在同样的灰堆上。身后背着同样的口袋，腰上扎着同样的绳子。如果决定赤脚走路，大家都同样赤脚。那中间也许有个王子，但王子也同样是一个影子。头衔没了。甚至连姓氏也消失，只叫名字。洗礼的名是平等的，大家都得遵从。他们解脱了骨肉的家庭，在团体里组成了精神的家庭。除了全人类，他们别无亲人。他们救助穷人，护理病人。他们服从共同选举出来的人。他们彼此以弟兄相称。

你会接口高声说："真的，那正是理想的修院！"

只要可能有那样的修院，就足以引起我的重视了。

因此，在本书上一卷中，我以尊敬的口吻谈了一所修院。除开中世纪，除开亚洲，姑且不谈历史和政治问题，从纯哲学观点出发，摆脱宗教论战的手段，只要修院绝对自愿，只关着情愿的人，我就始终以严肃认真的态度，有些方面还以尊敬的态度对待修道团体。有团体的地方，就有村社；有村社的地方，就有权利。修院是平等博爱这种公式的产物。啊！自由多么伟大！转变多么壮丽！自由足能将修院变为共和国。

接着谈下去。

那些男人，或者那些女人，在四堵高墙里面，穿着棕色粗呢袍，大家平等，以兄弟姊妹相称；这很好，可是，他们还干别的事情吗？

是的。

干什么呢？

他们注视影子，双膝跪下，合拢手掌。

那是什么意思呢？

五　祈祷

他们祈祷。

祈祷谁？

上帝。

祈祷上帝，这话是什么意思？

我们身外还有个无限吗？那个无限是否一体、内在的、永恒的呢？既是无限，就必然是物质的，那么一旦没有物质了便是止境吗？既是无限，就必然有智力，那么一旦没有智力了便到终点吗？我们只能赋予自身以存在的观念，那个无限是否在我们身上唤起本体的观念呢？换言之，难道它不是我们作为相对体所属的绝对吗？

我们身外有无限，难道身上同时没有个无限吗？这两个无限（这种复数多骇人！）难道不是相互重叠的吗？第二个无限难道不是头一个无限的内里吗？难道它不是另一个无限的镜子、反光和回声，共有一个中心点吗？第二个无限是否也有智力呢？它在思考吗？它爱吗？它有愿望吗？假如两个无限都有智力，那么各有一个能产生意愿的本质，在上方那个无限中有个我，同样，在下方这个无限中也有个我。下方这个我就是灵魂，上方那个我就是上帝。

通过思想，让下方这个无限接触上方那个无限，这就叫作祈祷。

从人的意识中绝不要抽掉任何东西；取消即坏事。应当变革。人的某些特性，思考、幻想、祈祷，都指向未知世界。未知世界是浩瀚的大洋。意识是什么呢？是未知世界的罗盘。思考、幻想、祈祷，都是巨大而神秘的辐射。我们应当尊重。灵魂这种壮丽的光辉射向哪里？射向黑暗，也就是说射向光明。

民主的伟大，就在于对人类什么也不否定，什么也不否认。在人权旁边，至少在人权之外，还有灵魂的权利。

摧垮狂热，崇敬无限，这才是正道。我们不能仅仅匍匐在造物主大树之下，瞻仰那缀满星辰的巨大枝桠。我们还有一种职责：为人的灵魂而工作，维护神秘而反对奇迹，崇拜未知而鄙弃荒谬，在不可解释的事物方面只接受必然的东西，净化信仰，扫除宗教上面的迷信，清掉上帝周围的丑类。

六　祈祷的绝对善

只要诚挚，任何祈祷方式都是好的。把你的书反扣过去，置身无限中。

我们知道，有一种哲学否认无限。还有一种哲学否认太阳，按病理分类，这种哲学叫盲论。

杜撰出一种我们实所未有的感觉，这是盲人的一种大胆创造。

奇怪的是，这种瞎摸哲学，对待看见上帝的哲学，采取了高傲、妄自尊大而又垂怜的态度。人们仿佛听见鼹鼠叫嚷："他们的什么太阳，真叫我可怜！"

我们知道，有的无神论者既杰出又能干。其实，他们恰恰由自身的能力拉回到真实上来，难以肯定自己就是无神论者，对他们来说，这仅仅是一个定义问题，不管怎样，他们即使不信上帝，但作为大智大慧者却证实了上帝。

我们尊他们为哲学家，同时毫不留情地对待他们的哲学。

让我们接着谈下去。

也有令人叹服的，那就是玩弄字眼的才干。北方有一个形而上学的学派，有点云山雾罩的，以为用意志一词取代力量一词，就在人的智力上进行了一场革命。①

不说"植物生长"，而说"植物想要"；如果再加一句："宇宙想要"，那就确实会有极大的繁殖力。为什么？因为从中可以得出这样一点：植物想要，于是它就有了一个我；宇宙想要，于是宇宙就有了一个上帝。

我们和那个学派不同，绝不先行否定任何观点，在我们看来，那个学派采取植物有意志的说法，比起他们所否认的宇宙有意志的说法来，更难令人接受。

否认无限的意志，也就是说否认上帝，这只有在否认无限的前提下才有可能。这一点我们已经阐明了。

否定无限直接导致虚无主义。一切都变成"思想的概念"。

---

① 很可能指德国哲学家叔本华（1788—1860），他确实用"意志"的概念取代"力量"的概念。

同虚无主义无法论争，因为讲逻辑的虚无主义者怀疑论争对方的存在，也难确定他本身是否存在。

以他的观点而论，他自身也可能只是"他思想的一个概念"。

然而，他丝毫没有觉察，只要一说出"思想"这个词，他就一股脑儿接受了他所否认的一切。

总之，一种哲学，将一切都归纳为一个"无"字，在思想上是无路可走的。

对于"无"，只有一个回答："有"。

虚无主义毫无意义。

没有所谓虚无。"零"并不存在。无并非无，一切无不为物。

人赖以生存的东西，"肯定"比面包还重要。

观察和说明，仅此已然不够了。哲学应当成为一种能量，应当努力并卓有成效地改善人。苏格拉底应当进入亚当的体内，生育出马尔库斯-欧雷利乌斯①，换言之，就是把享乐的人变为明智的人。把伊甸园变为学苑。科学应当是一种强身增智的补药。享乐，多么可悲的目的，多么微不足道的志向！愚昧的人才享乐。思考，这才是灵魂的真正胜利。用思想供人解渴，将上帝的概念当作琼浆供大家畅饮，让心灵和科学在他们身上结为兄弟，通过这种神秘的对晤使他们成为正义的人，这就是真正哲学的功能。静观沉思导致身体力行。绝对，应当是实用的。理想，对人的精神来说，也应当是可呼吸的，可饮并可食的。理想有权这么讲："请用吧，这是我的肉，这是我的血。"智慧是一种圣餐。智慧只有在这种情况下，才不再是对科学的无育的爱，而变成人类唯一至上的联络方式，并从哲学升华为宗教。

哲学不应当是建在神秘上的看台，仅仅便于观赏，便于满足好奇心，除此别无功用。

以后有机会再阐发我们的思想，现在我们只想说，如果没有相信和爱这两种动力，我们就无从理解作为出发点的人，也无从理解当作目的的进步。

进步是目的；理想是象征。

———————

① 马尔库斯-欧雷利乌斯（121—180）：罗马皇帝（161—180 年在位），也是哲学家，信奉禁欲主义，有《论思想》传世。

理想是什么？是上帝。

理想、绝对、完美、无限，全是同义词。

七 慎于责备

历史和哲学负有的责任，既永恒又简单：打击大司祭该亚法①、法官德拉孔②、立法官特里马西翁③、皇帝提比略④，这是清楚、直接而明白的，毫无疑义。然而，离群索居的权利，即便有其种种缺陷和弊端，也要予以确认和宽待。群居苦修则是人类的一个重大问题。

修院那种地方，既荒唐谬误，又清静纯洁，既导向迷途，又有良好愿望，既让人愚昧无知，又充满献身精神，既苦修折磨，又殉难得道，因此一提起修院，几乎总是有褒有贬。

一所修院就是一大矛盾。目的，是永福；方式，是牺牲。修院，是以极端克己为结果的极端自私。

以放弃为进取，这似乎是修道生活的格言。

在修院中，受苦是为了享乐。开了一张到死神那里兑付的期票。拿尘世的黑夜贴现上天的光明。在修院中，是鉴于许诺赠予天堂才接受地狱生活的。

戴上面纱或穿上修袍，是支付永生的一种自杀。

这样一个话题，我们觉得不容嘲笑。是好是坏，一概是严肃的。

正义的人只能皱眉头，绝不会嘿然讪笑。我们理解愤怒，但不能理解恶意。

八 信仰，法则

再说几句。

我们谴责阴谋诡计猖獗的教会，蔑视热衷于俗权的教权；但是，我们处处敬佩思考的人。

---

① 该亚法：判处耶稣死刑的大司祭。

② 德拉孔：雅典立法官，公元前 7 世纪改革了司法。

③ 特里马西翁：公元 1 世纪拉丁作家彼特罗尼乌斯的作品《萨特里孔》中的人物。

④ 提比略（约公元前 42—公元 37）：罗马皇帝（14—37 年在位），暴君。

我们向跪着的人致敬。

信仰，人所必需。毫无信仰的人实在不幸！

凝神静思不是无所事事。有有形的劳作，也有无形的劳作。

沉思静观，就是劳作；思考玄想，就是行动。交叉的胳臂在干活，合拢的手掌在工作。举目望天也是一种事业。

泰勒斯①静坐四年，创建了哲学。

在我们看来，静修者不是好逸恶劳的人，避世隐修者，也不是懒惰成性的人。

遐想幽冥世界，是一件严肃的事情。

我们认为，活着的人应当念念不忘坟墓，这样讲丝毫无损于我们上述的话。在这一点上，神甫和哲学家达成共识。"总要死的。"拉特拉普修院院长这样反驳贺拉斯。

生活中常念叨点坟墓，这是智者的法则，也是苦行僧的法则。在这方面，苦行僧和智者见解一致。

物质繁荣，我们需要；精神宏大，我们坚持。

性急的人不假思索，问道："那些木然不动的偶像神神秘秘的，究竟有什么必要呢？他们有什么用呢？他们究竟干什么呢？"

唉！面对围住并等待我们的黑暗，不知道这无边的弥散要把我们怎么样，我们只能这样回答：那些人所为，也许是无比崇高的事业。我们还要补充一句：也许没有更为有用的工作了。

从不祈祷的人，确实需要总在祈祷的人。

在我们看来，全部问题就在于掺杂在祈祷中的大量思想。

莱布尼茨祈祷，那很伟大；伏尔泰崇拜，那很美好。"这是伏尔泰为上帝建造的。"②

我们拥护宗教，但反对五花八门的宗教。

我们认为祷文空乏而祈祷崇高。

再说，我们所经历的时刻，幸而在 19 世纪中不会留下影像，就在

---

① 泰勒斯（约公元前 625—约前 547）：希腊数学家，哲学家，米利都学派的奠基者。

② 原文为拉丁文，刻在菲尔奈教堂的门脸上。那座教堂是伏尔泰于 1770 年出资建造的。

这种时刻，多少人垂下头，意志消沉，而周围那么多人追求享乐，沉溺于短暂而丑恶的物质生活，无论谁能退隐修道，在我们看来都是可敬的。修院就是引退的地方。牺牲即或失当，总还是牺牲。将重大的谬误当作天职，也不失为伟大。

就事情本身而论，并围绕真理巡视，直到公正而毫无遗漏地审视了所有方面，那么修院、尤其修女院最为理想，因为在我们社会中，妇女受苦最深，隐居修院就是对社会的抗议，可以说修女院无可争辩地有几分庄严。

修院生活极为清苦、极为惨淡，上文粗略地谈及；那不是人生，因为没有自由；那也不是坟墓，因为尚不完满；那是个奇特的地方，犹如高山的山脊，从那里望这边可见我们身处的深渊，望那边可见我们将去的深渊；那是隔开幽明两界的狭长地带，明不明，暗不暗，烟雾迷茫，生命的衰弱之光和死亡的朦胧之光交相辉映，正是墓穴中的那种晦明。

当然，我们并不相信那些女人所信的东西，但是和她们一样生活在信仰中。那些心诚的女人，战战兢兢又信心百倍，她们心灵又卑微又崇高，敢于生活在神秘世界的边缘，在已经闭合的尘世和尚未开放的天堂之间等待，面向世人看不见的光亮，仅有一种幸福，就是想到自己知道光亮在哪里，一心向往幽冥和未知，目光凝望悄然不动的黑暗，跪在那里不能自持，浑身抖瑟，有时受太虚深邃气息的吹拂，身子又飘飘欲起；我们只要一观察她们，就不免动情，产生一种宗教式的恐惧、一种满怀钦羡的怜悯。

第八卷　墓地来者不拒

一　如何进入修院

按照割风的说法，冉阿让"自天而降"，正是掉进这所修院里。

他从波龙索街拐角翻墙进入园子。他所听见的午夜仙乐，正是修女们唱的早弥撒；他在黑暗中窥探的那座大厅，正是小礼拜堂；他瞧见趴在地上的那个幽灵，正是行大赎礼的修女；他觉得十分怪异的铃声，正是系在园丁割风伯膝上的铃铛。

珂赛特睡下之后，正如我们见到的那样，冉阿让和割风对着一炉木柴的旺火，喝了一杯葡萄酒，吃了一块奶酪。过后，他们就分头躺在就地铺的干草上，因为破房里只有一张床，让珂赛特占用了。冉阿让合眼之前说了一句："从今往后，我得留在这里了。"

这句话在割风头脑里闹腾了一夜。

老实说，他们二人谁也没有睡着。

冉阿让感到自己被发现，沙威穷追不舍，他明白他和珂赛特一回到巴黎街头，就全交代了。狂风骤起，既然把他吹到这所修院里，他就只有一个念头：留在这里。然而，对于落到他这种境地的不幸者来说，这所修院既是最危险又是最安全的地方。说最危险，是因为此地男人不得入内，违犯者一经发现，就以现行罪犯论处，而冉阿让只有一步之差，就从修院进入监狱；说最安全，是因为只要获准留在这里，谁还会来寻找他呢？住在一个绝无可能的地方，倒是万全之计。

　　割风那边却伤透了脑筋，心中开始承认他全然不摸头脑。围墙那么高，马德兰先生是怎么进来的呢？没人敢翻修院的围墙。还带了个孩子，怎么进来的呢？怀里抱个孩子，不可能翻越陡立的墙壁。那是谁的孩子？两个人从何处来？割风来到修院之后，从未听人提过海滨蒙特伊，根本不知道那里发生了什么事。看马德兰老爹那副神态，割风也不敢开口多问，况且他心中暗道：绝不能盘问一个圣徒。在他的心目中，马德兰先生始终保持全部威信。冉阿让倒是透露了几句话，园丁觉得可以这样推断，也许由于时世艰难，马德兰先生破了产，遭受债主的追逼；也许他牵连到一个政治案件中，不得不躲起来；是这种情况，割风决不扫兴，他跟许多北方农民一样，内心里还是波拿巴分子。马德兰先生要藏身，选中修道院当避难所，要留下来是自然的事情。然而，割风百思不得其解的是，马德兰先生到这里，还带来一个小姑娘。割风看得见他们，摸得着他们，还同他们说话，可就是不相信这是真的。割风的破屋里出了不可理解的怪事，他胡猜了一通，仍不得要领，只明确一点：马德兰先生救过我的命。明确这一点就足以令他下定决心。他心里暗道：现在该轮到我了。他在头脑里还补充一句：当初要钻到车下才能救我时，马德兰先生可没有想这么多。于是，他决定搭救马德兰先生。

　　然而，他心中还是提出种种疑问，并给予回答："他对我有了恩情之后，若是成了盗匪，我该不该救他呢？还是要救的。他若是成了杀人凶手，我该不该救呢？既然他是个圣徒，我该不该救，还是要救的。"

　　不过，要让他留在修院里，这是多大的难题啊！面对这种近乎虚幻的企图，割风决不退缩，这个来自庇卡底的可怜农民，只有一颗忠心、一个良好愿望，还有这次用来见义勇为的乡下老头的那点精明，舍此别无梯子，但还是要攀登修院无法逾越的障碍，翻越圣伯努瓦教规所构成的悬崖峭壁。割风伯这个老汉，自私了一辈子，到了晚年，腿也瘸了，身体也残废了，在世上再也没有什么盼头，倒觉得感恩图报还有点意思，看到一件义举可为，就冲上去，就好像一个人临终时，伸手摸到一杯从未饮过的美酒，便贪婪地喝下去。还应当补充一点，多年来他在修院呼吸的空气，已然磨灭了他的个性，结果使他感到，无论如何要干一件好事。

　　因此，他下了决心：全心全意为马德兰先生效劳。

　　刚才我们称他为"来自庇卡底的可怜农民"，称呼虽恰当，但是不完全。故事叙述到这里，有必要略微描绘一下割风伯的相貌。他原是农民，务农之前在公证事务所干过事，这就给他的精明增添了诡辩，给他的天真增添了敏锐。由于种种原因，他在职业生涯中失意，丢掉事务所的差使，沦为车夫和苦力。他赶车时虽然挥鞭子骂骂咧咧——对牲口似乎必须如此，但他在内心里始终是个公证事务员。他天生脑瓜儿挺灵，说话不像"俺哪""咱哪"那么土气，说起来一套一套的，这在乡村极为罕见，其他农民提起他来都说：他讲话就跟戴礼帽的先生差不多。割风这种人，的确是 18 世纪的挖苦话所称的："半城品，半乡坏"；或在平民圈子里，用贵族城堡掉到普通茅屋的隐喻牙慧，给他贴上这样的标签："有点乡巴，有点市井；胡椒和盐巴"。割风这个可怜的老家伙，尽管命不好，多灾多难，到了穷途末路，但他还是个直性子人，干事十分痛快；一个人有了这种可贵的品质绝不会变坏。他从前也有过缺点和恶习，但那只是表面现象。总之，他的面相能给仔细观察的人以好感。老人的额头上，没有一条显示残忍或愚蠢的凶纹。

　　割风伯琢磨了一整夜，天亮的时候睁开眼睛，瞧见马德兰先生坐在草铺上，正注视珂赛特睡觉。割风翻身起来，说道：

　　"现在，您人在这儿了，再怎么办才能进来呢？"

　　一句话概括了当时的处境，把冉阿让从沉思中唤醒。

　　两个老人开始合计。

　　"首先，"割风说，"您就不能从这房中跨出一步。您和小丫头都一样。跨进园子一步，我们就全完蛋了。"

　　"不错。"

　　"马德兰先生，"割风又说，"您来的这时候好极了。我是说糟极了，有一位嬷嬷病得厉害。这样，别人就不大注意我们这边的事了。看样子她快死了。她们正做四十小时的祈祷。整个修院一片混乱，大家都忙这事儿。要走的那位嬷嬷是一位圣女。其实呢，我们这儿的人全是圣徒，那些修女和我们只有一点儿差别：她们说'我们的修室'，而我说'我的窝'。要为快断气的人祈祷，等人死了还要祈祷。今儿一整天，我们在这儿可以安稳；明天就说不准了。"

　　"可是，"冉阿让指出，"这所房子缩在墙角里，前面有废墟遮着，还有树木，修院那边的人根本看不见。"

"我还可以补充一点，修女从不过这边来。"

"那还有什么说的？"冉阿让说道。

加重语气的这句问话表示：我觉得可以躲在这里。割风回答这个疑问："还有小的。"

"什么小的？"冉阿让又问道。

割风正要开口解释，一口钟响了一声。

"那修女死了，"他说，"这是丧钟。"

他示意让冉阿让听。

钟又敲响第二声。

"这是丧钟，马德兰先生。那钟要一分钟一分钟敲下去，持续二十四小时，直到出殡，遗体运出礼拜堂。喏，又敲了。在课间休息的时候，只要有一个皮球滚过来，她们就不管什么禁令，全跑过来，到处乱翻乱找。就是那些小鬼头，那些小天使。"

"谁呀？"冉阿让问道。

"那些小丫头。哼，她们很快就会发现您，会叫起来：咦！有个男人！不过，今天不会有危险，她们没有课间休息，要祈祷一整天。您听钟声，我不是跟您说过，一分钟敲一下。这是丧钟。"

"我明白了，割风伯。这里有寄宿学生。"同时，冉阿让心中暗道："这样，珂赛特的教育也没问题了。"

割风高声叹道：

"唉！有那些小姑娘！她们会围住您吵吵嚷嚷！她们会逃开！男人在这里，就等于瘟疫。您也看到了，对我就像对待猛兽，腿上系了个铃铛。"

冉阿让越来越陷入沉思。"这所修院能救我们！"他自言自语。接着，他提高声音："是啊，难就难在怎么才能留下。"

"不，"割风说，"难在怎么出去。"

冉阿让立刻感到周身血液涌进心房。

"出去！"

"对，马德兰先生，您得先出去，才好重新进来。"

割风等着一声丧钟敲过，才接着说：

"不能就这样，让人发现您。您是从哪儿来的？在我看来，您是从天而降，因为我认识您；可是那些修女可有规矩，只让人从门进来。"

突然，另外一口钟敲出相当复杂的声响。

"哦，"割风说，"这是召集参事嬷嬷的。她们要开会。每次有人死了就要开会。她是天刚亮死的。天亮死人是常见的事，真的，您打哪儿进来的，为什么就不能打哪儿出去呢？喏，倒不是追问您，您是打哪儿进来的呢？"

冉阿让脸唰地白了。一想到再翻墙跳回那条可怕的街道，他就不寒而栗。一旦逃出虎啸狼啼的森林，又有朋友劝你回林子里，你想想是什么感觉。冉阿让想象得出，这个街区还布满警察，到处明岗暗哨，一个个可怕的拳头伸向他的衣领，也许沙威就在街口的拐角上。

"不行！"他说道，"割风伯，就当我是从上面掉下来的。"

"这我相信，这我相信。"割风又说，"这话不用您对我讲。慈悲的上帝大概把您抓在手掌上，仔细瞧了之后，又把您放下来了。不过，上帝本来要把您投进修士院，不料投错了。喏，又是几声钟响，是让门房去市政厅登记，好让人去通知法医来验验死者。这些，就是人死了要搞的仪式。那些善良的嬷嬷，不喜欢接待那种人。一名医生，什么也不信。他要掀开面纱，有时甚至还掀开别的什么。这回，她们这么快就通知医生啦！这里边有什么奥妙呢？您这小丫头还呼呼大睡。她叫什么名字来着？"

"珂赛特。"

"是您的闺女？看样子，您大概是她爷爷吧？"

"对。"

"对她来说，从这里出去好办，我有一道便门通大院。我一敲门，门房就打开。我背上背篓，小丫头就躲在篓子里。我出门。割风老头背着篓子出门，这是极平常的事。您嘱咐小丫头一句，在篓子里老实待着别吭气。她头上盖一块油布。不用多大工夫，我就到绿道街；把她放在一个好朋友家；那是个开水果店的老太婆，耳朵聋，家里有张小床。我会对着那卖水果的婆子耳朵喊：小丫头是我的侄女，要她照看到明天。接着，您再带小丫头回来。可是您呢，怎么出去呢？"

冉阿让点了点头。

"还不能让人看见我，关键就在这儿，割风伯。您让珂赛特躲进背篓里，盖上油布，也给我想个办法出去吧。"

割风用左手中指搔了搔耳根，表明十分为难。

第三阵钟声转移了他们的注意力。

"验尸医生要走了，"割风说，"他检查过了，说一句：她死了，没错。等医生签发了上天国的通行证，殡仪馆就派车送一口棺木来。死的是老嬷嬷，就由老嬷嬷入殓；死的是修女，就由修女入殓。然后，由我去钉上棺木。这也是我做园工的职责。园工也多少是个掘墓工人。尸体停放在临街的礼拜堂的一间矮厅里，除了验尸的医生，别的男人一概不准进去。我和殡仪馆的送葬工都不算男人。我就到那间矮厅里钉上棺木。殡仪馆的送葬工前来抬走，车夫鞭子一挥！人就这样上天国去。送来一口空箱子，装进点东西再运走。这就是所谓埋葬。'出自深处'①。"

一束横射过来的阳光拂着珂赛特的脸，她还在睡梦中，微微张开口，仿佛一个天使在饮阳光……冉阿让转而凝视她，不再听割风讲什么了。

没人听，也不是住口的理由，厚道的老园工还滔滔不绝，平静地讲下去：

"在伏吉拉尔墓地上挖个坑。听说，要取消伏吉拉尔墓地了。那是块古老的墓地，不合规格，外形不一致，该退休了。真可惜，那块墓地很方便。那儿有我个朋友，梅斯天老头，是个掘墓工。这里的修女受到优惠待遇，在天黑的时候送到那块墓地。这是警察局专门为她们做出的一项决定。真的，从昨天起，发生了多少事啊！受难嬷嬷死了，而马德兰老爹……"

"埋葬了。"冉阿让苦笑着说。

割风接过这句话："嘿！您若是在这儿待下去，那真的就埋葬了。"

第四阵钟声响了，割风连忙从钉子上取下拴铃铛的皮带，又系在膝上。

"这次叫我了。院长嬷嬷叫我去。好家伙，皮带扣针扎了我一下。马德兰先生，您别动窝儿，等着我。那边有什么事儿了。您若是饿了，这儿有葡萄酒、面包和奶酪。"

他走出房门时还连声说："来啦！来啦！"

---

①　原文为拉丁文成语。

再阿让目送他拐着腿尽快穿过园子，边走边望两旁的瓜田。

割风一路铃声不断，吓得修女们纷纷逃窜，不到十分钟，他就轻轻敲了一下门；有人柔声答道："永远如此，永远如此。"表示："请进"。

那是接待室的门，是派活儿时专门接待园工的，隔壁便是会议室。院长坐在接待室唯一的一把椅子上，正等着割风。

二　割风为难

具有某种性格和从事某种职业的人，尤其是神甫和修士修女，一遇到紧急情况，神情就显得十分紧张和严肃，这是相当特别的现象。割风进门的时候，就看见院长脸上有这两种表情。院长纯洁嬷嬷，原是才貌双全的德·勃勒默尔小姐，平时总是一副快活的神态。

园工敬畏地施了个礼，站在门口。院长正拨弄念珠，抬起眼睛，说道："唔，您来了，割伯。"

修院里都用这种简称叫惯了。

割风又施了个礼。

"割伯，是我叫您来的。"

"我来了，尊敬的嬷嬷，"

"我要同您谈谈。"

"我也有点事儿，要跟十分尊敬的嬷嬷谈谈。"割风壮着胆子说，而心里却直打鼓。

院长注视着他："哦！您要向我反映什么情况。"

"有个请求。"

"那好，您说吧。"

割风老头从前当过公证事务员，是沉得住气的那种乡下人。几分无知加几分机灵，就形成一股力量；别人不防备，不觉就上了圈套。割风住进修院两年多，给人的印象不错。他一直独来独往，除了忙着侍弄园子，几乎没有别的事可做，不免产生好奇心。他远远望着那些戴着面纱的女人，在他眼前像影子似的来往忙碌。他注意凝望和洞察，久而久之，终于看到那些鬼影又恢复血肉之身，那些死者又全活了。他就像聋子而目力越看越远，又像瞎子而听力越发敏锐。他极力识辨各种钟声的含义，终于完全掌握了，结果这所谜一般沉闷的修院，什么事也瞒不过他了；这个斯芬克斯把全部秘密都灌进他的耳朵里。割风无所不知，却只字不提，这就是他的乖巧之术。全修院的人都以为他愚笨。这在宗教上是一大优点。参事嬷嬷都很器重割风。他是个难得的哑巴，能赢得别人的信赖。而且，他很守规矩，除非为了果园菜地非办不可的，平时轻易不出门。他谨慎的作风也是公认的，但他还是能向两个人套出话来：修院里的门房，了解接待室里发生的奇事；墓地里的掘墓工，了解丧葬中的怪事。因此，他就像有了两盏灯照着那些修女：一盏照生，一盏照死。然而，他绝不胡来。修院的人无不看重他。年迈、腿瘸、眼神儿不好、耳朵可能还有点背，这么多长处！很难找到替代他的人。

老头子觉出受人重视，便信心十足，对尊敬的院长讲了一大套话。这套话有鲜明的乡村特点，相当含混，又极为深刻，拉拉杂杂地谈到他的年纪、身体的残疾，谈到岁月不饶人，此后加倍成为他的负担，而要干的活计不断增加，园子又很大，有时晚上还得干活，例如昨天夜晚，他就趁着月亮地，给瓜秧盖草垫，绕来绕去引出这句话：他有个兄弟，——（院长动了一下）——那兄弟年纪可不轻了，——（院长又动了一下，却是放心的表示）——如果这里愿意要的话，他那兄弟可以来跟他住在一起，帮着干活，那兄弟是个出色的园艺工人，能给修院出大力气，干活比他强多了；否则的话，如果修院不要他兄弟，他作为兄长，感到身体垮了，干活力不从心，就得说句对不起的话，只好离开了，——他兄弟身边有个小姑娘，也要带来，在修院里培养她信奉上帝，也许有一天，谁说得准呢？她会当修女的。

等他讲完，院长就停止数念珠，对他说道：

"今天晚上之前，您能弄来一根粗铁棍吗？"

"干什么用？"

"当撬棍。"

"好吧，尊敬的嬷嬷。"割风回答。

院长没有再讲什么，起身走进隔壁房间。隔壁是会议室，参事嬷嬷可能聚在那里了。割风独自留在接待室。

三　纯洁嬷嬷

大约过了一刻钟，院长回来，又坐到那张椅子上。

这两个对话的人似乎各有心思。我们尽量记录下来二人的对话。

"割伯？"

"尊敬的嬷嬷？"

"您熟悉礼拜堂吧？"

"我在那儿有个小隔间，能听弥撒和日课。"

"您进入唱诗室干过活吧？"

"去过两三次。"

"这回要掀起一块石板。"

"重吗？"

"就是祭坛旁边的铺地石板。"

"盖地窖的那块石板？"

"对。"

"正是这种时候，最好有两个男人。"

"升天嬷嬷会来帮您，她跟男人一样强壮。"

"一个女人怎么也不如男人。"

"只能有一个女人帮您，各尽所能吧。堂·马毕雍①发表圣贝尔纳的四百一十七封书信，而梅洛努斯·荷尔梯乌斯只发表三百六十七封，我不能因此就鄙视梅洛努斯·荷尔梯乌斯。"

"我也不会。"

"可贵的是各尽其力。一所修院不是一个工场。"

"一个女人也不是一个男人。我那兄弟非常强壮！"

"您还得弄一根撬棍。"

"那种门，只能用那种钥匙。"

"石板上有个铁环。"

"我把撬棍插进去。"

"那石板是可以转动的。"

"很好，尊敬的嬷嬷。我会打开地窖。"

"另外还有四名唱诗嬷嬷协助您。"

"地窖打开之后呢？"

---

① 堂·马毕雍（1662—1707）：法国本笃会修女。她致力于搜集手迹，发表了圣贝尔纳的著作。

"还要重新盖上。"

"这样就完事啦?"

"不。"

"指示我怎么干吧,极为尊敬的嬷嬷。"

"割伯,我们可信赖您。"

"我在这儿,让干什么就干什么。"

"而且什么也不讲。"

"是的,尊敬的嬷嬷。"

"等地窖打开……"

"我再重新盖上。"

"不过,盖上之前……"

"怎么样呢,尊敬的嬷嬷?"

"要放进去一点东西。"

双方默然半晌。院长咬了咬下嘴唇,仿佛犹豫,终于打破冷场。

"割伯?"

"尊敬的嬷嬷?"

"您知道,今天早晨一位嬷嬷去世了。"

"不知道。"

"难道您没有听见敲钟?"

"在园子紧里头,什么也听不见。"

"真的吗?"

"召唤我的钟声,我也就勉强听见。"

"她是天刚亮时去世的。"

"难怪,今天早晨,风不是往我那边刮。"

"是那位受难嬷嬷。一个得福的人。"

院长住声了,嘴唇嚅动了一会儿,仿佛默念一段祷文,然后又说道:"三年前,一个冉森派教徒,德·贝图纳夫人,仅仅看见受难嬷嬷祈祷,就皈依了正宗。"

"不错,现在我听见丧钟了,尊敬的嬷嬷。"

"嬷嬷们把遗体抬到连着礼拜堂的太平间里。"

"我知道。"

"除了您,任何男人都不许,也不应该进那间屋。您要好好照看。

太平间里若是放进去个男人，那可就热闹啦！"

"更是常事儿！"

"啊？"

"更是常事儿！"

"您说什么？"

"我说更是常事儿。"

"比起什么更是常事儿？"

"尊敬的嬷嬷，我没说比起什么更是常事儿，我只说更是常事儿。"

"我不明白您的意思。为什么您说更是常事儿？"

"是按照您的说法，尊敬的嬷嬷。"

"可是，我没有讲更是常事儿。"

"您没有讲出来，但是我讲出来了，是按照您的说法。"

这时，钟报九点。

"早晨九点钟，每时每刻都要赞美和崇拜祭坛上最神圣的圣体。"院长说道。

"阿门。"割风说。

报时钟响得正是时候，打断"更是常事儿"的讨论。不响起报时钟，院长和割风恐怕永远也理不清这团乱麻。

割风擦了擦额头。

院长又默念了一小会儿，大概是圣祷，继而提高声音说：

"受难嬷嬷生前感化了不少人，死后还会显灵的。"

"她肯定能显灵！"割风答道，同时挪动一下瘸腿，运了运劲儿，免得再出差错。

"割伯，多亏了受难嬷嬷，整个修院都得到祝圣。当然，并不是人人都像贝吕勒红衣主教那样，正做圣弥撒时咽了气，口中念着'以此祭献……'① 时灵魂升天。不过，受难嬷嬷尽管没有达到那么大程度的幸福，她的死也是弥足珍贵的。直到最后的时刻，她的神智还十分清晰。她跟我们说话，继而又跟天使说话。最后，她把遗言留给我们。假如您更虔诚一点，假如您能进入她的修室，她摸一摸就会治好您的腿。她面带笑容，让别人感到她在上帝身上复活了。她的亡逝中有天

---

① 祝圣祷词开头语，原文为拉丁文。

堂的影子。"

割风以为讲完了一段悼词，便说了一句："阿门。"

"割伯，应当实现死者的遗愿。"

院长拨动了几个念珠。割风沉默不语。她接着说道：

"就这个问题，我请教了好几位神职人员，他们为耶稣-基督效力，撰写教士生平，而且成绩卓著。"

"尊敬的嬷嬷，在这里听丧钟，比在园子里清楚多了。"

"况且，她不只是个死者，而是个圣徒。"

"同您一样，尊敬的嬷嬷。"

"她在自己的棺木里睡了二十年，那是我们的圣父庇七世特许的。"

"正是他给皇……布奥拿巴特加冕。"

割风这样一个机灵的人，回忆起这事太不适宜了。幸好院长凝神思索，没有听见。她继续说道："割伯?"

"尊敬的嬷嬷?"

"卡帕多基亚①的大大主教圣第奥多尔，要求在他的墓上只写：Aca-rus②，这词的意思是蚯蚓；别人照办了。这可是真的?"

"是真的，尊敬的嬷嬷。"

"阿奎拉③修道院院长，那位幸福的梅佐卡纳，要求把他埋葬在绞刑架下。这事照办了。"

"是的。"

"台伯河入海口的港口主教圣特伦梯乌斯，要求在他的墓碑刻上弑君父者坟冢上的标志，以期过往行人唾他的坟墓。那也照办了。应当遵从死者的遗愿。"

"但愿如此。"

"贝纳尔·吉道尼，出生在法国的蜂岩附近，到西班牙的图伊当主教，可是人们不顾卡斯蒂利亚④国王的禁令，还是按照他的遗命，把他的遗体运到利摩日城的多明我会教堂。能说这不对吗?"

---

① 卡帕多基亚：土耳其地区名，6世纪末成为基督教的一个中心。
② 拉丁文，意为螨属类，如疥虫，寄生在人或动物体内。
③ 阿奎拉：意大利城市名。
④ 西班牙地区名，历史上曾为王国。

"当然不能，尊敬的嬷嬷。"

"这件事，普朗塔维·德·拉弗斯证实了。"

院长又默然拨了几个念珠，才接着说道："割伯，受难嬷嬷在那棺木里睡了二十年，要装殓在那里面。"

"这是理所当然的。"

"在那里接着长眠。"

"要我把她钉在那口棺木里吗？"

"对。"

"把殡仪馆的那口棺木撂在一边？"

"正是。"

"我遵从非常可敬的修院的命令。"

"四名唱诗嬷嬷会协助您的。"

"钉棺木吗？用不着她们当帮手。"

"不。是要帮您把棺木放下去。"

"放哪儿去？"

"放进地窖。"

"什么地窖？"

"祭坛下面的。"

割风不禁一抖。

"祭坛下面的地窖！"

"祭坛下面的地窖。"

"可是……"

"您弄来一根铁棍。"

"嗯，可是……"

"您把撬棍插进铁环里，掀起石板。"

"可是……"

"应当遵从死者的遗愿。葬在礼拜堂祭坛下的地窖里，绝不送到凡尘去，死后留在她生前祈祷过的地方，这就是受难嬷嬷最后的遗愿。她向我们提出请求，也就是说发出命令。"

"可这是禁止的。"

"人禁止，上帝却命令。"

"万一走漏风声呢？"

"我们信赖您。"

"唔，我呀，我是你们墙壁上的一块石头。"

"已经召开了会议，我刚才还征询了参事嬷嬷的意见；她们经过辩论，决定按受难嬷嬷的遗愿，把她装殓在她的棺木里，埋葬在祭坛下面。您想一想，割伯，这里会显灵的！对我们修院来说，多么为上帝增光啊！显灵，往往是从坟墓里发生的。"

"可是，尊敬的嬷嬷，万一卫生委员会的人员……"

"圣伯努瓦二世，在丧葬问题上，就抵制了君士坦丁·波戈纳图斯①。"

"然而，警察分局局长……"

"科诺德麦尔，君士坦斯帝国时期进入高卢的德意志七王之一，特谕承认修士葬在修院的权利，也就是说可以葬在祭坛下面。"

"可是，警察局的探长……"

"在十字架面前，人世无足挂齿。查尔特勒修会第十一任会长马尔丹，为他的修会选定这句箴言：'天翻地覆，而十字架独立'②。"

"阿门。"割风说了一句，每次他听人讲拉丁语，就以这种办法应付。

沉默过久，无论遇到什么对象都足以宣泄一番。古代雄辩术大师吉姆纳托拉斯出狱那天，体内积满了两刀论法和三段论法，碰见一棵大树便停下来高谈阔论，极力说服那棵大树。同样，院长平时受沉默堤坝的遏制，水库巾积蓄过满，也像开了闸门似的，起身滔滔不绝地讲起来。

"我右首有伯努瓦，左首有贝尔纳。贝尔纳是何许人？是克莱尔伏修道院的第一任院长。勃艮第地区的方丹见他出生而成为福地。他父亲叫特斯兰，母亲叫阿莱特。他到锡托创业，到克莱尔伏发展，由索恩河畔沙隆的主教，纪尧姆·德·香波任命为修院院长。他有过七百名初修生，创建一百六十所修院；1140 年在桑斯的主教会议上，他驳倒了阿贝拉尔，还驳倒了皮埃尔·勃吕伊及其门徒亨利，以及所谓使徒派的另一伙旁门左道；他驳得阿尔诺·德·勃雷斯哑口无言，痛斥

---

① 即君士坦丁四世（654—685），拜占庭皇帝。
② 原文为拉丁文。

屠杀犹太人的和尚拉乌尔；1148 年，他控制了在兰斯举行的主教会议。他提议惩处了普瓦捷的主教吉勒贝尔·德·拉波雷，惩处了艾翁·德·莱图瓦勒，调解了王公之间的纠纷，开导过国王青年路易①，辅助过教皇欧仁三世，整顿过圣殿，倡导过十字军，一生中有二百五十次显圣，甚至有一天连续显圣三十九次。伯努瓦是何许人呢？是蒙迦散的长老，是圣修院的第二创建者；他是西方的巴西勒②。他创立的修会，培养出四十名教皇、两百名红衣主教、五十名长老、一千六百名大主教、四千六百名主教、四位皇帝、十二位皇后、四十六位国王、四十一位王后、三千六百名敕封的圣徒；这个修会延续至今，已有一千四百年③。一边是圣贝纳尔，另一边又是什么卫生委员会的人员！一边是圣伯努瓦，另一边是什么路政检察员！国家、路政、殡仪馆、规章、行政机构，难道我们管那一套？行人看见如何对待我们，都会感到气愤，我们连化作尘埃献给耶稣–基督的权利都没有！你们那卫生委员会，是革命党的发明。上帝还要受警官的管制；这是什么世道。别说了，割伯！"

割风挨了这阵大雨浇，不大自在。院长继续说道：

"修院处理丧葬的权利，不容任何人怀疑。唯独极端派和信仰不定者，才怀疑这种权利。我们生活在一片混乱的时候。该知道的事全然不知，不该知道的事又全知道。卑鄙下流，亵渎宗教。今天，许多人分不清两个贝尔纳：一个是无比伟大的圣贝尔纳，另一个则是所谓穷苦天主教徒派的贝尔纳，即生活在 13 世纪的一个善良教士。还有些人，居然亵渎天主，将路易十六的断头台和耶稣–基督的十字架相提并论。路易十六不过是个国王。我们可要当心天主啊！现在也不管公道不公道了。伏尔泰的名字众所周知，而恺撒·德·布斯④的名字却无人知晓。殊不知恺撒·德·布斯得了真福，伏尔泰则是个不幸者。前任大主教，佩里戈尔的红衣主教，竟然不知道查理·德·孔德朗继承了贝

---

① 即路易十二（1120—1180）：法兰西国王（1137—1180 年在位）。

② 圣巴西勒（329—379）：希腊教会主教，他大大促进修会的发展。

③ 以上数字全夸大了。修会创建于 6 世纪初，至 19 世纪初，仅有 1300 年历史。

④ 恺撒·德·布斯（1544—1607）：法国传教士，将天主教兄弟会引入法国。

吕勒，弗朗索瓦·布尔果安继承了孔德朗，让-弗朗索瓦·色诺继承了布尔果安，而圣玛尔特的父亲又继承了让-弗朗索瓦·色诺。① 大家知道戈东神父这个名字，并非因为他是奥拉托利会的三个倡导者之一，而是因为那名字成为信奉新教的国王亨利四世的骂人话②。圣弗朗索瓦·德·撒勒能得到上流社会的青睐，是因为他赌博善于作弊。再者，还有人攻击宗教。为什么呢？因为有过坏神甫，因为迦普的主教萨吉泰尔和昂勃兰的主教萨洛讷是兄弟，二人都曾追随摩莫勒。那又怎么样呢？图尔的马尔丹还不照样是个圣徒，照样把他半件袍子送给穷人吗？有人迫害圣徒。他们闭眼不看真理。黑暗习以为常了。最凶残的野兽是瞎了眼的野兽。谁也不肯认真想想地狱。唉！讨厌的世人啊！国王的旨令，今天就意谓奉革命之命。现在，无论对活人还是对死人所负的责任，全都置之脑后，竟然禁止以圣洁的方式死去。丧葬成了一件民事。这真叫人寒心。圣列翁二世写过两封信，一封信给皮埃尔·诺泰尔，另一封给西哥特人国王，专就死者的问题，痛斥并拒绝总督的跋扈和皇帝的专断。在这方面，沙隆的主教戈蒂埃也抵制勃艮第公爵奥通。旧朝的司法官员倒是同意过。当年，甚至在俗事上，我们也有发言权。锡托修道院院长，本修会会长，是勃艮第高级法院的顾问。我们按照自己的意愿料理死者。圣伯努瓦虽然于1543年3月21日星期六死在意大利的蒙迦散，但是，他的遗体不是还运回法国，葬在弗勒里修院，即卢瓦尔河畔圣伯努瓦那里吗？这一切都是不容置疑的。我憎恶哼哼呀呀唱诗的人，痛恨那些修院院长，憎恨异端分子，但是我尤其鄙视任何同我唱反调的人。只要读一读阿尔努·维翁、迦伯里埃尔·布斯兰、特里泰姆、摩罗利库斯，以及堂·吕克·达什里③的著作，就全明白了。"

院长喘了口气，继而转身，对割风说："割伯，说定了吧？"

---

① 贝吕勒、查理·德·孔德朗、弗朗索瓦·布尔果安、让-弗朗索瓦·色诺、圣玛尔特，是奥拉托利会自创建起直到17世末的历届会长。

② 法王亨利四世骂人时常说"我否认天主"，后来接受忏悔师戈东的建议，改说"我否认戈东"。戈东由此出了名。

③ 迦伯里埃尔·布斯兰：17世纪本笃会作者。若望·特里泰姆（1462—1516）：德国本笃会修士。摩罗利库斯：16世纪学者。堂·吕克·达什里：17世纪本笃会作者。

"说定了，尊敬的嬷嬷。"

"可以指望您吧?"

"我听从吩咐。"

"很好。"

"我对修院忠心耿耿。"

"就这么办。您钉上棺木。几位嬷嬷将棺木抬进礼拜堂。大家做追悼弥撒，然后再回到修院。夜晚在十一点和十二点之间，您带着铁棍来。这事儿从头至尾要极其秘密地进行。礼拜堂里只有四名唱诗嬷嬷，升天嬷嬷还有您。"

"还有跪柱子行大赎礼的修女呢。"

"她不会扭头看的。"

"可是她听得见。"

"她不会听的。再说，修院里知道的事，不会传出去。"

谈话又停顿一下。院长继续说:

"到时候您解下铃铛。没必要让跪柱子的修女知道您在场。"

"尊敬的嬷嬷?"

"什么事儿，割伯?"

"验尸医生来验过了吗?"

"今天四点钟他来验尸。我们敲过钟，派人去找验尸医生。怎么，什么钟声您也听不见?"

"我只注意召唤我的钟声。"

"这样很好，割伯。"

"尊敬的嬷嬷，撬棍至少得有六尺长才行。"

"您去哪儿弄呢?"

"有铁栅栏的地方，就有铁棍。在园子后头，有我一大堆废铜烂铁。"

"午夜之前三刻钟左右，不要忘了。"

"尊敬的嬷嬷?"

"什么事儿?"

"往后再有这类活儿，就用我那兄弟，他力气大，像个土耳其人!"

"到时候，您得尽快把事儿干了。"

"想快也快不到哪里，我是个残废。正是这个缘故，我需要个帮手。我腿瘸。”

“腿瘸不是过错，也许是一种福气。打倒伪教皇格列高利，重立伯努瓦八世的皇帝亨利二世，就有两个绰号：圣徒和瘸子。”

“那真不错，有两件外套。”割风自言自语，其实，他的耳朵有点背。

“割伯，我想啊，还是打一个钟头吧。一个钟头也不宽裕。十一点钟，您拿着铁棍到主祭坛旁边。追悼祭礼午夜十二点开始。在那之前全弄妥当，必须留足一刻钟。”

“我竭尽全力表达我对修院的热忱忠诚。就这样说定了。我钉上棺材。十一点钟，我准时到礼拜堂。唱诗嬷嬷同时到那里，升天嬷嬷也到那里。若有两个男人，就更好了。行啊，没关系！我有撬棍。我们打开地窖口，将棺材放下去。事后不留一点儿痕迹。政府肯定毫无觉察。尊敬的嬷嬷，事情就这样妥善安排啦？”

“不行。”

“还有什么？”

“还有那口空棺材呢。”

说到这里，二人一时住了口。割风在想，院长也在考虑。

“割伯，那口棺木怎么办呢？”

“抬去埋掉。”

“空着埋掉？”

又是一阵沉默，割风挥了挥左手，仿佛挥走一个令人不安的问题。

“尊敬的嬷嬷，那口棺材停放在教堂的矮厅里，由我去钉上，除了我，谁也不能进去，我用殓布将棺材盖上就行了。”

“行啊，不过，那些搬运工要抬上灵车，放到墓穴里，他们会感到棺木里什么也没有。”

“噢！见了……”割风嚷起来。

院长立刻画了个十字，凝视着园工。“鬼”字梗在他喉咙里了。

割风情急之下，临时抓来一个办法搪塞，好把他这句亵渎话掩饰过去。

“尊敬的嬷嬷，我弄点泥土放进棺材里，就跟里面有人一样了。”

“这话有道理。泥土和人是同样的东西。您就这样处理那口空棺吧？”

"这事包在我身上。"

院长的脸一直阴沉着，隐有忧色，现在才开朗了。她摆了摆手，做了个上级要下级退下的手势。割风便朝门口走去，就要出门时，院长微微提高声音说：

"割伯，我对您很满意；明天出殡之后，就把您那兄弟带来，告诉他把小姑娘也领来。"

四 冉阿让俨然读过欧斯丹·卡斯提约①

瘸子跨步，如同独眼人送秋波，都不能迅速抵达目标。此外，割风正意乱心烦。他几乎花了一刻钟，才回到园角的破屋。此时，珂赛特已经醒来。冉阿让让她坐到火炉前。当割风进屋时，冉阿让正指着园丁挂在墙上的背篓，对她说：

"好好听我说，我的小珂赛特。我们必须离开这房子，不过我们还要回来，就能安稳住在这里了。这里的老爷爷要把你放在那里面背出去。你在一位太太那里等我，我好去接你。你若是不想让德纳第那婆娘抓回去，就千万听话，一声也别吭！"

珂赛特一本正经地点了点头。

冉阿让听到割风推门声，便转过身去："怎么样？"

"全安排好了，又一点也没安排好。"割风答道，"我得到允许让您进来；可是，先得带您出去，才能领您进来。就是这点让人伤脑筋。小丫头的事儿好办。"

"您背她出去吗？"

"她答应不出声吗？"

"这我敢担保。"

"可是您呢，马德兰老爹？"

在焦虑不安的气氛中，二人沉默片刻，然后割风嚷道：

"您从哪儿进来，再从哪儿出去，不就得啦！"

冉阿让还像头一回那样，只回答一句："不可能。"

割风咕哝着，倒像自言自语：

"还有一件事叫我不放心。我说了往里边装泥土。可是我想，不装

---

① 这多半是作者杜撰出的一个人。

尸体而放泥土，那不一样，这办法不成，泥土在里面会移动，会乱窜。那些人能感觉出来。您明白，马德兰老爹，政府会发现的。"

冉阿让定睛注视他，以为他说起胡话了。

割风又说道："真见……鬼，您怎么出去呢？要知道，明天全都得办妥！明天我要带您来。院长等着见您。"

于是，他向冉阿让解释，这是他割风，为修院效力所得的报偿。协助办理丧事是他分内的事，他要钉上棺木，帮助掘墓工葬到墓地。可是，今天早晨去世的那位修女要求，把她装殓在她平日睡觉的棺木里，葬在礼拜堂的祭坛下面，这是违反警察条例的；而对她那样一位死者，别人什么也不能拒绝。院长和参事嬷嬷决定执行死者的遗愿。管他政府不政府呢。他，割风，要到太平间去钉上棺木，到礼拜堂去撬起石板，将死者下葬到地窖里。院长为了酬谢他，同意他带兄弟进修院当园工，带侄女来寄读；他兄弟就是马德兰先生，他侄女就是珂赛特。院长对他说，等明天到墓地假安葬之后，傍晚把他兄弟带来；然而马德兰先生不先在外面的话，他就没法把人从外面带进来。这是头一个难题。还有一个难题，就是那口空棺材。

"什么空棺材？"冉阿让问。

割风答道："政府部门的棺材。"

"什么棺材？什么政府部门？"

"一名修女死了。市政厅的医生来检查，然后说：有一名修女已死。政府就送来一口棺材。第二天，再派一辆灵车和几个掘墓工，将棺材抬走，运到墓地。那些掘墓工要来，要抬起棺材，可是里面什么也没有。"

"放进去点东西嘛。"

"放进去个死人？我没有啊。"

"不是。"

"那放什么？"

"放个活人。"

"什么活人？"

"我呀。"冉阿让说道。

割风本来坐着，听了这话，就好像椅子下面响了一个爆竹，霍地站起来。

"您!"

"怎么不行呢?"

冉阿让脸上露出难得的笑容，宛如冬季天空透出一束阳光。

"您不是说了么，割风，受难嬷嬷死了，我再补充一句：马德兰老爹埋葬了。事情就这么办了。"

"哦，好哇，您开玩笑。您讲的不是正经话。"

"非常正经。不是得从这里出去吗?"

"当然了。"

"我不是跟您说过，也给我找一个背篓和一块油布来。"

"那又怎样呢?"

"背篓将是松木做的，油布是一块黑布。"

"首先，那是块白布。埋葬修女用白色殓布。"

"白色殓布也成。"

"您这人真不一般，马德兰老爹。"

这种奇思异想，无非是苦牢里粗野而狂妄的创见，而割风生活在宁静的事物当中；现在他忽然看见这种奇思异想从宁静事物中出现，要参与他所说的"修院里婆婆妈妈的事儿"，所感到的惊愕，就好比一个行人看见海鸥在圣德尼街水沟里捕鱼。

冉阿让继续说："关键是从这里出去，又不让人瞧见。这就是个办法。不过，您先得把情况告诉我，事情是怎么安排的? 那口棺材停放在哪儿?"

"那口空的吗?"

"对。"

"在楼下，所说的太平间里，停放在两个木架上，上面盖着殓布，"

"那口棺材有多长?"

"六尺。"

"那太平间是什么样子?"

"那是底层的一间屋子，对着园子有一扇安了铁条的窗户，窗板要从外面开合；有两扇门，一扇通修院，一扇通教堂。"

"什么教堂?"

"临街的教堂，大家都能进去的教堂。"

"您有那两扇门的钥匙吗?"

"没有。我只有连修院那扇门的钥匙，通教堂那扇门的钥匙掌握在门房手里。"

"门房什么时候开那扇门？"

"殡仪馆的人来抬棺木的时候，才开门放进去。棺木一抬走，门又重新关上。"

"谁钉棺木？"

"我钉。"

"谁盖殓布？"

"我盖。"

"您一个人干吗？"

"除了法医之外，男人一概不准进太平间。这一点甚至写在墙上了。"

"今天夜晚，等修院所有人都睡下的时候，您能把我藏在那屋里吗？"

"不能。不过，我可以把您藏到通太平间的一间小黑屋里，我在那里放下葬工具，还掌握着钥匙。"

"明天几点钟灵车来运棺木？"

"约莫下午三点。天快黑的时候，在伏吉拉尔公墓下葬。那地方可不近。"

"我要在工具房里躲一整夜和一上午。那么吃饭呢？我会饿的。"

"我给您送吃的来。"

"下午两点钟，您就来把我钉在棺材里。"

割风退了一步，将手指骨节掰得嘎嘎响。

"这可不行！"

"嗳！拿个锤子，将几根钉子往木板上一钉就行啦！"

我们再说一遍，在冉阿让看来很普通的事，割风就觉得闻所未闻。冉阿让一生艰难险阻，是过来人。当过囚犯的人，都有一套技巧，能按照越狱途径的尺寸缩小自己的躯体。囚犯要逃跑，就像患者病情发作，生死系一线。越了狱，就等于治好病。要治愈病症，什么药方不能接受呢？让人钉在木箱里，像包裹一样运走，在箱子里尽量延长生命，缺少空气也要找到空气，连续几小时节省呼吸，善于闭气而不至于死去，这是冉阿让的一种可悲的才能。

　　其实，活人躲进棺木里，苦役犯的这种应急办法，帝王也用过。假如欧斯丹·卡斯提约修士的记载属实，那么查理五世①逊位之后，想见卜隆白那女子一面，就用这种办法将她抬进圣茹斯特修院，事后又抬出去。

　　割风稍微定下神儿来，高声说道："可是，您怎么呼吸呢？"

　　"我能呼吸。"

　　"就在那箱子里！我呀，只要想一想，就喘不上气来。"

　　"您一定有螺旋钻吧。在靠近我嘴的地方钻几个小洞，您钉盖板时，也不要钉得太死。"

　　"好吧！可是，万一您咳嗽或者打喷嚏呢？"

　　"要逃命的人不会咳嗽，也不会打喷嚏。"

　　冉阿让还补充说："割风伯，要拿个准主意：要么在这里被人逮住，要么接受由灵车带出去的办法。"

　　大家都注意到一种现象，猫爱在虚掩的门前徘徊。谁没有对猫说过：倒是进来呀！同样，有人碰到微开的事变，也容易举棋不定，左右为难，不惜让陡然截断冒险之路的命运给砸死。那些过分谨慎的人，完全属猫性，也正因为如此，才比敢作敢为的人冒更大的危险。割风生性就是这种首鼠两端的人，但是他见冉阿让如此镇定，也就不由自主地服了，嘴里咕哝一句："老实说，还真没有别的办法。"

　　冉阿让又说道：

　　"我唯一担心的事儿，就是到墓地会发生什么情况。"

　　"恰恰这一点我不担心，"割风高声说，"您有把握出得了棺材，我就有把握让您出得了墓穴。那个埋葬工人是我的朋友，又是个酒鬼，叫麦斯天老爹。那老家伙见酒没命。埋葬工把死人放进墓穴里，而我把埋葬工放进我兜里。那里会发生什么情况，让我跟您说吧。我们在天黑之前，离关门还有三刻钟到达墓地。灵车一直驶到墓穴旁边。我跟到那里，那是我分内的活儿。我的兜里带着锤子、凿子和钳子。灵车停住，殡仪馆的人用绳索套住棺材，将您放下去：神父念了悼词，画个十字，洒了圣水，然后就溜了。只有我留下来陪麦斯天老爹。跟您说了，那是我的朋友。二者必居其一：他不是醉了，就是还没有醉。

---

　　① 查理五世（1500—1558）：德国皇帝（1519—1556 年在位）。

如果他还没醉，我就对他说：趁好木瓜酒馆还开着门，去喝一杯吧。我带他去，把他灌醉，麦斯天老爹灌不了几下就要醉倒，他每次开始喝酒就有几分醉意了，我替你把他摆倒在餐桌底下，拿着他的工卡回到墓地，抛下他，一个人回去。这样，您就只同我打交道了。如果他已经醉了，我就对他说：你走吧，这活儿我替你干了。他一走，我就从坑里把你拉出来。"

再阿让伸过手去，割风扑上来，以乡下人那种感人的热忱紧紧握住。

"就这样定了，割风伯。肯定会非常顺利。"

"但愿别发生意外，"割风心想，"万一出点事儿，那就不堪设想啦！"

五　酒鬼不足以长生不死

次日，太阳偏西的时候，一辆老式灵车行驶在曼恩大道上，寥寥的过往行人摘下帽子。灵车上画了骷髅、胫骨和眼泪，里面装一口棺木，盖着一块白殓布；殓布上平放着一个黑色大型十字架，好像一个高大的死人，垂着两条胳膊。后边跟随一辆布篷四轮马车，只见里面坐着两个人：身穿白包法袍的神父和头戴红色瓜皮小帽的唱诗童子。两名殡仪馆的人走在灵车左右，他们身穿黑色镶边的灰制服。最后跟着一个身穿工装的瘸腿老人。这一队列正朝伏吉拉尔公墓行进。

那老人衣兜里露出一个锤子柄、一根冷淬钢凿刃，以及一把铁钳的两个把手。

在巴黎的公墓中，伏吉拉尔公墓十分独特，还保存特殊的习惯，正如这个区的老人还认准老字眼，管墓地的大门和侧门叫跑马门和人行门一样。我们已经提过，小皮克普斯的圣贝尔纳-本笃会修女得到许可，单独划出一块墓地，并在傍晚下葬；那块地从前就属于修院。正因如此，那个墓地的埋葬工，在夏天黄昏和冬天夜晚还干活时，必须遵守一条特殊纪律。当年，巴黎各公墓都在日落时关门，这是市政府的一项规定，伏吉拉尔公墓也不例外。跑马门和人行门是并排的两道铁栅门，旁边的亭子是建筑师佩罗奈建造的，里边住着墓地的看门人。一到太阳在残废军人院的圆顶后面消失的时候，那两道铁栅门就刻不容缓地关闭。假如哪个埋葬工耽搁了，关门时还在墓地里，那他只能凭殡仪管理处发给的埋葬工卡方可出去。门房窗板上挂一个类似信箱的木箱，埋葬工将丁卡投入箱里，门房听见工卡落下的响声，便拉动绳子，人行门就开了。埋葬工没带工卡，就得报出姓名，门房有时上床入睡了，还不得不起来，等认清了埋葬工，才拿钥匙开门，让埋葬工出去，但是要收十五法郎罚金。

这个公墓不合规定的土政策，妨碍了统一管理，因此过了1830年不久便取消了。蒙巴纳斯公墓，也称东墓地，取代了伏吉拉尔公墓，也接收了它那位于幽明两界之间的著名酒馆：酒馆构成的墙角，一面对着酒客的餐桌，另一面对着坟墓，上面有一块木瓜图案的木板，便是"好木瓜"的招牌。

可以说，伏吉拉尔公墓是一块凋敝的墓地，渐渐废弃不用了，里面处处发了霉，将花卉挤走了。市民都不大考虑葬在伏吉拉尔，那阴宅显得太寒酸了。拉雪兹神父公墓，那好极啦！葬在拉雪兹神父公墓，那就像配置了红木家具，一看就有华贵的气派。伏吉拉尔公墓是一座古老的园子，树木是按照法国旧式园林栽植的。一条条笔直的林荫小道，夹护着黄杨、侧柏和冬青；野草芊绵，古老的紫杉荫下一座座古老坟冢。夜晚一片凄凉，景物的轮廓阴森可怖。

那辆白殓布黑十字架的灵车，驶进伏吉拉尔公墓林荫路时，太阳还没有落下去。跟在车后的那个瘸腿老人便是割风。

受难嬷嬷安葬到祭坛下面的地窖里，珂赛特转移出去，冉阿让潜入太平间，这一切毫无阻碍，进行得十分顺利。

附带说一句，受难嬷嬷葬在修院的祭坛下面，在我们看来是完全可以宽恕的事。这种过错也近乎一种天职。修女们这样做，不仅理得，而且心安。在修院里，所谓"政府"，无非当局的一种干预，而且总是令人质疑的一种干预。首先遵循教规，至于法规，那就看情况了。世人啊，随便你们高兴订多少条法律，不过，还是留给你们自己用吧。给天主的贡税，向来有剩余才给人主。比起一条教规来，一位王公无足挂齿。

割风一瘸一拐高高兴兴地跟在灵车后面。他的两件秘事，两个孪生的阴谋诡计，一个同修女合谋，一个同马德兰先生合谋，一个助修院，一个背修院，却相辅相成。剩下来要做的事就易如反掌了。两年来，他灌醉不下十次那个埋葬工，那个肥胖的老家伙，忠厚的麦斯天老爹。他摆弄麦斯天老爹，怎么摆弄怎么是，怎么别出心裁，随意给他戴什么帽子都行。麦斯天的脑瓜儿，扣上割风的便帽。这样，割风就万无一失了。

车队驶入通公墓的林荫路，割风喜滋滋的，瞧了瞧灵车，搓着两只大手，自言自语："这真是一场恶作剧！"

灵车戛然停下，到了铁栅门了。要出示埋葬许可证。殡仪馆的人和公墓看门人交涉。交涉总要耽误两分钟，这工夫，一个陌生人走到灵车后边，挨着割风站住。他是个工人模样的人，穿一件大口袋的外套，腋下夹一把镐头。

割风看了看陌生人，问道："您是干什么的？"

那人回答："掘墓工。"

当胸挨一发炮弹还幸存的人，一定会像割风这副模样。

"掘墓工！"

"对。"

"是您？"

"是我。"

"掘墓工，是麦斯天老爹呀！"

"原来是他。"

"什么？原来是他？"

"他死了。"

一名掘墓工还会死，割风想得十分周全，就是没料到这一点。然而这是事实：掘墓工也会死掉。总给别人挖墓穴，也就给自己掘开一个。

割风呆若木鸡，结结巴巴几乎说不出话来："这不可能呀！"

"事实如此。"

"可是，"他怯声怯气地又说，"掘墓工，是麦斯天老爹呀！"

"拿破仑之后，有路易十八。麦斯天之后，有格里比埃。乡下佬，我叫格里比埃。"

割风面无血色，打量这个格里比埃。

这个人又瘦又长，脸色苍白，一副十足的哭丧面孔。那样子就像没做成医生，转而当了掘墓工。

割风猛然放声大哭。

"哈！真出了怪事儿啦！麦斯天老爹死了。麦斯天小老儿死了，那么勒努瓦小老儿万岁！勒努瓦小老儿是什么，您知道吗？那是柜台上六法郎一小罐的红葡萄酒。棒极了，那是苏雷纳罐装酒！名副其实巴黎的苏雷纳酒。哈！他死了，麦斯天老伙计！真叫我不痛快！他是多么快活的家伙。其实您也一样，是个快活的家伙，对吧，伙计？等一会儿，我们一道去喝一杯。"

那人回答："我念过书，念到初中二年。我从来不喝酒。"

灵车走了，驶入公墓的林荫大道。

割风放慢了脚步，他一瘸一拐，固然是腿有毛病，更主要是六神无主。

那掘墓工走在他前头。

割风再次打量突然冒出来的格里比埃。

他这种类型的人，年纪不大却老气横秋，肢体干瘦却很有力气。

"伙计！"割风高声说。

那人回过头来。

"我是修道院的埋葬工。"

"同行啊。"那人说了一句。

割风没文化，但很精明，他心下明白，碰到个不好对付的主儿，嘴皮子厉害的家伙。他咕哝道："这么说，麦斯天老爹死了。"

那人应道："一点不错。慈悲的上帝查了他的生死簿，麦斯天老爹期限到了。于是，麦斯天老爹就死了。"

割风机械地附和道："慈悲的上帝……"

"慈悲的上帝，"那人断言说道，"哲学家称为永恒之父；雅各宾党人称为最高主宰。"

"我们彼此认识认识吧？"割风结结巴巴地说。

"已经认识了。您是乡巴佬，我是巴黎人。"

"不喝酒，交情不深。干了酒杯，才肝胆相照。您得跟我去喝一杯。这可不能拒绝。"

"先干活儿。"

割风心想：这下我完了。

车轮在林荫小道上再转几圈，就到达修女那角墓地了。掘墓工又说："乡巴佬，我有七个小家伙要养活。他们得吃饭，所以我不能喝酒。"

他像严肃的人那样，以心满意足的口气，又抛出一句格言：

"他们的饥腹与我的干渴为敌。"

灵车绕过一棵参天的古柏，离开林荫大道，驶上小路，进入泥地和草丛，表明马上就到墓穴了。割风放慢脚步，却不能放慢灵车的速度。幸而冬季雨多，地面松软泥泞，粘住并阻碍车轮的转速。

割风又凑近掘墓工。

"还有，阿让特伊酒，味道好极了。"割风低声说道。

"村里人，"那人又说，"本来我不应该当掘墓工。家父在会堂当传达，他要我从事文学。可是，也该他倒霉，在交易所里蚀了本。我就不得不放弃当作家的打算。不过，我还是摆摊代写书信的先生。"

"这么说，您不是掘墓工啦？"割风抓住这根细细的稻草，急忙问道。

"这个不妨碍那个。我兼职。"

割风不听后面这个词。

"去喝一杯。"他说道。

这里应当指出一点。割风尽管心急如焚，邀人家喝酒，还是没有说明：谁付钱？往常，割风邀请，麦斯天老爹付账。要请人喝酒，显然是新掘墓工造成的新局面引起的，这次应当请喝酒，可是老园丁还是有意置之不顾拉伯雷的那著名的时刻①。割风急归急，还根本不想付酒钱。

掘墓工高傲地笑了笑，接着说道："要糊口啊。我同意接麦斯天老爹的班。一个人差不多完成学业，就有哲学头脑了。我既动手，又动胳膊，在塞夫尔街集市上摆了个字摊。您知道吗？那是雨伞市场。红十字会的那些厨娘全来找我。我要替她们编写寄给大兵的情书。上午，我写一些温情脉脉的书信，傍晚就给人挖墓穴。这就是生活，土包子！"

---

① 拉伯雷的那个著名时刻，指困境。当年拉伯雷去巴黎，到里昂身无分文，便弄了三个小包，分别写明给国王、王后和太子的毒药，放在住所旁边。密探发现，把他押到巴黎，呈报国王。国王弗朗索瓦一世听了大笑，立即释放拉伯雷。

灵车往前行驶，割风不安到了极点，眼睛四处张望，额头淌下大颗大颗的汗珠。

"然而，"掘墓工继续说道，"总不能侍候两个女主人，我得选择，要么笔，要么镐。镐会把我的手弄粗糙的。"

灵车停下了。

唱诗童子和神父先后从篷车下来。

灵车的一个小前轮稍微压上土堆边，再往前就是敞口的墓穴了。

"这真是一场闹剧！"割风不胜惊愕，反复念叨。

六　在棺木里

谁装在棺木里？大家知道是冉阿让。

冉阿让设法在里面存活，保持细微的呼吸。

这的确是件奇事，内心的安全感，在这么大程度上保证了一切安全。冉阿让的整个安排，从昨夜起按步骤进行，而且顺利进行。他同割风一样，把宝押在麦斯天老爹的身上。对于结局他毫不怀疑。形势无比严峻，而心情又无比平静。

四块棺材板透出一种可怕的宁静。冉阿让的恬静，似乎注入了死者长眠的某种特点。

这是他同死亡做的一场游戏，他在棺材里能做到，也注视着进行的每个阶段。

割风钉上棺材盖板之后不久，冉阿让就感到被抬走，继而放在车上行驶。从颠簸减轻的感觉来判断，马车从铺石路驶上碎石路，也就是说从小街道驶上大马路。有一阵发出低沉而空洞的声响，他猜到是过奥斯特利茨桥。第一次停车的时候，他明白要进公墓；第二次停车的时候，他心想："到墓穴了。"

忽然，他感到不少人的手抓住棺材，继而粗拉拉摩擦板壁的声响，他明白是往棺材上捆绳子好下葬。

接着，他感到一阵眩晕。

殡仪馆职工和掘墓工在下葬时，棺木大概悬空摇晃，并且大头先下去。等到接触穴底，平稳不动了，他的感觉才完全恢复正常。

他感到一股寒气。

从他上方响起冷冰冰而严肃的声音。他听见拉丁语词一个一个传来，极其缓慢，能抓得住。但是全然不懂：

"睡在尘土中的人将醒来；一些人获得永生，另一些人蒙受耻辱，以便让他们永远看见……①"

一个孩子的声音说："出自深处。②"

那严肃的声音又说："主啊，让她永世长眠吧。③"

那孩子的声音回答："让永恒的光为她照耀吧。④"

再阿让听见棺材盖上轻轻敲击，仿佛落下几滴雨。那大概是洒的圣水。

他心中暗道："仪式就要结束了。再忍耐一会儿。神父快走了。然后，割风独自回来，我就出去了。恐怕还得足足一小时。"

那严肃的声音又说："但愿她安眠。⑤"

孩子的声音回答："阿门。"

再阿让竖起耳朵，听见点动静，仿佛越走越远的脚步声。

"他们走了，"他想道，"只剩下我一人了。"

突然，他听见头上轰隆一声，好似遭到雷击。

那是落到棺材上的第一锹土。第二锹土又落下来。

他的一个气孔堵住了。

第三锹土落下来。

接着，第四锹土。

有些事情，连最坚强的人也受不了。再阿让失去知觉。

七　"别遗失工卡"⑥ 这句成语的出典

在再阿让躺着的棺材上方，发生了这种情况。

灵车已经驶远，神父和唱诗童子也上车走了，割风目不转睛地盯着掘墓工，这时看见他弯腰拿起插在土堆里的铁锹。

于是，割风拿出最大的决心。

---

① 原文为拉丁文。

② 原文为拉丁文。

③ 原文为拉丁文。

④ 原文为拉丁文。

⑤ 原文为拉丁文。

⑥ "遗失工卡"或"遗失证件"，意为不知所措。

他走到墓穴和掘墓工之间，又起胳膊，说道："我付钱!"

掘墓工惊奇地看着他，反问道："什么，乡巴佬?"

割风重复道："我付钱!"

"什么钱?"

"酒钱。"

"什么酒钱?"

"阿让特伊。"

"在哪儿，阿让特伊?"

"好木瓜。"

"见你的鬼去吧!"掘墓工说道。

他随即铲一锹土扬在棺材上。

棺木咚的响了一声，割风只觉得头重脚轻，几乎要跌进墓穴里。他叫喊起来，声气开始有几分哽塞了。

"伙计，趁好木瓜还没关门!"

掘墓工又铲了一锹土。割风继续说："我付钱!"

说着，他抓住掘墓工的胳膊。

"听我说，伙计。我是修院的掘墓工。我是来帮你忙的。这种活儿，晚上干也可以。还是先去喝一杯吧。"

他嘴上这么讲，而且死缠活缠，心里却愁苦地考虑："他就是去喝酒了，会不会醉呢?"

"外地人啊，"掘墓工说道，"您若是非请不可，那我就接受，我们一道去喝。完活儿再去，绝不能撂下活儿。"

他又铲土。割风拉住他。

"那可是六法郎一瓶的阿让特伊酒!"

"还是这套，"掘墓工说，"您简直是敲钟的，叮当，叮当，只会说这个。您是想让人给赶走啊。"

他扬下去第二铲土。

到了这种时候，割风不知所云了。

"倒是去喝酒啊，"他嚷道，"我付钱嘛!"

"先把孩子哄睡了再去。"掘墓工说道。

他扬下去第三铲土。

接着，他又把铲子插进土里，补充说道："您瞧，今晚儿会很冷，如果我们不给盖上被，就把这个死女人丢在这儿，她会在我们身后叫喊的。"

这时，掘墓工弯腰铲土，外套的兜口就张开了。

割风失神的目光机械地移入那衣兜，在里面停留。

太阳尚未没入地平线，天色还挺亮，看得见那敞口的兜里有个白色东西。

割风的眸子里，放射出一个庇卡底乡下人眼中所能有的全部光芒。他灵机一动，有了主意。

他趁掘墓工铲土不注意的时候，从背后伸过去，从那兜里掏出白色的东西。

掘墓工往墓穴里抛下第四锹土。

在他回身铲第五锹土的时候，割风异常平静地注视他，问道："对了，新来的，您有工卡吗？"

掘墓工停下手，反问道。

"什么工卡？"

"太阳要落了。"

"好啊，让他戴上睡帽吧。"

"公墓的铁栅门要关了。"

"关了又怎么样？"

"您有工卡吗？"

"哦，我的工卡！"掘墓工说了一句。

他当即摸衣兜。

他搜了一个兜，又搜另一个兜，进而摸坎肩口袋，掏了第一个，又翻过来第二个。

"没有，"他说道，"我没带工卡，忘带了。"

"罚款十五法郎。"割风说道。

掘墓工的脸唰地绿了。脸色苍白的人一失态就变绿了。

"哎呀—耶稣—我的—弯腿—上帝—月亮—完蛋啦！"他嚷道，"罚十五法郎！"

"三枚一百苏的银币。"割风又说。

掘墓工的锹脱了手。

割风这下得逞了，他说道："嗳，小伙子，别痛不欲生嘛。别在这坟坑就便寻短见嘛。十五法郎，就是十五法郎，再说，您也不是非付不可。我是老手，您还是新手。我懂得窍门、妙法、奇计、绝招。看在交情分儿上，我给您出个主意。有一件事很清楚，太阳落了，已经碰到那圆顶，再过五分钟，墓地就要关门了。"

"这话不错。"掘墓工应声道。

"这跟鬼坑一样，真够深的，五分钟之内，您填不满墓穴，在关门之前也来不及出去了。"

"一点不错。"

"那就难免要罚十五法郎。"

"十五法郎。"

"不过，您还来得及……您住在哪儿？"

"离城关只有两步路。从这儿走一刻钟就到。伏吉拉尔街八十七号。"

"您拔腿飞跑，还来得及赶出大门。"

"没错儿。"

"您一出了铁栅门，就跑回家，拿了工卡再返回，让公墓的门房给您开门。有工卡，一文钱也不花。到那时，您再埋葬死者。我先替您看着，不让死者逃掉。"

"您救了我一命，乡下人！"

"快点儿给我滚开吧。"割风说道。

掘墓工感激涕零，抓住他的手拼命摇晃，然后撒腿跑了。

等掘墓工一消失在树丛里，脚步声也听不见了，割风才往墓穴探下身子，低声呼唤："马德兰老爹！"

没人应声。

割风打了个寒战。他连滚带爬下到墓穴，扑在棺材头上，喊叫："您在里边吗？"

棺木里毫无动静。

割风浑身抖得厉害，连呼吸都停止了，他拿出凿子和铁锤，撬开棺材板。在朦胧的暮色中，冉阿让的脸显得惨白，双目紧闭。

割风头发都竖起来，他直起身，背靠墓壁，又颓然瘫倒，几欲瘫在棺材上。他注视冉阿让。

冉阿让躺在那里，面色青灰，纹丝不动。

割风像吹气似的低声说道："他死啦！"

他又站起身，猛一使劲叉起胳膊，两只拳头击在双肩上，同时嚷道："哼！我就是这样救他的呀！"

这时，可怜的老人失声痛哭，边哭边自言自语，认为天地间不会有自言自语就大错特错了，强烈的情绪往往化为语言，高声表达出来。

"这是麦斯天老爹的过错。这个蠢货，干嘛死了呢？何必在出乎人意料的时候，一命呜呼呢？是他要了马德兰先生的命。马德兰老爹！他躺在棺材里。他归天了。全交代了。——可是，这种事情，有什么情理吗？噢！上帝啊！他死啦！好嘛，扔下小丫头，让我怎么安置呢？那卖水果的老婆子会怎么说呢？一个大活人，就这么死了，上帝呀，还会有这种事！一想起当年他钻到我的车底下！马德兰老爹呀！马德兰老爹！老天爷，他憋死了，我早就说过，他就是不听。这回可好，闹出个天大的笑话！这个大好人死了，他是好上帝的好人中最好的人。还有他那小丫头！噢！我干脆也不回那儿了，就留在这儿算了。干出了这种事！两个老家伙，活了这么大年纪，还成了两个老糊涂。真的，他是怎么进修院的呢？开头就不妙。不应当那么干。马德兰老爹！马德兰老爹！马德兰老爹！马德兰！马德兰先生！市长先生！叫他也听不见。现在，快点醒过来吧！"

他揪起自己的头发。

远处树木之间传来尖锐的吱咀的声音；那是墓地的铁栅门关闭了。

割风朝冉阿让俯下身子，又突然往后一蹿，直抵墓壁。冉阿让睁着眼睛，还看着他。

看见一个死人很可怕，看见一个死而复活的人几乎同样可怕。割风变成一尊石像，面如死灰，眼睛怔忡，他惊愕到了极点，一时蒙了头，不知要跟活人还是死人打交道；他和冉阿让四目相对。

"我睡着了。"冉阿让说。

他随即坐起来。

割风却跪下。

"公正仁慈的圣母啊！您可把我吓坏啦！"

他又站起来，高声说："谢谢，马德兰老爹！"

冉阿让只是昏过去一阵，一有了新鲜空气，他就苏醒过来了。

喜悦是恐惧的逆反。割风几乎要跟冉阿让费同样的劲儿，才能回过神儿来。

"看来您没有死啊！唔！您这个人，可真会开玩笑！我这么呼唤，才把您叫醒。我看见您紧闭着双眼，就说：'好嘛！他憋死了。'我非得发疯不可，会真疯，成为狂暴的疯子，要捆起来才行，也许要关进比塞特疯人院里。您若是死了，叫我怎么办呢？还有您那个小丫头！那个开水果店的婆子也会莫名其妙！把孩子丢到她怀里，老爷爷一甩手不管就死啦！真是天大的怪事儿！天堂那些善良的圣徒啊，真是天大的怪事儿！哦！您还活着，这才是天大的喜事儿。"

"我冷。"冉阿让说。

一句话把割风完全拉回紧迫的现实来。两个人虽然苏醒了，却没有意识到神志还不太清，还显得失态，是这种阴森地方所引起的精神恍惚。

"赶快从这儿出去。"割风高声说。

他摸了摸衣兜，掏出自备的酒葫芦。

"先喝一口吧！"他说道。

酒葫芦完成新鲜空气开始起的作用：冉阿让喝了一口酒，神志就完全恢复了。

他从棺材里出来，帮助割风重新钉上棺材盖。

三分钟之后，他们从墓穴里爬出来。

割风既然安了心，也就从容不迫了。墓地关了门，不必担心那掘墓工会突然闯来。格里比埃那个"新手"在家里，正忙着寻找工卡，绝难在他住所找到，因为工卡装进割风的口袋里。没有工卡，他就不能回墓地了。

割风操起锹，冉阿让操起镐，二人合力掩埋那口空棺材。

等到坟坑填满，割风对冉阿让说道：

"咱们走吧。我扛着锹，您带着镐。"

天色黑下来。

冉阿让抬腿行走有点费劲。他躺棺材里肢体僵了，在一定程度上变为尸体。活人钉在四块棺材板里，就会像死尸一样僵硬了。可以说，他必须摆脱坟墓中的状态。

"您冻僵了，"割风说，"可惜我是个瘸子，要不咱们就跑一段了。"

"没事儿！"冉阿让回答，"走几步，我的腿脚就活动开了。"

他们先沿着灵车驶过的林荫小道往前走，到了关闭的铁栅门和门亭，割风就把拿在手上的掘墓工卡投进木箱，门房于是拉门绳，将门打开，放他们出去了。

"这事儿真顺利！"割风说道，"您这主意太好啦，马德兰老爹！"

他们过城关十分容易。在墓地附近，一把锹和一把镐就是两张通行证。

伏吉拉尔街上阒无一人。

"马德兰老爹，"割风望着路边的房舍，边走边说，"您的眼神儿比我好，告诉我八十七号在哪儿。"

"碰巧就是这儿。"冉阿让答道。

"街上一个人也没有，"割风又说，"把镐给我，等我两分钟。"

割风走进八十七号，他受总把穷人引向阁楼的那种本能指引，一直登到最高层，摸黑敲了一间顶楼的房门。有人应声回答："请进。"

那是格里比埃的声音。

割风推开门。掘墓工跟所有穷苦人一样，住在堆满破烂家具的陋室里。一只旧货箱——也许是一口棺材——当柜橱使用，一个黄油罐用来盛水，一张草垫当床，方砖当桌椅。屋角铺着一块破地毯片，上面挤着一堆：瘦弱的女人和许多孩子。这穷苦的家里看样子翻得乱七八糟，就好像发生了一场"独家"地震。各种盖子都移开，破衣烂衫扔得到处都是，瓦罐打碎了；孩子的母亲刚哭过，孩子也许还挨了打；那是强行搜查所留下的痕迹。显而易见，那个掘墓工丢了工卡，拼命寻找，气急败坏，怪罪家里的一切，从瓦罐到他老婆无一幸免。他一副垂头丧气的样子。

不过，割风急于要结束这场冒险，无心观察他的成功这种可悲的一面。

他进门便说："我把镐和锹给您送来了。"

格里比埃惊愕地看了看割风。

"是您啊，乡巴佬？"

"明天早晨，您到公墓门房那儿，就能拿到工卡。"

割风说着，把锹镐撂在方砖地上。

"这是怎么回事？"格里比埃问道。

"就是这么回事：您的工卡从兜里掉出来，您走后我在地上拾到，于是我埋葬死者，把坑填满，替您把活儿干完，门房会把工卡还给您，您也不用付十五法郎。就是这样，新手。"

"谢谢，老乡！"格里比埃喜笑颜开，高声说道，"下回喝酒我付钱。"

八　答问成功

一个钟头过后，在漆黑的夜晚，两个汉子和一个孩子走进皮克普斯小街六十二号，其中年龄最大的汉子拉起门锤敲门。

他们正是割风、冉阿让和珂赛特。

两位老人去过绿径街，接回昨天割风寄放在水果店老太婆家的珂赛特。珂赛特在那里度过二十四小时，根本不明白怎么回事，她一声不吭，只是浑身发抖，连哭都哭不出来，既不吃东西，也不睡觉。可敬的水果店老板娘问了她多少话，什么也问不出来，面对的总是那双毫无神采的眼睛。这两天所见所闻，珂赛特一点也没有透露。她猜出他们正度过一个难关。她深深感到必须"听话"。一个吓得要命的孩子的耳边，听见以某种声调说出"别吱声"这三个字，就觉得有无比的威力，这一点谁没有体验过呢？恐惧是个哑巴。况且，谁也不如孩子保密。

不过，熬过这可怕的二十四小时之后，她又见到冉阿让，立刻欢叫一声，而一个善于思考的人就能听出，这是脱离深渊的欢叫。

割风是修院的人，知道各种口令。一道道门全开了。

一出一进这双重可怕的问题，就这样解决了。

门房已得到指示，打开由庭院通园子的便门；那道便门开在里侧的院墙上，正对着大门，二十年前从街上还能望得见。他们三人由门房带领，由便门进去，到了内部专用接待室，而前一天，割风正是在那里接受院长的命令。

院长手上拿着念珠，正等着他们。一名戴着面纱的参事嬷嬷站在她身边。一烛荧然，几乎可以说那幽光恍若照着接待室。

院长审视冉阿让。怎么观察都没有低垂的眼睛更仔细了。

接着，她发问了："这就是您兄弟？"

"对，尊敬的嬷嬷。"割风回答。

"您叫什么名字？"

割风回答："于尔梯姆·割风。"

他有个死去的兄弟，确实叫于尔梯姆。

"您是什么地方人？"

"庇奇尼人，离亚眠不远。"

"您多大年纪？"

割风回答。

"五十岁。"

"您是干哪行的？"

割风回答："园艺工人。"

"您是虔诚的基督教徒吗？"

割风回答："一家全是。"

"这小姑娘是您的吗？"

割风回答："对，尊敬的嬷嬷。"

"您是她父亲？"

割风回答："是她祖父。"

参事嬷嬷低声对院长说："他答得挺好。"

可是，冉阿让一句话未讲。

院长又仔细端详珂赛特，然后低声对参事嬷嬷说：

"她会是个丑姑娘。"

两个嬷嬷在接待室一角小声商量几分钟，接着，院长反身回来，说道："割伯，您再弄一副铃铛膝带，现在需要两副了。"

第二天，大家果然听见园子里有两个铃铛声了，修女们都忍不住撩起一角面纱，望见远处树下两个男人并肩翻地，割伯和另外一个。这是一件轰动的大事。她们打破沉默，相互转告："那是园工助手。"

参事嬷嬷们则补充说："他是割伯的兄弟。"

不错，冉阿让正式安顿下来了，膝上系了皮带铃铛，从此成为修院的人员了。他叫于尔梯姆·割风。

修院接收他们的决定因素，还是院长对珂赛特的那句评语："她会是个丑姑娘。"

院长有些预言，也当即善待珂赛特，让她作为免费生入学念书。

这种做法完全合乎逻辑。修院里没有镜子也是徒然，女人都会意识到自己的容貌；那些觉得自己漂亮的姑娘，都不会甘心当修女；出家修行的意愿同美貌成反比，貌丑比貌美的人更有希望。因此，她们对丑姑娘怀有浓厚的兴趣。

这一场风波提高了割风老头的身价，一举三得：他救了冉阿让，给他安置了藏身之处；掘墓工格里比埃念念不忘：多亏了他，我才免交罚金；修院也多亏了他，将装殓受难嬷嬷的灵柩葬在祭坛底下，骗了恺撒，满足了天主。一口有尸的棺木留在小皮克普斯，一口无尸的棺木葬到伏吉拉尔墓地；社会秩序无疑受到严重干扰，却没有人觉察到。修院对割风尤为感激。割风一举成为最出色的仆人、最难得的园丁。后来大主教前来视察修院，院长叙述了这件事的经过，既有忏悔的成分，又有点炫耀的意味。大主教离开修院，又以赞赏的口气，悄悄把这事告诉了德·拉梯先生；德·拉梯先生是御善忏悔师，后来又就任兰斯大主教和红衣主教。对割风的敬佩不胫而走，一直传到罗马。我们手头有一封信，是当时的教皇莱昂十二世写给他的族人的；他那族人和他同名，也叫德拉·让迦，是教廷驻巴黎的使臣。信中写道："据说巴黎一所修院里有一个出色的园丁，是个圣人，名叫割风。"名声远扬，却没有传到割风这座破房里；他还继续嫁接、薅草、盖瓜秧，根本不知道自己那么出色，那么圣洁。他并不比达勒姆或隆里的公牛强什么：《伦敦新闻画报》刊登那头牛的照片，并注明"这头牛获得有角动物竞赛大奖"，可是牛对它那份儿光荣却一无所知。

九　隐修

珂赛特到修院，仍然少言寡语。

珂赛特以为是冉阿让的女儿，这是自然而然的事。再说，她什么也不知道，也不可能讲出什么去；不管了解不了解情况，她也绝不会透露。刚才我们指出过，不幸的遭遇，最能培养孩子缄口慎言的习惯了。珂赛特受尽了苦难，什么都怕，就连说话，连喘气都不敢。她常常因为说一句话，就招来一顿毒打！自从跟了冉阿让，她才稍微放了点心。她相当快就习惯了修院的生活，不过还是想念卡德琳，但是不敢讲。只有一次，她对冉阿让说："爹，我早知道就好了，准要把她带着。"

珂赛特成为修院的寄宿生，便换上修院的学生装。冉阿让获准收回孩子换下的衣服，那还是要离开德纳第客栈时让她穿的一身孝服，还不太旧。这些旧衣服，连同毛线袜和鞋子，都放在冉阿让设法弄到的一只小提箱里，还大量塞进修院足备的樟脑和各种香料。他把手提箱放在自己床边的一张椅子上，钥匙总随身带着。"爹，"珂赛特有一天问他，"这是什么箱子，这么香呀？"

割风伯这种好行为，除了我们讲过的连他自己都不知道的荣名之外，还得到好报：首先，他做了好事心里高兴；其次，活计有人分担，就减轻多了；最后，他爱抽烟叶，自从有马德兰先生陪伴，烟量比过去增加两倍，而且越发抽出无穷的滋味，因为烟叶是马德兰先生花钱买的。

修女们根本不接受于尔梯姆这个名字，就把冉阿让叫作"割二伯"。

假如修女们有几分沙威那种目光，久而久之，她们会发现，侍弄园子缺什么东西要外出购置时，每次总是那个又老又残疾的瘸腿割大伯，而不是割二伯出去；不过，她们根本没有注意这一点，也许是她们眼睛总盯着上帝，不善于窥视，也许是她们更喜欢相互窥探。

冉阿让潜伏不动，的确很明智。沙威监视这一带街道长达一个多月。

对冉阿让来说，这所修院好比一个四面绝壁深水的孤岛。从今往后，这四面围墙之内就是他的世界。能望见天空，这足以令他心情恬静；能看到珂赛特，这足以令他快乐。

对他来说，又开始了一种甜美的生活。

他同老割风住在园子后面的破房里。那房子是用残砖破瓦建造的，到 1845 年还存在，共有三间屋，里边只有光秃秃的墙壁。那间大屋，割风硬给了马德兰先生，怎么推让也不行；屋里墙上，除了挂膝带和背篓的两个钉子外，壁炉上方还有一样装饰：1793 年发行的一张保王党纸钞，原样复制如下①。

这张旺岱军用债券，是上一个园丁钉在墙上的；那个园丁是老朱安党徒②，死在修院，差事由割风接替。

----

① 票面上文字为：天主教军队
奉国王圣旨
拾利弗尔商业债券
专购军用物资
和平时期兑现

② 法国革命时期，保王派在旺岱地区组织力量顽抗，称为朱安党。

冉阿让整天在园子里干活，而且十分得力。从前他当过树枝剪修工，这次又当上园丁正合心意。大家记得，在栽植方面，他掌握各种妙法和窍门，现在正好借上力。果园里的树几乎全是野生的，由他施行芽接，便结出丰美的果实了。

珂赛特获准每天回到他身边待一小时。修女个个愁眉苦脸，而他却和颜悦色，两相比较，孩子就更热爱他了。每天一到时间，她就跑来，一跨进门，就使这所破房变成天堂。冉阿让立刻喜笑颜开，他感到自己的幸福随着他给珂赛特的幸福而增长。我们给人带来的欢乐有这样一种妙处：这种欢乐不像反光那样渐趋削弱，而是反弹回来更加光辉灿烂。课间休息时，珂赛特嬉戏奔跑，冉阿让远远望着，能从笑声中分辨出她的笑声来。

要知道，现在珂赛特爱笑了。

甚至珂赛特的相貌也发生一定变化，抑郁的神色消失了。笑，就是阳光，就不难从脸上驱走冬色。

珂赛特长得还是不美，但是变得招人喜爱了；她那童稚的声音很甜，讲起生活小事来头头是道。

课间休息过后，珂赛特又回去上课，冉阿让就望着她那教室的窗户，半夜他还起来，望着她寝室的窗户。

这自然是上帝指引的路；修院和珂赛特起同样作用，要通过冉阿让保持并完成那位主教的功业。自不待言，好品德也有引人走向骄傲的一面，那是魔鬼建造的一座桥梁。冉阿让由天意投入小皮克普斯修院，也许不知不觉中，接近了那一面和那座桥梁。他只要还拿自己同主教相比，就觉得自己很差劲，总保持谦卑的态度；然而近来，他开始同人比较，就滋长了骄傲情绪。谁说得准呢？到头来，他也许会又轻轻地滑回到仇恨上去。

在这面滑坡上，是修院把他截住了。

这是他所见的第二个囚禁人的地方。他年轻时代，在他的人生开端的时候，以及后来，直到最近，他见过另外一个囚禁人的地方，那地方骇人听闻，十分恐怖，而他总觉得，那种严酷的惩罚是司法的不公和法律的罪恶。关过苦役牢之后，今天，他看到了修院，心想他从前是苦役牢囚犯，现在可以说成为修院的旁观者；他怀着惶恐的心情，暗暗比较两种地方。

有时，他臂肘倚着锄把儿，神思沿着旋梯，缓缓走下无底的玄想。

他忆起早年的伙伴，想到那些人太苦了，天一亮就得起来干活，一直干到天黑，连睡觉的时间都所剩无几，而且睡在行军床上，只准铺两寸厚的褥垫，那么大工棚，一年只有最寒冷的两个月才生点火，只有在最炎热的日子，才发善心准许穿上粗布裤子，只有"干重活"时才给点酒喝，给点肉吃。他们在生活中无名无姓了，仅用号码表示，可以说变成数字了；他们走路低垂着眼睛，说话压低声音，头发被剃光，在棍棒下忍辱苟活。

继而，他的思绪重又移到他眼前这些人身上。

这些人同样剃光了头，同样低垂着眼睛，压低声音，虽不是忍辱偷生，却受世人的嘲笑，背上虽无棒伤，肩头的皮肉却被戒律撕破了。这些人的姓名，也同样在世间消失，仅仅有尊号了。她们从不吃肉，也绝不喝酒，时常一天到晚不进食；身上虽然不穿红囚衣，但是终年披着黑呢裹尸布，夏天太厚，冬天又太薄，既不能加也不能减，想随季节换上布衫或毛外套也不成，一年有六个月哔叽衣衫，结果时常害热症。她们还住不上只在最寒冷的日子才生火的大房间，而是住在从不生火的修室里；她们也睡不上两寸厚褥垫，而是躺在麦秸上。更有甚者，就连个安稳觉也不让她们睡：劳累一整天之后，每天夜晚刚休息，正困惫不堪，刚刚入睡，被窝里刚有点热乎气的时候，她们又被唤醒，不得不起来，去冰冷昏暗的祭坛里，双膝跪在石地上祈祷。

在规定的日子里，她们还轮流跪石板，或者匍匐在地，张开双臂呈十字架形。连续待上十二个小时。

那些是男人，这些是女人。

那些男人干了什么呢？他们奸淫抢掠，杀人害命。他们是强盗、骗子、下毒犯、纵火犯、杀人犯、弑亲犯。这些女人又干了什么呢？她们什么也没有干。

一方面是抢劫、走私、欺诈、暴力、奸淫、残杀、形形色色的邪恶、五花八门的罪行。而另一方面，只有一件事：清白。

尽善尽美的清白，这种升华，近乎一种神秘的圣母升天，以其美德还依恋着尘世，又以其圣洁已经连着上天了。

一方面是低声陈述罪恶，另一方面高声忏悔过失。而那是什么罪恶！这又算什么过失呢！

一方面是乌烟瘴气，另一方面则是清芬异香。一方面是精神瘟疫，要严密监视，用枪口控制，却还慢慢吞噬染上瘟疫的人；另一方面则是所有灵魂熔于一炉的纯洁的火焰。那边一片黑暗；这里则一片幽冥，不过，幽冥中却充满亮点，而亮点又光芒四射。

两处同是奴役人的地方，但是第一处还有可能解放，还有一个法定的期限可盼，还可以越狱。第二处则永无尽期，只是在未来的遥远的尽头，有一点自由的微光，即人们所说的死亡。

在前一个地方，那些人只是用锁链锁住，在后一个地方，这些人则用信仰锁住。

前一个地方散发出什么呢？散发出大量的诅咒、咬牙切齿的咯咯声，散发出仇恨、穷凶极恶、反对人类社会的怒吼，以及对上苍的嘲笑。

第二个地方散发出什么呢？散发出祝福和爱。

在这两种极其相似而又迥异的地方，两类截然不同的人正完成同一种事业：赎罪。

冉阿让十分了解前一类人的赎罪，那是个人赎罪，为自己赎罪。然而，他不理解另一类人的赎罪，那些无可指责、没有污点的人的赎罪，因此，他心惊胆战，暗自问道：那些人赎什么罪？什么赎罪？

他内心的一个声音回答：人类最神圣的慷慨，是为别人赎罪。

在这里，我们只是作为叙述者，将个人的见解完全抛开，站在冉阿让的角度表述他的印象。

他看到克己为人的最高境界、美德所能达到的顶峰：清白的心恕人之过并代人赎罪，没有过失的心灵，甘为堕落的心灵受奴役、受折磨和受刑罚；以人类的爱沉浸到对上帝的爱中，但又不混同，始终保持祈求的姿态；一些温和柔弱的人承受被惩罚者的苦难，同时面带受奖赏者的微笑。

于是，冉阿让想到，自己从前竟敢抱怨！

睡到半夜，他时常爬起来，聆听那些备受戒规折磨的清纯修女的感恩歌声，想到受惩罚的人却抬高嗓门一味亵渎上天，而他本人也是个无耻之徒，竟然朝上帝挥过拳头，转念至此，不禁感到胆战心寒。

他逃脱追捕，翻过修院的围墙，冒死脱险，向上奋进虽十分艰难，却竭尽全力脱离另一个赎罪之地，只为了进入这个赎罪之地，这次经历确实惊心动魄，也令他深思，仿佛这是上苍低声向他提出的警告。难道这是他命运的征兆吗？

这所修院也是一座监狱，很像他逃离的那个地方，同样阴惨惨的，然而，他早先从来没有这样想过。

他又见到了铁栅门、铁门闩、铁窗栏，可是关谁呢？关天使。

这四面高墙，他从前见过圈着猛虎，现在却看见圈着羔羊。

这是赎罪，而不是惩罚的地方，不过比起另一个地方来，这里更加严厉，更加肃穆，更加残酷无情。这些贞女不堪重负，腰弯得比那些苦役犯还厉害。这种凛冽的寒风，从前冻僵了他的青春，后来穿过紧锁秃鹫的铁栏坑穴；如今，一股更加冷峭刺骨的朔风，吹袭关着鸽子的牢笼。

这是为什么？

他一想到这种事情，就觉得自身的一切，在这崇高的奥秘面前倾覆了。

在这种沉思默想中，傲气消失了。他反躬自省，感到自己多么渺小，因而多次潸然泪下。这六个月以来，凡是进入他生活的人和事物，珂赛特以其热爱，修道院以其谦卑，无不指引他重新奉行那主教的神圣指令。

黄昏时分，等园子寂静无人了，有时就能看见他跪在小礼拜堂旁边的小路中间，面对着他初到的那天夜晚窥探过的窗户，他知道进行大赎罪的修女，正匍匐在里面祈祷。他就是朝向那位修女，这样跪着祈祷。

他似乎不敢直接跪到上帝面前。

他周围的一切：这静谧的园子、芬芳的花朵、这些欢叫的孩子、这些严肃而朴实的女人、这寂静的修院，都慢慢进入他的心扉；他的心境逐渐变化，也像这修院一样寂静，像这些鲜花一样芬芳，像这园子一样静谧，像这些女人一样朴实，像这些孩子一样欢乐了。继而，他又想到，生活中两次危急关头，而两处上帝的住宅都相继收容了他；头一次是所有大门都关闭，人类社会拒绝他；第二次是苦役牢门重又打开，人类社会重又追捕他。没有头一处接纳，他就会再次堕入犯罪的道路；没有第二处接纳，他就会再次陷入牢狱之灾。

他的一颗心化为感恩戴德，越来越变为一颗爱心了。

一连几年就这样过去，珂赛特渐渐长大了。

第三部　马吕斯

Part Three

第一卷　从其原子看巴黎

一　小不点儿

巴黎有个小孩，而森林有只小鸟；小鸟叫麻雀，而小孩叫流浪儿。

这两个概念，一个包含整个大火炉，一个包含全部曙光，两个概念结合起来，巴黎和童年这两点火星儿相撞，就会迸射出一个小家伙。若按普劳图斯①的说法，就是小人儿。

这小家伙乐乐呵呵。他不一定每天都吃上饭，可是他只要愿意，每天晚上就去看演出。他身上没穿衬衫，脚下没穿鞋子，头上没有屋顶，这些一样没有，就好似空中的飞虫。小家伙的年龄，在七岁至十三岁之间，过着群体生活，终日在街上游荡，露宿街头，穿着父亲的一条旧裤，裤角拖在鞋后跟，头戴另一个父亲的一顶破帽，一直扣到耳朵上，只挎着一条黄边背带，总是跑来跑去，东瞧瞧，西望望，到处耗时间，烟斗抽得挂满烟炱，满嘴脏话，搅扰酒馆，结识盗贼，亲近窑姐儿，会讲黑话，哼唱淫荡小曲，而心地却没有一点邪恶。这是因为他心灵里有一颗珍珠：天真无邪，珍珠不会融化在污泥里。人只要处于童年，就天真无邪，这是天意。

假如有人问这大都市："那是什么东西？"就能得到这样的回答：

---

① 普劳图斯（约公元前 254—前 184）：拉丁喜剧诗人。

"那是我的孩子。"

二 他的一些特征

巴黎的流浪儿，就是女巨人生的小豆子。

无需夸张，这个在水沟边长大的小鬼，有时也穿衬衫，但只有一件；有时他也穿鞋，但是没有鞋底；有时他也有住处，而且挺喜爱，因为到那里能找见母亲；但是他更喜欢街头，因为在街头能找到自由。他有自己的一套把戏，有自己的一套诡计，而那套诡计是基于对有产者的仇恨；他也有自己的一套隐喻，人死不说死了，而叫作"吃蒲公英的根"；同样，他有自己的一套行业，替人叫马车，给人放下车踏板，在瓢泼大雨中收取过街费，他称作"艺术桥赏"，大声宣扬当局对法兰西人民有利的讲话，给铺路石块剔缝；他也有自己的一套货币，是从街上拾来的各种各样的小铜片。那种奇特的钱叫作"破布片"，在这群流浪儿中始终流通，有固定的面值。

最后，他还有自己的一系列动物，而且在各个角落细心观察：圣体虫、骷髅头蚜虫、盲蛛、"鬼虫"，即扭动双尾吓人的黑虫子。他有自己传奇的怪物：腹下有鳞片又不是蜥蜴，背上长癞又不是蟾蜍，住在旧石灰窑洞或干涸的污水坑里，黑不溜秋，毛烘烘黏糊糊的，爬行时慢时快，不会叫，但是瞪眼瞧你，样子十分可怕，谁也没有见过，他管那怪物叫"聋子"。到石头缝里找聋子，是一件非常吓人的开心事儿。另外一件开心事儿，就是猛地掀起一块石头，瞧瞧躲在下面叫鼠妇的甲虫。巴黎每个区都有点名堂，能发现有趣的玩意儿。玉树林工场有钻耳虫，先贤祠有千足虫，演武场水沟里有蝌蚪。

至于辞令，这孩子比得上塔列朗①。比较起来，他同样厚颜无耻，但是更为诚实。不知怎么，他天生就有一种出人意料的快活劲头；他突发一阵狂笑，弄得店铺老板目瞪口呆。他开的玩笑非常精彩，从高级喜剧到闹剧，能表现各种不同的风格。

看见出殡的队列经过，送葬的人中有一名医生，一个流浪儿就嚷道："嘿！打什么时候起，医生还要把自己的活计护送回去！"

---

① 塔列朗（1754—1838）：法国政治家，给拿破仑和路易十八当过外交部长。

另一个流浪儿混在队伍里。一个戴眼镜、身上挂着小饰物的严肃男人，突然回过身来，恼火地说："流氓，你摸了我的女人的腰！"

"说我，先生！搜我的身好啦。"

三　他有趣

这"小人儿"①总有法儿弄到几个铜板，晚上便去看戏。一跨进那道神奇的门，他就变了一副模样：从流浪儿一变而为"弟弟"②。戏院犹如底舱翻到上面的船。弟弟就挤在底舱里，弟弟之于流浪儿，恰如飞蛾之于幼虫，同是飞翔的生物。只要他在场，有他那洋洋的喜气，有他那热烈欢快的劲头，有他那鼓翅般的鼓掌，这个狭窄、恶臭、昏暗、肮脏不堪、污秽丑陋、令人作呕的底舱，就能称得上天堂了。

你把无用的东西给一个人，再从他那儿取走必需的东西，你就有了一个流浪儿。

流浪儿对于文学不是一点感受能力也没有。不过，我们相当遗憾地指出，他对古典主义毫无兴趣，天生与学院派没有什么渊源。举个例子来说吧，在这群能闹翻天的孩子中间，马尔斯小姐③名气特别大，简直具有讽刺意味。野孩子都叫她"妙煞"小姐。

小家伙总是吵闹，嘲笑，戏弄，打架，形容花哨像个孩童，衣衫褴褛又像个哲人，在污水沟里捕鱼，在垃圾场里打猎，从肮脏污秽的东西中寻乐子，在街头巷尾找激情，冷嘲热讽，又吹哨又唱歌，又是喝彩又是叫骂，用淫调浪曲来冲淡天主颂歌，而且从"深渊底"到"狗上床"，什么节律音调都能唱，无论什么，他不寻就能找见，不了解也会知道，顽强到了不择手段，疯狂到了冷静明智，多情到了追腥逐臭，上能蹲在奥林匹斯神山顶，下能滚在粪堆里，而出来却满身星辰。巴黎的野孩子，就是小时候的拉伯雷。

他不满意自己的裤子，除非裤子上有个表袋。

他不轻易大惊小怪，更不会惊慌失措，用歌谣讽刺迷信的东西，用舌剑戳破妄言诳语，嘲笑神秘怪异，对着鬼魂伸舌头，剥掉空架子

---

①　原文为拉丁文。

②　俗语，指巴黎街头的顽童。

③　马尔斯小姐（1779—1847）：法国喜剧院著名演员。

上的华彩，画一画浮夸虚饰的丑相。这并不是说他缺乏诗意，远非如此，而是他以滑稽的怪诞代替庄严的幻象。假如巨人阿达马托尔出现在面前，流浪儿也要说："哼！吓唬小孩子的妖怪！"

四　他可能有用

巴黎以闲汉始，以流浪儿终，这两类人是任何别的城市所难具备的：前者是满足于观望的被动接受，后者表现出无穷无尽的主动性；一个是普吕多姆①，一个是伏义乌②。唯独巴黎在其自然发展史中，拥有这两种人物。整个君主制体现在闲汉身上。整个无政府主义则体现在流浪儿身上。

巴黎城郊的这个孩子脸色灰白，在苦难中生活并成长，开花结果并"长个儿"，面对社会现实和人间事物，他看在眼里，并若有所思。他自以为无忧无虑，其实不然。不管你是谁，不管你叫成见也好，叫流弊也罢，叫厚颜无耻也好，叫压迫、不公道、专制也罢，叫不义、狂热也好，叫暴政也罢，你可得当心愣头愣脑的流浪儿。

小家伙要长大的。

他是什么材料做成的呢？随便一点污泥。一把泥土，吹一口气，就有了亚当。只须哪位神仙过一下。而流浪儿身上总有神仙经过的痕迹。命运在塑造这小家伙。我们这里所说的命运，有点偶然侥幸的意思。这个用普通泥土捏出来的小人儿，既无知又不识字，既傻里傻气，又粗俗低下，将来他能成为英才还是蠢物呢？等着瞧吧，"制陶轮子旋转"③，巴黎的精神，这个恶魔凭偶然造孩童，凭命运制造成人，它与拉丁陶土不同，能把粗瓦罐变成精陶瓮。

五　他的疆界

流浪儿爱城市，也爱荒野，他身上有贤哲的影子。像伏斯库斯那

---

①　普吕多姆：法国作家亨利·莫尼埃（1799—1877）所创作的喜剧中的人物，一种关注时事而又自以为是的市民典型。

②　伏义乌：法国文学中流浪儿的形象。

③　原文为拉丁文。

样，"是城市的情人"①；也像弗拉库斯那样，"是乡野的情人"②。

大凡哲人，总好边走边想，即信步游荡，这是消磨时间的好办法；尤其某些大城市，特别是巴黎周围的郊野，由两种景物合成，类似杂种，既丑陋又怪异。观赏城郊，如同观赏两栖动物。树木终止即屋顶的开始，荒草终止即铺石路的开端，垅沟终止即店铺的起始，辙沟终止即欲望的前奏，天籁终止即尘嚣的先声，因此特别引人注目。

也正因为如此，思考者漫无目的，爱到这种缺乏魅力、又被过路人冠以"凄凉"的永久别号的地方散步。

写下这一行行文字的人，就曾在巴黎城郊久久徘徊，至今这还是他深长回忆的源泉。那浅草地、那石子小径、那白垩土、那泥灰石、那白灰墙、那单调刺眼的荒地和休耕地、突然瞧见的洼地中栽种的时鲜蔬菜，还有那野趣和市民气的混杂景物、那大片荒僻的角落、军营战鼓咚咚以打仗为儿戏的地方、那白天的旷野而夜晚打劫的凶险之地、那笨拙旋转的磨坊风车、采石场上的轮盘、墓地角上的酒馆，还有那黝黯的高墙切断大片阳光灿烂、蝴蝶纷飞的空场所具有的神奇魅力，那一切无不吸引他。

世上几乎没人了解这些奇特的地方：冰窖村、排水沟城关、格雷奈勒街区弹痕累累而难看的墙壁、帕纳斯山、豺狼坑街区、马尔纳河畔的欧比埃镇、蒙苏里村、伊索瓦坟、夏蒂荣石台：那里有个旧采石场，废弃不用，改种蘑菇了，齐地面的井口盖了一道朽了的活板门。罗马周围的乡村是一种景象，巴黎的郊区是另一种景象；举目眺望，如果只见田野、房舍和树木，那就是停留在表象；须知事物的各种面貌都体现上帝的思想。原野和城郭的结合部，总有一种令人销魂的莫名的惆怅。在那种地方，大自然和人类同时对你说话；那里也就显现出地方特色。

我们四周的郊野，可以称为巴黎的边缘；谁同我们一样在那里游荡过，就会在最偏僻的地方，最意想不到的时候，撞见一群面黄肌瘦、

①　原文为拉丁文。语出拉丁诗人贺拉斯的《书简集》。伏斯库斯即贺拉斯。

②　原文为拉丁文。语出拉丁诗人贺拉斯的《书简集》。弗拉库斯即贺拉斯。

头发蓬乱、衣衫褴褛、满身灰尘的孩子，聚在一起吵吵嚷嚷，一个个头戴矢车菊花冠，躲在一道稀疏的树篱后面，或在一个阴森的墙角进行赌博游戏。他们穷苦人家跑出来的孩子，城外大道是他们的自由天地，郊野是他们的地盘。

那是他们永久逃学的地方。

他们在那里天真地唱着成套的下流歌曲。

他们待在那里，更确切地说，他们在那里生存，远离别人的视线，沐浴着五六月明媚的阳光，跪在地上，围着小坑弹球，要赌几文钱的输赢，大家什么也不放在心上，无拘无束，快活极了；可是，他们一瞧见你，就想起自己的行当，得挣钱糊口，于是向你兜售一只爬满金龟子的旧毛袜，或者一把丁香花。碰见这些怪孩子，是游巴黎郊区的一件特别有趣又令人痛心的事。

在男孩堆里，也时有女孩，那是不是他们的姐妹呢？几乎是大姑娘了，瘦瘦的，显得急躁不安，两手黝黑，脸上有雀斑，头上插着黑麦穗和虞美人，光着脚，又快活又粗野。还有的在麦田里吃樱桃。夜晚，能听见他们的笑声。那一伙伙孩子，在中午的太阳下暖烘烘的，或者在暮色中隐约可见，那景象在沉思的漫步者心头久久萦绕，同他的遐想交织起来。

巴黎，市中心，城郊，周遭，那就是那些孩子的整个世界。他们从不贸然出界。鱼儿离不开水，同样，他们也离不开巴黎的空气。对他们来说，城关以外两法里就什么也没有了。伊弗里、让蒂伊、阿尔克伊、美丽城、欧贝维利埃、梅尼蒙唐、苏瓦西王、比扬库尔、默东、鸽城、罗曼城、夏图、阿尼埃尔、布吉瓦勒、南地、昂菲安、努瓦西旱地、诺让、古尔奈、德朗西、戈奈斯①，那就是天尽头。

六 一点历史

本书故事发生的时期，几乎是现代了，但还不像今天这样，巴黎每个街口都有个警察（这是善政，但还不是讨论的时候），那时，到处都是流浪儿。据统计，警察巡逻队在没有围墙的空场上、建造中的房屋里和桥拱下面，平均每年要收容两百六十名孩子。他们的巢穴有一

---

① 全是巴黎城郊地名。

处名声远扬，养育了"阿尔科勒桥的燕子"。当然，那是社会最严重的病兆。人类的全部罪恶，都是从儿童的流浪生活开始的。

不过，巴黎自当别论。尽管我们提起那种往事，但是在一定程度上，将巴黎列为例外还是对的。可以说在任何一个大城市里，一个流浪儿就是一个毁掉的成人，儿童放任自流，就要不可避免地染上社会的种种恶习，丧失天生的诚实和良心，几乎无处不是如此；然而，我们还要强调指出，巴黎的流浪儿，表面上看再怎么粗野，再怎么学坏了，可是内心差不多却完好无损。这种现象确实壮观，在我们历次民众革命所显示的光明磊落中大放异彩。巴黎空气的氛围，就像海水中的盐一样，能产生拒腐蚀性。呼吸巴黎的空气，能保持心灵的纯洁。

我们这样讲，绝不表明我们遇见那样一个孩子不会感到揪心：在他们周围，似乎飘浮着离散家庭的游丝。现代文明还远非完善，一些家庭抛弃亲骨肉，将子女丢进黑暗，丢在大马路上，不知所终，这种事情也绝非极不正常。这样就命运难卜。这种可悲的事还形成固定的说法，叫作"扔在巴黎石马路上"。

附带说一句，旧朝君主制绝不禁绝丢儿弃女的现象。城郊下层人的行为有点像埃及和吉卜赛，倒合乎城里上层人的口味，给那些有权有势的人解决问题。仇视平民百姓孩子的教育，原就是一种信条。何必培养"半瓶子醋"呢？这就是当年的口号。因此，无知儿童必然成为流浪儿。

况且，君主制有时需要儿童，于是就在大街上搜罗。

不必追溯得太远，就说路易十四在位的时候，国王要建一支舰队，自有其道理。主意不错，再看看办法如何。帆船是风的玩物，必要时还得牵引，如果仅有帆船，而没有以桨或蒸汽为动力，随意航行的战船，就谈不上舰队。当年海军的桨帆船，就相当于今天的蒸汽舰。因此，必须造桨帆船，而桨帆船航行要靠桨手，也就需要当桨手的苦役犯了。柯尔柏授意各省总督和高等法院尽多制造苦役犯。司法官员都积极配合。在宗教仪式行列走过时，一个人不脱帽，就表明是新教徒，就要送去当桨手。儿童只要到十五岁还流离失所，在街上撞见就送去当桨手。盛朝圣世啊。

在路易十五统治时期，巴黎街头的孩子消失了，让警察劫走，秘而不宣，不知弄去干什么了。老百姓恐怖万分，窃窃私议，推测国王洗红水浴那种骇人听闻的事。巴尔比埃①也直书其事。有时，孩子供不应求，军警就抓那些有父亲的孩子。父亲悲痛欲绝，跑去向军警讨还。于是法院出面干涉，判处绞刑。绞死谁呢？绞死军警吗？不是，要绞死父亲。

七 在印度等级中，也许有流浪儿的地位

巴黎流浪儿差不多构成一个阶层。也可以说，哪个阶层也不要。

流浪儿 gamin 这个词，到 1834 年才初次印成文字，从大众语言进入文学语言。那是出现在题名为《无赖汉克罗德》的大书里②，当即引起轰动。这个词也就得到公认了。

流浪儿之间赢得敬重的因素是多种多样的。我们认识并与之交往的流浪儿，有的特别受到尊敬和钦佩。其中一个是因为见过有人从圣母院的钟楼顶摔下来，另一个是因为钻进残废军人院的后院，从暂时存放在那儿的大圆顶的塑像身上"抠"了一块铅，第三个是因为见过一辆驿车翻车，还有一个是因为"认识"一个险些打瞎一位绅士眼睛的士兵。

这就是为什么巴黎流浪儿动不动就嚷一句："上帝的上帝！我真倒霉！都没见过有人从六楼摔下来！"（"我真"说成"我整"，"六楼"说成"流楼"。）这种涵义深刻的感叹，那些俗物听不懂，只能笑一笑。

当然，乡下人也能出语惊人："我说老爹，您老婆害病死了，您干吗不去请医生呢？""有什么办法呢，先生，我们这些穷人，自己死自己的就完了。"如果说这句话完全表明了乡下人那种揶揄的消极态度，那么下面这句话则完全包含郊区孩子自由思想的无政府状态。一名死犯在囚车里听忏悔师说教，巴黎的孩子就嚷道："他还跟狗教士说话！哼！这只草鸡！"

在宗教事物上胆大妄为，能提高流浪儿的身价。保持极强的个性非常重要。

---

① 巴尔比埃（1805—1882）：法国诗人。见他的《日记》（1847—1856 年发表）。

② 其实，这个词早就见于印刷文字。《无赖汉克罗德》是雨果的小说，1834 年刊载在《巴黎杂志》上。

去看处决犯人是一种天职。他们指着断头台，又说又笑，给那些起了各种各样的绰号：喝光的菜汤、咕哝鬼、蓝天（升天）妈妈、最后一口等等。那种热闹场面，他们什么也不愿漏掉，都纷纷上墙头，上阳台，上树，钩住铁栅栏，搂住烟囱。流浪儿天生是水手，也天生是盖瓦匠。在他们看来，上房顶并不比爬桅杆可怕。什么节日也不如河滩广场热闹。桑松和蒙泰斯神甫的名字的确妇孺皆知。对于要处决的犯人，他们用嘘声给鼓劲儿，有时也发出赞美声。拉斯奈尔①，当年就是流浪儿，目睹悍匪都屯勇敢就刑，说过这样一句预示未来的话："看着真叫我眼红。"流浪儿不知伏尔泰为何人，却都了解巴巴乌瓦②。他们把"政客"和杀人犯混为一谈。所有死犯临刑的装束，大家都口耳相传。他们知道，托勒龙头戴一顶炉工帽，阿夫里尔头戴水獭鸭舌帽，卢威尔头戴圆帽，老德拉波特是个秃头，没戴帽子，卡斯坦皮肤鲜红，非常好看，博里斯留着浪漫派的山羊小胡，若望-马尔丹还穿着有吊带的裤子，勒库弗勒还同母亲吵嘴。"别再相互埋怨啦！"有个流浪儿冲他们嚷了一句。另外一个人要看德巴克经过，挤在人群中个子太矮，瞧见河沿的路灯杆，都要爬上去。旁边一名站岗的警察皱起眉头。"让我上去吧，警察先生！"那孩子说，为了打动那执法官，他又赶紧补充一句："我不会摔下来的。""我管你摔不摔下来呢。"那警察回答。

在流浪儿中间，一件难忘的意外事特别受到重视。一个人割了深口子，如果"伤到骨头"，那么受人尊敬就会达到顶峰。

拳头也是令人敬畏的一种不可忽视的因素。流浪儿常挂在口头上的一句话："哼，我这可够块儿的！"左撇子特别受人羡慕。对眼也会得到高度的评价。

八　末代国王的妙语

到了夏天，流浪儿就变成青蛙；黄昏时分，夜幕降临的时候，流浪儿不顾任何廉耻和治安条例，在奥斯特利茨桥和耶拿桥的前边，脑

---

① 拉斯奈尔（1800—1835）：法国诗人，是窃贼和凶手。1815年3月28日处决都屯时，他正是流浪儿。

② 巴巴乌瓦（1794—1825）：杀害两名儿童的凶手。

袋朝下，从煤炭船队和洗衣女工船的上方扎进塞纳河。然而，城区警察总在监视，有时就发生极富戏剧色彩的情况，例如，有一次引起令人难忘的呼喊，约莫在 1830 年，那声情同手足的呼喊十分出名，是流浪儿向流浪儿发出的战略性的警告，那节奏跟荷马的诗句一样铿锵有力，那韵味几乎跟雅典娜节日上埃莱夫西斯人朗诵一样难以描摹，颇有祭酒神欢呼声的古调。

那声呼喊是这样："噢唉，弟弟，噢唉！恶鬼来啦！警棍来啦！小心点儿，快溜啊，溜进阴沟里去！"

流浪儿自称小鬼，这小鬼有时还识字，还会写字，总能胡乱写出来。不知道是什么互教互学的秘法，他们能掌握各种各样的本领，有利于公益事业：从 1815 年到 1830 年，他们都模仿火鸡叫；从 1830 年到 1848 年，他们又往墙壁上画梨。夏天一个傍晚，路易-菲力浦步行回宫，瞧见一个小不点儿，踮着脚在讷伊铁栅门的一根柱子上画一个巨型的梨，累得满头大汗，国王继续了亨利四世的和善性情，帮孩子把梨画完，又给一枚路易金币，说了一句："这上边也有一个梨。"①流浪儿爱起哄，爱采取激烈的态度。他们痛恨"神甫"。有一天在大学街，那样一个淘气鬼对着六十九号大门，右拇指顶着鼻尖并摇动其余四指②。一个过路人问道："你干吗对着这道门这样做？"孩子回答："里面住一个本堂神甫。"那里确实住着教廷的使臣。然而，不管信奉什么伏尔泰主义，如果有机会当唱诗童子，流浪儿也可能接受，而且会规规矩矩地做弥撒。有两件事儿，对他们来说总是可望而不可即：推翻政府和补好自己的裤子。

流浪儿熟知所有治安警察，碰到一张面孔就能叫上名字。他们掐着指头能一一点出来，还研究他们的脾气，对他们各有各的评价。他们就像翻看书一样，了解警察的内心，能一口气流畅地告诉你："某某阴险；某某非常凶狠；某某伟大；某某可笑……"（阴险、凶狠、伟大、可笑，所有这些词，在他们嘴里都有特殊意义）。"这家伙自以为新桥是他的，不许人家到栏杆外边桥沿上散步；那家伙有个怪癖，'爱

---

① 火鸡和梨，都有"蠢物"的意思，讽刺当时的国王路易十八、查理十世。国王的脸型像个梨，故讽刺国王画梨成风。

② 表示鄙视的动作。

揪别人的耳朵'；等等，等等。"

九　高卢古风

菜市场的儿子波克兰①的作品中，有这种孩子，博马舍的戏剧中有这种孩子。这种调皮相是高卢精神的余韵。调皮掺入良知，有时能给良知增添力量，如同葡萄酒掺了酒精一样。有时，这种调皮是缺点。荷马总是翻来覆去，不错；伏尔泰，则可以说是调皮。加米尔·德穆兰②是郊区人。尚皮奥奈③出身巴黎街头，对神迹毫不客气，他在很小的时候，就随人潮到博维的圣约翰和山上圣艾蒂安两座教堂，"淹没那里的回廊"；他对圣日内维埃芙④的圣体盒相当不敬，还向圣让维埃的圣血瓶发号施令⑤。

巴黎流浪儿既恭敬，又好嘲弄，又特别放肆。他们的牙齿难看，因为营养不良，肠胃有病；他们的眼睛美丽，因为他们有智慧。他们当着耶和华的面，能单脚跳上天堂的台阶。他们的拳脚很棒，无论什么情况都能发育成长。他们在水沟里嬉戏，一遇骚乱就挺身而出，面对枪林弹雨也狂放不羁，既是顽童，又是英雄，就像庇比斯城的孩子，敢于揪住狮子的皮毛摇晃。军鼓手巴拉⑥，当初就是巴黎流浪儿；他高呼：前进！正如《圣经》中的马叫一声：哗！眨眼工夫，他就由猴崽子变成巨人。

污泥中的孩子也是理想的孩子。衡量一下从莫里哀到巴拉所包容的范围吧。

总之，一言以蔽之，流浪儿因为受苦，才是寻开心的人。

---

①　波克兰：法国著名戏剧作家莫里哀的姓氏。

②　加米尔·德穆兰（1760—1794）：法国政治家，1789 年参加法国革命，持温和态度，被革命法庭逮捕并处以绞刑。

③　尚皮奥奈（1762—1800）：法国革命时期的将军。

④　圣日内维埃芙：巴黎城的保护神。

⑤　圣让维埃：那不勒斯城的保护神，他殉教时留下的圣血装在瓶里，据说每年三次沸腾显圣。尚皮奥奈率法军到达时，听说不再显圣，他怕此事激起人民反对法军，就威胁神职人员，不显圣就轰炸城市。结果他的威胁收到效果。

⑥　约瑟夫·巴拉（1779—1793）：参加共和军，中埋伏被俘，14 岁英勇就义。

十 瞧这巴黎，瞧这人①

再简而言之，今天巴黎的流浪儿，就是昔日罗马的希腊小瘪三，即额头有古国皱纹的孩子大众。

流浪儿是民族的一颗美痣，同时也是一种病症。是病就得医治。如何医治呢？通过光明。

光明能消灾除病。

光明能发智启蒙。

社会上一切善行义举，都是科学、文学、艺术和教育放射的光芒。培养人，培养人。开启他们的心智，好让他们给你温暖。全民教育的光辉问题，迟早要以绝对真理的不可抗拒的威力提出来。到了那时，在法兰西思想监督下统治国家的人，就必须做出选择：要法兰西的儿女还是巴黎的流浪儿；要光明中的火焰还是黑暗中的鬼火。

流浪儿表示巴黎，而巴黎表示世界。

因为，巴黎是个总和，巴黎是人类的顶棚。这座奇异的城市，是已死和现存的各种习俗的缩影。谁见到巴黎，就以为见到全部历史的内幕，以及缝隙间天空和星辰。巴黎有座卡皮托利山②，就是市政厅，有座巴特农神庙，就是圣母院，有座阿文蒂诺山③，就是圣安托万城郊，有个阿西纳驴路，就是索尔邦④，有座潘提翁神殿⑤，就是先贤祠，有一条神圣大路，就是意大利大街，有座风塔⑥，就是舆论。巴黎还丑化地取代了罪犯曝尸示众场⑦。巴黎的马若叫法罗⑧，它的河对岸

---

① 原文为拉丁文。

② 卡皮托利山：罗马周围七个山丘之一，古罗马发祥地，宗教中心。

③ 阿文蒂诺山：罗马周围七个山丘之一，位于城南。

④ 阿西纳驴路：雨果杜撰的词。罗马有一条驴路，而索尔邦神学院是巴黎大学前身。

⑤ 潘提翁神殿：古罗马的万神殿。

⑥ 风塔：公元前1世纪在雅典建造的。

⑦ 罗马卡皮托利山坡的曝尸台阶。

⑧ 马若是西班牙语，法罗是法语，均有爱打扮的自命不凡的男人之意。

人①叫郊区人，它的哈马尔②叫菜市场的壮工，它的拉杂罗尼③叫盗贼，它的柯克内④叫花花公子。别处有的，巴黎无不具备。杜马尔塞的卖鱼妇可以反驳欧里庇得斯的卖草妇，踩绳人弗雅努斯转世为绳技演员弗里奥索⑤，士兵特拉朋戈努斯挽着羽林军士瓦德朋克尔⑥的胳臂，古董收藏家达马西普斯⑦肯定喜欢逛巴黎的旧货店，万森会抓住苏格拉底，正如阿戈拉⑧能囚禁狄德罗，格里莫·德·拉雷尼埃尔发现羊脂牛排，正如库尔提卢斯发明了烤刺猬⑨，我们看见星门的气球下面又出现普劳图斯剧中的高空杂技，阿普列乌斯在坡西勒遇见的吞剑人⑩，就是新桥上的吞刀人，拉摩的侄儿和寄生虫库尔库利翁⑪是孪生兄弟，埃尔加西勒斯由埃格尔费伊介绍，会到康巴塞雷斯⑫家做客；罗马四大公子：阿勒塞西马库斯、佛德罗穆斯、狄亚博卢斯和阿尔格里普⑬，乘坐拉巴士的邮车，从库尔蒂勒⑭驶过来；欧吕-惹勒在孔格里奥面前停留的时间，

---

① 指隔着台伯河与罗马城相望的地区人。

② 哈马尔：阿拉伯国家的搬运工。

③ 拉杂罗尼：那不勒斯的乞丐。

④ 柯克内：伦敦市中心的时髦青年。

⑤ 弗雅努斯：拉丁诗人贺拉斯书信中提到的斗士。弗里奥索：巴黎的著名杂技演员。

⑥ 士兵特拉朋戈努斯：拉丁喜剧诗人普劳图斯（公元前254—前184）的剧中人物。瓦德朋克尔：18世纪勇敢士兵的化身。

⑦ 达马西普斯：贺拉斯在讽喻诗中的对话者。

⑧ 万森：巴黎东部万森树林，有万森城堡。阿戈拉不是监狱，而是广场。

⑨ 库尔提卢斯发明的不是烤刺猬，而是烤小熊。

⑩ 阿普列乌斯（约125—170之后）：拉丁作家，他的著名小说《金驴》的开头，就写到吞剑人。

⑪ 拉摩的侄儿：狄德罗的同名小说。库尔库利翁：普劳图斯一部小说中的主人公。

⑫ 埃尔加西勒斯也是寄生虫；康巴塞雷斯十分好客。

⑬ 这四人全是普劳图斯作品中的人物。

⑭ 库尔蒂勒：巴黎东部的一个旧区名，封斋前的星期二狂欢节，戴假面具的人，就从美丽城经过库尔蒂勒进城。

并不比查理·诺蒂埃在波利希奈勒①面前停留的时间长；马尔通不是母老虎，但帕尔达利斯卡②也绝非一条龙；庞托拉斯那个滑稽家伙，在英国咖啡馆嘲弄享乐的家伙诺门塔努斯③，赫尔摩热努斯④是香榭丽舍的男高音歌唱家，而且，在他周围，乞丐特拉西乌斯装扮成博贝什⑤行乞；你走在土伊勒里公园，被一个讨厌鬼揪住衣扣，不得不停下脚步，又重复两千年前台斯普里翁的惊呼："我正有急事儿，是谁拉住我的衣襟?⑥"苏雷纳酒滑稽地模仿阿尔伯酒，德索吉埃的红滚边正配巴拉特龙⑦的大礼服，拉雪兹神父公墓在夜雨中发出埃斯琪利公墓那种磷光，购置用五年的穷人墓穴，比得上奴隶租用的棺材。

找一找巴黎没有的东西吧。特罗弗尼乌斯的桶里所装的，无一不在梅斯迈⑧的小木桶里。埃尔伽菲拉斯在加格利奥斯特罗身上还魂；婆罗门僧人梵隆方塔转世为圣日耳曼伯爵；圣梅达尔公墓⑨同大马士革乌姆密埃清真寺一样显灵。

巴黎也有个伊索，名叫马耶⑩，也有个卡妮狄，名叫勒诺尔芒小姐⑪。巴黎同德尔菲⑫一样，在幻视的耀眼现实前惊慌失措；它转动桌

---

① 孔格里奥：普劳图斯作品中的厨师，欧吕-惹勒在《雅典之夜》中谈过。诺蒂埃：19世纪初的法国作家。波利希奈勒：文学作品中的滑稽人物。

② 普劳图斯作品《卡西纳》中的奴隶。

③ 两个人都是贺拉斯在《讽喻诗》中嘲笑的人物。

④ 贺拉斯在《讽喻诗》中提到的歌手。

⑤ 博贝什：巴黎神庙大街的小丑，在帝国时期和王朝复辟时期很出名。至于特拉西乌斯，雨果可能记混：在奥维德著作中，有一个叫这个名字的预言者，但不是乞丐。

⑥ 原文为拉丁文。见普劳图斯《埃皮狄克》的第一句。

⑦ 巴拉特龙：是说大话的通用名字，见贺拉斯的《讽喻诗》。德索吉埃（1772—1827）：滑稽歌舞剧作家。

⑧ 特罗弗尼乌斯：希腊古地区被俄提亚人信奉的神，住在地下，预言人间事。梅斯迈（1734—1815）：德国医生，他自称发现动物磁性，从而找到包治百病的药方。

⑨ 圣梅达尔公墓：影射18世纪冉森派新教徒。

⑩ 马耶：漫画家特拉维埃创造的人物，同伊索一样是驼子。

⑪ 勒诺尔芒小姐（1772—1843）：著名的算卦先生，连大人物都向她问卦。

⑫ 德尔菲：希腊古城市名。

子，正像多多纳转动三脚架一样①。它让轻佻的年轻女工坐上宝座，如同罗马让妓女坐上宝座；总而言之，如果说路易十五比克劳狄还差劲，那么杜巴丽夫人却比梅萨琳②要好些。巴黎将希腊的裸体、希伯来的脓疮和加斯科涅的嘲笑合起来，造出一个前所未闻的家伙，一个确曾存在并同我们擦肩而过的人。巴黎将第欧根尼③、约伯和帕雅斯④糅杂一起，用《立宪报》的旧报纸做衣裳，给一个幽灵穿上，装扮出肖德吕克·杜克洛⑤。

　　普卢塔克尽管说过："暴君不易老"，但是罗马在苏拉统治下，正如在多米蒂安统治下一样，最能忍气吞声，情愿往酒中掺水。台伯河是一条迷津，假如我们相信瓦鲁斯·维毕斯库有点空泛的赞扬："我们有台伯河对付格拉克库斯。喝了台伯河水，就会忘记反叛。⑥"巴黎每天要喝一百万公升水，尽管如此，时机一到，它总要吹号紧急集合，敲钟进入警备状态。

　　除开这一点，巴黎是个好孩子，豁达大度，什么都能容下，在维纳斯的问题上也从不挑拣，把霍屯都⑦女郎奉为美神；巴黎只要情绪好，就能宽谅一切，见了丑陋就高兴，见了畸形就发笑，见了恶行就开心；你的行为怪诞吧，就可以成为一个怪人；即使见了虚伪这种极端的无耻，巴黎也不会反感；它酷爱文学，见到巴西尔⑧不会捂上鼻子，见到达尔丢夫⑨的祈祷，也不会比贺拉斯听见普里阿普斯的"噢

---

　　①　多多纳：希腊伊庇鲁斯著名宙斯神殿，但以鸟儿、橡树和神泉显灵，而不像德尔菲那样以三脚架显灵。

　　②　克劳狄（公元前10—公元54）：罗马皇帝。梅萨琳（死于公元48年）：克劳狄的皇后，生活淫荡，甚至充当妓女。

　　③　第欧根尼：希腊作家，公元3世纪初的人。

　　④　帕雅斯：闹剧中的丑角，愚蠢而可笑。

　　⑤　肖德吕克·杜克洛：王朝复辟时期的一个怪人，穿着奇装异服在王宫花园露面。

　　⑥　原文为拉丁文。格拉克库斯指罗马一个平民家族，这里泛指平民百姓。

　　⑦　霍屯都：非洲西部的部族。

　　⑧　巴西尔：博马舍剧本《塞维利亚的理发师》中的伪君子。

　　⑨　达尔丢夫：莫里哀剧本《伪君子》中的主人公。

逆"① 更为憎恶。全世界面貌的线条，巴黎身影上一根也不少。马比勒舞会跳的不是雅尼古卢姆山上的波吕许尼亚②舞，不过，卖化妆品的女贩，眼睛盯着漂亮而轻佻的女人，恰似媒婆斯塔菲拉拿眼瞟着处子普拉内修姆③。搏斗城关不比罗马斗技场，但是这里的人十分凶狠，就好像恺撒在观赏。叙利亚老板娘比萨盖大妈④风流多了，然而，如果说维吉尔光顾罗马酒馆，那么大卫·德·昂热、巴尔扎克和夏尔莱则泡巴黎小酒馆。巴黎君临天下。

在巴黎，天才俊士大放异彩，红尾小丑兴旺发达。阿多纳伊⑤乘坐十二轮雷鸣闪电车经过巴黎；西勒诺斯⑥骑着母驴进城。西勒诺斯，就是指朗波诺⑦。

巴黎是宇宙的同义词。巴黎是雅典、罗马、锡巴里斯、耶路撒冷、庞丹⑧。这里有所有文明的缩影，也有所有野蛮的缩影。巴黎若是没有断头台，就会太遗憾了。

来一点河滩广场就好。没有这种调料，这一桌永不散的筵席会成什么样子呢？我们的法律高明而齐备；多亏了法律，这断头大斧就能在狂欢节上滴血了。

十一　嘲笑，统治

巴黎的边界，根本没有。任何城市也不像巴黎这样，不但统治，还往往嘲弄自己所控制的人。"要赢得你们的欢心，雅典人啊！"亚历山大叹道。巴黎不止制定法律，还制造风尚，也不止制造风尚，还制造常规。巴黎若是愿意，可以成为傻瓜；有时，它就这样任性奢侈一下；于是普天下都跟着它傻了；继而，巴黎清醒过来，揉揉眼睛，说

---

①　引自贺拉斯的《讽喻诗》。

②　马比勒舞会是香榭丽舍公共跳舞的场所。雅尼古卢姆山是罗马周围的七山丘之一。波吕许尼亚：希腊神话中主管颂歌的缪斯。

③　斯塔菲拉、普拉内修姆都是普劳图斯作品中的人物。

④　萨盖大妈：在巴黎蒙巴纳斯开饭馆。

⑤　阿多纳伊：希伯来语"天父"，上帝的另一称呼。

⑥　西勒诺斯：酒神狄俄尼索斯的抚养者和伙伴。

⑦　朗波诺：巴黎著名酒馆老板。

⑧　锡巴里斯：意大利古地名。庞丹：巴黎街区名。

道："我可真愚蠢！"并且冲人类的面孔哈哈大笑。这样一座城市实在绝妙。事情怪就怪在，雄伟壮丽和荒唐可笑并行不悖，而这种滑稽模仿毫不妨害崇高的尊严，同一张嘴，今天能吹响末日审判的号角，明天又能吹奏葱管笛子！巴黎有一种君主帝王式的快活。它的欢欣如同霹雳，它的戏谑持着权杖。它的风暴有时起于一个鬼脸怪相。巴黎的发作、纪念日、杰作、奇迹、丰功，一直波及天涯海角，它的胡言乱语也传到天涯海角。巴黎的笑口就是火山口，熔浆飞溅全球。它的插科打诨就是火花，它的讽刺夸张和理想，都同样强加给别国人民。人类文明的最高丰碑，都接受它的嘲讽，任由它戏弄自己的永世盛名。巴黎的确出色：它有一个能解放全球的神奇的 7 月 14 日；它促使所有民族都像网球厅①那样宣誓；它的 8 月 4 日夜晚仅用三小时就废除了一千年的封建制；它将自己的逻辑变成万众一心的力量；它分身化为各种各样的崇高形象；它的光辉普照华盛顿、柯斯丘什科②、玻利瓦尔③、博察里斯④、里格⑤、贝姆⑥、马宁⑦、洛佩斯⑧、约翰·布朗⑨、加里波第⑩；凡是点亮未来的地方都有它的身影，1779 年在波士顿⑪，1820 年在莱翁岛，1848 年在佩斯，1860 年在巴勒莫；它对着聚在哈佩渡口渡船上的美国废奴运动者的耳朵，对着聚在海边戈兹客栈

---

① 1789 年 6 月 20 日，第三等级代表在巴黎网球厅宣誓，不完成宪法不解散。

② 柯斯丘什科（1746—1817）：波兰军官和爱国者，反抗俄国和奥地利占领军，为国家独立而战。

③ 玻利瓦尔（1783—1830）：南美洲将军和政治家，反对西班牙殖民者，为南美独立而战。

④ 博察里斯（1788—1823）：希腊独立战争中的英雄。

⑤ 里格（1785—1823）：西班牙将军和政治家，先后率军反对拿破仑一世和波旁王朝。

⑥ 贝姆（1795—1850）：匈牙利将军，1849 年率军起义反抗奥地利军。

⑦ 马宁（1804—1857）：意大利政治家，为反对奥地利占领军而鼓动共和议会，又参加 1848 年革命，驱逐奥地利军。

⑧ 洛佩斯（1827—1870）：巴拉圭总统，曾反抗阿根廷和巴西的干涉。

⑨ 约翰·布朗（1800—1859）：美国农民起义领袖。

⑩ 加里波第（1807—1882）：意大利政治家，1859 年率军打败奥地利军。

⑪ 波士顿：在 1773 年爆发起义，很快蔓延北美英国殖民地。

门前阿尔齐暗地里的安科纳爱国者的耳朵，轻声传播这有威力的口号：自由，它创造出卡纳里斯①，创造出基罗加②，创造出比萨卡纳③；它的伟大光辉射到全球；正是受它灵气的吹拂，拜伦去迈索隆吉翁，马泽④去巴塞罗那献出生命；它在米拉博脚下是讲坛，在罗伯斯庇尔脚下是火山口；它的书籍、戏剧、艺术、科学、文学、哲学，都是人类的教科书；它有帕斯卡尔、雷尼埃、高乃依、笛卡儿、卢梭、伏尔泰，这些都是须臾不可少的人物，而莫里哀则是世代不可少的人物；巴黎让全世界都讲它的语言，这种语言成为圣言；它让每人的头脑都树起进步的思想；它铸造的解放信条，是世代人的床头剑，而1789年以来各国人民的所有英雄，都是由它的思想家和诗人的灵魂陶冶出来的；尽管如此，它还照样顽皮；人称巴黎的这个巨大天才，在用它的光明改变世界的同时，还去忒修斯神庙，涂黑墙上布吉尼埃的鼻子，还往金字塔上涂写："盗贼克雷德维尔"。

巴黎总露出牙齿：它不是吼叫，就是咧嘴笑。

这个巴黎就是如此。它房顶的炊烟是整个世界的思想。若说这是一堆烂泥和石头也未尝不可，但是，最主要的它有一种精神；它不仅伟大，而且还无边无际。为什么呢？就因为它敢作敢为。

敢作敢为，这就是进步的代价。

任何卓越的成就功绩，都多少取决于胆识。要革命，单凭孟德斯鸠预感，狄德罗宣扬，博马舍宣布，孔多塞测算，阿鲁埃筹备，卢梭策划，还是不够的，必须有丹东敢作敢为。

"要有胆量！"这一喊声就是一句"要有光"。人类要前进，就必须高瞻远瞩，不断进行关于勇气的自豪教育。大无畏行为彪炳千古，是人的一束强光。

晨曦升起日时，就敢于冲破黑暗。尝试，闯荡，坚忍不拔，锲而不舍，矢志不移，同命运肉搏，处变不惊而反令灾难惊怪，时而抗拒

---

① 卡纳里斯（1790—1877）：希腊独立战争的领袖人物。

② 基罗加（1784—1841）：1820年西班牙自由运动的首领之一。

③ 比萨卡纳（1818—1857）：意大利革命者。

④ 英国诗人拜伦前往希腊，投入希腊人民反抗土耳其统治的独立战争，1824年死于迈索隆吉翁。法国医生马泽（1793—1821），1821年前往西班牙巴塞罗那研究鼠疫，染病而死。

多行不义的势力，时而羞辱欣喜若狂的胜利，站得稳，顶得住，这就是人民所需要的榜样，这就是激励他们的电光。正是这神奇的闪电，从普罗米修斯的火炬传到康伯伦①的烟斗。

十二　人民潜在的未来

至于巴黎民众，虽已成年，但始终是个顽童；描绘这个孩子，就等于描绘出这座城市；正因为如此，我们才通过这只无拘无束的麻雀来研究这只雄鹰。

应当着重指出，巴黎人种尤其出现在城郊，那是纯种，是真正的相貌；巴黎人在那里劳作和受苦，而苦难和劳作则是人的两副面孔。那里众生芸芸，默默无闻，麇集着形形色色的奇人怪客，从拉培的卸货工到鹰山的屠夫。"城市的渣滓。②"西塞罗叫嚷。"贱民。"柏尔克咬牙切齿地补充。群氓，乌合之众，贱民，这些字眼，随口就说出来。就算如此，又有何妨？他们赤脚走路又怎么样呢？他们不识字，那也只好认倒霉。难道因此就要丢弃他们吗？难道还要诅咒他们受了苦难吗？难道光明就不能透进这密集的人群吗？我们要再次高呼：光明！我们坚持追求光明！光明！光明！谁敢说有朝一日，这重重黑暗不会变得通明透亮呢？革命不就是改观吗？干吧，哲学家们，要教导，要启发，要点燃，要把想法讲出来，要高声讲话，要欣欣鼓舞奔向大太阳，去熟悉广场，宣布好消息，不惜苦口婆心，要宣扬人权，高唱马赛曲，要散播热情，折下橡树的青枝条。要把思想变成旋风。这民众就可以升华。我们要善于利用原则和美德的烈火，到了一定时候，这烈火就噼啪作响，抖动跳跃，势成燎原。这些赤足、这些赤臂、这些破衣烂衫、这种种愚昧无知、这种种卑贱下流、这重重黑暗，都可以利用来争取实现理想。你深入民众里观察，就会发现真理。任人践踏的毫无价值的沙子，如果投进炉里熔化沸腾，就会变成光彩夺目的水晶，而伽利略和牛顿正是借助这种水晶，才发现了那些星球。

---

① 康伯伦在滑铁卢战场上，面对英军宁死不降，见本书第二部第一卷。
② 原文为拉丁文。

十三 小伽弗洛什

在这个故事第二部分叙述的事件发生后八九年，在神庙大街和水塔一带，常能看见一个十一二岁的男孩，嘴角挂着他那年龄所常有的笑容，正是前面勾画的流浪儿典型的化身，相当准确，只是他的心灵完全凄苦而空虚。那孩子确也穿一条成人长裤，但不是接他父亲的；他确也穿一件女人上衣，但不是接他母亲的。一些普通人行善，给他穿上了破衣烂衫。然而，他却有父有母。不过，父亲想不到他，母亲根本不爱他。有父母而又成为孤儿，他这种孩子真值得可怜。

他一向觉得，待在街上最自在。铺路的石块也不如他母亲的心肠硬。

他父母早就一脚将他踢进人生。他干脆独自起飞了。

这孩子脸色发青，爱吵闹，也爱嘲笑人，他又敏捷又机警，一副病态而又快活的样子。他来来往往，哼唱歌曲，玩赌铜板，掏水沟，有时还偷点东西，但是就跟馋猫和鸟雀一样，只为好玩，听人叫他淘气鬼，他就嘻嘻笑，听人叫他流氓，他就恼火。他没有住处，没有面包，没有爱，但是他很快活，因为他自由自在。

这些可怜的孩子一旦长大成人，几乎总要滚进社会秩序的磨盘，被磨碎；不过，他们只要还是孩子，因为小就能逃脱。有一点点小洞就能救他们。

这个孩子，尽管完全被抛弃，但每隔两三个月，他还会说一句："咦，我得去瞧瞧妈妈！"于是，他离开大街，离开马戏场、圣马尔丹门，来到河滨马路，过了桥，往郊区走去，到了硝石库，到达什么地方呢？恰恰是读者所熟悉的戈尔博老屋五十一—五十二那个双号。

当时，五十一—五十二老屋常年空着，总挂着"房屋出租"的牌子。有时里边也住了几个人，但这种情况是罕见的；那些人之间毫无关系，也不来往，这在巴黎也是常事。他们全属于穷困潦倒的阶层，原本是生活艰难的小市民，在社会底层越混越悲惨，最终沦为清淤泥的阴沟工和收破烂的小贩：这两类人最后接收人类文明的所有物质的残渣。

冉阿让居住时的那个"二房东"已经死了，接替的人也一模一样。不知哪位哲学家说过：什么时候也不缺老太婆。

新来的老太婆叫布尔贡太太，她一生没有任何值得一提的事，唯有三只鹦鹉的王朝，曾相继统治她的心灵。

老屋住户最穷困的是一个四口之家：父母领两个已经长大的女儿，四人挤在一间破屋里，那种单间屋我们已经介绍过了。

头一眼望去，这家人除了一贫如洗，并没有什么特别之处；租房时，户主自称容德雷特。他搬家的情景，出奇地像二房东讲的一句令人难忘的话，借用来就是："什么也没搬进来"。二房东可以当他的长辈，既看门，又打扫楼道；容德雷特住下不久，就对老太婆说："我说大妈，万一有人来找一个波兰人，或者意大利人，再或者西班牙人，那就是找我"。

这就是那个赤脚的快活小孩的家。他到了家里，看到的是穷困、愁苦，更可悲的是见不到一丝笑容；炉膛是冷的，亲人的心也是冷的。他一进门，家里人就问他："你从哪儿来？"他回答："从大街上来。"他要走时，家里人又问他："你到哪儿去？"他回答："到大街上去。"母亲还对他说："你到这儿干什么来啦？"

这孩子就生活在这种缺乏亲情的环境里，就像地窖里长出的苍白的小草。他这样并不难过，也不怨恨任何人。他还弄不清楚父母应该是什么样子。

况且，他母亲爱他姐姐。

我们忘记说了，在神庙大街上，大家管这孩子叫小伽弗洛什。为什么叫伽弗洛什呢？大概是因为他父亲叫容德雷特吧。

割断骨肉关系，这似乎是一些穷苦家庭的本能。

容德雷特住的那间屋，位于戈尔博破房走廊的最里端。隔壁的单间住一个很穷的小伙子，名叫马吕斯。

下面谈谈马吕斯先生是何许人。

第二卷 大绅士

一 九十岁和三十二颗牙

布什拉街、诺曼底街和桑东日街，现在还有几个老住户，都记得一个叫吉诺曼先生的老人，提起他来还都津津乐道。在他们年轻的时候，那老人就年事已高。对于惆怅地回顾所谓往昔那朦胧的憧憧黑影的人来说，那老人的身影，还没有完全消失在神庙一带迷宫似的街道里。在路易十四时代，那些街是用全国行省来命名，正如今天，蒂沃利新区①街道以欧洲各国首都命名一样。附带说一句，这种进展，其中进步意义是显而易见的。

在 1831 年，那位吉诺曼先生活得十分健朗，他仅仅因为活得长久而成为引人注目的奇人，也因为从前像所有人而今不像任何人则成为老怪物。那老人确实特别，是另一个时代的人，是个有点 18 世纪傲慢的十足的绅士，还一成不变地保持他那老绅士派头，犹如侯爵保持那爵衔和领地。他过了九旬高龄，走路还挺直腰板，说话声音洪亮，眼睛看得清楚，能喝酒，也吃得多，睡得好，睡觉还打呼噜。他三十二颗牙齿完好无损，看书不用戴花镜。而且，他还有香艳的情怀，不过他说，十年来，他已经毅然决然放弃了女人。他说他再也不能讨人欢

---

① 蒂沃利新区，如今改为"欧洲"街区。

心了，还补充一句："我太穷"，而不是："我太老了"。他还常说："假如我的家道没有衰败的话……哼，哼！"的确，他只剩下大约一千五百利弗尔年金了。他梦想继承一笔遗产，能有十万法郎年金，好找几个情妇。可以看出，他绝不像伏尔泰先生那样，一辈子半死不活、恹恹瘦损的八十老翁，也不像满身残疾、风烛之年的老寿星，这位顽健的老人身子骨始终硬实。他看事肤浅，又风风火火，容易动怒，动辄大发雷霆，却往往违拗情理。谁反驳他的话，他就举起手杖；他时常打人，就好像还生活在伟大的世纪①。他有个五十出头的女儿，未结过婚，他发火时就痛打女儿，恨不能用鞭子狠抽，还拿她当八岁的孩子。他还时常恶狠狠地骂用人，说什么："哼！烂货！"他的骂人话有一句是："蠢货中的蠢东西！"有时候，他又沉静得出奇；他天天让人给刮脸，那理发匠害过疯症，菲常讨厌吉诺曼先生，有点吃醋，因为他那女人，理发店老板娘又漂亮又风骚。吉诺曼先生特别欣赏自己对一切事物的分辨力，自称明察秋毫，他这样说过："老实讲，我还有点洞察力，我能说出叮我的跳蚤，是从哪个女人跳到我身上来的。"他常挂在口头上的字眼是："敏感的男人"和"天性"。他所说的"天性"，没有我们时代所赋予的主要涵义，而是按照他自己的意思，将这个词用在他的俏皮话里。"天性，"他说，"就是让文明什么都有点儿，甚至带有点有趣的野蛮的标本。欧洲有亚洲和非洲的一些样品，只是尺寸小点儿。猫是沙龙的老虎。壁虎是袖珍鳄鱼。歌剧院的舞女是玫瑰色的蛮女，她们不吃男人，只是诈取男人。也可以说，她们是巫婆，将男人变成牡蛎，再把他们吞下去。加勒比蛮婆吃人只剩下骨头，而她们只剩下贝壳。这就是我们的风尚。我们不吞食，只是啃噬；我们不屠戮，只是撕抓。"

二 有其主，必有其屋

他住在沼泽区受难会修女街六号，房子为他所有。那所房子后来拆毁重建，门牌号可能也改了，顺应巴黎街道大排号的潮流。他在二楼占用一大套老式房间，一面临街，一面靠花园，墙壁直到棚顶，全镶了戈伯兰和博维生产的大幅牧羊图案的壁毯；天棚和镶壁的图案，

---

① 伟大的世纪：法国人指 17 世纪。

又缩成微幅出现在扶手椅上。一扇九折柯罗曼德尔①漆画长屏围住床铺。窗口垂帘披散修长，那几折几弯的大褶纹显得十分美观。窗外便是花园，由把角的一扇落地窗外的台阶连接起来，那十二至十五级台阶，老人每天都健步上上下下。卧室隔壁是书房，此外还有一间小客厅，非常雅致，最受他的青睐，墙围麦黄色壁布十分华美，上面有百合花和其他花卉图案，是路易十四的帆桨战舰上的产品，由德·维沃纳先生为他情妇向苦役犯定做的。这东西是吉诺曼先生从一个脾气古怪、活了百岁的姨祖母继承来的。他结过两次婚。他的举止介乎于朝臣和法官之间，但他从未做过朝臣，本来可以却也没有当法官。他终日兴致勃勃，愿意的时候对人很亲热。他年轻时，属于总受妻子欺骗而从不受情妇欺骗的那种男人，因为他们既是最讨厌的丈夫，又是最可爱的情夫。在绘画方面他是行家，他卧室里挂一幅约尔丹斯②的作品，不知是何人的肖像画，笔势纵恣，配有无数细腻的处理，看似杂乱，仿佛随意涂抹的。吉诺曼的衣着不是路易十五时期，甚至也不是路易十六时期的式样，而是督政府时期新潮青年的奇装异服。到了这个年头，他还自以为非常年轻，还在赶时髦。他的薄呢礼服有肥大的翻领、长长的燕尾和大号钢扣。下身穿礼服短裤，脚上穿着带搭扣的皮鞋。他的双手总插在坎肩兜里。他时常武断地说："法兰西革命是一堆无赖。"

三　明慧

他十六岁那年，一天晚上在歌剧院，有幸受到两个成年美人用观剧镜的注视；处于伏尔泰歌颂过的著名的卡玛戈和萨莱③两面火力的夹击，他勇敢地退下阵，去找一个他爱上的跳舞小姑娘；那个姑娘名叫娜安丽，和他一样正当二八妙龄，也像猫儿一样默默无闻。往事历历，

---

①　柯罗曼德尔：印度地名。

②　约尔丹斯（1593—1678）：佛兰德著名画家。

③　卡玛戈（1710—1770）、萨莱（1743—1816）：巴黎歌剧院的舞蹈演员，确实因伏尔泰的一首小情诗而出名：啊！卡玛戈，照人的容貌多光艳！而萨莱，神明，又这么秀色可餐！

回忆不尽。他时常高声说道："她真美啊，那个吉玛尔①——吉玛尔狄妮——吉玛尔狄乃特，最后一次我在龙尚跑马场看见她，那一往情深式的鬈发、那快来瞧式的绿松宝石首饰、新来人式的花衣裙，还有那急不可待式的手笼!"青少年时，他穿过一件伦敦矮子呢的外衣，后来总是津津乐道。他常说："那年头，我打扮得像一个东方日出的土耳其人。"他二十岁那年，德·布弗莱夫人偶然瞧见，称他是"疯狂的美少年"。他看到政界和当权人物的所有名字，都认为又卑贱又庸俗。他看报纸，即他所说的"新闻""小报"，每每忍俊不禁，放声大笑。"哈!"他说道，"这都是些什么人! 科比埃尔! 于曼! 卡西米尔·佩里埃②! 这些东西也叫大臣! 我这样设想，报上刊登吉诺曼先生，大臣! 这可能被看成是恶作剧。好哇! 他们愚蠢透顶，才会出现这种情况。"任何事物的名称，不管干净不干净，他都直呼出来，有女士在场也毫无顾忌。他谈论各种粗俗、淫荡和污秽的事情，却还那么泰然自若，不以为怪，有一种说不出来的文雅之态。这是他那时代不拘小节的作风。应当指出，那个时代诗歌迂回隐晦，散文也粗糙生涩。他的教父就曾预言：将来他能成为才华横溢的人，而且替他取名用这样两个涵义隽永的字：明、慧。

四　长命百岁

　　他生于穆兰城，小时在穆兰中学得过几项奖，是他称为讷韦尔公爵的尼韦泰公爵亲自授予的。无论国民公会、处死路易十六、拿破仑，还是波旁王朝复辟，都丝毫未能从他的记忆中抹掉那次授奖仪式。在他的心目中，"讷韦尔公爵"才是那个世纪的伟人。他常说："多么和蔼可亲的大老爷，佩戴着圣灵勋章多么神气!"在吉诺曼先生的眼里，卡德琳二世花三千卢布，向贝图切夫买了金酒的秘方，就算补赎了瓜分波兰的罪恶。他提起这个话题非常兴奋，抬高嗓门儿说："金酒，那是贝图切夫的黄酊，是拉莫特将军的琼浆，在 18 世纪，每半两瓶装卖一个路易金币，那是医治情场失意的灵丹妙药，是对付爱神维纳斯的

①　吉玛尔（1743—1816）：巴黎歌剧院著名舞蹈演员。
②　科比埃尔：波旁王朝复辟时期的内政大臣。于曼：路易-菲利浦在位时的财政大臣。卡西米尔·佩里埃：七月王朝初期的议会议长。

万灵药方。路易十五就赠送给教皇两百瓶。"假如有人对他说，金酒不过是过氯化铁，他一定会怒不可遏，暴跳如雷。吉诺曼先生崇拜波旁王室，憎恶 1789 年。动不动他就叙述一遍，他在恐怖时期如何逃脱，又如何强颜欢笑，见机行事，才没有被人砍掉脑袋，假如哪个年轻人胆敢在他面前称赞共和制度，他会气得脸色发青，甚至背过气去。有时他影射自己的九十高龄，说道："但愿我不要两度碰见九十三①。"有时他又向人暗示，他打算活到一百岁。

五　巴斯克和妮珂莱特

他有一套理论。举例来说："一个男子贪恋女色，自己有妻室又不大放在心上，因为妻子长得丑陋，脾气又糟糕，但有合法地位，享有各种权利，稳坐在法典上，必要时还要争风吃醋，那么，当丈夫的要想解脱，要想安宁，只有一个办法，就是把财权交给妻子。拱手让权，换取自由。于是，太太就有了营生干，整天热衷于摆弄钱，手指都染上铜绿，她还用心培养佃户，训练长工，召见诉讼代理，主持公证人会议，指导公证事务人员，拜访法官，出席法庭判案，草拟租契，口授合同，感到自己掌家理财，卖出买进，处理问题，发号施令，许诺又收回许诺，合作又分手，出让，租让，转让，安排好，又打乱安排，聚敛资财，挥霍浪费；她干了不少蠢事，却又趾高气扬，自鸣得意；她从中得到安慰。就在丈夫不屑理睬她的时候，她把丈夫弄破产而心满意足。"这一理论，吉诺曼先生躬行实践，也就成了他的一段身世。他的夫人，即那个续弦，为他管理财产，管到他成为鳏夫那一天，剩下的产业仅够他维持生活了；他几乎将所有东西抵押出去，才能拿到一万五千法郎的年金，其中四分之三还要随他离世而注销。他没有犹豫，也并不怎么在乎留遗产。况且他见识过遗产遭遇了变故的情况，例如转变为 "公有财产"；他也见识过有保证的公债的神话，不大相信那公债的大账本；他说："全是甘康普瓦街②的那套把戏！"我们说过，

---

①　指 1793 年和 93 岁。1793 年是法国革命进入高潮的一年。

②　苏格兰银行家约翰·劳（1671—1729）应法国朝廷的邀请，到法国创建印度公司，1716 年创建总银行，设在巴黎甘康普瓦街，还创建存款贴现银行。后者改为发行银行，于 1720 年宣布破产，使买公债的人遭受损失。

他在受难会修女街住的是自己的房子。他有两个用人，"一公一母"。用人受雇进门的时候，吉诺曼先生总要给人家更改名字。男用人，他按省籍称呼："尼姆人、孔泰人、普瓦图人、庇卡底人。"最后那个男用人五十五岁，终日气喘吁吁，显得疲惫不堪，跑不动二十步，但他生在巴约讷城，吉诺曼先生就叫他巴斯克人。女佣则统统叫妮珂莱特（甚至后文要谈的马侬大妈也是一样）。有一天来了一位很自负的厨娘，是个高明的厨师，属于门房种类的佼佼者。"您想每月挣多少工钱？"吉诺曼先生问道。"三十法郎。""您叫什么名字？""奥林匹。""你可以挣五十法郎，但名字要叫妮珂莱特。"

六　略谈马侬及其两个孩子

在吉诺曼身上，苦痛往往表现为恼怒；他失望的时候更是火冒三丈。他有各种各样偏见，而又放荡不羁。组成他外表特色和内心满足的一种表现，正如我们刚刚指出的，就是老当益壮，风流不减，并且极力给人这种印象。他管这叫"声华卓著"。有时，他那卓著声华会意外地给他引来奇货。一天，有人往他家送来一只装牡蛎的筐子，装的却是一个初生的胖娃娃；那男婴包得严严实实，大哭大叫，是半年前一个被赶走的女佣送还给他的骨肉。当时，吉诺曼先生已是十足的八十四岁老人了。四邻都很愤慨，高声谴责。这个厚颜无耻的坏女人，想让谁来相信这种鬼事呢！真是胆大妄为！真是可恶透顶的诬陷！然而，吉诺曼先生却不气不恼，他笑呵呵地看着襁褓，就像受诬陷而开心的老好人，对围着的一圈人说："嗳！干什么？怎么啦？这有什么？有什么不得了的？你们这样大惊小怪，实在无知到了极点。昂古莱姆公爵先生，就是查理九世陛下的私生子，到了八十五岁，还同一个十五岁的①傻大姐结了婚；魏吉纳耳先生，德·阿吕伊侯爵，苏尔迪红衣主教的兄弟，波尔多的大主教，到了八十三岁，还同雅甘院长夫人的侍女生了一个儿子，那是名副其实的爱情结晶，后来成为马耳他骑士和御前军事参赞；19世纪一个伟大人物，塔巴罗神甫，就是八十七岁

---

①　昂古莱姆公爵：即查理·德·瓦卢瓦，奥弗涅伯爵，查理九世和玛丽·图什（1573—1650）的私生子，他于1644年71岁时，同23岁的弗朗索瓦丝·德·纳尔戈纳结婚。

老头生的儿子。这种事儿平常得很。《圣经》里还有那么多呢！说过这些，我声明这个小先生不是我的。大家来照看他吧。这不是他的过错。"这种方式倒显得很宽厚。那个女人叫马侬，下一年又给他送来一份礼。同样是一个男婴。这样一来，吉诺曼先生让步了。他将两个孩子交还给那母亲，答应每月出八十法郎抚养费，但不许她再故伎重演。他还补充说："我要求那母亲精心照料孩子。我要不时去看望。"他的确去看望过。他有一个做神父的兄弟，三十三岁当上普瓦捷大学校长，七十九岁去世。吉诺曼先生常说："他那么年轻，就丢下我走了。"那个兄弟给人留下的记忆不多，为人平和而悭吝，认为自己既然是神父，遇到穷人就应当布施，但出手一向只给几个小钱，或者贬了值的铜板，那是他找到的通过天堂之路下地狱的途径。至于老大吉诺曼先生，他施舍起来并不计较，出手既痛快又大方。他那人性情粗暴，但是心肠好，乐善好施，他若是富有，会做得更加出色。凡是涉及他的事情，哪怕是欺诈的行为，他都要求做得有气派。例如，有一天，在继承财产一事上，他让一个代理人给骗了一笔，而且手段又拙劣又露骨，就当场郑重其事地发了一通感慨："呸！这事干得太不地道啦！这种鼠窃狗盗的伎俩，真让我感到羞愧。当今时代，什么都退化，连恶棍也退化了。见鬼！向我这样的人窃取，绝不该用这种手段。我就像树林里给人抢了，可是干得太糟糕。'森林总得无愧于一个执政官'！①"

我们讲过，他一生结过两次婚，同头一个妻子生个女儿没有出嫁，同续弦也生个女儿；二女儿嫁过人，活了三十岁，不知由于爱情还是偶然，或者别的什么原因，她嫁给一个走运的军人。那人在共和国和帝国的军队里效力，在奥斯特利茨战役中得过勋章，在滑铁卢战役中晋升为上校。"这是我的家丑。"老绅士常说。他的鼻烟瘾很大，用手背拂一拂花边胸饰，动作特别文雅，他不大信上帝。

七　规矩：晚上才会客

明慧·吉诺曼先生就是这样，他一点也没有脱发，也只是花白而未斑白，总梳成狗耳朵式发型。总之，尽管如此，他还是可敬的人。

---

① 原文为拉丁文，引自维吉尔的作品。此处只引半句话，前半句为："如果我们歌颂森林。"

他从 18 世纪继承了轻浮和高贵。

在波旁王朝复辟时期头几年，吉诺曼先生住在圣日耳曼城郊，圣绪尔皮斯教堂附近的塞旺道尼街，当时还很年轻，1814 年刚满七十四岁；到了八十出头好一阵，他才退出社交界，到沼泽区隐居了。

他虽然离开社交界，但仍然恪守老习惯。主要习惯就是白天杜门谢客，这条规矩雷打不动，不管什么人，也不管有什么事情，只有等到晚上才接待。他五点钟用晚餐，餐后就敞开大门。这是他那个世纪的风尚，他绝不肯放弃。"阳光是恶棍，"他说，"只配吃闭门羹。有教养的人，要等苍穹点亮星光，才点燃自己的智慧。"他森严壁垒；任何人，哪怕国王也不接待。这是他那时代的古雅之风。

八　两个不成双

我们刚才提到吉诺曼先生的两个女儿。她们相差十来岁，年轻时长得就很不相像，无论从相貌还是性格上看，简直不像姊妹俩。妹妹是个可爱的姑娘，目光总转向光明的事物，心思总放在鲜花、诗歌和音乐上，整个人儿翱翔在光辉灿烂的空间，她又热情又纯洁，童年时就怀着理想，许身给一个朦胧的英雄人物。姐姐也有自己的幻想，她望见蓝天上有个商人，是个和善的胖家伙，富有的军火商，望见一个顶呱呱的傻丈夫，百万堆成的一个男人，或者一位省督；她还望见省府的招待会、颈上挂着链子的前厅执达吏、官方举办的舞会、市府里的演说，以及做"省督夫人"，这些情景在她的想象中萦绕回旋。两姊妹在青春年少时，各做各的美梦。她们都有翅膀，但是一个像天使，另一个像鹅。

任何抱负都不会百分之百地实现，至少在人间是这样。在这年头，什么地方都不可能变成人间天堂。那妹妹嫁给了意中人，却好命不长，而那姐姐根本没有嫁出去。

她在我们叙述的故事中上场的时候，已是一位老贞女，一个烧不着的死木头疙瘩，那尖鼻子见所未见，那钝脑袋也闻所未闻。一件很典型的事例：除了家里极少几个人，从来没人知道她的昵称。大家都叫她吉诺曼大小姐。

在假装正经方面，吉诺曼大小姐要胜过一个英国密斯。她一生中有件往事，一想起来就不寒而栗：有一天，一个男人瞧见了她的吊袜带。

那种无情的羞耻心，只能随着年岁而增长。她总嫌自己的胸衣不够厚实，总嫌开领不够高。衣裙上谁也想不到看一眼的部位，她也密密麻麻加了搭扣和别针。假正经的特点，就像越不受威胁而越设防的堡垒。

这种老妪贞洁的秘密，谁能解释呢，然而，她让在长矛骑队当军官的侄孙特奥杜勒亲吻，却是不无快感的。

尽管有这样一个心爱的长矛骑兵，我们给她贴上"假正经"的标签，还是绝对适合的。吉诺曼大小姐的心灵颇为晦暗。假正经也是五分贞洁，五分邪恶。

假正经加上笃信上帝，恰好互为表里，相得益彰，她是圣母会的信女，每逢某些节日就戴上白面纱，喃喃念着特定的经文，拜"圣血"，拜"圣心"，待在不对一般信徒开放的小教堂里，面对洛可可-耶稣式祭坛静思几小时，让她的灵魂在大理石的小片云烟之间飞旋，穿过漆金柱子的巨大光线。

她在小教堂交了一个朋友，也是老处女，名叫伏布瓦小姐，绝对痴呆。吉诺曼小姐与她交往，能尝到自己成为鹰的乐趣。伏布瓦小姐那点脑子，除了念上帝羔羊经和圣母经之外，就只会做果酱的几种方法。她是她那类人的完美形象，愚蠢得好像白鼬皮，毫无聪明的斑点。

应当说，吉诺曼小姐进入老境，所得多于所失。这种现象发生在天性被动顺随的人身上。她对人从无恶念，这就是一种相对的善良；而且，岁月磨平了棱角，久而久之，她也变得温和了。她一副忧伤的神态，是淡淡的忧伤，连她自己都不知其来由。她整个人儿透出人生还未开场就已结束的那种惊愕。

她为父亲料理家务。吉诺曼先生身边有这个女儿，正如前文看到的，卞福汝主教身边有他妹妹。由一个老头子和一个老姑娘组成的家庭并不罕见；两个年老体弱的人相依为命，那情景总是非常感人的。

家里除了老姑娘和老头之外，还有一个孩子。那小男孩到了吉诺曼先生面前总发抖，不敢吭声，吉诺曼先生跟他讲话也一向声色俱厉，有时还扬起手杖："站起来！先生！——孽种，淘气精！到近前来！回答我，小坏蛋！——让我瞧瞧你，促狭鬼！"等等，全是这类话，可是在心里，他却把孩子当宝贝。

孩子是他外孙。下文我们还会见到。

第三卷　外祖父和外孙子

一　古老客厅

吉诺曼先生住在塞旺道尼街时，经常出入几处高雅华贵的沙龙。他是资产者，虽非出身世族，却受到接待。他有双倍的智慧，一是本来有的，二是别人以为他有的，因此，有人甚至主动邀请和款待他。而他也只去他能控驭全场的沙龙。有些人不惜一切代价造成影响，引起别人的关注，他们所到之处，不能语惊四座，也要充当小丑。吉诺曼先生可不是这种性情，他光顾保王党人沙龙，能掌握整个场面，又毫不损及自己的尊严。他到处都谈锋甚健，有时还同德·保纳尔先生，甚至同班吉-普伊-瓦莱先生分庭抗礼。

约莫 1817 年，他每周必到附近费鲁街德·T 男爵夫人府上，消磨两个下午，那是位高尚可敬的夫人。她丈夫德·T 男爵在路易十六时期，曾出任法国驻柏林大使；他生前迷恋通灵玄想和幻视，流亡期间家道破败而死，留下的财产只有十册红色山羊皮面切口涂金的精装手稿，是关于迈斯梅尔及其小木桶的珍奇的回忆。男爵夫人考虑到尊严，没有拿出去发表，只靠不知怎么残留下来的一小笔年金度日。她疏远朝廷，说那是"鱼龙混杂的场所"，自己过着孤独而高尚，清贫而自豪的生活。几个朋友每周两次聚到这位孀妇的炉火旁，组成一个纯粹的保王派沙龙。大家一起喝茶，随着风向低沉或激烈，发几声哀叹，或者怒斥这个世道，怒斥宪章、布奥拿巴分子、授勋给资产者的出卖行为、路易十八的雅客宾主义，随后又窃窃私议，寄希望于后来成为查理十世的御弟。

他们兴高采烈地传唱将拿破仑称作尼古拉的粗俗歌曲。一些公爵夫人，世上最文雅最可爱的女子，也都忘情地高唱，例如唱这首针对"联盟军①军人"的歌：

> 你们别拖衬衣尾，
> 赶快塞进裤子里。
> 免得人说爱国者
> 已经投降举白旗！

他们玩弄自以为非常可怕的同音异义的词句，玩弄自以为非常恶毒实则无伤大雅的文字游戏，戏作四行诗，甚至戏作对子，例如，以德索勒内阁，有德卡兹和德塞尔②参加的温和内阁为题，作了一个对子：

> 要从基础上巩固动摇的宝座，
> 必须更换土壤换温室和间格。③

要不然，他们觉得"元老院的雅各宾气味太浓"，就排列元老名单，巧妙地将名字连成语句，例如连成这样一句话：达马斯、沙白朗、古维雍·圣西尔④。整个排列过程乐趣无穷。

在那种场所，他们滑稽地模仿革命的事物，不知怀着什么意图，从反方向激发同样的愤怒。他们改唱《一切都会好》，变成自己的

---

① 联盟军：指 1815 年拿破仑百日政变时组成的军队。

② 德索勒将军于 1818 年 12 月至 1819 年 11 月出任内阁总理大臣；德卡兹任内政大臣；德塞尔任司法大臣。

③ "更换土壤换温室和间格"，原文谐音意为：更换德索勒、德塞尔和德卡兹。

④ 这三人都是元老院元老。元老院有两个叫达马斯的，都曾流亡国外，而古维雍·圣西尔曾是帝国军人。三个名字连句的意思为："达马斯杀掉古维雍·圣西尔。"这是典型的极端保王党人的文字游戏。

小调：

> 啊！一切都会好啊！一切都会好！
> 布奥拿巴分子路灯柱上高高吊！①

歌曲好似断头台，今天砍这个脑袋，明天砍那个脑袋，视同儿戏。这可不是一种变异。

弗阿代斯案件②发生在 1816 年，正是那个时期；他们都站在巴斯莘德和若西翁一边；只因弗阿代斯是"布奥拿巴分子"。他们称自由派为"兄弟朋友会"，这是最恶毒的侮辱了。

如同一些教堂的钟楼，德·T 男爵夫人的沙龙也有两只雄鸡：一只是吉诺曼先生，另一只是德·拉莫特-华卢瓦伯爵，他们谈到那位伯爵，总带着几分敬佩耳语道："您知道吧？就是项链事件③的那个拉莫特呀！"朋党之间，总是特别宽谅。

补充一点：资产阶级择交过于轻率，就会损及自己的声誉地位；必须注意交往的对象：近低贱者损声望，近衣寒者耗热量。而上流社会的世族，则超越这条规律和一切规律。蓬巴杜夫人的兄弟马里尼，是苏比兹亲王府的常客。④ 不管身份？不管，自有原因。伏贝尼埃夫人的教父杜巴里，在黎塞留元帅府上极受欢迎⑤。那个社会是奥林匹亚神

---

① 《一切都会好》是法国 1789 年革命时期的革命歌曲，这里将"达官贵人"改为"布奥拿巴分子"。

② 弗阿代斯：帝国时期的司法官，因债务被若西翁二人杀害，这一案件在社会上引起极大反响。

③ 项链事件：罗昂红衣主教想讨好王后，在拉莫特-华卢瓦伯爵夫人的怂恿下买了钻石项链，交给伯爵夫人的情夫，冒充王后侍卫官的军官。事败后，路易十六将此案交由巴黎高等法院公开审理。结果伯爵夫人被判杖刑和打烙印，关进监狱；王宫奢侈也引起公愤。

④ 德·马里尼侯爵同元老院元老苏比兹亲王（1715—1787）过从甚密。

⑤ 伏贝尼埃夫人即杜巴里伯爵夫人，路易十五的情妇。她的教父若望·杜巴里也是她的大伯，他和黎塞留元帅共同斡旋，使她成为国王的情妇。

山。墨丘利和盖梅内亲王在那里如在家中。只要是个神，窃贼也能接纳。①

德·拉莫特伯爵，到 1815 年，已是七十五岁的老人，显得突出的是那副沉默寡言又好训人的样子、那张棱角分明的冷面孔、那种彬彬有礼的举止、那件一直扣到领结的礼服，以及那总跷着的二郎腿。他穿着锡耶纳②焦土色的宽松长裤，一如他的脸色。

这个拉莫特先生因其"名气"，算是这个沙龙圈子里的人，而且，说来奇怪，却又千真万确，这也是由于他的姓氏华卢瓦③。

至于吉诺曼先生，他所受到的尊敬完全货真价实。他起权威作用，就因为他起权威作用，不管多么轻浮，他还是有一种派头，显得威严、高雅而正直，但这又毫不妨碍他的快活；当然，他的高龄也起了几分作用，人活一个世纪，不会没有烙印。悠悠岁月最终要给一个人的头罩上可敬的光环。

此外，他说出话来，绝似古石的火花。例如，普鲁士王帮助路易十八复辟之后，又假冒德·吕潘伯爵前来拜访，路易十四的这位后裔接待他的方式，有点像对待勃兰登堡选侯，态度颇为傲慢，又让人挑不出一点理来。吉诺曼先生赞赏这种态度，他说："除了法兰西国王而外，其他所有王只能算地方王。"还有一天，有人在他面前这样一问一答："《法兰西邮报》的那名编辑，是怎么判的？""停职（Aetre suspen-du）。" "Sus 是多余的。"④ 吉诺曼先生指出。这类话就能给人赢得地位。

在庆祝波旁王室复国的周年大弥撒上，他看见塔列朗先生走过，就说"恶大人驾到"。

通常陪同吉诺曼先生出门的有两个人：一个是他女儿，当时，那个瘦高的小姐年过四十，却像五十岁的人了；另一个是七岁的小男孩，生得白净漂亮，脸蛋粉红鲜艳，一双眼睛又喜幸又亲近人，他一走进

---

① 墨丘利：罗马神话中的商业神，即希腊神话中的赫耳墨斯，主管商业等，乃至主管盗窃之神。故说神山也能接纳窃贼。

② 意大利地名。

③ 华卢瓦：法国卡佩家族的一支，从 1328 年至 1589 年统治法国。

④ Suspendu 去掉 sus，就变成处以"绞刑"的意思。

客厅，就听见周围的人纷纷议论："这孩子真俊！多可惜呀！可怜的孩子！这孩子就是我们刚才提到的那个。"他们称他"可怜的孩子"，只因为他父亲是"卢瓦尔河的匪徒"①。

那个卢瓦尔河强盗是吉诺曼先生的女婿，前面讲过，也就是吉诺曼先生所说的"家丑"。

二　当年一个红鬼

那个时期，有人若是经过小城维尔农，在美丽壮观的石桥上游览——但愿不久，那石桥就要被一座丑恶不堪的铁索桥取代了——在桥上凭栏俯瞰，就会看见一个五十岁左右的汉子。他头戴皮革鸭舌帽，身穿灰色粗呢布外衣和长裤。衣襟上缝着原本是红绸带的黄色东西，脚穿木底鞋，皮肤晒成深褐色，脸色几乎黧黑，头发几乎全白了，一道宽宽的刀伤疤从额头延至面颊，整个人弯腰驼背，未老先衰；他拿着一把锄或一把剪枝刀，整天徘徊在小庭园里。那类小庭园靠近塞纳河左岸桥头，像链子似的排开，全是由围墙隔开的土台；栽植花木，十分悦目。那些庭园再大些可以叫花园，再小些可以叫花坛。那类庭园全都一侧通河边，一侧通房舍。上面提到的那个穿外套和木鞋的人，在1817年前后，就住在这种最狭窄的一座庭园，最简陋的一所房屋里。他过着孤苦无依、默默无言的生活，有一个不老不少、不美不丑、不是农妇也不是市民的女人侍候。他管那一方块园地叫花园，因为他栽植的花卉特别鲜艳，在小城里很有名气。养花是他的营生。

他勤于侍弄，坚持不懈，又特别细心，及时浇灌，终于继造物主之后，创造出似乎被大自然遗忘的几种郁金香和大丽花。他心灵手巧，在苏朗日·博丹②之前，就合成绿肥小土堆，用来培植美洲和中国稀有珍贵的木本花卉。夏季天刚亮，他就在庭园小径上忙着插苗，修枝，薅草，浇水，在花间走动，那副样子又和善，又忧伤，又温柔，有时沉入遐想，一连几小时不动窝，倾听树上一只鸟儿鸣叫，倾听人家一个孩子的咿呀学语，或者凝视草茎尖上被阳光化为宝石的露珠。他一

---

① 1815年巴黎沦陷之后，达乌部队撤到卢瓦尔河彼岸，半数不肯归顺波旁王朝而逃散。因此，激进保王党人称他们是"卢瓦尔的匪徒"。

② 苏朗日·博丹（1774—1846）：法国一个园艺学派的创始人。

天粗茶淡饭，多喝牛奶少喝酒。一个小孩子能让他顺从，女佣也常申斥他。他非常胆怯，好像怕见人，极少出门，只见见来敲他家窗户的穷人和本堂神甫，一个和善的老人。不过，本城居民或者外地人，无论是谁，若是想观赏他的郁金香和玫瑰，前来敲他小房的门，他就开门笑迎客人。他就是那个卢瓦尔河匪徒。

在同一时期，有人若是看了军事回忆录、各种传记、《导报》，以及大军战报，就可能注意到乔治·彭迈西的名字经常出现，留下深刻印象。这个乔治·彭迈西少年就从戎，在圣东日团当兵。革命爆发了。圣东日团编入莱茵军团；须知君主制废除之后许久，旧团队还保持各省的命名，直到1794年才统一改为旅建制。彭迈西先后在斯皮尔、沃尔姆斯、诺伊斯塔特、蒂克海姆、阿尔蔡、美因茨①等地打过仗。在美因茨一役中，他参加了乌沙尔率领的两百人断后部队。他们十二人小分队在安德纳赫②古城墙里面，阻击赫斯亲王所部的大军，直到敌军炮火从墙垛到护墙斜面打开缺口，他们才撤离，回归大部队。他在克莱伯麾下到过马谢讷城③，在帕利塞尔山战斗中，被火铳打伤一条胳膊。后来，他又调到意大利边境；和茹贝尔一起，共三十名精壮军人守卫坦德山口，战功卓著，茹贝尔升为准将，彭迈西则升为少尉。在洛迪激战那天，彭迈西不离贝尔蒂埃左右，冒着炮火东奔西突；拿破仑见了那情景，说道："贝尔蒂埃当过炮兵、骑兵和榴弹兵。"在诺维，他眼看着他的老长官茹贝尔将军举起战刀，高呼"前进"的时候倒下去。为了战事军需，他率连队乘快帆船，从热那亚出发，不知要去哪个小港口，途中逢险，遭遇七八艘英国帆船。热那亚船长主张将火炮抛进海里，士兵躲进中舱，扮成商船悄悄混过去。然而，彭迈西却将三色旗高高升到桅杆上，骄傲地冲过英圈舰队的炮火。行驶二十来海里，他越发胆大，以他的快帆船攻击并俘获英国一艘大型运输舰。那艘英舰往西西里岛运送部队，装满了兵员马匹，一直拥到舱口围板。1805年，他隶属马勒师，从菲尔迪南大公手中夺取了金茨堡。在韦廷根④，

① 德国地名。
② 德国地名。
③ 法国城市。
④ 瑞士地名。

他冒着枪林弹雨，双手抱住受了致命伤的第九龙骑队队长莫普蒂上校。在奥斯特利茨战役中，他立下战功，参加了迎着敌军炮火英勇进攻的梯队。俄皇禁卫军骑队践踏第四步兵团一个营时，彭迈西参加反击，重创了敌军骑队。皇上授予他十字勋章。彭迈西先后在曼托瓦①俘获沃尔姆塞，在亚历山大②俘获梅拉斯，在乌尔米③俘获马克。他还参加了莫尔蒂埃指挥的第八军团，攻占了汉堡。后来，他调入原佛兰德团的第五十五团。埃伊洛④之役，他在墓地作战，当时，本书作者的叔父路易·雨果上尉，率领八十三人孤军死守两小时，阻击敌军大部队的猛攻。守墓地法军仅存活三人，彭迈西即是其中一个。他转战弗里德兰，看见莫斯科，又到别列津诺、吕岑、包岑、德累斯顿、瓦豪、莱比锡⑤，继而穿越盖尔恩豪森隘道；继而又转战蒙米赖、蒂耶里堡、克拉翁、马尔纳河畔、埃纳河畔，以及拉昂⑥可怕的阵地。在阿尔奈勒迪克，他是上尉，挥战刀砍翻了十名哥萨克骑兵，救的不是他的将军，而是他的下士。在这场战斗中，他遍体鳞伤，动手术仅从左臂就取出二十七块碎骨。巴黎投降的前一周，他同一个战友对调，参加了骑兵。他像旧朝代所说的有"两手"，也就是说，当兵既会用刀，也能使枪，当官既能指挥骑兵队，也能指挥步兵营。某些特殊兵种，例如龙骑兵，就有这种才干，并通过军事教育得到提高，既是骑兵也是步兵。他随拿破仑去了厄尔巴岛。在滑铁卢战役中，他是杜布瓦旅的铁甲骑兵队长，正是他夺取了月亮堡营的军旗。他将那面军旗掷到皇上脚下，站在那儿浑身是血，他夺旗时脸颊挨了一刀。皇帝见了心头大悦，冲他高声说："你是上校，你是男爵，你是荣誉团军官！"彭迈西回答："陛下，我代表我的寡妻感谢您。"一小时之后，他掉进奥安的凹路沟里。现在要问一句：这个乔治·彭迈西是什么人呢？正是那个卢瓦尔河匪徒。

　　他的经历，我们已经略知一点，还记得，滑铁卢战役之后，彭迈

---

　①　意大利城市。
　②　埃及城市。
　③　葡萄牙城市。
　④　俄罗斯的旧地名，今称巴格拉季奥诺夫斯克。
　⑤　除别列津诺属俄罗斯，其余均为德国城市。
　⑥　以上均为法国地名。

西被人从奥安凹路中扒出来，又辗转回到部队，从战地一个急救站转到另一个急救站，最后到了卢瓦尔河营地。

复辟王朝当局将他编入领半军饷的人员中，继而遣送到居住地维尔农，也就是说监视起来。百日政变期间的政令决定，国王路易十八认为一概无效，因此既不承认彭迈西的荣誉团军官称号，也不承认他的上校军衔和男爵爵位。然而他却不失时机，总签署"上校男爵彭迈西"。他只有一套蓝色旧军服，上街总佩戴玫瑰花形荣誉团勋章。当地检察官派人警告他，再"非法佩戴这枚勋章"，法院就要予以追究。来转达这个通知的是一个非正式的中间人，彭迈西当即苦笑一下，回答说："我简直弄不明白，究竟是我听不懂法语了，还是您不再讲法语了，反正我听不懂您的话。"接着一连八天，他戴着勋章上街溜达。谁也没敢找他麻烦。国防部和省军区司令给他写来两三封信，他一见信封上写着"彭迈西少校先生收"，就原封不动地退回去。与此同时，拿破仑在圣赫勒拿岛，也以同样方式对待赫德森·洛①爵士写给"波拿巴将军"的信件。恕我们直言，到头来，彭迈西嘴里的唾液跟皇上的一样。

同样，从前罗马有一些迦太基士兵俘虏，他们还有点汉尼拔的灵魂，不肯向弗拉米尼努斯②致敬。

一天早晨，彭迈西在维尔农街上碰见检察官，就走过去对他说："检察官先生，我脸上带着这条刀伤疤允许吗？"

彭迈西一无所有，仅靠微薄的骑兵队长半饷度日。他在维尔农租了所能找到的最小的房子，独自生活，我们看到了过的是什么日子。在帝国时期，他抓住战争的间歇，同吉诺曼小姐结了婚。那位老绅士心中愤恨不已，又不得不同意，连声叹气说道："什么样的高门巨族，碰到这种事儿也只好认了。"彭迈西太太是个有教养的难得的女人，同他丈夫十分匹配，各方面都很出色，可惜1815年去世，留下一个孩子。那孩子本来可以成为上校孤寂中的欣慰，可是老外公硬要讨去，扬言不交到他手里，他就取消外孙的财产继承权。父亲为了孩子的利益只

---

① 赫德森·洛（1769—1844）：英国将军，看守拿破仑的典狱长。

② 弗拉米尼努斯：罗马将军，死于公元前175年。公元前197年任执政官。在第二次迦太基战争中，最后打败迦太基将军汉尼拔。

好让步，他身边失去孩子，就移情爱起花木。

再说，他什么都放弃了，既不想活动，也不想密谋，整个心思分摊到现时做的简单的事情和从前做的伟大的事情，时间也花在盼望一株新香石竹或回忆奥斯特利茨战役。

吉诺曼先生同他女婿毫无来往；在他看来，上校是"匪徒"，而在上校眼里，他则是个"老傻瓜"。吉诺曼先生绝口不提上校，只是偶尔影射嘲笑两句"他那男爵爵位"。双方明确约定：彭迈西永远不得企图看望儿子，不得同儿子说话，否则就取消孩子的财产继承权，赶回他父亲家去。吉诺曼一家人把彭迈西看成瘟疫患者，他们要按自己的意愿教育孩子。也许上校错了，不该接受这种条件，但是他容忍了，以为这样做得对，只牺牲他个人。吉诺曼老头的财产微不足道，而吉诺曼大小姐却能留下大宗遗产。那位没有出嫁的姨妈很有钱，是从母亲的本家继承来的，她的继承人自然是她妹妹的孩子。

那孩子叫马吕斯，知道自己有个父亲，此外一无所知。谁也不在他面前多嘴。然而，在外公领他去的场所，别人的窃窃私议、半吞半吐的话语、相互交换的眼色，久而久之，那含义在孩子的头脑里渐渐清晰，终于使他多少明白一点；而且，那些思想和见解，可以说是他的生活环境，由于潜移默化的作用，他自然而然接受了，结果他一想到父亲，就不免又羞愧又伤心。

在他这样成长的过程中，每隔两三个月，上校总要偷偷溜到巴黎，好似违反规定的累犯，趁吉诺曼姨妈领马吕斯去做弥撒的工夫，守候在圣绪尔皮斯教堂里，躲在柱子后面不敢喘大气，战战兢兢，害怕那姨妈回头发现。这个脸上挂刀痕的汉子，还真怕那个老姑娘。

也正是这个缘故，他结交了维尔农的本堂神甫马伯夫先生。

那位可敬的神甫的兄弟，是圣绪尔皮斯教堂的财产管理员。那管理员多次看见那汉子凝望那孩子，注意到他脸上有刀伤，眼里噙着大滴泪水，觉得他样子像个硬汉子，流泪又像个女人，心下十分诧异，那张面孔也就印在他脑海里。有一天，他到维尔农看望兄弟，在桥上遇见彭迈西上校，认出正是在圣绪尔皮斯教堂所见之人。管理员对本堂神甫讲了此事，二人便找了个借口去拜访上校。于是彼此开始往来。起初，上校还不肯透露，到后来才和盘托出，本堂神甫和财产管理员终于了解整个这件事，明白彭迈西为了孩子的未来如何牺牲个人幸福。

从那以后，本堂神甫对他特别敬重，特别亲热，上校也特别喜欢本堂神甫。况且，一位老神父和一名老战士，碰巧二人都很诚恳善良，那彼此就最容易沟通，最容易契合了。在骨子里，那原本是一个人。一个献身于尘世的祖国，一个献身于上天的祖国，此外没有别的差异。

每年两次，逢元旦和圣乔治节①，马吕斯才给父亲写信，那是应酬的信，由姨妈口授，很像从尺牍抄来的；吉诺曼先生只容忍这一点；而孩子的父亲的回信却充满感情，可是老外公收到连看也不看，就塞进衣兜里了。

三　愿他们安息②

马吕斯·彭迈西所认识的全部世界，就是德·T夫人的沙龙。那是他窥视人生的唯一窗口。那个窗口很昏暗，而那天窗给他送来的寒气却多于温暖，夜色却多于阳光。这孩子刚进这个奇怪的社会圈子，还完全是快乐和光明，然而时过不久，他的神情就变得忧伤了，尤其同他年龄不相称的是，他的神态也变得严肃了。周围的人都那么威严而奇特，他观看四周，目光里流露出极大的惊诧。一切聚拢来，加剧他内心这种惊愕。德·T夫人的沙龙里，有几位非常可敬的老贵妇，名叫马德安、挪亚、改呼利未的利未斯、改呼康比兹③的康比斯。那一张张古老的面孔、那一个个《圣经》上的名字，在孩子的头脑里，同他背诵的《旧约》搅在一起。她们围着奄奄欲熄的炉火，坐在绿纱罩微弱的灯光下，那肃穆的身影朦朦胧胧，头发花白或全白，身穿旧时代长裙只能分辨出惨淡的颜色，偶尔打破沉默，讲一两句又庄严又刻薄的话，而小马吕斯眼神惶恐地注视她们，真以为见到的不是妇人，而是古人先贤，不是真人而是幽灵。

这些幽灵中还杂有几位教士和贵族，都是这古老沙龙的常客。其中有德·贝里夫人④的戒律秘书德·萨斯奈侯爵；用笔名查理·安托万发表单韵颂歌的德·瓦洛里子爵；相当年轻而头已花白的博夫尔蒙王

---

① 圣乔治节为 4 月 23 日，是彭迈西的本名节。
② 原文为拉丁文。
③ 康比兹等全是历史或《圣经》中的人物。
④ 德·贝里夫人：路易十八的侄媳。

爷，带着一个身穿金丝条低领口朱红天鹅绒衣裙、令那些黑影惊慌失措的漂亮聪明的女子；还有法兰西最懂"礼节分寸"的德·柯里奥利·德斯皮努斯侯爵；一个慈眉善目的老先生德·阿芒德尔伯爵；以及德·波尔·德·居伊骑士，所谓御书房的卢浮宫图书馆的台柱子。德·波尔·德·居伊先生秃了顶，年事不高，人却很老，他讲述1793年他十六岁那时候，因抗命关进苦役牢房，同米尔普瓦主教，一个八十岁老头关在一起；那主教也是个抗命者，不过，他的罪名是逃避兵役，而那主教则是拒绝宣誓①。当时关在土伦，他们的任务是夜晚到断头台上，去收白天处决的犯人头颅和尸体，背着血淋淋的躯干，苦役犯红帽子后面凝了血块，早晨干了，晚上又湿了。德·T夫人沙龙里讲述的这类惨事数不胜数，而且拼命咒骂马拉，还居然赞扬起特雷斯塔永②来。沙龙里还有几个活宝，打惠斯特牌的议员：蒂博尔·杜夏拉尔先生、勒马尚·德·戈米库尔先生，以及右派中以嘲笑著称的柯尔奈-丹库尔先生。德·费雷特大法官穿着超短裤，露出两条瘦腿，他去塔列朗先生府上的途中，有时也到这沙龙走走。他是德·阿尔图瓦伯爵③寻欢作乐的朋友，但不像亚里士多德那样对着康帕丝佩卑躬屈膝，反而让吉玛尔五体投地，从而向世世代代表明，一名大法官为一个哲学家雪了耻。

至于教士，有阿尔马神甫，他编《雷霆》的合作者拉罗兹先生这句话，就是对他讲的："哼！谁没有五十岁？几个嘴上没毛的人，也许吧！"还有国王讲道师勒图尔奈神甫；弗雷西努斯神甫，当时他既不是伯爵，也不是主教，既不是大臣，也不是元老，身穿一件缺纽扣的旧道袍；另一位克拉夫南神甫，圣日耳曼草场区本堂神甫；教皇使臣，当时叫马齐大人的尼西比斯大主教，后来当上红衣主教，最引人注目的是给他一副思索相的那个长鼻子；另一位大人这样称呼：帕尔米里院长，教廷内侍，圣廷七名秘书之一，利比里亚大教堂司铎，圣徒的

---

① 法国革命时期，神职人员必须宣誓遵守新宪法。

② 特雷斯塔永：雅克·杜蓬的绰号，在尼姆城施行白色恐怖的主谋之一。

③ 德·阿尔图瓦伯爵：路易十八的兄弟，继位后称查理十世。

辩护士，这就与封圣有关，相当于天堂部的审查官了；① 最后，还有两位红衣主教：德·拉吕泽尔纳先生和德·克莱蒙-托奈尔先生。德·拉吕泽尔纳红衣主教先生是位作家，几年之后，他有了名望，能在《保守派》上同夏多布里益并排发表文章了。德·克莱蒙-托奈尔红衣主教先生是图卢兹大主教，时常到巴黎来休假，住在当过海军和陆军大臣的侄儿德·托奈尔侯爵府上；他是个快活的小老头儿，常常搂起道袍，露出红色长袜；他专门痛恨百科全书，专门爱打弹子；当年夏天晚上，有人经过德·克莱蒙-托奈尔府所在的夫人街，常站住倾听弹子相击的声响以及红衣主教那尖嗓门，只听他冲卡里斯特名义主教，教皇选举人的随员柯特雷大人高喊："记分，神甫，我连击两球！"德·克莱蒙-托奈尔红衣主教是由德·罗克洛尔先生带到德·T夫人府上的，那是他最亲密的朋友，当过桑利斯的主教，是四十位学士院院士中的一个。德·罗克洛尔先生值得注意的是他身材高大，去学士院最勤。图书馆隔壁大厅是学士院举行会议的地方，每逢星期四，好奇的人就可以隔着大厅的玻璃门，观看桑利斯的前任主教，只见他像往常那样，假发新扑了粉，穿着紫长袜，背对着门站立，显然是让人更清楚看到他那小打褶颈圈。所有这些教士，尽管大多数既是朝臣又任教职，却都给德·T夫人沙龙增添严肃的气氛，而五位法兰西元老院元老，德·维伯雷侯爵、德·塔拉吕侯爵、德·埃布维尔侯爵、当伯雷子爵和德·瓦朗蒂努瓦公爵，又加强了显贵的气派。那位瓦朗蒂努瓦公爵，虽说是摩纳哥王公，即外国君主，却把法兰西和元老称号看得特别高，并从这两个角度观察一切事物。他常说："红衣主教是罗马的法兰西元老，勋爵是英格兰的法兰西元老。"不过应当指出，在19世纪中，革命无处不在，这座封建的沙龙，也正如我们讲过的，是由一个资产者控制的。吉诺曼先生在其间起主导作用。

那是巴黎白色社会精英荟萃的地方。有名气的人，哪怕是保王派，在那里也会受到孤立。夏多布里益走进那里，也会给人以"傻大爷"

① 评圣徒时，先审查著作和德行，然后由上帝的律师和魔鬼的律师争论，教皇最后裁决是否封为圣徒。

的印象。不过，几个归顺分子①得到宽待，跻身那个正统的社会圈子。伯纽②伯爵同意接受改造才得以进去的。

如今的"贵族"沙龙，已非当年那种沙龙了。圣日耳曼城郊区，现在就有柴薪的气味。眼下的保王派，说得好听一点，不过是哗众取宠。

在德·T夫人府上，宾客显贵，趣味高雅脱俗，又特别彬彬有礼。他们的行为习惯，不自觉体现出雅人深致，不愧是已然埋葬的旧朝的活风范。有些习惯，尤其所讲的语言，听起来很怪。有的人只知其一，不知其二，把仅仅陈旧的东西当成外省的俗话。一位女子叫"将军夫人""上校夫人"的称谓，并没有完全弃绝不用。那位可爱的德·莱翁夫人就喜欢这种称呼，而不用她的公主头衔，无疑是念念不忘德·龙格维尔和德·舍夫勒兹二位公爵夫人③。同样，德·克雷齐侯爵夫人也让人叫她"上校夫人"。

正是这个上流社会小圈子，为土伊勒里宫发明了考究的字眼，在私下同国王交谈时，总以第三人称说"国王他"，绝不说"陛下您"，认为"陛下您"的称呼已"被篡位者玷污"。

他们在那里品评时事和人物，嘲笑这个时代，这就免得去理解。他们竞相大惊小怪，彼此交流所有的知识。马图扎莱姆④向埃庇米尼得斯⑤传授；聋子向瞎子通报。他们声称科布伦茨⑥之后的时间是无效的。路易十八奉天承运，在位已是二十五个年头⑦，同样，流亡者正当

---

① 指拿破仑的拥护者归顺复辟的波旁王朝。

② 伯纽（1761—1835）：在帝国时期任高级官员，是著名的"归顺者"。

③ 德·龙格维尔公爵夫人（1619—1679）、德·舍夫勒兹公爵夫人（1600—1679），都积极参加投石党人运动，即权贵反对权倾朝野的宰相马扎然的斗争。

④ 马图扎莱姆：意为老寿星，《旧约》中的犹太族，据传活了969岁。

⑤ 埃庇米尼得斯：希腊克里特的公元前8世纪哲学家，据传他在山洞里睡了57年。

⑥ 当时普鲁士城市，现在德国城市。1792年，法国流亡贵族在那里组织武装力量反对革命。

⑦ 路易十七于1795年死于狱中。路易十八虽然到1814年才复辟，但他继承王位时间却从路易十七死的日子算起，到1817年也只有22年。

二十五岁的少壮时期，也是理所当然的。

　　那里一切都是那么和谐，什么也不显得过火；话语顶多像一股气息；报纸也同沙龙协调一致，好似一种纸莎草纸刊物。那里也有年轻人，但都死气沉沉。前厅里那些号服十分老气。那些完全过时的人，由同样类型的仆人侍候，那样子全都像早已故世又不肯进坟墓。保存、保守、守旧，差不多是他们词典的全部词汇。"要有香味"，这就是问题之所在。那种遗老圈子的见解中，的确有香料，而他们表达的思想，则散发香根草的气味。那是一个僵尸的世界，主人全用防腐香料保存躯体，仆人也都制成了标本。

　　一位年迈可敬的侯爵夫人，流亡并破产之后，仅有一个女仆，还继续说："我的仆役们。"

　　在德·T夫人的沙龙里，他们干什么营生呢？当极端保王派。

　　当极端保王派，这种说法，尽管其涵义也许没有消失，但如今却没有意义了。让我们来解释一下。

　　当极端保王派，就是要过火，就是以王位之名攻击王权，以神坛之名攻击教权。就是拉车又不好好行驶，在辕套里乱蹦乱跳；就是在烧死异端的火势上挑剔柴堆；就是责怪偶像缺少崇拜；就是敬重过分而辱骂起来；就是觉得教皇神威不足，国王王威不足，而黑夜又太明亮；就是以白色之名不满雪花石，不满白雪，不满白天鹅和百合花；就是赞同某些事物又反成仇敌；就是过分拥护以致反对了。

　　极端思想成为复辟王朝初期的鲜明特点。

　　历史上任何时期都不像这一时刻。从1814年起始，约莫到1820年右派实干家德·维莱勒先生上台为止，那六年是个非常时期，既沸反盈天，又死气沉沉，既欢天喜地，又愁眉苦脸，既像晨曦照耀那样明朗，又覆盖着仍然充塞天际并渐渐没入过去的大灾大难的乌云。在那光亮和黑影中，有那么一个小圈子人，他们既新又老，既滑稽又悲伤，既少壮又衰朽，揉着惺忪的眼睛，再也没有像还乡这样如梦初醒；一小撮人气哼哼地瞧着法兰西，法兰西则投去讥笑的目光；满大街都是好玩的老猫头鹰侯爵，还乡的人和还魂的鬼，那些旧贵族，见到什么都大惊小怪，那些勇敢而高贵的绅士，回到法兰西又是笑又是哭泣，因为重又见到祖国而欢欣鼓舞，又因再也见不到他们的王朝而悲痛欲绝；十字军时代的贵族笑骂帝国时期的贵族，也就是军人贵族；历史悠久的世族丧失了历史概念；查理大帝战友的子孙蔑视拿破仑的战友。正如我们讲的，双方的剑相互辱骂；封特努瓦的剑未免可笑，完全成了一块锈铁；马伦戈的剑也很可恶，不过是一把战刀。往昔无视昨天。大家丧失了什么是伟大的观念，什么是可笑的观念。有个人曾把波拿巴称为司卡班①。那个世界不存在了。再说一遍，如今什么也没有留下来。我们若是随意捡出一个人物，试图让他在我们头脑中复活，就会觉得奇怪，仿佛那是大洪水之前的世界。的确，那个世界也被大洪水吞没了，消失在两次革命的下面。思潮是多大的洪流啊！何等迅速地覆盖了它负有使命摧毁并埋葬的一切，又何等快捷冲出惊人的深度！

这就是那久远而天真的沙龙的面貌，在那里，马尔坦维尔②先生远比伏尔泰有才智。

那种沙龙有自己一套文学和政治。那里推崇菲耶维③。阿吉埃④先生在那里发号施令。那里评论柯尔奈⑤先生，马拉凯河滨路的旧书商和政论家。那里把拿破仑完全视为科西嘉的吃人魔怪。后来，将德·布奥拿巴侯爵先生写进历史，称为王国军队少将，那还是向时代精神做出的让步。

那种沙龙的纯洁没有保持多久。一到 1818 年，有几个空论家⑥在那里开始亮相，那是令人不安的苗头。那些人的作风，既为保王派，又感到歉疚。在极端派神气十足的地方，空论家有点惭愧。他们有头脑，也能金人缄口；他们的政治信条适当附了一层自负的色彩；他们一定能够成功。他们的领带特别洁白，衣冠特别整饬，而且，这种仪容相当有用。空论派的过错或不幸，就在于要创造老青年。他们摆出

---

① 司卡班：莫里哀的剧作《司卡班的诡计》中的主人公，是个善用计谋的仆人。

② 马尔坦维尔（1776—1830）：《白旗报》创办人，极端保王派的狂热鼓吹者。

③ 菲耶维：法国平庸的小说家，狂热的极端保王派。

④ 阿吉埃：在政治活动中，起初为保王派，但从 1824 年起，在议会中成为中间派首领。

⑤ 柯尔奈：《法兰西报》的主编。

⑥ 复辟时期，从基佐、库辛等为代表的一些思想家，试图从理论上建立第三党，介于保王派和自由派之间。

智者的姿态，梦想将一种温和政权嫁接到过激的绝对原则上，有时还表现出少见的机智，以保守型的自由主义反对破坏型的自由主义。时常听见他们这样讲："饶了保王主义吧！保王主义还是有不少功劳的。它带回来传统、崇拜、宗教、尊敬。它体现了忠实、勇敢、骑士精神、多情和忠诚。它尽管遗憾，还是把君主制数百年的荣誉，掺进民族新的荣誉中。它错在不理解革命、帝国、光荣、自由、年轻的思想、年轻一代和这个世纪。然而，它错待我们，我们有时不也错待它吗？我们是革命事业的继承者，而革命应当理解一切。抨击保王主义，就是同自由主义背道而驰。大错而特错！简直糊涂透顶！革命的法兰西不尊敬历史的法兰西，也就是说不尊敬自己的母亲，不尊敬自身。9月5日之后，如何对待君主时期的贵族，7月8日①之后，就如何对待帝国时期的贵族。他们对雄鹰曾经不公正，我们对百合花也不够公正。人们总要废除点儿什么！除掉路易十四王冠的镀金层，抠掉亨利四世徽章的光彩，这类举动有什么益处呢？我们嘲笑德·伏布朗先生抹掉耶拿桥的 N 字母！他那算什么行为呢？我们也正是那样干的。布维讷②属于我们，马伦戈也属于我们。百合花同字母 N 一样，都是我们的，都是我们的遗产。为什么要贬低呢？无论过去的祖国还是现在的祖国，都不应当否认。为什么不接受全部历史呢？为什么不爱整个法兰西呢？"

空论派就是这样既批评又保护保王主义的，而保王主义者既因受批评而不满，又因受保护而恼羞成怒。

极端派是保王主义第一阶段的标志，圣会③则构成第二阶段的特点。灵活代替狂暴。简要的描述就到此为止。

本书作者在叙述过程中，遇到现代历史的这一奇特时期，不免顺便瞥上一眼，同时勾画几笔，再现如今已感陌生的这个社会的怪模样。不过？他匆匆走笔，毫无挖苦或嘲笑之意。这些记忆关系他母亲，因

---

① 1815 年 7 月 8 日，路易十八第二次返回巴黎，无双议院实行白色恐怖政策，迫害波拿巴分子。1816 年 9 月 5 日解散无双议院。

② 布维讷：1214 年 7 月 27 日，法国国王奥古斯特在法国北部布维讷城，打败日耳曼皇帝奥托四世历史学家认为这次战役是法兰西民族的第一次胜利。

③ 圣会：复辟时期创建的宗教团体，统治阶层的一些人参加，1830 年解散。

此充满感情和尊敬，并把他同这段过去联系起来。况且，未尝不可以说，即使这个小小社会，也自有它伟大之处。提起来笑一笑倒是可以，但是既不能蔑视，也不能仇视它。那是从前的法兰西。

马吕斯·彭迈西跟所有儿童一样，好歹学习点儿什么。他从吉诺曼姑妈的手里出来，又由外公托付给一个最地道的老学究。这颗刚刚发蒙的童心从一个虔婆转到一个学究手中。马吕斯念完中学，又进法学院。他成了保王派，既狂热又冷峻。他不大喜欢外公，讨厌他那快活神气和厚颜无耻，想到父亲又心情忧郁怅惘。

不过，这个小伙子内心热情而表面冷淡，品格高尚而慷慨，又自豪又虔诚，有一股激情；严肃到了冷酷无情的程度，又纯洁到了未开化的状态。

四　匪徒的下场

马吕斯读完中学古典学科，恰巧是吉诺曼先生退出社交界的时候。老人告别了圣日耳曼城郊区，告别了德·T夫人的沙龙，迁往沼泽区受难会修女街，住进自己的房子里。他的用人除了门房之外，还有接替马依的那个清扫女工妮珂莱特，以及前面提过的那个患气喘病的巴斯克人。

到1827年，马吕斯刚满十七岁。一天傍晚，他回到家，看见外公手里拿着一封信。

"马吕斯，"吉诺曼先生说，"明天，你往维尔农走一趟。"

"干什么？"马吕斯问道。

"去看看你父亲。"

马吕斯惊抖了一下，他什么都想过，就是没有想到会有一天他要去看父亲。对他而言，没有比这更突然，更意外，可以说更讨厌的事情了。这是被迫去接近的疏远感觉。这不是一件苦恼的事，不是的，而是一件苦差事。

除了政治上对立的因素之外，马吕斯还确信，他父亲，正如吉诺曼先生在心平气和时所称呼的，那个武夫，并不喜爱他，这是显而易见的，否则就不会这么抛弃他，丢给别人不管了。既然感到别人根本不爱他，他也绝不爱别人。这道理再简单不过了，他心里这样想。

当时他十分惊诧，竟没想到问一问吉诺曼先生。外公倒是又说了一句："他好像病了，要见见你。"

他停了一下，又补充说："明天早晨动身吧。我想，水泉大院有一辆车，每天六点钟启程，傍晚到达。你就乘那辆车吧。他说要赶紧去。"

说罢，他把信揉成一团，塞进衣兜里。马吕斯本来当天晚上就可以动身，次日早晨赶到父亲身边。当时，布卢瓦街有一趟驿车，夜间驶往鲁昂，经过维尔农。无论吉诺曼先生还是马吕斯，谁也没有想到去打听一下。

次日，马吕斯在暮色中到达维尔农。住户开始上灯了。他逢人打听"彭迈西先生的住所"。要知道，他在思想上同意复辟时期的举措，也一概不承认他父亲的男爵和上校头衔。

他来到人家指点给他的住所，拉了门铃；一位妇人端着一盏小油灯，来给他开门。

"彭迈西先生在吗？"马吕斯问道。

那妇人站立不动。

"是这儿吧？"马吕斯又问道。

那妇人点了点头。

"我能跟他谈谈吗？"

那妇人又摇了摇头。

"我可是他儿子呀！"马吕斯又说，"他正等着我呢。"

"他不等您了。"那妇人说道。

马吕斯这才发现她在流泪。

她指了指一间矮厅的门，让马吕斯进去。

一根羊脂烛放在厅里的壁炉上，照见三个男人：一个站立，一个跪着，另一个身穿衬衣，直挺挺躺在方砖地上。躺在地上的人便是上校。

那二人，一个是大夫，一个是在祈祷的神父。

上校害了大脑炎有三天了；刚一发病，他就感到情况不妙，给吉诺曼先生写了信，要求见见儿子。病情恶化了，就在马吕斯到达维尔农的这天傍晚，上校突然发作，进入谵妄状态，他从床上起来，推开女佣人，嚷道："我儿子还不到！我就迎他去！"接着，他走出房间，摔倒在前厅的方砖地上。他刚刚咽气。

　　他从床上起来，推开女佣人，嚷道："我儿子还不到！我就迎他去！"

早就有人去叫大夫和本堂神甫。大夫来得太迟了，神甫来得太迟了。同样，他儿子也来得太迟了。

在昏暗的烛光中，只见上校躺在地上，脸色惨白，眼里流出一大滴泪：眼睛已无神采，泪珠还没有干。那滴眼泪，是因为儿子迟迟不到。

马吕斯注视他头一次也是最后一次见到的这个人，这张令人钦敬的男子汉的脸，这双睁着而不视人的眼睛，这一头白发，这健壮的肢体，只见肢体上刀伤留下的一道道疤痕、弹洞留下的一颗颗红星。他端详着给这张面孔增添英雄气概的巨大创伤、上帝给这张面孔打上的善良的印记，心想这个人就是他父亲，这个人死了，而他却显得很冷静。

他所感到的悲哀，也是面对任何躺着的死者就会产生的悲哀。

然而，这屋里人都在哀悼，沉痛地哀悼。女佣人在角落里抹眼泪，本堂神甫听得出在抽噎着祈祷，大夫在擦眼睛，死者本身也流泪了。

大夫、本堂神甫和那女人，在悲痛中看着马吕斯，谁也没有讲一句话；这里他才是外人。马吕斯无动于衷，不免感到惭愧，持这种态度也很尴尬，便让手中拿的帽子失落到地上，以便让人相信他十分痛苦，连拿帽子的气力都没有了。

同时他又感到几分内疚，蔑视自己这种行为。然而，这是他的过错吗？他不爱父亲，就是这样！

上校什么也没有留下。变卖家具的钱也勉强够丧葬费。女佣人发现一张破纸，交给了马吕斯，纸上有上校亲笔写的几句话："吾儿亲览：皇上在滑铁卢战场上亲口封我为男爵。既然复辟政权否认我用鲜血换来的这一爵衔，吾儿就应当承袭过去。毫无疑问，吾儿是当之无愧的。"

上校在后面还补充几句："就在滑铁卢那场战役，一名中士救了我的命。那人叫德纳第。近来，我恍惚听说，他开一家小客栈，在巴黎附近一个村庄，晒勒或者蒙菲郿。吾儿若遇见那个德纳第，万望尽力报答。"

马吕斯接过纸条，紧紧握在手里，他倒不是多么崇敬父亲，而是对死者产生一种泛泛的尊重；须知这种尊重，在人心里总是不可遏制的。

上校的遗物什么也没有留下。吉诺曼先生派人把他的佩剑和军服卖给旧货商。左邻右舍将他的园子掠夺一空，窃取了稀有花草。其余花木变成了杂草丛生的荆棘或者死掉。

马吕斯在维尔农只逗留了四十八小时。等安葬一结束，他就回到巴黎，继续修法律，并不怀念父亲，就好像世上从来没有他那个人似的。上校两天就葬入地下，三天就被人遗忘了。

马吕斯帽子上多了一条黑纱。仅此而已。

五　去做弥撒能变成革命派

马吕斯保持了童年养成的宗教习惯。一个星期天，他去圣绪尔皮斯做弥撒，那正是他小时由姨妈带去做弥撒的圣母堂。那天，他比平常更加心不在焉，神不守舍，随意跪在一根柱子后面的椅子上；那张乌得勒支丝绒面的椅子靠背上写着这个名字："本堂财产管理员，马伯夫先生。"弥撒刚刚开始，一位老人走过来，对马吕斯说："先生，这是我的席位。"

马吕斯赶紧让开，老人这才就座。

弥撒结束后，马吕斯站在几步远的地方，还在想心事。老人又走上前来，对他说："先生，我请您原谅刚才打扰您，现在又来打扰您；您大概觉得我这人不讲情理，我有必要向您解释一下。"

"先生，不必了。"马吕斯说道。

"不行！"老人又说道，"我不愿意给您留下坏印象。您看到了，我特别看重那个座位，觉得在那个位置上做弥撒好得多。为什么呢？让我来告诉您。一连好几年，每隔两三个月，我总看见一个可怜的好父亲来到这里，就坐在那个位置上，看望他的孩子；除此以外，他没有别的机会和办法，因为家里达成协议，不准他接近自己的孩子。他及时赶来，掌握什么时候有人带他儿子来做弥撒。那孩子并不知道他父亲来了。天真的孩子，也许他都不清楚自己还有个父亲！那父亲怕被人瞧见，就躲在这根柱子后面，一边望他孩子一边流泪。那可怜的人，他多么喜爱那孩子呀！那情景我见到了，因此在我的心目中，这里变得神圣了，我来这里做弥撒已经形成习惯。我是本堂财产管理员，有权坐功德凳，但我更喜欢这里。我还多少了解一点那位不幸的先生。他有个岳父，有个富有的大姨子，还有几个亲戚，我就不大清楚了，他们威胁不准他这个做父亲的看儿子，否则就取消孩子的财产继承权。他牺牲了个人，好让儿子有朝一日又有钱又幸福。他们是因为政治见解拆散那对父子的。当然，我同意政治见解，但是有些人不懂得适可而止。上帝啊！一个人只因到过滑铁卢，总不能就说是魔怪，不能为了这个就把父亲和孩子拆开。他是波拿巴的一名上校，听说已经死了。当时他住在维尔农，那里有我一个任本堂神甫的兄弟；他好像叫什么彭迈里，或者彭派西……好家伙，他脸上有一大道刀伤。"

"叫彭迈西！"马吕斯脸唰地白了，说道。

"一点儿不错。彭迈西。您认识他吗？"

"先生，"马吕斯答道，"那是我父亲。"

那位老管理员合拢双手，高声说道："哦！您就是那个孩子！对，是这样，现在该长成大人了。嘿！可怜的孩子，您可以说，您有个非常爱您的父亲！"

马吕斯让老人挽住胳臂，一直送他回到住所。次日，马吕斯对吉诺曼先生说："我们几个朋友约好去打猎，您能准许我出去三天吗？"

"四天吧！"外公回答，"去吧，痛快玩一玩。"

接着，他眨了眨眼，低声对他女儿说："去会小妞儿啦！"

六　遇见教堂财产管理员的后果

马吕斯去什么地方，稍后就会知晓。

马吕斯出去三天，返回巴黎，又径直去法学院图书馆，借阅《政府公报》的合订本。

他读了《政府公报》，读了共和国和帝国的全部历史、《圣赫勒拿岛回忆录》、各种回忆录、报纸、战报、公告；他饱览一切。他在大军战报上头一次遇见他父亲的名字；就整整发了一周的高烧。他去拜访乔治·彭迈西曾在麾下效过力的那些将军，其中有H伯爵。他又去看过本堂财产管理员，那位马伯夫神甫向他讲述了上校退休，在维尔农的生活，栽种花草和孤单的日子。马吕斯这才完全了解他父亲那个人，那个少有的杰出而温厚的人，那个猛如雄狮又驯如羔羊的人。

这期间，他全部时间和整个心思，都用来研究文献，几乎不怎么见吉诺曼家的人，只到吃饭的时刻才露面，饭后再找他就不见了。姨妈开始咕哝起来。吉诺曼老头则微微一笑，说道："嗳！嗳！这是追小妞儿的时候嘛!"有时,老人还补充一句:"我还以为随便玩玩呢,看样子还真迷上啦!"

的确迷上了。马吕斯开始着迷地崇拜他父亲。

与此同时,他的思想发生了异乎寻常的变化。这种变化有许多阶段,也是逐步进行的。这也是我们时代许多人的思想历程,因此,我们认为有必要一步一步追踪,逐个勾画出这些阶段。

这段历史,他刚投上几眼就大为惊骇。

头一个反应便是眼花缭乱。

直到那时,共和国、帝国这些字眼,对他来说十分可怕。共和国,是黄昏中一个绞刑架;帝国,是黑夜里一把战刀。可是,他投眼望去,本以为只能看见一片黑暗的混沌,不料望见闪闪发光的星辰、冉冉升起的太阳,真是万分惊讶,又喜又怕;那些星辰是米拉博、韦尼奥、圣茹斯特、罗伯斯庇尔、加米尔·德穆兰、丹东,而那太阳就是拿破仑。他晕头转向,连连后退,只觉得辉光耀眼,继而,一阵惊愕过后,他渐渐适应这一道道灿烂的光芒,注视那些行动而不目眩,审视那些人而不恐惧了;革命和帝国通明透亮,远远出现在他幻视的目光前面;他望见那两组事件和人分别概括在两个巨大的事实中:共和国的事实,就是归还给民众的民权取得崇高地位,帝国的事实,就是强加给欧洲的法兰西思想取得崇高地位;他望见从革命里出现人民的伟大形象,从帝国里出现法兰西的伟大形象。他在内心里宣布,这一切都是好的。

这种初步评价还太笼统,他一时目眩所忽略的方面,我们认为没有必要在此指明。须知,这是人的思想进展中的状态,进步不可能一蹴而就。这话对上文和下文都适合,交代了这一点,我们再往下说。

于是他发觉,直到那时候,他既不了解自己的国家,也不了解自己的父亲。无论祖国还是父亲,他都毫无认识,真好像故意让夜幕蒙住自己的眼睛。现在,他看见了:对祖国他赞美,对父亲他热爱。

他心里充满懊悔和愧疚,现在他百感交集,只能向一座坟墓诉说了,想想怎不悲痛欲绝!唉!如果他父亲还在人世,如果他还拥有父亲,如果上帝大慈大悲,还让这位父亲活着,那么他会怎样飞速跑去,会怎样扑向父亲,会怎样高喊:"父亲!我来啦!是我呀!我有你这样一颗心!我是你儿子呀!"他会怎样拥抱父亲的头,泪水洒满他的白发,他会怎样瞻仰父亲的刀伤,紧握父亲的双手,会怎样欣赏父亲的衣服，亲吻父亲的双脚！唉！这位父亲，为什么早早就离世，还没有上年纪，还没有得到公正待遇，还没有得到儿子的爱呀！马吕斯心中无时不在饮泣，无时不在唉声叹气！与此同时，他变了，变得真的更加严肃，真的更加深沉，真的更加确信自己的信念和思想了。真实的光芒时刻照来，充实他的理念。他内心仿佛成长起来，感到自身壮大了，那是两种新事物，他的父亲和祖国给他带来的。

一旦有了钥匙，什么门都能打开；同样，马吕斯也弄明白了他从前所仇恨的，洞悉了他从前所憎恶的；从此他清晰地看到，别人教他鄙视的那些伟大事物，别人教他诅咒的那些伟大人物所体现的天意、神意和人意。原来的见解不过是昨天的事，现在想起来却恍若隔世，他心中又气恼，又哑然失笑。

他转变了对父亲的看法，接着也自然改变了对拿破仑的看法。

不过应当指出，改变对拿破仑的看法，不是一帆风顺的。

他从小脑袋里就灌满了1814年党人对拿破仑的评价。复辟王朝的各种偏见、全部利益和本能，都极力歪曲拿破仑。王朝憎恨罗伯斯庇尔，更憎恨拿破仑，而且相当巧妙地利用了国家的疲敝和母亲的怨恨，把波拿巴描绘成了近乎传说中的魔怪；正如我们刚才指出的，民众的想象类似儿童的想象，为了按照民众的想象来描绘拿破仑，1814年党人陆续抛出形形色色的骇人脸谱，从可怕而不失为伟大的直到可怕转而可笑的，从提比略①直到吓唬孩子的妖怪。因此，一提起拿破仑，只要泄愤，就可以号啕大哭，也可以纵声大笑。对于人们习惯称呼的"那个人"，马吕斯的头脑里从来没有别的看法。而那种看法又同他的倔强秉性相结合，他身上附了一个憎恨拿破仑的顽固小人儿。

在阅读历史，尤其通过文献和材料研究历史的过程中，在马吕斯眼中遮盖拿破仑的幕布渐渐撕开了。他隐约望见无比巨大的影像，怀疑起自己直到这时为止，就像看错其他事物一样，也看错了拿破仑；他一天比一天看得清楚了，并开始一步一步缓慢地攀登，起初还颇为遗憾，继而兴奋起来，仿佛受到一种不可抗拒的诱惑力所吸引，他步上的是狂热崇拜的梯阶，开头很昏暗，渐渐才有了亮光，最后终于光

---

① 提比略（公元前42—公元37）：罗马皇帝（14—37年在位），历史上被视为暴君。

明灿烂了。

　　一天夜晚，马吕斯独自待在顶楼的小卧室里，双肘支靠在敞着窗口的桌子上，借着烛光阅读。各种各样的幻想白天而降，同他的思想交织起来，夜景多么奇妙！不知从什么地方隐隐传来声响，比地球大一千二百倍的木星好似一块火炭，闪耀着红光，黝暗的苍穹星光闪烁，真是奇妙无比。

　　他在翻阅大军战报，那是在战场上写出来的荷马史诗般的诗篇；他时而遇见父亲的名字，随处可见皇帝的名字，眼前就出现整个大帝国；他胸中的海潮汹涌上涨，有时觉得父亲像一股清风，从他身边经过，对着他耳朵说话；他越来越变得怪异了，恍若听见战鼓声、炮声、军号声、营队行进的整齐步伐、远处骑队奔驰的隐约马蹄声；他不时抬起眼睛眺望天空，凝望无垠的深邃中闪耀着的巨大星辰；继而目光收回到书本，他看见另一些巨大的事物影影绰绰地晃动。他的心缩紧，激动起来，浑身开始颤抖，呼吸也急促了，突然，他站起来，不知心里想到什么，也不知在顺从什么，双臂却伸到窗外，凝望那巨影、那沉寂、那幽邃的无限、那茫无垠际的永恒，高喊了一声：皇帝万岁！

　　从这时起，大势已定。什么科西嘉的吃人魔怪，什么篡位者，什么暴君，什么同胞妹乱伦的禽兽，什么跟塔尔马学艺的小丑，什么在雅法下毒的罪犯，什么老虎，什么布奥拿巴，这一切统统化为乌有，在他头脑里让位给一片浩茫而灿烂的光芒，在那光芒中高不可攀的地方，挺立一尊恺撒大理石像，好似惨白的幽灵。在马吕斯父亲的心目中，皇帝还仅仅是人们所敬佩并愿为效命的亲爱的统帅；而在马吕斯看来，他是继罗马人之后，法国人统御世界的命定的设计师，他是一个崩溃世界的伟大建筑师，继承了查理大帝、路易十一、亨利四世、黎塞留、路易十四，以及公安委员会，当然他也有污点，有过错，甚至有罪恶，就是说他是人；不过，他在过错中仍不失庄严，在污点中仍不失辉煌，在罪恶中仍不失英伟。他是上天派的人，来迫使所有国家说："伟大的国家"。他做得还要出色：他是法兰西的化身，以他手中之剑征服欧洲，以他放射的光明征服世界。在马吕斯看来，波拿巴是个闪闪发光的幽灵，始终屹立在边境线上，保卫着未来。他是独裁者，却是狄克维多①，是从一个共和国诞生出来并概括一场革命的独裁者。在马吕斯看来，拿破仑成为人民的人，正如耶稣成为神人一样。

可以看出，他的行为酷似新皈依一种宗教的人，因自己的皈依而极度兴奋，急不可待地投进去，而且走得太远。他天性如此，一旦从斜坡往下滑，就很难收住脚了。对武力的狂热占据了他的头脑，使他对思想的热忱变得复杂了。他丝毫也没有意识到，他崇拜天才，也夹杂着崇拜武力，换句话说，他往自己偶像的两个格子里，分别安放了神圣的东西和野蛮的东西。在许多方面，他也出了别的差错。他什么都接受。在追求真理的路上，有可能遇到谬误。他有一种强烈的诚心，什么都囫囵吞下去。他走上新的道路，无论审判旧制度的错误，还是衡量拿破仑的光荣，他都忽略了应当打折扣的情况。

不管怎样，飞跃了一步。他看到从前君主制衰败的地方，现在法兰西崛起了。他改变了方向，落日变成日出的地方。他掉了个头。

这一系列转变在他身上完成，而他家人却毫无觉察。

在这种隐秘的变化中，他完全蜕掉波旁和极端派的那层旧皮，抛掉了贵族、雅各②派和保王派，变成完全的民主派、彻底的民主派，而且接近革命派了，于是，他到金银河滨路的一家刻字店，定制了一百张"马吕斯·彭迈西男爵"的名片。

他围绕着父亲在内心所发生的变化，这仅仅是极合逻辑的一种后果。可是，他不认识任何人，又不能把名片散发到人家的门房，就只好揣在自己的衣兜里。

还有一种自然的后果，就是他越接近他父亲及其名望，越接近上校为之战斗二十五年的事物，就越疏远他外公。我们说过，他根本不喜欢吉诺曼先生的性情，这情况由来已久。在这个严肃的青年和这个轻浮的老人之间，处处都不合调。老东西的快活刺激并加剧维特的忧伤。只要政治见解和思想一致，就等于有一座桥梁，马吕斯可以在上面和吉诺曼先生相会。一旦这座桥梁坍毁，就出现鸿沟了。还有最重要的一点，吉诺曼先生出于愚蠢的动机，无情地把他从上校的身边夺

---

① 狄克维多：古罗马的独裁官。

② 英国1688年革命后，还拥护雅各二世和斯图亚特王朝的人，称雅各派。

走，既让父亲失去孩子，也让孩子失去父亲，马吕斯一想到这事，心里对吉诺曼先生就产生一种难以名状的激愤。

马吕斯对父亲实在太敬重了，结果对老外公几乎产生了厌恶的情绪。

我们已经提过，这一切丝毫也没有流露出来，只是他变得越来越冷淡了，在餐桌上寡言少语，也不大待在家里。姨妈为此责备过他，他回答的口气非常温和，总说有事，研究，上课，考试，听讲座，等等。老外公总脱离不开他那把握十足的判断："有了心上人！这事儿我懂！"

马吕斯不时要外出。

"他总走，到哪儿去呢？"姨妈问道。

他外出旅行，时间总是很短，有一次去了蒙菲郿，那是遵从父亲的遗言，去找从前在滑铁卢那个中士，客栈老板德纳第。德纳第破了产，小客栈关了门，下落不明，马吕斯离家寻访了四天。

"毫无疑问，他什么也不顾了。"老外公说道。

有人仿佛看到，他胸前衬衫里有什么东西，吊在他颈上的一条黑带上。

七　追小妞儿

我们提过一个枪骑兵。

他是吉诺曼先生的侄孙，一向离家在外，也远离所有居家住户，过着军营生活。特奥杜勒·吉诺曼中尉具备所谓英俊军官的全部条件。他有一副"仕女的身段"，有一种拖曳战刀的英武姿势，还有两撇向上翘的小胡子。他极少来巴黎，就连马吕斯也从未见过。这对表兄弟彼此仅仅知道名字。我们好像说过，特奥杜勒是吉诺曼姑妈的宠儿。只因见不到，姑妈才特别喜欢他。见不到面的人，就会令人想得非常完美。

一天早晨，吉诺曼大小姐回到屋里，一副平静惯了所能表露出来的激动神情。刚才，马吕斯又请求外公准许他外出短期旅行，并说打算当天晚上就动身。"去吧！"老外公回答。吉诺曼先生随即又转过身，两道眉毛挑到额头上，旁白了一句："在外留宿，屡教不改。"吉诺曼小姐上楼回房，在楼梯上抛出这样一个感叹句："太过分啦！"还抛出这样一个疑问句："他到底去哪儿呢？"她隐约猜出多少难以启齿的一次艳情，隐约看到暗中有个女人，是一次约会，一次偷情；她很想借助眼镜仔细瞧瞧。领略一下偷情，就像乍见一场风波那样新鲜；圣洁的灵魂也绝不厌恶。虔诚的心曲也有密室，装着对丑闻的好奇。

因此，她隐约渴望了解这样一件事的经过。

这种好奇所引起的躁动稍微打乱她的习惯，为了转移注意力，她就往自己的手艺中逃避，开始把剪布图案绣在布上；那种剪接绣满车轮图案的饰物，在帝国和王朝复辟时期非常流行。腻烦的活计，烦躁的绣工。吉诺曼小姐已经坐了好几个小时未动窝，忽然房门打开，她扬起鼻子，看到特奥杜勒中尉站到面前，正向她行军礼。她高兴得叫起来。一个女人老了，又一贯正经、虔诚，又是姑妈，不过，看到一名枪骑兵走进房间，总归是件快活的事儿。

"你到这儿啦，特奥杜勒！"她惊叫道。

"是顺道看看，姑妈。"

"倒是快点拥抱我呀。"

"好哇！"特奥杜勒回答。

他上前拥抱了吉诺曼姑妈。姑妈走到写字台前，打开抽屉。

"你至少陪我们一周吧？"

"姑妈，今天晚上我就得走。"

"怎么可能！"

"一点儿不错！"

"留下吧，我的小特奥杜勒，求求你啦。"

"心要留下，可是军令不行。事情很简单。我们要换防，原先驻扎在默伦，现在转移到加永。从老防地去新防地，要经过巴黎。我就说：我要去看看姑妈。"

"喏，这是你的辛苦费。"

她往侄儿手中塞了十枚金路易。

"您是说给我的娱乐费吧，亲爱的姑妈。"

特奥杜勒再次拥抱姑妈，而老姑妈脖子让他军服的饰带划了一下，产生一阵快感。

"一路上，你是随着团队骑马走吧？"姑妈问他。

"不，姑妈。我打定主意来看您，得到特殊允许。我的勤务兵把我的马带走了，我乘驿车去。对了，我要问您一件事。"

"什么事？"

"我那表弟马吕斯·彭迈西，他也要外出吗？"

"这事儿你怎么知道？"姑妈说。一句问话突然搔到她好奇心的最痒处。

"我刚一到，就去驿站定了一个下座。"

"那又怎么样？"

"有个旅客来过，定了一个上层座。我在单子上见到他的名字。"

"叫什么？"

"马吕斯·彭迈西。"

"坏小子！"姑妈嚷道，"哼！你那表弟可不像你这样规矩。在驿车上过夜，成什么体统！"

"跟我一样。"

"你不一样，是执行任务；而他呢，是去胡闹。"

"好家伙！"特奥杜勒说道。

说到这里，吉诺曼大小姐灵机一动，有了个主意。她若是个男子汉，一定会拍拍额头。她责备特奥杜勒：

"你知道吗？你那表弟都不认识你！"

"不知道。我是见过他，可是，他从来不屑仔细瞧我一眼。"

"你们是要同车旅行啦？"

"他在上层座，我在下层座。"

"那趟车去哪儿呢？"

"去昂德利斯。"

"马吕斯要去那儿吗？"

"除非跟我一样中途下车。我到维尔农换车去加永。马吕斯的路线，我根本不知道。"

"马吕斯！这名字难听死了！怎么能想到起马吕斯这名字呢！而你，叫特奥杜勒，至少说得过去！"

"我倒更愿意叫阿尔弗雷德。"军官说道。

"听我说，特奥杜勒。"

"我听着呢，姑妈。"

"注意。"

"我注意了。"

"准备好了吗？"

"好了。"

"告诉你，马吕斯时常不回家。"

"嘿，嘿！"

"他时常旅行。"

"哦，哦！"

"他时常在外面过夜。"

"嗬，嗬！"

"我们想了解这里面有什么名堂。"

特奥杜勒像老练而麻木的人那样，平静地回答：

"有条短裙子吧。"

接着，他皮笑肉不笑，显得把握十足，又补充一句：

"有个小妞儿吧。"

"显而易见。"姑妈高声附和。她听那口气，真像吉诺曼先生说的话：叔公和侄孙几乎以同样的腔调说出"小妞儿"这个词，这就使她确信无疑了。她又说道：

"请你帮我们一个忙，盯着点儿马吕斯；这事儿容易做，他不认识你。既然有小妞儿，那就设法瞧瞧那小妞儿。然后写信来，向我们讲讲这段有趣的故事，让他外公开开心。"

对这种跟踪盯梢儿的事，特奥杜勒不大感兴趣；不过，他接了十路易金币，非常感动，觉得以后还可能哗哗地跟来。于是，他接受使命，说道：

"听您的吩咐，姑妈。"但他心下又暗说一句："这下子我成了老保姆了。"

吉诺曼小姐亲了他一下。

"你呀，特奥杜勒，你可不会干那种荒唐事。你遵守纪律，是营规的奴隶，是安分尽职的人，你绝不会离开家，去会那种女人。"

枪骑兵做了个鬼脸，那种满意的神色，就像伽尔图什①听人称赞他奉公守法一样。

---

① 伽尔图什（1693—1721）：法国一个盗匪团伙的首领。

在这次谈话的当天晚上，马吕斯上了驿车，根本想不到会有人监视他。至于那位监视人，他做的头一件事就是呼呼大睡，可以说高枕无忧，完全进入梦乡。阿耳戈斯①鼾声响了一整夜。

天蒙蒙亮的时候，车夫嚷道："维尔农！维尔农站到啦！到维尔农的旅客下车啦！"特奥杜勒中尉醒来。

"对，"他还处于半睡状态，咕哝道，"我是在这儿下车。"

继而，他完全醒来，头脑也渐渐清晰了，这才想到他姑妈、那十路易，以及他肩负的使命，要汇报马吕斯的举动。想到这里，他笑了。

他一边重新把紧身军衣扣上，一边想道：也许他不在车上了。他到普瓦西就可能下去了，到特里埃尔就可能下去了；他若是没在默朗下车，就可能在芒特下车，除非到罗勒布瓦兹下去了，或者一直到帕西，再换车往左边去埃夫勒，或者往右边去拉罗什-吉永。你在后边追吧，我的姑妈。鬼晓得我写信向那个老太婆说什么？

正在这时候，从顶层车厢下来一条黑裤子，出现在下层车厢的窗口。

"会是马吕斯吗？"中尉说道。

正是马吕斯。

车下有个农村小姑娘，混在马匹和马夫当中，正向旅客叫卖鲜花："鲜花送给您的太太小姐吧。"

马吕斯走上前，买了她篮子里最美的鲜花。

"这下可把我的劲头挑起来！"特奥杜勒说着，跳下底层车厢，"见鬼，这些花，他要送给谁呢？这样一束美丽的花，只有一个绝色女子才配。我要见她一面。"

于是，他开始跟随马吕斯，但现在不再顾什么使命，而是受好奇心的驱使了，就好像猎犬为自己捕猎了。

马吕斯根本不注意特奥杜勒。驿车上下来几位衣着华丽的女子，而他旁若无人，连看也不看一眼。

"他可真够痴情的！"特奥杜勒想道。

马吕斯朝教堂走去。

----

① 阿耳戈斯：希腊神话中的百眼巨人，奉天后之命看守被变成小母牛的伊娥。他睡觉时闭五十只眼睛，睁五十只眼睛。

"好极了！"特奥杜勒心下暗道，"教堂！正是。情侣约会，加点弥撒当佐料，就最有味道了。从仁慈上帝的头顶抛送秋波，再也没有比这更美妙的事了。"

马吕斯走到教堂，却没有进去，而是绕到后殿，过了半圆后殿的一个墙垛就不见了。

"露天约会，"特奥杜勒咕哝道，"瞧瞧那小妞儿。"

他踮起长筒靴，朝马吕斯拐过去的墙角走去。

到了那儿，他惊愕地站住了。

马吕斯双手捧着额头，跪在一座坟茔的杂草中，他揪下那束鲜花的花瓣撒在坟前。坟墓一端突出的部分，表明是坟头，插着一支黑色木十字架，上面白色的字是这个名字："上校彭迈西男爵"。只听马吕斯痛哭失声。

那"小妞儿"就是一座坟茔。

八　大理石碰花岗岩

马吕斯头一回离开巴黎，就是来这里。后来吉诺曼先生每次说他在外留宿，他也是来这里。

特奥杜勒中尉不料碰上一座坟墓，真是惊诧不已，产生一种特殊的不快，这种感觉难以分析，既有对一座坟茔，也有对上校的敬意。他退回去，丢下马吕斯独自待在公墓里；这种后撤也是遵守纪律的表现。眼前出现的戴着大肩章的死者，他差一点行了个军礼。他不知道该如何给姑妈写信，就干脆不写了；如果不是偶然中常见的那种鬼使神差，使维尔农这一场面立即在巴黎掀起一场风波的话，马吕斯的爱被特奥杜勒发现，大概也不会造成任何后果。

第三天大清早，马吕斯从维尔农返回外公家。在驿车上过了两夜，他感到十分疲惫，需要去学一小时游泳才能补偿睡眠，于是匆忙上楼回房间，脱下旅行装，摘下脖子上的黑带子，就赶往浴场。

吉诺曼先生同所有健康的老人一样，早早就起床，听见外孙回来，就迈动两条老腿，以最快的速度爬楼梯，到马吕斯住的阁楼拥抱他，问问情况，了解一下他从什么地方回来。

可是，小伙子下楼比八旬老人上楼用的时间少得多，等吉诺曼老头走进阁楼房间，马吕斯已经不在了。

床铺没有动过,上边随意摊着那身旅行装和那条黑带子。

"有这东西更好。"吉诺曼先生说了一句。

过了一会儿,他走进客厅,只见吉诺曼大小姐已经坐在那儿,正绣她那车轮图案呢。

吉诺曼先生进来得意扬扬。

他一手拎着旅行装,一手提着脖颈带子,进门就嚷道:

"胜利啦!我们就要探到秘密啦!我们就要弄个水落石出啦!我们就要摸到这个鬼鬼祟祟的小子的风流事儿啦!我们掌握了他的浪漫故事。我拿到了肖像!"

果然,颈带吊着一个黑色驴皮圆盒,颇像一枚大勋章。

老人拿起小盒,先不忙打开,赏玩了一阵,那神态就像一个可怜的饿鬼,眼看一顿丰盛的晚餐从自己鼻下给别人端去;真是又欣喜若狂,又心头火起。

"里面装的显然是肖像,这事我内行,这东西情意缠绵地挂在胸口。他们也太傻啦!很可能是个丑八怪,见了叫人不寒而栗!如今的年轻人呀,口味也太差劲啦!"

"先拿出来瞧瞧吧,父亲。"老小姐说道。

按一下弹簧盒子就开了,可是里面只有仔细折叠好的一张纸。

"老——套,"吉诺曼先生哈哈大笑,说道,"我知道是什么玩意儿。一封情书!"

"哦!那就念念吧!"老小姐说道。

说着,她戴上眼镜。他们打开那张纸,只见上面写道:

"吾儿亲览:皇上在滑铁卢战场上亲口封我为男爵。既然复辟政权否认我用鲜血换来的这一爵衔,吾儿就应当承袭过去。毫无疑问,吾儿是当之无愧的。"

父女二人的感觉真是难以言传,浑身仿佛让骷髅头吹的寒气冻僵了。他们没有交换一句话,只有吉诺曼先生好像自言自语,低声说道:

"正是那个武夫的笔迹。"

老小姐翻来覆去地检查那张纸,然后放回小盒里。

与此同时,一个长方形的蓝纸包从旅行装的一个兜里掉出来。吉诺曼小姐拾起,打开蓝纸包。那正是马吕斯的一百张名片。吉诺曼先生从她手里接过一张,念道:"马吕斯·彭迈西男爵"。

老人拉铃叫来妮珂莱特，拿起颈带、小盒和旅行装，全扔到客厅中央的地上，说道：

"把这些破烂都拿走！"

在沉默中整整过去了一小时。老头子和老姑娘背对背坐着，各自想心事，也许在想同样的事。一小时过后，吉诺曼姨妈说了一句：

"精彩！"

又过了一会儿，马吕斯回来了。他刚一到，还未跨进客厅的门，就看见他外公手里拿着他的一张名片；外公一同他照面，就摆出高人一等的绅士派头，带几分蔑视的口气，大声嘲笑道：

"嗬！嗬！嗬！嗬！好家伙，现在你是男爵啦！恭贺你呀。这究竟是什么意思呢？"

马吕斯的脸微微一红，答道：

"这就是说，我是我父亲的儿子。"

吉诺曼先生收敛冷笑，厉声说道：

"你父亲是我！"

"我父亲，"马吕斯垂下目光，神态严肃地接着说，"是个低微而英勇的人，他为共和国和法兰西光荣地效过力，他是人类最伟大的历史时期的伟大的人，他在野营中度过四分之一世纪，白天冒着枪林弹雨，夜晚冒雨睡在雪地泥地，他夺过两面敌军军旗，受过二十几处伤，死后遭人遗忘和背弃，他一生只有一个过错，就是过分爱了两个忘恩负义的东西：他的国家和我！"

吉诺曼先生哪能容忍这种话，他一听到"共和国"，就霍地起来，说得更恰当些，挺身而立。马吕斯说的每一句，都像鼓风炉吹旺火的热气，扑到那老牌保王派的脸上。只见他那张脸由阴沉变红，由红变紫，又由紫变得燃烧起来。

"马吕斯！"他吼道，"你这可恶的孩子！我不知道你父亲是什么东西！我也不想知道！我不知道他干了什么，也不知道他那个人！而我所知道的，就是他们那伙人当中，全都是无耻之徒！他们那些人，全是无赖、杀人凶手、红帽子党徒、盗匪！我说全是！我说全是，但我一个也不认识！我说全是！听见了吗，马吕斯！你明白了吧，你是男爵，就跟我这拖鞋一样！他们全是为罗伯斯庇尔卖命的匪徒！全是为布—奥—拿—巴卖命的强盗！他们全是逆贼，背叛，背叛，背叛！背叛了他们合法的国王！他们全是胆小鬼，在滑铁卢见到普鲁士和英国人望风而逃！我就知道这个。令尊大人也在那里，我不得而知，我很遗憾，算他活该，恕在下直言！"

马吕斯一听这话，面颊也变成炭火，而吉诺曼先生却成热风了。马吕斯浑身颤抖，脑袋冒火，不知道该怎么办，如同眼睁睁看人将圣饼扔一地的神甫，又像干看着行人唾其偶像的僧人。在他面前说出这种话，绝不能不受惩罚。可是怎么办呢？刚才当着他的面，把他的父亲践踏了一阵，是谁践踏的呢？是他外公。怎么能为一个雪耻而又不冒犯另一个呢？他不可能辱骂外公，同样不可能不为父亲雪耻。一边是一座神圣的坟墓，另一边是白发苍苍的脑袋。这一切在他头脑中回旋翻腾，他一时像醉了一样，站立不稳；继而，他抬起头，眼睛盯着老外公，像打雷一般吼叫一声：

"打倒波旁王室，打倒肥猪路易十八！"

老人本来涨红的脸陡然变色，比头发还白了。他转向摆在壁炉上的德·贝里公爵半身像，以庄严得出奇的姿态深鞠一躬。接着，他从壁炉到窗口，又从窗口到壁炉，缓步默默地走了两个来回，如同一尊石雕像行走那样，踏得地板咯咯山响。走第二趟的时候，到了在冲突面前像老绵羊一样惊得发呆的女儿跟前，他便俯过身去，面带近乎平静的微笑说道：

"一位像先生那样的男爵，一个像我这样的市民，是不能住在同一个屋顶下的。"

他猛地直起身，面无血色，额头因盛怒的骇人光芒而扩大了，颤抖地朝马吕斯举起手臂，吼道：

"滚出去！"

马吕斯离开了住宅。

第二天，吉诺曼先生对他女儿说：

"每六个月，您寄六十皮斯托尔①给那个吸血鬼，今后，您永远也不要向我提起他。"

还有满腔怒火无处发泄，他就连续三个多月用"您"称呼女儿。

马吕斯也气冲冲地走了。应当指出，有一个情况更加激怒了他。

---

① 法国古币名，1皮斯托尔相当于10利弗尔。

这类意外的小误会，总要使家庭风波变得更复杂。各人过错实际上虽然没有增加，可是怨恨却加深了。那个妮珂莱特遵照老外公的吩咐，急忙将那些"破烂"送回马吕斯的卧室，无意中将珍藏上校遗书的黑色圆皮盒失落，大概掉在昏暗的顶楼楼梯上。那张纸和圆盒再也没有找见。马吕斯断定是"吉诺曼先生"——从这天起，他不再以别的称谓叫他——把"他父亲的遗嘱"烧了。上校写的几行字都记在他心里，因此一个字也没有丢掉。然而，那张纸、那笔迹，是神圣的遗物，是他整个一颗心。而别人怎么那样对待呢？

马吕斯走了，没说去哪里，也不知道去什么地方，身上只有三法郎、一只表，以及装着日常衣物的一个旅行包。他登上一辆出租马车，说好按时计费，便漫无目的地朝拉丁区驶去。

马吕斯后来的情况如何呢？

第四卷 ABC 朋友会

一 几乎载入史册的一个团体

那个时期表面上风平浪静，而暗中却激荡着一股革命潮流。1789年和1792年幽谷的气流，又吹回到空中。青年一代，请允许我们使用这个字眼，正在"蜕变"。他们几乎毫无觉察，就随着时间的流动而改变了。表盘上行走的时针，也在心灵里行走。每人都不可避免地迈出前进的脚步。保王党人变成自由派，而自由派则变成民主派。

那就像一次大海潮，只见无数浪涛起落流转，而浪涛起落流转的特点就是大交汇，那便是蔚为奇观的思想大汇合：人们同时崇拜拿破仑和自由。在此我们谈一点历史。这正是那个时期的幻景。观点和主张经过不同阶段。伏尔泰保王主义，这一奇特的变种，也有同样怪异的类似物，就是波拿巴自由主义。

另外一些思想团体较为严肃。有的探讨原理，有的看重人权。有的热衷于绝对真理，放眼可望实现的无限远大的目标；绝对真理，以其自身的刚硬严苛，把人的思想推向霄汉，在无限空间里飘浮。信条比什么都更能令人产生梦想；而梦想又比什么都更能孕育未来。今天的乌托邦，就是明天的骨肉。

先进的主张有双重背景。一种神秘的端倪威胁了"既定秩序"，显得可疑而诡秘。这是最为革命的一种标志。当权者的意图，在坑道里同人民的意图狭路相逢。酝酿起义正好道出密谋政变。

当时，法国还没有德国道德团①，或者意大利烧炭党那样庞大的地下组织；然而，有些地方，挖掘的暗道正伸展蔓延。艾克斯那儿的苦古德社②已见雏形；巴黎这类社团中，有一个叫 ABC 朋友会。

何谓 ABC 朋友会呢？是一个团体，其宗旨，表面上为教育孩子，实际上为培训成人。

他们自称为 ABC 的朋友，ABC 就是民众③。他们要把民众拉起来。双关语的文字游戏，谁要嘲笑就错了。这种文字游戏，有时在政治上相当严肃。例如，"阉人上战场"④，就使得纳尔雷斯当上将军；再如，"野蛮人所不为，巴尔贝里尼干出来"⑤；再如，"自由和家"⑥；再如，"你是石头，在这石头上我要建造……"⑦ 等等。

ABC 朋友会成员不多，是一个处于萌芽状态的秘密团体，几乎可以说是个小集团，当然要有小集团能产生英雄的含义。他们在巴黎聚会有两个地点：一个是"科林斯"酒馆，在菜市场附近，以后还要谈到；另一个是穆赞咖啡馆，在先贤祠附近圣米歇尔广场⑧边上，那家小咖啡馆如今已然拆毁。两个聚会地点，前一个接近工人，后一个接近大学生。

ABC 朋友会经常在穆赞咖啡馆后间秘密聚会。后间离店铺相当远，由很长一条走廊相通，有两扇窗户和一道后门，出后门下一道暗梯，便是砂岩小街⑨。他们聚在那里抽烟，喝酒，打牌，说说笑笑，纵论天

---

① 道德团：1808 年德国爱国青年组成的团体。

② 苦古德社：一个小型的共和党人秘密组织，在普罗旺斯地区，意为"笨蛋社"。

③ ABC 与法文词"身份低下"发音相似，故隐含"民众"之意。

④ 原文为拉丁文。拜占庭皇帝查士丁尼一世（527—565 年在位），曾派宦官纳尔雷斯出征。

⑤ 原文为意大利文。17 世纪，巴尔贝里尼家族为建府邸，在罗马拆毁古建筑。巴尔贝里尼与"野蛮人"读音相近。

⑥ 原文为西班牙文。是西班牙自由派联合的口号。

⑦ 原文为拉丁文。耶稣对彼得说的话。彼得意味石头，故说在石头上建教堂。

⑧ 后改为埃德蒙·罗斯唐广场。

⑨ 即今天的古雅街。

下大事，谈到某些事又压低嗓门。墙上钉着一幅共和时期的法国旧地图，这一标志就足以唤起警探的嗅觉了。

ABC朋友会的成员大部分是大学生，他们同几个工人关系十分密切，主要人物的名字如下：安灼拉、公白飞、若望·普鲁维尔、弗伊、库费拉克、巴奥雷、赖格尔或飞鹰、若李、格朗太尔。在一定程度上，他们成为历史人物了。

这些青年极重友情，成为一家人了。除了赖格尔，他们全是南方人。

这伙人很出色，但是，他们已经消失在我们脑后无形的深渊中了。故事叙述到这里，趁读者还未目睹他们坠入一场悲壮冒险的黑暗中，也许有必要移过去一束光，照一照这些年轻的面孔。

安灼拉是有钱人家的独生子，以后会明白我们为什么头一个提到他。

安灼拉是个可爱的小伙子，但厉害起来也很吓人。他像天使一样俊美，是安蒂诺乌斯①再世，但又桀骜不驯。看他那沉思眼神的反光，可以说他在前世就经历过革命的大风暴。他以见证人的身份继承了革命传统，了解这件大事的全部细节。他天生仪态威严，而又勇武好斗，这集在青年一身，简直不可思议。他既是主祭，又是斗士；以直接的观点来判断，他是民主的战士，如果超越当时的运动来看，他是宣扬理想的教士。他目光深邃，眼睑微红，下嘴唇厚实，容易做出鄙夷之态，而额头则显得高耸。一张面孔上额头高耸，就像天际上一片晴空，如同18世纪末19世纪初少年得志的一些人，他的青春也跟少女一样，奔逸而鲜艳，尽管也有略显苍白的时候。他已成年，却还像个孩子。他到了二十二岁，却还像十七岁少年。他十分严肃，就仿佛不知道天下还有所谓女人。他只有一种迷恋，就是人权，只有一个念头，就是清除障碍。他在阿文蒂诺山上会是格拉库斯②，在国民公会里会是圣茹

---

① 古希腊美少年，阿德里安皇帝的宠儿，130年溺死在尼罗河后被封为神。

② 阿文蒂诺山：罗马城外七山岗之一。格拉库斯兄弟二人先后是罗马护民官，兄蒂贝里乌斯（公元前162—前133）、弟卡伊乌斯（公元前154—前121）因主张土地改革而被大地主杀害。

斯特。他视而不见玫瑰，不理睬春天，也听不见鸟儿歌唱；他看见爱娃德奈裸露的酥胸，也不会比阿里斯托吉通更为动情，在他眼里，就像在哈尔莫狄乌斯眼里那样，鲜花只配掩藏利剑。① 他在欢乐中也不苟言笑。凡遇同共和无关的事物，他总怕被玷污似的垂下目光。他是自由女神大理石雕像的情人；他的语言直穿胸腔，像圣歌一般娓娓动听。难以预料他什么时候张开翅膀。哪个多情女子去试探他，那就自找倒霉！康伯雷广场或圣让·德博维街的年轻女工，见到这张逃学的中学生面孔，这副少年侍从的模样儿，见到这金黄的长睫毛、这蓝眼睛、这迎风蓬乱的头发、粉红的脸蛋、鲜艳的嘴唇、洁白的牙齿，如果要饱餐这整个曙光，走到安灼拉面前搔首弄姿，那她就从一副惊人而凶狠的目光中突然看到深渊，从而明白不该把以西结的威猛天使，同博马舍的风流天使②混为一谈。

安灼拉这边代表革命的逻辑，而公白飞那边则体现革命的哲学。革命的逻辑和哲学之间，唯一的差异就是它的逻辑能导致战争的结论，而它的哲学则能达到和平的结果。公白飞补充并修正安灼拉，个头儿没有那么高，肩膀却要宽些。他主张往人们的头脑里灌输总体思想的广泛原则；他常说：革命，其实就是文明；他在悬崖峭壁的山峰周围，展示了辽阔的碧空。因此，在公白飞的全部主张里，有些切实可行的东西。公白飞倡导的革命，要比安灼拉所倡导的容易让人接受。安灼拉宣扬革命的神圣权利，公白飞则宣扬自然的权利。前者追慕罗伯斯庇尔，后者接近孔多塞③；对于大众生活，公白飞要比安灼拉体验多。这两个青年若能留名青史，那么一个是义人，另一个则是贤哲。安灼拉更多阳刚之气，公白飞更多人情味。"人"和"成年人"④，这正是两者之间的细微差异。安灼拉严厉，公白飞则不同，由于天性纯洁而

---

① 爱娃德奈：古代传说中的钟情女子，她见人焚烧她丈夫的尸体，便跳进柴堆里。哈尔莫狄乌斯和阿里斯托吉通：雅典人，他们合力杀了暴君希帕尔克（公元前527—前514年在位），然后将凶器藏在爱神木枝叶下面。

② 以西结是《圣经·旧约》中四大先知的第三名，是自述体的《以西结书》的作者。博马舍的风流天使指他剧作的主人公费加罗。

③ 孔多塞（1743—1794）：法国数学家，哲学家，经济学家，政治家。法国革命中持温和态度，国民公会议员。

④ 原文为拉丁文。

显得温和。他喜欢"公民"这个词，但是更爱"人"这个词，还好故意像西班牙人那样讲：Hombre①。他博览群书，常去看、去听公共课，听阿拉戈②讲解光的极化，特别爱上若弗鲁瓦·圣伊赖尔③的课，听他讲外颈动脉和内颈动脉的两种功能，一个管面部，一个管大脑；他密切注视并了解科学的发展，对比分析圣西门和傅立叶的学说，解读古代象形文字，砸开鹅卵石推测地质，凭记忆能画出蚕蛾，指出法兰西学院词典中法文的错误，还研究普伊塞古和德勒兹④，什么也不肯定，连奇迹也不例外，什么也不否定，连鬼魂也一样，还浏览政府《公报》合订本，而且总爱思索。公白飞宣称，未来掌握在教师手中，他特别关心教育问题。他希望社会要不懈地努力，提高人民的才智和道德水平，推广使用科学，传播思想，使青年增长智慧；他担心目前的教学方法太贫乏，文学观点太浅陋，仅仅局限于两三个世纪的所谓古典主义，学阀专断的教条肆虐，以及种种经院的偏见和陈规，这一切要把我们的学校搞成牡蛎⑤的人工培植场。他学识渊博，什么都讲求纯正、精确，又多才多艺，有开拓精神，同时又善思索，正如友人所说，"简直到了想入非非的程度"。所有这些梦想：建造铁路，动手术免除疼痛，暗室里固定影像，打电报，气球定向行驶，他都深信不疑。不仅如此，他也不畏惧由迷信、专制和成见在各处建造的反对人类的堡垒。他这种人认为，科学迟早要扭转局面。安灼拉是首领，公白飞则是导师。人们愿意跟随前者战斗，跟随后者前进。这并不是说公白飞不能战斗，他遇到障碍照样展开肉搏，奋力猛攻；但是，他更喜欢通过原理的教育和颁布切实可行的法规，逐步让人类同命运协调一致；在两种光明中，他倾向于光照而不是火焰。熊熊大火固然能映红半边天，但是何不等日出呢？火山爆发也能照亮，但是毕竟不如曙光。公白飞欣赏壮丽的红焰，也许更看重美的白色。混杂着烟尘的光明、由暴力换取的进步，只能给这个温和而严肃的人带来一半满足。像1793年那

① 西班牙文"人"的书写。
② 阿拉戈（1786—1853）：巴黎观象台台长。
③ 若弗鲁瓦·圣伊赖尔（1772—1844）：法国自然学家。
④ 普伊塞古和德勒兹：帝国旧军官，成为磁学专家。
⑤ 法语中的"牡蛎"引申意思为"愚蠢的人"。

样，让人民从悬崖直坠真理之谷，他望而生畏，然而，他更憎恶一潭死水的状态，能嗅出那里的恶臭和死亡。总而言之，他喜欢飞沫而讨厌瘴气，喜欢激流而讨厌污水坑，喜欢尼亚加拉瀑布而讨厌鹰山湖。一句话，他既不愿停顿，也不愿过激。他那些闹哄哄的朋友，一个个威武雄壮，力主完美绝对，赞赏并呼唤波澜壮阔的革命冒险行动，而公白飞却倾向于自然的进步：这种有益的进步也许显得平静，但是很纯洁；也许显得按部就班，但是无可指摘；也许显得冷漠，但是不可动摇。他不惜跪在地上，双手合拢，祈求未来以其完全纯洁的面貌到来，又丝毫不打扰人民向善的巨大进程。"善必须是纯洁的。"他反复这样强调。的确，如果说革命的伟大，就是凝视光彩夺目的理想，利爪携着血和火，穿越雷电向它飞去，那么进步的关，就是保持纯洁无瑕；华盛顿代表一个，丹东体现另一个，两者的区别就在于，一个是长着天鹅翅膀的天使，另一个是长着鹰翅膀的天使。

若望·普鲁维尔的色彩比公白飞还要柔和。一段时间他任点性，叫作"若安"，当时正研究一场强有力的深刻运动，那对于了解中世纪是必要的。若望·普鲁维尔很重情，他侍弄盆花，喜欢吹笛子，作诗，热爱民众，可怜妇女，为儿童流泪，同样相信未来和上帝，责备革命砍了一个王者的头，即安德列·舍尼埃①的头。他的声音平时很轻柔，有时又突然雄壮起来。他是文人，博古通今，可以说通晓东方事物。他的最大长处就是心地善良；他作诗气魄恢宏，这对于深知善良和伟大相近的人来说，是极其自然的事。他会意大利文、拉丁文、希腊文和希伯来文；他会这些文字，只用来读四位诗人的作品：但丁、尤维纳利斯、埃斯库罗斯和以赛亚。至于法国诗人，他喜欢高乃依超过拉辛，喜欢阿格里帕·德·奥比涅超过高乃依。他爱在长满野燕麦和矢车菊的田野里游荡，关心云彩不亚于关注时事。他的精神有两种姿态，一种对人，一种对上帝；他不是研究探索，就是冥思静观。他整天都深入考虑社会问题，诸如工资、资本、信贷、婚姻、宗教、思想自由、爱好自由、教育、刑罚、贫困、结社、财产所有权、生产和分配、昏昧蒙蔽芸芸众生的底层之谜；到了夜晚，他观望星相，观望那些巨大

---

① 安德列·舍尼埃（1762—1794）：法国诗人。他先是参加革命运动，后又反对恐怖政策而被送上断头台。

的天体。他跟安灼拉一样，是富家的独生子。他讲话慢声细语，低着头，垂下目光，局促不安地微笑着，神态不自然，样子笨拙，动不动就脸红，性情十分腼腆。然而，他却英勇无畏。

弗伊是制扇子工人，自幼父母双亡，每天干活勉强挣三法郎，却只有一个念头：解放全世界。他还关心一件事：学习；他说这也是自我解放。他自学读书写字，他获取的知识全靠自学。弗伊为人慷慨仗义，胸襟豁达。这个孤儿却收养了民众。他想念母亲，就思考祖国。他不希望有一个人没有祖国。他来自民众，具有远见卓识，心中蕴涵着今天所说的"民族意识"。他自修历史，就是要了解情况，有的放矢地表示愤慨。这小圈子乌托邦青年特别关注法国，唯独他面向国外，专门了解希腊、波兰、匈牙利、罗马尼亚、意大利。他以理所当然的顽强态度，总提起这些国名，也不管场合适当不适当。土耳其对希腊和色萨利的侵犯，俄国对华沙，奥地利对威尼斯的侵犯，这些暴行令他气愤填膺。尤其 1772 年的那场大暴行①，更令他切齿痛恨。愤慨中所包含的真确，是最有威力的雄辩；他的雄辩就是这种类型。他滔滔不绝地谈论 1772 这个无耻的年份，谈论这个被出卖的高尚而勇敢的人民，这种三国共同犯下的罪行；这种骇人听闻的阴谋诡计，竟然成为消灭别国的模式，从那之后有多少高尚的民族遭殃，可以说被勾销了出生证。现代社会的全部行凶犯罪，无不是从瓜分波兰的行动中派生出来的。瓜分波兰已成为定理，现在所有政治暴行全是它的推论。近百年来，所有独裁者、所有叛逆，无一例外，都参与策划，在合谋瓜分波兰书上签字画押了。要查阅近代叛卖案件的档案，这便是头一卷。维也纳会议②先参照了这一罪案，才完成自己的罪行。1772 年吹响出猎的号角，1815 年则吹响分赃的号角。这就是弗伊常说的一套话。这位可怜的工人充当起正义的保护者；正义作为回报也使他伟大。这是因为正义中的确有永恒。华沙绝不会变成鞑靼城，同样，威尼斯也绝不能成为条顿的国度。那些君主枉费心机，只能名誉扫地。沉没的国家迟早要浮出水面。希腊还要恢复为希腊，意大利还要恢复为意大利。

---

① 1772 年，列强第一次瓜分波兰。

② 1815 年，拿破仑在滑铁卢失败后，被迫再次退位。俄、普、奥三国为战胜国，在维也纳开会制裁法国。

伸张正义而反对暴行，会永远坚持下去。掠夺一国人民的暴行，也不会随着时间的推移而一笔勾销。这种大规模的诈骗毫无前途。绝不可能像从一块手帕上撕掉商标那样，抹掉一个国家的名称。

库费拉克有位父亲，人称德·库费拉克先生。复辟王朝时期，资产阶级在贵族问题上有个认识错误，就是太相信这个小小的"德"字。众所周知，这个词在这里毫无意义。然而，在《密涅瓦》① 刊行时期，资产者把这个可怜的"德"字估计得过高，认为必须取消。德·肖夫兰改称肖夫兰先生，德·科马尔丹先生改称马尔丹先生，德·孔斯唐先生改称孔斯唐先生，德·拉法耶特先生改称拉法耶特先生。库费拉克也不愿意落伍，去掉一切累赘，只叫库费拉克。

关于库费拉克，说这一点就差不多了，余下的只补充一句：欲知库费拉克，请看托洛米埃。②

库费拉克有一种青春活力，可以说是机灵鬼的慧美。过了一段时间，整个这种慧美，就跟小猫的娇媚一样消失，如果原来是两只脚的，就会成为绅士，如果原来是四条腿的，就会成为老猫。

这种鬼机灵，通过读书的一届一届学生，通过服兵役的一批一批青年，几乎总是以同样方式相互传递，就像接力赛跑一样；因此，正如我们指出的，谁在 1828 年听库费拉克讲话，就会以为听到托洛米埃1817 年的讲话。不过，库费拉克是个诚实的小伙子，表面上看两个人都显得同样聪明，但差异却很大，两者身上潜在的成年人，截然不同。托洛米埃身上蕴藏着一名检察官，库费拉克身上蕴藏着一名勇士。

安灼拉是首领，公白飞是导师，库费拉克是中心。其他人多发光，而他则多发热。他的确具备一个中心的所有品质：圆形和辐射。

巴奥雷参加了 1822 年 6 月小拉勒芒③出殡时的流血冲突。

巴奥雷性子好，修养差，人很诚实，手上留不住钱，他挥霍的程度近于慷慨，健谈的程度近于口若悬河，大胆的程度近于放肆无礼，真是最优质的当魔鬼的料；身穿怪模怪样的坎肩，持有鲜红色的见解；他是起哄大王，最喜欢争吵，只要还不是一场暴乱，也最喜欢暴乱，

---

① 《密涅瓦》：法国波旁王朝复辟时期的刊物。

② 参看本书第一部第三卷。

③ 拉勒芒：1820 年 6 月，巴黎自由派游行示威中被杀害的大学生。

只要还不是一场革命；随时准备砸玻璃，接着掀起街道的石块，再接着搞毁政府，就是要看看行动的效果。他上了十一年学，嗅嗅法律，但文不修。他的座右铭是：律师绝不干；他的徽章是一个床头柜，里边露出方形睡帽。他难得去法学院，偶尔去一下，便扣好礼服的纽扣儿（须知当时还没有发明短外套），并采取一点卫生措施。他对学校大门说：多标致的老头儿！见到院长戴万库尔先生就说：多雄伟的建筑！他在课本里时常发现歌曲的题材，在教师身上时常发现漫画的原型。他无所事事，干吃着相当一大笔生活费，每年差不多三千法郎。父母是农民，这儿子很有一套，反复向他们表示敬意。

他常这样说他们：他们是农民，不是资产阶级；正因为如此，他们才聪明一些。

巴奥雷是个任性的人，要去好几家咖啡馆；别人都有习惯的固定地方，他则不然，喜欢游荡。流浪是人类的特点，游荡是巴黎人的特点。表面上看不出来，其实他洞察事理，很有头脑。

在 ABC 朋友会和后来逐渐成形的一些团体之间，他起纽带作用。

在这个青年的团体中，有一个秃顶的成员。

德·阿瓦雷侯爵在路易十八出亡那天，把国王扶上一辆出租马车，当即被封为公爵。他讲述一件事，1814 年国王返回法国，在加来上岸，一个男子递上一份申请书。国王问道："您有什么请求？""陛下，想要一个驿站。""您叫什么名字？""赖格尔①。"

国王皱起眉头，看了看申请书上的签字，见到名字是这样写的：Lesgle。这种缺乏波拿巴色彩的写法打动了国王，他开始面露笑容。"陛下，"申请人又说，"我的祖先是宫廷饲养狗的仆从，绰号叫'赖狗儿'。这个绰号成为我的姓氏，我就叫'赖狗儿'，简写为'赖格儿'，又错写成'赖格尔'。"听到这里，国王终于笑了。后来，不知是特意还是失误，国王还真的委派那人管理莫城驿站。

这个团体的秃顶成员就是那个赖狗儿或赖格儿的儿子，署名为赖格尔·德·莫。伙伴们都简化叫他博须埃②。

博须埃是个倒霉的快活的小伙子。他的特长是一事无成。反之，他

---

① 法文为"鹰"，是拿破仑的徽志，因此路易十八听了不悦。

② 博须埃（1627—1704）：当时法国教会的实际领袖，曾任莫城的主教。

却嘲笑一切。到二十五岁便秃了顶。他父亲终于置了一所房子和一块田产；可是这个儿子却急不可待，在一次失算的投机交易中，一下子将房产地产赔进去了，什么也没有剩下。他人聪明，又有学识，就是办不成事。他事事落空，处处上当；他搭起来的架子，倒塌在自己身上。他若是劈木柴，准会剁掉自己的手指；他若是有一个情妇，就会很快发现又多了个男友。他随时都会碰到倒霉事儿，因此，他总是那么快活。我常说："我住的房子总往下掉瓦"。他不以为怪，因为对他来说，意外事件全在意料之中；他对晦气泰然处之，对命运的戏弄一笑置之，就像善解玩笑话的人那样。他钱袋空空如也，而口袋里的好兴致却取之不尽，用之不竭。往往出现这种情况，他很快就用到最后一文钱，但是从未发出最后一声大笑。他见厄运进门，就热烈欢迎这个老相识；他见灾星降临，也会拍拍灾星的肚子；他同命运混得极熟，甚至用小名称呼，常说：

"你好，倒霉鬼！"

他受命运的迫害多了，就增长了创造力，一肚子鬼点子。他身无分文，但只要高兴，就会"大肆挥霍一通"。一天夜晚，他跟一个傻大姐吃饭花掉"一百法郎"，席间突发灵感，讲了这么一句值得回忆的话："五路易姑娘①，给我脱靴子。"

博须埃缓步走向律师那一行业，他修法律，学习态度同巴奥雷一样。博须埃没有什么住处，有时根本没有，时而住这人家里，时而住那人家里，往若李家投宿的次数最多。若李攻读医学，比博须埃小两岁。

若李是个疑心害了病的青年。他学医所得，当患者比从医更够格。年仅二十三岁，他就认为百病缠身，整天对着镜子照舌苔。他断言，人体同针一样能磁化，因此将卧室的床摆成头朝南脚朝北，以便夜晚睡觉时，血液循环不受地球巨大磁流的阻碍。每逢暴风雨，他就给自己把脉。不过，他比谁都快活。年轻、乖僻、病弱而快活，这些毫不相干的属性，却在他身上和睦相处，结果他成了一个既古怪又可爱的人，而喜欢连发轻快辅音的伙伴都叫他若勒勒李。"你可以用四只翅膀飞翔②了。"若望·普鲁维尔对他说。

---

① 五路易等于一百法郎，又是"圣路易"的谐音。

② 若李的名字只有1个L，现在连发4个L音，而法语这个字母的发音跟"翅膀"相同，故说"用四个翅膀飞翔"。

若李爱用手杖头戳自己的鼻子，这是头脑机敏的一种标志。

所有这些青年尽管各不相同，却有同一种信念，谈论他们只能以严肃的态度。

他们全是法兰西革命的亲儿子。一提起 1789 年，最轻浮的人神情也都变得庄严了。他们的生身之父曾经是，或者仍然是君主立宪派、保王派，还是空论派，这已无关紧要；从前发生的混乱，同这些年轻人毫不相干；道义的血液在他们的脉管里流淌，他们色调一致地信奉不受腐蚀的主义和绝对的职责。

现在，他们参加了秘密团体，暗中开始描绘理想的蓝图。

在这些满腔热忱、坚信不疑的人中间，却有一个怀疑派。他是如何进去的呢？连带进去的吧。这个怀疑派名叫格朗太尔。好用字谜式的签名：R①。格朗太尔特别当心，绝不相信什么。在巴黎求学的大学生，他是学得的东西最多的人，知道最好的咖啡是在朗索兰咖啡馆，最好的台球设施是在伏尔泰咖啡馆，知道在曼恩大道②的隐士居有美味的烘饼和美妙的侍女，在萨盖大妈店有烤子鸡，在居奈特城关有水手鱼③，战斗城关有一种自酿的白葡萄酒。无论什么东西，他全知道哪里的最好。此外，他还会拳击、踢打术，会跳几种舞蹈，棍术也很有造诣，还尤其嗜酒。他的长相丑得出奇；当时最漂亮的制鞋女工伊尔玛·布瓦西，挺恨他那副丑相，说了这样一句精辟的话："格朗太尔没法儿看。"然而，格朗太尔自命不凡，对此并不介意。他多情地注视所有女人，那神气仿佛是说无论她们哪一个："只要我愿意！"而且，他也极力让伙伴们相信，到处都有女人追他。

所有这些词语：民权、人权、社会契约、法兰西革命、共和、民主、人道、文明、宗教、进步等等，在格朗太尔看来都毫无意义，他总是一笑置之。怀疑主义，人类智慧的这种干性骨疽，没有给他的头脑留下一个完整的思想。他以嘲笑的态度对待生活，这便是他的原则："我的酒杯满着，只有这一点是真实可信的。"无论何党何派的何种忠心，他都一概嘲弄，不管兄弟辈还是父老辈，也不管青年罗伯斯庇尔

---

① 格朗太尔的发音与"大 R"相同。
② 如今称曼恩林荫路。
③ 水手鱼：用酒和洋葱烹调的鱼。

还是洛瓦兹罗尔。"他们可真够激进的，全都死了。"他时常高声这样说。他对耶稣受难十字架的评价是："这才是个成功的绞刑架。"他好色，爱赌博，放荡不羁，经常醉醺醺的，还不怕惹那些爱思考的青年讨厌，不停地哼唱"我爱姑娘爱美酒"，正是《亨利四世万岁》曲①。

不过，这位怀疑主义者却表现出一种狂热。狂热的对象既不是一种思想，也不是一种教条，既不是艺术也不是科学，而是一个人，即安灼拉。格朗太尔佩服、喜爱并崇拜安灼拉。这个无政府的怀疑者，在思想绝对的这圈人中间，究竟归顺谁呢？最绝对的人。安灼拉又是如何控制他的呢？是通过思想吗？不是。是通过性格。这种现象常能见到。一个怀疑主义者归附于一个有信仰的人，这就像互补色的规律一样简单。我们缺少的东西吸引我们。谁也没有像盲人那样喜爱阳光。矮女人崇拜高大的军鼓手。癞蛤蟆的眼睛总望天空，为什么？为了观望鸟飞。格朗太尔有怀疑趴在背上，就爱通过安灼拉看信念飞翔。他需要安灼拉。他迷恋这个贞洁、健康、坚定、正直、刚强而天真的性格，自己也不明白其中的缘故，也不想弄清楚，只是出于本能钦羡自己的反面。他的畸形而病态的思想软绵绵的，支离破碎而不成形状，就把安灼拉当作脊椎紧紧着附。他的精神支柱要依靠这个坚定不移的人。格朗太尔在安灼拉身边才有个人样儿。况且，他本身是由两种表面上互不相容的成分构成。他既爱嘲弄人，又很热情。他态度冷漠，又有所喜爱。他的头脑抛开了信仰，可是他的心却离不开友情。莫大的矛盾，须知一种感情也是一种信念。他的天性如此。有的人生来仿佛就是当背面，反面，对立面。他们是波吕丢刻斯、帕特洛克罗斯、尼索斯、厄达米达斯、埃菲斯蒂翁、佩什梅雅②那类人物，只有背靠另一个人才能生活；他们的姓名是接续部分，总写在连词"和"的后边；他们的存在不属于自己，而是他人命运的另一面。格朗太尔就是这样

---

① 引自科来的喜剧《亨利四世出猎》。

② 据希腊神话传说，波吕丢刻斯和卡斯托耳是异父弟兄，合称狄俄斯库里。帕特洛克罗斯：阿喀琉斯的好朋友，在特洛伊战争中身穿阿喀琉斯的盔甲冲到城下，被赫克托耳杀死，阿喀琉斯为他报了仇。尼索斯：在维吉尔的叙事诗《伊尼德》中，他是厄里亚勒的朋友。厄达米达斯：在《托克萨里斯——友谊》中，他是阿雷特和夏里克萨纳的朋友。埃菲斯蒂翁：亚历山大的朋友。佩什梅雅：医生杜勒勒伊的朋友。

一个人。他是安灼拉的反面。

几乎可以说，这种投契是以字母开始的。在字母序列中，O 和 P 是分不开的。您随便讲，说 O 和 P 可以，说俄瑞斯忒斯和皮拉得斯①也可以。

格朗太尔是安灼拉的名副其实的卫星，他寄居在这伙青年的圈子里，在那里生活，只喜欢跟他们在一起，他们走到哪里就跟到哪里。他的乐趣就在于在酒气中望着那些身影来来往往。大家冲着他的好情绪才容忍他。

安灼拉有信念，瞧不起这个怀疑派，他生活有节制，也瞧不起这个醉鬼，仅仅从高傲的态度对他表示一点怜悯。格朗太尔想做个皮拉得斯，可是对方根本不接受。他总受安灼拉呵斥，粗暴地赶开，但是斥退又复来；他说安灼拉："多美的大理石雕像！"

二　博须埃悼勃隆多的诔词

一天下午，发生了上边所讲的巧合事件，下面就会看到详情。赖格尔·德·莫在穆赞咖啡馆，淫荡地靠在门框上，好似一根女像石柱，一副百无聊赖的样子，脑袋里除了幻想空无一物，眼睛注视着圣米歇尔广场。背靠门框站着，是站立睡觉的一种方式，也不为思考者所憎恶。赖格尔·德·莫在想一件倒霉事，但并不伤心：那是前天在法学院发生的事情，打乱了他的未来计划，当然他那计划也并不十分明确。

遐想并不妨碍马车经过，也不妨碍遐想的人注意那辆马车。赖格尔·德·莫的目光漫无目的地游荡，朦朦胧胧中望见一辆双轮马车在广场上缓缓行驶，仿佛没有明确的方向。那辆马车怪谁呢？为什么那样慢悠悠的呢？赖格尔注意一看，只见车上一个青年坐在车夫身旁，前面放着一个大旅行袋。旅行袋上缝了一张卡片，行人可以看见写着黑体大字：马吕斯·彭迈西。

赖格尔一看到这个名字，便改变姿势，直起身来，冲马车上的青年喊道：

"马吕斯·彭迈西先生！"

---

① 据希腊神话传说，皮拉得斯是俄瑞斯忒斯的朋友，并帮助他报了杀父之仇。

喊声叫住了马车。

那青年似乎也在沉思，这时抬起眼睛，应了一声：

"嗯？"

"您是马吕斯·彭迈西先生吧？"

"不错。"

"我正找您呢。"赖格尔·德·莫又说道。

"有什么事？"马吕斯问道。那青年的确是马吕斯，他刚刚离开外公家，就碰见一张新面孔。"我不认识您。"

"我也一样，根本不认识您。"赖格尔回答。

马吕斯以为碰见一个爱开玩笑的人，以为大街上要搞什么鬼名堂。当时，他可没有闲心凑趣，便皱起眉头。赖格尔·德·莫并不理会，接着问道：

"前天您没上学吧？"

"可能没有去。"

"肯定没去。"

"您是大学生吗？"马吕斯问道。

"对，先生，跟您一样。前天，我偶然走进学校；您也知道，人有时会产生这种念头。老师正在课堂上点名。您应当清楚，教师在点名时很可笑，连叫三声没人答应，就把人从名单上划掉。六十法郎学费也就白扔了。"

马吕斯开始注意听了。赖格尔继续说道：

"点名的老师叫勃隆多。您认识，勃隆多那个鼻子特别尖，又特别灵，喜滋滋地嗅着缺课的人。他阴险地从 P 字头开始，这个字母同我毫不相干，我也就没有注意听。点名挺顺利，没有一个被除名的。全世界的人都来了。勃隆多神情沮丧。我心下暗想：勃隆多，我的心肝，今天，你找人开刀，连鬼影子也抓不到。突然，勃隆多点到马吕斯·彭迈西。没人应声。勃隆多满怀希望，又提高嗓门叫了一遍：马吕斯·彭迈西，同时拿起笔。先生，我这人心肠好，当时就想：一个好小伙子要被除名了。注意，那可是个不准时的大活人，算不上个好学生，但绝不是个铅屁股，不是个用功的人，不是精通科学、文学、神学、哲学的小书呆子，也不是用别针将自己别在四个学院的书虫，而是个可敬的懒家伙，喜欢东游西逛，游山玩水，喜欢教导青年女工，追求漂亮姑娘，此刻也许正在我的情妇那里。要救他一命，让勃隆多死去！这时，勃隆多将沾有除名墨迹的鹅毛管笔插进墨水瓶，那凶恶的目光扫视课堂，第三次喊道：'马吕斯·彭迈西！'我应声回答：'到！'就这样，您没有被除名。"

"先生！……"马吕斯说。

"而我，却被除名了。"赖格尔·德·莫补充道。

"我不明白您这话。"马吕斯说道。

赖格尔接着说：

"这再简单不过了。我的座位靠近讲台便于应到，也靠近门口便于溜走。那教师注视我片刻。勃隆多一定是布瓦洛所说的鬼精灵鼻子①，他突然跳到 L 字头，恰恰是我名字的开头字母。我叫赖格尔·德·莫。"

"赖格尔！"马吕斯接口说道，"好漂亮的名字！"

"先生，勃隆多那家伙点到这个漂亮的名字，喊道：'赖格尔！'我答应一声：'到！'于是，勃隆多用老虎那种温柔的神色望着我，微笑着说道：'您既然是彭迈西，就不是赖格尔。'这话您听了也许刺耳，但仅仅给我带来悲惨的后果。他说着，就把我的名字划掉了。"

马吕斯叹道：

"先生，我实在汗颜无地……"

"首先，"赖格尔接口说道，"我请求用几句由衷的赞语裹住勃隆多，以防腐烂；我假定他死了。我这样假定，并不冤枉他那身皮包骨、那张苍白的脸、那冰冷的神气、那僵硬的姿态，以及那股臭味。于是我说道：'要调查清楚，人间的法官。②'勃隆多在此长眠，鼻子勃隆多，勃隆多长鼻猴，讲纪律如老牛，守纪如老牛③，执行命令牧羊狗，课堂点名当天使，又公正，又耿直，又准确，又严厉，相貌丑陋却诚实。上帝划掉他的名字，正如他划掉我的名字。"

马吕斯又说：

---

① 戏引布瓦洛《诗艺》中的话："法兰西人，天生鬼精灵……"法语中的"鼻子"和"天生"同音。

② 原文为拉丁文。

③ 同上。

"实在抱歉……"

"年轻人，"赖格尔·德·莫说道，"这事儿是给您的一次教训，今后应当准时。"

"真是万分抱歉。"

"今后再也不要害得别人被除名。"

"我真是万分遗憾……"

赖格尔放声大笑。

"而我却喜出望外。我正在顺坡滑向律师的职业，这一除名便救了我。我放弃法庭上的荣耀风光，不用去保护什么寡妇，也不必去攻击什么孤儿。不用穿法袍，也不必见习了。我终于获准除名啦。多亏了您啊，彭迈西先生。我打算到府上拜访，郑重向您表示感谢。您住在哪里？"

"就在这车里。"马吕斯答道。

"阔气的标志，"赖格尔平静地又说道，"祝贺您。您这住所，每年要付九千法郎租金。"

这时，库费拉克走出咖啡馆。

马吕斯苦笑道：

"我在这租的地方待了两小时，正打算离开呢。可是，说来话长，我还不知道去哪儿。"

"先生，"库费拉克说道，"去我家吧。"

"本该我优先邀请，"赖格尔指出，"不过，我没有家。"

"住口，博须埃。"库费拉克又说道。

"博须埃，"马吕斯怪道，"您好像叫赖格尔。"

"赖格尔·德·莫，"赖格尔答道，"别号博须埃。"

库费拉克登上马车，说道：

"车夫，去圣雅克门旅馆。"

当天晚上，马吕斯就到圣雅克门旅馆，在库费拉克的隔壁房间住下。

三 马吕斯的惊奇

相处几天，马吕斯便成了库费拉克的朋友。青春是创伤愈合最快的季节。马吕斯在库费拉克身边能自由地呼吸，这对他来说是件颇为新鲜的事儿。库费拉克不问他什么，甚至连这种念头也没有。在这种年龄，什么事都立刻表现在脸上，用不着说话。可以说，有一种青年脸上话很多。彼此一见面，就相互了解了。

然而，一天早晨，库费拉克劈头问一句：

"喂，您有政治见解吗？"

"这还用问！"马吕斯说，他觉得对方问得有点唐突。

"您是什么派的？"

"波拿巴民主派。"

"灰色调，安心的小老鼠。"库费拉克说道。

次日，库费拉克带他去穆赞咖啡馆。然后，他面带微笑，凑到耳边轻声对他说："我应当把您引入革命的门。"于是，他把马吕斯带到ABC朋友会那间大厅，介绍给其他伙伴，并低声说了一句简单而马吕斯却听不懂的话："一名学生。"

马吕斯落入才气横溢的一伙人的蜂窝里。不过，他尽管神态严肃而寡言少语，但是既不少翅膀，也不少螫针。

基于习惯和情趣，马吕斯一直落落寡合，喜欢自言自语和个别谈话，乍一进入这伙青年的圈子，不免有点惶遽畏怯。这里各种各样的首创精神同时吸引他，又同时争夺他。这些思想又自由又活跃，乱纷纷地来来往往，也把他的思想卷入旋荡中。有时他六神无主，思绪跑得极远，几乎难以追寻了。他听见别人议论哲学、文学、艺术、历史、宗教，而议论的方式却出乎意料。他隐约看到一些奇特的景象，由于没有放在远景上观望，就未免觉得一片混乱。他从外公的观点转到父亲的观点上，就自以为稳定下来了；可是现在他怀疑并没有稳定，对此心里隐隐不安，又不敢承认。他观察任何问题的角度重又开始移动，头脑中的全部视野好像也随之晃动起来。这内心的翻腾来得奇特，他几乎感到痛苦。

在这些青年的眼中，似乎没有什么"定论的东西"。无论什么话题，马吕斯都听到别出心裁的言论，令他那还有几分胆怯的思想颇不自在。

一张剧院海报赫然在目，那一出悲剧的花体字标题，正是所谓古典主义的老剧目。巴奥雷喊道："打倒资产阶级喜爱的悲剧！"马吕斯却听见公白飞反驳道：

"你错了，巴奥雷。资产阶级喜爱悲剧，在这一点上，就不要打扰他们的清兴了。人物戴假发的悲剧，自有它存在的道理。我绝不像某些人那样，以埃斯库罗斯的名义否认它的存在权利。自然界里有的初具形体，万物中有的完全是滑稽的模仿：鸟嘴不是鸟嘴，翅膀不是翅膀，鳍不是鳍，爪子不是爪子，痛苦的叫声令人发笑，这就是鸭子。不过，既然家禽与鸟类共存，那么我就看不出，为什么古典主义悲剧就不能同古代悲剧共存。"

还有一次，马吕斯走在安灼拉和库费拉克中间，碰巧经过让-雅克·卢梭街。

库费拉克抓住他的胳臂，说道：

"注意。这是石膏窑街，只因六十年前，这里住过一对奇怪的夫妇，今天就叫让-雅克·卢梭街了。那对夫妇叫让-雅克和泰蕾丝，不时生孩子，泰蕾丝只管生，让-雅克只管放生。"

安灼拉立刻呵斥公白飞。

"在让-雅克面前不要说三道四。这个人我敬佩。不错，他遗弃了自己的孩子，可是他收养了人民。"

这些青年中，谁也不讲"皇帝"这个词。唯独若望·普鲁维尔有时称"拿破仑"，其他人都叫"波拿巴"，安灼拉则称作"布奥拿巴"。

马吕斯心中暗暗称奇，"智慧的初萌。[①]"

四　穆赞咖啡馆后厅

在这些青年的谈话中，马吕斯有时也插上两句，有一次谈话当真震撼了他的思想。

那是在穆赞咖啡馆后厅。ABC朋友会的成员，那天晚上几乎到齐了，郑重其事地点上了大油灯。大家随便闲聊，谈兴不高，嗓门却很大。只有安灼拉和马吕斯沉默不语，其他人都多少东拉西扯。伙伴之间的谈话有时就是这样，既心平气和，又吵吵嚷嚷。一种嬉戏，一种胡闹，也相互谈话。大家你抛一句，我抛一句，再赶紧追上话茬儿。他们从四角交谈。

女人不准进入后厅，只有洗杯盘的女工路易松例外，她从洗碗间

---

① 原文为拉丁文。引自《圣经》中《箴言》："上帝的担心是智慧的初萌。"

到"配膳室"，要穿过后厅。

格朗太尔已经酩酊大醉，在占据的角落叫嚷，那声音震耳欲聋。他翻来覆去拼命地论争：

"我渴了。世人啊，我做了一个梦，梦见海德堡的大酒桶突然中了风，于是放上十二条蚂蟥吮吸，我就是其中之一。我要喝。我渴望忘掉人生。人生，不知道是谁的丑恶发明。人生一晃就过去，而且毫无意义。为了生活累死累活。生活这个布景极少可通行的门窗。幸福也只是一面上油漆的旧木框。《传道书》中说：一切都是虚荣。我跟这个传道的老兄看法一样，也许世上从来没有他那个人。零，不愿意赤条条地出去，就穿上虚荣的外衣。虚荣啊！用大话美饰一切的外衣！厨房叫配膳室，跳舞的称老师，街头卖艺的是体操家，打拳的称拳击家，卖药的称化学家，理发的叫艺术家，和泥工称建筑师，赛马手叫运动员，甲壳虫叫鼠妇。虚荣有正反两面：正面傻，是浑身挂满彩色玻璃珠子的黑人；反面蠢，是满身破衣烂衫的哲人。我要为一个流泪，为另一个发笑。所谓的荣誉和尊严，就算是荣誉和尊严吧，一般来说也是混杂的东西。帝王拿人的尊严当玩物。卡利古拉①曾把一匹马封为执政官，查理二世把一块牛排封为骑士。现在，你们就到'飞驰'② 执政官和'牛排'小爵士中间炫耀自己吧。至于人的自身价值，也不见得多受两分尊重。听一听邻居是怎么赞扬邻居的吧。白对白残酷得很；百合花若是有口说话，不知会把白鸽糟蹋成什么样子！一个虔婆嚼舌头说一个信妇，那话比蛇蝎还要恶毒。可惜我是个不学无术的人，要不然，就给你们举出一大堆这类事例；可是，我什么也不知道。其实，我一直挺聪明；当初我在格罗门下学绘画，就不愿意胡乱涂抹，有时间就去偷苹果吃；艺人和强人，不过一字之差。这对我合适；至于你们这些人，跟我也不相上下。我才不在乎你们的完美、优点和长处。任何长处都会陷入一种短处：节俭接近吝啬，慷慨类似挥霍，勇敢近乎逞能；谁说十分虔诚，就表明有点虚伪；美德中的罪恶，恰恰跟第欧根尼③袍子上的洞一样多。你们赞赏谁，被杀者还是杀人者？恺撒还

---

① 卡利古拉（12—41）：罗马帝国皇帝，因神经错乱而行为怪异。
② 原文为拉丁文。
③ 第欧根尼：公元 3 世纪希腊作家。

是布鲁图斯？一般来说，人总是拥护杀人者。布鲁图斯万岁！他杀了人。这就是美德。是美德吗？就算是吧，但也是疯狂。那些伟大人物身上总有些奇怪的污点。杀了恺撒的那个布鲁图斯，爱上了一个小男孩的雕像。那尊雕像是希腊雕塑家斯特隆吉利翁①的作品，他还雕塑了一个骑马女子的形象，名叫厄克纳莫斯，又称美腿，尼禄常携带着旅行。那个斯特隆吉利翁只留下两尊雕像，就使布鲁图斯和尼禄结为同好：布鲁图斯爱上一个，尼禄爱上另一个，整个历史就是不厌其烦地重复。一个世纪是另一个世纪的翻版。马伦戈战役是彼得那战役②的仿作。克洛维斯的托尔皮亚克战役③和拿破仑的奥斯特利茨战役，就像两滴血似的一模一样。愚蠢的行为莫过于征服；真正的胜利是说服。真的，还是尽量证明点什么吧！你们只满足于成功，多么庸俗啊！只满足于征服，多么可怜啊！唉，虚荣和卑怯到处泛滥。什么都得服从成功，连语法也不例外。贺拉斯就说过："如果这是约定俗成。④"因此，我鄙视人类。难道我们要从总体降到局部上吗？难道要我赞赏人民吗？请问哪一国人民呢？是希腊吗？雅典人，即古代的巴黎人，杀了福基翁⑤，正如巴黎人杀了柯利尼⑥，而且谄媚暴君，阿纳塞福雷甚至说：庇西斯特拉特⑦的尿能引来蜜蜂。五十年间，希腊最重要的人物，就是那位语法家菲勒塔斯，可是他身子极小极矮，怕被风刮跑，鞋底不得不灌了铅。在科林斯的最大广场上，有西拉尼翁⑧所雕的一尊石像，曾由普林尼收入总汇，那是埃庇斯塔特的雕像。埃庇斯塔特是干什么的呢？他发明了一种勾腿绊。这就概括了希腊和光荣。再谈谈别的人民。

---

① 斯特隆吉利翁：公元前5世纪末希腊雕塑家。

② 彼得那：希腊城市名。公元前168年，罗马执政官保罗·埃米尔率军在彼得那战胜马其顿，结束了马其顿的独立，史称彼得那战役。

③ 托尔皮亚克：高卢古地名，即今天的德国城市曲尔皮西。公元496年，法兰克人在此战胜日耳曼人。

④ 原文为拉丁文。

⑤ 福基翁（约公元前402—前318）：雅典将军和政治家，因主张和平而被判处死刑。

⑥ 加斯帕尔·柯利尼（1519—1572）：海军元帅，因信奉新教而被朝廷杀害。

⑦ 庇西斯特拉特（公元前600—前527）：雅典暴君。

⑧ 西拉尼翁：公元前4世纪希腊雕塑家。

我会赞赏英国吗？我会赞赏法国吗？赞赏法国？为什么呢？是因为巴黎吗？刚才对你们讲了我对雅典的看法。赞赏英国吗？为什么呢？是因为伦敦吗？我恨迦太基。再说，伦敦，作为穷奢极欲的大都市，也是贫穷困苦的首府。仅仅在查林-克罗斯教区，每年就饿死一百人。阿尔比翁①就是这样。再补充一点，更有甚者，我目睹一个英国女郎戴着玫瑰花冠和蓝眼镜跳舞。因此，去它的英国吧！我若是不赏识约翰牛，难道就赏识约拿单②？那个买卖奴隶的弟兄，不大合乎我的口味。去掉'时间就是金钱'③，英国还剩下什么呢？去掉'棉花就是王'④，美国还剩下什么呢？德国嘛，那是淋巴液；意大利嘛，那是胆汁。我们是不是对俄罗斯倾倒呢？伏尔泰赞赏俄罗斯，他也赞赏中国。我承认俄罗斯有美的东西，其中就有一种牢固的专制主义；不过，我可怜那些专制君主。他们弱不禁风。有一个阿列克赛丢了脑袋，有一个彼得被刺杀，一个保罗被勒死，另一个保罗被靴子踏成肉饼，好几个伊凡被掐死，好几个尼古拉和瓦西里被毒死，这一切表明，俄国皇宫明显处于有害健康的状态。所有文明的民族无不让思想家欣赏战争这种东西；然而战争，文明战争，把强盗抢掠的各种形式，从贾克萨山口雪茄走私者的欺诈，到柯曼什印第安人在险隘道的掠夺，全都汇总用上了。哼！你们要对我说，欧洲总比亚洲强些吧？我承认亚洲很滑稽；然而，你们这些西方人，你们时髦的盛装艳服附有高贵的各种污秽，从伊莎贝拉王后的脏衬衫到太子的便桶无不具备，我想不通你们还有什么资格嘲笑大喇嘛。称作人的先生们，告诉你们，完蛋啦！要知道，布鲁塞尔消费的啤酒最多，斯德哥尔摩消费的烈酒最多，马德里消费的巧克力最多，阿姆斯特丹消费的刺柏子酒最多，伦敦消费的葡萄酒最多，君士坦丁堡消费的咖啡最多，巴黎消费的苦艾酒最多：这就是全部有用的知识。总的来说，巴黎占了上风。在巴黎，连旧货商贩都花天酒地。第欧根尼在比雷埃夫斯当哲学家，也许同样愿意在摩贝尔广场卖破烂。还要学学这些：卖破衣烂衫的商贩喝酒的地方，都叫劣质酒馆，

---

① 阿尔比翁：英格兰的古称。
② 约拿单：美国人的贬称。
③ 原文为英文。
④ 同上。

最有名的有'炒锅'酒馆和'屠宰场'酒馆。因此，呵！城郊酒家、宴席馆、小酒店、小小酒馆、大众咖啡馆、小酒家、酒馆舞厅、醉仙楼、破烂商贩去的劣质酒店、哈里发沙漠旅行队客栈，向你们说明了这些，要知道我是个爱享乐的人，常去理查饭店吃四十苏的份儿饭，我需要一块波斯地毯，在那里裹上赤条条的克娄巴特拉！克娄巴特拉在哪儿？哦！是你呀，路易松，你好。"

格朗太尔醉到十二分，待在穆赞咖啡馆后厅的角落里，就这样喋喋不休，又撩逗经过这里的洗杯盘女工。

博须埃伸手指他，试图让他住口，而格朗太尔越发起劲了：

"莫城的鹰，收起你的爪子，你那样对我不起一点作用，那姿势就像希波克拉底拒绝阿尔塔薛西斯的陈词滥调。你就不必费劲劝我安静。况且，我正伤心，让我对你们讲什么呢？人是坏东西，人是畸形的；蝴蝶是成功之作，人是做坏了，上帝没有把这种动物创造好。人群里一个比一个丑陋。碰到一个就是无赖。女人下流无耻。是啊，我害了忧郁症，既忧伤，又思乡，还神经衰弱，心中烦躁，好发急，好打呵欠，好憋闷，好厌倦，好无聊！让上帝见鬼去吧！"

"住口，大R！"博须埃又说。他正同周围的人讨论一个法律问题，一句法学界行话讲了大半，下面是收尾：

"……至于我，虽然还难以称上法学家，顶多是个业余检察官，但我却支持这一点：根据诺曼底的习惯做法，每年到圣米歇尔节，无论业主还是遗产被扣押者，除了其他义务之外，所有人以及每个人，都要向领主缴纳一笔等值税，这适用于长期租约、普通租约、自由地产、教产租约和公产租约、典押契约……"

"回音，哀怨的仙女。"格朗太尔低声吟咏。

格朗太尔身边有一张桌子相当安静，上面放着一张纸、一个墨水瓶和一支笔，两边各摆一只小酒杯，这表明正在酝酿创作一出闹剧。两颗运转的脑袋靠在一起，正低声商量这件大事。

"先拟定角色的名字。有了名字，就找到主题了。"

"不错。你说吧，我来写。"

"多利蒙先生？"

"吃年息的？"

"当然。"

"他女儿，赛莱丝汀。"

"……汀。还有呢？"

"圣瓦尔上校。"

"圣瓦尔这名字太旧了，叫瓦尔散吧。"

挨着两个想当闹剧作家的，还有一伙人，他们趁着别人喧嚷，正小声谈论一场决斗。一个三十岁的老手教导一个十八岁的青年，向他介绍他所碰到的对手。

"见鬼！您可得当心。那是个出色的剑手，剑术很精，善于攻击，招不虚发，手腕有力，腾闪灵活，动作疾如闪电，招架恰到好处，反击准确无误，呱呱叫！而且，他还是左撇子。"

若李和巴奥雷在格朗太尔对面的角落，一边玩骨牌一边谈论爱情。

"你呀，多幸福啊，"若李说道，"有一个总爱笑的情妇。"

"这正是她的缺点。"巴奥雷回答，"当人情妇不要总笑，总笑就鼓励人欺骗她。看见她高兴，你就不会感到内疚；反之，看见她伤心，你就会受到良心的责备。"

"真没良心！一个爱笑的女人该有多好！你们两个绝不会吵嘴。"

"这是因为我们有协定。我们组成小小的神圣同盟的时候，就划定了每人的边界，我们从不超越。北侧属于沃地区，南侧属于热克斯地区。① 于是就相安无事了。"

"相安无事，这种幸福是可以消受的。"

"你怎么样，若勒勒勒李，你同那姑娘闹别扭，闹到什么程度啦？……你知道我指的是谁。"

"她倒沉得住气，狠心跟我赌气。"

"你可是个情种，肯为心上人憔悴。"

"唉，是啊！"

"换了我，就让她一边待着去。"

"说说容易。"

"做起来也不难。她不是叫穆西什塔吗？"

"对。噢！我可怜的巴奥雷，她是个非常漂亮的姑娘，很有文学修

---

① 指法国和瑞士因 1815 年巴黎第二协定的条款所产生的边界争端：热克斯地区属于法国，但又位于法国海关之外。

养，小手小脚，特会穿戴打扮，生得又白净又丰满，有一双用纸牌给人算命的女人的眼睛。我迷上她了。"

"亲爱的，那就应当讨她的欢心，衣着要漂亮些，装作无精打采的样子。到斯托伯时装店买一条高质量皮裤吧。也有出租的。"

"要多少钱？"格朗太尔嚷道。

第三个角落的人正热烈地议论诗歌。世俗的神话与基督教神话相互较量。若望·普鲁维尔正是基于浪漫主义而拥戴奥林匹斯山。别看他平时很腼腆，一旦激动起来，他就会慷慨陈词，进入兴奋状态，情绪越发高涨，显得既欢快又抒情。

"不要亵渎神仙，"他说道，"那些神仙也许并没有走。朱庇特丝毫没有给我以死去的印象。你们总说，神仙是幻象。然而，即使在自然界，在幻象消逝之后今天的自然界，还能重新找到所有古老而伟大的世俗神话。有的轮廓像城堡的山，例如维尼马尔峰，在我看来还是席柏勒①的发髻；也没有什么能向我证明，夜晚潘神不会来吹中空的柳树干，并用手指轮番按树洞；我还始终相信，伊娥②同牛溲瀑布有点关联。"

最后那个角落在谈论政治，抨击御赐的宪章。公白飞支持宪章也软弱无力，库费拉克攻势很猛，已经打开缺口。那著名的图盖宪章③也该倒霉，正好有一份摆在餐桌上；库费拉克抓在手里，一边阐述他的观点，一边抖得那张纸刷刷作响。

"首先，我不要国王。哪怕是单从经济观点来看，也不要国王。国王是寄生虫。世上没有无偿的国王。听听这一点：国王的靡费。弗朗索瓦一世死的时候，法兰西公债为三万利弗尔；路易十四死的时候，公债为二十六亿，二十八利弗尔合一马克，据德马雷说，在 1760 年合四十五亿，在今天则合一百二十亿。其次，请公白飞别见怪，一部御赐的宪章，是文明的一种糟糕的措施。什么拯救过渡，缓和过程，减少动荡，通过宪章虚幻的条文，要国家在不知不觉中从君主制转为民

---

① 席柏勒：希腊神话中的众神之母。

② 伊娥：希腊神话中天后赫拉的首席祭司，因得到宙斯的爱，被赫拉变成小母牛。

③ 由图盖刻印在鼻烟纸上的宪章。

主制，这些全是拙劣的理由！不行！不行！绝不能用虚假的光去照耀人民。立国之道，在你们立宪的地窖里，定会枯萎衰败。不要变种，不要折中，不要国王恩赐给人民。在所有恩赐的条款里，就有一个第十四款①；一只手赠给，旁边还有一只爪子要收回。我坚决拒绝你们的宪章。宪章是个假面具，下面掩藏着谎言。人民接受宪章就等于拱手让位。只有完整，人权才成其为人权。不行！不要宪章！"

正值寒冬，两段劈柴在壁炉里毕剥作响，颇具诱惑力；库费拉克按捺不住，将那可怜的图盖宪章搓成一团，扔进火里。纸团燃起来了。公白飞以哲人的冷静态度望着路易十八的杰作燃烧，仅仅说了一句：

"宪章化为火焰。"

挖苦奚落，俏皮风趣，冷嘲热讽，这类东西在法国叫活跃，在英国叫幽默，不管趣味高低，由头好坏，谈锋好似钻天的烟火，一齐发射，在大厅的各个角落相交叉，在头上形成一种快乐的轰击。

五 扩大视野

青年的思想互相撞击，有一种奇妙的现象，就是绝难预见会迸出什么火花，也绝难预测激发何等闪电。等一会儿要迸发什么呢？无从知晓。动情的谈话中突然爆发一阵笑声。在插科打诨的时候，忽又进入严肃的气氛。随便一句话就能引起冲动，每人都受兴致的主宰，一句俏皮话就足以别开生面。这种交谈峰回路转，景象往往瞬息万变，而偶然则是这种谈话的巧妙安排者。

这天，格朗太尔、巴奥雷、普鲁维尔、博须埃、公白飞和库费拉克，他们舌剑唇枪，混战一场，突然，一个严肃的思想奇怪地出现，穿过嘈杂的话语。

在交谈中，一句话是怎么出现的呢？又是如何凭自身引起听者的注意呢？刚才我们说过，谁也弄不清楚，在喧闹声中，博须埃接着公白飞的一通指责，突然说出这个日期：

"1815 年 6 月 18 日：滑铁卢。"

马吕斯旁边放着酒杯，臂肘支在餐桌上，他听到这个名称，便把

---

① 宪章第十四款给国王保留为国家安全颁布法令的权力，从而引起自由派的怀疑，并成为 1830 年 7 月革命的导火索。

手腕从下颏儿抽开，开始凝视在座的人。

"没错，"库费拉克嚷道（当时，"当真"已经不大讲了），"十八这个数字很特别，总令我吃惊。这是波拿巴的命数。把路易放在这个数字前边，把雾月放在这个数字的后边①，你就看到了这个人的整个命运，特点也很突出：开场后面紧跟着终场。"

安灼拉一直未讲话，这时打破沉默，冲库费拉克说了一句：

"你是说罪行后面紧跟着惩罚吧。"

马吕斯听人突然提到滑铁卢，就深受触动，"罪行"这个词则超出了马吕斯可能接受的限度了。

他站起身，从容走向墙上挂的法兰西地图，用手指按住地图下方有个岛屿的单独方格上，说道：

"科西嘉。一个使法兰西变得伟大的小岛。"

好似吹来一股冷风。大家都戛然住口，感到要发生什么事情。

巴奥雷扬首挺胸，正要回击博须埃，这时也放下架子倾听。

安灼拉的蓝色目光没有落到任何人身上，仿佛凝注虚空，他并不看马吕斯，答道：

"法兰西要伟大，不需要什么科西嘉。法兰西伟大，就因为她是法兰西，'因为我叫狮子'。②"

马吕斯毫无退却之意，他转向安灼拉，以发自肺腑的洪亮声音说：

"我绝不想贬低法兰西！不过，将拿破仑同她合起来，绝没有贬低她。哦，这个问题，倒可以谈一谈。我是新来到你们中间的，但是老实说，你们叫我惊讶。我们处于什么状态？我们是什么人？你们是什么人？我是什么人？我们就来谈谈皇帝吧。我听你们讲布奥拿巴，就像保王派那样突出'乌'音。可以告诉你们，我外公讲得更地道，他说布奥拿巴特。我原以为你们是青年。可是，你们的热情到底放在什么上面呢？到底用来做什么呢？你们不敬佩皇帝，那么敬佩谁呢？你们还要求什么呢？这个伟人你们都不要，那么还要什么伟人呢？他什

———————————

① 指路易十八，拿破仑下台后的法国国王；法国写年月日与中国顺序相反。共和八年雾月十八（1799年11月9—10日），拿破仑发动政变，上台执政。

② 原文为拉丁文。

么都具备，是个完人，头脑里装有人类才智的立方。他跟查士丁尼一样制定了法典，跟恺撒一样治理；他的谈话兼有帕斯卡尔的闪电和塔西陀的雷霆；他既创造历史，又写历史，他的战报就是史诗，他组合了牛顿的数字和穆罕默德的象喻，身后在东方留下了如金字塔一般巨大的话语，他在蒂尔西特①教导帝王们如何保持尊严，在科学院反驳拉普拉斯②，在国务会议上同梅尔兰③分庭抗礼，给一些人的几何学注入灵魂，也给另一些人的诡辩注入灵魂；他跟检察官在一起就是法学家，跟天文学家在一起就是星相家；如同克伦威尔两根蜡烛要吹灭一根那样，他也去神庙街为窗帘的一个坠球讨价还价；他无所不见，无所不知，尽管如此，他笑起来，也像守着小孩摇篮的天真汉那样；猛然间，惊慌的欧洲开始倾听了，大军浩浩荡荡，炮队滚滚向前，浮桥在河上伸延，骑兵飞驰，如同暴风中翻滚的乌云，呐喊声、军号声，各国宝座都动摇了，各王国的边界在地图上晃动，忽听一支超人的宝剑出鞘的声响，只见他在地平线上站起来，手中烈焰熊熊，眼里金光闪闪，两只翅膀在雷电里展开，即大军和老羽林军，那便是战争大天使！"

全场默然，安灼拉低着头。沉默总有点默许或无言以对的意味。马吕斯几乎没有缓气儿，更加激动地继续说：

"朋友们，大家要公正！有这样一个皇帝的帝国，这是人民多么光辉灿烂的命运！尤其是法兰西人民，能把自己的天才加入此人的天才中！纵横驰骋，节节胜利，到各国首都宿营，让手下的士卒当国王，宣布各个王朝覆灭，以冲锋的步伐改换欧洲的面貌；你一发威，就让人感到你手握上帝的宝剑；跟随的这一个人，却是汉尼拔、恺撒和查理大帝的化身；做一个用捷报每天为你报晓的人的人民；以残废军人院的大炮为闹钟；让马伦戈、阿科莱、奥斯特利茨、耶拿、瓦格拉姆这些神奇的词彪炳千古！随时让胜利之星跃上千秋万代的苍穹，使法兰西帝国同罗马帝国旗鼓相当；成为伟大的民族，孕育伟大的军队，派军飞赴世界各地，如同一座山峰遣雄鹰飞向四方，去战胜，去控制，去摧毁；在欧洲成为因荣耀而金光闪闪的人民，奏响穿越历史的天人

---

① 当时俄国地名。
② 拉普拉斯（1749—1827）：法国天文学家、数学家和物理学家。
③ 梅尔兰（1754—1838）：法国政治家。

的音乐，凭武功和叹服两次征服世界，这真是无与伦比，还有什么更伟大的呢？"

"自由。"公白飞说道。

这回，轮到马吕斯低下头。这个简单而冰冷的词儿，宛如一把钢刀，刺透他的慷慨陈词，他立时感到内心的激情化为乌有。等他又抬起眼睛的时候，公白飞已经不在了，大概驳斥了这通高论而心满意足，随即走开，除了安灼拉之外，其他人也随他而去。大厅一下子空了。只留下安灼拉独对马吕斯，神色严肃地看着他。然而，马吕斯并不认输，他稍微收拢一下思想，那内心激动的余波自然要表露出来，要同安灼拉展开论战，这时，忽听有人边下楼边歌唱。那正是公白飞，只听他唱道：

> 恺撒如相赠
> 光荣与战争，
> 并要我离开
> 母亲那份爱，
> 我要对伟大的恺撒说：
> 收回你那权杖和战车，
> 我更爱母亲，咿呀嗨！
> 我更爱母亲。

公白飞声调温柔而粗犷，赋予这段歌一种奇特的雄浑气势。马吕斯若有所思，望着天花板，几乎下意识地重复道："母亲？……"

这时，他感到安灼拉的手搭到他肩上。

"公民，"安灼拉对他说，"母亲，就是共和国。"

六　窘境①

这次晚间聚会深深震动了马吕斯，给他心灵留下一片忧伤的阴影。他的感受，也许就像大地被铁犁破开并播下麦种那样，只感到伤痛，要等以后才能尝到萌芽的颤动和结实的喜悦。

---

①　原文为拉丁文。

马吕斯心情沉重。一种信念刚刚树立起来，难道就要抛弃了吗？他心里明确说不行，明确说他不愿意怀疑，可是，他又不由自主地开始怀疑了。处于尚未走出和尚未走入的两种信仰之间，是难以忍受的；这种黄昏的暮色，只有蝙蝠那种心灵才喜欢。而他马吕斯心明眼亮，需要见到真正的光，受不了怀疑的半明半暗。他要留在原地，固守在那里，这种愿望不管多么强烈，他也抵挡不住另一股力量，不得不继续前进，不得不验证思考，走得更远。那股力量要把他引向何处？他走了多少路才接近他父亲，怕是现在又要一步一步远离而去。思潮翻腾，越想越苦恼。只见周围出现悬崖峭壁，无路可通。他既不赞成外公的思想，也不同意他朋友的观点；他在前者眼中大胆冒进，而在后者看来又落伍了；于是他承认自己既脱离了老一辈，又脱离了年轻一代，从两方面都是孤立的。他不再去穆赞咖啡馆了。

他的思想处于这种混乱状态，就不大考虑生存的一些实际问题。而生活的现实却不容忽视，突然来捅他一臂肘。

一天早晨，客店老板走进马吕斯的房间，对他说道：

"库费拉克先生为您担保。"

"对。"

"可是，我得收房费了。"

"请库费拉克来跟我谈谈吧。"马吕斯说道。

老板请来库费拉克，便离去了。马吕斯和盘托出他还没有想到告诉库费拉克的情况，说他父母双亡，在世上孤单一人。

"那您打算怎么办呢？"库费拉克问道。

"毫无打算。"马吕斯答道。

"您打算做什么呢？"

"毫无打算。"

"您有钱吗？"

"有十五法郎。"

"要我借给您一些吗？"

"绝不。"

"您有衣服吗？"

"就这些。"

"您有首饰吗？"

"有一只表。"

"银的？"

"金表。就是这只。"

"我认识一个服装商人，他会收购您的燕尾服和长裤。"

"很好。"

"这样，您就只剩下一条长裤、一件坎肩、一件上衣和一顶帽子。"

"还有这双靴子。"

"什么！您总不至于打赤脚吧？真够阔气呀！"

"有这些就够了。"

"我还认识一个钟表商，他会买您的怀表。"

"很好。"

"嗳，好什么，今后您怎么办呢？"

"怎么办都行，反正要老老实实做人。"

"您会英文吗？"

"不会。"

"会德文吗？"

"不会。"

"那就算了。"

"问这干什么？"

"我有个朋友是书商，他要出版一种百科全书。您若是行，就可以翻译德文或英文词条。稿费很少，但总可以糊口。"

"那我就学习英文和德文。"

"学习期间呢？"

"学习期间，我就变卖衣服和表。"

服装商人找来了，他出二十法郎买下那身旧衣裳。两个青年又去钟表店，将那只表卖了四十五法郎。

"还不赖，"回到客栈，马吕斯对库费拉克说，"加上我这十五法郎，一共八十法郎。"

"还有客店的账单呢？"库费拉克提醒道。

"哦，我倒忘了。"马吕斯说道。

"见鬼，"库费拉克又说道，"您学英语期间用五法郎吃饭，学德语期间用五法郎吃饭。这就意味课本要狼吞虎咽，或者一百苏钱要细嚼慢咽。"

这期间，吉诺曼姨妈终于摸到马吕斯的住处，其实她心地相当善良，不忍看别人落入凄凉的境况。一天上午，马吕斯从学校回来，发现姨妈的一封信和六十银币，即封在盒里的六百金法郎。

马吕斯将钱如数退还给姨妈，并附了一封措辞恭敬的信，说他已有谋生手段，今后足以维持生活了。当时，他身上只剩下三法郎。

拒绝收钱的事，姨妈只字未提，怕外公一气之下永绝亲情。况且他发过话："永远也不要向我提起这个吸血鬼！"

马吕斯不愿负债，就离开了圣雅克门旅店。

第五卷　苦难的妙处

一　马吕斯穷困潦倒

马吕斯生活艰难了。卖掉衣服和表糊口，还不算什么，他又尝到了难以言传的东西，所谓的"贫穷生活"。可怕的东西，这其中包含白天没有面包，夜晚失眠，晚间无烛光，炉膛无火，一周周虚度，未来希望渺茫，衣服袖肘磨破了，旧帽子惹姑娘们笑话，因为欠房租而夜晚吃闭门羹，门房和客店老板傲慢无礼，邻居讥笑，受人白眼侮辱，尊严遭到践踏，为了糊口什么活儿都得干，饱尝生活的厌恶、苦涩和沮丧。马吕斯学会了如何吞下这一切，如何总吞下同样的东西。人生到这个阶段需要自尊，因为需要爱情，可是，他却感到衣衫褴褛而受人蔑视，感到自己穷苦而显得可笑。人到青春的这个年龄，心胸充满了冲天的自豪，而他却总要低头去瞧脚上磨出洞的靴子，体验到了穷困的不公正的耻辱和刺心的羞惭。可赞而又可怕的考验，考验出来，意志薄弱的人会变得无耻卑鄙，意志坚强的人则变得超凡脱俗。穷困是一个熔炉，每当命运需要一个坏蛋或一个神人，就把一个人投进去。

须知在细小的搏斗中，会有许多伟大的行动。在黑暗中对付生计和丑恶的致命侵犯，要步步防卫，表现出坚忍不拔而又鲜为人知的勇敢。高尚而隐秘的胜利，不为人所见，不能扬名，也没有鼓乐欢迎。生活、不幸、孤独、遗弃、穷困，无一不是战场，无一不产生英雄；无名英雄，有时比著名的英雄更伟大。

　　罕见的坚强性格就是这样创造出来的；穷困，几乎总是后母，有时还是亲娘；困苦往往孕育心灵和精神的力量；艰苦是志气的奶母；不幸是哺育高尚之人的好乳汁。

　　马吕斯生活中有个时期，自己打扫楼道，去果品店买一苏钱的布里地区奶酪，要等天黑下来才溜进面包铺，买一块面包，悄悄带回阁楼，就好像是偷来的。偶然也有人看见一个笨拙的青年，腋下夹着书本，钻进街角的肉铺里，挤入爱挖苦人并推搡他的厨娘中间，那样子又胆怯又气恼，一见面就摘下帽子，露出流汗的脑门儿，冲着惊奇的老板娘深施一礼，又冲肉店伙计鞠了一躬，要一块羊排骨，付六七苏钱，用纸包起来，夹到腋下的书本中间，然后离去。他就是马吕斯。他自己做好那块排骨，要吃三天。

　　头一天吃肉，第二天吃肥油，第三天啃骨头。

　　吉诺曼姨妈多次设法给他那六十皮斯托尔，马吕斯总是把钱退回去，说他什么也不缺。

　　前边讲过他思想发生了革命，当时他还为父亲服丧，后来就一直没有离开那套黑服装。然而，衣服却要离他而去。终于有一天，那套服装没有了。长裤还过得去。怎么办？库费拉克念他帮过几次忙，便送给他一件旧上衣。马吕斯花了三十苏，让一个看门人给翻了新。不过，那衣服是绿色的，他只好等天黑再出门，看着就像黑色衣服了。他要一直服丧，就只能披上夜色了。

　　经过这一段生活，马吕斯应聘为律师，他声称住在库费拉克那间客房：那个房间比较体面，有一定数量的法律书籍，再加上七拼八凑的小说帮着撑门面，书房也就算合乎规格了。他让人往库费拉克这里给他写信。

　　马吕斯当上律师，就写信告诉他外公，信的口气很冷淡，但措辞极为恭顺，充满敬意。吉诺曼先生颤抖着拿起信，看完撕成四片，扔进废纸篓里。过了两三天，吉诺曼小姐听见她父亲在卧室独自高声说话，他每次特别激动时就有这种情况。她附耳听见父亲说道："你若不是个蠢材，就应当知道，人不能同时既是男爵，又是律师。"

二　马吕斯清贫寒苦

　　贫穷同其他事物一样，最终能成为自然存在，逐渐形成并定形。

一种清苦生活，只要维持生命，人就能生长发展。请看马吕斯·彭迈西是如何安排这种生活的。

他走出间不容身的逼仄小路，前面逐渐宽了一点。他十分勤奋，表现出非凡的勇气、恒心和意志，终于凭劳动每年能挣约七百法郎。他学会了德文和英文，由库费拉克推荐给开书店的朋友，就在文学书店里充当有用的小角色，撰写新书介绍，翻译报刊文章，注释一些著作，编纂作者的年谱，等等。收入稳定，不管丰年欠年，总是七百法郎，他能维持生活，日子过得还不错。情况如何呢？我们来谈谈。

马吕斯住到戈尔博老屋，每年付三十法郎年租金。那是一间没有壁炉的破屋，名为办公室，却只有必不可少的一点家具。家具是他本人的。他每月付给二房东老太婆三法郎，让她来打扫陋室，每天早晨送点开水、一个鲜鸡蛋和一苏钱的面包。面包和鸡蛋就是他的午餐，要花两苏到四苏钱，要看鸡蛋的售价涨落而定。晚上六点钟，他沿圣雅克街走下去，到马图兰街拐角巴赛版画店对面卢梭餐馆吃饭。他不喝汤，只要六苏的一盘肉、三苏的半盘蔬菜和三苏的甜点心。花三苏钱，面包随便吃。他以水代酒。饭后到柜台付账时，他给伙计一苏小费，端坐在柜台里的始终肥胖、但风韵犹存的卢梭太太冲他微微一笑。然后他就离去。花十六苏钱，能看到一张笑脸，吃一顿晚饭。

卢梭餐馆里，喝空的酒瓶极少，倒空的水瓶极多，那既是餐馆，更是放松休憩的地方，现今已不复存在。餐馆老板有个漂亮的绰号，称为"水族卢梭"。

这样算起来，午餐四苏，晚餐十六苏，每天吃饭花二十苏，一年下来便是三百六十五法郎。再加上三十法郎的房钱，给那老太婆三十六法郎，再加上点零用钱，总共四百五十法郎的花销，马吕斯吃住解决了，还有人给料理家务。礼服花费一百法郎，内衣花五十法郎，洗衣费五十法郎，总共也不过六百五十法郎，还能余富五十法郎。他有钱了，有时还借给朋友十法郎；有一次，库费拉克借钱，能从他那儿拿了六十法郎。至于取暖，屋里既然没有壁炉，马吕斯就把这事儿"简化"了。

马吕斯总有两套外衣：一套旧的，"每天出门"穿，另一套新的，重大场合穿。两套全是黑色的。他只有三件衬衣：一件身上穿着，一件放在五斗柜里，另一件在洗衣店里，等破得不能穿了，再一件件换新的，一般撕破口子还穿着，将外衣纽扣全扣上遮住。

马吕斯要经过好几年，才达到开始兴旺的境况。这几年十分艰难，困难的年头，有些要穿越，有些要跋涉。马吕斯一天也没有泄气。忍饥挨饿，他全经受住了；除了借债，他什么都干过。他问心无愧，从不欠人一文钱。在他看来，借债就是奴役的开端。他甚至想，一个债主比一个主人还糟糕，因为主人只拥有你的人身，而债主却占有你的尊严，可以糟蹋你的尊严。他宁肯饿肚子，也不愿借钱。有不少日子他吃不上饭，感到事物的极端无不相接，如不小心，命运沦落能导致灵魂堕落，于是他十分审慎，唯恐丧失自尊。有的话和举动，如在寻常情况下，他觉得只是礼貌尊敬的表示，在这种处境就认为有点卑躬屈膝了，因此，他反而挺起胸膛。他不愿退却，什么事也不图侥幸，脸上显露一种略带红晕的严峻神色，胆怯到了不近情理的程度。

每逢严重关头，他就感到内心有一股秘密的力量在鼓舞，有时甚至推动他。灵魂翼助肉体，在某种时刻，还能将肉体带起来。这是唯一能支持鸟笼的鸟儿。

马吕斯心中刻着两个名字：他父亲和德纳第。他天性热情而严肃，在思想上给他父亲的救命恩人，那个在滑铁卢枪林弹雨中救了上校的大无畏的中士，罩上一圈光环，在记忆中从不把这人同他父亲分开，而是一起崇敬，就好像两个等级的崇拜：大龛供上校，小龛供德纳第。他了解到德纳第陷入悲惨境地，想想那情景，就倍加铭感于心。马吕斯到过蒙菲郿，听说那个不幸的客栈老板亏本破产了。从那之后，他便做出极大的努力，寻找德纳第的踪迹，到他沉入的穷困的黑暗深渊中探访。马吕斯走遍了那一带地方，到过晒勒、朋地、古尔奈、诺让、拉尼。一连三年，他积极查访，花掉了他积攒的一点钱。没人能向他提供德纳第的消息，有人以为他去外国了。那些债主也在追寻，虽然少些感情的因素，但是同样锲而不舍，都没有抓住他的影子。马吕斯没能找到人，就责备自己，几乎怪罪自己。这是上校留下的唯一债务，马吕斯决心践约偿还，他心中暗道："怎么，我父亲躺在战场上奄奄一息，德纳第并不欠他什么，却能从硝烟和枪林弹雨中找到他，将他背走，而我，欠德纳第这么大恩情，却不能在他呻吟待毙的黑暗中找到他，同样把他从死亡中救出来！哼！我一定要找到他！"的确，要能找到德纳第，马吕斯断掉一条臂膀也在所不惜，要能把他从苦难中救出来，流尽自己的鲜血也在所不惜。见到德纳第，帮他做点什么，并且对他说："您不认识我，可是，我认识您！有我在！要我干什么，请吩咐吧！"这是马吕斯最甜最美的梦想。

三　马吕斯长大成人

这时，马吕斯二十岁了，离开外公已有三年，彼此还保持原来的关系，谁也无意接近和好，也没有谋求见面。况且，见面又有什么好处呢？再相互冲突吗？谁又能硬得过谁呢？马吕斯是铜钵，吉诺曼老头是铁罐。

老实说，马吕斯误解了外公的心，以为吉诺曼先生就没有爱过他，觉得这个老人生硬、粗暴，好嘲笑人，总斥骂，叫嚷，发脾气，并扬起手杖，对他顶多具有喜剧中老辈人物那种既肤浅又严厉的感情。马吕斯想错了。天下有不爱子女的父亲，绝没有不宠爱自己孙子的祖父。我们说过，吉诺曼先生从内心里喜爱马吕斯，但有自己的喜爱方式：不时拿话敲打，甚至扇耳光；等这孩子一走，他就感到心中一片空虚黑暗。他不许别人再向他提起马吕斯，可是私下又遗憾别人那么听话。起初，他还抱有希望，这个布奥拿巴分子，这个雅各宾党徒，这个恐怖分子，这个九月暴徒，肯定能回来。然而，一周又一周，一月又一月，一年又一年过去了，这个吸血鬼没有再露面，真叫吉诺曼先生心痛欲碎。"然而，我别无他法，只能赶他走。"外公时常这样想。同时他还问自己："如果事情从头开始，我还会这么干吗？"他的自尊心立即回答会的，可是，他那颗苍老的头却默默摇晃，悲伤地回答不会。有时候他十分颓丧，心中想念马吕斯。老人需要感情，如同需要阳光，也就是温暖。不管他性情多么倔强，他失去马吕斯，内心多少发生了变化。他死也不肯朝这个"小鬼东西"走一步，但心中苦不堪言。他住在沼泽区，越来越深居简出了。他虽然还像从前那样，又快活又狂暴，但是那种快活显得生硬而逞强，仿佛里面有痛苦和恼怒，而他狂暴一通之后，总是进入一种沮丧状态，显得温和而沉郁了。有几次他这样说："哼！他若是回来，看我怎么扇他耳光！"

至于那位姨妈，她不大想事儿，也就谈不上有多少爱；在她的心目中，马吕斯仅仅成了一个模模糊糊的黑影了；到后来，她对马吕斯还不如对猫和鹦鹉那么关心了，顺便说一句，她很可能养过猫和鹦鹉。

吉诺曼老头儿把痛苦完全埋藏在心里，一点儿也不让人看出来，这就倍加痛苦了。他的忧郁犹如新近发明的火炉，连烟都燃尽。有时，一些献殷勤的人不识趣，向他询问马吕斯的情况："您的外孙先生在做什么？"或者："您的外孙先生近况如何？"老绅士如果太伤心，就叹口气，如果要装出高兴的样子，就弹一弹衣袖，说一句："彭迈西男爵先生正在什么地方，为人打小官司呢。"

老人那边深自悔恨，而马吕斯这边则拍手称快。不幸的遭遇消除了他心中的怨恨，心地善良的人无不如此。他想到吉诺曼先生时，就只有温情了，但是，他始终坚持不再接受"对他父亲不好"的人的一钱一物。这是他最初的愤恨和缓之后，现在所表现的情绪。而且，他高兴受过苦并还在受苦。这是为了纪念他父亲。生活艰苦，他感到又满足又喜欢。有时，他带着几分欣悦自言自语："这是最起码的"；这本身……就是一种赎罪；如果不这样，而是对他父亲，对这样一位父亲，抱不敬的冷漠态度，那么日后他就会受到别种惩罚；父亲饱受苦难，而他一点苦也不吃，这就不正直了；况且，比起上校的英勇一生来，他的辛劳和清苦又算什么呢？归根结底，他要接近父亲，要像父亲的样子，唯一的方式就是以上校杀敌的那种勇敢对付穷苦生活；而上校留下的这句话："他会当之无愧……"无疑就想表达这种意思。上校的话，由于遗书已丢失，马吕斯不能佩带在胸前，却刻在心上了。

况且，外公赶他走的那天，他还是个孩子，现在则长大成人了。他自己也有这种感觉。我们还是要强调这一点，穷困对他来说是好事。青少年清贫，到成功之日方显出妙处：能把人的整个意志引向发奋的道路，把人的整个灵魂引向高尚的追求。贫穷能立刻把物质生活剥露，显示其丑恶面目，从而激发人以无比冲劲奔向理想生活。阔少则不同，有各种各样出色而庸俗的娱乐：赛马、打猎、养狗、抽烟、赌博、宴饮，等等，在这类消遣中，灵魂的低劣部分损害高尚部分。穷苦的青年要花费气力，才能挣来面包吃，吃过之后，就只有幻想了。他去观赏上帝组织的免费演出，欣赏蓝天、空间、星辰、鲜花、儿童，他在其间受罪的芸芸众生，以及他在其间放光彩的自然万物。他观望久了芸芸众生，就看见了灵魂；他观望久了自然万物，就看见了上帝。他幻想，于是感到自己伟大；他再幻想，又感到自己温柔了。他从受苦人的自私心转向思索者的同情心。一种令人赞叹的情感在他身上焕发：

忘记自我并悲悯世人。一想到大自然无私提供的不可胜数的乐事，给予敞开的心灵而拒绝封闭的心灵，他这个精神的百万富翁，就可怜起那金钱的百万富翁了。随着他的头脑一片光明，全部怨恨也从他心中离去。再说，他是不幸的人吗？不是。一个青年的穷苦绝不悲惨。随便一个小伙子，不管怎么穷，有他那健康、力量、轻快的步伐、明亮的眼睛、沸腾的热血、黑黑的头发、鲜艳的脸蛋、粉红的嘴唇、雪白的牙齿、纯净的呼吸，总要让一个老皇帝羡慕不已。每天早晨，他都要重新开始挣面包；他靠双手挣面包吃，同时他的脊梁骨也挣来自豪，他的头脑也挣来思想。他干完了活计，又回到那难以描摹的陶醉，沉入静思和喜悦；他活在世上，双脚绊在苦难和障碍中，停留在铺石路上，踏在荆丛里，有时陷入泥中，但是那颗头却高举在光明里。他显得那么坚定、泰然、温和、平静、专心、严肃，知足常乐，善气迎人；他也特别感谢上帝给了他富人所没有的两种财富：使他得到自由的劳动，使他保持尊严的思想。

这正是马吕斯身上所发生的情况。一句话，他偏爱沉思甚至有点过分了。他的生计差不多有了保障之后，便停下来，觉得还是安贫为好，减少工作，以便多多思索。这就是说，有时他一连几天思考，沉浸在静思和内心光照的无言愉悦中。他这样安排生活问题：尽量少做物质劳动，尽量多做难以捉摸的劳动，换句话说，费几个小时用在实际生活上，其余时间全用在对"无限"的思索中。他自以为吃穿不愁了，却没有发觉他这样理解的沉思，结果要成为一种懒惰的形式，没有发觉他满足于生活最低需要，过早地歇手不干了。

显而易见，对这个禀性刚强而豪迈的人来说，这只能是一种过渡状态，一旦撞击不可避免的复杂的命运，马吕斯就会觉醒。

眼下，他虽是律师，也不管吉诺曼老头儿怎么看，他却既不接大案，也不为人打小官司。他沉于梦想，就远离了辩论。纠缠公证人，随庭听审，寻找作案动机，这些事实在烦人。何必这样呢？他想不出有任何理由改变现在的谋生方式。这家不知名的印书馆终于给他一份稳定的工作，正如我们解释过的，他干点活儿就足够了。

雇用他的一个书商，我想是叫马其梅尔先生吧，曾提出雇他当全工，向他提供舒适的住所和固定的工作，年薪为一千五百法郎。舒适的住所！一千五百法郎！当然是好差使。可是要他放弃自由！当一名雇员！当一个雇佣文人！马吕斯考虑一旦接受，他的境况既改善又变坏：生活优裕了，尊严却丧失了。这是完整而美好的不幸变成丑恶而可笑的窘境，好比盲人变成独眼龙。他谢绝了。

马吕斯独来独往。什么事他都喜欢置身局外，而且上次争论还心有余悸，他决计不参加安灼拉领导的团体。大家还是好朋友，必要时也都能尽力相助，但仅此而已。马吕斯有两个朋友，一老一少，少者库费拉克，老者马伯夫先生。他与老者更为投契。首先，多亏那老者，他的思想才发生巨大的变化；其次，也多亏那老者，他才了解并爱戴他父亲。他常说："他给我切除了眼中的白内障。"

毫无疑问，那位教堂财产管理员起了决定性作用。

然而，在这件事情上，马伯夫先生只不过受命运的派遣，是一个冷静而无动于衷的使者。他照亮了马吕斯的心扉，纯属偶然，是不自觉的行为，如同一个人举着的蜡烛；他是那支蜡烛，而不是那个人。

至于马吕斯内心产生的政治变革，马伯夫先生根本理解不了，也根本不可能祈望和引导。

以后还要见到马伯夫先生，因此有必要交代几句。

四 马伯夫先生

马伯夫先生对马吕斯说过："当然，我完全赞同政治观点。"那天他的确表达出他思想的真实状态。对所有政治见解，他都抱着无所谓的态度，不加区别而一概同意，只要让他清静就成，正如希腊人统称复仇女神为"美丽的、善良的、可爱的"，欧墨尼得斯①。马伯夫先生所持的政治观点，就是酷爱花木，尤其酷爱书籍。他跟所有人一样，也隶属一个"派"，须知在那年头，无派之人简直没法儿活；然而，他既不是保王派，也不是波拿巴派，既不是宪章派，也不是奥尔良派，更不是无政府派，他是书迷派。

世上有那么多青苔、芳草和绿树，可供观赏，有那么多对开本和三十二开本的书可供浏览，他不明白世人为什么要为宪章、民主、正统、君主制、共和制等空话而相互仇视呢。他特别注意自己别成为无用的人；拥有书籍并不妨碍他阅读，成为植物学家并不妨碍他侍弄园

---

① 欧墨尼得斯：希腊神话中的复仇三女神。

子。他认识彭迈西的时候，和上校之间就产生一种好感，上校如何培育花卉，他就如何培植果树。马伯夫先生用播种方式结出的梨，同圣日耳曼梨一样鲜美。如今非常出名的十月黄香李，同夏熟黄香李一样香甜，据说就是他通过杂交培育出来的一种。他去做弥撒，与其说出于虔诚，不如说出于温和的性情，也是因为他喜爱人的面孔，而厌恶人的声音。只有在教堂里，他才能看到人聚在一起而静默，感到自己应当择业，于是选中了教堂财产管理员的生涯。他从来没有像爱一个郁金香鳞茎那样爱任何女人，也从来没有像喜欢一个埃尔泽菲尔版本那样喜欢任何男人。他早已年过六旬，有一天忽然有人问他："您一辈子就没有结过婚？"他回答："我把这事忘了。"也有过这种情况，这种情况谁没有过呢？他说："唉！当年我若是有钱！"他讲这话的时候，绝不会像吉诺曼老头儿那样，盯着看一个漂亮姑娘，而是欣赏一本古书。他独身生活，家中只有一个年老的女佣人。他患轻度的手痛风，睡觉时僵硬的老手指在被里总弯曲着。他编写并出版了《科特雷地区植物志》，有彩色插图，书颇受好评，他拥有铜版，并且自己销售。每天总有两三个人来买书，到梅齐埃尔街敲他的家门。每年售书能有两千法郎的收入，差不多这就是他的全部家当。虽说贫穷，他却凭借耐心、节俭和时间，得以收藏不少各种珍本。他出门腋下总夹着一本书，回来往往夹两本书。他住在楼下，有四间屋和一个小园子，家中唯一的装饰，就是镜框里装的植物标本和大师的版画。他一看见刀枪之类的兵器就不寒而栗。他一生也没有走到一尊大炮跟前，甚至到残废军人院也是如此。他的胃还过得去，满头白发，无论嘴里还是头脑里都没牙齿了，浑身总颤抖，说话带着庇卡底口音，笑起来像孩子，容易受惊吓，一副老绵羊的模样。他有一个当本堂神甫的兄弟，除此之外，在世人中只有一个常来往，名叫鲁瓦约尔，是在圣雅克门开书店的老先生。他还有一个梦想，将靛蓝植物移植到法国来。

　　他那女佣人也是一个老天真，可怜而和善的老太婆还是个老处女。她的老雄猫名叫苏丹，能在西斯丁小教堂喵喵唱阿莱格里作曲的《上帝怜我》的圣诗，也占据了女主人整个一颗心，足够她寄托心中的全部感情。她的梦想没有一个接触到男人，她也始终未能超越她这只猫。她跟猫一样，嘴上都长了胡须。她的光轮在她总保持洁白的软帽里。星期天做完弥撒，她就点数箱子里的衣物消磨时间，将买来却始终没送出去做的衣裙料子摊在床上。她能看书，马伯夫先生给她起个绰号叫"普卢塔克大妈"。

马伯夫先生喜欢马吕斯，因为马吕斯又年轻又温存，能温暖他那颗老迈的心，又不会惊吓他的胆怯性情。对老人来说，温和的青年好似无风的太阳。马吕斯脑子灌满了军人的光荣、大炮火药、进攻和反攻，灌满了他父亲挥刀杀敌并受伤的各次大战役，然后去看望马伯夫先生，马伯夫先生则从花卉的角度同他论英雄。

大约1830年，他那任本堂神甫的兄弟去世，这对马伯夫先生来说，好像黑夜忽然降临，整个天地全暗下来了。公证人的一次背信弃义，剥夺了他应有的一万法郎，这是他兄弟二人名下的全部财产。七月革命又引起图书业的一场危机。困难时期，植物志这类书首当其冲，《科特雷地区植物志》顿时无人问津，几周不见一名顾客。有时门铃声响，马伯夫先生不禁一抖。"先生，"普卢塔克大妈愁眉苦脸对他说，"是送水的。"终于有一天，马伯夫先生辞掉财产管理员的职务，脱离圣绪尔皮斯教堂，离开梅齐埃尔街，卖掉一部分……不是他的藏书，而是他的版画，这是他最容易撒手的……搬到蒙巴纳斯大街的一座小房子；但是他在那儿只住了一个季度，这有两个原因，一是那楼下住房和小园子租金三百法郎，而他用于房租不敢超出两百法郎，二是那里靠近法图射击场，整天枪声不断，叫他无法忍受。

他带走他的《植物志》、铜版、植物标本、活页夹和藏书，又搬到妇女救济院附近，住进奥斯特利茨村一座茅屋里，年租五十埃居，共有三间屋和一座围着篱笆带水井的园子。他趁这次搬家，几乎把家具全卖了。他迁入新居那天特别高兴。亲自往墙上钉钉子，好挂版画和植物标本，余下的时间又给园子翻土，到了晚上，他见普卢塔克大妈愁眉不展，心事重重，就拍拍她的肩，微笑着对她说："没关系！我们有靛蓝呢！"

他只准许两个客人，圣雅克门那个书商和马吕斯，来茅舍看望他，说穿了，他觉得奥斯特利茨这个村名就够喧嚣讨厌的了。

再者，正如我们所指出的，头脑钻进一种智慧或一种妄想中，或者同时钻进智慧和妄想中——这也是常有的事——对生活事物的反应就特别迟缓。他们觉得自己的命运还很遥远。这种专心致志的状态会产生出一种被动性，而这一被动性如果合乎理智，就类似哲学了。一个人衰退，下降，颓败，直到颓败还不大明白。当然，终有觉醒的一天，但是太迟了。在那之前，人在赌祸福的赌局中仿佛处于中立状态。自身就是赌注，却冷眼旁观。

马伯夫先生就是这样，周围逐渐昏黑，而希望——破灭，他还始终泰然自若，虽说有点幼稚，但是非常深沉。他的思维习惯如同钟摆来回摆动，一旦由幻想上了发条，即使幻想破灭了，还要走很长时间。一个座钟，不会恰恰在上发条的钥匙失落的时候，就戛然停摆了。

马伯夫先生有些纯真的乐趣。这些乐趣不需要什么代价，往往意外得之，一点偶然的机会就能向他提供。有一天，普卢塔克大妈在房间角落看一本小说。她高声念出来，觉得这样能理解透些。高声朗读，就是确认自己所读的东西。有些人念书声音特别高，那神态就像为他们所读的内容打保票。

普卢塔克大妈手捧小说，就是以这种劲头阅读。马伯夫先生则听而不闻。

普卢塔克大妈念到这句话，是关于一名龙骑兵军官和一位美人的故事："……那美人弗悦，而龙……"念到这里，她停下来擦拭眼镜。

"佛爷和龙，"马伯夫先生低声接话说，"对，确有其事。从前是有一条龙，住在山洞里，口中喷火焰烧天空，好几颗星辰都燃烧了。那条怪龙还长着猛虎的利爪。佛爷走进龙洞，说服龙皈依了。普卢塔克大妈，您看的是一本好书。没有比这更美的传奇故事了。"

马伯夫先生随即沉入美妙的梦幻中。

五　穷是苦的睦邻

马伯夫先生慢慢看到自己陷入穷困，越来越感到惊奇，不过还没有怨天尤人。马吕斯喜欢这个天真老汉。他时常遇见库费拉克，但总是主动去拜访马伯夫先生，然而极少见面，每月多说一两次。

马吕斯的乐趣是独自长时间散步，走在环城大道上，或者演武场上，或者卢森堡公园的幽径上。有时，他花半天时间去看菜园子，看生菜畦、粪堆上的鸡群和拉水车的马。过路人以惊奇的目光打量他，有的人还觉得他衣着可疑，面目不善。其实，他不过是个穷苦的青年，站在那儿出神遐想。

正是在一次散步中，他发现了戈尔博老屋，受到那僻静的地点和便宜的房租的吸引，便搬过去住了。那里的人知道他叫马吕斯先生。

有几位前朝的将军和他父亲的老同事，认识他之后，就邀请他去做客。马吕斯没有谢绝，那是谈论他父亲的好机会；因此，他不时去府上拜访巴若尔伯爵、贝拉维恩将军，去残废军人院拜访弗里利翁将军。在那里聚会，或是演奏音乐，或是跳舞。马吕斯总穿上新装去参加晚会。然而，不是天寒地冻的日子，他绝不去参加晚会或舞会，因为他付不起车钱，而上门时又想保持皮靴油光锃亮。

他有时这样讲，但毫无刻薄之意："人天生就是这样，进人家的客厅，浑身是泥都没有关系，唯独鞋子不能脏。要人家热情地接待你，只需有一样东西无可指摘：是良心吗？不对，是靴子。"

不是发自内心的各种热情，在幻想中无不化为乌有。马吕斯的政治狂热就是这样风流云散了。1830年革命，在给他满足和安慰的同时，在这一点上也起到了推动作用。除了好激愤这一面，他仍保持老样子，观点还是原来的观点，只是温和多了。确切地说，他只讲好感，而不持什么观点了。他属于什么党派呢？属于人类党。在人类中，他选择了法兰西；在国家中，他选择了人民；在人民中，他选择了妇女。那是他怜悯的主要走向。现在，他看重一个思想超过一种事实，看重一位诗人超过一个英雄；比起马伦戈战役那样的事件来，他更欣赏像《约伯记》那样一本书。而且，他沉思遐想一整天，傍晚沿环城大道回家，透过树枝窥见无垠的空间、无名的光亮，窥见幽邃、黝黯、神秘，就感到一切人事都十分渺小了。

他自以为认识了，也许的确认识了生命和人生哲学的真谛，结果他眼无余物，几乎只望天空了：天空，是真理在井底唯一能望见的东西。

这并不妨碍他做出许多计划、方案、构想、未来的蓝图。马吕斯处于这种梦想状态，哪只慧眼如若洞察他的内心，就会惊叹这颗灵魂有多纯洁。的确，我们的肉眼若能看见别人的意识，那么判断一个人，凭的梦想比凭他的思想更可靠。思想中有意志，梦想中没有。梦想完全是自发的，即使梦想宏伟的和理想的东西，也还是显示并保持我们头脑的本相；我们灵魂深处最直接最坦率的流露，莫过于对光辉命运的不假思索而失当的憧憬。主要是在这类憧憬中，而不是在那种经过综合、推敲和整理的思想中，才能找出一个人的真实性格。我们的幻象酷似我们自己。每人都按自己性情梦想未知而不可能的事物。

1813 年六七月份之间，给马吕斯做家务的老妇人对他说，他的邻居，容德雷特那户穷苦人家要被赶走。马吕斯几乎整天在外面游荡，不大清楚他还有邻居。

"为什么要赶走他们呢？"他问道。

"因为他们没付房租，拖欠了两个季度。"

"欠多少钱？"

"二十法郎。"老妇人回答。

马吕斯有三十法郎备用钱，放在一个抽屉里。

"拿着吧，"他对老太婆说，"这是二十五法郎，替那家可怜的人付房租，剩下五法郎给他们，不要说是我给的。"

六　替身

特奥杜勒中尉所属的团队，碰巧又调防到巴黎。借此机会，吉诺曼姨妈又生一计。头一回，她想象出让特奥杜勒监视马吕斯；这回，她又策划让特奥杜勒替代马吕斯。

老外公很可能有一种朦胧的需要，家中应有一张年轻面孔，这种晨曦有时能温暖废墟，因此，另外找一个马吕斯，也不失为一种办法。"就这么办，"吉诺曼姨妈想道，"就跟我在书中看到的勘误表一样，马吕斯改为特奥杜勒。"

侄孙也相当于外孙；一名律师走了，就抓来个枪骑兵。

一天早晨，吉诺曼先生正看《每日新闻》一类的报纸，他女儿走进屋，拿出最温柔的声音同他讲话，因为事关她的宠儿：

"父亲，特奥杜勒今天早晨要来给您请安。"

"特奥杜勒，是谁呀？"

"您的侄孙。"

"唔！"老人哼了一声。

他随即又看起报，不再想那侄孙，管他那特奥杜勒呢，而且，工夫不大，他就憋一肚子气了，几乎每次看报都是这样。自不待言，他看的是保王派报纸，上面刊登一则消息，次日风雨无阻，又要发生一个小事件，那时的巴黎天天有类似的事件发生：法学院和医学院的学生，中午十二点将在先贤祠广场集会……要进行辩论……辩论一个现

来弥补；他们拾人牙慧，重复梯埃斯兰和波蒂埃的文字游戏，他们穿着布口袋似的衣服、马夫的坎肩、粗布衬衣、粗呢裤子、粗革皮靴，身上的图案就跟鸟毛一样。他们的粗话可以垫他们的破靴底。就这群愚蠢的娃娃，居然还有政治见解。就应当严禁有政治见解。他们杜撰制度，改造社会，推翻君主制，将所有法律都抛在地下，将顶楼放到地窖的位置，将我的门房送上国王的位置；他们把欧洲搞得底儿朝天，还要重建世界；他们的艳福，就是鬼鬼祟祟偷看上车的洗衣女工的大腿！噢！马吕斯！噢！小无赖！到广场上去信口开河！讨论，争论，采取措施，公正的神灵啊，管那叫措施！胡作非为，又大大地缩小，变成愚昧无知。我见识过天下大乱，现在看到的是胡闹捣乱。小小的学生讨论国民卫队的问题，这种事情，在奥吉布瓦蛮人那里，在卡多达什野人那里，也不见得有！那些赤条条的野人，那些头发梳成羽毛球状、拿着木棒的野人，也不如这些学生野蛮！一群毛头小伙子，不知天多高地多厚！自以为了不起，还要发号施令！还要辩论，夸夸其谈！真到了世界末日。这个可怜的地球显然要完蛋了。这最后打一个嗝，由法兰西打出来。小子们，讨论吧！只要他们还在奥德翁剧院拱廊下看报，这类事情就会发生。他们看报，只花一苏钱，但是他们也得赔上理性，赔上智慧，赔上心，赔上灵魂，赔上精神。从报里出来，就要抛弃家庭。所有报纸都是瘟疫，无一例外，连《白旗报》也算上！说穿了，马丹维尔是个雅各宾党人。噢！老天有眼！你让老外公痛苦万分，这回可以炫耀啦，你！"

"这是明摆着的事儿。"特奥杜勒说道。

枪骑兵趁吉诺曼先生喘口气的机会，又庄严地补充一句：

"除了《政府公报》，不应当有别的报纸；除了《军事年鉴》，也不应该有别的书。"

吉诺曼先生继续说道：

"就像他们的席埃耶斯！一个弑君贼，结果还当上元老院元老！要知道，最后总爬上那种地位。他们以你我相称公民，相互砍伤脸，然后又让人称为伯爵先生，跟胳膊一样粗细的伯爵先生，那些九月的屠夫！席埃耶斯，哲学家！说句公道话，所有那些哲学家的哲学，我从来没有看得比梯沃利做鬼脸的眼镜更重要！有一天，我看见元老院元老经过马拉凯河滨路，他们披着绣有蜜蜂的紫红丝绒斗篷，头戴亨利四世式的帽子，那样子丑陋不堪，就像老虎朝廷上的猴子。公民们，我向你们宣布，你们的进步是一种疯狂，你们的人道是一种幻想，你们的革命是一种罪恶，你们的共和是一种怪物，你们的年轻法兰西，是从妓院出来的婊子，这种看法，我敢在所有人面前坚持，不管你们是什么人，不管你们是政治家，经济学家，还是法学家，也不管你们是否比断头台的锄刀更了解自由、平等和博爱！我向你们指出这一点，我的娃娃们！"

"当然啦，"中尉嚷道，"这话对极啦！"

吉诺曼先生中断刚开始打的手势，回身定睛注视特奥杜勒，对他说：

"您是个笨蛋！"

第六卷　双星会

一　绰号：姓氏形成方式

这时期，马吕斯已长成英俊青年，他中等身材，头发乌黑，额头饱满而聪颖，鼻孔张扩而热情，那副神态又坦诚又稳重，整个相貌透出难以描摹的高傲、凝思和纯真。他的周身线条圆润，但不乏坚定有力，具有经由阿尔萨斯和洛林渗入法兰西相貌中的那种日耳曼式的柔和，而绝无西康伯尔族①区别于罗马人、鹰族区别于狮族的那种棱角。他所处的年龄段，正是爱思考的人头脑中，深沉和天真几乎等分，各占一半。碰到危急关头，他很可能显得愚不可及，然而只要一拧钥匙，他又表现出不同凡响。他的举止神态有点矜持、冷淡，彬彬有礼，并不开朗。不过，他的嘴很可爱，嘴唇特别红，牙齿特别白，微微一笑就能冲淡他那外貌严肃相。他那纯洁的额头和性感的嘴唇，有时形成奇特的对比。他的眼睛小，视阈却很宽。

他在最穷苦的时候，注意到年轻姑娘路上相遇还回头看他，他就急忙走掉，或者躲到一旁，心如死灰。他以为她们看他是因为他衣衫破旧，存心嘲笑他，殊不知她们是看他仪容俊秀，并且梦寐求之。

他和过路的漂亮姑娘之间的无言的误会，越发使他胆小怕生。那

---

①　西康伯尔族：属日耳曼族，一支在鲁尔盆地，一支进入高卢，与法兰克人同化。

些姑娘他一个也没有选中，其绝妙的原因就是他见到哪一个都逃窜。拿库费拉克的话来说，他就是这样无限期"愚蠢地"活着。

库费拉克还对他说过："你别追求别人的敬重（现在他们以'你'相称，这是青年之间友谊发展的必然结果）。老弟，给你个忠告：不要总钻在书本里，多瞧一瞧那些轻浮的姑娘。马吕斯呀，风骚女人身上可有好东西！你见着就逃跑，就脸红，时间一长就成傻瓜蛋了。"

还有几回，库费拉克遇见他，便对他说：

"您好，神甫先生。"

马吕斯每次听库费拉克这样讲，就有一周越发回避女人，不管年轻还是年老的，尤其回避库费拉克。

然而，在芸芸众女人中有两个，马吕斯既不逃避也不留意。实际上，如果有人告诉他那是女人，他还会大吃一惊。一个是给他打扫房间的长胡须的老太婆，库费拉克见了还打趣地说："马吕斯见女佣留了胡子，自己一根也不留了。"另一个是小姑娘，他却视而不见。

一年多以来，在卢森堡公园一条靠苗圃护墙的幽径上，马吕斯注意到一个男人和一个很年轻的姑娘，他俩在这条路径靠西街最僻静的那端，几乎总是并排坐在同一条椅子上。偶然性往往参与目光移向内心的人的散步，马吕斯每回由偶然性引上这条幽径，几乎每天他都看见那一老一少在那里。那男人约有六旬，神情忧伤而严肃，整个外表是一副退役军人那种强壮而疲惫的样子。如果他戴一枚勋章，马吕斯就会说：他从前是个军官。他面目和善，但善气并不迎人。他的目光从不与别人的目光对视。他穿着蓝裤子，蓝色礼服，戴一顶宽檐儿帽，衣帽好像总是新的，扎一条黑领带，穿一件教友派式的衬衫，也就是说白得耀眼，但是粗布的。有一天，一名轻佻的年轻女工从他身边走过，说了一句：好一个洁净的老光棍。他的头发雪白了。

那小姑娘头一次同他来的时候，他们似乎就选定了这张座椅。她是个十三四岁的女孩，浑身精瘦，简直有点难看了，举止笨拙，一无可取，只有那双眼睛将来也许会挺美，但是抬起来的时候，总有一种令人讨厌的自信的神色。她的穿戴像修道院寄宿生那样，既老气又幼稚，那件黑色粗毛呢衣裙剪裁不合体。看样子他们是父女俩。

这个还未年迈的老头儿和这个还未成人的女孩，马吕斯观察了两天，随后就不注意了。而他们更甚，仿佛没有看见他。他们平静地谈话，根本不理睬周围。女孩喋喋不休，又说又笑。老人话不多，不时抬头注视她，眼里充满难以描摹的父爱的神色。

马吕斯不自觉养成一种习惯，总往这条路上散步，每次总能见到他们。

事情的经过是这样：

马吕斯最喜欢从遥对他们座椅的小路那端走过来，整段路走完，从他们面前经过，再掉头回到起点，每次散步如此往返五六趟，而这样的散步每周又有五六回，可是，他和他们二人彼此却从未打招呼。这个人物和这个少女，好像有意避开别人的目光，尽管如此，也许正因为如此，他们就自然引起五六个大学生的注意，其中有的是课后，有的是打完弹子，到这里沿着苗圃散步的。库费拉克就是后一种情况，他观察他们二人一段时间，但觉得姑娘相貌丑陋，很快就不声不响避开了。他像帕尔特人①善射回马箭那样，逃跑时回头射了个绰号。他印象最鲜明的是那女孩的衣裙和那老人的头发，于是称他们父女为"黑小姐"和"白先生"，况且无人知道他们的姓名，绰号也就通用了。那些大学生常说："嘿！白先生在他那椅子上落座啦！"马吕斯同其他人一样，也认为叫那陌生先生为白先生很方便。

为叙述方便起见，我们也照样，称他为白先生。

头一年就是这样，马吕斯几乎每天在同一时间见到他俩，他看那老头儿挺顺眼，而看那女孩却很差劲儿。

二　有了光②

第二年，就在读者看到故事的这个阶段，马吕斯自己也不大清楚为什么，忽然打破这种习惯，将近半年没踏进卢森堡公园，到这条小径散步了。后来有一天，他又旧地重游。那是夏天的一个晴朗上午，马吕斯就像人逢好天气那样，心情特别快活，心里仿佛充满他所听见的鸟儿的歌声，他从树叶缝间所望见的点点蓝天。

他径直走上"他的小路"，走到那一端，看见那熟悉的一对仍坐在那张椅子上。不过，他走近了仔细一瞧，那男子虽然还是原先那个男

---

① 帕尔特人：属西徐亚族的古民族，于公元前 3 世纪在伊朗东北部定居。
② 原文为拉丁文。

子，但那女孩好像不是原先那个女孩了。现在眼前是个修长美丽的姑娘，正是女子初成的特定时刻，具有最妙丽的全部形貌，又保留女孩最天真的全部情态；这一转瞬即逝的纯洁时刻，只能用两个词表示：十五岁。那头美发，栗色间有金黄色纹理；那额头仿佛是大理石雕成的，那脸颊宛如玫瑰花瓣儿长成的，红里透白，白里透红；那芳唇妙口，粲然一笑好似阳光，婉转一语如同音乐；那颗头，拉斐尔会赋予圣母玛利亚，那脖颈，让·古戎会赋予维纳斯；而那鼻子算不上美，却很俏丽，好让那张光艳照人的脸完美无缺了；那鼻子不直不弯，既非意大利型，也非希腊型，而是巴黎型的，也就是说有几分灵秀，有几分娇丽，稍欠规整，但显得纯洁，足令画家失望，却叫诗人着迷。

马吕斯从她身边走过时，看不到她那双始终低垂的眼睛，只见那褐色长睫毛投下暗影，饱含羞赧。

那美丽的女孩尽管羞赧，还是边微笑边听白发老人说话；迷人莫过于低垂双眼的这种清纯笑容。

马吕斯乍一见，以为是同一个男人的另一个女儿，大概先头那个的姐姐。可是，他遵循不可改易的散步习惯，第二次走到那座椅跟前时，就注意打量那姑娘，这才认出是同一个人。半年工夫，小姑娘变成少女了，仅此而已。这种现象太常见了。女孩好似蓓蕾，时候一到，眨眼间就开放，忽然变成一朵朵玫瑰花。昨天还把她们当成孩子视而不见，今天再一照面，就觉得她们能勾走人的魂儿了。

这一个不仅长大，而且还出落个理想的模样儿。正如4月份，有些树木三天工夫就鲜花满枝头，六个月就足够她换上美妆了。她的4月艳阳天到了。

有时能见到这种情况：一些可怜而庸俗不堪的人仿佛一觉醒来，从赤贫骤然变成巨富，开始奢华靡丽，一时挥霍铺张，讲究起排场。这是因为一大笔年金进了腰包，昨天到期取款了。那姑娘也领到了半年度的金额。

再说，她已不是头戴长毛绒帽子，身穿粗呢衣裙，脚穿平底鞋，双手通红的寄宿生；人美衣着也漂亮了，一身穿戴十分优雅，又朴素又华丽，毫不矫揉造作：一件黑锦缎衣裙，一条同样料子的披肩，一顶白皱呢帽子。她的白手套衬出一双纤巧的手，手中把玩着中国象牙柄的阳伞，而她的锦缎靴则显出一对纤足。从她跟前走过时，能闻到她周身散发的沁人心脾的青春香气。

至于那男子，还是原来的模样。

马吕斯第二次走到她跟前时，那少女抬起眼帘。那眼睛一片幽深的天蓝色，而在那迷蒙的蓝天里，还只有童稚的眼神。她若不经意地看了看马吕斯，就好像望望在橄树下玩跑的那个孩子，或者望望影子投到椅子上的那个大理石承露盘。马吕斯则继续散步，心里想别的事儿。

他又从那少女坐的椅子旁边经过四五趟，目光甚至没有转向她。

后来几天，他还和往常一样到卢森堡公园散步，还像往常一样见到"父女俩"在那里，但是他不再留意了。姑娘丑的时候他没有多想，长得美了他也没有多想。他总是离姑娘坐的椅子很近的地方经过，因为那是他的习惯。

三 春天的效力

有一天暖融融的，卢森堡公园沐浴在阳光绿影中，仿佛清晨时分，天使将全园洗了一遍，鸟雀在栗林深处啾啾鸣啭。马吕斯向大自然敞开心怀，不再想什么，只是在生活，在呼吸，他又从那张椅子前经过，那少女抬起眼睛，二人的目光相遇。

这一回，年轻姑娘的眼神里有什么呢？马吕斯说不上来。什么都有，什么也没有。那是一道奇异的电光。

那姑娘又垂下眼睛，而他还继续散步。

他刚才所见，不是一个孩子的天真单纯的目光，而是一个微微张开，又猛然合上的神秘的深渊。

凡是少女，都有这样看人的一天。谁碰上谁就要倒霉！

一颗还不自知的心灵的头一瞥，宛若天空的曙光，那是某种光灿的、陌生的东西的苏醒。这出人意料的微光，突然从绝妙的黑暗中显亮，由现时的全部纯真和未来的全部情爱合成，其危险的魅力，什么语言也描绘不出来。这是一种尚不明晰的柔情，偶一流露并有所期待。这是纯真无意中设下的陷阱，捕捉人心，但既非有意，又不知道自己所为。这是一个像成年女子看人的处子。

这种目光落到哪里，不引起无限遐想的情况则很少见。这束命运的天光，比风骚女人功夫最深的媚眼更具魔力，能促使人称爱情的这朵饱含芳香和毒汁的幽暗的花，在一颗心灵的深处突然开放。

那天晚上，马吕斯回到陋室，瞧了瞧自己的衣服，头一次发觉穿这身"日常"服装，也就是说戴一顶绦带旁已经折破的帽子，穿一双车夫的粗大靴子、一条膝头磨白的黑裤、一件臂肘磨白的黑上衣，这么不整洁，不体面，就跑到卢森堡公园去散步，简直是愚蠢透顶。

四　大病初发

第二天，到了习惯的时刻，马吕斯从五斗橱里拿出新上装、新裤子、新帽子和新靴子，全套武装，又戴上手套——惊人的奢侈品，这才前往卢森堡公园。

路上遇到库费拉克，他却装作没看见。库费拉克回到家里，对朋友说："刚才我撞见马吕斯的新帽子和新衣裳，和包在里边的马吕斯。他肯定是去考试，一副呆头呆脑的样子。"

马吕斯到了卢森堡公园，绕着大水池转了一圈，注视水上的天鹅，接着又站到脑袋霉黑并缺个胯骨的一尊雕像前，久久地端详。水池旁边，有个四十来岁大腹便便的绅士，手拉着一个五岁的小男孩，他对孩子说："要避免过分。儿子，对专制主义和无政府主义，你要保持等距离。"马吕斯听那绅士说话，接着又围着水池绕了一圈，这才朝"他的小径"走去，但步子缓慢，就好像去那里极不情愿，就好像有人既强迫又阻拦他去似的。这一切，他自己毫无意识，还以为跟每天一样散步。

他走上那条小径，就望见另一端，白先生和那姑娘坐在"他们的椅子上"。他把上衣纽扣全扣好，再挺起腰板，免得衣裳出褶儿，又带着几分满意的心情，审视一番裤子的光泽，然后便向那座椅挺进。这种步伐有进攻的意味，自不待言，也期望旗开得胜。我说：朝那座椅挺进，这就等于说：汉尼拔向罗马挺进。

不过，他的动作完全是机械的，他也没有中断精神和学习上习惯性的思虑。此刻他想道：《中学毕业会考手册》是一本荒唐的书，一定是由罕见的笨伯编写的，因此选取分析的人类思想杰作，有拉辛的三篇悲剧，而只有莫里哀的一篇喜剧。他渐渐走近那座椅，就抚平衣服的皱纹，眼睛盯住那姑娘，就觉得她发出幽幽蓝光笼罩了小径的那一端。

他越走越近，脚步也越来越慢了。离那座椅还有一段距离，远没有到小路的尽头，他就停下脚步，连自己也不知道是怎么回事，就掉头往回走，而心中根本没想过不要走到头。那姑娘只能远远望见他，未必能看清他穿上新装的风采。然而，他还是挺直身板儿，好显得十分精神，以防背后有人看他。

他走到小路另一边终点，又返回来，这回朝那座椅走近了一些，甚至到了只有三段树间距的地方，就又犹豫起来。他仿佛看见那姑娘的脸转向他。于是，他拿出男子汉的勇气，振作一下，控制住犹豫的情绪，继续往前走。几秒钟之后，他从那张座椅前经过，身子挺直，神态坚定，但是脸却红到耳根子，眼睛不敢左顾右盼，像政界人物一样双手插在兜里。他从那大理石承露盘下经过的时候，只感到心怦怦狂跳。而那姑娘还像昨天一样，身穿锦缎衣裙，头戴皱呢帽子。马吕斯听见一种难以形容的声音，那一定是"她的声音"了。她正在安安静静地聊天。她模样儿很美。马吕斯能觉出这一点，尽管没有试图瞧她一眼。他心中暗道："不过，她一旦知道论马可·奥贝贡·德·拉龙达那篇文章的真正作者是我，就不能不敬重我了；那篇论文，弗朗索瓦·德·讷沙多先生据为己有，当作他出版的《吉尔·布拉斯》的前言！"

他走过了那张长椅，再走不远就到小径尽头，然后转身返回，又从美丽的姑娘面前经过。这回他脸色刷白了，而且只有一种极为不快的感觉。他从那张长椅和那姑娘跟前走开，在转过背去的时候，想象那姑娘在看他，走路就不禁踉踉跄跄了。

他不想再走近那座椅了，到半路就停下来，而且还坐下，这是从未有过的情况；他坐在那里不时瞥过去一眼，思想深处模糊不清，心想不管怎么说，我欣赏人家的白帽子和黑衣裙，人家对我的发亮的裤子和新上装，就不可能完全无动于衷。

过了一刻钟，他站起身，好像又要走向那张罩着光环的长椅；然而，他却站在那里一动不动。十五个月以来，他头一次想道，每天同他女儿坐在那儿的先生，肯定也注意他了，也许觉得他来得这么勤有点蹊跷。

他还头一次感到，用白先生这一绰号，即使在他思想隐秘处，去称呼那个陌生人，也未免有些不敬。

他这样低头呆了几分钟，手中拿根小木棒往沙地上画图案。

继而，他猛一转身，背向那长椅，背向白先生和他女儿，径直回家去了。

这天，他忘了去吃晚饭，到了晚上八点钟才发觉，但为时太晚，不能去圣雅克街了，感叹一声："怪啦！"只好啃一块面包。

他用刷子刷净衣服，再仔细叠好，然后才上床睡觉。

五　布贡妈连遭雷击

第二天，布贡妈——库费拉克就是这样称呼戈尔博老屋那个兼为门房、二房东和清洁工的老太婆，其实她叫布尔贡大妈，这情况我们已经知道，可是库费拉克那个捣蛋鬼对什么都不尊重，——布贡妈不禁大吃一惊，注意到马吕斯先生又穿新衣裳出门了。

马吕斯又去卢森堡公园，可是，他在小径上只走了一半路，没有越过他那椅子一步。他像昨天那样坐下，远远观望，能清楚地看见那顶白帽和那条黑衣裙，尤其那片蓝光。他没有动地方，直到公园关门才回家。他没看见白先生父女出公园大门，从而断定他们是从公园临西街的铁栅门出去的。几周之后，他再回想，却怎么也忆不起来那天晚上他是在哪儿吃的饭。

次日，也就是第三天，布贡妈又如雷轰顶：马吕斯穿着新衣裳出去了。

"接连三天！"她嚷道。

她企图跟踪，但是马吕斯脚步敏捷，大步流星；她就像河马追羚羊，两分钟工夫就不见人影了，只好气喘吁吁地回家，惹起喘病憋个半死，真是气急败坏，恨恨说道："是不是昏了头，天天穿上新衣裳，还害得别人跟着白跑一趟！"

马吕斯去了卢森堡公园。

那姑娘同白先生已在那里。马吕斯佯装看书，尽量靠近些，可是离得还很远就站住，接着又反身，坐到他那张椅子上，一坐就是四个钟头，看着自由自在的麻雀在小径上蹦跳，就觉得是在嘲笑他。

半个月时间就这样流逝了。马吕斯到卢森堡公园不再是去散步，而是去闲坐了，不知道为什么总坐在同一地方，一到那儿就不动弹了。他每天早晨穿上新衣裳，却又不想显示，第二天再周而复始。

毫无疑问，那姑娘长得佳妙无双。唯一能指出来近乎批评的一点，就是她那忧伤的眼神和欢快的笑容形成矛盾，给她的脸平添两分精神恍惚的神态，结果她那张脸虽然始终柔丽迷人，有时表情却显得古怪。

六　被俘

第二周的后几天，有一次马吕斯跟往常一样，坐在长椅上，手里捧着一本书，打开两小时却没有翻一页。他猛然惊抖一下，小路那边有情况：白先生父女离开座位，女儿挽着父亲的手臂，二人缓步朝马吕斯所在的小路中段走来。马吕斯当即合上书，接着又打开，竭力收拢心思阅读。他浑身颤抖：那光环径直朝他走来。"噢！上帝呀！"他心中暗道，"我怎么也来不及摆好姿态了。这工夫，白发男人和那姑娘越走越近。他觉得这情景持续一个世纪，又觉得这不过一秒钟。"他们来这儿干什么呢？"他心中琢磨。"怎么！她要到这儿来！她的双脚要走在这沙地上，走在离我只有两步的小路上！"他心慌意乱，多么希望自己非常英俊，多么希望自己戴着勋章。他听见他们轻柔而有节奏的脚步声渐近，不禁想象白先生一定朝他抛来气愤的目光。"难道这位先生要问我话？"他心中思忖，随即低下头，等他又抬起头来的时候，他们走到跟前了，那姑娘走过，边走边看他。她凝眸注视他，那若有所思的温柔神态，令马吕斯从头到脚都酥软了。那姑娘似乎责备他这么长时间没去她那里，似乎对他说：只好我过来了。面对那双蓄满光芒又如深渊的眸子，马吕斯目眩神摇。

他感到脑子里燃着一块炽炭。那姑娘来救他，真叫人喜出望外！而且，她是用什么眼神看他呀！他觉得她比以前更美了。是一种兼美，即女性美和天使美的综合，还是一种完美，足令彼特拉克歌颂，但丁拜倒。他恍若遨游碧空，同时又十分懊恼，只为靴子上有灰尘。

马吕斯确信她也看他靴子了。

他目送她，直到她消失不见了。接着，他发疯似的，在卢森堡公园里狂走，有时很可能还独自大笑，高声说话。他从带孩子的小保姆身边走过时，那副想入非非的样子，让她们每人都以为爱上她了。

他出了卢森堡公园，希望在街上能再见到那姑娘。

在奥德翁剧院的拱廊下，他却撞见库费拉克，就说了一句："跟我去吃晚饭。"于是，他们一道去卢梭餐馆，吃了六法郎。马吕斯狼吞虎咽，赛似饕餮，给了伙计六苏小费。上甜食的时候，他对库费拉克说："你看过报了吧？欧德里·德·庇拉伏①那篇演说真精彩！"

他坠入情网，神魂颠倒了。

晚饭后，他对库费拉克说："我请你看戏。"于是，他们又去圣马尔丹门，欣赏弗雷德里克主演的《阿德雷客栈》。马吕斯看得十分开心。

与此同时，他越发显得孤僻。从剧院出来时，他不屑于看一个跨过水沟的制帽女工的吊袜带，而且，听库费拉克说："我情愿把这女人收进我的队伍里。"他几乎感到恶心。

次日，库费拉克回请吃午饭，马吕斯跟他去伏尔泰咖啡馆，比昨天吃得还多。他满腹心事，却又显得非常快活，就好像要抓住每个机会开怀大笑。他还热情地拥抱了介绍给他的一个不相干的外省人。他们的餐桌围了一圈大学生，大学生议论国家花钱请冬烘先生，到索邦大学讲坛上大放厥词，继而又谈到各种词典和齐什拉韵律学的谬误和纰漏。马吕斯高声打断大家的讨论："真的，戴上勋章那才神气呢！"

"这话真滑稽！"库费拉克低声对若望·普鲁维尔说。

"哪里呀，"若望·普鲁维尔应道，"这话很认真。"

这话的确很认真。马吕斯正处于热恋初始的冲动而陶醉的时刻。

一眼就引起这一连串后果。

一旦火药装好，导火线齐备，事情就再简单不过了。一瞥就是一个火星。

这下完了。马吕斯爱上一个女人。他的命运进入未知难测的阶段。

女人的眼神好比某些齿轮，表面平静，实则可怕。我们天天从旁边经过，坦然自若，也毫无妨害，没有什么感觉，有时甚至忘记这种东西的存在，只管来来往往，沉思默想，或者有说有笑。可是突然，你感到被绞住了。全完了。齿轮绞住你，那眼神勾住你。眼神勾住你，不管勾在哪儿，也不管如何勾住的，反正勾住你悠长神思的一角，或者勾住你一时的走神。你算完了，整个身子要绞进去。一种神秘力量的机关装置将你咬住，你挣扎也是徒然，人力再也救不了啦。你从一

① 欧德里·德·庇拉伏：法国波旁王朝复辟时期和七月王朝时期的左派议员。

道齿轮落进另一道齿轮，从一种惶遽落进另一种惶遽，从一种折磨落进另一种折磨，你本身、你的精神、财产、前程和灵魂，无一幸免，要看你落入性情凶悍的女人手中，还是心地善良的女人手中，你从这种可怕的机制里出来，或者因蒙羞而变形失态，或者因热恋而焕然一新。

七　猜测 U 字谜

　　孤独，超脱一切，骄傲，特立独行，喜爱大自然，摆脱日常物质活动，沉浸于内心生活，为保持贞洁而进行的隐秘搏斗，与整个造物为善并迷醉，凡此种种，都养成马吕斯易于受所谓痴情控制的性格。他对父亲的崇拜渐渐化为一种宗教，而且同所有宗教一样，退隐到灵魂深处去了。可是眼前近景要有东西充实，于是爱情应运而生。

　　整整一个月过去了，在此期间，马吕斯天天去卢森堡公园。时间一到，什么也拉不住他。"他上岗去了。"库费拉克这样讲。马吕斯喜不自胜，生活在美梦中。那姑娘肯定注视他了。

　　他的胆子终于大起来，又逐渐靠近那些座椅，但是不再从前面走过，这是恋人遵从胆怯的本能和谨慎的本能；他认为不必引起"那父亲的注意"。他运用老谋深算，在树后和雕像基座后面选了几个据点，躲在那里，尽量让那姑娘看见，又尽量不让那位老先生发现。有时，他躲在一尊莱奥尼达斯雕像的阴影里，或者随便一尊斯巴达克斯雕像的阴影里，一待就是半小时，手里捧着书，眼睛却微微抬起，去寻觅那美丽的姑娘，而姑娘那边也隐隐含笑，朝他转过那迷人的情影。她一边极其自然、极为平静地同那皓首之人聊天，一边又以处女的炽热目光将全部梦想寄托在马吕斯身上。这是自古以来的老把戏，夏娃从世界诞生之日起就知道，任何女人从出生之日起也都知道！她的嘴应付一个人，她的眼神却回答另一个人。

　　不过，也应当相信，白先生终于有所觉察，因为，等马吕斯一到，他往往站起身，开始散步了。他离开他们坐惯的地方，走到小径的另一头，捡了那个角斗士雕像旁边的长椅坐下，以便观察马吕斯是否跟来。马吕斯一点没明白，犯了这个错误。那"父亲"又开始不准时了，也不再天天带他"女儿"来。有时他独自一人来公园。马吕斯见此情景，也就不久待了。又犯一个错误。

马吕斯根本不注意这些征象，又从胆怯阶段跨入盲目阶段，这是自然而命定的进步。他的爱情与日俱增，他每天夜晚都做美梦。而且，他还碰到一件意想不到的喜事，不啻火上浇油，使他倍加盲目了。一天黄昏时分，他在"白先生父女"刚离开的长椅上，拾到一块手帕。那是极普通的手帕，没有绣花，但细布洁白，似乎散发着无法形容的香味儿。他一阵狂喜，赶紧抓在手里，只见手帕上标着 U·F 两个字母；马吕斯对那美丽的女孩一无所知，她的家庭、姓名和住址都无从知晓；这两个字母是他得到她的头一样东西，美妙极了，肯定是姓名的开头字母，他立刻在这上面搭起建筑的脚手架。U 显然是名字。"玉秀儿！"他想道，"多么甜美的名字！"他捧着手帕又吻又嗅，白天贴身放在胸口，夜晚放在嘴边睡觉。

"从这上面，我感到她整个一颗心灵！"他感叹道。

手帕是那位老先生的，不过从他兜里失落罢了。

拾到手帕之后几天，他一到卢森堡公园就吻手帕，并按在胸口。那美丽的女孩莫名其妙，只是用难以觉察的手势眼神向他示意。

"这么害羞！"马吕斯咕哝道。

八　残废军人也有乐子

我们既然提到"害羞"这个词，既然无需隐瞒什么，那么就应当讲出来，他正沉浸在美好的憧憬中，有一次他的"玉秀儿"却给他一个严重打击。那几天，她说服了白先生离开座位，在小路上散步。那天正值牧月①，和风劲吹，摇动梧桐树的枝头。父女二人挽着胳臂，刚从马吕斯的座椅前走过，马吕斯就站起身，在背后目送他们，人处于神魂颠倒的状态自然会这样。

突然，一阵风格外快活，大概负有春天的使命，从苗圃飞来，扑向小路，缠住那姑娘，使她浑身一抖，那美妙的姿态，胜似维吉尔的山林仙女和忒奥克里托斯②的农牧神女，不料那风掀起她的衣裙，竟然掀起比伊希斯③的仙袂还神圣的衣裙，几乎掀到吊袜带的高度，露出那

---

① 牧月：法兰西共和历 9 月，相当于公历 5 月 20 日至 6 月 18 日。
② 忒奥克里托斯（约公元前 310—前 250），希腊诗人。
③ 伊希斯：古埃及女神，是理想妻子和母亲的典型。

曼妙标致的腿。马吕斯看见了，他心头火起，义愤填膺。

那姑娘像惊慌的女神那样，赶紧拉下衣裙。然而，马吕斯并没有因此就息怒。——不错，小路上只有他一个人。可是，还可能有人啊。万一有旁人呢！这种事怎么能让人理解！她这么干太不像话啦！——唉！可怜的姑娘什么也没有干，唯一有罪的是风；马吕斯这个薛侣班身上却附有霸尔托洛①，蠢蠢欲动，一心要表示不满，甚至连自己的影子都嫉妒。肉体的这种强烈而奇特的醋意，的确就是这样在人心里萌生的，甚至无缘无故就肆虐。况且，即使抛开嫉妒不谈，马吕斯看到那迷人的腿，丝毫也没有快意；他可能更乐意看随便一个女人的白袜子。

至于"他的玉秀儿"，走到小路的那一头，又同白先生原路返回，从马吕斯的座椅前面经过，马吕斯则狠狠瞪了她一眼。那姑娘微微向后挺了挺身子，同时眼皮儿往上一挑，分明是说：咦，到底怎么啦？

这是他们的"初次争吵"。

马吕斯刚朝姑娘瞪了一眼，就有一个人穿过小路。那是个伤残军人，驼着背，满脸皱纹，头发全白了，还穿着路易十五时期的军装，胸前挂着一块椭圆形红呢小牌，牌上有两把剑交叉的图案，那便是士兵的圣路易十字章，此外，身上还装饰着一只没有胳膊的衣袖、一副银护下颏儿和一条木腿。马吕斯仿佛看出那人一副十分得意的神情，甚至觉得那不要脸的老家伙一瘸一拐从他身边走过时，还特别亲热特别快活地朝他挤了挤眼睛，就好像他们俩偶然串通一气，共同偷尝了一盘野味佳肴。这个战神的残渣余孽，什么事儿这么高兴呢？这条木腿和那条腿之间，究竟发生了什么情况呢？马吕斯嫉妒到了极点，他心中嘀咕："刚才也许他在那儿！也许他看见啦！"想到这里，他恨不得把那伤残军人干掉。

时间一长，什么尖利的东西都能磨钝。马吕斯对"玉秀儿"的这股怒气，再怎么有理，再怎么正当，也会消下去。他到底宽恕了，但是毕竟费了好大劲儿；他赌了三天气。

这期间，通过这件事，也正因为这件事，恋情激增，越发痴迷了。

---

① 博马舍的戏剧《塞维利亚的理发师》和《费加罗的婚礼》中的人物。霸尔托洛是个嫉妒的老人，薛侣班是个多情的男孩。

九　失踪

上文看到，马吕斯是如何发现，或者自以为发现她叫"玉秀儿"的。

胃口越爱越大。了解她叫玉秀儿，这已经相当不错了，但还是太少。这一幸福，马吕斯吞食了三四周，又想得到另一种幸福，要知道她的住址。

他犯了头一个错误：在角斗士雕像旁的座椅那儿中了埋伏。又犯了第二个错误：见白先生独自去公园，他没有久留。还要犯第三个错误，天大的错误：跟踪"玉秀儿"。

她住在西街，那地段行人极少，是一栋外观极普通的四层新楼。

从这时起，马吕斯又增添一种幸福：除了在卢森堡公园见她面，又一直跟到她家。

欲望越来越大。他已经知道她叫什么，至少知道她的小名，那可爱的名字，一个女人的真正名字；又了解了她住的地方，还要弄清她是什么人。

一天傍晚，他一直跟到他们家，看着他们进了大门不见了，便随后进去，大着胆子问门房：

"刚回来的是二楼上的那位先生吧？"

"不是，"门房回答，"是四楼上的那位先生。"

又跨进一步。马吕斯得了手，胆子更大了。

"临街的房屋吗？"他又问道。

"当然啦！"门房说道，"这房子只有临街这面。"

"那位先生是干什么的？"马吕斯追问一句。

"他靠年金生活，先生。是个大好人，虽然不富，总能帮助不幸者。"

"他叫什么名字？"马吕斯又问道。

门房抬起头，反问道："先生是密探吧？"

问得马吕斯好尴尬，他只得走开，但心里乐不可支。事情又有进展。

"很好，"他心中暗道，"我知道她叫玉秀儿，父亲有年金，就住西街这儿，在四楼上。"

第二天，白先生父女到卢森堡公园，逗留时间很短，天还大亮就离去。马吕斯尾随到西街，这已经成为他的习惯。走到大门口，白先生让女儿先进去，他进门之前，却回过头去，定睛注视马吕斯。

次日，他们没有去卢森堡公园。马吕斯白白等了一天。

天黑下来，他就去西街，望见四楼窗户有灯光，便在窗下散步，直到熄灯。

又到次日，他们谁也没有去卢森堡公园。马吕斯等了一整天，晚上又到窗下去守候，一直守到十点钟，晚饭就随它去了。病人以高烧为食，恋人则以爱情为食。

这种情景持续了八天。白先生父女不再去卢森堡公园。马吕斯胡乱猜测，总往坏处想，又不敢在大白天去窥视大门，只好到晚上去仰望玻璃窗映红的灯光，有时看见窗里人影走动，他的心便怦怦直跳。

到了第八天头上，他又来到窗下，却不见灯光。"咦!"他咕哝道，"还没有点上灯，可是天黑了呀。难道他们出门啦?"他还是等候，直到十点钟，直到午夜，直到凌晨一点钟。四楼窗口没有亮灯，没有人回屋。他灰心丧气，只好离去。

第二天——须知，他现在只靠一个接一个的第二天活着，可以说今天对他不存在——第二天，他到卢森堡公园，还是没有见到人，等到天黑，又去那小楼下面。窗户没有一点亮光，窗板关着，四楼一片漆黑。

马吕斯敲了大门，走进去问门房：

"四楼上那位先生呢?"

"搬走了。"门房回答。

马吕斯两腿发软，有气无力地问道：

"什么时候搬走的?"

"昨天。"

"现在他住哪儿?"

"不知道。"

"他没有留下新地址吗?"

"没有。"

门房扬起鼻子，认出马吕斯。

"咦! 又是您!"他说道，"看来没错，您准是个探子啦?"

第七卷　咪老板

一　坑道和坑道工

　　人类社会无不有剧院中所说的"地下第三层"。社会土壤无处不挖了坑道，或为行善，或为逞恶。坑坑道道相互重叠，有上层坑道和下层坑道之分，黑暗的地下层也有高低之分，在文明的重压下往往坍毁，而我们践踏在上面却无动于衷，无忧无虑。18世纪，百科全书几乎是露天坑道。黑暗——原始基督教义这种晦隐的孵化器，只待机会成熟，就会在帝王的宝座下爆发，以光流淹没人类。因为，在神圣的黑暗中潜伏着光明。火山饱含能化为烈焰的黑暗。熔岩初始无不呈现夜色。最初举行弥撒的地下墓穴，不仅仅是罗马的地下穴道，也是世界的地下穴道。

　　社会建筑这种奇迹，也像破房那样复杂，下面有各种各样的挖掘工程。有宗教坑道、哲学坑道、政治坑道、革命坑道。挖掘坑道的镐，有的是思想，有的是数字，有的是愤怒。从一条坑道到另一条坑道，人们相呼应答。形形色色的乌托邦，就是在这地下道里行进，朝四面八方蔓延伸展，有时相遇，彼此亲如兄弟。让-雅克·卢梭将尖镐借给第欧根尼，而第欧根尼则将灯笼借给让-雅克。有时不同的乌托邦也相互搏斗。加尔文揪住索齐尼①的头发。然而，所有这些力量都朝既定目

———————

　　①　索齐尼（1525—1562）：意大利天主教异端的鼻祖，他否认耶稣-基督的神性，否认圣灵的存在。

标进展，大规模的活动同时进行，在黑暗的坑道里来来往往，上上下下，从下面缓慢地改变上面，从里面缓慢地改变外面，这种鲜为人知而又无限的蝇营蚁动，什么东西也挡不住，什么东西也阻断不了。社会几乎没有觉察到这种给它留下表面、却换掉它五脏六腑的挖掘。地下有多少层，就有多少不同的工程，就有多少内脏被摘除。从这一系列深深挖掘中，究竟要挖出什么呢？未来。

越往深挖，挖掘工越神秘。直到社会哲学家能承认的程度，这种劳作还是好的；超过这个度数，事情就变得可疑而混杂了。到了一定深度，那里的坑道文明的精神渗透不进去了，超过了人呼吸的极限，可能开始有怪魔了。

放下的梯子也很奇特，每一级都通向哲学可以立足的一个地下层，在那里能碰见工人，也许是非凡的，也许是丑恶的。在扬·胡斯①下面有路德；路德下面有笛卡儿；笛卡儿下面有伏尔泰；伏尔泰下面有孔多塞；孔多塞下面有罗伯斯庇尔；罗伯斯庇尔下面有马拉；马拉下面有巴贝夫②。这情况还要继续，再往下就模糊了，到了看不清和看不见的分界线，还会另有所见：一些也许尚未存在的黝黯的人影。昨天的已成幽灵，明天的还是鬼魂。慧眼能够隐隐约约看出他们。未来萌芽的工作，是哲学家的一种幻视。

在鬼域中处于胎儿状态的一个世界，该是多么离奇的轮廓！

圣西门、欧文、傅立叶也都在那儿，在侧面坑道里。

所有这些地下先驱，虽然不知道被一条看不见的神链连在一起，并不孤立而几乎总自以为孤立，但是他们的工作确很不同，这些人的光明同另一些人的烈焰形成鲜明对照。这些人属于天堂，那些人属于悲剧。然而，不管反差多大，所有这些劳作者，从最崇高到最卑微，从最明智到最疯狂，却有一个共同点，那就是无私忘我。马拉跟耶稣一样忘记自己，将自己撂在一边，一笔勾销，丝毫不予考虑。他们看到别的事物而无视自身。他们有眼光，那眼光在寻找绝对真理。头一个，眼里是整个天空；而最后那个，不管多么神秘莫测，在眉毛下面也有无极的淡淡的光。无论是谁，无论做什么，只要有眸子闪着星光

---

① 扬·胡斯（1369—1415）：捷克改革家，布拉格大学校长。

② 巴贝夫（1760—1797）：法国革命家。

这一特征，就应当受到尊敬。

另外一种特征，就是眸子充满暗影。

恶从这一特征开始，碰到没有目光的人，就应当深思，就应当发抖。社会秩序有其黑色的坑道工。

有那么一个分点，再往下就是埋葬，光明熄灭了。

在上述所有那些坑道下面，在所有那些通道下面，在进步和乌托邦那广布的地下网络下面，还要往地下深入许多，比马拉还低，比巴贝夫还低，再往下，再深许多，同上面那几层毫无关系，还有最低一层坑道。那是非常可怕的地方，是我们所称的"地下第三层"。那是黑暗的坑道。那是盲人的巢穴。地狱①。

那里通向深渊。

二 底层

到了底层，无私忘我的精神消失了。魔鬼隐约粗具形体；在那里各自为己。没有眼睛的自我吼叫，寻找，摸索并啃啮。人类社会的乌格里诺②就在那深渊里。

狰狞的形体在那深层坑道里游荡，近似恶兽，也近似鬼魅，它们不关心普遍的进步，不懂思想和文字，只想一己的餍足。它们几乎没有意识，内里挖空而可怕。它们有两个母亲，全是后娘：愚昧和穷困。它们有一个向导：欲求；而满足的所有形式归结为一个：食欲。它们贪食到了残暴的程度，也就是凶残，但不像暴君，而像猛虎那样。这些鬼怪从受苦走向犯罪，这也是命里注定的演变关系、骇人听闻的生殖、黑暗的逻辑。在社会底下第三层匍匐的，不再是绝对真理窒息的呼声，而是物质的抗议了。在那里，人变成了恶龙。饥饿、干渴，就是出发点；成为撒旦，就是终点。拉斯奈尔就是从那地窟里钻出来的。

刚才在第四卷中看到上层坑道一个区，即政治、革命和哲学的大坑道。正如我们所指出的，那里无不高尚、纯洁、可敬、诚实。当然，

---

① 原文为拉丁文。

② 乌格里诺：13世纪末意大利比萨暴君，被皇帝派成员控为叛国，将他同子孙关进塔中，他受不了饥饿，企图吃子孙的肉。但丁《神曲》中有一章叙述这个故事。

那里也可能有人出错，而且真的错了；但错误只要包含英雄主义，在那里就令人敬佩。那里的工作总括来说，可以名之曰：进步。

现在是时候了，应当看看别的深度，那丑恶不堪的深层。

还要强调指出，只要一天不消除愚昧无知，社会底下巨大的恶窟就存在一天。

这一窟穴在其他窟穴之下，也同所有窟穴为敌。那是一无例外的仇恨。这个窟穴没有哲学家，这里的匕首从未削过笔。它这黑色不能跟高尚的墨迹同日而语。在这压抑窒息的棚顶下面，黑夜的手指蜷曲着，却从未翻阅过一本书，也未打开过一份报纸。在卡尔图什眼里，巴贝夫是个剥削者！在辛德汉①看来，马拉还是个贵族。这一窟穴旨在让整个建筑坍毁。

全坍毁。包括它所痛恨的那些上层坑道。它在丑恶的蚁动蝇营中，不仅破坏现存的社会秩序，而且还破坏哲学，破坏科学，破坏法律，破坏人类思想，破坏文明，破坏革命，破坏进步。它干脆就叫盗窃、卖淫、谋害和凶杀。它就是黑暗，它就是要混乱。它的顶棚由愚昧无知构成。

在它上面所有那些窟穴，也只有一个目的：将它消灭。哲学和进步同时启动全部机制，既通过改善现实又通过憧憬完美，正是要奋力达到这个目标。摧毁愚昧无知窟穴，就是摧毁罪恶渊薮。

简而言之，社会的唯一危害，就是黑暗。

人类即同类。人人都是用同样的黏土做成的，毫无差异，至少在下界宿命如此。生前为同样魂影，在世是同样肉体，死后化为同样灰尘。然而，捏人的泥团里掺进愚昧就变黑了。这种难以清除的黑色，进入人心便成为恶。

三　巴伯、海口、囚底和蒙巴纳斯

从 1830 年至 1835 年，一个四人匪帮，囚底、海口、巴伯和蒙巴纳斯，统治着巴黎地下第三层。

海口是个降级的大力士。他的老巢在玛丽蓉拱桥街的阴沟里。他身高六尺，胸如石雕，臂如铜铸，鼻息赛似山洞风声，身躯像巨人，

---

① 辛德汉：一伙盗匪的首领，于 1803 年处决。

而脑袋如鸟雀。看他那样子，真像法尔内塞的赫拉克勒斯穿上布裤和棉绒上衣。海口的躯体犹如巨型雕塑，本可以伏妖降魔，却觉得自己当个妖魔更痛快。他的额头低矮，脸颊宽阔，未到四十岁眼角就有了鱼尾纹，毛发又短又硬，两颊平刷髯须，下巴野猪胡子；由此想见其人。他浑身肌肉要求干活，而他愚蠢的脑袋却不愿意。那是个懒惰的大力士，因懒散而成为杀人凶手。有人认为他是克里奥尔人①。他可能与布吕讷元帅有点关系，1815 年在阿维尼翁城当过搬运夫。这段见习生活之后，他便改行当强盗。

巴伯的精瘦和海口的肥壮形成鲜明对照。巴伯瘦小而博学。他是透明的，却又叫人看不透；透过他的骨头能看见光，但是透过他的眸子却什么也看不见。他自称是化学家，从前，在博贝什戏班当过小丑，在博比诺戏班当过滑稽演员，还在圣米歇尔山演过闹剧。此人自命不凡，而且能言善辩，突出他的笑容，强调他的手势。他的行当就是露天摆摊儿，叫卖"政府首脑"半身石膏像和画像。此外，他还给人拔牙。他在集市上让人看一些古怪的东西，还有一辆带喇叭的木篷车，贴着这样的广告："巴伯，牙科艺术家，科学院院士，在金属和非金属物上做物理实验，给人拔牙，治理他的同行抛弃的残牙断齿。费用：拔一颗牙，一法郎五十生丁；两颗牙，两法郎；三颗牙，两法郎五十生丁。不要错过机会。"（"不要错过机会"这句话的意思是：要尽量多拔牙。）他结过婚，也有过孩子，却不知道妻子儿女的下落。他把他们遗失了，就像丢一块手绢一样。巴伯看报，这在他那黑界中是杰出的例外。还在家人同他生活在流动货车上的时候，有一天他看《信使报》，读到一条新闻：有个女人生了个能够成活的牛嘴婴儿，就大声感叹道：

"那可是棵摇钱树！我老婆就没有那种智慧，给我生一个同样的孩子！"

从那以后，他就全部丢开，去"闯巴黎"。这是他的原话。

囚底是什么东西？那是黑夜。他要等天空全抹黑了才露面。他在一个洞里昼伏夜出。那洞在什么地方？谁也不知道。即使在伸手不见五指的黑暗中跟同伙说话，他也是背对着人。他名叫"囚底"吗？不对。他说：我叫"绝没有"。若是突然有烛光，他就戴上面具。他肚子

---

① 克里奥尔人：安的列斯群岛上的白种人后裔。

能说话。巴伯说："囚底是二声部的小夜曲。"囚底有影无踪，飘忽不定，极为可怕。很难说他有名有姓，囚底只是个绰号。很难说他能发出声音，他的肚子比他的嘴说话的时候多。也很难说他有一张脸，从来没有人看到，只见过他的面具。他忽而不见，仿佛消逝了一般，每次出现，就好像从地下钻出来的。

还有一个阴森可怕的人，名叫蒙巴纳斯。蒙巴纳斯是个毛头小伙子，还不到二十岁，脸蛋儿很漂亮，嘴唇好似樱桃，一头黑发很美，眼睛闪着明媚的春光；然而，他占尽了邪恶，还渴望无罪不犯。干了坏事又作恶，胃口越来越大。他从流浪儿变成流氓，又从流氓变成强盗。他带点女人气，温文尔雅，却很强健，浑身软绵绵的，却凶猛残忍。他按照1829年的式样，左边帽檐儿卷起，露出一绺头发。他以行凶抢劫为生。他的礼服剪裁得最好。蒙巴纳斯，简直是一幅式样图，因穷困而图财害命。这个少年屡屡犯罪，唯一的动机就是要一身好穿戴。头一个对他说"你真美"的青年女工，就往他心上投了黑点，把这个亚伯变成了该隐。既然长得美，他就想要风雅，而风雅的首要一点，便是悠闲自在；穷人的悠闲自在，就是犯罪。神出鬼没的强盗，很少像蒙巴纳斯那样令人畏惧。到了十八岁，他身后就留下好几具尸体。不止一个行人手臂张开，脸朝血泊，倒在这恶徒的身影下。头发烫了弯，上了发蜡，腰身和臀部跟女人一样，胸膛则像普鲁士军官，他走在街头，周围的姑娘都啧啧称赞，上衣扣眼插着一朵鲜花，兜里却装着行凶的短棒：这便是索命的花花公子。

四 黑帮的组成

这四名强盗结为帮伙，成了变幻无常的海神，在警探的缝隙中迂回周旋，"用不同的外貌、树木、火焰、喷泉"来掩饰，极力逃脱维道克①的敏锐目光，相互借用姓名和诀窍，藏匿在自身的阴影里，也相互提供秘密巢穴和避难所，像在化装舞会上取下假鼻子那样改头换面，有时几个人干脆化为一个，有时又一人化为许多人，连可可-拉库尔都错以为他们是一大群强盗。

这四人绝非四人，而是长了四颗脑袋的一个神秘大盗，专门在巴

_____

① 维道克：当时著名的警探，原为囚犯。

黎大肆活动，也是作恶的巨大章鱼，栖息在社会的底层中。

巴伯、海口、囚底和蒙巴纳斯伸展蔓延，结成地下关系网，通常在塞纳省拦路打劫，对行客下黑手。在这方面点子多的人，富于黑夜想象的人，往往找他们付诸实施，向这四人帮提供脚本，由他们排练上演。只要是杀人越货，有利可图，需要助一臂之力，他们总能派出适当的人手。一桩犯罪活动寻求助援，他们就提供帮凶。他们掌握一个黑暗的戏班子，能演出各种匪窟的悲剧。

他们通常在睡醒的时刻，即天黑时到妇女救济院一带草地上碰头，商议事情。他们眼前有十二个黑钟点，要安排用场。

"咪老板"，这是送给四人帮地下通用的称号。在日渐消亡的古老怪诞的民间语言中，"咪老板"是清晨的意思，正如"犬狼之间"这句成语表示黄昏一样。咪老板这一称号，大概是由结束活计的时刻而来：天一蒙蒙亮，这些幽灵就消失了，这些强盗就分手了。四名强盗以这个绰号闻名。重罪法庭庭长到监狱看拉斯奈尔，追问他否认的一桩罪案。"那么是谁干的？"庭长问道。"也许是咪老板吧。"拉斯奈尔的这种回答，在法官听来像谜语，而警察却很清楚。

有时，从人物表能猜想一部剧，同样，从匪徒名单几乎也能看出一个匪帮。下面这些名字由特别讼状保存下来，是咪老板主要同伙相应的称号：

邦灼，别号春生儿，又称比格纳伊。

勃吕戎（有一个勃吕戎家族，有机会我们还会提到）。

布拉驴儿，已经露过面的养路工。

寡妇。

非你私台。

荷马·荷古，黑鬼。

星期三晚。

快讯。

福恩王，别号卖花女。

光荣汉，刑满释放的苦役犯。

刹车杠，别号杜蓬先生。

南苑。

捕杀力夫。

短褂子。

克吕铜钱，别号怪罗。

吃花边。

脚朝天。

半文钱，别号二十亿。

等等。

我们只列举这些，也不是最坏的。这些名字均有所指，不仅代表个人，而且代表一个个类型。每个名字，都对应文明下面滋生的怪形毒菌中的一种。

这些人轻易不肯露出真面目，不是常见在街头来往的人。夜晚逞凶之后疲倦了，白天他们就去睡觉，有时睡在石灰窑里，有时睡在蒙马特高地或红山遗弃的采石场里，有时干脆睡在地下水道里。他们躲藏起来。

这些人怎么样了呢？他们一直存在。他们始终存在。贺拉斯这样谈论他们："吹笛子卖艺的班子、卖药的郎中、募捐者、滑稽剧演员……"① 只要社会还是老样子，他们也就总是这样。

他们在窟穴的黝黯棚顶下，从社会渗漏的潮湿里滋生不息。

这些幽灵去而复来，总是老样子，仅仅换了名字，换了一层皮。

一个个成员剔除了，部族仍然存在。

他们始终保持原来的技能。从流浪汉到剪径强盗，一直保持纯种。他们能猜出衣兜里的钱包，能嗅出坎肩兜里的怀表。对他们来说，金银都有气味。一些资产者挺天真，可以说一看样子就值得一偷。那些人总是耐心地跟着这些有钱的主儿。他们若是看到一个外国人或外省人走过，就会像蜘蛛一样惊喜得浑身战栗。

那些人，半夜时分若是在僻静无人的街上遇到或望见，就叫人心惊胆战。他们不像人，而是雾气成精幻化的形体，仿佛他们常用黑暗融为一体，分辨不出来，除了阴影并没有别的灵魂，即使暂时闯出黑夜，也不过几分钟，干一下魔鬼的营生。

怎样才能驱除这些魑魅魍魉呢？要有阳光。要有强烈的阳光。哪只蝙蝠也抗拒不了曙光，要从底层照亮社会。

---

① 原文为拉丁文。